打春

（完整版）上册

张淳◎著

羊城晚报出版社

·广州·

图书在版编目（CIP）数据

打春：完整版/张淳著. —广州：羊城晚报出版社，2024.5
ISBN 978-7-5543-1311-4

Ⅰ．①打… Ⅱ.①张… Ⅲ.①长篇小说—中国—当代 Ⅳ.①I247.5

中国国家版本馆CIP数据核字(2024)第082480号

打春（完整版）
Dachun (Wanzheng Ban)

责任编辑 潘子扬
责任技编 张广生
装帧设计 友间文化
出版发行 羊城晚报出版社
（广州市天河区黄埔大道中309号羊城创意产业园3-13B 邮编：510665）
发行部电话：（020）87133053
出 版 人 陶 勇
经 销 广东新华发行集团股份有限公司
印 刷 广州小明数码印刷有限公司
规 格 787毫米×1092毫米 1/16 印张60.625 字数620千
版 次 2024年5月第1版 2024年5月第1次印刷
书 号 ISBN 978-7-5543-1311-4
定 价 88.00元（上下册）

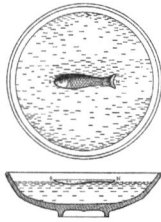

北宋远洋船上使用的"指南鱼"

我在青年时期曾喜看小说，迈入大学的校门之后则恪勤朝夕，发奋学习，专心致志只读专业书籍。今年10月底，一个偶然的机会，时隔四十多年，我又看起了小说。一位素未谋面的青年作家——张淳女士，请我为她的长篇小说《打春》写个序。我虽然是学历史专业的，但对文学感兴趣，又曾是小说迷，所以就欣然接受了。近期匆匆拜读了其大作，现不揣浅陋，谈几点粗浅的看法。

一、《打春》是宋代社会经济史题材小说，比较罕见，具有挑战性。撰写历史题材的小说，难度比一般小说要大。作者必须具备较丰富深厚的历史背景知识，必须熟悉那个历史时代的典章制度、风情民俗和特定的一些语汇，只有具备了这样一些个人条件，才能尝试历史题材小说的创作。张淳作为一位三十多岁的青年作家，敢于挑战，做了比较充分的准备，研读了不少有关专著和论文，并且在写作中，对相关历史典章制度、一些当时特定的历史词汇，都做了注释。所引用的资料，绝大多数是这一领域权威专家学者的著述。众所周知，现代不少历史题材的小说或剧本，是采用所谓"戏说"的形式，完全丧失历史的本来面目，所涉及的历史典章制度，也是张冠李戴，错误百出，引起不少读者和专家学者的诟病。而恰恰相反，张淳本着严谨的创作态度，在历史大背景正确的前提下，创作了反映北宋东南沿海广东、福建海上丝绸之路历史侧面的长篇

小说《打春》。

二、小说反映了北宋时期东南沿海地区社会经济的一些新现象。宋代是我国历史上商品经济发展的重要时期。由于北方、西北方被西夏、辽、金、元等游牧民族先后占领，阻隔了陆上丝绸之路的贸易，两宋为开辟新的贸易通道，重视海上丝绸之路贸易，促进了我国东南沿海地区的经济发展，如当时与中国贸易的东南亚国家和阿拉伯国家达数十个之多，广东的广州、潮州，福建的泉州、漳州都是著名的海外贸易港口城市，千帆竞发，万货云集，繁盛一时。小说描述了当时这些港口与东京（今开封）许多经济上的新现象，如北宋已经使用世界上最早的纸币——交子（楮币），政府设置专门管理纸币的机构；海上丝绸之路繁荣，各国蕃客蕃商纷纷来华从事贸易，我国东南沿海广东、福建也有些地方土狭人稠，田地贫瘠，食且不足，只得靠海吃海，出海渡洋，经商贩卖；一些不法之徒，更是冲破禁令，走私铜钱，运往海外；甚至当时荔枝深受国内外民众的喜爱，供不应求，竟成为类似于当代的"期货"。所有的这些社会经济新现象，都在小说中得到感性生动的呈现。

三、小说以主角阿契的经历为主线，步步推进，层层展开，向读者展示了一幅幅内容丰富多彩的北宋各阶层的广阔生活画卷。如阿契父亲沈楚略原是一位经营海外贸易的富商，拥有自己的商船，

但商船在一次海上风暴中沉没，船中货物损失殆尽。由于欠人高利贷无法偿还，沈楚略只得逃离潮州家乡，从此阿契兄弟姐妹6人开启了艰辛坎坷的人生经历，阅尽了人间的炎凉百态。其中有官员陈云峰、王建成、卢彦、邢风等，有商人安奇、沈志荣、沈志武、邱启风等，有高利贷者陈渡头、钱匪陆定远（陆铜钱），下层坑户罐子、女婢绫儿，瓷商虾青、卵青、天青、豆青等等，在作者的笔下，个个个性鲜明，或善良正直，或凶恶奸诈，或诚实本分，或滑头投机，或胆小懦弱，或勇敢坚强，或儒雅有礼，或粗鲁冒失，给人留下深刻的印象。作者笔下的人物，多数出自潮汕地区，所以在塑造人物的同时，也展示了这一地区特有的民俗风情、方言民谣。我是福建省莆田人，兴化地区民俗与潮汕民俗有许多相似的地方，读之倍感亲切。如小说前后的民谣，福建兴化地区也有类似的，值得研究者关注。

四、小说对当代"一带一路"的文化建设有一定的现实意义。中国历史上的海上丝绸之路与近代西方的海上殖民扩张从本质上说是大相径庭的。中国的海上丝绸之路是与各国人民友好往来、公平贸易、互惠互利的，对各国各地区的经济文化交流做出了巨大的积极贡献。而西方的海上殖民扩张是靠战舰枪炮开路，对当地土著民众进行烧杀抢夺，用血与火来积累财富，对当地经济文化造成巨大的伤害，甚至造成当地土著民族和文化的绝灭。小说中对蕃客蕃商与中国民众的友好交往也有不少的描述。小说主角阿契由于父亲是海商，自小受环境熏陶，懂得数种蕃语。她还主张应相信蕃商，可与蕃商进行信用贸易，可预先赊货给蕃商，只要蕃商支付三分之一

货款作为定金，就可将全部货物运走，待蕃商来年到华贸易时再偿还欠款。小说是以阿契家遭遇海上风暴沉船事故开始的，最后结尾则是阿契投资创办潮州龙窑烧制精美瓷器运销海外。作者匠心独运，小说寓意深刻，中国历史上的先辈们历尽千辛万苦，百折不挠，扬帆起航，长风开路，而今又迎来了河清海晏、举世瞩目的新时代"一带一路"！

青年作家张淳经历丰富，大学本科、硕士是中文专业，当过报社及杂志社记者、影视编剧、地方基层干部等，在繁忙工作之余，坚持学习，创作文学作品，已有不少作品问世，并得到各方好评。2021年初，《北京晚报》改编连载《打春》。2022年1月，"千年湾区 长风开路——长篇小说《打春》研讨会"在广东省作协召开。广东省作协主席蒋述卓在研讨会上评论该书"是千年湾区的寻根之作，也是开启之作"。现在从事学术研究、文学创作的年轻人已越来越少，很少人愿意看有思想性和艺术性的作品，更遑论去创作这样的作品！张淳甘坐凉板凳，勤于笔耕，创作出了这部长篇小说，实属难能可贵。祝愿她再接再厉，百尺竿头，更进一步，不断有好作品问世！

是为序。

2023年11月于福建莆田

（作者系江西财经大学二级教授，博士生导师，享受国务院政府特殊津贴专家，主要研究领域为中国审计史、古代管理思想史和宋代经济史。）

目录

沉水沉，乱云飞

蕃船到，六畜生，鸟仔豆，缠上棚。

蕃船沉，六畜眩，鸟仔豆，生枯蝇。

这是北宋初年广南东路的一场海风潮。整个海在赶路，气喘吁吁，七上八下，叮咚作响，起起伏伏。我们希望它停一停，稳一稳，歇一歇，至少那跳动的水不要溅出它的边框。可是没有，它把水彻底打翻了。

在海边的旷野上，风并非无色无形，而是可以清楚地看见它的样子。它是巨大的，形状凌厉。它气味浓烈，它密密麻麻。倘若有人撞上去，它是坚硬的。它是长长的，从天上直捅到地上。它是扁扁的，一张开，就死死地吸住了整个海面。

平野上空荡荡的，没有什么东西可以抓得住。远远的只有几簇竹子在风中扭动，仿佛张着黑袍的妖怪，要将大地上的鲜活生灵揽入袖中。天色阴暗，浓云重得就要掉下来。风吹出了笛子般的声

音，十分脆亮，却锋利如刀子。也许没有雨，又也许有，只是被风吹散了，悬在半空落不下来。

纵横成式的民居，它们屋顶的瓦片已经残缺不全，就像一条遍体鳞伤的大鱼，连鱼鳞都被疼痛地刮擦开，冒着鲜血。民居之间，那些纵横着的石板巷子变成了污水渠，飘着门板、床，还有一些尚有气息的动物。哭声隐隐的，似乎不应该在这村民早已逃离的地方出现。

至于民居的外围，田园里，池塘畔，沙滩边，原本也有一些竹篱茅舍。它们曾经是藏春之处，现在也被荡平，匍匐在地，像抹布或者垃圾。

荔枝林中，硕果如雨点落地。

一只浑身湿透的猫一脚踩到地上的荔枝，果肉稀烂。猫一声尖叫，仿佛肉垫子被粗糙的果壳扎疼了。一根荔枝木砸下，猫跳跃逃脱。

狂风中的鱼塘，一只死螃蟹漂浮在水面上，被稀疏而厚重的雨点打翻，却原来只是个空蟹壳。一只青蛙攀上蟹壳，将其当成救生船，却又被风雨打沉。鱼儿们从鱼塘里往泥岸上蹦跶，又被一股泥水流冲回水里。鱼塘的边界缺口了，鱼儿们被倾倒进隔壁的农田里。

一连片的地方，种瓜的，种豆的，种树的，得到的都只有一滩倒灌的咸海水。

半夜里，潮州沈宅的灯突然亮起来，号啕哭声打破了夜的宁静。

沈楚略、沈林氏夫妇从睡梦中惊醒，匆忙走出房来。沈林氏手里举着烛台。衣衫褴褛的纲首①从门外跑入中厅，扑到地上，对着沈家夫妇痛哭不止，口中不断叫着："头家！头家奶奶！"

沈家夫妇自知不是好事，脸上顿时都失了血色。

沈家的六个孩子，沈志强、沈志武、沈来弟、沈志文、沈阿契、沈志荣也都被这动静惊醒，挨作一团，踮着脚尖躲在屏风后偷看。

那纲首哭道："我们的船沉了！三条船都没了！整整三船香药也没了。"

沈林氏闻言，手中的烛台掉到地砖上。那团本就弱小的火焰摆了两摆，渐渐熄灭。

深蓝或浊黑的海上，一段沉香木从水面往大海深处下沉，直至触底，突然有力地插进沙中，斜树着，如碑。沉香木侧旁有一只残缺的瓷碗，瓷碗底部的涩圈处墨书②着一个"沈"字。

沈家商行开始面对它要面对的一切。

账房向沈楚略诉苦："头家，造船和购买香药的本钱，原本还没到要还的期限，但是这帮放贷的，听说咱家的船沉了，都争相过来要钱。"

沈楚略摩挲着算盘上的算珠。那算珠涩住了，拨不动。

账房又道："有的说，家里的房子被台风打断了横梁，要钱去

---

① 纲首：据阳江广东海上丝绸之路博物馆展出的"南海一号"宋代古沉船资料，纲首是船舶上的最高权威，负责全船的管理与贸易交涉，有时是货主，有时是货主指定的人。

② 墨书：据阳江广东海上丝绸之路博物馆资料，墨书，即用墨书写在瓷器底部或涩圈内的标记或花押。内容为姓氏、姓名、身份称谓、销售地或存放点，以区分货主、使用者，以便远程管理，也有写吉祥语的。

修的。有的说，花开时节预买的一整园荔枝被台风荡平了，预买的本钱亏得一干二净，需要提前支钱回去周转。有的说，养的鱼虾整塘整塘地死了几亩，钱不回笼实在不行了。"

此时的沈家商行门口正围着一帮披麻戴孝的人，他们一边哭喊，一边打砸。大门牌匾旧"伤"未愈，又添新"伤"，直至伤痕累累，在夕阳的照射下移光换影，进入沉沉的夜晚。

沈宅的男女主人开始了无休的争吵。夜烛映照的窗户纸上，投影着对吵的夫妻俩。

沈林氏道："好好的非要加造两条新船，没那个肚量就别有那个胃口！现在就是把我们全部卖了，也填不来这个坑。"沈楚略叫着："你知道个屁。"沈林氏又说："香药生意再好，自己没本事就别眼红别人啊。你管它从南蕃到东京是十倍价还是八倍价？守多大的碗就吃多少的饭！现在倒好，别说碗，连锅也砸了。"沈楚略仍是一句："你知道个屁。"

一声声"哐哐当当"的器皿破碎声从卧室中传出来。

长夜过去，清晨来临，沈楚略仍要回商行收拾残局。

他让账房好好记着："人好好回来的那十三个，每人给钱十五缗①，另谋出路吧。三个轻伤的，每人二十缗。七个重伤的，每人八十缗。"

账房一边听一边打算盘，听到了"重伤"这里，手在抖。

沈楚略哽咽住："捞到尸首的四个，每家给一百三十缗。两个没找到的，每家给一百一十缗。"

---

① 缗：据程民生《宋代物价研究》，第9页，宋人混用贯、千、缗等货币量词，都是指1000文。

账房举起袖子揩泪："好好的三船香药，从三佛齐①千远万远的，眼见着就到广州抽解②纳税了……"沈楚略不等他说完就将话打断："你也走吧。"

门后，十二岁的沈阿契怯生生地看着父亲。她正在担心，家里的祸事是自己带来的。

她管父亲叫"阿叔"，把母亲叫"阿婶"，而她的五个兄弟姐妹却都和同村人一样，把父母喊作"阿巴、阿姨"。这里的小孩出生后，家里的老人都会去算命先生那里掐时辰，由他来说婴儿以后是好人、坏人、蠢人，还是贤人。这一带，最有名的算命先生叫作青盲老伯。他说他是鬼谷子的学生，但鬼谷子是千百年前的人了，又或许根本没有这个人呢？

青盲老伯跟沈家祖母说，阿契的八字里带着一支金箭，是克父克母的，最好送给别人养，免得伤害亲生父母。可是己所不欲，勿施于人，怎么能因怕伤害自己，就去伤害别人呢？祖母解释说，谁克谁是相对而言的，父母的八字相对较弱，可能会受到伤害，找到八字特别强硬的养父母，他们就不怕被伤害了。

但是后来，沈家总也找不到对自己八字足够自信，愿意收养阿

---

① 三佛齐：据黄纯艳《宋代海外贸易》，第31—33页，三佛齐是宋人对苏门答腊的称呼，后文地名中，眉路骨淳是宋人对北非一带的泛称，冯牙罗为宋人对印度西南部的称呼，细兰是宋人对斯里兰卡的称呼，陁盘地是宋人对埃及达米塔的称呼，中理是宋人对索马里南部海岸的称呼，弼琶罗是宋人对索马里摩加迪沙的称呼，思莲是宋人对叙利亚的称呼，吡啫耶是宋人对突尼斯的称呼，勿斯里是宋人对埃及的称呼，遏根陀是宋人对亚历山大的称呼，昆仑层期是宋人对坦噶尼喀海岸的称呼，注辇是宋人对印度东南岸的称呼。

② 抽解：对进出口贸易征收的实物税。

契的人。

沈家在乡里算是富裕人家，也舍不得把亲生女娃或卖或弃，于是想了个办法，让阿契将父母喊作"阿叔、阿婶"，权当她是亲戚家的孩子，跟他们也就没什么关系了。她还被起了个名字，叫作"阿契"。

"阿契"是什么意思？大概就是"不是亲生的"。仰仗这样的心理良药，不知不觉间她已在家长到十二岁。

雷雨前夕，白昼如夜。

沈家夫妇和长子沈志强背着包裹，站在门楼外，正试图说服其余五个孩子，让他们"不要跟"。

宅门敞开着，门外狂风暴雨。

沈楚略催促沈林氏："趁雨大，没人上门，得赶紧走。"

小儿子沈志荣却抱住沈林氏的腿不肯放："姨，带我一起走，我不要留下来，我不要留下来！"被留下的孩子们都啜泣着："我也要走，我也不要留在这里。"

沈林氏抱住沈志荣流泪。沈楚略一把推开沈志荣："别哭了！我们只是出去挣钱，又不是不回来。带你？带你们？带着你们走得了几步路？"他又抓起老二沈志武："我们走后，你是最大的，你要管好他们。"

沈楚略扫了一眼留下来的五个子女，大声说："老二，要是有人来讨债，你告诉他们，我一个大老爷儿们，不是跑了，是出去挣钱！出去挣钱回来还他们！"说罢，转身对沈林氏和沈志强挥了挥手："走！"

那天雨很大。雨若不停，远行的人便可走得更远一些。雨一旦小下来，催债人便又要上门来了。

风雨渐停,天光亮起。沈宅天井滴答着屋檐上的余雨。果不其然,天崩地裂的撞门声一阵盖过一阵,讨债的来了。

沈家兄妹死死扶住门闩,顶着门。门外头的声音叫骂着:"沈楚略,沈楚略,欠债不还的老王八。"声音一浪高过一浪。没多久,门倒了。债主陈渡头的帮闲水猴仔像一个黑影子,站在门楼内:"奶奶的!一帮小孩子力气这么大。你们阿巴呢?"黑影子说着话,他的身后出现了更多的黑影子,像鬼魅一般流淌进沈家门楼内,围着沈家兄妹看,每一对眼睛都在发着幽绿的光。

五个孩子屏住呼吸,瞬间没人答话。他们摔倒在地上,仰视着高大的黑影子。水猴仔道:"你们家欠的钱什么时候还?超期不还,利息翻倍。超一期,翻两倍;超两期,翻四倍;超三期,翻八倍。你们家要是想一直拖着,那前一期的利息可是要算作后一期的本钱,一起计算利息的。你们要是不想欠那么久,也可以拿人抵债。"

水猴仔说着,看了沈来弟一眼:"这是你们家老三吧?陈渡头眼真尖。"

沈来弟把脸埋进沈志武背后,双手抖着,死死抱住沈志武。

"沈楚略,滚出来!"黑影子们开始里里外外乱蹿,却不见沈楚略踪影,便叫道,"那个孬种真的跑了,跑了!"黑影子们说着,开始四下里细翻,有看得上眼又不太重的便随手顺走。然而,他们东掏西掏,沈家却也没什么东西可掏的了。

水猴仔挥了挥手下:"走,回去跟陈渡头说,沈楚略跑了,剩下几个娃儿。"黑影子们即将走了,出到门楼外,水猴仔忽然转过身来,看着沈来弟:"沈楚略都跑了,钱肯定不会还的了,我们只能抓人抵债了。"他说着,向左右的黑影子们问道:"你们说是不是?"众黑影子便起哄:"是是是!"

沈来弟一声惊叫，忙往厅里跑。水猴仔三两步追上她，扣住她的手腕往外拉。沈来弟尖叫着，挣脱水猴仔躲到神龛桌子底下。老二沈志武、老四沈志文、老五沈阿契，还有老幺沈志荣扑向水猴仔，撕的撕，咬的咬，扭打作一团。

水猴仔叫道："一帮小孩子力气这么大！"便一脚把沈志文踢到柱基上。沈志文被柱基蹭出一脸血。水猴仔又叫了一声："去你奶奶的！"一脚把沈志荣踢到屏风下。那屏风摇摇晃晃，似乎就要盖着沈志荣砸下来，却始终没有。沈志荣吓得缩了缩身子。沈志武的肚子在黑影子们的拳头底下起起伏伏，喉咙里发出作呕般的厉声。

水猴仔又来拉扯沈来弟，沈来弟哭着，将神龛桌腿死死抱住。神龛里的祖先牌位噼噼啪啪响了几声，便三三两两落下地来。摇晃之下，香炉也砸了下来。香灰撒了一地，粉尘飘在空中。众人都迷住眼睛，咳嗽起来。

沈志武趁乱捡起香炉的碎瓷片，往水猴仔的脖子上划了下去。水猴仔顿时血流如注，像泄了气的鸡嗉囊，瘫痪下地去。

黑影子们都停了下来，面露惊慌。沈志武把脚踩到倒下的水猴仔胸口，左右转了转，又把手上带血的香炉碎片往地上一摔，碎片更碎了。沈志武叫道："大家都是乡里人，谁家祖坟在哪儿，还不都是一清二楚的？你们今天这么干，谁还在乎做个亡命之徒！"沈志武说着，脚下又使了使劲。

他放下脚来，向众黑影子道："这是我家，你们把这死人抬走，滚！"

黑影子们走了。沈家兄妹能想到的逃命之处就是舅氏林家。

林阿公把门打开，把五个鼻青脸肿的孩子往里让，又探头张望巷子左右，将门关好。

林舅母见到来客，惊慌地搂住自己的两个孩子。林阿公嘱咐儿子、儿媳和孙子、孙女道："你们千万不能说，去外面千万不能说！"

林舅母拦住家公："阿公，志武杀人了，你……你不能留他。"林阿公小声而严厉地呵斥儿媳："胡说！没有的事！"林舅母哀求道："就算官府不找，仇家也会找，还有那帮债主。"林阿公仍说："没有的事，住嘴。"林舅母恳求地望向丈夫。林阿舅两下为难，把脸别开。

林阿公把外孙、外孙女藏进自己卧室，又将门窗关了个严实。他问志武："到底怎么回事？人怎么死的？"志武未答，沈阿契叫了起来："外公，救救二哥。"沈来弟又低下头去哭泣。

沈志文开口了："二哥、外公，你们都别慌。那个水猴仔死了白死。他本来就是官府的通缉犯，仗着陈渡头，神出鬼没的，没人逮得住他。他们哪儿敢报官？何况，他们入室抢劫、故意伤人，还要强抢良家妇女，我们就算把他打死，也是他们该死。官府难道没有公断？"

志武叹了口气。

林阿公摇了摇头："这几天你们先在房里待着，谁也不要出去。吃的喝的，我给你们送来。"

红日在村庄上方升起，鸡啼打破了晨的寂静。

林阿公提着一只食篮，敲了敲房门。沈来弟开门接过林阿公手中的竹篮子，取出饭菜摆在桌子上，众兄妹围坐上来。

一天天过去了，饭食皆由林阿公送，沈家五兄妹足不出房门。

夜里，长长短短的一排脚伸出被子边缘，悬在床沿上。林阿公

的床铺上打横依次睡着沈志武、沈志文、沈志荣、沈阿契、沈来弟。沈阿契、沈志荣两个闭上眼睛睡着了，其余三人皆睁着眼睛，心怀担忧。

沈志文推了推沈志武："二哥，我们现在也是在坐牢。"沈志武点了点头："对。"

沈来弟听了，翻身叹气。

清晨，林阿公收起了夜间临时搭建在门楼内的床铺。他望了自己房间的门窗一眼："这样下去也不是办法。"

大门打开，林阿公挑着渔网走进村巷。村巷那头出现了一个人，竟是水猴仔。他脖子下绑着块巾子，竟在闲逛。林阿公见了，念了声佛："阿弥陀佛，竟然没死！志武不用躲着官府了，志武不用偿命了，太好了。"

水猴仔逛着逛着，朝这边来了，林阿公连忙闪躲。

一帮泼皮从斜巷子里冒出来，围着水猴仔。一个泼皮说："沈家已经没人了，也没什么东西好砸。"水猴仔道："一帮娃儿跑不远，左右村也就那几户亲戚，挨家挨户砸，我就不信他躲得住。"泼皮们一听都兴奋起来，呼呼喝喝地称"是"。

林阿公啐了一口："呸！这畜生还不如死了好。"

水猴仔道："天上天公，地上舅公。只怕是躲在母舅那里，呵呵。"

林阿公一听，叫了声"不好"，忙往回走。

林阿舅家开始不宁起来。小表弟哭着跑进门楼内，扑向父亲怀里："阿巴，我不敢上学堂，路上有人拦我。下了学堂又不敢回家，门口巷子角那里有坏人等我。"林阿舅搂住儿子："不去学堂，不去，咱们今天不去。"

夜里，林舅母抱着小女儿哄睡，孩子却惊哭不已。墙外，是众泼皮砸窗的声音。

舅母无法，抱着孩子走进厅里，向林阿公哭道："阿公，你女婿在外面招惹的人，我们一点办法都没有。你是不是只要外孙，不要内孙？如果是这样，我就带着他们回娘家去。这个家连我也不敢回了。"

林阿公听了，沉默不语。

阿舅开口了："我去找陈渡头谈谈吧。水猴仔是打手，他听陈渡头的。姐夫欠的也是陈渡头的债。我看，躲也躲不了，还不如找陈渡头把数谈清楚了，大家服气了才好。"

林舅母朝丈夫翻了个白眼："你是第一天来这条村的吗？陈渡头是能谈数讲理的吗？如果能，你姐夫先时会谈不了？"

林阿公一脸无奈："是啊。四乡六里谁不知道陈渡头？只我们这样的人，去了恐怕……"林阿舅打断了父亲的话："没有办法，只能去。"林阿公道："即便要去，也是我去。"林阿舅为难地看着林阿公："阿巴。"

林舅母忙拦住丈夫："我不让你去！"

终于，林阿公拎上大包小包上了陈渡头的门。一进陈宅偏厅，林阿公就跪倒在地："大头家在上，受老朽一拜。"

林阿公三拜，又说："大头家听老朽说，先时沈家女婿欠您的钱，是他的不是。如今他出去做买卖了，挣了钱回来，定是如数奉还的。沈家几个小娃，都还是娃儿，您大人有大量，且放过他们，不要和他们计较。老朽当牛做马感念大头家的恩德！"

陈渡头道："林阿公，瞧您这话说的，您女婿先时和我还是拜把子弟兄呢，我并不曾为难他的。他雄心壮志的，去三佛齐一去就

是一队船。他造两条新船缺钱，我都很支持他。钱财这东西，我也没和他写借贷文契。他硬要写，我才胡乱写一个的。唉，连这怎么计算利息，何时归还，我全没和他细究的。"

陈渡头所言，倒也有三分真。提起当日沈楚略与他借贷，正是众人推杯换盏、笑语欢声之际。沈楚略取来纸笔，欲立借贷文契。陈渡头却客客气气地拦住他："哎呀，沈兄你这是干吗？区区几个钱，你还要跟我白纸黑字？你手上不方便，先拿去用就是。"

沈楚略道："陈兄，盛情归盛情，规矩还是规矩啊。"

陈渡头上来夺笔："写那么清楚干啥？我们哥儿俩这么多年的交情了，谈什么利息？我还怕你不还我？我还怕你利息给少了？"沈楚略拗不过陈渡头，便作罢了。

谁知后来船沉了。

水猴仔兴奋地跑进厅中，向陈渡头道："头家，头家，大行情！沈楚略三条香药船都沉啦！"陈渡头吃了一惊："谁？"水猴仔说："沈楚略。"陈渡头沉吟半晌，摇了摇头："沈楚略？三船？算了，他以后不中用了。收网收网，把鱼捞上来。"水猴仔嬉皮笑脸地答应了。

当沈楚略和陈渡头重新回到酒桌的时候，情形完全变了。尽管其他商人还一如既往觥筹交错，沈楚略却变了脸色。他问陈渡头："你这……怎么利息能这么算？这谁受得了？"陈渡头轻描淡写："哎，沈头家每年一船'黄金'，这点小钱算什么？"沈楚略道："你明知道我刚沉了三船香药，现在真还不了。我们先时也没写定期限，可否且缓一缓？"

酒桌上，那一干陪吃陪喝的便开始说话了。这个说："楚略兄啊，这就是你的不是了。按照陈家商行的规矩，是该还了，而且，人家的计息规则向来都是这样的。"那个道："借贷文契上可没写归还期，也没写计息法呀；既然没写，就要按照陈家的规矩来。"还有一个近乎重复了沈楚略曾说过的话："交情归交情，规矩还是规矩啊。"

沈楚略一拍桌子，窗外的天空出现了冰裂纹。

前事休提，当下林阿公只能挑好话跟陈渡头说。他跪在地上："大头家恩德，您仁义啊！"又磕头道："只是沈家现在，大的都走了，剩下几个娃儿。老朽也是没有办法，还求大头家指条明路。"陈渡头大笑："老人家您别为难，我和您女婿本就是多年至交。沈家三娘子他原本许给过我的。如今这样，您把三娘子送来，其他娃儿，您老放心养着。"

林阿公忙道："这，只是老三还小，这事儿我也得问过女婿。"

陈渡头道："您老不信我的话？她确实是您女婿许给过我的。"林阿公说："不是老朽不信，只是老三已经许了人，如何女婿又许给过您？老朽总要等女婿回来，问问他的。"

陈渡头脸上微怒，口气转重："哦，除了老三，还有老二。老二那小子淘气，我替您管教管教。其他娃儿，您老放心养着。"

林阿公急了："怎么又多了个老二？"陈渡头笑道："要不全送来？"林阿公大抚掌："大头家，您可放过我们吧！"陈渡头道："我与沈家也没有什么深仇大恨的，不过是欠债还钱这点事儿。您要是不服气，可以去官府告我，告告看嘛。哦，说起官府，老二身上还有人命官司吧？要是官府追究，没准在我这儿还能留他一条命。"

林阿公叫道："老二身上没有人命官司！那水猴仔活得好好的。"陈渡头笑了："嗨，当众杀的人，我的弟兄们都是人证。"

林阿公气坏了："你！"陈渡头这才想起要将林阿公扶起来："您怎么还跪着？快快请起！我就说这么多，您回去想想吧，做个亲家多好？老阿公哪！"

没有办法，林阿公回了自家门。

一听到陈渡头讨要沈来弟，沈志武嚷了起来："外公，您别听他瞎说。阿巴怎么可能把老三许给陈渡头？就是酒桌上喝多了，睡着了说梦话，也断不会说这样的话。"

林阿公欲言又止："你是说？"沈志武看了沈来弟一眼："对，东京卢彦。老三许的是他。"沈来弟闻言，低下头去。沈志武又道："外公，事已至此，我们也不想连累舅舅一家……"

沈来弟一听急了，哭着拉住沈志武："二哥，二哥，别把我给陈渡头。二哥，求你了，不要！"沈志武忙安抚沈来弟："我不是这个意思。"他停顿了一下，说："外公，我会安排好弟弟妹妹去处的。老三，我们得尽快离开，绝不连累舅舅一家。"

虽有这个念头，沈志武却也一时不知如何安排弟弟妹妹的去处。到了夜里，五兄妹蜷坐在房内，听着门外债主泼皮的打砸声。沈志武突然开口了，对沈来弟说："老三，没有办法，你去找陆定远吧。"

沈志文反对道："二哥，你疯了？你怎么能让三姐去找陆铜钱呢？"志武认真地说："我没有开玩笑。陈渡头神鬼不怕，只有陆铜钱他不敢惹，现在也只能以黑制黑。"沈志文说："二哥，陆铜钱可是钱匪！陈渡头暗地里是匪，陆铜钱他明着就是匪啊。"

沈志武听不进劝，仍对沈来弟说："但是我知道，陆铜钱不会欺负你的。"沈来弟低下头："好，我去。"

安顿好老三，沈志武向老五沈阿契道："你去水东找教你画画

打春（完整版）·上册

·014·

的李忠李师傅，以后二哥去接你。"又对沈志荣说："你搭船去凤头镇六姨婆那里，六姨婆最疼你了。她家的荔枝园你能帮得上忙，可以在那里住长久一些，以后二哥也去接你。"

沈志文忙问："二哥，那我呢？"沈志武道："你这么大了，还用问我？男子汉大丈夫，上哪儿找不到一口饭吃？"沈志文说："二哥，你去哪里？我就跟着你。"志武却说："我不要你跟，咱们各走各的，省得出事了都在一起。"

志文又问："二哥，那你是要去哪里？"志武说："我去广州找四姨丈，找他给咱家做主。"志文怪道："四姨丈？他从来没有回来过，连四姨也素未蒙面。你竟要去找四姨丈？"

志武没有回答他，只从身上取出铜钱来，分给沈来弟、沈阿契、沈志荣，到了沈志文那里时，铜钱分完了。志武向他摊了摊手："那你路上将就一些吧，我俩都没有。"

很快，天蒙蒙亮了，兄妹五人出了房来。林阿公坐在临时搭起的床铺上叹气，问："这么早，鸡还没叫，你们去哪里？"沈志武只说："外公，我们都有去处了。趁现在他们打砸完回去，外头消停下来，得赶紧走了。"

林阿公说："你们走了，我也不住在这里了，我去海边住。"说着从枕头底下摸出一只袋子，掏出里面的白珍珠来——那是他在海上采的。他给了沈来弟两颗，说老三啊，要是以后不回来了，这个就当是你的嫁妆吧；又给了沈阿契两颗，说老五也一样。林阿公再给沈志荣两颗，珍珠就分完了。

沈志武拍了拍沈志文的肩膀，说："没事儿，扛一扛，我也没有。"于是众兄弟姐妹互相推让着珍珠，不能平均分配。林阿公即取回一颗珍珠，说："这颗是你们大哥的，正好一人一颗。别磨蹭

了，赶紧走吧。"

沈家兄妹这才出了门去。

天大亮起来，潮州街市上人声喧哗。一个衣衫褴褛的蕃人在人群中跌跌撞撞，走向面点摊。那摊主啧啧声："怎么现在乞丐还有蕃的？"

蕃人向摊主讲着眉路骨淳语："摊主，给我吃的，我要跟你买吃的。"摊主听不懂，只是驱赶蕃人："本摊位小本经营，不做慈善，去去去。"蕃人拉住摊主，连比带划："我有钱，我要买你的食物。我很饿。"

摊主挣脱着："听不懂，听不懂！快走快走！"蕃人从身上摸出一枚金铤，捧向摊主："我要买你的食物。"摊主大惊，伸过手去，又缩回来："真的假的？"

就在此时，陈渡头与众帮闲路过，忽转过头来。只听蕃人向摊主说着眉路骨淳语："我只有金子，我只有金子可以吗？如果不可以，我的船上还有宝石跟珠子。"陈渡头忙走向蕃人，用眉路骨淳语问："蕃客，你是不是需要食物？"

蕃人见了救星，连连点头："太好了！您懂眉路骨淳语。"陈渡头向摊主投去数枚铜板："给蕃客两碗豆浆、五个馒头。"摊主接过铜板，眼睛斜斜地瞥着蕃人收回怀里的金铤，有点犯嘀咕，又望向陈渡头："好的，好的。"

片刻食物上桌，蕃人狼吞虎咽地吃了起来。陈渡头这才问他："蕃客是遭遇台风了？"蕃人道："是的，我一船的水手都不见了，不知道在大海哪里？"陈渡头宽慰他："您是幸运的，海浪把你送到我们潮州来。那么，船也沉了？"蕃人道："船坏了，但是船也很幸运，被海浪送到你们的岸边来。"陈渡头问："船上还有什么？"蕃人道："还有黄金、宝石，跟珠子。我这些天，就是用黄金跟珠子来换食物的。"

陈渡头突然佯作大惊："哎呀，那坏了，也就是说，你在我们潮州出卖黄金跟珠子？你们遭遇了台风，所以还没到广州市舶司①请领关凭吧？"蕃人一愣，停下嘴里的咀嚼："没有。"陈渡头煞有介事道："遭了兄弟！你摊上事儿了，我们宋国的官府会抓你的。"

蕃人有些无措："那怎么办？我的兄弟，你告诉我。"陈渡头语气缓下来："别慌，我的兄弟。等你吃饱了，带我们去看看你的船！"蕃人一脸茫然，陈渡头的嘴角却露出了诡谲的笑容。

话分两头，再说沈来弟大清早离了外公家，此刻却又慌慌张张地跑回来，猛敲着门："外公！舅舅！舅舅开门。"林阿公忙将门打开："老三，怎么回来了老三？"沈来弟喘着气："外公，有人跟着我！他们一路盯着我，跟着我。"林阿公将她一拉："赶紧进来。"

林阿公正要关门，门却被一根长棍卡住。林阿公一看，却是一个笑嘻嘻的小厮。那小厮说："林阿公，贵客来了，不开门相迎，怎么倒关起门来？"就见陆定远从旁走出，大笑向沈来弟："好妹妹，跟了你一路了，也不等等哥哥。"

---

① 广州市舶司：据黄纯艳《宋代海外贸易》，第25页，广州港是全国最早设立市舶司的港口。宋在收复南汉的当年——开宝四年，即在广州设市舶司，"命同知广州潘美、尹崇珂并兼市舶使，通判谢处玭兼市舶判官"。在北宋及南宋的很长一段时期内，广州港一直执海外贸易之牛耳，岁入曾居全国市舶总收入的十分之八九。元·马端临《文献通考》卷六二《提举市舶》有相关记载。

沈来弟终于定了定神："原来是你！"

当下陆定远进了林家客厅，问沈来弟："我就奇了，有人四处找你，要拉你抵债，你倒是一个人大摇大摆地在街上走，是要去哪里啊？"沈来弟迟疑着："我……我要去找你。"陆定远问："找我？找我作甚？"沈来弟低下头："我没处去，他们都怕陈渡头。只有你，陈渡头怕你。"陆定远道："那又如何？"沈来弟羞羞涩涩道："找你帮我。"陆定远故意说："我为什么要帮你啊？凭啥？"

沈来弟急了："那算了，由我死去。"说罢红着眼圈往外走。陆定远见状，伸手把沈来弟后脖子一握，将人扯了回来，哈哈大笑："走，跟我走！"

他推着沈来弟到大门口，便渐有过路村人围观。陆定远向众人道："各位父老乡亲，你们都看见了。今日，良家女沈来弟，被我，陆定远抢走了！黑白两道，要是有谁还惦记着沈来弟，也可以到我家来抢。其他地方是找不着她的，就不必再翻找了，省得打扰别家亲戚们。"众村民议论纷纷。

沈来弟扭动着脖子，叫了声："疼。"陆定远才放开手。

村人们便起哄道："陆铜钱，你今日又得压寨夫人，不散钱吗？""是啊陆铜钱，听说你家的铜钱堆积如山的。""今日大喜，散些给乡里啊陆铜钱。"

陆定远笑起来："好！散与乡里！"

陆家小厮便举起一只装满铜钱的金靴子，抓起铜钱撒向人群中。众村民涌向前来抢作一团。

陆定远将沈来弟抱上高马，策马离去。

二人行至郊野。郊野草色青黄，泽地温润，水鸟出没。沈来弟问："陆大哥，你是个仁义的人，为什么要做钱匪？"

陆定远冷笑道："什么是官？什么是匪？天底下，官盐做成私盐，私盐又做成官盐的事多了去。有朝一日天子开眼，明白铜钱为什么多，为什么少，那我便不是匪。"

沈来弟问："那铜钱为什么多？又为什么少？"

陆定远道："天地之间，有无尽藏，生养无尽人。人把矿挖出来，冶炼铸造，那便是钱。可是为什么没人干？"沈来弟回答："那也是只有朝廷才能做的事情。"陆定远道："我的意思是说，朝廷为什么不做？倒不是懒，也不是不会，而是朝廷觉得无利可图，事实上也是无利可图。所以，想要让铜钱多，就得让铸钱有利可图，至少让朝廷有利可图。你看，我现在做的，不就是让铸钱有利可图的事情吗？"

沈来弟回头看了陆定远一眼。

陆定远道："好妹妹，你不需要懂这些。驾！"二人策马远去。

黄昏的海滩，几只蝙蝠肉乎乎的小身影在沈阿契眼前一掠而过，黑黑的。她疑心看错了，她疑心那是个头不大的燕子。它们出来觅食了。她显然不是它们的食物，却慌慌张张，撒腿就跑。

海天有微光，却不知从何处发出。

浅滩边，不知何时耸起一座异样的建筑，在海天的微光下，庞然可怖。微凉的海风中，阵阵人语无由而生。无遮无挡的空旷夺去一个人所有的安全感。

沈阿契喘着气，跑不动了。

她渐渐靠近那座异样建筑，缩到它的墙边，不敢出气。她伸手一摸身后的"墙"，原来这是一艘搁浅的异域大船。她也不知道

它来自哪里，只闻见它浑身散发着的被大海捉弄得憔悴不堪的咸腥味，以及杂陈着的腐臭味。透过它破损的地方，阿契看到船内像一个杂乱无章的大仓库，似乎废弃了很多年头，又似乎刚刚遭了海盗——一片深黑叠着浅黑，高高低低，不知是宝货，还是废品？

人声渐近，沈阿契一看时，却是陈渡头和他的泼皮帮闲们。那泼皮推搡着一个衣衫褴褛、皮肤黝黑的蕃人，指着大蕃船问："就是这里？"陈渡头与帮闲们绕船看视，沈阿契只好绕船躲闪，时而钻进破损的船体中，时而又爬出。

陈渡头开始对蕃人厉声厉色起来："这是不允许的！外蕃货物到宋国贩卖，都要经过广州市舶司的抽买纳税，发给入关公凭。按照我们大宋的法律，你要被抓起来！"

蕃人答："我知道，船要在广州拢岸登记。但是船在海上遇到台风，我们整整漂了四十多天，后来海浪把船送到这里。这属于海难，请您救救我。"

沈阿契壮壮胆，伸出脑袋去看，那是一个深眼窝、高鼻梁、卧蚕眉的蕃商。他的这张脸，五官十分立体，多年以后仍令沈阿契记忆深刻。

陈渡头对蕃人说："我会救你，但是在你吃饱喝足，身体恢复健康之后，我仍然会去官府告发你，你仍然要被抓走。"蕃人的情绪激动起来："不！眉路骨淳有很多商人在宋国，宋国也有很多商人在眉路骨淳，我们遭遇了大风，我们遭遇了大风！"陈渡头说："不管遭遇什么，你们船上的宝货在宋国境内出卖，却没有广州市舶的入关公凭，而且是在潮州海角私自上岸，这就是私贩。私贩，是很重的罪，没有办法补救。"

蕃人道："可是我已经没有食物了，只能先拿一些黄金出来和宋国人交换吃的。我也不想私自贩卖。"

沈阿契闻言，咬了咬嘴唇，暗道："陈渡头又在骗人！遭逢天灾，用黄金买吃的根本不是私贩。不得已在市舶司以外的地点登岸，只要不私自贩卖，依旧装货前往广州市舶司抽买就可以，也不会抓人的。①再说，蕃人犯法，由蕃长处置②，岂是由着陈渡头耍威风呢？"

只见蕃人失望地嘟囔着，疲倦地躺到沙滩上。陈渡头蹲下身子拍了拍蕃人的肩膀："别泄气，兄弟，如果你愿意和我合作，我是不会告发你的。你不仅没有罪，还会被奉为上宾，能够得到翻倍的利润，只要你配合我。"

蕃人坐起身来："你要我做什么？"陈渡头说："贡赐往来，你知不知道？如果你是普通蕃商，你就只能赚取普通差价，但如果你是眉路骨淳的王使，这一船宝货是给大宋皇帝的贡品，那你得到的回赐，将会比普通买卖利润翻倍。"

陈渡头说着，把蕃人从沙地上拉起来，拍着他的肩膀说："别担心，一切有我。"

沈阿契看着陈渡头一干人等渐行渐远，暗自思忖："好啊，假冒贡赐贸易可是欺君之罪！"她透过破开的"墙洞"，又望了一眼

---

① 据《宋史·三佛齐传》载太平兴国五年案例，一蕃船"会风势不便，飘船六十日至潮州，其香药悉送广州"。意谓遭遇台风，被迫在潮州港停泊，处理办法是继续将禁榷物资送往广州市舶司抽解。

② 蕃长：据《萍州可谈》卷二，"蕃人有罪，诣广州鞫实，送蕃坊行遣……徒以上罪则广州决断"。黄纯艳《宋代海外贸易》第119页解释，蕃商侨居中国，触犯法律时，北宋前期交蕃长按其本国法律惩治，只有较重的罪才送中国地方政府办理。

杂乱无章的船舱内部，那些或方或圆的物们，就是给大宋皇帝的贡品？也许整理一下，香药犀象的尊贵光华将重回物们的身上，但无论这光华如何真切，王使是假的，贡品也是假的。

沈阿契搭了天亮之后的第一班渡船。她手里只有四枚铜钱，此时却要掏出一枚来付给船钱。她向撑船人递出钱去，撑船人看了一眼，说："小孩子不用钱。"便走开了，忙着摆弄他的长竹竿们。他高高卷起的裤腿沿儿上磨蹭得有些褴褛，但他似乎满不在乎，伸手扶了扶头上的宽沿竹叶帽，一脸正衣冠、有讲究的神色。

沈阿契在东山下上了岸，往李忠家跑去。

李忠一手把门打开，一手端着碗白粥，上面还搁着几根咸菜。他吃惊地叫道："阿契？"阿契抹着脸上的泪水，抽泣着："师父，我能在你家住一阵子吗？"李忠吸了吸鼻子："出啥事儿了？快进来。"

一个天气晴朗的早上，李忠带沈阿契去见水东瓷窑①的头家奶奶林阿娘。林阿娘个子高高的，挽着一个温温婉婉的发髻，白白净净的圆脸很是好看。她说话缓缓的，低低的，带着威严。

阿契向她行礼："头家奶奶好！"她问："几岁了？"阿契答："十二岁。"她问："会画画吗？"阿契点了点头。

林阿娘看了看李忠："她画画怎么样啊？跟你学过画是吧？"李忠说："她是我带过的学生里面，最会画画的。"林阿娘笑了笑："你才带过多少学生？这样吧，阿契是吗？阿契，这里有纸

---

① 水东瓷窑：据庄义青《宋代潮州陶瓷生产及外销综述》，今笔架山窑在北宋称水东窑，民间称百窑村。百窑村始创于唐，极盛于北宋。水东地名谓韩江东岸，又称溪东。

笔，你现画一个你最拿手的。别画太复杂，别画到天黑也画不完，简简单单画一个，我看看你功底就行。"

阿契点点头，怕她等，便迅速地画了一条锦鲤。林阿娘皱了皱眉头："又是一个画锦鲤的，还有别的吗？"阿契着急忙慌地又画了一朵花。林阿娘笑了笑："行吧，留下来慢慢学吧，反正我们做的也就是这些。"

阿契起身向她道谢："谢谢头家奶奶。"

林阿娘对阿契说："以后要用心，我这里的瓷器可是卖到诸蕃国去的。"① 又问李忠："她家是海边的？家里干什么的？"李忠点着头，竖起拇指："嚯，她家里跟您家一样，也是做大生意的。"林阿娘说："做生意的，家里应该也很忙，怎么来我这里做事？"李忠笑道："她是我徒弟，要继续跟我学画画。我说我现在要帮头家、头家奶奶做事，不能去你家教画画，要学只能跟我来这里学。她就来了。"

林阿娘问："父母知道吗？做什么生意的？"

李忠笑道："父母非常同意啊。谁不知道水东瓷窑的大名？又不是去别处。说起她家的生意，那也真是巧了，就是走蕃船，往来蕃货的，跟您家是一道儿的。也许以后水东瓷，可以由她家去运送。"

林阿娘笑道："那倒没这个必要。不过，多一个朋友也没关系。"她说着瞅了瞅阿契："这个家伙，以后怕不是来抢生意的主

---

① 1985年出版的《广东唐宋窑址出土陶瓷》："外销方面据记载，当时在阿拉伯帝国阿拔斯王国的首府缚达城，已有不少经营潮州陶瓷的商贩。"

第一章

沉水沉，乱云飞

儿？"李忠连连摇头："不会不会，您放心好了。"林阿娘说："开个玩笑罢了，现在的行情，就是多一百家水东瓷窑，恐怕都供不应求。"

李忠也笑着："那您既然同意她留下，我现在就带她去见见头家，各处走走。"林阿娘点点头。李忠便领着沈阿契走了。

夜里，阿契与李家人围桌而食。她看到天井上空似乎映有红光，忽闪忽闪的。她担忧地问那是什么。李忠的儿子李大发和女儿李小花都说，吃完饭带你去看。阿契于是赶紧把饭吃完，但李小花饭后要洗碗，阿契于是跟着李大发出门去了。

李大发打着灯笼，和阿契爬上半山腰眺望夜里的东江。那江两岸都是瓷窑，炉火映天。光色似是红的，似是五彩的，斑斑斓斓，恍恍惚惚，就像两带火，夹着一带水，各有各的奔腾，各有各的生机。这景象似在宣告水火也可相融，这景象似在泄露着别样玄机。

这天夜里出奇地热。这种热像台风前兆，不知道又有哪户跑船人家要遭殃了，也不知道又有哪家农庄会颗粒无收。沈阿契和李小花睡在竹帘后。地砖上只铺了一层草席，便是她们的床铺了。李大发睡在竹帘外的天井边。只要不下雨，他会脸朝天地睡到天亮。

沈阿契突然说："还是烧瓷好，刮风下雨都能挣钱。"然而没人回答，其他人都睡着了。沈阿契手打着蕉叶扇，抹着颈下的汗，心里思量着："二哥，你什么时候来接我呀？"

再说沈志武送走弟弟妹妹之后，就不弯不绕去了广州找"四姨丈"。四姨丈对于沈家，以及类似沈家这样的亲戚来说，只是个传说。传说他原是做生意的，后来却变成一个做官的。"四姨"不是林阿公的女儿，而是林阿公堂哥的女儿。林阿公跟这个堂哥几十年没见过，亦不通书信。

广州到处都是人，南来北往，四方辐辏，沈志武是不可能找到"四姨丈"的。

于是，他在平石镇①一家姓梁的农户家里帮工。梁家有一片不算大的鱼塘，却被窄窄地隔成一个个"田"字，养着些不算大的池鱼。最初隔这些格子，是为了妯娌几个好分配。隔成之后，池塘更小了，都是些无用的塘基。

沈志武想起了外公家那片连着海，说不出形状的蚝田②，它们总是看不到边界。驱赶着一叶竹排，耕作于其中的那个老人，他富有海天，坐拥水云。

梁家没有林地，于是在塘基上种桑，用鱼粪给桑树堆肥。左邻右里看他家孤愣愣的桑树们，排排站在池塘沿上，仿佛江风一来，朝左也是倒，朝右也是倒，就笑话她们，说没见过这样的。梁家的女人们却不以为然，反而觉得这样挺好。毕竟，妯娌几个养蚕收丝卖给机户就足够用度了。

一天下午，梁家妯娌和前来收购生丝的机户讲价钱，讲着讲着，几乎吵了起来。志武听见了，忙丢下手上的活计，前来帮腔。然而，他听到那个彭姓机户所说的广州话，夹杂着很浓的潮州腔，于是两边安抚，平息下去，又承诺要帮彭机户把生丝送到家里去。

离了梁家鱼塘，沈志武便一口一个"彭叔"地自报家门。

彭叔一脸苦相，说："后生兄，我也不是故意压你们的价。我

---

① 平石镇：据孙翔、田银生论文《宋代广州城市空间初探》，平石镇是宋广州八镇之一，在今谢村东南，位于河网区，经济好。

② 蚝田：在11世纪修建的洛阳桥，建设初期在桥址水中遍抛石块，其上养殖牡蛎，后胶固形成基础，所谓"种蛎固础"，说明北宋已有蚝的养殖。

知道你家就几个老妯娌，没什么劳动力，你们也难。但现在揽户来收平纹绸①，价格越来越低。我虽有两架织机，也赚不到什么，再这样下去，我只好回老家捕鱼去了。"

彭叔絮絮叨叨说了一路，说现在最坏的就是这些揽户②。他们从机户这里低价收购丝绸，转手又抬高价钱卖给税户去交税。机户倒是想直接把丝绸卖给税户，但几乎没人成功过，总是这些揽户把控在中间，也不知使了什么鬼招数。为什么大宋的律法就不收拾一下他们！

彭叔大抚掌。

志武把生丝送到彭家时，便见一个揽户坐在屋里喝茶，等着彭叔。这个揽户也是潮州人。彭叔毫不客气地说，这是"熟人骗熟人，老乡坑老乡"。那揽户便道，他又不是一定要买彭叔家的丝绸，彭叔不想卖，可以卖给别的揽户，也是一样的，行情就这样。

彭叔的叹息声，跟他家的织机声一样，唧唧复唧唧。

沈志武很同情彭叔，但是他跟着揽户走了。

揽户姓王。王叔告诉沈志武，广州有个潮籍商帮，也许可以从那里打听"四姨丈"的事。然而打听来打听去，商帮没人听说过此人。

王叔又说，他认识广州衙门里一个姓赖的勾押官，能写会算，深谙办事章法，曾在多处做过公吏。听闻他神通广大，也许能查到有关四姨丈的籍簿名录。这位赖姓的勾押官只是一名公吏，不过

---

① 平纹绸：据【德】迪特·库恩《哈佛中国史·儒家统治的时代：宋的转型》，第241页，宋代纳税用的纺织品中平纹绸是最重要的。

② 揽户：包揽代交赋税的人在宋代被称作"揽纳人"，即揽户。《宋会要辑稿》有关于"揽纳人"的记载。

沈志武私见他时，总是管他叫"赖大人"，他很高兴，也很愿意帮忙。

赖大人果然找来了一本籍簿，说四姨丈如果是由商入仕，这里都可以查到籍贯名录。他翻着籍簿，说道："自大宋开国以来，因贩易蕃货，利益朝廷市舶，封赐承信郎的潮籍商人有十二人，封赐从义郎的有四人，因持节出使诸蕃国，封赐忠训郎的潮籍商人有六人，还有早些年，征民船军用时立功的，也有几个，都有赐封官爵。广南其他地方的商人受封也不少，以及福建、两浙，都很多，不知道哪一个是你四姨丈？"①

沈志武愕然，他对"四姨丈"一无所知，甚至不能确定是否潮籍。

"那怎么找啊？"赖大人笑眯眯地问。事情是无果的，但沈志武觉得找四姨丈已经没什么意义了。他更感兴趣的是如何做一个入道的揽户。

沈志武是做揽户挣到钱的。彭叔从来不愿意把丝绸卖给他。彭叔叹息说："越是年轻后生，刀仔门越锋利。"

日出东山，沈阿契跟随李大发和李小花到水东瓷窑上工去。

李小花有一双巧手，会拉瓷胚，能拉出身姿妖娆的长身瓷瓶。她还有一对神仙似的耳朵，能听出瓷瓶的厚薄。她看到进炉前的瓶子，就能知道出炉后的样子。她对沈阿契笑道："这跟蒸包子一样。"沈阿契摇着头："不一样不一样。"小花笑道："不一

---

① 据黄纯艳《宋代海外贸易》，第194页，海商、纲首因贸易量大，或有外交贡献，可以补承信郎、忠训郎、从义郎，这些商人有宋商也有蕃商。

第一章 沉水沉，乱云飞

样？那就跟蒸饺子一样呗。"她指着棚子里被砸成细块的洁白瓷土矿，哈哈大笑："看到了这些糯米，还能不知道上桌的糕粿长什么样？"

李大发满场子里里外外跑着，吆吆喝喝的。他管着瓷土矿进进出出的账目，检验着矿土的优劣。

沈阿契什么都不会，只会画画。连日来，她用竹木笔反反复复地在泥盘子上划着一朵花儿的凹凸，很是无趣。这样反反复复地划着同一朵花，也算画画吗？她抬起眼睛，望了望晒瓷的院子。

院子里的花木都长得挺好，尤其是素馨花，每一朵都尽态极妍。这素馨花是蕃商来采买瓷器时，种在这里的。蕃商带来过不少异域花木，有种得活的，有种不活的，有的好看，有的好吃，有的好用。阿契突然想到，阿叔曾沉掉三船香药在海底，如果香药在这山海间也能种出来，那么按这十倍的价钱……

"阿契。"林阿娘叫着。沈阿契转头看她。

林阿娘盯着泥盘子："你看院子里那些花儿，再看看这个，你不觉得这些盘子不好看吗？"她又问众画工："你们倒是说说，改个什么图样好？"

阿契低下头："头家奶奶，我也不知道改个什么图样好。"她默默结束了和林阿娘的对话，闷闷的，希望林阿娘不要注意到她，也不要和她说话。

林阿娘看了看沈阿契，说："你画画很一般，又不会做瓷，只是我这里太缺人了，才留下你。"沈阿契始终没有抬头看她。

众画工见头家奶奶不高兴，都纷纷献策，有的说竹子好，有的说牡丹好，有的要画寿桃，有的要画仙鹤。林阿娘不耐烦道："再说吧，先把这一批盘子画出来吧。"

众人安静了，沈阿契却又出声了："我觉得这些盘子上有画儿，很奇怪。这些瓷器青如翡翠，白如璧玉，微瑕且不能忍，何况是枝枝叶叶地往上加呢？"林阿娘转头看了她一眼，走了。

一个无风的夜晚，瓷工们在场院里摆出八套盘碗，又推出来八个击奏瓷乐最好的人，要他们献艺演奏。他们沿着晒瓷场站成一圈，便将瓷盘瓷碗敲出曲子来。瓷音交响，恍若天籁。

天空没有星也没有月，只有不熄的炉火映照着半边天。头家闻声而至，也生出兴致来，叫道"赏酒赏茶"。

晒瓷场里的香花在夜间总是更香。两杯酒一落肚，一个外号"细粒"的瓷工就自告奋勇开始唱歌："我来唱一首《无亩阿伯》给大伙儿听。"说罢便唱："天顶飞雁鹅，阿弟有亩阿兄无。阿弟生仔叫大伯，大伯听了没奈何。背个衫包仔，坐船来去冯牙罗。冯牙罗，水迢迢，父母真枭。老婆未娶，此恨难消。"

一唱完，李小花就忍不住调侃道："阿伯，你明明娶老婆了，还说没有？你是想再娶一个年轻的啊？"细粒嘻嘻笑着："这不是唱歌嘛。"

又有一个绰号"阿哑"的瓷工争先恐后站起来："我来！我唱好听的——《嫁着儿婿到外洲》。"说罢，他把男人的声线隐藏住，嗓子细了起来："前世无身修，嫁着儿婿到外洲。去时小生弟，返时留白须。"

大家都说太难听了，不让他唱。阿契却觉得很好听，自己学了几遍，唱了几遍。众人嬉嬉闹闹，很晚才散。

之后的夜晚，在李家宅子的天井里，沈阿契和李小花也时常这样敲盘敲碗，玩乐嬉笑。李家师母张桃桃则皱紧了眉头。

沈阿契在叮叮咚咚不成调的盘碗声中，又听见张桃桃在对李忠

说："呵呵，只有傻子才帮别人养孩子。又不是亲生的，她父母都不管她，你还指望养大了她以后来孝敬你？"

李忠唯一的反驳就是："念念叨叨，念念叨叨，你就知道念念叨叨。"

沈阿契走到李忠卧室门口，倚门偷看。

那张桃桃道："说是住几天，现在都多久了？没见过这样的，说不管就不管，又不是没爹妈。就算没爹没妈，她不是还有长兄长姐吗？还有母舅叔伯的呀。我们家算啥呀？"

李忠解释："哎呀，你不知道情况，他们现在连本村都回不去的。只能远远地离开，找一些不亲不友的人家投靠才好。"张桃桃忙问："什么情况？她家到底什么问题？"李忠道："她家没问题！你也不要管。反正我就认了这个女儿，我就养着，怎么样吧？"

李忠摔门而出，沈阿契连忙躲避。

沈阿契低头进房，把半串铜钱放在桌面上，小声道："师母，这是林阿娘给我的这个月的工钱。"

张桃桃将半串铜钱往地上一摔，铜钱撒了一地。沈阿契打了个冷战，低着头沉闷地走出厅子去。

李大发忽从背后捂住她的眼睛："大人吵架，小孩子不要偷看。"沈阿契的眼泪从李大发的指缝间渗出，李大发忙把手放下，在衣服上抹干。

沈阿契哭道："我二哥什么时候才来接我呀？"李大发说："干吗盼着你二哥？我也是你哥哥呀。"沈阿契道："你又不是我亲哥哥，我只要我二哥。"李大发拍了拍她："小白眼狼，别哭了。"

不觉四年过去，在沈阿契的望穿秋水中，沈志武终于来了。他的高矮胖瘦几乎没有丝毫的变化，沈阿契却已经长得跟李小花一样高了。

沈志武面对齐齐站着的沈阿契和李小花，竟然还辨认了一会儿，仿佛不能确定哪个是自己的妹妹。李小花悄悄在沈阿契耳边说："你二哥长得真俊。"沈志武看到，两个女孩儿一个对他笑，一个哭了起来，他终于确定哪个是沈阿契了。

沈阿契拜别了李忠和张桃桃。

沈志武说，父母在东京，想去东京，得先去广州，再过梅关，二十天左右可以到东京。张桃桃说，长途车马颠簸，会晕吐，于是给了阿契一布袋很酸的青橄榄在路上吃。李小花送沈家兄妹送了很远，直到沈志武叫她不要送了，她才回去。

沈阿契上了马车，沈志武赶着马渐行渐远。

沈志武衣着并不光鲜，但是一脸的底气。他的双眸一如既往，天然地灌满了精气神。尘土轻扬，扬不过明净的天色。车马微喧，填补了郊野的空寂。沈阿契揭开车帘子，看到光柱漫道，而大道两旁的涌渠里开满了无主的莲花和菱花。

岭南平野，水网交织，一艘客舟漂于北溪之上，溪那头就是凤头镇了。

沈阿契站在船头，掏出一只草编螳螂："二哥你看。"沈志武问："给幺弟的？"沈阿契点点头。沈志武道："你会长大他不会啊？现在哪里还玩这个？"

沈阿契怅然若失。

凤头镇渡口在水纹的拉扯中近了，近了。

货郎在叫卖果子。竹庐外酒旗招展。农人驱赶着耕牛走过。沈

志武和沈阿契上了岸，穿街走巷而去。

他们来到一处村屋前，只见屋门紧闭，一个蜘蛛在门环上结网。门楣上贴着"一帆风顺"四个大字，但红纸已经褪色，"顺"字掉下半边来。沈志武一脸惊愕，抓住门环无力地敲了两下。门环蜘蛛网上的蜘蛛落荒而逃。

沈阿契跑到隔壁喊："六姨婆！六姨婆！我是阿契。幺弟，幺弟——"隔壁门内出来一个农妇："找谁啊？"沈志武问："大嫂，隔壁这家人去哪儿了？"农妇说："搬走好几年了。"沈志武又问："大嫂，隔壁住的是一个老阿嫲，姓林的，是吗？"农妇道："对，有两个儿子。"沈志武忙接话："对，那是我六姨婆，叫——"

"叫林娇娘，"农妇说，"从福建嫁过来的。那个老阿嫲，我们很熟的。两个儿子分家了，搬走了以后我就不知道她住哪里了，也没见过面。"沈阿契问："四年前，她家来过一个小孩，男的，住在这里吗？来过吗？有吗？"

农妇答："这……不记得。"沈志武和沈阿契担忧地对望一眼。农妇又突然想起来："有，是有的，也是喊她六姨婆。"沈家兄妹复喜。

农妇道："那小孩平时没住家里，好像是一直在荔枝园看园子。"沈志武忙问："她家荔枝园在哪儿？"农妇道："要说分家之前，老园子就在飞凤岭的。分家的时候，听说他们的园地买卖置换了一番，也不知道现在还是不是在那里。"

沈志武喟叹一声："大嫂，飞凤岭怎么走？"

打春（完整版）·上册

032

第二章

仓浪天，共餔糜

　　马车在飞凤岭的荔枝园中穿走，见有守园的寮子，沈志武、沈阿契就下车叩门询问，然而果农们或摇头，或摆手，无有知者。

　　山林中忽现出一个白雾缭绕的汤泉池，池边诸物迷蒙一片。

　　沈志武下了车，蹲在池边发呆。他脸色僵硬，伸手捡起地上的小石子丢向水中，大哭起来："幺弟！是二哥糊涂啊。你还那么小，我怎么能让你一个人走呢？你在哪里？你回答一声啊！"

　　沈阿契跑过来："二哥，你别哭啊。"沈志武恸哭："幺弟，是哥哥不对，幺弟！"沈阿契道："二哥，你哭啥？我们只是还没见到他而已。他肯定还在六姨婆家啊。"

　　她连拖带拽地拉起沈志武。

　　哭声渐小。

　　山道上，那辆马车动了，远远离去了。

　　沈志荣赤着上身从白雾缭绕的汤泉池里爬出，一边张望着远去的马车，一边穿上衣服。六姨婆拄着拐杖从荔枝林中走出："阿荣啊，你一个澡洗了半个时辰了。快回去！"

沈志荣道："六姨婆，刚才有个大男人在这里大哭，好稀罕！还有个女的。"六姨婆说："那也不干咱们的事儿。"沈志荣道："想必他遇到了什么大难处？咦，那辆马车就是。"

六姨婆说："哎呀，都走远啦，管他呢。"六姨婆又看到沈志荣的额头有处伤口，破皮流血了，忙问："你头上怎么弄成这样了？在哪儿蹭的？"沈志荣笑了笑："就是刚才那个男人拿石子儿砸的。"六姨婆挥动拐杖，指向远处："混账东西，走，咱们追上去，看我不打断他的腿！"沈志荣拉住她："都走远了。嗨，人哪儿追得上马？您别去。"

六姨婆生气地以拐杖捶地。沈志荣扶着她往荔枝园里走："六姨婆，刚才来的不会是我家里人吧？我好像听见那个男人，边哭边喊什么——'幺弟'？"六姨婆道："你想多了，你家里人哪里还记得有你这个老幺啊？"

兴隆镇圩市上，卖海货的摊子很多。半尺长的大海虾光泽透明，壳边上点缀着艳丽的蓝红斑纹，忽弓起身子一弹两米高。一两斤重的大水蟹被粗草绳五花大绑着，亮出铁青铁青的壳。小贩叫着："便宜啦！便宜啦！"

这个地方，两条大溪中间夹着一个小镇。小镇北倚着山，面对入海口，前方是南海。对着大海有一座龙福寺。小和尚撞着钟，余音袅袅。

沈阿契原以为，陆定远这个传说中的钱匪会住在山寨里，或者山洞里。门口应该有一些喽啰扛着刀守着，门内应该还有一些喽啰举着火把跳踉。可是没想到，陆定远的家这么平常——不过是一处略豪气些的民宅。

马车停到陆家门口。陆定远、沈来弟和众家仆都站列门首迎候。陆定远咋咋呼呼地喊着："嘿，我大舅子！我小姨子！"阿契一把扑向沈来弟："三姐！"一时，兄妹三人搂作一团，眼眶子又湿润起来。

沈来弟携着阿契的手，与沈志武、陆定远一起进了门。

进到宅子里面，只见屋廊楼宇，重重复重重，非常深大，令人迷幻。许多不规则的小通道、小房间，连来连去，突突兀兀，也不知何用？园囿穿插在堂屋之间，或笨笨地走过一只大孔雀，或灵巧地飞来一只绣眼儿，地上还伏着大白兔。

住了一日，沈志武才说明来意。沈来弟竟摇起头来，不愿意走。沈志武有些意外："老三，你此话当真？你不愿意跟我们去东京与父母团聚？"沈来弟冷冷道："我不愿意。"

小厅中，旁侧无人，沈志武恼了起来："老三，你！"沈来弟别过脸去。沈志武问："你心里怎么想的？你当真铁了心要跟他？"沈来弟道："跟定了。"沈志武说："可他是匪。"

沈来弟叫道："当初您可不是这么说的。"沈志武说："那是无奈之举。"沈来弟道："无奈之举咱也做了，做了也只有敢做敢当。"沈志武的语气软下来："那都是我的不是，他要算账就算到我头上。现在我只要你悬崖勒马，你跟他的过去一笔勾销，和我走吧。别忘了，你原来定的亲是东京的卢彦。"

沈来弟恼了："我亏你说得出口！嫌他是匪，就不该找他庇护。别人倒不是匪，只是顾不了我的死活。"沈志武说："是我们无能，你心里怎么骂我都可以。只是有两件，一则他江湖恩怨实在太多，连人命债都不知道欠了多少！二则官府早晚容不下他的，那

可不是小罪。就这两件，我怎么能放着你在这里和他过？"

他扣住沈来弟的手腕："你听我说，这可不是谈情说爱的问题。"沈来弟挣脱他："有什么大不了？不过是有一天他死了，我也死。"沈志武道："若你们生儿育女呢？这是个长久之计吗？"

沈来弟道："你不要多言。呵呵，你别怕，他就是有事，也牵连不到你。"沈志武急了："什么话？怎么变成我怕了？"

陆定远忽推开小厅门："大舅子，怎么你要把我老婆接走啊？合着我这几年在帮别人养老婆啊？"

一时众家丁都荷刀带棒进了门，列队在厅两侧。在外头逛园子的沈阿契看到这动静，也忙跟进门来。

沈志武见这阵仗，忙道："陆大哥，从前我家遭难，幸有陆大哥收留我三妹。我们全家感恩戴德，但是，此事还请陆大哥体谅，毕竟您早有家室，我父母也不同意女儿做小……"

陆定远打断沈志武的话："别！我不是大哥，您才是大哥。"他又纠正："哦，不，您不是大哥，您是二哥。哈哈。"沈志武恳求道："陆大哥！"

陆定远说："我是早有家室。我原配发妻可是部署①大人家的女娘子，你知道的。不过你放心好了，我已经跟她说好了，让她呀，做我的二奶……"说到这里，他打了个喷嚏，接着又说："让她做我的二奶奶！"

沈阿契一听，忍俊不禁，沈志武铁着脸白了她一眼。

陆定远指着沈来弟，接着对沈志武说："让你妹妹做大奶

---

① 部署：据李昌宪《五代两宋时期政治制度研究》，第167-168页，部署为行营兵马之职。宋代州置部署的制度五代时已基本形成。

奶。"他转头问众家丁："你们平时都是怎么叫的？"众家丁没个正形，丢下刀棒，就嬉皮笑脸跪到沈来弟脚下磕头："给头家大奶奶请安！"

陆定远大笑，表情浮夸："至于我呀，也有几个儿子。现在我都教他们，见了你妹妹，都喊亲娘，见了他们亲娘，都喊小娘。"

沈阿契忍不住掩嘴而笑，沈志武铁青着脸又白了她一眼。

志武叫着："什么乱七八糟的！"陆定远冷笑一声："做小，不愿意；做大，又说是什么乱七八糟的。我就这么个意思吧，大舅子，我这里的位分，随你妹妹挑。她喜欢大，那就大；她喜欢小，那就小。"

沈志武强硬地说："陆大哥，您是个有讲究的人，总不能抢人吧？这人现在还是我们家的人，我今天就是来接她走的！"陆定远却道："对啊，人可不就是我抢来的吗？你不说我倒忘了，弟兄们哪！把这两个男女捆起来。捆起来，你们平日里该怎么办就怎么办。"

众家丁闻令，立即围住了志武和阿契。沈来弟忙上前阻止："陆大哥！你干什么呀？"

沈阿契见状，拨开众家丁走向陆定远，掩嘴而笑："姐夫，您方才还喊我们大舅子、小姨子，现在又要捆人，这亲戚是做不做呢？"陆定远说："我要做亲戚，你家不愿意啊。"

沈阿契说："要做亲戚，也得挑个吉日拜拜祖先，再摆几桌酒，把三姑六婆都叫上，热闹热闹，才像那么回事儿啊。"

陆定远哈哈大笑："我是匪，也无祖先可拜的。也罢，就依你，摆几桌酒热闹热闹。"

一时气氛缓和下来，志武和阿契总算出得了厅门去。

沈志武气恼地穿过走廊，径入客房。沈阿契追进房去，把门关好：“二哥，您别生气啊。我这不过是缓兵之计。我这里倒有个主意。”沈志武问：“什么主意？你说。”

沈阿契道：“陆铜钱自己也说了，他是有原配夫人的，还是部署大人家的女娘子。既如此，怎么可能真的让这位陆夫人做小，让三姐做大呢？可是陆铜钱自己又放出这样的话来，哪怕是玩笑话，陆夫人不恼吗？”

沈志武问：“你想让陆夫人阻止这件事？”沈阿契点着头：“对，我是女客，我想去见见她。”沈志武说：“也有些道理。外头传闻，部署大人护着陆铜钱，陆铜钱才得以不剿。可见，陆家就是仰仗老丈人势力的。如果是这样，他哪能不顾陆夫人颜面？”

他沉吟片刻，又道：“而且，这个部署大人也不简单哪，毕竟只是个部署而已，这么多年，朝廷也没追究他通匪？外头传闻，他背后也是有人的。”沈阿契说：“如果陆夫人能发话遣走三姐，事情就妥了。”

趁着陆家准备喜事那几日，沈阿契便私下打听起来。一开始，家仆们对她所问讳莫如深，无人答她。后来有一回，她见到管家从花园里走过，便上前行万福礼：“老伯万福。”管家忙回礼：“五娘子有礼！”沈阿契问：“老伯，我们来了几日，怎么不见陆夫人？”

管家问：“五娘子找陆夫人做什么？”沈阿契说：“既是我三姐嫁入陆家，陆夫人又是陆家的女主人，我一个沈家女眷客居数日了，总该去拜见一下的。”管家笑道：“五娘子真是书香门第的教养，我们平日却没这些讲究。五娘子既要见，也无妨的，陆夫人就在龙福寺。”

黄昏的海港，帆船云集。一望无际的南海，映着落日余晖。

已而太阳浸入海中，夜来临了。

一群搬运工从龙福寺地窖里抬出一只又一只大箱子，出了寺院，走向海边。他们抬箱子的样子很吃力。一个搬运工脚底一滑，摔了一跤。箱子跌落地上，洒出一地的铜钱来。监工斥责着："你小心点儿！快，赶紧收拾好！"众人忙聚集过来，收拾地上的铜钱。

夜晚在忙碌的搬运中过去。第二天清早，沈阿契寻至龙福寺来。

陆夫人就在佛堂里。沈阿契说明来意，陆夫人从蒲团上起身："你找我没用。"沈阿契道："哪有这样的道理？您是原配夫人呀，您不管一管吗？"陆夫人说："我跟你说过了，我说话不管用。"

沈阿契道："夫人，您说话若不管用，谁还管用呢？这不休不弃的，突然停妻再娶，必是这些臭男人有了新欢就忘了旧爱。您可不能怕他，纵容他，毕竟您有一个强大的娘家！"

陆夫人闻言，好像逆鳞被触，叫了声："住口！"她沉吟片刻，又苦笑起来，向阿契招招手："丫头，你过来。"

沈阿契忙附耳近前。陆夫人道："你听着，我是他抢来的，我只是一个人质。你走吧。"沈阿契笑了起来："呵呵，抢来的？都说是抢来的。"

陆夫人突然发怒："我就是他抢来的！滚！"说罢摔门而去。

说到陆夫人如何会成为陆夫人，还要从许多年前的一场海战说起。

彼时，陆夫人的父亲段部署领兵围剿陆定远。官船与匪船对

第二章　仓浪天，关铺廉

峙海上。段部署喊着话："陆铜钱，今日你死期到了！"陆定远哈哈大笑："就凭你？我只告诉你一句话，赶紧回家，看好你家女娘子！"段部署道："人狂天怒，老夫今天定要把你剿了！"陆定远向后一挥手："兄弟们，他们给我们送来好几船补给呢。哈哈哈。"

段部署在海上与海匪鏖战，却不料家中进了匪人。

这夜，段家娘子挺着个大肚子在走廊上闲步，又倚到美人靠上休息。三个匪徒忽从屋檐上跳下，抓住了段娘子。段娘子待欲喊人，嘴巴已被堵上，遭劫掠离去。

那海上，匪船已然落了败势，官船得胜在望。陆定远叫道："段部署，你看看谁来了！"只见匪船上的帆渐渐落下，露出被吊在桅杆上的段娘子。

段部署大惊："云儿！"段娘子叫着："爹——爹！爹爹救我！救我和孩儿，我不想死！"段部署怒不可遏："陆定远，你这个无耻之徒！双方交战，男儿流血，你竟然对一个身怀六甲的女流之辈下手，你就该天诛地灭！"

陆定远笑道："呵呵，我本来就不是正人君子。哦，是这样的，我没打算对令千金下手，我打算封她做个压寨夫人呢。怎么样？您老觉得怎么样？"段部署叫骂着："你放屁！我女儿已经嫁人，身怀六甲，你竟要她做压寨夫人！"陆定远轻描淡写："哎，我并不嫌弃这个。"

段部署大叫："对你这样的无耻之徒，今日唯有决一死战！"

陆定远扭动机关，桅杆渐渐降落。段娘子下方的甲板上有一堆薪草。一个匪徒持火把走来。陆定远道："这条船太旧了，我也打算换条新的。你们敢发一箭，我们这就点火。一把火烧三世孽哟。"陆定远说着扭动机关，桅杆渐渐转动。

而此时段娘子的背上正吊着绷紧的绳索，脖子上又套着松松的绳索空套。陆定远举刀挥向段娘子背上的绳索，向段部署道："今日，你不退兵，我先割断这根绳索，把你女儿和你外孙先吊死在这里，再一把火安葬他们。"

段娘子叫着："爹——救救我孩儿，救救我孩儿！"部下官兵们不忍，纷纷向段部署跪下："大人，退兵吧！退兵吧！"

就这样，段部署退了兵，女儿却被陆铜钱掳走。几个月后，段府家仆拎进来一个盖着花布的竹篮。段部署掀开花布一看，里面竟是满满的红鸡蛋。段部署一时怒气攻心，吐了血。段妻扶住段部署："官人，息怒啊，你身子要紧。现在只能从长计议。"

听了这些隐情，沈阿契心里直打鼓。

那海风吹起陆夫人的披风。她愤愤道："世人皆说我父亲通匪，却不知他赤胆忠心，承受了什么！我一家本是江南人氏，随父亲到潮州赴任。若父亲庸庸碌碌，得过且过，不挑起剿匪之事，我今日何必变成陆夫人？"

她又转身怒向沈阿契："你们这些乡野村民，竟传说我父亲贪钱通匪，跟海匪结亲？我可是段家独女，当时已招有夫婿在家，又身怀六甲，这世上便有贪钱的官儿，谁会做出这样的事？况且，通匪是什么罪名？跟贪钱是能相提并论的吗？"

沈阿契歉疚地叫了声："夫人！"陆夫人苦笑着："你们竟说朝廷为何不问罪我父亲，当日我被吊在海船上，可是数千官兵有目共睹的！"

她望向石栏杆下的海面。海浪击打着礁石，上面有铁矿质，呈现出如血红色。她说道："我不过是为了我的孩子才苟活至今，不

然，从这里跳下去，又不是什么难事儿。我即便现在是自由之身，也无处可去。"

沈阿契拉住陆夫人："夫人，名声都是假的，人命才是真的。好歹都要过下去，您千万别干傻事儿啊！"

陆夫人幽幽道："好丫头，过来。"便搂着沈阿契脑袋，絮絮耳语。陆夫人又抬起头来，望向远方："陆铜钱便是在朝廷通人，那也不是我父亲。那个人姓赵，和皇帝一个姓。"沈阿契怔了怔："啊？"

陆夫人意味深长地看了阿契一眼，丢下她一人，自己从龙福寺的石阶上走了下去。

沈阿契回到陆宅，一推开房门，却见陆定远坐在房内，不禁吓了一跳。阿契叫了声："姐夫。"陆定远冷笑道："小姨子呀小姨子，你鬼心眼子真多啊。一口一个姐夫的，原来是在跟我打迷魂阵呢？你还知道找大婆撵小婆呀？"沈阿契答不上来："我……"

陆定远逼近她："我就不明白，你小孩子家家的，管这些事儿干啥？你为什么要拆散我和你姐呢？你看不出来，我和你姐是来真的吗？"

沈阿契往后退着，又被陆定远捏住了后颈："你多大了？还没相好的吧？还不知道什么是男女之情吧？我告诉你，一对男女正是你侬我侬的时候，你是拆不散的。这个你还不知道吧？"

沈阿契脖子被掐得紧，难受得说不出话来，陆定远方放开手。阿契缓了缓："我虽不知男女之情，但是听见你说情情爱爱的，也觉得好笑。"

陆定远拔出一把短刀，挑起沈阿契的下巴："好笑！"

沈阿契僵硬地抬着下巴："若有一天，你和官兵交战，对方把

打春（完整版）·上册

我身怀六甲的三姐吊起来，你当如何？"陆定远听了，放下短刀。
沈阿契说："沈来弟是我亲姐姐，我比你更爱她。大头领，你已是
满身罪孽，你配谈情说爱吗？"

陆定远怔住了，把短刀递给沈阿契："小姨子，如果有一天我
和你姐缘分尽了，请你拿着这把刀，从背后再捅我一刀，然后解救
你姐离开。记住，她是被抢来的！"

沈阿契看着短刀，没有接。陆定远弹了一下她的额头，哈哈一
笑："但是，我和你姐的喜酒，你是喝定了。"

三牲、香烛，备起来了。家仆们在大厅内贴红纸，张灯结彩。
众家丁抬着五花大绑的沈志武穿廊而过，走向大厅。沈阿契紧跟其
后："二哥，二哥！你们干什么？"沈志武叫着："放我下来！"

众家丁把沈志武抬进喜堂，放到"高堂"的椅子上。

沈志武挣扎着："陆定远，你干什么？"陆定远说："我是个
有讲究的人，天地还是要拜一拜的。我是没父没母没祖宗的了，沈
家的高堂也不知道去哪儿了，几条村的人没人找得着他们。也罢，
还有大舅子，大舅子就是我的高堂。我今天就要拜天地，我要拜
你！大哥！"沈志武扭着身子："呸，你放开我。"陆定远又嬉皮
笑脸道："哦，不不不，你不是大哥，你是二哥。"

"高堂"的座位上，另一个位置还空着，家丁便问："头家，
那张椅子怎么办？还空着呢，摆小姨子吗？"沈阿契闻言，惊慌要
躲。陆定远说："小姨子太小，我拜了她，她承受不起，空着就空
着吧。"沈志武叫骂着："陆定远，我掉那妈！"陆定远摇着头，
吩咐道："把我大舅子的嘴堵上。"

家丁随即用布堵住沈志武的嘴。

闺房里，沈来弟已换好喜服，珠翠上摺着一块红盖头，站在镜

子前，看着两个笨手笨脚的婢女给陆定远穿喜服。她现出一脸嫌弃的神情。直至陆定远把喜服换好，她才把红盖头从珠翠上撂下来，遮住脸面。

喜堂里已是宾客满座，众婢仆进菜上盏，热闹非凡。陆定远、沈来弟二人拜了天地。沈志武坐在"高堂"的座位上干瞪眼。沈阿契不知所措地站在角落里，就有宾客走来道："哦，这个就是小姨子！多大啦？来，拿着。"那宾客塞给沈阿契一个红包。接着便有更多宾客走了过来，给她塞红包。她满怀红包，一脸尴尬，更加不知所措了。

这样热闹了一天，宾客散去，筵席撤走，只剩沈志武、沈阿契二人。婢女送来熟肉、糕粿和茶酒，放下便走了。沈志武向阿契努了努嘴，又看着自己腰间的佩刀。

阿契会意，将刀拔出，来回锯着绳索。门口看守的家丁忽道："小姨子，别割到自己的手。"沈阿契吃了一吓，刀锋一抖，将沈志武的衣袖连着手臂拉出一道口子。皮肉上渗出一排整齐的血珠来。沈志武嗔怪地看了她一眼。她却望着门口，赶忙藏着刀子。

门口没有动静，沈阿契又掏出刀子继续割。绳子皮被割开了，里面竟是铁绳芯，铁绳芯还连着锁头。志武、阿契一脸失望。

志武又努着嘴，阿契一脸不解。志武怒瞪双眼，阿契才恍然大悟，忙取下他嘴里塞着的绸布。志武叫着："掉那妈！我饿了。"阿契忙拿起筷子喂他吃了几样菜。志武又叫："酒，酒。"阿契便倒酒喂他喝了一口，他啐到地上："真难喝，一定是假酒！"阿契又倒了一盅茶喂给他。

一夜过去，鸡又啼了。

沈阿契歪在"高堂"的座位上睡着了。沈志武将她一拉："走了！还睡。"沈阿契睁开眼睛，见陆定远笑嘻嘻的，手上拿着昨日捆绑沈志武的绳索，锁头悬空晃动。

陆宅门口，沈志武和沈阿契上了马车。陆定远和沈来弟站在门首相送。陆定远手里用盘子托着一对金靴子，靴子里塞满了珍珠翠玉。

众村民围着看热闹。陆定远向沈志武道："这对金靴子是聘礼，麻烦大舅子带去东京交给二老。"沈志武没有理会，冷着脸把马车一催，"笃笃笃"地走了。沈阿契掀开车帘子回望，见陆定远挥着手："小姨子，认认路啊，常来啊。"

村民们叫着："陆铜钱，大舅子不要钱财，赏我们呗。""是啊，陆铜钱，您大喜了，散钱吧。""散钱吧，散钱吧。"

陆定远说着："好好好，散与乡里。"众家仆便向村民们撒起铜钱来。

海阳县，下雨天，芭蕉丛倚着一座潮式民宅。

沈志武戴着斗笠，穿着蓑衣，将马车勒停在张宅门口。不远处，一对男女在雨中掐架。女人揪住男人的头发，往屋后去。沈志武犯嘀咕："是这儿吗？没走错吧？"

沈志武、沈阿契走进敞开的张宅大门，绕到照壁后。屋内空无一人，只传来男女争吵的声音。就见沈志文从通巷里跑出，张氏紧追其后。沈志文见了来客，怔住了："二哥！"又辨认了一下沈阿契："老五？"

沈志文忙理了理头发，立直身板，斜着眼睛瞥了张氏一眼。张氏往地上吐了一枚橄榄核："这是谁呀？"

沈志武叫着："老四。"沈阿契喊着："四哥。"沈志文喜出望外，携起他们的手，蹚过天井里的雨水，走到大厅中坐下。张氏

第二章 仓浪天，芙蓉廉

沿着雨檐绕着天井走，盯着沈家三兄妹看。

她向沈志文使着眼色："老四，过来！"沈志文忙走向张氏。张氏向厅子里的客人努了努嘴："他们谁啊？"

沈志文道："我二哥和我五妹妹，我们好多年没见面了。"沈志文回头看了看志武和阿契，他俩正用怪异的目光盯着自己看。沈志文尴尬地介绍张氏："这是我义姐。"

张氏冷笑一声："哼，义姐。"便正眼不瞧来客，径往后堂走去。沈志文又尴尬地解释："也就是，我义父的女儿。"

随后，志文领着志武和阿契到书房去。那是他自己的领地。书房里一面墙堆砌起齐人高的"书墙"，一面墙横七竖八地贴着写满文章诗词的纸，又一面墙是一排窗。窗外有风雨飘摇的芭蕉树。窗下是草席、矮几子、笔墨和睡觉的铺盖。

阿契喜道："四哥，这真是一个好地方！"志文也高兴了："你觉得是一个好地方？"阿契点着头："当然。"

这时，一阵大风携雨飘入，志文忙把窗关好。他兴高采烈地挥动手臂："看，这些都是我的书！这儿，这儿，还有这些。"

兄妹三人笑了起来，围着矮几子坐到草席上。志武说明来意，志文道："二哥，我堂堂一个男子汉，进京何须你接啊？"志武问："你不想和我们一起去找阿巴阿姨，一家子团聚吗？"志文道："当然是要去的，明春，我还要进京赶考的。等我考中了，自然要去看望双亲的。"

志武喜道："老五啊，你看看，我们家以后兴许是有希望的，到底还出了个读书人。哈哈。"沈志文笑道："四年前我离开舅舅家，投奔了义父。义父膝下无子，又见我是个读书人，就把我留下，这些年供我吃住，供我拜师求学，供我赶考盘缠。我只有把书读好，博取功名才能报答他。"

志武问："是了，怎么不见你义父？"阿契也说："他也是我们沈家的恩人。"志文道："这两年家中生意不如先前好，义父便去了福建，想改做竹纸生意。若稳了，张家也许举家迁过去的。"

闲话一叙，便到了午饭时分。家仆摆着饭，张氏却叫道："哎呀，怎么少了三只碗？老四，去隔壁大婶家借去。"沈志文脸上尴尬，小声问张氏："怎么临吃饭了借碗？家里不是有碗吗？"

张氏道："不是昨天都被你摔了吗？"沈志文扭头不答，张氏走开了。家仆却在一旁念叨着："老四，大娘子让你借碗去呢。"沈志文无法，转头对志武和阿契笑了笑："你们先坐着，我去去就来。"

不多会儿，沈志文捧着碗跑进来，手忙脚乱地在饭桌上摆着。众人坐到饭桌前，张氏便对沈阿契说："多吃点儿啊，五娘子，别客气。"沈阿契点着头："哦哦，有的，有的。"又夸赞："您家饭菜很好吃，好丰盛啊。"

张氏听了，认真起来："嗨，这不算丰盛，我们家天天都是这么吃的。这也就是家常菜。"沈志文尴尬地瞥了张氏一眼。

张氏又向沈志文道："一会儿趁着天早，带这俩人去堤上街找间客栈住啊，不然晚上怎么办？咱们家又没空房间。"沈志文道："外头风大雨大的，跑去堤上街找客栈？路还远着呢。"张氏说："是远啊，所以我让你们趁早嘛。"沈志武忙说："哦，不用找客栈的，我们下午就走。我们还有事儿的。"

雨中江上，舟楫靠拢在渡口。江堤上一条街，一侧是堤防，一侧是商铺。商铺有二三层的，也有四层楼高的，皆对着街面开有窗台。油纸伞、箬笠、蓑衣在街面上络绎不绝。远处，是大江入海。

夜里，张氏坐在灯下眉头紧蹙。隔壁书房沈家三兄妹的说笑声传了过来。她叫道："老吴，老吴！"家仆跑了进来。张氏问："他们还不走吗？"家仆道："告大娘子，雨太大，这客人是走不了的了。"张氏心烦气躁："去，跟老四说，大鹅在我屋外头臭得很，让他把鹅赶到花巷那边去。"

家仆应了一声，就走到书房门口："老四，大娘子叫你把大鹅赶去花巷。"沈志文继续说笑不理会。家仆又道："老四，大娘子叫你呢。"沈志文停了一下，仍不理会。家仆还说："大娘子叫你呢，姑爷。"

沈志文拍了一下矮几子，向家仆恼道："闭嘴！三更半夜赶大鹅？想吵死人吗？"张氏走到书房门口："你还知道三更半夜吵死人啊？"

此时，墙外传来了打更声。志文笑了笑："是不早了，二哥，今晚你和我在书房睡。老五，我带你去西厢，有间房……"张氏拦着："西厢那间房我放衣裙的，睡不了人。"志文说："西厢靠花巷还有一间。"张氏又说："那间是我点茶吃果子的，睡不了人。"

志文指着东边："我是说靠花巷东边那间。"张氏道："那是我和姐妹们唱曲儿的。"志文向阿契笑了笑："原来我义父卧室旁边有个小偏厅，摆着一张罗汉床……"张氏道："那个小偏厅父亲从不许外人进去的，里面都是他收藏的名贵字画。"沈志文恼了："你……"

张氏笑了笑："数来数去，就只有这间书房了，你们今晚都睡这儿吧。"沈志文道："你有病吧？我妹妹都这么大了！"张氏一扭身："我不管！"沈志文欲恼，志武忙拦住他："别这样，不至于不至于，没事儿。"

张氏回到房里，又是摔门跺脚，又是砸桌子上的铜镜。声音传到书房，沈志文起身欲恼，阿契忙拉住他。

阿契不劝张氏之事，却只问："四哥，你刚才提到书铺①的讼师朋友，他们怎么说？"沈志文这才转移了注意力，又坐下。他没有回答讼师朋友们怎么说，却只道："从前陈渡头和阿巴也曾称兄道弟的。之所以他能乘人之危，全因当初碍着情面，没有写清楚借贷文契，包括归还期限，还有怎么计息。记住，什么交情都不可靠，唯一能认的只有白纸黑字。"

志武点了点头。

志文又摇头道："办法，暂时是没有什么办法了。不独我们家，许多人吃的都是这个亏。"志武哈哈大笑："别泄气，等咱们挑到一个好日子，就弄死他。"阿契掩嘴而笑："弄死他。"志文一拍桌子："弄死他！"

三人聊至深夜，就趴在几子上睡着了。

红日升起在一望无际的田野上。瓜棚下摇曳的小瓜滴下晨露。蜜蜂在瓜屁股的大黄花上飞飞停停。

沈家兄妹在马车边话别。张氏抬起腿蹬着门槛，嚼着青橄榄远远看着。志武朝张氏看了看，问志文："她，只是你义姐？"志文低下了头。志武道："你不说就算了。我们先去东京，等着你高中的好消息！"志文这才猛然抬起头来。

志武和阿契走了。马车行至乡道旁一座榨糖寮前，天空忽然电

---

① 书铺：据陈景良《讼学、讼师与士大夫——宋代司法传统的转型及其意义》，书铺为宋代专门承办诉讼及公证事务的新事物。

闪雷鸣。沈志武忙停下马车，和阿契站在屋檐下躲雨。

沈志武一脸心事。他想："这件事老五知道了会怎么样呢？她能不能接受？"沈阿契忽道："二哥，你别想了。"沈志武讶异："你知道我在想什么？"阿契道："你在想四哥。虽然四哥这次不能跟我们一起进京，但他是为了考功名，也是好事。说不定以后咱家能出个状元郎。"

沈志武摇头笑了笑："不，我在想老三。老三这次如果能和我们进京，是要去嫁人的。"沈阿契问："嫁谁啊？"

在老三的亲事被提起之初，沈阿契还小，除了吃和玩，对余事不甚关心。因此，在她的印象中，像有那么回事，但又不明所以。

那时沈来弟听到父母为她安排的终身大事，一口就拒绝了。她甩开沈林氏的手："我不嫁！"沈林氏说："你听我说完……"沈来弟道："我不听！"沈林氏耐心地说："那个卢彦啊，他不老，不丑。"沈来弟道："他就是又老又丑！"

沈林氏指着女儿："你拿镜子照照自己，你就好看是吧？"沈来弟道："是啊，我不好看吗？你们凭什么让我做妾？我就当不得夫人奶奶？"沈林氏又说："你听我说完，卢彦的老婆得了病，俩人做不得夫妻。你嫁过去，跟续弦没什么两样，夫人奶奶早晚也是你的。"

沈来弟道："早晚早晚，那就早晚等他老婆死了再来娶我。"沈林氏抄起细竹条："你个天生反骨的！好劝歹劝都不听，今天非抽你不可。"沈来弟跳着跑出房间，沈林氏在后面追。沈来弟跑过三进厅，跳过天井，来到照壁前，回头向沈林氏道："你要是逼我，我现在就去跳海！"沈林氏恼道："你跳吧，你只管去跳吧！我们是不会去找你的，你别回来！"沈来弟一听，哭着跑出门去。

野沙滩的黄昏空无一人。沈来弟湿漉漉地从水里爬出，闷坐在沙滩上，越想越凄凉，大哭起来："真不来找我呀？我要是淹死了怎么办？"

此时的沈林氏却没有心思想老三的事情，只顾收拾躺在照壁前哭闹打转的小儿子。那沈志荣哭喊着："老五抢了我的螳螂！我的螳螂，她抢我的。"

沈林氏朝宅内吼着："老五！出来，东西还他！"阿契捏着螳螂跑出来，从幺弟身边一跳而过："螳螂跳走了，螳螂跳走了。"她跑出门去，沈志荣哭得更凶了。沈林氏抄起细竹条抽小儿子："别吵了，我还活着呢，你就哭丧。"

沈志荣起身捶打沈林氏。沈林氏将他高高抱起："生你们这帮天生反骨的，我今天把你摔死算了。"沈志荣受惊大叫。沈志强忙跑进门来，从母亲手中抢过幺弟，抱在怀里抚慰。

沈志强说："阿姨，弟弟妹妹还小，您别生气啊。"沈林氏把细竹条一丢，向门外望去："老三死哪儿去了？天黑也不知道回来。"沈志强说："她会回来的，阿姨您别担心。"

一夜过去，海上升起灰蒙蒙的晨雾和红赧赧的朝阳。陆定远与小厮骑马而至，见到浑身湿透的沈来弟坐在沙滩边抽泣发抖。

陆定远问："妹妹，咋一个人在这儿坐着呀？咋不回家呀？"沈来弟看了陆定远一眼，摇了摇头："我没有家。我在这儿坐了一个晚上，我家里也没人来找我。我都没力气哭了。"陆定远问："到底怎么回事？"

沈来弟这才说出缘由。陆定远在沙滩上升起一堆火，拨了拨柴枝："原来是这样啊。没关系，没人来找你，我送你回去。咱们脸皮厚一点儿就行了。回家里换身干净衣裳，又暖和，又能吃饱饭，

多好啊，不比在这儿坐着强？"沈来弟点点头："那你送我回去，要跟他们说，你是从海里把我捞上来的，而且，把我捞上来的时候，我已经快死了。哦不，是已经死了，然后你又把我救活了。你要这样说。"

陆定远捏了捏沈来弟的鼻子："没问题啊，你让我说啥都行。"

沈来弟坐着陆定远的马回到家门口。陆定远把浑身湿透，脸色苍白的沈来弟从马上抱下来。沈楚略上前辨认陆定远，又惊又怕，不知所措。左邻右舍也过来围观。

陆家小厮腰间的大刀铛铛响，问沈楚略："你就是沈楚略？"沈楚略忙鞠躬："正是在下。"小厮问："你可认得我们头家？"沈楚略支支吾吾："大抵认得，大头领莫不是……"小厮把手一摆："打住，认得就行，不必说出来。"

沈楚略鞠躬称是："好汉，您有什么吩咐？莫不是小女闯了什么祸？"小厮说："你听着，你家三娘子跑去跳海自尽，已经死在海里了。是我们头家把她捞上来，又救活了。我们头家不曾动她一根汗毛，现在送回来还给你。"

左邻右舍议论纷纷。

沈楚略跪下磕头："大头领大恩大德！多谢好汉相救！"陆定远对小厮说："快让他起来。"小厮扶起沈楚略，陆定远便对小厮说："我们走吧。"

沈来弟冷得瑟瑟发抖，走进家门："阿巴，你干吗给他磕头？他又不会吃人。"沈楚略焦急地问："你怎么弄成这样？昨晚上在哪儿？"沈来弟说："昨晚上死在海里，沉在海底了。"

沈楚略摇着头："哎呀，这还得了？那个陆铜钱可是远近有名的钱匣，这，你！"沈来弟争辩道："阿巴，他叫陆定远。"

沈楚略摆了摆手："快进去，回你房里换身衣服。"

自此之后，但凡沈来弟从村巷走过，三姑六婆总爱指指点点。这个说："就是她，被陆铜钱掳走的就是她。"那个道："这肚子也没啥动静呀。"这个说："嗨，让海匪掳走的，还能有好的回来呀？"那个道："看来长得太俊也不是好事儿，容易带桃花。"

这些话到最后总能被沈林氏听了去，听得她一脸的乌云密布。

这些都成过往了。

雨一直下，在屋檐下躲雨的沈志武看了看阿契，心想："该怎么跟老五说呢？可别到时候阿姨跟她一说，她也跑去跳海。"志武试探道："老五啊，这次老三不能跟我们进京了。那她就嫁不了人了。说不定啊，该你嫁人了。"

阿契道："二哥怎么说三姐嫁不了人了？她不是已经嫁人了吗？"志武道："我说的不是这个人。"阿契说："二哥你别瞎操心。按照顺序，应该是大哥先娶，然后是你，然后倒数第二才是我嫁人。我们怎么能跑到你们前面去？"沈志武笑了笑："怎么就不能跑到我们前面去？老三不就跑到我们前面去了吗？说不定，老四也已经跑到前面去了。"

老四确实已经跑到前面去了。

他在书房里给父母写信，又十分犹豫。他想："要是阿巴知道我入赘张家，他得多气啊！就算我有再多的无奈，他也要打断我的腿。"他将信揉碎扔掉，叹了口气。他想："还是等中榜之后，再向阿巴坦白此事吧。"他抬起头来，望着窗外雨打芭蕉。

马车驰入梅子林，沈志武和阿契已至南雄州界。阿契忽从车帘内弹出来："二哥，你说的是真的吗？阿叔阿婶真的会让我嫁给

第二章

仓浪天，芙蕖廉

和三姐定亲那个人？"马车晃了一下，志武忙把马勒住："假的假的，开个玩笑。你坐好。"

阿契坐回车中："既然三姐不愿意嫁，那个人肯定不好。如果那个人好，三姐就不会不愿意嫁。那个人不好，阿叔阿婶却还要我替三姐嫁给他？不会吧？"

沈志武说："当然不会，我刚才不过是瞎说的。没有的事儿，你也别再想了。"阿契说："如果阿叔阿婶这么干，那我也去跳海，看他们还找谁替去？"志武哈哈笑道："东京哪里有海给你跳？"

沈阿契又从车帘内弹出来："我不去东京了！"志武忙把马勒慢："都到梅关了，快到东京，怎么又不去了？"阿契说："你骗人，梅关离东京还远着呢。"说罢往马车下一跳，慌得志武忙勒住马。

阿契摔到地上，只见三个军差策马疾驰而来，马蹄从天而降。她两眼一黑，再睁开眼时，看到的是一条颜色黑灰灰的犀带，上面刻着文字。

那三个军差，一个叫黎有黍的，他的马已经跑到前面去了，才缓缓停下，回头来看。一个叫黎有顺的，连人带马摔倒在沈家马车旁。一个叫黎玉堂的，马嘶鸣着被紧急勒停了。

黎有顺起身，举鞭怒指沈阿契："你找死！无端端的跳什么马车！"沈志武慌忙下车阻拦，另一个上前阻拦的，正是那腰系"黑犀带"的卢彦。

这卢彦生得丑，眉毛倒刺一般浓浓竖着。眼睛很小，目光冷峻。黑黝黝的脸颊垂着两片赘肉，衬着一个并不高的肉鼻头。嘴唇歪歪地抽着，声音又沙又低。卢彦虽与沈楚略有旧，志武和阿契两个小辈却并不曾见过他。

黎有顺向沈阿契道："我们正在捉拿盗矿贼，把贼跑了，你担得起？"

此时的道旁丛林里，坑户①徐凤来正招呼众坑户："快跑！军差来了！"众坑户便从高草中四散跳跟消失。丛林里竟平静得如同涟漪已息的水面一样。

黎有黍转头向丛林喊："站住，都站住！"但又举步不前，回头焦急地看着黎有顺："有顺，身上可有伤？"

黎玉堂对黎有黍说："莫急，贼头儿在我们这儿呢！"说着挥鞭指向卢彦。

那卢彦只伸手欲挽沈阿契："小娘子可有受伤？"志武推开卢彦："多谢你！"

黎玉堂、黎有黍上前按住卢彦："贼头儿，有你就对了。"卢彦甩开黎氏二人，正了正衣冠："军爷只知道要抓坏人，还是问问这位小娘子为什么跳马车吧。"黎有顺问："为什么啊？"

卢彦道："有没有可能他是人贩子，这是在拐带妇女？"说罢指向沈志武。志武急了："你！"黎有顺道："倒是有可能。"志武申辩："我是她哥哥！"

黎有顺问阿契："小娘子，我只问你了。"阿契说："他真是我哥哥。"黎有顺思忖片刻："可有什么证据？"志武急了："你！你不觉得我俩长得很像吗？"黎有顺看了看："也不算十分像。"

---

① 坑户：据王菱菱《论宋代的矿冶户》，上等坑户具有十分雄厚的经济力量，常可从封建政权中分享到一席地位。中等坑户的经济力量虽然有限，但是，凡矿苗微细、官府不愿置场之地，大都由这些中等户来承买。下等坑户在宋代矿冶业总人口中占比例最大，他们在矿场受募劳作。

卢彦说:"便是亲爹亲娘,也保不住不是坏人,还是问问这位小娘子为什么跳马车吧。"黎有顺点点头:"那倒是。"又问:"小娘子,我只问你,你为什么跳马车?害老子摔了一身泥,现在浑身疼你知不知道?"阿契低着头:"我……我不想说。"黎有顺恼了:"还有这样的事儿!"

黎有黍拦住黎有顺,对沈阿契说:"小娘子莫怕。若有为难之事,今日我们替你做主。你若不说,我们就帮不了你。"沈阿契低头摇头。黎玉堂道:"罢了!就是拐带妇女也不归我们管,我们只管铜矿上的事儿。今日不要走了贼头儿才是正经。"说罢又按住卢彦。

卢彦挣扎扭动,一封文凭从身上掉下。

再说那奔逃在丛林中的坑户,有一个叫罐子的,突然停下脚步:"不行,我们不能丢下卢大哥不管!"徐凤来道:"放心,卢大官人会有办法的。"罐子说:"可是军差抓不到我们,就会抓他。"坑户包璞道:"卢大官人是有头有脸的人,他才不怕军差呢,你别瞎操心。"

罐子却道:"但是军差并不知道卢大哥是谁,还是会抓他的。军差人多,一旦动手,卢大哥是要吃亏的!"说罢,不由分说就往回跑。众坑户追赶着他:"罐子,别傻了,回来。"

卢彦这边,那掉下的文凭被黎有顺捡了起来。有顺看时,一脸惊讶。沈阿契道:"三位军爷先别动手!有没有可能你们抓错人了?"黎有顺把文凭往身后藏了藏:"倒是有可能。"

沈阿契道:"他腰上系的是黑犀带。黑犀带除了贵重,关键是,有钱还不能乱系的,违制乱系是要掉脑袋的。要有出身的人,得到朝廷明文封赏才敢戴。如果黑犀带不是他的,是偷盗来的,贼人应该会把阴阳铭文磨掉,让别人辨认不出赃物。可是他腰带上的铭文还凹凸清晰。"

卢彦看了看沈阿契，脸上露出饶有兴致的微笑。

黎有顺看了看卢彦的腰带，问沈阿契："你怎么知道这是黑犀带？"阿契道："小时候我在家中见过两条黑犀带，因此知道。"黎有顺又看了看她："哦，看不出来啊。"

黎玉堂道："休听这丫头胡言乱语，还两条？黑犀带是论斤卖的吧？"黎有顺只是笑："倒是有可能。"说罢将卢彦的文凭展开给黎有黍看了。文凭上有"殿直 卢彦"等字样。黎有黍吃了一惊，忙命玉堂放开卢彦，赔礼道："误会误会！原来这位是卢大官人，来韶州公干。"

此时，逃跑又折回的坑户们正趴在草丛中看着卢彦等人。罐子按捺不住欣喜："原来那就是犀带，我爹有救了！"罐子要起身，徐凤来将他拉住："罐子，别傻，一出去就把咱们抓了。"罐子挣脱，起身向前："我不管。"

几个坑户跟着起身追赶："罐子回来！"

原来，这罐子的父亲顽疾在身，寻医却不得药。

郎中说："只有用犀粉了。"罐子问："什么粉？"郎中说："犀粉，就是犀牛的角刮下来的粉。"罐子问："犀牛？哪里有犀牛？我现捕一头去。"郎中摇头道："这儿哪里有犀牛？大宋的犀牛角都是跟外蕃博买来的，京里的达官贵人拿它来做腰带。咱们这山高皇帝远的地方，就是我药店里也没有犀粉啊。"[1]

---

[1] 据黄纯艳《宋代海外贸易》，第201页，犀角可制药。和剂局在制药时发现了一只有云龙纹的大犀角，献为御用腰带。彼时，从皇帝御衣到大臣朝服都佩犀带。其中"犀带至贵者，无出于黑犀"，天子佩戴的一般为黑犀带。

罐子失望地跪向床前："我上哪儿找京里的贵人啊？爹——"

前事休提，却说此时，卢彦身份亮明之后，众人便开始互相见礼，客气起来。黎有黍问卢彦："我说，您既是公干，大可不必这么清苦，住驿馆①就是，怎么东边山头睡一宿，西边山头睡一宿的？"卢彦道："糙老爷儿们，走到哪儿睡哪儿呗。驿馆那么远，每天山里一来回，时间都在路上，能做什么事？"

黎有黍哭笑不得："您倒不怕，只是有山民举报您连日来带着一帮荷锄的闲汉在岑水场游荡，说您形迹可疑，多半是个盗挖铜矿的。"卢彦大笑："差得也不太远。只是并非盗挖，而是替朝廷勘察此处铜矿的虚实。"

此时天色深蓝，梅林草丛里蹦出一个人，像跳出一只草蜢——正是罐子。无风草动，似乎有胆小的兔子在犹豫。不片刻，荷锄的坑户大汉全部出来了。他们要拉住、劝住那个最初蹦出来的人，却来不及了。

黎氏三人马上收了笑脸，警觉地看着五个坑户大汉，刀鞘隐隐作响。

罐子不管不顾地扑向卢彦，跪在他面前："卢大哥，您救救我爹吧。"同伴们拉住他："罐子，别傻了罐子。我们快走吧。"

罐子不肯走，哭道："卢大哥，您救救我爹吧。"卢彦似乎在等着他往下说。罐子看着犀带，道："我爹病了，请了郎中，说要犀角做药。我听说犀角不但贵，还要朝廷与外蕃博买才有，我何处寻来？如今我爹的病越来越重，您能不能把犀带借我？我拿回家刮些犀粉做药，就还您！"说罢，眼睛直愣愣望着卢彦。

---

① 驿馆：即招待所。

黎氏三人嘿嘿笑着，卢彦却二话不说就动手解腰带："好。"黎有黍问罐子："我问你，你要拿走犀带，你家在哪里？"罐子把手一指："就在岑水边，翻过这座山，就到了。"

黎有顺道："呵呵，拿上这犀带卖了，只怕你们以后也犯不着做黑坑户了。"又看向另外四个坑户大汉："要是他拿着犀带走了，你们四个可得先留着，愿意吗？"徐凤来拍了拍罐子的肩膀："要是还有希望，我们几个先留着，没啥关系。"

黎玉堂又问："是什么病要犀角做药？我怎么没听说过？"沈阿契道："犀粉，从来都有这一味药的。"卢彦看了阿契一眼，脸上微微笑，将腰带递给罐子："既是做药，就快去，别耽误。"

罐子闻言，忙将犀带往怀里一收，消失在深蓝天空下的山林里。

天色已晚，沈志武不熟山林道路，闻说卢彦天亮后将去梅关，便决定原地暂歇，待破晓了结伴同行。

梅林中升起三簇篝火。卢彦、沈志武、沈阿契围坐在中间那簇篝火边，三军差在左侧烤茄子，四坑户在右侧烤兔子。兔子腿油亮油亮的，黎有顺望了望，吞了吞口水。坑户张广、张宏举起兔子腿，作势闻了一下，又向黎有顺比了比拳头。黎有顺怒瞪双眼，也向坑户比了比拳头："没有入籍，就是黑坑户。"徐凤来道："我们是岑水场的正经坑户，只不过尚未入籍而已。"

沈阿契问徐凤来："你们为何不入籍？"徐凤来指着三军差："他们不让。"黎玉堂叫道："你放屁！"双方便争执起来，卢彦将手一摆："好了。"双方才又安静下去。

不多会儿，黎有黍带着黎玉堂，用大竹叶捧着烤好的茄子，走来送给卢彦。徐凤来带着包璞，用芭蕉叶捧着烤好的兔子，也走来

第二章 沧浪天，笑铺廉

送给卢彦。卢彦接过茄子递给包璞："来，尝尝。"又接过兔子递给黎玉堂："你们试试这个。"坑户与军差对视的目光渐渐缓和。

之后，梅林中三簇篝火变作一簇，众人围成一个大圆圈坐着。四坑户与三军差边吃边说笑。

包璞道："各位差爷，小人包璞，荆中人，原是种田的。只因前年，东家多买了两头牛，新购了好使的农具，竟把人力省下来了。东家不愿白养人，就让小人另谋生计。小人听说来韶州做坑户，比种田挣得多，就来了。"

张广道："小人是湘西人。原本家里也有田，只因如今太平盛世，家中人口越来越多，我又是幺孙，爷爷的田到了我这里，早分没了。如今长大了，只好出来谋生。"

张弘道："小人也是湘西人。我家在镇上原有半间门面的扇子铺。这几年不知怎么回事，不灾不祸的，有人做工，无人买货；风调雨顺的，手中无钱。货没人买，久之工也无人做；无工可做，愈发缺钱。后来我从卢大官人那里学到一个词儿，叫'钱荒'①，就是……跟水灾、蝗灾差不多吧，属于一种灾难。"

徐凤来向三军差作揖道："徐凤来，赣南人。我没什么要说的。"

众人聊着闲话，黎有顺忽道："哈哈哈，不错，这要是有酒就好了。"沈志武说："还真有。"便到马车上拿出一坛酒。四坑户与三军差传递着坛子，每人轮流喝一口："不错，好酒！"

沈志武向军差道："这是我从潮州带出来的桑葚酒，本来要进

---

① 钱荒：《宋史》载，"比年，公私上下，并苦乏钱，百货不通，人情窘迫，谓之钱荒"。

打春（完整版）·上册

京孝敬我父亲的。现在可是拿你们当爹孝敬啊，哈哈哈。"黎玉堂指着沈志武："哈哈哈，这小子说话咋是个这？"沈志武道："爹都当了，还不帮这几位兄弟把籍入了呀？入了籍，黑的不就白了吗？不就几个人吗？想想办法就得啦。"

黎玉堂哈哈大笑："这小子必是做生意的料。一坛酒就要换五个籍。"

黎有黍向志武道："不瞒这位沈兄，现在岑水场就是座小庙，点不起多旺的香火，也斋不起那么多僧。"黎有顺摇了摇头："但是盗矿贼、黑坑户倒是屡禁不绝。"

沈阿契说："屡禁不绝，说明有矿、有人、缺钱。一有一缺，正好如同榫卯相合。"卢彦听了，又看了阿契一眼，目光中微有笑意。

黎有黍道："不怕和这位小娘子说句杀头的话——确实如此。但是真要搞个大钱监的话，怎么搞？会怎样？我们几个当差的也不懂。"

黎有顺说："倘若大钱监有了，别说五个籍，就是五百个也不在话下。"黎有黍拍了拍沈志武："沈兄，今天这酒只能算我们白喝你的了。"

三军差上马告辞。黎有黍作揖道："大官人、诸位兄弟，就此别过了！"四坑户荷锄在肩，也要告辞。徐凤米道："卢大官人、沈大官人、诸位差爷，小的们也就此别过！"

黎有顺向四坑户道："嘿，下次见到我们，别出来啊。"

三匹马消失在夜色中。

话分两头，却说那罐子一路跑回了家中。屋里一豆油灯，光线昏暗。罐子爹躺在床上。罐子欣喜道："爹，我回来了。犀带，

我找到犀带了，我们有药了！"罐子爹问："你哪儿弄来的这东西？"罐子倒了碗水，递给父亲喝。罐子爹"咯噔"坐起来，又问："你莫不是做了贼寇的事情？我平时是怎么教你的？"

罐子摆好一个小瓷罐，掏出犀带，拿起小刀刮了起来："不是的爹，这是我大哥，我卢大哥借我的。我刮些犀粉给您治病，然后还给他。"罐子爹道："你休要说谎，你哪里来的大哥？"罐子笑着，不多解释，扶父亲躺下，盖好被子，便煎药去了。

不多会儿，郎中来了。罐子爹正坐在床上咳嗽，罐子帮他捶着背。郎中坐在床前，看了看小瓷罐中的犀粉，笑道："对，就是这么用药。这么多够了。明天接着用。"罐子高兴得连连点头："哎，哎，好，谢谢大夫！"

第三章 花看半开，酒饮微醉

还有几个时辰天就亮了，沈志武躺在梅林篝火旁睡着了。卢彦却一直盘腿坐着，映着篝火。他闭目之时，五官如同门上画的门神，虽然"凶"，但看着却并不可怕。

沈阿契掀开车帘，蹑手蹑脚下了马车："卢大哥，您睡觉是坐着的吗？"又掩嘴而笑："您能不能站着睡？"卢彦睁开眼："你为何跟官差说我是冤枉的？难道系犀带的人就不会盗矿？"

沈阿契一时语塞，后悔自己多话。卢彦又道："我那条不是黑犀带，黑犀带一般都是皇帝戴的。"沈阿契面露尴尬，转身要走。卢彦又笑了笑："你觉得黑吗？"阿契回过头来："也算比较黑吧。"

卢彦笑着，低声重复一遍："也算比较黑。"阿契感觉自己被嘲笑了，回身又要走，就听卢彦道："你懂得挺多呀，你读过书吗？"

阿契转身道:"没有,读书有什么用?我又不能参加科举。"

卢彦说:"读书可以写文章。"沈阿契道:"不过是'人面桃花相映红''取次花丛懒回顾',也不见得农夫因此多米谷,农妇因此多蚕丝。"

卢彦又笑:"看来你是什么书都读啊。"

沈阿契的脸"唰"地红了。

卢彦方道:"我说的不是写这样的文章。地徒多金,人徒游手,只是缺了一篇大文章,将经纬理顺。好比刚才坑户入籍的事情,几个人几个人地'想办法',就肯定不是办法。"

沈阿契兴奋起来:"这里真的可以开一个大钱监吗?"卢彦问:"你关心这个啊?"阿契敛住笑:"不,我不关心。铜矿有啥意思啊?金矿可以关心一下。"卢彦说:"我告诉你一个比金矿还好的。"沈阿契忙提起精神认真看着卢彦。

卢彦"扑哧"一笑:"你信啊?"沈阿契点着头,盯着卢彦看。卢彦摇了摇头:"那我临时想一个吧。"

卢彦思忖片刻,便道:"我想到了。不过,法不轻传,师父要教徒弟,总不能连徒弟的名字都不知道吧?"沈阿契说:"我没有名字的。不过,徒弟要拜师,却连师父叫什么都不知道,这可从何拜起?"卢彦说:"我和你一样,也是没有名字的。也罢,大家都没有名字,我就告诉你吧。"

沈阿契点点头。卢彦说:"比如瓷土①矿,很多都是傍着汤泉而生的。上好的瓷土矿,烧出来的瓷器比玉还贵重。所谓黄金有价

---

① 瓷土是由云母和长石变质而成的,这个过程叫作"瓷土化"。即长石类矿物由于温泉或含有碳酸气的水以及沼地植物腐化时所生的气体起作用,发生变质,成为瓷土。瓷土多产于温泉附近或石灰层周围。

玉无价，可以算比金子好吗？"沈阿契面露喜色："算！"

空山寂寂，明月千里。

已而阳光穿过梅林，青梅满枝，滴着晨露，百鸟啁啾。

该出发了。沈志武整理着马车，问卢彦："卢大哥，咱们走了，罐子拿走的犀带咋办？"卢彦道："赶路吧，别惦记。"

沈阿契掀开车帘，睡眼惺忪。卢彦看了阿契一眼，跨身上马，对沈志武说："你家也有两条，不少啊。"沈志武道："嗨，听小孩子瞎说。我家原是舶商，那两条犀带并不是自己戴得的，都是替官家从诸蕃纲运到广州罢了。我们小孩子不过是偷看了一眼。"

马车上了大庾岭山路之后，风渐渐凉了起来，人却很多。路很堵，挑夫们的货担子互相碰撞着。道旁山地的棚子里，有人在整车整车地交易英石[1]。有一些马走不动路了，就停在道边啃草。路旁有看不到边际的梅树林，叶子绿绿的，枝丫错落。只有拇指大的，还没长好的小青梅子，和已经丰硕饱满的大梅子一起挂在枝头上，皮儿粉粉的，看得人满嘴发酸。

卢彦骑在马上，沈志武却只好拉着马车步行，抱怨着："嗨，拉个马车还不如下马走路快。"

罐子在奔跑，拼命地奔跑，但卢彦眼前已出现了"梅关"两个大字。梅关大门现前了。过了梅关，路突然通畅起来。脚夫加快了步伐，车马也加快了速度。

罐子在关内人群中跌跌撞撞，挥手喊着："卢大哥！卢大哥等等！"卢彦隐隐约约听见了，在关外停下，回了回头。他看到的只

[1] 英石：据程民生《宋代物价研究》，第225页，产于广东英州的英石，是四大园林名石之一，质坚而脆，叩之有共鸣声，从宋代开始受到珍视。

有人群。后面的赶车人不满地催促着他："前面的，快走啊！你不走别人怎么走？"

卢彦于是策马离去了。

罐子停下脚步，喘着气，捧着怀里的犀带："卢大哥，卢大哥！我什么时候才能再见到您啊！"

再说这卢彦为了勘查铜矿，走四方，眠山卧石，他那远在东京的妻室杜彩织却起了疑心，只道他在外有了人，不知归家。

杜彩织走出房间，一声喟叹。花园里花红柳绿。草叶子上有晨露，撑起了一个五彩的泡泡，渐渐稀薄，就破了。老嬷嬷走来："夫人，这样下去不是个事儿啊。"杜彩织道："谁说不是呢？这几年他不在京中，连京里的生意也少问了，整年整年在外面。不过是个捐的进纳官①，哪有什么公干？明白人都知道怎么回事。"

她又低下头："都怪我身子骨不争气，也许这就是命。"老嬷嬷道："夫人，没有别的法子，他是男人。要把他依旧留在家中，看来只有给他找个身边人了。找一个，既是他的身边人，也是您的身边人。"杜彩织听了，又一声叹息。

老嬷嬷解释："找一个，您能拿捏得住的，他的身边人。"杜彩织道："先前不是找了吗？"老嬷嬷问："您是说沈家三娘子？"

杜彩织点着头："那沈家父母是肯了的，那三娘子不肯。后来

---

① 进纳官：据穆朝庆《论宋代的进纳官制度》，淳化五年正月，太宗为诱富民助官赈灾，始颁布了具体的纳粟授官标准。《宋会要辑稿》职官五十五之二十九载，一千石，赐爵一级；二千石，授本州助教；三千石，授本州文学；四千石，授试大理评事、三班借职；五千石，授科举"出身"、三班奉职；七千石，授别驾；一万石，授殿直、太祝。

我想想，也不好。那三娘子听起来像是很有主意的人，来了家里，指不定是东风压倒西风，还是西风压倒东风。"老嬷嬷道："那便罢了，再找个可靠的人就是。"

江南西赣江渡口，客舟正在上落客。

沈志武突然说："老五，要不你别进京了。"沈阿契问："不去？"沈志武半开玩笑道："你不怕阿巴阿姨真把你嫁了呀？"沈阿契委屈了："你不是说，假的，开玩笑的吗？"

沈志武又连连点头："对啊，只是我自己猜的。我也是多少年没见过阿巴阿姨了，更不知道他们会怎么样。"沈阿契道："你猜的肯定连影儿都没有！"说罢眼圈红了："二哥，我盼了这么些年，盼着你来接我，你又要我回去吗？虽然在李师父家没吃什么苦，但我做梦都会梦见二哥来了。"她哭了起来。沈志武安慰道："行吧行吧，船来了。"

兄妹二人登上了船，舟楫远去汴河渡口。

1000年初秋的一个早晨，谷桑树林开始泛出斑斓鲜艳的黄色，有时在并不刺眼的金色阳光下闪烁，有时在凉而不冷的风中摇曳。

林中有一排三间平屋，那是沈家起居之处。三间屋子，东边一间是沈楚略和沈林氏的房间，西边一间是沈志强和沈志武的房间，中间是吃饭的小厅子。

平时没有外人来，到了晚上沈阿契就睡在小厅子里。她没有什么私人物品，只有一个枕头、一条被子、一些衣服。她的衣服，有的放在父母房里，有的放在哥哥房里。哥哥房里有只衣柜，其中有一格是她的。其他格子哥哥不让碰，那里面装满了小秘密。

半年前，沈志武说带她来东京，来的就是这里。这里并没有传说中的金碧辉煌，看起来还没有岭南樟树镇热闹。沈志武笑道：

"这里是东京南郊的南郊，咱家现在在东京城里可住不起啊。"

这片林子原是东京一个袁姓大户家的，三间平屋也只是看林子的老头独住。这里原来不知道是什么林，谷桑树是沈家来了之后才种上去的。第一年只是小苗苗，第二年又高了些，今年已是像模像样的大林子了。

谷桑林看起来很荒僻，债主们怎么也找不到这地方。那年，沈楚略带着妻儿离开潮州，四处碰壁四处走，直至来东京投奔了拜盟兄弟卢彦，才住了下来。

卢彦提议沈楚略在这里种谷桑树，说种谷桑，保证他们不久的将来就可以东山再起；在郊区看林子，还不容易被债主们找到。沈楚略跑慌了神，又没本钱可以翻身，也无其他亲友投奔，只有听卢彦的。卢彦借了些本钱给沈家夫妇，买下了这片不算肥沃的林地。

从此，沈家又多了一个债主。

不久之前，有个叫邱德才的机户来造访沈家。他觉得谷桑林已长熟了，可以卖作粗布，他能开个好价钱。

沈楚略拒绝了。他说："我们家的谷桑是用来造纸的，造出来的纸是用来印钱的。印钱，听过没？肯定还没听过。粗布？不值得。①"

粗布不值得？可粗布是绝大部分人用来穿的呀。②用纸能造钱？机户恶毒地说了一句："我听说死去的人才拿纸当钱，一张一张外圆中方，怎么活人也会拿纸当钱呢？"

从那以后，这片谷桑林的存在就像是个恶作剧。

---

① 谷桑又名楮，交子又称楮币，因其以谷桑树皮为原料。"谷桑树皮造纸工艺"被誉为中国古代造纸活化石，已被列为非遗。

② 谷桑树皮可织布，古人用其韧皮纤维作为制布原料。

夜里，窗户上透出沈楚略、沈林氏争吵的影子。沈林氏叫道："纸能造钱你也信？朝廷要造纸钱你也信！"沈楚略说："为什么不信？卢彦岂会瞎说？他岂会哄我？"沈林氏又叫："一帮狐朋狗友。"沈楚略道："你说什么呢？"沈林氏道："朝廷要造纸钱，那倒是造啊。为什么一年年地等，可一点儿动静都没有？"

房间里传来了摔打东西的声音，沈林氏哭着跑出去，进了小厅。

沈阿契正缩在小厅的长条凳上，被子盖了一半，要躺下睡觉。长条凳挨着窗户，长度、宽度刚好和她的身体一致，不多一寸。她安慰母亲："阿婶，别放在心上。阿叔只是一时糊涂，听信了江湖朋友的话。"

屋外那树林，也许对鸟儿来说才是真实的，阿契想，对沈家这些日日勤陪护的人来讲，只是个虚无的春秋大梦罢了。

把纸变成钱，听起来不是很诱人，而是很疯狂。不知道这卢彦是何等狂人？阿契来了这么久也没见过他。

每次父母为钱吵架，她总会想起陆定远那双金靴子。志武拒收的事没对父母讲，也不知道沈林氏知道了是什么反应。她会要吗？那双金靴子，可以帮他们还掉多少债务，阿契是不清楚的。

人来人往的界身巷是东京城最热闹的金银街。沈志武沉醉地望着街景，随牙会走进一间店铺。店内甚是齐楚宽敞，但一听租金，志武连连咋舌："这么贵？"牙会说："沈官人哪，这不算贵了。我给您介绍的是全东京最旺、风水最好的铺面。这已经不算贵了。"志武笑了："既如此，还劳烦您给我介绍一间风水最差的铺面，越差越好。"牙会冷笑道："别说界身巷，就是整个东京城，最差的，只怕您也嫌贵。"

沈志武一听，答不出话来，牙会说的是实话呀。界身巷繁华异常，现在的他也只有四周张望的份儿。"总有一天，我要在界身巷拥有自己的店铺。"沈志武一阵狂想，伸手摸了摸怀里的钱囊子。

回到谷桑林，志武便被沈林氏拉到林子里说话。沈林氏道："老二，我想清楚了，我们不能再在这儿瞎守下去了。他乡外里的，又是荒郊野岭，我已经受够了！我要回潮州。"志武道："阿姨，潮州怕是回不了了。陈渡头的事儿还没完呢，指不定还盯着咱们家的。"

沈林氏说："是的是的，所以我正要和你商量这件事。"志武看着她。她又道："家里这几个都指望不上的，就只有你了。这几年你在广州做揽户可挣到钱了？"志武说："挣到一些。"

沈林氏大喜："那就好，你把陈渡头的债给偿还了，我们全家不就不用这样了？"志武脸色一沉："阿姨，这不可能。"沈林氏问："为什么？"

志武道："阿姨，陈渡头您还不全知道。当初如果我们家的船没沉，他就是个人，多少敬着咱们是当地富户；可是船沉了，咱家一没落，他就是个鬼了。我辛辛苦苦挣的血汗钱，是不会拿去填他那个无底洞的。一来填不了，二来都填进去了，也不见得他就能做个人。"

沈林氏冷笑道："呵呵，你不说我也明白。你们现在一个个人大了，心大了，都有自己的打算。父母算什么？家里算什么？还是把钱自己私存着踏实！"

志武又气又急："阿姨，没有这样的事。我有自己的打算。您是不知道陈渡头，除非咱家彻底翻身了，不然，就是跪着进门，也和他谈不了条件！"

谷桑林中，沈志强和沈志武在树上摘着谷桑果。四只桶被渐渐装满，挑作两担子，移到水井边。兄弟俩把果肉淘洗掉，把种子留下来。

小平屋里传来沈林氏骂骂咧咧的声音。

她正在厨房里，对着一只大缸按下腌渍的咸萝卜："什么狐朋狗友，满嘴胡吹，种谷桑还能发得了财？发了几年大财，也就是年年捡树种子，天天腌咸菜脯。"

正如她所说的，沈志强和沈志武正在捡着楮实子。

沈志强道："老二，本来钱是你自己挣的，我没有说话的份儿，但我觉得，阿姨说的也有道理。"志武道："大哥，不瞒你说，那钱是我的本钱，我打算用它在京城里做点儿生意的。"沈志强笑了："这就是你说的，让咱家彻底翻身？"

志武道："翻不翻身我不知道，但这是我的打算。"沈志强说："老二，你别寻思那些不着边儿的。阿巴要不是老想着翻身，什么东山再起，也不至于现在困在这里。等不到朝廷来收林子造钱，只能年年收楮实子卖给药局，根本卖不了几个钱。唉，丢开又舍不得丢开，守着又看不到头。"

沈志武停下手里的活儿："大哥，咱们阿巴你还不了解？他不是个糊涂人。天底下，什么钱都是不好挣的，守个林子算什么？当年他们驾船出海九死一生又能有多舒坦呢？"

沈志强道："可是啊，论理，本来就是咱们家欠了陈渡头的钱。现在有钱了，本来也应该还给人家。还了人家，咱们也好堂堂正正回乡里去。"

沈志武道："大哥，你会不会算数？按照陈渡头的利息法，快五年过去了，咱们还不起了。照咱们这么攒钱，子子孙孙都还不

完！既然这样，还他干什么！"说着怒踢了一脚井边的木桶，转身进屋。

沈志强也怒踢木桶一脚："果然是变了，不是一条心！"

午后的谷桑林干燥而暖和，大个头的雁鹅在天空中吵吵闹闹地飞过。沈志武一脸疲惫地往草地上躺下身去，叹了口气。他看那谷桑是极贱的，石缝里、沟渠边，甚至屋檐之上、墙角之畔都能长，像极了这东藏西躲的一家，都是飘飘摇摇的野草。但野草也能长成大树。他见过几层楼高的谷桑，比东京城里最高的酒楼还高。

沈志武侧身又望见自家的谷桑，行列齐整，高大挺拔，像布好了阵仗的军队，已然没有了路边野草的形貌。他坐了起来，心里只道："沈家的人现在还没能像谷桑树们这样，把腰板挺得直直的。"他决定离开这里了。

离家那天，沈林氏淌眼抹泪的："老二，那天是我说得不对，我说错话了。你怎么就气性这么大，又要走了？"志武说："阿姨，我本来就打算要走的，不干您的事儿。您说了什么我都忘了，别胡思乱想。过阵子，我还回来看你们。"

沈林氏问："一定要走吗？那你是还去广州？"志武说："还去广州。"沈林氏道："既然人在广南东，就多打听打听六姨婆家，千万千万。"志武点着头："阿姨，我晓得的。"沈林氏又说："有消息就写信回来。"志武仍点着头："我知道的。"

林子里百鸟啁啾离巢。沈志武背上行囊越走越远。沈林氏追出门口来，站着垂泪。沈楚略跟了出来，安慰地扶住她的双肩。

回到房中，沈楚略道："我知道这事儿你不信，但卢彦是个信得过的人。他让我在这儿种谷桑，准没错的。再说，当初买林地的钱还是他借给我们的呢。每次我要还他，他都叫我先还给别人。"

沈林氏点点头："人家是想帮我们，只是做生意各人有各人的运道。"沈楚略又走到窗前："我知道你不信，但是我信。我相信总有一天，皇宫正门的楮币监要开起来。那是朝廷的楮币监！它的造币原料，我们这里就备下了。这些谷桑树皮，将来它会被造成钱，用来换金，换银，换铜，换一切值钱的东西！"他越说越激昂，忽又变得低沉："当然了，这个事情你不信。"

　　沈林氏眼圈红了："不，我信！只要你信，我就信。你忘了吗？我还没嫁给你时，你也很穷。你说，你要有一条大船，到大海对岸载满金银宝贝回来。这在那时候听起来，比现在的事情还要荒唐呢。"

　　沈楚略苦笑着拥沈林氏入怀。沈林氏道："可你还是做到了。你不是载回来一船宝贝，而是每年都载回来一船宝贝。我也当了好些年的头家奶奶，又生下这帮反骨的，乡里人都说我命好。"说着眼中噙泪，深情望向沈楚略。忽瞥见沈阿契在房门口探头探脑，吐舌头扮鬼脸的，沈林氏这才忙忙地拭了拭泪水。

　　一个阳光灿烂的早晨，沈阿契打开屋门，迎面看到绿荫，听见喜鹊"恰恰"不绝。另一些羽毛好看的翅膀在枝丫间交错，叫人眼花缭乱。树上掉下来一粒小小的、纯白色的鸟蛋。它是那样小，小得叫人不知如何拾起它，害怕捏碎它。最后，她用一片树叶将它拨到另一片树叶上，又爬上树把鸟蛋放回鸟窝。

　　沈林氏绷着脸站在树下："老五，下来。"阿契忙爬下树来。沈林氏脸上转笑："老五，你长大了，给你找个婆家。"阿契愕然。

　　沈林氏拉起她的手，边走边说："女儿虽然也是'仔'，但养大了要嫁人，要走的，所以只能叫作'走仔'。都走了，父母能图

个啥呀？不就一门亲戚吗？"

阿契缩回手来，沈林氏又拉住她的手："就像外公家的四姨，嫁了个四姨丈在广州做官，虽然不曾见过，但家里头都很高兴。再说我自己吧，早年你阿叔的生意做得大，我回娘家，也没人不高看我的。"

阿契蹙起眉头："您给我找了什么婆家？"沈林氏迟疑着："我……"阿契打断她的话头："我可不要和三姐定亲那个人！"沈林氏笑了："那当然，我和你阿叔也没那么古板，没想要非得是谁，反正是好门第就成啊。"

阿契说："大哥还未娶呢，我不能越过他的。"沈林氏笑了："你以为我们不想给你大哥娶媳妇啊？咱们家哪有娶媳妇的钱？"

母女俩边说边走，回到小厅里。阿契抱膝坐在平时睡觉的宽条凳上，扭过脸去对着窗外。沈林氏正色告诫她："你可不能跟老三一样，不仅没给娘家带来一门好亲戚，还把门第都抹黑了。我白把她生得那么好看了。"

阿契赌气躺下，拉起被子蒙住脸。沈林氏叹息道："可惜你跟老三，真是长成两个样儿。"阿契掀开被子坐起来："您就是说我长得丑呗。"沈林氏数落着："但愿你们姐妹俩，做人也是两个样儿，我和你阿叔才有盼头。"

阿契叫着："我肯定不是你们亲生的！"说着又躺下，拉起被子蒙住脸。沈林氏推了她一下，恼气走了。

屋外忽传来一阵有力的马蹄声，似乎就在薄薄的门板后面，紧急刹住了。马的嘶鸣声令人耳朵一阵发麻。阿契赶紧下了"床铺"跶起鞋子，走到关着的门前，贴住耳朵细听动静。门被轻轻敲了两下，仿佛敲在她的耳朵上。

她迟疑着把门打开，竟是在韶州岑水场见过的"卢大哥"。

阿契颇感意外："卢大哥？"卢彦欣然一笑："是你！"阿契问："卢大哥，您怎么找到我家的？是来找我二哥吗？可是他已经回广州去了。"

此时沈楚略从房中走出，惊喜叫道："卢彦。"沈阿契更意外了："卢彦！"

卢彦看了一眼宽条凳上凌乱的"铺盖"，沈楚略忙数落起阿契："大白天的，睡什么觉？快收拾好。"阿契嘟着嘴，默不作声收拾起宽条凳来。

沈楚略向卢彦道："好兄弟，你怎么来了？这个是我家老五。"又向阿契道："老五，快来见过你卢家阿叔。"阿契没回头："我喊他'阿叔'，那我管您叫什么呀？"

卢彦笑了起来。沈楚略摇摇头，又向阿契道："来客人了，快去准备果子和酒。"阿契低着头走了出去。

卢彦看了看宽条凳，说："沈大哥，五娘子已经大了，怎么让她睡这里？"沈楚略叹了口气："没办法，家里就这条件。"卢彦道："是兄弟照顾不周啊。"沈楚略忙道："哪里的话！"

他顿了顿，又问卢彦："阿契，你见过了，觉得怎么样？"卢彦说："沈大哥，此来我就是想跟您说这件事的。此事万万不妥，先时已有了三娘子的事情，这次万不可再连累五娘子。年轻女孩儿，还是往外头聘作正头夫妻是正经。"沈楚略叹了口气："兄弟，你要是看不上也没办法。我横竖是要把阿契打发出去给人的。"

卢彦一惊："这，你要把她给什么样的人？可不兴乱给。"沈楚略道："女孩儿，浮萍命。那就看她的命了。家里实在留不

下她。"卢彦摇了摇头："既然说到这份上，也罢，我把阿契带走，往后给她寻个好人家。"沈楚略脸上一喜："那就好，那就好啊。"

厨房里，阿契向沈林氏道："阿婶，阿叔是没睡醒吧？叫我准备果子和酒，咱们家哪里来的果子和酒？"沈林氏说："你去林子里找找还有没有花？采一碟谷桑花来，我现做一点下酒的。"阿契便拎起竹篮子，又在篮子底铺上一块花布，走出厨房去。

林子里的花儿大多数都凋谢了。沈阿契寻寻觅觅，偶有一朵她便摘下。

寻了半日，小半篮的谷桑花终于交到沈林氏手里。

沈林氏从膵罐子里很是慷慨地挖出几大勺白花花、软腻腻的膵，往热锅上一磕，那膵便化掉了，变成透明的油。她又将谷桑花在清水里略作漂洗，往白面粉中滚上一滚，将花穗儿沾得跟雪花棒一样，才丢到油锅里"吱吱喳喳"地炸起来。最后，她把油炸谷桑花盛到盘子里，撒上盐花，就算成了。

至于锅里炸过的油，沈林氏又收回小罐子里。这油，回头还会被派上用场的。

阿契问："阿婶，下酒的有了，酒呢？"沈林氏道："哪有酒？这里的酒老贵了，还是广南好，便宜。把你二哥带来的茶叶，泡好了端上去吧。"沈阿契应了一声，出厨房去。

不多会儿，阿契便端着茶盘来到小厅门口。沈楚略向她道："快给你卢家阿叔奉茶。"阿契进屋奉茶。沈楚略又说："秋天来了，楮实子收完了。你在家没什么事可做，整天晃来晃去，还是去东京城里找个东家，学学女红，做做针线贴补家用吧。待会儿就跟你卢家阿叔走吧，他带你去。"

阿契猛抬起头："进城做工贴补家用，为什么不是大哥去？"沈林氏走了进来："那不行，你大哥必须留在家里。我还有很多事情交给他做呢。"沈楚略道："你大哥能做女红？"

沈阿契一跺脚："我就知道我不是你们亲生的！"卢彦忙问阿契："你不愿意去？"阿契又一跺脚："我为什么不愿意？去就去！反正我也不想在这儿待着了，连个睡觉的地方都没有。大哥一个大男人，反而要藏在房里，我一个姑娘家，天天对着大门睡厅子。"

沈楚略抄起细竹条要抽阿契，卢彦忙拦住："大哥！丫头大了，不好打。"沈楚略这才扔下细竹条。

阿契哭着跑出门去。沈林氏对着门外喊："那凳子你大哥不是睡不下嘛！"

天空飞过一行雁阵，鸣叫声声，惊了岭南客。这天，沈阿契终究还是被父母遣出门去了。斜阳变得又大又红，挂在树梢上。枝丫和鸟巢成了印在天空中好看的纹路。

卢彦牵着马走在前面，沈阿契隔开一段距离走在后面。卢彦回头望向她："上马吧，不然城门要关了。"阿契向马匹走了过去，马的大眼睛便多看了她两眼。她有些发怵，后退了一下。

卢彦取下她背上的包袱，挂到自己身上，又摩挲着马脖子，说："克服一下吧？只能骑马了。"阿契硬着头皮踩着马镫子，爬到这堵大生物上。马身上的皮毛跟动来动去的活气，让她心里阵阵发麻。她的手碰触到马脖子时，浑身都是不自在的。

"不用慌，它听我的。"卢彦说着跨上了马，把缰绳一扯，马昂首嘶鸣起来。阿契哆嗦着伏下身子："慢，慢点儿。"卢彦似乎没听到，呼呼地甩了风两鞭子，又啪啪地甩了马两鞭子。马疾驰

起来。

卢彦张口吃着迎面而来的风，向阿契大声道："直起身子来，抬头向前看。"阿契哆嗦着直起身子："慢，慢点儿。"

"慢的话城门就关啦。"他说着，又猛甩了马几鞭子。那声音，阿契听了都替马觉得疼。

阿契在马背上尝试着抬头挺胸，放松紧张发抖的身体，便渐见四周灯火生发，又闻人语升腾。带着温度的房屋与街市，如潮水般漫向马蹄。阿契叫道："我们进城了。"

卢彦说："还没进城，这是城外草市①。"

说话间，笔直的大道上现出一座奇伟的城楼——高大且突兀。半明半暗的夜幕下，城楼在阿契模糊的脑海里竟有些不真实。城楼下的大拱门发出金子般的亮光，仿佛一个穿越异界的神秘通道。卢彦策马穿过城门的时候，她渐渐放松的身体又开始紧张发抖起来。

城门之内，是万家灯火，浮世流光。

她突然兴奋起来，觉得眼前的繁华与下午离家时的悲戚丝毫没有关联。

城内人流涌涌，档铺林立，马匹自然不能再保持城外的奔驰速度了。卢彦把缰绳一勒，来了个急刹。马面对卢彦醉汉式的指挥，已经无能为力。阿契还没来得及多看一眼东京城的繁华，就随着马匹的失蹄摔下地来。

当她从地上爬起来时，只看到马匹从侧道上疾驰而去。路上行人纷纷尖叫着躲开，书生陈云卿与另外两个路人被撞倒在地。卢彦

---

① 草市：据邓高峰《宋代的金融》，草市是宋代贸易场所，一般设在城外近郊，初为货摊，后建立起店铺，成为固定市场。

躺在地上人事不省。沈阿契摇着他喊："卢大哥，卢大哥！"

这天晚上，沈楚略夫妇坐在阿契平时睡觉的宽条凳上，神情有些木然。油灯芯开着花，沈楚略说了句："这一个个都打发走了。"沈林氏道："那个卢彦，能靠得住吗？"沈楚略道："怎么还问呢？"沈林氏叹道："唉，总有一天她会明白，你也是为她好。"

沈氏夫妇不知，此时"靠得住"的卢彦已倒在东京街头，生死未卜。

众路人围向沈阿契和倒地的卢彦。阿契道："诸位，哪里有医馆？帮我救人，必有酬谢！"她又尝试搬动卢彦，却搬不动。

陈云卿爬起身，走进围观人群："先不要搬动伤者，看看他伤的是哪里？"沈阿契摇着头："我不知道。"

此时，一蕃人从人群外挤了进来，蹲下身，用吡啫耶语说："我是大夫，让我看看。"

沈阿契诧异地看着蕃医，心想："东京果然是东京，居然有吡啫耶的大夫！"便由着他检查卢彦的身体。陈云卿看到沈阿契的反应，却想："这位小娘子一脸茫然，她一定是听不懂吡啫耶语，还不知道蕃医是来帮她的吧？我来替他们翻译翻译。"

陈云卿用吡啫耶语对蕃医说："您好大夫，我会吡啫耶语，我来给您翻译。"又向沈阿契道："小娘子，我来告诉你，他说的是……"沈阿契没等陈云卿说完，就用吡啫耶语对蕃医说："大夫，您能帮我送他去医馆吗？这是我家大官人，我是他家新买来的丫头。求您救救他。"

陈云卿听到沈阿契的蕃语说得顺溜，颇感惊讶，又听蕃医用宋语对沈阿契说："不用担心，我们去方所医馆。"陈云卿不觉笑了。

蕃医将卢彦抱起走向前方，沈阿契跟在他身后小跑。和陈云卿一起被马撞伤的两个伤者捂肩扶腿地走来。那伤者对陈云卿说："跟上啊，别让他们跑了，至少得给咱们赔点儿钱。"说罢便追赶去了。陈云卿却只站在原地，摇了摇头。

沈阿契跟着蕃医进了医馆大门。那门首有"方所医馆"四字牌匾，照壁上又有"随众生心 应所知量 循业发现 宁有方所"等字。

众药童见蕃医回来，忙上前接过卢彦，扶到担架上抬走。为首的药童道："快！抬去天字坊。"蕃医道："不用，抬去地字坊就可以，他不严重。"众药童应声抬了卢彦离去，沈阿契紧随其后。

此时，一蕃僧一宋僧从里间走出。蕃僧用细兰语对蕃医说："罗大夫，今天小童从街上救助回来一名重病流民。我们把他安置在黄字坊。"宋僧道："我们尽力了，恐怕是不行了。"蕃医用细兰语道："我去看看。"便急忙往里走。

被马所伤的两名伤者此时也进了方所医馆大门。一伤者抓住药童便问："可有一个高大蕃人抱着个昏迷汉子进门的？还跟着个丫头。那汉子和丫头现在在哪儿？"药童答："地字坊。"伤者又问："地字坊在哪里？我们也要去地字坊。"

药童道："您二位手舞足蹈，精神得很，我看没什么伤病，去不了地字坊，去玄字坊就可以了。"那伤者凶起来："少废话，我们无甚伤，慢慢再说不迟，只是不能跑了那汉子，我们还要和他理论理论的。"另一伤者止住他的同伴，向药童改了口："哎，我们伤势不轻的，必须去地字坊，必须去！"

二伤者便推开药童硬闯了进去。

却说地字坊中，沈阿契守着卢彦，焦急地望向外面："怎么那个大夫还没来？"就见方才那两名伤者进来，一个叫着："他们在这里，就是这两人在闹市纵马行凶，生生踩伤了三个人。丫头，这账怎么算！"另一个嚷着："对，那马发疯了似的。这汉子定是醉酒了，才会这样胡乱跑！"

沈阿契恼道："血口喷人！我家大官人根本没喝酒。"

此时药童进来，对二伤者道："这里是方所医馆！救死扶伤悬壶济世的地方，兼有大和尚所持皇帝令，是收救流离失所伤病之民的地方，岂容尔等闹事？"

二伤者打定了主意要闹一场的，便呼呼喝喝，几欲与药童动手。蕃医走进房门："你们在干什么？让我看看这个醉汉。"那伤者闻言，大叫道："你们听见了，醉汉！"又向沈阿契挥拳作势："那丫头，现在你怎么说？"

沈阿契用吡啫耶语向正在帮卢彦检查身体的蕃医说："大夫，请您不要胡说。我敢发誓，这个伤者没有喝过酒，他今天在我家仅仅喝了茶！"

蕃医用吡啫耶语答她："他确实是醉酒。他昏迷主要是因为醉酒，等他酒醒了，看起来就没那么吓人。"

那伤者听不懂蕃话，恼了："丫头，你叽叽咕咕在说什么？休想和大夫串通一气诓骗我们，我们刚才都听见了。"当下二人又闹起来，药童也拦不住。沈阿契只好叫道："报官，报官！"

一时医馆报了官，二伤者才被拦到走廊外，一候候到深夜，不见有官差来，却见一名死者被抬着从走廊经过，家眷紧跟其后嚎啕大哭。二伤者贴墙站着，一个道："晦气，当差的怎么还不来？"另一个道："别是天亮才来吧？"那个又道："恐怕是。"这个又说："别是咱们一走，他们就来吧？可不能让那丫头跟当差的胡言乱语占了上风。"俩人犹犹豫豫，不知是走是留。

地字坊内，沈阿契坐在地上，伏在卢彦床沿边打盹。半夜有病患痛苦地喊了一声，她猛然吓醒，也跟着喊了一声。回过神来时，眼前是被她也吓了一跳的药童。药童跟她说，你可以花几个铜板，租张床好好睡一下。可她一个铜板也没有，便摇了摇头。这时医馆的某个角落突然炸出一团嚎啕之声，她又吃了一吓，惊恐地坐直，望向门外寻找声音的来源，又往卢彦的床沿边缩了缩。看到卢彦闭着眼睛，没有受到任何声音的影响，阿契心里不禁叫着："卢大哥，您快醒醒啊。"

蕃医拿着一块五颜六色、花纹漂亮的毡毯给阿契："你可以把它垫在地上坐。我叫罗里罗，你可以叫我罗大夫。"阿契接过来坐了，说道："谢谢罗大夫。"

夜过半时，来了俩官差，二伤者跟了进来。

官差用刀把子点了点沈阿契的肩膀："起来问话。"伏在床沿上眯过去的阿契忙直起身子跪在地上。官差努了努下巴："他叫什么？你叫什么？怎么醉酒？马怎么伤人的？"

阿契道："请差爷做主。他叫卢彦，是城中商贾。我叫沈阿契，家住南郊山野。今天父母把我卖与他家做丫鬟。卢大官人一整天都在我家，我家并没有酒可以招待客人。醉酒纵马行凶纯属诬陷，我愿画押为证。"

那官差近前嗅了嗅卢彦，并无酒气。阿契又说："马是畜生，畜生再怎么驯服，也有发疯的时候，人无法绝对去预料。他们两位是伤者，我家大官人也是伤者。他们伤势如何？差爷您是看得见的。而卢大官人却昏迷不醒，是伤得最重的一个。他固然有责，但也是最大的受害者。"

官差听了，说道："行了，你们都登记在这里，跑不了。都散去，等人好转了，到衙门里说话。"

这晚，陈云卿撞见了沈阿契，深为纳罕。他在街市人群中边走边想："她竟能讲吡啫耶语？她只是个家里穷，被父母卖了的使唤丫头？莫非她的身世比我还坎坷？"想到这里，出身世家门庭的云卿忽作自叹。

回到家中，他又为娶亲一事惹恼了疼爱他的叔父陈弘祚。

陈弘祚叫着："云卿，你怎么能说出这样的话？你怎么能不娶妻呢？"陈云卿道："五爹，云卿已经想清楚了，不愿娶妻生子。"陈弘祚说："你是陈家子孙哪。回到大宋都已经这么多年了，怎么脑子还没转过弯来？你们外蕃，都是不娶妻、不生子的？这些年我苦心教你的最基本的纲常伦理，君君臣臣、父父子子，你可听进去过？"陈云卿说："五爹的教诲侄儿自然铭记在心，纲常伦理也不敢忘。正因如此，云卿才不愿娶妻生子。"

他解释道："五爹，朝廷的'使命书'下来了。以后，为国出使就是云卿的职责。四海漂泊也注定是云卿的命运。既然夫妻不能长相守，我何必去祸害人家的女儿呢？"

陈弘祚道："正是因为朝廷的'使命书'已经下来了，五爹才会这样着急替你寻一门亲事啊。不孝有三，无后为大。今后你出使诸蕃，恐怕多数时候都不在宋国，自然要留一房后人，你父亲才有香火。"

云卿道："五爹，您忘了我父亲的夫人生前过着什么样的日子吗？既然她注定没有丈夫，为什么要让她嫁给一个名称？"陈弘祚说："云卿，你虽是蕃女所生，但也要知道我大宋礼法。女子嫁人生子原是本分，并不是为了什么相守不相守。这是哪里来的歪理邪论？"

云卿道："五爹，这哪里是歪理邪论？"陈弘祚说："休要多言！我已经给你安排了几家相看，你只管去就是了。"

第二天，卢彦在方所医馆中苏醒过来，竟如没事人一般。沈阿契拿了药，便搀扶他回了卢宅。一进家门，小厮忙迎上前扶住卢彦："大官人，昨晚寻了您一夜。您这是怎么了？"卢彦道："不要紧，没啥事。"

安顿停妥，卢彦便引着阿契到杜彩织房里来。

阿契向杜彩织行了个礼："杜婶娘万福！"杜彩织上下打量沈阿契，又瞅了瞅卢彦，只见卢彦正含笑看着阿契。杜彩织转而也对她笑了笑："五娘子不必多礼。"卢彦道："先见个面便罢了。阿契，你回你房里去，我和你婶娘有话要说。"

阿契应声出来，就见卢彦的小儿子卢震藏在走廊柱子后，探出头来偷偷看她。阿契向他走去，余光又瞥见一个影子闪过，吓了一跳，忙转身看，原来是卢彦的大儿子卢霆。卢霆躲在窗外偷听话，并对阿契比了个"嘘"的手势。

卢彦突然推开窗，卢霆受惊摔了一跤，叫道："爹。"卢彦看了看卢霆，道："你想知道啥？起来吧。"卢震从柱子后跑了出来，撒娇地喊着："爹，爹。"卢彦向卢震笑道："没说你们坏话，快走吧。"

阿契拉起摔在地上的卢霆，卢彦又把窗关上。

房间里，卢彦对杜彩织说："阿契就是我沈哥哥家的五娘子。"杜彩织问："那三娘子呢？"卢彦道："她已在潮州嫁人了。"杜彩织松了口气，却佯装生气："哪有这样的道理？她家是许了几头亲？"卢彦道："本来也并非当真，只是一时说说。"

杜彩织试探道："那这位五娘子？"卢彦道："哦，我正要和你说呢。"杜彩织抓着帕子的手紧了紧，就听卢彦道："阿契年纪还小，在家住着你多照顾点儿。"杜彩织点着头，又问："那五娘子你打算怎么办呢？"

卢彦道："以后有机会的话把她送去绫锦院。"杜彩织惊道："绫锦院？那是替皇家做针绣的地方，不是说去就去的。"卢彦说："的确如此，不一定能去的。那就先住着吧。"杜彩织藏住心中不悦，只沉默不语。

再说卢霆、卢震两个，哥哥年纪比沈阿契略小些，弟弟仍是一团孩气。阿契来卢家已有数日，客不似客，仆不似仆，兄弟俩都感到好奇。远远地见她从走廊上来，卢霆便上前问："你是谁？"阿契道："我是卢大官人新买来的丫头。"卢霆说："我不信。"

卢震对阿契叫起来："奶娘说，你是我爹新娶的小娘。"阿契、卢霆都急了，异口同声道："不是！"

卢霆问阿契："你把我娘喊作'婶娘'，那就该喊我爹'叔父'，但是，我听到你在没有人的时候，把我爹叫作'卢大哥'。这是为什么？"

阿契目光闪躲，一时语塞。卢霆又问："还有，你为什么自称是我家的丫头？丫头为什么不用干活？"阿契说："我刚来，还没有给我派活儿。"卢霆又问："丫头为什么住在东厢？"阿契噘起嘴："是你家的人让我住那儿的，我不知道我该住哪儿。"

卢霆道："总之，你是个很奇怪的人。"这对话总是令人尴尬，沈阿契扭头要走，卢震却跑上前抱住她："姐姐别走，我们一起玩。"

白矾楼，成了陈云卿频频光顾之地，因为朱媒婆为他安排的相亲总在这里。今天，他见的是薛家娘子。

那薛娘子见了云卿，直盯住他看，看得他有些不好意思。满桌的金盘银盏、美肴佳酿无人动过，基本只是摆设。精致的香炉升起袅袅白烟，烘托着芬芳的氛围。

一旁的朱媒婆看了看薛大娘脸色，薛大娘也正微微点头呢。朱媒婆心想，这次敢是能成了！

只听薛大娘道："十九公子好相貌。面有异相，将来必是有所成就之人。"云卿摇摇头："哪里哪里，我的长相只是……"薛娘子替他补充："俊朗。"云卿笑道："过奖过奖。只是因为母亲是蕃人，所以我长得略有不同。"

薛大娘与薛娘子面面相觑："蕃人？"朱媒婆忙向陈云卿使眼色，就听薛大娘冷笑道："朱媒婆，原来你打算介绍我家小娘子去和蕃？"朱媒婆笑道："十九公子确确实实是东京陈家子孙，父亲是咱们中原人。"薛大娘说："我们薛家可是世家，跟陈家倒是门当户对，只是我们又犯不着去和蕃的。"

陈云卿不悦："大娘，蕃人怎么了？"薛大娘不答陈云卿，只对薛娘子说："要是结这门亲，以后你生的就是小蕃人。"陈云卿急了："你！小蕃人又怎么了？"薛大娘仍是不理会陈云卿，只跟薛娘子说："过起日子样样不同，使不得。"

云卿恼了："使不得正好！压惊礼早备下了。杭哥，送礼！"陈家小厮杭哥便向薛娘子呈上压惊礼，表示事情结束了。薛娘子难过地看了看薛大娘，眼圈红了。

归家之后，陈弘祚听了事情经过，也道："唉，薛家半点儿礼数不懂。这样人家的女儿，娶进来也是麻烦。若生养子孙，也怕沾了他们的教养。"

大堂哥陈云海却向云卿道："十九，不是我说你，你干吗跟她们说这些？能瞒就瞒，下次别跟人家掏心窝子，特别是你的身世。"

云卿道："大哥，我的身世有什么见不得人的吗？"云海只说："你爱听不听吧。"陈弘祚对云卿说："云海说得对。"云卿手一摊："五爹，我……"

卢府中，沈阿契客居已有一段时日，日常却见不到卢彦。这天，她看到卢彦从书房内走出，便上前问："卢大哥，您身体可大好？"卢彦道："没事儿。"阿契又问："那两个被撞到的泼皮可有来找您麻烦？"卢彦道："着人处理好了。"

阿契嗔道："那个方所医馆的蕃医真可气，说您是醉酒。我真怕他耽误了您治伤，改天我还要找他算账。"卢彦笑起来："嘿嘿，别去找他算账，是醉酒。"阿契说："什么呀？您那天什么时候喝过酒？"卢彦道："去你家之前。"

阿契又道："这怎么可能？您在我家怎么没醉？一进城就醉了？"卢彦哈哈大笑："那酒后劲大呀。"沈阿契不解："后劲？那得有多后啊？"

卢彦道："信不信由你。其实那天在路上走的时候就已经觉得不行了。那是两种酒，名字挺绕的，一种叫什么雨，僧庐雨，一种叫罗帐泪，不能混着喝。喝起来没什么酒味，闻起来没什么酒气，喝完也没事，人半天过去才会发作。"

阿契摇着头。卢彦眼中流露出一丝宠爱，指着书房道："不信屋里还有，今天就让你试试。"阿契连忙又摆手又点头："我信我信。"

卢彦笑呵呵的，又出门去了。

卧房里，杜彩织问老嬷嬷："嬷嬷，你觉得这个沈阿契怎么

样？"老嬷嬷道："我觉得可以，她可以留得住咱家大官人。"杜彩织又问："那你觉得她好调教吗？"

老嬷嬷道："她年纪还小，夫人先留在自己身边一段时间，应该会对夫人有感情的，以后也能听您的。"杜彩织一声喟叹，把披风上的帽子一盖："那走吧。"老嬷嬷应了声："是。"

杜彩织便携着老嬷嬷来到谷桑林沈家。沈楚略夫妇忙请她小厅里坐着。

杜彩织脸上挤出笑来："大哥大嫂，阿契去了我家后，乖巧得很。我的意思，想收她做了我的通房丫头，谷桑林这笔账沈家就不必还了。不知您二位肯不肯？"

沈林氏笑了起来："原本我们也是这个意思，只是我们不好明说的。"沈楚略看了沈林氏一眼，沈林氏连忙闭嘴。沈楚略又向杜彩织笑道："如果能得您的关照，阿契这孩子我就放心了，能跟着您是她的福气。"

杜彩织听了，冷冷淡淡地回道："那就好。嬷嬷，把卖身契给大哥大嫂看看。"

老嬷嬷掏出一张纸契，递给沈家夫妇："您二位看看这个，如果觉得合适就写上名字，按个手印。"沈楚略接过卖身契，沈林氏凑过来看："上面写的啥呀？"沈楚略没理会沈林氏，只向杜彩织道："上面没什么问题，可以的。"

杜彩织冷冷一笑："好，那就这样定了。倘若圆房了聘作妾侍，我会再安排人送聘礼来的。"

从谷桑林回来后，杜彩织径直去了卢彦书房，将沈阿契的卖身契摊给卢彦。卢彦不明就里："这是什么？"细看时，喷声道："这是阿契的卖身契？夫人，你怎么能这么做呢？"

杜彩织冷笑道："怎么？你不想要啊？"卢彦一脸冷静："你为什么要这么做？前番，沈家三娘子嫁人了，你不是挺高兴的吗？"杜彩织道："我为什么要这样做？你说呢？这些年我什么时候能见到你的人？"

卢彦说："我在外面有事情做。"杜彩织道："糊弄鬼去。你在外面有那么多事情做？以前怎么不是这样的？"卢彦道："以前确实没有这么多事情做，除了自家生意，就是想做事也不知道做什么。"他看着杜彩织，笑着摇了摇头。

杜彩织冷冷道："你在外面有人。"卢彦说："没有。"杜彩织道："你别装了！"卢彦说不出话来："你！"杜彩织又把卖身契拿起来看了看，笑着拍到书案上："哼，随你，要不要随你，家里的总比外面的好。"

卢彦拿起卖身契向杜彩织扬了扬："这万万使不得。"杜彩织问："为什么使不得？"卢彦道："这让阿契看到了，该有多难过！"杜彩织满眼怨怒："原来你是怕她难过？"卢彦道："当然。谁让亲生父母卖了不难过？"

杜彩织不由分说，摔门而出，回到自己房中，坐在罗汉床上，埋头伏向方几子，一阵痛哭。

老嬷嬷在外头敲门："夫人，是我。"杜彩织抹了抹眼泪："进来。"老嬷嬷进来道："夫人，阿契不是客了，不必单住在东厢。是否今天就让她过来您房里听使唤？"杜彩织冷冷道："不必了，我不想见到她。"老嬷嬷一愣，叹了口气。

此时的沈阿契还体会不到杜彩织的心思，只是一团孩气地和卢霆、卢震在花园里跑。一时跑到英石假山的石桌子前，卢霆跟沈阿契说："如果你掰手腕儿能掰得赢我，明天去大相国寺就带上

（右侧竖排）第三章 花看半开，泛饮微醺

089

你。"阿契不服气："哼，我在家的时候跟我四哥打架，可是从来没有输过。"

卢霆道："开玩笑，你一个女娘子，手劲儿还能比我大？"沈阿契转头对卢震说："卢震，你来作证，看看待会儿我俩谁赢。"卢震点着头。卢霆便将袖子高高卷起来，露出胳膊。阿契也将袖子高高撸起来，露出白花花的臂膀。

卢霆一瞅她臂膀，不禁一阵脸红。阿契向卢霆伸出手，两人的手松松地摆到一处。卢霆还在走神，手尚未紧握，沈阿契却突然将他的手紧紧一抓，就势压倒。

卢震欢呼着："哦！沈姐姐赢了！"卢霆说："我还没准备好，还没开始呢。"沈阿契哈哈笑道："已经结束了。"

此情此景，恰被假山后的卢彦、杜彩织二人看到。卢彦面无表情，杜彩织却一脸阴沉地离开了。

为了兑现承诺，卢霆带着卢震和阿契去大相国寺看货术买卖。路过金明池闹市时，卢震却被水傀儡戏吸引住了。

只见那池水中央搭起戏台，两个傀儡一来一往，一唱一和，隔水观戏的老百姓就喝起彩来。然而这金明池闹市人群拥挤，卢震踮起脚尖也看不到戏，总被人遮挡住。他急了："我看不到！沈姐姐。"阿契把他抱起来："看到没？"

卢震直拍手："看到了，看到了。"阿契使劲儿举着卢震，憋红了脸："看够没？我没力气了。"

此时，陈云海和杭哥正拉着陈云卿从人群中挤过，将沈阿契和卢震撞倒。阿契抬起头来，只看到三个人甩着衣袖匆匆离去的背影。她一边拉起卢震，拍着他身上的灰，一边向前喊着："喂，你们把人撞倒啦！"

云卿要回头，云海却拉着他脚步不停地往前走。

云海道："嗨，人多挤了一下，别理会这些娘儿们。一理论，就算没事儿也变成事儿了。走，办正事儿要紧！我跟你说，这位许娘子长得贼好看，说话又好听。你要是还不满意，我就不信！"

卢震被撞了一下，水傀儡戏也不看了，只和阿契到大相国寺广场上来找哥哥卢霆。卢家老仆正张望着："哎呀，沈娘子，您把小公子带去哪儿了？"卢霆又拉着阿契道："快，过来看鱼做戏。"

就见一个货郎在卖锤子糖，货担子旁摆着一只大水桶，桶里有鱼儿在游。

货郎向围观者叫着："鱼要做戏啦！鱼要做戏啦！"说着向桶里投下两个拇指大的面具，一个是笑脸老爷爷，一个是笑脸老奶奶。货郎念着："老头子，老婆子，浮上水面笑哈哈。"鱼儿便争相游向面具，顶住面具在水面摇晃，如同两张笑脸在点头。

众人喝起彩来。

货郎又向桶里投下两个拇指大的面具，一个是笑脸小猫儿，一个是笑脸小狗儿。货郎念着："小猫儿，小狗儿，浮上水面笑哈哈。"鱼儿又争相游向面具，顶住面具在水面摇晃，如同两张笑脸在点头。

卢霆问阿契："好玩吧？"阿契说："我知道了，面具下面有鱼饵。"卢霆看了看她："你知道得还挺多。"阿契道："我是海边人，别的不知道，鱼我还是知道的。"卢霆嘿嘿笑起来。

再说陈云卿被陈云海拉去相亲，来的又是白矾楼。朱媒婆已站在楼上阁子门口等着他们了，见到人来，忙把门打开："在这儿呢，十九公子，许娘子已经到了。"云卿便领着杭哥进门去。

阁子里，许娘子抿了一口杏仁茶，又嗅了嗅手帕："这家的杏

仁茶不错，我祖母的生日宴会也专门要他家送茶过去的。"陈云卿说："我也喜欢这家的味道。"许娘子又道："他们点茶的花色儿也很好。不过，没我好。"

云卿恭维道："许娘子还会点茶，真是蕙质兰心。"许娘子含羞一笑。云卿又笑道："既会点茶，以后可要为我点茶。"

许娘子羞笑着，向门外道："朱大娘，陈公子欺负我！你快进来！"朱媒婆忙笑着推门进来："怎么了？陈公子文质彬彬的，怎么会欺负人呢？"杭哥在旁笑着拍手，暗暗道："能成能成。"

陈云卿笑向朱媒婆："我哪儿敢欺负许娘子？但愿能长久喝着许娘子点的茶，则是云卿之幸。"许娘子羞红了脸。

谁知云卿转而一脸淡然："可惜云卿有朝廷使命在身，以后要出使诸蕃，多有不在京的时候，可能会与娘子聚少离多。"

许娘子闻言变色，问朱媒婆："什么？朱大娘，陈公子说的是什么意思？为何没听你说起？"朱媒婆尴尬笑着："嘿嘿，我一个老婆子懂什么朝廷使命？"许娘子又问陈云卿："出使诸蕃，多长时间能回来？"

杭哥在一旁插嘴道："很快很快。"云卿却道："这，不一定。"

许家丫鬟悄对许娘子说："娘子，你没听过说话人说的《苏武牧羊》吗？那就是出使出的。"云卿接过许家丫鬟的话头，说道："我去的地方比苏武远，我们是乘大海船出去的，或三年五载，或十年八年，也可能有去无回。"

许家丫鬟道："陈公子，恕我无礼，那你应该娶海上鲛人为妻。我家娘子青春年少，合该让你娶回去独守空闺吗？"许娘子白了丫鬟一眼："这不干守不守的事！"又望向云卿："只是你，人

打春（完整版）·上册

都要走了，去国离乡的，临了还来这里和我相见，有这个道理吗？我们许家也是京城世家，你们陈家可别轻贱人。"

云卿笑了笑："许娘子说的是！云卿也是这么想的。"许娘子冷笑道："我劝你，买个丫头填在房里续上香火就算了。"云卿愕然："许娘子……"

许娘子又对朱媒婆绷起脸："朱大娘，以后我们家的事儿就不劳您费心了。"朱媒婆要解释，许娘子一脸威怒，起身便走。

杭哥追在后面："许娘子，您的压惊礼！"

陈云海在阁子门口，见许娘子、许家丫鬟、杭哥相继出了门，不明就里，只向阁子里问云卿："又黄啦？"

回到家来，云卿又吃了一顿数落。

陈弘祚道："云卿，你干吗跟人家说朝廷使命的事？"云卿道："日后是要做夫妻的，必然要坦诚相待。"云海道："嗨，这个许娘子，你都相中了，相中了就先骗回来，生米做成熟饭再说。成亲后朝廷下旨让你走，她还能不让吗？"

云卿道："五爹、大哥，这是公开的事情，就算云卿不说，人家也能打听到，还不如把话说在前头，免得互生怨恨。"云海道："虽然是公开的事情，但也要打听不是？你倒担心别人打听不着，自己先敲锣打鼓起来。"云卿听了，一时语塞："大哥，这……"

卢府花园中，桑葚树的树冠葳葳蕤蕤。沈阿契坐在树下，背靠树干，手里翻着一本书。卢彦轻轻走近："你在看什么？"阿契吓了一跳，忙把书往背后藏。卢彦又问："什么书？"阿契有点慌张："在我房里看到的。"

卢彦取过来看，是一本《诗经》，正翻到"吁嗟鸠兮，无食桑葚；吁嗟女兮，无与士耽"之处。卢彦道："这几句是什么意思？

我没读过书。你解释给我听听？"阿契转头回避："我也没读过书，我也不懂。"

卢彦摇头笑着："呵呵呵，你们女的就喜欢看这种故事。虽有痴情女，但天底下哪来那么多负心人？别看了，看多了心情不好。"此时，杜彩织与仆妇正在后园采摘桑果捣浆，不远不近瞥见了，又听到卢彦这一句，恨得咬了咬嘴唇，转身便走。

卢彦问阿契："你来了些时日了，还住得惯吗？"阿契点点头："卢霆说，明天可以去放风筝，但是怕您拘着他功课……"卢彦听了，口气有些硬："我什么时候拘他了？"

阿契有点受惊，自觉说错话了。卢彦又转温和："你来了些时日了，想不想父母？"阿契摇摇头："不想，我只想我二哥。小时候寄人篱下，我只知道有一天二哥会去接我。我只等他。"阿契说着，暗自思忖："也不知道二哥知不知道我现在在这里。二哥现在又在哪里？"

卢彦喟叹："别这样，你父母很疼爱你的。"阿契顺势便问："卢大哥，我父母买谷桑林的时候，是不是欠了您钱？"卢彦道："小孩子不用管这些事情。"阿契又问："欠了多少？"卢彦只道："你问这个干吗？"

阿契一脸倔强："我会还给您的。"卢彦笑了笑："怎么还？"阿契说："不是说带我进京找个东家做女红吗？自然可以攒钱还您。"卢彦笑了笑，不置可否。

这时家仆走来："大官人，李义青李爷、林进林爷来找您。"卢彦说："先请去书房。"家仆应声离去。卢彦又对阿契说："我不要你还。"说罢便走，走出几步，又回头道："明天可以去放风筝，你和他去吧。"

第四章

有所思，乃在大海南

书房中，李义青、林进正与卢彦畅议韶州铜监之事。

李义青道："韶州有铜矿，朝廷是早已知晓。若真能财源滚滚，那做买卖的，也就不愁人们手中无钱了。人们手中有钱，就不会藏钱不用，这样可用的钱就更多。但是朝廷尚未有在此地兴大钱监之意，一则人不够，二则铜本钱也不够。"

卢彦道："人管够，现在周边涌进韶州，又入不了籍的黑坑户多得很。至于铜本钱，直接派肯定是不够的，钱监就做不大，做不长。除非，从铸出来的铜钱里提成作为铜本钱[①]，它就有自生的能力。"

---

① 铜本钱：北宋时期，铜本钱主要用于收购坑户们所采挖的矿产品。据李坚论文《宋代矿冶业的财政管理——以韶州为例的分析》，韶州的铜本钱有其供给的保障，其钱监所铸钱额中有三分之二作为铜本钱运作。

李义青、林进听了，拍手称妙。

林进又道："从铸出来的铜钱里提成作为铜本钱，那中间的流转跟监管就非常重要，不然会失控。"卢彦点点头。林进又说："再者，铜铁乃国之重器，一旦铺开，倘若人多手杂管理不善，一时被盗，要么变为钱财，要么就是兵器了。钱财或者兵器，不管是哪一种，落入贼人之手都足以乱国。"

卢彦说："极是。但刚才我说了，韶州的黑坑户现在很多，南腔北调、南来北往的，聚集在那里讨生活。因为入不了籍，只能让入了籍的坑户层层下包，中间就出了很多事情。坑户苦，黑坑户更苦。"

李义青叹道："圣人云，无恒产而有恒心者，惟士为能。若民，则无恒产，因无恒心。苟无恒心，放辟邪侈，无不为已。及陷于罪，然后从而刑之，是罔民也。"

林进点点头："更何况，如果他们已经是事实坑户，那对韶州岑水场的坑矿就一清二楚。铜铁国之重器，倘若陷他们于没有恒心、为非作歹的境地，那就有很大害处。"

卢彦道："所以我一直在想这个事情。坑户入籍的籍数，要跟铜本钱挂钩，铜本钱要跟产出挂钩。倘若养着十个在籍坑户，一年出不来十个铜子，那确实不好照给十份铜本钱；倘若有百名在籍坑户，产出来千份的铜钱，那么铜本钱完全可以照增。"

李义青提议："我们尽快找赵鉴清赵大人说一下这件事吧，坑冶铸钱是利国利民之事，希望他能支持。"卢彦、林进点着头。

风和日丽，卢霆扯着风筝在金明池畔跑着。卢震、沈阿契前后绕着追逐嬉闹。老仆边跟着跑，边叫着："慢点儿！"

池栏杆边不知何事围满了人。卢霆、卢震、阿契放慢脚步上前看，只见一个流浪人奄奄一息躺在栏杆边。这时一个熟悉的声音传来，阿契一看，正是蕃医罗里罗。

罗里罗拨开人群："让开，我是方所医馆的。"人群让道，罗里罗抱起流浪人转身就走了。阿契对卢霆、卢震说："我认识这个蕃人。走，我们去看看。"

到了方所医馆，阿契等了很久才见罗里罗出来。阿契叫："罗大夫，您还记得我吗？"罗里罗道："记得，您有一个喝醉酒的夫君。"阿契纠正道："哦不，那个人不是我夫君。"又忍不住问："他真的是喝醉酒？"

罗里罗道："他真的是喝醉酒。"阿契又道："罗大夫，您是一个好大夫，我看见您救助了一个流浪人。"罗里罗说："这是朝廷让我们方所医馆做的事。"阿契问："我能加入你们，一起帮助有需要的人吗？"罗里罗说："可以啊，我的姑娘，我们可以成为朋友。"

阿契道："可我不懂医术，我能做些什么？"罗里罗看了看卢霆手中的风筝，道："我给你安排一个工作，你出去放风筝，或者在街上逛、玩，看到需要帮助的人，就来告诉我。"阿契问："就这样？"

罗里罗点着头："就这样。"阿契笑了："好像很简单。"

罗里罗意味深长地说："帮助别人从来不会复杂。"阿契呵呵笑了起来。

卢府前厅，卢彦和杜彩织站在屋檐下，见阿契、卢霆、卢震拿着风筝欢声笑语地走来。兄弟俩叫："爹、娘。"阿契紧随其后叫："卢阿叔、杜婶娘。"

卢彦挥了挥手："你们去吧。"三人打打闹闹地又走了。杜彩

织看着他们，皱起眉头："要不跟五娘子明说了吧？成天这样子，成什么体统？她也该知道自己的身份，跟两个孩子也不能这么不分大小地玩在一起。"

卢彦故作不解："说什么？"杜彩织气噎住了："你！"卢彦又道："不要为难人家。"杜彩织冷笑道："你倒是很用心。"说罢愤懑地甩袖而去。

再说卢彦、李义青、林进三人，费尽心思终于将当朝的三司副使赵鉴清迎到白矾楼内，想借推杯换盏之机谋下事来。

赵鉴清坐在主位上，开始向三人布道："唐末至五代，天下各自为政，天灾加战火，工农凋敝，人口凋零。立宋以来，天下太平，老百姓富起来的速度远远超过朝廷的想象，丁壮也迅速增加。农本根深网固，它就像受了春雨的一棵树，上面的工商之末，也如同大树的树冠，开枝散叶，葳蕤起来。"

卢彦忙接着他的话道："这棵树要长得好，树上的经脉就要畅通。"

赵鉴清说："对，因此我们每年都在修路、修桥、修航道水路，也就是你所说的经脉。"

卢彦忙附和道："您说得是。"又道："这些经脉都是看得见的，还另有一种看不见的经脉，就是人力畅通，财力流通。"

赵鉴清道："对对对，太祖爷是圣人，他知道百姓富裕到一定程度之后，紧紧地缚住农夫的手脚是会有问题的，于是他主张解开农夫的束缚，这样老百姓就可以继续变得更富。在唐时不是这样的。一个人生下来，父母在张家种田，他就只能在张家种田，不能跟着李家去打铁。太祖诏令之后，束缚解除，一介庶民，只要觉得种田不如打铁，就可以走。"

李义青说："但是，历代税赋都说'人头税人头税'，人走了，税也就少了。田赋的惯性思维使得各种入籍受限。"赵鉴清问："什么受限？"李义青道："入籍，广南东岑水场的坑户入籍受限。"

赵鉴清向李义青道："你继续说。"

李义青说："虽然工商皆税，但人在各路走，各路管起来也有很多说不清道不明的地方。这是人力流通不畅的一个原因。"

赵鉴清微恼："人力流通不畅吗？说话要有依据的，你有去了解吗？"李义青默然低头。赵鉴清转笑，又向他道："你继续，但说无妨。"李义青道："至于钱财，本来就缺，还不流通，危害也不小。当百货丰盈，却没有办法交易谋利，百工自然而然就走向凋敝。"

赵鉴清又不悦："百姓们富起来了，钱财怎么会缺？又说钱财缺，又说百货丰盈，自相矛盾，狗屁不通。"

李义青沉默了。卢彦忙道："赵大人息怒，您听我说。义青他没说清楚。"赵鉴清方对卢彦说："你讲讲吧。"

卢彦说："百姓们富起来了，即便普通人家，谁家不藏点积蓄？既然藏起来了，市面上的铜钱就变少了。另外，恰恰因为是太平盛世，百货丰盈，而我们铸钱的速度，又远远赶不上百货增长的速度。因此，白工有货，卖不出去，商人也流动不起这些货品。久之，百工自然凋敝。"赵鉴清手一摆："行了，我知道，你又要说韶州铜钱监的事情。你看见百工凋敝啦？"

卢彦听了，默然停住手中悬在半空的酒杯。

赵鉴清向卢彦道："卢殿直，说实话，韶州铜钱监不干你的事。铺那么大摊子干啥？你管得了吗？这玩意儿折腾出来，又是功

第四章

有所思，乃在大海南

不功，过不过的，能肯定的，只有解决不完的问题。明白吗？"

卢彦连连点头："哎，哎哎。"

一时宴席散了，李义青、林进又聚到卢彦书房里，个个意难平。

林进道："赵鉴清一个三司副使，不懂经济啊？"卢彦无奈地笑了笑："他懂的。"李义青补充道："他只是不想管。"

林进摇着头："那怎么办？他是三司副使，现管着盐铁，上面正使又是空缺，我们也只能找他呀。"①

卢彦道："确实也只能找他，可是急不了。是了，赵府的四姨娘，名唤林四娘的，下月初二日是她的寿辰，到时候我们去拜寿。先不要急，过阵子再说。"

林进一脸的烦恼："广南东路昨日有驿马来，对岑水场的事情很上心，现在正给黑坑户造册，都盼着他们变白。这帮人摩拳擦掌，随时准备上阵。他们都很希望东京这边能有好消息。"

李义青说："不仅如此！广南东路不单单是韶州，惠州也在奏请设铜钱监。没办法，南方太缺铜钱了。"

林进又说："新事物就会有新问题，问题是解决不完的。但是，尽管如此，尽管万事万物几乎都这样，我们还是在努力地跟问题赛跑。您说是不是？卢大哥！"

卢彦拍拍林进肩膀："会的，有一个过程。"

初二日，赵府宾客满座。林四娘与赵鉴清端坐上首，一宾客

---

① 据贯明杰《北宋三司若干问题研究》，乾德五年，盐铁司负责八案管理，其中铁案包括金、银、铜、铁、矾、鼓铸等，所以这部分业务归属三司。

打春
（完整版）· 上册

拜向四娘："给干娘磕头，干娘福如东海！寿比南山！"四娘礼节性地点点头。又一宾客向前拜寿："儿子祝干娘吉星高照！春秋不老！"林四娘做了个"请起"的手势。

这时，一名叫丁大富的商人拱上前来，跪地磕头："干娘在上，儿子祝您老人家洪福齐天，寿比南山！"

林四娘抖了抖鞋子，拒绝了近前来的丁大富的双手。赵鉴清看着丁大富："嗯？"丁大富忙往后退。四娘道："你倒是有孝心，改天把我儿媳也带过来才是。"丁大富连连点头："哎哎，儿子记住了，一定把贱内带过来给您请安！"四娘并不理睬丁大富，这一幕被一旁的卢彦看了去。

卢彦听说，有一年赵鉴清去了广州，市舶副使家里有个很漂亮的潮州籍舞姬。赵鉴清看了很喜欢，可他是君子，不便表露。后来，他始终念念不忘，偶然跟底下人提起说，"有所思，乃在大海南"，听说僻远的海隅有个地方盛产美人。底下人这才想起来广州的事情，觉得赵鉴清身边少了个人，于是寻寻觅觅、千挑万选找到林四娘。

林四娘不会跳舞，但赵鉴清觉得她举手投足皆是舞姿。很多人接近赵鉴清，就是从讨好林四娘开始的。

卢彦离了大厅，躲开众人，瞧见林四娘和丫鬟小翠回了自己的住处鲛姝苑，便跟上前去。

在鲛姝苑会客厅，卢彦向林四娘再拜："卢彦给四姨娘拜寿，祝四姨娘春晖永绽！百岁平安！"说着捧出一只大锦盒："这是小人上次去岭南带回来的小玩意儿，给四姨娘解解闷。"

林四娘冷冰冰的："卢大官人有心了，刚才在宴会厅已经拜过寿了，不必再拜。"卢彦举着大锦盒，半晌无人接，略显尴尬，抬

头看了看小翠。

小翠大大方方地接过锦盒，笑道："四姨娘，卢大官人也是一片孝心，却之不恭。都是家乡的风土小物，您若是嫌弃，打赏给丫头们玩儿就是了。"卢彦笑着："正是正是。"

林四娘白了小翠一眼："多嘴。"又问卢彦："卢大官人，无事不登三宝殿，您可有话说？"卢彦道："卢彦没有话说，但斗胆请四姨娘替老百姓，在赵大人面前说句话。"林四娘听了，深深吸了口气。

卢彦道："如今韶州钱监若不兴，南方'钱荒'日甚一日，百姓深受其苦。四姨娘您是岭南人……"四娘打断了卢彦的话："我们妇道人家不懂这些，也从不掺和外面的事情。卢大官人找错人了。"

卢彦尴尬地笑了笑。

一时出了会客厅，退到走廊上，卢彦又巧遇小翠。小翠上前道万福："卢爷万福。"卢彦还礼："小翠多礼了！"又从怀中掏出一个瓷娃娃给小翠。

小翠接过，开心地笑了："卢爷每次来都有好东西玩。"卢彦道："多谢小翠姑娘每次都替卢彦解围。上回我去了江南，那里有很多这种玩意儿。我就想到了小翠，特地带回来一个上好的。"小翠道："谢谢卢爷。"

卢彦又问："小翠，怎么四姨娘好像不大高兴，可有什么烦心事儿？"小翠笑了笑："这我哪儿知道呢？可能是又在想娘家的事情吧？我们大人昨天还许诺过她，要帮她寻亲。"卢彦好奇了："寻亲？寻哪里的亲？我只听说四姨娘是岭南人，别的不知。她是家里人联络不上了吗？"

小翠道："四姨娘是广南东路潮州樟树镇人，自小被家里卖了，哪里寻去？这种事情，又不好大张旗鼓的，怕坏了四姨娘的名声。"卢彦道："广南东我熟，私底下暗暗打听是可以的。我不提四姨娘，也不提赵府的。"小翠道："那就妥了。卢爷是个热心人。只是四姨娘自己不记得太多，我们也只知道她姓林，别的就都不知道了。"

卢彦说："不要紧，我那边有好多兄弟，可以试试寻访一下。"小翠又道："多谢卢爷！"

是夜，卢彦将沈阿契唤到书房来。老嬷嬷正提着灯笼从走廊上经过，见阿契进了卢彦书房，不由得啐了一口："哼，没一个是老实的。"便向杜彩织房里走去。

阿契一脚跨进卢彦书房，拍了拍开着的门，发出声响，方道："卢大哥，您找我？"卢彦手里举着灯台，从摆满玉玩的书架前转过身来："哦，阿契来了，坐。潮州樟树镇，你可知道这个地方？"

阿契点着头："知道啊，是外公家。"卢彦问："哦？这样啊。那里可有一户姓林的人家？"阿契"扑哧"笑了："那里全部姓林。我是说，本镇就是这个姓，外来的不算。"

卢彦问："真的？"阿契道："我骗你干啥？我阿婶，哦，就是我娘，她就姓林啊。"卢彦若有所思："我仿佛哪次，听谁说过，你家有个四姨丈在朝中做官，但是没有寻着？"

阿契点着头："对，就是外公家的四姨，我阿婶的堂姐妹。"卢彦暗暗道："四姨？四姨娘？对，可以想个办法把阿契变成赵鉴清的外甥女。"

此时，杜彩织突然推门进来，一脸冰霜："哦，阿契也在

啊。"阿契愕然。卢彦笑了笑，低头整理书案："不早了，阿契你先回去吧。"

阿契便回房了，一夜无事。

第二天一早，沈阿契在床上微睁眼时，就见帷幔在动，一突一突的。她吓得猛然坐起来："谁！"却是卢震掀开帷幔，"嘘……"了一声。

阿契下床走向他："你在干什么？"卢震道："我们在躲猫猫，千万别告诉我娘。"此时，杜彩织怒气冲冲地掀开门帘进来，手里拿着藤条："阿契，卢震呢？"阿契回头看了看帷幔，帷幔是平静的："没见有人进来啊。"

杜彩织四处翻找，把卢震拉了出来，打了两下："让你跑！让你跑！"卢震大叫。阿契忙抱起卢震藏到身后："婶娘别打了，别打了。"杜彩织举起藤条，临落到阿契身上时，又停住了。

杜彩织叫道："卢震你过来。"卢震躲在阿契身后不肯过去。杜彩织又道："阿契你走开。"阿契仍护着卢震没放手："婶娘您别打他。"杜彩织冷笑道："阿契，我打儿子，还轮不到你说话。"

沈阿契一听，似乎听出点儿别的来，只好默默推开卢震。卢震紧紧抓住她的衣裳不肯松手。杜彩织一看更恼了，拉起卢震狠狠打了几藤条："我是拿别人没法子，我还治不了你！"

卢震大哭："沈姐姐救我呀！"杜彩织越听越来气，下手愈发狠了。阿契捂住耳朵，怅然若失地站在墙边。

卧室里，奶娘替卢震抹着药。沈阿契走近前看伤口："卢震，让我看看。"卢震推开阿契："滚！你为什么不救我？"阿契道："你不要惹你娘生气。"

卢震道："我没惹她，是她自己要生气！"阿契半晌无言语，只道："卢震，都是沈姐姐不好。"说着掉下眼泪来："下次你娘打你，你要说'娘，我知道错了，您别打了'，你别喊'沈姐姐救我'呀。记住了吗？"

奶娘冷笑着："下次，还想有下次呢？"

陈府中，十九公子陈云卿的亲事成了一件难办的事。朱媒婆走进小厅，向陈弘祚道起实情："陈大人容禀，十九公子的事儿，老身也很想把它办好。这京城里的世家，老身差不多都上过门儿了。大家都知道十九公子皇命在身，是钦定的大宋蕃使，这是莫大的荣耀啊！只是……"

陈弘祚止住媒婆："好啦，我明白。"朱媒婆又道："还有，宋蕃联姻是常有的事，放在寻常百姓家倒也见怪不怪，只是并非所有人都那么开明。"陈弘祚听了，摇了摇头。

朱媒婆说："依老身看，还要陈家屈尊降贵些才好。"陈弘祚问："怎么个屈尊降贵法？"朱媒婆道："门第略降些，不必那么豪贵，老身准能办得成。"

陈弘祚说："这倒可以，只要这女子身家清白，品行端正。"朱媒婆点着头："那是自然的。"

按照"屈尊降贵"的想法，朱媒婆又替陈云卿安排了相看。陈云卿相看归来，意兴阑珊，低着头脚步匆匆，却被陈云海拦住。

云海道："十九，又没相中啊？"云卿道："嗨，是人家没相中我。"云海笑着："哄鬼呢？"云卿道："真的。"云海又说："你别穿得像个穷书生嘛。走，挑身女子爱的'行头'去。"

陈云海拉起陈云卿，往十九房小院去。

到了房中，陈云海给陈云卿换了身色泽浮夸的衣服，把他按到

第四章 有所思，乃在大海南

铜镜前，又在他发鬟边簪上一朵红色的大菊花。

云卿看了看铜镜中的自己："就这样啊？"云海道："就这样啊。大家都簪花，只有你不簪。"云卿道："那就这样吧。"说罢要起身，云海又按他坐下，簪上两朵小红花。云卿照了照镜子，摘下来，道："多了多了。"

云海笑道："十九，下一次相看，还得我现场坐镇才行。可以吗？我替五爹看着你。"云卿说："这事儿还要你看着？"云海道："那要的，省得你乱说话。嘿嘿，定要你娶上媳妇才罢。"

"下一次"很快就来了。

白矾楼中，和陈云卿相看的秋红姑娘两眼直瞅着他发鬟上的大红花，暗道："这大红花簪得好，雅俗共赏。看来这位十九公子是个懂生活的人。"朱媒婆笑向秋红："秋红，陈府你是没进去过，那里面可有半条杨楼街那么大呢。"云卿忙道："没有那么大，可别这么说。"

陈云海咳嗽了两声："确实没有那么大，比起半条杨楼街，还短了六尺。"秋红问朱媒婆："家里这么大，那家里得有多少人哪？"朱媒婆道："这个……老身也不懂。"陈云卿答："五百人。"

秋红一脸惊讶。

云海在云卿耳边道："你可算说了一句对的了。"朱媒婆趁机道："秋红，陈家可是世家。俗话说，宰相家奴七品官。陈家一个使唤人，走出来都是个爷。更何况，十九公子长得一表人才，你自己也看到了。"

秋红默然不语。

陈云卿低下头，要从袖中掏出"压惊礼"，陈云海忙按住他的手，不让拿。朱媒婆又在秋红耳边道："十九公子没有送'压惊礼'，看来是相中你了。秋红，你捡了个大便宜！"秋红道："朱大娘，可否借一步说话？"

朱媒婆看了看陈家人。云卿道："不妨，请便。"

朱媒婆与秋红到了阁子外，秋红便道："朱大娘，我只问你一句。十九公子样样都好，陈家家世显赫，为何要相中我？我虽有几分姿色，只是我家小门小户的，按理，怕是连和陈公子相看的机会都没有。还请朱大娘如实相告。"朱媒婆笑道："你还怕大娘坑了你？大娘可是看着你长大的。这一嫁过去就是夫人奶奶，这样的好事，有什么可疑心的？"

秋红道："大娘既然不肯说，那便罢了。"朱媒婆问："那这门亲事？"秋红说："改日我母亲再回复大娘。"

秋红说罢，不复入阁中，下了楼来。不多会儿，陈云海走出白矾楼。秋红紧跟上来："大公子请留步。"陈云海转头："叫我啊？"秋红点头道："我家住在南郊草市，没进过城，竟不认得路，可否劳烦您指点指点。"陈云海道："雇一辆小驴车，跟赶车老头说你家在哪儿，他能认得路。"

秋红有些迟疑："我孤身一人，怕……"陈云海笑了："怕被小驴车拉去卖了？"秋红娇羞低头。陈云海道："行吧，我给你带带路。"

于是云海送秋红，就从城中送到城外，来到草市街头。二人相谈甚欢。

秋红道："大公子，其实刚才在白矾楼我都看见了。十九公子都准备送我'压惊礼'了，是您拦着他不让他送的，可见他没相中我。"陈云海道："他也不是没相中你，他应该是觉得你不愿

有所思，乃在大海南

意。"秋红问："那您又为什么拦着不让他送？"

陈云海挑逗地看了秋红一眼："我觉得你挺好的呀。"

秋红报之妩媚一笑："大公子，我只问您一句话。就我们这住在南郊草市的人家，哪怕女儿挺好的，好上了天，能配得上你家吗？"陈云海哈哈大笑。秋红道："您实话告诉我，十九公子为什么要和我们这样的人家相看？他到底有什么隐情？"

陈云海说："秋红啊，你不仅长得美，还很清醒。你跟别的女子啊，真的不一样。别的女子看到这么大落差的荣华富贵，早就不思考了。你要是做了陈夫人，那不仅长得美，必然还是位贤良的夫人。"

秋红笑道："那么大公子，您忍心看到我这样又美、又清醒、又思考的女子，陷入一桩不知祸福的亲事吗？还请您明示。"云海说："确实有点儿不太忍心，但是呢，你也别想得太坏。我这个十九弟啊，他挺好的，没有什么毛病。你可以放心嫁。"

秋红冷笑道："您不说就算了。我家到了。"说罢转身离去。

陈云海又喊话："秋红，那你到底觉得我家十九怎么样嘛？你点不点头嘛？"秋红回眸一笑："我觉得他不好。"陈云海问："他不好，那你觉得我好不好嘛？"秋红又是妩媚一笑，走了。

夜里，秋红家中点着一盏油灯。豆大的火苗下，秋红娘百般不解："儿啊，朱大娘说了，人家大公子是有夫人的呀！他的女儿都快赶上你这么大了。你到底是咋想的呀？你怎么倒相中他了？"秋红道："咋想咋想，娘，我才真正不知道您咋想的呢。"

秋红娘说："你有没有脑子？朱大娘给你介绍的是十九公子。嫁给十九公子，你是原配，是正室夫人。十九公子和你年纪相当，身上有官职，是个青年才俊，前途无量。你嫁给大公子，是要当小

打春（完整版）·上册

妾的呀！何况这个大公子，听朱大娘说，也就是家里头混日子的，不过是因为他们世家大族，所以才有这个体面而已。"

秋红笑道："娘，我虽然没有脑子，也知道天底下没有掉馅饼的事儿。您还想着正室夫人还是小妾呢，也不想想咱们这样的人家配不配？"秋红娘一时答不上来："你！"

秋红又冷笑道："至于混日子，呵呵，五百口人的世家大族，能撑得起栋梁的也就那么一个两个，剩下的谁不是混日子？他们就是爷孙几辈人都混日子去，那又怎么样？他们就是有这个命！至于那一个两个撑起来做栋梁的，多半都是'文死谏、武死战'的，倒是便宜了一家子混日子的呢，咱们图他个啥？"

秋红娘大抚掌，叫着："哎呀！不孝女。"

然而不久之后，陈云海要纳秋红为妾之事竟是要成了。

别人还不急，陈家二公子陈云峰先急了。他向陈云海道："大哥，你怎么这样？这是替十九找媳妇，你怎么自己领走了？你不是有媳妇吗？"云海笑道："阿峰，只是纳个妾，别那么较真。秋红她家小门小户的，她家愿意。"

陈云峰直摇头："可这是替十九找的媳妇。"云海呵呵笑道："这不是还没变成十九的媳妇嘛。"云峰推了推云卿："十九，你不吭声的呀？"

云卿一副事外人的模样："峰哥，缘分之事不可勉强。"说罢，毫无兴致地走了。陈云海笑道："阿峰，你就别管了，十九压根儿没看上秋红。十九都不急，你急什么？"说着也走了。

陈云峰突然笑起来，叹道："罢了，罢了。"就见云海的夫人慧仙走来。云峰向慧仙行礼，又道："大嫂，大哥纳秋红有违礼数，您为何不劝劝？"慧仙有些无奈："二叔，就算没有秋红，你

还不了解你大哥吗？他知道什么礼数不礼数的？""这！"陈云峰也无言以对了。

卢府中，楮币之事传来了好消息。林进对卢彦说："我找到了一个四川①楮币老师傅。哦，这个人不老，二十几岁，不过，是老师傅了，叫刘讷。"

卢彦携起林进的手往书房走去："太好了！可见过？"林进道："我已见过的，改天您也见见。一切筹划妥当之后，我们再找赵鉴清，也把这个刘讷带去见赵鉴清，让赵大人心里更有底一些。"卢彦连连点头："对对。哪怕岑水场铜钱监的事情太过钝重，一时难以说启动就启动，咱们先把楮币做起来也好。"

林进道："楮为子，铜为母，子母一体。先动一个，先有一个能动，再带动另一个，就有希望了。"卢彦一拍手："正是！"

走廊中，卢震正独自玩耍，见到沈阿契来，他调头就走。阿契见状快步追上去，挟住他双腋抱了起来："干吗看到我就跑？"

卢震挣脱下来："你不许抱我，我已经长大了！"阿契道："还在生姐姐的气啊？"卢震说："我再也不认你这个姐姐了！他们都说了，你就是我小娘，我娘就是为这个生气的。"

阿契神色慌张起来："他们？他们是谁？"这时卢霆从走廊拐角处走来："姐姐别听小孩子胡说。"又扯住卢震的胳膊猛地一拽："走！"

卢霆走出几步，忽回过头来向阿契笑了笑："他们没有谁，就是婆子丫鬟们喜欢嚼舌根。姐姐不要放在心上。"说着又把卢震的

---

① 宋真宗咸平四年，川陕路分为益州路、梓州路、利州路和夔州路，称之为川陕四路，总称"四川路"，四川由此得名。

胳膊猛地一搀："走！"卢震往回抽着胳膊："疼！"

沈阿契站在原地，一脸无措。

饭厅中，卢彦正吃着过午的饭。杜彩织早已吃过了，只闲坐一旁，手里把玩着手帕。卢彦道："我已经找了绫锦院，阿契应该能去得成。"杜彩织问："真去呀？"

卢彦点着头，只顾吃饭。杜彩织故道："我正着人准备着她的事情呢，各样纳彩东西也在准备，正经房间也在收拾，不好总住在东厢……"卢彦突然放下碗筷："夫人哪，我什么时候答应过要纳妾了？你在准备什么呢？"

杜彩织呵呵地笑了两声。卢彦又道："夫人哪，不要再操心了。"杜彩织便问："那么，绫锦院什么时候能去？"卢彦又端起饭碗："你不要催，去绫锦院又不是说去就去的。"

再说阿契自听了卢震的话就满心忐忑，按捺不住跑进卢彦书房来问："卢大哥，我在您家里已经好久了……我阿叔阿婶不是说带我来东京城，找个女工做做吗？"卢彦道："找了，去绫锦院。"

阿契点点头："那什么时候去？"卢彦看了她一眼："你们都别催，去绫锦院又不是说去就去的。"阿契道："我虽不懂，但听说绫锦院是最好的。我也不是什么能工巧匠，不必去这么好的，我可以去……"

卢彦打断了她的话："已经跟绫锦院说了，不好突然又去别的地方。"阿契又点了点头。

就这样，在沈阿契和杜彩织的双重催促下，卢彦终于把人送进了绫锦院。

阿契背起包袱，在门口拜别杜彩织。杜彩织扶起她，说道："婶娘很舍不得你，但婶娘听说，绫锦院很好的，专门为皇家做

织造。能去那里也是你的大前程，你好好去，逢年过节多回来看看。"阿契点着头。

杜彩织又塞给她一大包物品："这个你拿着，不要推辞。使的、用的，里面都有，你去到那边就不用另外买了，麻烦。"沈阿契接过："多谢杜婶娘。"

绫锦院门面豪气，门口摆着几盆很大气的菊花。

来接沈阿契的是胖姑姑。胖姑姑笑道："你就是卢爷介绍过来的沈阿契呀！挺好挺好，来了就好，跟我走吧。"阿契忙行礼："是，师傅好！"胖姑姑笑道："别喊我师傅，我就是跑腿婆子，以后你才是师傅。阿契呀，听说你从小就画画很好，正好来我们这里做个图样师傅。"阿契忙道："没有的，只是在乡下画过瓷器图样。"胖姑姑说："没事，这里都是顶尖画师。你跟着他们学，你也会长进很快的。"阿契点了点头。

第一天坐到绫锦院画室里，阿契仿佛回到林阿娘的瓷窑。手里的羊毫，仿佛是刻划瓷胚的竹木笔。

画室中响起窸窸窣窣的声音，埋头画图样的画师们都三三两两站起身来，伸腰的伸腰，踢腿的踢腿，走了出去。

画师巧儿向阿契道："阿契，茶歇了。"阿契抬起头来："茶歇了？"画师燕子也对阿契说："走吧，别干了，去吃点儿菊花糕，喝点儿菊花茶。"阿契于是随她们走进小厅里，见众画师都在吃点心喝茶聊天。那菊花糕花样新巧，菊花茶未曾入喉，却花香扑鼻。

巧儿向沈阿契招手，又把她拉至墙角："阿契，我看你画画挺好的。我现在有一幅观音像，亲戚托我画的。我没时间画，又不好推辞，你来画好不好？他家给五贯，我如数转交给你。"

沈阿契连连点头："好好好，我来画。"巧儿轻蔑地笑笑："辛苦你啦。"说着，端着菊花茶走开。燕子看见了，走过来问："阿契，她给你多少？"阿契道："五贯。"燕子惊叹："什么？才五贯。我们绫锦院的画师在外面接活儿，都是七八贯起步。她挣了你好几贯呢。"

阿契说："五贯不少了。再说，她介绍的她挣点儿，也没什么。"燕子道："五贯你要是愿意做，我这里多的是。我也可以介绍给你。"阿契笑道："好啊好啊，谢谢你。"

夜里，众画师都上床睡了，沈阿契仍在挑灯画画。住同屋的画师婉儿道："阿契，快睡吧。"阿契双手不停，嘴里应着："好好，我就睡。"

过了几炷香工夫，阿契仍坐着不动。婉儿道："阿契，你还不睡啊？"阿契只说："快了，快了。"却仍然不动。婉儿道："阿契，你不能天天都这样啊，鸡都快叫了。你亮着灯别人怎么睡？"阿契深感歉意："不好意思，我把灯遮一下。"说着拿起一张纸，把朝着床的方向又遮又罩，光线更加昏暗了。阿契看到，案上的观音像出现了重影。她揉了揉眼睛，又揉了揉太阳穴。

日间，众画师在画室里开始了一天的工作。茶歇时，婉儿叫住了阿契："阿契你留一下，我要跟你谈谈。"阿契忙道歉："对不起，总是影响你睡觉。"婉儿道："我现在不是要跟你说影响我睡觉的问题。"

阿契默然看着婉儿。婉儿道："我们都知道你家里穷，但是你家里穷也不能这样吧？以前我们都是七八贯起步在外面接活儿，现在你！五贯你就接？大家都说你做坏个市！"阿契道："我是新人，画得也不好。各位师父能要得到七八贯，我只能要到五贯呀。

这主要是画的品质有差，才会价格低。"

婉儿顿足道："问题是你画得很好啊！以前找我们画的都说你又好又快又便宜。你觉得这样合适吗？我们并不是欺负你新人不让你挣这个钱，你好好想想。"阿契道："确实不合适。多谢师父提醒我。我只顾着急挣钱，没有想那么多。"婉儿一脸僵硬："知道就好。"

到了休工日，众画师都打扮得标标致致，热热闹闹地出门去。沈阿契仍在宿舍伏案画画。婉儿叫："阿契，今天休工，我们都出去玩，你也一起去吧？"阿契道："不了，我有活儿要赶。"

婉儿撇了撇嘴："你怎么总是有赶不完的活儿？我告诉你啊，不许再压价。"阿契忙摇头："我没有压价，现在没有压价。"婉儿问："现在是多少钱一幅？"阿契抬头看着婉儿，没有吭声。婉儿笑了笑："还不能告诉我了？不告诉我我也能问到。"

阿契只好说："十贯。"婉儿瞪圆了眼睛："十贯？为什么啊？我们都是七八贯这个样子，十贯谁愿意啊？"阿契说："我没骗你，你可以去问到。"婉儿道："好吧，不过，绫锦院是禁止我们这些画师接私活儿的。只不过几乎所有人都在接，所以法不责众。你要小心一点儿，不要太特立独行，小心有人眼红去告你。"沈阿契点点头。婉儿道："我只是好心提醒你。"说罢出了门去。

沈阿契坐在原处，突然脸色苍白，嘴唇发青，额头冒汗。她看到案上的画像一直在晃动，出现重影，于是伏下身子趴了一会儿。一会儿感觉好些了，她又挺直腰杆继续画。

画室里，众画师齐整整在座。宫里派来的监工公公巡了一圈，看着沈阿契画的图样，道："阿契，你刚来的时候画的图样很新巧。怎么现在每天昏昏欲睡的？画出来的一点儿新意都没有。"

巧儿道："监工大人，沈阿契她接私活儿！她每天通宵地做，白天就是这种状态敷衍绫锦院的官活儿。"阿契一听，心里"咯噔"了一下，望向巧儿。监工问："阿契，她说的是否属实？"阿契淡淡道："不属实，大人。只是亲戚托我画观音像，我不好推托，只好夜间画。"

监工点点头，见阿契脸色很差，不禁问："阿契，你是不是身体不舒服啊？"沈阿契道："有一点儿，没什么事。"巧儿见状，又道："大人，阿契撒谎。她接私活，而且接很多私活。跟她睡同房的晚上都被搞得没法睡觉，大家都知道的。"

婉儿指着巧儿说："喂，你有没有搞错啊？我记得她画的观音像，还是帮你的亲戚画的吧？你不好推托，自己又不画，叫阿契帮你画，搞到我这个同房的晚上睡不了觉。我都没说什么，现在你来找监工大人告状？"

监工向巧儿道："既然是帮你的亲戚画张观音像，倒也没什么，就算了。"巧儿仍叫着："大人！"监工却已走出画室去了。

茶歇时，众画师都在说笑吃点心，沈阿契却伏在几子上打盹。胖姑姑走了过来，阿契睁开眼睛，叫了声："姑姑。"胖姑姑道："阿契，打扰你休息了。"阿契摇了摇头。

画室里人多，胖姑姑拉起阿契出了门，走到廊外小花园里："阿契呀，听我一句劝，别这么拼、这么急。就算家里困难，也要有休息的时候，不然做不长。你现在最要紧的是在绫锦院长久待下去，这才是个长期饭碗。你看，已经有人在说你了。"

阿契坐到太湖石上，道："姑姑，我有不得已的苦衷。父母欠了人家一百二十贯，如果我不把钱攒下来还给人家，我，我就只能是他的人。您明白我意思吗？"胖姑姑道："原来是这样，也是个

苦命的孩子。这一百二十贯，催你催得紧吗？"阿契说："催倒没催，甚至，可能他不希望我还钱。只是，我不愿意做妾。"

胖姑姑道："好孩子，有志气。咱们要做，就做正头夫妻。"阿契点点头："凭他对我好不好，我终究不信我的命是那个样子的。我还年轻，不要从此伏低做小，受人指指点点。"胖姑姑道："这是正理。"

胖姑姑思忖片刻，忽道："好孩子，我有个办法。你搬过来我屋里住，放心画！我帮你找活儿，找高价的。不然，得画到什么时候？把你画老了，也赎不了身，耽误你寻找正经人家聘嫁。"阿契喜不自胜："谢谢姑姑！"

这胖姑姑就寻了个便，到监工屋里说话："监工大人哪，沈阿契近来病了。您看她那张脸的气色。她现在住的地方又没处煲药。真在床边胡乱烧炭煲起来，熏着了，其他画师也不依。我那里还有一间空房，想让她搬去那儿住。您看中不中？"

监工觉得无甚要紧："中倒是中，你说中就中。"胖姑姑笑道："我替阿契谢谢您了。"监工点着头："罢了。"

阿契于是收拾了东西来到胖姑姑住处。胖姑姑领着她里外走了一圈："你就住旁边这间小的。我跟监工大人说了，你最近生病了，有些不舒服。嘿嘿嘿，你也要说一样的，可别露馅啊。"阿契站在胖姑姑身后，突然脸色煞白，"扑通"一声倒地。胖姑姑转身吓了一跳，忙掐了掐她人中："阿契，阿契！哎呀，乌鸦嘴，还真病倒了。"

监工来时，见沈阿契躺在床上，双眼紧闭，道："已经病成这样，胖姑姑你应该早点把她带过来，有病要早点治。"这时一个小太监跑进来说："大夫来了！"

来的大夫正是罗里罗。罗里罗走近床前一看，是沈阿契，便叫了声："沈阿契。"沈阿契缓缓睁开眼睛。胖姑姑诧异道："哎呀，真是神医。怎么只喊了声名字，人就醒过来了？刚刚可吓死我们了。"

　　一时诊治过，罗里罗便在几子上用小石臼研捣起药粉。阿契一脸病容坐在旁边看着。罗里罗说："你一定要多睡。人不睡觉，就会疯狂。"阿契点点头。罗里罗把药粉分好几小包，放在几子上："我回方所医馆了。"

　　胖姑姑将他送出门去。

　　东京城杨楼街上，常有一个说书人张山人在摆摊。那时说书叫"说话"，是颇有人气的一种娱乐。沈志文抱着一叠说话用的故事稿，站在往常张山人摆摊的地方，左等右等。

　　沈志文问路边摊主："大叔，今天'说话'的张山人没来吗？"摊主道："没见到他。"沈志文抱着稿子，一站站到天黑，仍张望着远方。摊主一边收摊，一边劝道："书生，你不用等了，平日里这个时候他早收摊了。"

　　沈志文一脸沮丧，走回杨楼客栈。客栈的招牌镶嵌在一片辉煌灯火中，与志文此刻的心情格格不入。

　　他走向柜台："店家，我的房退了。"店家道："沈公子，明天就要考试了，退房了您今晚去哪里？"志文说："实不相瞒，盘缠不够。本来我写了话本，约好了卖给'说话'的张山人，可是他没来出摊，我的话本也卖不出去。"

　　店家道："罢了，今晚我不收您钱。若您日后高中，别忘了小店。只今晚一晚，明日便不留您。开门做生意，都不容易，您也体谅。"志文深深鞠躬："多谢，那我回房了。"便上楼去。

这一夜，志文在客房里梦魇不断，挣扎不醒。他见一辆马车在郊野大道上疾驰，烟尘滚滚。他追赶着马车："等等我，等等我！"但那马车继续飞驰。众书生坐在马车上，向他挥着手："志文！快上来呀，志文，跑快点儿！"沈志文气喘吁吁地跑着，在床上挣扎着醒来，满头大汗，大叫："等等我，你们等等我！"

志文下床，双手撑在桌子前，倒了杯水咕咚咕咚喝下，又回床上躺下继续睡，方才梦里那片郊野又现眼前。他仍跑着，摔了一跤，倒在地上。一匹快马疾驰而来，马上是他的同窗徐进。

徐进向他伸手："志文，快起来！志文，拉住我的手，快拉住我！"沈志文拼命挣扎着起身，却起不来。徐进脸上焦急万分，策马绕着他兜圈。

沈志文又从床上挣扎着醒来，满头大汗。

赵府鲛姝苑中，胖姑姑正低头弯腰，答着林四娘的话。林四娘听了沈阿契的事，颇为感慨："据你说来，这沈阿契也是个可怜的孩子。"

这世上人，有反复摔倒了便憎恨没摔倒的人的，也有从此见人将要摔倒就伸手扶一把的，林四娘正是后者。

胖姑姑答道："正是呢，她父母将她卖身与商人为妾，她就拼命地攒钱要给自己赎身。可怜，也有志气。"说着，向林四娘展开一幅山水画："您看，这就是沈阿契画的画儿。我觉得还不错。您要是能看得上，想要什么画儿，大可让她画给您。"林四娘细看了看："是还不错。"

她想了想，道："这样吧，你让她帮我画一幅《江山古渡图》。酬金我自然少不了她的。"胖姑姑欣喜道："哎哟，谢谢赵夫人！老身替阿契谢谢您。"林四娘微微一笑："不必道谢，希望她早日取得自由之身。"

胖姑姑道："赵夫人真是菩萨心肠。"林四娘又嘱咐："哦，这画不急的。她病刚好，可别熬夜赶活儿了。"胖姑姑道："是是，我嘱咐她。"

接了大活儿，阿契心中也喜，夜里挑灯就不管不顾地画起来。胖姑姑走了进来："别那么赶，赵夫人说了，这幅画不急。你病才刚好。"阿契咳嗽两声，没有回答。

然而阿契的事情总是不胫而走。宿舍里，画师们又说起她。燕子道："你们听说了吗？胖姑姑把沈阿契介绍给赵夫人，帮赵夫人画一幅《江山古渡图》。给了这么大一包银锭，胖姑姑抽赏银都抽到手抽筋了。"

婉儿道："怪不得胖姑姑心疼她，一棵摇钱树啊。"燕子说："嗨，先前还眼红人家十贯一幅图呢，人家现在根本不按贯论价。"巧儿冷笑道："呵呵，数额小，帮亲戚画是一回事；接私活，数额巨大又是一回事。"

婉儿听话头不对，翻了个白眼，向众人道："不早了，趁着沈阿契没在咱们这里开工，咱们还是各回各屋，抓紧睡啊。"燕子笑道："是是是，说不定哪天搬回来，咱们又没得睡。"

这天夜里，沈阿契还在案前画《江山古渡图》，巧儿就领着监工悄悄进来了，胖姑姑也猝不及防。巧儿向监工道："大人您看！沈阿契总说在替亲戚画，她哪来那么多亲戚？晚晚挑灯夜战，酬金数额巨大！"监工不说话，看了看沈阿契，又转头看了看胖姑姑。

胖姑姑解释道："监工大人，这也是她家亲戚……"监工不耐烦了："这么大幅的画，她亲戚家能挂得下？"胖姑姑尴尬点头："能。她亲戚家，大。"监工道："别说了，绫锦院有绫锦院的规

矩，让她收拾收拾，明天送回卢爷那儿去吧。"巧儿得意起来："监工大人，接私活的赃银也应该收缴的。"监工道："自然是按规矩办！"

阿契一听，眼泪唰唰流下，低头伏到画作上。泪水渲染了画面上的江水。

第二天，阿契回到画室中收拾自己的东西。婉儿见阿契垂头丧气的，想跟她说句话，却欲言又止。监工站在门首看着，就见林四娘绷着脸走了进来。

监工抬头看见，忙迎上去："赵夫人。"林四娘绷着的脸忽堆起笑容，向监工行礼："大人。"监工道："您怎么来了？"林四娘说："我来看我外甥女，真是不好意思。前阵子她不是病了吗？"

监工问："哦哦，您外甥女是？"林四娘向众画师扫了一眼："沈阿契。"沈阿契一脸惊讶，从座位上站起来，看着素不相识的林四娘——那是一个相貌美丽的中年妇人。林四娘见坐着的画师中有一人站起来，也开始打量她——那是一个憔悴瘦弱的小丫头。

林四娘向监工道："都怪我，跟她提了一下要画个画儿，她就没日没夜地赶起来。并不是什么要紧的事，不值得这样赶。这个傻孩子。"监工连声说："原来如此。"

众画师窃窃私语："怪了怪了，真是她亲戚。"林四娘又道："听胖姑姑说，绫锦院还收缴了阿契接私活的一包赃银？"监工语塞："这……"

林四娘笑道："那实在是误会。那不是接私活的工酬，是我托她带给她母亲的。我那个可怜的堂姐，如今年迈，生活无着，我不可不接济她。"监工忙道："赵夫人怜贫惜老。既如此，实在是误

打春（完整版）·上册

· 120 ·

会，银子自当退给沈阿契的。"林四娘向监工道："大人，给您添乱了。"说着，又向阿契招手："阿契你过来。"

阿契忙向前，跪到地上默不作声。四娘把她扶起来："你听着，那幅画不要再画了。晚上睡觉，白天好好地把绫锦院的活儿干好。你拿着绫锦院的工钱，绫锦院给你吃，给你住，你就该把绫锦院的活儿干好。这是你的本分，可听明白了？"沈阿契含泪点头："听明白了。"

胖姑姑缩在门外，偷偷探着头看画室内的一切，露出半个笑脸。

在宋国，承天节①是个大节日。东京街头张灯结彩，人群涌涌，笑语盈盈。绫锦院在这天会休工一天。画师们打扮得妖俏，就上街逛去了。沈阿契独自杵在胖姑姑住处，把钱摆在桌子上数。她琢磨着："等下个月绫锦院发工钱，我就能攒够数还给卢家了。"

她把钱收好，又百无聊赖地蹬着脚站在门口发呆，就见卢彦走来："阿契。"沈阿契叫道："卢大哥。"卢彦道："今天是承天节，皇帝生日。走，带你去给皇帝拜寿！"沈阿契哈哈笑起来："怎么可能？"

同一天，同一城，陈弘祚也走进云卿书房，说："云卿，今天是承天节，皇帝生日。走，带你去给皇帝拜寿！"云卿应了一声："好的，五爹。"便整理衣冠去了。

陈弘祚领着陈云卿走出陈府大门的时候，卢彦也正领着沈阿契走出绫锦院大门。沈阿契随卢彦到了白矾楼门口，只见那楼高耸着，装点华丽。她进了门去，又见里头复道行空，层层向上。

---

① 承天节：即宋真宗生日。

她随卢彦进了一个齐楚阁子。卢彦向行菜①道："不要茶博士②进来。把门关上，上菜前门口问一声。"行菜应了一声，关门出去。

卢彦爬上一张靠窗的罗汉床，将关着的窗打开一条缝，又向阿契招手。阿契也跪上罗汉床，爬到窗前张望。原来那窗外望见的竟是大宋皇宫，殿门前是密密麻麻的人。她不知道，这密密麻麻的人群中就有陈云卿。

卢彦道："看到没有？那些人正给皇帝拜寿呢。"阿契说："都是人，也看不清哪个是皇帝。"说着从罗汉床上下来，揉了揉膝盖。卢彦赶紧把窗关上："我说了要带你给皇帝拜寿，你跪了半天，又不拜。"

阿契"扑哧"笑了："原来这就叫给皇帝拜寿？"卢彦指了指紧闭的窗户："一会儿他们散场了，你四姨丈就过来。今天带你见见你四姨丈。"阿契不解："啊？哪个四姨丈？"卢彦笑道："你有几个四姨丈？"

阿契道："不会吧？卢大哥，其实我们家都没人见过他。说不定，根本没有这个人呢！"卢彦道："肯定没见过。他在京城做大官儿，你们跑去广州查那些讨赏的什么承信郎、忠训郎，那哪儿能找得着呢？"沈阿契睁大了眼睛："真的呀？"卢彦点着头："真的呀。"又指了指窗户："三司副使，赵鉴清。"

沈阿契哈哈大笑："卢大哥，您真是个大忽悠！"卢彦正色道："待会儿人来了，你可别失礼啊。"

---

① 行菜：即服务生。
② 茶博士：即卖茶的。

朱雀门外，礼毕，众臣鱼贯而出。陈弘祚问陈云卿："云卿啊，出使的事你自己怎么想？"云卿道："朝廷使命，自当肝脑涂地，没有怨言。"陈弘祚轻轻舒了口气："说实话，你大只有你一个骨血，如今未娶妻，五爹不想放你出去。陈家上下五百口人，我们可以换人。"

云卿微微一笑，默不作声。陈弘祚道："你也知道家里这帮人，你这一辈的，没几个拿得出手。比如云泽、云海，让他们出蕃，我就怕他们连路都找不着，回不了家，呵呵。懂蕃语的，就只有你和云峰。云峰有四兄弟，我打算到祠堂里和他们商议商议，让云峰代替你去。"云卿道："侄儿知道五爹是为侄儿好，听五爹做主就是。"

此时，街道司主事王建成突然出现在陈家叔侄身后，大叫："这就对了！"陈弘祚转头道："建成兄，你怎么偷听我们叔侄说话？"

陈云卿向王建成行礼："老师。"

王建成拉着云卿，对陈弘祚说："弘祚兄，当初你把这个小蕃人交给我，我好不容易把他教会了，还没派上用场，你倒要把他送出海去？你们陈家有的是人丁，非要派他出去，这不是欺负人吗？"

陈弘祚说："出海不也是你们三司要收纳市舶给闹出米的？我们陈家还不是忍痛给你们送人？"王建成笑道："哈哈，什么你们我们的，都是朝廷的事，都是为皇帝效命。"说罢拍了拍云卿肩膀："你别走啊。你走了，老师可就缺胳膊断腿了。"

赵鉴清忽从旁冒出，上下打量陈云卿，见他长着一张喜怒不形于色的脸，便阴阳怪气向王建成道："哟，这位就是你的高徒？不

错嘛，再攒几个学生，小山头就拉起来了哟。"

王建成道："赵大人，这……"赵鉴清没听他说完，独自走了。

赵鉴清未到白矾楼，那名叫刘讷的四川交子工匠先到了。他抱着一只箱子，敲着阁子门："卢大哥，是我，刘讷。"

卢彦道了声"进来"，刘讷便进门来，把木箱放到桌子上："卢大哥，我来了。样版、样钞，我都带来了。"卢彦向他道："你先喝口水吧，赵大人还没来。"刘讷坐下喝水，看了看沈阿契，向她点头致意。卢彦道："这是我侄女。"

此时，行菜敲门进来："卢爷，赵大人来了。"说罢将大门敞开。只见赵鉴清穿着便服，携家仆老周来了。卢彦、刘讷忙行礼。

沈阿契躲在卢彦身后，卢彦把她拉出来："赵大人，这就是我上次跟您提过的，潮州樟树镇沈家的孩子。"又对阿契说："快给姨父磕个头，这是你家长辈。"阿契便向赵鉴清磕了头。

赵鉴清道："起来起来，是个好孩子。你外公家姓什么？"阿契道："姓林。"赵鉴清问："也是樟树镇的？"阿契点点头。赵鉴清即吩咐："老周，回头你跟绫锦院说一声，领这孩子回家跟四姨娘见见。"又向阿契道："不必拘谨，你自吃果子去。"

阿契退到一旁。卢彦又拉过刘讷来："赵大人，这是四川交子工匠刘讷。我今天把他叫来跟您说说，那几家老字号川商的交子是怎么防伪的。"

刘讷忙把木箱打开，展示样版和样钞："赵大人，请您务必相信，交子虽然只是一张纸，但想要造假，远比私铸铜钱难。我们四川几家老字号，都认同了这张纸作为信用凭证。见到这张纸，就如同见到现钱，交割茶货，一点儿没有含糊。"

他取出一张纸，对着窗户的亮光指给赵鉴清看："赵大人您看，这是我们四川的水纹纸，上面有明花，还有暗花。这暗花是在抄纸的时候就砑上去的。"又从木箱内取出一块铜板，指出铜板上的凹凸处："这是我们东家的题号。我们都是多色套印，印好之后盖上东家的私章，并有手写花押。"

赵鉴清把铜板拿远一点看了看。卢彦道："赵大人，把商家的私章换成官府的公章，就更稳。"赵鉴清把铜板放下。刘讷又取出一张交子给他："您看，最后印出来是这个样子。"赵鉴清接过交子摩挲了一下："卢殿直，你说的这件事很好，也许可以解决一些问题。我一直都赞成，但是要谨慎，回头我们会商议的。"

卢彦听了，面露喜色。

一时赵鉴清起身要走，卢彦忙相送。赵鉴清看了看站在帘幕旁的沈阿契，说："老周啊，别忘了我那外甥女。"老周道："好的大人，我去和绫锦院说说，把沈娘子接过来见见四姨娘。"

赵鉴清离去，刘讷也告辞了。沈阿契伸出食指在脸上羞卢彦："你自去攀附权贵，为什么要拉上我？我哪来的这个姨丈？"卢彦呵呵笑道："我攀附权贵？赵鉴清态度反复啊。现在老百姓闹'钱荒'，只有权贵不慌。"

阿契问："要是那个老周真来接我，我可不可以不去啊？因为……""不可以。"卢彦打断了她的话。

东京街头，"说话"的张山人终于出摊了。沈志文落魄憔悴，向他走来："山人，可算找着您了。我给您写了话本，想给您……"张山人轻蔑地看了沈志文一眼："怎么还找我呢？书生，您还没考上呀？"

志文一脸尴尬："嘿嘿嘿，没有。"张山人道："不用再找

我了。您写的话本讲出来没趣儿，没人听。"志文说："没关系，我可以改！"张山人道："没什么好改的，人都走了，没人听。没意思就是没意思，我给你改，比我自己编一个还费劲。"志文道："您教教我，怎样的故事大家爱听？"张山人道："没什么好教的，会就会，不会就不会。这是天生的悟性。您先请吧，我要开张了。"

志文讪讪离去。

街头人群中，阿契瞧见了沈志文。他含着背，低头看脚，慢慢走着。阿契喊："四哥！四哥！"沈志文回头看了一眼，连忙加快脚步往人群里躲。

沈阿契急忙追赶。志文又回头看了一眼，跑得更快，撞到一个糖水摊子上，糖水洒了一身。摊主抓住他："书生，你赔！"沈阿契扯开摊主的手，自己抓住摔倒在地的沈志文："四哥，是我。"

沈志文苦笑着起身。二人坐到糖水摊内，光顾了摊主几盏糖水。

阿契眉头紧皱："四哥，东京有的是你的家人。有难处为什么不找我们？为什么？"沈志文说："我原想着高中之后再找你们，谁知……"阿契急了："不中，不中你就六亲不认了吗！"

沈志文叹道："也是不知道怎么找你们。"说罢沉吟半晌："我已经入赘张家，一直瞒着你们。阿巴知道了，非打断我的腿不可。"阿契道："四哥，我和你是一样的。我知道你一定有苦衷。我们问心无愧就好。父母不能理解的，又能怎么办呢？"沈志文沮丧道："是我没骨气。"

他睁着空洞的眼，张氏的吵闹犹在耳畔："我家白养了你这么多年！读书、读书，读书有个屁用？到现在功名在哪里？你再去赶考，我一个铜板的盘缠都不会给你！"张氏抄起书本，一本本扔向沈志文。志文躲着，张氏骂着："我父母真是瞎了眼，让我倒贴给你这么个没用的东西！"

志文摇着头："贩夫走卒尚能引车卖浆，养家糊口，而我，百无一用是书生啊。"阿契问："那你来京时的盘缠？"志文道："都是问同窗借的，如今要回去都不知道怎么回。"阿契道："四哥，你和我回一下绫锦院，我给你盘缠。"

回到绫锦院，沈阿契从房中取出一囊钱："四哥，不要泄气。小时候你教我背《孟子》，说，天将降大任于斯人也，必先……"她念不下去，眼圈红了。沈志文哽咽着："必先劳其筋骨，饿其体肤，空乏其身，行拂乱其所为。"阿契把钱塞到志文手中："四哥，这是我画画攒的。我现在用不着，你拿着！"

沈志文拿了钱离去。阿契送到门口，看着他的背影，心中暗道："四哥，父母如今把我卖给卢家做妾，我不甘心。这钱是我的赎身钱，现在给你了，希望你前路多珍重。"

第五章
土牛示候，稼穑将兴

陈家祠堂里，陈弘祚召集众亲族议事："云海啊，你是老大，你把出蕃的事情跟大家说一下。"陈云海领命："是，五爹。"便走到祠堂牌匾下，向众人道："出蕃的事情族里有考虑，原本是定了云卿去的，但云卿是九爹的独子，现在还未娶妻生子，在海上是有风险的，所以，现在换个人去。"

众族人议论起来："换个人？换谁？谁呀？"陈云海道："换云峰。"众族人又啧啧声："啊！换云峰？哎呀，换成云峰啊。"

云峰娘拍案而起："凭什么？大侄子，你给我说清楚！凭什么有风险就让我儿子去？他媳妇早前扔下三个孩子，撒手去了。如今你让他出蕃，三个孩子怎么办？留给我这个老太婆吗？"

陈云海向云峰娘道："就因为他已经有三个孩子了，所以才让他去呀，而且他有四兄弟。这意思已经很明白了，您要我怎么说清楚？不吉利的话咱不能说。我们大宋的船，肯定都是一帆风顺地去，一帆风顺地回。"

云峰娘恼了："你也有老婆孩子，你也有几兄弟，你怎么不去？"陈云海厚颜笑道："我怎么跟云峰比？这出了国门就是国使。咱们家现在，云字辈的也就云峰、云卿两个撑撑门面了，也就他俩还能叽叽咕咕说几句蕃话。我？您觉得我行吗？"

陈弘祚向陈云海道："行了！亏你还是大哥，亏你能有脸说这话，陈家子弟现在有几个知道惭愧？整天除了点茶，就是簪花，除了勾栏，就是瓦肆。现在要你们站出来了，你们谁给我站出来！"

陈云峰站了出来："五爹，云峰愿往！"云峰娘见状，指着云峰叫道："你闭嘴！"

祠堂议事结束了，云峰娘紧追着陈弘祚至小厅："他五爹，您自己也知道的，现在云字辈子弟，也就云峰、云卿两个，以后指望能撑住这个家族。您权衡利弊，也不该把他送走！"陈弘祚道："我知道，可是云峰、云卿，总得走一个。"

云峰娘说："留的应该是云峰。一来云峰是礼部的人，云卿是三司的人。咱们陈家，一直是礼部的人。我不是说三司不如礼部，但三司跟礼部一直关系微妙。三司因为云卿是陈家子弟，一直没有用他，以后也很难重用他。况且，云卿是王建成的学生。王建成自从接管了街道司，几乎就成了朝中的一个笑话。王建成是很难翻身的了，这对云卿也很不利。这是我的一点妇人之见，请他五爹权衡利弊！"

陈弘祚点点头："云峰娘是女中豪杰，难怪培养出来云峰跟其他子弟不同。你说得有道理，二来呢？"云峰娘说："二来，云卿

本来就是他九爹在外蕃跟蕃女所生，他一半是宋人，一半是蕃人。对于他来说，出蕃就跟回乡一样啊。说不定他觉得大宋东京，才是'异国他乡'呢？"

陈弘祚脸色沉下来："这一点我不敢苟同。宋女所生，蕃女所生，都是我陈家子弟，我皆一视同仁。"云峰娘哀求道："他五爹，我求您，留下云峰吧。我们这一房男孩多，我愿意过继一个给十九房。我的孙辈里头，所有的孩子您随便挑。"陈弘祚道："我会再考虑的。"

送走了议事的人，陈家祠堂又迎来了办喜事的新人。今日双双来祠堂拜祖先的，是陈云海和秋红。他们穿着红色礼服，在贴着大红喜字的砖墙间走过，满耳尽是敲锣打鼓之声。

礼毕，众家仆摆酒上菜。陈云海招呼着："大家多喝几杯啊。"陈云峰看到陈云卿面无表情，神游万里，不禁拍了拍他肩膀："出来一下。"

兄弟二人走到陈家花园里，云峰道："十九，你我是兄弟，出蕃我没有怨言，只是有几句话要嘱托你。没有别的意思，都是为了陈家。"云卿道："峰哥请讲。"云峰道："陈家云字辈在朝的，只有你我二人。我走了，你就算是一个人，也要独力撑起来。"云卿点头："不敢懈怠。"

云峰道："你的人品大家都清楚。你勤勉正派，天资过人，我不担心你会斗鸡走狗或是沉迷酒色，我只担心你……"说到这里，云峰停住了，半晌方道："担心你淡泊名利，与世无争。"

陈云卿听了，看了看云峰。

云峰道："你进了三司那么久，一点动作也没有，我在礼部都替你着急。现在，原本要做你妻的那个女人，云海把她纳做己妾，你仍然是无动于衷，宽宏大度。你到底在想什么？"

陈云卿仍是一声不吭。

云峰道："我本不该说这些事情的。但是我将要走了，以后陈家靠你了，我必须把你叫醒才能放心走。你要去争，你要去抢，你要去计较，不要什么都无所谓。你要明白这个世间的真相是什么，是成王败寇！就算你不喜欢那个女人，你也要不允许别人这么干。你要让别人因为顾忌你而不敢这么干！"陈云峰说着，一拳打向石栏杆。

陈云卿叫住："峰哥！"

云峰道："这世间从来都是弱肉强食。你的身上有责任，就不配清高。我们都不配做隐士。陈家经历几代人才有今天，别在我们这里断掉。"

陈云卿问："峰哥，那我该怎么做？我在三司一点动作都没有，是因为我根本无法动作。"陈云峰道："离开王建成，离开你那个老师。"云卿道："不，峰哥，你不了解我老师。"

王建成，也就是陈云卿的老师，此时正困身于街道司①，无甚作为。

这日，赵鉴清来看王建成。王建成忙迎出来："参见赵大人。"邢风、陈云卿也依次行礼。

赵鉴清见邢风、陈云卿二人仪表堂堂，不禁道："建成啊，这

---

① 街道司：据王战扬《宋代街道司研究》，街道司设置于太平兴国二年。仅设于都城，职责为修治街道，疏导积水，打扫卫生，巡视街道，交通管理，查处侵街店铺，管理市场。宋初街道司隶属三司河渠司。街道司"以五百人为定额"，由"兵士"充当，穿"青衫子"。真宗说该机构"工作甚众，事任非轻"。

就是你的'风云'两位高徒？好哇，名字好。也祝你风起云涌，再成风云人物。"王建成连连摆手："这两位可不是我的，都是朝廷的。"赵鉴清哈哈笑道："看把你吓的。"

一时在议事厅落座，赵鉴清便道："建成啊，你拟的奏折我看了。这奏折不能呈，圣上看了会生气的。如今天下太平，你怎么在奏折里危言耸听呢？"

王建成道："赵大人，'钱荒'关系民生，不能不重视啊。打'钱匣'刻不容缓。"赵鉴清笑道："我知道，你是武将出身，平过蜀中。我们都知道你功劳大，知道你能打，但你也不能老是想着打打打呀。你的长处是发挥出来了，但你想过大局没有？"王建成道："赵大人，'钱匣'不打，'铜禁'形同虚设！就是铸造再多的铜钱，也经不住哗哗地外流诸蕃。民间乏钱，百货就不能流通，百工将走向凋敝。"

赵鉴清道："我刚刚还说你危言耸听，你没听进去吗？打打打的，这样的奏折呈上去，圣上一问起来，是我来答呀，还是你自己去答呢？"

他不由分说，当着两个学生的面将王建成呛了一顿，又提出要到街上走走，看看街道司的事做好了没有。

于是，王建成师徒陪同便服的赵鉴清走上东京街头。

赵鉴清向街面上比划着："建成啊，你看看那些，还有那些。我跟你说过多少次了，不要把东京越管越乱。怎么现在店铺越来越多，路越来越挤？昨天王爷的车从这里经过，是不是忘了叫人洒水去尘？王爷还跟我说起这事儿呢，说尘大得不行。"王建成连连称"是"。

不几日，赵鉴清又来街道司，让王建成师徒陪他上街走走。

不走则已，一走时，赵鉴清仍是对街道司十分不满："现在这城里，人越来越多，也越来越坏。你说，抢荷包的事情是不是还有？这东京城是越来越吵，从天黑吵到天亮，连风里的味儿，也越来越难闻。你说你，街道司都做不好，我怎么给你分派其他更重要的事呢？"王建成连连称"是"。

又过了数日，赵鉴清叫上王建成师徒，说再去街上看看。一边看，他一边说："以前的东京城，城门一关，城里是城里，城外是城外，规规矩矩。现在倒好，城门一关，城外比城里还热闹。城墙外头一样住着人家，一样做买卖，喧喧闹闹的。那城门城墙就跟摆设似的。"

王建成道："赵大人，如今百业兴旺，商旅往来，城里已经装不下了。城外草市免不了。"

赵鉴清笑了："哈哈，现在又变成百业兴旺了？你那天还说什么百工要走向凋敝呢。自相矛盾！都繁盛成这样了，哪里来的'钱荒'啊？'荒'在哪里啊？"王建成忙道："大人，这里是京城，皇城脚下，自然还'荒'不到这里。南方的'钱荒'已经很明显了。"赵鉴清说："你看你连街道司都管不好，怎么管'钱荒'呢？"

王建成无言以对。邢风、陈云卿跟在赵、王二人身后，对望一眼，暗藏不平之色。

夜里，一座宫殿着火了。浓烟中摇晃着人影。众人嚷起来："走水了！走水了！快来救呀！"天将亮时，火光熄灭，浓烟散去。

天大亮了，赵鉴清坐在街道司议事厅的上首，大怒："宫里烧掉了一座宫殿，烧的还是太后供奉火德星君的地方！王建成你可

知罪？"

王建成道："赵大人，宫里不归街道司管呀。"赵鉴清道："现在罚你的俸，降你的职你还委屈了？如果不是这座城太拥挤，宫禁也不至于像现在这么小，想扩建都没地方扩。如果皇宫宽敞一些，火灾也许就不发生了呢？"

王建成点头道："赵大人说得有理。早些年属下也向您建议过，上奏扩城的。那样的话，也不至于城外的草市野蛮生长。"赵鉴清敲着桌子："扩城扩城，京城向来有定制，是你说扩就扩的吗？"王建成道："赵大人哪，这不是我说的，是当年太祖爷说的。太祖爷当年骑着一匹马，跑到南郊，比现在草市还远得多的地方，说'朕的马所到之处，皆可以是皇城'。"

赵鉴清冷笑道："你行，这个三司副使你来当！"王建成道："属下不敢！"赵鉴清说："你还是好好想想，城里面怎么防火吧。"

王建成说："大前年，属下向您建议过，要……"赵鉴清烦躁地打断他的话："要扩城是吧？"王建成摇头："不，要建隔火墙。"赵鉴清笑了："你是觉得这城里的房房屋屋还不够密，再多建点儿东西？"

王建成坚定地说："隔断！以免一烧就是一条街！"赵鉴清叫起来："你这叫办法吗？这根本不是治本的办法，它还是阻止不了火情的发生。我告诉你，城里的火情要是仍这么着，你就不是罚俸降职的问题，而是掉脑袋！"王建成道："属下明白，但是，火情、偷荷包，这些都无法绝对避免。我们能做的，就是想办法让损失降到最低，把伤害降到最小。"

赵鉴清气得噎住了："你！"

陈云卿和邢风对视一眼，默然不语。

回到自家书房，王建成满心懊恼。陈云卿说："老师，现在情况不太好。"王建成道："怎么说？"陈云卿说："现在赵大人来我们街道司，不管走到哪儿，不管说什么话题，基本上就是您在和他吵架。"王建成道："这还用你说？"

陈云卿又道："为什么会这样？"王建成呵呵一笑。陈云卿道："一开始，蜀中因为铁钱的事情叛乱，老师带兵出征，平叛有功。回京之后，一时风光无限。"

王建成哈哈大笑："你们陈家陈弘祚那个糟老头子，就是在那个时候把你送给我做学生的。"陈云卿说："可是，这功却也盖过了赵鉴清。老师去了一趟蜀中，诸事亲眼所见，知道老百姓之所以会因为铁钱而叛乱，全是'钱荒'所致。要解决问题，不能光靠军队平叛。于是提出了，一要大兴铜钱监，二要剿灭东南沿海走私铜钱的钱匪。可是，当老师提出这两条建议的时候，就被三司派到了街道司。"

王建成叹息："打是无奈之举，他们以为我想打。我还不至于为一点功劳吃相难看。"

陈云卿说："老师，学生不是说街道司不重要，只是有些巧合就像有人有意为之。"王建成摆摆手："看破不说破。"陈云卿又说："老师，您原本只是想做事，并不想得罪赵鉴清。但是目前看来，那些微妙的芥蒂很难真正抹平。想要通过某种和解，让赵鉴清支持老师解决'钱荒'的问题，大约是不可能的。甚至，不出所料的话，我们街道司接下来还会接二连三地'有问题'。"王建成一声叹息。

邢风默契地看了看陈云卿，道："老师，云卿说得对。讨好他

也没用的，干脆，一不做二不休。"王建成忙止住邢风："这话别乱讲啊。"

陈云卿笑了笑："只能说，不破不立。"王建成大笑："云卿啊云卿，陈弘祚那个糟老头子要是敢把你送出蕃，我就和他拼命。"

正如陈云卿所料，街道司又开始"有问题"了。赵鉴清坐在街道司议事厅中，对王建成一顿数落，王建成却昏昏欲睡。赵鉴清气不打一处来："你不要打瞌睡啊，现在已经有人窥视宫禁了你知道吗？告到御前了！你们街道司还真不紧不慢的？"

王建成提了提神："窥视宫禁？这还了得？他是怎么窥视到的？"赵鉴清手往外一指："就是那个白矾楼！只不过是一座酒楼罢了，却建得很高，甚至在其楼上东向的窗户，都可以窥视宫禁了。这像什么样子？"王建成问："您说怎么办？"

赵鉴清道："别的也就罢了，这白矾楼必须拆掉。"王建成道："拆掉白矾楼？这东京没有白矾楼，还叫东京吗？"赵鉴清叫道："放肆！"王建成只好连声道："好，好，拆，拆。那我也得拆得了啊。"赵鉴清说："拆不了就罚你俸禄，降你职！"说罢甩袖而去。

王建成瘫在椅子上："妈的，老子不干了。"

如卢彦所愿，赵府的老周引着一顶轿子到绫锦院接走了沈阿契。

阿契到了鲛姝苑才下轿子来。只见一处园林宅院，中间大池塘栽着荷，此时却只有几苗残枝。塘上薄冰漂浮。塘边长廊挂着藤类们的虬枝，没有花叶，像极了字帖上好看的拖笔。园林门上劲书"鲛姝苑"三字。

小翠迎向前来："沈娘子请。"便领着阿契穿廊走堂进入小厅。阿契在厅中坐下，丫鬟们又送来果品茶饮。然而主人许久未来，门外只有灰色的天。阿契向门前问小翠："解手的地方在哪儿？"

小翠领着阿契绕过厅后屏风墙，沿着走廊走去。阿契解完手出来，就听见外头似乎有人在吵架。她好奇地循声而去，看到了另一片园子。一个醉汉站在阴沉沉的天空下自说自话地叫骂——正是王建成。与园子对望的不远处，是一带很长的长廊，颇有一些家仆往来走动。

众家仆一看到醉酒叫骂的王建成，都假装没看见，渐渐地都不见了。阿契转头看了看小翠，小翠正摆着手："沈娘子咱们走吧，别在这里听他胡说八道。"阿契并没听清楚这个须发花白的醉汉说的是什么事情。一来他口齿不清，话语颠三倒四。二来他所说的词句似乎很专业，或者专指某事，阿契没听懂。

阿契问："这个老人是谁？他往水边去了，这有危险。"说着转头一看，小翠也不见了。

风刮了起来，天竟然飘起了小雪。阿契不知道能做什么，只是觉得，她要站在这里看着，确认那个老人不往水边走。但是，那个老人已经往水边走了，一边走，一边哼着："赵鉴清，你这个王八蛋，我要诅咒你祖宗十八代。"

她从地上捡起一片巴掌大的扁石头，举在半空挥舞着："哎！那老头，你看，这里有酒，过来喝两杯。"王建成停下了走向池塘的脚步，转身向阿契走来，手一伸："拿来。"阿契小心翼翼地将石头片放到他手中。

他把石头片接过手，往地上摔了个稀烂，冲阿契吼道："骗

我！"阿契吓得后退了几步。

王建成接着又往池塘边走去了。阿契忙向前拽住他："老人家，别往那儿走，掉下去你就淹死了。咱换个方向走，换个方向，爱咋走咋走。"王建成把阿契一推："我就爱往那儿走。"

正着急间，王建成脚下踩着湿滑的雪花，两条腿一溜就浸到水里了。水面上的薄冰不慌不忙地随着水纹荡漾开去，似乎很从容。阿契忙拽住王建成的胳膊，使劲往上拉，可是完全拉不动。他庞大的身体既没有往下沉，也没有往上升。沈阿契用尽力气拉着王建成，苦苦支撑，额头青筋暴起，急得扯开嗓子喊着："救命啊！有人落水了，快来救人哪！"

喊着喊着，只见那醉汉竟自己蹬了蹬腿，爬上岸来。沈阿契松了口气。也许，这水沿边儿并不深吧？沈阿契想。她四周看了看，半晌并没有人闻声赶来。

王建成爬上岸后，竟伏在岸边，打着呼噜睡起来。风越来越猛，雪花渐渐变得大片，落在他厚实宽大的后背上，装点着他斑白的须发。在阴沉的天色中，这个身躯看起来冰冷可怜。也许睡下去，他就醒不来了。阿契试图把他拖到走廊里，至少不用盖着雪花睡，但是他的身躯太庞大了，阿契根本拖不动。

她跑回小厅里，把能搬的东西都搬出来了。一条铺在罗汉床上的长形锦垫子被拖出来，盖到王建成身上挡雪。一块四方的座椅靠背红绸垫子覆在了王建成头部。四只小暖炉挨着摆在了王建成的身体四周。但那老醉汉已是半晌不动了，阿契忙伸手探了探他鼻息，还好，有气。

阿契无奈，对着空荡荡的园子又喊了一声："有没有人来啊？倒在这里还不如倒在大街上吗？"就听一阵"呵呵呵"的笑声，来了不少人，为首的正是赵鉴清。赵鉴清似乎被王建成周身的物品逗乐了，向阿契笑道："你这是，这是在烤肉吗？哈哈哈。"众人也笑了起来。

一家仆道："刚才王大人喝多了，我们都不愿意听他说酒话，一时走开，这才疏忽了。"赵鉴清忽敛起笑，向家仆们道："他再不济也是朝廷命官，岁数又这么大，或是池塘里淹死了，或是雪地里冻死了，你们谁担当得起啊？疏忽？"

家仆们连连认错，说这就给王大人换身干净的送回家去。王建成终于被抬走了。赵鉴清又道："四姨娘还没回来吗？你们要安排好，别让亲戚笑话。"沈阿契于是由小翠领走了。

窗外飘着小雪，屋里烛火灿烂，香云忽浓忽淡地从香炉里沁流出来。至夜间，林四娘才回到鲛姝苑。沈阿契见到林四娘，满脸惊喜："是您！"林四娘也颇感意外："是你？"

阿契道："我真没想到，四姨娘就是四姨。"林四娘道："我在家里排第四，来到这里还是排第四。"沈阿契说："您真的是我四姨？我简直不敢相信。"林四娘问："你外公家住在樟树镇的什么地方？可听过樟树渡？是住在渡上还是渡下？圩前还是圩后？"沈阿契道："住在祠后三巷最巷尾。"

林四娘问："你记不记得从樟树渡上岸后怎么走到圩前二巷？"阿契点点头。林四娘道："我离开三十七年了，怎么想都想不起来，走的时候年纪还很小。"

小翠铺开一幅没画完的《江山古渡图》，摆上笔墨。林四娘向阿契道："你在我这里住些日子，把没画完的画完吧。绫锦院我去说。"阿契点点头，拿起笔来："圩前一巷跟圩前二巷现在都不住人了，都是圩市。卖东西的人太多了，现在都是档口店铺。"

林四娘有些失落："那以前住在一巷二巷的人都搬走了吧？"沈阿契说："虽然搬走了，但是人都在的。只要四姨有空，我都可以带您回去跟他们见面的。"林四娘无奈地笑了笑。

更深了，林四娘歪在床上昏昏欲睡。小翠提醒道："四姨娘，该休息了。"林四娘恍恍惚惚："阿契，把渡上、渡下、圩前、圩后这些地方都画出来。"阿契点着头。小翠道："四姨娘，也该让沈娘子歇息了。"林四娘恍然醒过来："啊，是的。小翠，你带阿契去吧，不着急的。"

是夜，王建成由赵府家仆送回家。邢风、陈云卿二人听说此事，赶紧来到老师家中。师兄弟在床前叫了几声"老师"，王建成犹自躺在床上不醒。

陈云卿道："因为要行军打仗，喝酒误事，老师从来不喝酒的。这个规矩他自己从没变过，怎么今天醉成这个样子？"

邢风道："赵鉴清欺人太甚！常满说，老师抬回来的时候，浑身又湿又冰，头发四散。这帮混蛋都干了些啥？岂止是醉酒这么简单？"陈云卿说："邢师兄，我们没必要等了。不能总是做只骆驼鹤，把头埋在沙地里。"邢风点着头："该是台谏动手了！"

阿契在鲛姝苑已住了数日，卢彦又登"三宝殿"来了。

小翠上前奉茶，他忙起身接过："多谢小翠姑娘。"便见林四娘拉着沈阿契的手从里屋走出。

卢彦忙行礼："拜见四姨娘。"林四娘笑道："卢官人太多礼了。"卢彦向阿契道："阿契，来了这么久，可有淘气？"四娘忙说："没有没有，阿契乖巧得很。"卢彦道："那是四姨娘疼惜她。"

四娘问卢彦："你今天来，不会是来接阿契回去的吧？我可不许啊。你让她多住几天。放心好了，不会给她委屈受的。"卢彦笑道："哪里！"又看向阿契："那就多住几天？"四娘挡到阿契跟前回答："那当然了。"又问卢彦："你是不是有什么话说？"

卢彦笑了笑，忽跪下了："四姨娘，卢彦没有什么话说，只是……"四娘打断他："行了，你快起来说话，别总是这么多礼。"

小翠上前搀扶，卢彦继续说："只是南方'钱荒'日甚，赵大人一直听不进去。小的们实在没有办法，四姨娘您能不能……"四娘摆手止住他："行了，我知道了，又是上次说的那些事儿？"卢彦连连点头："正是，正是！"

夜间，灯烛已熄，卧室里的纱帐无风而动。赵鉴清忽从床上起来，把林四娘拉下床，一巴掌打过去。林四娘摇摇晃晃撞到镜台上去，又摔倒在地。

赵鉴清指着林四娘道："刚才那些话，是谁教你说的？"四娘道："没有谁。"赵鉴清问："什么南方'钱荒'？你说的话现在怎么倒跟王建成说的一模一样起来？"

四娘哭道："这是哪儿跟哪儿？我跟王建成八竿子都打不着，怎么会说的跟他一样呢？"赵鉴清说："那你整日在府中，哪里知道什么'钱荒'不'钱荒'的？"四娘语塞："我……"

赵鉴清拉起她来又打："贱人，你都不知道自己在说什么。兴铜监，打钱匦，可是要连你的干儿子们一起打？以后老实点儿，少接触那些不三不四的人！不守妇道！"

林四娘发鬓凌乱，靠在桌腿边，捂着脸流泪。

天亮了，林四娘躺在床上，半褪衣裳。小翠替她在身上伤痕处擦药。沈阿契跑了进来，大吃一惊："怎么会这样？四姨，您是怎

么受的伤？"四娘道："契儿，四姨没事。"

阿契眼圈红了："谁打的？"四娘道："不是打的。"阿契又抹着眼泪："那为什么会这样？"小翠道："沈娘子，您就别再问了。"四娘伸手拉着阿契："过几天就好了，别哭。"

林四娘被打之后，卢彦接走了沈阿契。

卢彦没有进厅子里去，只站在走廊上望着屋内。阿契跑了出来："您再等等，我在收拾行李了。四姨一直留着不让我走。"卢彦道："来的时候没有行李，走的时候收拾这么久？"

阿契跑进屋里又跑出来，神色不安："我来了一个多月，是做客，又不是做工，他们家非要给我三吊月钱。我说我不要，被四姨骂了，怎么办？"卢彦道："拿着吧，这是他们家的惯例。"阿契道："要不您厅里坐着等？四姨这会子又想起别的东西来，非要我带走。"

卢彦道："没事，我不进去，就外面这里等。你快去吧。"阿契又进去了。

一时出了赵府侧门，马车已候着了。林四娘带着小翠送出来，淌眼抹泪："阿契，多来看看四姨。"阿契道："四姨，您别这样。您想我了，就让人去绫锦院找我，我就来看四姨。"四娘点着头，阿契便上马车去了。

关于卢彦和赵府的往来，邢风收足了料。街道司议事厅中，邢风提议说："赵鉴清那边有个叫卢彦的，原是海商，后来又花钱买了个进纳官。赵府的四姨娘，名唤林四娘的，她生日的时候，卢彦送了很多贵重寿礼。我看，卢彦八成有问题，可以从他那里下手。"

陈云卿却道："不，有问题的是四姨娘。起底四姨娘。"

王建成道："卢彦我接触过。海商个个都有钱。商人一有钱就往进纳官的路子上跑，这倒不足为怪。而且，好几年前这个卢彦就在主张大兴铜钱监。可惜，他只是个进纳官，不过是在底下瞎嚷一嚷，也没人听，还不如我呢。"

邢风道："这么说卢彦倒和老师想到一块儿了？"王建成点着头："只可惜，这也是个凡夫俗子。他见了我，也和别人一样躲得远远的，生怕挨得太近，在赵鉴清跟前失了宠。"邢风叫道："有眼无珠。"

陈云卿道："这倒怪不得卢彦。老师，以后形势若变，这个卢彦倒可以为老师所用。老师不必和他计较。"王建成捻须点头。

邢风问云卿："何以见得？"云卿道："听师兄所说，他既是海商出身，那就不是只知空谈的腐儒。老师又说，他还主张大兴钱监，可见他还有心怀百姓的士大夫情怀，那就不是一味求利的庸商。"

邢风赞许地点点头："那四姨娘又如何见得有问题？"云卿道："邢师兄，虽然众门客给四姨娘送礼物，但四姨娘本身就是贵重的礼物，而且这个礼物肯定深得赵鉴清的喜欢。因此，您只想想把四姨娘送给赵鉴清的是谁？为什么送？"邢风兴奋地拍着陈云卿的肩膀："有道理，好！"

被下了令要拆的白矾楼门前，差役们正与一群商女对峙。官府欲围楼拆楼，商女们却横路拦住，不让近楼。

为首的商女名唤柳如烟，望着大街叫骂着："街道司来了个叫王建成的王八蛋，耀武扬威的，竟然要拆白矾楼！东京没有白矾楼，那还叫东京吗？"

差役喝道："大胆，一个小小商女，竟敢辱骂朝廷命官。"柳

如烟又向众路人道："大家评评理，都有见证，这帮狗仗人势的要对我们弱质女流动手了！"差役说："明明是你们无故扰乱公务！还不散开？统统抓起来。"柳如烟道："要抓我们，请问我们所犯何罪？想拆白矾楼，所有东京人都不答应。"

路人们议论纷纷："这帮女人谁呀？""不知道啊。诶，那两个我见过，潘楼唱曲儿的。""哦，还有那个，杨楼点茶的婆子。怪了，官府要拆白矾楼，怎么不见白矾楼的人出来？反而一帮女人挡在这里？男的去哪儿了？""这是唱的哪一出呀？"

一名老差役向小差役道："不好，总觉得这事儿有问题，不能和这帮女人缠。你快去禀报陈大人。"

小差役领命，径直来到街道司，恰在门口迎面撞见了陈云卿。小差役叫着："陈大人！不好了。"陈云卿一边往衙署里走，一边问："怎么了？"小差役跟着跑，进了议事厅，当着王建成的面将事情说了。

陈云卿道："不能和这帮女人动手，让兄弟们撤回来。"这时又一个差役跑进门来："报！围白矾楼的那帮女人，现在说要去朱雀大街找皇帝评理。已经往朱雀大街走去了！"

王建成忙说："叫兄弟们不能撤，不能让她们真跑去朱雀大街，拦住！"二差役领命，转身要走，王建成又叫："回来，拦住，但是不能动手！"陈云卿说："对，不能和这帮女人动手，动手就中了别人的招了。"

差役无奈地说："大人哪，您是不知道这帮女人，胡搅蛮缠，推搡叫骂。她们人多，我们人也多，纠缠起来，动没动手终究是说不清楚的。"陈云卿道："让兄弟们把去朱雀大街的路口三行排开，一字锁死，站稳不动。不看、不听，不用管她们说什么，也不要去还嘴。"

差役问："那还手呢？"陈云卿反问："你说呢？先顶一阵，救兵马上到。快去。"二差役领命，转身离去。

王建成问："云卿，救兵马上到？救兵呢？"陈云卿道："老师，如今只能用女人对付女人。明知对方来者不善，却不能官兵打民女，让我们自己陷入被动。"王建成说："这我知道，但是上哪儿找这么多女人去对付女人？"

陈云卿道："去绫锦院找监工洪公公。他那里女人多，而且那里的女工平时听号令，好指挥。绫锦院离朱雀大街也最近。"

王建成一听立即起身："走！"

白矾楼外，柳如烟向众商女道："姐妹们，当日城郊农妇丢失一头牛，告诉了登闻鼓院，太祖爷就亲自帮她把牛找回来。今日，白矾楼何止一头牛的价值？我们为什么不能找皇帝评评理？走！去朱雀大街。"

为首的差役忙号令："路口三行排开，一字锁死，不看、不听、不说、不动！"众差役闻令封锁路口，众商女也围向路口。

旁观的路人指指点点，窃窃私语。

王建成奔进绫锦院，向监工道："洪公公哪，十万火急！"监工道："王大人请讲。"王建成一说，监工忙吩咐把画师、织工、绣娘都召集起来。

画室里，胖姑姑叫着："快快快，大家都停下手上的活儿，去朱雀路口！"众画师问："发生什么事了？"胖姑姑道："朝廷下令拆白矾楼。现在有一帮女人在朱雀路口闹事，说什么要见皇帝。监工大人有令，现在大家到这个路口去，把这些女人给劝散了。听着，劝散，是劝散！"

众画师领命，纷纷走出画室。沈阿契拉住胖姑姑问："姑姑，朝廷为什么要拆白矾楼啊？"胖姑姑说："因为白矾楼上面的窗户一打开就可以看见皇宫，有人窥视宫禁。这是大罪啊。"

阿契吓得变了脸色，想起卢彦带着她在白矾楼偷看大臣给皇帝拜寿的事情，忙问："姑姑，窥视宫禁是什么罪啊？"胖姑姑道："我也不知道，大概，可能是掉脑袋吧。"阿契惊叫："啊！"

胖姑姑问："你怎么了？"阿契结结巴巴的："没，没什么。"胖姑姑催促："那快点走吧。"

朱雀路口，差役们如临大敌，一字排开挡住路口。众商女聚集在此，却已懈怠疲惫。绫锦院的女工们列队而行，到这里停了下来。

监工向差役们嚷嚷："嗨！怎么回事？这么多人，还不让过。我们要进去给宫里送绣品。"为首的差役道："对不住了，公公，只能稍等。"

监工问："稍等？等到什么时候？"说着转头朝胖姑姑使眼色。胖姑姑点了点头，向众女工道："不知道等到什么时候，没事大家先逛逛。"众女工便散开了，与想要闯进朱雀大街的商女们交错站着，三三两两闲聊起来。

老树下，两个女人交谈起来："嗨，我们绫锦院也就是一个虚名，其实也没挣到啥钱。""谁信呢？都说你们工钱高的。外头还说，绫锦院的女工特别好找婆家。""好不好找也没用啊，我已经成家了。要不是婆家不争气，我还不用出来讨生活呢。诶，你成家了没有？没有的话我替你找一个？"

桥栏边，另外两个女人交谈起来："你平时在杨楼还是潘楼？我去那里吃茶也没见过你。""现在果子不好卖，我宁愿在家做针线，出去得少了。""回头我跟监工说说，我们绫锦院的果子在你那儿买？"

店铺前，又有两个女人在互相夸奖："你这裙子绣工很好诶，比我们绫锦院的不差到哪里去。""算你有眼力，你猜这是花了几吊钱买的？""我不猜，反正要我说，再好的衣裙原来也是不贵的，都是中间做买卖的赚来赚去。你要是想要，我可以给你介绍低价的买。"

王建成和陈云卿站在朱雀大街斜对面的茶铺里，望着路口的动静，见众商女果然与女工们三五结伴，逐渐离去。陈云卿道："老师，您看，渐渐有人走了。"王建成指给陈云卿看："你看那边，主要是那个带头的。"

王建成所指之处，沈阿契正与柳如烟攀谈。阿契道："我不知道你为什么要这么傻，被官府抓起来可不是玩的。"柳如烟道："少管闲事。"阿契说："肯定是有人让你这么干。我劝你以后离他远远的，最好不相见。"柳如烟道："你闭嘴。"阿契说："他肯定是想害死你。不要赌官兵抓不抓你，也不要指望你被抓起来之后会有人来救你。"

柳如烟望了望四周，她的同伴们陆陆续续走了。她叫了起来："诶，她们怎么都走了？回来啊！"阿契道："她们都走了，你现在走也许还来得及。"柳如烟叫着："你！"阿契道："要不然可能想走都走不了。"柳如烟一看身后，一字排开的差役们像一堵铁墙。她心也虚了，暗道："罢了，眼前亏不能吃。"便跌跌撞撞跑了。

茶铺里的王建成看着这一幕，说道："不要抓，找人跟踪那个女的。"云卿问："哪个女的？"王建成道："肯定不是穿绫锦院

工服那个。"云卿道："好的，老师。"便向身后的差役使了个眼色，那差役点头而去。

沈阿契从街对面走过茶铺来，瞅见了王建成，认出他正是赵家后园狼狈的老醉汉，便多看了他一眼，走了。王建成见沈阿契在看自己，感到奇怪，说："穿绫锦院工服那个，我看着眼熟。"陈云卿说："老师，我也是，看着眼熟。"王建成道："就是刚走过来这个，但是想不起来。"陈云卿说："我也想不起来。"

夜里，王建成在书房中看着大圆窗外飘着的雪花，就见陈云卿披着雪毡，手里抱着暖炉走进来。云卿道："老师，我给您烧了个暖炉。"王建成看着暖炉里跳动的火焰，忽想起沈阿契把暖炉放在自己身旁的一幕。王建成道："我想起来了，云卿。"

云卿问："您想起什么来了？"王建成说："那个女的，在赵鉴清家里见过。"他说着，把窗打开。雪花被风卷进房里，好几片雪花落到他脸上，沾到他发须上。他忽然记起赵府后园中，自己的身体正往池水里沉，而沈阿契拖住他往上拉的情形。

王建成叫道："我想起来了，那天我在赵鉴清家被那帮混蛋按住灌酒。然后，我好像要沉到水塘里了，但是那个女的一直在把我往上拖，还在喊我。"

窗外依旧是灰蒙蒙的雪天。王建成喃喃自语："大雪天，大雪天。"陈云卿问："哪个女的？"王建成道："就是那天在朱雀大街口看到的绫锦院女工，我说我眼熟，你说你也眼熟的那个。"

陈云卿微微一笑："巧了，我后来也想起来了。"王建成道："你说。"陈云卿道："有一天晚上在潘楼街，她的马撞到了几个人，我算是其中之一吧。不过我没伤，也没追上去跟她算账，所以估计她还不知道我。我之所以记得她，是因为她会说流畅的吡啫耶语。"

王建成道："这就奇了。这位小娘子是赵府什么人？为什么整个赵府都看着我往冰水里沉，她却敢跑出来拉住我？赵鉴清跟海商的蕃货生意渊源匪浅，而她又能讲蕃话……"

陈云卿默然不语。

朱雀门外，退了朝的臣僚们聊着各自的话题。赵鉴清扯住王建成的衣裳："王大人，听说您最近跟一帮娘儿们干上了？"众臣哈哈大笑。王建成一脸懵："啊？"赵鉴清道："装什么糊涂？拆白矾楼啊。"

王建成摇了摇头："唉，是啊，也不知道怎么突然冒出一帮娘儿们。"

赵鉴清道："哎呀，太后让拆白矾楼这事儿也真是难为你了。没办法，拆不了就拆不了，要不我帮你去说说？就说把朝着宫里的高层窗户封起来，封死就算了。"王建成点着头："诶诶，好啊，真没办法。那些娘儿们难缠，打又不好打，坏了老王的名头。"赵鉴清道："可不是嘛，那个柳如烟，是出了名的难缠。多少王孙公子都不敢惹她。"

王建成又是一脸懵："柳如烟？柳如烟是谁？你怎么知道那个女的叫柳如烟？我这边还没打听出来呢。"赵鉴清尴尬一笑："哦，我不是替你着急吗？你的人不得力，打听这么久都没打听出来。我也找人去打听了呢。"众臣又是哈哈大笑。

赵鉴清道："哎呀，不过话又说回来，柳如烟虽然是个勾栏里唱曲儿的，但在东京也算是个名流了。王大人你大可不必声称自己不知道。"王建成道："我真不知道。知道这个干吗？有什么用？"

众人依旧笑着，陈云峰冷眼旁观，转身走了。

绫锦院内厅，监工和陈云卿寒暄不止。陈云卿笑道："前番朱雀街一事，多谢洪公公仗义相助，解了街道司一个尴尬难题啊。这是我们的一点小心意。"说着奉上一只小锦盒。监工道："陈大人太客气了，老奴略尽微薄之力是应当的。"说着接过锦盒打开来看，叫了声："哟，是龙涎香①呀，这玩意儿好。"

二人稍叙闲话，陈云卿话锋一转，忽道："洪公公，我替朋友问件事。"监工道："您请讲。"陈云卿问："绫锦院是否有一位女师傅，会吡啫耶语？"监工道："没有。"陈云卿笑了笑："那是否有一位女师傅，和赵鉴清赵大人府上有渊源呢？"监工笑道："哈哈，您为何问这个？"

陈云卿微微笑着，并未回答。

监工道："罢了，我就告诉您，确实有一位。她是赵大人四姨娘的外甥女。这四姨娘还到过绫锦院找她。赵府也曾接她去住了一个来月。"陈云卿听了，心下思忖："又是四姨娘。"

监工便引着陈云卿走到画室外的走廊上，隔着窗户一指："左排第三行，第三个，梳着双髻的就是她，名叫沈阿契。"陈云卿见画室内，沈阿契正低头画图样，神情专注。他忙把目光移出来，与监工继续往前走。

云卿道："是这样的。市舶司的朋友不知道在哪里听说的，说赵大人有个外甥女在绫锦院，会吡啫耶语，就向我打听。我也回答他了，虽然我的老师是赵大人的属下，但我跟赵大人也不熟的。"

---

① 龙涎香：据【美】韩森《公元1000年全球化的开端》，第239页，龙涎香是抹香鲸肠中含有的一种灰色物质。

监工道："原来如此。"陈云卿微微一笑："不理会就是了。"监工反而追问起来："您的朋友莫不是想求亲？也拜在赵府门下？"陈云卿道："多半是吧，他倒没说。"监工又道："不过话又说回来。老奴也不知道这沈阿契会不会吡啫耶语，她就是会，在绫锦院也不用说到蕃话的。"

陈云卿点点头："洪公公，会吡啫耶语的确实少，若是会三佛齐话、细兰话，乃至注辇话，倒还不那么稀奇的。"

监工哈哈一笑："惭愧惭愧，我反正是一样都不会，也分辨不清。要不，我喊阿契出来，拜见您一下？"陈云卿连忙摆手："不不不，那倒不可如此，唐突得很。此事，您也不必向她提起。"监工点着头："好好好。"

从绫锦院归来，陈云卿便将事情告诉了王建成。王建成有些诧异："这沈阿契是赵府四姨娘的外甥女？"陈云卿道："是的。据洪公公说，沈阿契的母亲是四姨娘的姐姐。"

此时，沈阿契的母亲并不知道自己突然有了一个叫林四娘的亲戚。在谷桑林的小平房里，吃过晚饭，她照例弯着腰收拾碗筷："很快就是正月初六了，大过年的，我要进城去，带老五去抓春牛。"

沈楚略坐着出神，没回答。沈林氏问："你听见没有？"沈楚略"嗯嗯"两声，道："那要很早，不然赶不及。"沈林氏道："那卢彦没看上老五，真就送去了那个什么、什么绫锦院做女工。唉，老五跟老三确实不能比。"沈楚略绷着脸不说话。

沈林氏又念叨："你听见了没有？"沈楚略皱起眉头："你知道啥？那绫锦院是个好地方，替宫里做针线。"沈林氏说："我不知道。我只知道，卢彦没看上老五，咱家谷桑林这笔账，也不知道

怎么个了结法。"沈楚略转过脸去，不说话。沈林氏道："我带老五去抓春牛。我要是抓住了，就盼着这谷桑林能早点变成钱，咱们这罪也就受完了。她要是抓住了，就盼她嫁个好人家，得些彩礼，贴补一下谷桑林这笔账。"

沈楚略说："这事儿现在不好办。总不能一找婆家，先开口跟婆家要钱赎人吧？要真是这样，跟咱家就没什么关系了，只能算是人家花钱跟卢家买个丫头。"沈林氏道："那怎么办？卢彦要是没看上老五，那把老五要回来，咱们另行聘嫁呀。"沈楚略烦恼得很："要回来？现在也不好去要回来。"

沈林氏不断地问："那怎么办？怎么办？"沈楚略道："怎么办？我要是有办法都不至于这样卖儿卖女。正经路子，要是我有了钱，把钱还他，那他也就明白了。"

冬将尽，三个礼官在衙署里商量着正月初六打春的事。

老孙问："今年打春，谁做农夫啊？"老韩摇着头笑了起来："做农夫是个力气活啊。去年王强做农夫，差点儿没被人当春牛一起撕了。前年张伟做农夫，被挤到差点儿从车上摔下来，两边的侍卫愣给举回去。他年纪又大，脸都吓白了。五彩牛鞭绳都被挤掉了，找不回来。"

老孙道："咱们礼部都是年龄偏大的老儒，算来算去，只能是陈云峰去做农夫了。"老姜说："陈云峰也是文的，斯文瘦弱，平日里吵架都不会。那个场面，整个土牛都被众人涌上来抓，农夫就在紧跟土牛担架的位置。我担心陈云峰经不住那个场面呢，最好找个武的。"

老孙道："哪来武的？农夫没有别人了，就陈云峰，数他年轻了。我去跟他说说。"

打春（完整版）·上册

152

礼部衙署走廊里，老孙拦住陈云峰把事情说了。陈云峰有些惊讶："我？"老孙问："怎么样？行不行？"陈云峰笑了笑："行。"老孙搂住他肩膀："好，爽快。走，咱们先去太常寺看看春牛的担架和农夫的犁车。"

二人到了太常寺迎春殿，太常寺公人便迎了过来。陈云峰见殿中摆着一只土牛，栩栩如生，昂首阔步，不禁脸上微微一笑。

太常寺公人在春牛和木架子边比划着："这是担春牛的木架子。到时候春牛整个儿放在上面，八个壮汉抬着，每过一条街换一批人。春牛后面连着的是这架犁车。犁车上面这个位置，坐的是农夫。"他说着，望向陈云峰："也就是陈大人您。"陈云峰点了点头。

公人又道："犁车下面是有轮子的，但前后仍各有四人推车、八人护卫。犁车是敞开的，农夫在上面要做的事就是拿着农鞭鞭打春牛。看起来简单，但由于一路都是人群涌涌，老百姓都抢着爬上来抓春牛，这个活儿也不简单。"

他说着，转身从贡台上取下五彩农鞭递给陈云峰："陈大人您看，这就是五彩农鞭。五彩，代表五谷。"

陈云峰接过农鞭，细细看了。

太常寺公人又说："春牛巡游的路线是固定的。一出门，就会有一人群人涌上来抓春牛，直到巡游结束，回到太常寺。所以，您要控制好，不能在一开始就让春牛被抢光。"陈云峰专注地点着头。公人道："既要在回到太常寺的时候，春牛尚存基本形体，又不能不让老百姓涌上来抓春土。所谓与民同乐，就是要让他们或多或少能抓到一点儿，一抔、一撮，多少都是祝福跟喜气。"

陈云峰道："确实如此。"

太常寺公人又指着陈云峰手上的五彩农鞭："这个，人太多，场面太失控的时候，可以用来拨开人群，但是又不能打到老百姓，所以要控制好手法跟角度。"公人拿起农鞭做了个示范："这样，这样，您看看顺不顺手？"

陈云峰接过农鞭模仿了一下动作："这样，这样，是吗？"公人道："可以，您再熟悉一下，揣摩揣摩。"

离了太常寺，陈云峰又与礼官老孙、老韩骑着马上街，走了一遍春牛巡游路线。

老孙指着街边一处渡口："这里也是春牛巡游队伍经过的地方，近着水边，全部要围起来，加强防卫，不要发生百姓落水的情况。"老韩领命："是。"老孙转向陈云峰："这个位置你也要注意，注意自己的安全，还有人群引导，不要在这里攀爬得太凶。"陈云峰称："是。"

三人又骑马走到一处街巷，两边都是三层楼的店铺。老孙指着二层楼高的彩楼欢门："去年在这彩楼欢门上，爬着一些看热闹的小厮。有几个直接从上面跳下来，跳到犁车上抓土牛。"他说着看了陈云峰一眼，陈云峰笑了笑。

老孙摇着头："去年是万幸没出事。今年一定要让差役提前防卫，彩楼欢门上一律不准有人。这也是为他们好。摔死了算谁的？"老韩又领命："是。"

初六日终于来了。天未亮时，陈云峰便到太常寺殿后装扮。两个老师傅为他换上农夫的衣服，又在他脸上一通敷粉施朱。陈云峰渐渐被装扮成农夫模样。老孙进来，看了看他，笑了："不错，很好，扮相是俊的。除了不像个农夫。"陈云峰笑了："那像什么？"老孙拈了拈须："当然是像我们礼部的人了。"

土牛示候，稼穑将兴。

话说这打春，自大宋开国以来每年都有一回，意指鞭打春牛。这是皇帝跟百官都要参加的盛典，宣告春耕开始，祈祷一年大丰收。

打春的时候，惊蛰还在远方。虽然远，但是广阔无垠的大地上已扫清障碍，无忧无虑。雷的微响恍若梦里，在初生的草叶与露珠间极速飞越，令人无暇细看，也来不及记忆。

风在一只斑斓的草虫跟前戛然而止，停留在它紧贴土壤的细足和腹部。两扇和泥巴一样灰，只有指甲大小的毛绒翅膀颤动了，开启了云层的阀门，泻下犇腾的烟雾。

节律，是万物与生俱来的脾气。

深夜，小雨点在滴答滴答地赶路，忽快忽慢，却不曾乱了旋律。年岁漫长，月亮经得住手指的仰望，拨得开云层的阴影，宠辱不惊，圆缺有度，万古不损。海浪朝而为潮，夕而为汐，浩浩荡荡，气势磅礴，却在一进一退中收放自如。信风有信，准确如人们一吐一纳的呼吸，催促着大海永不停歇奔跑的脚步。

每一棵禾苗都在排兵布阵，不疏不密，纵横如机杼上的经纬。它们在回暖的温度中悄然勃发，做好了让砂砾发出惊叹的准备。

母亲们手中的木梭不曾被抹去年轮的记忆，包括树冠伸向云端攀接阳光的信念，包括树根深扎大地探索水源的努力。于是，木梭们画出了天边的云锦。

还有那粉身碎骨的瓷土，在烈火中凝炼，只为涅槃成玉——一个高贵的来生。

血脉如潮汐，你以为它悄无声息？当你枕住自己的头颅，一个空响就可以听见潮起潮落的声音。斑斓的海螺壳在浮沫上小憩，跟

你开玩笑，说那是它藏住了好几个大洋。

耕耘是收获之始，也是丰收的因。它是一种盼头。尽管东京城里，真正务农的人并不多，但是大家都跟着春牛跑，争抢着上前去摸一把春牛。要是能从土牛身上抓到一丁点儿土，那就是一个所求皆如愿的好意头。

朱雀大街的高台上，皇帝远远地望着巡游队伍。陈弘祚站在高台一侧，用唱腔高声念着祷文："五谷丰登，百业兴旺；庶民富裕，天下太平……"

东京街头，陈云峰扮成农夫站在犁车后，手里拿着五彩农鞭鞭打春牛。众百姓争相挤出人群抓摸春牛。陈云卿、陈云海在人群中看着仪仗队，满脸兴奋的笑容。陈云海叫着："看！阿峰在那里，十九，你看！"陈云卿挥着手喊："峰哥！峰哥！"陈云峰看了两兄弟一眼，忙又专注于周围推推搡搡的人群，神色有些许紧张。陈云海向陈云卿笑道："哈哈哈，你看那小子。"

沈阿契在人群中被挤得晕头转向，又被路人推了一下，后背便撞到陈云卿。云卿转身看见阿契的背影，而她却又被路人挤开了。她被挤得趔趔趄趄，站立不稳，云卿忙用后背替她挡住人群。阿契没有转头，被人群裹挟着又走了。

春牛巡游队伍到了彩楼欢门下，沈阿契终于从正面看见了犁车上的陈云峰。他有一张化了妆的奇怪油脸。阿契偷偷一笑，脸上现出饶有兴致的神色，又向犁车挤了过去。

陈云峰看见了人群中几被挤倒的沈阿契，却无暇顾及。队伍很快到了渡口边，阿契仍在人群中被拥来挤去，且已靠近水边了。陈云峰急了，忙挥起农鞭佯装要鞭打春牛，却向挤着阿契的人群挥了过去。那群人终于躲开了，沈阿契受惊地捂着胸口，喘了喘气。

此时，沈林氏在人群中也找不着阿契了，便叫："老五！老五！跑去哪儿了？这个反骨的。"她四处张望，却到处是人。就听人们喊着："春牛来了，在那里！"沈林氏顾不上找阿契了，只是奋尽全力拨开人群冲向春牛——她终于抓到春土了！

那木架子上的土塑春牛已是变得坑坑洼洼。

沈林氏看着手中泥土，十分兴奋："我抓到了！楮币监一定能够开得起来，谷桑林的事情一定会顺利的。"

再说阿契看够了农夫，也开始找沈林氏了："阿婶，阿婶你在哪里？"

王建成忽瞥见人群中逆流行走、跌跌撞撞的沈阿契，忙把她推转身："往前走，不能逆着人流。"她顺从地往前走去，回头看了王建成一眼。

不多会儿，春牛的仪仗远去了，人流也被带走，人群变得稀松。王建成和阿契在街边站住了。王建成道："人多的时候，千万别往回走，也不能停下来，只能顺着人流往前走，不然你这种小丫头片子会被踩扁的。"阿契点点头："谢谢老伯。我和我母亲走散了，我在找她。"王建成道："那也要等人群散一散再找。"

说话间，沈林氏满脸红光地跑来："老五！你在这儿啊。"阿契叫："阿婶，您去哪儿了？"沈林氏只问："你抓到牛没有啊？"阿契摇头："没有，我找不到您，就没心情去抓春牛了。"

沈林氏一脸失望，又伸手向阿契展示自己拳头里的泥土："我都抓到了，你倒是没抓到。"王建成呵呵笑起来："这有什么要紧？要多少我给你弄去。"沈林氏道："哎呀老伯，那春牛都抬回太常寺了，人都散开了，哪里还能有？"王建成说："走，跟我走。"

他领着沈家母女走进太常寺侧巷。那是一条深巷，连着迎春殿和空院子。他敲了敲小侧门，门就开了。他又引着沈家母女走进迎春殿里。

春牛狰狞的残骸摆在殿里。坐在台阶上的高老头起身，向王建成行礼："王大人。"王建成说："高老头儿，给我一把春土。"高老头取出一只巴掌大小的红色粗布袋，到土牛身上刮下泥来，精精致致地装好，递给王建成。王建成示意地看了看阿契，高老头便把红袋子递给她。王建成道："这春土装得是越来越讲究了。"高老头笑着："都是大人们关照。"

阿契从红袋子里握出一小拳春土，放到王建成手中："这个是您的。"王建成伸手接了，笑了笑："这春土是许愿的，我都五十几了，是个过气的人，不需要啦。"阿契笑道："打春就是盼头，希望还是要有的。"王建成道："那谢谢你啦。"

出了太常寺街口，王建成问阿契："这春土是许愿的，你想许什么愿哪？"阿契摇摇头："我也不知道许什么愿。"沈林氏道："你一个人在城里做工，那个卢彦对你的事情又不上心，最好能得一个好女婿，我也就放心了。"王建成哈哈笑道："好，月老我来做，包在我身上。"阿契噘起嘴看着沈林氏，沈林氏却满脸欢喜。

一时走到潘楼街口，王建成道："我到家啦。丫头，你真不记得我啦？上次我们见过呢，在赵鉴清家。"阿契点点头，忍不住要笑，却不言语。

王建成往街对面一指："从这条街走到头，就是我家。我姓王，王建成，老王。你要是有事情找我，跟看门儿的说你是绫锦院的工匠。他会让你进来的。"阿契一愣："您怎么知道我是绫锦院的工匠？"王建成不回答，走过街对面去了。

打春（完整版）· 上册

庄生晓梦，望帝春心

　　陈云峰手里拿着五彩农鞭，一身农夫装扮回到家里。一进庭院，云卿便笑着迎上来："峰哥，你回来了。"云峰边走边叫道："半夜搞到现在，累啊。"云卿跟着他："回房把衣服换了，好好歇歇。"云峰停下脚步："十九，我上次跟你说的事情，考虑得怎么样了？"

　　云卿问："什么事情？"陈云峰道："离开三司，到礼部来吧。"云卿迟疑着："这……"陈云峰道："你那个老师现在在朝中什么情况你也知道，天天让人逗着玩。为了拆白矾楼跟一帮歌儿舞女闹到朱雀大街的事情，大家是天天当笑话讲。况且他五十好几了，离致仕也不远了，就算官场沉浮，再浮起来的可能性有多大？你跟着他终究不是事儿。"

云卿道："峰哥，你不了解老师。"陈云峰又说："三司现在嘛，就算你直接跟着赵鉴清也不好。我不说你也知道。"云卿叫道："峰哥……"

陈云峰把五彩农鞭往他手上一扔，他接住了。云峰道："明年打春，我若出蕃了，希望这根五彩农鞭还在咱们陈家人手上。你好好想想，但是不要想太久。"言罢转身离去。

绫锦院小厅中，陈云峰将一本册子递给监工："洪公公，这是礼部编订的朝服制式。这一本是给绫锦院的。"监工接过："多谢陈大人！"

陈云峰送完朝服制式便起身告辞。

出了小厅，云峰忽觉身后走廊似乎有人。那个人踮着脚尖偷偷跟着，边跟还边偷笑。他放慢脚步，那个人也放慢脚步，一只玉石禁步在裙脚边摇摆。陈云峰突然回过头来，那人躲避不及，甚至有些惊慌。

这人正是沈阿契。

陈云峰盯着她："你跟着我干吗？"阿契掩嘴而笑："我见过你。"陈云峰打量着她：身子柔弱有态，五官立体精致，脸蛋有些干燥龟裂，眼神羞羞怯怯的，笑起来又纯又甜。陈云峰笑了笑："我们认识吗？"

阿契道："你就是春牛后面那个农夫！"陈云峰这才释然："原来是在这儿见过？"心中又想："是个小孩子，见是那个农夫便如此好奇。"阿契还在点着头回答："嗯。"陈云峰又问："你是谁家的孩子？"阿契一时语塞："我……"陈云峰问："不方便说？"阿契道："我是我家的孩子。"说着扭头跑了。

陈云峰望着她的背影，就见监工出来了。云峰问："洪公公，刚才那位小娘子是？"监工道："她是卢彦卢大官人荐过来画图样的。她叫沈阿契。"陈云峰重复着："阿契？好奇怪的名字。"

陈云峰出了绫锦院，忽停下脚步，想了想又往回走。监工在小厅中见他回来，问道："陈大人，您又回来了，有事情吩咐？"陈云峰笑了笑："岂敢岂敢。我想问问，您说那位叫沈阿契的小娘子，她是卢彦推荐过来绫锦院的？"监工道："正是。"陈云峰问："哪个卢彦？可是捐了殿直的进纳官卢彦？就是那个，拜在赵鉴清赵大人门下的卢彦？"监工道："正是他。"陈云峰点着头："哦，多谢洪公公。"

回到家中，陈云峰想起沈阿契，竟在书房提笔落墨，把她画了出来。他在窗前对着画像看了又看。画上女子的服饰发髻与阿契一致，只是五官未曾点睛。陈云峰停下笔，望着窗外竹子，心中暗道："从未见过那么清澈的眼神，就像一个孩子。可惜我就要出蕃①去了。"

他把笔搁下，在书房内来回走了两圈，却最终还是到卢彦府上来了。卢彦不在家中，家中却迎来了"知道"，但"没打过交道"的客人陈云峰。

---

① 据中国海事局组织编撰的《中国海员史》，第46页，北宋时期海外招商活动并非某个统治者的一时之举，而是延续的和连贯的，并且理解逐步加深，措施逐步完善。例如，宋太宗"雍熙四年五月，遣内侍八人，赍敕书金帛，分四纲各往海南诸蕃国，勾招进奉，博买香药、犀、牙、真珠、龙脑，每纲赍空名诏书三道，于所至处赐之"。至宋神宗，他认为航海贸易不仅可以"岁获厚利"，而且能"兼使外蕃辐辏中国"，即在经济和政治上达到双赢，因此要求臣下"创法讲求"，以更深入地发展海外贸易。《宋会要辑稿》职官四四之二、《续资治通鉴长编拾补》卷五有相关记载。

家仆在厅中摆茶，杜彩织就走了出来。陈云峰向杜彩织作揖行礼："卢夫人有礼。"杜彩织还礼："陈大人万福。"

陈云峰问："卢大官人可在家中？"杜彩织道："他恰不在家中。陈大人可有什么事？"陈云峰笑道："云峰失礼了。前日在绫锦院见到一位叫沈阿契的小娘子，是卢大官人推荐去绫锦院作画的。敢问这位沈娘子可是卢府千金？"

杜彩织冷冷一笑："您都说了是沈娘子，怎么会是卢府千金？"陈云峰有些尴尬："哦，呵，云峰失礼了。那这位沈娘子可是贵府宝眷？"杜彩织道："她是我买来备做小妾的，刚从岭南来京。"

陈云峰脸上的笑容顿时尽皆流失："原来是卢大官人的爱妾。"杜彩织道："只因她年纪尚小，未曾收房，在家中又很淘气，便暂时遣去绫锦院。"又问："您有什么事吗？可是沈阿契在外闯祸？"陈云峰满脸热辣辣的："哦，没有，没有什么事。"

陈云峰讪讪回到家来，又是临窗作画。朱红色的笔尖在沈阿契画像上点了点嘴唇。他想："她刚从岭南来京？听说岭南湿润，气候又热。估计她没吹过京城的大冷风，脸蛋儿都干裂了，也不施胭脂水粉的吗？"他想着，便将笔在笔洗里一点，红红的胭脂色一圈一圈在水中晕染开来。淡红色的笔端在画像的脸颊上抹出两抹胭脂。

绫锦院走廊里，陈云峰在一排打开的窗子前停下脚步。他看到窗内，沈阿契正坐在众画师中间，提笔画着绣品的图案。他紧了紧手中的胭脂盒，思量道："她毕竟是别人买来要做姬妾的，我这样做有违礼数。不如干脆就打开天窗说亮话。"

陈云峰转身离去，又到卢家商行访卢彦。卢彦拱手将他迎入房中："陈大人里边请。前日听拙荆说，您到过家中，可惜我不在。"陈云峰道："正是，失礼了。"卢彦问："陈大人可有什么指教？"

陈云峰笑道："惭愧，那在下就开门见山。卢大官人府上有一美姬沈氏，是卢夫人为您备纳之妾，现在绫锦院的。"卢彦急忙张嘴要解释："啊？这……"陈云峰又道："不知卢大官人肯否割爱？在下自内人谢世，今已数载，有续弦之意。如您愿意割爱，在下自当厚备聘礼送至府上，迎沈氏为正室！"

卢彦有些着急："您误会了，陈大人。"陈云峰不解："误会了？"卢彦笑道："您所说的是沈阿契？纳妾之事，只是内人的想法，并非实情。"陈云峰更不解："这……"卢彦道："沈家欠着我家一笔钱，许久未还，故内人与阿契的母亲作此一说。然而一码归一码，那笔钱原是多年前我借给阿契的父亲的，并没约定是她的卖身钱。"陈云峰松了口气："哦。"卢彦道："您若有此美意，可以直接到沈家提亲的。"

陈云峰大喜，回到家中即寻来媒人，遣去沈家说亲。

媒人寻访到谷桑林来，将缘由一说，沈楚略却有些无奈："婆婆所说，这位陈家二公子的美意我们心领了。只是小女已经许给了卢家，岂可再许别家？"媒人点着头："哦，原来已经许给卢家？"沈楚略点着头："正是。"媒人道："那好，老身这就去回了陈家二公子。"

沈楚略道："辛苦婆婆跑这一趟了。"

媒人将沈楚略所说，对陈云峰讲了。陈云峰的心又掉了下去："什么？沈娘子许给了卢家？沈家的人是这么说的？"媒人道："正是的，名花有主，老身无能为力，有负重托。"

第六章 庄生晓梦，望帝春心

陈云峰心想："卢家跟沈家的说法都不一样，到底谁是真谁是假？或是卢彦不肯，找个托辞罢了！也罢，我也快要出蕃去了。"他想着，微皱眉头，一声叹息。

卢彦为着陈云峰的来访，也有些犯嘀咕，便将阿契从绫锦院叫到商行来问话："阿契，最近在绫锦院可认识了些什么人？"阿契摇头："没认识什么人。"卢彦问："可认识一个叫陈云峰的人？"阿契摇头道："不认识。"

卢彦笑了起来："阿契，有个人来提亲。"阿契一脸困惑："啊？提谁？"卢彦道："提你。"阿契一听，红着脸忙低下头。卢彦又说："但是他有三个孩子，过门是做续弦，三个孩子的后娘，你愿不愿意？"阿契摇着头。卢彦笑了笑："那就行，我也觉得不好。没什么事了，你回去吧。"

沈阿契红着脸转身走了。

街道司后园里，桃树新发，叶绿花红。陈云卿站在走廊上，隔着栏杆张望桃树，有些出神。王建成走到他身后："云卿啊，你有心事？"陈云卿摇了摇头。

王建成笑道："想媳妇了？诶，我给你介绍一个怎么样？"云卿笑了笑："老师今天心情不错。"王建成哈哈一笑："这心情，还有什么好对错的？怎么样？听说你不用出蕃了，不用担心耽误佳人了，放心大胆地娶一个呗？"

这时，邢风急匆匆走来："老师，打听出来了，那天朱雀门闹事那帮女人，为首的叫柳如烟，是个唱曲儿的。"王建成笑了起来："哎呀，前些天赵鉴清已经不打自招告诉我了。"

邢风有些意外："啊？"王建成问："还打听到什么？这个柳如烟是谁的相好？不会是赵鉴清吧？"邢风说："那倒不像。我估计，是赵鉴清底下不知谁出的馊主意。"王建成道："他那里不缺这样的人。"

邢风问："那这楼还拆不拆？"

陈云卿道："当然不拆。咱们就天天虚张声势，让赵鉴清高兴去，以为我们都在为拆不了楼而焦头烂额。"邢风默契地朝陈云卿笑了笑："然后，咱们干咱们的。"陈云卿一拍手："对。"

自初六日"打春"之后，沈林氏又到绫锦院来探望阿契。

房里没别人，沈林氏便道："在绫锦院做那么久了，也不见你拿钱回家？东京的开销那么大吗？"阿契道："东京的开销是很大，但是我没有开销，因为绫锦院管吃管住，发的工钱都花不着。"沈林氏生气了："小小年纪为什么自己攒钱？家里欠一屁股债，过的都是什么日子难道你不知道吗？"

阿契道："我想把咱们家欠卢彦的钱还了。"沈林氏说："还谁不用你管，钱是你阿叔借的，他自己会主张。"阿契问："那为什么不把卢彦的还了？"沈林氏道："卢彦叫你阿叔先还别人的。"

沈阿契赌气别过脸去。沈林氏更生气了："你真是跟老二一模一样！还不如老三呢！我也不在你这里住了，我现在就雇条小毛驴回谷桑林去。"她说着，方着个脸一扭身就走了。阿契怔了怔，望着空荡荡的房门口泪流满面。

晚上，胖姑姑见阿契房里灯亮着，就进来瞧。此时阿契正在桌子上摆着一吊吊钱，念念有词地数着。

胖姑姑"扑哧"一笑："天天数钱。"阿契叹道："还不够数赎回我自己。唉，姑姑，您能再替我介绍点儿活儿吗？"胖姑姑道："还做私活儿呀？上次闹出那么大动静，大家都不敢接了。我

也不敢替你介绍了。我劝你消停一阵。"

阿契道："那怎么办？不做私活，绫锦院给的月钱是固定的，我只能一个月一个月地等了。"胖姑姑道："诶，你把钱拿去生利吧。你拿去放给做质押典当的解库[1]生利稳妥些。虽然利钱不高，但是稳；要是直接借贷出去，利钱虽然高一些，但是不靠谱的人多，就怕拿不回本钱。"阿契点点头："好，我明天就去解库。"说着把钱收起来。

胖姑姑又问："上次不是听你说攒得差不多了吗？怎么好像又短了一样？"阿契道："我四哥来京了，我给他了。"胖姑姑摇着头："你呀，既然这样，就急不来咯。"

天亮了，王建成的家仆常满造访了绫锦院。监工叫道："哟，常满来了。"常满忙行礼："洪公公早，是王建成王大人让我来的，有这么一桩事儿，见见沈阿契沈娘子。"监工问："何事？"常满凑近前去，向监工窃窃私语。

监工哈哈大笑："好事儿呀，王大人要当月老。您先在此喝喝菊花茶，稍等片刻。我看看沈娘子的意思。"

监工到了走廊外，往窗户内望了望，见画室里众画工都在，唯独沈阿契的座位上空空如也。胖姑姑忙从后赶来。监工问："阿契呢？"胖姑姑解释道："她去一趟斜对门的解库，马上回来。"监工脸色一沉，胖姑姑只得赔着笑。

便见沈阿契气喘吁吁地跑来，向监工行礼道："大人，我刚刚走开了一下。"监工脸上转笑："哦，没事没事，别跑那么急。你

---

① 解库：据邓高峰《宋代的金融》，《清明上河图》上的"解"字大招牌即是解库。

跟我出来一下。"阿契满脸惴惴不安，回头看了胖姑姑一眼。

监工将沈阿契带到自己房中，问："王建成王大人你认识？"阿契点点头。监工道："他要给你说亲。"阿契又点着头："王大人有说过的。"监工问："你父母呢？"阿契说："我母亲知道的。"监工道："好。媒人已经来了，在外头呢。"

沈阿契却又道："但是……"监工问："有为难之处？"阿契说："但是我并非自由之身，恐怕不能自行聘嫁。我父母欠了卢大官人一笔债，我现在是卢家的人。"

监工有些惊讶："卢彦？"阿契点点头。监工道："怪不得每次都是卢爷送了来。那你现在是卢家的？"阿契忙解释："丫鬟，只是小丫鬟。"监工止住了她："好好好，明白。"又叹道："可惜啊，那也没办法了。我去回了王家的人。"

沈阿契一把拉住监工："大人，再过不久，我，哦不，我家就可以筹够赎我的钱！"监工停住脚步，问："你的赎身钱是多少？"阿契道："一百二十贯。"监工点点头："明白了。"

常满在绫锦院内厅候着，就见监工出来了。监工叫："常满呀。"常满问："洪公公，怎么样呢？"监工笑道："好事多磨呀。"常满问："却是为何？"监工才将缘故与他说了。

常满听了，回到王宅就将难处告诉了王建成。

恰书房中，陈云卿、邢风都在。邢风便道："这并不是什么难处，一百二十贯，把人赎过来就是。"又对陈云卿说："只是，这女子不是个好女子。头一遭见媒人就要钱，你真要娶她为妻？"

常满忙解释："邢爷，我说一下，这赎身钱不是沈娘子说的。小人也没见着沈娘子。这些底细都是洪公公说给小人听的，洪公公还是信得过的。"

第六章

庄生晓梦，望帝春心

王建成道：“不管怎么样，沈阿契和四姨娘，和赵府关系密切。四姨娘对她很信任，咱们得把她争取过来，变成我们的人。”说着拍了拍陈云卿肩膀：“她可是我的救命恩人哪。”

陈云卿眉头微微皱起：“老师，您是什么意思？您是要我娶妻，还是要我通过沈阿契挖出赵府底细？”

邢风对陈云卿说：“诶，你娶不娶她是另外一回事，关键是让她认识你，喜欢你，信任你，把她知道的告诉你。”陈云卿恼了：“邢师兄，我不干这样的事！”

王建成呵呵笑着：“云卿，别急别急。咱们不害沈阿契，不害她。只是对她动之以情，晓之以理，让她帮助我们哪，为民除害。”

陈云卿叫着：“老师！”邢风又向云卿道：“别磨叽了。四姨娘有问题，不是你自己说的吗？你要是心疼沈娘子，以后就对她好一点。”王建成看了看冷着脸的陈云卿，只好又道：“云卿，不愿意就算了，老师不逼你。”

回到家中，陈云卿径直来到陈云峰书房：“峰哥，峰哥！”云峰问：“怎么了？”云卿道：“我听你的，我去礼部！”云峰有些意外：“这是突然间怎么了？好啊。”

云卿沉默不语。

翌日，陈云卿进了街道司议事厅，见王建成坐在上首，邢风立于一旁，便跪到老师跟前磕头。

王建成怪道：“你这是怎么了？”云卿道：“老师，云卿今日来辞别老师。学生要走了。”王建成问：“走？走去哪里？”云卿道：“家中长辈要我去礼部。”邢风急了：“云卿，你，咱们师兄弟跟随老师多少年了，从小到大情同手足，你怎么说走就走？”

打春
（完整版）·上册

云卿道："长辈之命，也没办法。"邢风拉起他来，问："你是不是因为沈阿契的事情跟我和老师赌气？不干就不干，你不要走。去什么礼部？咱们做了一半的事情，都丢开手了吗？'钱荒'怎么办？'钱匦'怎么办？'铜钱监'怎么办？'楮币监'呢？"陈云卿没有回答。

邢风度了度他神色，道："果然是因为沈阿契。你不愿意就算了，咱们找另外一个人。"云卿猛然抬头："不找沈阿契了？"

邢风道："当然找沈阿契，是不找你。"云卿恼了："你！你找谁？你又要找谁去伤害她、欺骗她、利用她？"邢风冷冷道："不知道，找到合适的人为止，也许是我！"

陈云卿抓住邢风衣领："我不许你这么干！"

王建成劝道："好啦，云卿，别把事情想得那么坏。也许，沈阿契只是四姨娘一个并不知情的远房亲戚呢？咱们不是不了解情况嘛。"

陈云卿又跪下："老师，您放过沈阿契吧。您看，她是卢家的丫鬟，绫锦院的女工，她能知道什么呢？不过是贫在闹市无人识，富在深山有远亲，她能是赵鉴清什么亲戚呢？"

王建成拉起他来，说道："起来，不害她，不害她。"陈云卿道："老师，您说过，她是您的救命恩人哪！"

邢风只问云卿："老师的救命恩人现在被父母卖为奴婢了。怎么样？是你赎还是我赎呀？你赎，是你的人；我赎，可就是我的了。"陈云卿怒向邢风："你！"王建成忙拦住师兄弟二人，道："我赎，我去找卢彦说这件事。"

王建成不久便造访了卢家商号。一听来意，卢彦顿觉疑惑："赎沈阿契？"王建成道："正是，不知卢大官人能否割爱啊？"

卢彦笑了笑："王大人莫不是有什么误会？沈阿契的父亲是我的结义大哥，我是她叔父。他父亲向我借了一笔钱做生意，这是常事，并没有将女儿卖人的。王大人不要胡说，坏了我侄女名声。"

王建成道："哦，原来如此，那确实是误会。"说罢端起茶盅，又停住了，解释道："卢大官人，其实是这样的。此来是替我一个学生做媒求娶沈娘子的。没办法，一日为师，终身为父。"

卢彦问："您的哪一位高徒见过阿契？"王建成答："陈云卿，就是陈弘祚的侄子，陈云峰的堂弟。"

卢彦点点头："哦，听过。"又沉吟道："只是，不合适啊，门不当户不对啊。陈家是高门大第，沈家普普通通的，不合适。"王建成道："诶，沈家不普通，跟赵鉴清赵大人是姻亲呢。您不会不知道吧？四姨娘呀。"卢彦笑了笑，转而板起脸来："王大人既然知道沈家和赵府有姻亲，为什么还要做这个媒呢？不怕您恼，世人都知道您和赵大人不对付，您应该反对您的学生娶这门亲才对啊。"

王建成呵呵笑着："冤家宜解不宜结嘛。"卢彦冷冷道："我看还是不合适。天下女子多的是，您替别人做媒去吧。"王建成恼了："卢彦，你小子看不起老夫！"

卢彦笑了起来："怎么，您还能强抢民女不成？"王建成道："你也说了，她父母并不曾卖女儿的，那我就只和她父母说去。她父母若是答应了，你这个不咸不淡的叔父，就没有说话的份儿了吧？"说罢起身离去。

卢彦一脸担忧，对门外喊："阿水，阿水！"

阿水从商号伙计房里跑了过来。卢彦道："你现在去绫锦院，把沈娘子接回府。"阿水应道："是。"

卢彦回到家中不多久，阿水就把沈阿契接回来了。阿契进了卢彦书房，卢彦问她："阿契，你是不是认识一个叫王建成的老头？"阿契点头道："嗯，在四姨家见到的。"卢彦说："这个王建成，他是个坏人，你离他远远的。他还要给你说亲，你不要理他。"

阿契说："可是，我救过他的命，他怎么可能害我呢？再说，我看他也不像个坏人。"卢彦恼道："他就是个坏人！"又问阿契："回家里来好不好？不要待在绫锦院了。"

此时，杜彩织忽推门进来，手里端着个食盘。食盘里放着两碗鹌鹑馄饨儿汤，汤上冒着热气。杜彩织道："怕你们饿了，做了两碗馄饨儿汤。"

卢彦和沈阿契瞬间都沉默了，没有说话。

杜彩织把东西放下，自己没意思地笑了笑，又道："哦，卢震最近做功课又犯懒，不知道跑哪儿玩去了，我得去找找。"说罢转身离去，把书房的门狠狠关上，一声大响。

卢彦又接着问沈阿契："好不好？"阿契爽利地回答："不好。"卢彦问："为什么？"阿契道："不去绫锦院，待在这里，我怎么挣钱？我不挣钱怎么替父母还清您的债？"卢彦道："你胡说什么？都叫你不要管债务的事情，你不用操这个心。"

阿契只道："我该回去了，离开太久，监工大人会不高兴的。"卢彦道："行，你先回去吧。但是你记住，离王建成远一点。他们的世界太复杂，连我都把握不了，你不要掺和进去。我没有吓唬你，当年他打川陕四路，从来没有手软过！"

书房里，王建成望着满月窗出神。月亮在竹梢上。竹梢随风摇摆，仿佛要擦拭掉月面的污渍。王建成回想起战场上厮杀的一幕

庄生晓梦，望帝春心

第六章

幕，心中喃喃道："当年我打川陕四路，从来没有手软过。这卢彦，想法、主张，明明和我都是一样的，见到我却跟见到鬼一样，唉。"就听常满道："大人，很晚了，您该歇息了。"

围墙外传来打更声。王建成道："这卢彦是四川人。常满啊，你说四川人是不是都恨我？"

常满道："恰恰相反，大人。恨您的是反贼，不是四川人。作为老百姓，没有谁是喜欢乱世的，大家都愿意平平安安地过日子。您平定了反贼，这么多年川陕四路太平无事，经商的经商，务农的务农，他们为什么要恨您？"王建成道："当年反贼闹事，虽然也有蜀国遗孽作祟，但更多是因为'钱荒'。回来之后，我第一件事就是上书请求解决'钱荒'的事情。常满啊，虽然我能打仗，但是我不想打。打仗，是要死很多人的。"常满道："大人，我知道。"

王建成说："所以只要能解决问题，只要是比打仗更好的办法，都能用，都得用。你说，卢彦能明白吗？云卿能明白吗？"

常满说："大人哪，他们会明白的。"

第二天，常满领王建成之命，又跑了趟谷桑林沈家。回来之后，常满满脸笑容："大人，妥了，妥了。"王建成问："妥了？"常满道："小人去往南郊谷桑林沈家，把事情一说，沈家父母欢天喜地的，没有不应允的。他们说了，只要把沈家欠卢家的钱还清了，把沈娘子赎出来就行。"

陈云卿在一旁听着，满脸阴沉。

邢风看了看他："怎么？你不愿意？"云卿冷冷道："我愿意。"

就这样，陈云卿又决定继续留在王建成身边。陈云峰对他的态度反复感到很生气："什么？说得好好的，你又不来礼部了？"云卿低下头："对不起，峰哥。"陈云峰道："你到底要什么时候才能听得进去？王建成有什么好？"云卿只道："峰哥，你不了解老师。"陈云峰拍了拍桌子："我看，我是不了解你。"

对于王建成这个执着的"月老"，卢彦想想就心堵。他登了王家的门，对王建成说："王大人，您突然想起来要当月老，这事儿很奇怪啊。"王建成问："哪里奇怪了？"

卢彦道："门不当户不对的，我不知道您想干啥。一来，阿契不是什么倾国倾城之貌，二来，人也不机灵，蠢蠢笨笨的。您到底是怎么留意到她的？您这么执着又是为何？我相信，陈家公子有大把女子可以挑选。您为什么非要盯着沈阿契不放？"

王建成道："嗨，你想多了。我这么执意，只是因为我觉得沈阿契这孩子不错，跟我的学生很般配。"卢彦笑了："对我，您就不必说这些虚的了。我只告诉你，你要是敢伤害她，我就跟你拼命！虽然她跟赵家沾亲带故，但是这么本分的女子，她是办不成什么事的。王大人还是给别人做媒去吧！"

王建成笑了起来："卢彦，你是不是自己有什么想法？你是不是想把人给自己留着呀？"卢彦一脸冷冷的："你莫胡说。"王建成呵呵笑道："不是就好，我是要把阿契聘出去做原配夫人的，就是品官诰命也做得，不能给一个商人做小。"

卢彦冷笑着，从衣袖内掏出一纸文书，往王建成面前一展："我怕阿契伤心，从没给外人看过这个。对外也只是把她认作侄女，既舍不得碰她一下，也见不得她难过。如今您要这么坚持，我也只好挑明了，这就是她父亲写的文书。她的亲事，我不答应，您就带不走她！"

庄生晓梦，望帝春心

王建成凑近一看："哟，还真是卖身契！"

夜里，沈阿契躺在床上辗转反侧。她思忖道："卢大哥，我相信你不会为难我，可是你为什么要阻止别人为我赎身？"更深人静，她反复琢磨着卢彦是个什么样的人，他是个足够好的人吗？她想起在岑水场的时候，卢彦曾说，戴犀带的人就不会盗挖铜矿了吗？她想起陈渡头，曾经也是父亲多年的生意伙伴，因为信任，因为熟，因为说得"太计较"没好意思，所以契约上没有写明如何计息，以致有后来的事情。

她猛然从床上惊坐而起。

契约就是契约，她只相信契约。人会变；人不变，事也会变。所谓白纸黑字，卢彦为什么要握着她的卖身契不放？为什么不让她去追求自己的幸福？

她烦恼极了，一头闷到被窝里。

天亮了，恰逢休工日，阿契便到鲛姝苑来看林四娘。林四娘在草茵上席地而坐。阿契依偎着她，望着衣带纠缠处两只翩翩起舞的蝴蝶，怔怔出神。

四娘伸手理了理她的发髻："阿契，没有什么过不去的。你要坚定原来的想法，要做就做正头夫妻，别管他是谁。你不要觉得卢彦喜欢你，喜欢是肯定喜欢的，不然也不能要你父母写的卖身契，但是……"

说到这里，四娘叹了口气。阿契忙抬起头来看着她。四娘又道："即便得宠，也不过宠个一年半载，短则数月。等他不宠了，仍有主母做你的主。当主母的，对我们这些人没有不嫉妒，没有不恨的。哪怕像卢夫人那样，自己跟你母亲要了你，那也只是为了讨好卢彦，心里没有不恨你的。"

沈阿契脸上掠过一丝惊恐。林四娘掷地有声地说："卢夫人可以买你，就可以卖你！妾，本来就是主母之婢。一时卖出去，苦海无边。"阿契望着林四娘："四姨，那我该怎么办？"

林四娘站起身来，说道："咬牙挺过去，保住自己的身份，不要做奴婢！"她说着，转过头来看着阿契："四姨帮你。我不要你走我的老路。"

当下，林四娘让阿契把自己的画稿都收过来给她看看。阿契马上回了绫锦院，从柜子里一张张翻出旧画稿来，铺到桌子上挑挑选选——里头有观音图、山水图、花鸟图、草虫图、鱼戏莲叶图等。阿契将画稿包好，带到鲛姝苑来。

鲛姝苑会客厅的桌子上铺满了沈阿契的画稿。林四娘和小翠围过来看。阿契问："四姨，您看这些画行不行？"四娘伸手按住画稿，点头连连："这些画都很好，你原来卖的价格太低了。它们远不止那个价。想必书画铺是骗你不知道行情，又老实，就乱压价的。我帮你拿去卖。"阿契欣喜地问："真的？"

林四娘道："当然是真的，阿契画得很好。许侍郎家的老夫人，前天还说要一幅观音图呢。这幅正好给她。"又向小翠道："白家小姐想要鱼戏莲叶的绣样。那幅《鱼戏莲叶图》回头你给她送去。"小翠答："是。"阿契有些不好意思："我这些画，真的好吗？挺普通的呀。"

四娘向小翠使了个眼色，小翠转身取来一囊钱给阿契。四娘道："阿契，画你全部放我这儿。钱我先垫给你。"阿契迟疑着："这……"四娘道："这什么这？要是回头有人开更高的价钱，我还赚了呢。"

阿契羞涩地笑了笑，便没有再推辞，将钱收下。

不几日，小翠又到绫锦院找沈阿契，笑盈盈道："沈娘子，我们四姨娘问了，花鸟图还有没有？要扇面的，折扇和团扇都要，绣规图也要。"

阿契道："才送了那么些去，还要吗？"小翠笑着："沈娘子的画儿好多人要的。先前您拿来的那些，都让四姨娘转卖出去了。现在还有人来要，不好推辞，只能再来辛苦您了。"说着掏出一囊钱："这是上次那些画给少了的。"阿契推辞着："不不不。"小翠把钱放到桌子上："沈娘子，您就收着吧。四姨娘大富大贵之人，哪有赚您这辛苦钱的理儿？"

阿契不好意思地笑了笑，心想："原来我的画真的有价有市了！这样我就可以多卖点儿画儿，早日赎身了。"

小翠走后，阿契忙收拾了几幅得意之作，寻到书画街来卖画。

书画街的铺主将画展开，一一看了，道："画得不错，可以给到四五贯钱。"阿契脸上的神采瞬间暗下去："四五贯？怎么这么少啊员外？我是绫锦院的画师。"铺主道："如果画上有绫锦院的章，每幅可以多给一到两贯。"阿契撇嘴道："您这儿不厚道。我在别处卖，远远不止这个价。"

铺主道："我们店是全书画街最厚道的，不信您可以去别家问问。"阿契闷闷不乐地把画收回，走出店铺去，心中又不服气，另寻了几家书画铺问价。这些铺子或者开价更低，或者不愿意收。阿契暗道："为什么四姨收那么高价，还一下子就被要光了？"

她心下已猜到几分，便又到鲛姝苑来，却在会客厅外的走廊停住了。此时林四娘正与小翠说话。

小翠道："四姨娘，您想帮沈娘子，大可不必藏着，直接把赎身钱给她就行。为什么还要让她画画，骗她说是卖画的钱呢？"林四娘道："我们想帮别人，也要给别人留些颜面的。直接给她钱，她也不好要。一来，她从欠卢彦的钱，变成欠我的钱。说来说去，她还是在欠人钱。她仍觉得有一天要攒钱还我的。二来，我自己就是赵家的妾。我也是奴婢之人。我出钱赎她，不过是让阿契从卢家的奴婢变成赵家的奴婢罢了。她仍然不是自由之身。"小翠听得黯然伤神："四姨娘想得真周到。沈娘子真是幸运。"

阿契在窗外偷听得这一番话，心中一震："原来四姨真的是为了帮我，才骗了我。我的画根本不值钱，也没有市。"她头一仰，眼眶湿润了，暗暗道："四姨，您的大恩大德、仁慈用心，沈阿契没齿难忘！"

珠江上，十八条纲运①大船列着队，升起了风帆。繁忙的江面百舸争流。渔船在远处，运输船在中流。疍家渔歌渺渺地传来。

纲运官阿鲇说："这一段水路繁忙，船走不快。"纲运官阿鲂道："前面进了北江，船会少一点，水会急一点。"

已而进了北江，江面开阔。远处有芦苇荡，风吹起来时有点阴森。阿鲇道："这一段水路不堵了，却怕它不太平。你对这一段熟不熟？"阿鲂说："走过，但是保不准还有水匪的。我让兄弟们都打起精神来。"

说话间，左侧芦苇荡中突然出现了十四五艘梭子船。众劫匪在梭子船上跳踉呼喊，往纲运船上丢石头。阿鲇忙下令："放箭！放箭！"

众差役开始放箭。箭一放时，芦苇荡瞬间一片平静，梭子船上

---

① 纲运：据中国海事局组织编撰的《中国海事史》，第70页，北宋时编制十船为一纲。

空空如也，众劫匪都不见了。

然而，右侧的芦苇荡却又开始出现梭子船，有劫匪向纲运船丢石头。阿鲇转了个方向一挥手："放箭！放箭！"箭一离弦，芦苇荡又恢复平静，劫匪们又不见了。阿鲇觉得情况不妙，忙下令："赶紧走，离芦苇荡远一点！"阿鲂也叫道："快走，快走！"

此时，江面上浮起一段段木头。阿鲇大惊："哪里来的木头？"众差役纷纷叫着："糟了糟了，船要沉了！"阿鲂往船上一指："看！船板上的木头被拆出洞来。"

江面上，木头底下冒出一个个水匪来，呼喊着围过来，向纲运船上砸石头。阿鲇还在叫着："放箭！放箭！"众差役却叫着："船要沉了，船要沉了！"阿鲂拉着阿鲇，道："还放什么箭？赶紧想办法逃命啊！"

终于，众劫匪拖着一艘艘半浮半沉的纲运船消失在芦苇荡里。

半夜半晨之际，北江上渔火点点。大鱼在网中跳跃。渔民们敲打着捕鱼的器具，声音震耳欲聋。这样的声音可以把鱼震晕，让鱼浮上水面来。果然，鱼们纷纷浮上来了。

阿鲇趴在岸边沙滩上，醒了过来。他看到渔翁举起钢叉，刺向一条大鱼。大鱼拼命挣扎，流出血来，不再挣扎。

东京城里，三司衙署①一片肃杀。

赵鉴清坐在上首，众官吏坐在下首，差役们排列两侧，阿鲇跪在地上。赵鉴清道："丢失纲运宝货，罪同勾结盗匪，你知道是什么罪！"阿鲇叫着："冤枉啊，大人，冤枉啊！我若勾结盗匪，哪里还敢回来？"赵鉴清不耐烦道："拉下去拉下去！"

---

① 据贾明杰《北宋三司若干问题研究》，三司分管纲运。

二差役将阿鲇拉走。阿鲇一路叫喊，消失在门外。

赵鉴清向众官吏道："香药犀象太过贵重，现在是怎么运怎么丢。这还了得？"便有一官吏道："赵大人，依属下看，这都是失于严管所致。毕竟，丢一船细贵香药，够他们拿一辈子俸禄了。这些下等小吏，自然就耍滑头。每次，抓捕劫匪，鲜少有抓得回来的，香药纲更加难以追回。只能是问这些纲运官的责任！"

赵鉴清问："还能怎么严？刚才那位已经掉脑袋了。"那官吏又答："自古，丢失纲运宝货要问罪，纲运迟到也要问罪的。只有用严法震慑，纲运官才能拼命去保护纲运，而不是贪生怕死！"赵鉴清点头道："好，明确纲运时日，迟者与丢失纲运同罪；丢失纲运与勾结盗匪同罪。"

广州港，广阔的海面上空烈日炎炎。海岸线上宝舶云集。细兰商人站在船甲板上谈论宝石的价格。注辇商人则在岸上，用三佛齐语向三佛齐人打听汲取淡水的地方。传说中，广州市舶亭①下的井水永不腐臭。这让注辇人觉得不可思议。然而三佛齐人告诉他，我的兄弟，这不是传说，是事实。他们结伴而行，准备为即将远行的大帆船蓄足神奇的井水。②

又有两个刚刚到岸的注辇商人指挥着奴仆搬箱子，向大宋市舶官的方向走去。市舶官挥挥手，指向来远亭。注辇商人和他们的奴仆、箱子便改变方向，向来远亭而去。

箱子被打开，露出细贵香药。市舶官道："共一百箱，抽解十

---

① 《萍州可谈》卷二记载，"广州市舶亭枕水"，"（商人）既至，泊船市舶亭下"。

② 宋人张端义《贵耳集》卷下记载：广州"市舶亭水为蕃舶必取，经年不臭不坏。他水不数日必坏"。

箱，抬走抬走。"众差役便将箱子抬走。

此时，丁大富向市舶官走来："大人。"市舶官问："还剩多少？"丁大富道："还有陡盘地两船，遏根陀五船。"市舶官皱皱眉头："还有这么多，累死了，水都没喝一口。"丁大富笑眯眯地递上一个军持："来来来，您喝口水。"市舶官接过军持，"咕咚咕咚"地喝起来。

处理完市舶事务，丁大富又忙赶去和纲运官交接。

珠江口岸边，纲运官胡越督促着众差役将香药犀象一箱箱转搬上内河船只。丁大富便向胡越递上单子："大人，这是纲运东京细贵香药的单子，请您点点。"胡越"嗯"了一声。丁大富又向胡越递上一封蜡封的书信："这是捎给赵府我干娘的，有劳大人一起带过去。"

胡越道："好，请丁大官人放心。"丁大富便离去了。纲运官林巢向胡越道："哟，儿子们可真孝顺，每次给干娘的礼单都这么沉。"胡越呵呵一笑。林巢又道："这个林干娘真厉害，按说也四十好几了，还在赵大人跟前盛宠不衰。"胡越嗔道："多嘴。"

货装好了，纲运船便启航了。

芦苇荡在炎炎烈日中炙烤着，天空浮现台风云景象。江面上各种鱼跳跃乱窜。不远处的芦苇荡乌压压地飞着大水蜻蜓。

纲运船在江面上展起风帆，风帆却纹丝不动。林巢道："太晒了，我们进船舱里吧？"胡越说："不行，这段水路最凶险。上次有一支纲运船队在这里被劫了。领队的回去都掉脑袋了。"

船队徐徐行进，林巢劝道："已经过了芦苇荡好一段了，你可以放心了。"胡越叹了一口气："总算过了。但是，现在纲运迟了时日，也与丢失纲运同罪，真是越来越难了。我们还是不要松懈，

打春（完整版）·上册

等香药纲到了东京，交完差再说吧。"

这时，一艘小船向纲运船驶来。一名巡海军士站在小船上挥动小旗："哎——那纲运船！台风马上要来了，今晚靠岸不要继续走了。"

胡越、林巢一听，惊叹一声，面面相觑。

果然，风雨说到就到。

北江河道上，雨幕一片一片的，左右扫着。林巢劝道："台风快来了，我们还是靠岸吧！"胡越说："不要紧，只是小风小雨。"林巢道："这样还走？你不要命了？"胡越无奈地说："不走，才是不要命。现在纲运迟了时日与丢失纲运同罪啊！"林巢顿足："这可怎么办啊？左右都是死！"

船队在江上风雨飘摇。

倏忽之间，白日如夜。江面深邃如异界。风继续吹，雨继续下。

不知过了多久，一艘纲运船搁浅在江岸边。船体半倾斜，镶嵌进泥沙里。远处隐隐有船的桅杆。众差役淹没在雨幕中，或在沙滩边对着纲运船捶胸顿足，或跪地哭泣。胡越、林巢浑身湿透坐在沙地上，望着江面，神情木然。

胡越道："这一回去，活不成了。除去迟了时日，还问你纲运损毁。"林巢道："奶奶的，活不成了还回去作甚？"

林巢指着众差役："你看看他们！干脆，我们把船上的东西收拾收拾，投了海匪去。到海上找个岛逍遥自在，总比回去受死好！"胡越问："投谁？"林巢道："投陆铜钱。从那船上找些犀角象牙宝珠送给他，拜在他门下，好有人庇护。你我留一些细贵，带着兄弟们折回江口出海，找个海岛我们自己过。"胡越叹道：

"唉，还有没有其他办法？"林巢叫道："没有了！"

潮州兴隆镇龙福寺海岸边停着两条渔船。

胡越、林巢领着陆铜钱及众家丁登上渔船。胡越打开一只木箱，露出一箱象牙；又打开另一只木箱，露出一箱犀角。

陆铜钱哈哈大笑："两位官爷客气了。"胡越、林巢忙向陆铜钱跪下磕头："陆头家休提前事，今后只求头家收留我们兄弟二人。我二人想在凤尾岛上和诸位兄弟一起过活。"

陆铜钱将二人扶起来："说的什么话？四海之内皆兄弟。凤尾岛是个清净的好地方，平日断无人相扰的。只是好像没淡水，河啊，湖呀，是没有的。二位带着弟兄们去了，先山上山下都找找有没有泉水，如果没有，务必找个地方打口井出来。"胡越道："多谢头家指教。"

陆铜钱又说："除了喝水，最好种点瓜蔬，既而养畜吃肉。不然，你们一群北边人，天天吃海里的鱼，恐怕是吃不消的。"胡越道："唉，逃命之人，哪里还挑三拣四？多谢头家仁慈指点。"陆铜钱问："你们的人，有没有懂怎么找井眼子的？没有的话我找两个人过去帮你们，找到地方再说。"

胡越、林巢又率众下跪："多谢头家！"

三司衙署内，赵鉴清大发雷霆："纲运又丢了？这次，连纲运官自己也丢了！"便有一官吏道："他们肯定是故意失踪的。因为香药宝货太值钱了，做一个低等武卒几辈子的俸禄攒起来也没有一船香药犀象值钱哪！"

赵鉴清问："就算是严法，也解决不了问题？"又一官吏道："下官有个办法。"赵鉴清道："说。"那官吏便说："让有一定身份地位的较高级别官员来负责纲运，他们应该不会因小失大，卷货私逃。"赵鉴清迟疑着："这……"

那官吏又道："纲运官出发之前要签责任状，压上自己的部分身家。假如纲运出事，货物丢失，那所压的身家就用来抵扣官府的损失了。如此一来，纲运官运送朝廷的香药，就如同运送自家私产，必然看得死死的。"

赵鉴清说："可是，有身份有地位的较高级别官员，谁愿意干这种不讨好的苦差？"又有僚属叫起来："下官推荐一人。"

"嗯？"赵鉴清转头看了看。那人继续说："王建成合适。"赵鉴清哈哈笑道："他太老了，就是盗贼来抢，他能抵抗吗？"

便有人附和："下官也觉得王建成合适。早些年蜀地闹事的时候，他可是带兵打仗的，立过功。应该再给他机会立功，不然他怕是翻不了身了。"赵鉴清看了看众僚属，微微一笑："那咱们就给他个翻身的机会？"僚属们赞同道："赵大人体恤下属啊。"

此时的王建成并不知道自己将迎来"翻身的机会"。街道司议事厅内，宫里的刘公公正传紧了话："来人呀，把王建成拿下。"便有二差役应声而出，将王建成按住。

王建成叫道："刘公公，这是为何呀？"刘公公道："宣太后懿旨，'王建成，这白矾楼拆来拆去怎么老是拆不成啊？就由着外面的刁民随随便便窥视皇宫吗？你办事不力，该不该打？'"王建成答应着："该打！该打！"刘公公便令众差役："打！"

猝不及防地，王建成便被拉到街道司前院的露天场子里。众差役按住他就是一顿板子。

刘公公道："王建成，太后还有另一道懿旨，你一边挨打，一边听好咯。"王建成咬着牙不叫喊。刘公公便道："宣太后懿旨，'王建成，眼下白矾楼你是拆不成的了。赵鉴清替你说情了，准你

把白矾楼东向的窗全部封起来，防止窥视宫禁，就罢了。'"王建成咬着牙，忍着痛，说道："谢太后恩典！太后仁慈！"

一顿板子挨完，王建成趴在了自家卧房床上。常满替他扒拉着衣服擦药，他这才"哎哟，哎哟哟"地叫。

赵鉴清走了进来："哎呀，王大人，怎么打成这样？让我看看。"说罢凑近前去看。王建成道："多谢赵大人体恤。好看不？"赵鉴清道："还行，还行。"王建成哼哼着："我是看不到的了。"赵鉴清又道："哎呀，王大人，挨板子事小，龙颜大怒事大啊。连这么件小事儿都办不来，您想想，以后这仕途怎么走吧。"

王建成叫着："疼，常满你轻点儿。"赵鉴清接着说："三司的诸位同僚都一起给你争取了个翻身的机会。"他说着突然停住了，常满擦药的手也停住了。王建成等着他往下说，便听他清了清嗓子道："就是，去广州纲运香药。我已经奏请圣上，封你做押香药纲使①。"

此言一出，常满和王建成都有趣地望着他，仿佛他的嘴里能说出无奇不有的话来。他却道："也没啥，就是签个责任状，押上等额家产，香药纲若丢了，照赔就是了。嘿嘿，这可是你翻身的机会，好好珍惜。"

至掌灯时分，陈云卿和邢风来看望挨了打的王建成。一听到"押香药纲使"的事情，陈云卿竟道："他说得没错，这确实是个翻身的机会。"王建成趴在床上，抬头看着陈云卿："你也这样

---

① 押香药纲使：即管押香药纲的使臣。《宋会要》食货四二之一三有相关记载。

认为？"

邢风道："云卿，赵鉴清这是在侮辱老师。纲运香药，原来可是低等武卒做的。因为总是丢，最近才说提升规格的。要不然，以老师的品级，怎么可能让他去纲运香药？"

陈云卿道："邢师兄，不这样的话，咱们还不得便从这街道司抽身，更不便去广州。"邢风恍然大悟，向云卿笑道："有道理，妙啊。"

就这样，王建成欣然接受了"押香药纲使"这个差事。朝阳红彤彤地挂在汴河渡口的民屋和树梢上。纲运香药的队伍从汴河渡口离京。船只渐渐远去。

岭南梅关，山脊上梅树成林。

王建成带着众人骑马行于山道上："哎呀，坐了这么些天的船，现在骑骑马还觉得挺舒服的。"陈云卿道："坐船我倒还好，从小坐惯了船。"王建成问："坐内河的船，跟坐大海里的船，有什么不同？"

陈云卿道："内河船好一点，可以看见陆地，内心没那么空。坐海船一离了岸，就看不见陆地。若是在海岛附近，天上会有鸟，水里会有鱼；若是在深海海域，不光水里是鱼，连天上飞的也是鱼。"

邢风问："鱼还有会飞的？"陈云卿道："有的。"邢风问："它有翅膀？"陈云卿道："有的。"邢风饶有兴致："那可奇了，比《山海经》上还离奇。还有呢？"

陈云卿道："还有，遇上台风的时候，内河船可以随时靠岸，但海船就难说了。茫茫大海上，即使看天象明知有台风，也无法提前靠岸。因为在海中央，有时三五天都找不到岸，台风早就过去

了，所以只能看着风向调整船头，让船漂着不被打沉，是真正的听天由命。"

王建成嘿嘿笑道："云卿啊，你天天叫我老师，我该叫你老师才是。"

一行人有说有笑就进了岑水场山林中。忽然，丛林中一个人影鬼鬼祟祟，躲躲藏藏。邢风一眼瞥见了，叫道："谁！"众差役即散入灌木丛里，将那人揪了出来——原来是罐子。

邢风道："老师，纲运频频出事，这条路线咱们不得不谨慎。说不定要紧的地点上，有匪人埋伏打探的。"差役把罐子身上摸了一番，搜出一条犀带来。邢风道："山野之人，身上竟然有犀带。老师，前番丢失的纲运船，里头正好就有犀角、象牙。"王建成向差役道："拿过来。"

原来，罐子爹自从得了犀粉做药，病渐愈了。罐子心心念念要把犀带还给卢彦。这日，他正想去梅关驿馆问问，看能不能托驿马捎往京城，不料半路上就见到王建成等人——那是一大队官兵。罐子想到自己是个黑坑户，于是见官就躲，不躲还好，一躲却让人疑心，被拉了过来。

当下，罐子争辩道："我不是匪人！这条犀带是我卢大哥留下来给我爹治病的。我现在要去梅关驿馆，想办法把犀带还他！"王建成摩挲着犀带。陈云卿近前来看，只见犀带上的铭文凹凸可见。罐子又叫："快把犀带还给我！你们抢我东西，你们才是匪人！"

陈云卿向王建成道："纲运船丢失的是蕃商运过来的，没有加工过的象牙、犀角。这条犀带刻了铭文，是朝廷赏赐给有品阶之人的。"王建成问罐子："你卢大哥叫什么呀？"

罐子道："叫卢彦。"陈云卿把犀带对着太阳照了照，向王建成点点头。王建成道："还真是卢彦的。把这样的东西留下来给人治病，看来卢彦这小子不坏。"陈云卿便将犀带还给罐子。

王建成又问罐子："小兄弟，我们是北方来的，不熟悉路。你能不能帮带带路？"陈云卿即掏出半吊钱来："耽误你做工了，这是大人给你的赏钱。"罐子接了："谢谢大人赏赐。"

梅林之中一座新坟。往日的黎氏三兄弟如今只剩二人。黎有顺跪在墓碑前，边哭边倒酒。他始终不能接受黎有黍就这样无疾而终、无恶受刑。

因为三号矿点被盗挖，身为岑水场监工的黎有黍被问了死罪。涕泗横流、心魂未定的黎有顺被架上监工的位置成为继任者。韶州的刘知州前来宽慰他，劝他节哀顺变。然而，宽慰完之后刘大人又一语刺到他心上："你要引以为戒！岑水场铜矿如再有失盗，这就是你的结果。"

他难过极了，"再有失盗"在他看来是早晚的事。

他在坟前哭成一摊烂泥，叫着："大哥你等等我，兄弟这就来陪你。"黎玉堂拉住他："二哥，振作点儿！咱们再想想办法。"

黎有顺收了收眼泪，无奈道："兄弟，你说，别处一个监工位置大把人抢，我们这里没人愿意来，只能在我们兄弟之间兜兜转转。现在好了，轮到我了。早晚，我也得追随大哥去。"

黎玉堂沉默不语。

黎有顺道："这里一共五个矿点，敞面朝天的，连野坑户们也尽皆知晓，瞒都瞒不住，来来回回就两三个军差守着，如何防得住？"

一时祭拜完毕，黎氏兄弟策马往回走，黎有顺的心情才渐渐平复。黎玉堂问："你还记不记得那个东京来的卢彦卢大官人？"黎

第六章

庄生晓梦，望帝春心

有顺说："记得。"

黎玉堂望着前路："我在想，也许要像他说的，在这里大兴钱监，这些问题才能彻底解决。不然，是生是死全靠运气了。铜矿盗或不盗，也真的是看贼想不想来了。唉！"黎有顺问："此话怎讲？"黎玉堂道："现在的情况是，矿点多，摊子大，监管差役少，野坑户也聚集了一大批人。如果大兴钱监，朝廷必然会增派大小吏员，把野坑户们都编户管理，好过现在，我们连他们是谁，有多少人都不知道。"

黎有顺道："是啊，如果真是大兴钱监，至少岑水场不会像现在这样，既荒凉，又藏着宝贝，被各路好汉盯着。这谁受得了啊？"黎玉堂道："只可惜，那位卢大官人来了一趟，得出有人、有矿的结论，之后也一去不复返了。"

黎有顺叹息道："要是这时候再来一个京里的大官，他也想要大兴钱监，那就好了。"黎玉堂摇着头："大官大官，哪来那么多大官？"

说话间，王建成领着一支仪表不俗、阵仗威严的队伍走过。黎有顺看傻了眼。黎玉堂策马跑到队伍前头："站住，站住！"

邢风喝道："大胆！"黎玉堂也向邢风叫道："大胆，我们是岑水场巡山军差，尔等何人在此出没？"

就见罐子笑着站了出来，向黎玉堂道："军爷，是你们呀！误会误会！"

一时释了误会，黎氏兄弟听知王建成是三司派来的，便如同见了救命稻草，不管不顾，追缠着他到了梅关驿馆。

驿馆内，黎玉堂道："王大人有所不知，如今岑水场铜钱监不设，就会失管。朝廷不开，贼人竟自己开起来了。我们这些军差的精力，不是用来管铸币，而是在抓偷铸币。"

王建成道："钱监不设，确实有弊无利。"

黎玉堂说："刘知州也曾上书要开设铜钱监，但是有两个阻力很大。一个是，一说大兴钱监，就会涉及现有的弊病。三司的大人们一听就很恼火，每每说，原来好好的，哪里有什么问题？二个是，一涉及大兴钱监，就得跟朝廷要'铜本钱'，而且要的还不少，上头往往一句'没钱'就让我们无话可说。"

王建成呵呵笑了笑，又问："还有呢？你们平时作为巡山军差，都有什么想法？"

黎有顺道："我们最苦恼的，就是偷盗铜矿的问题。岑水场给坑户编籍，按片细分，每三户管一片地方。这本来如同一张网，网得死死的。可是，铜矿却仍然屡屡失盗，有时盗得多，有时盗得少而已。换了多少个监工，都没有办法使这种情况好转。"

陈云卿向黎有顺道："你可以向刘知州献策，让他向广南东路、向三司提出，采用'反向追溯'的办法来禁盗铜矿。"黎有顺摸了摸脑袋："哦？陈大人，什么是'反向追溯'？"

陈云卿道："现在抓偷盗铜矿，只是针对本地管矿人看守得严不严。这只是对着单独一个点。铜矿流出去了，似乎就无有对证。'反向追溯'就是，倘若从岑水场流出去的铜矿在其他地方，甚至在其他州府路被发现，便要一路追溯回来，追究沿途哪些关卡放了行，起始点在哪里。追回被盗铜矿的地方有功行赏。失盗，乃至沿路放行的关卡都同罪受罚。这样就从一个点变成一条线。是功是罪，所有关卡都会重新衡量利弊。我相信，既然截留有功，外头也必然不乏想立功的人。"

黎有顺恍然大悟："哦！我们怎么都没想到呢？多谢陈

大人。"

　　黎氏兄弟陈完情离去，罐子又来寻陈云卿："陈大人，我想请您帮个忙。"陈云卿问："什么忙？"罐子道："我问了驿馆的人，驿馆也不知道怎么帮我找卢大哥。他们说，这东西太贵重，也不敢轻易代我寄送，怕寄没了。"陈云卿问："你说的是卢彦？"

　　罐子道："对，他在东京，您去完广州也要回东京，能否请您帮我把犀带还他？我家中有老父亲，不敢丢下他一个人，自己去东京找卢大哥。此物若是不还，我心里又不安。"

　　陈云卿道："卢彦我没有正面打过交道，不过他也算是三司的人，我应该可以找到他。"罐子喜道："那您是答应了？"陈云卿点点头："可以吧，也谢谢你的信任。"罐子高兴得拍起手来："陈大人，您真好！谢谢您！"

尔卜尔筮，体无咎言

夜深了，王建成在梅关驿馆不能成眠，又将陈云卿叫到房里来。云卿问："老师，您有什么吩咐？"王建成道："云卿啊，日间黎玉堂所说大兴铜钱监的两个阻力，也是以后我们要面对的。你有什么想法？"

陈云卿回答："老师，一是以攻为守。不说过去不好，但是只做新的，不做旧的，让旧的慢慢消失。免去争论过去对不对这个无谓的阻力。要不然，新的事情永远做不起来。二是偷梁换柱，别再另外去要'铜本钱'了，只从产出来的铜钱里提成用作本钱。避免钱从上面拨不下来，事情永远走不出第一步的状况。"

王建成拍手道："好！这样又免去了要不到'铜本钱'的阻力。如果再有人说，'铜本钱'没准下来，开不了工，咱们就告诉

他，只要开工，'铜本钱'就有了。"陈云卿道："正是。"

王建成又交代："云卿，回头你把这二策，加上'反向追溯'偷盗铜矿那一策拟出文字来，就叫'韶州铜监三策'，你看如何？"

陈云卿点头："好的老师。"

第二日，黎氏二人至韶州衙门将陈云卿所教的法子对刘知州一说，喜得刘知州拍起手来："陈云卿陈大人？反向追溯？好！我马上拟出文字给路和三司。"又道："你二人也有功！此法一行，就算偷盗铜矿不能杜绝，大抵情况也能好转。说不定还能逮到几条大鱼，追回一些损失！他妈的！"

黎氏二人闻此一说，心上的石头渐渐落地了。

却说王建成，岭南首行平顺归来，香药纲没丢，如数进了东京香药库①。赵鉴清来到榷货务衙署门口，看着香药商正排队批发香药，笑道："王大人，您平安回来了，此番是立了大功啊。"王建成道："赵大人，多谢您给了我这趟差。"

赵鉴清道："那可不？下一趟还派给你。"王建成直摇头道："哎哟赵大人，我哪儿有那么多家产可以抵押呀？"赵鉴清道："诶，这次不是一分家产都没丢吗？可以的，再跑一趟。"

同样在榷货务门口，不同的人忙着不同的事。一公吏注意到了四处与人攀谈的沈阿契。大多数时候她遭遇的都是摇头与摆手。

那公吏走过来问她："你会注辇话？"阿契答："会。"公吏道："那你来教我吧，一天半吊钱。"阿契道："太少了大人。"

---

① 香药库：据《宋史》卷一六五《职官志五》，香药库"掌出纳外国贡献及市舶香药宝石之事"。

公吏道："不少了，教宋人讲蕃话都是这个价钱。之前我学过别的蕃话，还没有半吊钱呢。"阿契道："可是我在东家那里做工，告一天假要扣半吊钱。这样我等于白忙活。"公吏道："算了，我找别人去。"说罢便走了。

沈阿契站在原地迷茫地张望片刻，又走出街口去。

街口处，两个蕃商正用注辇话交谈。高个子道："今天碰到几个宋国人，都听不懂注辇话。我很烦恼，只能靠手比划。"矮个子说："也许我们应该早点学会听懂宋国话，毕竟这里是宋国。"

阿契一听，忙向二蕃商走来，用注辇话道："两位，我可以教你们学习宋话。"二蕃商打量了一下沈阿契。矮个子问："小女孩，你是宋国人？"阿契道："我当然是。"矮个子便问高个子："她会讲注辇话，但只是个小女孩，能做我们的老师吗？"高个子说："我觉得可以。"矮个子点了点头。

高个子转向阿契道："宋国小老师，你好！那么就由你来教我们讲宋语吧？我们根本找不到宋人教我们讲宋话。你来教我们，我们给你金子。"阿契一脸欣喜："可以。"

于是，她领着蕃商走到东京街头。他们在一家店铺前停下。阿契指着柜台上的算盘，用宋语示范着："算盘、算盘。"二蕃商跟着读："算盘、算盘。"

矮个子拿出一串铜钱，问："这个是'一缗'还是'一贯'？"阿契答："'一缗'和'一贯'是一样多的。"高个子又掏出一枚金铤，问："这个是'金锭'还是'金铤'？"阿契答："这种是'金铤'。"

三人离开店铺，又走到一家商行门口。阿契用注辇话解释着："市舶司的长官叫作'市舶使'。"说罢，用宋语重复着"市舶

使"。二蕃商跟着学："市舶使。"

阿契又讲了一句宋语："我们卖的是细贵香药。"二蕃商模仿着："细贵香药。"阿契强调："细贵。"二蕃商又模仿："细贵。"

不觉日渐西斜，二蕃商告辞。高个子给了阿契一片金叶子，并用注辇话道谢。阿契接过金子，也用注辇话道谢。

夜里，阿契在房中把钱倒到桌子上数。胖姑姑走了过来："哈哈，小财迷，天天数钱，你呀！"阿契道："姑姑，我凑够赎身钱了。"

胖姑姑道："这么快？莫非你又偷偷接私活？我告诉你，别再这样了。你是绫锦院的画师，就只替绫锦院画，不能让外头都有了宫里的图样。"

阿契解释："姑姑，我……"胖姑姑打断了她的话："你别仗着有门好亲戚胆子就那么肥啊。下次我可帮不了你。"阿契道："姑姑，你误会了。我没有在外头画画。我只是教蕃人说宋语。"

胖姑姑问："教蕃人说宋语？"阿契道："对，宋人跟蕃人需要语言沟通。但是，教宋人说蕃语的人特别多，教的人能得到的钱就很少。可是，却几乎没有人教蕃人说宋语，蕃人想找人教宋语也找不到，教的人甚至能得到金子。所以，我就选择教蕃人说宋语。"

胖姑姑看着沈阿契，一脸惊奇。

回京后，陈云卿记着罐子所托，便将卢彦的犀带用盒子封好，交给杭哥："把这个送去卢家商号，亲交到卢大官人手上，告诉他，这是韶州的坑户名唤'罐子'的，还他的犀带。"

杭哥领命而去。

恰此日，沈阿契也来到卢家商号。她上了二楼，走到长廊最末端那间房，敲了敲虚掩的门，便推门进去。

门内，卢彦正背倚着窗，手里翻着账册，没有抬头。阿契兴冲冲地把一袋子钱放到他面前的桌子上，差点儿碰翻了冒着热气的茶盏。卢彦忙把桌子上的另一本账册拿起来，生怕被茶水濡湿。还好，茶盏晃了晃，又稳住了。

卢彦问："怎么了？"阿契显得有些紧张："这是我阿叔，哦不，我爹借您，哦不，我爹跟您借的一百二十贯钱，就是来东京之后种谷桑林用的那一百二十贯，还给您。"卢彦继续看账册："这些事情你们小孩子不用管。你阿叔会处理的。"

阿契坚定道："不，今天这些钱是专门拿来还您的。我不想我们家欠您的钱。"卢彦抬头看了看阿契："为什么？"阿契不停地眨着眼睛，握着拳头扯住自己的长辫子，一声不吭。卢彦叹了口气："好吧，知道了。"便向门外喊："阿水！"

阿水跑了进来。卢彦道："把沈家的欠条拿出来给阿契。"

沈阿契终于如愿以偿，满心欢喜地下了楼去。阿水送她出门，在门口却被杭哥拉住。

杭哥问阿水："老先生，这是卢彦卢大官人的店铺吗？"阿水道："正是我家卢大官人。"杭哥问："他在吗？这是我家陈云卿陈公子让我亲交到他手上的。"说着拿出一只漂亮礼盒。阿水道："你在此等候，我上去回禀一声。"杭哥道："好，有劳了。"

楼上，卢彦正对着窗户看街面。他看到沈阿契步伐欢快地走过街对面去了。他眉头紧锁，心中道："阿契，难道我对你不好吗？你就这么着急和我分得清清楚楚？从这里离开，你好像很高兴。到底是我老了！"

他突然发火，将桌子上的茶具扫到地上。此时阿水进门来，差点被茶具砸到脚。阿水叫："大官人。"卢彦平抑着火气："怎么了？"阿水道："大官人，楼下有个小厮找您，带着个贵重的礼盒，说他家公子吩咐，要亲手交给您。"卢彦问："他家公子是谁？"阿水道："叫陈云卿。"卢彦恼了："什么贵重的礼盒？叫他滚，再也不要来！"

阿水下了楼来，向杭哥嘿嘿笑道："小哥儿，对不住了，我家大官人听说你家公子叫陈云卿，就吩咐了，让你滚，再也不要来。"杭哥张大嘴巴："啊？这！"阿水嘿嘿笑着："原话就是这样的。快请回吧。"

陈府中，那陈云卿正在书房里写文章，题目是《韶州铜监三策》。他写完，把文章合到一本没有封皮的空本子里，收到书架上，用一块纸镇压着。

杭哥便跑了进来："公子，气死人了！"陈云卿问："怎么了？慌慌张张的。"杭哥递回锦盒："那个卢彦不收这犀带，也不见咱，只叫他店铺里的老伙计赶我走，叫咱不要再来了。"

陈云卿道："莫不是有什么误会？"杭哥道："就是有误会，他不见咱，咱怎么跟他掰扯得清误会？"陈云卿道："罢了，不过是一条犀带，不值什么。以后见到了再还他吧。"

再说沈阿契手里拿着欠条，兴高采烈地回到绫锦院门口，就见王建成与常满从对面路口走来。王建成叫："沈家丫头。"阿契行万福礼："王大人万福！常满叔万福！"王建成道："免礼免礼。你今天看起来心情不错。"

阿契笑道："我今天把我自己赎出来了。"王建成道："什么？"阿契解释："我今天把我们沈家欠卢家的钱还清了，连欠条都拿回来了。"王建成问："你哪来的钱？"

阿契嘴一撇，头一抬："自己挣的。"王建成道："这么厉害呀。卢彦那小子愿意让你还呀？"阿契说："一开始我还真的挺担心他不让我还的。"王建成问："后来呢？"阿契道："后来还了呀。他啥也没说。"

王建成笑道："他还真心疼你。那就太好了，我呢，又可以继续当我的月老了。"阿契红了脸，低下头："王大人，我要回去了。"说着进了绫锦院去。王建成向常满道："云卿的媳妇有着落了。"

旬日后，沈林氏又到绫锦院来探望阿契。母女二人坐在房里。阿契自觉身已赎了，大事已了，不必再存钱，便把月钱都塞给了沈林氏。沈林氏又给回她半吊钱，道："这个你留在身上花。听说王大人要给你介绍的那个陈公子，出身好人家。这次出去相看，把自己收拾收拾，买一身像样的衣服，不要让人看轻。"

阿契推回那半吊钱："不用，阿婶你收下。"沈林氏嗔道："不用不用的，快留下！你看看大街上的仕女千金，一张脸搽了半斤粉，衣裙比人还值钱，哪儿还能不好看啊？我们家阿契呀，打扮打扮，也是个大美人。"阿契道："阿婶，四姨倒是给了我两条她穿过的裙子。可是四姨身量比我高大许多，她的裙子我不合穿。"

沈林氏道："可不就是嘛，咱们买新的。"阿契想了想："咦，有了，我让胖姑姑帮我改。她最会改衣裙了。"说罢从衣柜里拿出两条半旧的莲藕色裙子，向沈林氏展示了一下。沈林氏微笑着点了点头。

旧裙子很快就派上了用场。

那年春天，桃花开满枝头。沈阿契穿着胖姑姑帮她改的莲藕色

旧裙子,站在王家大厅中间。

四下无人,陈云卿却突然出现在她身后。她转身时吓了一跳。陈云卿用吡喈耶语说:"我们见过的。"阿契用宋话问:"是吗?"

这陈云卿身材颀长,白净俊秀,眼珠子却是浅浅的。浅浅的眼珠子里影着一个小小的沈阿契。她头上盘着两个玲珑髻,髻上戴着两只玉色蝴蝶。因为这天是高兴的一天,那两只没有生命的玉色蝴蝶竟飞了起来,被阿契瞧见了。陈云卿一说到天,阿契就想起薄云遮着朝阳那羞赧的红色;他一说到海,阿契就想起水母舞着纱裙那妖魅的幽蓝。

他们走到王家长廊上,恰王建成和常满从后面拐角处出来。常满指了指另一条路,王建成却指了指长廊。二人便不远不近地跟在了陈云卿和沈阿契后头。

陈云卿用吡喈耶语问阿契:"若有一日,我出使外蕃,你还愿不愿意嫁给我?"王建成没听懂,一脸懵地看着常满,常满也摇摇头。沈阿契却用吡喈耶语回答:"我愿意。"王建成与常满又对视了一眼,摊摊手,表示没听懂。

陈云卿又问:"如果我常年在外,你愿意跟着我四海漂泊,还是在家等待?"阿契问:"女子也能漂泊四海?"陈云卿道:"不能,没有,我也不愿意使你如此。"王建成听他俩始终在说吡喈耶语,终于不耐烦了,叫道:"好啦,云卿,不要再叽里咕噜的了,以后娶回家去,有的是工夫叽里咕噜,说点我听得懂的行不行啊?"

云卿笑道:"是的老师,学生失礼了。"常满忙向王建成道:"大人,这也不能怪陈公子,这却是我们的不是。我们若不走这条长廊，从那边走，陈公子也不必叽里咕噜的了。"王建成哈哈笑道："倒成了我们的不是了？哎，这可是我家，我就要从这条长廊走，不从那边走。"云卿和阿契都笑了。

相看归来之后，沈阿契开始对陈云卿念念不忘。胖姑姑问："嘿，新姑爷怎么样呀？"阿契含笑点点头。胖姑姑嘿嘿笑着："恭喜了呀。"

沈阿契又闷闷不乐："姑姑，自从相看之后，我就没有见过他，就见不到他了，为什么啊？"胖姑姑道："急什么？成亲之后，就长长久久、朝朝暮暮了。"阿契道："那我要是想跟他说话，怎么办呀？"胖姑姑道："憋着，以后再说。你不知道，那些高门大户规矩多。若是没有谈及亲事，反而人来人往地能见上一见。若是谈婚论嫁了，就要回避了。不然，夫家人会看不起你的，觉得你不是个好女孩儿。"沈阿契点了点头。

香药库议事厅中又传来香药纲被劫的消息。王建成顿足抚掌，问来报的差役是什么香药纲？差役道："是蔷薇水跟金颜香。"邢风说："倒不是细贵的。"王建成念叨着："总是被劫，没完没了啊。"

陈云卿道："只是，即使不被劫，先运到东京，再转卖给香药商，合计合计，官兵粮草，山长水远，总是不那么划算。"王建成道："不划算也没办法，难道不运了？"云卿点着头："可以啊。"王建成诧异地看着他："啊？"云卿解释："老师，香药宝货越来越多，难道朝廷的纲运官兵也能越来越多？大抵，以后只能直接在广州专卖给香药商了。"王建成没反应过来，又"啊"了一声。邢风道："这变化也太大。三司会愿意吗？我看哪，咱们还是别操这个心，被劫不被劫，照章办事就是。"

一时，邢风、陈云卿二人出了议事厅，邢风便问："云卿，那沈阿契，你可问到关于赵府四姨娘的什么底细？"云卿道："我跟她也就见了一面，还是在老师家里。老师和常满叔都在的。"

邢风笑道："听说你们相谈甚欢。"云卿微微一笑。邢风又道："还专门说别人听不懂的话，叽叽咕咕的。"云卿又笑了笑。邢风推了推他："你可以去绫锦院找她呀，或者让人带个话什么的，不就又见上了吗？"

云卿冷冷道："我家家教甚严，已经要定亲了，得回避一下。"邢风问："啊？定亲？你来真的？"云卿点点头。邢风道："那你就是赵鉴清的外甥女婿咯。"陈云卿说："不干赵鉴清、四姨娘什么事。公是公，私是私。"

邢风思忖片刻，笑道："不过，家教严也有家教严的好处。不见面，书信往来更好。"云卿敏感地变了脸色："你什么意思？"邢风道："你会不懂我的意思吗？兄弟，我们可是师出同门啊。"邢风拍了拍他肩膀，转身走了。

陈云卿满嘴说要定亲了，然而，这门亲事陈弘祚并不满意。他把云卿喊到自己书房，叫着："这个王建成真是离谱！"

陈云峰在旁劝着："五爹息怒。"陈弘祚向云卿道："那沈氏是卢夫人买来的妾，王建成居然给你做媒，要聘做正室？难不成，咱们陈家还不如卢家一个小小商户？"

云卿默然不语。云峰又劝："五爹息怒。沈氏已经赎了身，就跟卢家没什么关系了。况且人家还没收房。"陈弘祚问云峰："还没收房，那是别人家里的事了，你能确定？"云峰一时语塞："这，我怎么确定？"

陈弘祚仍是一脸气呼呼地看着云卿。云峰忙把云卿一推："行了，没什么事了，先回去吧。"云卿便作了个揖，转身出门。

陈云峰又道："五爹，算了，没什么的。你也知道十九的亲事有多波折，一个秋红还被大哥收了房。最近他脸上越发没了笑，好歹少给他添堵。"陈弘祚摇了摇头："罢了，相到侯门小姐，人家也总要嫌弃他的。"

夜里，陈云峰又到十九房小院来看云卿。他说："我已经说服了五爹，他不会再阻挠这门亲事的。你要是真的喜欢沈阿契，就尽快把亲事定下来吧。"

云卿有些犹豫。云峰问："怎么？你也还没想好？"云卿眉头轻锁："定亲的事情还是先等一等吧。"云峰微微一笑："既然没想好，那就不要勉强。"

回到自己书房，陈云峰又拿出沈阿契的画像，展开来，借着窗外月光看了又看，心中暗道："小丫头，看来十九没有看上你。他们不要你，哥哥要你。但是，如今你和十九有了这么一段，让我怎么开得了口？一个秋红被大哥收了房，要是又一个你被我这个二哥抢走了，这怎么说得过去？让十九情何以堪？"

陈云峰叹了口气。

书房中，王建成正在案前阅件。沈阿契托着腮，双肘支在桌子上看着："王大人，我真的不能跟云卿哥哥见面吗？"王建成笑了笑："不能，你们要定亲了。"阿契道："他们家的家教真的这么严吗？"王建成写着字："真的这么严。"阿契失望地嘟起嘴："可是我好想见他呀，我有好多话要跟他说。"

陈云卿和邢风站在书房帘子内听着。云卿又喜又无奈，忍不住要往外走，邢风忙把他拉住。云卿不动了，却紧锁眉头。

外头，阿契看见半掩着一大瓷缸字画的帘子动了一下，便起身

走了过去。王建成叫住她："哎，后头乱糟糟的，你别去。"阿契停住脚步转回来："哦。"

王建成露出宠溺嗔怪的神情："你这丫头，怎么这么不害臊？"阿契撇了撇嘴。王建成道："要不你跟他写信吧？我帮你交给他。他有回信，我就交给你。"

阿契拍手道："好啊，那你可不许偷看。"王建成说："我不偷看。"阿契想了想，狡黠一笑："我不相信你，我要写吡喏耶语。"

云卿躲在帘子内，一听此言，锁起的眉头又展开了，转而偷偷笑了笑。阿契离开书房，云卿和邢风才从大帘子后出来。

邢风道："老师，沈阿契救过您的命，她信任您。接下来，我们要齐心合力，想办法让她把知道的事情说出来。"云卿听了，又是一脸阴郁。

王宅大门外，陈云峰正抱着一叠《钦定礼制汇编》在敲门。常满打开大门请他进来。云峰道："我给王大人送《钦定礼制汇编》，他在不在？要是不在，还劳烦您代为转交。"常满道："陈大人，他在倒是在的，也可以小人帮您送进去。"

此时，沈阿契走了过来，一脸笑吟吟向陈云峰道："我记得你，你是那个农夫。"云峰问她："你怎么在这里？"常满替她答道："沈娘子是来找令弟十九公子的。可巧每次来，十九公子都不在。"

阿契惊讶地望着陈云峰："云卿哥哥是你弟弟？你是云卿哥哥的哥哥？"云峰点着头："正是。"阿契高兴极了，拉住他的臂弯往长廊上走："太好了！"

云峰猝不及防，却又不愿推开她，只是双手紧紧抱着那叠《钦定礼制汇编》，弓着身，尽量离她远一点。阿契问："为什么我不能跟云卿哥哥见面？你们家的家教真的这么严吗？"

云峰想了想："嗯——也可以算是吧。"阿契问："那为什么我跟你就能见面呢？"云峰又想了想："嗯——因为我们不知道会见面啊。"他又补充道："而且，假如两个人定了亲，或者类似这样的关系，就会更加要避嫌。如果没有这层关系，反倒不必太在意。"

阿契放开他，抬头望着天："没有道理啊。在我们乡下，假如两个人定了亲，或者类似这样的关系，他们才有理由见面啊。如果没有这层关系，反倒不见的。"她走了两步："怎么你们东京的大户人家，倒是反过来了？"她琢磨着，便走了。云峰看着她的背影，不禁笑了笑。

至王建成书房外，陈云峰恰见陈云卿从里面走出来。兄弟俩打了个照面。云峰问："十九，你明明在这儿，为什么对沈阿契避而不见呢？"云卿叹了口气，不做解释。

云峰道："我看她的样子，对你倒是有些动心了。她是个很单纯的姑娘。你要是不喜欢她，就趁早把压惊礼送了。"王建成走了出来，笑向陈云峰："送什么压惊礼？他喜欢得很呢。是不是啊？云卿？"说着望向云卿，云卿只淡淡道："是。"

绫锦院的灯下，沈阿契正写着信。天亮后，信被常满送进了王建成书房："大人，这是沈娘子的信，给十九公子的。"常满出去了。王建成看了看陈云卿，便把信拆了。邢风忙凑过去看，云卿却别过脸去。

信纸上满满都是吡哳耶语，王建成和邢风都傻了眼。邢风拉了

第七章　尔卜尔筮，体无咎言

· 203 ·

拉云卿："云卿，你看这信上说啥？"

云卿不情愿地转过头来，接过信纸，用宋语念道："云卿哥哥，这是我们的悄悄话，你可不许告诉别人。"他停顿了一下："我会害羞的。"

邢风反常地哈哈大笑，故意把声音拔尖学样："我会害羞的。"云卿生气地把信纸往案上一拍，不出声了。王建成向邢风严肃道："别笑！"又对云卿说："云卿，别理他，你继续。"

云卿冷着脸："继续不了。"说着走出门去。

邢风忙追出书房外："云卿，云卿！"云卿不理他。邢风道："要是后面卿卿我我的东西我们不方便听，就算了。你写封回信，直接问四姨娘的事。"

云卿道："你们自己写。"邢风说："我原也是这个意思。我来写就好了，反正她也不知道你的字迹。但是后来想想，这样不好，还得用吡喏耶语。唯有这样，沈阿契才敢说些不能说的话。"云卿道："用吡喏耶语，你就不怕我告诉她真相？"邢风说："你不会的，孰轻孰重你还是分得清的。"说完又进屋去。

又一封回信来了，常满送进了书房，送完便走。王建成与邢风望向陈云卿。陈云卿躲避着他们的目光，拆开信封看信。邢风问："有提林四娘吧？"云卿点了点头："有。"王建成道："快说说。"

时光倒回三十六年，樟树镇渡口边有一所破旧的农家茅屋。一个村妇和一个村夫站在门口张望门内。那是林四娘后来的婆婆和婆家堂叔。

茅屋里传出小孩的哭声。林水顶拖着哭叫的林四娘出门来，交给堂叔。堂叔接过林四娘，扛到肩膀上就走。林四娘往后伸出双手，向着家门的方向挣扎。婆婆掏出一吊钱和零散七八个铜板，放到林水顶手中。

林水顶追上堂叔，从手中的七八个零散铜板中取出三个，放到林四娘手中："这三个铜板你自己留着，买块红巾子系头发。只要明年挣到钱，就把你赎回来。"林四娘攥着拳头，紧紧握着铜板大哭。

十余年后，童养媳林四娘已经长大，怀中抱子来到了集市上的笔墨摊前。那笔墨摊撑着一块布幌子，上面写着"代写书信"几个字。林四娘坐在摊子前，左右张望，偷偷摸摸。

摆摊的书生问："娘子，您写什么？"林四娘道："家书。我叫林四娘，写给广南东路潮州樟树镇圩前二巷林水顶家。林水顶是我父。就写，就写，问他，什么时候来福建赎我回去？没有了，就这些。"

书生道："明白了。"林四娘问："先生，那如果我娘家回信，我能收到吗？"书生道："留下地址，送到你家。"林四娘连连点头。书生挥笔疾书。

过了些年，在集市上摆摊"代写书信"的书生已经留出长胡子。林四娘手里牵着大儿子，怀里抱着小儿子坐到摊子前面。

林四娘道："家书。我叫林四娘，写给广南东路潮州樟树镇圩前二巷林水顶家。林水顶是我父。问他，什么时候来福建赎我回去？"书生道："明白了。"又挥笔疾书。

又过了些年，在集市上摆摊"代写书信"的书生头发已有些花白。林四娘手里拉着小儿子，坐到摊子前面："家书。我叫林四娘，写给广南东路潮州樟树镇圩前二巷林水顶家。林水顶是我父。问他，什么时候来福建赎我回去？"

第七章 尔卜尔筮，体无咎言

书生又道："明白了。"林四娘一拍桌子："明白明白，你这个骗钱的。这么多年，我一封回信都收不到！"书生道："啊呀，林娘子，您收没收到回信我怎么知道呀？信，我的的确确遵照您的意思写了，寄出去了。递铺①可以作证的，不信您去递铺查。"

林四娘怔住了，起身离开摊子。小儿子在身后追着："娘，娘等等我。"

关于回信去了哪里，后来有了答案。那日，林四娘的婆婆蹲在灶前烧火，忽然跪下，念念有词："灶神爷爷，保佑我把这个贱人给卖出去。如今她不是黄花闺女，不好卖。保佑我早早找到买家。"

林四娘悄悄走到厨房门口，见婆婆取出一叠书信，正往灶里烧。四娘上前抢夺："我的信！我的信！你给我看一眼，给我看一眼！"婆婆赶忙把信都一把往火里扔。四娘不管不顾，将手伸到火里去，却被婆婆一把扭了出来。

灶火中，家书尽皆成灰。林四娘和婆婆终于厮打在了一起。

不久，婆婆如愿以偿，找到了买走四娘的丁大富。丁家两个仆人一左一右架着四娘出门。四娘的丈夫追了出来，跪在母亲面前："娘，您不要卖四娘，她，她给您生了两个孙子啊！"

这为娘的听了，说道："你知道啥？你把她当家里人，她把你当拐子。她这些年给潮州写了一叠厚厚的书信，封封是想跑回去的。与其让她白白跑了，不如趁早卖些钱，好贴补家用。"

这儿子又道："娘，不要啊，不管您说什么都好，不要卖四娘！她是我妻啊！"这为娘的又说："你就知足吧。你以为这个婆

① 递铺：又称马递铺，即邮局。

娘还能有人要？如今很难找买主了。幸亏丁大善人只是想找个能生养的，刚好她生了两个儿子，肯定能生养，这才卖了出去。"这儿子哭道："两个孙，看在两个孙的份上，不要拆散我们！"这为娘的呵呵笑道："她这些年往潮州写信，要密谋逃回去，可曾牵念她的两个儿子？我们家白白把她养大，养不熟的。没用的，赶紧走！"

丁大富放下一袋银钱，向家仆挥手道："走吧走吧，没什么好看的。"林四娘回头喊着："孩子，孩子，我的孩子！"

四娘的丈夫叫着："娘，娘！你好狠心！"

王建成听了这些故事，心中也恻隐，说道："原来如此，可叹可叹！这林四娘也是个苦命人。"邢风问陈云卿："就这些？"云卿把信纸折回去："就这些。"邢风道："来来回回都好几封信了，还是不着重点。"王建成道："只能继续回信了。"邢风道："哎，问问这个丁大善人是怎么回事？林四娘被姓丁的带走后，怎么又变成赵鉴清的四姨娘了？"

三天后，沈阿契的又一封信来到了王建成书房的桌子上。

陈云卿忙拆开来看——

这林四娘在丁家又生一子，尚未满月，坐在床上给婴儿喂奶。丁夫人揪着丁大富的耳朵闯进房里，指着四娘道："丁大富！你还留着这个贱人做什么？原先你跟我怎么说来着？只是买个人来，生个孩子留后就好，也不要年轻貌美的，只买个嫁过生过的。现在倒好，还是个狐媚子！"

丁大富叫着："夫人放手，我对夫人绝无二心哪。不敢留她，只是孩子还在吃奶，不着急赶走她。"丁夫人道："这有何难？找个奶娘容易得很，今天她必须走！"四娘忙在床上磕头："不，夫

人，求您留下我做个下人。孩子还太小，您只当买了我来做这个奶娘。"丁夫人道："休想！"

不久之后，丁夫人如愿以偿。

林四娘盛装丽服，伏在摇篮前看着婴儿，泪流满面。丁大富催促道："快走吧，别再看了，能去赵府是你的福气。我只是一个小小的海商，能攀上三司副使是天大的面子。可别给我闹幺蛾子。"

听到这里，王建成摇头道："阿谀奉承之人，可真是什么都干得出来啊。这个叫丁大富的海商是哪里的？"陈云卿道："广南东的。"王建成捻着胡须想了想。云卿又道："后面还有。"王建成道："说。"

云卿道："林四娘到了赵鉴清跟前十分得宠。赵鉴清还专门给她修了个'鲛姝苑'住着。门下，攀附赵鉴清的人颇有奉承四姨娘的，还有好几个认了她做干娘。这里头就有丁大富。"

邢风拍着大腿哈哈大笑："改叫娘了？"王建成止住邢风："别笑。"邢风摇着头止住笑。云卿道："四姨娘肯定有问题。"王建成点着头："对。"

月下，原本静悄悄的王家花园里窸窸窣窣地走上来两个人。那是邢风快步追赶着陈云卿。

邢风道："云卿，你跟沈阿契通信也有一段时间了。总觉得你们聊的都是一些不痛不痒的东西，就像两个不熟的人在讲别人的八卦。你们的信就没有那种，那种情到浓时无话不说的感觉。"

云卿打断了邢风的话："你还想怎么样？"邢风笑了笑："我的意思是，你要把她带入到那种为爱疯狂的境地。你要让她，即使这句话说了她会死，她仍然愿意，你问什么她就说什么。"云卿一拳打向邢风："无耻！"邢风还手："你不要为了沈阿契，误了大事。"二人扭打起来，云卿道："我不为了谁，反正我不干了！"

邢风哈哈大笑："你不干我来！像沈阿契那样的，我一眼就能看穿她。我想骗她，根本就不是事儿。正好，你不干了，她觉得被嫌弃被抛弃，正脆弱呢，我马上就能填补上她心里的空缺。"云卿又给了邢风一拳："你敢！"邢风道："如果你敢退出，我就敢！"

日间，沈阿契和林四娘坐在鲛姝苑荷花池边。阿契道："四姨，我好久没有收到云卿哥哥的信了。您说过，男的即便宠爱，也不过是一年半载的事，短则数月，是这样的吗？"

四娘道："是这样的，花无百日红。"阿契问："那为何您来赵府这么多年，赵大人一直对您宠爱有加呢？我看到其他姬妾都不敢得罪您。"四娘一脸的冷若冰霜："那是因为我对赵大人来说，有其他用处。"

阿契又问："什么用处？"四娘道："我替他背着杀头的罪。如今在暗处，活一日，算一日。哪天从暗处被摆到明处，我便是替赵大人去送命的人。"阿契一惊："啊！怎么会这样？"

四娘淡然一笑："阿契不要难过。我也想通了，与其像过去那样，被人一处接一处地卖，任人蹂躏欺压，生不如死，还不如，或者生，或者死。"

原来当初，丁大富把林四娘送进赵府之后，与赵府的往来就频繁起来。最初，他要拜四娘做干娘，四娘还在盛宠，且对丁大富的气还未消，便不肯理会他。

赵鉴清劝她："你就收了他做干儿子吧？难为他一片孝心。"

丁大富也跪下了："亲娘在上，受儿子一拜。"四娘一声冷笑。赵鉴清便向她道："大富做的是细贵香药的生意。他倒是有孝心请我占大股，只是朝廷不许三司官员参与这样的事情。这个大股只能是你来占着了。毕竟你们俩也熟，好说话。这要是交给别人，我还不放心呢。"

四娘不吭声。赵鉴清软声哄道："你放心，这不是什么伤天害理的买卖。再说还有我呢，你怕什么呀？"丁大富趁机道："干娘，我干爹这也是信任您。您还不快快答应了？"四娘冷笑道："刚才还是亲娘，怎么又变成干娘了？"

丁大富笑嘻嘻地掌着自己的嘴："是儿子说错了。儿子有了您二老，以后儿子的生意就是二老的生意①，还有哪路神仙会为难我呀？"赵鉴清向丁大富道："算你明白。"

绫锦院中，一名织工向沈阿契挥动着一封信："阿契，有你的信。"阿契高兴地跑过去："一定是云卿哥哥。"接过信一看，却无落款。阿契思忖道："不是他啊？是谁呢？"她将信一拆，惊道："是三姐！"那递信的织工问："阿契，你还有个三姐呀？"阿契忙将嘴一掩，摇着头："没，没有。"

回到房里，她才小心地将信拆开来看，看着看着，脸上浮出笑容："原来三姐又生了一个儿子，真替她感到高兴。"

这时，胖姑姑来到房门口，笑道："阿契，王家的常满捎了话来。明天不是有菊花会吗？他说，云卿公子邀你一起去赏菊。"

---

① 据黄纯艳《宋代海外贸易》，第100-101页，宋政府明令禁止现任官吏经营海外贸易。《宋会要》职官四四之三、《文献通考》卷二六《市舶互市》、《宋史》卷一八六《食货志下八》均有相关记载。

阿契欣喜得立即站了起来："真的？在哪里？"胖姑姑掩嘴而笑："瞧你，稳重点儿！在仙桥仙洞。"阿契点着头："好好，我去。"

王家花园里，陈云卿见了邢风就躲，邢风却紧追不舍："哎，明天仙桥仙洞赏菊花会，帮你约好了。沈阿契也答应了。"云卿道："你想怎么样？再打一架？"邢风笑道："谁想跟你打？看来，你们两个总不见面也不行，浓不起来，不痛不痒的。"

云卿冷冰冰道："我不去。"邢风拍了拍他："重任在肩，你不能不去。"云卿抬头看了看天，天上艳阳高照，便说："如果明天出太阳我就去，下雨我就不去。"邢风也看了看天，笑了："好，一言为定。"

第二天，姹紫嫣红、千姿百态的菊花摆满了仙桥仙洞，一时热闹非常。早晨晴好，却突然下起大雨来。路人们四处躲雨，行人渐渐稀少。偌大一个菊花会，只剩几个撑伞的在闲逛。大大小小的花儿朵儿被重重的雨点打得掉落了一地。

沈阿契站在街边茶摊子的大伞下躲雨，左盼右顾，逐渐露出失望的神色："我等了快一个上午了，又下着雨，云卿哥哥不会来了。"

此时，陈云卿却站在街对面的楼上，从窗口望向她："阿契，对不起了。"

突如其来的大雨让邢风懊恼了。他站在王宅走廊上，看雨水顺着檐上的凹槽流成线："怎么说下雨就下雨？看来云卿那小子不会去见沈阿契了。"王建成笑道："你让云卿给哄了。他会看天象阴晴，下雨不下雨还能不知道？"

邢风叫道："他会看阴晴？这小子！"王建成道："他自幼

跟父亲走过海船的，怎么可能不懂阴晴？"[1]邢风点点头："那倒是。"

沈阿契失魂落魄地回到绫锦院，挑灯写信："云卿哥哥，你为什么突然间不理我了？四姨说，花无百日红。她牺牲了很多，才有了外人眼中的长宠不衰。可谁又知道她这样一朵娇花，竟是长在了刀尖上。这世上根本没有护花使者。"

天又亮了，常满拿着一封信跑过王家院子："大人，沈娘子来信了。"他跑过之后，王家院子显得空荡荡的。

沈阿契在信上说："云卿哥哥，我收到了三姐的来信。虽然她的亲事遭到了全家的反对，但我有时也在想，是什么样的人才能拥有她那样的爱情？即使知道这个男人已经走上了不归路，仍然选择飞蛾扑火。"

陈云卿在王建成书房里，握着沈阿契的信发呆，喃喃道："不归路、不归路！"邢风拉了拉他："信上说了什么？"云卿把信轻飘飘地一丢，脸色惨白："我不是不给她回信了吗？她怎么还写过来？"

邢风笑道："嘿，你可不知道，你给她回信的时候，她一封一封地写；你不给她回信，特别是菊花会失约之后，她一下子写了三封信过来。这小娘子急得呀！"

云卿揪住邢风的衣领："你住口！"

王建成扯开邢风和云卿："好啦，你俩别闹了。快说正事。"

---

[1] 据中国海事局组织编撰的《中国海员史》，第52页，宋代航海者善于预测天气，"审视风云天时而后进"。徐兢《宣和奉使高丽图经》卷三十四《海道一》、吴自牧《梦粱录》卷十二《江海船舰》有相关记载。

云卿顿地坐到椅子上，仰头看了看房梁："没什么好说的了，事情结束了。"

这天夜里，宫门口的侍卫沿墙列队，灯火明亮却寂寂然。

王建成向当值太监鞠了个躬："公公，我有急事要单独面圣。"太监道："我替你禀报一声。"便提着灯笼走进宫门去。王建成在门外来回踱步。

他的耳畔犹自响着陈云卿的声音："三司副使赵鉴清与广南东路海商丁大富相勾结，违制做起细贵香药走私。因自己不愿落人把柄，便遣姬妾林四娘代领此项买卖事务。"

远远的，那太监提着灯笼又走出宫门来："王大人，皇上宣您进去了。"王建成忙道："哦哦，好好。"便往宫门内走了进去。

陈云卿未完的话在他耳畔继续响着："钱匪陆定远盘踞一方，多年来地方官府剿不灭、动不了，其背后也是三司副使赵鉴清。说白了，陆定远的生意就是赵鉴清的生意。陆定远就是替赵鉴清办事的。"

陈府十九房的小院里，一轮圆月挂在树梢。陈云卿自斟自饮，见酒壶中已滴不出酒来，便向屋里喊："杭哥，拿酒来！"杭哥拿着一壶酒走到屋檐下，就被丫鬟绫儿拉住。绫儿摇了摇头，使着眼色，又向云卿道："公子，不要再喝了。"

云卿大叫："你闭嘴！"绫儿吓了一跳。云卿又道："杭哥，你还站在那里干吗？"杭哥忙唯唯诺诺向前替他倒酒。云卿忽然头一磕，扑到石桌上睡着了。

醉梦里，他仿佛听到沈阿契娇嗔地问："云卿哥哥，你说你会娶我，是真的吗？我总觉得你在骗我。你一定是在骗我。"他抬起醉眼，笑着喃喃自语："我怎么会骗你呢？我说了娶你，就一定会

娶你。"

他醉了几天，直至王建成和邢风登门来看他。云卿清醒过来，只是闷闷不乐："老师，邢风师兄，你们怎么来了？"王建成笑道："云卿啊，好些天没见到你，我们就过来看看。"云卿一脸平静。

王建成道："云卿啊，我知道你心里难受。你只管恨我就是。但现在你所经受的这一关，也是你必须经受的。只有过了这一关，你以后才能有自己的政治前途。"云卿冷冷一笑："老师，学生恐怕要辜负您的栽培了。学生不是可造之材。"

邢风拍了拍他："云卿，不要说这样的话。现在难受是肯定的，但是过一阵子你还必须得缓过来。奸臣坏，忠臣要比奸臣更坏；奸臣狠，忠臣要比奸臣更狠！"

云卿推开邢风的手："你不要碰我。"邢风又强搂着他，故作欢笑："哎，兄弟如手足，女人如衣服。不要伤了兄弟的感情。"云卿推开他："算了，我们都不是讲感情的人。"邢风愕然。

没多久，陈府便开始准备云卿的喜事了。大厅里摆满系着红绸、贴着喜字的箱子。众家仆忙碌地清点各色物品。

长胡子管家在写帖子，见云卿来了，便停下手中的笔起身行礼："十九公子。"云卿道："你忙你的。"管家笑道："公子大喜！我们这就前往南郊谷桑林沈家。"云卿点点头。

谷桑林里，沈林氏站在小平屋门口，远远地看见陈家的队伍浩浩荡荡来了，忙向屋内叫着："他们来了，陈家的人来了。"沈楚略也出了门来。沈林氏道："今年打春，阿契得到春土了，我就知道她会有喜事的。"

家仆们抬着大红箱子进门。为首的老仆妇向沈家夫妇鞠躬：

"老大人，老夫人，大喜，大喜了！"沈家夫妇笑着还礼。

一个小厮向管家道："这屋里太小，箱子根本放不下。"管家向小厮使了个眼色。小厮笨拙，仍道："没法放，放不了。"众人安静下来。家仆们面带尴尬。

沈林氏忽笑了起来："厅子放不下就往房里放。来，我带你们来。左右两边睡觉的房间都随便放。还有，外头有个厨房，也可以放，随便放。"

为首的仆妇也笑了起来："就是就是，都一样，别放外头淋到雨就成啊。"管家也笑了起来："好好好，小子们勤快点儿，把箱子摆好放好码整齐。"

夜里，沈家夫妇坐在小厅宽板凳上。豆油灯的火苗忽闪忽闪的。沈林氏看着满屋子的聘礼，笑了起来："当初卢彦没看上咱们老五，我心里头还着急呢。现在看来，更好。"

沈楚略拿出一封信，往豆油灯上点。沈林氏道："你干吗？你点的是啥？"沈楚略说："老四的信。"沈林氏抢过烧了一半的信："你为什么烧了它！"沈楚略道："老四跟别人姓去了。他，他入赘了！不孝子，还说什么考中了再来看咱们，不孝，不孝！"

沈林氏道："你恼什么？入赘就入赘吧，咱们家男孩多。"沈楚略说："入赘了，以后沈家的祖先不归他拜了，他要去拜别人家的祖先。孩子也不姓沈了，香火也续不了了。就是我死了，他也不能像个儿子一样给我送葬，只能像个外嫁女。"沈林氏轻描淡写地说："嗨，想这些有的没的呢？就算入赘，他也算是成亲了，终归是件喜事。"

沈楚略暴怒："你不知道，入赘的男儿被人瞧不起！我的儿子凭什么要入赘？"沈林氏伸手在他胸口上顺了顺："别气坏自己。

被人瞧不起的事多了去了，你还没习惯呀？"她说着，忽然乐了起来："这不挺好的吗？现在，老三嫁人了，老四成婚了，老五的亲事也定了。"

她刚笑了两声，又沉下脸去："但是，老大还没着落。也就是咱家现在漂泊在外，这要是在老家，乡里人是要说闲话的。你看，要不给老大把媳妇说下来吧？"

沈楚略道："家里哪有钱给老大说亲？"沈林氏向彩礼箱子努了努嘴："那儿不有了吗？"沈楚略道："不行！那年海啸，大瘌家的橘子园全给淹了。他借给我的钱，我都没还他。今年春天我给他回信了，我说今年一定还他。还有阿秃的、鸟蛋的、老羞叔的，这几家的钱，这次可以一并还了。这件事情也算了了。"

沈林氏不悦："你怎么这么狠心啊？老大是长子。弟弟妹妹都成亲了，他打着光棍，你怎么看得下去啊？"

沈志强忽从房里出来，一脸淡漠："阿姨，我不娶媳妇，您别跟阿巴吵。"

一条官道，开在一半是山一半是海的地方。道旁一座小驿亭，正是鱼门驿。数名军差在此设卡查验过往商货。

前方，一支贩运队伍走了过来。地上车辙非常深。众贩夫汗流满面，显得十分吃力。军差叫住了为首的贩夫："站住！"

车队停了下来。军差问："这些箱子里装的是什么？"贩夫道："告军爷，装的是陶瓷。"军差道："打开看看。"贩夫把箱子打开，里面均是陶瓷罐。

军差伸手拿起一只瓷罐，掂了掂，笑了。为首的贩夫要夺回瓷罐，军差却将瓷罐往地上一摔，罐子里满满是铜钱，撒了一地。众贩夫见状，抽出刀剑来，砍向军差。军差拔刀相迎，一时混战起来。

兵刃既接，捷报传来。

黎有顺气喘吁吁地跑进韶州衙门："刘大人，鱼门驿卡口抓住了！一整车队的铜钱。"刘知州从椅子上弹起来："好！"又忙下了堂，抓住他的肩膀："这些铜钱，从哪里来，到哪里去？"黎有顺咽了咽口水："到凤尾岛去，出海。"刘知州叫："他妈的！从哪里来？"黎有顺结巴着："从，从，从咱们这儿来。"刘知州把他肩膀一推："你可以给你大哥报仇了！"

黎有顺眼眶湿润起来，哽咽住。刘知州又道："盗矿盗铸，'反向追溯'，陈云卿陈大人的法子看来有点用啊。"说罢一转身："嘘，不要打草惊蛇。"

蛇在草中，也许它不知道，可解蛇毒的药草早在它出洞之时就已生成。

海风下的凤尾岛灌木森森，一座营寨藏在岛上。众官船借着岛礁与灌木做掩护，悄悄靠了岸。官兵们潜伏到营寨底下，突然发箭如雨，众海匪如野草遭了风，纷纷倒下。

一个小喽啰跑进营寨："头领，官兵发现咱们了，官兵剿上岛来了！"胡越向林巢道："走！下船去葫芦岛。"三人急忙跑到围墙边，顺着竹梯子往下逃。

已而官兵攻上营寨里来，翻出一处藏宝室，里头整整齐齐码着当日丢失的纲运宝货：犀角、象牙、香药，还有宝石。

一名小官兵搜出一封书信来，递给领队的看："这是丁大富写给干娘的家书。"领队的忙向小官兵比了个手势，暗示他不要出声，又左右看了看，把书信收起来。

韶州衙门，黎有顺又气喘吁吁地跑了进来："刘大人！葫芦岛

钓到了大鱼。"刘知州问："拿到胡越和林巢两个贼头了？"

黎有顺道："这两个倒是让他溜了，只拿到几个小喽啰。不过，有更大的鱼。"说着拿出一封书信递给刘知州。刘知州一看，赶紧将信捂住："谁都不能说。你自己跑一趟，不要再差第二个人。你报给陈云卿陈大人。"

黎有顺领命，立即动身进了京，将信一送送到陈云卿手里。

陈云卿坐在香药库衙署中，摩挲着书信反复看，忽将信一收，叹了口气。

黎有顺站立一旁，问："丢失的一船队纲运宝货追回来了，您为何叹气？"云卿神色沉闷，没有回答他的问题，只是微微一笑："你一路奔波辛苦了，先歇息几日。"黎有顺道："这……"云卿又说："你坐下说话，喝点茶吧。"黎有顺道："谢陈大人。"

云卿道："你们立功了，把丢失的一船队纲运宝货追了回来，这还是第一次。以前丢了的，没有追得回来的。这次追回来的应该不是全部。纲运官既落草为寇，他们应该会花掉一部分宝货。"

黎有顺道："追回来八成有多，九成不到。"陈云卿说："落草为寇，住在荒岛上，也没有地方花钱的。他们花掉的这一部分宝货，很有可能是献给谁，献给一些什么人，能够容他们在岛上住下，甚至可以保护他们的。"黎有顺点点头。

云卿道："虽然两个贼首没有抓到，但是抓到这些小喽啰也很好。保住他们，别打，问问宝货献给了谁。往这个线索去找，你们也好，刘知州也好，会立更大的功。"黎有顺忙点着头："是，陈大人。"

云卿又道："还有，你跟刘大人说，两个纲运官刚落草不久，没可能那么快就做大的。这一遭走私铜钱，一头要对着海外蕃国，一头要对着韶州。从盗挖到盗铸，都不是轻易能完成的。就凭他们两个，恐怕没这个本事。他们只是一个被撕开的口子。"

黎有顺连连点头："多谢陈大人指点，一定原话传给刘知州。"

一时黎有顺离去了，陈云卿望向窗外随风摇曳的竹子，幽幽道："阿契，我知道林四娘对你有大恩，对不起了。"

此刻，林四娘心里似乎对事态有所感应。

她歪在鲛姝苑小厅的罗汉床上，盯着琉璃灯盏闷闷不乐。赵鉴清挨过来问："怎么又不开心哪？"四娘道："大人，我今天收到丁大富的信，说上次写过一封家书给我，原是托纲运官带进京的。谁知纲运船丢了，连船，带货，带纲运官一起丢了。信也丢了。"

赵鉴清道："丢了就丢了嘛。纲运官哪儿能靠得住？"四娘道："丢了倒不要紧，就怕被人捡了去。"赵鉴清问："谁能捡了去？"四娘说："这我不知道，我只是怕他会在信中说我们买卖的事。这丁大富合着就想要我死。"赵鉴清劝慰着："别胡思乱想了。同一封信，你死他能活着呀？"

四娘直起身子，说："我可是替大人办的事。我一个妇道人家，知道什么？"赵鉴清道："你就放一百个心吧。你住在鲛姝苑。这里是赵府，谁还能把你从这里带走不成？"四娘又闷闷不乐地拨了拨香炉里的灰。

赵鉴清道："怎么？没心思伺候我了？"四娘将他推开。他恼了："哼，不知好歹的东西。"说罢甩袖而去。

天亮了，林四娘听说沈阿契来了，心里终于宽了宽。

阿契陪她在花园里散步。四娘道："听说契儿大喜了。四姨真替你高兴。"阿契道："谢谢四姨。四姨，您还不知道，我那天

去见他，穿的就是您那条莲藕色裙子，嘻嘻。"四娘笑着："是吗？"阿契点着头："太大了，胖姑姑帮我改了一下。"

四娘道："那条裙子我一直挺喜欢的，就是颜色太年轻了，现在穿不了，正好给你。"她说着，神色倦怠，连连咳嗽。阿契问："四姨，您怎么了？是不是不舒服？"四娘勉强笑了笑："契儿，四姨是个没盼头的人。你要是得闲就多过来看看四姨。四姨一见到你就高兴。"阿契道："您别这么说。您的好日子还长着呢。我一定经常过来看您。"

再说黎有顺一回到韶州，就将陈云卿的话原封不动地对刘知州说了。刘知州一拍桌子："好！就按陈云卿陈大人说的办。那几个小喽啰，哄着。看看少掉的宝货，纲运官是献给了谁？"黎有顺应道："是。"刘知州转身抬头，看了看"明镜高悬"四字牌匾，哈哈大笑："陈大人哪陈大人，您真是我的大贵人。"

此时，龙福寺的高台上，陆定远正望着海面。

岸边，力夫们在往船上搬运货物。一个小厮跑上台阶："头家，不好了！"陆定远道："不要慌，说。"小厮道："凤尾岛让官兵抄了。"陆定远问："两位头领呢？"小厮道："还好，两位头领没被抓，已经去了葫芦岛。"陆定远迟疑着："官兵为什么盯上凤尾岛？"小厮道："两位头领说，是为了追回朝廷的犀象纲。"

陆定远摇了摇头，拍了拍栏杆。很快，他就进入了刘知州的视野。

黎有顺告诉刘知州，凤尾岛被抓的小喽啰招了，犀象纲的宝货就是送给了钱匪陆铜钱。刘知州叫道："哦，是他！久闻大名啊。原潮州段部署的女婿。"黎有顺道："啊，您也听说了？"刘知州道："段部署是江南西人，与我是老乡。如今，他已经告老还乡了。"

黎有顺道："也不知道什么时候能把陆铜钱剿了，把段娘子解救回来。"刘知州道："剿陆铜钱不是那么简单的，从长计议吧。"他捻须沉思，忽又抬头道："只能再辛苦你一趟。我写封信给你。你不要再差第二个人，自己报给陈云卿陈大人，听听他怎么说。"

第八章 烛影摇，红蜡干

陆宅花园里，沈来弟的两个孩子陆宗明、陆宗亮正坐在台阶上玩耍。沈来弟叫道："宗明、宗亮，别坐在石板上，凉，快回来吧。"宗亮听了，索性躺倒在石板上："热，阿姨我热。"宗明把宗亮拉起来："你走开，给我凉一下，我也热。"

沈来弟拿着细竹条走来："没一个听话是不是？"宗明、宗亮忙起身跑了。

一个小厮跑了过来，一脸喜色："头家奶奶，小舅爷找到了，在飞凤岭荔枝园呢。"沈来弟一听，惊得将细竹条悬在了半空中："什么？幺弟找到了！"小厮道："找到了。"沈来弟叫道："快！带我去。"

陆定远进了门来："哈哈哈，看把你给高兴的。"沈来弟道："当然高兴，我现在就要去。"陆定远说："不用去了，幺弟估计快到北溪桥了。"沈来弟问："你们把他接来了？"陆定远点着头："嗯。"沈来弟喜得愣住了。

宗明、宗亮两个跑来跑去，又进了陆夫人房间："大姨，大姨！"陆夫人把他们一左一右搂住："从哪儿来呀？"宗亮道："从外头来。"陆夫人问："今天外头来客人了？"宗明道："来了个没见过的小舅舅，是个种荔枝树的。"

陆夫人说："哦哦，小舅舅有没有给你们带荔枝吃？"宗亮道："有！挑了两筐，一担子呢。我和哥哥一人分一筐。"陆夫人摩挲着宗亮的脸："那我呢？给我也吃一点儿啊。"宗明道："好的大姨，我给您一篮子。"

陆夫人走出房来，从走廊的连排窗望向小厅内，见沈来弟和沈志荣在厅中正抱头痛哭。众家仆侍立两旁，也跟着低头抹起泪来。陆夫人痴痴望着，手中捻着佛珠。

陈云卿和沈阿契的婚期近了。陈云海嘻嘻哈哈地叫着："十九，大喜了！五爹给你把婚期定下来了，就在下月十七。"陈云卿笑了笑："下月十七？"

陈弘祚呵呵笑道："总算挑定了这个日子，你好好准备准备，跟王建成告个假啊。"云海也道："可算解决了一件大事。十九啊，你可让咱们操碎了心。"

云卿淡然一笑，有些落寞。

很快，沈阿契也在绫锦院听到了这个日子："下月十七？"胖姑姑道："对，下月十七，大喜了阿契。我陪你去把这个消息告诉监工大人。到时候你要提前回家准备准备。陈家的花轿是去谷桑林沈家把你抬走的。"

阿契双手按住胸口，有点紧张："还有呢？"胖姑姑道："还有，你进了陈家门，就不会再在绫锦院做工了。以后就不会住在姑

姑这里了。姑姑要见到你，恐怕都没什么机会了。"阿契问："就是，我要离开绫锦院？"胖姑姑道："对啊，是不是很舍不得？"阿契眼圈红了："是，很舍不得。我很喜欢这里，很感激姑姑。"胖姑姑道："傻丫头，你怎么还哭了？"阿契抱住了她，连声叫着："姑姑。"

监工走进门来："哟，怎么？这么依依不舍？"胖姑姑道："大人，您来了，我正要带阿契去跟您说件事儿呢。"监工哈哈笑道："我都知道了。阿契，大喜大喜啊，你找了个好人家。"

众画师围在门口看。监工一转身："你看，她们都很舍不得你。"沈阿契眼泪又"扑簌"掉下来了。

天色已晚，黎有顺再次进京见到陈云卿，将刘知州的信交付给他。云卿将信看完，毫不意外地念了声："陆定远。"黎有顺道："对。"云卿说："黎大哥，你先住下，等我消息。"

是夜，陈云卿裹着披风敲响了王家的大门。常满披着外衣开门："陈公子，这么晚了，您还没歇？"云卿将一封信递给常满："常满叔，这封信麻烦您交给老师。"常满问："您不进去吗？"云卿道："家里还有点事，我就不进去了。"常满忙将信送进去。

王建成本已睡下，此时又把灯点上，把灯罩安好，吩咐常满去请邢风。

不片刻，邢风来了。王建成向邢风扬了扬手里的信："云卿送过来的。"邢风一看，道："老师，钱匪陆铜钱盘踞东南海域多年，财力雄厚，先是收罗民间官铸铜钱出口给外蕃，后来渐渐发展至盗挖铜矿，盗铸铜钱，同样输送外蕃。此举足可乱国！"

王建成沉吟不语。

邢风又道："陆铜钱违反'铜禁'这么多年，上不闻于三司，东南州府深受其害。刘知州信中所言，有一条大鱼潜伏于此。此鱼不捕，动不了陆铜钱。"王建成说："这条鱼就是赵鉴清无疑了。看来，地方州府早已心中有数，只是十分无奈。"

他思忖片刻，又道："既然已经很明确了，就宜早不宜迟，免得惊动了他，我们先入网中啊。对外，就说是去运香药纲。正好，赵鉴清上次也说了要让我再次去做纲运官的。"邢风点着头："好。"

天明时分，陈云卿回到陈府。一走进大门，杭哥便迎了上来："公子，您昨晚一夜没回来，急死我了。"云卿把披风解下，递给杭哥。杭哥问："公子，您在哪里用早饭？我给您送过来。"云卿说："书房。把韶州来的黎军爷也请过来一起吃。"杭哥应道："哎，好的。"

书房中，陈云卿、黎有顺同桌而食。

黎有顺道："这陆铜钱哪，在广南东路早有名声了。大家都知道他是干吗的，却又没人剿得了他。"云卿听了，只埋头吃饭。黎有顺又道："他明娶的，有两房夫人。这两位夫人都大有故事。大夫人是前潮州段部署的女娘子。当年，这段娘子已经招赘了夫婿，且身怀六甲，愣是让陆铜钱给掳走了，做了压寨夫人。段娘子跟着这贼头儿，先是生下了和前夫的长子，后又生下了陆家的种，也有三个子女。这二夫人是潮州一个海商的女儿。"

云卿淡淡道："两个女人都是抢来的，算不得什么夫人。"黎有顺问："哟，陈大人您清楚这陆定远的事情？"云卿道："不清楚。"黎有顺又说："虽是抢来的，这海商的女儿还和匪头生了俩儿子。"

云卿听了，无甚言语，吃过早饭便回了香药库衙署。

一进议事厅就见王建成满脸笑容走了上来。

"云卿，圣上恩准了，我要去趟广南东，明着纲运香药，实则剿灭钱匪，揪出背后大鱼。"他压低声音说着，又拍了拍云卿的肩膀，"你，立了大功。"

云卿一脸阴沉。王建成又道："马上，赵鉴清就会派我去纲运香药，从广南东路运回京城。而他，将不知道我此去的真正目的。哈哈，哈哈。"云卿道："祝老师马到功成。"

王建成看着他，宽慰道："云卿啊，别这样，事情都过去了。打打杀杀，你死我活，不都是这样吗？过去了。"

云卿恳切地问："老师，陆铜钱若剿了，他的家眷当如何？"王建成道："这还用问吗？该如何，便如何。"云卿说："据广南东军差的可靠消息，陆铜钱的夫人段娘子当年是被强掳为压寨夫人的。听说，那段娘子已是人妇，且身怀六甲，被陆铜钱吊在桅杆上，以此来逼迫当年的潮州段部署退兵。这是全体兵士们有目共睹的。"

王建成叫道："啊，如此卑鄙。"云卿道："此次剿匪，必然要解救这位段娘子回来。倘若将段娘子作为匪人家眷处置，那段部署一门忠烈，岂不冤枉？"王建成说："原来如此！那是当然，应另当别论的。"

云卿说："老师，这海匪作乱，总有掳人妻女的事。哪个良家女子愿意嫁他为妻？她们都是受害者。老师此去，还望明察，莫伤及无辜。"王建成意味深长地看着他："我明白你意思。你放心吧，我们的目标是除掉朝中奸佞，除掉海匪，还百姓一个朗朗乾坤，意不在一二女眷。能超生的，必让她们超生就是。"

云卿跪下磕头："多谢老师仁慈！"

王建成扶起他来，满眼深切："谢什么谢？说什么傻话？你啊，听说你婚期定在下个月十七日。老师很高兴，我还是很希望你和阿契以后能好好过的。你放心，有些事情，只有我们师徒三人知道，连天、地，我都不让他知道。"

云卿垂下头来。王建成想了想，道："下个月十七日摆酒，可惜我这个媒人，不能去喝喜酒了。"云卿又挤出一点笑容来。

静夜微风，陈云卿手持一盏灯，在书房外的满月窗前站着。眼前一丛修竹，摇摇曳曳。他思量道："阿契，你我婚期将至，可也是赵鉴清大厦将倾之时。覆巢之下无完卵，我不知你的四姨林四娘，还有你的三姐沈来弟终将如何。倘若有一天你知道这一切都与我有关，我今后该如何面对你？"

他将灯放在窗台上，紧了紧披风，仰天长叹，又沿着小径走了几步。此时陈云峰提着灯笼从后面走来："十九。"云卿叫："峰哥。"

陈云峰道："下个月十七，你就要成亲了，可惜我喝不到你的喜酒。"云卿抬起头来，一脸疑惑。云峰说："出使的诏命下来了，市舶司要我们下个月十五出发。呵呵，差了两天。"云卿又叫了声："峰哥。"云峰道："这事儿，我娘还不知道，先别告诉她。"

兄弟二人走到湖心亭来。一轮明月挂在亭子翘起的檐边。

云峰命小厮在亭中摆上几个下酒菜，说道："既然喝不到你的喜酒，今晚咱们兄弟俩就先喝两杯，来。"云卿把酒杯放下："峰哥，还是我去吧，你留在家里。"云峰笑道："什么话？你可别说是为了我啊。男子汉大丈夫，不至于。"云卿道："我说真的。"

云峰道："别胡闹，你十七成亲，怎么能十五人就出蕃去

呢？"云卿说："我不成亲了。"陈云峰把酒杯往桌子上一捶："胡闹！"陈云卿又说了一次："我真不成亲了。"说着把酒壶举起来，往嘴里灌。云峰抢下酒壶："为什么？发生什么事了？"

云卿怅然若失："什么事都没发生。"云峰道："我问你，是不是那沈家女子有什么过错？"云卿摇头。云峰又道："既然没有，怎么能突然悔婚？女子最重名节，你儿戏悔婚，对沈家女子来说，可能是一辈子的流言蜚语。"

陈云卿笑了笑："也是，这样也不好。但就算成亲，我也不会碰她的。峰哥，假如我出蕃了以后没回来，你帮我劝劝五爹，让沈阿契改嫁吧。"陈云峰道："什么你没回来？没喝你就醉了？是我去，不是你去。"

云卿又拉着他，似说醉话："峰哥，我是说真的，让她改嫁吧。五爹比较固执，他只听你的。"云峰见此情状，有些心烦："好了好了，早点回去睡吧。"

谷桑林沈家，陈家的仆妇们正在教导沈阿契成亲当天的礼仪。

仆妇说："记住了啊，成亲那天，必须要遵守这些细节。"阿契紧张地点着头。沈林氏问阿契："这么多规矩，我听得头都晕了，你记得住？"

阿契烦恼地点点头："记得住，啊，有点多。"另一个仆妇嘿嘿笑着："是有点多，所以我们才提前过来教教沈娘子。只能辛苦您了。"

又一个仆妇递给阿契一盏灯："来，沈娘子，我们走一遍。"阿契接过灯，仆妇便道："这盏灯提在手里，要小心，不能摔着，别让风吹到，要保持不熄火，从娘家一直走到婆家，放到喜房的床头柜子上。"

阿契一脸不解，仆妇方道："这样才会'旺丁''香火不绝'。"

接着，那仆妇撑出一把大红伞遮住阿契："来，沈娘子，咱们走一遍。到时候你要始终保持走在大红伞底下，有人会帮你撑着。一路上别跑出伞外头，要记得。"

阿契站到伞下，跟仆妇走了几步。仆妇便向沈林氏解释："这把红伞会挡掉新娘子一生中从天而降的祸事。"阿契问："那我上了轿子怎么办？怎么躲在红伞下面？"仆妇回答："上轿子里了就不算，但是下了轿子，马上躲到红伞下面。"阿契点着头："好的。"

临了，仆妇嘱咐道："进了喜房之后，务必小心谨慎，不能踩到夫君的鞋子。否则以后家里公鸡不叫母鸡叫。"阿契掩嘴而笑："什么是公鸡不叫母鸡叫？"仆妇没有回答，只说："还有一条，红盖头盖上之后，娘子就不能说话了，要红盖头掀起来以后才能出声。"她解释道："籽言，是妇女之德。"

汴河之晨，王建成与众军士已登上了船。陈云卿策马而至，下马向王建成单腿跪下："老师！"

王建成向他挥了挥手："你回去吧，放心吧！"

船队离岸，渐行渐远。云卿在岸边远眺，又策马直奔三司衙署来。

三司衙署内，前来领取使官关牒的陈云峰突然看到陈云卿的身影。云峰走了过去："十九，你怎么来了？"云卿道："今天是三司给出蕃使官发关牒的日子，我当然要来。"

云峰感觉不妙："你怎么回事！"云卿不理会他，只向三司官员道："大人，陈云峰一向在礼部从事，对市舶诸政根本不了解，

烛影摇，红蜡干

对诸蕃国也是一知半解，他不适合代表宋国出使诸蕃。"

三司官员说："人员已经定下来了。我们选的都是最适合的人。陈云峰是礼部官员，大宋国使可以担当得起。"云卿坚持道："不，他不适合。大人可以翻看他前番拟写的蕃文国书，他把中理和弼琶罗混为一谈。还好这只是拟写，若是正式国书，带来的后果很不好。"

陈云峰大惊。三司官员也大惊，向侍从道："快把前番遴选诸使官，拟写的国书拿出来看看。"侍从入内，搬出一大摞纸张，又协助三司官员翻找着，终于举起一张纸："在这里，大人，在这里。"三司官员夺过细看："啊，还真是！"

陈云峰惊诧地看了云卿一眼。

三司官员道："此事非同小可！我要禀报圣上再做定夺。"云卿劝道："大人，此事非同小可。禀报圣上，云峰固然要领罪，但是圣上更加会怪三司办事不细。依学生看，您把'陈云峰'改成'陈云卿'，便妥妥的了。"

陈云峰指着他："十九，你……"三司官员道："原本就是定的'陈云卿'，不知为何又换成'陈云峰'的。不换了，就照原来的，陈云卿去！"云卿作揖道："多谢大人体谅。"

云峰一脸愕然。

此事传至陈府，陈弘祚跳了起来："胡闹！"

陈云卿"扑通"跪到陈弘祚跟前。陈弘祚将他一拉："起来！"他没动。陈弘祚道："我问你，十五日离京准备出蕃，你十七日成亲，怎么办？"他不语。陈弘祚恼道："你可别又跟我说你不成亲了。"云卿猛然抬起头来："不可以吗，五爹？"

陈弘祚坚决地说："不可以！你非要出蕃，成亲的时间就改为九日。总之，你一定要成亲。"云卿说："如果非要成亲，五爹要答应我一件事，否则不能成亲。"陈弘祚问："什么事？"

云卿道："如果我去了，三年未回，五爹请让沈阿契改嫁。"陈弘祚转怒为笑："你！你会回来的。"

成亲日子的改动让沈林氏颇感意外，她问陈家仆妇："陈家妈妈，原来说好了，挑的日子是十七日。您说那是最好的黄道吉日，怎么突然改为九日了？为什么呀？是不是有什么事儿啊？"

仆妇道："哎呀，没有为什么的，都是好日子，您别多心。"沈林氏道："可是这，就挺突然。"仆妇笑道："哎哟，亲家奶奶，也就差个几天，您这会子又舍不得女儿了？"沈林氏无言以对。沈阿契坐在一旁，并未多想。

陈云峰在房间里生着闷气，云峰娘却觉得喜从天降，再三地问："真的？你不用去了？阿弥陀佛，菩萨保佑！"云峰道："十九肯定是做了手脚。他是怎么做的手脚呢？"云峰娘问："十九是故意这么做的？他真是个好人。老天开眼，总算把我的峰儿留下来了。"云峰道："娘，你，哎呀！"他一脸气闷地走出门去。

早上，窗外传来小孩嬉戏的笑声。陆夫人往外望去，就见宗明、宗亮跑进房中来。宗明道："大姨，我们今天要去小舅舅的荔枝园玩，那里有好多好多荔枝吃。您跟我们一起去吧？"宗亮说："是啊大姨，荔枝太重了，我们拿不动，拿不回来给您吃。"

陆夫人抚摸着宗亮的脑袋："不用拿回来给大姨吃，你自己吃就可以了。别吃太多啊，吃太多拉不出便便的。"宗亮点着头："好。"

陆宅门口，宗明、宗亮相继爬上马车。车夫准备着马辔头。沈

来弟刚要上车，陆夫人便走出门来："来弟，你过来。"沈来弟有些意外，走到她跟前："什么事？"陆夫人问："你今天带这俩孩子去小舅舅果园里？"沈来弟道："是的。"

陆夫人脸上露出安详的笑容："去了你们就不要回来。"沈来弟微微有些恼："你！"陆夫人依旧笑着："就是你不听劝非要回来，也别让两个孩子跟你回来。"说罢转身进门。她的步伐有些异样，裙摆似被清风吹拂。

沈来弟深感诧异，继而有些莫名的失落。直至荔枝园中，她仍惴惴不安。她看着幺弟带着两个孩子在树丛间穿梭玩闹，突然感到一阵心跳"扑通"不止，脸色变得苍白起来。

沈志荣并没有察觉三姐的不安，还只顾领着两个孩子往汤泉池跑，边跑边说："舅舅告诉你们，那边有个暖暖的小山池。我们去那里洗澡、玩水，好不好？"宗明、宗亮跳起来："好，好，我要玩水！"沈来弟叫了两声："幺弟，幺弟！"沈志荣才停住脚步，转过头来。

沈来弟道："幺弟，宗明、宗亮先在你这里住着，我有事情先回去一趟。"说着就急火火地跨上马，扬鞭离去。沈志荣望着她的背影，甚是不解。

沈来弟回到家中时，日头已经落下去了，陆宅却火焰熊熊，比大白天还明亮扎眼。官兵与海匪在陆宅内外厮杀着。乱了秩序的人和乱了秩序的物四处散落，或者在高处，或者在低处，或者匍匐满地。腥味和焦味让眼睛发酸，让耳朵发胀，让脑袋发狂。愤怒或凌厉的叫声混杂在眼前颠三倒四的拼图中，花花绿绿的，却不成形。沈来弟惊声尖叫着："陆大哥！陆大哥！"她如同灰溜溜的老蛾，在焰火跟前冷热交替的风中不由自主，飘飘摇摇，然后就不见了。

一连数日过去，沈志荣不见三姐来荔枝园接孩子，心中直犯嘀咕。

宗明问："舅舅，阿姨怎么没来接我和弟弟回家呀？"宗亮说："舅舅，好久没见到阿巴和阿姨了，我想回家。"沈志荣神色疑虑："舅舅也不知道为什么。"

他想了想，对宗明说："宗明，你是哥哥，你看好弟弟，就在舅舅家里千万不要离开。舅舅进城去看看，找找你们阿姨。"宗明点点头："嗯，舅舅你一定要帮我们把阿姨找回来。"沈志荣说："舅舅很快就回来。你们俩要乖啊，关好门。"

他离了农舍，寻到陆宅来，只见陆宅已变成了一片废墟，剩下半个残缺门第，还贴着封条。

沈志荣看得呆住了，站在废墟前，一脸茫然。

这时一个浣衣女经过，向他说道："被官兵剿了。"沈志荣问："啊？什么？"浣衣女解释："海匪被官兵剿了。"沈志荣问："那，那海匪的家眷呢？"浣衣女说："跳溪里，让溪水流走了。"沈志荣叫着："啊！"浣衣女又说："还有一些跑了的，官兵正在抓呢。"沈志荣连连叫着："啊，啊！"

他惊慌失措，转身就走，一路奔回荔枝园。

沈志荣推开农舍柴扉，就见宗明、宗亮跑过来喊着："舅舅，舅舅。"沈志荣左右搂住两个孩子："听着，听着，以后别叫我舅舅，叫我阿巴。不管谁问，都告诉他，你们是我的孩子。知道了吗？"

陆宗亮推开沈志荣，满眼疑惑。沈志荣抚摸着他的脑袋："乖，记住了吗？"

清晨，沈阿契穿着喜服，坐在谷桑林平房小厅的宽板凳上。一块红布盖了过来，阿契只看见一片红彤彤的，再不见其他事物。陈家仆妇道："记住，盖头揭起来之前，不能说话。"

阿契上了轿，吹奏声远远近近地在谷桑林里响着。

迎亲队伍到了陈家大门前停下。轿子压低，沈阿契就出了轿子。她手里持着一盏琉璃灯，站在红雨伞下。陈云卿远远站着不动，只是深情地望着她。

众宾主喧闹着。陈云峰忽瞥见十九弟心事重重的脸。

沈阿契要进门了，忽然踩错门槛，摔了一跤。喜娘忙扶起她来，只见她牢牢地将琉璃灯护在怀里。云卿看着阿契摔跤，几乎无动于衷，脸上十分冷漠，眼里却又闪着泪光。这一幕又被陈云峰瞧了去，他既不解，又担忧。

阿契被扶进喜房里了。她把抱过来的琉璃灯安然无恙地摆在床头梳妆台上。

她一直坐在床上，直至夜幕降临，心想："夫君什么时候才来帮我把这块红布揭了呀？大半天了，不能动，不能说的。唉，肚子好饿。"

大厅里，众宾客宴饮着，欢声笑语。陈云峰在一旁瞅着云卿，这十九弟杵在宾客堆里喝了两杯酒，神色甚是敷衍，脸上不见半点喜色。

众人道："不早了，新郎先回房吧！"云卿笑了笑，离开人群，往后堂走去。众兄弟忙拉着陈云海："哎，大哥，你看，十九回房了，咱们闹新房去！"陈云海又推了推陈云峰："走呀，阿峰，闹新房去，哈哈哈。"

此时陈云卿走到喜房门口，看着紧闭的门和门上的双喜，却停住了脚步。他脑海里又出现前一日在榷货务^①衙署的情形——

一名军士跑进来报："陈大人，陈大人！"陈云卿紧张地问："老师情况如何？"军士道："王大人已经到了潮州，剿匪之事很顺利！"陈云卿颤抖着问："如何顺利？"军士道："钱匪老窝夷为平地，只剩一把火。可惜钱匪跑了。"陈云卿问："家眷呢？"军士道："段娘子解救回来，其他家眷都不见了，听说投水自尽了。"陈云卿问："小孩呢？"军士道："不见了，也许是在火里。"陈云卿脸色惨白："啊！"

他站在喜房门外回了回神，心中暗道："阿契，你如何能接受，今晚与你同床共枕的新郎，是害你姐姐全家的凶手？"他又望了房门一眼，沿着长廊走了。

云卿刚走开，众兄弟便嬉闹着来了。陈云海看了看大家，比划了个"嘘"的手势，猛然把门一推："惊不惊喜！意不意外！"

沈阿契盖着盖头，独自坐在床上，受到惊吓，往后一缩："是谁？"众兄弟面面相觑。陈云海道："那小子没回来啊？"陈云峰有些尴尬，忙向阿契道："对不起啊对不起！我们走了。"便将众人往外推。

阿契眼前只有一片红色，透着几个模糊人影。她问着："你们是谁？"陈云峰没再回答，连忙掩好门，与众人离去。阿契自言自

---

① 榷货务：据黄纯艳《宋代海外贸易》，第143-148页，太平兴国二年，宋政府开始"置官以鬻香药"，设置了"在京出卖香药场"，又称"香药榷易局"或"香药榷易院"。大中祥符二年，香药榷易院并入榷货务。香药出售之前由编估局、打套局邀请牙人估价，然后由榷货务投下文钞，关报逐处支给，进入销售环节。榷货务有直接向消费者出售的，也有批发给商人的。

第八章

烛影摇，红蜡干

语道："糟了，我不能说话的。"说完，忙又把嘴捂住。

陈云峰提着灯笼找到湖心亭来，果见云卿独自闷坐。云峰道："我就知道你在这里。"云卿叫："峰哥。"

陈云峰把灯笼卡在栏杆上，灯光映着一旁紫色的花树。云峰问："到底发生了什么事情？"云卿道："没什么。"云峰急了："连我也不能说吗？"云卿笑着摇摇头。云峰道："快回去吧，好歹帮人家把盖头揭了。那新娘子傻乖傻乖的，按照那规矩，估计这一整天都不敢说不敢动的，饭也没吃、水也没喝吧？"

云卿恍过神来："怎么会这样？"云峰道："老婆子们的规矩，要新郎先揭了盖头，才能说话啊。"云卿问："这样的吗？"云峰拍拍他的肩膀："呵呵呵，要不怎么说你没成过亲呢？"云卿听了，忙一转身："那我回去了。"

陈云峰对着十九弟的背影叫道："哎，你慢点儿，别的要不要我教你啊？"

喜房的门又动了，陈云卿一脸正色地走了进来。他盯着红盖头看了许久，突然伸手一掀，一双笑眯眯的眼睛露了出来。阿契仰望着他，似乎一切皆安。云卿道："你可以说话了。"阿契站起身来，伸了伸腿，左右顾盼："我先去趟茅厕。"云卿指了指："那边。"阿契便往屏风后去了。

此时，众仆妇挎着篮子进来："公子，我们来撒床帐，还有……"云卿打断了仆妇的话："行了，东西放下，走吧。"仆妇尴尬地点着头："哎哎哎。"忙放下篮子出去了。

云卿从篮子里取出食物，在桌子上摆着。

阿契解完手，笑眯眯地跑回来，坐到梳妆台前摘着发髻上的珠、钗、花："哎呀好沉，我要把这些都解下来。"她随手拿过镜台上的小木盒，把首饰一件一件放进去，又抬头望向铜镜，只见铜镜中的自己被胭脂水粉抹得一脸怪诞，忍不住掩嘴而笑："怎么把我的脸抹成这样了？好怪好难看。"

云卿端来一盆水，又递上毛巾："把脸擦擦。"阿契接过毛巾，湿了水，擦完脸，往水盆里一放，水里沁出红胭脂的色线来。云卿站在一旁看着她，微微一笑。

沈阿契继续解着自己的发饰。云卿问："你不饿吗？"阿契点着头："饿。"云卿坐到桌子旁："过来吃点儿东西。"阿契又解开一缕头发，垂在耳边，点着头。

解完发饰，沈阿契终于吃上了一碗热饺子汤。云卿一直看着她，她突然不好意思起来："你不吃的？"云卿摇着头："哦，不吃。"又忽作头晕状："哎呀，我很晕。我先睡了。"阿契扶住他："你怎么了？"

云卿推开她："小心我吐你一身。"阿契怔住了。云卿又略笑了笑："哦，没事，刚才喝了酒，现在晕了。我先睡了。"阿契道："可是你刚才一直好好的，很清醒。"云卿道："那个酒后劲大呀。"阿契有些困惑："这，后劲？"就见他歪歪地倒到床上，不动了。阿契更困惑了："啊？"

是夜，林四娘在鲛姝苑罗汉床上歪着，一直咳嗽。小翠捧着药侍立在旁。赵鉴清问："四姨娘一点儿没有好转吗？"小翠道："这几日都是这样。"

这时，一小厮慌张跑来，跪在门外："赵大人，赵大人！"赵鉴清向小翠道："你先退下。"小翠退下了，赵鉴清又走向小厮。小厮哭道："赵大人，陆定远被王建成剿平了！那王建成，说是要去广州纲运香药，结果几船人顺着海路去了潮州。他，他，怕是得

第八章 炖影摇，红蜡干

· 237 ·

了旨意才敢这么瞒着您的。"赵鉴清叫着："王八蛋！"

林四娘远远望着门口交谈的两个人，神色绝望。赵鉴清又问："陆定远是抓了活的，还是抓了死的？"小厮道："没抓着，陆定远跑了。但是，龙福寺怕是要被翻个底朝天了。"

林四娘剧烈地咳嗽着。

是夜，沈志荣在飞凤岭农舍哄着宗明、宗亮睡觉。屋里灯火明亮，三人躺在床上。沈志荣说："咱们得睡觉了，把灯灭了好不好？把灯灭了才能睡呀。"宗亮坚持着："不好不好，我要灯亮着。"

沈志荣说："那我给你讲个故事，讲完了就要把灯灭了然后睡觉。"宗亮道："那你先讲，如果好听就睡，不好听就不睡。"沈志荣道："从前有个有钱人，他仓库里有好多好多大米。有一只小老鼠，每天过来偷走一粒米。它一天过来偷走一粒米，一天又过来偷走一粒米……"

陆定远、沈来弟远远地站在农舍篱笆外，望着透出灯火的窗户。陆定远说："孩子就让他们在这儿吧，以后也不必说出他们是谁。让他们安安生生做个农夫吧。"沈来弟垂下泪来。陆定远又说："我知道你的心，可是我不想让你再跟着我了。你也留在荔枝园吧。"

沈来弟说："我不，你去哪儿我就去哪儿。"陆定远道："就算是为了他们兄弟俩，你留在荔枝园吧。"沈来弟紧紧抱着陆定远："我做不到，你走，我不能独自留下。"陆定远搂着沈来弟，叹了口气。

农舍内，沈志荣仍继续讲着："过了一天又过来偷走一粒米，过了一天又过来偷走一粒米……"宗亮不耐烦了："怎么还没偷完呀？"沈志荣道："因为那个有钱人家里的米多呀。别打岔，那么小老鼠呢，过了一天又过来偷走一粒米，过了一天又过来偷走一粒米……"宗亮捂上耳朵："我不听我不听我不听！"

宗明一直在走神，忽向沈志荣道："阿巴，外面有人。"

农舍篱笆外，陆定远、沈来弟离开了。沈来弟回过头来望了农舍一眼，又走了。沈志荣站到窗边望了望，只有空荡荡的篱笆墙。他转头告诉宗明："没人。"

喜房里，沈阿契自在地填饱了肚子，又梳洗完毕，见陈云卿面对小山屏蜷着身子，远远躲着她，倒留出来好大一片位置。她于是自在地躺下睡了。

她刚闭上眼睛，陈云卿突然转过身来，似醉似醒，用吡啫耶语道："你们哪，都不了解老师。个个觉得他冲动鲁莽得罪人，其实啊，赵鉴清根本不是他的对手。等老师一回来，赵鉴清就要倒霉了。"阿契睁开眼睛看着他。

陈云卿又用吡啫耶语说："这次老师明着是去纲运香药，其实是去剿匪，走私铜钱的海匪陆铜钱，这次肯定剿得他全家干干净净。"沈阿契吓了一跳，用吡啫耶语问："你说什么？王大人要去剿陆铜钱？"云卿答："老师虽然年纪大，但他会旗开得胜的。"

他佯装醉得厉害，睡着了。

阿契弹起身来，摇着他："云卿哥哥，你刚才说了什么？是梦话，还是醉话？你快醒醒啊。"阿契急得要哭，马上要下床去。云卿翻个身，又醒了，用吡啫耶语说："老师不会滥杀无辜的。听说陆铜钱好色，这次，被他掳走的女子，老师会解救回来的。"阿契停住了，用吡啫耶语问："王大人会把被陆铜钱掳走的女子当成海匪家眷，一并处置了吗？"云卿又佯装醉得厉害，睡着了。

沈阿契开始起身穿衣服。陈云卿却坐了起来，似乎完全清醒了："三更半夜，你去哪里？"阿契回了回神："夫君，你刚才说了一些醉话。"云卿道："哦，醉话都是胡说的，不是真的。"阿契问："王大人是去广州纲运香药，还是去了别的地方？"

云卿道："当然是去广州纲运香药了，哪还能去别的地方？朝廷的命令怎么可能随便更改？"阿契想了想，方点了点头，又躺下了。

一闭眼，她便见到沈来弟。她见沈来弟被王建成杀了，两个孩子也被王建成杀了。她见到他们在跑，别人在追；他们摔倒在地上，骨骼咔咔作响。他们的喊叫声、呼救声充斥着阿契的耳朵，阿契却睁不开眼睛，上下眼皮仿佛被浓稠的血液粘住了。阿契努力着，上下眼皮终于出现了一道缝隙，仿佛若有光，却是血光。

阿契满脸汗水，尖叫醒来："啊——"她定了定神，看到喜房和躺在身边的陈云卿。云卿微微起身，看着她："怎么了？"阿契道："我做噩梦了。"云卿道："梦都是相反的，不用怕。"

阿契恐惧地蜷缩到他怀里："夫君，你到底是醉是醒？你说的话，到底是真是假？王大人，他会不会杀了我姐姐？我姐姐，她是被抢走的，是被抢的。"陈云卿抱着她，面无表情："别胡思乱想了，老师只是去广州纲运香药。"阿契颤抖着："真的吗？"云卿没有回答，只是亲吻着她。她闭上了眼睛。

眼睛一闭，她又看到陆铜钱的家里到处都是鲜血。陆家扑朔迷离的复道、暗巷、密室，幻化成了一张严密的兵法布图，藏着各种机关和暗器。冷的锋刃和热的硝火，交织出难闻的气味。一股深黑中裹着暗红的浓烟从陆家宅子腾空而上，呛住了沈阿契的喉鼻。

她实在无法透气，又惊叫着醒过来："啊——"她定了定神，窗外透进来早晨的阳光。陈云卿已经起身，站在窗前，转身望向她："又做梦了？"阿契点着头。云卿坐到床沿上，环住她的双肩："别怕。"

沈阿契用吡啫耶语问："我可以马上回一趟潮州吗？我知道你昨晚上没有喝醉。"云卿转过脸去，用吡啫耶语答："你不用回去了，老师已经出发一个多月。"阿契问："你是说，王大人已经？"云卿道："老师不会滥杀无辜的。"阿契立即推开他，起身穿衣服："我要回潮州！"

陈云卿一把扣住她的手腕，又用吡啫耶语道："这是密旨，回去就是通匪！"阿契把手挣脱出来："我不会连累你们家的。"陈云卿紧紧抱住她："事情可能都办完了，只是官报还没抵京！"

沈阿契瘫软了，云卿把她扶到椅子上。看着呆坐发愣的沈阿契，他出了房去。

他再回来时，见长廊外有一仆妇端着一托盘早饭走来，便上前接过托盘："我来吧，你不必进去。"仆妇应声而去。

陈云卿端着托盘，推开房门，房内却空无一人。他叫了两声："阿契，阿契！"并无人应答。镜台前只留下她昨夜拆解下来的珠钗红花。

陈弘祚在书房里闻知此事，恼了起来："媳妇刚进门，不声不响走了？"陈云卿不吭声。陈弘祚问："你知道她去哪儿？"云卿道："娘家有急事，来不及跟诸位长辈辞别。她有跟我说过的。"陈弘祚摇着头："荒唐。我们陈家，从没发生过这样的事。"

陈云峰忙劝道："五爹，沈家有急事，不辞而别是可以理解的。"陈弘祚问云峰："你也这么说？"陈云峰接着说："况且沈氏跟十九说过了。"

陈弘祚不能理解："什么急事？这刚进门，今天还要拜祖先，要祭神呢，还没见过家里的长辈呢。这成亲，还没成完呢。"陈云峰道："五爹，如今便宜从事吧。这亲已经成完了。过几天，十九就要出发了，别闹他。"陈弘祚方道："这，罢了罢了。云卿啊，别往心里去，出使外蕃也是两三年就回来。到时咱们看看这沈氏好不好，不好再给你另娶一房，绝不委屈你，啊。"

云卿苦笑道："五爹，真没什么。我走后，倘若她回来，您千万别为难她。"陈弘祚眼睛一瞪："倘若她回来？怎么她还想着不回来呀？不是说娘家有点儿事吗？怎么有点儿事回了一下娘家，就不回来啦？"云卿忙道："我不是这个意思。"

陈云峰又安抚住陈弘祚："五爹，这事儿咱们就先不提了。十九马上要出发了，这几天呢，得好好准备准备。"说罢又向云卿道："咱们兄弟也多聚聚。"陈弘祚道："行了，我知道了。"

离了陈弘祚书房，云峰与云卿又走到湖心亭。云峰道："我知道你有苦衷，虽然我不知道是什么事情。"云卿道："峰哥，事情现在还不便告诉您。只等我老师回来，您就明白了。"云峰纳闷："你这媳妇，还跟三司的事情扯上关系了？"云卿道："峰哥，阿契是个好女子，是我对不起她。倘若她回陈家来，你替我保护好她。"

陈云峰笑了笑："我替不了你，你自己要早去早回。记得，早回！"说着握住了陈云卿的肩膀。

早晨，卢彦站在卢家商号门口看着众伙计收拾店面，就见沈阿契抹着泪水远远走来。卢彦脸色一变，迎上前来："这是怎么了？不是昨天拜堂成亲吗？"阿契又抹了抹泪水："您记错了，还没到日子。"卢彦一脸疑惑。

阿契问："卢大哥，能教我骑马吗？"卢彦道："走。"便领着阿契走到后院，从马厩里牵出两匹马来，又把马鞭丢给她。阿契一把接住了。

二人渐至城门外，沈阿契学着卢彦的姿势翻身上马，两匹马便疾驰而去。

阿契在马背上道："卢大哥，你回去吧，我会了。"卢彦道："你刚会。"阿契说："我要借你的马。"卢彦问："你去哪儿？到底发生什么事了？跟我说！"阿契紧紧闭着嘴巴不吭声。

卢彦追问："明明是昨天成亲，还说不是？你少绕我。是不是他欺负你了？就算他欺负你，你这是要一个人去哪里？"阿契道："没有，他对我很好。你回去吧。"她说着，狠狠地甩了几鞭子，把卢彦落在后面，却突然身子一晃，从马背上摔了下来。

她倒在地上，看见当空的烈日，看见摇摆着的太阳光柱，又看见卢彦的脸探了过来："德行！还说你会了。你要去哪儿？我送你。"

沈阿契只好把事情说了。卢彦一听，知非同小可，心下也急。于是二人买舟，一路由水及陆下了岭南。

潮州地界内，马车急急地驶过北溪桥。沈阿契把车帘子一掀，满面愁容。

陆宅的废墟终于呈现在她眼前，与她梦中所见参差相似。她看到陆铜钱和沈来弟站在废墟上。陆铜钱仍是嬉皮笑脸："小姨子，认认路，常来啊。"

卢彦与她站在突兀立着的大门前。一个挑水的老人从门前走过，看了看他们："没啦，别看了。像陆铜钱这种人，神通广大，只有来一个京官才能镇得住啊。"一个路人凑了过来："那天

晚上，从宅子里搬出来好多铜钱啊，排起队比前溪还长。"老人道："宅子里没什么，真正钱多的是佛寺的地底下，那里才是陆铜钱藏钱的地方。我都看见了，一箱一箱的钱都是从佛寺那边抬出来的。"

沈阿契神色疲惫，问道："他们家一个都没有了吗？"一个过路的女人便说："听我男人说，陆铜钱把老婆孩子都扔进前溪里，自己跳海啦。也许还有些什么人，都抓走了吧？"

路人们都散去了。卢彦和沈阿契仍在废墟前的草石中，时而坐坐，时而站站。天空云霞变幻，天黑了。卢彦道："我有好多年没见过你姐姐了。她小时候长得好可爱，五六岁就能在海里游，跟条鱼一样。没想到她受了那么多苦，还不得已跟了陆铜钱。"

阿契说："当年真的是没办法，没地方去。没人告诉我们一帮小孩，该怎么活命。"她突然抱住卢彦，一场痛哭。卢彦推开她："走，我们光明正大地去找王建成。"说罢，拉着她往潮州衙署而来。

衙署门口，车马的萧萧声由远及近。

王建成骑着高头大马缓缓走来，却见沈阿契僵硬地跪在衙署大门中间，卢彦在一旁站着。王建成忙下马，看了看卢彦："你们怎么来了？"

阿契跪向王建成，语无伦次："王大人，陆铜钱有一个小妾，是我亲姐姐。当年家中逃难，父母扔下我们几个半大的孩子，我们都没有办法。陆铜钱是恶霸！土匪！他把我姐姐抢走了。我们那时还是小孩子，根本没有办法，管不了姐姐。"说罢嚎啕大哭："我从东京赶来，我只想来替她收尸！"

王建成看着她，故作不解："是你姐姐？"阿契捣药似的点着头："是我亲姐姐。"王建成故作叹息："那没有办法，家眷我们也没有看到，也许都让溪水流走了。"

阿契哭着："我姐姐是被抢走的，她是被逼的。陆铜钱你死得好！你怎么不早点死？"王建成左右顾盼："云卿呢？"又自言自语："我老糊涂了，差点儿忘了，云卿来不了。"便向阿契道："事已至此，节哀吧。"阿契摇着头，哭得更凶了。

王建成向卢彦道："没想到啊，是她亲姐姐。事出意外，怎么就跑到潮州来了？她和云卿已经成亲了没有？"卢彦迟疑着："这……可能已经成亲了吧？我也不太清楚。"

王建成又对阿契说："事情我知道了。回京去吧，你姐姐是被抢来的。她有冤情，倘若有她的消息，不管生死，都还给你。"

沈阿契叫着："我不回，我不回！我要找到我姐姐再回去！"王建成对卢彦说："先带她走吧，这么晚了。事情都发生了。"阿契又叫着："我要我姐姐，你把姐姐还给我！"叫着叫着，一口气上不来，昏厥过去。

卢彦忙把她扶住。

潮州客栈内，沈阿契躺在床上，病容满面。

卢彦看着她，摇了摇头："我不知道该怎么劝你。恨可以恨，难过也可以难过，但你还是要爱惜自己的身体。十几天了，吃吃不下，喝喝不下的。"阿契目光空洞："你不知道，当年我们经历了什么。她心气儿高，她都不愿意给人做小，怎么会愿意嫁给土匪呢？"卢彦低头叹息："我知道，我也不好受。但是，也许你三姐根本没事儿呢？她水性很好，能在海里游的，溪水对她来说应该没什么难的。"

阿契突然来了力气，喊了一句："总有一天我要弄死陈渡头！

我跟我二哥、四哥都说好了。"她说着，满脸苍白发青，又闭上了眼睛。卢彦道："阿契，你想开一点。你还有你二哥、四哥。他们要是看到你这个样子，得多心疼啊。你好歹自己振作一点儿，心里别钻牛角尖。"

沈阿契睁开眼睛，幽幽地看着卢彦："你说，陆铜钱是王建成剿的，我夫君跟王建成是一伙儿的吗？"卢彦脸色一变："这……不是，他不是没来嘛，他不知道的。"阿契道："不，他知道的，就是他告诉我的。"卢彦说："别想了。"阿契翻身向里，揪着被子角抽噎："为什么？坏人、好人，加在一起，都要让我三姐死？"

卢彦伏到床沿边："阿契，我求你了，振作起来。一来，你三姐，包括两个外甥，可能没事儿。王大人已经明说了，他们没罪，找到了，就接回家。二来，就算他们发生意外了，你要找陈渡头报仇，你想杀他，我给你递刀子，好不好？"

阿契不知听没听见，竟昏昏然闭了眼。卢彦抱起她，眼睛急红了："阿契，阿契！"

龙福寺[①]外官兵林立。海风展动着一面面旗帜。此处内河连着外海，水面广阔，浊浪不息。渡口垒砌起来的大石头被溪水打湿，又被风日烘干；复被溪水打湿，又被风日烘干。一个渡翁握着长竿，守着渡口，百无聊赖地望着众官兵。这渡口映着远山，彳亍春夏。水面上也有群英乱飞，细岸边也有水草妖冶。这渡翁来回摆渡

---

① 据黄纯艳《宋代海外贸易》，第45页，在广东澄海隆都后埔宋代佛寺遗址曾出土宋铜钱1800多斤，当时佛寺前是出海港，佛寺则是海商集会之所。这些铜钱是蕃舶收买而因故未能启运的走私品。杜经国、黄挺《潮汕地区古代海上对外贸易》有相关记载。

许多年，不知渡了几多人？

远山起伏，落花在水面上随着涟漪打转。

王建成站在栏杆边看着众官兵挖掘龙福寺地窖。一个小差役走了过来："王大人。"王建成问："怎么样呀？"小差役道："小人去潮州客栈看视了。卢大官人寸步不离守着，那陈夫人仍是水米不进的。"王建成摇头道："唉，你说我能怎么办？我都说了，找到人还给她了。既是海匪抢来的民女，自然是无罪。"

小差役道："王大人宅心仁厚，是那陈夫人自己忒想不开了，大人不必自责。"王建成道："你下去吧。"

王建成望着海面，心想："沈阿契这丫头，是已经想到了云卿这一层，才这么赌气不吃不喝的吗？"他走下龙福寺的石台阶，心中又想："云卿啊，你也是因为这个才突然换回陈云峰，自己去出蕃的？"

王建成想着，便只身到潮州客栈来看沈阿契。他隔着窗，见阿契双目紧闭躺在床上，只好转身与卢彦下了楼。

卢彦道："连哄带骂的，今天倒是吃了一些，可是吃完又全吐了出来。"王建成说："怕也不全是赌气和心病，还是找个郎中来看看。"卢彦点点头。王建成又道："她姐姐又另说了，单说这个丫头，好歹让她活过来。我找两个女的过来帮你。"

二人在客栈茶阁子里坐定，聊了起来。王建成说："闹钱荒，就是这些钱匪给闹的。百姓不堪其苦，你看蜀中为了铜钱都造反[1]

---

[1] 据邓高峰《宋代的金融》，当时四川铜矿稀缺，北宋灭掉后蜀，将大量铜钱运往京师，使四川变成一个铁钱区，这是矛盾的开始。王小波、李顺起义，反对铁钱，使四川铁钱罢铸，情况就更坏了，好用的没有，连不好用的也没有。在此背景下催生了纸币"交子"。

第八章 烛影摇，红蜡干

了。不打几个陆铜钱，不足以震慑钱匪。就是多十个沈阿契，也只能这么办！”

他说着，把桌子一捶，茶盅被震翻。卢彦道：“王大人别往心里去，阿契只是一时缓不过来。她会明白的。”

卢彦说着，收拾了一下茶盅，重新倒好茶：“钱匪该剿。不过，钱匪之患不在于律法不严。一桩买卖利润太高，就总是有人铤而走险。”王建成道：“你是说这铜钱，在我大宋价贱，在外蕃价贵，所以钱匪屡禁不绝？”卢彦道：“大人，事实上铜钱在我大宋已经不算贱。您看这些农夫商贩手里的东西，相比之下，铜钱能购买到的这些货品也许更贱。”

王建成说：“那就是铜钱在外蕃太贵。”卢彦道：“在下早年曾行船在外，看诸蕃所铸钱币或是不如大宋，或是蕃国少矿，或是自铸钱币的花费远大于来宋国购买。因此，诸蕃总来大宋买钱。[①] 有人买，难免有人卖。”王建成叹了口气，摇了摇头。

卢彦道：“钱匪要严打，但是，打钱匪也只是让宋钱不减少而已。在下以为，我们还应该让宋钱增加。”

王建成来了点儿精神，看了看卢彦。卢彦说：“我大宋立朝以来，百业兴旺如同雨后春笋，除去商贸往来用钱剧增之外，那百姓比战乱时富庶，家里便要有积蓄，存起来的同样也是钱。即便没有钱匪闹事，钱自然而然也变得不够用，增钱势在必行。”

深夜的龙福寺地窖，王建成看着众吏人查检账簿书信。一吏人

---

① 据【日】三上次男《陶瓷之路》及【日】桑原骘藏《蒲寿庚考》，东亚、东南亚、南亚、阿拉伯、非洲等地均有宋铜钱出土，如北宋的“淳化通宝”，可见宋代铜钱流布之广。

打春（完整版）· 上册

手持一册账状，离席上前："王大人，此处有内容。"王建成摆了摆手，领着吏人到私室去。

私室中，吏人将账状呈到王建成跟前，又指给他看："王大人，此处是和赵府的往来。赵鉴清有入股的。"王建成说："照着这个都账状，把簿历①找出来。"吏人应道："是。"

王建成走出寺外，望着海面。海上一轮明月升起，银浪翻涌。白天，他问卢彦，增钱如何增法？卢彦说，有二策，一是增设钱监，一是铜楮并行！

王建成拍了拍石栏杆，喃喃自语："卢彦，卢彦。"

这一夜，鲛姝苑似乎感应到了海上的风波。

赵鉴清气势汹汹走进卧室，把林四娘从病床上拖下来，打了一巴掌，又狠踹两脚。小翠吓得跪到地上不敢吭声。赵鉴清指着四娘道："都是你这个贱货！要不是你，我哪里看得上什么丁大富？我哪里认得什么陆铜钱？老子还缺那几个钱使？都是你们这伙刁民合起来害我！"说罢，又一巴掌把林四娘扇得伏在地上。

他将四娘拉起来，四娘脸色苍白，面有死色，又瘫下地去。他方放开手，看了看小翠："小翠，把四姨娘扶上床去。"小翠满脸泪痕地抬起头，又颤抖着点了点头。赵鉴清一拳抡到柱子上，忿忿地走出门去。

廊苑内的藤条化叶映照在灯笼的光晕下，色泽凄艳。赵鉴清站着，看着夜色发呆。

---

① 簿历和账状：据方宝璋《宋代经济管理思想及其当代价值研究》，第101-103页，宋人对明细账称"簿"，日记账称"历"，有时连称簿历。账、状或账状连称，是宋代会计对总账的称法。对各类账状进行汇编的称为都账，都历、都簿类似于此。

又一个夜里，赵鉴清把小翠叫去了自己房间。赵鉴清问："小翠，四姨娘的病为什么总是不好？"小翠摇摇头："这……"赵鉴清道："可能吃的药不对吧？"说着给了小翠一包药："换成这个，每天加一小包到药汤里。"

小翠吓得魂飞九天，摇着头不敢接。赵鉴清拉过她的手："拿着，好好拿着！"小翠颤抖着双手接过药包。赵鉴清幽幽地看着她："好好让四姨娘服药，要是她的病再不好，拿你是问。"小翠颤声抽噎："是，小翠知道了。"

鲛姝苑里，小翠流着眼泪端着药站在床前。

林四娘抬起手来指着门外，说不出话。小翠道："四姨娘，我扶您起来，把药喝了吧。"四娘摇着头："我不喝，我不喝。"小翠哭着："四姨娘，您就把药喝了吧？"

四娘把手垂下来，闭上眼睛流着泪。小翠一侧身，望见赵鉴清站在门口，吓得身体抖了个激灵。小翠忙道："四姨娘，您听小翠的，把药喝了吧？喝了就会好起来。"四娘推开小翠："我不喝。"小翠转头望向赵鉴清，赵鉴清的脸又阴又沉。

小翠把四娘半抱半扶地搂起来，摆直身体靠着小山屏，又将药汤往她嘴里灌。四娘无力地将药汤一推，药汤子洒了一床，被褥皆湿。

不数日，赵府来客了。

前厅中，小厮慌张地跑向赵鉴清："大人，不好了，大理寺的人来了！"赵鉴清惊慌失色："肯定是来带四姨娘去问话的。快，你快去看看，四姨娘咽气了没有？"小厮应着："是，是。"便慌慌张张向里跑去。

大理寺官员携着二公差进了门。赵鉴清笑脸迎向前来：

"哎哟，刘大人哪，您怎么亲自来了？"那官员道："赵大人，此来……"

赵鉴清没等他说完，就道："不巧得很，林四娘今儿清早刚走了，还未发丧，可能不能跟您去大理寺答话了。"大理寺官员冷笑一声，看着赵鉴清，没有言语。

赵鉴清接着解释："她病了有好长一段时间了，换了几拨大夫皆不济事。"那官员一笑："您都说了，林四娘都走了，那肯定是不能去大理寺答话了，怎么还是'可能'不能去？"赵鉴清尴尬一笑："一时口误，我心里也很难过的，总想着她还没走的。"

大理寺官员又一笑："赵大人，我此来并非为了带走林四娘问话。她也许，没有必要死的。"赵鉴清一愣："什么？"大理寺官员诡谲一笑："赵大人，您的案子已经结了。"赵鉴清一惊："啊？"

那官员将手上的一叠文书抛向赵鉴清："您和钱匪的事情大理寺已经一清二楚了，都在这里。我就懒得念了。您想看就看，不想看也可以不看。总之，我今天是奉命来褫夺您所有官告的。还请，速速将官告送交上来。"说完将脸一板，坐到厅子上首的椅子上等着。

赵鉴清怀里抱着一叠文书，满脸僵住："是，是。"便僵僵地转身往里走："罪臣，这就去拿。"大理寺官员纠正着："不是'罪臣'，是'草民'。"

赵鉴清缓缓转身："一时口误，我心里也很难过的。"那官员道："理解，理解，快去吧。"

鲛姝苑里，小翠和小厮正合力从床上拉扯起林四娘来灌药。林四娘挣扎着："我不喝，我不喝！我不要死，我不要！"小翠流着

眼泪，把手缩了回来。小厮向小翠叫道："快过来帮忙呀！"小翠摇着头："不，我害怕！"

药碗打翻在地，药汤洒了，药碗碎了。

此时的赵府前厅，赵鉴清正跪在地上，向大理寺官员呈上一叠官告。那官员接过官告，起身向二公差道："我们走吧。"二公差应声而去。赵鉴清仍跪在地上，看着他们离去的背影，顿坐到地上。

半晌，他才想起什么来，忙赶到林四娘卧室门口，只见四娘、小翠、小厮三个在病床上扭作一团。赵鉴清一喝："你们干什么！"小厮忙下地来，跪下双膝："大人，这已经是第四包药粉了，都被四姨娘打翻了。小人无计可施。"

赵鉴清喝断："住嘴！"便上前刮了小厮一巴掌："滚！"小厮捂着脸："是，是。"

小厮跑出门去，赵鉴清又把小翠从四娘床上拉下地来。小翠叫着："大人饶命，大人饶命！"赵鉴清将她狠狠踢了一脚："滚！"小翠连声道："是，是。"便忙跑出门去。

赵鉴清从床上抱起憔悴苍白的林四娘，哈哈大笑："还活着，哈哈哈，还活着。"林四娘闭上眼睛，眼角流下泪来。

潮州客栈里，小厮敲门进了卢彦房间："卢大官人，这是递铺送来的邸报。"小厮送上邸报，又掩门出去。

卢彦展开邸报，一看时，直拍大腿，心中暗叫："赵鉴清真的凉了！以后，治理'钱荒'诸策该找谁？唉，不容易啊。"

小厮又敲门进来："卢大官人，王大人来了。"就见王建成紧随小厮进了门。

卢彦起身相迎："王大人，哦，阿契今天情况还不错，不用哄不用骂，自己就吃了，也没吐出来。"王建成嘿嘿笑道："那就好。哦，我今天主要是来看你的。"卢彦道："看我？"

王建成点着头："嗯嗯。上次你跟我说的，增钱有二策，一是增设钱监，一是铜楮并行，愿闻其详。请卢大官人不吝赐教。"卢彦不好意思地笑了笑："王大人说哪里话？"

卢彦便敛了敛笑，正色道："增设钱监，就这广南东路，韶州有良矿，若在此处设钱监，可解南方之困。大人，说回四川的事情，其实在东京，在北方，虽然铜钱也紧张，但大体上还过得去，但是南方，比如四川，比如广南东路、广南西路，还有福建路、两浙，却闹得厉害。这是因为每次朝廷铸造新钱，都在京师附近投放，鲜少来到南方。如果南方增设钱监，均衡投放，必是一策。以我一人之见识，只知道有韶州，而大宋物博，良矿定不止于此，如果朝廷勘察起来，何愁无铜？"

王建成道："矿是有矿，铸是会铸，只是设一个钱监，朝廷也要费许多人力财力，不可能多设。搞不好，钱监越多，朝廷越亏，也是有可能的。"

卢彦道："还有一策，铜楮并行。楮币，比铁，比金银要管用，所耗费的人力财力，也比开矿冶炼要少得多。"王建成看着他，微微笑了笑："你是四川人？"卢彦点着头。王建成又道："也是商人？"卢彦又点着头。

王建成道："四川商人以楮代铜的事情我听过。金银虽可立为币，可是数量相当有限，普通百姓也用不起。铁钱呢，他们又不喜欢。"

卢彦道："铁钱太重了。一车茶叶的买卖，运钱比运货成本高，肯定不行，更何况是长距离、大量地运，更加不行。所谓蜀道

难，难于上青天。于是几家川商商号自己印制楮币，作为买卖凭证，却是可行的。他们交易了这些年，没闹出来什么毛病。倘若这楮币不是商号印制，而是朝廷印制，朝廷投放，那就可以在全大宋行使了。"王建成叹道："新事物啊。"

卢彦又说："就像前朝的飞钱，在当时来说也是新事物，一开始大家也不接受。可是到了现在，我们大宋也有便钱务①。这便钱②无非也是前朝的飞钱。现在还有谁觉得便钱务不可接受呢？"

王建成点着头："要谨慎，毕竟楮币只是一张纸。这不是朝廷愿不愿意的问题，而要看老百姓愿不愿意。毕竟楮币发行出来了，是老百姓在用。主要是，有人给你一张纸，换你手里的铜，你接不接受得了？你相不相信这张纸的价值？这跟几个商号之间的相互信任又是不一样的。"

卢彦郑重其事地说："在下以为，以楮代铜之初，必然是铜、楮并行。楮币行于市，铜钱监也要稳住，要增设。如此，以铜为母，以楮为子，子母相权，待母老，子壮，方以子代母。"

王建成问："怎么说？"卢彦道："一开始，要让老百姓相信这张纸。我们可以将印出来的楮币先分为一期一期。比如一张楮

① 便钱务：据高聪明《论白银在宋代货币经济中的地位》，为了解决上供铜钱运输的困难，宋初就实行了入便制，设便钱务。

② 便钱：据邓高峰《宋代的金融》，宋代根据唐代飞钱办法，实行便换，称为便钱。"令商人入钱者诣务陈牒，即日辇至左藏库，给以券，仍敕诸州：凡商人赍券至，当日给付，不得住滞，违者科罚"。也就是说，商人把钱纳入左藏库，得到取款凭证"券"，然后到经商的州县领钱，并且朝廷有信用的保证。这里的券相当于现在的定额支票。商人携带这种"支票"免去了携带大量现金进行交易的麻烦，因此便换制度促进了经济发展。

打春
（完整版）·上册

254

币以一年为期，价值一贯铜钱，在这一年里，商旅百姓们行使楮币于市，待一年满，便可兑换铜钱。老百姓知道这张纸就是可以换铜的，没有差别，而且还轻便，也就放心了。接下来，要鼓励百姓一年期满，以旧楮换新楮，继续行使于市，而不是换铜钱。这个时候要给两种选择，让大家自愿兑换，假如以旧楮换新楮，就能得到一些好处，假如以楮换铜，则要承担一个小成本。"

王建成听了，点着头。

窗外，新雨过，竹丛一片青绿，竹叶尖滴着雨水。

广州港，陈云卿登上大船，披风在海风中猎猎展动。出蕃使团在船甲板上，与岸上市舶司众官吏互相挥手道别。

离京前，陈云卿在灯下写信，喃喃自语："阿契，我本应随你到潮州来，与你同悲喜。但朝廷的出使令已经下来，十五日我便离京，赴广州港出海。此行将向诸蕃宣布大宋市舶诸政，招徕诸蕃商人。我若三年不归，请你改嫁。"

陈云卿抬头怔了一怔，把笔用力丢开。

大船渐渐离港，悬于海天之间。红日当空，陈云卿在甲板上远眺波涛起伏。

陈云卿离宋那天，王建成和卢彦正在潮州客栈中高谈阔论。

王建成叫着："好！太好了。没想到，云卿出蕃去了，老天又把你卢彦送到我的身边来。你们俩很多主张都很像啊！以后，我也不愁没个臂膀了。"

不料房门一动，竟是沈阿契将门推开了。卢彦忙站起来："你怎么起来了？"后知后觉的沈阿契眼圈一红："我夫君出蕃去了？什么时候的事？"

卢彦与王建成都没有回答，阿契又哭回自己房里去了。

此后数日，卢彦左右跟着，安慰她道："别哭了，明年就回来。"她却说："夫君要出蕃，所有人都知道了，只有我不知道，只有我们沈家不知道！"卢彦道："你自己相中的人，也没人逼你。"阿契心烦意乱，冲他叫着："是，让您看笑话了！"

卢彦也生气了："你！你要这么说，我也不管你了。你想哭就哭，不吃饭就别吃，要寻死觅活也罢。我回京了，你自便吧。"说罢出了房门去。

客栈走廊上，仆妇提着食篮走来。卢彦正在气头上，只道："饭别送了，她不吃。"仆妇笑道："这说的是哪里的话？不吃也得送啊。"

仆妇敲了敲门，进沈阿契房里去。卢彦停住脚步，转身望着房门看，就见仆妇慌慌张张跑出房来："不好了，不好了。"卢彦脸色一变，忙跑进房里去。

房间里，沈阿契正捧着白手帕发呆。卢彦抢过手帕，见上面都是血，不禁大惊，转身向仆妇道："问问店里的，这里找个出诊的郎中那么难吗？"仆妇唯唯诺诺出去："不难不难。"

卢彦捧着手帕："小祖宗，你是来跟我讨债的吧？"

不多会儿，店小二带着郎中匆匆赶到客栈外厅："卢大官人，郎中来了。"卢彦忙领着郎中往里走。

客栈屏风上，一只木刻麒麟正在腾云驾雾。看完诊，卢彦又陪着郎中从屏风后慢悠悠走出来。卢彦问："确实如此？"郎中道：

"确实如此。"说着坐下开好药方，递给卢彦。卢彦道："好，有劳您了。"便送郎中出门离开。

转回厅中，卢彦又叫："小二，小二！"店小二忙上前来："卢大官人，您有什么吩咐？需要小的去抓药吗？"卢彦握着药方，翻来覆去看了看："不用了。你再帮我请一个郎中来，要年纪大一点的。"

店小二道："这，方才这位许郎中，已经是我们潮州的名医了。"卢彦道："再请一位来，也是一样要好的。"店小二点着头："好的。"便离去了。

卢彦在麒麟屏风前来回踱步，手掌包着拳头搓来搓去，便又听小二在外敲门："卢大官人，是我。"卢彦忙开门："这么快？郎中请来了吗？"店小二道："没有，是王大人又来找您了。"卢彦道："哦，快请到茶阁子去。"店小二应了一声，欲离去，卢彦又交代："慢着，郎中照请，到了去茶阁子叫我。"店小二点着头："知道。"

茶阁子里，王建成对卢彦说："你那天提到便钱务，招惹得我有些话不吐不快。先前有人跟我提过，香药也可以像便钱一样来做，干脆不运了……"王建成话还未了，卢彦就在发笑。

王建成愕然："你笑什么？"卢彦道："王大人，在不久的将来，香药肯定是没法运的。"王建成有些诧异："你在说什么？"

卢彦解释道："哦，我的意思是没法像以前那样运。大宋每年购入的香药量增长这么快，即便路上一切太平，随着运量越来越大，朝廷的花费也会越来越多。做法不变也得变。"

王建成问："如何变？"

卢彦道："正如您所说，像便钱一样来做。朝廷的榷货务卖香药，可以只卖香药的'便换券'。对，又是一张纸。香药商凭这张纸兑换香药。我的意思是说，他可以在东京兑换，而更多的时候是在广州兑换。奉宸库①专供内廷的，自然要纲运到京。但是这部分量不大，以后也不会突然变大。而对于商卖的香药则要分类析目，干系要紧的一般是少而精，这些可以运，也运得起；但对于量大的普通商卖香药，在广州兑换就可以了。"

王建成一拍桌子："呵呵，卢彦，你知道吗？我方才说的那个人，他也讲，香药不运了，而且说法跟你非常像。"卢彦好奇地问："谁啊？"王建成道："陈云卿。"卢彦笑了笑："哦？呵呵。"王建成感叹道："不用运去东京，榷货务也照卖。对啊，是这样。看来是什么事情都在变啊。"

卢彦道："事情在变，我们也要跟着变。有了新的榫就要有新的卯。很多新事物不是我们图新鲜把它折腾出来，而是它应运而生，不得不生，就像有天意那样。"

这时店小二敲门进茶阁子来："卢大官人，老郎中请来了。"卢彦一边起身，一边向王建成解释："那丫头今天早上呕出血来，现在请了个老郎中。"王建成惊道："怎么就呕出血来了呢？那快走吧，把郎中带过去。"

一时离了茶阁子，卢彦与老郎中入房内看视，王建成只坐在外厅等着。店小二在旁侍立。不多会儿，卢彦便与老郎中从屏风后走出。卢彦问："确实如此？"老郎中笑着："确实如此。"

王建成往屏风的方向探了探头，对卢彦说："我去看看那丫

_____

① 奉宸库：据《宋史》卷一六五《职官志五》，奉宸库掌供内廷金玉、珠宝、良货。

头。"卢彦道："王大人请随我来。"进了房中，只见沈阿契披着外衣坐在椅子上，头发蓬松，垂头扶腮。

阿契起身向王建成行万福礼："王大人万福。"王建成忙道："免礼免礼。"阿契忽"扑通"一下跪到地上，眼圈红了："王大人，民女有冤情，民女要告状。"王建成皱起眉头："哎呀，你这又是怎么了？"阿契抬头望着他："我要告进纳官陈渡头。他放高利贷，暴力催收，掳人子女，横行乡里！"王建成拉起她来："快起来，就是你上次说的那档子事儿？"

阿契点着头："对，他抢我三姐，逼着我们全家流落他乡。"王建成道："怎么又是抢你三姐？那么多人抢你三姐？"

阿契点着头："对！因为她美。"

王建成道："哎呀呀，你看看你，一件事没了，又一件事。你这样子，小身子骨怎么受得了？"阿契哭起来："王大人，我也知道我这小身子骨快不行了，所以，陈渡头的事情我一定要跟您说，不然我死不瞑目。"

王建成道："瞎说什么？小小年纪的，什么死不死的？陈渡头的事情我知道了，回头我让邢风找你。他会帮你处理好的。"又宽慰道："你呀，别多想，没事儿。人吃五谷杂粮难免头疼脑热的。小小年纪能有什么病嘛？"

沈阿契点点头。

王建成转问卢彦："郎中怎么说？"卢彦欲言又止。阿契见状，望着卢彦，神情愈发担忧。王建成忙推着卢彦往外走，低声地："外面说？"

这时，店小二敲门进来："卢大官人，老郎中的方子也写好了，现在是抓谁的方子吃呢？"王建成问："那么多方子？"

店小二道："第一个郎中说夫人有喜了，卢大官人不信，又请了这个，也是说有喜了，如今可不就是有两个方子吗？"沈阿契、王建成闻言皆吃了一惊。

卢彦转头向阿契挤出笑来："恭喜你啊，郎中说你没有生病，是要做母亲了。你阿叔阿婶一定很高兴。"

赣江渡口，卢彦搀扶着沈阿契登上渡船："当心点儿。"沈阿契下意识地将双手遮着腹部，上了渡船，又望着江面发呆。卢彦道："咱们回京了。你要当母亲了，开心点儿。陈云卿那小子明年就回来了。"

这二人未及抵京，三司的人事变动已经惊动了陈府。

陈云峰急匆匆走进陈弘祚书房："五爹，王建成升任三司使！"陈弘祚一惊："啊？"陈云峰一拍手："大家都没想到啊。"陈弘祚道："云卿的老师啊。这老小子还真是咸鱼翻身。赵鉴清刚革职，他弹得比赵鉴清还高？"

陈云峰道："难怪十九屡屡跟我说，我们不了解他的老师。"陈弘祚问："是因为什么？"陈云峰道："嗨，这事情还跟咱们家有点关系的。"

陈弘祚听了缘由，沉默不语。云峰道："十九出蕃之前很反常，说不定就是因为这件事，觉得很难面对他娘子。"陈弘祚道："想不到，咱们家还跟海匪做了连襟？"

云峰道："五爹，万不可这样说。王建成那边定性了，沈家的三女儿是被陆铜钱掳走的，不是姻亲。"陈弘祚道："虽如此，咱们此前给云卿说亲，还是太赶，太急了些。不然，也不能打听不到这些。现在倒也没办法，既然王建成那边都有说法了，又是他三司使做的媒，照着他的说法就是了。"

第九章

行行重行行

云峰点点头：“潮州的事情了了，十九家的应该很快回来的。”

然而沈阿契一抵京即奔南郊谷桑林而来，并未回陈府。

小平屋中，沈林氏母女抱头痛哭。沈楚略跟长子沈志强坐在一旁，面露悲戚。卢彦站在一旁望着门外。沈林氏捶胸顿足：“老三啊，是我不好，我不该让你跑出去认识陆铜钱那个杀千刀的。”

沈阿契抱住沈林氏：“阿婶——”沈林氏推开她，又捶打着沈楚略：“还有两个外孙，我是一面都还没见过啊！怎么就没了？”沈楚略拍了拍沈林氏：“只是找不着人，也许还没事的，别哭！”

一脉连气，远在千里之外的沈志武也正恸哭。他用小石子飞砸着陆宅的废墟，叫着：“老三！”

“你现在在哪里？你总说，你走了，家里没一个人出来找你。现在我来找你了，可是你在哪里呢？”沈志武红着眼，突然恼怒地把脚下的残砖一踢，“叫你别跟他！你为什么就不听人一句劝呢？”

日暮时分，陈云峰从礼部回来，走到家门前，就见卢彦牵着一匹小矮马，马上坐着沈阿契，迎面走来。那阿契脸上恹恹的，似有病态，微抬眼，若远若近地望了陈云峰一眼。

陈云峰把门叫开，将阿契接了进去。卢彦自牵着小矮马辞别而去。云峰又报至陈弘祚处：“五爹，十九家的回来了。”陈弘祚问：“哦，自己回来的？”云峰道：“有人送过来的。”陈弘祚问：“王建成遣人送过来的？”云峰道：“是卢彦送过来的。”陈弘祚皱起眉头：“怎么是他？”云峰欲言又止，只抿着嘴望向别处。

翌日，沈阿契单单薄薄地站在陈家祠堂中央。众人围着她看，她一脸怯怯生生的。在她眼前是婆家的十一位伯伯、九位姑姑，还有众妯娌。陈云卿在堂兄弟姐妹中排行十九，所以众亲族都将她叫作"十九家的"。在陈家，女人比男人矮一辈，陈云卿的"五爹"，沈阿契要喊"五爷爷"。

当下，陈弘祚叫道："十九家的。"阿契答应着："在，五爷爷。"陈弘祚道："云卿已经出使去了。你在家要谨守妇道，妯娌姑嫂要和睦相处，你可晓得？"阿契答："晓得。"陈弘祚道："以后不得私自远行，长期不归，你可晓得？"阿契答："晓得。"陈弘祚又道："把《陈氏家训》抄上十遍。"阿契点着头："是，五爷爷。"陈云峰欲相劝："五爹……"陈弘祚止住了他："嗯？"云峰便作罢。

十九房小院里，绫儿送来一本《陈氏家训》。阿契望了一眼，皱起眉头，懊恼地扑到床上。她抚摸着枕头，忽摸到枕下有封信，忙展开来看。

耳畔，陈云卿的声音如梦如幻地萦绕着："春秋寒暑，多有变幻；家庭琐事，朝朝暮暮，还请娘子诸事释怀。"那声音似乎还是温热的、湿润的，却又如电一抹，转瞬而逝。

她盯着落款处的"云卿书"，更加懊恼了，一把丢开书信，捶打着枕头，半晌方起身，将书信折叠好收进梳妆台的木匣子里。

这天，沈阿契吃过饭就到云卿书房里抄《陈氏家训》。抄着抄着，她突发奇想，在每句家训旁边都配了个图。绫儿站在一旁看着，忍不住捂着嘴笑。

阿契道："笑什么？这是画给孩子们看的。家训家训，就是教导子孙的嘛。先看图，再认字。"绫儿道："夫人这主意好，绫儿也喜欢这画儿。只是，您要画十遍吗？"阿契道："十遍就十遍。

行行重行行

陈家小孩多，我画十本，送给他们每人一本。"绫儿道："夫人这主意好。"

此时，杭哥走进门来，手上托着一盘子的本本，低声道："夫人，这是二爷让小的送过来的。他悄悄找人模仿着夫人的笔迹，抄了九本家训。他说，抄十本，五老爷时间上又要得紧，怕夫人为难。且夫人舟车劳顿刚到家，不宜过度劳累。"

阿契瞅着绫儿笑了笑，向杭哥道："多谢峰哥好意。你去告诉他，沈阿契抄的家训，别人模仿不来。"绫儿捧腹笑了起来，杭哥摸了摸头脑。

绫儿从案上拿起一本阿契抄的家训，放到杭哥托着的盘子里："这一本儿，你送去给二爷瞧瞧，他就知道什么是真迹了。"绫儿又捧腹笑起来。

杭哥便将"真迹"送到云峰书房来。

陈云峰翻开一看，忍不住笑了一下，又收住笑，一脸的正色。杭哥站在一旁偷偷瞥着，也忍不住笑。云峰看了杭哥一眼，把家训合上，道："挺好的，学童启蒙时看，应该不错的。"

再说王建成回到京中却惦记上了卢彦，乃至登门而来。

家仆来报："大官人，王大人来了。"卢彦有点儿意外，要出门去迎，王建成已是笑呵呵走进来了。

卢彦道："王大人，您怎么来了？"王建成道："潮州一别，近来可好？"卢彦毕恭毕敬："王大人，有事差遣小人，把小人喊过去您府上即可，如何亲临鄙舍？"

王建成叫道："哎呀，瞧你，怎么变成这个样子了？我告诉你，我可不是赵鉴清，少给我来这一套。我就喜欢你原来痛痛快快有一说一的样子。"卢彦连忙道："是是是。"

王建成道："卢彦啊，不瞒你说，今天来找你，是为了钱！"

卢彦一愣："啊？"王建成解释道："你以后跟着我干吧？两件事，一是把铜钱监搞起来，一是把你那个'铜楮并行'搞起来。"

卢彦大喜："王大人，您也认可铜钱监和'铜楮并行'的事？"王建成道："只要是对解决'钱荒'有望，都可一试。"卢彦鞠躬一拜："王大人英明！"

王建成说："不过，这两件事可不是一朝一夕能成的。哦，对了，你今年贵庚？"卢彦又一愣："啊？"王建成笑了："算了，你比我年轻好多，我常常觉得我看不到事情解决的那一天，但是你们可以接着努力。"

卢彦也笑了："王大人说哪里话？"

王建成道："现在别处也没有空缺，只有一个便钱务主事，先给你，你意下如何？"卢彦惊讶道："这……小人只是一个进纳官。"

王建成沉吟道："知道，本来便钱务也不是我想让你做的事，便钱务早就由前人做成了。有谁没谁，它都转得妥妥的。只是，我想借着这个空缺，先把你的身份转过来。你的身份转过来了，咱们以后才好办事，名正才能言顺。"

卢彦忙行礼："多谢王大人！"

王建成手一摆："不谢不谢，你愿意就好。记住，当官者，任事而已。我并不为着给你功名利禄，只为着你能任事。记住，你要能任事！"

卢彦闻言，感于肺腑，伏地再拜。

离了卢宅，王建成便着手与吏部商议此事。

旬日后，吏部官员回复王建成道："王大人，您说的那个卢彦任便钱务主事的事情，最近的风头嘛，有点不好提。"他摇了摇头。

王建成道："我朝向来任人唯贤，不拘一格。即便他是商人出身，是个进纳官，但任实职也是有先例的呀。[①]"吏部官员道："确实有先例，先例也不少，但就是因为这样，科班出身的才不答应。最近呢，御史台弹劾的几桩事情，又都是进纳官闹出来的。"王建成忿忿道："要不我怎么说这帮咬文嚼字的，说话都是漂漂亮亮，一套一套的，正经给他个计相做，恐怕连算盘都不会打。"

吏部官员道："唉，不一样的。老话说，文无第一，武无第二。文臣喜欢空谈，颠来倒去炒冷饭，不过自圆其说就好。哪像咱们这些战场上拼着命上来的，明白胜就是胜，负就是负，生就是生，死就是死，从来没有含糊过。就像王大人您，观念只有'务实'两个字。"

王建成得意大笑："哈哈哈，正是。"吏部官员又道："王大人莫着急。下官再想想办法。不过转个便钱务主事，我横竖替您把人送过来就是了。"王建成道："可别耽误太久啊，我用他办事的。"吏部官员点着头："那是当然。"

陈云卿的书房里有整整三面墙的书架子，连圆月窗、小门都镶嵌在书架中间。初来的人看上一眼，多半会一阵眩目，有类似晕船的感觉。不过阿契还能适应，她坐在这屋子里画完了十本家训，正

---

① 据穆朝庆《论宋代的进纳官制度》，尽管宋朝在大多数时段内严格限制进纳人任亲民官与执法官，并为之设定了循资注授的上限，但这些限制都不绝对，且时紧时松，进纳人还是有机会获得要职重任的。

在寻找一个尺寸合适的盒子来装。她从书架上拿起一个竹匣子，在家训上比划了一下："这个太小了。"

绫儿在旁说："十九爷的书架，奴婢们不敢乱翻，要不我去外头领一个新的？"说着就出去领盒子了。

沈阿契边说着："我再找找。"边又在书架上翻出一只锦盒来，打开一看，里头是一条犀带。她拿出来细看，怪道："这不是卢大哥留在韶州给罐子他爹治病的犀带吗？"她把犀带对着阳光照了又照："没错啊，这铭文。奇怪，卢大哥的犀带怎么在夫君书房里？"

阿契拿着锦盒，走到门口喊着："绫儿。"绫儿走来："夫人，我在这儿。"阿契道："前番我私自离家，被罚抄了十遍家训。现在随便走不出门了。这个锦盒，还麻烦你帮我送去一个地方。"

绫儿道："好。送去什么地方？"阿契道："九桥门街口卢家商号，送给一个叫卢彦的人。这是他的东西，你还给他。"绫儿道："好的夫人，我这就去。"

绫儿离去，阿契便回房了。

没过多久，丫鬟锦儿苦着个脸跑了进来："夫人，不好了！"阿契问："怎么了？"锦儿道："绫儿姐姐被抓起来了。"阿契惊道："被谁抓起来了？"锦儿道："被五老爷抓起来了。"阿契问："为什么？凭啥？"

锦儿说："门上的人盯着咱们十九房的人，说不让私自外出，又盘查了绫儿送什么东西，一看那送的盒子里是一条男人的腰带，就报给五老爷了。五老爷又追问是送给谁，绫儿不敢说，他就说绫儿有私情。"

沈阿契叫着："老混蛋！"

陈家祠堂中，绫儿耷拉着脑袋跪在匾额底下。沈阿契急急地跨进门来："五爷爷，是我让绫儿出去送的腰带。不干绫儿的事，请您放了她。"陈弘祚道："好，不干绫儿的事。我来问你，这犀带是谁的？"阿契说："犀带的主人在铭文上一清二楚，是卢彦的。这是他授进纳官的时候朝廷颁发的。我不过是让绫儿物归原主。"

陈弘祚道："又是卢彦！这么私人的东西，怎么会在你闺阁之中？"陈云峰劝着："五爹息怒。"

阿契说："不能说是在我闺阁之中。这犀带是我在夫君书房看到的。"陈弘祚笑道："呵呵，云卿书房？云卿跟卢彦没有什么交往啊，这个我还是清楚的。"阿契道："那我就不知道了，但是这犀带明明是卢彦的，我当然要还回去啊。这又不是一般的东西，也不是贵重与否的问题。"

陈弘祚问："你那么肯定？"阿契道："当然，这犀带我很熟悉。"陈弘祚指着她："你！"

云峰忙劝着陈弘祚："五爹，十九家的本来是卢家的人，这是一个事实，就算对这些物品熟悉也不为过。"陈弘祚恼了："哼！云卿的亲事真是草率了。"

阿契忙向云峰摆手："不，我不是！没有。"又向陈弘祚解释："五爷爷您听我说，我说很熟悉，是因为在韶州的时候，我亲眼见着卢大官人把这条犀带借给一个叫罐子的坑户，给坑户的父亲治病用的。在场的人都甚为感念他的义举，才印象这么深的。"

陈弘祚又问："照你这么说，卢彦的犀带应该在韶州坑户手里才对，怎么会在云卿书房呢？"阿契摇着头："其中缘由我实在不知道了，但我说的句句属实。"

云峰又要相劝："五爹……"陈弘祚手一摆，止住云峰，又向阿契说："这犀带我找人替你送去卢家，看看卢彦是什么说法。到时候，你属不属实就一清二楚了。"

阿契沉下脸来："多谢五爷爷。"

回到十九房后，沈阿契走进云卿书房，恼火地把案上的笔墨纸砚都扫到地上。

绫儿一边捡一边劝："夫人不要生气了，都是绫儿没把事情办好。夫人这些家训抄得辛辛苦苦，不要被墨汁染了才好。这还要给五老爷交差呢。"

阿契叫道："真是莫名其妙！"绫儿道："都是绫儿愚笨连累夫人。夫人不要生气了，事情过去了，还好并没有怎么样。他是五老爷，让他说两句就说两句，反正平日他都是要训训人的。"阿契冷笑道："很是。"

绫儿把笔墨纸砚收拾好，转而笑问："今日想要酸梅汤？"阿契心情平复了一下，笑道："要，少糖。"绫儿便出门去了。阿契站在书架前随手翻翻，忽见一盒稿纸，上书"韶州铜监三策"。

阿契两眼发光，忙将整盒稿纸抱在怀里，放到案前看。她心想："原来夫君去过广南东，我说他怎么会有韶州罐子的东西呢。"忙把稿纸收好，抱在胸前拍了拍，放回原处。

她又站在大满月窗前发起呆，思忖道："夫君到底是一个什么样的人？在韶州初见卢大哥的时候，只听他们说起大兴铜钱监的好处，没想到夫君对怎么做已经写得这么详细了，好像事情发生过一样。"

夜里掌灯时分，沈阿契估摸着陈云峰从礼部回家了，便抱上那盒《韶州铜监三策》稿纸，走到云峰书房来。

陈云峰坐在案前，抬头一看到阿契，有些意外，又有点高兴，叫着："阿契？"沈阿契道："峰哥，我知道卢彦的腰带为什么会在夫君书房了。夫君去过韶州，可能接触过岑水场的坑户。"陈云峰想了想："哦？是的了，他先前跟王大人去过广州纲运香药，应是要经过韶州，但是有没有接触过坑户就不知道了。"

阿契捧上书稿："您看，夫君写了《韶州铜监三策》，必是在那里有些故事。"云峰凑近看了看，感叹道："云卿之才我不及。关于经济之道，看来云卿真的跟王大人学到了一些东西。难怪王大人如今成了三司使，先前真是埋没了。"

此时陈弘祚突然走来，向阿契道："这么晚了，你怎么不好生在十九房待着，跑到这里来？"

阿契道："很晚吗？这要是在绫锦院，现在还没开始干活呢。"陈弘祚说："全家敢跟我顶嘴的晚辈，也就你一个。"阿契道："晚辈知错了，晚辈先走了。"说罢抱着书稿走了。

陈弘祚又对云峰说："云卿没在家，你也别和弟媳走得太近，所谓瓜田李下。"云峰点着头："是，五爹。"

再说卢彦在家中，不知怎的，就有个陈家老仆来求见。卢彦有些懵，问自家小厮："是哪个陈家？"小厮道："就是沈娘子他们家。"卢彦方道："哦？快请。"

陈家老仆进了门来，呈上锦盒道："卢大官人，这是我家五老爷差我送来的，请您过目，可是您的腰带？"

卢彦打开盒子看，惊奇道："这犀带怎么自己进京了？怎么会在你家？"

陈家老仆只道："我家五老爷让小人传句话，如果是您的腰带，就请收回，希望以后您的东西不要再出现在陈家了。"

卢彦更惊奇："这，这从何说起？我都不知道你们怎么有的我的犀带？"

陈家老仆一脸尴尬："大官人息怒，小人告退。"老仆走后，卢彦一脸不明所以的恼火，抢起腰带凭空甩了一鞭子："阿契！是不是陈家在找茬欺负你？"

日影斑驳的午后，树上的雀儿在打架。沈阿契流连在云卿书房里，东看看，西翻翻，百无聊赖打发着时间，忽叹起气来。

绫儿问："夫人怎么了？"阿契道："昨晚又挨骂了。"绫儿问："要么来点儿酸梅汤？"阿契摇头："已经吃厌了。"绫儿问："那您想想哪一口儿好？我给您弄去。"阿契想了想："嗯，咸香口儿的好。"绫儿道："咸香口儿？我去厨房要一碟芝麻酱饼子您试试。"

锦儿忽进门来，一脸笑容向阿契道："夫人，您的月钱来了，还加上您不在的那三个月呢，也一并领过来了。"说着放下一只锦囊在桌上。阿契愕然："月钱？什么月钱？"锦儿道："夫人还不知道，家里的女眷每个月都有这笔胭脂水粉钱的。"

阿契打开锦囊看了看，叹道："我哪里搽得了这些胭脂水粉？一张脸有多大？夫君又不在，我搽给谁看？"绫儿道："夫人，您别叹气了，领钱了应该高兴才是。"阿契"扑哧"一笑，问绫儿："能不能再替我送一回东西？"

绫儿为难道："这，送去哪儿？"阿契说："要出城。"绫儿更为难了："要出城恐怕……要么，夫人让杭哥帮送送？毕竟他是个男人，出去了五老爷也不会恼。"阿契道："也是，你把杭哥叫来。"

杭哥来了，阿契便让他把那四个月的脂粉钱都送去了谷桑林

第九章 行行重行行

271

沈家。

谷桑林小平房里，沈楚略披着外衣，望着窗外发呆，又剧烈地咳嗽起来。沈林氏走进来道："老五今天差了个小子送钱来了。我让老大进城去给你找大夫。"

沈楚略念叨着："老三，都是我害的，都怪我没本事。两个外孙都没见过面，现在也不知道是死是活。"沈林氏一听，抹起眼泪来："你叫我往好处想，你自己却不能。你都把自己弄病了，还……"沈林氏泣不成声。沈楚略又重复着："都是我没本事。"说罢噎着一口气，顺不下来。沈林氏忙帮他拍着背："别想这些了。"

再说那杭哥送完脂粉钱，回到十九房小院。沈阿契便问他："你可见到我父母了？"杭哥说："见到了。锦袋子都交给林大娘了。"阿契问："他们在干些什么？"杭哥道："林大娘在厨房里腌渍萝卜干，大舅爷在水井边洗谷桑籽。"阿契又问："我父亲呢？"杭哥道："他似乎在房间里，一直在咳嗽的。"

阿契闻之心忧，走到梳妆台前，把首饰盒打开，抽出盒子里的信，又将整盒首饰递给了杭哥："你再替我送一次。去的时候，问问我父亲身体怎么样？告诉他们，我有孩子了。"

杭哥惊讶地抬起头来："好的夫人，请您放心。"

这杭哥又来到谷桑林沈家。沈楚略从卧室里走了出来，道："难为小哥又跑一趟，只是，她自己为什么不来啊？"杭哥欲言又止。沈林氏手里拿着首饰盒，向沈楚略道："老五虽然犟，一个顶嘴把人气得半死，到底心里还是有父母的。"

沈楚略咳嗽着，对杭哥说："你告诉她，我身体好得很。还有，你告诉她，嫁到别人家里了，别再往娘家送东西，别让人看低！"杭哥道："这，夫人也是一片孝心。"沈楚略说："小哥儿，你务必原话说给她听。我也懒得拿纸笔去写了。"说罢剧烈地咳嗽。

杭哥道："请沈大爷放心，我照说便是。还有一事报与二老，夫人有喜了。"沈家夫妇闻言大喜。沈楚略脸上露出笑容："哦，原来是这样，既然有孩子了，路上颠来颠去的确实不好。"忙对杭哥说："你叫她不用来了，好生在家里休息。"又对沈林氏道："她别来了，改天我好一些，咱们去看她。"

沈林氏点着头："哎哎，是的。"

杭哥从小平屋内走出，望着阳光灿烂的谷桑林，吸了口气，自言自语道："叫她不用来了，沈大爷，您哪里知道夫人出趟门多么不容易。"

他回到十九房，便来见沈阿契。阿契道："我父亲的身体本来不好，再加上三姐的事情，现在心里肯定是雪上加霜。"杭哥说："但是二老听到夫人有喜，心里又宽了些呢。他们说，请您不用担心，也不必送财物去。"

阿契微微点头，又想："我就担心这些钱物送过去，这个老固执不用来延医用药，反而只知道去填陈渡头那个无底洞。"

想到这里，她眉头紧锁，心中暗道："在潮州时，我已经向王大人告发了陈渡头的恶行，为什么回京这么久，一点回音也没有？我得问问邢风师兄。"

她向杭哥道："你跟我到书房来，再帮我送封信。"杭哥便随阿契到书房去。

一时信写好了，杭哥取了信就要出门，岂料到了门口走廊处，却被陈弘祚和陈云峰瞅见了。

陈弘祚叫着："站住。"杭哥回过头来："五老爷。"陈弘祚说："门上的人跟我说了，你最近频繁出去送东西的。是替谁送？送了什么？"

杭哥低头道："替十九少夫人送的，是些财物，她父亲病了。"云峰忙说："五爹，十九家的这也是孝道。"陈弘祚手一摆止住他，又问杭哥："这次又是送了什么财物，给我看看。"杭哥道："告五老爷，这次不是财物。"

陈弘祚道："闪烁其词。那这次又是什么？"杭哥说："是信。"陈弘祚道："给她娘家写什么信？我看看。"

杭哥摇着头："不，不是给娘家的信，是给邢风邢大人的。"陈弘祚叫着："屡屡闪烁其词，都不知道你哪句是真哪句是假。"

云峰道："五爹，邢风现在不在榷货务。王建成升任三司使之后，他也去了御史台。十九家的既然给他写信，必是有事。我们不宜私拆这信，多少顾及一下御史台。"

陈弘祚道："好吧，就依你的。只是，你这弟媳交际也太广阔了。一个妇道人家，不应当如此。有什么事，应当是家里的尊长做主才是。"

云峰忙说："回头，我劝诫一下她。"又向杭哥道："你快去吧。"

谷桑林中，沈楚略休养了一阵子，自觉身体好转，便惦记着未出世的外孙，想去看看阿契。当下和沈林氏二人商量好了，一早就出了门。

沈林氏把门关好，挎着小竹篮，挽着沈楚略的手走进郊野中。沈林氏问："咱们雇条小毛驴吧？"沈楚略道："不用不用，这才是多远的路？"沈林氏说："随你吧。"

二人走过城郊山道，山道上有马车跑过；走过田野，田野里有农人在弯腰劳作；走过草市，草市上人多铺旺，卖着各色货品。走了一路，终于来到陈府大门前。沈楚略敲了敲门，便有家仆来开门："找谁呀？"

沈楚略道："找沈阿契。"家仆道："哦，找她啊。您是？"沈楚略道："我们是她娘家人。"家仆道："好的，您名帖带了没有？"

沈林氏道："什么名帖？我们没有名帖。"家仆道："是这样的，夫人们娘家人来走动，要先让人送名帖过来，小人把名帖送进去。里头管事的四夫人、二夫人看了，商议着定好日子，再吩咐下来如何迎送等细事。小的们这才好照办的。"

沈楚略咳嗽不已。

沈林氏道："刚才说了，我们没有名帖，那怎么办呢？"家仆道："这样吧，二位请先在这里稍候，小人进去报给四夫人。"说罢关上门。

沈家夫妇在门口站久了，又坐到台阶上等。沈楚略咳嗽起来，沈林氏给他捶了捶背。阳光照射下来，二人又换了个太阳晒不到的地方坐下。

许久，家仆方出来道："不好意思啊，二位，四夫人今天不在，她出去了，小人回不了事儿。小人怕耽误您二位时间，赶紧去回二夫人。二夫人刚好吃过午饭，歇息了。小人紧等慢等的，等到她出来，回明了她。她说这是大事，她也不敢擅自做主，还是等四夫人回来再议。"

沈楚略道："没听明白。"家仆笑了："只怕您二位今天是进不去的了，小人也不敢做主……"沈楚略道："明白了。"

沈家夫妇离了陈家大门，走在东京的大街上。

沈林氏依旧挎着小竹篮，挽着丈夫的臂弯，看人来人往。沈楚略一脸闷气，沈林氏却笑了笑："别生气，有啥好生气的？"沈楚略"嗯"了一声。

沈林氏道："先前我去了几次绫锦院找阿契，都没人拦的，顺顺利利就进去了。那人家绫锦院，还是宫里的呢，也没这么着。越是没见过世面，越爱拿腔捏势，呵呵呵。"沈楚略又"嗯"了一声。

沈林氏说："这些事阿契肯定是不知道的，别生气。"沈楚略仍然是"嗯"了一声。沈林氏指点着："你看这东京城！咱们俩好多年没有出来逛过，今天就当是出来玩一天了。"

围墙内外是两个世界。沈阿契在十九房小院中并不知父母曾来过，还在挂念父亲的病情。

珠帘摇摆处，锦儿蹦蹦跳跳地进来，手里摇着一只锦袋儿："夫人，您要预支的月钱我给您领出来了。他们没说什么呢，夫人放下心好了。"阿契道："好，叫一下杭哥。"

锦儿跑出门去："杭哥！"

杭哥来了，阿契又差他送预支的月钱去谷桑林。杭哥接了月钱，应声而去，刚走到花径外头，未及出门，便被身后的陈云峰叫住。

云峰道："杭哥，五老爷刚说过你们，怎么，又有东西要送出门？"杭哥说："二爷，唉，这也是无法。夫人娘家确实又穷又病的。小人去过两回，那家里的光景，还不如我家呢。每次只能送这几吊脂粉钱，她也着急，只好多送几次。"

云峰伸出手："给我吧，我替你送。"杭哥挠了挠头："二爷，您这，别开玩笑。"云峰道："我说真的。"

杭哥掏出锦袋子递给陈云峰。

陈云峰掂了掂，又从自己身上掏出一张便换券，放进锦袋子里："你回去别解释，只跟夫人说，这次管够了，不用再送，别惹五老爷生气了。"

杭哥行礼道："多谢二爷！二爷您不知道，上次犀带的事情，五老爷真冤枉我们夫人了。其实那犀带真是十九爷从韶州带回来的。十九爷在的时候就差小的给卢家商铺送回去的。卢家商铺的人蛮不讲理，把小人赶走了，小人只好拿回来。十九爷没放在心上，也就依旧放回书房里。"

云峰道："原来如此。"杭哥说："这事儿真是跟我们夫人没什么关系。"云峰点着头："我知道了。"

翌日，陈云峰得了空，便自己到谷桑林沈家来了。

他策马林中，心下道："阿契，要是云卿在，也不会看着你拿着这每个月两串的脂粉钱接济生病的父亲。"

至小平屋前，陈云峰下了马，把马拴在一棵细细高高的谷桑树边。小平屋的门开着，陈云峰往里望了望，屋里似乎没人。他敲了敲门板："有人吗？请问是沈家吗？"沈楚略披着衣服，咳嗽着从里头走出来："是，你是谁呀？"沈林氏也从里间走了出来。

陈云峰将锦囊放在小厅桌子上："我是陈家的人。十九少夫人沈阿契托我把这个带过来给二老。"

沈楚略因前几日吃了陈家的闭门羹，心里没好气，便冷笑道："我跟她说的话，她是没听进去。东西请您拿回去吧。"

云峰道："这是十九少夫人的一片孝心。"沈楚略一脸冷冷的："知道她孝顺了。"云峰心中不解，及出了门将上马时，屋子

里忽扔出来一坨东西，落到马的脚下。陈云峰低头细看，却是他刚才放在桌子上的锦囊。云峰有些无奈。

陈家花园里，众女眷聚在凉亭周围嬉笑闲话。丫鬟捧过来点心果子，摆在凉亭内的桌子上。沈阿契走在花丛里，向凉亭而来，肚子鼓鼓的。一女眷推了推慧仙，指着沈阿契："你看她，哈哈哈。"

阿契和众人坐下吃点心，妯娌们互相让着递送饮食。阿契吃着点心，腮帮子就鼓了起来。那女眷道："十九家的，我见你吃东西总是胡吃海塞的。我告诉你，这样的话肚子一下子就鼓起来了。腰变粗了，十九回来可是会不高兴的，哈哈哈。"

慧仙说："十九家的，你最近肚子怎么有些圆鼓鼓的？就跟怀上了似的。"沈阿契吃着点心，点着头。慧仙一脸不解。

那女眷又推了推慧仙："她真怀上了，哈哈哈。"阿契不吃东西了，点着头。慧仙脸色一变，问阿契："真怀上了？"

一桩天经地义的好事传进女人堆之后，它就不见得一定是好事了。陈家祠堂里，沈阿契坐在最末端的位置，无精打采地低着头。

四夫人生就一张不怒自威的脸，向她道："要不是显了形，我们陈家都不知道你怀有身孕了。一问，四个多月了，这怎么行？"二夫人又道："我们家跟小门小户的人家不同，并不是你有了就怀着，你得告诉我们。"三夫人又说："我们要祭告祖先神明。"五夫人强调："还有圣人！"

阿契起身道："是我不懂规矩，没有及时告诉各位长辈。"

四夫人说："似你这样，一拜完堂，人就跑了三个月，云卿又出使去了。你怀了孩子，要自证清白的。"五夫人道："是这个理儿，等云卿回来，你这孩子也落地了，到时候还要滴血验一

打春（完整版）·上册

验的。"

阿契不悦："这，这是什么理儿？我正儿八经嫁进来，怀孕生子有什么不对吗？有什么好自证清白的？倘若我嫁，怀不上，又不生，不是更有违妇德，犯了'无所出'的过错吗？"[①]

四夫人把桌子上的茶盅一顿："你听就可以了，不要这样跟长辈说话。你说得很对，'无所出'也是大过。大家也没说你什么嘛。"

五夫人又对二夫人说："倘若十九家的生的是女孩，也便罢了。倘若生了男孩，事关陈家血统，往后要继承家业的，还是要验一验为妥。"二夫人点点头。三夫人又掩嘴而笑："这头一回就怀上，也太巧了。"

沈阿契恼了，向三夫人道："那依您看，要怎样才不巧？"

四夫人把桌子上的茶盅又一顿："都说了，不要这样跟长辈说话。"

好不容易众人散了，回到十九房小院里，沈阿契伏到太湖石上大哭起来。

绫儿劝道："夫人，您别哭了，肚子里还有个小爷，别哭坏身子。"阿契抬起头来，满脸泪痕："生他们家的孩子，还要受这样的气！"

绫儿道："那些话是很伤人，但他们毕竟只是亲戚，只当作是不相干的人便是。"阿契道："什么不相干的人？一言一行，干什么都要他们管着，如何是不相干的人？"绫儿说："虽然是这样，

---

① 据戴建国《宋代法制研究丛稿》，第347页，宋代封建家族的宗法秩序，存在"七出之条"的说法。

但他们确实只是外人。外头相干，心里头是不相干的。您只等十九爷回来，自然会有一番道理的。十九爷没回来，您也别和谁较真，保重身体要紧。"

沈阿契方止住眼泪。

然而渐渐地，热衷于以流言为消遣的，不仅是围墙里的女人，还有围墙里的男人。

陈府走廊上，陈云海与几个兄弟站在角落里窃窃私语。陈云峰匆匆路过，却被陈云海一把拉住："阿峰，十九房的事情你听说了吗？"云峰淡淡道："知道了。"云海摇着头："你说这怎么可能呢？我家那口子，这么多年没动静，十九房就这么容易怀？"一兄弟说："她拜堂第二天人就回潮州去了，然后十九又去了广州。俩人是异地的，就没见过面。"又一兄弟道："对啊，怎么可能就怀上了呢？"

陈云海睁大了眼睛，手舞足蹈："而且啊，拜堂那天晚上，咱们不是想去闹新房吗？我们一起去的，记得吧？门一推开，十九是不是不在？是不是只有新娘一个人？我去！那时候都半夜了，十九根本没回去啊。"

云峰冷冷道："别胡说，新婚之夜十九肯定是回去了。跟你们离开之后我在湖心亭见到十九。他那天心情不好。我劝他回去，他就回去了。"

陈云海半信半疑："哦哦，那之前犀带的事情呢？十九家的回潮州，离开京城可是三个月之久啊。这一路上都是跟卢彦在一起的。要是不发生点儿啥，我倒觉得卢彦不太正常。"

陈云峰道："犀带的事情已经对质过了，很清楚了。杭哥也说了，那犀带是十九先前和王建成去广州纲运香药的时候带回来的。

去广州必经过韶州。犀带一直就放在十九的书房。十九还差杭哥送去过卢家商行，只是没还成。"陈云海说："但是现在十九也不在，是杭哥自己说的吧？杭哥是十九房的小厮，他的话能信吗？"

陈云峰脸一沉，不回答直接走了。旁边的兄弟拉了拉云海的衣袖，云海方掩了掩嘴。

回到书房，云峰坐立不安。窗外花径旁，几棵榆树高耸着枝丫，抹向明净的秋日天空。蝉的鸣叫声不绝于耳。他忽捡起盆景中一块拇指大小的英石，用力地向窗外树梢丢了过去。

他出了门，往陈弘祚书房来："五爹！"陈弘祚抬头看了他一眼："云峰。"云峰问："十九房的事情您听说了吗？婶娘们在非议十九房的孩子，还提出什么滴血验亲。"陈弘祚说："有人告诉我了。"

云峰道："这万不可取！咱们陈家在礼部这么多年，礼部的道道您应该最清楚。那傅家，朝廷先后颁赐了三块贞节牌坊。咱们家一块也没有，倒也罢了。如今难道还自己家里张罗起来丢丑的事？"

陈弘祚摇着头："都是女眷们胡闹。"

云峰道："五爹，莫说事情只是捕风捉影，哪怕孩子真不是陈家的，也断然没有这么图热闹不嫌事儿大的。"陈弘祚点点头："这个我知道。"云峰说："十九这次出蕃，是作为国使出去的，他就是陈家的门面！说句不好听的，不管哪一房要出丑事，也轮不到十九房！"

陈弘祚点着头："我认同你，你别激动。这也是我之前对沈氏那么紧张的原因。虽是责骂了她几次，也并不是嫌贫爱富，或是我这老头子没事找茬。我只是顾虑，她小门小户出来的，不知教养见

识如何，怕她一时行差踏错，坏了这个大局。"

他沉吟半晌，望了望陈云峰："我是维护十九房的。你知道我多疼爱云卿，先前想着就是舍了你去出蕃，都要把他留下来的。"

陈云峰道："五爹用心良苦，但是侄儿也斗胆劝您几句，女眷们，乃至一家上下，未必都真懂五爹的用心。他们的理解是，五爹不喜欢沈氏，再加上沈氏出身贫寒，于是，心眼儿坏的便不断地拿十九房匣法子；那一起没心眼儿的又只顾看热闹，个个懒得动脑子。结果是，适得其反！"

陈弘祚听罢，神色有些落寞。

云峰行礼道："五爹，您是当家人，这次一定要出面制止女眷们继续胡言乱语！"陈弘祚点点头。

夜里，明月高悬，小院的桂树开满花儿，枝丫伸出墙外。绫儿摘了些桂花，盛在一只瓷碟子里。沈阿契扶着肚子在院子里走动，望了望围墙外。墙外，东京夜市热闹非凡，市井叫卖之声此起彼伏。

阿契道："你知道吗？很奇怪，就隔着一道墙，但墙外头跟墙里头是两个世界，差很远很远，也许远到永远不能说得上话。"绫儿说："我懂的，夫人。"阿契问："你真的懂？"

绫儿道："夫人说的大概包括了许多，绫儿请以妇女为例。墙外头，妇女明明遍布百工，有做工的，有走街串巷卖果子、卖面汤的，可是墙里头却说，妇女要足不出户。若没有妇女遍布百工，男子如何做得过来？大宋焉有如此繁华？再则百工之中也有男子做不成的。既是这样，世上男女焉有不得相见的？可是墙里头，连见个娘家一母同胞的亲兄弟，都要隔着一道帘子，甚至根本不让见。墙外头，妖俏少年都累着高髻，可墙里头，敢梳高髻的都不是好人。墙里头，到了朝廷明令的年纪，都要婚配，可是墙外头啥年龄不婚配的没有？朝廷且无从追究。墙外头，再嫁多少回的都有，而墙里头，却是以夫死殉葬为荣。依绫儿看，夫妻再怎么情深，谁不怕死？殉葬的多半是不愿意的吧！只是外头非说是自愿的，谁知道呢？"

阿契压低声音道："你在别人面前，可别乱说这些话，把你打死都有。"绫儿点点头："大家都知道的事情，别人不说，绫儿也不说。"

绫儿又举起桂花碟子："我去给夫人做点儿桂花香。"阿契道："你怎么啥都会？"绫儿笑了笑，走了。

阿契又望着围墙，心想："自小，因阿叔走海船，我知道海外有海，天外有天。娑婆世界之大，广阔无垠，又哪里是一道墙所能左右的呢？这海呀，天呀，也不知道夫君在海哪一方？在天哪一边？何时能回？"

三司衙署小厅里，邢风来回踱着步，手中攥着沈阿契的信，时而看看，时而又背起手放到身后。

王建成从里间出来："邢风啊，你找我。"邢风道："是的老师。云卿媳妇在问陈渡头放高利贷的案子，有一阵子了。学生也拿不定主意，您说该怎么办？"王建成有些为难："哎呀，这个事情，虽然是这么回事，但是眼下还办不了。你知道的。"

邢风说："学生知道。"王建成点点头："嗯嗯，你妥善处理一下，找陈渡头私了吧。把他们沈家这单先变成正常债务。至于陈渡头干的其他那些事，先不提。我们先做定大事要紧。"邢风抚掌叹息："唉！"

王建成道："陈渡头能摆平的话，你再去谷桑林找沈楚略说

行行重行行

说，也亲自去趟陈家，跟阿契说清楚。"

邢风点头："好的。"王建成道："你要自己去跟阿契说。一来，这件事不适合再有其他人知道，怕走漏风声误了咱们的正事。二来，你自己劝劝云卿媳妇，别接二连三地委屈，怕她受不了。她现在肚子里怀着云卿的崽，你说话悠着点儿啊。"

邢风一愣："啊？"停了半晌，又笑了笑："哦哦，学生明白。"

夜幕降临，杨楼街灯红酒绿，暗香盈盈。陈渡头正在酒阁子里陪着一干男女推杯换盏："大家吃好喝好！陈某人在岭南，僻居一方，难得有机会来京和各位兄长共饮。多谢各位兄长的关照，陈某人先干为敬了。"

一食客道："哎，陈大人客气了，东京城的城门永远为陈大人敞开。在京诸位兄弟永远准备着为远道而来的您洗尘。"陈渡头哈哈笑，又道："陈某人消息闭塞，京里近来可有什么新闻？"

又一食客便道："还真有。近来，御史台翻出几桩掉脑袋的大案，都是进纳官出的事儿。龙颜大怒！坊间传闻，以后都没有进纳官了。要做官，要么从文，要么从武，要么是祖荫的爵位，再没有其他路子了，包括进纳官。"

陈渡头怪道："有这样的事？进纳官都没有了？朝廷不要钱吗？"

食客道："还真有这样的事，听说啊，圣上发话了，这几桩案子里的进纳官都要从重处置。"说着，比划了一个杀头的动作。陈渡头小吓一跳，手抖了一下。

此时杨楼楼下，门前忽来了一队差役，不声不响进了门，沿着楼梯列队往上。一楼的食客们惊慌看着，暗自指点。

众差役至三楼，在一间酒阁子门前停了下来，守住门口。酒博士忙赶上来，低声问："差爷，小店这是怎么了？"为首的差役道："不干你们的事。里面有个叫陈渡头的，让他跟我们走。你们继续做生意。"酒博士忙弯腰点头："小人马上通报。"

酒阁子里，一小厮绿着脸走向陈渡头，俯在他耳边道："头家，借一步说话。"陈渡头起身，与他站到角落里。小厮道："刚才酒博士通报，门外被御史台的差役把住了，指名道姓要您去一趟。"陈渡头惊慌道："啊？我跟御史台没什么来往的。"小厮道："哎呀，谁愿意跟御史台有什么来往呀？"陈渡头问："必须去了？"小厮道："且走不了了，都围住、把住了。"

陈渡头问："对方是谁？我看看有没有什么办法？我在东京有很多朋友的，我有很多朋友！"

小厮道："问过了，叫作邢风，是个年轻人。咱们没和他打过交道。听说是个出了名的小恶人，极不通人情世故，做人硬邦邦的，没有一点韧性那种。"陈渡头道："那他应该是没什么朋友了？"

阁子门外，差役催促着酒博士："你让他快点儿，别磨叽。自己出来呢，我们就给他留点儿体面，免得他的朋友们都看见了。"酒博士忙道："哎，小的这就去。"

酒博士走了。为首的差役向众差役道："他要是不出来我们就进去了！"话音刚落，就见陈渡头颤着腿儿从里头出来，行礼道："诸位差爷，陈某人今天喝得有点儿多，怠慢了。"两名差役即上前来，一左一右挽住他的胳膊。他瞬间脸色煞白。

为首的差役向陈渡头道："没事，陈大人，喝多了我们扶着您走。"陈渡头转身望了望阁子内，就被一路"扶"进了御史台。

大厅里空荡荡的，陈渡头四下张望，有些失措，便听有人叫："陈大人来了！"陈渡头吓了一跳。

邢风从柱子后面走了出来，坐到一侧的椅子上。陈渡头抖着腿行礼："您是，邢大人？"邢风道："正是。"说罢走来，挽住他臂弯："有人告你放高利贷呢，我觉得不太可能。"

陈渡头连连道："没有的事，没有的事，我们的利钱都是按正常算。"邢风又说："不仅放高利贷，还借着催收利钱私闯民宅、掳人妻女、滥伤人命，还有什么来着？"

邢风佯装想不起来。陈渡头忙又说："没有的事。"邢风摸着脑袋："还有几样是什么，我不记得了。哦，那你们利钱是多少呀？"陈渡头道："都很低，很低的，就，就四分。"邢风说："四分啊？那是不算高。有立契吗？"陈渡头道："有，有立纸契。"邢风又问："有写明四分吗？给我们御史台看看。"

陈渡头迟疑着："这，有的没有写。因为都是借贷给乡里人，就没写得很细，信任他们嘛。我朋友很多的！"邢风道："诶，要写，要写的，白纸黑字嘛。"陈渡头忙道："好，好，听您的。您，您说的是……是谁家？"

邢风问："有很多家吗？"陈渡头忙说："没有没有。"又沉吟片刻："还请邢大人明示。"邢风笑道："哈哈哈，叫沈楚略，你认识？"陈渡头连连点头："认识认识，我和他是兄弟，多年的兄弟！好，邢大人开口，我马上补立纸契，四分，就四分。"

一顿折腾下来，陈渡头终于走出御史台衙署。他抬起胳膊，用手背抹了抹额头上的汗，腿一软，往墙边一靠，舒了口气。

邢风送走了陈渡头，便择日到谷桑林沈家来。

沈楚略与他在小厅里坐着，又自己干叹着气。沈林氏从房里出来，沈楚略便向她道："老五那个傻丫头，跑去告陈渡头。"沈林氏冷冷道："陈渡头不该死吗？"沈楚略道："陈渡头没那么好告的，他有很多朋友。"沈林氏又是一声冷笑："比如你？"

邢风对沈楚略说："沈大爷，如今只能先这样，缘由我也不便多说。"沈楚略道："已经是多谢您了！我老了，也想着这件事情有个了结，不管是怎么了结法。"邢风道："那就按这补立的纸契利息，您把他的债还清了，两家就此两清。"沈楚略道："如此最好！"邢风便起身："晚辈告辞。"沈楚略也起身："我送送你。"

邢风出门牵了马，沈楚略与他在谷桑林里走。

沈楚略看着邢风，露出笑容："哥儿，那陈渡头鬼神不怕的，你是怎么让他补签这纸契的？"邢风呵呵一笑："什么神鬼不怕？他是我见过胆子最小的。"沈楚略摇头："我不信。你用了什么法子让他听你的话的？"邢风一挥手："什么法子也没用，也没打，也没骂。反正鬼见了光，不都是这个样子吗？"

沈楚略听了，没说啥，只望着谷桑林斑驳的光影。

这时节，林子里落叶满地。

沈楚略又问："哥儿，我再问一句。你是知道我那女婿的，他人怎么样？好不好？"邢风笑道："陈云卿？他很好的。"沈楚略声音有些低沉："我们嫁得仓促。近来见他们家的人不是很好，我只想知道这女婿本人好不好。若好，便罢了，等他出蕃回来，他们依旧可以好好过。我有两个女儿，一个命苦了；剩下这一个，盼着她好。"

邢风笑了笑："这您放心，没有更好的了。我要是女的我就嫁给他。"沈楚略哈哈大笑。

瓜瓞绵绵，螽斯振振

十九房小院中，沈阿契歪在藤椅子上，眼睛半睁半闭。

绫儿挨着她："还晕眩吗，夫人？"阿契道："还晕，不敢睁眼，睁一睁，眼前就发黑。"绫儿道："我问了我娘，她说，血让肚子里的小子吸走了，缺血，所以晕。很多人都会的，不是病，也不碍事。"阿契答着："好。"

小院外的花径上，四夫人正气呼呼地走来："我们家怎么结了这样一门亲哪！" 阿契由绫儿扶着，挣扎起来行礼："四婶婆。"

四夫人瞪起眼睛："原来你娘家还吃着官司？原来你娘家还欠着一个进纳官的一大笔债？现在人都找上门来了！"阿契虚弱地问："谁？"四夫人道："刚才门上的人来报，外面有一位御史台的大人叫作邢风的，奉了王大人之命，要见你。"

阿契道："原来如此。四婶婆，不是您想的那样。这个官司，是我告的这个进纳官，不是人家告我家。"四夫人说："我管你谁告谁？我们诗礼之家，何时有过争讼？净知道给家里惹这些乱七八糟的东西。"

阿契摸了摸绫儿的小臂："绫儿，扶我出去见邢大人。"四夫人道："哎，人在小厅里坐着呢。记住，要隔着屏风。去见男客，只能在屏风后面说话，别这个礼数都不知道。"阿契答应着："好的，四婶婆。"

绫儿扶着阿契出门。

四夫人对着门自言自语："连路都走不稳了，跟个病西施似的，谁没怀过孩子？'绫儿，扶我出去。'一个平民丫头，当起夫人奶奶还很上道啊。"

阿契步履摇摆走进小厅时，里头的屏风已经立好了。邢风独自坐在屏风前喝茶。绫儿扶着阿契在屏风后站定，阿契便示意她退下。

邢风隔着屏风，见到阿契隐隐约约的身影以及圆鼓鼓的肚子，怔了怔。

阿契在屏风那头行礼："邢师兄万福！"邢风起身走近屏风："弟妹不必多礼。"阿契问："邢帅兄，可是陈渡头之案有眉目？"邢风道："弟妹啊，陈渡头早年也封了进纳官，朝廷赐了犀带，你可知？"阿契说："大抵知道。"

邢风道："进纳官不是科举出身，也非世家，只是些豪民富户。朝廷灾伤之年，鼓励富户出钱借贷给灾民渡过难关，功劳大的，以进纳官封赏。古有刑不上大夫，过去，朝廷也是曾有明令

第十章 瓜瓞绵绵，螽斯振振

的，进纳官小罪可免。"

阿契急了："您是说陈渡头这个进纳官小罪可免？"

邢风道："你先听我说完。这样的事情，朝中士大夫是一直有非议的。但朝廷出于赈灾考虑，一直都没有取消进纳官这项政令。你看这大宋每年，光是地域性的大型灾伤差不多都有七八宗，不能放着灾民不管的。就算朝廷不惜人命，那灾民没活路了是会落草的。"

阿契问："跟这事儿有关系吗？"

邢风说道："没太大关系，只是较起真来陈渡头不一定吃亏。"

阿契闻言，身子晃了晃，似欲倒下。邢风不自觉地伸手要扶，然而手一碰触到屏风又缩回。阿契双手按住了屏风，身子总算稳下来。邢风问："你没事吧？"阿契道："没事，请您继续说。"

邢风道："一是，沈家的的确确是欠了陈渡头的钱，而且契约上没有写明利息是多少，陈渡头没有违背契约。一是，早些年，朝中有识之士虽然提过要以王令规定民间借贷利息的上限，但是至今也没有明诏下来。这一点，可能还是和赈灾之事有关，恐怕利息限制住了之后，富民无利可图，就不愿意借款出来。既无明诏，还是定不了陈渡头利息过高的罪。"

阿契愤愤不平："那像我们沈家这样的普通百姓，如何填得了陈渡头那样的无底洞？"邢风道："如今只能是私了。"阿契问："什么是私了？"

邢风道："我按住他补签了一份纸契，四分利息。此事已经跟令尊大人说过了，他也同意。沈家借款是事实，还还是要还的。"阿契问："我父亲同意了？"邢风点头道："是，我去了谷桑林。"

当下，二人叙话良久。而小厅外走廊上，等候阿契的绫儿却被四夫人敲了敲脑袋："你在这里做什么？她怎么又不用你扶着了？"绫儿说："夫人让我先退下。"四夫人睁圆了眼睛："就他们两个？"说罢，蹑手蹑脚地靠到厅子外，把耳朵贴在走廊窗户纸上。

小厅里，邢风正压低声音道："还有一事，可以跟弟妹言明，但是弟妹切莫为外人道。"阿契答应着："好。"邢风说："卢彦也是进纳官。"阿契说："我知道。"

邢风道："我方才说了，朝中士大夫对进纳官一直都有非议，进纳官想要做点儿事很难。他们往往被认为是有钱有名，却无才无德的人。但凡进纳官有点儿是非，儒生们都是群起而攻之，觉得他们不读书，也没考试，任不得事。然而家国经济岂是圣贤书就能包揽所有？眼下朝廷正是用人之际，应该不拘一格，人尽其才。老师深知卢彦有圣贤之思，经济之才，正欲重用于他。这个节骨眼上，进纳官被抨击太多，恐怕会有阻。"

阿契有些无奈："卢彦跟陈渡头，八竿子都打不着。"

邢风说："自然是八竿子都打不着的，只是，你拦不住人家拿进纳官做文章。陈夫人哪，您看，我们还是以大局为重吧？"说罢，他对着阿契模模糊糊的身影鞠了个躬。

阿契神色黯然："请邢师兄做主就好了。"

小厅外，四夫人把耳朵贴在窗户上半晌，并无收获，只懊恼地转头对绫儿说："啥也没听到。"绫儿掩嘴憋着笑。四夫人嗔道："死丫头，笑什么？"绫儿说："四夫人，这位邢爷是十九爷的至交，以前常出入十九爷书房的。绫儿都经常见，他为人最是

正派。"

此时，杭哥跑了过来："绫儿，你快去扶夫人回房，她又要晕倒了。"绫儿叫了一声，忙跑进厅中去。

风日正好，榴花开尽。硕大的果子涨着涨着就裂开了一道口子，露出一抹鲜红。这抹红绊住了陈云峰不经意的脚步。他驻足片刻，见那石榴籽色如红玉，莹润剔透，不觉微微一笑。榴枝之旁，瓜瓞绵绵。数枚嫩青嫩青的秋瓜从棚架子上垂下来。风过时，它们会轻轻摇摆。时下，京城诗书官宦人家颇有喜好农趣的，文字则推崇陶潜风格。陈云峰虽不是个跟风的人，却也在自己书房外点缀农事，不时独立其间，流连消遣。

忽而急雨骤至，靴子底下的泥土溅起豆大的坑，他忙转身进书房里来。

刚坐定，就见杭哥红着眼，急火火地跑进门来："二爷，您快帮我们想想办法。"云峰问："发生什么事了？"杭哥道："我们夫人要生了。"云峰道："哦？那快禀报四夫人哪。"

杭哥叫道："自然是如此，从两天前就禀报了呀，接生婆也来了。但是，这两日四夫人一直在我们十九院说一些不好听的话，我们夫人气得一直哭。听绫儿说，现在已经气得没力气生孩子了，就躺在床上干瞪眼，也不吭声，也不吃喝，着实吓人。我们也不能进去看的。"

陈云峰"噌"地一下站起来："这！"

杭哥又叫着："论礼数，十九房房里的事情，不该跑来告诉您的，但是我们十九爷不在！我和绫儿好歹服侍了十九爷一场，总不能放着夫人不管。哪里顾得什么礼数？"

陈云峰起身，一脸怒色，摔门而出。

十九房小院里，沈阿契的房门紧闭着。

四夫人对着房门絮絮叨叨："一个平民丫头，拿腔捏势得很，谁还没生过孩子呢？就跟要生太子似的，没准儿还是个沉猪笼的呢！"

绫儿从房间内跑出，跪到四夫人面前："四夫人，您别再说了！"此时，陈云峰和陈弘祚一起进了小院。

陈弘祚问四夫人："四嫂，十九家的怎么样了？"四夫人道："谁知道她怎么样？还没到要生的时候呢，就咋咋呼呼的，倒让我们这些长辈围着她瞎折腾了两天！"

绫儿忙向陈弘祚道："不，五老爷，我们夫人两天前确实已经见红了。"四夫人啐了绫儿一口："你一个丫头片子知道啥？你又没生过孩子，告诉你，我可是生过三个！"又对陈弘祚说："五叔，让接生的孙婆婆先回去吧，让人家白跑两趟了！一个小杂种，生下来非验一验不可，要是沈氏品行有亏，母子两个都要家法处置的。"

陈云峰看了陈弘祚一眼。

陈弘祚道："四嫂啊，您也在这忙了两天了，还是先回四房歇着吧。"四夫人道："那不行！这一家子上上下下的，哪里不是我在操持？十九又不在，我可不能让他这一房出乱子！"

绫儿面露难色，眼巴巴望着陈弘祚。

陈弘祚道："四嫂您不容易啊，也要注意自己的身体。您不能熬这么久，还是回去休息吧。"四夫人道："既然五叔体贴我们这些老嫂子，那我就回去了。我也真是乏了。"

四夫人正准备离去，到了小院门口却又一转身，高声向房门喊："孙婆婆，你也先回去吧，等她要生了再来。"

四夫人走了，绫儿忙起身跑进房间。

房间里，沈阿契躺在床上，瞪着眼睛不说话。

绫儿问孙婆婆："孙婆婆，我们夫人到底怎么样了？"孙婆婆道："哎呀，她还没要生呢。我先回去了，下次等要生了再去叫我。"绫儿焦急地问："我们怎么知道她怎样就是要生了呢？都这样了，您都看见了。"孙婆婆道："有的人快，有的人慢，不好说。我先走了。"

绫儿叫着："不，不，您别走呀。"孙婆婆仍是出了房门来。绫儿拉着她："孙婆婆……"

这孙婆婆出到房门外，见了陈弘祚、陈云峰，忙行礼："五老爷万福！二爷万福！"陈弘祚笑着："孙婆婆您先别走。已经是第三天了，左右不会耽误您太久，您就在这十九房住下。耽误您做事了，回头我们把钱一并算给您。"孙婆婆笑着："好好好，不耽误，应该的。"

陈弘祚又叫："绫儿，你喊人给孙婆婆收拾个房间，准备好孙婆婆的晚饭。"绫儿面露喜色："好，好！"

陈云峰又挥着绫儿："快去快去。"

夜渐渐静下去，绫儿伏在沈阿契的床沿上睡着了。阿契起身下了床，开了房门朝外面走去。

小院里明月当空，桂花树和竹丛在月夜宁静伫立。阿契折下一枝桂花赏玩，又伸手攀了攀竹子，走出院门。她沿着花径走着，眼神空洞。

恍恍惚惚地，她就走到了湖心亭，步履蹒跚向水边走去。

陈云峰隔着花道与石栏杆，正漫步，一转头忽瞥见沈阿契。云峰愕然："阿契，你怎么在这儿？你不是在生孩子吗？"阿契失魂落魄，喃喃自语："我不生了，我不生了。"

云峰焦急地走向前："怎么会这样？你不疼的吗？"阿契向云峰道："你别过来，你再过来我就跳进水里！"云峰道："好好，我不过去。你到底怎么了？回去啊，回房间去。"

阿契忽然崩溃大哭："我不生了，反正生下来也是被你们浸猪笼，我还不如现在就跳水里干净！"陈云峰叫着："你别瞎说，哪有这样的事？"阿契哭着："我不知道，我只知道，没人为我们做主，没人保护我们。我们都是这样任人宰割的，我们不配讲道理！三姐和她的孩子是这样，我和我的孩子也是这样。"她泪如雨下，向水里走去。

陈云峰急跨过栏杆。阿契停下脚步："你别过来，别过来！"陈云峰哀求道："阿契，你别胡思乱想，孩子都到家门口了，你得把他生下来。"

沈阿契怔住了，陈云峰忽扑到水边抱住她的脚。他的双臂和半边脸都跟着沈阿契的鞋子一同浸在水里。云峰向上望着："我向你保证，你所担心的事情不会发生。你的孩子会成为陈家最重要的孩子，你安心生！"

此时，一注鲜血流了下来，徐徐染至沈阿契的鞋子、陈云峰的双臂。陈云峰看到鲜血，心中"咯噔"一下，不由得放开双手。谁知他手一放，阿契却"扑通"摔到水边。

陈云峰忙把她抱起来，往十九院跑。迷迷糊糊间，沈阿契手里还握着一支桂花枝。

房间里，绫儿还伏在床沿上睡觉，陈云峰却突然一脚把门踹开，抱着沈阿契进来。

绫儿猛然惊醒，往床上摸了摸："夫人，夫人。"又转头看到

295

第十章　瓜瓞绵绵，螽斯振振

陈云峰，惊叫起来：“啊！”陈云峰把阿契放到床上，向绫儿道：“快叫孙婆婆！”绫儿忙起身：“哎哎！”

阿契疼痛难忍，手里紧紧攥着桂花枝。

陈云峰看了她一眼，退出房门外，站在竹丛下看着房门。他看到孙婆婆和绫儿急匆匆地跑进小院，进了房间。他又看到众家仆紧随而来。他看了看自己衣袖上的血迹，忙往花径里躲。

天亮后，慧仙与众妯娌站在阿契房门外的屋檐下说笑。陈云峰向慧仙行礼：“大嫂。”慧仙道：“二叔万福！”陈云峰向房门努了努嘴：“这屋里可好？”

慧仙拍手一笑：“好！那孩子眼睛睁开了，眼珠子跟十九叔一模一样。除了十九叔，谁还长那样的眼珠子？”陈云峰笑了笑，不禁想起云卿所说“就算成亲，我也不会碰她的”等戏语。他摇了摇头，又笑了笑，走了。

房间里，沈阿契躺在床上。绫儿抱着婴儿，站一站，又摇一摇，疲惫并兴奋着。杭哥来到房门口：“夫人，五老爷把名字改好了，叫‘崇贤’。”

“崇贤？”阿契看了看绫儿怀里的襁褓。杭哥笑着：“是。”

鲛姝苑内，林四娘病容憔悴，在长桌前展开《江山古渡图》，满脸木然地看着。小翠捧着药进来，战战兢兢，低头不敢看她：“四姨娘，您今天精神又好些了。”

四娘抬起眼睛看了小翠一眼：“你看，阿契画得真好。可惜她嫁进陈家，不能常来咱们这儿了。”小翠方小心地抬起头来：“先前，听他们家底下办事的人说了，陈家一家子都是在礼部当官的，规矩最多，讨厌得很。”

四娘虚弱地问：“阿契生了。小公子的贺礼，你送过去了没有？"小翠又埋下头："送过去了，他们家，不让咱们进。"四娘叹了口气。

小翠向林四娘递上药碗。四娘接过，端到嘴边，突然打翻了。药汤洒到《江山古渡图》上，把古渡给染湿了一片。四娘扶着桌子喘气。小翠忙扶住她，哭了起来："四姨娘，小翠对不起您，先前是小翠对不起您。您千万不要有事啊！"

晨光微微，天色灰灰。大街上行人稀少。小翠挎着竹篮子，敲着陈家小后门："开门，开门。"守门人把门打开："干什么的？"小翠道："给十九少夫人送蔷薇水的。"守门人道："进来吧。"小翠进门，守门人又把门关上。

阿契在房中，抱着崇贤走动，崇贤便眯着眼睛睡；阿契一坐下，崇贤便睁开眼睛哭。阿契望了望窗外，大满月窗外的竹子已经镀上一层薄薄的日影。阿契道："儿啊，天都亮了，你精神恁好！"无法，又站起来走动，拍着崇贤的小肩膀，崇贤便又闭着眼睛假睡。

沈阿契呜着歌谣："竹笋仔，脚短短，做人新妇嘴学好；夜暗暗，早早起，头毛梳光人欢喜；竹笋仔，脚尖尖，做人新妇嘴学甜；夜暗暗，早早起，头毛梳光无人嫌。"

绫儿打着呵欠进门，身后领着小翠，道："夫人，给您送蔷薇水的米了。"阿契道："我没要啊。"小翠快步走到阿契跟前："沈娘子！是我。"阿契抬头一看："小翠？"

阿契忙问起林四娘的病情。小翠道："四姨娘夜里躺在床上，就念叨着能不能回去看看。我问她回哪里。她说，从樟树渡上岸以后怎么走到圩前二巷的？她说她不记得了，但是您还记得。她让我问问您，能不能带她回去？她父亲名叫林水顶。"

小翠说着，眼泪直淌，望着沈阿契。

阿契又问："四姨的病，现在到底怎么样了？"小翠低下头，没有回答。阿契眼圈红了，只道："好，我带她回去。"小翠一脸惊喜："谢谢沈娘子！"阿契道："我这就给潮州写信，我外公一定知道四姨的父亲，还有她家里其他人的。"

小翠道："太好了。我这就回去告诉四姨娘，说不定她一高兴，病就好了。"阿契连连点头。

送走了小翠，阿契忙到云卿书房写信，写好即交给杭哥，命他送去递铺。阿契祷念着："四姨，您会好起来的。"

书信至，飞鸟屿的沙滩边潮汐不止。

这块海上凸起的绿色岛屿形如飞鸟，并因此得名。自从外孙们朝四方散去之后，林阿公就在岛上筑寮而居，鲜少回村。他像一只自我放逐的鹭鸟，不向人类透露心思，只习惯于一脚深一脚浅地在野滩上溅起水花。

林阿公走出木寮，向海边而去。海上蚝田有如平川万里，明净无尘，镜天映日。他上了竹排，在蚝田里巡视。竹排渐渐远去。

沈志文策马而来，马蹄裹浪不前。他望见云天之下，远远的有小如黑点的竹排，如落墨在蚝田里。

一群白鹭鸶展翅飞过，林阿公回来了。他把竹排系在岸边孤木上。竹排被水波荡着，摇摆不定。志文道："外公，老五写信来了。"林阿公问："哦，说啥？"

志文兴奋地摇着信纸："老五生了个儿子。"林阿公一拍大腿："好啊！"志文道："还有，她提到一个，咱们家的四姨。"林阿公不解："哪个四姨？"志文一拍手："就是那个四姨，常听村里人说起的那个四姨！"

林阿公接信一看，神情严肃，抬头道："这个不是你们四姨。"志文疑惑地看着林阿公。林阿公从竹篓里捡上来一只虾，将虾头一掐，囫囵吞了："咱们家的四姨啊，是我堂哥的女儿，先前嫁了个夫婿，后来夫婿当官儿了。但是大家没联系，也不知道在哪里。"

志文问："那您怎么知道老五说的这个四姨不是咱们家的四姨呢？"林阿公笑了："咱们家的四姨啊，比我小了一岁，小时候在一起玩泥巴，哪里能是老五说的这个呢？她这个在官宦人家做妾侍，再怎么着不能是我这个年纪吧？"

林阿公说着，从竹篓里捡上来一只蚝，撬开了递给志文。志文接过吃了："比您小一岁？我们一直以为那是阿姨的姐妹。"林阿公道："对啊，辈分上是你阿姨的姐妹。我爷爷生了很多孩子，我阿巴排在后面。这个堂哥是大伯父的长子。你这四姨是我大堂哥的四女儿，比我小了一岁。唉，都是古早的事情了。"

志文点着头："啊，是这样。"林阿公道："跟你们说这些干什么呢？我们这个岁数的，多半人都不在了。你们这些小兔崽子，倒是到处去认亲。"

海上波涛不息。海浪的浮沫退去后，细沙中露出斑斓的小贝壳。一只小螃蟹在细沙上猛走了几步，又停下来，举起双钳。

志义受阿契所托，又来到圩前二巷。

圩前二巷人来人往，都是做买卖的店铺。志文挨个档口问，均无人识得"林水顶"。沈志文心中也感到可叹。他抬头遥望天上重云，大约重云之上，万里之外，另有鲛人美姝的居所吧？

再说东京赵府鲛姝苑中，小翠捧药到林四娘床前："四姨娘，该吃药了。"四娘躺在床上未应答。小翠叫："四姨娘，您要快快

第十章 瓜瓞绵绵，螽斯揪揪

好起来，沈娘子才好带您回潮州。"

她说着，把药搁到桌子上，靠近去看，一看时，忙转身往门外走。

赵鉴清走到门口，和小翠撞了个正面。小翠忙跪到他跟前，趴在地上。赵鉴清问："怎么了？"小翠摇着头说不出话，指着屋里。赵鉴清急忙进屋去。

屋里传来了赵鉴清的哭嚎声。

赵府仿佛被重雪压住，一片素白在每个角落漫延开来。

大厅灵堂前，冷冷清清地守着赵鉴清、小翠二人。忽有家仆进门道："老爷，卢大人来了。"就见卢彦进来，在灵前祭拜。

礼毕，卢彦向赵鉴清道："请赵大人节哀顺变。"赵鉴清冷笑着："卢大人，你如今得到王建成提携，做了便钱务主事，又跟榷货务的人在张罗什么交引，很是热闹，来我这种地方做什么？"卢彦道："赵大人是下官的恩人，下官不敢忘。"赵鉴清道："你不过是个商人，因为进纳有功，我才帮你讨了个殿直做的。如今做了便钱务主事，就成了大忙人，也难为你还认得路。"

卢彦一时语塞。

赵府门口，沈阿契两眼红肿，身着素衣，头戴白花，领着杭哥和绫儿匆匆进门。家仆向内报着："老爷，沈娘子来了。"

沈阿契进了厅中，在灵前祭拜，泣不成声："四姨！我还要带您回去的，四姨！"卢彦默默看着阿契。小翠将她扶起来："沈娘子，您画的《江山古渡图》，就随四姨娘带去了。"阿契点着头："好。"言罢，二人又抱头大哭。

赵鉴清起身走向阿契，将她一把推到灵前："你四姨一生没有子嗣，就这么走得孤苦，你来做这个孝女！"阿契闻言愣住了，只

打春
（完整版）·上册

望着赵鉴清。

赵鉴清哈哈大笑："怎么？看到我们落败了，不愿意？"阿契转头跪到蒲团上："我愿意。"卢彦拉住她："阿契！"赵鉴清又哈哈大笑，拿出一根镶着龙眼大小白珍珠的簪子，要簪到沈阿契发髻上。

此时，门外喧嚷声起，众官差闯了进来。

赵家乱成一团。家仆慌慌张张跑进灵堂，颤着声："抄，抄，抄家了。"赵鉴清面如死灰，手上镶着白珍珠的簪子"铛铛"掉到地上，弹了两弹。

众官差进了灵堂，为首一人叫着："抄检的事物全部抬走！一应家眷奴婢，全部带走！"众底下人应着："是！"

小翠被两个官差拉走，向阿契哭喊着："沈娘子，沈娘子！"阿契欲夺回小翠而不得："小翠！小翠！"又有两个官差上前来，要拉走沈阿契，杭哥、绫儿忙从外跑进来，挡到阿契前面。

杭哥向二官差道："差爷！拉错人了，我们不是他家的人。"卢彦也忙解释："我们都不是他家的人，今日来吊唁而已，您看！"二官差看了看灵堂，方放开沈阿契。

沈阿契慌了手脚，卢彦忙拉起她往外走。杭哥和绫儿紧随其后。

赵府已成覆巢，卢彦便与沈阿契将林四娘的后事料理了。

东京郊野，长草凄黄，垂柳枯瘦，一座孤零零的亭子对着长河。沈阿契在林四娘墓前上完香，起身与卢彦、杭哥、绫儿离去。阿契抹着眼泪，绫儿劝道："夫人，请您节哀！"

至墓园外，轿夫抬着空轿子来了。沈阿契欲上轿，卢彦又迟疑着叫住了她："阿契，借一步说话。"阿契便与卢彦走到一旁。

卢彦道："斯人已去，从前有些事情我得告诉你。四姨娘只是你的同乡，并非沈家亲戚。我当时为了攀附赵鉴清，才胡乱诌了个谎话的。"阿契抬头看他，并不意外。卢彦又说："她不是你四姨。"

阿契道："不是，也是了。"说着又垂泪。

卢彦递过一方手帕，问："小公子可好？"阿契点头："挺好。"又问："你们的事情顺利吗？先前在潮州说的，韶州那些事儿。"卢彦道："顺利。"阿契说："顺利就好。"卢彦又说："不过，还没开始。"

阿契道："沈家的谷桑林盼着楮币监也能开张。"卢彦看了看天："会的，快了。"

绿意盎然的枝头，两个小雀儿在"叽喳"鸣叫，追逐嬉戏，十分欢快。

陈家宴会厅中，众宾客正在畅饮。陈弘祚走了出来，身后跟着怀抱崇贤的绫儿。陈弘祚向众人道："今日是侄孙百日宴，多谢诸位光临寒舍。"宾客们纷纷道："我们来见见小公子。"陈弘祚高兴地笑着："哈哈，好好。"

席上，四夫人直勾勾望着大屏风处。那里，沈志强正和沈阿契说着什么，看那神情，似乎是要紧的事儿。四夫人向侍立在柱子旁的杭哥招手，杭哥近前来。四夫人指着沈志强问："那个人是谁？"杭哥道："那是沈家大舅爷。"四夫人点点头："哦。"

四夫人又看着沈家兄妹，就见阿契向绫儿招着手。绫儿抱着崇贤，和沈志强、沈阿契一起，转到屏风后面去了。

回廊上，沈家兄妹快步走着，绫儿抱着崇贤快步跟着。

阿契道："大哥，这些事情你应该早点告诉我。阿叔的病怎么是能耽误的呢？"说着，又转折穿过两条走廊，来到照壁前。阿契向守门人道："备马车，我娘家有急事。"守门人行礼道："夫人，您跟四夫人报了吗？我这边没听说您今天要马车出门。"阿契铁着脸："没听说现在就让你听说。"

守门人道："夫人，别为难小的，小人也是办差的。"阿契道："办差？衙门里的才叫办差。这是家，不是衙门。官瘾这么大？备马车！"

绫儿向守门人使眼色："夫人的父亲生病了，现在要带小公子去看望。夫人回头自然会跟四夫人说明白的，你不用担心，只管给我们备马车。"

守门人瞥了绫儿一眼，又生生硬硬地向沈阿契道："是家，不过俗话说，国有国法，家有家规。家怎么了？小人按规矩办事，难道有错？现在是四夫人当家，夫人们要出去，要用马车，肯定是四夫人房里交代下来，小人才交代下去办理的。"

阿契冷笑道："上回我父母来，也是您老人家尽职尽责给赶回去的是不是？"守门人也冷笑着："别，小人受不起。您是夫人，我们是奴才，没的您到门上和我们拌起嘴来，也不怕失了身份脸面？"

阿契吸了一口气，从绫儿手中抱过崇贤，向绫儿道："去报四大人。"

宴会厅中，陈弘祚正与人叙寒暄，头也没回，就说："绫儿啊，把崇贤抱过来。绫儿，绫儿？"他回头找着："绫儿哪儿去了？"

四夫人忙上前来："绫儿和崇贤都走了，十九家的带着他们回娘家了。"陈弘祚问："啊？为什么？"四夫人道："沈家老爹

病重。"

陈弘祚道："啊！四嫂您应该提醒我，这么着的话，咱们今天在这里大摆宴席不合适。"四夫人听了，脸上讪讪的。

陈府大门外，沈阿契的马车一走，便有一小厮向守门人走来："传二爷的话，以后十九少夫人的父母来看外孙，不许拦着。"守门人称"是"。小厮又道："嗨，不是我说你，他们山林人，哪有什么名帖不名帖？"守门人又称"是"。小厮道："也不必问四夫人了，你就当进来两个给厨房送煤炭的不就行了？忒不会变通。"

守门人点着头："好的好的。"

再说沈阿契离了陈府，首先到方所医馆延请罗里罗，才急忙忙地赶往谷桑林。

看诊完毕，罗里罗道："如果在这清幽的林子里静养，少吃肉食，少喝酒，心情好，是没什么事的。"沈林氏向蕃医道："嗨，瞧您说的，咱们这儿现在也没什么肉吃，他也不喝酒好些年了。"

沈林氏回到厨房里，依旧做起油炸谷桑花，向阿契道："我做点儿谷桑花给你们吃。可惜崇贤还没长牙，这回是吃不到我的手艺了。"阿契道："您别忙了。"说着蹲下身子，翻着墙边几只坛子的盖儿。坛子里是满满的腌萝卜干。

阿契道："阿婶，给阿叔做点好的吃，做点新鲜的。别总是腌这些，吃多了不好。"沈林氏道："你没听大夫说，不得吃肉吗？"阿契微皱眉头："那不是这个意思。"沈林氏又道："再说，就是想花钱，这谷桑林哪儿来的好东西啊？你大哥去一趟圩市，光是脚费都比买的东西值钱。"

窗外树影婆娑。沈林氏道："我现在就希望这些树都砍了，你阿叔就不用困身在这里了。卢彦做事有头没尾，谁知道看林子看到什么时候？每年也就卖点儿楮实子给药铺，你大哥连媳妇都娶不上。"

沈阿契无言以对，又把盖子盖回坛子上。

小厅里，沈楚略抱着崇贤玩，绫儿侍立一旁。罗里罗坐到沈楚略身边，向崇贤扮了个鬼脸。

沈阿契端进来几碟炸谷桑花，向罗里罗和绫儿道："这是我娘做的小吃，你们都尝尝。"罗里罗吃了，道："真好吃，这是什么花？"绫儿吃了，道："老夫人的手艺真好！"

沈楚略笑着："尝尝，尝尝，也没什么好东西招待的。"罗里罗恍然大悟："哦，这就是林子里那种花。"沈楚略笑向罗里罗："对了。"

沈楚略又抱着崇贤到门口看看天，转头对阿契说："一会儿早点回去吧，别让你家里长辈怪罪。不用担心我，没什么事儿。"阿契点点头。

至返途，阿契知道父亲的病并无大碍，才有心思和罗里罗聊起别的话题。

罗里罗道："陈夫人，您产后恢复得不错，没有变胖。"阿契笑了笑："还不错？我烦恼极了。"罗里罗问："您有何烦恼？是不是你夫君又喝醉酒了？"阿契道："我夫君此刻也许就在你的家乡，我也不知他是否喝醉了。"罗里罗手一摊："夫君不在宋国？"阿契点点头："我夫君出使去了。亲族欺我身边没有男人，诬我不贞，说等夫君回来，要滴血验亲，证明孩儿是夫君骨血。"

罗里罗叫起来："哦，不！"阿契道："验就验，我怕什么？我现在就等夫君回来。"罗里罗瞪大眼睛："滴血验亲我听过，这个实验根本就不可信！陈夫人，这是阴谋。"阿契不解："阴谋？

可我们自古以来都是用这个方法检验亲子关系的。"罗里罗很坚定："不，这就是阴谋。事实上，不是父子关系也可能滴血相融，是父子关系，也可能不相融。"

沈阿契道："罗里罗大夫，虽说您医术高明，但是宋国自古名医辈出，并不输给蕃医，为什么没人提出质疑？为什么滴血验亲仍然是一个公认的方法？"罗里罗道："这个问题并不难发现，只要找几十对父子来证明一下就可以了。但是，以宋国的伦理观念，没有人愿意这么做，也没有大夫敢这么做。"

沈阿契脸色一变："您说的也有可能。"

罗里罗说："正常情况下，父亲是不会跟自己的孩子滴血认亲的，所以没有人知道自己跟自己的孩子、父亲是不是就能血滴相融。而那些去滴血验亲的孩子和男人，都是有家庭矛盾的，都是带着烦恼去做这件事的。也就是说，事先，孩子的母亲已经被假设为不贞，那么验出来血滴不相融，也会被认为是理所当然的事情了。"

沈阿契神色不安："可是，如果不相融，母亲是要被浸猪笼的，孩子也将被抛弃。"罗里罗补充道："而真正不贞的母亲，也可能顺利通过这个考验。"沈阿契倒吸一口凉气："我知道该怎么做了，一切等我夫君回来再说。谢谢你，罗里罗大夫。"

绫儿听他们一直在讲吡啫耶语，不明所以，只问："夫人，您怎么了？"阿契道："我没事。"

卢彦的书房里人变得越来越多。

这些男子经常争论不休，面红耳赤。

薛尚说刘达："哈哈哈，你们家都是读书人，没种过地吧？竟然说楮币监设在益州，是因为益州的谷桑长得好？谷桑大江南北都有，田里野生的，根本不是问题。楮币发行，只能在东京。"

李义青又力挺薛尚："薛尚说得对。楮币发行只能在东京。我们今天为什么会在这里讨论这个问题，就是因为原来益州自己做，闹出乱子。益州路对楮币的准备金、发行量不思不想不管，只负责盖官印。这家商号来找他，他就准了这家去经营，那家商号来，他又准了那家。来京里述职，说得倒是好听，说定了十四家有信誉的商号联合发行。我问你，为什么是十四家，不是十五、十六家？这十四家商号一年打算发多少楮币，有多少准备金？具体在十四家之间怎么分配？还有，如何认定一个商号的信誉足以发行楮币？"

林进向李义青道："别说了，他们说这不是官府的事情。"

薛尚又对众人说："我没有要针对益州路的意思。同理，换成是淮南路、江南路，多半也是这个思路吧？觉得楮币是商号的事情，官府只负责批准商号经营楮币，然后只奔着商号给地方州府纳的那点儿税课。这就是短视！不看长远不看全局。"

李义青又道："让商号来发，肯定是不行的。原来是小商号都能发，争讼不断，怪小商号信用低，现在换大商号发，还是争讼不断。只不过是，小本经营的打小官司，做大买卖的打大官司。归根结底，楮币，跟卖别的不一样，必须要朝廷严加管控，由东京统筹，每一界发多少，发多久，回收多少，都必须是严肃的朝政指令。"

薛尚便说："李义青说到点子上了。商人都是逐利的，他还不是能发多少发多少？多发多赚嘛。至于准备金，今天看到香药有利，他就拿去买香药，明天看到犀象有利，他又拿去买犀象，谁会

真的放着准备金①在库房里等着兑付？大不了，打打官司，也就是像现在这样扯皮，有拖无欠。吃亏的是谁？"

林进接着说："即便商人通晓大义，他一个商号，也不知道全益州路，要使用多少楮币为宜。全大宋就更不要说了。同时，一个商号作为十四家里的一家，他管不着其他十三家。说是说有联合起来商量，可实际上呢？谁不再偷偷地多发一点儿？你们看看那些官司就知道了。哦，在座有好几位大人都是商人出身，我没有别的意思，就事论事。"

刘达有些不悦，道："林进，你歇会儿，喝口茶吧？你看你一直喘着气儿。你说的是，楮币有问题，官府要管得更细一点儿，东京义不容辞。但是现在呢？缺钱的主要是益州路，北方还好啊。就算是效法盐铁，官营楮币，也还是得回到益州路啊！有问题吗？朝廷如果觉得现任的益州路州府官员不得力，派个得力的去专管此事不就行了？动用东京，让楮币通行各路，现在还没到时候吧？一个益州路用楮币，大家就吵成这样，要是各路都用，怎么办？大家现在提的各种各样的办法，听起来都挺好，可是谁知道用起来是什么样子的呢？等哪天益州路的做法觉得顺了，觉得就应该是这样了，才能推行到各路。你们说呢？"

杜彩织走到书房外，听见书房中传出的争辩之声，向仆妇道："都过午了，该提醒他们吃饭了。"仆妇道："刚才已经去过了，他们仍是在谈论事情，没有停下来。"杜彩织道："长久这样，身

---

① 准备金：有别于现代金融的准备金概念。此处准备金指的是兑换纸币的金属币。据邓高峰《宋代的金融》，在北宋政府发行纸币初期，准备金能够起到调节货币流通、保证币值稳定的作用。

体怎么吃得消啊？"仆妇说："奴婢再去一次。"

书房里的众人没有要停下来的意思。

秦安说："我看哪，应该是这样，益州发楮币，东京发印信。楮币监还是得先在益州路办，而东京也不能不管。益州一年发多少楮币，多久为一界，收回多少，都要由东京来定。每一界发行，要以东京印信为凭，这张楮币才是真楮币。否则，依律严惩。"

润岸道："秦安说到依律严惩，刚才李义青也提到商号发行楮币的诸多官司。这就要问，为什么这些人不怕打官司？因为官府自己还没想清楚楮币要怎么发，自然，律法也还没定下来怎么发就不对，那官司还能打得出个是非吗？我看，楮币的律法，务必一同明确出来。"

汝阳接着说："楮币律法第一条，准备金不能无节制地任意挪用，得有一个标准。不然，谁不逐利？"

刘达问："汝阳兄，那你说准备金得定个什么标准哪？"

汝阳道："至少得是发行量的三到四成吧？"

刘达冷笑数声："呵呵，三四成[1]我们益州路还是有的，值得你们这么慌张？"

这时，仆妇敲门进来："诸位爷，午饭是送过来这里吃，还是到外头厅子里吃？"卢彦这才说："好了，先吃饭，先吃饭。"

薄暮时分，沈林氏和沈楚略手挽着手在谷桑林中散步。沈楚略停下脚步，摸着树皮，摘了一颗楮桃子吃。忽然，一只浑身雪白，

---

[1] 据【德】迪特·库恩著《哈佛中国史·儒家统治的时代：宋的转型》，第231-232页，从1023年到1107年宋政府每次发行的流通期内限定纸币总值为1256340贯，每个流通期内有36万贯的流动性货币回笼，约为流通量的28%，可确保货币体系免于破产的危险。

尾巴金黄的猫儿在林中跑动。

沈林氏指着那只猫："看，那里有只猫。"她跑进林中，把猫抱过来，向沈楚略道："这猫的毛色，是'金钗插玉房'啊。咱们把它养起来。"

在沈林氏看来，这只猫的出现是一个好兆头。关于她想听到的好消息，其实已在东京的市井之间弥漫开来。

夜里的杨楼一如既往地热闹。

那位曾要购买谷桑林做粗布的财主邱德才正在饭局上听着八卦。他的经典论断"死人才拿纸当钱"曾经给沈家谷桑林蒙上一层雾霾，而今晚，他听到的消息竟然是：朝廷要造"纸钱"了。

邱德才把酒杯往桌子上一顿，瞪大了眼睛："什么？真的要开楮币监？"同台而饮的大胡子道："多新鲜哪？"邱德才问大胡子："真的有人拿纸当钱？"大胡子道："嗨，多新鲜哪？"邱德才怔怔的："乖乖！而且这还是朝廷干的事情？"大胡子道："先前是益州商人干的事情，如今啊，就要变成朝廷干的事情了。"

邱德才搓着手："这买卖大了！"

大胡子又向酒阁子里的众男女比划了一个安静的手势："不能说出去啊！"

是夜，沈林氏正在陈家十九房抱着崇贤玩。沈阿契从房间内走出，手里拿着一件小孩衣服道："阿婶，你给崇贤做的衣服这么大？"沈林氏道："过两个月就可以穿了。"她说着，又无端叹气。

阿契问："阿叔最近身体怎么样？"沈林氏道："倒不是这个，我是想起那卢彦。卢彦现在是做官了，就撇下咱们家不管。你大哥进城来，说告示都张贴出来了。楮币监有是有了，可是，在益州路！卢彦没的哄着咱们家在东京南郊种树种了这些年。现在，东京离益州千远万远的，怎么都用不上咱们家的林子了。"

阿契有些意外："真的？"沈林氏道："告示都张贴出来了，你说是真的假的吧？"阿契道："可是，如果真没戏了，卢彦应该会告诉阿叔的吧？"沈林氏说："你怎么说的跟你阿叔一模一样？你们哪里知道此一时彼一时，卢彦现在比不得以前，早把咱们贫贱人家给忘了，哪里得空来告诉你？"阿契迟疑着："这……"

沈林氏道："我劝你阿叔，事已至此，就把林子卖了吧。既然陈渡头都肯让咱们按照低息还他了，就赶紧把他这一桩给了了。我们回乡去，多好啊。"

杨楼酒阁子里，一商女向大胡子掩嘴而笑："告示都张贴出来了，还不能说出去呢？"大胡子道："诶，你只知其一不知其二。"

邱德才忙问："其二是什么？"大胡子道："其二，楮币监虽然是朝廷要开的，但是开在益州，跟咱们东京没有什么关系，哈哈。"邱德才道："得，说了半天，白说。还有没有其三？"大胡子道："有！"邱德才睁大了眼睛："还真有？"

大胡子郑重其事道："香药交引！"

邱德才一愣："香药交引？"大胡子故弄玄虚："您猜怎么着？广州进来的香药越来越多，纲运搬不过来，以后啊，都要搞成香药交引[1]啦。"邱德才问："这其三，跟其一其二，有什么关系

---

[1] 交引：据邓高峰《宋代的金融》，宋代官府准许商人在京师或边郡缴纳金银、钱帛、粮草，按值至指定场所领取现金或某些商货运销的凭证。

吗？"大胡子凑近邱德才："都是一张纸，一张楮纸，比您作坊里的粗布要值钱的纸。"

邱德才听了，若有所思。

天亮了，沈阿契想着沈林氏昨夜所言，心中纳闷，便想去问问卢彦。刚走到照壁，未出大门，却被陈云峰叫住："你要去哪里？"

阿契回过身来："峰哥，我，我想去卢家商号。"她低下头。陈云峰不悦："卢大人现在在便钱务，估计人也不在卢家商号吧？"阿契有些为难："那，现在要找他得去他家呀？"

陈云峰皱起眉头："为了什么事找他？"阿契道："我父亲那片谷桑林，好多年前卢大人让买的，之后我父母就一直守在林子里。当年说是为了卖给朝廷开楮币监时作为楮纸原料的，但是听说，现在楮币监要开在益州路，恐怕这片谷桑林派不上用场了。我想替我父亲问这件事。"

陈云峰道："你不应该去。"阿契抬起头来看着陈云峰："为什么？"陈云峰道："当年他是商，现在他是官。当年他让沈家守着谷桑林，是出于一个商人对商道的判断。现在不一样，哪怕楮币监开在东京，也未必用沈家的林子。沈家想把林子卖给朝廷，得公开进行实封投状，中了，才是你家；别家中了，就是别家的了。"

阿契道："原来是这样，还要公开实封投状。"陈云峰说："当然，而且卢大人在主持这件事，当然要秉公办理。你觉得你去找他合适吗？"阿契摇摇头，神色黯然："那便算了。"

她转身离去，陈云峰望着她的背影出了会儿神，方出门去。

谷桑林里传来马的嘶鸣声。沈楚略抬头看，来的是邱德才。邱德才叫着："沈大哥！嘿嘿，我又来了。"沈楚略道："你怎么又来了？"邱德才说："我来和你谈买卖。"

邱德才进了小平房，说道："沈大哥，别那么固执，我已经把价格提得这么高了，可以了。"沈楚略沉默不语。邱德才又劝："你说的楮币监，朝廷都定了，在益州。别再打这个主意了，卖给我做粗布多好啊。"

沈楚略只说："我再想想。"

邱德才一时拿沈楚略没有办法，便起身告辞。走到门外，闲望向厨房，见沈林氏在喂猫，一边喂一边怜爱地摸着那猫。

邱德才道："沈大嫂，我走了。哟，养着猫呢。"沈林氏神秘地向邱德才道："你看它，浑身雪白，尾巴是金黄色的。在我们乡里，这种猫叫作'金钗插玉房'，兆主人家财运亨通。"邱德才笑了笑："原来如此。"沈林氏又说："我就是牙缝里省出来，也要给它喂饱。"

邱德才思忖道："原来沈家吃这一套？怪力乱神的，也罢，我只能投其所好了。"

这日，沈志强在井边打水，沈楚略坐在门口看天，就有一个算卦的瞎子敲着竹板儿走来。瞎子脸背着沈楚略，道："主人家，可能讨口水喝？"沈楚略道："先生进屋坐吧。"瞎子循着声音转过头来，对着沈楚略："多谢主人家。"

小厅内，沈林氏把一大碗水摆到瞎子跟前。瞎子摸起碗来，喝了一大口。沈楚略道："先生啊，我问你件事。"瞎子说："主人家不必多说，你心里的事我已经知道了。"沈楚略瞪大眼睛："哦？先生当真知道？"

瞎子说："你心里有一件事，想了很多年，也做了很多年。"沈楚略道："对了。"瞎子说："你心里想的那件事成不了啊。"

沈楚略脸色一变："啊？"瞎子摩挲着拐杖，摇着头："成不了啊。"沈楚略脸色煞白："我只想知道，我这谷桑林是卖还是不卖？"瞎子说："谷桑林不卖，你家颗粒无收。"

那天中午，沈楚略躺在床上睡觉，忽然惊醒："啊！"沈林氏跑进来问："你怎么了？"沈楚略道："我做了个梦，梦见我阿公。他跟我说，谷桑林不卖，你欠下的债这辈子都还不了，你连乡里都不敢回。"

沈林氏帮沈楚略擦了擦额角的汗。

沈楚略脸色煞白，抓着沈林氏的手："阿公给我托梦了。"沈林氏眼圈一红："你这两天精神不太好，还是多安心休息吧，别想事了。"沈楚略咳嗽不止："我不求重回昔日荣光，但求把债还清了事。把林子卖给邱德才吧，做粗布就做粗布。卖下的钱，咱们让便钱务汇回广南东路潮州去，还给陈渡头吧。"沈林氏红着眼圈，点着头。

就这样，南郊谷桑林易主了。

榷货务廨署内，卢彦喜气满面。吏部来的官员道："恭喜卢大人主事榷货务！官告①明日差人送过来。"卢彦笑道："有劳有劳！"吏部官员又道："我们都盼着香药交引早早问世，上利朝廷，下利百姓啊。"卢彦说："上下同心，会顺利的。"

一时送走吏部官员，便有差役呈上一只放着纸状的盘子："卢大人，这是林户们的实封投状。"卢彦拿起盘子里的状子，看了看

---

① 官告：即告身，据戴建国《宋代法制研究丛稿》，第283页，告身是官员的委任状，是做官的重要凭证，承载着官员的特权和朝廷给予的多种优厚待遇。

封面。封面上写着"南郊谷桑林 邱德才"。卢彦问："怎么是姓邱的？南郊谷桑林投了几家？"差役道："就这一家。"卢彦一脸疑惑。

午后，卢彦策马至谷桑林。

一进小平屋，见沈楚略已病体沉重，卢彦忙伏至床前："沈大哥，原来你身体有恙，都怪我公务缠身，没来看你。"

沈楚略挣扎着要起来，卢彦把他按下去："别起来。"沈楚略道："兄弟啊，我替你高兴。"卢彦道："快别说这些。"

他叹了口气，沉吟半晌，忍不住小声问："沈大哥，谷桑林为什么卖了？若是缺钱，应该告诉我，不必卖林子。从前我就跟您说过，造楮纸对朝廷大有用处。"沈楚略咳嗽着："你别诓我了，楮币监不是已经定了设在益州路吗？林子还留着干什么？"

卢彦道："楮币监是定了在益州路，因为益州要先行先试。但是京城交引库马上就要印交引了呀。交引通行各路，还有沿边，买卖香药犀象、茶叶盐矾，都要用到的呀。各路交引的量，现在不比益州一路的交子少多少。不管印交引还是印交子，都是用谷桑树皮的呀。"

沈楚略从病床上弹起来："什么？"

他的世界瞬间流失了白昼的光。夜里，他的卧室于一片漆黑中又亮起一盏灯。剧烈的咳嗽声透出窗户纸来。他从床上挣扎起来："兄弟啊，我为什么不相信你，去信一个梦啊？"

沈林氏披着衣服起身，带着哭腔："这个该死的卢彦！谷桑林卖了就卖了，我们家也不图发什么大财了，把债偿清了就好。他为什么还跑来告诉你交引的事情啊？你这病才好些，现在又……"她大哭起来。

第十章 瓜瓞绵绵，螽斯振振

天亮了，一切如常。然而有一天，谷桑林里人声喧嚣起来。那是邱德才领着交引库的公人四处走动，在丈量估价。

沈楚略在门口站着发呆，看着众人。沈林氏快步走来："你怎么起来了？外头风大，咱们进去吧。"沈楚略点点头，转身往里走："算了，听不见，看不见。"

这时沈志强出来了。他瞅着丈量林子的人们，忽见一个老仆跟在邱德才身边，有些眼熟。他想了想，指着老仆叫了起来："阿巴、阿姨，那个瞎子也来了，那个算卦的！"沈楚略一看，不日前上门算卦讨水喝的"瞎子"大眼睛睁着，正跟在邱德才身边忙前忙后呢。

他仿佛明白了一切，怒不可遏地跑向"瞎子"，将其领子揪住："你不是瞎子，你没瞎？你设计骗我的谷桑林，这是我的谷桑林。"邱德才掰开沈楚略的手："沈大哥啊，契约你已经白纸黑字签了的。你签的时候是自愿的，我没逼你。你是自己放弃的。""瞎子"推开沈楚略："你才是瞎子，呵呵。"邱德才又向沈楚略道："你守在这荒郊野岭的消息不灵，怪谁？"

沈楚略几欲晕倒，沈志强忙将他扶住。邱德才对沈志强说："那三间平屋，你们一家先住着，等交引库公人带人来砍树，你们就搬了吧，住在这里怪荒凉的。"

沈志强脸上愤怒，却一言不发。

病床上，沈楚略喃喃念叨："兄弟啊，我为什么不相信你，去信一个算命的瞎子啊？"沈林氏坐在床边，眼睛哭红了，直摇着头。

十九房小院里，沈阿契抱着崇贤喂奶，忽然眉头一皱，叫了一声。她把崇贤的小肩膀拍了一下，崇贤终于松了口。一旁的绫儿伸手抱过孩子："又咬您了？"说着凑过去看："呀，又咬出血了，力气这么大的。"

阿契整理着衣服："给他断奶了。"

四夫人突然出现在门口："不行，哪有这样当娘的？"绫儿道："四夫人，从小爷出生以来，说要给他找个奶娘的，到现在奶娘还没来呢。您看，咱们小爷牙齿都长出来了，别的东西也会吃，不吃奶也使得的。"四夫人向绫儿恼着："你！"

这时，杭哥跑到小院门口来："夫人，门外来报，沈家老爷病重。"阿契一听，惊得站了起来，即命备车出门。

马车在谷桑林里跑着，到了沈家小平屋前才停下。沈阿契、罗里罗相继下了马车，往屋里走。

不多会儿，罗里罗看完诊，避开众人与沈阿契走到树下说话。他说："人生来就是来还债的。债还完了就可以走，不必再受苦。"阿契双目低垂："您怎么知道我们家还债的事情的？"罗里罗道："这不是你们家的事情，这是我家乡的一句谚语。"阿契听了，苦笑着流下泪来。

没过多久，沈志武也进京探视父亲来了。沈志强站在门口挥着手："老二，老二！"沈志武下了马，急跑进平屋去："阿巴！"

他走进卧室，努力把气喘匀，向沈楚略微微笑了笑："阿巴，最近南边儿没生意，我来京里逛逛呢。"

沈楚略微弱地："过来。"沈志武凑近床边。沈楚略说："阿巴不是只顾你大哥不顾你。你是六个孩子里面最好的，阿巴最放心你，所以没怎么管。你大哥人老实，幺弟又……"他哽咽住了，停了半晌，说道："还有老四，是个软书生。剩下两个都是女的，老三也不知道是死是活。阿巴走了，你要管着他们。"

沈志武笑嘻嘻："阿巴你不要胡说，我看你又长胖了呢。"

沈楚略道："家里的债，都还了。最后还的是陈渡头的，是卖掉南郊这片谷桑林还的。陈渡头和我认识几十年了，我也不是第一次跟他借贷。以前出船，都是有借有还，利息都不算重。这次还他，有贵人相助，看着算摆平了，但我还是担心他说话不算数，跟咱们扯皮。如果是这样，老大跟老四估计都做不了主，还得你来。"

沈志武笑嘻嘻："阿巴你放心，我正打算这次回去扒他家的祖坟呢。"

第十一章

谷桑熟，落叶归

交引库的红衣公人郭实来收树林的那个早晨，有薄雾，日光渐升。沈楚略病情好转，早早起来，到林子里兜了一圈。红衣公人认不得谷桑，说怎么有的长这样，有的长那样？沈楚略指着叶子呈卵形的说："这是公树。"又指着叶子分三叉的说："这是母树。"

红衣公人笑了笑。沈楚略又摘下几个又大又好的楮桃子①，双手捧给他："小哥儿尝尝？"红衣公人摇了摇头。沈楚略于是自己吃了两个，脸上露出美味的神情。红衣公人问他："这楮桃子啥味道？"沈楚略笑道："美得很。什么味道嘛，我也不知道。"两人侧脸相视，嘴角上扬，露出了陌生人之间那种善意的笑，却也很温暖。红衣公人大概觉得沈楚略在逗他，便不与他闲聊了，只忙着招呼役使砍树。

---

① 楮桃子：即雌树所结果实。

沈楚略怅然若失地站在林中，远远地，仿佛林中一棵略高些的杂草。

红衣公人向他喊着："大叔，你快走吧，别在这里逛了。"沈楚略回头朝公人点了点头，弯腰捡起矮草丛中一个跌落的鸟窝。这鸟窝刚随着一棵倒下的树落地，被软绵绵的草丛承接住了。窝中的鸟蛋完好无损，只是不知母鸟父鸟在哪里？

这时，又一棵粗壮的谷桑树倒下，远远地，像一道黑线，重叠到沈楚略身上。沈楚略倒下了，像一棵略高的杂草被拔除。

沈志强和沈志武从小平屋里跑出来，"吭哧吭哧"地，向着有晨雾的地方。红衣公人朝他们使劲儿摆着手，喊着："别过来，这里在砍树！"沈家兄弟仍然奔跑着，像两片被风卷着飞的落叶，不由自主，停不下来。

他们的周围只有一片旷野，树都已经倒下了。他们停了下来，像两棵参差于矮草丛间的野草。由于无风，沉闷的空气把野草们都凝滞住了。

小平屋外的旷野搭建着一个灵堂。沈林氏、沈志强、沈志武、沈阿契守在灵前。沈志文策马赶来，下马奔向灵前："阿巴，老四来迟了！"说罢嚎啕大哭。

红衣公人郭实走进灵堂，向沈林氏奉上抚恤银："大娘，这是交引库的一点心意。那天我不该和老爹在林子里走的，都是我的不是。"

沈林氏接过抚恤银，两眼无神："原本他也活不久的，不过是天天等着受苦。这几年我们都盼着你们来。他看到你们来了，就出去看看的。"

沈志强问郭实："郭官人，交引库要印交引，可还需要工匠？

可否让我去充个工匠？这林子原是我家的，贱卖给了麻布邱家，卖的钱偿债了。现在林子没了，父亲没了，不知作何营生，还要奉养老母。郭官人，可否超生小人去做个工匠？"

郭实愣了一下，又爽利起来："做个工匠，不是什么大事。沈家大哥等我消息。"沈林氏掉下眼泪来，向郭实深深鞠躬："郭官人你是个好人哪。"

消息传至榷货务衙署里，卢彦猛然从椅子上弹起来："沈大哥走了？"阿水道："是的，今天交引库都给人送抚恤银去了。"卢彦怅然若失，坐回椅子上。他望着门口，似乎没有勇气出门了。

谷桑林灵堂前，沈志武的悲伤在他人看来并不深刻。他拉着沈志强说："大哥，别去做什么工匠了。咱兄弟二人合些本钱，一起做个生意多好。"沈志强冷笑道："我哪儿有本钱跟你合做生意？"沈志武嬉皮笑脸："我不过是随口说说，你哪儿有什么本钱？"

他又转向沈志文："老四你呢？咱们兄弟二人合些本钱，一起……"沈志文冷冰冰的："我今年还要参加科考，不然没法向岳父交代。"

沈志武又看着沈阿契："老五你呢？咱们姐儿俩……"沈林氏听着沈志武说的话，忽绷着脸起身，走进小平屋去。志武沉默了，忙跟了进去。

沈林氏坐在小平屋中生闷气。沈志武拿出一囊钱给她："阿姨，这个你收着用。"沈林氏推回去："家里这几个，也就你略有些钱，先时让你帮家里还债，你不肯，现在我一个老太婆要花什么钱？不用你操心了。只有你大哥还想着要奉养老母。"

沈志武眼圈红了："阿姨，我是不如我大哥。您别说气话，钱拿着，要花便花，不花便放着。"

小平屋外，卢彦来了。卢彦一脸僵硬，在灵前烧了香，放下帛金，转身便走。

沈志武恰从小平屋中出来，忙追上卢彦，拉住他的马绳："卢大哥，别走得这么急，屋里坐会儿。"卢彦脸色缓和下来，回头看着他："你要叫我叔。"

沈志武嬉皮笑脸："我阿巴老了，他不能跟着您干，我可以啊。"卢彦嗔怪："混账东西。"沈志武依旧嬉皮笑脸："弄点儿树皮印张纸算什么呀？金银有金银铺，难道交引没有交引铺？"

卢彦看着沈志武，眼神里浮现出一丝暗笑，转身仍是走了。沈志武向他高喊着："别说叫您叔了，只要您喜欢，叫爹都行啊！"沈志强忽然走来，从沈志武背后踹了一脚："你给我滚！"

月余后，沈家交引铺开张了。

店铺门口敲锣打鼓，横匾上镌刻着"沈家交引铺"五个大字，引得众路人围观起来。沈志武站在门首，向众路人道："诸位父老乡亲、财主员外，在下广南东沈志武。今日，沈家交引铺在东京界身巷开张了，往后有买卖的，请多关照关照小弟啊！"

便有人问："敢问这位沈官人，交引铺是卖什么的？"小厮来福道："卖交引呀。"小厮得财也解释着："我们卖交引，也买交引，但凡交引，买的卖的都来找我们沈家交引铺。"沈志武向众人作揖鞠躬："正是，正是。"

各谋营生，沈志强却由郭实领着，走进了交引库①的抄纸院。

院子里有数排抄纸工坊、一排住房。刘讷正在院里转悠。郭实

---

① 交引库：据邓高峰《宋代的金融》，交引是官府发给商人的商贸凭证，由交引库负责印发、收纳。

走过来道："刘监工，这位就是沈志强，新来的工匠。"沈志强向刘讷行礼："刘监工好。"刘讷点点头，问郭实："可跟他说了规矩了？"郭实道："说了。"

刘讷又对沈志强说："最要紧的，抄纸院的一应大小事务，都是朝廷机密，不可外泄，你可知道？"沈志强道："小人知道。"刘讷问："可能吃苦？"沈志强说："小人是苦出身，能吃苦。"刘讷道："虽是苦出身，可能见得钱？手脚必须干净的。"沈志强说："刘监工放心，小人守多大的碗吃多少的饭，分外之财半眼不多瞧的。"刘讷点头道："行吧，给他安排床铺。一年逢年过节回三次家看看家人，酒肆勾栏一概不准去的。"

沈志强猛一抬头，一脸意外："一年回三次家？"郭实道："是的，沈大哥，抄纸院是做交引的，乃是朝廷要务中的要务。为防止向市井泄露秘密，工匠都是住在里头，不准出去的。"沈志强有些为难："可是……"

郭实又说："还有，勾栏、酒肆这些地方，最易酒后失言，三教九流常常聚集在那里，消息传散得也最快，所以，抄纸院工匠是不准去的。倘若去了，不管有没有失言，只要人在那里，被逮着了，都得治罪。"

沈志强道："郭官人，勾栏、酒肆这些地方我是不去的，只是我家中还有老母亲，如果不能回家，我怎么照顾她呢？"刘讷点头道："哦，是个孝子。你回去考虑考虑吧，能一年到头住这儿的，再来。"

此时，沈林氏与沈志强已搬离南郊，在草市租下一处茅庐住着。沈志文在京待考，也和沈志强一床挤着住。

沈林氏一听到在抄纸院做工一年到头不得回家，马上就不乐

意了："什么？不能回家？儿啊，你不能回家住在抄纸院里头，是要天天吃苦的吧？"沈志强说："阿姨，我不怕吃苦，我怕不能回家。您一个人住在这草市租来的小茅庐，倘或头疼脑热，没个人在身边怎么办？"沈林氏道："儿啊，难为你孝顺。那咱不去了。"

沈志文在灯下看书，突然把书一放："为什么不去呢？郭官人也是一片好心。"沈志强说："老四，我是为了阿姨。"沈志文道："这里是东京，就算是这草市小茅庐，你以为咱们住得起？你以为咱们能住多久？东京城里的活计，你能干什么？拿什么奉养老母？"

沈志强道："你教训起老大来了！知道你跟老五能写会画的，你挣钱养家了吗？考来考去，你考到啥了？"沈志文呵呵一笑："听不听随你。我在这城里讨过生活，我知道有多难。能写会画也要看运气，不是个个都有老五那样的运气。要不是有卢彦，老五就是三头六臂也进不去绫锦院。"

他说着，头一顿，继续看书。

沈林氏道："你们不要争，老四说得也对。老大，你也要有个安身立命的活计。过去也许是我们耽误了你，白守着那林子荒废年岁了。"沈志强看着沈林氏："阿姨，那您……"沈林氏道："这不老二也在城里吗？"沈志强一脸不屑："他？只知道挣钱，我不放心。"

沈志文把书一放，向沈志强道："二哥挣钱不对吗？他挣钱就是不孝了吗？你少挑拨阿姨和老二。我看他很让人放心。"沈志强不悦："你又为阿巴阿姨做过什么？你又为家里做过什么？你连自己的姓都不要了，入赘别人家了，要你多嘴？"

沈志文把书卷往桌子上一拍，咬了咬嘴唇，一言不发。

然而，争辩归争辩，数日后，沈志强还是背着包裹到抄纸院来了。郭实把门打开："沈大哥，你来啦？"沈志强点点头。郭实道："来了就好啊。"沈志强跨进门去。

不觉三年过去了，无论是在交引库的沈志强，还是在交引铺的沈志武，都各自安好。人群中，唯有沈志文步伐沉重，神情恍惚，如同丢了魂一般。

沈阿契紧紧跟在他身后，满心担忧。沈志文忽然一回头，叫道："不要跟着我！"沈阿契不知道说什么好，只笑着拉住他："四哥，走，我带你去买春土。"

沈志文又丢了魂一般，由她拉着走。

一时到了太常寺偏殿内，高老头很抱歉地对沈家兄妹说："春土已经卖完了。"沈志文一脸懊恼，望着抬春牛的木架子发呆。高老头看了他一眼，又笑起来："今年的春土，也许还剩下一些没卖完。要不你们等等，我去找找？"说着走出偏殿，不一会儿又回来了，递了一只红色锦袋子给他："还有一点儿。来，给你。小官人开春必能高中。"

高老头朝他露出一个赞许的笑容，他沉闷的脸上也终于有了笑。

太常寺露天的院子里，两个工匠正在雕塑新一年打春用的春牛。他们的手上、脚上、脸上都是泥。

沈志文和沈阿契走过，停下脚步，看着雕塑中的春牛。瘦工匠向沈志文道："哎，书生，还买春土吗？我这儿也有，随便你挑。"胖工匠又对瘦工匠说："行了你，跟高老头抢啥生意？"

一个唱曲人坐在院子里的台阶上，手里把玩丝弦，唱着："五谷丰登，百业兴旺；庶民富裕，天下太平。"

沈志文紧闭嘴唇，又绷起脸来。阿契不知用什么语言劝慰他才对，只好笑着又把他拉到小茶馆中点茶。

浓腻的杏仁糊上，点茶婆用黑芝麻酱画出了两只飞鸟。阿契专注地看着，跃跃欲试，向点茶婆说："再要一碗，我自己来。"

点茶婆又上了一碗杏仁糊。阿契提起装黑芝麻酱的尖嘴小壶，随手画了起来。浆糊上画出了一朵花，和阿契从前在水东窑瓷胚上画的那朵是一样的。她看了看，笑了起来："只能吃完它了。"

志文盯着浮沫上的花儿看，问："你在陈家过得怎么样？"阿契道："挺好吧。"志文说："是挺好吧，我听外人喊你'陈夫人'。"阿契笑了："陈家有几十个陈夫人，况且你妹夫音讯全无已经四年了。说起打春，我过年都出来看看热闹的，跟春牛许个愿，希望你妹夫能早点儿回来。"志文道："你怕啥？你生了个儿子，陈家又是世家，外甥以后不可能没出息。你早晚得有一席之地，不像我啊。"他一脸苦闷。

阿契笑道："四哥今年一定高中。"志文摇了摇头："今年不中，我将何往？"阿契说："天下之大，皆可立业。"志文低头不语。

总之，志文每考一次试，时光就溜走三年。

又是三年过去，正月初六这一天，阿契牵着崇贤的手走进了沈家交引铺。

沈志武看到崇贤，高兴得将他抱起来往上举："走，上楼看，一会儿春牛得从楼下经过。别站在街边看，会被人挤坏的。"说着又领着沈阿契上楼梯："年初六你来我这儿就来对了。这界身巷看'打春'是最好的。"

崇贤在志武怀里翻腾着："二舅，我又不是小孩子，你不可以这样抱我。"志武又把崇贤往上举："你就是小孩子，还说不是？"阿契环顾店内布置，笑向志武："二哥，你这店铺很是齐楚。看来你之前在广州做揽户挣了不少，如今才开得这样的交引铺。"志武道："我当初要是听了阿姨的，把钱拿去填陈渡头那个无底洞，又哪儿来的本钱干正经事？况且，也就这点儿本钱了，档铺也是租了全界身巷最便宜的。"

上了二楼，志武把崇贤放下，又将临街的窗户打开。只见一个陌生人从窗户前走过，笑嘻嘻向沈志武道："员外新年发财啊！"

另外两个路人从窗前走过，都是踩在一楼店铺房顶上的。忽见左边房顶上坐着五六个人，右边屋顶上也有两个小厮蹲着聊天。志武道："这些人真是的，看个热闹都上房了，估计二楼楼顶也有。不好，这样很容易进贼。"

便又有一个人大摇大摆从窗前走过。志武微恼，驱赶着："去去去，你别挡着我窗户！"

阿契笑问："二哥不去街上抓把春土？"志武踌躇满志："春土？我要那整头牛都变成活的，给我跑起来。必须是公牛，撅起角来往前冲。"说着，手往窗前一指，两眼闪闪发光，又哈哈笑起来。

顺着志武手指的方向，街对面的店铺也挤满了人。另一扇打开的窗户里有几个脑袋挤出来张望："春牛来了！"

崇贤忙扑到窗边看，又推着沈阿契："娘，您看，是二爹！"阿契凑过去看，只见陈云峰装扮成农夫，手持五彩农鞭，鞭打着春牛，和仪仗队一起在众路人的簇拥下经过界身巷。

崇贤向街上挥手，扯着嗓子喊："二爹！我们在这儿呢。"陈云峰抬头望去，见阿契母子俩出现在沿街档铺二楼的窗口中。

阿契笑了笑。陈云峰也笑了笑，又敛住表情，一脸正色望着前方。

云卿书房中，阿契正在铺纸画画。

崇贤站在桌边："娘，您要画什么？"阿契道："画一幅《春牛》送给二舅舅，好不好？"她边说，边将笔锋在纸上走着，一头撅起角往前冲的公牛跃然纸上。

崇贤问："娘，您能不能把我大画出来？让我看看我大长什么样。"阿契脸上的笑容消失了，抬头望着窗外："你大？我想想。"她又低头看着崇贤："恐怕画不出来。"崇贤问："为什么？"阿契道："你都七岁了。我上一次见到你大，都是八年前的事情了，我……"崇贤问："您也不记得我大的样子？"

阿契道："我也只见过你大两次。"说着向崇贤做了个鬼脸。

崇贤无奈地摊摊手："好吧。"说着走出书房去。阿契继续画《春牛》，崇贤又走回来："哪两次？"阿契道："你问题真多。相亲见过一次，成亲见过一次。"崇贤问："你们不住在一起吗？"阿契摇摇头。崇贤说："可是，大爹和大娘，三爹和三娘，七爹和七娘，都是住在一起的。他们会见很多面。"

阿契笑了笑："等你大回宋国了，我们也会住在一起的。"崇贤问："他现在在海船上吗？"阿契点点头："也许吧。"

崇贤的提问又勾起了沈阿契的念想。回到卧室，她开始四处翻找东西：床上、枕头下、梳妆台抽屉、衣柜抽屉……

阿契叫："绫儿，绫儿。"绫儿进屋："哎。"阿契问："你十九爷那封书信呢？"绫儿问："哪封书信？"阿契说："就是原来放在梳妆匣里那封。"绫儿道："这……应该就在梳妆匣里吧？我们都不曾去动这些的。"阿契抓耳挠腮："啊，哪儿去了？"绫儿道："太久了，兴许记错了，您再想想？"

崇贤又进来道："娘，您再想想，把我大画出来吧。走，咱们去书房。"说着，拉起阿契的手便出了门去。

绫儿看着这母子俩，轻叹一口气，摇了摇头。

书房里，沈阿契举起笔来，对着一张白纸无从下手。崇贤站在桌子旁，一脸期待。阿契不知所措地看着崇贤，微皱的眉头突然舒展开来。

她心想："有了，我照着崇贤的眉眼画，不就行了吗？"

还未落笔，阿契就见慧仙走进书房来，两眼哭得红肿，坐到椅子上，捂住嘴"呜呜"作声。

阿契忙放下笔，上前扶住她的肩膀："大嫂，您这是怎么了？"慧仙只是哭，不说话。阿契道："崇贤，你先出去玩儿。"崇贤应了一声，出去了。

秋红随之进屋来，向慧仙赔笑道："大姐，您别往心里去。这事儿四夫人都准了，咱们能怎么样嘛？"慧仙一手帕往她脸上扔去："你给我出去，别假惺惺的了。"秋红微微一笑："那我走了，阿契，好好劝劝大嫂。"

秋红一走，慧仙就把头埋到阿契怀里哭："这个秋红，真是贱。你大哥又要再娶一个。秋红原先跟我说好了的，一起劝劝你大哥，谁知到了跟前，她非但不劝，还一意撺掇起来，反倒我是个丑人，又遭你大哥骂了一顿。"

"这……"阿契不知说什么好。慧仙道："你不知道，现如今说的这个新人，来得古怪，要不得。你大哥在外头结交些不三不四的人，给他介绍了一个姓陈的商人，只不过是个进纳官，就拉回来说要连宗，还说这个人认识眉路骨淳王使，要请咱们家引荐，向朝

廷纳贡。十九家的，你听听，哪有这样的事？"

阿契也觉得怪："眉路骨淳王使？"慧仙说："我虽然是个妇道人家，也知道不对劲。既然是蕃国进贡，王使哪里需要我们家推荐？咱家虽说是世家，可也还没到蕃使要上赶子求咱办事的份上！真是不分南北，不知道自己是什么东西了！"

慧仙越说越激动，又道："这事儿五爷爷肯定是反对的。这个要来联宗的进纳官，便又要把他的女儿送与你大哥为妾。哪有这样的事情？这进纳官，又把那蕃国王使吹得天花乱坠。你大哥哪里是个有脑子的？他见了那个进纳官的女儿，就神魂颠倒的，跑去回了四夫人。不知使了什么，四夫人竟准了。"

阿契道："四夫人都准了，看来是没办法改变的事情了。"慧仙摇着头："既要联宗了，还结的哪门子姻亲？这个陈渡头就不是什么正经人。"

沈阿契一惊："什么？您刚才说了一个人名，陈什么？"慧仙道："陈渡头。就是这个又要联宗，又要结亲，又要推荐蕃国王使朝贡的进纳官。"沈阿契一顿足："啊！又是他。"

至掌灯时分，阿契思前想后，愈觉事情非同小可，忙提起灯笼来到陈弘祚书房外。她在大满月窗前止住脚步："五爷爷，十九侄媳沈氏求见。"

陈弘祚在书房内，持书走到窗前，脸色微愠："一个妇道人家，这么晚了有什么事？在外面站住说话，不准进来。"阿契道："是。五爷爷，侄媳听说有一个叫陈渡头的进纳官，先欲与我家连宗，后欲与我家联姻，目的都是想让我家引荐他所认识的一个蕃国王使向朝廷进贡，博取回赐……"

陈弘祚打断了她的话："妇道人家，不要打听外面的事，何况还是朝廷的事！"阿契道："是。但是，陈渡头所说的这个蕃国王使多半是假的，倘若我家替他引荐便是欺君之罪。"陈弘祚一惊："此话当真？你又如何知晓？"

沈阿契便将自己所知陈渡头之过往，乃至收留、挟持海难蕃商的事情说了出来。那陈弘祚一听，浑身肉都跳了起来。

当下，陈弘祚不顾天黑，将陈云海五花大绑，捆着扔到祠堂下。

陈弘祚一脸威严地站在堂上。众亲族都看着陈云海跪在地上求饶："五爹，五爹！我知道错了。"陈弘祚道："差点儿被你这个无知小子害了全家。"陈云海叫着："五爹，不敢了五爹！"陈弘祚喊着："来人，家法伺候，打！"

陈家宅子的灯火纷纷亮起。陈云海的惨叫声一阵紧似一阵。

杨楼酒阁子里，棒伤初愈的陈云海怏怏坐着，喝不下酒，也听不进曲儿。

他说："这次让沈阿契那娘儿们整得，我吃那顿打，在床上躺了俩月。"陈渡头殷勤地望望他的伤："如今可恢复了吗？"陈云海被陈渡头掀开衣服看，有些不自在，又自己把衣服裹回去："好啦，都好啦。"

陈渡头问："那么连宗的事情，老太爷是不许的了？"陈云海道："应该是不能再提的了。"陈渡头又问："那眉路骨淳王使还在京里等着呢，如果没人引荐，如何是好？"陈云海道："罢了，五老爷不许。你不如去找屠六郎，屠家来引荐，也是妥妥的。"陈渡头忙道："多谢大爷指路。"

此后，陈家大院里，总有几双眼睛在盯着一个身影。沈阿契从走廊走过时，陈云海和他的小兄弟们便在柱子后头看着她。

陈云海恨得牙根痒痒："十九房这娘儿们，多管闲事，早晚收拾她。可惜十九一直不回来，都八年了。要是回来，我还真要拉他们父子去滴血验亲。搞不好，这娘儿们就该浸猪笼了。"

一个小兄弟道："哎，十九虽然没回来，但是还有卢彦呀。如果卢彦的血跟崇贤的血可以相融，那十九回不回来又有什么关系呢？"陈云海道："哎呀，我怎么没想到呢？只是，卢彦如今可不是个普通商人，他官儿比咱们都大，咱们去拉他来滴血，他就来吗？"小兄弟说："嗨呀，明着说，他肯定是要恼的，哪儿会听你的？我们只好暗着来，不就是取他的血吗？我们再想想办法。"

陈云海说："只是，这事儿还得长辈支持才好，不然我们说了不算呀。"

他思来想去，家里最支持他的长辈就是四夫人了。他跪到四夫人跟前，将老婶子念叨了许多年的旧事又重提起来："四婶，现在家里是您当家，这些事儿您不能不管呀。"

四夫人道："哼，十九房那个狐媚子，我早就看着不对劲。只是五叔未必肯，总说家丑不可外扬，藏着掖着。"陈云海道："四婶，这件事是大事。您想想，云卿他爹出蕃多年，当年回宋国的时候，带回来一笔横财。云卿使不着，如今且存在官中的。云卿已然是八年没回来，大家都心中有数，他不会回来了。那这笔钱财，必是崇贤的了。可是，崇贤若不是云卿的种，沈阿契母子却得了去，陈家能看着不管吗？"四夫人听了，点了点头。

陈云海道："四婶，现在这笔钱财还是您管着的呢，理应陈家子弟都有份的。哦，我是说，假如崇贤是卢彦的种的话。"四夫人道："哼，我既然管着这个家，家里媳妇们的贞洁风气，我肯定是要管的。这次，我要跟五叔说清楚才行。"

然而，四夫人并没有真的跟陈弘祚"说清楚"，就把沈阿契带到祠堂里来了。长巷重门里，沈阿契铁青着脸叫道："四夫人，我不同意让崇贤滴血验亲！跟卢彦不行，就算夫君回来了，跟夫君验，也不行！"

　　四夫人笑道："呵呵，由得你来说同不同意？你要是心里坦荡，自然是不会反对滴血验亲的。"阿契说："我反对滴血验亲，并不是因为心里不坦荡，而是因为滴血验亲根本就不是一个靠谱的做法。不是亲父子，血滴也有可能相融；是亲父子，血滴也有可能不相融。"四夫人哈哈大笑："我第一次听到这么荒谬的说法。滴血验亲自古就有，怎么不是一个靠谱的做法？"

　　沈阿契道："确实自古就有，所以冤案也是自古就有。滴血验亲不可靠，这是方所医馆的大夫说的。方所医馆是圣上钦命开设的医馆，救死扶伤，济世为怀，难道会乱说话吗？"

　　此时，陈弘祚领着陈云峰走进祠堂。

　　陈弘祚的脸色比沈阿契的更青，只道："哟，现在祠堂议事，连我这个族长都不必在场了？"

　　四夫人笑脸迎向陈弘祚："五叔，别误会，正要去请您呢。"陈弘祚问："到底怎么回事啊？"四夫人道："这十九家的心里有鬼。居然说滴血验亲不准，说什么不是父子，血滴也能相融；亲父子，血滴也会不融。这样替自己辩解，可见她已经琢磨好验出来的结果了。请五叔明察吧。"

　　陈云海帮腔道："滴血验亲不是古法吗？怎么可能不准呢？"阿契争辩道："就是不准！"陈云海笑着："还没验就先说不准了，大家看看吧，都知道怎么回事了。"

　　慧仙冷笑着站了出来："大家看看？难道大家都是瞎子？崇贤

的眼睛和十九叔的眼睛是一模一样的，因为他们都有蕃人血统。换成另一个人，不拘谁，是这种眼睛吗？需要滴什么血验什么亲？管它准不准？咱们陈家，自然是家风极好的，不需要去理会这种江湖小技准与不准。四夫人，请恕侄媳没大没小了。"

陈弘祚赞许地望向慧仙："说得是！"四夫人欲言又止地看了看陈弘祚："这……"陈弘祚一甩袖，冷着脸给了四夫人一个白眼，领着陈云峰走了。

慧仙回到房里，却遭陈云海一顿数落："你倒学会向着外人了？前番我不过是想纳个妾，你就记仇记到现在。"

慧仙冷笑道："不干妾的事。你我夫妻一场，别说我看不上你。我知道你们陈家穷。你就是算计你兄弟的财产，也大可不必这样吃相难看的。这种丑模丑样的事情，放在我娘家是绝对不可能发生的。"

陈云海恼了："你！"慧仙继续冷笑着："还有那位四夫人，自己上不了台面，也只会整天说十九房小门小户啦，要么就是蕃女所生啦。"陈云海道："你连四婶都敢编排？"

慧仙轻蔑地看了陈云海一眼："有什么不敢？给足她老人家这么多年的面子，她倒把我这个长孙长媳当傻子了，忙着帮大爷您娶小老婆呢。便是您娶小老婆，论理也得问过我吧？"陈云海道："那不是没娶成吗？"慧仙笑道："呵呵，这我不关心。大爷还有什么事？没事请回秋红房里去吧。"

陈云峰书房里，沈阿契也遭到了一顿数落。云峰又急又恼："你是不是傻？干吗要当着众人的面说'滴血验亲不准'？"阿契继续争辩着："真的不准，这是蕃医罗里罗告诉我的。"

陈云峰道："就算不准，你也不要去讨论这个话题，特别是当着众人的面。你那样说，对你是很不利的。你听听那天老大都说了什么话？"阿契说："难道我有说错吗？树正不怕月影斜。"

陈云峰连连摇头："你能不能有点儿城府啊？"阿契眼圈一红，掉下泪来："不能，我没有。我早就知道，人为刀俎，我为鱼肉。"陈云峰的语气这才变得温和起来："好了，别这样，别哭了。"

阿契啜泣着："我和崇贤早晚得被你们整死。"陈云峰说："记得你生崇贤那天我说过什么吗？我绝对不允许有人伤害崇贤，你放心好了！以后，我也不会让任何人非议你！"阿契低着头："人言可畏，您也没有办法的。"

陈云峰坚定地看着沈阿契："有！"

书房外，竹丛随风摇曳。天色渐渐暗下来时，那竹子就成了墨绿色。空空的庭院，一片宁静。

夜深了，香炉上仍袅袅生烟。一盏琉璃灯映照着沈阿契的画像，那画像仿佛"醒"了过来，仿佛沈阿契就站在灯下。

陈云峰一阵恍惚，心中思量："阿契，我知道我这辈子是得不到你的了。云卿说，他三年未归，便令你改嫁。他已经八年未归了，然而我怎舍得你走？明日早朝，我要为你奏请贞节牌坊，把你留在陈家，给你无上荣耀，让你变成整个家族的道德标杆。以后，没有人敢欺负你！"

他把画像挂在墙上，伸手抚摸着画像，嘴角颤抖着笑了："贞节牌坊，贞节牌坊，我要为你封神，我要用天子所赐的最高礼仪，把你锁在我天天都能见得着的地方。"

天拂晓，宋宫后殿，妆容诡谲的刘后沿着台阶徐徐上行。众臣

僚、内侍在殿外肃立，遥望着她的身影。她正在进行一场关于女子贞操的演讲。

殿外广场上，士大夫们畅议着："看来啊，是该整顿民风了，如今民间太把贞操当儿戏了。""就是啊，世风日下，一个个笑贫不笑娼的，这样下去不行。""刘娘娘率先示范，连亲弟弟都不见的，反正啊，是个男人都不见。""好啊。""贞节牌坊，应该成为大宋妇女最高的道德荣誉……"

前殿中，皇帝端坐其上，众臣班列左右。

陈云峰出列向前："启奏圣上，陈云卿为国出使，夫人沈氏谨守妇道，应当旌表。臣愿意作保，倘若日后沈氏品行有亏，臣当领罪，视同欺君。"皇帝道："好，不愧是陈氏的家风。准云峰所奏，赐陈沈氏贞节牌坊。"

王建成低着头，微微叹息，略略摇了摇头。皇帝问："王爱卿，旌表节妇，你为何摇头叹息？此事有不妥？"王建成忙摇头："不不不，旌表节妇也是好事。"遂不再多言。

从朱雀门归来，陈云峰走进自己书房，却见沈阿契站在里头，看着挂在墙上的画像。陈云峰吓了一跳，慌张失措："你怎么进来了？"阿契转身看他，神色安然，不以为意："原来峰哥也会画画？"

陈云峰定了定神："你有什么事？"阿契道："方所医馆的蕃医罗里罗答应我，若真有滴血验亲那一天，他愿意为我作证。"

陈云峰松了一口气："不会有那么一天了，你放心。谁再敢议论你，提这个事情，就是打朝廷的脸，打圣上的脸。"他说着，一边忙忙地把墙上挂着的画像收起来，一边得意地笑了笑。

阿契不解："为什么？打圣上的脸？"陈云峰道："圣上已经

准了，赐你贞节牌坊。"阿契听了，身体一抖，满脸僵住："贞节牌坊？贞节牌坊不是要丧夫的才会有吗？夫君有什么消息吗？"她脑袋一沉，身子一歪，满目晕眩。陈云峰忙扶住她："没有，没有消息。阿契，绫儿！"

绫儿闻声从外蹿了进来，将沈阿契搀回十九房。

夜里，阿契木然地坐在桂花树下，抬头看着月亮。

绫儿从房中走出来："夫人，您还晕吗？怎么就起来了？"阿契问："崇贤睡了吗？"绫儿道："已经睡了。"阿契忽将她紧紧抓住："他们都跟我说，夫君七八年没回来，就是没希望了，是真的吗？"绫儿正不知如何回答，阿契又把头埋在她怀里，啜泣起来。

高墙下，旧砖新苔，未雨先湿；高墙上，石兽踏瓦，似有异鸣。沈阿契走进陈家祠堂，单单薄薄地依偎着高墙，一脸怯生生。

众亲族稀稀拉拉地来了。他们的神情张扬而懒散，有的酒意未消，在人群里寻她千百度；有的抿了抿嘴上的胭脂，低声议论刚才谁又赢了十来吊钱。

四夫人问沈阿契："其他人怎么还没来？"阿契莫名地打了个冷战："这……也许是兄弟们忙碌，一时走不开。"

陈弘祚端坐上首，突然起身发火："礼部，给傅家颁了三块贞节牌坊，我们陈家竟然一块都没有！"众亲族瞬间安静，敛住了脸上各种各样的表情。陈弘祚道："傅家早年有三个儿子上了战场，皆为国捐躯。傅家三个儿媳守节多年，为世人榜样。我们陈家上下五百口人，这么多男儿，这么些年来，也没有一个穿得铁衣铠甲的！"陈云海嘻嘻笑道："咱们陈家在朝中都是文举出身，又不懂打仗，穿什么铁衣铠甲？"陈弘祚冷冷道："我朝多少帅才，不都

是斯文出身？即便不懂打仗，一家子的男儿、妇女，也没有一个圣人道德的表率吗？枉费你们读那么多圣贤书。"

陈云峰起身站到大匾额下："五爹息怒，我来说吧。圣上恩典，如今礼部也给我们陈家颁了一块贞节牌坊。大家当以之为典范，心存敬畏！"

众亲族议论纷纷："谁啊？谁啊？"

陈云峰看向沈阿契："沈氏，云卿出使到现在已经八年未归……"话音刚出，众亲族纷纷望向沈阿契。

沈阿契对陈云峰摇着头："不！我不要什么贞节牌坊，夫君会回来的！"陈云峰叫道："沈氏！不要胡言乱语。"阿契坚持道："我每年都去问市舶司的人，并没有什么不好的消息。"

陈云峰板起脸，不理会她，只向众亲族道："云卿是为国出使，沈氏这些年在家一直谨守妇道，堪为妇女贞节典范……"

话音未落，沈阿契冷着脸走向陈云峰，一把揪住他的衣领："你咒我男人死！"陈云峰将她推开："沈氏！往后你就是陈家妇女的典范，是万万千千妇女的榜样，一言一行，都要有个榜样的做派！"

阿契被他一推，趔趄几步，险些摔倒。绫儿忙上前扶住。沈阿契手指着陈云峰，眼睛直愣愣的，噎着一口气说不出话来。陈云峰别过脸去，不再理会她。

沈阿契看到，众亲族神情怪异。他们正指指点点，议论纷纷。而她，眼前只剩下一片黑。

她的眼前再次亮起来时，身子已躺在床上。慧仙坐在床前，手里端着一只茶碗。

慧仙道："醒了醒了，快喝两口人参水，提提气。"绫儿忙近

打春（完整版）·上册

前来扶起沈阿契。阿契抿了两口人参水。慧仙又拍着她的手背说："我知道你的心。十九叔这事儿确实让人心堵得慌。不过细想一想，二叔也是为你好。我要是你，这贞节牌坊我就要了。"

沈阿契又喝了一口人参水，呛住了。慧仙拍了拍她的背："倘若你成了陈家的道德典范，家里谁还敢欺负你？关键是对崇贤也有好处。你想想，他有一个道德受到朝廷旌表的母亲，还有一个为国立功的父亲，以后……"阿契神情冷漠："我们不占这个便宜。夫君只是出使去了，没别的。"

慧仙叹了口气："出使诸蕃，大都是一年半载，长则两年，超不过三年的。就算人未归，消息也会回来的。以往，我们只是不敢提，或在你面前都挑好话说，但你心里也该有点数，该面对的要面对，该接受的迟早要接受。"

阿契呆呆看着慧仙，眼眶又变得湿漉漉的。

连廊外，陈云峰静候着慧仙走出沈阿契的房门。他上前叫道："大嫂。"慧仙行礼道："二叔。"陈云峰问："里头怎么样了？"慧仙道："醒转过来了，没什么事。刚喝了点儿人参水。"

陈云峰点着头："好，大嫂，您帮我劝劝她。"慧仙道："有的，她会想明白的。"陈云峰又点着头，怅然若失地转身离去。

夜里，琉璃灯盏中的火苗无序地跳动，映照着无眠的沈阿契。她辗转反侧，起身披上衣服，提着琉璃灯就出门去了。

天气乍暖还寒，草叶上的露珠有色苍苍。一双绣鞋踏苔而过，来到陈云峰书房。

书房里，香炉暖烟缭绕着梅花瓶。阿契进门时，不慎绊到了门槛，趔趄了一下，忙往门上靠了靠。

陈云峰坐在案前，抬头看了她一眼，又望向别处："你以后别

总是这么随意进我书房，特别是现在已经不早了。"阿契把脚往回退了两步，站到门槛外侧："我只是想说，您要给我贞节牌坊，倘若夫君回来了，又当如何？这可是欺君之罪啊。"陈云峰道："云卿已经八年没有消息了。"

阿契道："不，只有七年九个月。我父亲是舶商，经常行船至诸蕃。我从小就听他说，男人在外行船，十年八年没音讯都是正常的。像夫君这样的，他的时间又不全在海上。到了诸蕃，他是要停下来宣讲大宋市舶政策的。倘若在一个蕃国停留数月，错过了当年的风信之期，也只好住一年，再等第二年的风信潮汛。如果一时遇到或人、或事的意外之阻，便又会耽误。一个来回十年八年有何出奇？"

陈云峰道："朝廷使官与商人不同……"

沈阿契打断了陈云峰的话："而且，您要看走的是哪条航线。东航线会快一些。夫君走的是西航线，自然会慢的。但是，不怕！夫君这条路线，很多蕃商都在走，虽然有危险但是不至于。峰哥，如果不出意外，现在夫君已经在返程，说不定已经到了故临①。他一定会回来的！"

陈云峰等着沈阿契把话说完，沉默了一会儿才开口："我刚才

① 据中国海事局组织编撰的《中国海员史》，第63-65页，宋代西航线有：1.广州—三佛齐；2.广州—渤泥国—阇婆；3.广州—兰里—故临；4.广州—兰里/三佛齐—故临—大食；5.广州—兰里—麻离拔；6.广州—兰里—东非。《宋史·三佛齐传》《宋史·阇婆传》《宋史·渤泥传》、广州博物馆藏《重修天庆观记》、赵汝适《诸蕃志》卷上《志国》、周去非《岭外代答》之《外国门上》《外国门下》、《宋会要辑稿·蕃夷》《文献通考·四裔考》等有相关记载。

打春（完整版）· 上册

说了，朝廷使官与商人不同。商人便是在蕃国成家立业，三十年不回来都不奇怪。使官出使如无意外，没有这么久不传音讯回来的。倘若不是遇到风浪，而是无故滞留蕃国，便是回来，朝廷也要问罪的，而且，不是小罪。"

他神色黯然地看了看沈阿契："我们也是到了不得不给个说法的时候了。不知道你听不听得明白？"

阿契怔怔站着，眼泪唰唰掉下来。陈云峰深情望着她："云卿是替我去的，我一定会保护好你和崇贤。"说罢又把眼睛看向别处："外面风大，你快回去吧。"

南风吹过，如同慧仙尴尬而焦急的脚步。她进了沈阿契房间，叫着："十九弟妹，快，梳妆穿戴整齐，去祠堂。贞节牌坊赐下来了。"

阿契僵坐在镜子前面："我不去。"慧仙叫着："你！这可不能由着你去不去啊，不去是抗旨。这不是儿戏，你别开玩笑。"阿契道："大嫂，你不是我，你不懂我的心。"慧仙道："陈沈氏，你这是要急死我呀？"阿契仍道："夫君会回来的。"

慧仙道："现在不是说这个的时候，那是圣旨！你要是闹出幺蛾子，二叔是要被问成欺君之罪的呀！先过了眼前再说。"阿契摇着头，坐着不动。

慧仙向外面喊："绫儿，绫儿，快伺候你夫人穿戴梳妆。"绫儿即上前来，阿契却将她推开。慧仙急得一跺脚出了房门。

祠堂偏厅里，陈弘祚向慧仙发火："怎么磨蹭这么久还不出来？许公公一直在等。"慧仙慌张摆着手："还是死脑筋不肯出来。"陈弘祚叫道："荒唐！如此不识大体！"说罢欲出偏厅，慧仙跪到他面前拦住："五爷爷，现在许公公在外头等着，咱们不好

大呼小叫的。您现在便是把阿契打死，也无济于事。"

陈弘祚手抖着："那怎么办？云峰啊云峰，你怎么胡乱请旨？"

慧仙道："五爷爷，您听我说，礼部，只说贞节牌坊是赐给陈沈氏的，没说是给沈阿契，也没说是给云卿之妻。"她喘着粗气，把手往内一指："咱们家，咱们家还有一位陈沈氏，是孀妇！"

陈弘祚怔住了："你是说？"

慧仙道："三婶婆，她也姓沈，陈沈氏。三爷爷六十八岁过世。三爷爷过世的时候，三婶婆五十六。今年，她六十六了，是一位已经守节十年的老节妇。让她接旨！"她颤抖着，望着陈弘祚。陈弘祚一脸吃惊："啊？"

慧仙力争道："五爷爷，总不能看着二叔欺君啊！"

陈弘祚大抚掌，向外喊着："快请三夫人陈沈氏接旨！"

就这样，陈家祠堂中，众亲族分立左右。许公公站在祠堂上首，宣道："陈沈氏接旨。"三夫人盛装上前，伏地跪拜："老妇接旨！"

一时礼毕，陈弘祚来到陈云峰书房，猛地掀开幔帷。幔帷后面有一只大瓷缸，瓷缸中放着许多卷轴。陈弘祚将卷轴一卷一卷展开来看。终于，他看到了沈阿契的画像。

云峰进门来，见状一惊："五爹。"陈弘祚转过头来："画得不错嘛。"云峰侧过脸去，不言语。陈弘祚平静地说："沈阿契该离开陈家了。"云峰猛然抬头："为什么？"

陈弘祚道："你说为什么？"这老儒沉吟半响，只道："你太维护她了。"云峰说："十九是替我去的，我当然要维护他的妻儿。"陈弘祚低声而严厉地："贞节牌坊的事情，你差点儿就犯了欺君之罪，你差点儿就为她掉了脑袋！你向来行事稳妥，这次却乱了心神。陈家已经没有了陈云卿，不能再没有陈云峰了。"

云峰叫着："五爹……"陈弘祚道："我心意已决，崇贤留下，让沈阿契走。"陈云峰闭上了眼睛。

陈弘祚开始召集亲族，宣布他的三件事。

他端坐在大厅上首，说道："跟大家说三件事。一来呢，四嫂这几年身体不好，家务事又繁杂，频频受累，以后就不再劳烦您了四嫂。管家诸事，交给年轻人去做。"四夫人吃了一惊："啊？这……交给谁去做？"

陈弘祚并不回答她，只继续说着："二来呢，慧仙。"他看向慧仙，慧仙猛然抬头："啊？我？"陈弘祚向众人道："慧仙是长孙长媳，出身名门，顾识大体，贤良淑德。以后家里内事她来掌管，你们诸事只去她那里领命。"

众亲族纷纷道："明白，知道了。"慧仙颇感意外。

陈弘祚又道："三呢，云卿为国出使，海船八年未归，十九少夫人欲效仿上古后妃之德，去海边候船。我们议过了，觉得其情可嘉，即日就送十九少夫人离开吧。"

沈阿契一愣："那，那崇贤呢？崇贤。"

花园湖畔，沈阿契拉着崇贤的手要走，陈云峰却将崇贤抱了起来。

陈云峰道："崇贤必须留在陈家！"阿契要夺回崇贤，崇贤却将双臂紧紧勾住陈云峰的脖子。阿契向崇贤板起脸："崇贤，你下来。"崇贤又把头埋到陈云峰的脖弯里，不看阿契。阿契嗔恼道："崇贤，你……娘要走了，娘生气了。"

崇贤转过头来："走去哪里？"阿契道："娘被人赶走了。

娘以后都见不到崇贤了。"陈云峰止住沈阿契："不要跟孩子说这些。"

沈阿契眼圈一红："峰哥,你自己有孩子,干吗跟我抢孩子?你们欺负我欺负得还不够吗?"

湖畔那边,陈云海和秋红正隔着水看湖心亭里的陈云峰和沈阿契。陈云海手一指："你瞧瞧,像不像小两口抢孩子?"秋红冷笑不语。

湖畔这边,陈云峰放下崇贤:"崇贤,你先去学里玩,我和你娘说说话。"崇贤撒腿跑了。

云峰道:"阿契,你不要把这种心态传递给崇贤。他的命运和你的命运不会一样。你跟他说那些话,只会让他要么自守,要么攻击性强,内心总在猜想别人要欺负他。他会自卑,感到不安全。这样的话,他以后如何立大志,成长为一个真正的男儿?"

沈阿契说不出话来。云峰又道:"你不希望看到他,以后虽然有着七尺男儿的躯壳,有着世家公子的面容,内心却如同闺中怨妇一般,一地鸡毛。"

阿契垂泪道:"是,我是闺中怨妇,一地鸡毛,但他是我的孩子,我就要带走他!你若看不起我,就不要看。"陈云峰着急了:"你真的是……我何时这样说了?"阿契道:"你刚说的。"

陈云峰道:"好,你有什么愤懑,可以冲我来。但你如果真是为了崇贤好,为了他有一个更好的人生,就不要带走他。我会让他跟着我,带他去拜师求学,备考童子试。我希望你做一个贤母。"

当下两人言语不投,又是不欢而散。

回到房间,沈阿契开始收拾包裹,又向绫儿道:"去学里把崇贤带回来吧。"绫儿为难地说:"夫人,五老爷不许小爷跟咱们走的。"阿契说："我不带他跟我走，我只想在走之前见见他，难道也不行？"绫儿道："杭哥已经去接了，也不知为什么还没回。"

沈阿契坐在镜台前发呆，就见杭哥进门："夫人，五老爷那边催您动身了。"阿契问："崇贤呢？"杭哥道："小人刚去了学里，夫子说，崇贤小爷跟二爷出去了，不知去哪里。"阿契道："我等他回家再动身。"杭哥很为难："这……"阿契看了看杭哥，只好摇着头，流泪道："走吧。"

杭哥备好马车，在陈府门前等着沈阿契。绫儿与阿契上了车。杭哥问："夫人，咱们去哪儿？"阿契反问："不是要送我去海边等船吗？"绫儿和杭哥对视了一下，沉默不语。

沈阿契疑惑着："绫儿？"绫儿道："夫人，五老爷为贞节牌坊的事儿嫌恶咱们，也就是让咱们走罢了。东京哪儿有海？"阿契听罢一声叹息，向杭哥道："去我二哥那儿吧。"

马车内，阿契向绫儿道："绫儿，我现在不是你的夫人了。你是陈家的丫鬟，你不用跟着我。"绫儿低头垂泪："崇贤小爷以后跟着二爷，应该要送去书院上学的。绫儿留在陈家伺候谁？"

阿契神情恍惚："你，你去找峰哥吧。"绫儿道："夫人，看来您心里还是明白的。二爷一向对咱们十九房是极好的，这次贞节牌坊的事儿，他差点儿都掉了脑袋。要是陈家没了二爷，您看家里还有哪个能撑得起来？您也不要生二爷的气了。"阿契垂下泪米："我不敢生气，只是我的崇贤又没爹，又没娘了。"

一时马车到了沈家交引铺门前，沈阿契忙抹干泪水。

天色已晚，沈志武、来福、得财收拾着东西，准备关店门。志武见到阿契，高兴地迎上前："老五来了，怎么不带崇贤来？"阿契若无其事："二哥，我来你这儿住一段时间。"志武笑道："哈

第十一章 谷桑熟，落叶归

哈，随便住。"

沈阿契上了交引铺三楼，房门一关，开始放声痛哭："二哥，我错了！他们现在不把崇贤给我，他们不让我和崇贤在一起。"

沈志武一愣，忙问怎么了。阿契才将被赶走的事情告诉他。志武将拳头往桌子上一捶："妈的！"骂了一句之后，他竟半天说不出话来，只看了看阿契，唉声叹气地在窄窄的房间里转了几圈，又下楼去了。

沈志武叫道："来福、得财，到隔壁小吃街买些鹌鹑馉饳儿汤来，再要一些好吃好喝的，什么糕点果子，你们看着办。完了以后你们回来一起吃，热闹些。"来福、得财应着："哎！"便出门去了。

志武又回到三楼，安慰阿契道："老五啊，你别哭了。陈家是什么玩意儿？咱不稀罕。东京城有的是好男儿，你再生一些崇贤出来。"

沈阿契把头埋到桌子上，继续哭。沈志武将窗户打开，窗外恰好挂着一轮圆月。志武道："你看这里多好，白天黑夜都热热闹闹，还能看到月亮，不是元宵也天天看灯。你在三楼住，我在二楼，两个小厮在一楼，每天做生意，财源滚滚来。你看你有自己的房间，比你在谷桑林好吧？只能睡厅。"

交引铺一楼，慧仙带着崇贤走进门来。得财正在桌面上摆着鹌鹑馉饳儿汤、糕点果子等。来福向楼梯上喊着："沈官人，沈姐姐[①]，下楼来吧，有客人。"

---

① 姐姐：宋代称谓"姐姐"，除了普通意义上的"姐姐"，也可指女主人。宋代话本《大宋宣和遗事》："徽宗闻言甚喜，即时同高俅、杨戬望李氏宅来。有双鬟门外侍立，'请殿试稍待，容妾报知姐姐。'少刻双鬟出道：'俺姐姐有命，请殿试相见。'"

沈阿契站在楼梯上往下张望，见是慧仙和崇贤，忙缩回房里去。沈志武欲下楼，又回头看了看她。她指着泪痕未干的眼睛："你先下去，我一会儿下来。"志武便出门去。阿契把脸浸到梳妆台前的水盆里，希望那冰冰凉凉的水能抚平眼周的红肿。

她收拾好自己，才缓缓下楼来："崇贤。"崇贤站了起来："娘，我要去拜师求学了。童子试我一定好好考。等我长大了，就来接娘回去，不让娘在外面受苦。"

沈志武向沈阿契道："你听见了吗？"阿契对崇贤"扑哧"一笑："你念书就为这个呀？"崇贤不解地看着沈阿契。阿契微微笑道："你看娘哪里受苦了？二舅舅店里忙，我才过来帮忙的。娘现在挺好的。你念书，立心要宏大，多读《孟子》。"说着，又蹲下身子拉起崇贤的手："记住，一个人努力不是为了跟别人较劲，也不为证明自己。你参出使去了，娘也不在你身边，但你是男子汉，是圣人子弟，身边自会有同道师友的。在学堂里，除了念书，该吃吃，该玩玩，该睡睡，不用惦记娘。"

崇贤笑了："娘，那我什么时候能来看你？"沈阿契笑着："娘是你的，又跑不了，什么时候想看都能看的。崇贤只管安安心心的。"崇贤听了，笑眯眯的。沈志武道："好了好了，来，崇贤，吃碗鹌鹑馉饳儿汤。"

雨夜，东京城"嘀嗒"作响。

陈云峰陪着崇贤在灯下读书，忽望见窗外若隐若现的白丝线，凉意微微，忙起身关窗。

交引铺楼上，沈阿契在灯下算账。算盘①珠子被打得"嗒嗒"

---

① 算盘：《清明上河图》中，一家商铺的柜台上出现了算盘。

响。当账本合上时，百无聊赖的时光开始侵蚀她。她双手摩挲着算盘珠子，百无聊赖地把玩着。忽然，窗外响起了和打算盘颇为相似的"嗒嗒"雨声。她停下双手，侧耳倾听。不一会儿，她起身把窗推开。窗外是雨幕中的街灯，光色奇幻。雨飘进窗内，打到她脸上。她闭上眼睛，笑了笑。

一样烟雨，两处旧调。

广南东路海阳县，雨中的岭南民宅被潦草地抹上了芭蕉的新绿。沈志文坐在门前的台阶上看雨发呆。远山在雨幕中朦朦胧胧。

他起身进屋，见张氏坐在梳妆台前描眉。她的心情似乎还不错。脂粉台上，一面铜镜映照着两个尴尬人。张氏道："这事儿，先前咱们可是说好了的。"沈志文点着头："嗯。"张氏道："你不许反悔。"志文说："不会反悔。"张氏道："那就行，走吧。"

张氏起身，志文又说："外面雨很大，要不等明天？"张氏望向门外，翻了个白眼："一天也不等，反正明天也不见得雨就不大。"志文道："我去拿雨伞。"

于是，二人各撑各的伞走进了城北书铺。讼师陈华年坐在桌子后面瞅着他们。

张氏说："陈讼师，我阿巴戏文看多了，以为啥事儿都跟戏里演的那般好。当初，我阿巴在志文还是个半大孩子的时候就收养了他，供他念书。他大了，还招他为婿，想着有一天他金榜高中，跻身仕途，帮我们张家改换门庭。结果，他考试考了小半辈子，啥也没有。因为只顾读书，不会营生过日子，老婆自然是养不起的，如今都是吃着我们张家的祖产度日。我这个请求，难道有错吗？"

陈华年道："确实，人生并不如戏。我也很感慨，贵府真是赔了夫人又折兵啊。我觉得你没错。他养不活你，你自然得重新找个能养家的男人。"说罢，又转向沈志文："你怎么看？沈志文？"

沈志文语气低沉："我同意。我愿意搬走。"陈华年道："既然如此，今天我为你们证人，写下《和离帖》，以后男婚女嫁，各生欢喜！"①

志文脸上苦笑了一下，低下头去。

事毕，张氏撑着伞走入雨中。

沈志文站在书铺门口，看着雨踟蹰不前。陈华年拍了拍他肩膀："金榜高中，跻身仕途这种事，我也想，但我还不是要在这里干这种拆散一对算一对的事情？大小是个营生嘛。"志文又苦笑了一下。

陈华年道："我们都是小老百姓，别总是读了几年书就想做官。你也不想想，老百姓都做官去了，那谁来养活做官的呢？这天下终究不能头重脚轻啊。若是形势户②越来越多，天下财赋从何而来？"

志文怔住了，两眼一睁，如梦初醒地看着他："这天下终究不能头重脚轻？若是形势户越来越多，天下财赋从何而来？"

陈华年点点头，微微笑着："正是。"沈志文忽向他作揖下拜："多谢恩师提点，志文如梦初醒！"陈华年忙扶住他："别别别，别拜别拜。我还是个年轻小伙子，我还没娶媳妇的呢。"

突然间，雨就停了。沈志文离了书铺，来到陆宅废墟前。

---

① 据宋东侠《宋代妇女离婚权浅议》，书铺职能包括为民间婚娶作证。宋律沿用唐律中的协议离婚，即双方自愿离婚，称为"和离"。

② 形势户：宋代户籍制度中的一种户别，专指现任文武职官和服差役的州县势要人户。

废墟上空，蓝天和重云相掩映，灰色的云片边缘挂起一道彩虹。天边的日光在云霞中喷薄而出。

志文跪下地哭了起来："三姐，是老四自私！从前怕你连累我，连你最后一面都不敢见。老天想必不会眷顾我这种人。"

和三姐"最后一面"的缺憾，像一把尖刀扎在志文心里。

那天晚上，张宅门口的两盏大灯笼如同异兽睁着的双眼，亮得有些诡谲。围墙脚下的草丛里，一只蟋蟀在跳动。陆铜钱在宅子外，向志文书房的窗扔去一颗小石子。志文手里握着一卷书，把头伸到窗外叫："谁？"

沈来弟脚步匆匆赶了过来，把陆铜钱往篱笆外拉，小声责备着："你干什么？你怎么跑他这儿来了？"陆铜钱道："怕啥？是亲姐弟不是？有一天你我宿命到了，两个孩子怎么办？总要交到亲舅舅手里我才放心。"沈来弟摇着头："不要，老四是个读书人。"陆铜钱道："不管，我要把金银给志文。"沈来弟道："我说了，老四是个读书人！"

陆铜钱道："读书人怎么了？读书人就六亲不认了？"沈来弟说："我们沈家的门楣自然是被我这个不肖女抹黑了，但是，好歹还有老四是个读书人。将来，他是要考科举的。他不能跟你我这样的人有瓜葛！你别害他了。我们自己的孩子，我们自己想办法吧。"陆铜钱道："你这个当母亲的，也够狠心。"

这时，沈志文窗里的灯突然灭了。

陆铜钱和沈来弟愕然。沈来弟压低声音道："不是我狠心，老四也不愿意的。"陆铜钱把胳膊一甩，低头叹了口气。

灯灭了，沈来弟在篱笆旁的身影却更加清晰。借着月光，沈志文在书房里望着她，目光却是决绝的："三姐，对不起。"

他把书一丢，转过脸去。

沈来弟和陆定远终于走了，志文跑出篱笆外。远方的小路上，有两个不可挽留的背影。沈志文的手摸到篱笆上，被竹尖扎了一下。

张氏跑了出来，问他："刚刚我看到一个女的，是谁？"志文道："不能说。"张氏问："有啥不能说？是不是相好的？"志文连连道："不能说，不能说。"眼眶就红了。

陆宅废墟前，志文站起身来："三姐，从今往后，我不考了。我不配。"说罢，他转身离去。

第十一章

谷桑熟，落叶归

第十二章

天下熙熙，天下攘攘

　　三个月后，海阳县出现了一间"志文书坊"。

　　书坊里，木雕版被墨料沾湿，又被纸张抹干，周而复始。伙计们的袖兜上层层染着旧色，十指在纸墨间翻飞着。

　　沈志文站在柜台前，右手打着算盘，左手持笔在账本上写字，口中念念有词："纸张钱130文足，租雕版钱170文足，工钱330文足，墨料65文足，书钱3贯⋯⋯"①

　　两个伙计搬着一大方纸进来，很是吃力，额上青筋暴跳。小厮素琴叫着沈志文："四爷，咱们该买纸了。这一方用完就没了。"志文头一抬："哦。"又继续低头打算盘。

---

① 　据程民生《宋代物价研究》，第285页，有宋代书籍印刷成本记载。

说起本路书坊买纸，大致或在循州①，或在韶州。沈志文便择日携素琴策马往循州来。

循州山道间有一溪水错落处，蓝家纸坊在此傍水而筑。抄纸工们就在溪水旁洗纸浆。蓝坊主领着沈志文和素琴四处走："请，这边请！我们循州藤纸②，您绝对可以放心，印出来的书特别好。"志文道："循州藤纸，远近闻名。"素琴说："只是我们既然要做长久生意，何不再便宜些？"蓝坊主摆手道："不能够了。"

素琴又道："只是我们从循州到潮州，路可不近。路上脚夫的钱，还给官府过税的钱，等到这纸变成书，一本书又卖不了几个钱，且又没几个爱读书的人呢，赚不了。"沈志文说："正是。"蓝坊主摇着头："甚艰难。"

一时未置可否，沈志文与素琴便离了循州，往韶州来。

韶州莫家纸坊亦设于山溪峭石旁，便利筑起抄纸水槽。莫坊主道："沈公子，我们韶州竹纸③从唐时就很有名了。您大可放心，我们但凡有一点儿自砸招牌的事，肯定是得不偿失的。"沈志文道："只是路远。"素琴问："价格可否再降些？"

莫坊主道："哎，二位休谈这个，降是不会降的了，不过……"他说着，心里又有了别的主意："路远的问题我替你们想

---

① 循州：据中国社会科学院主办、谭其骧主编《中国历史地图集》，北宋广南东路循州的行政区划，大致包括今连平、和平、龙川、兴宁、五华等地。

② 据【日】斯波义信《宋代商业史研究》，第237页，在宋代，广南循州是藤纸的生产地之一。

③ 据【日】斯波义信《宋代商业史研究》，第235页，在唐代，广东韶州的竹笺就很有名，而竹纸的制造普及从宋代开始。

好了。"

那莫坊主忽携起沈志文的手，笑道："沈公子，您原是个读书人，怎么做起工坊粗重的活计来了？不如这样，您负责编书，把书编出来，轻轻便便地送到我这里来。我有现成的上好竹纸，我来印书，梅关一过，往北边卖到各路去，可不比你在潮州卖书强？单潮州一地，又有多少买书的人呢？"

沈志文哈哈大笑。

莫坊主拍着他的手："不如这样，您在这里留下，别回去了，就在此编书？"素琴忙把沈志文的手从莫坊主手中拉出来："哎，不可不可。我们书坊还有十几号兄弟等着四爷发工钱呢。"沈志文也道："莫坊主，我们此来只为买纸。"莫坊主有些失望："哦，那是那是。"

当下三人又大笑起来。沈志文、素琴不便多扰，于是离开韶州，踏上归途。

一路上，素琴问："四爷，循州近，韶州远，那么咱们买循州的？"沈志文若有所思："韶州莫坊主说的也有道理……"话没听完，素琴便惊道："什么？您真要去他那里编书？"

沈志文道："我是说，他的想法。如今，他是个卖纸的，但他得梅关地利，往北就能便通各路，可不比守着一地强？"素琴说："哦，那我知道了。咱们印好书，运来莫坊主这里，让他帮咱们卖往北边各路。"志文瞅着素琴笑："是吗？咱们把纸从韶州运去潮州，只为印上字，然后再运回韶州，这一来一回不是更折腾？"素琴摸着脑袋："那，您想把书坊直接搬到韶州？"

志文摇摇头："莫坊主的话有道理，但我们只取其事体，并非原样照做。"素琴问："那是？"志文道："地利，哪里都有，就看你怎么看。我们不要怕远，相反，应该走得更远。"

素琴问："远？去哪里？"沈志文道："出海。"

潮州港口，船舶云集。

为着书籍出海的事，沈志文辗转结识了一位韩员外。

这韩员外正在港口看着众船工搬运书箱。他向沈志文道："沈公子，我们这边主要走高丽和倭国。从潮州装船，到广州请领关凭，然后再折回北上。您现在主要是做什么书？"沈志文答："白乐天的诗。"

韩员外淡淡道："也行吧。不过高丽和倭国，主要是咱们这边印过去的佛经卖得好。"沈志文忙说："哦，其他人的诗集我也有。"韩员外点点头。

二人小聊几句，沈志文便告退了。

志文一走，张氏却来了。她向韩员外喊了声："夫君。"韩员外应着："夫人。"张氏从锦囊里取出两张红纸来，红纸上有"一帆风顺"的字样。张氏道："夫君，这两张纸你让小子们贴到咱家两条船上，取个吉利意头。"韩员外道："好。"

此后，为了借韩员外的海路向高丽和倭国输送白乐天的诗，沈志文与他便渐渐交往密切起来。

城西叶楼的酒阁子里，沈志文向韩员外敬酒："多谢韩大哥提携小弟，这个月底小弟就把白乐天的样书送来。"韩员外道："好好好，志文是个读书人，以后我的海船也沾沾你的书香。"众同饮的男女附和着，举杯畅谈。

这酒阁子设在二楼，一面临街的墙均是敞开的窗户。不巧得很，这天张氏携着丫鬟从楼下大街上走过。丫鬟往楼上一指："夫人您看，我们家官人在楼上吃酒。"

张氏抬头一看，吃了一惊。怎么沈志文在和韩员外吃酒？张氏道："怎么会这样？沈志文到底想干什么？"

待韩员外回到家中，张氏便和他理论："夫君，你今日在叶楼吃酒了？"韩员外道："你不让我吃酒？"张氏道："吃酒便吃酒，你干吗跟那个沈志文一起？安的什么心？"

韩员外问："你怎知我新认识了一个沈志文？他是开书坊的，我跟他吃酒有何奇怪？"张氏恼道："就是不许！"韩员外指着她说："无理取闹。"张氏跳着脚道："那个沈志文，是我家原来那位。"韩员外一听张大了嘴："啊？你前夫？"

书坊里，沈志文尤在柜台后入神地打着算盘，素琴就跑了进来："四爷，韩员外反悔了，不要咱们的书了。"沈志文一抬头，惊道："啊？为什么？"素琴一跺脚："咱们书都快印好了！让他赔钱。"沈志文纳闷："到底发生了什么事啊？"

海上一轮落日又红又大，被汹涌的波涛拍打着。

沈志文蹲在潮州港海滩边的大石头上发呆，嘴里叼着一根草秆子。素琴蹲到他身边来："四爷，您要是不卖书了，那我还是不是一个书童？"志文道："卖啊，谁说不卖？"素琴道："可是，姓韩那个小老头不收咱们的书。"志文说："那是因为咱们的书不是他需要的。他出海主要运的是佛经。咱们的乐天诗集对他来说，是可要可不要的。"素琴道："可是，本地印佛经的书坊也不少了，如果咱们也跟着印，对小老头来说，同样是可要可不要的。"

沈志文把草秆子摘下来，说道："自成一格，求生存。"

他心意已决，就黏上了韩员外。韩员外一路躲，他一路跟，一直跟进了韩宅大门："韩大哥，韩大哥！"韩员外道："沈公子啊，我到家了，你请回吧。"说罢进了内厅去，谁知沈志文便跟进内厅来。

韩员外道："沈公子，你是真糊涂还是装糊涂？你是真不知道还是假不知道？"沈志文说："我知道，我知道，韩大哥不需要乐天诗集。我们书坊这会子出了好的，保准到了高丽和倭国，销路都是极好的。"韩员外问："你又不卖乐天诗集了？"志文道："卖，乐天诗集已经印好了。但是，如果乐天诗集韩大哥还觉得不够好的话，我们志文书坊，就做更好的！"

韩员外呵呵笑了两声。

志文道："韩大哥，先时我在东京流落过一些时日，结识得几个卖文的朋友，如今抄抄写写寄过来的，是圣上御览过的妙书。"韩员外问："什么妙书？"志文答："《太平广记》[①]。"韩员外问："讲什么的？"志文道："什么都讲，不管宋人蕃人，包他看了，欲罢不能。"

韩员外眼珠子一转："哦？"

此后，韩员外不再拒沈志文于千里之外。城西叶楼里，他们还可以出现在同一张酒桌上。韩员外向同饮众人夸赞着沈志文，又笑道："志文啊，那《太平广记》果然是极好的。奇书，奇书！幸亏我识得几个字，也一饱眼福了。"

沈志文说："韩大哥，世上不单有《太平广记》，还有《太平

----

① 《太平广记》：古代文言纪实小说的第一部总集。因成书于宋太平兴国年间，所以叫《太平广记》。

寰宇记》①《太平御览》。"韩员外说道："《太平御览》②？听这名字十分霸气！看着这书啊，都能有种当皇帝的感觉不是？"

同饮众男女都笑了起来："极是极是。"志文又说："我让我东京的朋友，也都给我誊抄一套。"韩员外听了，向众男女赞许着："沈公子在东京朋友多，而且都是读书人。"

志文道："不单这些书，往后，咱们还能印出来大宋的乐谱、舞谱，想必在蕃国也是稀罕物。"韩员外惊奇道："哦？志文还会这个？乐谱、舞谱你都可以印出来？"志文道："可以。"韩员外又惊叹："沈公子真才子也！老夫险些把你错过。"

楼上韩员外正与沈志文推杯换盏，楼下张氏又携丫鬟经过。张氏道："你看看，咱家官人怎么又在上面？"丫鬟伸伸脖子："是呢是呢，又是和上次那个白脸书生在一起。"

至夜间，张氏向韩员外嗔道："夫君，你怎么又和沈志文在一起吃酒？"韩员外笑道："哎，我跟他一起吃酒没什么不对啊，你跟他一起吃酒才有问题。"说着，伸手拧了一下张氏的脸。张氏打下韩员外的手："可是……"

韩员外道："不要'可是、但是'的了，我看那沈公子是个胸怀坦荡之人，我不和他做生意，又和谁做呢？"张氏说："但是……"韩员外道："你揪着此人不放，可是心里还没有放下他？"张氏难以回答，只好作罢。

---

① 《太平寰宇记》：撰于宋太宗太平兴国年间，是古代中国地理志史。该书首次记录了宋朝绝大多数州郡的主户与客户户口统计，这对研究宋朝人口、户籍、阶级状况极为珍贵。

② 《太平御览》：宋太宗在一年读完了《太平总类》，便赐此书改名为《太平御览》。

打春（完整版）·上册

星辰满天，草虫鸣声起伏，聒噪了庭院。一时，草虫们寂然了，风中吹来断断续续的琴音，似还稚嫩。那是陈云峰在灯下教崇贤弹琴。

一曲完了，云峰道："崇贤，你很久没去看望你娘了。明天让绫儿带你去一趟二舅舅那里。"崇贤点着头："好。"

第二天日暮时分，绫儿带着崇贤来到沈家交引铺。沈志武忙迎出来："崇贤来了！走，快进里间去。你娘在里间呢。"

沈阿契在后厨洗碗，见到崇贤来，忙把手擦干。绫儿看到了不修边幅、一身油腻的沈阿契，忽露出怪异的神情。阿契一把搂住崇贤，问："最近怎么这么久没来？"崇贤道："最近功课紧。"阿契问："想吃点什么？"崇贤道："我刚吃饱了来的。"

里头母子俩正叙话，沈志武却在外间悄悄塞给绫儿一吊钱："绫儿，这个你拿着。崇贤的日常劳你多用心了，有大事小情时，勤走过来说一声。"绫儿收下钱："多谢二舅爷赏赐。二舅爷放心，绫儿对崇贤小爷肯定是尽心的。"志武点着头："多谢多谢。"

日复一日，日落后的交引铺开始打烊收拾。沈阿契头上裹着一块挽发的粗蓝布，端着两碗菜从里间出来，又在饭桌上摆着碗筷："来福、得财，吃饭了。"来福应了一声。得财问："沈姐姐，沈官人今天也不回来吃饭啊？"阿契道："肯定又有应酬，不必等他。"

来福看着阿契的蓝头巾："沈姐姐，您这个头巾不好看，裹上去，得长个二十岁。在哪儿买的头巾？"阿契吃着饭："好看好看，每天给你们俩小子当老妈子，要什么好看？"得财道："沈姐姐辛苦了，今天就让来福来洗碗吧。"说着，与来福嬉笑打闹

起来。

一夜无话。

清晨，陈府门口来了一支红彤彤的迎亲队伍。秋红扶着新娘上轿，迎亲队伍就吹吹打打走了。慧仙急急忙忙跑出来，门口已空无一人。秋红看了她一眼，要进门去。慧仙转身将她拉住："人呢？"

秋红冷冷道："走了。"慧仙暴跳如雷："那是我的女儿，今天出嫁的是我的女儿！"秋红说："知道你有女儿，可惜我只有几个儿子。"慧仙抓住她："我的女儿出嫁，为什么不等我？为什么是你来送亲？"

秋红推开她："等你了，你没来。你不是当家人，比较忙吗？"慧仙叫着："你！我当家有问题吗？我是名门之后，长房长媳，是你男人的原配夫人！"秋红一脸冷漠："你无后，我男人不出妻，已经是对你的仁慈。"说罢甩袖而去。

慧仙气得满脸发白，怔怔走到祠堂门口，"扑通"跪下："五爷爷！请陈家遣走慧仙，不然，慧仙在此长跪不起！"

天上风云变幻，突然乌云密布，电闪雷鸣，下起大雨。

陈云峰走进了陈弘祚书房："五爹，不好了！大哥真的给大嫂写了《出妻书》。"陈弘祚一拍桌子："凭什么？"陈云峰道："他说是大嫂自己要求的。"陈弘祚叫着："荒唐！快留住慧仙。"陈云峰叹息道："只怕大嫂也不想留了。"陈弘祚惋惜地捶了捶案头："如此贤良的女子，生生休掉，这个混账东西！家门不幸啊。"

不好的消息总是传得快。沈阿契很快就听说了慧仙的事，一脸惊讶："啊？大嫂被休了？"绫儿坐在交引铺里吃果子，点着头道："是呢。休书上说，听其改嫁，互不生怨。"来福凑过来道："听其改嫁？女儿都嫁人了，老娘还嫁给谁要？"得财笑嘻嘻的："可以嫁给老头儿啊。"阿契神色失落："好在大嫂的娘家非常殷实，如今回娘家去，也不必受苦。"

大约是同病相怜，离开陈家后的慧仙常来交引铺找沈阿契。二人相互排解。

三楼房间里，慧仙哭诉着："这么多年了，一句留的话也没有。"阿契点点头。慧仙又道："哑，我娘家的陪嫁，够买他陈家整座宅子。"阿契又点点头。慧仙问："你出来这些年了，过得怎么样？我告诉你，你在陈家那么久，领的月钱不要闲着，勤拿出来做做买卖，生生利息。只要自己有钱，谁的账都不买，谁的脸色都不看。"

阿契听了，默然不语，只伸手抚摸算盘："我过得没怎么样，现在也无甚悲喜。忙的时候没日没夜地打算盘，闲的时候，也就是拨弄这算盘珠子玩儿。"

慧仙看着阿契，有些怜悯。阿契握着她的手："大嫂，您多来我这儿。我们好说说话。"慧仙点了点头："嗯。"

除了谈钱，更多时候慧仙的情绪是低落的。一开始，她与沈阿契的互相倾诉很快乐。后来，彼此唉声叹气多了，两个人的心态更差了，仿佛整个世界都是坏消息。再后来，慧仙来找阿契，走到二楼就不往上走了。她心情变好了，阿契在楼上总能听见她的笑声。

笑声听多了，阿契颇不喜。她下楼拿账本时经过二楼，便懒懒地敲了敲志武敞开的房门，不冷不热地问："是不是以后大嫂该改叫二嫂了？"志武哈哈笑着，拧过慧仙的下巴道："这脸蛋，这模样，可还配得上你二哥？"慧仙拍下他的手，笑道："怎么说话呢

你？"阿契冷着脸下楼了。

沈志武踌躇满志，想要在界身巷①再盘下来一间金银铺。大多数时候，他的心情很好。

崇贤时不时会来交引铺看沈阿契。他有时吃点东西，有时只是聊聊天。他没有喜形于色，也看不出来有苦恼。一切只是如常。阿契心中是欣慰的。但是这份欣慰，在独处的时候也往往掩盖不了那真实的失落。

她在想，人生的困境，是熬过去就好，还是会周而复始？

无论如何，希望还是要有，念想还是要有。哪怕这个希望跟念想还不明晰呢？

铺门前，来福和得财照例像两颗车辘辘一样不停地转着。铺前买卖交引的人站成一团团，手里拿着自己的牌号，或者神色漠然，或者脾气焦躁，或等到烦闷，就和老熟人插科打诨起来。

来福脾气差一些，嗓门大一些。他负责买入，常常对来卖交引的人喊着："没有再高了，就是这个价，不是我定的，就是这行情。你到底卖不卖？不卖下一位。"来福的柜台前面，有各种各样的人，种田的、种果的、打鱼的、打铁的、帮佣的、帮闲的，也有儒生，也有军士。这些细小平民，他们所卖交引的数量都比较少，有时是一张两张，也不知道这一张两张是怎么来的。

有一次，一个军士来卖十张香药交引，问阿契有没有水喝。阿契给他倒了一碗茶。他说他押解犯人路过这里，同乡的几个军士

---

① 界身巷：据孟元老《东京梦华录》记载，开封"南通一巷，谓之界身，并是金银彩帛交易之所，屋宇雄壮，门面广阔，望之森然，每一交易，动即千万，骇人闻见"。界身巷是金银铺集中的所在。

打春（完整版）·上册

就把手上的交引都托他拿来卖掉，免得过了期。"年前军中不发钱粮，就发了这个。这是怎么回事？"这个武夫望着天空，又问沈阿契，"总是这么多人吗？总是这么多人，哪里能卖得到好价钱？"

阿契笑道："下雨就没这么多人，下大雨就没人来。"他笑道："那以后我得挑雨天来。"来福吼着："下雪价钱也一样！"军士把交引交给来福，掂了掂囊中铜钱，走了。

门前一个铁匠和一个裁缝尖着嘴巴交谈。铁匠说："你那个矾交引好卖。你们东家阔气，我们不如你。"裁缝道："就你会说，好卖那咱换换？"铁匠把两手一抄："谁跟你换？"又一个书童对书生说："公子，这交引卖了，到开春以后咱们的盘缠应该是够的。"

得财脾气好一些，嗓门细一些，他负责卖出。得财每天跟贩卖茶、香、矾[1]等货品的各色商人打交道。他那里人少，也有不少是熟人，但是每一单卖出的多，一般都要几十甚至上百张。

做买卖的潘二姐来要五十张蔷薇水的交引，但是得财只给出三十八张。吴员外来要金颜香交引二十张，得财却说只有十二张。

潘二姐坐在铺面里，一边嗑着瓜子，一边喊着："老吴，老吴啊！"吴员外伸长脖子向得财指指点点，没听见。潘二姐又扯着尖嗓子喊："老吴，你耳朵聋了？"

吴员外这才听见了，坐到潘二姐跟前："怎么了二姐？"

潘二姐长裙飘逸，妆容精致，声音嫩嫩的。她努了努嘴："你

---

[1] 据邓高峰《宋代的金融》，宋太宗时，令商人在边郡入中粮草，从优估价，发给交引，到京师或东南等地凭交引领取钱、茶、盐、香、矾等物抵偿。故有见钱交引、茶交引、盐交引、香药交引、矾交引等等。

说，咱卖香也小半辈子了。以前卖香的，只要和卖香的置气就好了，现在倒好，还要跟卖交引的置气。我来这里，没有一回是全数买回去的，非要扭扭捏捏吊你胃口。"

她说着，开始学腔："没有这么多，不够。哎哟，嘿呀！"

吴员外长着大圆脸，脸上常是厚道生意人的表情。他说话缓慢，总是一字一字分得清清楚楚。他笑道："就是，这不跟你们女人学的吗？"

潘二姐啐了他一口："呸！"

吴员外又道："所以说嘛，你们妇道人家不懂。如今朝廷兴沿边入中之法，百姓将粮草运到边地供应军中，军中则用香药茶叶这些货品的交引向百姓买粮草。百姓们自己喝不了那么多茶，焚不了那么多香，又不做香药茶叶生意的，便卖给交引铺，给你我来买。没有交引铺，你这个大脚婆就得自己挑一担米去边地入中，才能得到这些香药交引来京城领货。"

潘二姐道："休要诓我，大把在京城入中的。我气就气啊，那些在京城入中的品种，却要去广州领货。"

吴员外笑道："枉你白做这些年生意了，你卖那蔷薇水干啥？它太便宜，朝廷替你运过来不划算。你当然只能去海边领货了。"

潘二姐道："你财大气粗，跟你是不能比，但是'欲长钱，取下谷'，我就卖蔷薇水，怎么了？"

吴员外看了看她："这入中之法是必行之法。你总不能不让人吃饭，不让马吃草吧？那谁来守边，谁来打仗？没人守卫边地，你这半老徐娘就不怕被掳走？还能由着你太太平平地卖蔷薇水？"

潘二姐又抱怨道："只是，拿着一张纸去广州提货，我一个大脚婆好生颠簸。"

吴员外笑道："你颠簸不住，可以让我帮你嘛。咱大老爷们不怕颠簸。反正我就觉得挺好。以前朝廷纲运，粗细都运，量太大，就像一艘大船，笨重不好调头。香药纲还老是被劫。若是南方人贩香，还得从北方再运回去，岂不啰唆？如今灵活处理，有的运到京城，有的不运。各路商人拿着一张交引，提完货各地贩运，就像许许多多艘小船，好调头。"

潘二姐白了他一眼，冷笑道："虽如此，早晚得收拾收拾姓沈那个坏小子。总是这么说没有就没有，说涨价就涨价，不能由着他的性子来。"① 她说着，把瓜子皮一吐，抿了抿嘴上的胭脂，走了。

沈志武下了楼来，跟吴员外打了声招呼，又到来福那边去："看仔细啊，别收到假的。现在外头有假的了。"

慧仙见志武下楼，也跟着下来。吴员外朝慧仙点头致意，笑向沈志武道："沈官人，这位新嫂子经常见啊，也不介绍介绍？"志武嘿嘿笑着，没说什么。慧仙向吴员外微微行了个礼，便往外走了。

阿契站在铺门口发呆，瞥了一眼慧仙。慧仙道："怎么？你不欢迎我？"阿契道："你变了，亏你还一直自称是名门之后。"慧仙冷笑道："名门世家，才更容不得被休弃的女人。论人情，还不如你们小门小户呢。你以为个个和你一样，有个好哥哥？"阿契道："他好吗？他少雇个工而已。每天忙死累活的。"

慧仙道："别说气话，既然贞节牌坊没要成，不然，你也找一

---

① 据马端临《文献通考·征榷考》记载，交引法行，颇便边地军需，但商人操纵实物折价；同时，沿边居民得交引后，不能远至东南领取茶、盐、香、矾等物，遂贱卖于京师交引铺，倍受盘剥。

个？"沈阿契翻了个白眼："呸！"便进店铺里去了。慧仙看着她的背影，只作"扑哧"一笑。

交引铺每天都到很晚才关门吃饭。得财悄声跟阿契说："沈姐姐，你跟沈官人再说说，我和来福都快死了。"

饭菜摆好，一坐下来，来福和得财就不停地朝沈阿契使眼色。

阿契端着碗，向志武道："二哥，来福跟得财太忙了，每天人这么多，根本做不过来。"志武边吃边说："可是铺面太小了，再找两个伙计，根本没地方添两个柜台。"说着往柜台方向指了指。

这间交引铺，在门面那一块，基本是由两个三角组成的。来福每天半坐半站的那个地方，像一个倒三角。得财每天半站半坐的那个地方，又像一个正三角。总之，地方非常窄迫。

来福脸上不悦："沈官人，实在人手不够，做不来。你要是这样，做完今年，我就不做了。"

沈志武笑道："好好好，这不是正在张罗着再盘两间店吗？等把新的金银铺盘下来，你们去金银铺做轻松的，挣得多的。我铁铁的还要再找几个伙计的。"

来福认真地盯着沈志武："你说的啊。"

"我说的我说的。"志武连声笑道，"你是大爷，我不骗你。"

志武又向阿契笑道："你也一样，老五，又要看账算账，又要洗碗做饭，还要在铺面端茶倒水，辛苦了啊。"阿契道："是没你好，每天还有人陪你解闷儿。"

志武拍了拍她肩膀，笑道："等金银铺盘下来，我再请俩账房，活儿就不用你干了。"阿契低头吃饭，没有说话。

抄纸院西门台阶下临着小河，房檐一直伸到河道上。

众工匠在水边抄纸，刘讷走过来问："沈志强呢？"一工匠答："没看到。"

刘讷又走进抄纸院大厅。工匠们正在检查交引纸的质量，把质量不好的挑出来放在一边。刘讷拈起一张被废弃的交引纸看了看。那纸上有方形和圆形凹凸不平的纹路。刘讷自言自语："这暗印还是砑不进去啊。"

沈志强走了过来："您是行家，才能看得出来它没砑到。"刘讷指着一叠交引纸："把那些没砑到的都给我拿过来看看。"沈志强忙取过交引纸递给他。

刘讷又在交引纸上摩挲验看，忽嘴角一笑，对沈志强说："暗印砑不进去的这些都要销毁好，一张也不准出这个门。"沈志强点着头答应。刘讷手上拿着一叠交引纸，就出了大厅去。

远处，娑婆世界被层层剥开。一只金龟子振动翅膀，在荒草丛里飞，突然撞到一朵白色的野花，受伤落下，躺在一片草叶子上。杂草丛里出现一对靴子，来的正是刘讷。刘讷左盼右顾，进了城南一座废弃的院子。

彩漆剥落的雕梁画栋下，有一个瘦削的画师。画师正在画自画像，问刘讷："买画吗？"刘讷道："画得不错。"画师说："我的画不贵。"刘讷说："贵不贵的，你画的是谁呀？谁会买你的像去供着？"画师道："也可以画别的。"

刘讷掏出一叠白色交引纸递给他。他接过，抽出一张对着阳光看。白色交引纸上有方形和圆形凹凸不平的纹路。刘讷道："那就画点儿别的。"画师说："纸是好纸，只可惜……也罢。"他叹了口气。

在无数个"刹那"被叠加起来之后，那些白色交引纸上就有了

367

色。它们从交引纸变成了交引。

抄纸院里，沈志强推门进宿舍，就见刘讷在房间里坐着。沈志强有点儿吃惊："刘监工，您在这儿？"刘讷道："嗯，等你呢。"沈志强问："您有什么吩咐？"刘讷掏出一个木匣子："这个匣子你拿着。"沈志强点点头："好。这是什么？"

刘讷说："你看了就知道了。听说，界身巷开交引铺的沈大官人是你亲弟弟？"沈志强说："正是我家老二。"刘讷道："正好，下次准假回家的时候，这匣子里的交引帮我拿去你们沈家交引铺卖了。"沈志强道："好的，小人一定照办。"刘讷满意地看着他，笑了笑，出了房门。

沈志强把木匣子一打开，里面是满满的交引。他拿起一张，在手上摩挲了一下，又对着光看了看，大惊失色。他忙把交引放回去，把匣子关起来，满屋子里找地方藏，最后把木匣子藏在床头底下。

草市沈家茅庐里，沈林氏正坐在炕沿上。沈志武伏到她的膝盖上，被她一把推开："说什么也没用，我不同意你娶那个慧仙为妻。"志武道："阿姨，她是个贤良女子。"沈林氏说："你想想，她都多大年纪了？还能生养吗？"志武道："能能能。她生过一个女儿。"沈林氏问："万一不能呢？"志武道："万一不能又有什么要紧？咱们沈家男丁多，我从他们那儿过继一个侄儿不就得了？"

沈林氏坚决道："不行！说什么我都不同意。"沈志武也坚决地说："阿姨，说什么我都要娶慧仙。"沈林氏起身从桌子上拿起一包果品，砸到沈志武身上："你走吧！说什么来看我，明明就是来气死我的。"

阿契忙进房里来劝。沈林氏坐回炕沿上，拍着大腿哭起来：

"我在乡里，个个说我好命，嫁个男人就做了头家奶奶，生了你们六个，儿女双全。谁知道如今是这般情形。"说着拉起阿契的胳膊继续哭。阿契道："阿婶，不哭了，二哥不是有意气您。"

沈林氏对她说："老大最孝顺，穷困娶不起妻。老三母子生死不知。老四入赘了，不但无子，过得还不好。你生了个崇贤是极好的，女婿又在外蕃不回来。你被陈家亲族无端轻贱，连个做主的人都没有。幺弟这些年都断了音讯。剩下这个老二，指望着他能有出息，如今却要娶一个不会生养的老姿娘回去！我死了都没法跟你阿叔交代啊。"阿契揽着沈林氏的身子，一脸为难，抬头看了看沈志武。沈志武却是一脸的倔强。

慧仙知道了沈林氏对亲事的反应后，内心并没有太多的波澜。她和阿契站在交引铺二楼的窗前望着界身巷。那是东京梦华最深沉处。阿契道："我尽力了，没有说服我母亲。"慧仙吐了口气："呵，不，你也不希望你哥哥娶我。"

阿契似乎被她戳中了，却回避着自己若隐若现的想法。在陈家时，慧仙多次帮她，她本应该感念慧仙的。但是此时，阿契竟觉得慧仙配不上沈志武。在她看来，慧仙变了，变得浮浪轻薄。在她耳中，慧仙的笑声生硬、刻意。慧仙那张富贵人家特有的精致的脸上，明显已经老了，却故作妖冶，反而显得可厌。

她看了一眼浓妆艳抹的慧仙，淡淡道："我无意坏人好事。"慧仙笑道："呵呵，你嫉妒我，你不敢像我一样。"

沈阿契满眼是虚无的骄傲："我和你不一样，我和云卿感情是很好的。"慧仙笑道："不，你连和他感情不好的机会都没有。"阿契恼了："你！"慧仙抓着她的肩膀："你看看你，把自己搞得像个婆子，面对现实吧。"阿契推开她，扭头跑上楼去。

尽管沈林氏对沈志武的亲事没有松过口，但沈志武还是继续做他想做的事。他在城南置了一处宅子，打算把一大家子都放进去。他在大门口比划着牌匾："沈宅！"

置办沈宅的钱有一大半是慧仙花的自己的积蓄。为了讨母亲欢心，沈志武说，弟弟不能赶在哥哥前面，必须要给大哥也娶了妻室，自己才敢娶。沈志强一直都沉沉闷闷的，说他不娶媳妇。沈林氏却很高兴，说："好！马上托个媒人去说亲。"

沈志强的婚事顺利得有些不经意。媒人很快就帮他说下了京西路来的廖家女儿廖明月。

沈阿契挽着母亲的手，住进了沈家新宅子。沈志武又忙着张罗在界身巷新盘下一间金银铺。盘金银铺的钱，有一大半是慧仙花的自己的积蓄。沈林氏渐渐地，不嫌弃慧仙了。

婚期近了，沈志强终于有了辞工的理由。他早就不想面对刘讷，以及刘讷让他做的事情了。

他走进抄纸院监工厅，向刘讷道："刘大人，我要辞工。"刘讷一脸不悦："如果没有正当理由，我们抄纸院是不会随随便便让工匠说来就来，说走就走的。你们日常接触到的都是国之重器。倘若随便走漏点儿什么出去，岂是儿戏？"沈志强说："我要辞工，是因为我母亲要我回家成亲。刘大人，这个可是正当理由？"

刘讷搓着手，想了想，答他道："我这一关是没问题了。不过我们抄纸院的人员出入还要报给交引库，不知道交引库准不准？"沈志强听了，皱起眉头不说话。刘讷笑道："呵呵，你也别不高兴，娶妻嘛，不着急。"

天亮了，交引铺继续开张。

沈阿契从得财身后的柜子里取走一叠账单，就听来福唱着：

"白笃耨交引三张，龙涎香交引五张，乳香交引一百张，光香交引五十张，黄速香交引五十张。"阿契心想："白笃耨香太过贵重，白笃耨的交引我还不曾见过，也不知道什么样子。"于是把账单又放回柜子里，走过去端详。

来福在柜台内低声问："沈姐姐，白笃耨跟龙涎香我没啥经验，又太贵重，收不收啊？"阿契还没回答，就听柜台外的卖主叫了起来："沈娘子，哎哟沈娘子，多年不见。"

阿契抬头看时，却不认得那人是谁。那人憨厚地笑道："沈娘子，我是刘讷啊，你不记得了？"阿契看了看他，很多人都是他这样的身量，这样的五官，这样的衣着。阿契只好笑道："原来是刘讷啊，进来坐吧。"

刘讷坐到店铺里，呵呵笑道："沈娘子你看，你还是没想起来我是谁吧？"阿契有些尴尬。刘讷道："白矾楼，我是卢彦卢大人带过去的交子工匠。"

沈阿契这才想起来："哦，您是那个益州交子的行家。我记得您说过，交子绝对可行，伪造一张交子，难度比私铸铜钱要高。"

她给刘讷倒了茶。刘讷不停地说起话来，说如今在交引库，他是负责做纸钞的。他是监工，也是师傅。他说他认识沈志强，沈志强是纸钞工。他说他手底下现有百来号纸钞工。

这边刘讷闲聊叙旧没有要停的意思，那边来福只好将他的交引封存一旁，继续做下一单生意。就听来福对一个前来卖茶交引[①]的老人吼起来："你这张茶交引是假的。再说我就喊官差拉你！收到

---

① 茶交引：据邓高峰《宋代的金融》，宋初榷茶，茶商须在京师或沿江榷货务缴纳茶款，领得交引，凭交引到指定地点取茶。

假交引我们自己要赔钱的。"

老人絮絮叨叨地争辩着，十分委屈。

沈阿契走了过去："来福不要这么凶，假的不要收就是了。"老人举起手里的茶交引，对着太阳看："娘子你看，明明是真的。你们不要骗我眼睛花。"

刘讷也走过来说："老人家，你这张是假的，我拿张真的给你看。"他从身上掏出一张茶交引："你看，真的交引，几种套色都是整整齐齐的。你这张连套色都不齐，做工也是粗陋之极。"他又用手指着太阳："还有，真的交引不仅有交引库的明印，还有官府的暗印。这个暗印要对着日头看才能看到。"

老人大抚掌："怎么交引库的官印还有明印暗印啊？我这也是被骗了。你们不知道，两个月前，我在门口乘凉，一个浮浪帮闲的坏子弟就来和我说生意。他说叫我赶紧买茶交引，过两个月，茶叶紧俏，茶交引能卖翻倍的价钱。"

沈阿契道："老人家，交引有时变贵有时变贱，这是事实。不过，凡是天上掉馅饼的事情都不能信。"

老人骂骂咧咧离去，阿契向刘讷笑道："您真是个行家，得多教教我们。没有谁比我们交引铺更痛恨假交引的了。"刘讷谦虚地说："哪里哪里。"就跟来福兑换了银子，卖掉了他那一叠香药交引。

沈志强辞工的事终以"交引库不准"为由被驳回。他告诉沈林氏："阿姨，抄纸院不让我辞工，只许我回家娶亲，准三天的假。三天之后，还要再回抄纸院的。"沈林氏有些失望："啊？怎么这样？"沈志强说："阿姨，您别担心。只是一时人手不够，才不让我辞工的。过段时间我再去辞，早晚能回来的。您不要牵念。"沈林氏道："那就好，那不管这些，先成了亲，我才能放心的。"

沈志强和沈志武在同一天办喜事。阿契也终于改口，将"大嫂"改称"二嫂"了。

沈家兄弟站在门口迎宾，众宾客陆续来了。卢彦到了的时候，志武忙趋步向前扶住他："哎呀，卢大人亲自下降，蓬荜生辉！"卢彦笑道："想不到你们兄弟二人同一天办喜事，可喜可贺！"沈志强却原地站着，脸上笑也不懂笑，只是僵硬地向他鞠了个躬。

沈宅大厅里摆着一道屏风，外侧是众男客，内侧有众女宾。阿契招呼着女宾们，一路走到屏风旁，瞥见卢彦带着卢霆、卢震在外头主桌边坐下了。一宾客向卢彦举杯道贺："卢大人哪，真是双喜临门，今年朝廷给两位公子都赐了出身。"卢彦也举起杯来，笑着点头答礼。

屏风内，杜彩织拉着阿契坐下："你别忙活了，快坐下。"阿契一坐下，杜彩织便向她耳语："卢霆媳妇现在又怀了一个，刚两个月。"说着嘱咐道："先别声张啊。"阿契点点头。

杜彩织又关切地问："今年蕃船回舶，可有女婿的消息？"阿契摇摇头。杜彩织道："这都几年了？崇贤都多大了。"阿契低下头去。

外头的喜婆便喊着："新人来了！两双玉人，白头偕老哟。"

杜彩织摸着阿契的手，继续关切地问："崇贤平时都不跟你们住在一起的呀？那总得时常见见的吧？他两个舅舅的大喜日子，陈家都不放崇贤出来呀？"

沈家大喜的日子，对崇贤来说只是平平常常的一天。

这天他伏在陈云峰的书房里做功课，陈云峰则在帘幕后收拾着自己的旧信札与卷轴。陈云峰道："崇贤，你好久没去看你娘

了。"崇贤说:"嗯,没事。我娘说了,娘是我的娘,跑不了。"陈云峰走来,敲了敲他脑袋:"你这臭小子,人大了就不惦记你娘了?"

崇贤说:"我的《捕蝗策》还没写好呢。要写好了,而且写好了,明天老师才会带我们去田地里呢。"陈云峰笑了笑,又摸了摸他脑袋:"要不明天去看看你娘?"崇贤道:"那不行,明天我要去田地里。很远,半天的马车。"

陈云峰问:"去田地里很重要?"崇贤道:"那当然,老师说了,明天没去田地里见县令的,月底就不能跟他去看河堤。他不带看热闹的傻瓜。"陈云峰坐到正收拾的杂物旁,笑了笑,摇头道:"崇贤啊,你真不是我教的,你是天生的。"

崇贤道:"我不是天生的,我是我娘生的。"陈云峰道:"你大不是你这个样子,你娘更不是。"崇贤忽放下笔:"我大是什么样子的?您能画出来给我看吗?我曾经让我娘画我大,她说她想不起来我大长什么样儿。"说着皱起眉头。

陈云峰望了望窗外:"别再让你娘画你大了,也许,她没有骗你。"

崇贤似乎没有在听陈云峰说了什么,只看着自己的文章,道:"好了,我走了。"便出门去。

陈云峰看着崇贤的背影,从瓷缸里拿出一轴画卷抱在怀里,暗暗道:"当初,要不是因为这幅画,也许五爷爷不会那么坚决让你娘走。"他把画展开,画已泛黄。他伸手摸了摸画像,又忙卷起来,用一个绸袋子套好,放回瓷缸里,再盖上布。他思量着:"唉,陈云峰啊陈云峰,都多少年了?也许什么事儿都过去了,为何你还放不下?也是可笑。"

沈家喜宴上，卢彦成了被敬酒最多的人。他不得不不断地还礼、举杯。沈家两位新郎穿着红彤彤的喜服站在一旁，却鲜人问津。沈志武面带微笑，两眼不离卢彦。沈志强却始终面无表情呆站着。

卢彦忽向屏风内瞥了一眼，见沈阿契红着眼圈，托着腮帮子发呆。

阿契大概是想结束跟杜彩织的聊天，只道："杜婶娘，刚喝了酒，突然有点头晕。我先失陪了。"杜彩织道："去吧去吧。"

这时，一个小厮跑到大厅门前，向沈志武比划着手势。沈志武走了过去，小厮在他耳边道："不好了，沈大官人，交引铺被官兵围起来了！要抓我们的人。"志武一听，忙不声不响和小厮急急地出了门。

此时的界身巷，众官差已围住沈家交引铺，连左右邻里、街对面都严严地立着人，不让出入。十来个官差进到铺内，把上下三层楼翻了个底朝天。又四个公人，将柜台里的交引都清点了一遍，拿封条封死。

沈志武穿着喜服，气喘吁吁跑到店铺前，见来福和得财被几个官兵搌得死死的，正要带走。来福叫着："你们凭什么抓我！"沈志武忙拨开人群，向官差道："这位差爷，小店犯了什么事？为什么抓人？"

来福和得财叫着："沈大官人快救我们！"官差道："沈大官人？你就是沈志武？"沈志武答："正是在下。"

官差亮出腰牌："我们是开封府的。榷货务最近兑换香药，收到了不少假交引。追查来源许久，却都是你们沈家交引铺卖出来的，现在查你们。"沈志武说："差爷，我们收交引的时候都很

严，也没有假的可以卖出去的。"官差说："我不跟你理论，要喊冤，和我回去再喊。讯问下来，自有黑白。"又向手下道："三个都带走。"便有两个官差上前摁住沈志武。沈志武叫着："你们怎么乱抓人！我店没有假交引，没有！"

然而，沈志武、来福、得财三人都被押走了。沈家交引铺被贴上了封条。

红烛几近燃尽，蜡滴流满烛台。

慧仙盖着红盖头坐在新房中。沈林氏突然闯进来，掀了她的红盖头。慧仙吓了一跳。沈林氏指着她骂道："你这个丧门星，一过门我儿子就被官府抓了。"阿契跑进来劝着："阿婶，阿婶！"沈林氏却把慧仙从床上拉起来，一通捶打，又推倒在地。慧仙猝不及防，不知所措。

沈志强也跑了进来，拉住沈林氏："阿姨，您别急，我想想办法。"阿契忙把慧仙从地上扶起来："大嫂，你没事吧？"沈林氏大哭起来："老二啊，家里通共就指望你了。你到底犯了什么事儿啊？怎么就被抓走了呢？你这几年'哗哗哗'挣的都是什么钱哪？真是操碎了心。"

慧仙急问："志武怎么了？志武出什么事了？"

然而没人回答她。沈家兄妹只是手忙脚乱地把沈林氏拉出喜房去。慧仙怔怔地跟了出去，只想听听他们在说什么。

沈宅大厅里，沈志强安慰沈林氏："阿姨，您放心，由我去开封府应答。毕竟我也在交引库从事，虽说只是个纸钞工，榷货务兑换交引的事情不全知晓，但交引是真是假还是能说出点儿道道的。证明咱们的交引是真的便可，把老二和两个小厮领回来要紧。"

阿契也道："对，阿婶，我们交引铺绝不干买卖假交引的勾当。倘若开封府冤枉我们，我们便向鼓院、检院申诉，御史台不会不管的。啊，邢风师兄就在御史台。"沈林氏哭着点点头。

慧仙在大厅门口听了一下，转身跑了。

走廊檐下摇摆着两盏红灯笼。慧仙在灯笼下停住脚步。

阿契追了出来："大嫂，您别把我阿婶的话放在心上。她一急，就是这个样子。现在我们……"慧仙流泪不止："你又叫错了，我是你二嫂，不是大嫂。"

阿契道："好，二嫂，现在我们先想办法弄清楚事情的来龙去脉。恐怕，沈家交引铺生意太好，惹人眼红，同行使坏也是有的。您想想，有没有这样的人？"慧仙抹了抹眼泪："你净说傻话，眼红的人多了去，又如何能知道什么来龙去脉？"阿契迟疑着："这……那我们能找找谁？"

慧仙摇了摇头："其实我娘家人自从我被休，早已对我甚是无情。我再嫁，他们视为耻辱，几乎是与我断绝关系的了。想让他们帮志武，不可能的。"说罢又垂泪。

阿契听了，心中打起主意："卢彦？陈云峰？能向他们讨讨主意吗？罢了，天一亮我就回陈家，说要进去看崇贤。"她还在想着，慧仙却开了口："天一亮我就厚着脸皮回去，向二叔讨讨主意吧。"

阿契猛一转头："谁？"慧仙道："陈云峰。"阿契忙点着头："好，你去，他一向很敬重你！"

第二日，慧仙一身仆妇装扮进了陈府，站在祠堂门口望着远处。陈云峰小跑过来："大嫂，您怎么来了？"慧仙行礼道："二叔，慧仙有冤情！"陈云峰扶起她来："您别急，慢慢说。"

沈家女眷求助的事传到邢风耳中，邢风哈哈大笑："原来是这

样的事情，小事。"陈云峰嘀咕着："小事？"邢风道："京城商贾犯事，当然是开封府管。但开封府如果出了糊涂案，那御史台肯定是要管的。御史台什么事儿管不了？"

陈云峰嘿嘿笑了两声。邢风道："沈阿契离开陈家后，就靠着沈志武过日子了。现在沈志武被抓，交引铺也封了，她肯定又是没头苍蝇一样。二伯子，你替我带两句话给她吧。"

陈云峰问："什么话？"邢风道："一，不要去找卢彦。卢彦是交引库主事，现在假交引现市，他自己就有麻烦的。这二嘛，非要找谁时，直接来找我。"陈云峰点了点头："多谢邢大人！"

沈阿契听说了，忙来见邢风。邢风在私室见了阿契，穿着家常衣裳，态度也很温和。他说："弟妹啊，此事与你无关吧？"阿契一脸愕然。邢风补充道："我说的是，伪造交引。"阿契猛摇头："邢师兄，我们全家好好地做生意，也颇能盈利，为什么要干那亡命之徒的勾当呢？这绝对是与我们无关的呀。"

邢风笑着："那就好。交引和交子一样，都是一张纸，能不能用要看信用。假如到处都是假交子、假交引，那就没有信用。纸钞这根柱子断了，大厦是要倾覆的。这交引，还关乎沿边粮草输送。说这张纸就是军国大事，也不为过。所以，伪造交引，是要杀头的。"

阿契点着头："我们绝不会干这样的事情。"邢风笑着："别怕，说的是伪造交引的。现在一些假交引，手段太高，你们交引铺也不一定全部能认出来。交引铺收了假交引，自己不知道也没办法，最多也就是赔偿那些买了假交引的人的损失。如果你们能想起来这些假交引的来源就更好，官府追查也有线索。"

阿契摇头："每天那么多交引进进出出，都是两个伙计在做，只怕他们也无法确定。"邢风道："听说，你大哥是交引库的纸钞工，那他应该是行家，至少，比我们这些御史台的、开封府的寻常吏人要懂行，你说呢？也许他能辨认真假交引呢？也许从沈家交引铺卖出去的不是假交引，只是弄错了呢？"

阿契猛一抬头："有可能，有可能！"邢风微笑着："那你把你大哥叫过来。"沈阿契连连点头："嗯嗯。"

沈阿契再次见到邢风时，却是在御史台讯问厅，同行的还有沈志强。

邢风坐在堂上。沈家兄妹行礼："拜见邢大人。"邢风道："起身说话。"便向一旁的吏人示意。吏人取来一只盒子，里面放着一模一样的两张香药交引。邢风道："沈志强，我考考你。你看看这两张白笃耨交引，哪张是真，哪张是假？"沈志强伸手挨个儿摸了纸面，取出左边那张："这张是真的。"

邢风笑道："呵呵，看来，你虽然在交引库从事，到底还是功夫没到家。这张啊，是假的。"沈志强坚定地说："不，邢大人，这张是真的，我很肯定。"邢风大声道："假的！看来啊，你还是不行。"沈志强争辩着："这明明是真的呀，大人。"邢风把手一挥："假的，我们都集体鉴定过了。难道各位大人的集体鉴定反而不如你？你不必多说了。"

沈志强看了看阿契，阿契一脸的不知所措。

沈志强苦笑了一下："好的，大人，那请您指点，什么才是真的？"邢风取出右边那张交引，在手上搓了搓："沈志强，你看，这张纸质这么好，坚韧硬厚，这样的纸才合适做贵重的白笃耨交引。它不容易坏。你刚才拿的那张，又软又薄，纸质比这张差多了。你说它是真的，显然不合理。"

沈志强脸色发白："原来是这样啊大人，草民，还真是不懂，受教了，受教了。"邢风笑了笑，向沈阿契道："我说过，交引铺没法辨认，收了假交引，官府不怪罪。但是这个损失要由交引铺来承担。只要你们拿出等量的真交引来，赔付那些买了假交引的人的损失，人，官府便可以放回去。"说着又向吏人示意。

吏人便取出一份单子来念："没收沈家交引铺卖出的假交引有白笃耨交引三张，每张面值两百贯；龙涎香交引五张，每张一百贯；乳香交引一百张，每张十二贯；光香交引五十张，每张八贯；黄速香交引五十张，每张八贯。一共三千一百贯。"

沈志强用异样的眼神看了看邢风："大人，除了白笃耨，还有龙涎、乳香、光香、黄速香。不知其余几种交引，该如何分辨真假？还请大人一并赐教。"邢风笑道："呵呵，一样的呀。表面图案，造假的人都会跟着造出来。可是这么好的纸质，只有交引库才能出产。那些造假的小作坊做出来的，纸质肯定比不上啊。"沈志强脸色煞白，低下了头。

邢风又道："哦，如果交引一时凑不足，也可以用银钱，别为难。"沈阿契听了，面露难色。

回家的路上，沈阿契接连叹气："三千一百贯可不少啊，我赎身的时候也不过是一百二十贯。"沈志强问："你赎什么身？"阿契自悔失言："没什么。"沈志强道："没想到如今世道是这样，真假不分。也罢，他说是真的，就是真的；他说是假的，就是假的。这件事你详细不必告诉家里人，我会处理好的。"阿契问："你要怎么处理？"沈志强说："你也不要问了。我在交引库，我有我的办法。"

第二天，沈志强独自来找邢风，呈上一个布包，里头是一沓沓的交引。

邢风伸手搓了搓纸面，道："昨天才刚说呢，今天就筹措到了，你真有本事。"沈志强说："邢大人，这是价值三千一百贯的真交引，白笃耨、龙涎、乳香、光香、黄速香，全都有，用来赔付那些在沈家交引铺买到假交引的商人。请问，可以放我家老二回去了吗？"

邢风笑了笑："沈家交引铺早就贴封条了，你这些真交引从哪儿弄来的？"沈志强道："我有我的办法。"邢风冷笑道："你肯定有办法。"便问一旁的吏人："沈家交引铺平时还有谁？"吏人说："沈志武、来福、得财均已在狱中，平时还有沈阿契也在交引铺的，因是女眷……"邢风淡淡说道："虽是女眷，也一起请过来呗。"

沈志强急了："邢大人，您是好人，您帮我们摆平过陈渡头，我才信您的。您说过，只要拿真交引赔付了，就放了我家老二。现在怎么连我家老五也要抓？"邢风笑了笑："你误会了，我不是什么好人。我只做该做的事。"

消息传来，沈林氏坐在床上大哭。廖明月、慧仙站在一旁，无计可施。沈林氏道："天杀的，原说把老二救出来，现在怎么连老大和老五也带走了？开什么交引铺？这也是能做的营生？这可怎么办哪？怎么不把我也带走？"

御史台讯问厅内，沈志强、沈志武、沈阿契在堂下跪成一排。

邢风道："沈志强，昨天我故意将真假交引的识别说反了，结果过了一个晚上，你就能如数拿出这么多的假交引来。你们沈家一定不仅仅是不会识别，误收假交引那么简单，你说呢？你有一个亲弟弟是开交引铺的，你本人又在交引库做纸钞工，你们做过什么乱

法之事，从实招来，免得受苦。"

沈家兄妹闻言大惊。

沈志强大叫："大人，你说是真的就是真的，你说是假的就是假的？我不服！"邢风道："交引就是交引库发行的，上面以交引库的明印暗花为信。把交引库主事卢大人请出来说清楚吧。"

卢彦走进讯问厅，瞥了沈家兄妹一眼，面如冰霜。邢风道："卢大人，都知道您和沈家是故旧，其他事情还请您回避。只是交引库的官印在您手上，交引的真假还得您来说说。"

邢风起身，托出一只盘子走向卢彦："这是第一次交到开封府的交引，乃是榷货务没收前去支取货物的商人的。商人们后来都指证是沈家交引铺卖出来的。请您看看，榷货务没收的这三千一百贯交引，是真是假？"

卢彦伸手摸过盘子里的交引："这是假的。"邢风又托出一只盘子："这是今天一大早，沈志强送过来赎人的三千一百贯交引，也请您确认是真是假。"卢彦把盘子里的交引成沓反过来，往下一拍："也是假的。"

邢风道："您说是假的，有什么依据？"卢彦取出一张交引，用手指弹扫了一下，响脆作声："这么好的纸，暗花砑不进去。"邢风道："这些交引上面都有暗花，您怎么说暗花砑不进去？"卢彦说："交引上不只有一个暗花，还有另一个，砑在明花里面。因为明花挡着，对着太阳也不容易看到。工匠们试了很多次，这种最好的优等楮纸，小暗花砑不进去。真的交引只能用差一些、第二等的楮纸。"

邢风拱手道："有劳卢大人。"卢彦转身便走了。

邢风又向沈家兄妹道："你们三个还是从实招来，免得受苦。"沈志强跪向前说："大人！此事与我弟弟妹妹无干，是交引库的监工刘讷做的。"邢风笑道："呵呵，看来你是知道底细的。"

沈志强才将刘讷之事说了出来。

原来，自识破刘讷送来的是假交引之后，沈志强也不敢说破，只拿着木匣子去了监工厅。刘讷见了木匣子，问："你不是帮我把交引卖到交引铺了吗？怎么又拿回来了？"沈志强道："还没卖，上次回家的时候忘、忘记了。拿来还给您。"刘讷说："明天准你一天假，记得拿去卖了。"沈志强说："卖、卖给谁？"刘讷道："当然是卖给你们沈家交引铺啊。"

沈志强有些害怕："不！刘大人，为什么是我？"刘讷说："什么为什么是你？没听懂。"沈志强沉默不语。刘讷沉吟半晌，呵呵一笑："你怕什么？卖给沈家交引铺是最安全的。你也不想想，你们沈家为什么能在界身巷开起来京城第一家交引铺？凭什么你们沈家交引铺是京城最热闹的交引铺？"

沈志强听住了。刘讷道："还不是因为有交引库的大人罩着？不会有人去动沈家交引铺的，你明天放心去吧。再说，亲兄弟之间，弟弟是京城大名鼎鼎的沈大官人，你这个当大哥的，却起早贪黑在这里做工匠，你不让弟弟匀点儿钱财给你？他还能对你起疑心？"沈志强道："但是，这些交引，它是……"

刘讷凶住沈志强："你别乱讲话啊！"沈志强闭口不语。刘讷又说："我告诉你，我可也是交引库主事卢大人的人。我和他什么关系，也许你还不知道。我肯定不会有事，但你要是出去乱说的话，那我就不能保你平安了。"

沈志强脸色一沉，默然不语。刘讷把他一推："回去吧，回你

房间去，把木匣子也放回去。"沈志强没有主意，拿着木匣子，又回到自己宿舍。

白天里，众工匠各忙各的。沈志强在自己的工位上远远望着门外，那是刘讷引着卢彦在工坊各处察看。他们甚是亲密，不时指指点点、窃窃私语。沈志强叹了口气，把手上的交引纸轻轻一摔，似乎在发泄。

这些事情一说出来，御史台讯问厅里的沈阿契恍然大悟，忙向邢风道："邢大人，刘讷去过沈家交引铺卖交引，当日我在场。因为他是交引库抄纸的监工，还帮我们辨识过假的茶交引，所以当时我和来福都信任他，再加上我们自己业务不精，就收了他带来的交引。"阿契愧疚地看着沈志武："没想到，行家带来的都是假货！"

志武听了直摇头。邢风则"嗯"了一声，又看向沈志强。

沈志强继续说："有一年多了，刘讷总带些香药交引到交引库后院我的住处去，让我拿到沈家交引铺卖。我一看是假的，不愿祸害家里，自然是不答应。谁知刘讷不愿意把假交引带走，接着又拿一些过来，前前后后，积了有六回。邢大人，今天早上我是第一次把它们拿出来。"

邢风向众官差道："去交引库，把刘讷带回来。封住纸钞工们住的地方。"众官差领命离去。邢风又问沈志强："为何知情不告发？"

沈志强道："刘讷是交引库的监工。交引库有六个监工，共同管着百来号纸钞工。草民平时不归他管，但毕竟他比我大，若不到逼不得已，我也不想去得罪他。"邢风说："这可是杀头的罪，不是得罪监工的罪。"沈志强说："正因为事情非同小可，草民才不敢轻告。刘讷平素在外张扬，说他是卢彦的人，是卢彦的亲信。还说，如果没有弄清楚卢彦的立场，就管好自己的嘴。他说自己是告不倒的。"

沈志武道："大哥你糊涂啊！这刘讷明显是在糊弄你。"邢风向沈志强道："你放心，只要你说的是真话，没有告不倒的。"

过尽千帆皆不是

沈家交引铺的封条终于撕了下来。沈志武、沈阿契、来福、得财站在铺门口，看着吏人将门徐徐打开。

沈阿契眼圈红了："二哥，对不起，是我害了你！"沈志武道："没事。"四人进了店内，收拾着被官差抄检过的账本、单张。来福突然低头哭起来。沈志武将来福、得财左右搂住："别哭，好兄弟！昨天我们有难同担，以后我们有福同享。"说得来福、得财都哭了起来。

城南沈宅，红烛烧到了半夜。

沈志武和慧仙坐在床上，慧仙捧着他的脸："他们打你了吗？"沈志武道："没事。"慧仙伸手要解开他的衣服："让我看看。"沈志武却将她的手抓住。慧仙停下："怎么？堂都拜了，我还不能看了？"沈志武说："没事，别看。"慧仙捂住嘴抽泣，扭过身去。

沈林氏突然推门进来，慧仙和沈志武吃了一惊。沈林氏叫着："老二，为什么你们都回来了，你大哥还没回来？"志武说："阿姨，大哥一时还回不来。"沈林氏问："为什么？明明是交引铺的事情，怎么倒是你大哥了？他，他是去救你的，是不是他把事情全揽下来了？"志武道："阿姨，您不要太担心，大哥还要跟犯事儿的刘讷对质。大哥不会有事的，案子了了他就回来。"

沈林氏道："那刘讷呢？赶紧对质啊。"志武说："刘讷跑了。"沈林氏道："那赶紧抓呀。"志武说："官府正在抓呢。"沈林氏说："那要是抓不着刘讷，你大哥咋办呢？"志武安慰道："抓得着，抓得着。"

有些时日了，沈志强仍不见回来，沈林氏慌了。

她叫着："老二呢？怎么整日不见他？"阿契道："阿婶，今日咱们家在界身巷的金银铺开张了。二哥忙得飞起来，估计要晚一点回家。"沈林氏大恼："什么？他哥哥现在大牢里关着，他倒只顾着自己的生意？他还有心思去开金银铺？他不想想，他被抓的时候，他哥哥二话不说，把自己搭进去了。如今他哥哥替了他去，他倒是宽心哪！"

沈林氏哭了起来。

界身巷中，沈家金银铺①开张了。志武、慧仙与众伙计站在铺门口迎候众宾客。志武拱手道："诸位员外财主、父老乡亲们，在

---

① 金银铺：据高聪明《论白银在宋代货币经济中的地位》，金银铺打造出售金银器皿，也进行金银与现钱的兑换业务。金银铺多与盐钞茶引彩帛联名，从事有价证券的买卖，因为这些东西在宋代是最常使用的轻赍，为方便转运兑换而设立。

下沈志武，广南东人。承蒙诸位关照，今日借东京宝地的光，沈家金银铺开张了！往后有买卖，多想着界身巷沈家，多关照在下，在下有礼了！"

沈志武深深鞠躬，锣鼓声骤起。

巷子里，一个送煤人推着装满煤炭的独轮车，摇摇摆摆地停到沈宅小侧门。阿契打开门让独轮车进来。送煤人在厨房里卸完货就推着空车走了。阿契弯着腰收拾起煤灰来。

廖明月跑进厨房："五姑姑，婆婆要去卢家，拦都拦不住。"阿契忙抹了抹手，到沈林氏房间来，却见房里没人了。

她忙赶往卢家来。

此时沈林氏已在杜彩织房中。杜彩织冷冷地数落着沈林氏："老嫂子，你要讲道理。明明是你家大爷自己知情不报，帮刘讷藏赃，怎么是我们害的？国有国法，你要我们怎么救？怎么帮？这桩事儿啊，还不知道是谁害谁呢？"

沈林氏被数落得一脸讪讪的，仆妇又道："是啊，要说你家大爷是我们卢大人害的，那你家二爷怎么还天天往卢大人书房跑呢？"

沈林氏道："什么？老二在这儿啊？"仆妇说："在呢在呢，现在就在书房里。"沈林氏起身往外走："你们家书房在哪儿？我喊自己儿子回家，总可以了吧？"

一出房门，她就撞到沈阿契。阿契一把抱住她："阿婶别去，人家都在谈正事儿。"沈林氏推开她，径直往前走。

阿契追上去："阿婶，我求你，就算是为二哥着想，不要闹，好不好？"沈林氏说："我闹？我儿子一天不放出来，我只找卢彦，是他管不好交引库。"阿契道："阿婶，你找卢彦没用。他自己还要被三司推官①问罪，被御史台查呢，他是要回避的。大哥又不是他关的。"沈林氏将她推开，继续往前走，气势汹汹要进书房去。阿契"扑通"一下跪到沈林氏跟前，抱住她的双腿。

书房内，卢彦打趣着沈志武："别说叫爹，叫爷爷也没用了。志武你不用说了。以后凡交引铺买卖，上下浮动不能超过面值的一成，明日张榜告示。就这样，大家都散了吧。"志武点着头："是是是。"

卢彦起身出了门，却见沈阿契跪在地上抱着沈林氏的腿。卢彦愣了一下："哟，嫂子怎么了？这丫头又做错了？"阿契忙从地上起来。

沈林氏泪水滴答地向卢彦道："兄弟啊，我家老大啥时候能放出来啊？他那么老实，不可能去做杀头的勾当的。他胆小，不敢去告发刘讷，也是因为顾忌你。他谁都不敢说啊，包括家里也没有一个知道的。"

书房中众人陆续出来，沈志武忙向前搀住沈林氏："阿姨，您怎么来了？"卢彦也扶住沈林氏的手臂："没啥事儿的，嫂子放心回家。等开封府把事情弄清楚了，老大就能回去。该挨几板子就挨几板子，大男人，没事，能回去！"

沈志武向阿契使了个眼色，与她一左一右挽着沈林氏往外走。沈林氏不时地回头去看卢彦。卢彦向她笑道："真没事，回去吧，别担心。"

沈宅上空，浓云团团。浓云之下是鳞次栉比的东京城房屋。

---

① 推官：三司的内部监察官。

在那处废弃院落里，杂草凄黄，藤蔓深深。砖瓦土砾中摇曳着白色小花。蜘蛛在墨绿色的虬藤上织网。网的后面，一个画师在画自画像。

官差们闯进废弃院落，围住画师。画师手中的笔停住了。官差揪起他的衣领，他头一点，闭上了眼睛。官差用手指探了探他的鼻息，没气了。

灰尘在光柱里乱舞。许多交引从半空中撒出，如同放纸钱。然而，搜出来的只有假交引，刘讷却不见了。

三司衙署里，邢风侍立于王建成身旁，说道："那刘讷，竟是消失了。开封府怎么也找不着他。东京找不着，各州府也找不着，只除非他搭了蕃船跑出蕃去。"

王建成摇了摇头："刘讷寻不寻得着，卢彦这交引库的官印都保不住了。云卿走后，咱们好不容易得了个卢彦，这才几年？"

邢风说："好在交引这档子事儿，他已经张罗起来了。他的官印保不住了，但是交引库的官印还在，老师另择一人掌印便是。"王建成道："也罢，荒地垦出来了，按部就班，另择一可靠的人守着就是了。"邢风又说："老师花在卢彦身上的心血不可谓不多，就这样放他离了官场，去做个逍遥陶朱公，也太便宜他了。依我看……"

王建成问："依你看如何？"邢风道："铜楮并行，楮是已经五脏俱全了，铜还是老样子。这卢彦是把好斧头，要是能贬去岭南就好了。"王建成想了想："贬去岭南？啊呀，邢风，你这真是……妙啊！"

邢风微微一笑："那我们御史台就写建议了，采不采纳就看天意了。"

卢彦似乎也能感觉到，假交引案带来的将是他躲不掉的风波。

这天归家前，他把自己在交引库衙署案台上的东西收拾得整整齐齐，仿佛在做一场可预见的告别。

他拂了拂高几上的尘埃，就见薛尚、李义青、闫汝阳三人站在门口，静静的，一言不发。

卢彦问："怎么了？"李义青道："卢大人，您要打扫，让小厮们来就好了。"卢彦又拂了拂衣袖上的尘埃："没什么要打扫的。"又问："你们怎么了？有话说？"

薛尚愤愤不平道："这次假交引的事情，朝堂上有些人又开始大做文章，扯到益州交子那儿去了。"李义青说："恨不得给咱们多寻点儿不是。"薛尚叹道："近来益州商营交子又出了些问题，又有商号挪用准备金，超额度发行交子，兑换不了现钱的官司仍然不断。还有，益州交子流出各路之后，富户们见世道交易可以用楮币，也可以用铜钱，就纷纷把铜钱窖藏起来了，只用楮币。如此，市面上的铜钱更少了。"

李义青道："哎，幸灾乐祸的。'你看看吧，交子也出问题，交引也出问题。'"闫汝阳说："有问题又如何？也不想想交子、交引是怎么出现的？皆因为先前就有问题，而且是大问题，才会冒出来这些解决问题的新办法。可是谁又能保证新办法没有别的问题？那也只能是继续想办法解决新的问题呀。不能因此就打击新办法。倘若这样，大伙一起等死，看着天下大乱可好？"李义青附和着："就是啊。"

此时，暖色的晚照穿过高几，将高几上的枝叶投作白墙上数抹横斜疏影。

卢彦道："放心吧。"薛尚三人都看向他。他说："放心吧，

人会换，但新旧之势不会逆转。不管是交子、交引，还是交引铺、金银铺，这些东西一旦有了就很难消失。哪怕换个名堂，它还是会存在的。"

日落月升，月沉日浮，东京城是参差的，总有几家欢喜几家愁。

陈府中，老仆快步跑进小厅："五老爷，大喜！大喜！咱们家二爷，因考课有功，外派差遣，任广南东路转运副使。"陈弘祚站了起来，颇感惊喜，忙道："圣上隆恩！圣上隆恩哪！"

差遣下来，陈云峰准备外任，便在书架前收拾起书书本本。绫儿站立一旁，有些伤感："二爷，您升迁外任了，往后崇贤小爷在家里又少了一个亲长教养。"陈云峰停下手里的活儿："崇贤要留在京里，他马上要童子试了。不然，我就带他一起去了。"绫儿怅然若失点着头。

陈云峰道："你要照顾好崇贤的饮食起居。虽然他好学，你也要督着他的功课。无事时多让他去看看他娘，别顾着自己玩。"绫儿又怅然若失地点点头。

杭哥忽跑了进来："二爷，大喜！大喜！"陈云峰淡然地笑了笑。杭哥喘着粗气道："恭喜二爷，贺喜二爷！"陈云峰道："你小子也学会这个了。升官者，任事而已，不贺。"

杭哥结结巴巴的："十九爷，十九爷要回来了！"陈云峰、绫儿闻言皆惊："啊？"陈云峰道："快，告诉崇贤他娘。"

喜鹊至，来的不是一只，而是一群。它们盘旋在绯红的天色下，似要归巢。沈宅檐下的灯笼亮起来了。阿契正收拾着饭桌上的盘碗，绫儿就突然到访。

绫儿喜上眉梢："夫人，福建驿马进京传来消息，说一艘从思莲国回舶的蕃船上有一名大宋使官，叫陈云卿。按照他们的行程，最迟两个月后能到泉州，最快恐怕一个多月就到了。"

阿契闻言，神情恍惚："不会吧？思莲国是西航线，怎么可能是福建收到的消息？真的到泉州吗？我以为是在广州登岸。"沈志武走来："好事，好事啊！老五，你熬到头了！"绫儿道："夫人，您得去接十九爷呀，带上崇贤小爷一起到福建接十九爷。"阿契仍是双眼恍惚地看着绫儿。

绫儿说："接到十九爷，一家团圆一起回陈家，五老爷也有个台阶下。您也不能总是这么不明不白地待在外面，您是明媒正娶的夫人！再者，当初因为何事？不正是您坚持认为，十九爷会回来吗？现在，您是对的。假如当初您要了贞节牌坊，如今十九爷一回来，那……"

沈志武道："绫儿说得对！走，马上就走！"

墙外更声起，陈云峰来到十九房，看着绫儿和杭哥："阿契带着崇贤一起去泉州接船？"绫儿点头："嗯。"杭哥道："我护送夫人和崇贤小爷去。"陈云峰想来想去："崇贤马上要童子试了……也罢，父子人伦，理应如此。杭哥，这一来一回也要耽误好长时间的。如果没有别的事，你提醒崇贤爹娘，早点让崇贤回京赴考。"杭哥道："二爷放心，这是大事。"

沈宅小厅中，沈林氏拦着阿契："你大哥现在牢里，你竟然要走了？你走吧，你去接你的船，过你的好日子，不必管你大哥的死活。"说着哭起来。

沈志武向沈林氏道："阿姨，你留着老五在这里也不济事。如今法度甚严，官府的事情谁都不许说情请托的。"沈林氏道："谁

第十三章 过尽千帆皆不是

要你们请托说情？只是你们没一个心里有大哥的。"沈志武说：
"阿姨，我们心里都不好受的。"沈林氏道："看不出来。一个个
吃喝玩笑，跟没事人似的。"

阿契拨着厅中灯火，半晌不言不语，又低着头道："阿婶，我
不去了，我不去接船了。"

天亮了，绫儿来到沈宅，却见阿契一如往常，双手不停地做
着杂碎事，满脸恹恹的神色，也没有要收拾出门的意思。阿契说她
不去了。绫儿难以理解："夫人，这……您盼了这么多年，等了这
么多年，竟不去了？"阿契有些失落："夫君能回来就好。等他回
京了，也许我就能见到他了。"绫儿劝不了她，只好说："您已经
决定了吗？那不去就不去吧。等十九爷回家，我一定把所有事情告
诉他！"

交引库衙署，薛尚和李义青站在走廊上等卢彦。薛尚义愤填
膺，说道："真是岂有此理，别人落井下石也就算了，连邢风也弹
劾不断，竟建议圣上贬卢大人去岭南？"李义青气愤了："邢风？
真是过分。可别忘了当初还是邢风和王大人要卢大人来交引库的。
他怎么不弹劾自己举荐错了人？"

卢彦来了："怎么了？"

薛尚道："卢大人，我们在说那个邢风。难怪朝堂上的人都说
他是个小恶人，一脸刚正不阿的样子，其实什么手段他都使，一点
儿也摸不着他肚子里有几道弯。"卢彦把手一摆，止住薛尚："只
要能为朝廷效命，为老百姓做事，去哪里都一样。"

薛尚、李义青二人方低头称"是"。

果然，邢风的弹劾奏效了。汴河的船，岭南的山，成了王建成
给卢彦指下的路。

清晨，王建成起了个大早，带着邢风到渡口送卢彦。卢彦道："王大人，邢大人，卢彦就此拜别。"王建成道："卢彦，一路走好！"邢风哈哈大笑："韶州他熟得很。"卢彦与邢风相视一笑，也说道："韶州山水，卢彦心心念念许多年。如今白发已生，多谢邢大人成全。"

王建成嗔道："卢彦，在老王跟前，你说什么白发不白发的？没大没小啊，哈哈。"卢彦笑着摇了摇头。王建成又道："你此去，是替天子守库，为百姓开宝，任重道远。有什么事，要跟三司说。"卢彦道："当然，当然。"

此时，陈云峰也携家仆来到汴河渡口，欲登船。

他一转身，向王建成等人行礼："哟！王大人、邢大人、卢大人。"王建成、邢风、卢彦也还礼："陈大人哪。"

王建成道："这么巧。"陈云峰说："吏部命我今日启程。"王建成说："贺喜陈大人升迁。"陈云峰道："惭愧惭愧。"邢风向他隐隐一笑："广南东路转运副使，以后还有很多合作的机会。"王建成又指着卢彦向陈云峰道："他是韶州铜监主事，以后还请陈大人多关照他。"陈云峰道："惭愧惭愧，云峰是晚生，诸事还请卢大人指点才是。"

舟行一昼，已而星空倒影河中，水流平缓。两条客舟紧紧挨着，漂在岸边。舟中的灯火照着彼此。

卢彦盘腿坐在甲板上发呆。陈云峰从另一艘船里提着灯笼走出来，也坐到甲板上："永夜难消啊，卢大人，你我喝一杯如何？"卢彦说："恭敬不如从命。"

陈云峰取酒，递过卢彦的船上去。卢彦起身，替陈云峰斟酒。陈云峰道："你我一升一贬，都去岭南，兴许，还要一起做同样

第十三章 迟尽千帆皆不是

的事，等无差别。"①卢彦哈哈笑道："缘分，缘分。"陈云峰又说："庄子所谓'齐物论'，可见功名利禄，皆是镜花水月，梦幻泡影。"卢彦纠正道："哎，陈大人前程似锦，不似我老朽罪臣，不可说这样虚空的话。"

两人推杯换盏，脸上渐渐显露出酒意来。陈云峰瞅着卢彦腰间的犀带，便道："卢大人这条犀带好生眼熟，一直戴在身上的？"卢彦道："一直戴着的。"陈云峰笑了起来："我好像在我家见过这犀带，呵呵。"卢彦一听，神色转而清醒起来，看着陈云峰，只沉默不语。陈云峰又戏言："在我家哪儿呢？哦，在十九房见过，可见卢大人没有一直把它戴在身上。"

卢彦恼了，冷笑两声，将杯中酒倒入河中，把酒杯掷落船板上，转身进船舱里去了。陈云峰怔了一下，也把酒杯丢开，举起酒壶来直接喝，喝完，连酒壶也扔了。

他对着河面的星空发呆，忽打了自己一巴掌："陈云峰，你该醒醒了，十九也快回来了。"他又抬头望着天上的星空："好在我外任广南东，不必待在京城，不必见到十九，也不必见到沈阿契了。"

开封府大牢内，沈志强的牢门打开了。狱卒道："沈志强，

---

① 据李昌宪《五代两宋时期政治制度研究》，第53-54页，北宋前期，"官与职不相准，差遣与官职又不相准，其阶、勋、爵、食邑、实封、章服、品秩、俸给、班位各为轻重后先，皆不相准"。当时，"或有自四品入三品为黜官，丞郎入卿监是也；从四品入五品为进秩，少卿入郎中是也；四品在三品之上，诸行侍郎于卿监是也；七品八品在杂五品之上，殿中侍御史、补阙、拾遗、监察于三丞五博是也"。《续资治通鉴长编》卷二九八、《宋会要辑稿·仪制》七之一六有相关记载。

你的案子结了。"沈志强走出牢门:"刘讷抓住了?"狱卒道:"没抓住,不过涉案人等罪名都定了。你,以后回不了交引库做工了。"沈志强摇着头:"本来也不想回的。"

狱卒又补了一句:"还有,杖八十。"沈志强大惊:"啊!"狱卒推了他一把:"算好的了。走吧走吧。"

沈志强被推走了,高墙里头传来了他挨板子的叫喊声。

他终于回家了,带着一屁股的棒伤,趴在床上。沈林氏帮他褪下衣服,替他擦药。沈志武、沈阿契站在床边看着。阿契神色疲惫。

沈林氏看着沈志强挨了板子的皮肉,心疼不已:"儿啊,你受苦了。"沈志强说:"阿姨,等我伤好了,咱们回广南东去。这东京,我是不想再待了。"沈志武问:"大哥,你回广南东做什么营生?不如就在我交引铺?"沈志强说:"老二,别再跟我提交引了。我也不想跟钱打交道,也不想跟人打交道。我只想种树,回广南东继续种树。"

志武问:"种谷桑啊?"沈志强说:"不!谷桑即是楮,楮还是钱!我不要种谷桑。"志武又问:"那你种啥?"沈志强道:"我去种香,免得有一天你的香药交引跟交子一样,兑换不出来。"沈志武接过沈林氏手里的膏药,替沈志强擦药:"呵呵,怎么兑换香药那是榷货务、香药库的事儿,咱们铺里只管买卖交引。"

沈志强扭过头来:"我去种香,免得阿巴的船还要出海去买,风大浪险。"志武说:"出海去买香,也出海去卖盘碗杯碟,卖丝绸,卖茶叶,这才叫作有来有往啊。"沈志强把小臂支在床上,昂起头来:"广南东海边的气候跟儋州差不远,儋州山里大植沉

香①，广南也可以。"沈志武戏谑地说道："大哥，要去种香我拦不住您，但是别种太多，多了我怕香药交引就不值钱了。"

沈志强厚道地摇摇头："多了就往诸蕃卖，不会让你的交引不值钱的。"志武笑着："嘿嘿，诸蕃本来就有香，谁还买？"沈志强声音高了起来："蕃国你知道有几个？外蕃的香药又不是只卖给宋国，当然还有买入的蕃国在，你知道个屁。"

志武又笑："嘿嘿，大哥，种香可挣不了快钱啊。②几十年的光阴啊，才熬出来能沉水的香。那时您头发都白了。"沈志强道："我不管，有一天海边的山地会被我种树种得香喷喷的，变成一座香山。"沈林氏说："儿啊，你干什么我都支持你。你去哪儿我就去哪儿。"

一番戏语，成了预言。

许多年后，广南东路一个叫寮步③的小镇，出现了反对者们所指责的，废尽桑稻的香木林。彼时，那成片的林子葳葳蕤蕤，占尽风流，成了香山。

后事休提，只说当下，一家子日子过得最了无生趣的，当属沈阿契了。她又在厨房打扫着煤灰，两眼无神。

沈林氏走了进来："老五，你大哥想回广南东种香，你大嫂不愿意，你去劝劝。"阿契道："好。"沈林氏念叨着："早知道就该让你大哥娶个同乡的。嗨，京西人，不愿意去岭南，说那里是获

---

① 苏轼《沉香山子赋》有"儋崖之异产，实超然而不群……顾占城之枯朽，宜爨釜而燎蚊"。

② 沉香的形成通常需要数十年的时间，树脂含量高者需要数百年时间，人工培育10～20年只能生产出树脂含量极低的沉香。

③ 寮步香市始于宋朝，繁荣于明代，萧索于清末。

罪被贬的人才去的，说水土不服一病就死了。真的是，不知道在哪里听来的。"阿契道："阿婶，东京没什么同乡的，若是广州倒还多。"沈林氏道："你劝劝她。嫁鸡随鸡，嫁狗随狗。"阿契闷闷地点了点头。

日将午时，志武从外回来，见阿契手里扶着扫把，背倚着照壁，弯腰垂首，情绪低落。志武道："怎么这么勤快？发个呆还抓着扫把不放。"

阿契抬起头："二哥，阿婶叫我劝大嫂一起回广南东，我劝不了。"志武道："别管这些事情了，让他们自己决定。大哥的案子也结了，听我的，赶紧带上崇贤去泉州接船。"

沈阿契恹恹的："去泉州接什么船？"志武摇了摇她："老五，你是不是闷傻了？你去啊，家里没什么事儿要你干的了。"沈阿契忽然眼泪唰唰地掉下来，扑到沈志武怀里："二哥！"沈志武拍着她："去吧去吧，别哭了。"

运河上，日光普照，百舸争流，夹岸繁花。

沈阿契站在船头，迎风望着前方，脸上露出笑意。崇贤和杭哥从船舱里出来，走到她身后，也望着前方，指点谈笑。

客舟顺水而下，由河及海，不日来到泉州。

云底日出，天色光亮，泉州港的船如同千军列阵。桅杆们在干净的天空中划着一个个"田"字，千帆渐降，纷纷扰扰。海浪拍击着高高垒起的石岸，涛声迭起。人来人往，港口上下货物的劳动号子此起彼伏。

沈阿契领着崇贤，穿梭在人群里。两人皆是满脸汗涔涔，眼中已迷失方向。驿使跑了过来："陈夫人！陈大人的船在天字码头已经靠岸了，不在这里。"阿契点着头："哦哦，好，天字码头在哪

里？"驿使手一指："在那边。"阿契忙带着崇贤与他同去。

驿使让阿契母子在天字码头的礼宾亭中等候，便到来远院通报去了。阿契坐下，看了看身旁站着的崇贤。崇贤微微笑了一下，神色也有些紧张。

不多会儿，驿使小跑回来："陈夫人，陈大人来了。"阿契"噎"地站起身来，一脸茫然地看着来者。一个面貌黝黑的陈云卿在亭子前止步，也看着她。

她僵僵地笑着："海上的日头果然是毒，你，你现在黑成这样。"他憨憨地笑着："都十来年了，肯定长得不一样。你也，好像长得不太一样。"阿契双手把脸一捂："一定是老了。"

陈云卿道："哦哦，我不是这个意思。就是，十年前见了两面，老实说，我真不记得你长啥样儿了。"阿契连连点头，两柱眼泪往下淌："十年前见了两面，我其实也不记得你的样子了。"云卿忙向前来，似乎要劝慰，却又有着陌生人的无从下手。他的双臂挥到半空中，就悬住了。

阿契忙把眼泪止住，看了看身旁的崇贤："崇贤，这就是你大，你父亲。"崇贤目光躲闪："我父亲？"云卿一脸惊讶："这，这孩子是谁？"阿契道："这是我们的孩子，五爷爷给他取的名字，叫崇贤。"

陈云卿大惊："可是，你还没过门啊，我们如何有孩子？五爷爷是谁？"阿契吓得后退了几步："你，你可是陈云卿？"云卿点着头："对，我叫陈云卿。你是沈五娘吗？"阿契摇着头："我在家排行第五，家里人都喊我老五，但是我叫沈阿契。你是哪里人？你认识王建成吗？"云卿道："似乎听过，不认识。我是福建人。"

阿契垂下眼帘："原来，只是同名同姓。"云卿也神色黯然："原来你不是五娘。我也觉得，十余年了，未婚生变，五娘应该已解除婚约另嫁他人了。我也不怨她，也不敢让她这么等。只是走之前既然有约定，现在我回来了，就想报个平安，就想知道她的确切情况，如此足矣。"

阿契木然："是，报个平安就好。"云卿叹了口气："我在一个叫思莲的地方，那个地方很远。我写了好几封书信回宋国，托市舶司的人帮我找五娘，可是没有什么消息。后来找到了你，我以为你就是五娘。"

阿契僵坐回石凳子上，脸色煞白。

回到客栈房间里，沈阿契眼睛红肿，一言不发。崇贤侍立一旁，默不作声。杭哥道："夫人，事已至此，您多保重身体要紧。"阿契没有回答。杭哥又道："不如我们及早回京？二爷交代了，崇贤小爷还要备考童子试。"

阿契说："你们先回吧，我不想回去了。"杭哥道："夫人，您不回去，孤身在外如何是好？"阿契说："回去的话，我回哪里？"杭哥问："夫人，您不回二舅爷家了吗？"阿契抬头看了杭哥一眼："你都说了，那是二舅爷家。"

杭哥道："这……夫人，若不把您平安护送回京，回头二爷问起来，小人担待不起。"阿契道："二爷若问起，你就说我在海边等船，是他们让我在海边等船的。"

崇贤劝道："娘，不要这样，还是跟我们回去吧。"阿契抹了抹眼泪，转而说道："跟你们说笑的，我只是想去漳州看看我四哥。前番收到他书信，如今他搬到漳州做营生了。你们看，都到这儿了，也不远。反正住在二舅爷家也是客，住在四舅爷家也是客，

你说是不是，杭哥？"

杭哥道："这……好，遵从夫人的意思吧。"阿契推着崇贤出了房门："快回去温习功课吧。"杭哥、崇贤出了门，阿契环顾房间，忽然将桌子一捶，又掉下眼泪来："海边等船，效仿上古后妃之德，海边等船！"她猛地将桌子上的杯盏扫落在地。

离人逢过客，"天字码头"的碑刻后面是来往的船只和远处的海。

沈阿契屈起双腿，坐在沙滩上望着大海。海浪拍打湿了她的鞋子和裙子。陈云卿从后面走来："涨潮了夫人，别在这里坐着了。"阿契说："离涨潮还早呢，不碍事。"陈云卿道："那您等会儿，我给您看样东西。"说着转身离去。

阿契起身看了一眼陈云卿跑远的背影。

陈云卿从来远院的窗台上拿走了一只陶罐。罐里装满泥土，泥土中露出两小个裹着褐色外膜的花球，花球褐色的外膜里露出白玉似的肌肤。

陈云卿跑了回来，把陶罐递给阿契。阿契问："这是什么？"云卿道："这是思莲的奈衹花[①]。我把她带过来。等到冬天最冷的时候，奈衹花的花球就在泥土里成熟了。那时再把花球挖出来，养在石臼里。只要一瓢水，她就会发芽、长叶、开花。花是白色的，很香。"

沈阿契把花球凑近鼻子闻了闻。

---

① 奈衹花：据穆宏燕《波斯札记》之《水仙花三重奏》记载，水仙花从波斯地区传入，在唐为偶现的稀罕物，到宋代开始普及流行，且名为水仙，吻合唐代段成式《酉阳杂俎》记载"奈衹出拂林国（唐代对叙利亚的称呼）"。

陈云卿说："夫人，等到她开花了，您就会知道，原来石臼也能生花，没有什么不可能。"阿契点点头。云卿道："这花，弱水三千只取一瓢饮。我原来想把她送给五娘的，但是五娘已经找不到了。昨天，因为云卿长得太黑把您吓着了，又害您从京城山水迢迢地白跑一趟，无故惹您伤心，这花是向您赔罪的。"阿契道："您有心了。"

云卿道："我们这些在海上放牧的男人，也许只有风浪，没有岸。请您不要怪罪您的夫君。"阿契摇了摇头。云卿又问："听府上的哥儿说，您在这里等船？"

阿契道："我在等船，也在等自己的命。在海上放牧是什么样子的？"云卿说："等自己的命？夫人，当船行到海中央的时候，即使知道有大风暴即将来临，也没法跟近海船只一样选择靠港避风。因为等船行到最近的港口时，至少要好几天，风暴早已发生过了。"

阿契问："那怎么办？"云卿说："只能迎着最有利于船只的风势去漂着，不要被风打沉，保全船只。只要保持船不沉，风暴总会过去的。"阿契脸上一笑："只要风暴过去，就会好起来。"

云卿点着头："对，但是在海上，风暴是寻常事，和大太阳一样寻常。一个风暴过去，还会有下一个风暴接着过来。"阿契闻言，有些惊心，仿佛已经身处看不到岸的大海中央。云卿又说："也正因为风暴总是一个接着一个，所以我们都会坦然面对。你不想要，它还是会来，怕也没有用，躲又没地方躲，因为那是在海中央。"

沈阿契看着陈云卿，身子仿佛定住了。

漳州志文书坊里，沈志文站在众工匠中间看样，摇着头道："拿不出手。"这是他第三次否定掉整个版式。第一次，做版的师傅同时做了两个版给沈志文看，巧妙地问他："哪个更好？"他回答说："都不好。"第二次，做版师傅把重新做好的版给他。他拉长了声调说："好丑啊。"师傅问："觉得哪个地方要改？"他轻声说："重做吧。"那做版的只好遵照他的意思，再来一遍。一旁的老伙计五叔同情地看了做版的一眼。然而，在沈志文看来，死磕总是有用的。这个屡屡受他"折磨"的做版师傅是他的宝藏。多折磨几次，这师傅就会做出来惊艳整个书行的版式。

眼下，众工匠都被沈志文的一句"拿不出手"压得身心沉重，眼巴巴地望着彼此，就听门口传来一把娇脆的声音："四哥。"志文抬头一看，正是阿契背着包袱走了进来。志文惊喜叫道："老五！"于是，关于版式的讨论临时中止了。志文领着阿契在书坊里四下走了走，四处看了看，又带着她回宅院里休息。

这宅院是沈志文新置的住所，里头房屋少，花木多，除了虫鸣鸟叫，出奇地安静。阿契问："怎么这么安静？其他人呢？"志文说："什么其他人？没有其他人了。"阿契问："四嫂呢？"志文手一摊："一别两宽，各生欢喜。"阿契颇感意外："啊？这……"

志文走上回廊，推开一扇门，对阿契说："这是你的房间。"阿契进房一看，笑了："这里很像……"志文说："很像小时候家里的房间对不对？"阿契点着头，笑得合不拢嘴。志文微笑着："开心吧？其实我没有刻意去布置。买这宅子的时候，我一看就觉得很像咱们那里的，也许两个地方本来就很像吧。"

就这样，人安顿下来了。但是，花没有。

阿契看着窗台上的陶罐。这个跟着她从泉州颠簸到漳州的陶罐，里头藏着两茎未曾发育饱满的花球。阿契便在宅院园子里寻了一处无花的角落，把奈柢花球从陶罐里挖出来，种在地里。

她站起身，一回头看到沈志文没声没响地站在身后摇扇子，吃了一吓。她把俩泥巴手拍了拍："四哥，再过几个月，你是不是也应该进京赶考了？"

志文摇了摇头："我转行了，不再以科举为业，也不再吃别人的白食了。"阿契不解地看着他。他说："继续考下去，人生的欠账只会越欠越多。"他把折扇一收，指了指井轱辘："水在那里，你洗洗手吧，脏的。"

阿契洗着手，志文又说："这是我自己的家，我现在在卖书。读书的'读'字，去掉一个'言'字，就成了'卖'字。对于过去的读书生涯，我无话可说，所以就卖书去了。你要是跟个怨妇一样，我这里倒有几屋子的书，你看着看着，就不会想你的夫君了。"

阿契抹干了手："都是些什么书啊？"志文笑道："什么书都有，写神的，写鬼的，写人的，有稗官野史，有白乐天的诗，也有金经，主要是出海卖给高丽和倭国。哦，还有曲谱和舞谱。"

阿契脸色又沉了下去："出海？海上往来多少人，独我夫君还没回来。"志文也道："海上往来多少人，独我们父亲翻掉了二船香药。"

他说着，握着阿契的肩膀："都过去了，沉舟侧畔千帆过。你夫君要是回来，应该不是从福建登岸。他走了这么久，若是平安，肯定是走西航线，只会从广州或者广南西路入宋。从福建登岸的，都是东航线的船。东航线一般不会去这么久，除非他自己不

想回来。那个同名同姓的陈云卿之所以在泉州登岸，因为他是福建人。"

阿契连连点头："四哥，那么我应该去广州？"志文笑了笑："半点儿消息都没有，你去广州干吗？先在我这儿住着吧，我这儿比较单纯。你不用说我也猜得到，咱们那个二嫂，她未必没有刻薄过你。"阿契忙道："不，二嫂挺好的，只是……唉。"志文说："寄人篱下的滋味我懂的。"阿契低下了头。

有一阵子，沈阿契在藏书楼看书，从一间房看到另一间房。她把窗户打开，望了望窗外。窗口一支黄皮树枝伸了进来，摇曳着果实。她把小臂支在窗舷上，借着天光看书。天色渐渐变暗。

藏书楼的楼梯上有橘红色的灯笼光映照上来，来的正是志文。志文道："你不吃饭吗？我刚从书坊回来，正赶着印一批白乐天。买家的船在泉州等着。"阿契把手上的《柳毅》合上，与志文走下藏书楼。

天忽然淅淅沥沥下起雨来。阿契转身上楼去："糟了，我没关窗。"志文在楼下等她，她关好窗又下楼来。志文撑起一把伞，把手里的灯笼给她提着。

院子里的青石砖已经湿透了，干干净净地倒映着一切，尤其是阿契手里晃动着的灯笼。她伸手把灯笼身扶稳了，蹲下身去，端详着倒影。那倒影像极了一轮明月。

撑着雨伞的沈志文不得不停下来："你不吃饭吗？"阿契站起身来："四哥，你要送给我一套《太平广记》。"志文说："随便挑。只不过，这些都算不上什么圣贤书。你在看哪一本？"

阿契低着头："《柳毅》，我看到龙女被婆家的人放逐，便有娘家人替她做主。"志文道："别想这些了。你不是龙女，咱们父亲也不是龙王。"阿契道："四哥，陈家还能回去吗？接不到夫君，倒像是我理短。"志文说："要不是崇贤在他们那里，谁还稀罕？你就先在漳州住着吧。有我一口吃的，就有你一口。其他的别想了，我现在就什么都不想。我只管挣钱、干活，干完活我就玩耍。"

他拉起阿契，直往小厅里去了。

小厅里，仆妇见吃饭的人来了，才把饭菜端去加热。

一阵隐隐约约的敲门声从雨中传来。素琴跑过细雨中的院子，把大门打开。徐进、田明从门外跑进来，用折扇遮在头顶当雨伞用："志文兄，怎么这么久才开门？哎呀！"

沈志文刚下筷开吃，见了来客，忙起身笑迎："徐进兄，田明兄，你们怎么回漳州来了？刚才雨声大没听到，见谅见谅。你们吃了吗？"徐进一边抖着衣服上的雨水，一边摆了摆手："我现在常回漳州的。你们吃吧，我们都吃过了。"

饭桌旁的沈阿契站起身来，有点不知所措。田明看了看她："这位是？"志文道："我五妹妹，她也是从泉州过来的。"徐进、田明向阿契见礼："五娘子有礼。"

徐进挥了挥手示意阿契坐下："你们还没吃饭，接着吃。我们看着你们吃便是。不要拘谨，我们三个都是同窗。"志文向阿契笑了笑："他们俩都考中了，先后赐了出身。徐进兄现在是泉州主事，私宅没大没小，出了外面要称'徐大人'。"

徐进打开折扇鼓了鼓风，向志文道："哎呀，什么中不中的，不都是一天吃三顿饭，夜里睡一张床？我现在虽有几个幕职官，也不是我想要的做事的人。什么时候幕职官能由我们自己说了算的，我第一个找你，管它中不中的。"

田明忙打开扇子替徐进扇着风，道："志文兄，听说你不卖书了，趁着泉州缺米价高，要去卖米？你个奸商啊。"沈志文说："没有的事，君子不为也。"说着，扒了两口饭："前阵子我回潮州了，想看看能不能贩运些米去泉州。我是动过这个心思，但卖书是我的主业，不会不卖。"

徐进瞪大了眼睛："如今泉州缺米价高，你也要趁火打劫吗？"田明说："就是啊，你个一人吃饱全家不饿的光棍，赚这么多不义之财干什么？"志文道："我这不是没有嘛。"徐进挠了挠头，志文又说："但是，我没有这么干，不是因为不挣不义之财，而是因为没得挣。"

徐进恼火地看着他。他笑道："泉州的问题不是价高，而是缺米。泉州人多从商。务农的，或种竹子造竹纸，或种甘蔗，制糖霜往外蕃卖，就是缺少种粮的。泉州的粮多从两浙、广南东路来。如今这两个地方的粮都卖往外蕃[①]，不来泉州，泉州不就缺粮了？缺粮不就价高了？"徐进皱着眉头："要你说废话？"

沈志文道："为什么他们把粮卖给外蕃不卖给咱们？因为外蕃价高，咱们价低啊。比如像我这样的奸商，现在去潮州运米过来，没得挣，我就不运了。我还卖书啊。"徐进说："那你是觉得咱们价低还不对了？泉州米价越来越高，我作为一方守牧，难道还任由它高？小民买不起，如之奈何？"

志文摇摇头："管是对的，但是你官儿太小。"徐进从座椅上

---

① 据黄纯艳《宋代海外贸易》，第252页，两广"稻岁再熟，富者寡求，贫者富足"，每年供给福建外，也有一定出口，"常岁商贾转贩，舶交海中"。

站了起来："你……"志文笑着把他按回椅子上，解释道："你官儿太小，只能管泉州米价，你管不住两浙的，管不着广南东的、外蕃的。外蕃的问题嘛，如果你当上个市舶使，也许可以奏明朝廷，把稻米列为出蕃禁卖品。但是我估计市舶使不会这么干，因为他的考课跟榷易税收是挂钩的。再者，如果你当上京朝官，也许可以奏明朝廷，不仅福建路，各路的粮价都要统一管控。不仅管控粮价，更要管控粮源、粮路。不种粮的地方也是王土，都要一视同仁。大宋米粮，总体上是不会缺的，只是有的地方少了，有的地方多了他还往外蕃卖。粮路要畅通，就得统筹起来。"

徐进这才淡定下来，说："稻米列为出蕃禁卖，朝廷应该会施行，就是不知道效果如何？你只说眼下怎么办吧。"

沈志文道："眼下泉州粮源少，自己压低粮价只会越压越缺粮。你又管不着别人，只能先不管，仍由着它该是什么价就是什么价，先让我们这些奸商把粮运进来再说。现在不是荒年，粮一旦多了起来，粮价也涨不上天去。"

徐进问："过了眼下，又当如何？"志文说："过了眼下，先从福建路本地下手。以漳州济泉州，漳泉各取所需，未为不可。哪怕是疍家人，在大竹筏上种稻者有之，你说是不是？九龙江畔有的是沃土。官府鼓励开垦，要给耕地，给人，给钱，保障自己有粮源。哪怕少一点，总比没有好。"徐进点点头："这就是我常来漳州的原因啊。"

志文又说："另外，海商不是把粮卖给外蕃了吗？咱们也去外蕃买粮，比如颇有名气的占城。纵然一时风雨不调，也还有别处粮仓。"

沈阿契坐在角落里，低头看碗："那要是外蕃官员和你们想的

一样，也想把稻米列为禁舶品，又怎么办？"

徐进看了志文一眼，又笑着望向阿契："要是外蕃也把稻米列为禁舶品，你说怎么办？"

阿契仍是低头看碗："我大哥在广南东一个叫寮步的地方种诸蕃之香。香从诸蕃来，却种在宋土。还有一个蕃使送给我一株思莲的奈柢花，现就种在花园里。花是思莲的，也不知在漳州种着，它开不开？"

徐进问："你的意思是？"阿契抬起头来："蕃客们都知道占城的禾稻长得最好。我们与其向占城买米，不如买走禾苗。如果占城禾苗能服大宋水土，则是幸事。"

徐进看了看沈阿契，朝沈志文微微一笑。

门口屋檐下，连成线的雨点渐渐变成珠串，再变成一滴一滴稀疏的水滴。仆妇把油纸伞一收："雨停了。"素琴站在门外，低头看着手里的信封，翻过来，又翻过去："有一封信，是姐姐的。谁会给姐姐写信呢？"

素琴把信送来，从窗口递给沈阿契。阿契拿到信，一脸的兴高采烈："崇贤从书院给我回信了。"素琴站在窗边："姐姐，崇贤是谁？"阿契说："我儿子。"素琴趴在窗弦上："他说什么？"阿契道："他说试试看我能不能收到他的信。"素琴问："他多大？"阿契说："比你小四岁。"素琴听了，抬头望着天，不知在想什么。

书院下课了，学童们三三两两离了座。崇贤坐在座位上望着窗外发呆，半晌才起身来。他在书院里跑着。树、人和屋子从他的眼角边飞快地掠过。

书院里有一个小小的驿马亭。亭子下的竹篓排排站着，上标

"江南西""京西南""淮南东"等路名称。崇贤的手弹触过一个个小竹篓，在"广南东"前停下来，投进去一封信；又滑过另一排小竹篓，在"福建"前停下，投进去另一封信。

他坐在台阶上，抬头望着树杈子："娘，考期将至，住进书院之后就不得回家了。即便您在二舅舅家，我也不得去看望您了。希望您在四舅舅家住得开心。您问我有没有想念您，其实我更想念二爹。这是我第一次离开他。夫子说，二爹此次去广南东，领走的是要脱三层皮的差遣，比不得在京里做个礼官，单管着书生们考试的事情。也不知道他现在三层皮脱了多少层了？"

广南东路转运司行署议事厅中，众公吏高谈阔论，有说有笑。

陈云峰冷着脸坐在上首："韶州大兴铜钱监①，是必行之策！"众公吏继续说笑，置若罔闻。公吏金锄低下头，悄悄向公吏石钰说："一不给钱，二不给人，大兴个屁啊？"石钰道："这位原来是个礼官，一介小小腐儒，知道什么坑矿的事？"金锄道："礼官？礼官是干啥的？教大家讲礼貌的？呵呵。"

陈云峰冷着脸，一拍桌子，众公吏肃静。陈云峰说："大家有什么困难，摆上台面讲。"众公吏面面相觑，鸦雀无声。陈云峰道："从左边开始，一个一个说。"

金锄道："自从您大兴钱监之后，咱们韶州铜监的铜产量更少了。"陈云峰问："还有没有？"金锄不吭声。陈云峰说："没有的话下一个。"石钰道："希望三司能尽快把铜本钱拨付下来，不

---

① 监：据李昌宪《五代两宋时期政治制度研究》，第138页，宋代在铸钱、矿冶之地置监，负责生产、管理事务。有同下州之监、隶州之监与隶县之监。

然巧妇难为无米之炊。"

一通议论下来，陈云峰一脸冰霜走出议事厅。

卢彦迎上去："陈副使，韶州铜监必兴。陈副使不可打退堂鼓，一定要支持……""我有不支持你吗？你要是觉得我不支持你，可以直接跟王建成说。"陈云峰打断了卢彦的话。

卢彦道："陈副使，我不是这个意思。卢彦一介罪臣，贬谪岭南，断然不会越过您跟三司说话的。"陈云峰拍了拍他肩膀："不好意思，我刚才太急了。"卢彦道："是卢彦没把事儿办好。"

陈云峰摇了摇头："现在也就是这个样子，天天红着脸唱反调，我也无所谓颜面不颜面的了，只希望把事情做出来就可以了。"

当下，卢彦与陈云峰到岑水场山间来。

二人边走边叙，陈云峰恼道："这些坑户，泼皮无赖的，要先给他们立规矩！"卢彦道："先时禁过饮酒，照喝不误的。处罚过严，人数又多，恐怕人心惶惶。本来他们现在任务也重。"陈云峰道："任务重了，铜产量反而变少了？就是有些人作妖，必得杀鸡儆猴一二！"

此时，不近不远的地方站着一个人，喊着："卢大哥？是卢大哥吗？"那人跑了过来，却是罐子。罐子跑到跟前，跪在地上，抱住卢彦的双腿："卢大哥，我是罐子，您记得我吗？"

卢彦叫："罐子，是你。"罐子看着卢彦腰间的犀带，笑道："卢大哥，犀带终于还给您了，太好了。当年，京里来了几位大人到韶州勘察铜矿。其中有一位陈云卿陈大人，他很好，我便托了他把犀带捎去京城给您的。我以为这辈子再也见不到您了，没想到，您还会来韶州！"卢彦说："原来如此。"

陈云峰转头看着罐子："那坑户，你认识陈云卿？"罐子点着头。陈云峰道："我是陈云卿的哥哥。"罐子笑着："真的？太好了。这位大官人，替我向陈云卿陈大人问好！"

陈云峰慨然，点了点头："好，谢谢你。"

罐子又领着陈云峰、卢彦到家中来。陈、卢二人在竹篱笆旁的木桌前坐下。罐子给二人倒水。陈云峰向罐子道："你坐下，坐下。"罐子坐下，陈云峰问："你说，最近大家为什么不高兴？好比修山路，肯定是级级向上，这样才会越来越好。"

罐子挠挠头："什么是级级向上？"陈云峰望向卢彦："先时我在礼部，春季举子们应试的时候，先让书铺验一证，后来变成验三证，果然冒名顶替的就无处逃窜了。"又看向罐子："验一证变成验三证，就是级级向上。"

罐子点点头："明白。原来管我们坑户，只禁三事，现在变成禁十五事，这就是级级向上。"陈云峰道："对。"

罐子说："可是，修山路这种事情吧，如果坡势朝下，那就得向下了。其实，级级向下和级级向上没有什么不同，都是为了形成一条路，都是为了到咱们想去的地方去。"陈云峰点了点头。

罐子又道："好比铁锨和棍子，好使都能使。再说这坑户跟举子怎么能一样呢？就说喝酒这件事，昨天还有坑户因为这个事情和监工打群架……"

陈云峰大怒："什么！"罐子不敢再说。卢彦止住陈云峰，向罐子道："没关系，你接着说。"罐子一愣："说完了。"陈云峰看着他，罐子停了半晌，又说："就是打群架呗。"

陈云峰问："那聚赌呢？"罐子连连摇头："没有没有，赌钱没有。"陈云峰问："真的没有？"卢彦止住陈云峰："陈副使，

罐子已经说得很明白了，是咱们的力气使错地方了。"

一时要走了，卢彦又在竹篱笆外站住，对陈云峰说："现在上下公吏对'大兴钱监'这个说法有点抗拒。不如，咱们先不提这一说法，先悄悄把架子搭起来。让一个新架子先动起来，如果能管用，铜产量增加了，自然不用我们说，事情就是明摆着的了。至于禁三事还是禁十五事，先不看，不听。"

陈云峰重复着："不听，不看。"卢彦道："对，那是第二步、第三步甚至第四步的事了。现在第一步都走不出去，后面的管什么用呢？"陈云峰暗自思忖："第一步？那就只好厚着脸皮，硬着头皮，继续向三司要铜本钱和坑户的编户数了。"

卢彦牵过马来："天色不早，咱们走吧。"

二人遂上马离去。

夜里，陈云峰躺在床上辗转反侧。他想起日间罐子说，卢彦的犀带是他托陈云卿带走的。他想起陈弘祚对沈阿契的质问。他想起沈阿契对他说："我知道卢彦的腰带为什么会在夫君书房了。"他想起沈阿契捧着《韶州铜监三策》，向他走来："峰哥您看，夫君写了《韶州铜监三策》，必是在那里有些故事。"

陈云峰猛然从床上坐起来："韶州铜监三策！"他捂住脑袋："我当时看了没有？我怎么想不起来里面写了什么？"

他下了床，挑亮灯火，开始在书架上翻找东西："来人，来人！"杭哥秉烛而至："二爷，我来了。您在找什么？"陈云峰道："找崇贤给我的信。"杭哥忙从书架上取出几封信："在这儿，在这儿。"

陈云峰展开信纸，往上面一指："对，这里！你照着这个地址，找到十九少夫人，让她默出来《韶州铜监三策》。"杭哥问：

"这是？"陈云峰道："这是沈家四舅爷的住处。你抄一下，免得忘了。我这里写张纸条，你带给十九少夫人。"

陈云峰迅速铺纸，执笔，又抬头向杭哥道："你要快马加鞭，到了之后，等她默完，原样取回。"杭哥应声而去。

山道上，杭哥骑着一匹快马疾驰而过。

沈阿契在志文家中，不想杭哥来了。杭哥行礼作揖，说了来意，阿契心中甚怪："什么？默出来《韶州铜监三策》？"杭哥道："正是，二爷说了，那是从前十九爷写的文章，您读过的。二爷要您马上默出来。"阿契有些为难："这……我不一定记得啊，让我想想。"

沈志文向杭哥道："你们二爷真有趣。回去告诉你们二爷，十九少夫人在海边等船，不记得什么三策四策。"

杭哥道："舅爷，别为难小的了，小的连夜赶路好不容易到了这里。"沈志文正要反驳，阿契忙止住他："四哥。"

沈阿契又对杭哥说："你先去休息一下，让我想想。"杭哥站着不动。阿契问："你这是？"杭哥道："二爷说了，让我在这里等，十九少夫人一默出来，就快马加鞭送回去。"阿契看了沈志文一眼，摇了摇头。沈志文一言不发，摊了摊手，走了。

阿契转身取笔墨："好，现在就默。"

屋外花园里，层层花叶相望。奈柢花的花球已冒出尖尖的绿芽来。

沈阿契在桌前搁下笔，自己动着嘴皮子，把信无声地读了一通，折好，装进信封。她抬头一看，杭哥在椅子上仰着头睡着了，还张着嘴打呼噜。阿契把要递给他的信封又收了回来。

不知过了多久，杭哥猛然醒来，望向坐在书案前的沈阿契：

"夫人，您默好了吗？"阿契道："还没有。"杭哥问："还要多久？"阿契说："大约还要一顿饭的工夫。你把饭吃了，就差不多了。"杭哥一转头，看到小几子上摆着饭菜，于是向阿契点了点头，吃了起来。

一顿吃完，杭哥抹抹嘴，望向沈阿契："夫人，现在好了吗？"阿契把信封递出来："好了，拿好。"

山道上，一匹快马疾驰而过。

杭哥终于将信送到陈云峰手中。陈云峰展开信纸，皱着眉头看信，又哈哈大笑，走出门去。

"卢大哥，卢大哥！"陈云峰推门进了卢彦房里。卢彦从椅子上站起身来："陈副使。"陈云峰抓起他的手，把信塞到他手上："好好看看。您算好数，把铜本钱的细数和对应的坑户编户数算出来。咱们斟酌斟酌，报给三司！"

卢彦忙把信展开来看。

很快，东京三司衙署就收到了广南东路转运司报来的韶州铜监事宜。

王建成看着来报，心想："这是陈云峰的主意，还是卢彦的主意？只是，同样的建议许多年前云卿就提过了，现在终于有人去做了！云卿啊云卿，如果你在，不知道还会有多少奇思妙想。"

王建成望向身边侍立的公人："先时，市舶报上来一位归舶的宋国使官，消息可确实？"公人道："虽然确实，然而不是东京陈家的十九爷。怪就怪在，竟是同名同姓的一个人。"王建成怅然若失，眼圈微微有点红。

第十四章

祥云乍现，地涌金风

转运司行署，卢彦兴高采烈地拿着三司的回复，走进陈云峰书房："陈副使，三司准了！"房内空无一人。

卢彦又到陈云峰卧室来，却见他躺在床上，脸色苍白，挣扎着起床，又扶着额头欲倒下。卢彦忙跑到床前扶住他，缓缓放平："陈副使，您这是怎么了？"

陈云峰睁不开眼睛："你来找我，什么事？"卢彦道："铜监三策，三司准了。"陈云峰痛苦的脸上笑了一下："好！先买扑①。"卢彦道："是的，已经准备下了。"陈云峰又起身，脚一

---

① 据方宝璋《宋代经济管理思想及其当代价值研究》，第186页，在买扑制中，宋代采取了与现代流行的投标竞价承包办法十分相似的实封投状法。据王菱菱论文《论宋代的矿冶户》，北宋初期矿冶业就有私人承买制。

沾地，身子晃了个趔趄，卢彦忙扶住。

陈云峰叫："杭哥，杭哥。"杭哥跑了进来："二爷！"陈云峰道："扶我去议事厅，我不能让那帮人觉得我出状况了。"杭哥道："二爷，郎中就来了。"陈云峰说："不见，不过是水土不服。"

议事厅内，主位和次位空空如也。众公吏议论纷纷。

金锄道："大家看着好了，还大兴钱监呢，用不了多久，他自己就得走人。"石钰说："这是京里来的大人，可不敢造次。"金锄冷笑摇头："正是京里来的大人，才说他待不了多久。岭南烟瘴之地，自古都是贬谪罪臣的。升迁到这里来？还是个斯斯文文的中原贵公子，你看他愿意待多久吧。"

石钰道："哎，前朝有个韩文公，贤名满天下，然而一来到咱们这些地方，不过是一封接一封地给皇帝写奏折，要回长安。临了临了，也不过是在这里待了八个月，唉，八个月。"他用手比了个"八"字，摇了摇头。

公吏铁锁压低声音道："听说已经病倒了。"公吏银铲又悄问他："谁？卢，还是陈？"铁锁答："陈。"金锄道："肯定是这个样子的，大惊小怪。先病一病，然后就上奏说病了，得回去，然后就走了。"

正说着，陈云峰昂首阔步地走进议事厅，卢彦跟在一旁。陈云峰道："谁走了？"众公吏相视，或暗笑，或尴尬。

陈云峰与卢彦就坐于主位和次位。陈云峰问："遍次历做好了吗？拿来看看。"金锄道："还，还要稍待几日。"陈云峰又问："隔眼簿？"石钰道："回陈副使，正在做，有些地方还需斟酌斟酌，再把妥善的呈您过目。"陈云峰又问："元样出来没有？

马上要颁发给坑户了。"铁锁道："陈副使，元样且不急，买扑都还没开始呢。"

陈云峰冷冷道："但你就是负责做元样的，买扑是卢大人在做，我现在只问你元样。"铁锁低着头："马上，尽快。"陈云峰又问银铲："物勒工名具体打算怎么做啊？"银铲答："呃，还在商议。"

陈云峰起身一拍桌子："岂有此理！遍次历、隔眼簿，不过是几张纸的事情，现交给学里的布衣书生，他一个时辰半个时辰就给你划出来了。比个孩子还难教！"他说着，脸色一变，忽以手扶额，向后晕倒。卢彦忙起身扶住。

众公吏叫着："陈副使，陈副使！"

书院驿马亭内，崇贤又投出两封信，一封投到"广南东路"的竹篓里，一封投到"福建路"的竹篓里。

崇贤心中道："二爹，娘，你们都问我老师教了什么功课，说出来可别嫌恶心呀。背诵经书？那都是小意思了，嘿嘿。"

书传重山，到了漳州沈宅的小花园里。素琴挥着一封信："姐姐，崇贤的信。"沈阿契忙接过展开来看——

春日田间，夫子带着众学童踏青而来。县令领着农人迎向夫子。

县令打拱道："夫子是名儒大家。夫子来了，鄙县之幸。"夫子道："县令大人，老朽有礼了。"学童们便在田埂上坐下，互相传递一只竹筒观看。竹筒里是两只蝗虫。

县令与夫子在学童们对面的田埂上也坐下来。县令道："大家看看啊，这个就是蝗虫。一会儿再给大家看看幼虫和虫卵。"农人取出另外两只竹筒，给学童们传看。

信纸之外，沈阿契的耳畔响起了崇贤的声音："我们看到了一竹筒的幼虫，还有一竹筒的虫卵，差不多，有一升吧。"

观至此处，阿契握着胸口作呕。素琴向前问："姐姐，您怎么了？"阿契道："没什么，崇贤这封信不好看。"素琴摸不着头脑："啊？"

那日，学童们在田间地头传看竹筒，有两三个学童就恶心得皱起眉头来。

县令向众学童道："捕蝗之策有很多。现在我们是奖励大家，比如挖掘出来一升虫卵，就奖励五升粮食；逮住一升幼虫，就奖励三升粮食；抓捕得到一升成虫，就奖励一升粮食。"[①]

夫子捻须点头。

县令又问："大家可有什么不懂的？可以问，也可以问问我们每天在地里耕作的农夫。"他说着，伸手摆向身边的农夫。

崇贤问县令："大人，如果有刁民为了得到粮食奖赏，专门养蝗虫怎么办？"县令一听，皱起眉头，面露难色。众学童议论纷纷。县令半晌无语，看向夫子。夫子向众学童道："如果有这样的刁民，当然是严法伺候了。好了，今天就到这里吧。"

转运司书房里，陈云峰脸色苍白地坐在案前。杭哥拿着一封信进来："二爷，崇贤小爷的信。"陈云峰接过信："杭哥，把罐子请过来，偷偷地请过来，不要让那帮人知道。"杭哥问："那个坑

---

① 据范勇、郑志强《宋代社会救灾制度及其对当代社会保障的启示》，北宋有以蝗换谷的捕蝗策。例如，仁宗诏"其令民掘蝗子，每一升给菽米五斗"。神宗诏"有蝗处委县令亲部夫打扑，如地里广阔，分差通判、职官、监司提举。仍募人得蝻五升，或蝗一斗，给细色谷一升；蝗种一升，给粗色谷二升"。

户？"陈云峰道："对。"杭哥应声而去。

陈云峰用手支着脑袋看信。

崇贤在信中问："二爹，到田地里上捕蝗课的时候，我是不是问错问题了？毕竟县令和夫子都不高兴了。不过，如果真有人为了奖赏养蝗虫，该怎么办呢？"

陈云峰看着信，摇了摇头，心想："崇贤，捕蝗是古今农本之大策。任何施策都不可能令所有人受益，也不可能只有利没有弊。好的施策就是，让应当得利的人得利，让绝大多数的人得利；让利尽可能大，而弊尽可能小而已。例如奖励捕蝗之事，倘若大多数人以正当之法得赏，而少数人不正当地混迹其中，那此法便可达到利农的目的，是可行的。这并不是说，对那些不好的情况要姑息。夫子可有授刑律之学？养蝗虫得到一升幼虫，与田间抓捕得到一升幼虫，必有不同的迹象可循。这个问题不会无解。"

他铺开纸，拿起笔来想要回信，忽两眼迷蒙，信纸变得远远近近飘忽不定。他叹了口气，把笔一丢，往椅背上靠了下去，闭上眼睛。

再说杭哥策马到岑水场罐子家，下马进了篱笆门，喊着："罐子，罐子！"罐子出到院子里来："哎——"杭哥道："我们二爷请你去一趟。"罐子问："请我？"杭哥点着头："应是矿上的事情，跟你父亲说一声，咱们去去就回。"

罐子便随杭哥来到转运司行署。杭哥进了房里，见陈云峰又躺倒在床上，忙近前来，喊了两声，陈云峰才睁开眼睛。杭哥问："二爷，您好些了吗？"

陈云峰伸手抓住他，借力起身："好些了。"杭哥道："二爷慢点儿。罐子来了。"陈云峰道："让他进来吧。"杭哥便将罐

子唤进房来。罐子问："陈副使，您有事情吩咐我？"陈云峰揉了揉太阳穴："我想想。啊，也没什么事，就问问你矿上最近怎么样了？"

杭哥忙替陈云峰揉着太阳穴。罐子想了想，道："矿上并没有什么事，还同往常一样。"陈云峰急了："怎么能还同往常一样呢！"

罐子自觉失言。杭哥向他道："不是说你，不是说你。"罐子道："也有些事，不知道算不算事儿？这几日，监工们拿着古古怪怪的簿子，干一样，记一样；隔天又换一种记法，说昨儿的记得不好。我们问是不是以后都这么记，他们又搪搪塞塞。还有几个监工，反复铸了几块铜，又要老黎在上面划上自己的名，又要老张划，反复几次。监工们似乎都觉得不如意，也不知道是想做什么的。"

杭哥向陈云峰道："二爷，这怕是在试做隔眼簿和遍次历，又是在铸元样，又是在勒坑户的工名。"陈云峰撒气地捶着床板："岂有此理！"

罐子又自觉失言。杭哥又安慰罐子："不是说你，不是说你。"

一时罐子回去了，郎中便来看诊。

看诊毕，转运司外厅的公吏们纷纷围住他问："陈副使的病怎么样了？"郎中道："虽不是什么病，但陈副使还是不能适应咱们岭南的气候和水土。"

卢彦道："唉，我才是犯官罪臣、贬谪之人，这些罪该我来受才对，可是我这把老骨头却又啥事没有！"郎中道："各人体质不一样，不试试都不知道的。且继续吃些药缓解一下吧。"说罢作揖告辞。

铁锁道："我们都不是岭南人，都是游宦至此，也有来了没事的，也有初来就生过病的。方子、法子是什么样的？都拿出来使使啊。看看能不能让陈副使好起来呀！"

银铲说："极是，极是。说起来，岭南的外地人比别处都多。除了我们这帮游宦的，还有行商四处走的，还有大海上来的蕃商呢。他们岂不是离得更远？他们是怎么做到水土能服的？"

卢彦一拍手："试试香药散？"众人纷纷点头。

于是不几日，奇方妙药们便都向陈云峰涌了过去。

杭哥俯到陈云峰床前："二爷，好几位大人在外头候着呢，给您送东西来。"陈云峰睁了睁眼："让他们走吧。"杭哥道："还有卢大人也来了，也让他走吗？"陈云峰道："让他进来吧。"杭哥应声出去。

卢彦进了门来，陈云峰便说："刚要买扑，那帮人就知道送东西来了，真是岂有此理！"卢彦劝道："陈副使，既是在调养身体，不要生气才好。"陈云峰说："怎么能不生气？就说隔眼簿、遍次历、铸元样、物勒工名这些事①，一个个明明做了，却不愿意

---

① 据方宝璋《宋代经济管理思想及其当代价值研究》，第164-165页，宋代"铜坑必差廉勤官吏监辖，置立隔眼簿、遍次历，每日书填：某日有甲匠姓名，几人入坑，及采矿几箩出坑；某日有矿几箩下坊碓磨；某日有碓了矿末几斤下水淘洗；某日有净矿内几斤上炉烹炼，然后排烧窖次二十余日。每铜矿千斤用柴炭数百担，经涉火数敷足，方始请官监视上炉匣"。《宋会要辑稿》食货三四之二四有相关记载。物勒工名内容包括：工匠、官员、作头姓名，产品制造年月、规模等。颁样制度是官府制定了制造各种产品的法式，颁布各种制成品的样品，即元样，手工业者必须依法式制造。

承认？"卢彦道："我也正要跟陈副使说呢，我去岑水场看了，他们有在试做的，只是到了议事厅，一个个都不吭声。不过，看来陈副使都知道了。您也别恼，也许还在试，没全做好，不敢对您造次。又也许……"

陈云峰问："也许什么？"卢彦低沉地："也许他们都在看同僚们的反应，倘若个个都说没做，自己也就不敢第一个站出来说做了。"

陈云峰恼怒了："都在外面候着吗？让他们挨个儿进来！"

公吏们正在走廊等候，杭哥便出来道："请大人们挨个儿进来。"

金锄首先进门去。陈云峰道："听说你来给我送东西，送什么来了？"金锄呈上一只琉璃罐，说："蕃商大海上带来的香药散。他们漂泊四海的人，吃四方水土，常备这类药散。下官昨日自己服用过，有些薄荷味，至今日并没什么不妥。问过郎中，说可以给大人一天三遍地服用。"

陈云峰愣了愣："原来你给我送这个。"

紧跟着，石钰进来了，呈上一只锦盒："陈副使，南海诸蕃，原生在极其炎热潮湿的地方。那里毒瘴雾缭的，比岭南有过之而无不及。他们便焚烧这几样正气祛秽的香，不但祛除炎瘴，连一概飞虫蛇蚁都不敢靠近。您可在书房、卧室时常点着这些香。"

第三个进来的铁锁又呈上一只小瓶子："陈副使，这是香药膏。若您出门各处巡看，宜在太阳穴、人中穴、脚踝等各处抹上它。这些都是要紧穴位。我初来岭南时，也是天天抹着这些香药膏子缓过来的。"

银铲也进来了，从袖中取出几张纸："陈副使，我给您带来几张青草汤的方子。您有所不知，岭南百姓无病时也常喝青草汤，还把青草汤叫作茶——凉茶，也有叫凉水的。他们喝，咱们也得适当跟着喝。这和本地的气候是有关系的。他们喝那些青草汤，也是有道理的。"

山间平地上，一处大棚高高搭起。众坑户扛铁锹、背箩筐地围观着。这日正是买扑大会。众公吏看着站在高台上的卢彦。卢彦却不时望望远方，一言不发。

金锄在底下向石钰道："你说，陈副使那小身子骨，今天能来吗？"石钰道："要不，建议卢大人代行，赶紧把买扑大会开了吧？你看看那些坑户。"金锄道："多事。这个钱监兴不兴得成还不一定呢。"

就见卢彦走下高台，走出人群去。众人顺着他走的方向望去，正是陈云峰骑着马来了。陈云峰下了马，卢彦拱手请他走上高台。众人忙让开一条窄道儿。

卢彦跟随其后也走上高台，向众坑户道："今天，岑水场已经重新划定好四片坑矿，通过买扑，由坑户们开矿冶铜。四片坑矿分别是天字矿、地字矿、玄字矿、黄字矿。半个月前，我们已经在岑水场及各处城门张贴告示，招徕买扑坑户。每片坑矿有三家或者三家以上坑户投射的，就可以开始密封买扑，如果不足三家，就暂时不行买扑。半个月来，天字矿有四家投射，地字矿有五家投射，玄字矿有四家投射，黄字矿有三家投射，全部达到可以买扑的数额。"

众坑户纷纷叫着："好啊好啊，都可以开工！"

吏人向卢彦呈上一只盘子，上面放着一叠密封的信封。卢彦示意吏人将盘子举向前。

卢彦向众人道："十六家投射的坑户，他们的投状都密封好在这里。"说着将投状逐一取下，向众人示意封口，又道："都是蜡封签印，没有动过。我们请转运司陈副使全程监督岑水场的投射买扑事宜。"

他将一盘子密封的信封呈给陈云峰，陈云峰一一检视。

人群中，罐子与父亲正望着台上。罐子爹道："我一直想不明白啊，原来铜矿是可以买扑的。那要是买到了，岂不是富可敌国了？因为你看，他们有矿，岂不是想铸多少钱就铸多少钱了？"

罐子解释道："爹，不是这样的。挖矿和铸钱是两回事。挖矿可以买扑，铸钱却是万万不能的。铸钱怎么铸，铸多少都是朝廷自己来。坑矿虽然买扑，但是成铜也只能由朝廷收买。整个过程怎么开采，怎么冶炼也是朝廷定好了的。"罐子爹点着头："原来是这样。"

此时，卢彦又向众人道："现在，我们来看看买扑名数！请陈副使拆封投状。先拆封天字矿的四家投状。"吏人向陈云峰呈上四封投状。

陈云峰拆着信封，向台下众人道："现在我宣布，天字矿的买扑名数是……"说着，他双眼迷蒙，停住了。投状上"天字矿"三个字时而模糊时而清晰。卢彦走到他身后，小声地问："陈副使，您……"

陈云峰突然倒下。众人惊呼。

终于，陈云峰又被送回病榻上。卢彦追问杭哥："先时送来的香药散，吃了也是不管用吗？"杭哥低着头，眼睛瞥向书架上："先时送来的香药散，都在那儿，没吃。"卢彦气恼了："你！"

卢彦看了看床上双目紧闭的陈云峰，压低声音问杭哥："他不愿意吃？"杭哥道："每次叫他吃，他总是又干别的事情去了。"卢彦道："你是干什么的？你不就是照顾陈副使饮食起居的吗？陈副使没照顾好，你说你是干什么的！"杭哥抹了抹眼泪："小人知错了，小人也心疼。"卢彦说："他再不吃药，你摁着他吃，实在不行我搬过来和你们一起住！"

陈云峰倒下了，买扑大会也悬停了。

转运司议事厅里，石钰问卢彦："卢大人，陈副使不在，咱们还议事吗？"金锄道："要议的，那日买扑大会，名数已经出来了，但是未经陈副使的口念出来，那么这个名数还作不作数？只怕那十六家坑户都有些骚动。这事儿还要议一议，定下来，免得出事儿。"

卢彦道："议是要议，但是不会出什么事。无非两种，作数与不作数。重开一次也好，以当天结果为准也罢，都是公开公平公正的事情。当日的投状，拆与未拆，都用大纸袋封起来了。没什么好骚动的，照做就是了。"

石钰道："那是，当日现场大家都看见了。我已经着黎氏兄弟这两天安抚好众坑户，买扑结果自当公告的。"卢彦点点头。

而岑水场山道边，众坑户正聚在买扑大会的棚子里，议论纷纷。

黎有顺道："大家不要议论了，很快就有公告的。"黎玉堂说："那天的投状都密封起来了，等陈副使好了，继续给大家拆。"黎有顺又道："陈副使没什么病的，大家不要胡说了。"黎玉堂又说："要是想重新来过也没问题，卢大人会为我们主持的。"

此时，罐子敲着锣来了："诸位，不要慌。总之，不论什么

情况，天地玄黄四个坑矿是一定会开的。大家该做什么准备，接着做。"他又跳到大石头上："诸位，老天开眼，我们岑水场来了几位贤善的当家人。岑水场的铜监不兴，那是不可能的。韶州铜监大兴，那是必然的！诸位不信，我跟你们讲讲我和一条犀带的事情，两位黎爷都可以作证的。"

黎有顺、黎玉堂对视一眼，脸上微微露出笑意。

再说陈云峰躺在病榻上，病情胶着，时好时坏。郎中将他衣服敞开，为他施针。

卢彦站在床前，看着郎中一针针下去，陈云峰却仍昏昏不醒。此时杭哥举着一封信进来："卢大人，这是崇贤小爷写给二爷的，是急信，可是二爷现在……"卢彦伸手接过信，摩挲着信封："急信，是急信，崇贤写的。你快拆开看看吧，好歹看看是什么事，要紧不要紧？"便将信封递回给杭哥。杭哥道："我看？好。"他拆开信封，一看时，忍不住笑了起来："小爷中了，崇贤小爷中了！"卢彦问："中什么了？"杭哥道："童子试，他中了！"卢彦眼睛一亮："哦！"

同样的消息沈阿契等了许久。

起初，那两个种在漳州花园里的"奈衹"花球越长越大，被阿契挖出来养到瓷缸里。后来，瓷缸被摆到小厅花架上。花球抽出蒜一样的叶子，开出两三朵小白花。在此期间，阿契问了素琴几回，东京有没有信来，皆是没有。

那天，她给瓷缸添了添水，又在桌前铺开纸笔，开始画奈衹花。她心中道："崇贤，你许久没给娘写信了。算日子，试也考完了，是否还在忙于功课？今天一早，看到奈衹花又开了几朵，娘的心中很是喜悦。奈衹花是外蕃花，她漂洋过海，得水能仙，我们给她起个宋名吧？不如就叫水仙？"她搁起笔，将画竖起来看了又看，又望向瓷缸里的真水仙。

正在这时，素琴进来了。他挥着手里的信叫着："姐姐，今天有信！是崇贤的。"

阿契忙接过信来，拆开一看，喜不自胜。她裙角飞扬地跑到大厅里找沈志文："四哥！你昨天还在说，童子试放榜了，怎么还没收到信。"志文瞪起眼睛问："怎么样？"阿契未答，志文已抢过她手里的信读起来。读着读着，他缓缓点着头："还真是中了。好！好，我自己走不了这条路，如今我外甥是顺遂的，也是好的。虽然现在只是童子试，但也算是我的心愿了了。"

事情有些奇怪，陈云峰似乎是被崇贤的喜讯惊醒的。卢彦和杭哥有关童子科的对话在他耳畔若隐若现，缭绕回环。他的眼睛就睁开了。

杭哥扶着他坐起来，又将他敞开的衣服合上。陈云峰问："你们刚才在说什么？崇贤中了？他来信了？"卢彦道："正是呢。"陈云峰向杭哥道："快扶我下床，我要给崇贤回信。"卢彦道："我都替你回了。"陈云峰问："你替我回了什么？"

卢彦道："我替你回说，你二爹不肯吃药，还不如一个小孩子呢。小孩子不肯吃药时，可以骂，可以教训，他便听话吃药了。如今你二爹是一位副使大人，也不能骂，也不能教训，只能由着他。他自己三天两头在床上躺着便罢了，坑户们眼巴巴等着他念个名数呢。"陈云峰听了，面有愧色。

杭哥忍不住笑了："二爷，卢大人这些天都搬过来住了。他怕我靠不住，又让您累倒了。"

又是一个议事日，众公吏在议事厅内等候主事人，一时闲聊

起来。

金锄道："大兴钱监，朝廷真的愿意投这么多铜本钱下来吗？我看哪，嘿嘿。"他冷笑着摇头。石钰问："金大人，下官有一事不明。您对陈副使的事很上心，又对陈副使的事唱反调，这……您到底是怎么想的？"金锄问："怎么说？比如呢？"

石钰道："比如，您给陈副使送药，甚至是自己亲尝之后才给他服用的，这……孝心可嘉，但是……"金锄伸手止住他："诶，这你就不懂了。不管对谁，你只有办大人自己的事，他才会觉得你在办事。别的嘛，也就是面上的事，谁会打心眼儿里觉得你办了事了？"

此时，陈云峰领着卢彦毫无脚步声地从金锄背后走过。站在金锄对面的石钰一脸尴尬。

陈云峰问："什么自己的事公里的事？"金锄闻声吃惊转身，见了陈云峰，忙低下头去。陈云峰道："明确告诉诸位，岑水场的事就是我自己的事。要是在这种问题上公私分得这么清，那就想错了。"

众人就座。陈云峰又道："感谢大家给我送医送药，但是，我水土不服来到岭南就是为了办事的。如果大家不办事，就不必给我送医送药了，或由着我被烟瘴赶跑回去，或由着我病死任上了，是不是？"

众公吏皆道："不是不是，陈副使莫胡说。"金锄沮丧地垂着头。

这天午后，金锄百无聊赖地站在转运司行署门口看一群小孩戏耍。这群小孩在玩一个叫"黄鼠狼偷鸡"的游戏。有个小孩自告奋勇当"母鸡"。剩下的孩子都叫着："我来当小鸡，我来当小鸡。"但是谁来当黄鼠狼？都不愿意，因为黄鼠狼是"坏人"，是被孤立的。

孩子们吵吵嚷嚷，差不多要解散了。金锄看着他们，摇了摇头。

这时，一个孩子站了出来："我来做黄鼠狼！"金锄猛一抬头，看着那孩子，就听那孩子道："没人做黄鼠狼，还怎么玩黄鼠狼偷鸡？要不，大家都没得玩。"孩子们听了，都欢呼起来。

金锄在原地站住，若有所思，转身走回行署门内去。

回到议事厅，金锄向陈云峰呈上了隔眼簿："回禀陈副使，隔眼簿已经做好了，请您过目。"石钰急了，悄悄向金锄道："金大人，您，您怎么就做好了？"陈云峰接过隔眼簿，看着石钰："你的遍次历带过来了吗？还没做好？"

石钰转头望向铁锁和银铲。铁锁忙微微低下头，银铲则微微转头，都不与石钰对视。石钰笑了笑："呃……"

陈云峰也笑了笑，看着铁锁和银铲："你们呢？元样铸造出来了吗？勒工名怎么勒的？拿出来看看。"铁锁笑笑，从衣服里掏出一个裹着布的铸铜元样，解开裹布进行展示。陈云峰看着元样，点了点头。银铲则从桌子下提出一大包东西，向众同僚尴尬笑着："我的有点多哈。"说着解开包裹："陈副使，勒工名应该在每个环节都勒。我们试了几个月了。从您一提出这个做法，我们就开始做。我们发现，如果不是每个环节都勒，就等于没勒，因为仍然无法追溯责任人。"

他展示的样品有若干铜样、若干铜钱样、若干簿册。他向陈云峰道："请您看看。"铁锁瞪大眼睛，低声道："昨天还说没做呢！"金锄冷笑着。

石钰看了看陈云峰，陈云峰也正看他呢。石钰道："遍次历做好了，但是我今天没有带过来。"陈云峰笑了笑："没有关系。"石钰忙道："我这就让人送过来。"

陈云峰道："既然大家都在试做了，整个过程也都心中有点数了吧？还有什么顾虑没有？不妨直言，不必再你看我我看你，爽快点儿！"

金锄道："陈副使，大家都在担心铜本钱和编户数的事。做是没问题的，大兴钱监对大家来说也都是好事，但是朝廷真的愿意投这么多铜本钱下来吗？即便第一年第二年投了，后面能一直投吗？倘若这边'天地玄黄'只管开矿，铜本钱却后继乏力，那怎么办？"

陈云峰道："我们不要朝廷投铜本钱。"众人纷纷道："啊？这？这怎么可能？"陈云峰说："朝廷已经准了，铜本钱从韶州钱监①铸出的铜钱里面按成提取出来。这就是铜本钱。朝廷不用投。"众人议论起来："啊？这样啊。"陈云峰又说："至于编户数，与铜本钱固定配比，多则增多，少则减少。编户数能有多少，就看我们自己了。"

金锄道："这是谁想出来的法子？"石钰道："是啊，从未如此。"铁锁说："倒是放了岑水场一条活路。"银铲叫起来："我看韶州钱监必兴！"

祥云乍现，地涌金风。赤霞满天，层林尽染。

---

① 据李坚论文《宋代矿冶业的财政管理——以韶州为例的分析》，宋廷于南方地区设铸钱监，主要是为了便于就地取材以提高矿产地与铸钱监之间的循环效率。坑户采矿与铸钱监铸钱两道工序同时进行，且矿产品先行赊买，从中还起到一定的缓冲作用，如此循环周转，则所谓的铜本钱不足的问题是不存在的。

陈云峰策马至岑水场山中，卢彦迎上前来："陈副使，矿上暑气重。"陈云峰下了马，把马鞭一丢："已经被你们的香药膏子抹得浑身香了。哪有那么娇气？"

卢彦笑了起来："陈副使，买扑的事情召集坑户们议了一下，都愿意按照原来的结果。"陈云峰点了点头，与卢彦走到矿上。只见一处矿坑前，坑户们背着一篓篓原矿爬上地面来。他们咬着牙，额角暴筋，浑身油晃晃的，皆沾着灰土。

陈云峰叹息："坑户们太辛苦了，要确保他们的医药供应。"卢彦称"是"。陈云峰又笑道："你一来韶州，就把自己的犀带舍给了坑户治病。"卢彦笑着摇摇头："快休提了。"

至冶炼场，坑户们正冶铜。火光把陈云峰和卢彦的脸映照得一晃一晃。银铲在旁，指着矿样上勒出来的工名给陈云峰看。他一看时，眼角耳畔仿佛有一枚铜钱向上飞抛着，在半空中翻着筋斗，发出脆响的金属声音。

离了冶炼场，陈云峰和卢彦又见几个坑户坐在树荫下歇息，一脸疲累。卢彦说："这里很多坑户是外地来的，估计也不一定适应这个气候。挖矿本来就苦。"陈云峰道："所以刚才说了，要保障好他们的医药供应。我想奏请朝廷颁方赐药。"卢彦道："如此甚好。"

陈云峰又说："卢大人，我要去广州了。转运使在本路之内四处巡历①，一州走过又一州，转运司没有定所。"卢彦道："卢彦

---

① 据李昌宪《五代两宋时期政治制度研究》，第267页，转运使不同于州府地方官员，他必须"代天子巡狩"一方。主要使命是"岁行所部"，即对所按察范围之内的区域进行巡历。戴扬本《北宋转运使考述》，第143页有相关记载。

坚守岑水场，请陈副使放心。"陈云峰道："回头我再来。"卢彦道："恭迎陈副使回头再来。"

回到书房，陈云峰即拟写奏折，请求朝廷赐给广南东路《圣惠方》[①]，以治岭南炎瘴，宽生民之苦。圣上准了，不仅颁下《圣惠方》，还每年赐钱五万缗买药。众人大喜。

海上云帆点点，海鸟盘旋。一艘帆船在海上起伏前行，船舱里整齐码着一只只木箱。木箱上贴着纸标签，有"经文""乐谱""舞谱"等。

这是沈志文的船，他和素琴站在甲板上望着前方。志文道："好险，朝廷又颁发新的禁令了，如今史书不能出蕃。"素琴问："史书不能出蕃？"志文道："是的，刚刚出的禁令。先前我看到别家史书在倭国卖得好，还想着印一批史书出海呢。还好那段时间懒，顾着玩，没空去整理一个合适的版本。要是印了，现在就亏惨了。"

船桅杆上的伺风鸟[②]迎风旋转着。素琴往前一指："四爷，快到广州港了，看！"志文举起手来挡着太阳光，向前望去，果见广州港的标志性灯塔和望海楼远远显现。

不多久，志文的船便靠岸栖止。水上宝舶云集，岸上宋蕃诸民接踵摩肩。

---

① 据阮元《广东通志·前事略》，景德三年七月，赐广南《圣惠方》，岁给钱五万，市药疗病者。

② 据中国海事局组织编撰的《中国海事史》，第70-71页，为观测风向，把握用帆技术，他们（唐代船民）创造了行船使用的"伺风鸟"，即在船的桅樯顶端放置一种可以随风转动的木鸟，嘴衔长形幡条，作风向标，以候四方之风。

素琴上了岸，引来两位市舶吏人。志文忙打拱弯腰向前逢迎，陪同两位吏人登船检查货物。

船舱内，沈志文逐一打开箱子："两位官爷，请看，这是佛经，这几箱是乐谱，这些是舞谱。"吏人问："请关凭去哪里？"志文道："这些佛经是出蕃去倭国，乐谱和舞谱去高丽。"

吏人听着，一手持笔，一手持簿册，写写画画："各自数量是多少？船上人员多少？"志文呈上一张纸："数量、地点、人员已写在这上面，请官爷过目。"吏人接过纸张，看了一眼，笑道："这位沈官人倒是替咱们省事了，写都写好了。我们核实数量，誊抄便是。"

沈志文赔笑，不片刻又躬身送两个吏人下了船。

此时，港口上有一处地方人群聚集，喧喧嚷嚷。沈志文瞧见了，不禁挤进人群来看。原来是一个船主跪在地上，向两个市舶吏人告饶。

船主道："两位大人容禀，小人真的不是有意违背朝廷禁令。船上的《汉书》，是禁令出来之前就装了船的。"吏人问："什么时候的事情？"船主道："去年就装船了。谁知那主雇生意不济，便钱务的便换券迟迟没到我手，我便没法发船了。船舶停工一年，如今要出海，货物又极杂，各家财主员外的都有，我也就没有记起来还有那么一小箱《汉书》。"

吏人道："那能怨谁？谁让你不好好自行检视？如今在船舱里，请关凭的节骨眼儿上被捉了个正着，只好跟我们走一趟！"说着，俩吏人把跪在地上的船主揪起来，欲拉走。

船主道："这是去年的事情。去年还没有禁令说不让史书出蕃，否则小人也不敢接这箱《汉书》。"吏人道："你是去年接的

箱子，却是现在要请的关凭，且即将出海的船舱里放着现货，你就休要喊冤了。"船主叫起来："冤枉！冤枉！"

人群外便挤进来一个人，正是陈云峰。陈云峰问："怎么了？"船主道："这位大人，小人时运不济啊！人人跑船连轴转，独小人的船停工一年。如今要重新出海，没有好好检视，把一年前替别人收的一箱《汉书》留在船舱里，没有拿出来。实在是太久，多家货物杂，一时疏忽。"

沈志文也道："这位大人，小人听了半日，这船主的船停了一年没出海，想必银钱周转已不易了，若再吃一项违禁重罪，一来罚钱不轻，二来他的船又不得出海了。大家都是跑船行商，别看顺的时候金满箱银满箱的，一着不慎，往往妻儿赔光，卖儿卖女。大人饶他一回。"

陈云峰道："法度在此，怎么饶他一回？"沈志文说："那箱《汉书》既然是替别人收的，且只有一箱，看来不是专门卖书营利的，多半就是寄送托运之物。封装的时候，里头都有主人姓名、地点、时间，甚至捎带的信等等，拆开看看，就知道是不是一年前的了。若是一年前的，当时并无禁令，于法倒也放得过。"陈云峰听了，向市舶吏人道："走，到船舱里看看。"

船主忙领着陈云峰等人进了船舱，只见那箱子已启封了。陈云峰问："启封了？"船主解释道："告大人，刚才两位官爷检视的时候启的封。"说着忙捡起地上的封条纸递给他："喏，封条纸还在这里，有日期，有日期！"

陈云峰接过两段碎纸片，拼了拼。船主又慌忙从箱子里翻了翻，找出一封信来："主家的信还在这里。这个是没有启封的，请大人亲启。"陈云峰把信拆开，脸色却渐渐变得难看——那信上写着"东京陈弘祚谨奉"。

此时，一高一矮两个市舶官进了船舱，笑脸迎向陈云峰："陈副使，哎呀，陈副使！"高的那个道："陈副使私访至此，也不通知下官们。有失远迎。"矮的那个说："是是是，陈副使亲力亲为，这次新禁令一定能够严推下去。"高的那个又道："正是，请陈副使放心。史书不能出蕃，这是礼部力主力推的，我们一定执行到位！"矮的那个又说："礼部的主张，圣上一直很重视。我们宁可不要这书籍出蕃的课税，也不让一本史书流出去。"

说着，那市舶官笑脸凑向陈云峰，看着他手上的信纸，念出声来："东京陈弘祚？这个人真是胆大包天，竟然顶风作案，送一部《汉书》出蕃？一定要严惩这个东京陈弘祚！"

高个子一听，脸色突变，一面向矮个子摆手，一面也凑过来看信上内容。陈云峰一脸尴尬。

高个子忙向他的同僚道："莫再胡说了！你这说的是陈副使家老大人的名讳！"矮个子一脸茫然："啊？那个？陈弘祚？"高个子道："你还说！"又向陈云峰笑着："陈副使莫怪，不知者无罪。既是陈副使家的老大人托运的书，无妨无妨，照走，照走！"

陈云峰冷笑道："怎么个无妨法？"高个子赔笑道："这，这换个说法便是，陈副使不必放在心上的。"陈云峰恼怒起来："真是岂有此理！有这么干的吗？是我家长辈，便照走吗？"

二市舶官低下头不敢言语。陈云峰道："你们两个照法执行，不必顾虑！"船主又叫起来："大人哪，大人……"陈云峰止住他："不必再说！"

矮个子又忙道："陈副使秉公办事，小人们感佩，只是船主要受罚，《汉书》的主家也要受罚。依小人看，此事也是情况特殊，

祥云乍现，地涌金风

并非有意犯禁谋利之类，或请大人们酌情再议……"

陈云峰道："主家也要受罚，那便罚！难道转运副使家的，便违禁不罚不成？应数多少？我让家仆如数送来，一个铜子也不许减！"那矮个子市舶官忙低下头："是，是是。"

转运司行署内，杭哥对陈云峰说："二爷，市舶罚的钱，刚才已经送过去了。"陈云峰低头沉吟："嗯。这事儿别让五老爷知道。他现在身体不好，别让他动气。"杭哥道："二爷，这事儿本来也不怪咱们五老爷。那个倭国和尚，原在宋国住过几年，和五老爷有参禅论诗的交情。五老爷这才给他寄书的。去年的事情谁知道……"陈云峰道："好了，别再说了。这事儿过去了。"

远在东京的陈弘祚身体不好已有一段时间了。

他倚在床上，喝着丫鬟端来的药汤。一老仆进来，微微笑道："五老爷，崇贤小爷赐秘阁读书了。"陈弘祚喝着药，停下来笑了笑："好，好。"老仆又道："只是小爷不能常回来看您了。"陈弘祚道："没关系。"老仆说："二爷又去了广南东，也没在您身边。家里人口虽然多，小人知道，这两个是您心尖上的肉。"

陈弘祚怅然若失："要是有云卿……"他突然停了下来，说不下去。老仆劝道："五老爷，您先把药喝完吧。"

陈弘祚在家静养，不期有一日，家仆忽然来报："五老爷，圣旨到！"陈弘祚在床上睁了睁眼："啊？圣旨？为什么？"家仆说："小人也不知道是什么圣旨。那何公公已在祠堂里等候。"陈弘祚道："扶我起来穿衣，咱们去祠堂接旨。"

祠堂里，家仆扶着陈弘祚缓缓跪下。坐着喝了半天茶的何公公起身宣旨："陈弘祚。"陈弘祚道："老臣在。"何公公道："陈弘祚身为礼部郎中，知法犯法，托《汉书》出蕃，明犯市舶禁令，现追缴官告抵罪。"

陈弘祚低着头，脸上抽动了一下："罪臣领旨。"何公公道："陈大人，快命人把官告交出来吧。"陈弘祚颤巍巍起身："好，好！"

此事之后，陈弘祚沉疴日重。

转运司行署内，杭哥着急忙慌地跑进门："不好了，二爷！"陈云峰问："怎么了？"杭哥道："家里快马来报，五老爷病重。请二爷赶紧回京。"陈云峰猛地站起来："啊！"

他一刻也不敢耽误，便携杭哥登舟北上。

船夫摇着船，舟行江上，江边云重天沉。陈云峰站在船头，眼中滚出两滴泪来。家中来人跟他说过事情原委："二爷，御史台把五老爷给参了，说他托《汉书》出蕃，明犯市舶禁令，还说广州市舶已经给此事定了性，查明无疑的。他们把五老爷的官告给尽数收缴回去了。这不等于是革职了吗？"

陈云峰满脑子沉沉的，不由得深吸一口气。那客舟泛入一片白茫茫中去，分辨不出是细雨，还是浓雾。远处，有朦胧的汀州与芳草。

到得家中，他小跑进了陈弘祚房里："五爹，五爹。"他跪到床前，捧起陈弘祚的手。陈弘祚睁开眼："阿峰。"陈云峰应着："侄儿在这儿。"陈弘祚问："岭南，身体可能适应？你？"陈云峰道："能，我能适应。五爹放心。"陈弘祚道："打听广州市舶……"

没等陈弘祚说完，陈云峰即泣道："五爹，广州市舶的事情是侄儿对不起您！"陈弘祚却继续说："打听广州市舶，有没有云卿的消息。继续打听。"陈云峰点头如捣蒜："好，好，侄儿

知道。”

陈弘祚又昏昏睡去了。

陈云峰退出走廊外，远远看见崇贤跑来。崇贤一把抱住陈云峰：“二爹！”陈云峰也搂住崇贤：“崇贤！”崇贤问：“二爹，五爷爷怎么样了？”陈云峰道：“他刚睡着。”崇贤道：“我悄悄进去看他，不叫醒他。”说罢便进了房去。

居家数日，陈云峰又渐至云卿书房来。他问绫儿和杭哥：“你俩认认，你们十九爷当年写的那些文章放在哪里？十九少夫人有没有又把它收拾到了别的什么地方？”杭哥道：“大抵就在这书架上。”

绫儿从书架的右上角格子里抱下来一只蓝色缎面的盒子：“这里应该有一些。”陈云峰打开盒子，里头果然有《韶州铜监三策》。他笑道：“是这些了。”又细看了看：“和阿契默出来的大差不差，这记性！呵呵，难怪那么记仇。”便抱着盒子去了自己书房。

他把云卿的文章收到包裹里，又走到屏风后，掀开扎成一束的帘幕，露出一只大瓷缸。大瓷缸里有数根卷轴，陈云峰熟练地抽出一根，也放到包裹里，将包裹绑好。

小厮进门报：“二爷，五老爷起来了，喊您现在过去。”陈云峰忙放下包裹，小跑出去。

小厅里，陈弘祚头发梳得整整齐齐，衣服穿得整整齐齐，端坐在椅子上，靠着椅背。陈云峰进来一看，愣了愣，转而笑道：“五爹，您气色变好了。您的病一定会很快好起来的。”

陈弘祚颤巍巍的：“阿峰。”陈云峰跪到他脚下，伏在他膝盖上：“五爹，侄儿对不起您！官告是您当年出仕时朝廷所颁赐的，数十年了，没想到……"陈弘祚道："不要紧，官告是朝廷给的，早晚也是还回去。"

陈云峰哽住："便是还回去，可没想到是这么还的。侄儿对不起您。"陈弘祚说："不要紧，不要放在心上。最近咱们家也算双喜临门，你升迁了广南东路转运副使，小崇贤又中了童子试，赐秘阁读书。"①

他说着，微微一笑，点了点头。

陈云峰道："崇贤这孩子确实令人可喜。"他迟疑了一下，又道："五爹，崇贤他娘……您身体有恙，可否让她回来探望您，以尽孝道？"陈弘祚道："崇贤他娘，不必回来。"陈云峰沉吟片刻："她毕竟是崇贤的娘，一个妇道人家，如今流落在外没有依靠也不是个事儿。"

陈弘祚叹道："阿峰，你莫再惦念她。我的官告被收回去了，不要紧，反正我也时日无多。你的官告，还要留在家里的！切莫让人抓着你的把柄。她是云卿的媳妇，你是她的二伯子，切莫念着那些把两个人都打死的事儿。"

陈云峰脸色煞白："没有的事，云峰不敢做此邪念！"

陈弘祚道："你当留着有用之躯，去做你该做的事情。你要保护好崇贤，崇贤！你明白吗？你不能让他有污点，包括出身，包括他的生母，都不要有污点。"陈弘祚猛然气喘，陈云峰忙起身帮他拍背顺气。

① 据周佳、汪潇晨、【日】平田茂树《〈宋代登科总录〉与宋代科举政策变化研究》，登科童子作为后备精英，有深造的机会。童子赐出身后，留秘阁读书或授予馆阁官。

陈云峰连声说："五爹，云峰不敢！"陈弘祚将一口气缓了缓："崇贤他，赐秘阁读书，是储君伴读。赐秘阁读书，多不容易啊。不管牺牲什么，你都要保护好他。"

"五爹放心，五爹，五爹！"陈云峰瞪大了眼睛喊着。

第二天，陈府挂起了黑布条、白缎花。

至丧礼毕，陈云峰又将离家南下。

他看了看准备好的行囊——那个已经绑起来的包裹。他将包裹里的卷轴取出，展开来看。上面是沈阿契的画像。他伸手向画像，又缩回来，终于把卷轴重新放回帘幕后的大瓷缸里。

帘幕动了动，把大瓷缸掩上了。

陈云峰把仅放有陈云卿策论的包裹背到肩上，走出房门。房门关上了。

三司衙署接二连三地收到韶州钱监的喜报。

王建成向邢风道："我们没有看错卢彦。"邢风说："现在看来，岑水场的铜监和钱监都已经转起来了。"王建成低头看着信函："卢彦功不可没。你看，这满纸的'犯官、罪臣'的，是不是可以抹去了？"他抬头望向邢风。

邢风笑了笑："当然，这种开荒牛绝对不能轻易放过他。"王建成问："怎么个不放过法？"邢风道："广州市舶使最近立了功，升迁了。昨儿刚搞完台参辞谢①，现空着一个市舶使。卢彦原

---

① 据虞云国《宋代台谏制度研究》，第61—62页，台参辞谢制是宋代御史台考察官吏的重要手段。北宋规定，除两省、侍从以外的朝官，除授升迁"皆赴台谢"，御史台得以当面观察其人是否老病昏懦。

本就是海商出身，他若去市舶，只怕跟蕃商打起交道来，连译者^①都不用的。"邢风呵呵笑了起来。

王建成道："他早年跑过蕃船，发了家才捐了个'殿直'的官儿。他去市舶，应该能看到书生们看不到的东西，你说呢？"邢风道："很是。"王建成吩咐："研墨吧。"

正如邢风所言，岑水场的铜监和钱监都已经转起来了。

铜矿冶炼场中，坑户们赤膊来往，有的运送原矿，有的锥磨矿石，有的穿着半截裤腿的裤子下水淘洗矿末。

熔炉边，两人一组的汉子将净矿抬上炉去烹炼。石钰拿着遍次历和笔，边走边记录着排烧窨次。

外头又来了一群挑柴炭的，将燃料添入炉中。一时间，炉火纯青。银铲站在炉前监视上炉匣，每上完一炉都在册子上签字。

满头大汗的卢彦坐在石墩上，端着一只缺了口的瓷碗喝水。罐子跑了过来，一脸笑容："卢大哥，您来看看！"卢彦问："怎么了？"罐子道："刚开的一炉成铜，煞是好看！就像胭脂一样。"他手舞足蹈的。卢彦忙起身："哦？去看看。"

冶炼棚中，卢彦、石钰、银铲、罐子和众坑户围在一起，瞪大眼睛，满脸惊叹。那是一块通体红润的成铜，引得人们啧啧赞叹。卢彦叫着："难得啊。"

---

① 据《广州日报》载王月华《在宋朝做翻译，是怎样一种体验？》，参考《两宋时期的翻译活动》，关于译者的记载有如：1.北宋王禹偁《王黄州小畜集》记载民间商务翻译事。2.宋代学者陈郁《藏一话腴》记载广府两个外商因债务纠纷闹上公堂，原告遭翻译害命之事。陈郁感叹说："生死之机，发于译者之口。"3.宋代名臣向子諲在广州任职期间，找来朝廷培养皇家翻译使用的蕃书《千文》，自学外语。

这时，铁锁满脸是笑地跑了过来："卢大人，您来看看，刚铸出来一批新钱，竟不像是铜的，竟像是金的！"众人脸上又露出惊讶之色。卢彦笑道："去看看。"

铸造坊内，铁锁向卢彦打开一只匣子。匣子里的铜钱灿烂如金子。卢彦赞叹："少见，确实很少见！"

金锄却又跑来了，也是满脸笑容的："卢大人，卢大人！"卢彦道："怎么这么高兴？莫非你那里也有什么稀奇事？"金锄说："稀奇倒是不稀奇，高兴却是要高兴！"说着，后退两步，拱手行礼："卢大人，请回衙署接官告。"卢彦问："官告？什么官告？"金锄说："您去了便知。"又将手一摆："卢大人请，马在外头。"

卢彦回到衙署，吏部官员已在等候宣旨。卢彦跪下道："罪臣卢彦接旨。"吏部官员道："卢彦兴韶州钱监有功，免去前罪，擢升广州市舶使，即日赴任！"卢彦惊讶道："啊？臣领旨谢恩。"吏部官员笑了起来："卢大人，恭喜恭喜啊！"

官告一接，卢彦赴任在即。

夜里，岑水场明月当空，天色微光。一片空山，偶然有山兽怪鸣。

房内立着一盏灯。卢彦收拾好包裹，把门一打开，只见门口挤着一群人，有金锄、石钰、铁锁、银铲、罐子和众坑户。

罐子眼圈红了："卢大哥，天还没亮，您就要走？"卢彦嘿嘿笑了两声。石钰道："卢大人，为什么您也要走？陈副使是到处巡来巡去的，他要走我们都知道。为什么您也要走？"银铲却说："卢大人，您放心走吧，有我们四个在。四大金刚镇守岑水场，韶州钱监的家底一定又稳又坚！"卢彦拍着他肩膀："好，那就好！"金锄又说："卢大人，您就这样走吗？您没有什么要跟我们说的吗？"

卢彦想了想，说："坑矿是苦，不仅苦，而且险。记住，人命关天，一定要防患于未然。"众人道："您放心！"卢彦又想了想，说："再有，我为什么贬谪岭南，你们知道吗？"

众人有的摇头，有的低头不语。卢彦道："也有知道的，也有不知道的。在京城，我管过抄纸院。可以说，推行楮币那会儿，阻力比大兴钱监要大得多。因为是新事物，大家都很犹豫。我们费了很大的劲儿，耗了很多年，才把它做出来，让朝廷认可它，让老百姓接受它。因为那个艰难的、前路未卜的过程，一起干事的兄弟们感情都很深。"

众人专注地听着。卢彦又道："有个叫刘讷的，既是我兄弟，也是正儿八经的交子行家，但……"他停住了，叹了口气。

金锄道："卢大人，您不用说了。我们都知道，楮币也好，铜钱也罢，都是钱！"他转身对众坑户说："我们每天都在跟钱打交道，一定要管好自己。如若不然，悔恨终身，也对不起曾经的自己！"众坑户齐声应着："是！"

一叶扁舟行于北江上。两岸山村隐隐，烟波迷蒙。

卢彦站在船头，脑海中又浮起刘讷的影子，心中感到隐隐作痛——此人一朝归案，结果可想而知。

客舟随水流过了一个江段，天色阴沉起来。江面空旷，小船显得遥远而孤独。

撑船人道："卢大人，前面就是石门。到了石门，就算到广州了，只是……"他有些担忧。卢彦问："只是什么？"撑船人道："只是我们来得不是时候。"卢彦又问："为什么？"撑船人道："天要黑了，石门是极其险要的地方，怕有歹人。不如我们早早靠岸，把舟系住，先过一晚，明早再走。"

卢彦哈哈大笑："多虑了。你对这里虽然熟悉，却不知我以前也时常来此地的。这一带是蕃舶往来的要津，朝廷最是看重。围着扶胥港，从外洋引水的瀙洲，到控扼北上梅关的北江石门，乃至周边大奚山①等处，都有市舶水军护航，什么歹人这么大胆呢？"

撑船人一时语塞："这……"

不多会儿，舟到北江石门段。天色正变暗，江中水势现出高低落差，两岸山峰突兀。在那落差的地方，有一处山峰露出两扇白突突的巨石，伸向江中，如同两扇石门。②撑船人道："广州连日大雨，今天水势比往常更凶猛。咱们且靠边避一避？"卢彦道："行，听你的。"

小船靠了岸。撑船人在船篷边蹲着休息。卢彦走上岸去。撑船人喊："卢大人，莫走远，且在船上休息。"卢彦道："在船上摇晃了一整天，下地伸伸腿。"

他独自从水边走向林地深处。林地幽暗，似有人声。卢彦向前看时，却是刘讷！只见一个喽啰跑向刘讷。刘讷问他："情势如

---

① 大奚山曾有水战记载。据阮元《广东通志·前事略》，大奚山在广东岛中。岛民啸聚为盗，将官商荣将兵以往，而大奚山之人用木支格以钉海港，军官不知蹊径，竟不能入。而岛民尽用海舟载其兵弩达广州城下，州民散避。会官船水手善跳船，与贼首船遇，乃从樯竿上飞过，斫断其帆索。帆堕，船不能进。贼船遂乱，商荣因用火箭射之，贼大败。

② 据孙翔、田银生《宋代广州城市空间初探》，宋代广州有石门镇，即今白云。石门镇位于原石井镇庆丰村一带，为广州西北水路要冲，兵家必争之地，中原往来广州必经之地。有东北—西南走向的石英砂岩、褶曲低丘，横截小北江，天然"石门"奇景。有贪泉，《晋书·吴隐之传》载："未至州二十里，地名石门，有水曰贪泉，饮者怀无厌之欲。隐之既至，语其亲人曰：'不见可欲，使心不乱。'"

何？"喽啰道："石门水军都往溽洲去了，正好让咱们陆头领来，打他个措手不及。"

卢彦一听吃惊不小，脚下一滑摔到地上。那水边石头上的青苔瞬间被碾压成泥巴。

刘讷二人听见动静，忙跑过来看。那喽啰一把将卢彦摁住，拔刀相向："这小老儿听到我们的话了。他活不成了。"卢彦叫了声："刘讷！"刘讷见是卢彦，忙握住喽啰的刀刃："慢！"

喽啰停下刀，刘讷的手掌却被刀刃介开一道口子，滴下血来。

卢彦叫："刘讷，你……"刘讷一摆手，扭过头去："你不要说了。眼前无路可回头，说什么也没有用。"卢彦愕然。喽啰向刘讷道："休与这小老头废话，先结果了他，免得他走漏咱们消息。"说罢又拔刀，刘讷又拉住他："住手！他便听见了，也听不懂；便听懂了，也不知道怎么泄露法。别杀他。"喽啰不肯将刀放下，刘讷只死死地拉住他："听我的！看我面子，兄弟。他是朝廷犯官，你没见他孤身一人流落山林吗？他不会走漏什么消息的！"又转向卢彦："卢大哥快走！"卢彦仍叫着："刘讷。"刘讷大叫："走啊！"卢彦跑了。

喽啰道："刘讷，你不要命了吗？一会儿头家问起来你怎么说？"刘讷道："头家只叫我们打探石门水军的虚实，至于路上遇见什么，要你多嘴！"喽啰说："你可是个通缉犯，如今让你的熟人瞧了去，你还放他走。我看你就是不要命了。"

刘讷道："他是我的恩人，没有他就没有我，顾不了那么多了。再说，人走都走了，你要是在头家面前提起刚才的事情，我们都没命！最好谁都不要吭声！"喽啰将刀一扔："被你害死了。"

营地里，探完风的两个人回来见陆铜钱。陆铜钱问情势怎

样。刘讷道："打探清楚了，石门水军去了潯洲。咱们正好打他个措手不及。"那同行的喽啰却低头不语，默默转身。陆铜钱问他："你怎么回事？我问话呢，你正眼不看人。"喽啰只道："小的错了。"陆铜钱"嗯"了一声，便吩咐下去，进击石门寨。

再说卢彦跑到江边，急跳上了船："快，马上开船！去石门军寨。"撑船人道："卢大人，不是说好了歇息一晚明早再走吗？"卢彦道："明早就走不了了。快，马上走！"撑船人道："是！"

当晚，石门寨众军士整齐列队。守将林文通在寨中来回踱步。一军士跑了过来："报。"林文通问："怎么了？去潯洲的兄弟们一路无事？"军士道："去潯洲的兄弟们顺利，但是……"林文通问："但是什么？"军士说："外面来了一个人，急着要见您，说不能去潯洲。"

林文通叫道："该死，去潯洲的消息怎么泄露了？把那个人带进来。"

说话间，卢彦便被两名军士拉进栅门内。卢彦甩开军士，急跑向前。林文通叫道："来者何人？窃我军机！"

卢彦气喘吁吁，掏出官告："新任广州市舶使，卢彦。"

林文通接过官告看了，小吃一惊："卢大人，您怎么三更半夜地跑这里来了？"卢彦道："不说了，你是石门守将林文通？"林文通答："正是。"卢彦道："大部水军去往潯洲，所为何事？"

林文通道："海匪陆铜钱盘踞潯洲外海的葫芦岛、凤凰岛久矣！潯洲是巡海水军对外蕃船只引水的要塞。陆铜钱的人在此出没劫掠，甚至冒充水军引水，严重干扰蕃商进港，必有此一剿！"

卢彦道："此时，你想着要剿他，他却在你后背要剿你！"林文通道："此话怎讲？"卢彦说："他们已刺探到石门水军去了潯

打春（完整版）·上册

洲，现在正要从北面江口下来，打咱们后背。"

林文通吃了一惊，忙下令："紧急！快把去潊洲的人撤回来石门！"军士领命而去。林文通转身沉吟片刻，又向卢彦道："不妨，不妨。从背后打我们？我赌陆铜钱就在石门。等他这条蛇一出洞，我们先擒住贼王。"

寨外，两扇裸露的山峰从江中拔起，如同两扇石门。门中间是喷涌而出的北江。

石门左侧林地里，有陆铜钱与众海匪安营扎寨的地方。林梢在摇摆。整片山林在摇摆。盘坐在地上的陆铜钱突然睁大眼睛，手一招："起风了，升帆，杀到对门去。"

江水在两扇石门中间咆哮。

石门右侧是林文通的军寨。卢彦神色黯然。他想起刘讷的叫声——"卢大哥快走！走啊！"林文通佩剑末端的流苏在晃动，突然被风吹得直飘起来。卢彦猛地一抬眼："起风了！"林文通即向军士挥手："木支格下水！"

江面上，匪船从左石门开向右石门。船上站满海匪。官船离岸迎敌，突然机关启动，"突突突"的，有竹排模样的东西落水。

一海匪叫："发箭了，举盾。"众海匪便举起盾牌挡箭，却半晌没有动静。他们渐渐把盾牌放下。

陆铜钱在船上遥望："不是箭？"这时，匪船剧烈震动了一下，陆铜钱一阵趔趄。陆铜钱问："怎么回事？"一海匪来报："报！船进不得前了。水底有木格子阻着。"

陆铜钱哈哈大笑："原来如此，刚才官船丢出来的东西是木支格。看来，石门的水军真的搬空了，这才不敢应战，只阻着我们不得近前。"陆铜钱停下笑，手一挥："调帆，攻！"

一江入海，江海归一

潺洲海面上，小船云集。小船上有许多渔民打扮的将士。一将士号令道："飞鸽传书，即刻返回石门！"众小船纷纷掉头，搏浪而前，如同鱼群戏流。

石门军寨高台上，林文通的披风在夜风中翻飞不已。卢彦向下望着江面，众匪船桅杆尖上张牙舞爪的四角帆，正变幻莫测地扭动着。

林文通叫道："妈的，今晚风这么大！那木支格恐怕……"

江面上，众海匪摇着帆，帆船动力大增。水上的船顶着水下的木支格，木支格渐渐松动。"咕咕咕咕"的暗流水声充斥着河道。

林文通急得来回走："潺洲的人怕是要天快亮才能到。这木支格能不能撑到天亮？这风什么时候能小一点！"这时，又有将士跑上高台："报！风太大，水下的木支格似乎、似乎被船顶着跑了。"

林文通叫了一声，卢彦将他拉住，向下一指："你看！陆铜钱那边有使帆的高手，风力都被他用到尽了！"林文通问："那怎么破？"卢彦反问："咱们现在没人了？"林文通道："还有一些，不能硬打。"

卢彦道："那只能砍他的桅杆了。"林文通一拍手："好！砍他桅杆！现在让他攻不进来；一会儿咱们潊洲的人来了，没有桅杆，我让他跑不掉！"

此时，众匪船在江面上，桅杆如同竹林簇立。

忽然，桅杆间飞动着官兵水手，像归巢的鸟。众海匪一时眼花缭乱。江面上如同有人在打水漂，水花一朵朵溅起来。桅杆间飞动的官兵水手越来越多。一根桅杆慢慢倒下，紧接着许多根桅杆横七竖八地倒下了。

众海匪与水军在船上混战起来。陆铜钱站到船头："快，放箭，把爬在桅杆上那些人射下来！"海匪弓弩手忙向上放箭，水军又在下扭打弓弩手。一时间，有桅杆上落水的，又有弓弩手被勒住脖子丢进江中的。

江面外围，众小船来了，像鱼群一般围向匪船。

高台上的林文通拉住卢彦，往江面上一指："来了来了，他们来了。"此时，天已亮了。林文通一挥手："快！摆石门篙阵！"为首的将士喊："领命！"

号令一下来，数十水军将士手握长篙，从各自的小船中站了出来。他们将长篙当长棍耍，直插入水中。那长篙头部安有铁钻，铁钻点到水底的鹅卵石，石头瞬间裂开。

急浪之上，水军将士有用肩、用头顶住长篙，俯身向下撑动小船的，有左右转动长篙，点着船儿前行的。还有一个官兵水手，双臂持双篙，仰身朝天，悬在半空，人不动，舟却行，忽又翻身落下，将长篙点向水流最急处。

就这样，许多小船围住几艘大匪船，不停地打转。水流被带动，大匪船竟也不由自主地跟着打起转来。大船被缠绕着，水匪晕眩起来。

陆铜钱叫着："见鬼了，大海里的风浪我见过多少，今天一条内水把我绕住了。"

又一群水军将士把长篙盘在肩膀上，一个"撑竿跳"便上了匪船。另一群水军将士把长篙当高跷踩，躲开底下海匪的袭击。

突然，一海匪叫道："不好了！前面是个险流！"

江面上，水势落差最大处来了，水流湍急。几艘大匪船在小船们的缠绕下，跌入急流中去，倾覆。

天大亮时，战事已息。

卢彦眉头紧锁，与林文通在江岸边行走。众将士抬着伤员或尸体走过。一军士报："卢大人，那边有几个，跟您说的刘讷有点像。您过来认认？"卢彦忙快步跟过去。

江边鹅卵石上摆着几具尸体。卢彦看了看，摇摇头："不是他。"军士道："其他地方没见到您所说的那个刘讷。"卢彦点点头："知道了。"

又一军士向前来："报！陆铜钱已经伏法！"林文通问："确实验明是陆铜钱正身？"军士道："确实验明正身。"林文通叹道："十几年前，王建成大人剿过一回，让他跑了。他又到这里来，这不又死了这么多人。"言罢，即下令："曝尸三日！"军士领命而去。林文通又对卢彦说："走，卢大人，我和您去看看。"卢彦神色黯然："不看了。"

漳州沈宅，徐进来访。沈志文笑道："你要是来得再早一些，我还在广州不曾回来呢。"徐进问："你可有广州什么消息？"沈志文笑道："什么消息？我只想告诉你一个消息。我外甥中童子试了，现在赐秘阁读书，以后还会为储君伴读。"

二人边聊边走，进了书房。

沈阿契正在书房里给水仙花浇水，见客人来了，便要回避。沈志文却指着她向徐进道："我说的外甥，就是她的孩子。"

徐进向阿契笑了笑："恭喜恭喜！后生可畏，这孩子多少岁了？"阿契略有些不好意思："十二岁了。"

徐进道："我刚还跟你四哥说一件事呢。如今，占城蕃商只许去广州。我因和占城蕃客打听占城稻的事情，便去了趟广州。一到广州，无意间又听到另一件事！"

沈志文问："到底什么事？"徐进道："有个陈姓宋国使官，许多年前被氾叶国国主强行留住，不让返宋，如今是氾叶国的朝政要员，更加回不来。"阿契微微皱眉："是朝政要员难道就没有回家的自由？"徐进道："也许吧，对于氾叶国，我也所知甚少。倘若身居要位，虽有荣华富贵，但贸然返回母国，氾叶国国主恐怕会有猜忌。尽管氾叶国与我人宋没有什么过往恩怨，但也可能会是这样的。"

阿契问："可有此人姓名？"徐进摇了摇头："只知他姓陈，但是，他近期竟要回来了。"阿契问："为什么？"徐进道："听说这个身为蕃国政要的陈姓宋人，家中长辈病危，要回来参加生死大礼。"

阿契猛然抬头："家中有长辈病危？崇贤在信中说过，五爷爷已经……而且生死大礼已经结束了，会不会？"沈志文道："会不会外蕃传递消息滞后了呢？有所滞后，才是正常啊。"

阿契眼中放光："一定是夫君。"

徐进笑道："我呢，也防着是你家女婿，就赶紧追根问底，知道他下个月中将从广州登岸。广州市舶司照例会去接这位蕃官的。"阿契急道："我要去广州。"

徐进向阿契道："别忙别忙。你若去，我马上给广州石门镇一个熟人，叫作林文通的写一封信。他在巡海水军从事，让他接待接待你，帮忙引荐给市舶司。"

阿契忙行礼："多谢徐大人！"

既得远讯，阿契心中又有了盼头，重生念想。漳州渡口，她身披薄披风登上了船，素琴背着行囊跟在后面。

沈志文站在岸上问："老五，徐进的信可带上了？"阿契道："带上了。"志文又说："素琴，一路上照顾好姐姐。"素琴道："放心吧，四爷。"

客舟过处，只见江面上漂浮着几片大竹排。疍家人①在大竹排上种着青菜，一畦一畦的，规规矩矩。一个疍家老人在大竹排上喂鸡，从鸡窝里捡鸡蛋。又有疍家妇人在大竹排上煮馄饨儿卖。招展的旗子上还写着"疍家馄饨儿"。

阿契看着这些水上村落，还以为那是一片汀州小屿。

---

① 疍家人：据李弢《筠溪诗文与宋代漳州风情》，李弥逊笔下有九龙江上疍民的生活及九龙江岸边百姓的田间劳作情景。如疍民赶渔市"趁虚渔唱来成市，入埭田歌去作群。阁雨云深山着帽，驾潮风急浪翻云"。

夜深了，客舟泛至珠江口。水上波光映着船火，星光满天。阿契坐在船篷口。素琴走了过来，弯腰向前一指："姐姐，前面就是广州猎德镇港口了。"阿契起身站到甲板上眺望，披风在夜风中翻飞。火长[1]道："拢不得岸，猎德港戒严了。"阿契见不远处似有小岛，灯火点点。火长指给她看："那个是海心沙。猎德港不让停，不如去琶洲。"[2]船头刚调转方向，对岸就有一艘小船驶来。船上的军士挥动着小旗。舵工望了火长一眼，摊着手："是巡海水军，大半夜的出了什么事儿？琶洲也不让靠近？"火长道："还是走吧，估计不是什么好事儿。"舵工问："那直接去石门吧？"火长道："去石门吧，哎哟，天要亮了。"

客舟继续改道。素琴歪着身子在船篷里打起呼噜。不眠的沈阿契仍站在甲板上，两个眼圈是发黑的。

江海交汇处，波浪喘息不止。

阿契的披风翻飞得越来越凶，呼啦啦地响。披风上的两根绸带猛地勒住她的脖子。她有些难受，张了张嘴，双手把披风往回一兜，紧紧握住。

客舟到石门了。阿契望见巨石如门，打横拦住江口。石色浅白，显出形来。石门中间是光色更加发白发亮的激流，水瀑之声阵阵。

---

① 火长：据阳江广东海上丝绸之路博物馆资料，火长负责船舶驾驶，指挥水手操纵船只。

② 据孙翔、田银生《宋代广州城市空间初探》，宋代广州有猎德镇，南临珠江，有海心沙发育，故成为良好泊地。猎德镇有深水码头，水深风静，南岸为磨碟沙。猎德东面的琶洲为宋代码头区，是江防要地。琶洲东面即为扶胥镇。

素琴醒了，也站到甲板上。阿契道："从前听客商们说，汉①的时候，石门是兵家要塞。现在看在眼里，果然是天险。"素琴点点头："如今太平盛世，这条水路倒成了商旅航运的生财之道了。"

这时，又一艘小船驶过来。船上站着挥动小旗的军士。

舵工皱着眉头向火长道："还是不让停。"艄工②问："去扶胥港吗？"火长道："看来有大事儿，还是别乱走了。亚保，你去打听一下，广州现在哪个港口可以让商船靠岸的？"艄工便从船上放下小排，渐渐向军士的小船靠近。

艄工向军士挥动手臂："哎——军爷，广州哪个港可以停？"军士还没回答，一根冷箭"嗖"地从暗夜里飞出，射中军士的脖子。军士"扑通"倒入水中。

石门寨上的水军突然擂起鼓来，震天震地地响。

众水军呼喊着："是水匪！是水匪！"

一阵箭雨射来，沈阿契船上众人慌乱地跑着。阿契趴到甲板上。箭簇落下来，正好插在她的指缝中间。

火长高声叫着："我们是民船！军爷，我们是民船！"然而，箭雨漫天落下。远远的，江上船只在箭雨中如同刺猬，摇摇欲沉。

阿契贴在甲板上的脸和手，渐渐漫入水中。她惊恐地瞪大眼睛，突然听到一把熟悉的声音："阿契！快起来，这里！阿契。"

她猛一抬头，见另一艘船驶了过来。陈云峰站在船栏杆前，披

---

① 汉：此处指五代十国的南汉。

② 艄工：据阳江广东海上丝绸之路博物馆资料，艄工是操纵锚锭的人员。

着披风，头上簪着一朵白花，失色地对她喊着，向她伸出手来。沈阿契站起身来，突然失去平衡，往下一摔。她的船倾覆了。她落入水中。

陈云峰欲跳入水中，被杭哥抱住。杭哥叫着："二爷！您不会水，让船夫去救。"沈阿契却在水里浮出脑袋来，向陈云峰高声叫着："你别跳！我游过来！"

她游向陈云峰的船只。陈云峰叫着："小心点儿！"又向船夫："快！拉她上来。"船夫向水中抛下一个系着绳索的浮子。

此时，一支箭落到水中，就在离沈阿契不远的地方。陈云峰向军士叫着："快把咱们的旗子挂上去！"军士道："已经挂了。"陈云峰叫着："瞎了吗？民船、匪船都分不清？怎么还有箭往这儿来？"

军士道："陈副使，咱们的船快离开此处吧！匪船来了！水军也追着匪船来了，怕误伤您！"

陈云峰只望向水里："快救人！"

江水中，沈阿契的腰上已绑好绳子。船夫把她往上拉。她翻过船栏杆，爬上船来。陈云峰忙不迭，一把抱住浑身湿透的沈阿契。江水濡湿了他的衣袍。又三支箭"嗖嗖嗖"飞来，射穿陈云峰被风吹开的披风。阿契吓得一声惊叫。陈云峰抱紧她："别怕！"又转头向众人："快走！"

陈云峰的船终于在箭雨中渐行渐远。

岸上，湿漉漉的火长把受伤的舵工拖到自己身边。

素琴从水中冒出来，四处张望，焦急无措："姐姐，姐姐！"

石门寨上的水军擂鼓、摇旗、呐喊。十来艘小船箭一般发出。浅黑的天色中暗藏着深黑，深黑之中又有火光点点透出。远处匪船

的厮杀声越来越近。

不知过了多久，江上安静了，只剩下水声。官船和被控制的匪船都渐渐驶进石门寨。

清晨，官兵们在岸上清点着或生或死的水匪。火长背着受伤的舵工走在人群中，伛偻着，惊慌着："亚保呢？亚保没有回来？"火长把受伤的舵工放下，望着江面，哭起来："亚保，我昨天为什么要让你去问路啊？为什么啊？"

四个军士走向火长，亮出身牌。身牌上有"澄海"二字。

原来，广南东路内多水道，外守海疆，用兵多有水军。广州入宋之后，宋收编汉王水军，其中就有"忠敢"军和"澄海"军。[①]这两个名号，是嘉赞军士们巡海澄波，忠诚勇敢之意。眼前的军士，就是巡海水军中的"澄海"一支。

军士看了看受伤的舵工，向火长道："我们是巡海水军。昨晚缉捕水匪陆铜钱的余孽。你们是民船，无辜被水匪所伤，市舶司会有抚恤的。如有伤亡，可让家属到市舶司来领抚恤银。"火长只是垂泪不已。

此时，素琴跑了过来："火长，你们亚保捞上来了，中了十几箭！"火长和舵工相视大哭。

素琴寻沈阿契不着，心中甚慌，而此时阿契已与陈云峰来到石门寨外。

骄阳当空，石门寨上官兵林立。寨外高台之上，远远悬挂着

---

① 据广州日报《广州古城砖上"刻"着宋代军事史》（记者卜松竹），
广南巡海水军由南汉水军改编而来，宋廷对该水军及"忠敢""澄海"等军皆予以训练。

一个人。阿契抬头往上望了一眼，对陈云峰说："上面好像有个人。"陈云峰道："那是个海匪，剿灭之后被曝尸。"

阿契颇感吃惊，忙低下头："啊！"陈云峰停下脚步，犹豫半晌："被剿的，是陆铜钱。"阿契抬头看着他："不可能！陆铜钱十几年前已经被剿灭了。"陈云峰道："那次让他跑了，最近又在海上走私铜钱。"阿契问："那这次呢？"

陈云峰比了个杀头的动作，手往天上一指。沈阿契不知所措，转身拔腿就走。陈云峰问："你去哪里？"阿契道："这石门寨，我不想进去了。"陈云峰拉住她："你不是说，你四哥的同窗写了一封信给石门寨的林文通吗？"阿契道："早就泡坏在水里了。"

陈云峰又说："你不是想知道，那个姓陈的归宋使官是不是云卿吗？"沈阿契略停住脚步，又挣开陈云峰，走了。陈云峰跟了过去。

北江岸边，刘讷低低地盖着斗笠，穿梭在众路人中。官兵就在岸边巡逻，刘讷背过脸去，心中叫着："夫人，您到底在哪里？"

突然，刘讷背后出现了沈阿契的身影。阿契叫起来："刘讷！"刘讷猛然一转身看到她，急忙要走。阿契紧追不舍："刘讷，你干的好事！害我大哥在开封府牢里关了那么久。"

刘讷越跑越快。沈阿契向众官兵喊着："来人呐，那个人是通缉犯刘讷，抓住他！"众官兵闻言望向刘讷，似在指点，渐渐围了过来。

刘讷停住脚步，回头看着沈阿契，笑了笑："沈阿契，好久不见。你该不会不知道石门寨上挂着的是谁吧？"阿契道："不干你事，我只问你伪造交引陷害我大哥一事！"刘讷说："不会不干我事。你不想知道他的夫人、你的三姐现在在哪里吗？"

阿契大惊，走向刘讷："你知道我三姐在哪里？"此时，一官兵向刘讷一指："在那里！果然是刘讷，陆铜钱的余孽，快抓住他。"刘讷反手拉过沈阿契来，拔出短刀卡住她的脖子，向众官兵道："不许过来！过来我就杀了她。"

陈云峰急忙赶来："住手！别动她！"刘讷向陈云峰道："放我走，否则，我要沈阿契给我陪葬！"陈云峰伸出手："好好，你把刀放下，我让他们放你走！"刘讷道："你让他们都让开！"陈云峰向众官兵道："让开，都让开！"

众官兵徐徐让开一条道儿。刘讷挟持着沈阿契缓缓挪动脚步。阿契脖子上的刀锋晃着日光，陈云峰不由得向刘讷吼起来："你把刀放下！"

此时，刘讷的身后忽出现了素琴的身影。

素琴从身旁一名官兵手中默契地接过一挂弓箭。箭上弦，弓拉满，箭就放了出去。刘讷后背中箭，"扑通"倒地。原本卡在沈阿契脖子上的刀锋一滑，却往她肩膀上拉出一道口子，鲜血流了出来。

陈云峰三步跨作俩，向前扶住她："阿契！"他看着阿契的伤口，阿契忙伸手捂了捂："我没事。"陈云峰又转身向素琴道："多谢这位小兄弟相救！小兄弟箭法实在了得。"阿契这才见到素琴，一脸的喜悦："素琴！"

陈云峰便拉着阿契进石门寨内处理伤口。

林文通上前见礼："陈夫人受惊了，所幸您没有伤重！在下就是林文通，与徐大人是故交。陈夫人且先安顿下来，待来远院有消息我便报知您。"

阿契忙还礼道谢。

再说卢彦听到刘讷归案的消息，即到牢中看视。他见刘讷气息奄奄躺在稻草上，忙叫道："刘讷。"刘讷伸着手："卢大哥，上回，你闯入陆铜钱的地盘，我放了你。现在你也放了我。我还，不想死。"卢彦俯下身子，抓着他的手："早知今日，何必当初？"

刘讷道："卢大哥，我，我于交子、交引的问世，有功。"

卢彦道："可你为何走上这条不归路？"刘讷说："我投陆铜钱，是因为没有后路，必死，挣扎。"卢彦道："可你为什么伪造交引？什么名，什么利，你想要什么，完全可以跟我说啊。你是有功的，你何必如此？"

刘讷有声无气地说："因为，没有人会怀疑我，没有……"话没说完，便咽了气。卢彦痛心地摇着他："刘讷！"

暮色沉沉，卢彦回到石门寨。

他问："陈副使呢？"林文通道："陈副使已回转运司行署去了。"卢彦又问："陈副使刚从京里回来，孝服未除。他可知道氾叶国陈姓使官归宋的事情？"林文通道："他已知晓的。下官见到他时，他正好和那位使官夫人在一处。使官夫人是来候船的。"

卢彦点了点头："哦，那是他弟媳。那位使官夫人可安顿好了？"

林文通道："还在咱们军寨暂歇，已经着人去驿馆安排好住处，再过来接陈夫人去驿馆。"卢彦又点了点头。

林文通说："昨晚鏖战，军士伤亡详情一会儿便报过来。所幸，陆铜钱的余孽已扑灭。也有民船被误伤，连陈夫人也被海匪当作人质挟持，肩膀上拉了一刀。"

卢彦忙问："重不重？"林文通道："轻伤。"

卢彦握了握拳，道："陆铜钱，以前是走私铜钱。老窝被剿

了之后，集结江湖水匪，在海上打劫朝廷纲运，滋扰民船。如果耗着，商船只会隔三差五不得近岸。所以，要动就要彻底打死！什么跳江，什么跳海，水匪还能被淹死？"

林文通道："正是！水匪已剿，捷报已经报给东京了，请卢大人放心。"

二人说着，走到廊外，恰沈阿契携素琴经过。卢彦望了她一眼，不吭声。阿契叫："卢大人。"卢彦方开了口："陈夫人。"阿契问："您怎么在这里？您不是在韶州吗？"卢彦淡淡说："哦，朝廷又把我喊过来广州了，现在没在韶州。"阿契点着头："哦。"

石门寨外，沈来弟孤身徘徊在暮色中。

一军士叫住她："那妇人，你在这里作甚？"沈来弟终于迈步向前："我是陆定远家眷，我来替他收尸！"军士一惊："此话当真？"沈来弟一脸倔强："当真！请军寨的大人们恩准我替他收尸。"

军士问："你姓甚名谁？"沈来弟答："沈来弟。"又一军士道："不好，真是他家眷，抓起来！"说着，二军士一左一右上前拿住沈来弟，径直押入寨中，摁住跪到卢彦、林文通跟前。

军士报："卢大人、林大人，陆铜钱的尸首在关口示众。这名女子自称是陆铜钱的家眷，要来收尸。"

沈阿契在旁闻言，大惊失色，三两步迈到沈来弟跟前，捧起她的脸："三姐！"阿契"扑通"一声，跪到沈来弟跟前："三姐，是我，我是老五。"

沈来弟愣了一下，不曾想在这里遇见多年未见的妹妹，叫道："老五，是你，你如今好吗？"阿契点着头，哭起来："好，我好。"沈来弟拉住她的手，道："好就好。"

阿契一转身，跪到卢彦、林文通跟前，磕了几个头："卢大人！林大人！这是我三姐，我亲姐姐！陆铜钱是个恶霸。他横行乡里，欺男霸女。他！我三姐十几年前被他强行掳走。现在恶霸伏法了，朝廷要解救这个弱女子！"

林文通颇感意外，看了看卢彦脸色。

沈来弟听了阿契的说辞，却瞬间变了脸，一把揪过她的衣领，伸手就是一巴掌："你闭嘴！"阿契捂着脸："三姐！"她想劝点什么，又难以当众说出口。沈来弟不由分说，自己认道："两位大人，我是陆定远家眷。我是来替他收尸的，请两位大人恩准。"

阿契忙把姐姐往身后推："不！你们不要听她的。她是被抢走的。十几二十年前，陆铜钱还抢过潮州段部署之女，抢去做了压寨夫人。剿匪之后，这位大夫人还被朝廷解救回娘家了。这个大家都知道的呀。两位大人一定要解救我三姐。她被陆铜钱祸害了十几年，我们一家都盼着陆铜钱死！"

沈来弟恼了，抿着嘴唇，一把拽过阿契受伤的胳膊。阿契一阵疼痛，叫了一声。沈来弟又狠狠扇了她妹子一巴掌："你放屁！你怎么能这么说他？他人都死了。他是你姐夫啊！"

阿契顾不得别的，急得回扇了姐姐一巴掌："你才给我闭嘴。你不要再说话！"说罢，恳切地望着卢彦："卢大人，这个事情您是清楚的呀。十几年前我就跟王建成王大人说清楚了的。王大人他老人家也知道我三姐有冤情……"

沈来弟把阿契一推，叫道："滚！我不会连累你们的。"

卢彦道："都别说话。"又看了林文通一眼，走到沈来弟跟前："你不要闹了，怪我们来得太迟，让你跟了陆铜钱这么久，是

我们不好。"说罢，向林文通道："这个女子确实是陈夫人的亲姐姐，十几年前被陆铜钱强掳为妾。这件事情王建成王大人之前已有定性，我看……"林文通点着头："卢大人做主就是。"

沈来弟却不管不顾，跪步向前，抱住卢彦的双脚："阿叔，你就让我替他收了尸吧！"卢彦有些无措，向一旁的军士道："这个女子，她已神志不清，把她带下去，让陈夫人守着她。"沈来弟笑了起来，止住军士："等等。"

她望向卢彦："阿叔，铜钱出海为什么不对？"卢彦道："铜钱出海当然不对。"沈来弟道："不就是因为钱荒吗？为什么会钱荒？因为开矿冶铜太少，没人想干这件事。为什么没人想干？因为开矿铸钱无利可图，朝廷铜本钱亦有限。倘若铜钱像瓷器一样，可以出海，海外诸蕃铜价高，必然刺激铜矿的开采冶炼，铸钱不就多了吗？"

卢彦弯下腰扶着沈来弟，温和地说："不要胡思乱想，不要胡说八道了。"沈来弟笑吟吟地看着他："要不，试试？"卢彦有些恍惚。沈来弟忽拔出他腰间的佩刀，往自己脖子上一抹，顿时血流如注。卢彦猛地放开她，往后踉跄了两步，又向前探她鼻息："快救人，快救人。"

沈阿契见此突变，坐在地上动也不动，声也不出，整个人定住了。

一时郎中跑了进来，俯下身看视沈来弟，回禀道："告二位大人，这个女子已经咽气。"卢彦闻言，顿足叹息。阿契这才渐渐挪动身子，靠到沈来弟身边，伸手摸着她的脸，喃喃道："是打在这里吗？疼不疼？"

素琴见状，不由得抹了两手的眼泪，向前扶起沈阿契："姐姐，姐姐。"

沈阿契浑身瘫软，素琴又从身后架起她。她一起身，又瘫下地去，肩膀上的衣物沁染出一片血渍来。

石门驿馆，沈阿契把自己关在房间里已经有一段时日了。

卢彦看着紧闭的房门，问素琴："她每天都在屋里吗？"素琴答"是"。卢彦敲门道："阿契，我来是想告诉你，那个陈姓蕃官的名字打听到了，真的叫云卿，真的是云卿。也许很快云卿就回来了，你要振作一点。你看崇贤又中了童子科……"

话犹未了，房门开了。沈阿契出了门："我今天要去白田镇拜祭三姐。"卢彦道："我和你一起去吧。"

白田镇①是一个横卧在江岸之上的小镇。江岸水清沙净，远处有一片白色花田。这地方叫白田镇，当地人又叫它花田镇。叫它花田，因为这里是花的田野；叫它白田，因为这里是白色的花的田野。

此时节，田塍里芳香袭人，都是素馨花。远远的，有五六个花农在田间采摘鲜花。

熏风夹着南日，吹拂人们的眼帘。天空和土地之间，色调甚是雅净。

卢彦站在道旁，将马鞭往远处一指："这里就是白田镇。白田的花市远近闻名，是白田百姓的主要生计。"说罢与阿契走下花田去。素琴把马车拴在道旁树上，也跟了下去。

阿契抬起头来嗅了嗅风中的气息。素琴道："好香啊，姐

---

① 白田镇：据孙翔、田银生《宋代广州城市空间初探》，宋代广州有白田镇，即西关。彼处产白花，或即素馨，有花市。

姐。"阿契说："这么一大片，有那么多人买花吗？"卢彦道："也有卖鲜花的，也有制成花茶的，也有制成素馨香脂的。"阿契点点头："原来是制成花茶。"

卢彦笑了笑："你素来不打扮？买鲜花的，不比买花茶的少。"阿契脸上挂霜："我不曾在广州生活，并不知这里的仕女们喜欢戴这个。"①说罢径直往前走。卢彦又道："这些素馨，买回去插在花房里，不跟春日插一枝桃花，冬日插一枝梅花一样？且更加香气馥郁。"

阿契转头道："小时候在潮州家中，桃花哪里用买？不过是屋前屋后，见到有开了的，便折来玩耍。"素琴道："姐姐，城里头跟乡下不一样。乡下的花草，也许是天地的，屋前屋后便能折走；城里的花草，一枝一条都是人家的，要讲买卖。"阿契于是拿了些铜钱给他："如此，去帮我买一些给三姐。"

素琴接了钱，向花农跑去，远远地，又挥着一束素馨花跑回来。

他说道："这里的素馨花长得真好，我听他们说……"他欲言又止。阿契看了看他，他又道："听说汉宫的宫女死了，都葬在这里，所以才叫花田。"阿契脸色凝住了："也许是真的。宋立国之前，这里是汉，不是太久远的事情。花农们大概没有胡说吧。"

又走了一段路，沈阿契把花束放到沈来弟墓碑前。墓碑上刻着"陆定远、沈来弟之墓"。卢彦坐在不远处的田埂上，望着阿契的背影。

---

① 据程民生《宋代物价研究》，第255—256页，广州盛产素馨花，"旋掇花头，装于他枝。或以竹丝贯之，卖于市，一枝二文，人竟买戴"。

祭拜毕，阿契又和卢彦走进花田中。素琴紧跟其后。在素琴眼中，卢彦与阿契似乎交谈甚密。他撇了撇嘴，面露不悦。

卢彦说："沈大哥有六个子女，每一个都不简单。我何尝乐见你们这样？"阿契问："您，当初是怎么跟我阿叔结为兄弟的？"卢彦只说："你阿叔后来虽遇到了点儿事情，不太振作，但他年轻的时候，在海船上可是做老大的。我认他做了大哥，不就没人欺负，不会挨打了？"

阿契笑了笑："您也会被人欺负？"卢彦也笑了笑："怎么不会？"说着转头看向身后的素琴："嘿，你看我能打不？"

素琴大叫："您肯定不能打，爷，您大概还打不过我。"卢彦道："呵呵，要不咱俩在这里试试？"素琴胸脯一昂："试试就试试。"阿契忙止住他："素琴！"

然而，这种阻止似乎没有作用。只见卢彦把身上的佩刀一解，远远丢开："哟，这擂台一摆，就有人来打擂啊。"阿契拉住素琴："快跟卢大人道歉。"素琴道："是卢大人要比划的。"

卢彦向阿契道："阿契，你要看的话站远一点儿看啊。你放心，这个书童你还要还给你四哥，我不会把他打坏的。"素琴道："爷，我可不是书童。我不读书，只玩棍棒。"话犹未了，俩人便扭作一团滚到花地里去了。

一动手，卢彦占了上风，素琴一直被打。阿契一旁看着，不乐意了："卢大人，别跟素琴一般见识。卢大人，素琴还是个孩子。卢大人，素琴是我的人啊，你凭什么打他？卢大人，素琴我还要还给我四哥的。"

素琴突然反击，反过来扭住卢彦，一连就是两拳。阿契大惊："素琴！他年纪大了，你快住手！"卢彦受了两拳，反身把素琴压

第十五章 一江入海，江海归一

467

住，又伸腿一踢，素琴经不住，跪到地上。卢彦又一拳下去，素琴趴到地上。

阿契急了："卢大哥，你还要不要脸？不要脸的话我就报官了。"卢彦这才住了手。素琴要反攻，卢彦却将他死死摁住，往前一推，方放开手。

阿契松了口气，卢彦却铁青着脸："说谁年纪大了呢？"

素琴缓缓爬起来，鼻青脸肿的。阿契忙将他扶住。

几个花农怒气冲冲地围了过来："这两个扑街把花压坏了，赔钱！"卢彦从腰间取出一吊钱，抛向花农，又摸了摸自己的腰："刚才被这破玩意儿硌坏了，不然这小子找不到空子的。"

再说这天阿契出门去了，陈云峰却到石门驿馆来。他敲着阿契房门，半晌无人应答。

驿丞笑脸相迎，走了过来："陈副使，您来啦！"陈云峰问："陈夫人还没起来？"驿丞道："一早出门了。"陈云峰道："哦？广州她人生地不熟的，出门是去哪里？"驿丞道："小人不知。"

陈云峰又问："她和谁去？"驿丞道："陈夫人带着她的小厮，和市舶司卢彦卢大人出去的。"陈云峰的脸色变得难看起来。驿丞又道："陈副使，您若有什么事情交代，可以告诉小人。小人一定转达给陈夫人。"陈云峰说："没有，我在这儿等等她。快回来了吧？"驿丞说："一大早出去的，怕是快回来了。陈副使请到厅里坐着等候，容小人奉茶。"陈云峰辞道："不必麻烦，你忙你的吧。"

陈云峰一等就是一天。

他站在驿馆前庭，望了望天色，此时已是红霞漫天。陈云峰问："陈夫人还没回来吗？"驿丞道："告陈副使，还没回来。"陈云峰不悦，随手挥了一下庭前花枝。花瓣落了一地。

此时，白田镇的路上也是夕照满道。远处，白色的花田映照在晚霞中。

素琴嘟着嘴，脸上青红了两块，不情不愿地赶着马车。车帘子被掀开，沈阿契露出脸来看了看他，不说话。

马车终于回到驿馆。陈云峰见到阿契和素琴进门穿过走廊，忙跟了过去。房门却关上了。

陈云峰在门外站住了。

房间内，阿契正训斥着素琴："你找死吗？怎么可以跟卢彦动手？你还有没有大小？有没有规矩？"素琴扶着桌子，忍着身上的疼痛缓缓跪到地上："姐姐，你随便罚！反正我就是要教训那个两眼色眯眯的老头儿。"

阿契道："你胡说什么呢？"素琴道："我没胡说，卢彦这个小老头儿对姐姐不怀好意。我早就看出来了。四爷叫我保护姐姐，我就要保护好姐姐。我是保护姐姐来接陈家姐夫的。他要是再无事献殷勤，我就赶他走。"

陈云峰在门口听着，脸色变得更加难看起来。

房间内，阿契把素琴拉起来，道："素琴，你可知道你在说什么？你一个小孩子，这样说除了败坏卢大人的名声，也会害死姐姐的。如果外面有人说姐姐不贞，你陈家姐夫就不要姐姐了。姐姐还会被他们拉去浸猪笼的。你想看到姐姐被淹死吗？"

素琴吃了一惊："真的吗，姐姐？姐姐没做坏事，也要浸猪笼吗？"阿契正色道："没做坏事，不用浸猪笼，但人言可畏，三人成虎，这种玩笑岂是开得的？"素琴又跪下了："姐姐，素琴知道

错了。以后再也不敢胡说，睡着了说梦话也不敢！"

阿契看了看素琴，只好又把他拉起来："你回房吧，看看哪里伤了擦些药去。"素琴打开房门，却见陈云峰正站在门口。阿契头一抬，吃了一惊："峰哥。"

陈云峰冷着脸向阿契道："你出来一下。"

阿契便随他到了驿馆前庭："峰哥，我……"陈云峰道："你不用解释了。"阿契有些着急："不是，我没什么好解释的。"陈云峰道："正是呢，你没什么好解释的。"

阿契赌气不语。

陈云峰又道："你知道什么是世家吗？几代人拼命地玩，才有今天。我希望你至少为崇贤想想。"阿契恼了："我怎么没为崇贤想了？"陈云峰说："你来广州是干什么来了？你不是来接云卿的吗？我希望你还是清醒一点儿吧，卢彦……"

阿契打断他的话："这不关卢大人什么事！"陈云峰道："素琴一团孩气，他是不会说谎的。"阿契冷笑道："峰哥，您总是希望我这样，希望我那样，我无所谓了。但是，你不要带上卢大人！"

陈云峰点点头："你很为他说话。"阿契扭过头去不言语。陈云峰一时无语，半晌，语气又柔和下来："我来只是想告诉你，那个陈姓使官的名字，真的叫云卿。"说罢转而笑了笑。阿契的脸色也缓和了下来，微露笑意："那就好，早上卢大人已经告诉我了。"陈云峰一听，又不高兴，转身就走了。

阿契望着他的背影，懊恼地咬了咬嘴唇。

驿馆内，沈阿契拿着跌打药走进素琴房间："素琴，这两天伤好点儿没有？我看看。"素琴道："身上没伤，全伤在脸上了，姐姐您看。卢彦那个糟老头子坏得很，专门打脸，不讲武德。"他指着自己的脸。

阿契看了看，素琴又道："素琴虽然挨了打，但毕竟听到了好消息。归宋使官①真的是咱家姑爷。素琴心里也高兴。"阿契点了点头，心想："等夫君回来，一切都会好起来的！"

她望了望窗外灯火："我想出去看看这边的灯塔，你和我一起去。"素琴说："大晚上的，姐姐贵重之人，不好出去。"阿契却说："就是要晚上灯塔才会亮起，给归舶引航。"素琴方点头道："好，那素琴护卫姐姐左右，姐姐放心。"

二人便离了驿馆，到江边来。

江边峭壁之上，有一座白水台，连着高峰。高峰山石间不远不近的地方，有石门江瀑倾泻而下。沈阿契携素琴登上了白水台。

月光下，江海交汇，宝舶点点。一座灯塔矗立在岸边岛礁上。阿契手一指："素琴，你看！"素琴见了，一声惊叹。

"一江入海，江海归一。"陈云峰的声音传来。阿契往台阶下一望，正是陈云峰带着几个人在往上走。她向素琴低声道："是他们，咱们到亭子里避一避吧。"二人便走进山石后的亭子内。

"一江入海，江海归一。陈副使妙句，妙句！堪配此景。"一青衫男子反复咀嚼陈云峰的话，称赞起来。陈云峰忙道："哪里哪里？只是以前听说广南东这边江海不分，如今看来浑然一体。"

同行又一茜衫男子指着石门江瀑道："陈副使您看，水为财，这个门是财门。诸蕃宝舶归来，此处便是金山珠海了。"众人皆笑

---

① 据【美】韩森《公元1000年全球化的开端》，第242页，宋朝建立之初，朝廷就派遣官员到东南亚国家招募朝贡使团。

了起来。

陈云峰忽道："财门之上，就是贪泉，改日我带诸位去看看。"茜衫男子有些好奇："贪泉？何为贪泉？"青衫男子又问："莫不是'古人云此水，一歃怀千金'那个贪泉？"陈云峰呵呵一笑："正是。"

众人议论起来。青衫男子道："原来是这个贪泉，那必须去看看。一人喝上一瓢，才不枉此行。"陈云峰说："那泉在山上，夜里不好走，改日白天去。"

这陈云峰在白水台观江望海，来远院的小吏却四处寻他不着。

那小吏在石门寨内向林文通道："告林大人，来远院[①]有归宋蕃官陈云卿的新消息。卢大人命我即刻报给陈副使知晓，但陈副使不在转运司行署，说是在您这儿。"林文通不解："在我这儿？没来呀。"小吏迟疑着："这……"林文通想了想："等等，也许在外头，我们去看看。"

林文通携小吏登上白水台，果然见到陈云峰一行。林文通行礼道："陈副使，您来了也不跟小人说一声，实在怠慢。"陈云峰说："江南路几个旧日同窗来看我，晚饭过后登台望舶，看海上生明月。只是友人兴致，不是公事，不必拘礼。"

林文通又与江南路众人互相见礼，方道："陈副使，来远院有消息报您。"陈云峰说："这里讲。"小吏上前道："告陈副使，来远院获悉归宋蕃官陈云卿细事。他原是宋人，出使去宣讲市舶宋

---

① 来远院：据王元林、马伟明《宋代南海诸国使节来华驿馆考》，宋代接待蕃国使节的驿馆多命名为礼宾院、怀远驿、来远驿等。此处虚构一来远院。

政，招徕蕃商，谁知船到氾叶国的时候，被国主扣留住了，如今做了氾叶国的户部主官。"[1]

青衫男子道："此人必是有些才了，不然氾叶国国主扣他去作甚？"茜衫男子道："纵然有些才，当为我大宋所用才好，怎可久居蕃国？"青衫男子又道："氾叶国亦不是敌国，与我大宋甚少往来，再说他恐怕是身不由己。倘若朝廷不怪罪，也算是缔结好事。"

那小吏便说："告诸位大人，说到缔结好事，却真是缔结好事了！这位蕃国贵人此次回来，把氾叶国的公主也带来了。原来他是被招做了驸马！卢大人要小人秉明陈副使，此次接待规格可能要以国礼。可他又是返乡参加长辈丧礼，属于私事，也不欲张扬，这怎么样才合适呢？"

陈云峰闻言大惊。躲在亭子后的沈阿契和素琴也大吃一惊。素琴按捺不住，跳了出去，指着小吏道："你胡说！陈云卿是我家姑爷。他早有妻室，怎可招为蕃国驸马？"说着将沈阿契推到众人面前："这位就是我家五娘子，陈云卿的原配夫人。哪里来的什么蕃国公主？真是岂有此理！"

所有人都向阿契看了过来，齐刷刷的目光仿佛当头的烈日，灼烧着她的眼睛。她的双眼不敢睁也不敢看。她将素琴一拉："素琴，不要说了！我们快走。"就像是做了什么见不得人的事情，她满脸热辣辣的，转身就逃，往台阶下走去。陈云峰叫道："站住！

---

[1] 据黄纯艳《宋代海外贸易》，第112页，中国当时的科学技术远远先进于海外诸国。华侨"住蕃"地往往"试其能诱以仕禄"。例如，交趾国对"闽人附海舶往者必厚遇之，同使之官，咨以决事"。

第十五章　一江入海，江海归一

拦住他们。"众人闻令，将二人拦住。

沈阿契转过身来，目光犀利地看着陈云峰："陈副使有什么指教？"林文通见陈云峰没答话，气氛尴尬，只好笑向沈阿契："陈夫人，您怎么来了也不说一声？大晚上的，您怎么没在驿馆歇息？"

陈云峰这才缓缓道："太晚了，陈夫人今晚就先别回驿馆了，就在石门寨西厢安排住下。船就到了，你们夫妻正好相见。"

当晚，阿契便在西厢安顿下了。

第二天，陈云峰又到石门寨来。他敲门进了阿契房里："昨晚睡得可好？"阿契心里很空，很乱，很焦虑，只说了声："多谢关心。"她心里这种不好的感觉已经不是男女醋意了，而是恐惧。那种无所依傍，生而有错的无力感又重袭她的心头。

陈云峰道："你先在这里住几日，稍安勿躁。"阿契低垂着头。风息了，她也无法呼吸。陈云峰又说："我知道你心里不好受。可是，即便十九变成蕃国驸马，现在也不是你一哭二闹三上吊的时候。你要识大体。"

阿契含泪点头："是，陈副使！也许夫君回来了，才是我最应该被逐出陈家的理由。"陈云峰道："你胡说什么呢？"阿契冷冷道："我因为贞节牌坊的事情被你们陈家赶了出来。但是，即使夫君回来了，证实了贞节牌坊的荒唐，也不会有人想到，是我使陈家免于欺君之罪。"

陈云峰微恼："你！"他缓了缓，低声地："我当初请贞节牌坊，也是为了你好。"阿契笑了笑："我多谢您。"陈云峰好没意思，出了房门，向门口守着的军士道："好好看着，不要让她离开石门寨。"军士领命。

阿契坐在房中生着闷气，半晌才起身来。她走到窗边，将窗一推，窗户"啪"的一声，响脆脆地撞到窗外站岗军士的后脑勺上。阿契忙道歉："对不起，对不起。"挨撞的军士看了她一眼，又转回头去。

阿契突然心中一惊，似乎想到了什么，又轻轻打开其他窗户，见外面都站着军士。她忙打开门，门外的军士马上做了个禁止出外的手势。阿契朝门外叫着："素琴，素琴！"她的脚刚跨出半步，军士便将她拦住："您不能出去。"阿契又朝门外叫着："你们什么意思！软禁我吗？"然而眼前只有空荡荡的走廊。她吐了口气，关上门回到屋里。她喝了口水，满屋里坐一坐、站一站，又和衣倒到床上去，辗转反侧。

如此数日，阿契受不了了，打开窗对着走廊喊："放我出去，我要出去！你们喊个人帮我找一根白绫来！"陈云峰、林文通正走到走廊上。林文通不禁望了陈云峰一眼："这？"

房门突然开了，背靠着门发脾气的沈阿契吓了一跳。陈云峰、林文通走进房来。陈云峰道："要白绫干什么？"阿契对他叫着："你把我关起来是什么意思？"陈云峰又不答，林文通只好打着圆场："陈夫人，您别急呀，先住着，这船还没来。"说着，拿出一篮子素馨花。里头有几枝发饰，有几枝插瓶的，还有两盒素馨花茶。他把篮子放到桌子上，又将花插到镜台前的瓶子里。

阿契对着陈云峰"唰唰"掉着眼泪："不是，你凭什么呀？凭什么呀？"此时，卢彦走到房门外，瞥见陈云峰正跟沈阿契说着什么，说得她哭个不停。卢彦放轻脚步，转身走了。

西厢房内，林文通动手泡着素馨花茶，一边端给陈云峰，一边端给沈阿契。陈云峰向阿契道："你要出去你要出去，你要出去干

什么？一来，云卿落个停妻再娶的罪名不好。二来，蕃国公主再怎么深明大义，也不可能让她做妾。"

阿契情绪激动。陈云峰又道："你听我说完！倘若云卿在蕃国对婚事有所隐瞒，触怒了蕃国国主，谁知道是轻是重呢？也许就不是宋法的'停妻再娶'那么简单了。便是云卿有负于你，但在外蕃多半是有苦衷的，你真想要了他的命？即便你想要他的命，以后崇贤怎么想？"

再说石门寨后堂，有一处宴会厅。一位乐舞教练师傅名唤"六娘"的，见到了卢彦，便笑吟吟上前来："卢大人，祈风大会①的祭祀乐舞《五羊仙舞》已经编排好，可否这两日先小小地预演一番，请您过目？"卢彦道："哦，这么快就编排好了？"六娘含笑点头。卢彦道："好啊！这两日？我看，今日就不错。"

六娘想了想："今日？可以啊。"卢彦道："就在后堂这里预演如何？"

此时，陈云峰离了西厢房间，一脸阴沉，正向后堂走来。卢彦上前道："请陈副使一同观看《五羊仙舞》？"陈云峰兴致全无："我不看了。"

卢彦道："《五羊仙舞》②在广州很有名。氾叶国的贵人来

---

① 祈风大会：据黄纯艳《宋代海外贸易》，第80—81页，市舶司的职责包括主持祈风祭海。祈风虽发端于民间，但朝廷派官员主持此项活动，借此成为航海活动的组织者、管理者。祈风活动主要配合出海与归航，在冬夏两季举行。

② 《五羊仙舞》：据帅倩、陈鸿均论文《被传入朝鲜的宋代广州五羊仙舞》载，《五羊仙舞》是宋代宫廷队舞，后传入朝鲜。宋·洪适《盘洲文集》有"二广之区，五羊为大"。宋时广州已有五羊之称。

了，正好用此乐舞招待他们。"陈云峰冷冷道："氿叶国贵人回乡是参加生死之礼，论礼，当禁乐舞。"卢彦忙说："是，是，应当如此。"陈云峰脸色又缓和了一些："你们准备祈风大会辛苦了，该预演就预演吧。我就不看了。"

这时，西厢又传来素琴的声音："姐姐，姐姐！"陈云峰眉头皱了起来，转身往回走，到了房门口，只见素琴抱着阿契的胳膊，絮絮叨叨地说："姐姐，我在外头，他们都不让我进来。姐姐你没事吧？"

陈云峰瞅着素琴："不是小孩子了，有没有点礼数？"阿契忙推开素琴："素琴，姐姐没事。他们让你住哪儿你就先住哪儿。过两天咱们回漳州去。"陈云峰向身边军士道："安排一下这个小哥。"那军士便将素琴带走了。

不多会儿，陈云峰又领来两个丫鬟，对阿契说："素琴不是个小孩子了，早早晚晚跟在你身边不方便。这两个丫头机灵乖巧，你会喜欢的，留在身边用吧。"两个丫鬟便自报姓名，一个道："陈夫人，我叫秋月。"另一个道："我叫含香，您若想去哪里，想要什么，只管吩咐我们俩。"

阿契道："我要素琴。"陈云峰道："素琴，我会让他回漳州的。"阿契恼了："凭什么？那是我的人。"陈云峰不理会阿契，冰冰冷冷地，自己走了。

至夜间，石门寨后堂有乐师调弦之声，东一声，西一声，零零落落。

秋月、含香二人将沈阿契领出房来，说是到后堂观看乐舞。阿契来到后堂，见满堂里彩幔缎花，缤纷热闹。

六娘皮肤白皙、身量高大，低低地压着软腰肢，向卢彦行礼：

"卢大人万福，请您入座。我们马上开始。"卢彦在前排坐下，转头望了阿契一眼，又看了看自己旁边的位置。阿契不言不语，便在卢彦身边坐下。

秋月止住她："陈夫人，这是陈副使的位置。按理，咱们要坐那儿。"她指了指角落里的一个位置。阿契无趣地起身，不理睬秋月，只往回走。

卢彦略斜着脑袋："陈副使不来。而且，今天不是正经场合，不打紧。先预演，也就我们几个看，你们想坐哪儿就坐哪儿吧。"阿契道："我不看了，有什么好看的？"

含香笑道："陈夫人，《五羊仙舞》在广州很有名。您大老远来广州，不看可惜了。我们都没看过，今天正好借您的光一睹舞姿。"说着，把阿契按到座位上。秋月忙向座位前摆好茶果。

外厅里，林文通与众宾刚到，带来了短暂的人语喧闹。

六娘笑吟吟坐到卢彦的另一侧，替他倒茶："卢大人，《五羊仙舞》荐为宫廷礼乐的事，我上个月也和礼部董大人提起过了。他老人家很赞同！"卢彦点点头："六娘很有志向，要为宫廷制献礼乐。卢彦预祝你顺利。"

此时，林文通入了座，向六娘点头致意，六娘亦起身还礼。

六娘道："上个月正好是董夫人摆寿宴，我带着他们去府上助兴。董大人说了，岭南物阜民丰，人杰地灵，却自古被视为谪仙之地，传得雾瘴缭绕的，京城的人都不敢来。董大人说，虽然京城的人不愿来，但这里却诸蕃云集，多远的人都愿意留在这里。他希望咱们有好的舞乐传入京去，传到各路、诸蕃，让大家都知道岭南是富庶之地，五谷丰登，百业兴旺，还有商旅往来，交融互通。"

林文通笑道："说得好，六娘真女中豪杰。"卢彦却微微一

打春（完整版）·上册

笑："六娘，你可见过东京城打春？"六娘道："见是没亲眼见过，但打春咱们大宋哪个不知？"

卢彦道："打春是在春天里让牛努力耕种，《五羊仙舞》呢？舞的是嘉禾丰收，恰如一因一果。打春的场面，有力道，也很阳刚，《五羊仙舞》呢？旖旎温柔，恰是遥相呼应，刚柔并济。"

六娘拍手道："想不到卢大人是《五羊仙舞》的知音。"卢彦道："我想说的是，比照着打春，《五羊仙舞》的用意可以更大一些。你想赞颂岭南富庶，它就是岭南之舞；你想赞颂大宋升平，它就是大宋之舞；你愿歌舞天下盛景，那它便是天下之舞。丰收是同一个盼头，不分士、农、工、商。天下百业都有它的耕种跟丰收。说到底，普天之下，蕃船随海涛所至之处，哪里的百姓不是为了丰收在耕种？"六娘点点头。

卢彦说："乐舞嘛，不宜太实。我不是文人，填词的事情我不懂，但是唱词方面你要再斟酌，意思表达上要兼容并包，让诸蕃之人都能有共鸣。"六娘微笑点头。

石门寨外，素琴望着高楼灯火辉煌，迟迟不去，心想："让我回漳州？想得美！姐姐，我就在外面守着您。我一定要看到您好好地出来，然后和您一起回漳州。"

寨内后堂里，六娘起身拍手："嘉禾在哪里？五仙何时降临？"

一老者便手持竹竿走出帷帐，作揖以示开场，又向帷帐后道："王母何不降临？请以嘉禾，赐福百姓。"

丝竹乍起，小蛮带着五个蕃女，舞步款款从幕后出来。一时金石之声交错，鼓点忽至忽去。小蛮舞动手里的"嘉禾"，提起一口气，长长地唱了一段。

卢彦指着小蛮问六娘："这就是王母？"六娘道："正是演的王母。"只见小蛮眼珠灵动，看遍台下所有人，边舞边歌，一曲下来也不换气，也不喘。

舞终之后，左盼右顾的小蛮向后一仰，将手中所持的稻穗一弯，竟失手从卢彦的鼻尖上一扫而过。林文通和六娘见状，"噔"地站起身来。林文通大叫："这还说要进献宫廷！倘若在宫中舞蹈出现这样的差错，小命难保。"

小蛮大惊失色，瘫坐在地上，偷偷抬眼看了看卢彦，又低下眉去。卢彦面无表情，目光不曾从小蛮身上离开过。

六娘恼了："小蛮以后不跳王母了，换回玉奴！"小蛮闻言，淌下两行泪来，又抬头望向卢彦。六娘忙赔罪："卢大人，真是抱歉。您大人有大量，且饶她一回。"卢彦一声不吭，仍是走神。六娘连叫几声"卢大人"，卢彦才回过神来，把目光移向六娘："啊？"

一宾客掩嘴偷笑。卢彦看着这位宾客："怎么了？"那宾客便装起糊涂来："啊？"沈阿契扭过头去，脸上不悦。

六娘赔笑道："卢大人，方才小蛮无礼了。我们以后不让她领舞了。"卢彦问："她叫小蛮？为什么不让她领舞？"六娘道："她方才跳坏了呀。"卢彦道："她跳得挺好的呀。"六娘尴尬地笑着。

卢彦问小蛮："小蛮是哪里人？"小蛮在地上，变瘫坐为跪姿："小蛮是高丽人。"卢彦笑着："原来也是一个菩萨蛮①。宋词唱得这么好，还以为你是宋人。"在座诸客纷纷赞叹小蛮色艺

---

① 菩萨蛮：据《萍洲可谈》卷二，"广（广州）中呼蕃妇为菩萨蛮"。

双全。

卢彦便要小蛮再唱两曲宋词。六娘乏了，走出廊外去。林文通跟了出来，一把拉住六娘的袖子："哎，小蛮有人家了没有？"六娘笑了笑："没有。"林文通道："卢大人在广州还缺个身边人，不如你我做做媒？"

六娘冷笑道："她可是《五羊仙舞》的台柱。她做了卢大人的身边人，我上哪儿找王母娘娘去？"林文通道："你不是还有玉奴吗？你不是要换掉小蛮吗？"六娘笑而不语。林文通不解："诶，你倒是说说话呀。"六娘笑了笑："不过是做了错事，说句道歉的话。"

林文通叫道："你！"六娘笑了笑，不理会他，转身回去。

后堂台上，小蛮唱了一曲《菩萨蛮》，卢彦大喝彩："好！"众观者笑语纷杂，也跟着赞叹连连。小蛮又唱了一曲《相见欢》，卢彦又喝彩："好！"众宾客又指指点点，嘈杂非常。

小蛮脸上现出体力不支的神情。沈阿契叹了口气，扭转头去。卢彦头也不转，却似乎在跟她说话："怎么了？你叹什么气？"阿契道："人家累了。"卢彦转头看了看她，似乎没听清。阿契起身要走："人家累了，你还有完没完？"卢彦问："你累了吗？"

阿契道："是她累了，你倒是不累。"说完，转身走了。

一江入海，江海归一

打春

（完整版）下册

张淳◎著

羊城晚报出版社

·广州·

图书在版编目（CIP）数据

打春：完整版/张淳著. —广州：羊城晚报出版社，2024.5
ISBN 978-7-5543-1311-4

Ⅰ．①打…　Ⅱ.①张…　Ⅲ.①长篇小说—中国—当
代　Ⅳ.①I247.5

中国国家版本馆CIP数据核字(2024)第082480号

打春（完整版）
Dachun (Wanzheng Ban)

责任编辑　潘子扬
责任技编　张广生
装帧设计　友间文化
出版发行　羊城晚报出版社
　　　　　　（广州市天河区黄埔大道中309号羊城创意产业园3-13B　邮编：510665）
　　　　　　发行部电话：（020）87133053
出 版 人　陶　勇
经　　销　广东新华发行集团股份有限公司
印　　刷　广州小明数码印刷有限公司
规　　格　787毫米×1092毫米　1/16　印张60.625　字数620千
版　　次　2024年5月第1版　2024年5月第1次印刷
书　　号　ISBN 978-7-5543-1311-4
定　　价　88.00元（上下册）

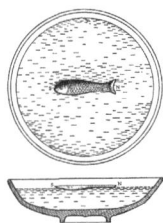

北宋远洋船上使用的"指南鱼"

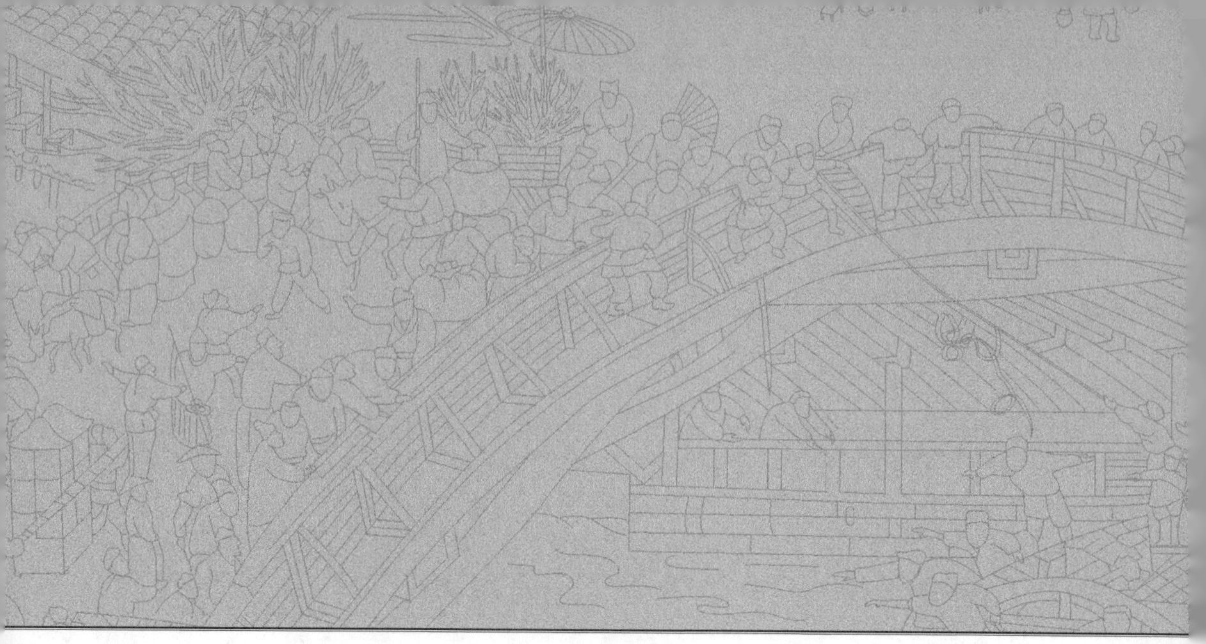

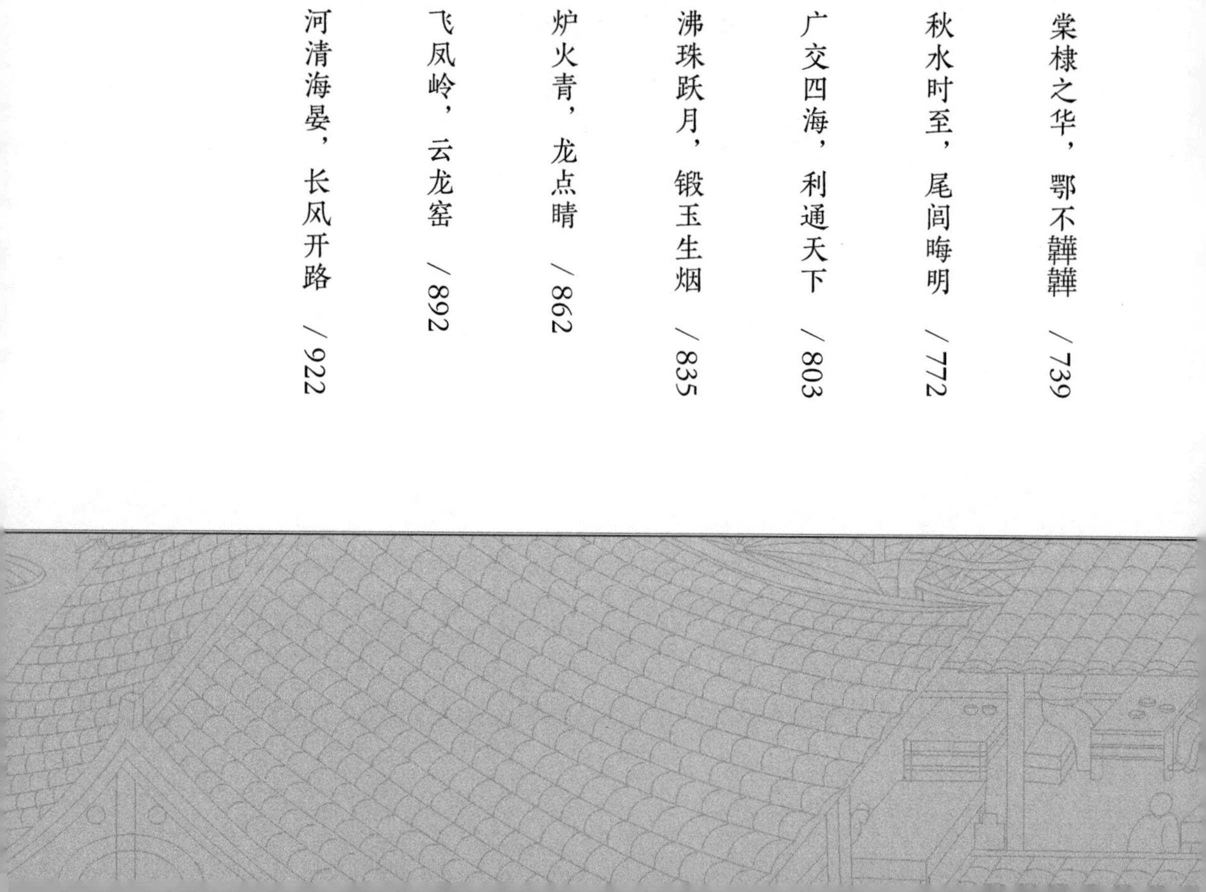

目录

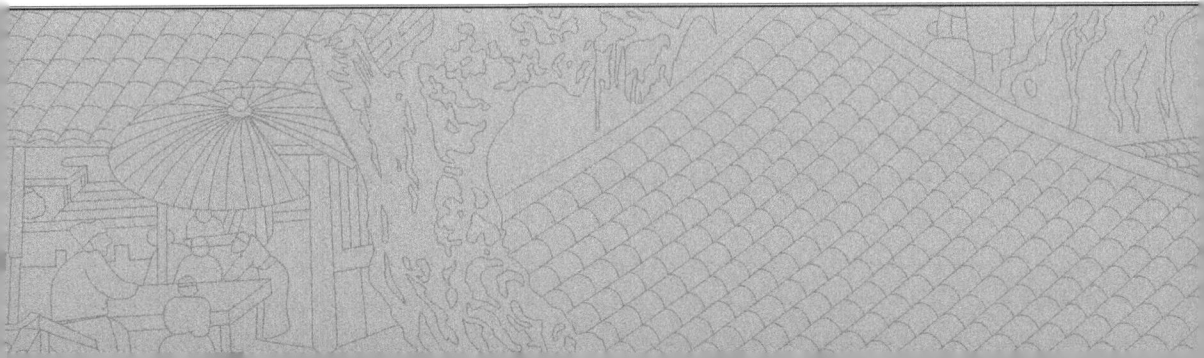

禾生九穗，仙舞五羊

石门寨后堂里，卢彦见阿契走了，亦无心再看乐舞，向众人道："不早了，大家散了吧？"小蛮向前行礼："小蛮告退。"卢彦自悔失仪，便只点了点头，不再看她。

夜渐深，沈阿契坐在铜镜前看着镜中的自己——宽宽的额角，瘦削的颧骨，黯淡的双眼，还有不合时宜的双眉，竟像一张肃穆的男子的脸，全然不像个女子，哪怕是不年轻的女子。她看到自己也许是走得太急，夜风撩乱了两鬓，又徒增几缕憔悴。她仿佛被自己的丑硌了一下，忙把脸一捂，捧住胸口，伸手把铜镜"啪"地合到台上。

外面厅堂的丝竹之声已是消散。她推开窗，望见后堂灯火也渐渐稀疏黯淡，于是将自己床头的灯也吹灭了。

她躺在床上，辗转反侧，难以入眠。她睁着俩大眼睛，看见帐钩在摇摆，看见窗外有风吹来时，窗纱在颤抖。她起身，复把灯点亮，将篮子里的素馨花放在手中把玩，又取过一根彩线，把花串成发藤。

百无聊赖之中，阿契坐到镜台前开始梳头发。她把素馨花发藤戴到头上。她尝试了好多种发髻，终于找到了最适合的一种——它把过宽的额角遮住了。

未几，天竟亮了。她重新梳洗穿戴，搽了一些素馨香脂，唇上又抿了抿品红。

朝阳藏在云中，红得羞赧。石门的山石流瀑都沐浴在日光里。

含香敲了敲门，送早饭进房，一看到镜台前的沈阿契，怔了一下。含香摆着饭，道："陈夫人今天真漂亮。听说陈大人的船已经入宋境了，巡海水军一早传来的消息。您在屋里，怎么也听到消息了？"阿契心里"咯噔"一下，思忖道："该来的始终要来。"却答道："我没听到消息，只是这素馨花再不戴，也是要坏掉了。"含香笑着："您戴这个好看，以后可以经常戴。"

阿契吃着早饭，卢彦就推门进来了，一看到她，不禁愣了愣。阿契问他："您吃了吗？"卢彦点着头，欲言又止。

含香拎着空篮子出去了，卢彦笑道："一夜之间，变化这么大？"阿契问："您是想来跟我说，夫君的船入境了吗？"卢彦说："看来你是知道了，所以才这么……"阿契嗔道："我就不能打扮一下吗？"

卢彦点着头坐下来，笑着斟酌了一下，道："阿契，来的不是你那个陈云卿。"阿契一听，两眼睁圆，连碗筷也停住了。她听不进去卢彦在说什么，只盯着他奇形怪状的嘴巴，又张又合。

卢彦道："我天没亮就去接他，现在还没来石门，在扶胥镇休整。也许明天或者后天会过来这边设宴，然后从石门北上。哦，他是叫陈牧天，字云卿，是我这个年龄的人。蕃国公主也有五十来岁的样子。这个陈牧天离开宋国已经二十几年了。这次是他父亲过世，不是什么叔父。"

阿契坐着发呆，没有说话。卢彦故作轻松地笑了笑："好啦，别这样了。我就说嘛，陈云卿那小子，蕃国公主是看不上他的。你放心，等他回来还是你的。"阿契仍然发着呆。卢彦对门外喊道："含香。"含香在门口应声而入。卢彦道："好好陪着陈夫人。"说罢便走了。

然而，当含香提着饭篮子再进房间里来时，房中空空如也。含香叫了起来："陈夫人不见了！来人哪。"

江涛一浪紧接一浪。一扇扇风帆在水汽烟云中交错着。沈阿契戴着素馨花发藤，盛装走在珠江边。江心有一处小洲，绿草萋萋，开着白色野花。小白花丛在风中摇曳。她停下脚步，出神片刻："过尽千帆皆不是，肠断白蘋州。"

石门寨前堂，林文通向众仆从道："不见了就快找啊！"众仆从应声离去。陈云峰扼着手腕："怎么会不见了呢？"又问含香："什么时候不见的？"含香道："早饭的时候还在的，中午送饭时就不见了，也许……"陈云峰问："也许什么？"

含香低头道："也许是关着她，她觉得委屈。"陈云峰叫起来："大胆！谁让你们关着她了？"含香说："刚来那会儿您让关着她的。"陈云峰急了："我什么时候说过要关着她了？"林文通忙安抚道："陈副使莫急，我们赶紧找人便是。"

天空的云霞变幻着，暮色渐临。

陈云峰听不到任何消息，只好走出寨门去，就见一仆从拉着素琴向前："陈副使，陈夫人没找到，却发现了这个小子，一直在这里探头探脑的。"

素琴怒向陈云峰："陈副使，你怎么把我姐姐弄丢了？我只找你要人！"陈云峰道："你这小子，遣你回漳州，你还不走，在这里作甚？"素琴说："要回，我也要和姐姐一起回。我不会留下姐姐一人在此的。"

陈云峰向仆从道："我要的不是这小子，你捉来我跟前作甚？快叫他滚，赶紧给我找陈夫人。"仆从松开素琴："是，是。"一旁的林文通叹道："唉，这天也黑了，也不知她能去哪儿？"

素琴灵光一动，眼前一亮："天黑？天黑！我知道了，我知道她在哪儿了！"陈云峰猛地抓起素琴："你知道她在哪儿？她在哪儿？快说！"素琴道："定是看灯塔去了，在海边！"

海边，明月初升，波浪碧蓝蓝的，荧着光。

沈阿契在野沙滩上捡石头，重重叠叠地交错着垒起来，仿佛一座内里中空、环壁镂空的石头塔。从塔基往上，那石头塔有一个大汉那么高了。沈阿契够不着，又搬来石头堆叠垫脚，把石头塔继续往高处垒。

不远处的岛礁上，矗立着广州港筑造精美的灯塔。陈云峰等人在塔下寻找，却并没有找到沈阿契。陈云峰一脸茫然。

野沙滩深处的灌木丛里，沈阿契正弯腰捡着树枝。她把干树枝收集回来，一根根加到自己垒起来的"塔"中。

岛礁灯塔下，陈云峰无计可施，只问素琴："你确定是这里？广州港只有这一处灯塔了。"素琴道："上次在白水台，姐姐说夜里要看外边的灯塔，因为灯塔是给归来的船引航的。"陈云峰想了

打春（完整版）·下册

想："白水台？走，去白水台看看。"

野沙滩边，沈阿契点火燃烧石头塔里的木枝，开始烧塔。火光渐起，烈焰熊熊。

白水台上，陈云峰望着远处的灯塔。忽然，一道火光吸引住了他。他将手一指："看！"素琴忙望过去，只见不远处有一团火光，似乎有屋舍着火了。陈云峰叫着："来人，来人！"一军士跑了过来："陈副使。"陈云峰问："那个着火的是什么地方？"军士望了望："哪儿？哦，那里什么都不是，也无人家，就是港口旁的沙滩岛礁。怎么着这么大火？作怪！作怪！"陈云峰道："快！带路，带我去那里！"

海边，石头塔火光冲天。

沈阿契站在塔边，喃喃道："夫君，我把塔烧了。你要是回来，在海上就能看得见。这火这么大，你应该能看得见。"

柴火"刺啦"作响，石头塔烧得有些倾斜。

陈云峰策马而至，喊着："阿契！阿契！"他从站脚未稳的马上下来，一个趔趄摔倒在地。阿契转头看，见来了云峰——他身后不远处还跟着素琴和一个军士。

此时，石头塔燃烧着，几欲倾倒。陈云峰惊叫着从地上爬起来，奔向阿契，将她扯进自己衣袍里，护住她的头和身。石头塔上又掉下沾着柴火的石块来，落在二人身边。军士叫着："陈副使小心！"

然而，火苗已经沾到两个人的衣带了。陈云峰忙抱住阿契，伏倒在沙滩上滚了滚，将火苗压灭。就在这时，燃烧的石头塔轰然倒塌。素琴叫着："姐姐！"陈云峰和阿契却往大海的方向滚过去了。

燃烧的石头塔倒塌后,沙滩上一摊焰火,被波浪洗刷着。陈云峰的手背被沙滩上尖锐的贝壳切开了一道口子,鲜血流了出来。火焰不再乱蹿,火势渐渐变小。陈云峰停了下来,放开沈阿契。

他站起身,向阿契挥舞着流血的手:"你为什么乱跑?你跑来这里干什么?啊?起来!"

阿契仰卧在沙滩上,睁着眼睛,面如死灰。一波接一波的波浪挪动着她的身体,把她往海里带。海水渐渐漫过她。

陈云峰伸出滴血的手把她拉起来:"你起来啊!"他手上的血流过阿契湿透的衣袖。阿契一脸麻木,一点反应都没有。陈云峰又揽她入怀:"十九没回来,你很难过是不是?别难过,你还有我,你还有我!振作一点!"

陈云峰把沈阿契带回了石门寨西厢。在那间关过她,让她厌恶至极的房间里,她睡了个饱觉。醒来的一瞬间,那些纷乱的念头似乎放开她了。十几年来理所当然的念想变得虚无。什么是常?什么是无常?什么是道?什么是非常道?一个又一个"陈云卿"出现了,却都不是陈云卿,这又算什么?

"姐姐,吃饭了。"素琴的声音把沈阿契的魂儿拉了回来。她眨了眨眼睛:"素琴,怎么是你来送饭?"素琴道:"原是那个丫头送的,我抢过来送。我要看看姐姐。"

阿契抿嘴笑了笑。素琴摆着饭:"姐姐,看到你笑,我就放心了。"阿契又摇了摇头。素琴说:"姐姐,你莫想不开,那都是没法的事。一个陈姑爷不回来,老天自会赏你另一个陈姑爷。"阿契沉下脸来:"素琴。"

素琴道:"我看,他比卢彦那个色眯眯的老头强多了,斯斯文文的。"此时,陈云峰已走到房门口,正在素琴背后。阿契忙向素琴摆

打春(完整版)·下册

着手："素琴！"但却来不及了，该听到的，陈云峰都听到了。

陈云峰叫道："来人。"二军士便来到门口："在。"陈云峰道："送这位小哥回漳州。"素琴这才反应过来，恼向陈云峰："你！"陈云峰道："你放心，你姐姐会有人给她送饭的。"二军士便将素琴拉走了，阿契阻之不及。

至寨门外，恰卢彦来了，见到素琴，忙问怎么了？军士道："卢大人，陈副使吩咐把这小厮遣返漳州。"卢彦道："把人给我吧，我着人同船送回去，省得你们跑一趟。"二军士称"是"，道过谢，便放开了素琴。

卢彦向素琴道："不打不相识，跟我走吧。"素琴道："卢大人，我不要回漳州。我要留在姐姐身边保护姐姐。"卢彦笑而不语。

镜台前，含香给阿契梳头，又将那勉勉强强、半开半败的素馨花藤缠到她的发髻上。

今晚，蕃使和公主到石门寨赴宴。氾叶国公主听说了沈阿契的事情，特地吩咐请她一起参加晚宴。为了这个，含香开始为阿契梳妆。

后堂里宾客满座，灯火辉煌。含香扶着阿契走出厅堂。

阿契低着头向蕃使和蕃国公主行礼。她不想抬头，不想看到这一个陈云卿又是长什么样子。

蕃国公主把一个香囊戴到阿契脖子上，用氾叶话说："我的好姑娘，这是一个平安符。我的儿子也经常驾着海船外出。每一次，我和他的父亲都非常担心。我就给他戴上这种平安符。你要坚强，我相信你的夫君一定会平安归来。"

一旁的译者迟疑着："呃——"阿契却即时用氾叶话回答："尊敬的公主，谢谢您的礼物和祝福。"说着，转身看了看含香，

含香便呈上一只盘子来。

阿契接过盘子，举向公主："这是我哥哥书坊里焚香恭印的《孔雀明王经》，我常带着，现在送给您，赞颂您，祝愿您的国家长治久安。"公主面露欣喜，弯腰双手接过《孔雀明王经》，口中念念有词，又向众人称赞道："沈阿契的氾叶语讲得特别好。"

第二天早晨，蕃使和公主便北上了。

秋月推门进了阿契房间，赔笑道："陈夫人，林大人说，蕃使已经走了，按照规矩，您也许不能再在石门寨住着了。西厢的房间也不多。"阿契道："好，我收拾一下回驿馆。"秋月又赔笑道："按照规矩，驿馆应该也不能接待您了。哦，我给您介绍个靠谱的客店？就在石门。"阿契道："你们那天突然把我关进来，我还有一些行李在驿馆呢。"秋月道："哦，前些天已经都拿过来了，还没跟您说，现在就放在外头。您随时都可以走。"

阿契淡淡道："知道了。"

及出了门，只见寨门口凌乱地堆着三只包袱，沈阿契只好弯下腰，一只只捡起来。

陈云峰与卢彦下马走来。陈云峰问："你这么快就要走？"阿契点点头："还是按照规矩来好，我住在这里，也不合规矩。"陈云峰从她手上拎过两只包袱："打算去东京，还是漳州？"

阿契摇摇头："都不去。"陈云峰关切地问："都不去？那你打算去哪里？"阿契把陈云峰肩膀上的包袱往回拿："这您就不必操心了。反正是您让我海边等船的，陈家我又回不去。您还把我的素琴赶走了，现在不但没人给我赶马车，连三个包袱都要自己拎着。多早晚我客死他乡，连个报丧的人都没有。"

陈云峰把包袱抢回来："说什么气话？赶走素琴是我不对，但我不许你到处乱跑。"阿契没有好脸色："我已经被你们陈家赶走了，去哪里是我的事。"陈云峰满脸涨红："你！"

卢彦忙拦到陈云峰面前："陈副使莫急，先让阿契去我家。"陈云峰未答，卢彦忙解释："只是暂住，回头我让人送她去漳州。"

陈云峰没有更好的想法，只得点了点头。

南雄州郊野，一望无际的稻田翻涌着青黄色的波浪，仿佛于金子中夹杂着闪耀的斑斓。压秆儿的稻穗中，有一株水稻悄悄结出了九条穗。一个农夫凑近了看，一脸不可置信地数起来。他一遍一遍地从一数到九，然后惊呼："九穗，九穗，是九穗稻呀！"他在田埂上跑了起来。

九穗稻的消息传进了县衙，把县令惊动了。县令猛地站起来："什么？一株水稻，结出九条穗？"衙役道："小人跟农夫到田里看过，确实如此，不敢欺瞒大人。"县令喜道："快，把那株九穗稻围起来，好好护住，不教风吹雨打，更不能让牲畜践踏，贼人盗走。"衙役称"是"。县令又叫："让人日夜看守，不能出意外。"衙役又称"是"。

县令仰面朝天："此，太平盛世之嘉兆也！我这就上报给知州大人，请他定夺。"

田间，众衙役与农夫一起动手，搭起一座棚护着九穗稻。棚子搭好了，两名差役便站到门口看守。

衙署里，知州闻知"九穗稻"的消息，既意外，又欣喜："什么？我州出现一禾九穗？"衙役道："正是，必是因为大人您治民有方，才感得一方土地出此祥瑞。"知州道："别的休说，一禾九穗确实是老天赏脸了，天大的面子，堪比凤凰来仪！快，报路

转运司。把这株禾穗，好好地移栽到盆子里，护送进京，献给皇帝！"衙役称"是"。知州又道："此乃五谷丰登之兆啊！天哪，还有，找出本州最好的画师，画一幅《九穗图》，连同九穗稻一起送进京。"

消息报至广州，路转运司公人忙向南雄州来人称贺："一本九穗，好事啊！可喜可贺。哎呀，但是陈副使没在广州，不能即时替您禀报。"南雄州公人问："哦？陈副使去了哪里？"转运司的人道："去了潮州了。您知道的，转运司没有固定衙署，都是奉朝廷之命，在一路之内各州府四处巡的。"南雄州公人道："唉，要是此时，他恰巡到我们南雄州就好了。"转运司的人笑道："不必烦恼，我这就派遣快马向陈副使报喜。"来人忙称谢。

午后，金色的阳光沉浸在无风的田野里。

一个画师受官府之命，在田埂边铺开纸笔，对着棚子里的九穗稻画了起来。农夫与众衙役都站在旁边，津津有味地看着。画师画了一稿又一稿，天色渐渐变暗，衙役忙为他添上灯烛。

最后，大家都乏了，画师挑出最得意的一幅《九穗图》，照向满天星光。

众人叫着："成了，成了！"

清晨来了，九穗稻被移栽到大瓷盆里，和它的"画像"一起被搬上马车。役夫放下车帘。种出九穗稻的农夫领了知州和知县的赏钱，目送着马车在山道上渐行渐远。

潮州郊野，有象群伏于道边。①

----

① 宋代潮州有野象活动。据阮元《广东通志·前事略》，潮州野象数百食稼，农设阱田间，象不得食，率其群围行道车马，敛谷食之，乃去。

陈云峰正赶路，望见前方景象奇异，便遣小吏去看。小吏一看时，不得了，一群伏着的大象正纷纷起身，迎面走来。

小吏回马高喊："陈副使，快避一避！是一群大象，一百来头呢。"陈云峰道："哦，那得避一避。"便领着众随从避向别道。

却也作怪，象群仿佛知他转道，也跟着转道，缓慢地向陈云峰的方向走去。小吏远远望见，马鞭一指："陈副使，大象怎么又往咱们这边走过来了！"陈云峰停马远眺："别慌。"小吏道："恐有危险，不如我们找处民舍先躲躲？"

陈云峰摆手止住："万万不可。我们现在在外，象群跟着走还好；如果进入民舍，象群还跟着走，岂不是把老百姓家里给祸害了？"小吏问："那怎么办？"陈云峰往旁边一指："往那条道上走吧，看它们还跟不跟？"

第二次转道，众人甚不安，不断地回过头去张望路口。慢慢地，就见象群当真出现在路口了。小吏叫了起来："啊，还真的跟过来了！"陈云峰也无计可施："这可如何是好？"

这时，一骑快马风尘仆仆迎面而来——正是沈志文。陈云峰叫住他："这位公子！"

志文勒马停住，看着陈云峰："啊？您叫我？"陈云峰道："这位公子，切莫再往前去。路口有一群大象，恐伤了你！"志文问："大象？有多少？"陈云峰道："前前后后一路，看着有一百来头呢。您还是随我找个地方躲躲吧。"

志文念叨着："这么多。"小吏道："而且作怪，我们转了两次路，它们都跟着走，好像专要跟着我们似的。"志文笑了笑："那恐怕你们要破费了。"

陈云峰问："此话怎讲？"志文说："就此处旷野铺些粮食，

等会儿它们走来，吃饱了自然就散入林中。必是林中没有东西吃了，所以出来找人讨食。"小吏问："一百来头大象，那得吃多少？我们上哪儿找这些粮食？"

沈志文往前一指："请随我来。"

众人往前去了，就见前方不远处有一片旷野。砂石又细又平，青草初生未长，似是大河东去留下的旧迹。志文喊来附近农夫，给了银钱，令他们在旷野中铺满粮食和果子。农夫们望见象群，不奇也奇，一时呼邻引伴动起手来，片刻便将粮食铺下。众象就地吃完，果然散入林中去，与人无扰。

陈云峰笑道："我单知道广州蓄养交趾大象①，还进京进贡过，原来潮州也有大象。"志文道："有的。潮州亦海亦山，奇花异木，珍禽异兽，或有外人未尽知的。"

此时，一公人策快马而至："告陈副使，南雄州急报。"陈云峰道："讲。"公人道："南雄州有田庄禾稻，一本九穗！"

陈云峰惊叹："当真？如此祥瑞，是广南东路之喜！赶紧上报朝廷。"公人答："已绘有《九穗图》，并九穗禾移栽盆中，连同今年广南东上贡的奇花异卉一起，送往京城。"陈云峰笑容满面："好，甚好！"

沈志文见此情状，忙作揖行礼："原来您就是副使大人，失礼了。原只觉得有些面善。"陈云峰笑容不褪："哈哈，免礼免礼。"志文道："恭喜大人！在下终于知道，象群为什么跟着您了。想必大象也知道广南东路一禾九穗、五谷丰登，您又是主事本

---

① 据阮元《广东通志·前事略》，太平兴国七年，交趾派遣使者乘坐大象入贡，诏留大象广州蓄养之。

路的贵人，故而向您讨个赏？"陈云峰笑得合不拢嘴："哈哈，公子言过其实了！"

当下，二人相谈甚欢，一同投了驿馆，同桌而食。

陈云峰道："沈公子又是因何要去广州？我也要回广州的，沈公子是个读书人，我们正好一路结伴同行。"志文道："我本是海商，看到朝廷新近又有旨意，海商或出使立功，或献民船军用，均可授勋赐出身，因此，我也想为朝廷效力，谋个出身。"陈云峰一拍桌子："好！难得沈公子富贵神仙一样的人，却有为国效力的心，深可赞叹。"志文道："我本要赴广州拜见本路转运司的大人，谋此差使，没想到路上就得见陈副使您，实在是志文三生之幸！"

广州卢府中，沈阿契收拾好行李，向卢彦辞别："卢大哥，已在府上叨扰多日，我该回漳州了。"卢彦说："你莫急，送你的人今天就到。"阿契道："实在不便久留。"卢彦又说："你莫急嘛，我先去衙署了，你一个人别乱跑啊。"阿契还要上前说话，卢彦已走了。

阿契把行李放到桌上，正不知走还是不走，就听花巷侧门有人敲门。阿契过去把门打开，竟是素琴站在门外。阿契一脸惊喜："素琴！"素琴也叫："姐姐！"阿契道："原来卢大哥所说，来送我的人是你？"

素琴笑道："对，他让我护送姐姐回漳州，早晚都要跟着姐姐。他还给了我银锭，说姐姐必是不会管钱的，所以让我替姐姐管着，说一路上姐姐要什么，只管吩咐，素琴去置办。"阿契皱起眉头："你把银锭还给他。"素琴张开两个手掌，向她摇了摇："我没拿，我没拿。"

阿契嗔道："素琴，你什么时候变成跟他一伙儿的了？"素琴嬉皮笑脸："没有，我跟姐姐才是一伙儿的。"

阿契正色道："若他再找你，你也不要拿他的任何东西。跟你实说吧，姐姐还不至于那么潦倒。虽不宽裕，但我们姐弟两个吃饭的钱是有的，明白吗？"素琴连声称"是"。

当下二人商量好，等卢彦回来，相辞过后便回漳州找沈志文。谁知卢彦至晚方回，第二天一早，沈志文就来了。

志文向门子递上名帖，自称是卢彦侄儿，从漳州过来投亲，要叨扰几日。门子报了进来，卢彦和阿契都颇感意外。卢彦笑了笑，向阿契道："志文来了，你走不了了，那就安心住下吧。"阿契不解："这，四哥来广州做什么？"

她对志文的选择感到难以理解："四哥，你真的投到陈云峰门下了？"志文点着头："嗯。"阿契道："您卖书卖得好好的，富贵自在，有什么不好？怎么又想到要出来求官呢？"志文道："不求官，怎么为百姓做事？"

阿契问："你真的那么想做官？"志文坦然道："不想做官我考那么多年的试干什么？"他忽又笑问："诶，你为什么反对？当年我考试的时候，你可是一直鼓励我的。"阿契轻轻摇头："我没有反对。"志文又问："那你觉得，像陈云峰和卢彦这样的，算不算好官？"阿契点点头："算。"

志文默然不语，掏出扇子把玩。阿契与他相对，也不知作何想、作何言才是对的，只是冷冷淡淡，有些无奈："算了，每个人有每个人的想法，每个人有每个人的生活。"

对于沈志文的到来，卢彦却颇为赞许："看来你和我是一样的，由商入仕。但又不一样，你比我强。我赐出身时，是进纳官赐出身，也就是花钱买来的，一直为人所诟病。你是打算走出使授勋这条路。这是正儿八经的路子，跟武将立军功没有什么区别。好！"他在对志文的赞许中又透着些许失落。

志文向他鞠了一躬，脸上似有千言万语，却说不出来。卢彦拍了拍他肩膀："我知道你的心。"志文笑了笑，又低头把玩扇子。

卢彦慨然道："圣朝以来，凡有出身者，无非这几条路。首先一条，是祖上有荫，子孙承袭，多少世家大族便是如此。我们都是平民出身，自然与此路无缘。世人皆看在眼里的是一文一武两条路。你自幼寒窗苦读，本来料着科举能中，可是命中要你去从商的，你绕不过这一环。如今好了，朝廷既有海商出使立功授勋的恩典，你便趁机出来。好！即便当下商路平顺，也能果断取舍，及时换道，正是大丈夫心智，当如此。"一番话说得志文心中感慨不已，却无一言半语。

岭南奇花纲[①]进京的路，对于人来说只是旅途，对于奇花异草来说，却是一关又一关的鬼门关，哪怕是天赐祥瑞的九穗稻，也同此劫。

崎岖山道上，押送奇花纲的老民夫掀开车帘子来看，眼前的几株奇花都半蔫了。他忙叫着："哎呀，都蔫了，快停一停，浇点儿水吧。"众民夫停下，车队在道边休息。一个小民夫上前来，给车内花木浇水。谁知水淋下来，枝端上的花苞便掉下来了。小民夫忙停止浇水，不知所措地看着老民夫："这可怎么办？那株九穗稻，

---

① 岭南奇花纲：岭南多奇花，曾进贡，后罢之。据阮元《广东通志·前事略》，太平兴国三年，知广州李符献《岭表花木图》。天圣元年，广南岁进异花数千本，至都下枯死者十八九，道路苦烦扰，转运使黄震奏罢之。

应该还好吧？"

老民夫眼睛一瞪，似乎被提醒了，忙掀开另一个车帘子来看。果然，九穗稻也蔫了。老民夫故作镇定："没事！"便向众民夫叫道："都起来，咱们快点儿赶路！"众民夫纷纷起身："是！"

至赣江渡口，岭南奇花纲一车车推上了渡船。民夫们焦虑地看着头顶的大太阳。老民夫又将车帘子掀开来看。车中，几株奇花都枯萎了。九穗稻已经伏倒在泥巴上。老民夫又急又无奈，一脸的绝望。他知道，他们接下来的命运就是公堂答话。

转运司行署内，一公人满脸是汗，上前来报："大人，大人哪！"陈云峰问："怎么了？"公人道："九穗稻本来跟岭南奇花纲一起护送进京的，不成想半路上枯死了，又一受潮，成了一摊烂泥。"

陈云峰闻言，站了起来："啊！"公人胆战心惊，说道："押送奇花纲的民夫，现已全部拿下，听候大人发落。"一旁的沈志文正要说点什么："陈副使……"陈云峰却止住他，只向公人道："且将领队的叫进来问话。"

便有二差役领着老民夫进来。

公人向老民夫怒目相向："说！路上怎么照护不周，致使九穗禾枯死的？"老民夫跪在地上，并不嘴软："副使大人，九穗稻这么送进京，死在路上是必然的。草民也不喊冤，喊也无用。若大人要问罪，草民也只好认命！"

陈云峰也恼了："你！九穗稻乃是祥瑞，你为何说，死在路上是必然的？"老民夫道："祥瑞也只是一株禾稻而已，跟别的花花草草没有什么不一样。南北气候不同，路上水土颠簸，哪有不死的道理？不单九穗稻死了，每年的岭南奇花纲，过了梅关，走到半路，都是死掉八九成才进得京城的。"陈云峰大惊："啊！"老民夫冷笑道："莫非副使大人不知此事？莫非没人能将这样的情况告诉副使大人？"

罗浮药市[①]上，众百姓往来买卖。地摊上、货架上摆满各类草药、包装好的药散和用瓶瓶罐罐装着的药丸、药水。沈志文陪同陈云峰穿梭其间。

陈云峰道："罗浮药市确实热闹，许多草药都是独此处生长的。"沈志文说："岭南这样的气候，最适宜百花百草生长，因此药草种类繁多。大人一定也能感觉到岭南跟中原气候的大不同。"陈云峰笑道："我太能感觉到了，刚来的时候就为此生了一场病，呵呵。"

沈志文道："既然如此，奇花纲半路枯死，是天死之。民夫再怎么尽心照看，再怎么日夜兼程地赶路，岂能强得过天？"陈云峰道："这个道理我自然明白啊。你不必担心，我不会怪罪他们的。"

二人漫步至罗浮山山涧，只见山间奇花团团簇簇，千姿百态。

一公人匆匆赶来，满头大汗："副使大人！"陈云峰道："不要急，慢慢说。"公人道："大人，那帮运送奇花纲的民夫如何处置？您还没问他们是如何失于照拂致使九穗禾枯死的呢。"陈云峰道："那帮民夫无罪释放。九穗禾枯死乃水土天时所致，与运送之人无干。"公人欲言又止："可是……"陈云峰问："可是什么？"公人道："可是也要有个说法。毕竟，九穗稻的事情已经上

---

① 罗浮药市：据【日】斯波义信《宋代商业史研究》，第382页，罗浮山药市在宋代就已经存在了。

第十六章 禾生九穗、仙舞五羊

· 499 ·

奏朝廷，京城里眼巴巴等着看九穗稻呢。您倒是放过了那帮民夫，您就不怕别人说咱们广南东路谎报祥瑞吗？"

陈云峰笑着问："呵呵，把事情撇给民夫们，就是所谓的'说法'？九穗稻实有其事，我们没有乱报，问心无愧就好。不是还有《九穗图》①吗？谁要看就去看画儿吧。"公人道："大人哪，现在已经有人弹劾咱们，说《九穗图》有假，说咱们冒报祥瑞乱邀功了。"

陈云峰点着头："知道了，那也是弹劾我，不是弹劾你。你不要再说了，回去把民夫们放了吧，不要为难他们。这是我的意思！"公人忙道："小的明白。"便领命而去。

沈志文见此情形，不由得向陈云峰行礼道："陈副使仁德。"陈云峰道："见笑了。官场就是这个样子，习惯了就好。怎么，你还想来吗？"沈志文再行礼："志文愿效犬马之力！"

行至山顶亭子里，沈志文又问陈云峰："九穗稻的事情，大人打算如何解释？"陈云峰道："没打算解释，如实说就好。我还要借此上奏朝廷，除去每年的岭南奇花纲这一项。这实在是意义不大又损耗极大的事情。"

沈志文道："陈副使一心为民，志文感佩！只是有点担心，这个时候提除去岭南奇花纲，会不会对您有些许不利？"陈云峰笑了笑："我相信没有什么事情是说不清楚的。也正好让那些弹劾我的人，了解一下他们弹劾的是什么样的人。"

二人又沿着幽径往下走，只见山间嘉木奇花，香藤芳草，或

---

① 《九穗图》：据阮元《广东通志·前事略》，景德四年六月，南雄州保昌民田禾一本九穗，以图来献。

妖娆相望，或高低攀援，层层叠叠，远远近近，如同幻境。一路走来，草腥侵足，花香满衣，叶露沾眉，沉沉的暗绿和轻浮的青翠漫过了双眼，双眼一阵清凉，不觉就到了罗浮山斋舍。

陈云峰和沈志文在斋舍内同桌而食。桌子上摆着几小碟山菜。陈云峰给沈志文夹着菜："来，多吃点。"沈志文有点不知所措。陈云峰又笑了笑："好吧，你自己夹。"

沈志文突然放下碗筷，退席而拜。陈云峰道："你这是怎么了？快起来。"沈志文跪在地上："小人一吃饭，就忘不了吃饭的事情。"

陈云峰笑了笑："哦？"

沈志文道："九穗禾，仅仅是个祥瑞而已。陈副使，我们要干的事情，不仅仅是献个祥瑞。我们要干，就干那真正五谷丰登粮满仓的事情！献祥瑞即便有功，不过是讨个喜。我们要的不是一株九穗禾，而是万万千千株'九穗禾'，死个一株两株，根本不在乎。我们要的是满田野里的'九穗禾'！"

陈云峰把沈志文硬从地上拉起来："你快说，你想怎么干？"沈志文道："蕃国占城有占城稻，虽然不是一本九穗，但是产得多，熟得快。小人愿奉副使大人钧旨，出海引稻！往占城购得占城稻回来试种。若占城稻能服大宋水土，则是大宋之幸！"

陈云峰眼睛一亮："好！占城稻我早有耳闻。说，你要什么？我给你。"沈志文说："要现居广州的占城蕃商十二人。"陈云峰道："这个容易，占城蕃商广州有的是。"[1]沈志文道："要好

---

① 据黄纯艳《宋代海外贸易》，第113页，占城商人来华贸易被限制于广州一地，但是占城人在宋仍然很多。

的，须得务过农、懂农稻的。"陈云峰说："必挑出来这样的人给你。"沈志文又说："还要南雄州、广州、潮州、漳州稻农各九人，也要好的，懂种粮的。"陈云峰说："可以，南雄州、广州、潮州的稻农，我可以做主。漳州的稻农九人，我向福建路去借给你。"

沈志文又拜："谢陈副使恩典！"陈云峰将他拉起来："谢什么谢？自从在潮州遇见你，见你与百余大象施食，我就知道，我们之间必定有些缘分！"

扶胥镇①街市上人来人往，热闹非凡。街市的尽头是海。海边有一片空旷的广场，分左右摆着席位。席位尽头是巍巍然的一座神庙。神庙匾上所镌乃是"广利王庙"②。

此日又是《五羊仙舞》预演的日子。观者落座，舞者进场。

六娘向卢彦弯腰道："不瞒卢大人，《五羊仙舞》落选了，没有成为宫廷乐舞。六娘反复斟酌上回您提的建议，将这仙舞改了又改，现在是新的。今日试演一番，好在下一次的祈风大会上献祀海神。"

卢彦道："有劳六娘了。"六娘问："可以开始了吗？"卢彦左右望了望："陈副使呢？陈副使还没到呢，等他来了再开始。"六娘道："是。"

此时的陈云峰正在神庙东厢看着墙上的题诗。墙上的诗有唐人

---

① 扶胥镇：据孙翔、田银生《宋代广州城市空间初探》，宋代广州有扶胥镇，即黄埔。有港口，广州商船从此处直航，横渡印度洋。

② 广利王：即宋称南海神，至今广州有广利路。据广州海事博物馆常设展"七海扬帆——唐宋时期的广州与海上丝绸之路"介绍，开宝六年，宋朝廷修南海神庙，立《大宋新修南海广利王庙之碑》。

写的，也有隋人作的。杭哥上前来道："二爷，大家都在外头等您呢。您没入座，他们的乐舞都不敢开始。"陈云峰头也不转："我不看乐舞，他们想看他们看吧。你去告诉他们，只管开始，我有事情走不开。"杭哥领命而去。

广场上，乐师开始奏乐，丝竹鼓点响起。

小蛮从众舞者中脱颖而出，手持嘉禾，边舞边唱："碧烟笼晓海波闲，江上数峰寒。佩环声里，异香飘落人间。弥绛节，五云端。宛然共指嘉禾瑞，开一笑，破朱颜，九重峣阙，望中三祝高天，万万载，对南山。"①

她依旧明眸善睐，对着台下所有人巧笑倩兮。

沈志文看着小蛮，一脸不屑，忽然从座席上起来，用高丽语向小蛮喊去："你别跳了，快停下来！"

六娘忙从座起："怎么了怎么了？这是怎么了？"卢彦看向六娘，示意她坐下。六娘不作声，坐回座位上。

沈志文走向小蛮，用高丽语问："你手里拿的是什么？"小蛮用宋语答他："嘉禾。"又用高丽语解释："一枝丰收的稻穗。"

沈志文转身回望，见阿契坐在众人中，便叫道："老五，把《九穗图》画出来给她看看。"阿契站起身来："现在吗？"志文道："现在。"

阿契于是离席来到神庙东厢——此处备有笔墨。她见陈云峰站在墙边看诗，便道："峰哥，借您笔墨一用。"说着在桌边铺开

① 唱词见载于自帅倩、陈鸿均《被传入朝鲜的宋代广州五羊仙舞》，文中引用1451年完稿的朝鲜官纂史书《高丽史》内容。后文"王母"致语同此。

纸，寥寥地勾画起《九穗图》来。

陈云峰向门口望去："鼓乐怎么停了？沈志文怎么了？"阿契手不停笔，微微一笑："您可以自己去看看。"

陈云峰感到奇怪，走到广场外来，却见沈志文在手把手地教小蛮舞稻穗。

沈志文用高丽语道："你手里拿的是一枝丰收的稻穗，不是桃花枝。你演的是王母，不是舞女。听懂了吗？注意你看人的眼神，注意你的举手投足。不要对着所有人这样笑，你是要用这丰收的稻穗赐福人间的王母。"

小蛮眼神慌乱，动作也慌乱，只忙点着头。

志文放开她，脸上露出失望的神情，用高丽语叹道："不得要领！"小蛮以高丽语答他："对不起，是我演得不好。我明白您的意思，可我本来就是舞女。舞女，就是要对着台下所有看舞的人笑的！我本来就不是王母，我感受不到。"

志文想了想，又对她说起宋语："王母是神！你是否听过一个词？叫作'宝相庄严'，不是'貌若天仙'。"

小蛮点了点头，喃喃重复着这个汉词："宝相庄严。"

这时，沈阿契手里拿着画好的《九穗图》，站到陈云峰身旁。陈云峰道："想不到沈志文还懂乐舞。"阿契笑道："很奇怪吗？四哥编的书在高丽和倭国大卖，不仅有金经，还有乐谱和舞谱。"

陈云峰笑了笑："突然想看沈志文和小蛮共舞。"阿契啧啧道："您是不看乐舞的。"便向前走了，把《九穗图》递给沈志文。

沈志文接过《九穗图》，竟当众向小蛮跪下，双手将图举起。

众人皆惊。

沈志文高声道："王母娘娘在上，弟子沈志文来献《九穗图》。祈请王母赐福四海生民，以使五谷丰登，永无饥馁！"

小蛮的笑容顿时消失了。她伸手接过《九穗图》展开来看。沈志文又向她磕了三个响头："谢王母娘娘神恩浩荡！"当此之时，小蛮变得神色坚毅，抬头望向神庙，又转身望向大海。海风拂过她身上的衣带。衣带凌风飘扬，欲卷云端。

见此情状，众人的表情由惊讶转为严肃。六娘则是泪流满面。

归来后，小蛮与众舞者在云韶部^①排练厅日夜苦练《五羊仙舞》。

她的脸上慈目低垂，不见了媚笑。

玉奴站在排练厅一旁冷笑："现在整天绷着个脸了，还真以为自己是王母呢。王母娘娘是会飞的，有本事你也飞上天去。"小蛮听见了，猛然转头盯着玉奴，目光倔得发烫。

玉奴的话似乎给她提了个醒。于是，当小蛮再一次在广利王庙广场上以王母扮相出现的时候，她是飞着来的。

那天，神庙前的宋人和蕃人一如既往的多。广场前后搭起两座高耸的彩楼欢门。两座彩楼欢门之间牵引着彩绳。小蛮手持嘉禾，从半空中牵引彩绳飞出，凌空落在广场中央。众舞者簇拥而来，《五羊仙舞》开始了。

"寰海尘清，共感升平之化；瑶台路隔，遽回汗漫之

---

① 云韶部：据阮元《广东通志·前事略》，开宝中平岭表，择广州内臣之聪警者，得八十人。令于教坊习乐艺，赐名箫韶部，雍熙初改曰云韶部。

游。""王母"致语的声音回响在半空中。

远道而来的蕃商惊住了，他们用自己的语言交谈着。这个说："看！这就是王母娘娘，宋国天上最大的女神仙。"那个道："是宋国天庭的女神，我知道。"有人惊叹："艺高胆大，她刚才真像是从天上飞下来的！"又有人虔诚祷告："宋国女神为我们的船祈祷吧。"

卢彦对六娘说："小蛮现在越看越像王母了，只可远观，不可亵渎。"六娘道："沈志文一跪，把舞姬跪成了王母。我，再也不会换角了。因为王母是神，只有小蛮受过这虔诚一跪，只有小蛮感受过神的分量。其他舞姬大概是不会懂的。"

然而，已经实现"飞天"的小蛮仍对《五羊仙舞》感到不尽满意。回到云韶部梳妆间，她把手上的禾穗道具往梳妆台上一丢："为什么还是这枝旧的稻穗？我要的是九穗仙稻。这么久了还没做好吗？"

此时天色已晚，道具师父掀开布帘气冲冲地走进来："嚷什么嚷？我们的班子演《五羊仙舞》，从来都是用这枝旧的稻穗。怎么？现在这枝稻穗配不上你了？"六娘忙走过来问："怎么了？怎么了？"小蛮道："说了多少次，九穗仙稻还没做好吗？"道具师父说："哦，你说了我就要做吗？我没事做啊？你说一百次我也不做！还以为自己真的是王母？"

六娘把道具师父往帘外推："行了行了，别吵了，小蛮也是为了让《五羊仙舞》变得更好。"道具师父一边往外走一边转过头来瞪着小蛮："什么东西！"六娘看了小蛮一眼，也离开梳妆间。

小蛮一脸平静，打开《九穗图》看了又看。她坐到灯前，将首饰盒打开，挑出几枝珠钗，又褪下手上的珠串，摘下脖子上的璎

打春（完整版）· 下册

珞，用剪刀剪散了，把珠子宝石装在盒子里，又对灯穿线，将珍珠宝石一颗颗重新串起。

烛光渐渐模糊，烛光渐渐清晰。一枝用珠宝缀成的九穗仙稻在烛光下闪闪发光。小蛮终于笑了。

热闹的花市上，有根的花和无根的花都被摆上了货架，尽态极妍。卖家和买主热衷于讨价还价，沈家兄妹却从人群中匆匆走过。

阿契问："四哥，你真的要去占城？"志文道："陈云峰已经为我配齐农商一干人等，自然是即刻启程。我现在就回去收拾东西。"阿契欲言又止："我……"志文问："怎么了？"阿契摇摇头："没什么。"

志文道："我很快回来的，占城很近。"他想了想，又说："我原来的生意盘了一盘，交给作坊里的老伙计。先前跟我买书的那些东航线老主顾都还在的，如果你想要，都可以给你。"

阿契一脸迷茫："四哥，您是说我也能跟您一样往外蕃卖书？可是我跟您又不一样。我也没读多少书，也不能像您一样，诗经金经、稗官野史、乐谱舞谱的，什么都编得来。"她说着，低下头。

志文道："先不必想那么多，你暂且在卢大人那里待着也没什么的。"阿契道："终究不好。"

志文道："倘若你什么时候有想法，我那里有你用得着的，就让素琴去找作坊里的老伙计。大家必然扶你上马，送你一程。"阿契点点头，又摇摇头："没有什么想法。"志文快步向前走，阿契紧紧跟住。

花市尽是看花人。素馨花被折腾出各种"花样"，就占去了诸摊档的半壁江山。在一家素馨花摊子前，小蛮正试戴发藤，并最终挑到了一根自己喜欢的。

她问摊主："婆婆，我要这一根，多少钱？"忙碌的摊主此时才抬起头来看她，一看时，不禁大惊："啊！这不是王母娘娘吗？不用钱，不用钱，送给您！"小蛮颇感意外，忙推辞道："不行不行，您告诉我多少钱？"摊主笑容满面："真的不用，您喜欢这花我真的很高兴。我在广利王庙看过《五羊仙舞》的。真是太高兴了，您能到这儿来。"众路人渐渐围拢过来："是王母啊，是王母娘娘！"

小蛮颇为尴尬，正想躲开众人，就瞥见了脚步匆匆的沈家兄妹。她忙放下素馨花发藤，追了上去。

沈家兄妹步履太急，小蛮一直追到花市牌坊下，志文才看到她："是您！"小蛮答道："是我！"二人相视一笑。小蛮娇羞地低下头问："您怎么知道我是高丽人？"志文笑道："那天我听您唱宋词，就知道是高丽口音。"

小蛮点着头："三生有幸得见您。"志文学着她的样子说："三生有幸得见您，但是，恐怕要说后会有期了。"小蛮问："为什么是'后会有期'？"志文道："因为我马上要离开宋国，去占城引占城稻。引回来种在宋国，让宋国有更多的粮食。"小蛮问："马上是什么时候？"志文道："明天。"

小蛮突然失落了。

志文低下头去，用高丽语道："您是我的女神，请您保佑我。"小蛮猛抬起头来，无语凝噎，只见志文转身离去，穿过花市牌坊，融进白晃晃的阳光里，不见了。

第二天，小蛮只身来到广利王庙广场上，手里拿着自己新做的九穗仙稻，跑向彩楼欢门。她将九穗仙稻别在背上，爬了上去。

在这里，她可以望见不远处广州港始发的船只。在那边，沈志文领着农商一干人等已经登了船。沈阿契在岸上红着眼圈，叫道："四哥早点回来！事儿办完了就赶紧回来。"陈云峰也在岸上挥别："志文兄，一路顺风！"沈志文在甲板上向陈云峰跪拜："我等定不负副使大人所托！"

他又走上船头高阶，举目遥望岸上。他看到小蛮远远地，而又高高地、端庄地站在彩楼欢门上。海风吹起她飞天般飘扬的衣带。志文默默道："我命中无你，然而我命中必然有你。"小蛮举起手中的九穗仙稻，做了个向下挥洒的舞姿，心中亦默默道："我命中无你，然而我命中必然有你。"

帆船在碧波上远去，阿契终于抬步往回走了，至彩楼欢门下，恰遇见小蛮从竹架子上爬下来。

阿契叫道："小蛮，你在这里？"小蛮落到地上，行万福礼道："沈娘子万福！"阿契泪痕未干，小声问道："你也是来送我四哥的吧？"小蛮点点头："我再看看他。"阿契目光幽幽的，情绪有些失控："占城很近，他很快回来的。小蛮，我四哥没有家室，你可以等他回来，嫁给他。"

小蛮看到阿契神色怪异，话语出格，忙叫："沈娘子，您怎么了？您在说什么？"阿契回了回神，自觉无趣，却仍道："我是说真的。你等等他，他很快就回来的。不像我夫君，他去了比较远的地方，没那么快回来的。"小蛮问："您夫君去了哪里？"阿契摇头："他也是乘船走的。去了哪里？我也不知道。"

云韶部大厅，王公公快步走来："大喜啊，六娘，大喜！"六娘忙迎向前："王公公，您大驾光临，就是我们的喜事儿啊。"

王公公叫道："《五羊仙舞》入选了！"六娘一声惊叹。王公

禾生九穗，仙舞五羊

公又道："你们的王母娘娘和九穗仙稻在京城都出名了！"六娘又是一声惊叹。

王公公道："嗨，说点儿街谈巷议吧，老奴也不知道是真是假。说你们广南东路的大人们，报给朝廷说这里长出了九穗稻，却啥也没有，空画了一幅图。大家都说是假的，都不信。但也不知怎么的，这《五羊仙舞》一出，大家都说真有九穗稻。"

六娘连连点头，掩着嘴笑，却又笑出眼泪来："公公啊，您这是怎么说呢？"王公公道："真的，有京城的商人、官宦百姓，说曾在广州港的祈风大会上看过《五羊仙舞》，那九穗稻是真的有。有人说，九穗稻是王母娘娘手一松，掉下来的。有人说，那九穗稻是几只羊叼来的。"

他说着，云韶部众舞者、乐工都听住了。众人喜不自禁。一时，王公公要宣旨了，众人跪接。

王公公道："传圣上御旨，王母速领五羊及众乐工进京！"小蛮抬头道："小蛮领旨谢恩！"王公公忙扶起她来："王母快快请起！祝贺《五羊仙舞》入选宫廷乐舞！"①

布帘内，道具师父问玉奴："五羊和乐工都跟她去，那我们呢？"玉奴翻了个白眼："谁稀罕？进了宫就没法嫁人了，呸！"

接完旨，谢完恩，六娘便带着小蛮到卢府来。她欢欢喜喜奔入前厅，叫着："卢大人，向您报喜！《五羊仙舞》入选了！"

卢彦忙细问起来，又道："《五羊仙舞》入选，真是太好了，祝贺六娘。"六娘连连应着，感慨道："卢大人哪，六娘排

---

① 据黄纯艳《宋代海外贸易》，第213页，宫廷宴会也有"胡女番婆"助兴。

打春（完整版）·下册

演了一辈子乐舞，见过王孙公子为年轻舞姬挥金如土的，却没见过沈公子那样的。我原也让小蛮等着沈公子从占城回来，或许能促成良缘。谁知王母成了真王母，如今要进京了。我既替她高兴，又……"卢彦宽慰道："这也无法，但这事儿对小蛮来说，毕竟可喜可贺。"

这事儿对小蛮来说，确实可喜可贺。她是把消息当作喜讯告诉阿契的，阿契听了却觉得不尽如人意。她问："小蛮，你真要进京？那四哥从占城回来就见不到你了。"

小蛮淡然道："小蛮苦练多年，就是为了把《五羊仙舞》演好。如今入选宫廷乐舞，也算走出这一步来了。"阿契转而笑了笑："也是，恭喜你！"小蛮道："谢谢沈娘子。小蛮不仅要把《五羊仙舞》从广州传到京城，以后还要把它传回高丽，让高丽也有大宋的宫廷乐舞。"她说着，两眼发光，一脸兴奋。

阿契看着她，怔了一下，又回过神来。小蛮说："沈娘子，我想起卢大人说的，要把《五羊仙舞》从岭南之舞，变成大宋之舞；从大宋之舞，变成天下之舞。我现在才明白他的意思。"阿契笑了笑："我很佩服你。其实，早在祈风大会上，蕃商们把你当成王母的时候，《五羊仙舞》就已经是天下之舞了。"

小蛮起身要走，阿契又拉住她："你真的不想等等我四哥？他的船很快就回来的。"小蛮道："《五羊仙舞》就是我的生命。"阿契终于松开手。

小蛮道："沈娘子，我听说过您的事情。您等的船若迟迟不回，就不必等了。您也可以有自己的《五羊仙舞》。"阿契失意道："我这小半辈子，从小到大，也就是这么东投西靠的，既不得自在，又是个没什么用的人，哪有什么自己的《五羊仙舞》？"说

着，自我解嘲地笑了笑。

小蛮摇着头："您便坎坷，比我一个笑脸迎人的舞姬如何？我一个舞姬，尚有被认作王母的一天，何况您一个贵夫人？"阿契听了，恍然大悟，眼泪夺眶而出，半晌方道："我明白了，多谢王母点拨！"她看着小蛮，只见小蛮微微一笑，在窗前发亮的太阳光里淡去身影。

不日后，杭哥造访卢府。

阿契问："杭哥，你怎么来了？"杭哥道："二爷遣小人回一趟东京办事儿，让小人一并护送夫人回去。二爷说，四舅爷已经出蕃了，夫人独自久居卢府，多有不便。"阿契问："回东京？回东京哪里？"杭哥道："回东京投奔二舅爷。"阿契脸色一沉："可是我不想久居二哥家中。"杭哥问："这又是为何？从前听说，您和二舅爷感情是最深厚的。"

阿契心中已有主意，只道："不说这些了。杭哥，你也不必送我回东京。峰哥的意思我明白。你回去跟他说，既然不便久居卢府，我搬出去就是。"杭哥问："夫人，您搬出去哪儿？"阿契冷冷道："这便不劳他过问了。"

杭哥只好离了卢府，向陈云峰复命，独自出发了。阿契也开始收拾行李，要和素琴一起搬出去。

卢彦站在房门口，问："阿契，非得走吗？陈云峰啥玩意儿啊？他说的就得听？咱能不管他吗？"阿契一边收拾行李，一边向卢彦笑道："您当着他的面也这么说？"卢彦下巴一撅："当然，他瞎操什么心呢？想当年，好好的闺女我是心甘情愿地送进他家，还生了那么好一孩子，他陈家愣是把你赶走了，现在我家留着还不许？啥玩意儿啊？"

素琴小声附向阿契耳边："姐姐，这老头说得有理。"卢彦听见了，接话道："当然有理了。"

阿契没有停手，只向卢彦道："我不希望他因为这种小事对您……对您不高兴。"卢彦翻了个白眼，仰头看着房梁舒了口气。阿契又笑了："有素琴陪着我，您还担心什么？"卢彦向素琴道："担心倒是不担心，就是羡慕你啊素琴。"阿契娇嗔地看了卢彦一眼："呸。"

卢彦笑了笑："搬出去就搬出去，但是不许出广州。"又拍着素琴后背："有什么事情记得告诉我啊。"

第十七章

采采芣苢，薄言有之

　　广州大水镇[①]，一张河网穿镇而过。网眼里，良田秀美，清风泠泠。水田里的青蛙爬上稻根，仰望稻叶划过天空的弧形，又扑入水中，吓坏了过路的漂亮小鱼。

　　一落农舍望着稻田，隔绝它们的只有一道浅浅的篱笆。农舍内，沈阿契把窗户推开，用木棍支好，对着窗外道："就住这儿吧，多好。"素琴道："这多荒僻啊。"阿契道："荒僻啥？"素琴说："不行，我得把外头的篱笆再修一修。"便蹲到院子里修篱笆去了。

---

①　大水镇：据孙翔、田银生《宋代广州城市空间初探》，宋代广州有大水镇，即天河，近沙河一带。

阿契望着田野，突然有了主意，走到院子里向素琴道："素琴，我终于知道要卖什么书了。"素琴站起身来："姐姐要跟四爷一样去卖书？"阿契道："对，卖历书！农耕以四时，家家户户都需要历书。"素琴拍着手："哈哈，好！从购纸到印书，我都跟着四爷跑过。我可以帮姐姐。"

当下二人商议好，便将农舍锁了，骑着两匹快马奔循州去。卢彦来到农舍探访，却只见篱笆紧闭，大门紧锁。

沈阿契、素琴二人至循州界，将马勒住，在道旁歇息。素琴道："姐姐，前面就是镜花溪。溪水边都是造藤纸的作坊，也有又抄纸又印书的。好几个坊主都是四爷的老朋友呢。"阿契点着头。

及至镜花溪，只见溪畔藤蔓森森，溪水潺潺，落花流水，既幽且美。有抄纸作坊建在溪旁，抄纸工们往来忙碌着。

此处坊主姓孟，由素琴相引，见了阿契。见完礼，那孟坊主便领着来客在作坊各处走走看看，道："我家的藤纸在循州都是有口碑的。我和志文兄也是多年的老朋友。沈娘子要的，我肯定给最好的纸，给最低的价。"阿契道："多谢孟坊主关照。除了纸，还要跟您买别的，不知您有没有？"孟坊主道："请讲。"

阿契说："今年腊月，要印书工十二人，作坊一间。只用腊月一个月，过年便不用了。"孟坊主有些无奈："唉，不瞒您说，现在我这生意不比以前，闲置的作坊莫说一间，要多几间也无妨，也莫说腊月一个月。"阿契道："我只要一间，一个月。"孟坊主道："随你吧。"

阿契又问："印书工呢？"孟坊主说："日常吃闲饭断没有十二人那么多。但腊月时节，秋收也收完了，正农闲，要找工匠也容易的，到了用时再找起来便是。"阿契说："我想要在印书作坊

待过的熟工。"孟坊主道："先前生意好的时候，在我这里做过的熟工不少，后来我这作坊不济，都遣散在佃主家务农。如今我跟他们说说便是。反正也就秋收后一个月，他们也乐得多讨一份工。"阿契道："多谢孟坊主。您开个价吧。"

孟坊主道："藤纸随常价给你，那间闲置作坊也依常价租你，印书工我帮你传话牵线，就不收你的中人钱了。"阿契忙道："多谢多谢！"孟坊主笑道："谢什么谢？希望你的书卖得好，然后跟我买更多的藤纸，租更多的作坊。"

阿契笑道："妇道人家没什么本钱，只能先小小地试一下水。"孟坊主道："明白，明白。"

就这样，沈阿契与素琴在镜花溪作坊里暂落下脚。

大方桌前，她持笔画版。雕版师傅在旁看着。那纸上画的是历书版式，雕版师傅却问："沈娘子，咱们做的是什么书啊？怎么版式这么小？"阿契答："历书。"雕版师傅瞪大了眼睛："历书？"阿契说："是历书。所以，一年也就年前做一阵。"雕版师傅点点头。

阿契又道："现今农夫四时务农，家里没有历书，有的跑去宗主族长家翻历书，有的看邻家动了，自己也动，有的里长保长家里有，看了就公告给本保的农夫。但历书这东西，本来可以家家户户都有的，一年也就一本。"

雕版师傅道："做书坊的很少想到历书这种书，毕竟印书都是卖给识字断文的秀才书生、公子士大夫的。他们想的都是这些人需要什么书。谁会去想农夫也要买书？"说罢，往大方桌上一拍："主意倒是好主意。"

作坊外，孟坊主所找的印书工们结伴来了。他们一路走来都很高兴。有的说："太好了，书坊又有活计。"有的说："做多做少，过年添点儿。"

他们站在作坊门口张望门内的沈阿契。阿契看了他们一眼，便有一个小个子开口问："沈娘子，什么时候可以开工啊？"阿契道："把版敲定做出来，就可以开工了。"

众印书工听了，点着头，又要散了。阿契叫住他们："等一下。"印书工们回转身来。阿契道："都过来看看，这些书印出来是给你们看的。"印书工们闻言，甚是好奇："给我们看的？是给我们看的？"便纷纷进门，围到大方桌前。

版面上都是字，印书工们皱起眉头。阿契解释道："这书印出来是卖给你们农家人的。"一印书工摇着头："我们不买书。"另一个印书工则说："书那么贵。"阿契笑了笑："那你们看看，能看得明白吗？"印书工们议论纷纷，那小个子便道："都是字啊？"阿契又问："你们都识字吗？"

小个子道："要说真的大字不识一个，那倒不至于。祖宗的牌位坟前的碑、地契飞钱解库的票、婚媒礼单书铺的纸、满大街各式店铺大招牌，倒还是认得些的。但这种一本书、一张纸都是字的，着实不大明白，也不想看的。"大伙儿点着头："是的是的。"

阿契问："那你们看历书吗？"小个子道："看啊，不看哪里记得年月？"阿契又问："去哪里看？"小个子道："村里看看谁家刚好有一本，就去他家看看、问问。"阿契道："历书上不也都是字吗？"

又一高个子说："历书上的字虽多，但都填在格子里，画在画里，好看得懂。"众人皆称是。阿契也点着头："知道了。"

掌灯时分，众人早已散了，唯有雕版师傅和沈阿契仍在大方桌

前改版。

素琴挎着竹篮穿过走廊："姐姐，吃饭啦！"便在窗边几子上摆饭。阿契和雕版师傅过来端上饭碗，又走到大方桌前去了。

阿契指着纸面："师傅你看，这一版怎么样？"此时那桌子上有好几排纸，有的画着简笔十二生肖，有的划着表格。雕版师傅道："好！就按这个。"

当印书工们再次来到作坊时，走廊外已摆着一块块做好的雕版。这长廊上原有不少龙蛋石，木雕版们就斜斜地倚在龙蛋石上。印书工们围着雕版看，嬉笑起来："哎，你看，这个。这个是龙，这个是兔。""这个是鼠、猴儿。""噢，明年双春啊，两次立春。"

素琴走了出来，向众印书工道："哎哎，你们别在这儿围着了，快进去该干吗干吗。"印书工们进了作坊内去。素琴对着雕板上的纹路看了又看，叹道："厉害，反着的纹路他们都能看得出来？"

清晨的东江渡口，惯于起早的农夫们扛着锄头走向渡船。

素琴和沈阿契在渡口边走着。素琴问："姐姐，明年的历书就快印好了，您打算一本卖多少钱？卖得贵了，只怕普通人家不愿意要。"阿契未拿定主意，忽看了过渡的农夫一眼，笑着走过去搭话："大叔，一大早就过渡呀？"农夫道："可不是吗？佃主家的田在江那边。"他说着走上渡船。

阿契道："我也要过江的。"便跟着上了渡船。

渡船上，船家将一只竹篓摆在船板间的木格子里。农夫们上了船，也没问价，就向竹篓里投去一个铜板。阿契见此情状，转身向素琴笑道："就卖一个铜板。"素琴有些惊讶："一个铜板？姐姐，您要把书耗算进去的呀。您可不能以为，印了两万本，就能卖掉两万本哦。"阿契道："欲长钱，取下谷。"

旬日后，作坊内的成品历书已堆如小山。素琴领着众印书工把历书往外搬："这这，往这儿。"阿契站在人群中，不时嘱咐着："小心点儿。"一帮汉子进进出出，堆砌成山的历书渐渐变矮变小变空。

循州街市上，种子铺的铺主将历书整整齐齐地码在门面前，并挂出一块牌子。牌子上写着"历书一文"。铺主又摆了个竹筒在历书旁。

一个农夫走来，拿起一本历书翻了翻，便向竹筒里投下一枚铜板，拿着历书走了。陆陆续续地，总有人来到种子铺门前，拿着历书翻看。竹筒里也陆陆续续有了铜板落下。

镜花溪边，沈阿契蹲在石阶上洗衣服。日影斑驳地落在溪水上，树林幽美。一只绣眼儿飞来，落在岸边的龙蛋石上。素琴满头大汗地跑来，脸上挂着笑："姐姐，姐姐，哈哈。"阿契转过身来："笑什么？"素琴道："历书卖完了，铺主跑来问我，还有没有？"

阿契平静地点点头，将衣服拧干放回篮子里，挎起篮子起身就走了。素琴忙接过篮子："我来拿，姐姐。加印吗，姐姐？"阿契说："如果加印，不能再限于循州这两间铺子了，得先把销路打通了再说。况且也过年了，人不好找。"

二人边走边聊，回到作坊。阿契在外院井边打水，孟坊主便从作坊回廊内快步走出："五娘子，五娘子。"阿契把木桶搁在井沿边，望向他。

他一脸焦急："五娘子，听闻你的书已经印好了。我刚才去看

了看你那间作坊，怎么里面空空如也？这地方荒僻，你们走开时，锁好才是，以防偷盗啊。"阿契笑了笑："孟大哥，那些书已经卖完了，所以空空如也。我也正想向您辞别，和素琴回广州呢。"

孟坊主一愣："卖完了？"阿契点点头："是。"孟坊主问："你卖的是什么书？"阿契道："历书。"孟坊主"扑哧"一笑："历书？"阿契点点头。孟坊主又收了笑："我怎么没听书铺^①的人说过？"阿契道："没在书铺卖。"孟坊主问："那在哪儿卖？"阿契答："种子铺。"孟坊主听了，喃喃重复着："历书，种子铺。"他包了包拳，又顿了顿足，仿佛意识到了什么。

阿契和素琴告辞那天，孟坊主一直送到山道路口："五娘子，明年秋天欢迎你们再来啊。哦，不，不要等明年秋天了，你要是想到什么好点子，随时过来。需要什么跟我说，包括银子不够也跟我说，我们可以一起来做。"

阿契牵着马，点着头："好的，多谢孟大哥。"便上了马。孟坊主仍挥着手："走好啊！走好啊，五妹妹。"阿契道："孟大哥回去吧，不用再送了。"便和素琴策马离去。

正月里，广州不同行业的行会都相继摆起春茗。初九日，书行的春茗就择在德饮楼摆。素琴引着沈阿契来到德饮楼门口，只见到会的书商南北均有，但有从广州港出关出蕃的，一年都会来此一聚。

素琴道："姐姐，一会儿五叔来了，他会领您进去，把您介绍给书行的会长。咱们通过书行，把销路打通拓宽。等今年秋天我们就放心加印。历书一定大卖！"阿契问："五叔是哪一个？"

---

① 书铺：宋代称"书铺"的，既可以是书店，也可以是律所、公证处。

素琴道："五叔也是四爷的老伙计，一直住在书坊那边。您在漳州时没见过他？"阿契点点头："那时在家中多，没怎么留意书坊的人。"就见一个小老儿走了过来。素琴挥着手："五叔，在这儿。"五叔走来，向阿契行礼："小人见过五娘子。"阿契道："不必多礼，有劳您了。"

五叔领着她进了德饮楼。大厅内，众书商正三三两两互相敬茶、叙礼。五叔又引着她走向会长："老韩员外，这是我们家五娘子，今日特来拜见您！"阿契向会长行万福礼："老世伯万福！"

韩员外道："好好，免礼，免礼。"又看了看她，问五叔："这是沈志文的？"五叔答："妹妹。"韩员外道："哦，好好，我知道了。"

一时众书商落座，齐望着台上的韩员外。

韩员外道："诸位，注意啊，注意！听好了，这是跟你们切身祸福息息相关的。昨日刚到的海行文书，今年年后，列入禁榷的书有：史书、金玉书①、历书！"

沈阿契神情冷淡的脸上抽搐了一下。素琴张大了嘴："姐姐，他刚才说啥？我没听错吧？"阿契道："他说历书。"②

又听韩员外道："这里，历书我不担心。历书并不算什么书。

---

① 金玉书：即法典。据戴建国《宋代法制研究丛稿》，第133页，"金玉新书"者，殆取金科玉律之意。第46页，在宋代，法律是严禁私刻印行刑书的。

② 据程民生《宋代物价研究》，第289-290页，熙宁初，民间"更印小历，每本直一二钱"。如此低价，便于普及家户。或者说价格虽低，但发行量很大，照样赚钱。但到了熙宁四年，朝廷"尽禁小历，官自印卖大历，每本直钱数百，以收其利"。《续资治通鉴长编》卷二二〇有相关记载。

据我所知，我们书行也没有卖历书的。虽然，历书这是第一次提出禁榷，但我不担心各位会踩坑。"素琴高声道："老韩员外，历书怎么不算书？历书是农书。农夫不看历书，怎么依照节气布田耕作？怎么兴农？"

韩员外说："不，朝廷此举恰是兴农之举。禁榷不是不让农夫看历书，而是由司农监统一对历书进行绘版、印制、发卖，以免民间历书五花八门、良莠不齐，乱了农时。"

阿契听得两眼茫茫然。素琴听得一脸懊恼。

韩员外又望向众书商："诸位，我最担心的是金玉书和史书这两种。这两种书已经禁榷有一段时间了，但仍然有人心存侥幸铤而走险！有什么前车之鉴你们是知道的，我就不再重复。"

会长仍在说着，沈阿契和素琴却已无心再听，只相视无奈。

再说杭哥去了趟东京，正月初十日才回到广州。一回广州，他便手舞足蹈地对陈云峰说起东京见闻——关于《五羊仙舞》坐实九穗稻的事情。

陈云峰哈哈大笑："有这样的事？你听谁说的？不过是乐舞而已，胡诌的吧？哄谁开心呢？"杭哥道："没有哄您。要是别人说的，我倒不敢胡乱在您这儿传的。"陈云峰问："谁说的呀？"杭哥道："崇贤小爷说的，是崇贤小爷。他没必要胡诌这些哄您吧？"陈云峰又哈哈大笑："是崇贤说的呀？他倒是没必要哄我开心，从来都是我想着怎么哄他开心。"

杭哥道："所以说，那《五羊仙舞》现在真的传出去了，连同咱们的九穗稻。大家一提，都说'广南东有九穗稻，我们都知道的，是几只羊叼来的，是王母娘娘送来的'。嗨呀！"他连连拍着大腿。

陈云峰听了心中甚喜，又问起崇贤在京诸般细事。杭哥一一详答，又道："崇贤小爷还让告诉您，他母亲在海边等船，今年元宵节让您帮他送盏灯去。""送盏灯去？"陈云峰有些不解。杭哥笑道："赏灯啊。"陈云峰默然一笑，思忖道："崇贤这个小脑瓜，到底在想啥？"

元宵夜很快就到了。对阿契来说，过节是外面的事情。大水镇农舍的窗透出橘红色的光，一如既往地安静。

素琴蹲在月光下扎篱笆。阿契则坐在院子里的小凳子上，望着远处发呆。篱笆外，空旷的田野里有几处稻草垛垛，影子黑森森的。天空倒是微亮的，云行月走，看得人眼睛有些恍惚。道上忽来了一人、一马、一盏灯。

她站起身来望了望，却是陈云峰一手牵马，一手提着琉璃灯来到篱笆前。素琴开了门，陈云峰进院里道："今天是上元节，我送盏灯来给你赏。"他向阿契递来琉璃灯。那灯精致非常，颇为少见。阿契微笑接过，握在手中瞧了又瞧。

陈云峰问："历书卖不成了，打算干什么？"阿契怪道："你怎么知道历书的事情？"陈云峰呵呵笑道："素琴都跟我说了。"阿契听了，向素琴嗔道："素琴，你告诉他干什么？你什么时候跟他是一伙的了？"素琴嬉皮笑脸的："没呢，没呢，啥也没说，我跟您才是一伙的。"

阿契把玩着手里的琉璃灯，随口道："历书卖不成了，打算去云游。"陈云峰道："非僧非道非侠，你云游什么？"阿契将身一扭："我不是问你，我是告诉你。"陈云峰道："你可以去云游，但是不许走出广南东路。"阿契道："那可不一定。"陈云峰说："我也不是问你，我是告诉你。"阿契转身鼓起腮帮子，不答话。

素琴笑向陈云峰："二爷进屋喝口热茶再走吧，我这就碾茶去。"说着跑进屋里去。陈云峰向屋里喊："不忙，我要走了。"

说话间，篱笆外突然亮起两盏灯笼，平白出现了四个轿夫。阿契吓了一跳："那里有人？我怎么不知道？"陈云峰说："知道怕了吧？别乱跑啊。"便出了篱笆墙，上了轿子。

素琴跑出屋来："二爷这么快走啊？真是来送盏灯的呀？那灯留在这儿了，路上黑灯瞎火的咋走啊？"阿契道："别嚷嚷了，人家已经走了。咋走的？坐轿子走的呗。"

月西沉，日东升，清晨的田野显出亮堂堂的嫩青色来。

素琴问："姐姐，咱们真的要去云游吗？"阿契点着头："对。"素琴问："什么时候走啊？"阿契道："说走就走。"素琴又问："就这样走吗？"阿契道："不，顺路带点儿东西，挣点儿盘缠。"素琴问："带啥东西？"阿契道："我带你去看看。"

二人便来到石珠湾。此处多有陶瓷窑，家家做得泥娃娃。

溪湾之畔，一棵大榕树下立着几个孩童大小的笑脸陶和尚，令人见之可喜。笑脸陶和尚的侧旁就是一家陶窑的大门。阿契道："素琴，就是这里，他们惯会做摩睺罗泥孩儿。"素琴挠了挠头："摩睺罗泥孩儿？"阿契问："你不知道摩睺罗泥孩儿？"素琴点头说："知道。姐姐，您要买这个摩睺罗泥孩儿？"阿契道："对，我们先去端州。现在从广州石珠湾带走一批摩睺罗泥孩儿到端州卖，挣来的钱就当是游端州的盘缠。"

素琴十分不解："不是吧？姐姐，谁会买啊？摩睺罗泥孩儿是石珠湾专门做给乞巧村的村民在七夕节设贡的。虽然很精致很有名，但现在元宵刚过，离七夕还远，谁会买这个供织女呢？再说，广州乞巧村有供织女的风俗，难不成端州也有？姐姐您在说笑吧？"

阿契道："我没说笑。实话告诉你，摩睺罗泥孩儿并不是广州乞巧村独有，东京也有的。街市上店铺里就有卖，只是做工造型各异。我看石珠湾的泥孩儿就是极好的。"素琴充满疑问："这样啊？可是……"

这时窑主走了出来，笑问："二位可是要点儿什么？"阿契问："员外，可有摩睺罗泥孩儿？"窑主一愣，想想又答："有。现在要？七夕那种？"阿契道："是的，现在要。"

窑主便将二人领进瓷窑大棚里，里头整整齐齐地码着一只只箱子。窑主打开箱子，只见那箱中，一个个圆脸肉乎的摩睺罗泥孩儿排排站着，煞是可爱。阿契拿出一个泥孩儿，捧起来看。窑主道："不瞒您说，这些都是去年七夕卖剩下的。每年乞巧村都要订新的。您要是要，我可以便宜给。"

阿契问："可以送货吗？"窑主问："送去哪儿？"阿契道："端州。"窑主道："可以，就广州隔壁嘛，就是雇俩小厮、俩牛车的事儿。不过，您也可以自己雇嘛。"阿契抿嘴一笑："只是我雇和您雇又是两个价了。"窑主呵呵一笑："好吧好吧，货我们来送。"

去往端州的山道上，素琴赶着马车在前徐行。二小厮赶着牛车载货缓缓跟随。进了端州城，沈阿契便让素琴寻路往送子观音庙来。

庙里香火鼎盛，人来人往，日光斑驳地落在麻石板上。

阿契笑容满面走进庙祝房里："姥姥好！"那庙祝正坐在案前摆弄签纸，尚未回答，阿契便从袖子里掏出一个裹着红绸布的泥孩儿，摆到桌子上："庙祝姥姥请看，就是这个。"庙祝一层层解开

红绸布，露出一个精致的摩睺罗泥孩儿。

庙祝张嘴赞叹："哦！"又将泥孩儿放到掌心，举起来看了又看："做得很细致。"她笑道："摩睺罗是佛陀的儿子。"

阿契道："正是。此处是送子观音庙，倘若您给前来上贡的香客送上这个泥孩儿，他们一定很称心。"庙祝点了点头："这泥孩儿你打算怎么卖呀？"阿契道："看姥姥要多少了？"

庙祝即随阿契来到侧门外。二小厮已把牛车停在空地上。素琴上前把牛车上的箱子打开，露出满箱子码得整整齐齐的泥孩儿。庙祝看着，笑了起来："我全都要！"

就这样，沈阿契将两牛车的泥孩儿脱了手，又在端州逗留了几日。

端州有一个星湖，湖中有岛，如同天上星辰下坠，镶嵌在湖中，以翠映翠，幽奇非常。船夫撑着一叶小舟从湖面滑过，光滑的水面便现出来一道有规律的花纹，像叶脉，像鱼尾。

素琴蹲在船板上逗着不肯去的水鸟。阿契站在船头，风儿夹着微雨斜斜打来，她眨了眨眼睛。素琴问："姐姐，离开端州我们去哪里？"阿契答："英州。"素琴问："去英州的盘缠呢？"阿契道："用卖泥孩儿的钱买端砚，去英州发卖。"素琴望着天空想了想。阿契问："这次没什么奇怪的吧？"素琴道："这次听起来挺正常。"

二人上了湖岸，回到端州街市，又见一座月老庙，香火颇旺。庙门口有家铺子，铺前挂满大红双喜，摆着各式红绸布、红鞋子，又立了一块招牌，写着"王婆子家"。

素琴拉住阿契，往"王婆子家"一指："姐姐您看，那儿有咱们带过来的石珠湾泥孩儿。"阿契望向铺子，果见铺前红绸布上摆放着几个摩睺罗泥孩儿。

她抿嘴一笑，素琴却道："姐姐，看来庙祝转手又把泥孩儿卖给了王婆子。她可又赚了一把。我去问问一个多少钱。"阿契止住他："哎，别在意这些。有钱大家一起赚多好啊。"素琴遂作罢。

离了端州，二人又到英州去。英州一家文房铺，闻说阿契带来的是端砚[1]，便来者不拒，请入铺内。铺主问："二位从端州来呀？"阿契称是。铺主又道："二位不是端州口音呢。"素琴便说："我们是福建的。"铺主方点头："听着像福建的。"阿契又说："但砚可确确实实是端州砚。"

铺主起身道："行，二位一路辛苦了，我随二位去看看。只要是端砚我们都可以要，价钱咱们再说。"及至看了砚，铺主道："确实是好端砚，也不多，那我全要下来了。"素琴大喜，忙招呼着俩小厮帮忙搬货。

文房的正事儿了了，阿契便携素琴踏访郊野。那英州山水从盘古开天地以来就自成一格，见过的人很喜爱，以至于移走他的山石，想要独占天成的丘壑，藏起地造的峰峦，据为己有。

那山水被人搬来搬去，且喜颜色尚存，容貌未老。眼前一片空旷平缓的瀑流铺在寥落的山峰之间。远处是云和人家。牧童和牛蹚着水走到对岸的林地里去。

沈阿契站在瀑流旁边的山亭里。山亭的飞檐不断溅起被打散乱飞的水线。素琴蹲在山亭的栏杆上，伸手接着山泉玩："姐姐，英州山水您看遍了，接着咱们去哪儿？"阿契道："南雄州。"素琴道："南雄州您都去过多少回了？来往东京不都得经过南雄州？"

---

① 据程民生《宋代物价研究》，第315页，端砚在北宋时已成气候。

阿契道："主要是带些英石去梅关发卖。"

素琴道："英石名头虽然大，但是沉甸甸的，带着有什么意思？"阿契道："你有所不知，我每路过梅关，总见到山道边林地里搭着些交易南北好货的棚子。那英石是极易出手的。买主雇牛车力夫拉过了关，再顺着赣江北上，并不费事。"素琴问："是运去东京发卖吗？"

阿契道："到不了东京，只怕就卖完了。"素琴摇了摇头："要来何用？又不能吃，又不能穿。"阿契道："如今这些财主员外、乡绅士人，或是官宦形势之家，都喜修园林，赏玩花石，以为风气。英石小如拳头的，也被奉为盆中一景。"

素琴跳下栏杆，道："说起来，四爷书房里摆着的小松树，也有这玩意。哦，花园里也有，我就不曾睬它一眼的。"阿契笑了笑。素琴道："管它呢，咱们把路费挣了再说，我听姐姐的。"

于是素琴觅了五个力夫，驱着五牛车的英石往南雄州去。越往北走，山峰越是崇高险峻，林木郁郁葱葱。渐至大庾岭，山道旁果然冒出来不少货场棚子。南北货物在里头交接，南北商贩在其中往来。

五个力夫开始从牛车上一箱箱地卸下英石。他们用粗绳子绑住箱子，再用两根粗扁担穿绳而过，像抬轿子一般抬起扁担将箱卸下。

山风时至，寒意微微，沈阿契站在棚子外，把披风的帽子戴了上去。素琴招呼力夫搬货，跑进棚子，又跑出来："姐姐，南雄州这边好冷啊，比漳州、广州冷多了。"便有一商贩路过，搭话道："今天不算冷，昨天还下雪呢。"

沈阿契说："下雪不冷化雪冷，昨天没有今天冷。"那商贩看着她："哟！知道的还挺多，你是北方人呀？"阿契抿嘴一笑没有回答，只向素琴道："下了山给你添两身衣服。"素琴"哎"了一声，又跑进棚子里。

及至下了山，城内下起雨来。那雨细蒙蒙的，驱赶得路上行人稀疏。街上的石板路被打湿，雨花一朵朵盛开。街市两边是两三层楼高的铺子。铺子后面没遮没挡的天空里，矗立着奇峰异石。

沈阿契和素琴穿着柿油芭蕉避雨衫、避雨裤①，在街市上走着。阿契一抬头，望着下雨的天空和远处的山峰发呆。

素琴低着头，缩起脖子道："姐姐，咱们回客栈吧，一天雨一天雪的，没想到下雨更冷。"阿契说："给你添两身衣服就走。"素琴道："柿油芭蕉避雨衫、避雨裤穿得我好凉凉！"阿契往前一指："走，我们先去那家铺子，等雨停了再走。"

只见前方一家铺子，门檐处垂下一面旗子来，上头写着"姚二郎家"。沈阿契和素琴躲进铺子里，在门檐处脱下芭蕉避雨衫裤，抖了抖水。

这家店铺货品又杂又全。铺主姚二郎听得素琴喊冷，便抱出来一件大厚絮棉披风，往他身上裹。素琴躲了躲。姚二郎道："小哥，这件就是最暖和的了。"素琴道："我不要这件。穿上跟个裹着兜兜的小孩似的。"阿契抿嘴一笑。

姚二郎道："你本来就是小孩！现在都春暖了，冬衣只有这件了。"阿契向素琴道："谁让你从广州出来时啥衣服也不带？"素琴说："先时我在广州，在漳州，一年到头不用穿絮棉的。"阿

---

① 避雨衫、避雨裤：据程民生《宋代物价研究》，第422页，入朝避雨衫、芭蕉裤是北宋雨具。

契笑道："下次我带你去东京试试，别是跟忘记飞走的大雁一样了。"素琴从姚二郎手里接过棉披风："好吧，我要了。"说着把披风披上身。

穿暖和了，素琴又打量起铺架子上的铁器来。有个铁器很奇怪，像打边炉，又极小。素琴问："老员外，这是什么？"姚二郎道："这是铁铫，暖酒的。"素琴点点头，又看向另一处货架子。这里有个铁器更奇怪，像没嘴的扁葫芦。素琴又问："老员外，这又是什么？"姚二郎道："这是脚婆，暖脚的。"①

素琴拗口地咬着舌头："暖酒的？暖脚的？脚？酒？"姚二郎纠正道："酒、脚。"素琴点点头。

姚二郎说："这些都是北方商贩传过来的。现在都春暖了，人多不用了，便宜了啊。"阿契笑问："有多便宜？"素琴问："姐姐，你要买？"阿契拿起一只铁铫在手中把玩，向素琴点了点头。素琴不解。姚二郎对阿契说："看你要多少了。"阿契放下铁铫，又拿起一个脚婆，在怀里揣了揣："你有多少？"素琴更不解："啊？姐姐，你要多少啊？"阿契看了他一眼："闭嘴。"她并没有跟素琴解释太多，就要下了姚二郎家小半船的铁铫和脚婆，叮叮当当地载上龙川②去。

船儿到了循州北界，船夫将船靠岸。素琴登上渡口台阶，问道："姐姐，如今您载来一船叮叮当当的什么铁铫、脚婆，打算如

---

① 铁铫、脚婆：据程民生《宋代物价研究》，第421—422页，铁铫、脚婆是北宋生活物品。铁铫是温水器，有柄、出水口，可温酒。脚婆是冬季在被窝里取暖的热水罐。

② 龙川：据中国社会科学院主办、谭其骧主编《中国历史地图集》，北宋惠州、循州境内有河流名"龙川"。

何发卖？循州又不冷。"阿契也没答他。

货品由船转车，叮叮当当地拉到当地一处酒坊来。

远远地，阿契便闻见酒坊里的酒气。进了场院，里面满是酒坛子，大大小小，成行成伍。棚子下，众踩曲女正在踩酒曲。

坊主听说阿契来意，笑道："循州又不冷，喝点儿酒要什么铁铫呢？我知道，有些北方人是把酒烫热了才喝的。他们驱寒，他们那儿冷嘛。"说着摇了摇头，讥讽地看了看她："我还以为你要买酒，原来是卖暖酒的什么铁铫的？"

阿契一边与坊主走到棚子下，一边拿出一个红绸包裹："您不妨先看看我们的铁铫。"坊主摆着手："不看不看。"阿契仍把红绸包裹慢慢解开，露出一只精致的铁铫来，恳切地望着坊主。坊主不耐烦了："不用看了，真是莫名其妙，我这里可不化缘。"

众踩曲女放慢脚速，看热闹似的看着沈阿契和坊主。阿契脸上热辣辣的。

坊主指着众踩曲女，向阿契道："你问问她们，喝酒要不要热着喝的？"众踩曲女脚速更慢了，面面相觑。

踩曲女阿珍看着坊主，大声道："要啊。"坊主道："胡说什么呢？什么酒要热着喝？"阿珍干干脆脆地答："月子酒。"坊主说："又不是天天坐月子。"又一踩曲女玉娥说："不是啊，不坐月子也要热着喝的。我喝冷酒挨了我婆婆好几顿骂了。"踩曲女阿宝也说："我嫂子嫌我烫的酒不热，说我懒，还说我是故意害她。"踩曲女细妹向众女道："哎呀，不用跟他说了，他们男人倒是没所谓。"

坊主一脸愕然。

歇了工，众踩曲女和阿契聚在榕树下。阿契把铁铫摆在榕树

下的石凳子上，将酒樽放入铁铫中，演示烫酒。众女围观着，纷纷道："哦，原来是这样用。"

阿珍和玉娥在不远处窃窃私语，又走过来。阿珍道："沈娘子，你的铁铫我们全要了。你便宜点儿给我们。"众踩曲女惊讶地看着阿珍。阿珍指着玉娥："我们俩合伙买下来了。我们本就打算盘间铺子卖月子酒的。铁铫正好一起卖。这玩意新奇，又便利，能用得上，我看不会没人要。就算一时卖不出，这是铁的，又放不坏，多早晚卖出去都行，不会亏。"

众踩曲女微点了点头。玉娥道："我自从生了我家老四，就瘦不下去了。坊主不是说了吗？我太重不要我踩曲了。"阿契喜道："那好啊，价钱好商量的。"

阿宝又问："沈娘子，你怎么有这新奇玩意？潮州女人也喝这黑糯米酒吗？"阿契点着头："喝的，半大的女孩子就开始喝。小时候听我祖母说，喝这个以后好生养。不过，这个铁铫却不是我们那边做的，是北边商贩传过来的。"阿宝点头"哦"了一声。

阿契和阿珍、玉娥议好价，便约定时间交货。

素琴按照吩咐，把牛车停到酒坊门外。牛车上尽是叮叮当当的铁铫。阿珍向酒坊众姐妹道："各位姐妹，把箩背过来，帮忙把铁铫背回镇子口。回头我再谢你们啊！"踩曲女们纷纷道："好，好。"

坊主站在酒坊门口，叫着阿珍："你真要啊？"又指着阿契对阿珍说："她还有暖脚的东西，原也说要卖给我。"阿珍道："这就是暖酒的。"坊主纠正道："暖脚，我是说暖脚的。"

"脚？"阿珍转头问阿契，"沈娘子，能看看吗？"阿契忙叫："素琴，把脚婆拿来。"素琴一取来脚婆，便被踩曲女们围在中间。

坊主问阿珍："你真要啊？那暖脚的脚婆，是下雪的地方才用得着的。"阿珍笑道："哎呀，每个月总有那么几天手脚冰凉，你懂个啥？"

玉娥从素琴手里拿过一个脚婆，抱在怀里，又贴着肚子摩挲了一下。她向阿珍扬起脚婆来："这是暖脚的吗？我觉得它可以用来暖肚子，肚子、肚子！"众踩曲女又围向玉娥，围看脚婆，伸手摩挲。阿宝道："对呀对呀，可以暖肚子。那样肚子就不会痛了。"说着，向坊主挥动一只脚婆："坊主，要不要来一个？拿回去孝敬您夫人呀？"

坊主又一脸愕然："啊？"

遥远村道的上方，被天雷削开的石壁昂着一副龙的骨头。溪水蜿蜒不定，忽而入地，忽而见天，所过之处，笋生柱立，非人间气息，却徜徉人间，盘烟火，收微尘。

众踩曲女背着一箩箩铁器从村道走向镇子口。镇子口有房舍，有店铺。她们踏上小镇的石板路，列队而行。整齐，但又不失错落的韵。

阿珍边走边说："哎，你们知道吗？我听说，那个沈娘子是个寡妇。"玉娥道："啊，她那天还跟我们说，喝这个黑糯米酒好生养。那她岂不是没得生养？"阿宝道："哎，你们积点口德吧。真是个寡妇？"阿珍很肯定："是真的。"阿宝摇了摇头："那真是喝得再对也没得生养咯。"

众踩曲女列队走向石巷子深处。

既至循州，镜花溪书坊近在咫尺，阿契与素琴便顺路探访了孟坊主。

宾主在镜花溪边闲步，说起历书的事。孟坊主直呼可惜："哎，五娘子呀，原想着今年秋天和你把历书好好做起来，谁知道海行文书就下来了。"阿契道："是啊。不过，朝廷重农兴农，也是好事。"

孟坊主笑了笑："你倒是逍遥，游山玩水把广南东路绕了一圈。"阿契说："走这一圈，我极服气那端砚。做一个砚，原来也是寻常，却把一个州的名声都带出去了。"

素琴也说："还有那英石，可不是把英州的'英'字也拿来给自己取名字吗？"又笑向孟坊主："孟坊主，我看你休要惦记历书了，好好把纸做到最精妙处，往后就叫'循纸'了。"阿契附和道："有何不可？都是文房四宝。"

孟坊主道："取笑了。若说文房四宝在广南东路，端砚就不必说了。笔嘛，一直没什么好材料。墨呢，别处松烟墨①名头最大。纸呢，韶州的竹纸、循州的藤纸都是好的。两家各有特点，也没打过架。"

素琴伸手抓住溪水旁的古藤虬枝，荡了上去，又跳下地来："循州多藤，用作藤纸，何不也做书笼？②都是书生要买的。"孟坊主看着他笑了笑："小心跌下溪里去。"

阿契又问孟坊主："我仍是惦记着那端砚呢。我想做瓷砚，您觉得好不好？"孟坊主摇头："我觉得不好。瓷砚自古就有，没

---

① 松烟墨：据程民生《宋代物价研究》，第312页，广西容州多产大松树，"其人能制墨，佳者一笏不盈百钱，其下则一斤止直钱二百"。周去非《岭外代答校注》卷六《墨》有相关记载。
② 书笼：据程民生《宋代物价研究》，第421页，有关于北宋时期书笼的价格和使用记载。

成过气候，化墨的时候极不如砚石。与其说是瓷砚，不如说是砚状的瓷碟，不过是用来盛墨汁的。"阿契道："涩圈不上釉，别让它滑就可以了。"孟坊主道："虽然有人这么干，但是……"阿契忙问："但是什么？"孟坊主道："但是你肯定自己没用过，你用一用就知道了。"阿契仍说："但我已拿定主意了。"

孟坊主喟然笑道："也罢，你是常胜将军，便是盛墨汁的瓷碟，也未为不可，其他的，不过是个名称而已。"

他望了望镜花溪，逝者如斯，不舍昼夜，便是映照在水流上的斑驳日色，也在悄悄地移光换影。

回到广州，阿契便张罗起瓷砚的事。她把一方端砚摆在桌子上，铺纸、研墨，在纸上画起一方瓷砚的形状。

素琴进屋来："姐姐，我刚去西村①了。好几个窑主都愿意帮咱们烧瓷砚。只要咱们把图样给他，他做好了便把货交割给咱们。"阿契头也没抬："知道了。"素琴看了看纸面："姐姐又画了一个新的图样？"阿契点了点头。素琴问："若把货交割给咱们，咱们又把瓷砚卖给谁家？"

阿契抬起头来："出海。"素琴挠挠头："又是出海？"阿契说："先搭着五叔卖往东航线的书出一些。"素琴没有说话。阿契搁下笔，道："能看宋书，通汉字的，多喜文墨，必会用砚。何况宋瓷声名在外？瓷砚是新品，必有人买。"

素琴道："只是，我也觉得这用起来没有砚石好。"阿契皱

① 西村窑：据黄纯艳《宋代海外贸易》，第246页，西村窑是广南东路产量大、质量高的瓷窑，在国外及地处中国至南海诸国航道上的西沙群岛海域都有不少发现。【日】三上次男《陶瓷之路》有相关内容。

起眉头："你怎么也舞文弄墨了？我看你也不爱读书，也没拿过笔的。"素琴不服："我是没拿过笔，可我拿的墨条比姐姐多。"

阿契看了看他，他解释道："我要帮四爷研墨的，不然怎么叫书童呢？"阿契默然不语。素琴又说："罢了。若蕃人爱瓷，又极精美，做个摆件供在架子上赏玩，也便罢了。"阿契听了，脸上有些不喜。

图样画好，阿契便带着素琴、五叔到西村来。西村窑口极多，阿契与其中一位姓梁的窑主谈得最是投机，便决意在他家烧制瓷砚。

及至元样出炉，阿契又到梁家瓷窑来看。梁窑主道："五娘子您瞧，这是照着您画的图烧出来的元样。"又道："大家看了您画的图，个个称赞新奇别致。瓷砚又很少见，一旦烧出来行情肯定好啊。"阿契笑得合不拢嘴："您过奖了！承您贵言，倘若烧出来行情好，咱们以后便可做长久生意了。"

五叔看了看元样，皱起眉头。窑主瞥了他一眼，问："这位大叔，莫不是觉得这瓷砚烧得不好？您大可以告诉我们，我们可以改进。这只是个元样，正经那批货还没开始动手做的。"

五叔摇了摇头："没有没有，您的瓷烧得很好。只是，为什么要烧瓷砚呢？烧个碗啊、盘啊多好。买砚的，哪有买盘碗的多？"阿契道："可是烧制碗碟的也太多了。大家都一样，人家凭什么买咱们的呢？"五叔道："这瓷砚嘛，不一样是不一样了，可是没人买啊。"

阿契脸上不悦："您怎么知道没人买？"五叔说："用处不大呀。"阿契道："小时候我在潮州百窑村，有做小瓷人的、小瓷狗的，不是用处不大，是根本没有用的，但也一样畅行诸蕃。"五叔

打春（完整版）·下册

道："那不一样的，那个显然有用，用来给蕃人小孩玩儿的。这瓷砚，它正经也不算是好玩的，用处又……"

阿契满脸挂霜，五叔不再说话了。

一时走进晒瓷场，梁窑主便私劝阿契："沈娘子，您别放在心上，新货色，一开始肯定要听一些风言风语的。"阿契问："那您觉得瓷砚可行吗？"梁窑主道："我要是觉得不可行，还接您的活儿吗？还为您烧制元样吗？"阿契略点了点头。

梁窑主又道："您不要再犹豫了，烧这批瓷砚还需要排工期，要时间的，如果迟了，就会误了信风，不能跟船一起出蕃了。"

素琴坐在晒瓷场外的石墩子上，瞥见阿契和窑主在里头交谈甚密。他心中不快，起身出了瓷窑门。西村道上，五叔正拉着马绳子，站在马车旁。

素琴向五叔学着窑主的语气："新货色，一开始肯定要听一些风言风语的。"五叔摇了摇头。素琴又学着窑主的声调："不要犹豫了，烧这批瓷砚要时间的，迟了就会误了信风。"五叔摇头叹气："所以五娘子把事情定下来了？"素琴道："那可不？整副身家都托付给他了。"

此时，沈阿契突然出现在素琴身后："你怎么知道是整副身家？"

素琴吓了一跳："姐，姐姐！"阿契问他："你清算过我的身家？嗯？"素琴忙不迭的："姐姐，我，我胡说八道的。"阿契道："你们不必唉声叹气的了，等瓷砚上了货架便见分晓。"说罢掀开车帘，上了马车。

五叔和素琴对望一眼，又是一声叹息，叹完忙又捂住嘴。

不久之后，阿契的瓷砚出窑了，可以交割装海船了。

五叔和素琴一起带人去拉货。出发前，五叔在农舍篱笆旁嘱咐素琴："一会儿五娘子来了，你可别唱反调啊。"素琴点着头："嗯嗯。"五叔调侃道："小心她把身家全赔了，就把你小子给卖了。"素琴"扑哧"一笑，五叔也偷偷笑了起来。

沈阿契突然出现在素琴身后。素琴扭头瞥见她，吓了一跳："姐，姐姐。"阿契绷着脸，不言不语上了马车。素琴偷偷朝五叔吐了吐舌头。

这天，西海墙的天空出奇地红，云霞诡谲变幻着。波浪金闪闪地翻滚，涛头张牙舞爪，有些可怖。海船的桅杆映照在红通通的天色下。桅杆顶端的伺风鸟烦躁不安。素琴和五叔招呼着众水手往海船上抬箱子。沈阿契站在高高砌起的石堤上看着。她的薄纱披风被风一鼓，整个人几乎要被吊走。她吃力地将披风拽下来，目光仍定在那装着瓷砚的海船上。

突然，一匹海兽从海水中蹿出，朝沈阿契的方向奔跑过来。素琴忙跑向阿契："姐姐小心！"一个巨浪过去，阿契和素琴都摔倒在地，浑身湿透。又一个巨浪过来，满地上汪着的水厚了一层。

五叔朝阿契这边喊："快走！快离开这里。"又向众水手那边叫："快走！别管那船了。"众水手慌乱逃蹿。素琴拖着阿契跑，阿契一下子摔倒在地。

海兽裹挟着巨浪，远远地奔向海边村庄。木头做的伺风鸟变成活的，扑腾着翅膀，从桅杆上飞起来，又被一个巨浪打进水里。伺风鸟在海浪中伸出一个翅膀，无力挣扎。

阿契被大风吹向海边，撞到巨石垒起的高堤上。高堤把她挡住，使她免于落海。素琴跑了过去："姐姐！"又张开身体护住她，蜷缩到高堤内侧。一个巨浪打来，裹住二人。巨浪退去，二人仍是蜷缩在高堤内侧。

海兽裹挟着海水，在西海壖的村庄里奔跑。村道灌水，房屋毁坏。老弱妇孺惊叫着逃跑，摔倒在水里，随水流走。村民们扛起锄头跑向海兽，赶着打。海兽逃蹿着。一伙村民向它张开一张渔网。它撞了过去，网破了。又一伙村民张开渔网，兜向迎面而来的海兽。渔网一层一层地破，村民一次又一次地向海兽迎面张网。海兽掉过头去，背后也张起了一张张的渔网。海兽向左看，左边的渔网一张张举起，一张比一张举得高。海兽向右看，右边的渔网也一张张举起，一张比一张举得高。海兽望向天空。天色沉重，云团变幻，一张巨网从天而降。海兽开始举起双蹄，刨着地上的土。

一老者站到高处，掷地有声地喊："网开一面！"

于是，一张渔网打开了，同一面的渔网也一层层地，次第打开了。

老者叫着："网开一面，才能将海兽驱回海中。"此时，就见海兽咆哮着，从网开的一面冲了出去。[1]

暮色深沉，海兽裹挟着巨浪奔回海中。众蕃船被海浪卷翻，卷向海洋远处。它们在水底"咕咕"冒泡，落向海底。宋蕃水手或在岸上慌乱奔走，或在浪涛里似浮似沉。众蕃商举手向天，发出哀叹。天降大雨，电闪雷鸣。

夜色取代了暮色，闪电是海天之间最亮的光。

望海楼屋檐下聚着一批湿漉漉的水手。阿契和素琴从旁走过，靠到墙边。窗户被风掀开，"啪啪"打个不停。窗外雷声不止，阿

---

[1] 据阮元《广东通志·前事略》，广州西海壖有海兽如马，蹄鬣皆丹，夜入民舍，众杀之。次日海溢，环村百余家皆溺死。

契却呆呆笑道："好了好了！一雷敲九台！"素琴问："姐姐，什么是一雷敲九台？"阿契喃喃自语："一定会过去的，很快会过去的。"

天亮了，大雨滂沱，西海壖村庄一片狼藉。官兵和村民往来于汪着水的村道上。二官兵抬着倒下的屋檐。一村民扛着木桶在水里走。木桶里是刚出壳的一窝小黄鸡。

卢彦穿着柿油芭蕉避雨衫裤，眉头紧锁。那位主张"网开一面"驱赶海兽的西壖村老者远远地看着他。卢彦向他喊着："老人家，你快找个地方避避雨。可是在找你的家人？"老者道："这位大人，老朽不怕雨！大人不必忧心，海兽，已驱入海中。大灾已过！"卢彦道："可苦了西壖村！海兽是如何驱入海中的？"老者道："网开一面！网开一面驱入海中。"

日渐高时，海堤边雨势变小，风浪渐息。众公吏和宋蕃水手在海上打捞搜救。两个蕃人水手抬着一个不省人事的蕃商走过，一路走一路哭。又有一个高瘦公吏单手扛着另一个公吏瘫软的身体，走向卢彦："卢大人，我们人不够！船也不够！从昨天到现在，我们自己兄弟在水里的都捞不及啊！"说着，带出了哭腔。

卢彦指着昏迷瘫软者，急道："你先把他按醒，缓过来！可苦了兄弟们！"高瘦公吏忙将人放下，按压施救。

此时，西壖村老者走来："这位大人，要把海民们紧急招募起来，入海搜救！①海民们水性好，他们自己还有船，不用劳动朝廷

---

① 据中国海事局组织编撰的《中国海员史》，第76页，关于宋代航运管理救援的做法，如有事故发生，（官方）招集附近民夫合力救援，并根据搜救货物多少予以奖励。

的官船。"卢彦睁大眼睛："哦！"

旁边，却有一个白净公人向西壖村老者发了声："哪里来的老渔夫，你知道什么？风雨未停，入海有性命之忧，兄弟们吃朝廷俸禄，只能进不能退。这些海民，谁愿意去？"

老者大笑："哈哈，现在跟昨天比已不算什么！海民们祖祖辈辈与海谋食，这点风雨料不足惧，须出钱悬赏，必募之即来，来之能战，战之能胜！"公人指着老者："口出狂言！"又向卢彦道："卢大人，这老渔夫必然跟海民们有私，来图钱财的。大人不用理他。"

卢彦斥责公人："住嘴，你食朝廷之禄，朝廷之禄又从何而来？我等食民之禄，当以民为师。"便对老者说："依你所言，速速招募！"说着，把马鞭递给老者："骑我的马去，要快！"

老者接过马鞭，把头上遮雨的斗笠摘下，用力往地上一丢，上马疾驰而去。

这西海壖老者一呼，果然应者甚众。

日光下，众海民驾着大大小小、形制各异的海船驰向海上，和宋蕃水手、公吏们一起往来波涛里，搜救落水者。三个海民"扑通、扑通、扑通"相继跳入海中，举起一名蕃商。

岸上，众渔女挑着担子，散入日光里的斜风细雨中。风是亮晶晶的，雨也是亮晶晶的。被日光刺破的云层团出了新的色泽。

两个挑姜水的渔女停下脚步。她们的担子一头是整煲姜水，水面上飘着姜片，另一头是两摞碗。她们一个扶起海堤边躺着的蕃商，另一个倒出一碗姜水给蕃商灌了下去。蕃商渐渐精神起来。

井亭边，几个蕃商坐着生火烤衣服。又有两个渔女挑着担子停下，从担子中取出干燥的粗布衣递给他们。他们忙站起身来，弯腰

双手接过，一再鞠躬。

卢彦穿着便服，浑身淋湿，和众蕃商一起坐在来远亭的台阶上。施粥的渔女给蕃商们盛上一碗碗粥。蕃商们纷纷鞠躬致谢。渔女也给卢彦递上一碗，卢彦起身接过，也和蕃商们一道鞠躬致谢。粥上冒着热气，卢彦脖子一仰，吸溜吸溜地喝起来了。

蕃商们三三两两跑到堤岸边，望着远海发出哀叹。远海波涛上，货物木箱若浮若沉。

大水镇，阳光照射在农舍前的田野里，稻田碧绿。沈阿契怅然若失地望着窗外。五叔和素琴坐在院子里扎篱笆。那篱笆每过一阵子，就变一个样，如今看来，不仅坚固安全，还赏心悦目。

五叔道："整船打翻了，不光五娘子的瓷砚没了，四爷书坊里这次要出海的书也是全部没了。"素琴道："那不一样，四爷翻掉几箱书那没啥。他都整个书坊给你管了，他不在乎这个。姐姐可是整副身家都在瓷砚里了。"五叔道："嗨，不是我说丧气话，那些瓷砚，就是在西海墕不翻，出去了也收不回几个钱的。"

素琴忙比划了个"嘘"的手势："快别再说这个了。"五叔道："明白，不说了。你好歹把五娘子劝出来，不吃不喝可不行啊。"素琴点着头。五叔道："我要回漳州了，只能等四爷回来再听凭处置了。"素琴道："五叔路上小心。"

五叔又道："你跟五娘子说说，想走这条路就得经受得住这些事儿，别不吃不喝的。"素琴道："知道了。"五叔起身离去。

阿契默默走到素琴身后："你们在说什么？"素琴吓了一跳："姐，姐姐。"阿契道："你们都说瓷砚不行，只有我说瓷砚行，本来想着出了海便见分晓，没想到没出海先沉了海。现在好了，也不知道是谁对。"

素琴笑了笑："姐姐对，姐姐对。要是气不顺，咱们再做一批瓷砚。"他说完，忙捂住自己的嘴。阿契笑了笑："你放心，咱们没钱再做一批了。"

雨过天晴，西海壖的上空阳光灿烂，天是蓝的，云是白的。海面湛蓝，海不扬波。一条鱼从波浪中跃出，展翅飞翔。一群海鸟盘旋而来，飞着的鱼又潜下水去。

市舶司衙署议事厅中，卢彦向众市舶官道："西海壖兴修工事①势在必行。诸位有何良策？"他看向张执事，张执事道："西海壖飓风频发，兴修工事确实势在必行了。只是下官无能，不知工事如何修才能免飓风之苦？那飓风乃是海天之力，人力工事如何能扛得住？"众人纷纷称是。

卢彦又望向李执事，李执事说："卢大人，下官在市舶司多年，看到蕃商屡受飓风之苦，整船宝货血本无归，也很痛心。奈何下官这么多年，管的乃是对蕃货计量抽买的事务，不通工事。"卢彦轻皱眉头。李执事又道："这里的大人们，平时各司其职，也是

---

① 据中国海事局组织编撰的《中国海事史》，第75页，宋代广州是外舶云集的港口，一遇台风，停泊的外船和各种商货船均会有损毁，所谓"州城濒海，每蕃舶至岸，常苦飓风……"北宋大中祥符七年七月，知广州邵晔"凿内濠以泊舟楫，不为飓风所害。……广人歌曰：'邵父陈母，除我二苦。'"邵晔的浚濠之举，改善船只的避风条件，使他深得船民与蕃商的爱戴。他患病时，"吏民蕃贾集僧寺设会以祷之"。当其谢世时，广州城内外"多陨泣者"。《续资治通鉴长编》卷八十三、《玉壶清话》卷三均对此事有记载。北宋前期，广州市舶的清官能吏见记载还有如马亮、杨覃。据黄纯艳《宋代海外贸易》，第181页，真宗时马亮知广州，"海舶久不至，使招徕之，明年至者倍其初，珍货大集"。大中祥符年间，杨覃主政广州，"南海有蕃舶之利，前后守牧或至谤议，覃循谨清介，远人宜之"。

在经济之事上下功夫的多。下官以为，我们可以向外求。"

卢彦问："如何向外求？"李执事道："就像前阵子，我们招募海民渔女一起搜救，减少了很多损失。这次市舶司要修工事，也可以向外广而告之。广发英雄帖，天下能人多的是。不拘官民宋蕃，能者任之。"

张执事听着也高兴，说道："若真有人能修，我的巡海水军给他调遣也可。"卢彦点了点头。

城门前，市舶司公吏将告示往城墙上贴。这告示正是西海壖工事的英雄帖。围观者甚众，都将它当新鲜事儿传开了。

然而，好些天过去，也没听市舶司重提此事，陈云峰在转运司先坐不住了，来问卢彦："这么多天了，西海壖的榜有人揭吗？"卢彦摇摇头。陈云峰道："内河工事，再怎么凶险困难，多少也有人能做的。南北名湖的治理也容易出政绩。然而这海嘛，毕竟是海。"

卢彦说："告示贴出去没多久的，还可以再等等。"陈云峰道："不必太勉强，尽力就好。"卢彦道："光贴在那里恐怕不行，我打算改招为访。"

"访？"陈云峰问。卢彦说："是的，能做成这样的工事，必不是普通人。哪里是一张纸贴在墙上就能招得来的？只能四处去寻访。"陈云峰道："四处是哪处？并没个谱。"卢彦也颇有同感："是啊。"

二人坐在衙门里无计可施，城门外揭榜的人就来了。

守榜公吏站在大太阳底下干晒着，无事可做，正昏昏然，就见一个小子骑着马慢慢靠近，冷不丁的，伸手将告示撕了。来的正是崇贤。

公吏叫："嘿，那小子，你乱撕什么？那是我们市舶司造西海壖工事的招贤告示！"崇贤道："你们不是找人吗？现在人有了。"

路人围观过来，指指点点。有的说："嘿，自古英雄出少年哪，这小子能造西海壖工事？"有的说："哎呀，深藏不露啊。"又有的说："人不可貌相，海水不可斗量。"

公吏问崇贤："人有了？你呀？乳臭未干，你能造西海壖工事吗？"崇贤反问："我？你看我能吗？"公吏又问："是啊，你能吗？"崇贤笑道："我当然不能了。"公吏感到自己被戏弄了，叫道："欠揍，不能你乱撕什么？"便向前扯住马绳，扭住崇贤。

公吏把崇贤扭进了市舶司衙署。

执事进议事厅来报："告陈副使、卢大人，咱们造西海壖工事的告示有人揭了。"陈云峰和卢彦闻言大喜。陈云峰道："还真是说曹操，曹操到啊。"卢彦问："是什么人揭的？人呢？"

执事向厅外叫："押进来。"卢彦惊道："押进来？怎么是押进来！"就见公吏扭着崇贤进了议事厅。陈云峰一惊："崇贤！"崇贤叫道："二爹！"便甩开公吏，跑向陈云峰，半跪着："二爹！崇贤好想您啊，您近来可好？"陈云峰忙抱住他："崇贤，你怎么来了？"

陈云峰将事问起，崇贤才道："二爹、卢大人，我想举荐的人叫范经纬，他定能胜任西海壖工事。"陈云峰问："范经纬是个什么人？"崇贤道："是个犯官。"陈云峰问："犯官？所犯何罪？"崇贤轻描淡写："没犯什么罪，不过就是左一本右一本，参多了乌纱帽就不保了。"陈云峰笑了笑："你是来逗二爹的是不是？"

崇贤方道："他是修河渠的，放水淹了民田。本来承诺了田地被淹的老百姓要偿还银两的，结果河渠修完了，三司没给这笔淹民田的钱。老百姓就闹，一闹他就被朝廷问罪了。"陈云峰道："原来是这样。"卢彦问："那银两后来给了没有？"崇贤道："给了。"

陈云峰看了卢彦一眼："那这个范经纬也不算坏。"崇贤又说："还有。"陈云峰问："还有？"崇贤道："一些工事，三司还没批下来，他实际上已经动手在做了。他说三司批得太慢了。"陈云峰道："这么狂啊？"

崇贤解释道："他说等三司批完，人都淹死了。"陈云峰问："崇贤，你是怎么认识这个范经纬的？"崇贤说："他是我的老师啊。"陈云峰又问："哪里的老师？"崇贤说："在秘阁①读书认识的。他原来是从三品。二爹，自古举贤不避亲，虽然他是我的老师，但我也可以举荐他。"

陈云峰道："知道了，你让我们想一下。"

崇贤退下后，陈云峰问卢彦："卢大人，范经纬的事你怎么看？"卢彦道："去认识一下总是可以的。"陈云峰点点头。

---

① 秘阁：据周佳、汪潇晨、【日】平田茂树《〈宋代登科总录〉与宋代科举政策变化研究》，太宗太平兴国年间建昭文馆、集贤院、史馆贮藏图籍，总名为崇文院。端拱元年又于崇文院中堂设秘阁。中国现存最早一部国家书目《崇文总目》即出自崇文院。

鱼龙蹈海，波涛让路

　　西海壖村庄，珠江入海口处有一条带篷的小船。船篷上吊着一块小木牌，上有"不系舟"三字。崇贤三两步跑上船去，与西壖村老者一同从船篷中出来。老者道："崇贤，你拉着我干什么？"崇贤道："老师，你快出来。我们人多，看挤翻你的小船的。"老者说："放心，我的小船牢靠得很。"

　　陈云峰与卢彦站在岸上的榕树下。卢彦一看，与崇贤一同走来的范经纬正是先前驱赶海兽的西壖村老者。

　　卢彦惊叹："是他？"陈云峰问："怎么？你认识？"卢彦道："他就是西壖村招募村民驱赶海兽，又招募海民渔女到海边搜救的那个老者。"陈云峰道："哦？你不是说，是本地的老海民吗？"卢彦道："是啊，我只当他是此处的老海民，村里的长老之

类，没想到大有来头。"

崇贤拉着范经纬到陈云峰跟前："二爹，这就是我的老师。"范经纬向陈云峰行礼："范经纬拜见陈副使。"陈云峰忙道："免礼免礼！老师好！"

范经纬便被邀到转运司行署细谈。陈云峰问："您看这西海墙工事修得修不得？"范经纬道："修得。倘使鱼龙蹈海，定教波涛让路。"陈云峰心想，这人口气倒是不小，便说："这可是海啊，不是江河也不是湖泊，再者飓风之力可是天地所成，如何可控呢？"

范经纬道："陈副使，我们并不是要抗飓风之力，而是要除飓风之害。飓风之力是不可抗的，它会一直有一直在。西海墙工事，说白了就是借地形的天然屏障之势，造一个人工避风港。"

陈云峰问："那要什么样的铜墙铁壁，才能挡得住飓风骇浪之力呢？"范经纬说："这与江河水利又有相通之处了，那就是堵不如疏，疏堵结合。"卢彦问范经纬："网开一面？"范经纬点头："对。就像上次驱赶海兽，网开一面，海兽就跑回海里去了。倘若不如此，无论多少层网，又哪里能网得住海兽？"

卢彦深表认同，提议陈云峰召集众人齐议。

第一次集议在转运司议事厅。

官员徐沓道："陈副使，下官力荐范经纬主持西海墙工事。下官查实他的诸多过往，此人任事再合适不过了。"陈云峰道："讲讲。"徐沓道："范大人曾任四地知州，均有河渠之功。他几乎是天天站在河堤上，听县属镇岩官员与修堤工、渔夫船民报知事情的。"

陈云峰向卢彦道："那么，是个专才。"官员邓荣却说："范经纬据说是在衙署里面找不到的，的确是天天站在河堤上，但是，乡吏和百姓除了报知河渠工务，也常为其他事情，事无巨细地找他做主。他都事无巨细地亲力亲为，赢得民心。但这样一来……"他说着摇了摇头。陈云峰问："怎么了？"邓荥道："知县一层架空了。仿佛吏部的州县之设有问题，只需要州府一级便足够了，县一级没有存在的必要。"陈云峰笑了笑。

邓荥又道："不仅知县们恨他，其他知州甚至知府也讨厌他。毕竟，他愿意在河堤上站着办事，别人还是要在衙署里坐着办事的。"陈云峰哈哈大笑。卢彦忙伸手止住邓荥。

不系舟岸边，范经纬盘腿坐在船板上钓鱼。崇贤坐在船舷上，赤脚伸到水里戏水。范经纬道："把脚缩上来，别被我钩到。"崇贤把脚缩到船上来。范经纬将鱼竿一扬，一条大鱼在半空里跳跃。崇贤叫："哟，好大一条鱼。"范经纬说："这条不算大。"

崇贤问："老师，您那天跟我二爹他们聊得怎么样？"范经纬摆弄着鱼钩："哎，不知道。"崇贤说："老师是好官，我一定助老师打一场翻身仗。"范经纬笑了笑："崇贤啊，你看我都这把年纪了，翻不翻身其实没什么关系。现在我就过得很好，每天无人相扰，逍遥于江海之间。只是这西海墉若风波不平，苦的还是宋蕃百姓。"

他说着走上岸："崇贤啊，过去那些年老百姓给我送过棺材，也给我立过生牌位。人这一生，不过是有多少荣就有多少辱，有多少辱就有多少荣。这是天道的平衡。"

岸上，风吹青草生发，范经纬却将过往深藏。

那年春天，山谷之底良田正好。年少的范经纬和众役夫站在谷顶高堤上。他抬头望了望天，艳阳正当空。他将手一挥："引

水！"众役夫便挥动铁锹，凿开高堤，水瀑瞬时泻入山谷。

山壑里多了一面湖，范府门前却来了一大群人。那是一帮抬棺叫门的农夫。他们质问着："范经纬，你引水造湖淹掉山谷良田，曾许诺我谷底之民，要另于高地偿给桑田美屋。如今田在哪里？屋在哪里？""没田没屋，折给银两，我们别处安生也好啊。啥也没有？""范经纬，你出来给我们一个交代！"

范经纬突然把门打开，铁青着脸站在门口："我说了要给，就一定会给！"

另有一个夏季，大雨滂沱。人到中年的范经纬戴着箬笠，披着蓑衣冒雨跑进一家食肆。食肆内吃饭的客人不少。范经纬解下蓑衣，摘下箬笠，坐在长条凳上。店家问他："大哥您吃点儿什么？"范经纬说："一碗鹌鹑馎饦儿汤，要热热的啊。"店家说："保证热热的。"

范经纬环顾四周，目光定在食肆正堂上，脸色一变。那堂上怎么供着个神位，上书"河神范公经纬之位"？他叫道："店家，你这神位上供的是谁啊？"

便有食客嘲笑他："这你都不知道？这是本州的知州范经纬范大人的生牌位。"店家说："正是的。"范经纬忙低下头。

店家端来一碗鹌鹑馎饦儿汤，汤上冒着水蒸气。范经纬低头问："他怎么变成河神了？"食客道："这有何奇怪？我们供他的生牌位，都这么写。他治河水，一治一个准，不是河神是什么？"店家道："是啊，老一辈都在传着跑大水逃荒的故事，多可怕呀。就是因为来了个河神，跑大水才会仅仅是个故事。"

那食客又感叹："哎呀，你们年轻这一辈人是不知道那种背井离乡的了，不知道最好。"范经纬沉默了，只吃着他的馎饦儿汤。

最后那个雨季，范经纬已经须发花白。他站在河堤上，领着众河工抢修堤岸。

一声闷雷在远方叹息，他突然晕倒在泥地里，险些掉下水去。众河工忙丢下锄头，冲过来拉住他。小河工背起他，跑向河堤边的茅棚里。

茅棚里，众河工喊着"范大人"。一个吏部小吏来了。他在茅棚里对着昏迷不醒的范经纬宣读公文："范经纬听令，范经纬违反河渠法'先偿田，后淹田'的成制，擅自'先淹田，后偿田'，又治下不严，致使下吏偿田分割不公。现夺取范经纬官告抵罪……"众河工向小吏叫着："别念了，别念了！"

小河工哭着："别念了！他听不见了，我们都在跟河水赛跑，没有那么多先先后后！"

西海壖工事第二次集议在市舶司衙署。

邓荥说："陈副使，范经纬是犯官，咱们万万不可擅自起用。"徐沓道："陈副使，范经纬是专才。咱们用他管领工事，跟他有没有官品毫无关系，没有什么使不得的。"邓荥又说："陈副使，您可以打听打听，朝中认识范经纬的，没有人说他的话。咱们何必为了他孤立自己？"徐沓又道："陈副使，河渠工事本有小人贪图溃堤之利，而范大人刚正清廉，不愿与之同流，再加上对下属任事不力者的严管严惩，这才私仇不少。"

陈云峰举起手来止住二人，只问卢彦："卢大人，您是市舶使，您怎么看？"卢彦一脸凝重："陈副使，西海壖工事迫在眉睫！"

邓荥劝道："卢大人，西海壖不是第一天这样，飓风也不是我们招来的。这个工事就算不做，朝廷也不会怪罪我们。"

卢彦语气缓和："可是老百姓怎么办？蕃商们怎么办？广州，从唐以来就是'金山珠海，天子南库'。[1]凭什么？凭的就是四方辐辏、八方来仪，宝舶云集！没有多少海商能经得起沉船后的从头再来。如果我们不竭尽所能给诸蕃商人一个救命的避风港，他们就有充分的理由不来，不管此前你对他的吸引力有多大！"

邓荣冷笑道："卢大人身为市舶使，考虑的只是市舶司的考课跟税额。下官当然能理解。卢大人原是商人出身，喜好言利，对经济也比较在行。"

卢彦坚定地说："经济既是国计，也是民生，毋庸讳言。在这里，我们言利，便是言义！"众人议论纷纷。

陈云峰低头看着桌子，语调平淡："卢大人说得对。"众官员这才停下议论，看向陈云峰。

一时众人散了，官员池有为私跟到陈云峰书房来，不管卢彦在场，就拜到陈云峰脚下，劝道："下官知道陈副使主意已定，要让范经纬修造西海壖工事，但此事万万行不得，您一定要听我把话说完！"

陈云峰扶起他："你快起来。"池有为说："范经纬这个人我共事过。他该有的毛病是一定改不了的。"陈云峰问："什么毛病？"池有为说："狂！他做河渠工事，三司还没批下来，他就已经动手在做了。这种事情不是一次两次。每次他这么干，跟他的工

---

① 金山珠海，天子南库：据广州海事博物馆常设展"七海扬帆——唐宋时期的广州与海上丝绸之路"介绍，海外贸易的兴旺带来了巨额的税收，唐宋时期广州因此被誉为"金山珠海，天子南库"之地。此说法出自唐代刘恂的《市舶录》。刘恂在昭宗时曾任广州司马。宋代叶廷珪《海录碎事》引用过刘恂的话。

事沾点儿边的同僚都要陪着一起问罪，也不是一次两次了！"

陈云峰和卢彦对视了一眼。池有为道："不是下官们可恶，实在这个人用不得。谁知道这次他又出什么幺蛾子？便陪着他问罪，谁知道是大罪小罪呢？他就这么一直狂，可我们这些人又有谁是容易的呢？都不容易啊。"

陈云峰说："我知道了。"池有为拉着他："陈副使，您千万听老夫一言哪。"陈云峰拍拍他的手："好好，谢谢你。"

西海壖的早晨，朝阳从海上升起。一群海鸟贴着浪花飞翔。

陈云峰和卢彦站在海岸边，海风吹得披风呼啦啦响。

陈云峰问："范经纬的事情你怎么看？"卢彦道："卢彦以为，他做的一些事情，只是佛家所说的——方便法门。"陈云峰问："那是怎么样？干不干？"卢彦道："干！"

转运司小厅内，众官员顿足叹息。池有为拍着手："怎么办？不听劝哪。咱们加起来抵不过一个小孩啊。"邓荥说："陈副使让范经纬搞西海壖是板上钉钉了。陈副使又要听他侄儿的，卢大人又只想着他市舶司的税利政绩。"官员丁沥道："为今之计，咱们也管不了他们，只能自保。"池有为问："怎么自保？"

丁沥说："咱们联名给御史台递条陈吧，表明这个事情我们是不赞同的，但是转运司要这么做，咱们位微言轻也拦不住。往后，转运司有功，咱们不沾；有过，咱们也不沾。"池有为道："好，就这么干！"邓荥叹道："只能这样了。"

于是，大家都拉着自己关系好的同僚，一同联名递条陈。有个叫章孝汩的官员，他与卢彦关系好，便也来到卢彦书房里。他一进门就参拜："下官见过卢大人。"卢彦忙扶起他来："快快请起。"

章孝汨道："卢大人，听说转运司的陈副使执意要找一个犯官去修造西海墙工事，不听大家的劝。现在，大家正在联名给御史台递条陈。往后他们出了问题，就跟咱们不相干了。"卢彦笑了笑："哦，原来如此。"章孝汨道："卢大人，下官特来告知您，您也快来和我们一起联名吧。"

卢彦摇了摇头："谢谢你关照我，但我还是不去了，毕竟就是我鼓动陈副使让这个犯官去修造西海墙工事的。"章孝汨张大嘴巴："啊！卢大人，我我……"卢彦笑着拍了拍他肩膀："你不用太担心，没事的啊。"

章孝汨目瞪口呆。

一声巨响，西海墙有一团浓烟升起。潮汐还没记录好海岸线原来的样子，眨眼间却又变了。俯瞰海滩，役夫与巨石如蚂蚁搬家般往返着。范经纬站在高高的礁石上望着远方。那里有一个村庄，村庄里有一座周公庙。

"周公庙？"卢彦不相信自己的耳朵。

"对，是周公庙。"范经纬肯定地回答。

黄昏日色中，海浪一层层冲刷着沙滩。沙滩上露出五颜六色的贝壳。一只寄居蟹高举蟹钳，钳住远方落日的投影。顺着海浪翻涌的方向，是那座来远亭。范经纬和卢彦就站在亭子中。

卢彦依旧不相信自己的耳朵："淹掉周公庙？"范经纬又一次告诉他："对，这个地方躲不掉的。"卢彦问："能不淹吗？"范经纬说："不能。"卢彦道："陈副使是礼部出身，周公是他的神。您淹了周公庙，他心里很难接受。"范经纬道："您得跟他说说，不然他很难接受。"

这天傍晚，沈阿契在大水镇农舍发着脾气："要不是我问你，你们就不打算告诉我了？合着崇贤来了，就我一个人不知道。"

杭哥站立一旁，赔笑着："少夫人您别恼。崇贤小爷也是想着来看您的，因为别的事情绊住了。"阿契道："别的事情，别的什么事情？这么久了，一直绊住吗？小孩不懂事，大人也不懂事，说都不说一声。"杭哥又赔笑："二爷原让小人来告诉少夫人的，是小人自己给忘了。"阿契道："你别哄我了，你们二爷才不会让你来告诉我的。"

杭哥又不敢出声了，一直尴尬站着，不知过了多久，才把脚步挪到院子里来。

素琴给他宽了宽心："姐姐最近心情不好，是这样子的，没办法。"杭哥问："为什么心情不好？"素琴一拍手："嗨，整副身家一个浪花拍海底了。"杭哥道："啊？还有这等事？"素琴点着头："你们还不知道呀？"就见阿契绷着脸，从屋里往外走。素琴问："姐姐，天都黑了，您去哪里？"阿契没有回答，走出篱笆门去。杭哥向素琴道："我跟去看看。"素琴点着头："好。"

人间烟火，对那座被范经纬"看中"的周公庙来说，也许将成梦幻泡影。众官吏聚集在庙门前，又怒又急。邓荣说："范经纬要淹周公庙啊。咱们必须得跟陈副使再说说，得再说说呀。"丁沥道："得让陈副使知道，这可是周公庙啊。"

他们一刻也不敢耽误，要把这个消息告诉陈云峰。到了转运司行署，天已黑了，陈云峰书房里正有人。他们站在走廊外，不作声看着书房内。

书房内，沈阿契脸上挂霜。陈云峰问她："这么晚了，你怎么来了？"她冷冷道："早来的话您不也是被别的事情绊住？"陈云峰问："怎么了？"阿契气恼着："你居然问怎么了？崇贤来广州

这么久，只有我不知道。"

陈云峰道："啊？他没去看你吗？这小子，准是贪玩儿。我不叫他，他就干别的去了。"阿契眼圈红了："是，我这个当娘的现在也就是这个样子，连亲生儿子都不记得我。他现在对我一点感情都没有，都怪你当年把他抢走，不让我养。现在他只和你亲，不和我亲。"陈云峰道："那哪儿能呢？"说着，替她擦了擦眼泪："崇贤肯定是跟你亲，跟我隔着好几层呢。崇贤是你的，是你的。我没和你抢。"

阿契道："那为什么他每次都只找你不找我？"陈云峰哄道："我也觉得他不对，回头我揍他。"阿契又叫："你凭什么揍他？他是我的孩子！"陈云峰笑了起来："好好好，不揍他。"

此时卢彦也来到转运司走廊，见众官吏默不作声，只顾看着陈云峰和沈阿契在书房里说话。卢彦压低声音道："别看了，有什么好看的？"众人转回头来，小吓一跳："卢大人。"

陈云峰听见书房外动静，忙望向窗外。

池有为向卢彦解释："卢大人，我们不是来看的。"卢彦翻了个白眼："这么晚了还过来呀？"丁沥道："卢大人，要是等明早再来就来不及了。"邓荣说："是啊，卢大人，范经纬要水淹周公庙，必须跟陈副使说说。"池有为也道："要是明早上再来，说不定人家已经淹完了。"

卢彦说："我也是为这个事情来的。"邓荣听了挺高兴："太好了。"陈云峰走了过来："水淹周公庙？那怎么行呢？我不同意。"

卢彦笑道："陈副使，明天一大早就必须跟他说，周公庙不能淹。"陈云峰点着头："好，明早第一件事就是跟范经纬说这件事。"邓荣一脸喜悦："太好了陈副使，太好了！"丁沥和池有为也欣慰地相视而笑。

清晨，周公庙的上方一轮红日缓缓升起。红日的下方是一条水平线，也缓缓升起。水平线的下方是周公庙。

彩色的鱼群和柔软的水母从庙门口游过。周公庙变成一座水下神庙。

转运司行署，刚用完早饭的丁沥和池有为来了。他们和卢彦会了个面，便一齐来找陈云峰。丁沥道："陈副使，咱们现在就去西海壖找范经纬吧。"卢彦说："对，宜早不宜迟。"陈云峰道："好，备马。"

四人穿过长廊，走向衙署门口，就见邓荣面如死灰地倚靠在门柱上："诸位大人，你们不用去了。周公庙，已经淹完了。"陈云峰大惊："啊！"邓荣苦笑着摇了摇头，落下泪来："以后，谁想拜周公，可得潜下水去拜了。"

卢彦安慰地拍了拍他后背。他拉起卢彦的袖子擦了擦眼泪。

消息传到东京是滞后的。

三司衙署里，邢风对王建成说："老师，陈云峰和卢彦被人参到御史台了。"王建成问："哦，因为什么？"邢风道："因为起用范经纬修造西海壖避风港。"王建成道："范经纬，不是已经缴尽官告革职了吗？"

邢风说："范经纬找了陈崇贤，那孩子带他去找陈云峰，然后又起用了。"王建成摇了摇头："找个孩子？范经纬这老货。"邢风笑了起来："先时，大家怕他把自己累死，放他逍遥去。谁知他不知好歹，自己又跑回来了。老师，以后可不能放过他了。"

王建成问："怎么个不放过法？"邢风道："再看看吧。他

现在不是河神，是精卫了，正在填海，好歹等他填完了，咱们再找他。"王建成呵呵笑道："好，填海，这老货去了广南东填海。"

广南东的海边，小岛系着小船，如同拉着风筝线的手。

范经纬和陈崇贤站在高处的大石头上望着海面。范经纬向前一指："那一片便是原来周公庙的地方。"

崇贤一看，山岛起伏之间有一汪深水。山岛外侧有一艘侧翻的船，从水面露出一支桅杆来。桅杆上木头削的伺风鸟被风吹得呼啦啦地旋转，两个翅膀也扑闪起来。伺风鸟突然飞起，向陈崇贤的方向飞来。

崇贤叫道："老师，你看！船上那只伺风鸟飞过来了。"范经纬正望着别处："呵呵，桅杆上那个？那个伺风鸟怎么会飞呢？"

然而，伺风鸟一飞而过，消失了。

西海壖的高台上，众人正对着不远处指点议论。那里洋面深蓝，四周山岛起伏。

卢彦指给陈云峰看："陈副使，原来的周公庙就在那一片。要不我们划个船过去看看？"陈云峰叹了口气："我等均是圣人弟子，终究是对圣人不敬！"说着，仰天闭上了眼睛。

伺风鸟飞来，落到卢彦肩膀上。邓荥看到了，问："卢大人，您肩膀上是什么？"卢彦转头要看，伺风鸟却飞走了。众人看着飞走的伺风鸟，都称奇。丁沥说："没见过。"池有为道："没见过这种海鸟。"邓荥又说："岭南果然是多有珍禽异兽。"

再说陈崇贤在海岛上陪了范经纬一日，至晚方回。陈云峰对他板起脸："你今天又去哪儿了？"崇贤道："海岛上。"陈云峰问："你去海岛上干什么？"崇贤道："玩。"陈云峰生气了："你……"

崇贤又道："二爹，我在京城又见不到大海，好不容易来一趟，当然要看看了。不看不知道，一看吓一跳，原来大宋风物如此广博。天上飞的，海里游的，地上跑的，都那么稀奇古怪。先时在京城也有蕃人，可不曾想广州这边蕃人这么多，什么样貌的都有，说什么话的都有。"

陈云峰绷着的脸缓和下来："你可不就是个小小蕃人？"他说完，脸上怅然若失。崇贤却笑嘻嘻的："我是半个岭南人。我娘……"陈云峰又绷起脸来："你还知道你娘？来了这么久，为什么也不去看看你娘？就知道玩。我不提醒你，你就不记得。我提醒了，你还是没去。"

崇贤尴尬地笑了笑："哦哦，好的，我这就去。"陈云峰说："这么晚了还去？"崇贤又点点头："哦哦，好，改天去。"

消息传到东京总是滞后的。

三司衙署内，邢风向王建成道："老师，陈云峰和卢彦又被人参到御史台了。"王建成问："这次又是为什么？"邢风道："那范经纬修西海塬避风港，淹了当地的周公庙。"王建成惊叹："啊？周公庙他都敢淹？"邢风道："正是。"

王建成问："是打算要淹，还是已经淹了？"邢风道："已经淹了。"王建成摇了摇头："陈云峰是转运副使，转运司本来就是御史外台[①]，现在外台被人参到内台，还参了又参。这……"

邢风却说："我看这不像陈云峰的行事。他是礼部的铁杆子，

---

① 御史外台：据李昌宪《五代两宋时期政治制度研究》，第204页，宋代转运、安抚、提刑、常平四大路级监司都拥有类似御史台的权力，因而同被认为是御史台的派出机构，即所谓的"御史外台"。

淹周公庙比摘他乌纱帽还要紧，他怎么会愿意让范经纬淹周公庙呢？难道……"王建成说："难道是卢彦哄着他干的？"邢风道："如果是卢彦，他倒是不在乎什么周公啊，圣人的。"

再说广南东路，与海为邻的渔村丛立着蚝墙民宅。海天之间，伺风鸟成群盘旋。它们落在渔船的竹竿尖上，一只又一只。村民们从晾晒着的渔网间走过。

这是西海墙的一个普通渔村。两个村民在交谈着："哎呀，又要有大风浪了，你看那些伺风鸟又来了。""是啊，伺风鸟最知道这个老天了。""最近都不要出海打鱼了。""行吧，三天打鱼四天晒网。"

海面上宝舶点点，商船往来。卢彦和范经纬站在望海楼上。卢彦道："伺风鸟的异动确实有预警作用？又要大风天了？"范经纬点头道："这是海民们口口相传的老经验。卢大人，宁可十防九空，不可失防万一。"

卢彦忙向身后军士道："你速去，急告瀍州巡海水军，从引水开始就告知众蕃船尽早做好避风准备！"军士领命而去。卢彦又向范经纬道："西海墙工事要先停下。"不料范经纬却同时对卢彦说："西海墙工事要加紧了。"

两人相对，停住了嘴边的话。卢彦又问："怎么说？"范经纬道："若不加紧，不仅众蕃船无处避风，前期工事也有可能在风中毁于一旦。"

"啊？"卢彦皱起眉头道，"可若不停下，这样变幻莫测的天，民夫们曝露在海墙无遮无挡的地方，岂是儿戏？"范经纬坚定地望着卢彦："请卢大人放心，我自会审时度势，争取到最后一刻。我定与民夫们在一处，生则同生，死则同死。"

打春
（完整版）·下册

·
560
·

范经纬转身离去。卢彦对着他的背影叫道："千万不要一意孤行！便是你自己愿死，也不可让民夫们与你同死！"范经纬转过身来笑道："哈哈哈，我方才说错了。只有同生，没有同死，请放心！"

卢彦一脸忧心，眉头紧锁。

范经纬前脚刚走，陈云峰后脚便来了。卢彦忙将大风预警之事报与他知。陈云峰怪道："伺风鸟？我都被你们弄糊涂了。到底伺风鸟是船桅杆上的木头小鸟，还是真有这种鸟？"

卢彦道："真有这种鸟。海民们预测大风天有很多种土办法，灵不灵另说，但其中就包括伺风鸟的异动。"陈云峰道："哦，那为什么船桅杆上常有一只木头小鸟也叫伺风鸟？"卢彦解释道："是这样的，正因为伺风鸟有预测大风的说法，所以造海船的人便仿着它的样子，雕刻了木头小鸟，镶嵌在桅杆上。木头鸟的转动可以让人一目了然地看到风的大小。"

陈云峰道："原来如此。"卢彦又说："我已令潏州引水处的巡海水军，让蕃船们做好避风准备。"陈云峰点头道："好。"

西海壖的潮头上、浪花里，范经纬领着众民夫日夜不息赶造工事。月晕下，一个避风港奇幻般地凹进海岸线中，又低调地洒满金色晨曦。

转运司行署中，众官员面面相觑。

陈云峰不冷不热地说："这么长时间了，大风没来。"众人沉默着，不敢答话。陈云峰自言自语："我们当然不想要大风来，但是西海壖那边，又在三司还没有批复工事的时候就把工期给赶了。"现场依然没人答话。陈云峰向卢彦道："我们该不会是被他给忽悠了吧？"说着苦笑了一下。

卢彦道："陈副使，民间用动物预测天灾一直都有的。再说，即使是朝廷的司天监，也没有一定准的。西海壖那边赶工期是因为，大家都以为大风要来，也是为了宋蕃百姓。"陈云峰叹了口气："但是三司批文未至，工事已经完成了。"卢彦只好说："三司会批下来的。"

陈云峰淡淡道："就算三司后面批下来了，咱们也已经违制了。"

东京三司衙署，邢风的脚步一次比一次急："老师，老师。"王建成坐在案前，抬起头来问："看你这样子，莫非陈云峰、卢彦又被参了？"邢风道："正是。"

"啊？"王建成纳闷了。邢风道："范经纬又是老样子。三司批文没下去，他已经动手了。"王建成低下眉头："可惜了陈云峰和卢彦。有什么挽救的说法吗？"

邢风道："有，这次范经纬先动手，也有一个理由，就是要赶在风灾之前筑好工事，供蕃船避风。"王建成舒了口气："那就好，朝廷要培养一个像陈云峰或者卢彦这样的，不容易，能保是要保的。"

"但是风灾没来，没有大风。"邢风摊了摊手。王建成的脸色又凝住了。

风灾没来，海上静好。

陈云峰与卢彦泛舟于海上。舟中间有一只小几子，上面放着杯子和酒壶。陈云峰笑起来："没有大风，风灾没来。卢大人，咱们逃不掉了。"卢彦为陈云峰倒酒："大风没来是好事，西海壖工事完成也是好事。两件好事，这是双喜。陈副使，咱们应该高兴。"
陈云峰哈哈大笑："说得对，说得对，来，满饮此杯。"

二人同饮，但见海边日落，十分壮观。

黄昏了，大水镇农舍前，田野在风中翻着绿浪。篱笆外小道上，陈崇贤牵着马慢悠悠走着。路边有两只小黄狗在追逐，又有一只猫儿蹿出。陈崇贤停下脚步，招猫逗狗。沈阿契站在门口，远远看着他，叫道："崇贤！"

崇贤抬起头来看着母亲，既陌生，又羞涩，嘿嘿笑着。阿契快步走过去，把手伸向他，又停在半空中："长高了许多。"崇贤仍是一脸青涩的笑。阿契道："你笑什么？见到你娘都不会叫一声？"

崇贤只笑道："会，会。"阿契道："你在信里不是挺能说的？怎么见了娘一声不吭了？"崇贤有些不好意思，伸手摸了摸脑袋。

天大黑了，在海上喝酒的两个人摸着黑上了岸，往回走。

让杭哥忙不迭的是，醉醺醺的卢彦扶着醉成稀泥的陈云峰回来了。杭哥忙过来接手扶着："二爷，您回来了。卢大人，我来我来。"卢彦道："扶稳。"杭哥将陈云峰放到床上，帮他把靴子脱下来。

卢彦醉醺醺道："陈副使先歇着，我，回去了。"杭哥道："卢大人，您府上路远，我让人送您回去。"卢彦趔趄着："不用。"说着走到房门处，又扶着门歪了歪身子。杭哥忙上前扶住他。

陈云峰却突然从床上坐起来，"哇"地吐了一地。杭哥忙放开卢彦，跑到陈云峰跟前，递过手帕，又递过茶杯。陈云峰接过茶杯漱口。杭哥向门外喊："快来人！"

卢彦晃到陈云峰跟前，替他拍了拍背。两个小厮匆忙进门，蹲

龟龙蹈海，波涛让路

在地上收拾呕吐物，又出去了。杭哥道："二爷，您这是喝的什么酒？怎么喝成这样？小的从不曾见您喝成这样的。"陈云峰看着卢彦哈哈大笑："我们喝的是庆功酒！"卢彦也哈哈笑："对！我们喝的是庆功酒。"

杭哥叹了口气："两位大人，凡事别往心里去啊，看开点儿。"陈云峰道："什么看开点儿？我们喝的真是庆功酒。"卢彦向杭哥道："就是，骗你干啥？"陈云峰问卢彦："要不我们接着喝？"卢彦点头："接着喝。"杭哥拦住："千万别……"就见陈云峰又倒下了，呼呼大睡。

卢彦推了推陈云峰，不动，便喃喃道："那算了，我回去了。"说罢站起身，"轰"的一下，歪倒在床边，也睡着了。杭哥叫："卢大人，卢大人。"卢彦并无反应。杭哥摇了摇头，自言自语道："老天真是不长眼。"

海岛上升起一轮朝阳，海面平静。范经纬戴着箬笠，站在靠岸的小船船头上。陈崇贤策马而来，没有下马："老师！"范经纬问："崇贤，你二爹他们在干啥？"崇贤说："我二爹和卢大人昨晚上喝了许多酒，醉了一夜，还睡呢。"范经纬叫道："你让他们别睡了，大风要来了。喝酒误事！"崇贤道："好！"便调转马头，奔驰而去。

西海墩的上空浓云翻滚。巡海水军船上，三角形的旗子在风中烈烈展动。旗子上的"宋"字如波涛起伏。卢彦策马在西海墩岸上一路跑着，一路向巡海水军喊："快！引蕃船进港！"说着，策马跑上水军大船，将马勒停在船沿边上。

宋蕃众水手在搬运货物。一名蕃商用细兰语对水手们喊着："快点儿搬，快点儿！"此时，巡海水军的大船向蕃船靠近，卢彦仍骑在马上，用细兰语向那蕃商道："货物先不要搬，在船上固定好即可！赶紧把船驶进避风港。水手们的生命是最重要的。相信我！"蕃商望着卢彦，答应道："好！"便令水手们："货物先不搬，只在船上固定好。把船开进避风港！"

卢彦纵马跳上一条大蕃船的甲板，又纵马跳上另一条大蕃船的甲板，一手举着"宋"字旗，一手将马绳勒住。那高头大马便举起前蹄，仰天嘶鸣起来。

卢彦挥着旗子，向四面八方的蕃船高声喊着："把船开进避风港！大风不能伤害你们！大宋的港湾会保护你们！"他用思莲语喊了一遍，又用三佛齐语、高丽语、占城语和眉路骨淳语都喊过一遍。众蕃商纷纷用自己的语言回应着他，把船驶进避风港。他们仰视着风雨中骑着马在各国蕃船上跳跃的宋国市舶使，一度怀疑那是昏暗的天空中，从闪电的夹缝里掉下来的天神。

望海楼镶嵌在狂风大雨中，如同海市蜃楼，看不到它的根基。众蕃人鱼贯进入望海楼大殿门。一个思莲商人招呼着他的同伴："快进来避风，大风就要来了。"同伴随他进了门，看到宋人给他们准备的食物，十分惊喜，因为他们的食物都在船上了。大殿内，众蕃人聚在炉边烤火，他们谈论着关于西海壖的话题——这是一个深水港，他们尖尖的船底也能停得稳。

天色发黑，风雨交加。陈云峰趔趔趄趄往岸边走去。两个差役左右搀扶住他，边走边劝："陈副使，您快回去吧，这里危险！"陈云峰问："卢大人呢？卢大人呢！"卢彦突然骑着马从靠港一艘船的甲板上跳上岸来。陈云峰吓了一跳，二差役忙将他扶稳。卢彦叫道："陈副使快回！船已进港了！"陈云峰这才答应了，并吩咐差役传令："风势已经变大，所有人都撤！人命最重，不要管宝

货了。"

远着海的大水镇，田野变成了墨绿色，浸泡在风帘雨幕中。

农舍内，沈阿契房间关着的窗被风掀开。她上前关窗，却被风吹倒在地。屋子里的器物桌椅全被吹翻，滚动不定。素琴上前扶起她："姐姐小心！"又把窗关严实："姐姐，这次的大风，比上次还大！"

风声夹杂着器物被卷翻的声音，不绝于耳。素琴忙跑出去，将外面的门也牢牢闩好。

西海墙避风港里，密密麻麻的大海船连成一片，形同陆地，任由港外大风大浪，港内安然。避风港上空的风云奔腾变幻，天色从阴暗变成全黑，又由黑变亮。浓云开处升起一轮红日。

众蕃商奔向岸边，见港湾里的船只无恙，不禁欢笑着，手舞足蹈，互相道贺。

三司衙署里，王建成问邢风："广南东路的奏报，你看见了吗？"邢风道："看见了老师，广州飓风，蕃船尽数泊于西海墙，安然无恙。"王建成道："可算好了，陈云峰和卢彦躲过一劫。"

邢风说："老师，西海墙工事总算修好了，而且修好了。现在，您是否可以考虑一下范经纬的事情？""范经纬的事情？"王建成问。

邢风点头道："对，总这样让他到处去证明咱们三司批得太慢，耽误他的工事，这样不行啊。"王建成摇了摇头："他屡屡立功当然是好事，但是他屡屡先违制后立功，这不是什么好的示范。"邢风道："老师，不如让他去批，应该就不会慢了。"

王建成瞪起眼睛看着邢风："让他去批？"邢风点着头："此次他修筑西海墙工事，又立了功，学生斗胆请老师上奏，给范经纬官复原品，任三司河渠司主事！"王建成捻着须，琢磨了一下："让他主事河渠司，让他去批，且他又是个河渠海事的专才。这就是你上回所说的，不放过他？"邢风笑道："正是。"

邢风向王建成提的建议被采纳了，王建成向皇帝提的建议也被采纳了。

市舶司衙署里，众人一片欢声笑语。陈云峰哈哈大笑，向卢彦道："上回咱们喝酒，跟我家那小厮说是喝庆功酒，他还不信？"卢彦也哈哈大笑："就是啊，就是庆功酒，谁骗他了？"

一时，官复原品的范经纬来了，众官吏纷纷向他拱手道贺："恭喜范大人，贺喜范大人！"范经纬穿着官服，连连还礼："多谢多谢！"

陈云峰招来崇贤，道："崇贤啊，你老师回京赴任，你顺路跟他回去吧。你出来太久了，赶紧回去。"崇贤说："我也想着跟老师一起回去的，所以昨天又去找我娘了，想跟她道个别，谁知道她搬走了。"

"搬走了？"陈云峰诧异着。崇贤点着头："嗯，原来那个地方锁着，没住人。"陈云峰说："那个地方太荒僻，我原先也让她搬走的，找个好一点的地方住。"崇贤道："那就好，二爹，我和老师走了，回头你跟我娘说说，免得她生我的气。"陈云峰道："不会的，不会的。"崇贤又嘱咐："二爹，你一定要照顾好我娘。"陈云峰道："放心吧，我在这儿呢。"

素琴拉着一辆牛车走在大水镇牙行街上。沈阿契坐在牛车的车板上，身边放着几包行李，双眼不停打量着街道两侧的牙行。素琴问："姐姐，咱们真的要搬过来牙行街住吗？"阿契道："是的，原来那个地方太大，我们住不了那么大，而且租金贵。"素琴说：

"素琴一个小厮，住哪里都一样，就怕委屈了姐姐。"

阿契从包裹里拿出两支珠钗来，看了看又放回去，道："大水镇的蕃商牙行最是兴旺，在牙行街住着离牙行又近，多好啊。"素琴问："姐姐，您真打算去牙行做牙婆？整日抛头露脸的，有失姐姐的身份。"阿契笑道："姐姐有什么身份？"

素琴道："抛头露脸的，终归不好，做牙婆的都是些婆子，姐姐怎么能……"阿契道："姐姐可不也是个婆子吗？你以为姐姐还年轻啊？什么抛头露脸的，无所谓了。再说，牙会就是帮蕃商牵线做买卖，又不是什么不好的营生。"素琴低头不语。

不多会儿，两人来到了在牙行街新租赁的寓所。这屋子看起来久不住人，堆满杂物，阿契便动手收拾起来。停当下来之后，她又从包裹里掏出那两支珠钗，递给素琴："素琴，你一会儿把这两支珠钗拿去当了吧。"素琴接过珠钗，沉闷低头："姐姐，您的首饰都当完了。"阿契道："当了就当了，反正留着也没什么用，又不戴。"

素琴道："姐姐，外面都在说西海壖的事情。"阿契问："西海壖什么事情？"素琴道："西海壖工事如今修好了，蕃船来到广州都平平安安的。唉，倘若早一点修好，咱们的瓷砚就不会沉入海底了。"说着，低下头看了看两支珠钗。

一时素琴当珠钗去了，阿契也出了门，走到牙行街上来。荆钗布裙、风鬟雾鬓的她显得与牙行街车水马龙的繁华格格不入。她在一间杨家牙行门口站住了。店中牙会叶哥看到踟蹰张望的沈阿契，出来问道："这位大嫂，您有什么事吗？"

阿契问："这位小哥，我想来牙行里做个牙婆。你们需要人吗？"叶哥上下打量着她："做牙婆？你做过牙婆吗？"阿契摇摇头。叶哥道："做牙婆要有市舶司发的牙牌①才可以。如果我们牙行要了你的话，可以帮你去申领一块牙牌的。"阿契连连点头："哦哦。"

叶哥道："也罢，我领你上去见见杨员外。他来定夺吧。"阿契殷勤鞠躬："谢谢小哥，谢谢！"便随他上了楼梯，走进一间房。杨员外就坐在房间里。

沈阿契行万福礼："杨员外万福。"杨员外上下打量她，冷着脸问："你想来我这儿做牙婆？"阿契道："正是，请杨员外开恩收留。"杨员外随口就说："做牙婆？你会蕃语？"阿契道："会一点点。"

杨员外冷冷笑了笑，用三佛齐语问她："你会多少种蕃语？"阿契用三佛齐语答："会三佛齐语。"又用细兰语说："还有细兰语。"又用眉路骨淳语说："还有眉路骨淳语。"又用思莲语道："还有思莲语。"又用占城语道："还有占城语。"最后用高丽语补充道："和高丽语。别的，有时略会瞎估摸一些。"

杨员外颇感意外，脸色变好了，笑道："佩服佩服，那你留下来吧。先预支两吊钱，但薪水是做多少算多少，看成交额的。"阿契忙点头称谢："好的好的。"杨员外翻开桌子上的一个册子，一边询问一边记："夫家姓什么？娘家姓什么？哪里人？"

阿契答："夫家姓陈，娘家姓沈。我是广南东路人。"杨员外笑了笑："那你以后就是沈牙婆，一般只叫沈婆。我们都这么叫

---

① 牙牌：即牙人的从业许可证。牙人为中介，牙婆为女中介。据廖大珂《宋代牙人牙行与海外贸易》，做牙人要有人作保，发给木牌，随身别之，受到官府严密管理。

的，要习惯啊。"阿契笑着点了点头："本来也是沈婆。"杨员外又问："尊夫是做什么的？"阿契顿了顿，答道："不在了。"

杨员外有些遗憾："你寡妇失业，生存无凭，我们更应该留下你了。你婆家还有什么人？"阿契又顿了顿，答道："没什么人了。"杨员外问："子女呢？"阿契道："有一个儿子，在东京念书。"杨员外深表同情："不容易啊，在东京念书要不少钱吧？"阿契低头，笑而不语。

杨员外决定留下她，叶哥又领着她到后院来。叶哥道："沈婆，杨员外吩咐了，你比较困难，要多照顾你。"阿契忙称谢。叶哥又道："这里是我们牙行后院。这两间屋子如今闲放些杂物，可以租给你住的。"只见两间杂物间内阴暗潮湿，没有窗户。墙角的烂木头上长着蘑菇。

叶哥看了看阿契的反应，又道："一个月给一吊钱就可以了。"阿契眼皮子抬了起来："一吊钱？这么便宜？"叶哥点了点头。阿契马上说："好，这屋子给我留着，我要。"叶哥笑了："不过，这屋里啥也没有，包括睡觉的床也没有。哦，你可以把那几张旧桌子拼在一起，就可以睡觉了。"

看着屋子中间横七竖八摆着的几张落满灰尘的旧桌子，阿契点了点头。叶哥又向杂物房外的院门一指："这个后门，是通牙行街外面的，很便利。你平时可以从这里进出，就不用走外面正门了。"

望着院子里的小门，阿契又点了点头。叶哥想想又道："这扇门你到了晚上要注意关好。"阿契连连答应。

再说素琴拿着两支珠钗，到了大水镇解库。店主站在高高的柜台后面，素琴则低低地站在柜台前，仰望店主。

素琴道："员外，您可好好看仔细，这两支珠钗可不简单。上头的珍珠都是蕃国贡品。"店主道："嗨，南蕃珍珠广州多的是啦，不值什么钱的。这个不收。"素琴为难道："这……您好歹开个价，怎么就不收呢？"店主不耐烦道："嗨呀，说了不收，不要不要。"素琴有些不服气："你……"店主驱赶道："去去去，快走吧。"

走出解库，素琴有些茫然，回来见了沈阿契，沈阿契却将他领到杨家牙行后院来。

素琴一脸讶异："姐姐，咱们不是已经在外面租了一处房子了吗？"阿契道："那个太贵，你快去退了。咱们就住这两间，多好，进出牙行又便利。"素琴道："可是，这，这是人住的地方吗？一股发霉味道，里面乌漆嘛黑的。"阿契道："这里一个月只要一吊钱。"素琴别过脸去不说话。

阿契又问："哦，对了，那两支珠钗挺好的吧？解库多少钱愿意当？"素琴哽住，从怀里掏出那两支珠钗："姐姐，这个您还是自己留着吧。"阿契问："你没当啊？你为什么不当啊？不要嫌价钱低。"素琴眼睛望向别处，不回答。

阿契便不问了："你不说就算了。快去把那处房子退了吧，东西搬过来。"素琴道："素琴一个小厮，住哪里都一样。实在看不下去姐姐住这样的地方。"阿契绷起脸来："素琴，我明白你意思了。如今你跟着我也没有什么好日子。你不必再跟着了，你走吧。"

素琴红着眼圈，转身就走。阿契只当他耍小性子，也没理会，谁知他却到卢府找卢彦来了。素琴将阿契的境况对卢彦一说，卢彦生气了："你怎么现在才告诉我？"素琴道："姐姐不让我告诉您

龟龙蟠海，波涛让路

的。现在是看不下去了，不想让姐姐受这些苦，才来跟您讨个主意。"卢彦道："早该来了。"说罢掏出一张便换券递给素琴："你拿着，去便钱铺取钱，把原来大水镇那处农舍买下来。听见没有？买下来！然后搬回去。"素琴道："姐姐不让我拿您的钱。"

卢彦道："你不会骗她吗？"素琴道："骗不了，她必起疑心的。素琴哪来的钱？"卢彦道："就说是沈志文的钱。"素琴拍了拍脑袋："哦，我知道了。我就说是五叔送过来的。"卢彦点着头："行，你快去办！"素琴领命而去。卢彦摇了摇头，自言自语道："这丫头，混得这么差！来人，备马！"

卢彦来到大水镇的时候，沈阿契已将牙行后院的杂物间收拾得整整齐齐。

桌子上点着一盏油灯，冒着黑烟。另外两张桌子则并在一起了。阿契将包裹布折叠好摆在桌子上，如同枕头，又取出一件披风当被子。她坐到桌子上，把脚一缩，把披风一盖，躺下就闭上眼睛睡了。

忽听院子里有敲门声传来。阿契只好起身披上披风，下了桌子走到后门内侧，附耳听了听。她猫着腰问："谁呀？"外头那人问："请问您店里有姓沈的牙婆吗？"

此时，卢彦及家仆正站在杨家牙行后门外街上。街上空无一人，夜色冰冷。一匹马在街边无聊地踢踏着坚硬的石板。

院子里，沈阿契略理了理头发，把门打开，只见一个十四五岁的小厮站在门口。阿契道："我就是沈婆。"家仆望向身后："卢大人，陈夫人在这里。"阿契这才看见卢彦——他阴沉着脸站在家仆身后。阿契像个做错事的小孩，低着头将卢彦往门内让。

卢彦走进杂物间内，看着拼起来的桌子和桌子上的"枕头"，微愠道："你就宁愿睡在这里！"他坐到椅子上，捶了捶桌子。

阿契低着头："卢大哥，您别生气了。"卢彦道："我不生气！我头发都被你气白了。"说着，指着自己的鬓角："你看，是不是？"阿契故意满眼里找了找："在哪里啊？没有白头发呀。"卢彦一起身，叫道："走，不要在这里。"阿契没有动。卢彦抓起她的手腕，她忙将手抽回来。

卢彦道："走啊，先去我那儿。"阿契眼圈红了，摇着头："卢大哥，您不要叫我去你那里，我不去。"卢彦又坐下："为什么？"阿契道："因为没有道理。"卢彦问："怎么没有道理？你是我侄女，我是你叔父。我不要你在市井间流落。你！我两个儿子加起来都没有你的一半儿让人操心。你，你连你三姐都不如。"

阿契跪坐到地上，脑袋耷拉在他膝盖上，抽泣着："若和您走，我会很痛苦的。请您以后不必再为我操心了。我阿叔已经走了那么久，我三姐都死在您的刀下了，您何必还为我这个所谓的侄女操心呢？生死由我吧。"

卢彦听了，一把将她推开，起身快步走出门去，上马走了。家仆在后追赶不及。

第二天，自己走了的素琴又自己回来了。叶哥还告诉阿契说，今天来了个新伙计，原来就是素琴。收工后，素琴带着沈阿契回到大水镇农舍，告诉她这是五叔的雪中送炭之举。

阿契高兴极了，把搬走的物品又摆布回来："五叔真周到。"素琴道："那当然了，五叔说，您要是过得不好，四爷回来肯定不要他了，必须得把您照顾好。"阿契笑道："他有心了。"

素琴对着沈阿契的后脑勺做了个鬼脸。阿契却走到窗前，把窗推开，舒心地欣赏起静美的田野。

素琴办了卢彦的事儿，便去复命道："卢大人请放心，姐姐已经搬回大水镇农舍。"卢彦依旧皱着眉头："真要去做牙婆？牙行是很复杂的地方，能不做吗？"素琴道："可是姐姐心意已决，素琴也不知道怎么劝。"卢彦嘱咐他："果真如此，她做牙婆，你也要跟着做牙会，每天跟着她，确保她的安全。"素琴嬉皮笑脸的："卢大人放心，我现在已经拿到牙牌啦，保证天天跟着她。"

卢彦再三道："有什么事情要跟我说。"素琴道："一定一定。"

然而，拿到牙牌的素琴似乎并不能做好一个牙会，他的蕃话讲得不好。沈阿契少不得要教他。他们坐在农舍中厅里。阿契对着素琴比划口型，用细兰语讲："船。"素琴学样："船。"阿契感到不满意，又重复："船。"素琴着急地："船。"

阿契有些无奈："素琴，就你现在这样，做牙会不太现实。你话都不能说，怎么谈生意？"素琴道："我可以给姐姐打下手。"阿契摇头道："我真不知道你是怎么拿到牙牌的。"

素琴翻着白眼："牙会也有不用讲蕃语的。"阿契不耐烦地站起身，又坐下来，对着素琴用三佛齐语讲："陶瓷。"素琴学样："陶瓷。"阿契略笑了笑："好了一点点，只有一点点，继续。"她念着三佛齐语的"陶瓷"，素琴又跟了一遍，阿契却又摇起头来。

院子里满地月光，映照出篱笆的影子。沈阿契举头望月。素琴挠了挠头："姐姐，素琴太笨学不会，让姐姐烦恼了。姐姐不如，不如不要教我了？"阿契转身看着他，微微气恼："你不想学了？"素琴垂头丧气："我，我学不会。"阿契生气地转回头去。

素琴道："姐姐，素琴要是那块料，从前跟着四爷那么久，早就通些文墨了。素琴要是那块料，爹娘都舍不得卖了我了。姐姐不要气坏身体。"阿契无奈道："我不生气。"忽又眼睛一亮："素琴！我不教你了。"素琴小吓一跳："啊？姐姐你说什么？"

阿契认真地说："我不教你了。"素琴高兴起来："好。"阿契解释道："我教蕃商去！"素琴不解："教蕃商？蕃商本来就会说蕃语的。"阿契笑了："我教蕃商说宋语。"

叶哥站在杨家牙行门内张望，只见沈阿契与众蕃商在门外相谈甚欢。叶哥直犯嘀咕，见她回来，便叫住她："沈婆，以后要把蕃商请到屋里来谈，不要总是站在门口说话。"阿契低眉顺眼地应了一声"好"，便走了。

叶哥脸上挂霜，上了二楼，又见杨员外在打算盘，边打还边说："这个沈婆不错。这个月又是她领的银子最多。"

杨员外抬头见到叶哥，说道："叶哥，你可不能输给一个婆子啊。"叶哥冷笑道："我刚看到她和蕃商们站在门外说话，有什么话不能进来谈？莫不是不能让牙行里知道的？"杨员外笑了笑："你去看看嘛。"

叫他去看，他真去看了。

叶哥猫在大水镇农舍篱笆外，见有蕃商结伴走进农舍，边走还边说笑。

那是两个高丽人，用高丽语在聊着。一个说："你知道龙女后来怎么样了吗？"另一个道："我相信她最后一定会幸福的。"此时就有一个蕃商走来，用细兰语问高丽人："您好！请问这是陈夫人家吗？"那高丽人愣了一下，用宋语问："细兰？"细兰人也忙用宋语答他："细兰。"高丽人道："细兰，明天上课，今天高丽。"细兰人用宋语道了声谢，便走了。

两个高丽人又用回高丽语聊了起来："我很喜欢陈夫人教的宋语课，这样我们可以和其他地方的人讲宋语。""不用译者。""把生意做得更远。""更大。"

素琴走到屋檐下，瞅见叶哥在篱笆外探头探脑，刚要走过去问，叶哥便走了。

高丽商人进到农舍内，在中厅围坐成圈，注视着沈阿契。沈阿契正用高丽语说："今天我们继续讲柳毅和龙女的故事。"一个高丽人接话道："又能学宋语，又能听故事。"阿契便问："柳毅看到龙女在路边哭泣，想问她有什么需要帮助，该怎么称呼她？"

众蕃商听了，便用宋语答她，有说称"夫人"的，有说称"这位小娘子"的。阿契笑了笑："那龙女要怎么称呼柳毅？"便有人答："柳官人。"又有人模拟起女子的口气："应该是员外！柳员外万福。"说着，还上前向阿契行了个万福礼。素琴在旁看着，忍俊不禁。

就在此日，大水镇牙行行会的新会长邱启风大摆宴席，众牙行纷纷来贺，其中自然少不了杨家牙行。众人把邱启风围在中间，这个道："恭喜邱会长，贺喜邱会长！"那个说："有邱会长领着我们大家，大水镇牙行街一定财源滚滚！兴旺发达！"杨员外则为邱启风倒满酒："恭喜邱会长，请您满饮此杯！"邱启风满面春风，一饮而尽。

贺完邱启风回来，杨员外坐在自家牙行里生闷气。恰叶哥不是时候地来了："杨员外，我知道那个沈婆怎么回事了。她在农舍里给蕃商讲课教宋语，搞得乌烟瘴气。"杨员外正是谁都不想见的时候，碰到叶哥推门进他房间，不由得发起火来："一个婆子，教宋语就教宋语，有什么大惊小怪的？不过是穷了挣点别的钱，值得你一惊一乍？"

叶哥低头不语。杨员外又道："你看看邱启风，你看看邱家牙行！"叶哥道："杨员外，您息怒。这行会会长本该是您的！您看看邱启风现在得意成什么样？我来帮您想办法收拾他！"杨员外怒气稍息，看了看叶哥，冷笑数声。

大水镇农舍里，学宋语的蕃商们刚走，素琴收拾着桌椅板凳。他掰着手指头念叨："初一是高丽语，初二是细兰语，初三是思莲语，初四初五不上课，初六是三佛齐语，初七是占城语。是不是这样？姐姐。"

沈阿契穿着白色男装，也正收拾着屋子："是，你记住了，不要再跟人家说错了。"素琴点头："好！姐姐，您在这里教蕃人讲宋语，来拜师的人越来越多，咱们光是拜师礼就比在杨家牙行挣得多。"阿契忙向他摆手："在杨家牙行的人面前千万不能提这个。"素琴道："这是光明正大挣的钱。"阿契叮嘱："那也不要提。"

素琴说："好。姐姐，我在外面留意过，都是教宋人说蕃语，学会了去当译者，没有教蕃人说宋语的。"阿契道："也有，比较少。"素琴说："比较少，所以物以稀为贵。"

阿契笑了笑："我在东京时也教过蕃人说宋语。"素琴问："啊？什么时候的事？"阿契微微一笑："很久以前了，当时比你现在大一点儿吧。"素琴笑了："原来姐姐以前就教过，难怪现在教得这么好。"阿契嗔道："贫嘴。"素琴拍手道："那些蕃商把自己的同乡都叫过来了，姐姐的徒弟会越来越多。"

四方辐辏，八方来仪

　　叶哥手里拿着一瓶酒走进杨员外房间，转身把门严实关上：
"杨员外，您看！"杨员外问："这是什么？"叶哥道："这是蕃
藤酒，越喝越上瘾，不死人，但是越喝人越蠢，很快，邱启风就不
能胜任会长之位了。"

　　"哦？越喝人越蠢？"杨员外感到不解。叶哥说道："对，
若是把人喝个七窍流血倒地死了，便是拿不住咱们，咱们也自觉麻
烦。不如这种蕃藤酒，把人喝个颠三倒四，神志似清不清的，便无
人生疑，只会骂他邱启风德行不好。"

　　杨员外说："那要想办法让他一直肯喝才行啊。"叶哥道：
"我方才说了，这种酒越喝越上瘾。"杨员外从叶哥手中接过酒
壶，自己嗅了嗅，点点头："叶哥，你看邱启风当上会长之后，这

一条街的牙行都陆续去送礼道贺了。咱们也应再去贺一贺，才成敬意！"叶哥笑道："杨员外所言极是！那么带上咱们的好酒？"杨员外摇摇头："这瓶子太寒酸，不成个送礼的样子。"

叶哥眼珠子一转："小的明白。"便四处寻寻觅觅，不几日寻来一件恰到好处的玩意儿。

杨员外在牙行二楼房间内。叶哥又推门进来，把一只锦缎包裹放在桌子上，将锦缎解开。锦缎中露出一只镂花镶宝的沉香木盒。叶哥又将木盒打开，里面露出一只光滑如玉的瓷瓶。

叶哥道："杨员外您看，这是三佛齐的沉香木盒子，镶嵌的是眉路骨淳的象牙和细兰的宝石。这样的酒当不当得邱会长的贺礼？"杨员外点头微笑："当得，当得。"二人便商议了择日上邱府送礼。

再说大水镇农舍中，沈阿契又收了一个新学生。这新学生是个三佛齐商人。他向阿契奉上一根海象牙作为拜师礼。

阿契道："万不可送这么贵重的礼物。来我这里学习宋语，每人是两吊铜钱。"蕃商道："抱歉，老师，我没有铜钱，只有海象牙，请您行个方便。"阿契道："可是太贵重了。"

蕃商说："它在我的家乡并不贵重。就算贵重，徒弟拜师，也可以奉上最大的诚意。"阿契只好转身向素琴道："把南海的珍珠拿两盒过来，我们只收两吊钱。"素琴掰着手指头算了算："两吊钱？那我得把珍珠过过秤。"阿契嗔道："贫嘴，快去拿。"

素琴取来珍珠。阿契向蕃商道："您的拜师礼我收下，这是宋国的南海珍珠，是老师对学生的回礼。"蕃商怪道："回礼？"阿契说："对，宋国讲究礼尚往来，所以有礼，有回礼。谢谢您给我带来的海象牙，我很喜欢！"蕃商接过南海珍珠，也笑道："谢谢老师的礼物！我也很喜欢。"

这蕃商便在初六日加入了宋语课堂。一时课毕，众蕃人用三佛齐语向沈阿契道别："老师，我们回去了。"阿契送走他们，素琴又开始收拾桌椅板凳。

阿契道："素琴，邱家牙行的邱员外当上行会会长了。大家都去道贺，咱们也当前去登门。"素琴道："啊？姐姐，我们只是普通牙会。论理，咱们杨家牙行的杨员外去就可以了。"

阿契笑了笑："素琴，你想永远待在杨家牙行吗？"素琴不明所以："这……姐姐，您的意思是？"阿契神秘一笑："素琴，一条牙行街那么多牙行，多一家也不多吧？"

素琴一拍脑袋："您是想多一家沈家牙行？"阿契微微点头："咱们给诸蕃国的蕃商讲授宋语这么久了，蕃商们口口相传，知道咱们的人越来越多，也对咱们很认可。人与人之间的这张网已经织起来了，这就是万丈高楼的基础。"素琴道："姐姐果然是走一步，看三步。素琴佩服得五体投地。"阿契笑道："你什么时候变得这么嘴甜了？快去把那根海象牙包好，咱们就拿这个当贺礼吧。"素琴点头："好。"

二人便携着海象牙向邱府而来。方至街口，阿契就见杨员外与叶哥带着礼盒走进邱家门第。她忙止住素琴："先别去。"素琴问："怎么了姐姐？"阿契道："咱们明天再来。"说罢转身就走，素琴紧跟其后。

第二天一早，阿契向铜镜中照了照，打理好自己，又带着素琴到邱府来。

邱府中，素琴奉上礼盒，阿契将盒盖打开："恭贺邱员外成为大水镇牙行会长。"邱启风望了望礼盒："你们太多礼了，不必如此。你们杨家牙行的杨员外都来两次了。我都不知道怎么好，太多礼了。"阿契道："只是一点小小心意，聊表敬意。"邱启风道："沈婆，你们挣的都是辛苦钱，不要送这样的东西。"说着，伸手将海象牙拿起，凝视半晌，问："沈婆，这是？海象牙？"阿契答："正是。"邱启风笑道："难为你特地送来，也是好意，那我就收下了。"说罢，转身对家仆道："给沈婆回礼。"

邱家家仆点头称是，便取来一只沉香镶宝木盒——正是杨员外所送的蕃藤酒。家仆问："邱员外，这个作回礼妥否？"邱启风道："妥。"家仆便向阿契奉上沉香木盒。阿契连连摆手："不不不，太贵重了。"

邱启风向家仆道："你好没礼数，给那位小哥便可。"家仆低头称是，又将沉香木盒呈给素琴。素琴连连推让："快快不必！"家仆又道："快拿着，快拿着！"二人推搡之间，瓷酒瓶掉到地上，摔破了。酒流了一地。

家仆一慌，手一甩，沉香木盒被甩向邱启风。邱启风的手被打了一下，手里的海象牙跌落在地，弹到流满酒的地砖上。

海象牙沾到酒，突然发黑，流出又黑又浓的液体。[①]邱启风脸上顿时变色。

从邱府回来，沈阿契坐在灯下叹息。

素琴低头道："姐姐，是素琴蠢笨。素琴也没想到，第一次去邱会长家就要砸烂他家的东西。这也罢了，可惜这样失礼于人，把姐姐的事情办坏了。"阿契摇了摇头："素琴，事情没那么简单。你没看到，海象牙变黑了吗？"素琴挠了挠头："这，没留意，好

第十九章

四方辐辏，八方来仪

· 581 ·

---

① 海象牙：据【美】韩森《公元1000年全球化的开端》，第188页，据说当海象牙被放置在毒物附近时，它会分泌出液体，这是一种明显的危险警告。因而，海象牙在宋朝和辽朝都很受欢迎。

像是的。怎么了？有毒？"

阿契点点头："海象牙遇毒会变黑。"素琴大惊失色："岂有此理！邱启风给咱们回礼回的是毒酒？"阿契低声道："看破不说破。"素琴恼了："此等大事，还要看破不说破？"阿契喟然："因为没道理。"

素琴问："姐姐，他们是要给姐姐下毒？"阿契打了个手势："不要嚷，应该不是。我只是个普通牙婆，虽然我认识邱启风，但他一直不认识我。要不是我今天不请自来，主动登门，他都不知道有我这个人，他为什么要毒我呢？"素琴不解："那是为什么？"

阿契思忖着，说道："你看那个酒盒子乔模乔样的，恐怕也是别人送他的礼。海象牙变黑的时候，我看他也大吃一惊。"素琴问："他大吃一惊，难道不是因为酒打翻了吗？"

阿契回想了一下，又说："一开始，酒打翻的时候，他并没有大吃一惊。海象牙在地上慢慢变黑的时候，他才大吃一惊的。再说，能给咱们当回礼的酒，打翻了值得他大吃一惊吗？"素琴皱起眉头："听起来，事情好像比较复杂，是有人要给邱会长下毒？"阿契摇着头："不知道，我也只是猜测。"说着一再嘱咐素琴："此事在外万万不可多嘴。"素琴道："晓得。"

这天夜里，邱启风也在为同一件事心烦不已。他一脸阴沉地质问家仆："众人送来的礼有没有动过？"家仆道："都没有动过的。"邱启风再三问："你确定？"家仆道："确实没动过的。"

邱启风又冷冷地说："那瓶酒是杨员外送来的？我没记错吧？"家仆道："来的人虽然多，但小人也记得是杨员外送来的。"邱启风压低声音："行了，你下去吧，今日之事千万不可对外人提起。"家仆点头离去。

邱启风心想："这个杨家牙行怎么回事？杨员外给我送毒酒，他的牙婆又给我送可以辨毒的海象牙。这个沈婆到底是什么人？她知道杨员外送的是毒酒，才特地来送海象牙吗？她那个小厮是故意把酒打翻的吗？不对，她怎么知道我要拿这个给她当回礼？也罢，这个沈婆可算是救了我一命了。"

发生了海象牙试毒的事情，素琴觉得出师不利，便问："姐姐，那咱们开牙行的事情还要继续吗？"沈阿契满眼的倔强："当然要继续。"素琴道："可是，刚刚发生了这样的事情，咱们还要去找邱启风？"

阿契道："刚刚发生了什么事情？记住，我们不知道，而且我们确实不知道。我们只是简简单单开个牙行帮蕃商做生意而已。"素琴方道："好的，素琴知道了。"

邱启风在家中，收到了沈阿契写的呈帖，看了看，缓缓放下。他问家仆："这是沈婆的？"家仆道："正是。这沈婆想要自己开牙行，做个女员外，不在杨家牙行了。"邱启风皱起眉头："杨家牙行有点怪，这个沈婆也有点怪。"

家仆问："邱员外，您是准不准？"邱启风摇了摇头："哪有妇人开牙行的？"家仆道："小人听说这沈婆是个寡妇。"邱启风不悦："那也离谱。"家仆说："她是个寡妇，儿子又未成人，寡妇失业的，官府是许她当家的。"邱启风说："许她当家她可以干点别的呀，置田置地一样可以过日子，没听过要开牙行的。"家仆又说："可如今各牙行里，牙婆也不少了。"

邱启风说："做牙婆可以，牙行里当家不行。"家仆问："那沈婆的帖子咱们呈不呈市舶司呢？"邱启风坚决道："当然不呈，我不赞同妇人做这些事情。"

沈阿契呈帖开牙行的事情传到了杨家牙行，叶哥哈哈大笑：
"杨员外，您听说了没？咱们沈婆去找邱启风，说要自己开牙行，
被邱启风赏了顿闭门羹吃。"

杨员外冷笑数声。叶哥道："杨员外，那个沈婆真是不知道天
高地厚，刚吃饱饭，就嫌您这儿庙小，哈哈。"

杨员外淡淡道："一个克夫的妇人，惯会做梦，不必理会。"
叶哥便说："杨员外，她既然嫌咱们庙小，咱们也不必留她，赶她
滚蛋。"杨员外正色看了他一眼："我叫你不必理会她就是。别老
跟我提沈婆沈婆的，她不值得你整天说。"

叶哥收了笑："是，是。"杨员外又道："你呀，想点儿大
事。"叶哥仍紧追不舍地问："杨员外，那沈婆还留不留？"杨员
外有些恼了："你！留，怎么不留？留着她也一样给我杨家牙行挣
钱啊！"叶哥脸色如灰："是。"

夜里，阿契在灯下翻书抄写。素琴问："姐姐，你在写什
么？"阿契道："我在抄东京张山人说话的本儿。"素琴问："抄
来做甚？"阿契说："给蕃人讲。你不知道，教蕃人说宋语，从这
'说话'上来，最易懂易会。"

素琴道："姐姐，您还想着给蕃人教宋语的事情呢？原先您
说，教宋语是为了打一个高楼的基础，这个高楼就是开一间自己的
牙行。可是现在，姓邱的又不许姐姐开牙行，牙行街都拿咱们当笑
话讲，姐姐还教宋语干什么？"

阿契道："素琴，别人怎么想咱们管不着，但咱们得能管住自
己。"素琴说："哼，那个姓邱的嫌姐姐是个妇人，我看，他心疼
我打翻了他的毒酒才是真的。"阿契转过头来："素琴，跟你说过
此事不许再提。"素琴忙抿了抿嘴。

四方辐辏，八方来仪。自从修好了西海壖工事，广州港的蕃船比以前更多了。来远亭内有一口淡水井，靠港蕃船的水手们在那里排起了长队打淡水。

　　陈云峰与卢彦便服走来。陈云峰道："现在蕃船更多了。"卢彦说："是啊，多了两三成，三成不到。"陈云峰点着头，望着远处树林般的桅杆。

　　这时，两个细兰水手路过，停下交谈："井亭那边现在排队长不长？""都是那么长。""那我们等人少的时候再去打水。""没有人少的时候，等到半夜还是那么多人，那么长队，只能耐心排队了。""真是麻烦，这样我们要专门安排一个水手在排队打水了。""没有碰到插队的就是你的幸运了。"

　　听了此言，陈云峰向卢彦道："看来该多打几口井了。"卢彦说："正是，跑海船的在船上蓄淡水是最重要的。"

　　不久之后，工匠们奉命在广州港海岸上勘探打井。人来人往中，不乏驻足围观者，渐渐地，打井一事被传为街谈巷议。

　　大水镇农舍中，占城蕃商围坐一堂听着宋语课。沈阿契道："今天你们用宋语讲讲最近广州港发生的趣事吧？"众人便用宋语答她："最近，海港岸边在打淡水井。""淡水井只能在岸上打，要是在海上也能打就好了。""如果海上也有井，那我们就不用总是从岸上搬水了。"

　　众人七嘴八舌，脑洞大开，忽有一个蕃商道："陈夫人，这次我们写的宋文，文题就叫'汲井于海'，好不好？"阿契还没反应过来，众蕃人已纷纷拍手叫好。阿契笑了笑："行吧。"

　　很快，大水镇宋语学堂的文题就传到了港口岸边。沈阿契的蕃商学生们一边闲步，一边谈天，编排着自己的宋文作品。

花胡子搜肠刮肚喃喃自语："汲井于海、汲井于海，哈，有了，我在海上打了一口井。我喝水、洗澡都从井里打水。"

黑胡子道："你在海上打了一口井？大海那么大，你要去找到那口井都很麻烦。我把井放在大船上，船到了哪里，都能用。"

他们吹牛调侃，有时在来远亭排队打水也要摆起龙门阵，说说"汲井于海"那些事儿。

一个小胡子道："我在海上打了一口井，然后搬到船上。船到哪儿，井就到哪儿。往井里一打水，提上来就能用。"

一个大胡子说："船上能打井水，你的船就漏了！哈哈。"此言一出，不少排队打水的人转过头来看，笑了起来。

"不是这样的。我的海井能打水，但是船不会漏。"那小胡子蕃人继续发挥想象，自圆其说。便有人问："那水从哪里来？"蕃人挠挠头，一脸为难："水？水先倒进去，再提上来，嘿嘿。"人们又笑他："你说的是水桶，不是水井。你没有学好宋语。"等待打水的长队里又有不少人转过头来看，笑了起来。

望海楼下，亦不乏谈论"汲井于海"的蕃人。

一个红胡子蕃商说："我在海上打了一口井，带上了大海船。船到哪儿，井到哪儿。井能打出淡水来，船还不会漏。这是因为，我在大水桶里倒进了海水，然后把我的水井放到水桶里，再从井里打水出来。"

便有蕃人质疑："那你打出来的还是海水。"红胡子解释："不，我打出来的是淡水，我的水井把水桶里的海水变成淡水。"

红胡子眼神坚定，煞有介事。一个细兰商人道："如果真有这样的好宝贝，我愿意花千金购买。"红胡子说："等我造出来这样的宝贝，就卖给你。"细兰蕃商道："如果是真的，我会向你买很多，然后卖给大海之外所有国度的海商，因为他们都需要。"

就这样，两个蕃商谈起了一桩虚构中的生意。这桩生意却被一个浮浪子弟听了去。

那厮手也巧，不数日，就依样画葫芦地造出一个"海井"来，摆在港口岸上叫卖。那"海井"模样，正是一只大水桶中间置一个井圈。这浮浪子弟向众蕃商演示着："各位财主员外，快来看哪！这宝贝叫作'海井'。现在桶里装的是海水，再把海井放进桶里，然后从井中汲上来的就是淡水了。"[①]说着从井中舀出一瓢水："诸位不信，可以尝一尝，这是井水还是海水？"

有一人接过水瓢尝了一口，大吃一惊："真的是淡的！"那卖井的道："我的宝贝不多，想要的赶紧入手了！"当场就有蕃人掷金相贸。

这样的事情发生一段时间了，终于有人到市舶司告发。

公吏来报卢彦道："大人，有蕃商告状，连日来有骗子在来远亭贩卖'海井'，谎称海水倒入井中，汲上来的便是淡水！"卢彦深感可怪："有人信？能骗到？"公吏道："已经有蕃商买了，发现汲上来的还是海水。"卢彦说："那骗子逮起来便是。"公吏道："是！小人已着人抓捕那骗子了，只是奇怪。"

卢彦问："奇怪什么？"公吏道："正如大人方才所问，这样的事情本该无人相信，也骗不了人，可是居然骗到了，恐怕是因为，这段时间总有一群蕃商，在港口、来远亭、望海楼这些地方谈

---

① 海井：据程民生《宋代物价研究》，第430页，宋代有老海商购买"海井"，如小桶而无底。在海上航行时，"但以大器满贮海水，置此井于水中，汲之皆甘泉也"。周密《癸辛杂识》续集卷上《海井》有相关记载。

论海井的事情，神乎其神，这才导致真真假假，混淆视听。"

"当真？"卢彦问，"这群蕃商是哪里的蕃商？他们是骗子的同伙吗？"公吏道："小人查问过了，奇怪得很，这些蕃商哪里的都有，说什么蕃话的都有。这个骗子谋取小利，如何动用这么多地方的蕃商帮他做托儿？蕃商又如何肯？"卢彦问："很多蕃商在讨论海井？"公吏点着头："很多。"卢彦脸色一沉："暗暗访查清楚。"公吏领命："是！"

谁知那市舶司公吏查访着，就查访到沈阿契这里来了。

这日，众蕃商又在农舍中听阿契讲宋语课。课毕时，蕃商们纷纷交上自己的宋文文章，写的正是《汲井于海》。

"陈夫人，这是我的宋文，请您指教。"蕃人说。阿契看着文章，点头道："你们写的字都有进步了。"

此时，便有三名公吏进了农舍。为首的指着阿契道："就是这个牙婆妖言惑众，带走。"底下两个公吏应声上前，拿住阿契。阿契受惊，叫起来。众蕃商亦围住公吏。双方相持不下。

为首的公吏拿起蕃商们上交的宋文文章，看了看，说道："海井？果然就是你们这帮人在造谣海井的事情！还有冤枉？带走带走！"二公吏将阿契推了出去。众蕃商紧跟不舍。

素琴见状退到人群后："姐姐！不好，我得去告诉那个小老头。"便忙至卢府来，将事情告诉卢彦。

卢彦从椅子上弹起来："抓去哪里？"素琴摇着头："不知道，蕃商们拦都拦不住。"卢彦急赶回市舶司，属下公吏便带着沈阿契和蕃商一干人等来报："卢大人，就是这个牙婆妖言惑众，鼓吹海井的事情。"

同行蕃商用宋语辩白道："市舶使大人！我们只是在学习宋

语，跟那个卖海井的骗子一点都不认识。"公吏道："学宋语为什么要在海上打一口井？为什么骗子做出来的跟你们说出来的一样？还说没有串通好？"

蕃商用细兰语骂着公吏："混蛋！我们蕃人学生都在写这篇宋文，我们都在讨论，包括在打水的时候也会讨论，被骗子知道了有什么奇怪呢？"公吏用细兰语骂回蕃商："混蛋！你在说什么？你以为我听不懂！"

卢彦向争吵的两个人叫道："都安静。"素琴却又叫："卢大人，我们冤枉！"卢彦看了他一眼，只问公吏："骗子抓到了吗？"公吏说："骗子已经逃逸。"卢彦道："骗子当然会逃逸。"素琴忙说："对，如果我们跟骗子有瓜葛，我们也会逃逸！"

公吏瞪了他一眼："你闭嘴！"又向卢彦道："卢大人，可是案子不能拖着，没有个交代。"卢彦语气严厉："你的意思是，骗子让他跑，找个人来了事，就算有个交代？"公吏道："小人不敢。"卢彦向他挥了挥手："无凭无据，让他们回去。"公吏只好点了点头："是。"

好事不出门，坏事传千里。此事在杨家牙行传开了。两个牙会窃窃私语："你知道吗？咱们牙行的沈婆前几天被市舶司抓走了。""真的呀？为什么事抓走了？""听说是伙同骗子卖假海井。""海井？嘿，这玩意儿我听说过，很贵。是假的呀？""那肯定是假的，一听都是假的。"

叶哥凑了过来："这沈婆胆子够肥啊。现在问的是什么罪？"

那牙会道："嗨，又放回来了，无罪释放。"另一个牙会又接话："嗨，肯定是误会。我看沈婆干不出这种事。"叶哥冷冷道："不管怎么样，她是我们杨家牙行的牙婆，她被市舶司带走了，有

损我们杨家牙行的声誉，哼。"说着便走上楼去，二牙会望着他的背影，摇了摇头。

叶哥走进杨员外房间，把门关严："杨员外。"杨员外问："怎么了？"叶哥说："沈婆被市舶司抓走了，有损我们杨家牙行的声誉。"杨员外一脸疑惑："抓走了？我刚才还看见她。"叶哥解释："哦，又放回来了。"杨员外问："为什么？"叶哥道："说是误会。哦，是前几天抓的……"

杨员外发怒："误会你说什么？不要总跟我说这些没用的事情，关什么门？"叶哥一脸讪讪："这这，她有损我们牙行的声誉。"杨员外道："行了！"叶哥点着头："好，好，那小人先下去了。"杨员外看着他掩门出去，心中叫道："什么事儿都办不好！邱启风现在龙精虎猛，还天天给老子脸色看。"

叶哥站在牙行门口生闷气，见沈阿契走出门，融入人群中。他心想："我就不信拿不住你的短儿。"于是鬼使神差地，跟在了她身后。

到了大水镇农舍，阿契进门去了，叶哥却只躲在篱笆外看视。这时卢彦来了，走进农舍。叶哥怪道："这男的怎么这么眼熟？这不是那个、那个……市舶使！"他颇感惊讶，转身就走。

卢彦进到农舍内，训起阿契来："叫你不要做牙婆，不要做牙婆，偏偏不听！牙行很复杂的。"阿契道："我所在的杨家牙行还好，人跟人之间关系都比较单纯。每天干完活我就回家，也没有什么是非的。"卢彦道："反正我劝你是没有用的。"阿契说："不是的卢大哥，我只是觉得，没必要离开牙行呀，做得好好的。我还打算把根基扎好了，自己开一间牙行呢。"卢彦把脸一绷："我不赞成。"

阿契急了："您可不能公私不分啊。"卢彦扭过头去："反正我不赞成。"阿契恼着："你！"

再说叶哥一回到杨家牙行，又直接跑上二楼，迅步进了杨员外房间，反手把门关严："杨员外，沈婆，沈婆……"杨员外见他气喘吁吁一惊一乍的样子，忍不住把脸一板："沈婆沈婆，又是沈婆沈婆！"叶哥解释："不是，杨员外，您听我说，这次不是小事。"

杨员外翻了个白眼："沈婆怎么样，说！"叶哥道："我刚才看到市舶使，就是我们广州的市舶使，进了沈婆家。这次动真格了。沈婆摊上事儿了，连市舶使都亲自去审她了！杨员外，我怕咱们杨家牙行要被她连累！"杨员外道："什么乱七八糟的？谁去沈婆家？"叶哥道："是市舶使。"杨员外问："你认得？你看清楚了？市舶使可是卢彦。"叶哥点头："我认得，我看清楚了，就是他。"杨员外问："他去了沈婆家？"叶哥道："千真万确。"

"如果是真的，如果是真的……"杨员外想了想，摔了一下手里的账册，"你有没有脑子？市舶使要审沈婆，会去她家里审？再去看看，弄清楚市舶使为什么去沈婆家。"叶哥一愣："是，是，好。"

叶哥转身要出门，杨员外忙叫住："慢着，我和你一起去。你八成是认错人了。呵，沈婆这个老寡妇，门前这么多男人吗？"

杨员外便随叶哥来到大水镇农舍篱笆外，不巧却见陈云峰进了农舍。

杨员外问叶哥："你说的是他？"叶哥道："不是，不是他，市舶使我真的认得。"杨员外很疑惑："奇怪，刚才这个男的怎么有些面熟，仿佛见过。"他想了想，不由得张大嘴巴："这不是那个，那个，哎呀，那个……"

叶哥忙问："谁？"杨员外一拍大腿："转运使。"叶哥问："转运使？转运使是什么官儿？"杨员外道："广南东路的转运使，比广州市舶使还大。"叶哥道："啊？看来沈婆摊上的是大事！咱们杨家牙行不会被她害死吧？"杨员外压低声音道："你闭嘴！"

此时卢彦从农舍中厅走出，碰到陈云峰进院子里来，忙鞠躬行礼。陈云峰示意他不要出声。卢彦点点头，作了个揖就继续往外走。陈云峰进了中厅，卢彦又回过头来望了望他背影，只见他头上簪着一枝花，格外抢眼。

篱笆外，杨员外正前前后后把农舍瞅了个遍。他后退几步，又跳了跳脚："可惜没有什么地方可以听到、看到屋子里。"

卢彦突然从农舍里走出来。杨员外吓了一跳，慌忙拉着叶哥躲到大树后面。卢彦一身便服，脸色平静，牵出马来，上马离去。杨员外见了，向叶哥道："真的是市舶使！你看他这样子，是来审犯的吗？一个人也没带。"他心中犯起嘀咕："沈婆这个贫婆子，到底是什么人？"

农舍中厅，沈阿契穿着男装正收拾桌椅。陈云峰进来了，她也不察觉。陈云峰在她身后帮她摆布桌椅，发出响声。她背对着陈云峰，说道："素琴，你别搬桌椅了，把扫帚拿过来。"陈云峰便从门后取出扫帚递给她。她头也不回，只伸手向后接过，便低头扫起地来，边扫边转身，忽瞥见一双大靴子。

她停住了，抬起头来叫："峰哥。"陈云峰道："听说你在这里教蕃商学宋文？"阿契点点头："嗯嗯。"陈云峰笑了笑："穿成这样，他们就看不出来你是女的？"阿契道："看得出来。"陈云峰道："那你还穿成这样？"阿契望着他，脸上一笑："想着，如果您来看见了，我可以少挨点儿骂。"

陈云峰语塞片刻："你怎么知道我会来？"阿契说："按道理不会来，可万一来了呢？"陈云峰笑了笑："你哪儿来的男人衣服？"阿契道："没有不会自己做两套？"陈云峰说："我刚做了两身新衣服，做小了，你穿刚好合适，回头我给你送来。"

阿契摇了摇头："这，您的衣服？我……"陈云峰拍了拍她肩膀："刚好你这小身板能穿得下。"阿契欲言又止。陈云峰又道："哦，对了，你这扮男人扮得不像，少了一朵花。"说着，把自己发鬈上的花摘下，簪到她发上，看了看："这还差不多。"

这时，两名蕃商讲着高丽语走进农舍来，阿契忙推了推陈云峰。

二蕃商向阿契行礼："陈夫人好！我们来上课了。"阿契道："不必多礼，请坐吧。"一蕃商看了看陈云峰："哎，你是我们新来的师弟吧？"又一蕃商拉了拉陈云峰："新师弟，来，坐这里。"二蕃商把他按到椅子上。

沈阿契偷偷笑了笑。

杨家牙行里，杨员外来回踱步："不对，不对，这个沈婆不是个寻常的贫婆子。她会那么多种蕃语，还能想到要教蕃商讲宋语，甚至野心勃勃要自己开牙行，一个贫婆子？不对，叶哥，咱们要好好拿住她。"叶哥问："怎么拿？"杨员外道："她不是想自己开牙行吗？咱们帮她把牙行开起来！"

"啊？"叶哥不解。杨员外道："邱启风不是反对妇人开牙行吗？我们让他好好地反对！"叶哥更不解。杨员外却说："我也不敢保证接下来会怎么样，试试看吧。把事情撩起来，把水搅浑，该明了的，自然就明了了。"说罢看了叶哥一眼："好好学着

点儿。"

寻了个空，杨员外便登门拜访沈阿契。阿契忙笑脸相迎："杨员外光临寒舍，实在是蓬荜生辉，请坐请坐。"杨员外坐下。阿契又叫："素琴，快碾茶。"素琴道："好嘞！"

杨员外道："哪里哪里？你这屋子常有贵客往来，哪里轮得到杨某人来蓬荜生辉哪？"阿契说："哪有什么贵客？一座乡下屋子罢了。"杨员外心想："呵呵，越不肯承认，越怕人知道，越不简单哪。"便说："你谦虚了。"阿契说："平时就是一些蕃商，他们来学宋语，您也知道的。"

素琴奉茶给杨员外。杨员外喝了口茶，道："沈婆啊，我待你怎么样？"阿契笑了笑："这还用说？在最艰难的时候，多亏有您收留我做个牙婆，这才没被饿死。"杨员外哈哈笑："嗨，沈婆真喜欢说笑。"阿契道："我说的是真的。"杨员外道："沈婆啊，你这么说我很惭愧。什么收留不收留的，你也帮我们杨家牙行挣了不少钱。我还是很感谢你的。那个，我没亏待过你吧？"阿契连连摇头："没有没有，杨员外待阿契很仁义。"杨员外道："哪怕有些人在我跟前频频说你坏话，我也没有理会过。"阿契连连点头："是的。"

杨员外道："听说你要开牙行，我支持你！"阿契一愣："嗯？"杨员外重复道："我要支持你开牙行！"素琴猛地转过头来看着杨员外。杨员外说："希望你能记得你刚才说的话。"阿契转笑："多谢杨员外！我对开牙行什么都不懂，还请您多教我。"杨员外哈哈大笑。

不日后，在牙行里，杨员外又寻机叫阿契上二楼来。

阿契进了门，杨员外连声道："沈婆，来，坐。"阿契坐下。

杨员外又给她端茶："沈婆，来，喝茶。"阿契忙起身来接："杨员外客气了，阿契受不起。"

杨员外故作遗憾："沈婆啊，挺对不住你，事情没办好。"阿契不明就里："杨员外何出此言？"杨员外道："我跟邱启风千说万说，他就是死脑筋，不赞成你开牙行。"

阿契低下了头："他应该是不赞成的。"杨员外道："他为什么不赞成呢？你看，你办宋语学堂，蕃商们都知道的。你的蕃商基础这么好，你开牙行，肯定能给我们大水镇牙行街带来福音的。邱启风根本不是为整个牙行街考虑，他就是对你有偏见。"阿契道："那也是无法的事，我也不能改变他的想法。"

杨员外情绪激动："他根本就不配做这个会长。"阿契笑了笑："但他就是会长啊。"杨员外说："那可不一定！沈婆，你可以让他不做会长。"阿契道："啊？我哪儿能啊？"杨员外压低声音："这就是市舶司一句话的事。会长，一定要给咱们自己人来做，才会支持你。"

阿契茫茫然看着他："杨员外，我不知道您在说什么。"杨员外逼近她："不，你知道。我说了，这就是市舶司一句话的事。"阿契尴尬地笑了笑："我跟市舶司并没打过什么交道，上次还被他们抓了去，好不容易辩白了才回得来。"杨员外后退两步："好，沈婆，既然如此，你回去想想再说吧。你记住，我才是整条牙行街最支持你的人。"阿契看着他，笑而不语。

大水镇的午后，暑气蒸腾着石板路。沈阿契从杨家牙行出来，挥手送走一名蕃商，便见几个蕃人站在门口，愁眉不展。

蕃人安奇问沙弗莱："你的瓷生意现在怎么样？"沙弗莱一脸不悦："我带了三千两黄金来，谁知道宋国现在又禁止蕃人携带

金银。只要搜到了，官府就要抓，只能换成宋钱再去买瓷。你呢？安奇。"

安奇也不高兴："不能带金银，很苦恼。牙会要我把金银换成宋钱，宋钱越来越贵，金银越来越便宜。而且宋钱太多太重，我只能把它们放在客栈里，担心会丢。"

苏合说："我们不管去哪里，都是可以带金银的，为什么这里不可以？以后遏根陀的宋瓷只能卖得更贵，不然我们就没有钱挣。"安奇道："要是牙行能换到的宋钱还要更少，我以后就不来了。"

沙弗莱说："我觉得太危险了。要是到牙行换金银之前就被公差捉住了，搜查到身上带着金银怎么办？"苏合无奈："可是不带金银，我们带什么好呢？"

这伙说着细兰语的商人中，有两个曾去过农舍宋语学堂。阿契叫道："安奇，苏合。"安奇、苏合作揖见礼："陈夫人。"阿契问："我听见你们在说，不能带金银入境？宋国并没有规定蕃人身上不能带金银。"沙弗莱疑惑着："如果不是宋国的规定，那就是广州城的规定，或者市舶的规定。"

阿契摇了摇头："不，你们被骗了。广州城，或者市舶，都没有这样的禁令。你们是听谁说的？是宋钱限制出境吧？另有一些缺少铜钱的城市，对商人带离本城的铜钱也会有限额。这种情况下需要兑换成金银。"苏合答道："我们都分不清楚，好几个牙会都是这样告诉我们的。"

此时，阿契的身后出现了叶哥阴沉的脸："沈婆！"

"啊？"阿契转过头去。叶哥道："进来。"阿契便要进杨家牙行去，安奇拉住她："陈夫人！"阿契对安奇道："不用担心，这是我从事的牙行。"安奇这才放了手。

进了牙行，叶哥开始训斥沈阿契："沈婆！你在外面不要乱说话，有些话不是你们这些妇人东家长西家短想说就说的。"阿契道："可是，谁家牙会这么大胆自己就颁布'朝廷禁令'了呢？"叶哥道："这你不要管。总之，以后你要说什么话，先问问我。如果还有下次，我一定跟杨员外说，你不适合做这一行。"

阿契一怔，又笑了："是你告诉那些蕃商，大宋国禁止蕃人携带金银入境的？"叶哥被这一说，慌张起来，忙把她拉进小屋去，反手把门关上。阿契一惊："你想干什么？"

叶哥道："是你想干什么！你一个牙婆子，谁说的你管不着！"阿契把门打开，走出一半，回过头来说道："我想去告诉蕃商们，大宋没有这样的政令。"叶哥两步抢到她跟前，伸出一只大手扣住她的脖子："臭寡妇，你找死！"阿契叫了一声，素琴忽从门外冲进来，一脚踢向叶哥。

叶哥摔倒在地，却死死拉着阿契的胳膊，把她从地上拖到自己身边。阿契别在腰间的牙牌跌落在地，上面刻着"沈阿契"三个字。素琴刚要向前，叶哥又拔出刀来，卡到阿契脖子上："臭小子，你上前一步试试？"

阿契惊叫连连。素琴向门外叫着："杨员外，楼下杀人了！楼下杀人了！"杨员外正在二楼打算盘，听得动静，放下算盘问："怎么回事？"及下楼来，见众牙会乱成一团，忙喊："快报官！"

杨员外跑向小屋，就见叶哥拿刀顶在阿契脖子上。杨员外又喊："先别报官。"转而向叶哥叫道："快把刀放下，放下！"叶哥颤抖着把刀放下。杨员外一把将阿契拉到自己身边，关切地

问："沈婆，没事吧？有没有伤到？"阿契有些瘫软，素琴忙把她扶住。

阿契摇了摇头："没事。"便用手捂住脖子上碰到刀刃的地方。手放下来时，掌中都是血。杨员外忙安慰她："你们先回去吧，先不用来，在家中好生休息。这必是有误会，我来处理，没事的。"杨员外又嘱咐素琴："你在家照顾好沈婆。"叶哥看着杨员外，发红的双眼渐渐无神。

大水镇农舍中，沈阿契歪在中厅竹躺椅上，脖子上缠着白纱布。

杨员外提着两包药材走进来，素琴跟在他身后。杨员外笑呵呵的："沈婆，你好点儿了没有啊？"阿契直起身子："杨员外。"杨员外忙伸手示意她躺下，又把药材放在竹凳子上，转身向素琴道："这是安神益身的药，回头给沈婆煲了喝。"素琴答应道："好。"

阿契说："杨员外费心了，我并没有什么事。"杨员外道："唉，让你受惊了，都怪我平时管教不严。"阿契问："杨员外，金银两换的事情到底怎么回事？"杨员外一脸为难："沈婆啊，你刚入行，这些事情你不要管，免得惹祸上身。"阿契问："这是怎么说？"

杨员外露出无奈的神色："那是大家的生意，咱们不要去坏大家的生意。再说这不是我们一个杨家牙行能管得了的。"阿契道："您越说，我越觉得奇怪，不妨直言。"

杨员外望向门外，满眼里似乎都在搜索自己的记忆。据他说来，他是去邱府劝过邱启风的——

他曾苦口婆心地劝："邱会长，咱们牙行街可不能这么干哪！"

邱启风却笑他："杨员外啊，做生意嘛，不都是赚来赚去的？不是你赚了我，就是我赚了你。咱们给蕃人做做金银两换，有什么不对？不是跟开金银铺的一样吗？金银铺也是赚差价，我们的差价还没有金银铺高呢。官府怎么不去抓金银铺呢？"

杨员外劝道："不一样啊邱会长。比如东京金银铺的两换，是因为东京的确有政令，限制现钱出城①，防'钱荒'，所以要换成金银。再说，金银铺两换金银都是自愿的。现在牙行给蕃人做两换，纯属伪造禁令，对蕃人连骗带诈，还假拿官府威吓，假冒官差搜查，罪名可不小啊。"

邱启风一脸嫌恶："杨员外，你这么深明大义，不如这会长你来当？"

杨员外苦劝："邱会长，您三思啊。从此处到城西蕃坊，就算赤脚走也不过半日工夫。蕃坊里的老蕃客，有在宋五世定居的，他们什么事情不知道？一旦新蕃客见了老蕃客，什么谎能圆得住？"

邱启风却威吓道："杨员外，你要是坏大家的好事，不仅沈婆我不让她开牙行，就连你也别想把杨家牙行开下去。"

话说到这里，杨员外就收住了，阿契闻言大惊："啊！想不到邱启风是这样的人。"杨员外大抚掌："我跟他说过不止一次，这是杀鸡取卵，因小失大，但我也阻止不了他。沈婆，邱启风一向反对你开牙行。我现在担心，他连我也不让开了！"

---

① 据高聪明《论白银在宋代货币经济中的地位》，开封商贾云集，贸易量大，政府严禁一定数量的现钱出城，所以商贾出城所携带者多为银绢。

阿契道："岂有此理！怎么能这样呢？"杨员外说："怎么能让这样的人当会长呢？沈婆，咱们必须让市舶使知道此事，为蕃商主持公道，为牙行街主持公道啊。"阿契低着头，沉默不语。

杨员外又道："沈婆，我们跟市舶使说不上话，但是，你可以！"阿契抬起头来："啊？这是从何说起。"杨员外神情恳切："沈婆！"阿契道："这，市舶使管这些事情吗？也许，不必找市舶使的。"杨员外又看着她："沈婆，我相信这些事你不会坐视不理的。

回到杨家牙行来，杨员外感到自己又白走一趟了："看来那个沈婆，不肯去找市舶使。"叶哥说："看来她向着邱启风。"杨员外道："她不肯去找市舶使，我们就送她去找！"叶哥问："怎么送？"杨员外看了他一眼："你有办法的。"

日将午，素琴把饭菜送进沈阿契房里。他一边摆饭一边问："姐姐，邱启风那么坏，您为什么不把他的事情告诉卢大人呢？要是您不愿意说，我去说好了。"阿契坐到桌子前吃饭，说道："你不要去说，让蕃商去说。让蕃商去说，也只说金银两换的事情，因为这个是事实，至于背后是谁就让市舶司自己去查好了。我们也不知道是不是邱启风，对不对？"素琴点了点头。

阿契道："明天把安奇、苏合他们请过来吃宋菜，我要把金银两换伪令的事情跟他们说一说。"素琴点头道："好。"

第二天，沈阿契在院子里的大灶前烧火做菜。素琴提着两小坛酒回来了："姐姐，桑葚酒买了，农家自酿。"阿契转头看了一眼："好。"素琴放下酒坛，走到大灶前："姐姐您先歇着，我来吧。"阿契抹了抹手："广南的酒真是比东京便宜好多。"素琴道："是啊，为什么呢？"阿契笑道："朝廷关照广南百姓湿气重，以酒为药，因此在广南，酒是不必禁榷的。"①说着把酒提进屋去。

素琴把菜备好时，天已黑了。农舍外的田塍边亮起篝火。沈阿契、素琴及蕃商沙弗莱、安奇、苏合、笺香、大鹏、明珠围在篝火边共进晚宴。

沙弗莱向众蕃商道："陈夫人说得对，既然之前的金银兑换是伪令，那我们就可以向市舶司讨回公道，让那些牙行把差价还给我们。"苏合也道："我们还要把金银换回来。"明珠也赞成："明天我们一起去，让宋国的市舶司知道，有人在冒充他们。"众蕃商举杯附和："好，好。"

此时，叶哥躲在篱笆外，见沈阿契在众蕃商中间，似在高谈阔论。他心下叫道："好你个沈婆，聚在这里干啥呢？我知道怎么送你去市舶司了。"他掂了掂手里的牙牌，上面有"沈阿契"三个字——那正是她掉落在杨家牙行的。

叶哥转身就走，径直去了市舶司衙署。两个公差正在衙署内值夜。叶哥向前道："公差大哥，两位公差大哥，小人要告官。"公差道："你要告什么官？"叶哥说："有个婆子，叫作沈阿契的，她没有市舶核发的牙牌，却一直在偷偷做牙婆。现在趁着天黑，就在大水镇牙行街外的农舍旁和蕃商谈交易呢。"

公差道："岂有此理，最近黑牙会很猖獗！哄着蕃商听不懂宋语，又初来乍到的，就坑蒙拐骗。"叶哥说："正是，正是，所以小人必须告诉两位公差大哥。"公差说："知道了，我们带人去看看。"

---

① 据章深《宋代广州商税大幅度增长的原因》，广州对酒不禁榷。辛弃疾认为，岭南百姓"非酒不可以御岚雾"，因此"特弛其禁"。

沈阿契并不知暗处有个叶哥，仍与众人畅饮。

她端详着杯中酒，用细兰语说："享誉四海的丝绸来自桑树，而这甜美的红色汁液就是桑树的果实所酿。桑树的果实，或者变成新的桑树，变成丝绸，或者变成美酒。"安奇一脸惊讶："原来我们喝的是丝绸？"众蕃商笑起来。

沙弗莱问沈阿契："陈夫人，我们都很担心你。你告诉我们上当了之后，被一个年轻人抓走了。他有没有伤害你？"阿契笑了笑："不用担心，我现在好好的。"沙弗莱向她举起斟满桑葚酒的酒杯："为您的平安干杯。"众人一饮而尽。

苏合又道："我去过吡啫耶。那里的葡萄酒是最有名的，与桑葚酒的颜色像极了，味道却各有各的美。"说着，举着酒杯看了又看。沙弗莱向他笑道："你是不是觉得这酒杯也很美？"苏合看着杯底的墨书，又用手指弹了弹杯身，对着篝火照了又照："是潮州瓷。"

沈阿契闻言，抬起头来看着他。他又说道："听我祖父说，从前最矜贵的是丝绸。自从养蚕和丝绸纺织的办法传到大秦之后，很多地方都有了自产的绸缎。①现在最矜贵的是宋国的瓷。"

明珠说："要是制瓷之法也能传到大秦就好了。"素琴道："瓷跟丝绸不太一样。丝绸只要有桑有蚕就可以了。瓷是瓷土所烧制。有瓷土的地方虽然多，但是每个地方的又都不太一样。这是所谓的一方水土。"

---

① 据黄纯艳《宋代海外贸易》，第36页，6世纪中期拜占庭偷到了养蚕和织丝的技术。G.F.赫德逊在《欧洲与中国》中将其称为"使整个欧洲都不再依靠中国供应生丝的那个事件"。

苏合道："其实，在勿斯里，还有我的家乡，真正的宋瓷都太贵，普通人家用着不划算，所以不少地方都有人在做仿宋瓷。仿得很像，但价钱会便宜很多。有人买了仿瓷假装成真品，还拿出来炫耀，就会受到邻居们的嘲笑。"

苏合说着，哈哈笑起来："但是，我今天用的就是真品，我还打算满载一船真品去遏根陀。"这时，他露出自豪的神色："不管仿得有多像，我都能一眼分辨出它的产地来。"

他向阿契道："夫人，我这次来宋国，专门带了一只勿斯里产的高仿潮州瓷杯，现在没带在身上，改天我拿来给您看看？"素琴道："那就对了，夫人就是潮州人。从她还是个小女孩的时候，就是瓷场里的小工匠。"苏合惊喜道："真的？那我改天一定拿来给您看看。"

阿契笑道："我也很想一睹蕃国所产仿宋瓷的光彩。"又问沙弗莱："您为何到了宋国会在金银两换的事情上受骗？您是细兰人，可有宋使到过细兰国宣讲宋的市舶之政？"沙弗莱摇了摇头："宋商往来很多，但我没有见过宋使。"阿契又望向其他蕃商："诸位呢？"

大鹏道："在我的家乡昆仑层期，没有宋朝廷的使官来过。不过我常年到遏根陀经商，那里数十年前曾有宋的使官到来，如您所说，宣讲新王朝的海外市舶之意，并无军国大事。"[①]明珠也

---

① 据黄纯艳《宋代海外贸易》，第30-43页，中国海船与红海沿岸、非洲东海岸都进行了直接贸易，与60个以上的国家和地区有贸易往来。非洲盛产象牙、香料，都是中国市场畅销的大宗商品。非洲发现了大量的宋瓷和宋钱。张方平《乐全集》卷二六《论钱禁铜法事》有"钱本中国宝货，今乃与四夷共之"。

道："我的家乡注辇国是有宋商的。他们有的称自己既是商人也是官员，在经商的同时，要作为朝廷的使者招徕众商船开往大宋国。我们对宋的市舶之政，就是通过他们得知的。不过，他们并没有细说金银钱币之事。"苏合道："我不确定我的家乡有没有，也许没有，也许有而我没有遇见过。"

阿契叹了口气，举起酒杯："虽无宋使，你们从宋国回去之后，便是宋使。"众人又一饮而尽。

这时，市舶司的公差来了。为首的亮出腰牌："哪个姓沈？只有两个宋人，只有一个女的，是你吧？"他看向阿契，阿契点了点头。公差道："有人告你们，没有市舶核发的牙牌，却在这里和蕃商做交易，和我们走一趟吧。"

沙弗莱挡到阿契前面："这些公差，一定也是假冒的。他们的衣服和我们上次见到的一模一样。"安奇也站了出来："我们要去宋的官府告你们假冒公差，假公差！假公差！"那为首的公差冷笑道："告去吧！"便不由分说把阿契带走。素琴与众蕃商一路紧跟，却不料"假公差"把阿契带到真市舶司来。

沙弗莱望着衙署四周，问阿契："陈夫人，假公差把我们带到这，这里是什么地方？"阿契喟然道："这里是市舶司衙署，看来他们是真公差了。"沙弗莱问："啊？真公差为什么要抓您？"阿契答不上来。

此时后衙里，一公差向值夜执事报知了此事。执事道："抓黑牙会也就罢了。三更半夜的，弄过来这么多蕃商咋整？"公差道："他们硬跟过来的。"执事皱起眉头："请他们走呀。"公差道："从大水镇到这里，请了一路了，仍是跟来了。"

前堂里，苏合向众人道："既然是真公差，真市舶司，那我们今天就要讨个公道，向那些真正的黑牙会讨回金银两换的差价。"沙弗莱也道："没错，我们要换回金银，我们要随身带着。"众人纷纷附和。

便又有公差到后衙报知执事："大人，那群蕃商越赶越不肯走，如今也要告官，说有牙行伪造金银两换的朝廷禁令，还假冒咱们市舶司的公差，在外面强令他们用金银换铜钱，且价格极其不公。"执事也惊："哦？有这等事？"

公差道："正是，如今他们要跟骗了他们的牙行讨回金银两换的差价。"执事恼道："哪个牙行这么明目张胆？"公差说："受骗的蕃商人数不少，这事儿还请您示下。"

执事说："那还得请卢大人示下。只是卢大人病了几日，此时半夜三更，不好回禀。"他沉吟半晌，又道："虽然不是小事，但讨钱的事情，不能明天天亮了再讨吗？莫管他，众蕃商先请回去。那两个无牌的黑牙会先关起来，明日再理会。"

公差领命，出了前堂便要将沈阿契和素琴带走。素琴叫着："你不要碰我姐姐！"众蕃商也上前相拦。安奇道："不许带走陈夫人，她不是黑牙会。"众人推推搡搡，喧嚷之声颇高。

卢彦在后衙书房内，正点灯阅卷，咳嗽连连，忽闻得外头声音奇怪，忙问："外面怎么了？"仆役站到门口道："告大人，外面来了很多蕃商，要告官，又拦着我们的人，不让我们抓捕黑牙会。闹了很久，我们都要动粗了。"卢彦绷起脸，将卷宗往案上一甩："动粗，动粗，为什么不告诉我？"仆役低下头："是，是。"

卢彦起身走出前堂。素琴见了他，如见了救星，叫道："卢大人，卢大人！"

见到沈阿契被二公差掐住，脖子上还包扎着纱布，卢彦不由得

向素琴发起怒来："又是你这个小子！"素琴被凶了一下，瞬间懵住。卢彦又叫二公差："把人放开！"二公差这才松开沈阿契。卢彦走到堂上，问道："怎么回事？"

沙弗莱用细兰语答："我们想把牙行骗走的金银两换钱要回来。"

卢彦点着头，听完众蕃商陈述，即命执事安抚诸蕃人，查明真相。执事领命。

卢彦又望向素琴："你，跟我过来一下。"便往后衙走去。素琴跟到书房里，卢彦屏退左右，只问："阿契的脖子怎么了？怎么伤到脖子了？"素琴见问，"唉"了一声，开始绘声绘色地将事儿说了出来。卢彦越听脸色越难看。素琴指着自己的脖子："当时，那刀子就架在这地方，差点儿把姐姐给灭了口。"

卢彦训斥道："你是干什么的？刀都架到脖子上了，要你在她身边干吗？要是今天不把你们抓过来，我不问起，你就不告诉我了？"言罢，向门外叫道："来人！查封杨家牙行。搜！着即押叶哥对质。"门口公差领命："是！"

素琴不解："卢大人，为什么查封杨家牙行？这事儿据说是邱启风的主意，应该查封邱家牙行才对呀。"卢彦冷笑道："方才你没听见？蕃商们说了，是杨家牙行的牙会哄他们去金银两换的，自然要从杨家牙行入手。"素琴这才点点头："哦哦。"

市舶司的公吏们折腾了几日，对金银两换伪令之事终于看出点儿眉目来。那录问室里，两个文书铺开笔墨。沙弗莱、安奇、苏合坐在他们对面。

老文书用细兰语问沙弗莱："你是什么时候被骗去两换金银的？在哪家牙行？两换了多少？差价是多少？是跟什么人交

接的？"

沙弗莱想了想，从身上掏出一张字契："这张字契上都有。"老文书接过字契，与小文书同看，上面签的是邱启风的名字。老文书又问安奇："你有没有这样的字契？"安奇说："有。"也掏出一张字契，递给老文书。

"我也有。"苏合说着，取出袖中字契。老文书将三张字契铺在案上。小文书道："这三张字契出自三家不同的牙行，都有邱启风的手签名字，用的也是同一种笔迹，但是……"老文书说："但是这同一种笔迹，却出自不同人之手。"小文书点了点头。老文书道："看来有问题了。"小文书道："正是。"

再说大水镇农舍里，素琴一边打扫房间一边嘟囔着："姐姐，咱们可算回来了。卢大人真是奇怪，市舶司的人老是无缘无故跑来抓您，他倒好，那天反而把我喊过去臭骂了一顿。"

素琴一脸委屈。沈阿契望着窗外："咱们给他添乱了。"素琴道："分明是他们给咱们添乱。"卢彦悄无声息走到他身后："谁给你们添乱了？"素琴转过身来："没，没有谁。"说罢出了房间去。

阿契叫："卢大哥。"卢彦问："你脖子上的伤好了没有？"阿契捂住脖子："好了。"卢彦坐到椅子上，神色有些疲惫："刀都架到脖子上了，你仍是要去做牙婆？"阿契低下头。卢彦恼了起来："你看看你，每天都跟一些什么人在一起？"说着咳嗽起来。阿契忙帮他捶了捶背。卢彦握着胸口，咳了几声又抬起头来。他看到阿契床头放着一枝簪花。他记起来，他曾见陈云峰戴过这支簪花。

他怔住了，突然又咳起来。

第十九章

四方辐辏，八方来仪

·607·

小院外头，陈云峰来了。素琴起身行礼："陈副使。"陈云峰向他点了点头，放轻脚步走进屋里。卢彦忙站起身来："陈副使。"

　　陈云峰手上托着两件折叠整齐的衣服，原是笑着掀开珠帘的，见到卢彦，又敛起笑："卢大人，原来您在。"素琴凑上前来："陈副使，您有所不知，卢大人每次来都没有好事。上次是因为姐姐被当成骗子抓走，这次又是刀子架到脖子上了。"说着，把阿契颈上的纱布扯了下来，露出一道刀疤。

　　陈云峰一惊："当真？"素琴道："那还有假？要不是这样，卢大人哪里管我们？还不是由着我们被人欺负。"阿契道："素琴闭嘴。"陈云峰把手伸向她的脖子，又不自觉缩回。

　　卢彦忙转头看向别处。

打春（完整版）·下册

大水镇的田间小路上，卢彦和陈云峰牵马漫步。卢彦咳嗽连连。陈云峰道："卢大人太过劳累，要多注意身体。"卢彦道："多谢陈副使。"

他看着田野青青，忽转头道："陈副使，有件事，不知当讲不当讲。"陈云峰问："怎么了？"卢彦道："阿契现在这样不是个事儿。一个妇道人家流落市井之间，每天三教九流的，何况她就不是那种能混迹江湖的人。"

陈云峰叹了口气："是啊。你夺了她牙牌吧，让她别做牙婆了。"卢彦道："夺了她牙牌，她没有依傍，仍是要找另一行去谋生。新入一行，再脱三层皮是必然的。"陈云峰道："置一处田地、一处院子，让她老老实实待着别跑出来。"

卢彦道："是什么样的院子能让她老老实实不跑出来啊？先时在东京，陈家那样的院子，她不也跑出来了吗？"陈云峰看着他，

一愣，想想又笑了。卢彦道："再说，这样给，她也不会要。"陈云峰道："就骗她说，是崇贤的。"卢彦道："陈副使啊，谁能骗得了她呀？除非她愿意让您骗。"

陈云峰又一愣，忍不住又笑了："她哪里愿意让我骗？"卢彦道："阿契的父亲是我的拜盟大哥，也曾有恩于我。他在世的时候曾把阿契托付给我，希望我帮她找一个好人家。如今看她这个样子，啥也不是，我……"陈云峰叹了口气："本来，十九是我们陈家云字辈最好的男儿。要是他在，陈家就没有云峰什么事了。"

卢彦道："陈副使，阿契的父亲一共两个女儿。阿契的姐姐是拿着我的佩刀自尽的，那是无力回天的事。现在只有阿契，我能坐视不管吗？"陈云峰一脸淡然："你想怎么管？你想怎么管我都支持你。我也希望她能过得好。"卢彦的声音变得又冷又硬："好，是您说的，我怎么管您都支持，那就请陈副使续弦吧！"

陈云峰脸色一变："啊？"

月光与灯光交错的夜晚，起风了。开得如火如荼的花丛将粉色花瓣铺了一地。枝头的团团簇簇却颜色不减，肥瘦无差。暗香流动，如同游丝，似已生，却无踪。两只蝴蝶在农舍竹篱前飞舞，一只飞走了，另一只停在了花心上。

天亮了，素琴奉沈阿契之命去请郎中。

他领着郎中进屋："先生请。"阿契也起身让座："先生请坐。"郎中坐下。阿契便向素琴道："素琴，你先出去。"素琴不解地看着她，"哦"了一声，便出去了。阿契这才向郎中道："先生，我已好久没有月事了，不知得的什么病？"郎中说："哦？夫人莫不是有喜？"阿契道："休要胡说，我夫君并不在身边。"

郎中道："我为夫人请脉吧。"阿契伸出手来，郎中把着脉：

打
春
（完整版）·下册

"确实不是喜脉。夫人今年贵庚？"阿契道："三十二。"郎中微微皱起眉头："这个年纪过早了些。"阿契问："什么事情过早了些？"郎中道："夫人不必太担心，先吃些药看看。"

阿契道："先生不妨直言，我心里好有个底。"郎中说："从脉象看，夫人似乎有绝经早衰之症。"阿契一惊："啊？"郎中道："不过，夫人年纪尚轻，理当不至于如此。我先开些药给您调理一段时间，看月事能否回春。夫人平日里不要过于操劳才好，还有，凡事要放宽心，不要郁郁寡欢、忧思郁结，这样才有希望回春。"阿契点着头："这，好，多谢先生教我。"

郎中开完方子便告辞了。

素琴进屋来，问道："姐姐，您脖子上的伤不是已经好了吗？为何还要请郎中？"阿契坐在椅子上端详着药方。素琴又问："姐姐，您看病，为何还要素琴出去？姐姐哪里不舒服？"阿契将药方递给他："少啰唆，拿去，帮我抓药去。"素琴接过药方看了看，挠挠头："哦。"

夜里，陈云峰独自在私宅庭院里踱步。庭院上空有一轮圆月，映照着院中的一片桂花树。地上月影与树影交错横斜。他的耳畔仿佛又响起卢彦的话："请陈副使续弦吧！我只希望她能有个安身之处，而其他人，万配不上她，也怕对她不好，委屈了她。"

陈云峰走进月影和树影中，整个人如同被网住。他伸出手来抓了抓，却发现并没有什么网。

夜里，素琴蹲在农舍院子里煲药，用扇子扇着炉火。

沈阿契站在房间窗前，手里握着陈云峰的簪花。她抬头望着窗外圆月，又低头看了看手里的簪花，流下泪来。泪珠滴到簪花的花心里。

"杏林春暖"四字牌匾高高地挂在街边药店门口。药童在柜台前忙碌着，接续喊出一个个名字。素琴百无聊赖地倚门等待，终于听到"沈阿契"三个字。这是他第三回来抓这张方子的药了。他忙近前："我的，我的。"便取过药童包好的药，出了药店。

店前忽走过一群公差，押着七八个牙会走过。素琴不得不停下脚步给他们让道。"抓人？这是怎么回事？"他犯着嘀咕，笑嘻嘻拉住一公差问："公差大哥，这些人犯了什么事儿啊？"公差道："这些人伪造行会签印，假传朝廷金银两换禁令，专门坑骗初来乍到的蕃商，全部都要问罪了。"

"啊？哦哦，好，谢谢公差大哥。"素琴说着，忙往牙行街走去，见那里也有一帮公差，不知走去哪里。

他拎着中药跟了过去，一跟却跟到洪家牙行来。只见众公差进了牙行便开始驱赶店内牙会，然后抬走两只箱子，又给铺门贴上封条。

素琴往前走，看到尤氏牙行也在抓人。被公差拉走的牙会有两个。人清走后，门就贴上封条了。素琴转身跑了，气喘吁吁地跑到杨家牙行。此时的杨家牙行已经贴上封条，整个牙行静悄悄的。

"啊？"素琴提着中药，转身又跑了。

回到农舍，他将街上所见所闻告诉了沈阿契。阿契大惊："什么？"素琴道："咱们杨家牙行也被封了。里面一个人也没有，可能都被抓了。"阿契道："怎么会这样？"素琴说："我看得真真的，还有洪家牙行、尤氏牙行，也是一样。"

阿契问："伪造行会签印，假传朝廷金银两换禁令？"素琴点着头。阿契重复着："伪造行会签印？"素琴很肯定："是！"阿契问："谁伪造？"素琴道："这……难道是，难道是咱们那家？

或者，另外那两家？或者都有份？"阿契颇为意外："伪造，那就不是邱启风自己所为了。没想到会是这样。"她摇了摇头，望着窗外喃喃自语："怎么会这样？"

很快，沈阿契也被市舶司公差传唤问话。录问室里，两个文书埋头疾书，阿契则坐在他们对面。

老文书抬头问："杨家牙行金银两换的事情你有没有参与？"阿契道："断然不会参与！民妇的夫君，抛妻弃子远涉重洋，至今生死未卜，就是为了宣讲大宋朝廷市舶之政，招徕蕃商，富国富民。可若蕃商上了岸还要被这种金银两换的伎俩坑骗，那无异于是在驱赶蕃商，最终只会导致市舶不振。民妇断然不会参与！"老文书还在埋头疾书，小文书用手肘推了推他，压低声音道："就是她带蕃商首告金银两换伪令的事情的。"

老文书道："哦哦，原来如此。"便问沈阿契："那你还有什么要说的吗？"她摇了摇头。

前堂里，两个差役搬着一大囊衣物，笨笨重重地往侧廊走去。执事问："这些是什么？"差役向执事展示出一件差服，和自己身上穿的一模一样："执事大人，您看，欺负到咱们市舶司头上来了。"

"哦？"执事伸手摸了摸差服。差役道："这些是在洪家牙行搜出来的仿制市舶司差服，裁缝的样式相同，就是布料差些。"执事道："好嘛，还真是欺负到咱们市舶司头上来了。封起来作为呈堂物证。"

后衙里，又有执事来报："告卢大人，杨家牙行已经招了，另外从洪家牙行和尤氏牙行也搜出了金银两换的账册。"卢彦道："今起张贴告示，许蕃商告，有被坑骗两换金银的，一律退回差

价。三个牙行涉事人等即刻起销了牙保籍。"执事领命，转身要走，卢彦又叫："慢着。"执事停住，转回身来："卢大人。"

卢彦脸上露出冷冷的笑意："杨家牙行有一个叫叶哥的，先时怕沈阿契出破两换金银的事，拿刀架在人脖子上要灭口的，那个人带去讯问室。"执事道："是！"

不多会儿，便有二公差将叶哥带至讯问室。卢彦早已在讯问室中等他。

叶哥伏在地上瑟瑟发抖："卢大人，饶了小的吧。杨员外是我店主，他让我干什么，我只好听。打份工，没办法呀。"卢彦笑了笑："叶哥，你知道的还没有全部说出来。"叶哥一脸汗："我想想还有什么没说。哦，杨员外说，在外面，明里暗里的，就说后面还有邱会长。杨员外说，先把邱会长搞臭，他自有道理。"

卢彦道："这些大家都知道，还有别的吗？"叶哥结结巴巴："还，还，没有了。"卢彦笑了笑："好，没有了，这可是你说的。"叶哥道："不，不，还有。"卢彦问："还有什么？"叶哥两眼瞪圆，有些发光："我们给邱启风送过毒酒！"卢彦的脸色瞬间敛住："哦？"

叶哥说出毒酒的事，是卢彦始料不及的，却也吹散了邱启风心里那团迷雾。

市舶司长廊里，邱启风脚步匆匆，就见杨员外扛枷带锁的，由两名公差押着，当头对面地走来。那杨员外满脸发黑，两眼无神，脚下一条大铁链叮叮当当地打着石板砖。他的脚踝与铁链互相磨蹭着，结了几层新旧不一的血痂。因为双足疼痛，他不得不以半马步的姿势行走着。

邱启风怒气冲冲，上前就是一脚："好啊你，给我送毒酒！还满城里栽赃陷害我。"二公差忙拦住他。

卢彦走来叫道："邱启风！这里是市舶司，不得动手。"邱启风转向卢彦行礼："卢大人，多谢卢大人明镜高悬，为邱某洗清冤屈。"卢彦向二公差努了努下巴："快带走。"二公差称"是"。

邱启风怒气又上来了，揪住杨员外衣领，一拳打过去。二公差忙挡住邱启风，一公差将他按住。邱启风仍怒不可遏："卢大人，这厮不服我，竟然三家连起来，伪造我的手迹做这些勾当。我今天不能放过他！"卢彦道："已经鉴定出来是伪造的，你就消停吧。"说着又向二公差努了努下巴，二公差终于将杨员外押走了。邱启风追赶几步，方停下："我今天定要揍他！"卢彦道："那也不用你自己揍。"

隔墙之处，传来杨员外挨板子的惨叫声。

农舍篱笆墙上，一整面花藤攀上墙头，垂向墙外。无论晴天、阴天还是雨天，花色总是明媚夺目，触人心弦。花儿朵大瓣粉，从开到败，没有瑕疵。健壮又水灵的花枝上带着刺，绿色的刺，褐色的刺，如同人颈上佩戴的璎珞。沈阿契手执剪子，裁着过密的花墙，镂空处，腾出夏风的通道来。

素琴道："姐姐，杨家牙行被封了，咱们虽与官司无碍，却又无处谋生了。"阿契道："是啊，杨家牙行被封，我心里也很难过。当初最难、最难的时候，是杨家牙行收留了我。那时，杨员外见了我这个蓬头垢面的贫婆子，也是发善心关照的。哪怕叶哥是那个样子的，当初也是他领着我去见杨员外的。"素琴气呼呼地说："叶哥就算了。"

阿契停下手中的活儿，怅怅然："这些天，我心里一直不好受。我本愿世人皆结善缘，世事皆善始善终，但到底是不能

够的。"

　　这时，邱启风带着家仆走来。家仆手里大包小包的，满脸是汗。邱启风叫着："沈婆，沈婆！"阿契忙见礼："邱会长。"又迎至中厅坐下。

　　邱启风道："沈婆啊，我今天来，是专门来向你道谢的。说起来，你还是我的救命恩人哪！"素琴向邱启风奉茶："邱会长请用茶。"邱启风接着说："要不是你带了海象牙过来，我差点就被毒酒毒死了！这次，又多亏了你出破金银两换伪令的事情，不然，邱某人真是死都不知道怎么死的。"

　　阿契道："事情已经查明了就好。邱会长光明磊落，自然吉人天相的。"邱启风说："所以我今天是特地来谢你的。听说你因为金银两换的事情，还被叶哥那小子拿刀威胁过，现在伤势如何？真是委屈你了！"阿契道："伤已经好了，多谢邱会长记挂。我并没有做什么，怎敢劳您说这个'谢'字？"

　　邱启风道："沈婆你真是太谦虚了。"家仆将大包小包往桌子上一放，邱启风便说："这点薄礼，是邱某人的心意，请你收下。"阿契推辞："万万不可，沈阿契无功不受禄。"邱启风道："哎，不要推辞。沈婆是个有德之人，受之无愧。"阿契摇着头。

　　邱启风又道："哦，沈婆，先前你想开牙行，是邱某脑子顽固，给耽误了。现在我想明白了，我支持你！"阿契抬起头来，脸上终于见了笑："啊？您支持我开牙行？"邱启风拍着胸脯："必须得支持！不过，开牙行打交道的人很复杂，先前也是怕你一个妇道人家要吃苦头，但是现在你别怕，不管对方是谁，你提我！"

　　阿契有些意外，笑道："这，那，当然很好！这确实是我的一个想法，或者说，一个心愿。"她说着，起身向邱启风行礼："多

打春（完整版）·下册

谢邱会长提携关照。"邱启风哈哈大笑:"开,必须得开,不要怕!再说,杨家牙行都关门了,你不开牙行,做什么营生?"阿契看了站立在旁的素琴一眼,她心中又有了新的筹划。

夜里,农舍外的田塍边升起一堆篝火。沈阿契与众蕃商又重新举杯。

安奇道:"上次吃到一半,被人破坏了,现在要开开心心吃回来。"众人笑了起来。沙弗莱说:"陈夫人,我们的钱要回来了,感谢您帮了我们。"阿契道:"我并没有做什么,您要感谢的是市舶司。大宋一直都欢迎你们,希望你们能来。"

苏合从怀里掏出一只精致的小瓷杯递给她:"夫人,这就是我那天说的仿宋瓷。这是勿斯里造的,您看看仿得像不像?"①阿契拈过小瓷杯细看:"蛮像。"苏合道:"我们信任你们,你们可以给我们介绍供货方吗?"

素琴一拍手:"哈哈,那你问对人了。告诉你们一件喜事,陈夫人自己开的沈家牙行很快就会出现在牙行街了。到时候只管来找我们。"苏合道:"太好了,那太好了。"沙弗莱也说:"令人高兴!我们要去看看。"安奇更向阿契道:"恭喜您!我的老师。"

东京王宅后花园,王建成弯腰打理着菜地。这个"花园"并不见什么花开,只有一畦畦的叶菜瓜棚。邢风来了。王建成望着被雨打趴在泥里的青菜,说道:"御史台又参陈云峰了。你给他提个醒吧,不用明说。陈弘祚走后,没人管着他,他要自己管着自己。"

邢风问:"怎么了老师?"王建成道:"是阿契的事情。"邢

---

① 据黄纯艳《宋代海外贸易》,第40页,福斯塔特出土六七十万片埃及陶片,其中百分之七八十是中国陶瓷的仿制品。

风眼皮子一抬："哦？"王建成道："听闻，当年在云卿之前，陈云峰是到卢家要过人，也到沈家求过亲的。他想要沈阿契做续弦，但是没成。谁知后来阿契还是进了他家的门呢？你劝劝他，该续弦就续弦，想纳妾就纳妾，但是不要打阿契的主意。"

邢风心下怪道："还有这等事！在云卿之前？"王建成见邢风没有答话，又叫："邢风，你听见没有？"邢风方回过神来，点头道："嗯嗯，陈云峰和沈阿契之间，是缌麻之亲，五服之孝。他们俩要是在一起，两个人都是可以打死的。"[①]

王建成又道："就算他不想当这个官了，让他不要毁了崇贤。你要让他知道，他虽然远在岭南，但一举一动都瞒不过朝廷的。"邢风道："老师，这些他都知道的。"

这些他都知道，正如天上的月，不管在东京还是在岭南，无非左手一指，万水千山。这些他都知道，就像笔下的文章，明明洋洋洒洒，却道不着一字，尽得风流。

晚饭后，素琴蹲在大水镇农舍的院子里打着扇子煲中药。陈云峰踏着月色来了，一进篱笆门便闻见药香，不禁问："素琴，这是谁的药啊？"素琴道："是姐姐的。"陈云峰问："阿契怎么了？这是治什么的药？"素琴道："治，治，我也不知道。郎中来的时候，姐姐还不让我在旁的。"

陈云峰一脸疑惑："哦？为什么？"素琴摇头。陈云峰问："有药方吗？"素琴起身："有，我去拿。"说罢进屋拿出药方来，递给陈云峰。陈云峰看着药方，素琴便问："陈副使，您能看

---

① 据戴建国《宋代法制研究丛稿》，第34页，《杂律》："诸奸缌麻已上亲之妻者，徒三年。"

得懂这药方是治什么病的吗？"

阿契突然站在屋门口看着他们。陈云峰向素琴道："这方子看起来倒也没什么呢，就是一些调理身体的补药。"素琴点点头，又蹲下去给药炉扇火。

进了房里，陈云峰问阿契："你在吃的是什么药啊？"阿契道："你自己不也说了是补药吗？"陈云峰笑了笑："那也很奇怪。你不是个喜欢吃补药的人。"阿契道："跟陈副使说话真累，总是洞悉一切，想要简单做个粗粗笨笨的人都不行。"陈云峰道："还洞悉一切？我都洞悉不了你。"

阿契没有接话，转身从床头拿出一件折叠好的男装，放在自己胸前，往下一展，衣服的下摆垂到地下。阿契嗔道："你看你送来的衣服，还说什么我穿刚好，长了这么多呢。"

陈云峰笑了笑："你不会把下摆改短？"阿契道："我不会你会？"陈云峰说："我要是真会呢？"阿契笑而不答。陈云峰又道："我要是会，你回答我一个问题好不好？"

阿契把衣服折起来："什么问题？"陈云峰问："你还念着十九吗？"阿契听了，脸上也看不出什么悲喜，半晌只问："峰哥，我记得你是能画人的，等什么时候，你把他画出来给我看看好吗？"陈云峰不知怎么答她。阿契又说："你们家家规严，从定了亲就不得见面，我实在想不起来他长什么样子了。有一回，崇贤让我画他大，我画不出来，崇贤还以为我不愿意给他画呢。"

陈云峰听了，一把搂住她："不好，我不画！想不起来就不要想了，好不好？"阿契浑身僵硬，像一把不合时宜的老骨头，卡在他怀里。他忙放开手，阿契松了一口气，那个柔软的人身形态终于恢复了。陈云峰心中不甘，伸手把她一拖，又卷入臂弯中来。她

浑身冰冰凉凉，沉沉地往下坠着。衣带很滑，一瞬间，沈阿契的身子就要从陈云峰的臂弯里滑走了。陈云峰望着她的双眼："你是不是怕？"阿契语不成声，半咽着话："怕害了你，我不能害了你啊。"

篱笆院中，素琴将药煲里的药倒进碗里，端进屋，走到房门口就站住了："姐姐，该喝药了。"阿契忙推开陈云峰。素琴把药放在桌子上便走了。

陈云峰看了看阿契："你先喝药吧。"阿契坐到桌子前，陈云峰又弯腰整理她微乱的长发。那青丝明明是温软的，盖住了她色如傅粉、低回婉转的后颈。陈云峰道："当年因为贞节牌坊的事，五爹执意要你离开陈家，我以为再也见不到你了。谁知那么些年过去，你我来回辗转，又在岭南相见？阿契，如果这就是天意呢？"

阿契瞅着桌子上冒着热气的那碗药汤子，泪水溢了出来，兜不住往下掉："这确实是天意。"陈云峰一脸欣喜，扶着她低垂的双肩："你愿意？"阿契推开他："可是老天不愿意。万般皆由命，半点不由人。"陈云峰敛住笑："为什么？是不是有什么为难？"阿契扭过头去掉眼泪。

院子里，素琴踢着地上的沙土，沙土扬到篱笆边的花丛里。花开着，对叶却合了起来。素琴抬头看天，又转头看了看身后的屋子。窗户的灯是亮着的。

卧房里，陈云峰一脸着急地问："你要跟我说呀，是不是有什么为难？"阿契道："我身体不好。"陈云峰抱住她："我不介意！不管你身体有什么状况，都一定会把你治好。我只要能看到你就好。"

阿契左右躲着，语气冷冷的，带着刻薄："看到我你便只管看，你可以画起来天天看！"陈云峰脸色一变，将她放开：
"你！"阿契道："天色已晚，你请回吧。"陈云峰脸上微愠，一
甩袖子转身出了房门。

素琴坐在院子里的台阶上，双手托着两腮发呆。陈云峰忽从他
身后走出，不声不响上马离去。

早晨，一轮红日从田野上升起。素琴坐在院子里的台阶上，手
拿着小竹枝在地上划沙子。阿契站到屋门前："素琴，你怎么一个
晚上坐在这儿？"

素琴道："我难过，姐姐是不是要嫁人了？"阿契道："啊？
没有，不会的。你不要胡思乱想了。"素琴站起身来："姐姐的药
又吃完了，我再去给姐姐抓药去。"阿契道："你不用再帮姐姐抓
药了。"素琴脸上一笑："姐姐好了？"

阿契脸上流露出伤感，默然不语，走进屋去。

大水镇牙行街，沈家牙行犹抱琵琶半遮面。

沈阿契在店内收拾着，素琴站在桌子上，给店门口挂彩花。
阿契过来扶着桌子："素琴，小心一点儿。"素琴挂好彩花下了地
来："姐姐，您把办宋文学堂和先时做牙会挣的钱都花到这沈家牙
行里去了，素琴一定好好干。沈家牙行一定一本万利！"阿契道：
"借素琴的吉言，姐姐也会好好干的。趁着宋文学堂的名声还在，
让更多的蕃商知道咱们沈家牙行才好。"

素琴道："如今还有邱会长扶持您，可谓天时地利人和。"
阿契微微一笑："你也累了一天了，把这桌子收一收，咱们就回
去吧。"

二人旋将店门一锁，回去了。

然而，古人常说事缓则圆，又道好事多磨。事缓了，能不能圆

且不得而知，但那好事总是多磨的。沈家牙行的开张也是如此。

转运司行署内，陈云峰递了一份供词给卢彦："有人誊抄了这份供词告到我这里。"卢彦接过看了看："这是金银两换伪令案里的供词，是阿契的。这没问题啊，她没参与啊。"陈云峰道："这个案子她是没问题，但现在人家揪着另一个问题。"卢彦问："怎么了？"

陈云峰道："她在供词里自己说了，她是有夫主的，夫主是在世的。有人告她申领牙牌的籍账里写的是寡妇，籍账造假。"

卢彦恍然大悟："'民妇夫主远涉重洋，至今生死未卜'。哎呀，先前没留意这个，就递了上去，是下官的疏忽。"陈云峰道："近来因她要开牙行，行会文书的理由又是她寡妇失业、生存无凭，两者互相矛盾。"卢彦说："确实是疏忽了。陈副使请放心，我来解决。"陈云峰问："你想怎么解决？"卢彦笑了笑："这不是什么大事。"陈云峰一脸无奈："销掉她的牙牌吧，叫她不要开什么牙行了。"卢彦不解地笑了笑："为什么啊？"

他又恍然大悟，笑了起来："哦，明白，明白，陈夫人确实不便再抛头露脸了。"陈云峰脸一沉："她在供词里自己说了，她是有夫主的，夫主是在世的。"卢彦忙敛住笑："她不愿意？"

陈云峰的嘴角勾出一道微弧，似还沉醉着："倒未见得。"

卢彦微恼："既如此，呵，这次又是谁那么多事？"陈云峰沉默半晌，苦笑了一下。卢彦道："我是没读过书，我不懂。凭什么？图什么？"陈云峰背过身去："不要说了，照法执行吧。"卢彦抬起头来，看着陈云峰离去的背影。

好日子到了，沈家牙行门前结彩舞狮，敲锣打鼓。众蕃商围在门前，笑容满面，又多有路人驻足看热闹。

邱启风与沈阿契站在门口互相谦让。邱启风道："沈婆，你先请！"沈阿契说："不，邱会长，您先请。"邱启风道："哎，你是主人。"沈阿契说："阿契岂能没大没小？"邱启风将她肩膀一拍："嗨，那就一起请吧。"说罢，拉着她一同迈出店门，向众人打拱鞠躬。

邱启风高声道："沈家牙行，今日开张啦！从此生意兴隆！财源广进！"

喧闹的锣鼓再次响起。

市舶司衙署内，卢彦坐在堂上，手里摩挲着一支令筹，一言不发。执事站在一旁，盯着他看。卢彦忽然把令筹一丢："封吧！"执事将令筹捡起来："是！"

锣鼓喧天，熙熙攘攘的沈家牙行门前，沈阿契忙着左打拱，右道谢。

人群里，忽挤出来几个公差。为首的一个向锣鼓队喊着："别敲了，别敲了，别打了。"锣鼓队停了下来。

邱启风挤出人群，向公差道："这位差爷，这是怎么了？我们沈家牙行今天刚刚开张。"公差问："这里可是沈阿契沈婆的牙行？"阿契忙向前："正是，民妇就是沈阿契。"公差道："沈阿契，我现在正告你，你的牙牌被市舶司销掉了。"阿契问："销掉？为什么？"

众蕃商喊了起来："假公差！假公差！"为首的公差看了众蕃商一眼，冷笑起来，又向阿契递出一纸文书："是不是假公差，你自己看吧。至于为什么，上面也写得很清楚。"阿契双手捧着文书，颤抖着。

邱启风忙凑过来，眯着眼睛看文书。

阿契有些站立不稳，邱启风忙将她扶住。

那公差又道："封条我们就先不贴了，你这大张旗鼓的，要收拾的东西也多。就这样吧，自己收拾收拾把门关了就是。"邱启风拉住那公差："站住！这叫什么事儿？你们这叫什么事儿？"那公差道："别凶啊，我们也是奉命行事，你还想怎么的？"

邱启风咬着牙，一拳捶到锣鼓队的鼓皮上，发出一声闷响。

他一口气顺不下去，就追问到市舶司后衙来："卢大人，您这是干什么？这不是什么大事儿呀，这也不是沈婆的错。再说，她丈夫出海多年未归，跟真的不在世了，也没什么区别呀。她一样是要谋生的呀。"

卢彦一边躲着他，一边点着头："行了，我知道了。"

邱启风紧追不舍："再说，沈婆有功啊，对牙行有功，对市舶司也有功呀。上次要不是她，金银两换伪令的事，大家都还蒙在鼓里呢。要不是她，我们牙行街的名声都要被那些败类给拖累了。一条牙行街，几百个商号，端的就是与蕃商交易这个饭碗。最应该有牙牌的，就是沈婆！"

卢彦不耐烦地点着头："你不要说了。"

邱启风拉着他的衣袖："您就不能通融一下吗？"卢彦向门外叫："来人，送客。"说着便快步往里走。两名差役拦住了想要跟上前的邱启风。邱启风朝卢彦的背影叫着："卢大人，卢大人！"然而无济于事。

不久之后，沈家牙行内就搬得空荡荡的了。

邱启风和沈阿契背靠着一堵空荡荡的墙，看着素琴爬上桌子摘牌匾。邱启风道："沈婆，你不用担心。回头我再向卢大人求求情。我认你是我行会的人。"阿契道："邱会长，您的好意我心领了。不必再去找卢大人了。"邱启风道："你以后有什么难处，只管和我说。"

阿契看着对面另一堵空荡荡的墙，笑了笑："一切都会好起来的，不会有什么难处的。"她转头向邱启风："谢谢你，邱会长。"邱启风见她这个样子，反而不好受，话也不想多说，只懊恼地走出店门去。

大水镇农舍内，沈阿契将房间里的窗叶子支开，一股清风吹了进来。

素琴道："姐姐，咱们攒的钱都投到牙行铺子里去了。现在不让做牙会，这么久都白干了。"阿契转头，强笑着安慰他："天无绝人之路。"素琴问："姐姐，接下来咱们怎么办？"阿契道："等把铺子盘出去，拿到本钱再想想办法，做点别的营生吧。"素琴道："姐姐，卢大人为什么要这么做啊？他明明对你很好的。他为什么要这样啊？对，一间牙行对他们而言可能是小事，但对我们来说却是努力了好久的结果！"他眼圈红了。

阿契听了更加难过，说话变得有气无力："素琴，今天想吃点什么？我做给你吃。"素琴抹着眼泪："我啥也不想吃。"阿契道："素琴，你跟着我没过上几天好日子。要不你回漳州去吧，不用跟着我。"

素琴道："姐姐你说什么呢？本来就这样了，素琴要是丢下姐姐一个人，姐姐怎么办呀？"阿契苦笑了一下："那就好好吃饭。"素琴抹着眼泪："姐姐今天想吃什么？我做给您吃。"阿契说："我什么都想吃。"

素琴一脸闷闷的，走到院子里烧火做饭。

卢彦牵着马走到篱笆外，朝素琴学了两声鸟叫。素琴转过头来

一看，忙向他跑了过去。

阿契在中厅窗前望着篱笆外，见卢彦和素琴站在一处。卢彦递给素琴一张便换券，素琴收了，揣在怀里。阿契脸色一变。

素琴笑着走进中厅："姐姐，咱们有办法了。"阿契若无其事："什么事情这么高兴？"素琴掏出便换券："五叔知道了牙行的事情，从便钱务给咱们送了这个来。"阿契冷笑道："五叔这么快就知道啊？"素琴道："我早就告诉他了，四爷吩咐过他要照顾好姐姐。"

阿契问："你家五叔姓卢吗？"素琴怔住了："姐姐，我……"阿契呵斥："我跟你说过，不要拿卢彦的钱，不要拿！"素琴道："姐姐我错了。"阿契说："你走吧，我不会再把你留在身边的。"素琴道："姐姐，我再也不敢了！不要赶我走。"阿契问："你还有多少事情瞒着我？五叔？上次买这宅子的钱，你也说是五叔拿来的，是不是也是骗我的？"

素琴低下头，又微微点了点头。阿契大怒："你！这样的事情你也擅作主张！"

卢彦突然站在门口，向阿契道："你不要怪他了，都是我让他这么做的。"阿契拿起便换券，朝卢彦丢过去："你不要管我。"卢彦从地上捡起便换券："陈家要是有人管你，我也不想管。"

阿契眼泪滚了下来："你，明明是你销了我的牙牌，让我没有生计，然后又送什么钱？你就是为了跑来刺我的心！是，陈家是没人管我了。"卢彦听了，哪里敢说销掉牙牌是陈云峰的主意？即便不慑于云峰之威，也恐阿契伤心，只好说道："能不销你的牙牌，我也不想销啊。"素琴说："姐姐快别哭了，卢大人一直都是为姐姐好。素琴都看在眼里。"

卢彦抓开阿契捂着脸的双手："你也不用总想着要跟我分得那么清，我也没图你啥。从那么小的时候，就整天想着要挣钱还我，要跟我两清。我告诉你，你能让我少操点心，就是最好的。"他放开阿契双手，看了素琴一眼："好好照顾姐姐，有什么事情要告诉我。"说罢转身离去。沈阿契泪流满面。

随着一声鸡啼，红日从田野间升了起来。

阿契从床上起来，坐到梳妆台前。铜镜里映照着她的脸，那皮肤上出现了鱼鳞状的皮屑。阿契吓了一跳："啊！怎么会这样？"

素琴进来问："怎么了姐姐？"阿契道："素琴，你看，我的脸怎么了？"素琴凑近瞧了瞧："不要紧的姐姐，从前我姥姥的脸也是这样的。"阿契皱起眉头："姥姥？你姥姥那时候什么年纪？"素琴说："七十不到。"

阿契捂住脸："啊！"素琴道："姐姐不用担心，这不是什么病，不会有什么事的。姐姐要是嫌不好看，抹些水粉香脂就好啦。"阿契摇着头："可是，我的脸皮现在好像鱼鳞一样。"素琴道："姐姐不要烦恼了。就算脸皮变成鱼鳞，那姐姐也是条美人鱼。"

夜间，阿契在浴室里洗澡，脱下衣服一看，身上的皮肤也出现了鱼鳞状的纹理。她心里一惊，低头望了望，又转头看了看，身上皆是如此。她心想："怎么全部这样了？我的皮肤怎么皱成渔网纹了！我真的要老了吗？"

她浸泡在木桶里，想象自己会像一株失水半蔫的花儿那样，养养水，就好起来了。她用巾子使劲搓着自己的身体，想象这种拉伸可以将皮肤拉平。然而，那些鱼鳞皱纹并没有丝毫的改变。她懊恼地把巾子往水里一丢，仰躺在木桶沿上叹气。

在没有方向感的日子里，她的眼前只剩一片海。

她独坐在海边沙滩上，看潮起潮落，还有潮落之后落下的彩色贝壳。

陈云峰来大水镇农舍找她，手里托着一只包裹。房里没人，他便把包裹放在床头的梳妆台上。陈云峰走出中厅问素琴："她不在？"素琴点点头。陈云峰又问："她去哪儿了？"素琴道："她在海边。"陈云峰出了院子："在海边？你怎么不跟着？"素琴跟出院子："她不让我跟。大约是最近心情不好，总去海边。就像上次，本来打算要做历书的，结果朝廷不让做。她也是心情不好，然后出去云游，回来就好了。"

陈云峰想了想："嗯，你告诉她，沈志文来信了，就快回来了。"素琴瞪大了眼睛，一脸惊喜："真的？"陈云峰微笑点头："真的，占城稻回来了！"素琴拍着手："太好了！"

陈云峰翻身上马："告诉你姐姐，衣服我改短了，放在她房里。"素琴不明就里："衣服？"陈云峰道："你照说就是了。"说着，回了回马头，策马离去。

在一半是海一半是岸的浮沫水上，沈阿契划着一条小船，靠近一座小岛。她将船系于岛礁枯木，又爬上礁石。那礁石如同小山。在阿契艰难攀爬着的地方，既无人走过，也没有路。她爬上岛礁顶部，眼前的海面辽阔起来，令人心旷神怡。

长天之外，重云之上，似乎另有沧溟。一声龙吟隐隐传来，幽微绕耳。阿契屏住呼吸，想听清它，那声音却突然宏大起来，变得震天动地。只见海面上跃起一头鲸，飞上天空，长鸣随至。阿契方震惊不已，就有一卷海水从天而降，向自己打来。她从礁石上摔了下去，滚了几滚，忙伸手抓住一根藤。她咳了几声，吐出两口海水来，又腾出一只手，抹了抹脸上的海水。

阿契的头发、衣服都湿透了，只好划着小船回到岸边来。

她从小船中跨出脚来，踩在沙滩上。海风吹来，她打了个冷战，却依然随性地敞着双臂。

海滩上有一头鲸，如同小山一样，被众海民团团围住。沈阿契走进人群，就听一个老海民说："刚才大家都听到了吧？那么大声的长鸣啊，跟龙吟一样，原来是它啊！"一个年轻海民道："是啊，是啊，真的跟龙吟一样，是从天上发出来的，原来是它啊！唉，可惜它死了。"老海民道："嗨呀，生死是自然之理。但凡众生，谁能逃得过生死呢？有道是'一鲸落，万物生'啊。"年轻海民点了点头。

众人还在啧啧称叹，沈阿契却走出围观人群，向广阔处走去。广阔的大海依旧潮起潮落。她喃喃自语："一鲸落，万物生。"①

天色已经昏暗，沈阿契湿漉漉地回到农舍。素琴道："姐姐，您怎么浑身都是水？"阿契说："是浑身都是盐，给我烧水吧。"素琴道："好嘞！"

浴室里，阿契又把自己泡在木桶中。水雾迷蒙间，身上鱼鳞状的皱纹竟然不见了。她眨了眨眼睛，又揉了揉眼睛，不可置信地摸了一下自己的皮肤，确定是平滑的。

她回到房间，就听素琴在外头道："姐姐，您不在的时候陈副使来过。他说，衣服他改短了，放在您房里。"阿契答应着："哦。"就见镜台前果有一只包裹。

---

① 据阮元《广东通志·前事略》，至道元年，广州大鱼击海水而出，鱼死，长六丈三尺，高丈余。

她解开包裹，里头露出一抹正红色，掏出来一看，是条裙子。她把衣裙往下一展，铜镜里映出一道红光，晃得她睁不开眼。原来，那铜镜里正是一袭嫁衣。沈阿契怔了一怔，慌忙把手上的衣裙揉成一团，藏在怀里，紧张地笑了笑。

天亮了，沈阿契拿着药方对素琴说："素琴，再帮我抓几剂药回来。"素琴一笑："这就对了姐姐。素琴虽然不是郎中，也知道药这东西，不是心情好就吃，心情不好就不吃的。"说着接过药方："要遵医嘱。"

阿契道："贫嘴，你以为药好喝？"

珠江口岸上人头涌涌，百舸归航。众官民簇拥着陈云峰站在高堤上，向入海口张望着。沈阿契和素琴出现在拥挤的人群中。水上的大船渐渐向两岸靠拢，中流的船只越来越少，乃至中流处一时无船，似乎是在为谁让出一条航道。

陈云峰神色凝静，喧闹的人声也逐渐安静，众人都望着江面。珠江入海口突然驶进来一艘不大不小的龙头船。一个大汉站在龙头后面擂起大鼓，声音如雷。岸上的人沸腾欢呼起来。

龙头船后面跟着十八片高舷竹排，顺流而下。大竹排上青苗成片，如同一畦畦漂流的农田。田畦之间，站着归航的宋蕃农商一干人等。他们踩着龙头船的鼓点，向岸上人群呼喊着，兴致高昂。素琴问："大船呢？"阿契说："没有大船了。你看，只有大竹排。"素琴又问："四爷呢？"阿契手一指："看，四哥在那儿。"只见沈志文站在龙头船上，举起一支槌子，将悬挂在高处的铜锣敲了一下。

陈云峰循声望去，喜道："志文兄，你终于回来了！"

及至登岸，沈志文领着归人们来到转运司行署。陈云峰坐在堂上，众疍民站在堂下。

沈志文道："陈副使，这几位兄弟，是同在下一起到占城引稻的漳州疍民。正是他们提出造大竹排，在竹排上立田畦，好让占城稻在途中仍如在田间，顺利成活。"众疍民向前行礼："草民参见陈副使。"陈云峰欣喜道："快快请起，快快请起！"众疍民起身退到一旁。

此时，众农夫走到堂下。沈志文道："陈副使，这几位兄弟来自广南东路各州，皆是田间农夫。在占城，择禾、移苗，都是他们做的。原本，志文急功近利，把禾苗移上竹排就想即刻返程，是他们拦住了我，坚持要待禾苗在竹排上完全适应了，成活了才能回来。这才稳妥了。"农夫们向前行礼："草民参见陈副使。"陈云峰忙道："不必多礼，不必多礼，快请起！"众农夫起身退到一旁。

又有一干占城蕃商走到堂下。沈志文向陈云峰道："这几位兄弟都是占城人，多次来广州做买卖。这次我们一起去占城，人生地不熟，多亏他们帮忙找稻种，又找当地的地主交涉此事，才顺利购得良种。"陈云峰连连点头。

沈志文又道："还有，最初我们造的大竹排，是疍民依照漳州九龙江的世居竹排建造的，一下海，海浪大时，咸海水就汪上来，把占城稻焗死了。后来，多得这几位占城蕃商想出办法，在竹排上加造高舷，这才顺利漂了回来。"陈云峰道："辛苦，辛苦了！"

众蕃商向前行礼："我等蕃民，参见陈副使！"陈云峰忙道："免礼免礼！感谢你们！"众蕃商退到一旁。

陈云峰走下堂来，到众疍民、蕃民、农夫跟前，深深一鞠躬："风里浪里，你们受累了！我替老百姓感谢你们！"

礼毕，陈云峰就急不可耐地上了大竹排来细看禾苗。沈志文陪着他在青苗间一畦畦走过。那大竹排进了内水，稳如平地。陈云峰特地顿了顿脚，心中也颇叹服。

他回到官船上，看着农夫们撑摆着大竹排。那大竹排一片一片又一片，在不久之后将会漂进西江口、东江口还有北江口。

沈志文站在一旁，说道："陈副使有所不知，这次跟我们去占城的农夫里头，有两个就是当初运送九穗稻的役夫。"陈云峰问："哦？哪两个？"沈志文说："是南雄州的，方才也拜见过您了。"陈云峰问："这两个如何？"

沈志文道："这两个原先不吭声的，后来运禾苗的时候，站出来说了很多主张，才说起九穗稻的前车之鉴，还急得跟我吵了起来，说先前运送九穗稻的时候，就是因为押官不听他们的话，才把九穗稻折腾坏了。"

陈云峰叹道："唉，志文兄，所以说以民为师并不是一句空话。押纲的人哪里能什么都懂？"沈志文道："正是。"陈云峰说："这两个人先时受委屈了，这次又立了功，要加赏！加赏！"

回到转运司议事厅，一公人满脸堆笑向陈云峰道："陈副使，占城稻已经回来了。咱们可以上表朝廷了，好让朝廷知道咱们转运司……"

陈云峰止住他："等占城稻真的能在珠江边活下来，真的能在广南东有大收成，真的能在宋土有下一代，下下一代，再表不迟。急什么？早晚的事。这才刚刚开始呢。"公人忙称是。陈云峰又说："如今要做的是让农夫们勤加培护。特别是提醒管事的人，不要不懂的指挥懂的，要多以民为师。"公人又称是。陈云峰又道："把懂农的占城蕃民留下来，和宋国的农夫一起培育占城稻。"公人又领命。

陈云峰道："转运司可以暂不对朝廷上表邀功，但是现在地里做事的人，咱们不能亏待人家。好好待他们，不分宋蕃。"

公人道："是！陈副使高风亮节，属下佩服。那，此事就不表了？"陈云峰点着头，公人便告辞要走。陈云峰忽想起什么，忙叫住他："哎，等等，你慢着。"公人又回来了："陈副使请吩咐。"陈云峰笑道："要表，要表！你瞧我，倒把沈志文忘了！"

一艘海船停在海边。船头上有龙头、大鼓和高悬的铜锣。

沈阿契和沈志文在海边散步。阿契道："小蛮的《五羊仙舞》入选了宫廷乐舞，她也入宫去了。"志文只道："好事。"阿契问："四哥，你什么时候给家里添一位四嫂？"志文道："你可真操心。"

水手们在海船上打闹，又顺着舷梯跑下岸来，追逐嬉笑。他们停下追逐，又坐在沙滩上吃蜜望果。那是青青黄黄的小果子，水手们捧在手里，开心地吃着。沈家兄妹走来，就有一个水手向志文抛来几颗蜜望果。志文伸手从半空中接住。

阿契问："你们在吃什么？"水手道："蜜望果。"说着也向她抛去几颗。阿契没接住，蜜望果弹跳着落在沙滩上。志文递了一颗给她，自己吃了一颗。

水手对阿契说："跑海船的时候吃这个可以不晕船。"阿契端详着手中的蜜望果："哎？这个不是山上的野油子吗？咱们岭南常可见到的，长在刺堆堆里，也没人摘，也没人要啊。"水手道："是吗？我们琼州叫它蜜望果。出海晕船的人吃了就没事儿了。我们常带在船上的。"

阿契问："带在船上要用盐腌过吗？能放多久？"水手说：

"不用。这东西不容易坏，一直放着一直就是这个样子。"阿契又问："所有海船都带吗？"水手说："那我就不知道了。"

他望着天空想了想："应该不是。不同地方的海商和水手，他们在海上怎么防晕、治病，都有不同的法子。"

阿契颇感兴趣，将果子带回了大水镇农舍。

院子里，石桌子上散放着一堆蜜望果，她就坐在桌子旁吃，吃到满嘴发酸。素琴问："姐姐，你怎么在吃野油子？这东西能吃吗？"阿契两腮鼓鼓地嚼着，点了点头。

素琴也拿起一个来吃："又酸又甘又涩。不过，还挺好吃。"阿契将核吐了出来："沈家牙行的铺子也盘出去了，咱们可以找点儿别的事情干了。"素琴笑道："好，姐姐您说干什么？"

阿契道："卖蜜望果。"素琴问："什么是蜜望果？"阿契道："就是你吃的这个。"素琴问："野油子？"阿契道："对。"素琴说："卖野油子？野油子白给也没人要啊。"阿契抿嘴一笑，没有说话。

西村的梁家瓷窑，沈阿契是许久没来了。但她一来，梁窑主仍是十分热情："陈夫人，我就知道我们还会再见面的。"阿契笑道："梁员外好久不见！"梁窑主道："是啊，好久不见，甚是想念。怎么？您想好了要继续烧制瓷砚了吗？"阿契道："可是我喜新厌旧，现在又想烧制别的了。"梁窑主问："这回是什么呀？"

阿契道："只是平平常常的瓶瓶罐罐。"梁窑主哈哈一笑："陈夫人现在也开始保守了。可以啊，您要平平常常的，我们瓷窑就把平平常常当中最好的给到您！"

二人边走边说，进了窑场院子里。阿契掏出一张图，上面画着一只鱼型矮瓶子，递给梁窑主。梁窑主接过，看了看，沉吟半晌，点了点头："您总是能画出新鲜样式来，这对我们瓷窑的师傅也是个考验哪。"

阿契道："这瓶子是装野油子的。野油子要从鱼嘴里吐出来，每次出来一颗。鱼鳞要有几行镂空的气孔，防止果子闷住过快坏掉。"

梁窑主又笑起来："野油子？哈哈，我终于相信买椟还珠确有其事。也罢，陈夫人的想法总是独一家，梁某也愿意一试。试对了呢，梁某也觉得很有趣；试错了也没关系，几只瓶子而已嘛。"

天寒地暖，袖底风生，吹起一带江水。白练蜿蜒，顺风扬入崇岭茂林。风将息时，远江化作平野的水袖。平野没有尽头，但是有紫色的花、粉色的花和白色的花。

花儿们用虫鸣兽嘶的语言又唱又和，只有水田上长腿素翼的鸟儿听得懂，偶尔应答。在平野和崇岭十指相扣的地方，有尘烟袅袅的集市。想到那里去，必须走过起伏如波涛的路。据说，这些不平且平缓的路，是高山多年以来看惯了海浪，依样画葫芦生出来的。

集市上有什么呢？有海上颠簸来的薄壳泥藤，还有山里采摘到的罗勒香草。接踵摩肩的人们在寻找什么呢？他们在寻找某个人，然后跟他说一句话。因为这句话，是另一个来不了集市的人，托他捎来的，寄托着思念，或者喜悦。集市上，他们买回了数数念念好一阵子的物品，也带走了听到的意外消息。

人语喧嚣，散入每一个渡口，每一座山村。

彩翼飞入后山的灌木丛中，叽喳不休。几头上了年纪的大象在天色尚早时就走出森林。它们在江岸边停下脚步，翘首以待。果然，江面上流下来三片大竹排。沈志文站在竹排上，衣带迎风扬起。

疍民笑道："沈公子，潮州到了。"

这时，岸上大象扑闪着耳朵，缓缓沿着江岸，跟随竹排走了好一段路。沈志文向它们挥起手："象兄！象兄！别来无恙啊。"

流水不停，逝者如斯。志文看到，大象在后退，变小，然后镶嵌在它背后的绿色画布中。最后，大象和画布一起不见了。

已而江面宏阔，除了沈志文的大竹排，沿岸又出现了两三片小竹排。小竹排们依傍着水田，耕者与渔者相与往来。渔网一撒，如同海中水母瞬间旋转开来的圆裙。渔网一撒，每个网眼都化作一格青苗，网住了整个九龙江平原。

疍民道："沈公子，九龙江到了！"沈志文笑道："总算到了。"

只见岸上，众官民簇拥着前来相迎的徐进。

徐进挥着手："志文兄！"沈志文也呼喊着："徐进兄，志文回来啦！"徐进喊道："天天盼着你回来呢！"

沈志文到九龙江时，东京准下来的官告正好到了路转运司。

转运司行署里，公人报知陈云峰："陈副使，朝廷准了咱们转运司的奏请，沈公子的官告已经下来了。"陈云峰笑道："哦，那太好了。马上告诉他！此次他出海引稻有功，朝廷特赐出身。"公人道："他真是祖上功德，遇上大人您。这可不比进纳官强？真是羡煞其他海商了。"

陈云峰纠正道："这是朝廷成制，跟我没什么关系。海商出蕃立功，可论功赐给出身，乃是祖宗故事。"公人道："好！属下这就去找沈公子，把这官告亲交到他手上。"

公人来到大水镇农舍，却惊闻沈志文已经回去了。公人不太信，细问素琴。素琴道："四爷真回去了，跟着竹排和禾苗一起漂回去的。这会儿可能已经到福建了。"素琴做了个"漂"的手势。

公人摩挲了一下手里装着官告的锦盒："跟着竹排和禾苗漂回去了？这可是他的官告啊，他不亲自来接？"素琴有些无奈："刚好沈娘子也出去了，不然，她替四爷接一接。"公人笑了笑："也罢，这官告是你家的，且放你家。便是日后沈公子无意仕途，不愿出任，你们也慎重收好这官告啊。"说罢，将锦盒放到桌子上，再三道："慎重收好，这可是官告啊。"

素琴笑了笑："大人放心，我晓得了。我先好好收藏起来，等见到四爷，亲交给他。"

公人归来复命。陈云峰颇感惊讶："哦？沈志文竟回去了？"公人道："正是。"陈云峰不禁赞叹："看来，志文兄真是个淡泊之人。"

山间灌木丛生，刺堆堆里走出几个山农来。他们手上握着小砍刀，粗粗糙糙地砍出一条路。他们从山上下来，背着一篓篓的蜜望果。

沈阿契着一身农妇衣装，与几名山农蹲在地上挑选蜜望果，一颗颗捡出来放进另一只篮子里。

梁窑主领着众工匠，推着两辆手推车走来："陈夫人！"沈阿契起身走下山坡去："梁员外。"梁窑主道："陈夫人，肥鱼瓶来了。"他打开手推车上的箱子，取出一只瓶子递给阿契。阿契接过手中看了看："好，我们现在就装瓶。一箱箱用车推到山下北江渡口，就能装船了。"

傍晚时分，沈阿契终于送走两车蜜望果，回到大水镇农舍。她满头大汗走进中厅，一边用袖子擦汗，一边端起桌上的水杯喝水。

沈志文走进门来。阿契吃了一惊："四哥？你又回来了？"

志文道："是啊，我还要在增城守着那苗子成活呢。"阿契笑了起来，喝水岔了气："四哥，全广州城都在说，您淡泊名利，已经忘迹于江湖了，连官告都不要了。"志文一愣："官告？在哪里啊？为什么不要？"

阿契笑得伏下身子："大家都说你不要，已经还回去了。"志文道："喂喂，开什么玩笑？官告还回去？是出了大事才还回去的。"阿契道："别急别急，是开玩笑的。官告藏在柜子里，你自己去看。"志文走到柜子前。阿契朝他吐了个舌头，一脸娇嗔："瞧你那样子，呸。"

志文拿到官告，第二日便来转运司参谢。

陈云峰道："志文兄啊，你回来了就好！你怎么就那么着急回去了呢？"沈志文道："陈副使恕罪！因怕那苗子娇气，不敢逗留太久，得赶紧漂回去落地生根才安心。"陈云峰说："原来如此，志文兄一心都在苗子上了。"沈志文道："陈副使事务繁忙，也不敢动辄打扰您，所以临行没有专门相辞。"陈云峰笑道："嗨，咱们之间，不拘细谨就对了。"

沈志文道："志文考了小半辈子，也没考上个功名，不得出身。多得陈副使提携，这官告有如天降，特来道谢！"

陈云峰道："谢什么谢？我再说一次啊，你这官告跟我没什么关系，一则你自己出海立了功，二则朝廷恩典，祖宗成制。你可不许再说这个'谢'字。"说罢，在沈志文后背拍了几下。沈志文连声道："志文明白，志文明白！"

离了转运司，沈志文便到沈来弟墓前上香。

他独自走在空旷的花田间，到了墓碑前停下脚步，跪下点香。他从身上掏出官告，说道："老三，我有官告了。老五冲我吐了舌头，还'呸'了我。为了要这个东西，从前是我对不起你。我不该把两个孩子拒之门外。我对不起你老三，老三！"沈志文大喊着，滚下两行泪来。

他又说道："我那时太想考科举了。我那时觉得自己无路可走，只能考到考中为止。那些年的辛酸无人能懂，也没法跟谁说起。但是老三，是我错了，是我不对，你原谅我好吗？"

沈志文伸手摸了摸墓碑上"沈来弟"三个字，流着眼泪苦笑："老五不明白，如今的沈志文已非过去的沈志文，为何还要图这官告？老三，这官告我是给两个孩子挣的呀！官告、官告可以抵罪！我想用这官告换来他们的清白身世，让他们长大以后堂堂正正做人，不用躲躲藏藏，不必隐姓埋名！"

他颤抖着伏下地去："让他们，能光明正大地来这里给自己的父母上香。"沈志文起身，收起官告："三姐，你若泉下有知，就保佑我早日找到两个孩子。"

说罢，他转身走了。素馨花田中只有一个孤单的背影。

第二十一章

白蘋骋望，佳期夕张

漈州海港上，大小船只云集。众海贩人声嘈杂。那个曾在泉州港和沈阿契认错亲的陈云卿，随着众公吏在各船只之间进进出出。

洪执事向众公吏道："必要从严检查，凡是离岸超过五里，船上载钱超过五百文的，一律扣船。"众公吏称"是"。洪执事又道："不怕跟你们说，咱们的市舶使卢大人刚上任的时候，打的就是钱匣，抓的就是铜钱外流。卢大人是极看重这件事的。所以，这件事情不怕太严，就怕不严。"众公吏又高声答应着："是！"

陈云卿疑惑着："五百文？"洪执事望向陈云卿："哟，是陈执事啊。对，五百文，正是五百文。这五百文是船只路上花费，多了，恐怕就是携带出海的铜钱贩了。"陈云卿道："洪执事，五百文只有半缗，每条船上的人可多可少，五百文够吗？"

洪执事笑道："离岸五里之后，都是茫茫大海，哪有花钱的地方？一应供应，都在船上了。别说五百文，想花一文钱，上哪儿花去？"

陈云卿仍是疑虑："那倒不一定，要看船是去哪里了。"洪执事又笑道："嘿嘿，陈执事啊，你刚来不知道，我们也是照章行事。"洪执事说完，踩着搭桥的木板，往另一艘船的甲板上走去。

月黑人静，一盏孤灯在海岸边的一处小衙署里亮着。

这里是㴩州衙署。陈云卿与众公吏在衙署小门内摆着小方桌聚饮。公吏石斑向陈云卿道："陈执事，自从您来，还不曾给您接风。今日得了条大鱼，烩个全鱼席，权当给您补上接风宴。"陈云卿道："客气客气！多谢各位兄弟盛情，来，小弟敬各位一杯。"众人举杯饮尽。

石斑笑道："陈执事，这㴩州岛一片，是广州港最远端引水之处①，离城又远，最是寂寞了，您如何来我们这里从事？"公吏阿鲳问："陈执事可有家室？您在这里，嫂夫人可不想念？"

陈云卿也笑道："哈哈，不算什么。我原是在远海船上的，漂完一程又一程，前后十来年，那可不比这㴩州岛还寂寞？"众人大笑。

公吏绿鳍就问："海船上可有女人？"阿鲳向绿鳍道："你妄

① 引水：据中国海事局组织编撰的《中国海事史》，第76页，对外国船舶进入一国领海水域实行强制引水是国家主权的象征。宋代，外贸门户广州港已经开始对进出港口的境外船舶实行强制引水，由驻扎在㴩州的巡检司官兵承担此项工作。具体程序是：境外商船进广州港之前，由负责海上安全的㴩州巡检司官兵以饮食热情接待，然后派兵船护送入港，贸易结束后，由兵船护送商船至㴩州放洋。宋元丰三年制定的《广州市舶条例》，是中国第一个对外舶强制引水的规章。

想，海船上连只蚊子都是公的。"石斑又向阿鲳道："你也妄想，海船上怕是连蚊子都没有。"

陈云卿哈哈大笑："我原是个修船的，跟着朝廷的船漂了十来年。知州大人替我表了些苦劳，许我回宋国来，又赏赐了执事之职。我原想着仍去修船的，谁知朝廷又让我到这儿来。"

石斑道："诶，修船是不可能让您去修船的了。您是立了功之人，有品勋啦，正好来这里，带着弟兄们为朝廷效力。"陈云卿摆手道："嗨，一个执事，不是什么品勋。"石斑说："您谦虚。"

至深夜，小衙署里孤灯亮着，微微有人语。

天亮了，众海贩的大小船只在潯州海面上云集。公吏们从这边甲板走到那边甲板，例行检查。一个酒贩提着一坛酒向石斑走来："大人，这坛好酒是孝敬诸位的。"石斑呵呵笑："哎呀，客气了，别这样。你看我们这么多兄弟，我一个人拿着，他们看着多不好。"酒贩满脸堆笑："嗨，舱里有的是，都准备好了孝敬各位大人。我这就让小厮们搬上岸去。"

潯州衙署内，陈云卿正要出门，就见两个小厮搬着酒坛子进门来。

陈云卿问："哎，这是干什么？你们搬什么东西进来？"小厮道："是酒。是我家员外让我们搬进来的。"陈云卿黑着脸："搬回去！"两个小厮低着头不敢言语。陈云卿又变严厉："搬回去！"小厮道："小的不敢擅作主张，得去问过我家员外，不然，恐怕员外责打。"陈云卿撇下二小厮，径直往外走了。

潯州海上，众海贩一片喧杂。陈云卿走上官船甲板，见一酒贩与石斑在船甲板上相谈甚欢。他走了过去，问酒贩："是你让人搬酒进衙署的？"

石斑忙向酒贩介绍："哦，这位就是我们新来的陈执事。原来的洪执事啊，高升了，如今在市舶使卢大人跟前从事。"酒贩赔笑："哦哦，原来如此。陈执事履新，不曾道贺……"陈云卿黑着脸打断酒贩的话："你让那俩小子把酒搬回去吧。"

酒贩与石斑对视一眼，愣了一下。陈云卿道："这次我当没看见，下次再搬，按行贿受贿论处。"酒贩又愣了一下。石斑向酒贩道："搬回去，搬回去。"酒贩连连点头："哦哦，好好。"说着，忙上岸去。

海港岸上，阿鲲走向石斑，连连摇头，欲言又止："哎，瞧瞧这个陈执事，嘿！"石斑冷笑道："还是洪执事好吧？"阿鲲道："罢了，好不好的，毕竟他大。"石斑说："不打紧，陈执事大也大不过洪执事去。洪执事现在是卢大人身边的红人，说不定下一个市舶使就是他了。"阿鲲瞪大眼睛："真的呀？"石斑点点头，郑重其事地在阿鲲耳朵边私语。阿鲲道："真的呀？洪执事真有本事！连榷货务的主事都能说得上话了。"

这日，一艘小船漂到了滁州海上。

小船的船舱里码满了各种竹编制品。贩竹编的老公公和少年正在船舱中央清点铜板。老公公用长指甲排着铜板，一个个数。这时，石斑和阿鲲走上船来。

阿鲲道："此处已离岸五里有多，我们上来查看船上携带铜钱有无超过五百文。"[①]老竹编贩说："告大人，我们正在数。"阿

---

① 据黄纯艳《宋代海外贸易》，第40-42页，宋太祖时就禁止海外贸易经营铜钱，后太宗、仁宗、神宗、哲宗等时期均禁令不断。至淳熙年间又重申"蕃商海舶等舶往来兴贩，夹带铜钱五百文随行，离岸五里，便依出界条法"。

鲳道："我们帮你数。"

一数时，果然超了，老竹编贩叫起苦来。

陈云卿闻声，走上竹编品船来看。阿鲳道："告陈执事，刚清点过，这船上现携铜钱八百七十一文，整整超了六成多！没有半点冤枉，钱都在这儿。"老竹编贩道："求大人饶恕则个。刚才卖竹编，买的人突然多起来，我们爷孙只顾卖，一时没清点过钱来，不想就超了三百多文。下次不敢了，求大人饶恕则个。"

陈云卿见老公公年迈枯瘦，白发乱飘，少年又黑又瘦，一脸呆怯，不禁心生恻隐，便道："把船上关凭拿来。"阿鲳向陈云卿呈上关凭。陈云卿看了看，问老竹编贩："你们从广南西路来？"

老竹编贩道："正是，这些竹编都是自己农家做的。我们一路沿着浅海贩卖，不曾出去远海，更没有私自夹带铜钱流出蕃国的道理。请大人饶恕则个。"

阿鲳向老竹编贩道："你贩卖竹编，不能在海岸五里之内卖？非要出了五里？"老竹编贩道："告大人，方才在近岸没什么生意，就往外走了走，突然生意好了，只顾卖，不曾留意船被风吹开了。"阿鲳道："不管你什么说辞，现在逃不了了。老规矩，超出五百文的都没收。"

老竹编贩脸上悲苦："这，我们小本生意，又跑了这么远一路来，若是没收了，这趟船又白跑了。"阿鲳呵斥道："闭嘴，不得说情！"

陈云卿向阿鲳摆了摆手，道："罢了，下不为例。"老竹编贩连忙跪下："多谢，多谢这位大人！"阿鲳欲劝："陈执事，这……"石斑悄向阿鲳使了个眼色，阿鲳又住嘴退下。

上了岸，石斑与阿鲳密语起来。

石斑道："这位陈执事不太适合做这个。"阿鲳说："怕是在海上漂傻了，女人也不要，钱财也不要。"石斑道："呵呵，上次酒的事情是他在理，我们无话可说。这次可是他枉顾法度了。不如我们，依旧送他去修船？"阿鲳问："怎么送？可惜那竹编船走了，没有现证。"

石斑指着在岸边闲坐的绿鳍，向阿鲳努了努嘴，说道："要现证也容易，让他去办。"阿鲳看了看绿鳍："他？"石斑道："正是。上次咱们在现场，也不好当面跟陈执事对着干的。"阿鲳点着头。石斑又说："这陈执事的脾性咱们也摸到一些了。既然他怜贫惜弱的，必然还有下一次。下一次叫上洪执事，拿他个现证，直接告到卢大人跟前，谁也没话说！就是陈执事要恨，也恨不到咱们。"阿鲳喜道："妥，妥啊。"

蕃船云集的潯州海面上，有一艘贩卖蜜望果的海船。沈阿契一身农妇装扮，与二山农在甲板上向众蕃商展示肥鱼瓶里的蜜望果。蕃商们试吃蜜望果，不断点着头。

一艘官船渐渐靠近沈阿契的船。船上，阿鲳悄声向绿鳍道："嘿，那艘船上是个农妇在卖野油子，可怜兮兮的。若拿她匝法子，她必要向陈执事求饶的。陈执事心软，必枉法放她走的。这就正好抓个现行了。"

绿鳍点着头："好，我这就去。"说着，从怀里掏出一布袋钱："这里头有两缗呢，该是够定罪了吧？"

此时，沈阿契的船与蕃船挨在一起。沈阿契正用思莲语介绍："这是蜜望果，宋国南方特有的果子，可以防治晕眩。"思莲蕃商问："蜜望果？我可以试一下吗？"沈阿契道："当然可以，很好吃。"说着递出一只肥鱼瓶。蕃商接过瓷瓶子赏玩着："好有趣的

瓶子。"

陈云卿从官船甲板跨步到沈阿契船上，瞥了一眼她的背影，听见她在说思莲语，不禁也用思莲语问："你是思莲人？"阿契转过身来："不，我是宋人。"结果两人相视，笑了起来："是你？"

绿鳍也上了沈阿契的船。他拨弄船屉，佯装查看，却趁人不备，将一只布袋解开，把里头的铜钱都放进船屉里。

做完此事，绿鳍跳起来嚷道："陈执事，这艘民船离岸已经五里了，可是船上竟然有两缗五百文铜钱。照法，多出来的两缗要没收归官！"

阿契又转回身去："什么？我船上有这么多铜钱？"绿鳍将船屉一拉："现成的在这里，还想抵赖？"阿契看了看陈云卿："陈大人，这，我的船上怎么突然多出来这么多铜钱？"

绿鳍盯着阿契，心想："对，赶紧向他求情，求他放你一马。"

陈云卿向阿契道："不着急，慢慢说。"阿契摸了摸脑门："肯定是我最近累糊涂了。"说罢向绿鳍道："公差大哥，既然如此，多出来的两缗请您没收走吧。"

绿鳍十分意外，问她："什么？你愿意我把这两缗没收走？你不心疼吗？这可是两千文哪，毕竟你船上也只有五百文。"绿鳍说完，自悔失言，好在众人并无留意。

阿契道："不，我船上不只有五百文，还有金叶子和银锭。"
"啊？"绿鳍又意外了。阿契解释道："蕃商都是直接拿金银跟我买这些蜜望果的。"[1]"这！"绿鳍更意外了。阿契说："我知

---

[1] 蜜望果：据道光《琼州府志》卷五《物产》，"（蜜望树）实黄味酸，能止船晕，海舶兼全购之"。

道，市舶没有限蕃商的金银。至于这两缗，该没收就没收吧。"绿鳍瞪着眼睛，张大了嘴巴。

天将晚，落日红彤彤地漂浮在海面上。

陈云卿和沈阿契在溽州沙滩上逐浪。他们几乎同时问对方："你怎么在这里啊？"陈云卿笑了笑："我本来是打算去修船的，结果市舶司把我安排在这里。"阿契问："你在这里做什么呢？"陈云卿挠了挠头："就是做那些咯，你今天不是看见了？哎，我送你的奈祗花养得活吗？开花了吗？"阿契道："开花了，开了很多花！很香的。"陈云卿道："我要看看。"

阿契说："在漳州。下次我四哥回漳州，我让他给我挖几个花球来。"陈云卿点着头："好。"阿契又说："现在它不叫奈祗花了，我给它起了个宋名，叫水仙。"

"水仙？好，好。"陈云卿说着，满脸红晕。

溽州衙署内，洪执事问石斑："大老远的，你叫我过来做什么？"石斑道："洪执事恕罪，原想着请您来拿陈云卿一个正着的，不想失了手。"洪执事道："嗨，我当是什么事呢。不瞒你说，你跟了我那么多年，我原想着我走了，就把你提携上来，谁知道市舶司又下降了个陈云卿。"

石斑道："多谢洪执事，是小人自己有命无运。"洪执事道："这也不是什么大事。虽没拿个正着，但据你们亲眼所见，上回他放走竹编船是确有的事，我可以去跟卢大人说说的。一则他有这些枉法的劣迹，二则你也很不错，横竖把你换上来就是。"石斑忙跪地地谢恩："多谢洪执事！"

港口岸上，绿鳍边走边抛玩着一只布袋，哼着歌儿："两千文呀两千文，两千文呀两千文。"阿鲳远远地向绿鳍比划手势："嘿

嘿！"绿鳍问："怎么了？"阿鲳走近来："你这东西收起来，别这么唯恐别人不知好不好？"绿鳍点着头："哦哦。"又把布袋别到腰里。

午后，陈云卿在案前翻看账册，忽说道："不对啊，少了两千。上次罚没蜜望果船的那笔怎么不记上？"阿鲳指着绿鳍："他最近累惜了，不小心漏了，还是陈执事火眼金睛。这就补上。"

绿鳍看看阿鲳，又看看陈云卿："我，这，不是，那两千本来就是……"石斑朝绿鳍清了清喉咙。绿鳍又向石斑道："那两千它不是……"阿鲳训斥绿鳍："你闭嘴，做错了还不认？陈执事冤枉你了？"绿鳍闭上嘴巴，低下了头。

陈云卿黑着脸："赶紧补上，下不为例！"石斑向陈云卿笑道："是是，这就补上。都怪在下治下不严，一定好好管教。"陈云卿黑着脸，起身离去。

绿鳍向石斑、阿鲳二人道："不是，我说两位哥哥，那两千本来就是我拿着自己的钱放到人家蜜望果船上的。那是我的钱，我不能拿走吗？如今怎么拿着我的钱去充公了呢？"石斑道："你闭嘴！"

陈云卿又走回来，站在门口："你们在商量什么？我再说一次，跟着我就别那么多小心思。这次我就当你是粗心漏掉，要是有下次，以贪赃论处。"

石斑声音响亮："是！请陈执事放心！"陈云卿又黑着脸转身离去。绿鳍苦着脸向阿鲳道："我这，是你们叫我这么干的，怎么成贪赃论处了？"阿鲳向绿鳍叫着："你闭嘴！"

再说洪执事答应了石斑的请托，便将陈云卿告到卢彦面前。

卢彦听了，突然站了起来："什么？你说什么？"洪执事见卢彦反应，忙道："卢大人息怒，息怒。在下也觉得这事情很过分，那个陈云卿枉顾法条，说把船放走就把船放走，明明超五百文……"卢彦打断他的话："不，我是说，那个人叫什么名字？"洪执事道："哪个人？哦，陈云卿，叫陈云卿。"卢彦问："哪三个字？"

洪执事从桌子上拿起笔在纸上写了，呈给卢彦。卢彦问："他出蕃十来年？"洪执事道："正是，是个修船的。"卢彦说："马上叫他过来一趟！"洪执事道："这，卢大人要亲自问案吗？嗨，其实也就几百文的事情，不如属下代劳就好。"卢彦说："不必，你把他叫过来就是。"

洪执事依言传令到了溽州。陈云卿便登船离岸，去见卢彦。石斑、阿鲷站在岸上挥手道别。石斑向阿鲷道："卢大人亲自问案了，他完蛋了。"阿鲷点着头。

陈云卿到了市舶司，便有一公人站在门口接他，引他进了后衙，报与卢彦："卢大人，陈执事来了。"

卢彦忙抬起头来，盯住门口。陈云卿走进来了："陈云卿参见卢大人。"卢彦上下打量陈云卿，神色由紧张变为缓和。

卢彦问："你叫陈云卿？"陈云卿道："正是。"卢彦问："有没有别的名字？表字什么的？"陈云卿摇了摇头："没有。"卢彦又问："哪里人啊？"陈云卿说："福建路。"卢彦点点头："哦哦，父母可好？"陈云卿道："都好，身体都好。"卢彦又点点头："家里做什么的？"陈云卿回答："修船的。"

卢彦往椅子后背上一靠，放松起来："哦哦，好，家室在福建还是一起过来广州了？"陈云卿说："哦，因为一直在跑海船，尚未娶亲的。"卢彦笑了笑："抓紧点儿。"

当下，二人聊得甚是投机，卢彦又邀陈云卿到家中来。

卢彦道："照你所说，那竹编船也不该抓的。本来'离岸五里，铜钱五百文'这条成法就有个前提，指离宋出蕃，且为的是禁止携铜钱外流诸蕃的。这竹编船本不在此列。"陈云卿道："正是。"卢彦又道："再说，多带三百多文就出蕃了？要是钱匪这么干，早就亏死了。"

陈云卿"扑哧"一笑。卢彦说："你考虑事情的出发点很好，知道讲求实际，不会断章取义，越做越死。溽州那边就交给你了，该管的你就管，该改的你就改。"陈云卿道："是，多谢卢大人信任。"

卢彦呵呵一笑。陈云卿又问："卢大人，我是个修船的，为何市舶司安排我去溽州啊？"卢彦道："实话说，当时没有太多关注你的其他条件，只因为另外几个人选蕃语都太差，几乎不能好好说话。溽州主要是替广州港引水的，如果主事人连蕃语都着急，那怎么能跟蕃商打好交道呢？"陈云卿点了点头。

卢彦又说："修船很好，修船是很重要的技术活，但现在溽州也需要你。那可是进我大宋南国门的第一道关，也是最后一道关哪。"

陈云卿抱拳单膝下跪："明白。云卿一定为广州港守好溽州，请卢大人放心！"

新雨之后，麻石街被冲刷得干干净净。小花鞋和大黑靴琳琳琅琅地从门前路过。门内，一个老人摇着蒲扇，数着路过的人。一道高高的漆木门槛给了她将雨水拒之门外的最大安全感。雨水带来了片刻清凉，然而，雨水一停，暑气和闷热又从天而降，拔地而起，无处不在。从盖着绿瓦的茶楼，到盖着大油纸伞的茶水摊，都不乏光顾者。

素琴拉着阿契往前跑："姐姐，快点儿，就在前面。"他停在一家茶楼前："就是这儿，他们家点茶有蜜望果茶了。"

阿契笑了笑："有就有嘛，各卖各的。还是那句话，有钱大家一起赚，多好啊。"素琴说："好多蕃人来吃他们的茶，好像很好吃的样子。"阿契道："那挺好呀，让更多人知道蜜望果，也好让那些果子派上用场，不再白白烂掉在山野里。"

素琴摆着手："不，姐姐，我是想说，我也要尝尝。"阿契"扑哧"一笑，摇了摇头："好吧，我们一起尝尝。"

再说溽州衙署，陈云卿正在案前阅卷，绿鳍忽进门来，"扑通"一下跪到他跟前。

陈云卿怪道："怎么了？"绿鳍说："陈执事，您上回冤枉我了，我不贪钱！我拿走的本来就是我自己的钱。"陈云卿道："起来说话。"绿鳍道："不，我不起来，您先饶了我，我才敢起来，我才敢说。"陈云卿道："只要你悔过，我饶了你。你说吧。"

绿鳍这才把石斑和阿鲳指使他陷害蜜望果船的事说了出来。陈云卿听得脊背发凉，却只对绿鳍说："原来如此，我知道了。你既然告诉我，我也不怪你了。"绿鳍忙道："多谢陈执事！"

陈云卿嘱咐他："你不可再对他人说起此事，我也只作不知情。往后，有什么事情你要告诉我，我自然保着你。"绿鳍说："好，小人知道了，多谢陈执事开赦！"

城中闹市，茶楼阁子，洪执事、石斑、阿鲳三人正在点茶吃果子。

洪执事有些沮丧："要不是你们出的馊主意，也不至于如此。把那陈云卿送到卢彦跟前，卢彦跟得了宝一样。现在，那陈云卿还

不知道要在卢彦跟前说出多少以前的不是呢。"

石斑道："洪执事，此事我们也是万万没想到啊。"

阿鲳说："洪执事，既然您跟榷货务的庞文才庞大人有故旧，又何必怕卢彦呢？"石斑道："是啊，洪执事，我看，您不如心一横，取彼而代之。"

洪执事抿了抿茶，思忖片刻："你们又有什么馊主意？"

石斑压低声音，将主意说了。

洪执事听了，一拍桌子："好！此事卢彦应该是肯的，就这么办。"石斑举起茶杯："哈哈，先预祝洪执事荣升。"阿鲳也忙举杯："祝洪执事荣升！"

回到市舶司衙署，洪执事便找卢彦说话："卢大人前番提点在下，在下醍醐灌顶。思前想后，咱们过去有一些做法，确实要改改了。"

卢彦问："你有什么想法？"洪执事道："比如现今蕃货课税的依据，是船内货仓的容量，这就很不公平。同样是香药，价值天差地别，加上有轻的，有重的，有占地方的，有不占地方的，一味用货仓容量课税，未免太死板了。"卢彦道："你说得极是。我也常想这个问题，无奈成例法度，不可轻动擅变。"

洪执事道："卢大人此言差矣。按说，这个所谓的成例，不过是前任市舶使所定，朝廷也无明旨的，如何就变不得了？"

卢彦沉吟不语。

洪执事又道："卢大人，新官要有新做法，方是您的功劳。卢大人难道想在市舶司致仕？"卢彦止住他："快休胡说。我一个进纳官能到市舶司主事已是皇恩浩荡，不敢再做他想。"洪执事嘻嘻笑着："卢大人息怒，方才全是小人胡说。但小人诚心想请卢大人为蕃商们着想，为市舶着想。倘若成例不变，只怕好货不来，市舶不振。"

卢彦点了点头："如何改？"洪执事说："当改为，按蕃货估价课税。"卢彦笑起来："好，甚好！你提得很好，就这么改。"洪执事忙道："卢大人谬赞。"

洪执事的提议被采纳了。市舶司公人在广州港口岸上张贴告示，一张接一张地贴。不同蕃文版本的告示贴在墙上，贴了一溜儿。众蕃商围了过来。公人高声道："注意啦！注意啦！蕃货课税变了，不看货仓大小，看蕃货估值了啊！注意啦注意啦！"

众蕃商议论纷纷。

提议被采纳了，洪执事、石斑、阿鲷三人得意忘形，又在茶楼阁子里聚饮。

洪执事慢悠悠抿着茶："鱼儿上钩了。"石斑道："恭喜洪执事旗开得胜！"洪执事说："蕃货课税改为估值了。既然能估值，那估值上面就可做许多文章。等文章做出来了，咱们再请他做回进纳官好了。"说罢大笑。

石斑、阿鲷也笑了起来。阿鲷道："小的们愿听洪执事差遣，请您吩咐！"

陈云卿走进一座修船坊。一个修船师傅赤着胳膊从船底爬出，满脸污渍。陈云卿叫了声："赖师兄！"

修船师傅抬起眼来："云卿！"

师兄弟二人一见面，喜不自胜。赖师兄便领着陈云卿在自家船坊里四处走走看看，聊起天来："云卿，你来广州就好了，以后咱们师兄弟可以在一起了。哦，师父和师母可还好？"

陈云卿说："都好的。"赖师兄道："上回你托我帮你寻沈五

娘，如今可找着了？"陈云卿摇了摇头："毫无音讯。"

赖师兄道："要我说，你也别找了。这么多年了，她又未过门，只是定了亲，多半是另嫁了。或者她也不要你找着她的，若找着了，反而是她背弃婚约。"

陈云卿说："我十多年不得归宋，我也并不怪她的。"赖师兄道："就算你不怪她，若她有婆家，怎知她婆家怪不怪她？怎知世人指点不指点？"陈云卿点点头："也是。"

赖师兄说："别找了，找着了终是一对尴尬人，相忘于江湖吧。"陈云卿沉吟半晌，方道："不瞒师兄，事有凑巧，我竟然找到了一个假的五娘。"赖师兄充满好奇："哦？你快说说。"

陈云卿便将沈阿契其人说给他听。俩人聊着，见日正午，赖师兄又把陈云卿拉到家中。二人在家中摆着几个小菜，开始对酌。

赖师兄给陈云卿倒上酒："哈哈，云卿，听你这么一说，这个假的五娘，似乎还不错。"陈云卿连连点头。赖师兄道："你这一路上是一边说，一边夸。莫非你有意于她？"

陈云卿不好意思地笑了笑："嗨，嗨。"赖师兄哈哈大笑："你早该娶了，师父师母也着急呀。"陈云卿又红着脸："这，这。"

赖师兄道："但是这个沈阿契可不好。"陈云卿敛了笑容，看着他。赖师兄道："她可是嫁过人啊。"陈云卿说："这没什么。"赖师兄又道："她年纪可不小啊。"陈云卿道："她还比我小三岁。"赖师兄又说："她还有个拖油瓶。"

陈云卿听了，郑重其事道："你说她孩子啊？那可不是个普通的油瓶。童子试登科，赐秘阁读书，储君伴读。"

赖师兄大吃一惊："这么厉害？那确实不是个普通油瓶了。罢了，这个我没什么意见。能娶到她倒是好的，以后对你，对你们家都好。"

陈云卿急了："赖师兄，你说什么呢？我对阿契用心纯良，并不存有攀附之意。我一个修船的，有什么好攀附的？"赖师兄哈哈一笑："哎，哎，你不是啊，你不是了，我才是修船的。"说着，拍了拍他肩膀："瞧你，急什么？她愿嫁，你愿娶，那就娶了她。若日后又意难平了，再买一个年轻小妾便是。哈哈。"陈云卿又急了："赖师兄，你！"

赖师兄笑道："逗你的。"

溆州海礁岛上，众公吏聚作一处。一个海浪拍打过来，似乎要将他们之间的密语卷走。

石斑从海风中站起来，向众人说："蕃货课税变了，变成估值了。兄弟们，估值这杆秤在谁手里？那还不是在咱们手里呀？咱们让它贵，它就贵；让它贱，它就贱哪。这可是洪执事给咱们争取来的泼天富贵哪。"

阿鲳附和道："是啊，洪执事虽然高升了，可是没有忘记弟兄们哪。"绿鳍发呆不语，阿鲳推了他一下："是不是啊？"绿鳍忙点着头："是，是是。"

公吏八爪沉吟半晌："可是你看如今这位陈执事，不仅人长得黑，脸也天天黑着，我看这够呛。"

众人沉默不语，有的神情微妙，有的相视冷笑。阿鲳又道："当然了，这种事情，看破不说破。"八爪道："既然不说破，我看以后您还是别喊兄弟们来这岛上聊天了。有什么话岸上说，免得日后彼此摘不清楚。"阿鲳怒向八爪："你！"石斑止住阿鲳："诶，别红眼，都是兄弟。"

说了一回闲话，石斑、阿鲳又跳下岛礁石离去。

众公吏仍坐在原地，吹着海风，望着先走的两个人。公吏鱿老大朝石斑的背影努了努嘴，向八爪道："我听说，咱们潯州下一个执事就是他了。"八爪看着石斑的背影，道："他要是当执事了，我就不干了。自己心术不正，还非把别人往坑里推。"鱿老大问："不干了？"八爪说："不干了，有什么大不了？这海角天涯的守了这么多年，早就不想干了。回广州城里去，热热闹闹的干点啥不好？跟这种鸟人？呵呵。"

离开海礁岛，绿鳍便奔衙署来找陈云卿。他气喘吁吁跑进门来："陈执事，陈执事！"陈云卿问："怎么了？"绿鳍趴到他耳朵边，细语许久。

陈云卿不断点头："嗯，嗯嗯，好，知道了。"绿鳍说完了，紧张地看着陈云卿。陈云卿说："我知道了，谢谢你告诉我。"绿鳍问："陈执事，我该怎么办？"陈云卿道："你把这两个人经手的关凭全部封存起来，暂不课税，找个合适的理由拖着。注意，要把蕃商安抚好。"

绿鳍挠了挠头："合适的理由？要拖多久？"陈云卿说："很快很快。"绿鳍问："拖着然后呢？"陈云卿道："会重新估值的。"绿鳍道："是。"

衙署槛外，高堤之下，烈日照耀潯州海港。船只的底部在海波上摇摇摆摆，晃晃荡荡。

石斑和一名蕃商站在官船上。蕃商右手托着一坨龙涎香，左手不断比划着："这只是普通的三等龙涎香，没那么贵。"石斑说："不，你这分明是一等龙涎香。"蕃商争辩着："不，不，它卖不出那个价，没人愿意买。"石斑慢悠悠道："龙涎香我见得多了，你骗我是没有用的。"说罢,就着摆在船上的桌子写好关凭,展示到蕃商面前。那龙涎商凑近纸张,对着关凭看了又看,心中不服。

一入广州港,龙涎商便纠集了一干有同样遭遇的蕃商到市舶司告状。

龙涎商道:"我们要找市舶使告状。潯州有人乱估我们的货值,这不公平!"市舶司公人接诉,说道:"诸位稍等,我这就去回禀。"

公人将事情禀报给了洪执事:"外面有蕃人告状,说潯州公吏乱估他们的货值。请您回禀一下卢大人。"洪执事道:"卢大人最近身体不好,大中午的,正休息呢。你把蕃商们带到我那里,我带人来录口供。"公人领命而去,洪执事脸上露出微妙的笑容。

没多久,洪执事录下的口供便传至东京御史台。

入夜后,邢风点着左右两盏灯,伏在案上看着厚厚的卷宗,突然抬起头来,两眼一瞪,整个人都精神了。

夜半三更,王建成的书房依然灯火通明。邢风走了进来,说道:"老师,我得去一趟广州。"王建成问:"什么大案要你亲自去?"邢风说:"案子倒不大,只是不去的话,怕您又要损失一员大将。"

王建成问:"谁?"邢风说:"卢彦。"王建成道:"卢彦?那你要去。费了好大劲儿才把他弄上前线的,这才用了多久?"邢风说:"是,老师,学生就是来辞别的。"

没多久,邢风要来广州的消息便传至潯州。

石斑和阿鲳躲在海礁岛上说话。石斑道:"听说,御史台要来人了。"阿鲳问:"哦,来的是什么人?"石斑说:"不知道,不过,来头一定不小。"阿鲳道:"那是,那是。"石斑道:"看

来，卢彦快完蛋了。"阿鲳道："洪执事好事要近了。他真有办法，连御史台的人都能叫过来。"石斑说："可不是？榷货务的庞文才庞大人助了把力。"

陈云峰满面春风，携二公吏站在转运司行署门口张望。

邢风也带着二公吏，策马而至。

陈云峰迎上前来："邢大人，有失远迎！"邢风道："陈副使，我来看你了，哈哈。"

陈云峰将他迎至书房中。邢风道："陈副使，御史台是内台，转运司是外台，如今到了广南东路，转运司是主，御史台是客，此案还得你我共同查清才好。"陈云峰笑道："邢大人说得在理，您吩咐云峰就好了。"

邢风说："此事乃是榷货务弹劾市舶司，直指卢彦擅改课税成例，将原来的按货仓大小计算蓄货多寡，改为估值计算多寡，指使小吏在估值时寻租，致使蕃商们怨声沸腾。"陈云峰连连点头："哦哦。"邢风道："如今蕃商们的口供笔录均已被榷货务送到御史台去了，铁了心要请卢彦走的。我这才不得不来。"

陈云峰笑着摇了摇头。邢风疑惑地看着他："陈副使，你很奇怪。一见面就见你春色满脸的，如今笑得这么甜，似乎跟我说的事情不太搭调。"

陈云峰又笑了笑："我不信嘛。"邢风问："你不信有人告他？"陈云峰说："我不信他会指使小吏乱估值。至于将货仓大小课税改为估值课税，本来就更合理了。原来的做法不过是市舶司成立之初一个很简单粗暴的权宜之策。"

邢风道："看来你是信任他的，不过，你没见有人冤枉他吗？"陈云峰说："邢大人都亲自来了，谁还能冤枉得成他？"邢风道："那也没什么开心的，怎么你一副心情很好的样子？"

陈云峰道："邢大人不愧是办案专才，观察细致入微，明察于秋毫之末。"邢风问："到底什么事？"陈云峰说："与本案无关。"

邢风见与他叙不得闲话，便作罢，转入正题。粗粗理清事由后，邢风便到溽州衙署来。陈云卿携绿鳍在大厅内等候。及至人来了，陈云卿忙上前行礼："陈云卿拜见邢大人。"

邢风一听，愣了一下，见陈云卿抬起头来，忍不住上下打量一番，有些出神。陈云卿叫："邢大人，邢大人。"邢风回了回神："你叫啥名儿？"陈云卿道："陈云卿。"邢风呵呵一笑："好多人叫这个名字啊。好像没什么人叫邢风。"陈云卿放松下来："邢大人好风趣。"

邢风问："涉案关凭呢？"陈云卿道："已全部封存。"邢风点了点头。

陈云卿又道："告邢大人，事实上涉案关凭尚未课税，尚未做成乱课税的事实。因估值过高，下官这几日正命人重估。"邢风又点了点头。

此时绿鳍上前，向陈云卿呈上一盘封好的关凭。陈云卿接过，转呈邢风。

未及奉茶，陈云卿便与邢风伏在案前校对关凭单张。

邢风道："对上了。御史台掌握的蕃商口供和这些原始关凭，人名、货名、始发地等基本没什么出入。关凭上的有多无漏。"

陈云卿松了口气："那就好！"邢风道："这两个经手人先控制起来。"陈云卿点头道："好。"邢风又嘱咐："封存关凭那个小子，我走之前叫他待在衙署里不要乱走，是为他好。"陈云卿连

声道："好的，好的。"

衙署外海港上，数名御史台公差走上官船，将石斑、阿鲳二人控制住。

石斑叫道："干什么？"阿鲳叫着："你们抓错人了吧？"石斑又道："我们是市舶司的。"御史台公差道："知道你们是市舶司的，我们是御史台的。走吧，跟我们走吧。"石斑仍说："不是，你们弄错了吧？"

御史台公差不再解释，只是将石斑和阿鲳推走了。

离开溽州港，御史台的人又来到市舶司，将洪执事按住。

洪执事叫起来："你们干吗？干什么的？"御史台公差道："御史台的，跟我们走一趟吧。"洪执事不信："御史台的为什么抓我？我又没犯事！"他叫嚷着，声音渐渐远去。

转运司行署里，陈云峰和邢风坐在案前看卷宗。

陈云峰道："事情已经清楚明白，咱们封卷移交吧。"邢风说："我也是这个意思。"说罢向他递过一份卷宗："写上您的大名吧，陈副使。"陈云峰拿起笔来写了名字。邢风把卷宗移回自己跟前，也写上名字。写完，他把卷宗看了又看，怪里怪气地说："哎呀，陈副使，您的字好像跟过去不太一样了。"陈云峰问："怎么不一样了？"邢风道："这字上面好像弥漫着一层喜气。"

陈云峰"扑哧"一笑："你少套我话。"便将邢风打发了。

再说市舶估值课税一案既已封卷，卢彦人虽无恙，却深感事有疏漏，遂命公人细拟成法。卢彦向公人道："一应蕃货估值标准，全部在市舶司集议列明，送三司准下后，以为定例，不得擅改。蕃货估值一年一审，如有调价，只可在一年一审时报调。集议人含：市舶司众执事、各类蕃货行会会长、诸蕃国蕃商若干。"

公人称"是"，遂提笔细拟，且按下不表。

沈阿契房里的镜台前，平白无故地多了好些胭脂盒、水粉罐。她向来拙于调脂弄粉，此时将两只琉璃瓶放在掌中，竟想不起来哪个先抹，哪个后涂。她自我解嘲地笑了笑，就见铜镜里映照着走进房来的陈云峰。

阿契头也不回，只对着铜镜说："你看我，脸上的鱼鳞说不见又出来了。"陈云峰道："哪有鱼鳞？说得好吓人。"阿契凑近铜镜："哪没有？"

陈云峰道："有就有吧。"说着弯下腰捧住她的脸。她拉开陈云峰的手，心事重重："我有事情要告诉你。"陈云峰问："怎么了？"阿契道："我身体不好。"陈云峰问："就是院子里总在煲着的那些药？"

阿契点点头，又红着脸低下头："我，我月事没了。那些药吃来吃去，终于有了几次，但也是吊儿郎当的。郎中说我可能要变成老人了。"陈云峰笑了起来："你要变成老人？那我要变成什么？"阿契嗔道："你还笑？是郎中说的。"

陈云峰宽慰道："不是什么病，不要担心。"阿契说："可是我也觉得自己开始浑身长皱纹，你看我脸上的鱼鳞。"陈云峰又凑近看了看："你这是冷风吹的吧？"阿契道："冷风吹的才不是这样。"陈云峰拍着她："好啦，没事，真没事。你瞧瞧你，一会儿牙行一会儿瓷砚，我都没你操心，有点小小状况很正常的。这个郎中不行咱们换一个嘛。"

阿契仍是懊恼："换谁？"陈云峰附到她耳边："换我，我亲自把你治好。"阿契羞红了脸，把他推开："讨厌！"

屋舍门前，篱笆院内，素琴正在烧灶。陈云卿走了进来，手里

提着一把干长草。每根长草上都捆着一只五颜六色的大虾。

素琴道："陈执事，好大虾呀，颜色好漂亮。"陈云卿说："小兄弟，你搬个炭炉子来，今晚就把它们烤了。"素琴说："好，刚好有烧红的炭。"陈云卿道："海里的东西不能放，都得趁新鲜。"素琴说："我知道，我们漳州也有这些东西。不过我还没见过这么漂亮的，一定很好吃吧？"陈云卿道："要看手艺了。你给我点儿盐，我来烤，用盐烤就可以了。"素琴笑道："好嘞。"便转身去拿炉子等物。

于是，陈云卿坐到院子里的小石墩上，在炭炉子前烤虾，笑向素琴道："等一下阿契回来就可以吃了。"

正说着，沈阿契与陈云峰从屋内走了出来。二人各走各的，却面飞红云。陈云卿头一抬，笑容顿时消散掉一半："阿契，你在呀？"阿契道："我在呀。陈执事，您来了怎么不进屋坐？"

陈云峰看了看陈云卿，问阿契："这位是？"阿契张嘴要答，陈云卿却忙抢过话头，指向素琴："哦，我来找他。我们在院子里烤虾吃。"素琴望向陈云卿，一脸不解。

陈云峰看了看炭炉上的烤虾："原来是这样，好香。"他满脸笑容，拿起一只烤虾说道："我先试一下了。嗯，好手艺！你们也来。"陈云卿一脸尴尬："过奖过奖。"

离开农舍之后，陈云卿心情不好，去找了赖师兄排遣。

海上一轮圆月，涛声阵阵。陈云卿坐在海边礁石上望月，失魂落魄。

赖师兄道："喂，你不用这样吧？回去咯。"陈云卿不说话。赖师兄问："你怎么就那么确定别人捷足先登了呢？你啥也没看到啊。"陈云卿说："直觉。"赖师兄笑了笑："男人的直觉是吧？

那就是咯，本来也不是很理想的。别犟了，我给你说一门正经的亲事。"说着把他拉起来："走，回去咯。"

广州陈宅，杭哥指挥着众仆从在前堂里搬箱子、抬镜台。箱子上系着大红花，披着红绸缎，镜台上贴着红双喜。邢风跟着搬东西的人从门外走进前堂，打量着正搬着的东西。

他叫着杭哥："哎，哎，你过来。"杭哥道："哎？我不叫哎，我有名字。"邢风道："哦哦，好，得罪了，但是我不知道你叫什么名字。"杭哥笑了，走近前："邢大人什么吩咐？"邢风问："你认识我？"

杭哥道："怎么不认识？大人是贵人多忘事。我从前是跟着十九爷的，您常跟十九爷一处玩，一处读书。"邢风想了想，忽有些伤感失落："难为你记得你十九爷。"

众仆从又抬着一大盆花树进来，杭哥忙上前张罗布置。邢风跟过去问他："瞧你家这个情形，要迎新娘啊？"杭哥道："对啊，二爷没告诉您？"邢风笑了："陈副使要娶亲？"杭哥点着头。邢风道："我说呢，他怎么十分怪异？是相中了谁家的千金哪？"杭哥道："老熟人，从十九房迎到二房。"

邢风的脸瞬间僵住。

直至回到转运司，邢风的脸还是僵的。

他站在书房门口，叫了声："陈云峰。"陈云峰在案前抬起头来，有些疑惑。邢风走来，从桌子上拿起一本册子，又摔回桌子上："上次沈阿契开牙行的时候我提醒过你，她是有夫之妇！你没看懂吗？"

陈云峰不以为意："你知道啦？"邢风叫道："知道知道，你装什么糊涂？"陈云峰一脸平静："十九走的时候亲口对我说，他

若三年未归，让阿契改嫁。"邢风道："就算改嫁，那也不能嫁给你啊！从十九房迎到二房，这不是荒谬吗？你们是缌麻之亲，五服之孝，问出奸情，两人都可以打死。"

他逼向陈云峰："你知道有多少人在盯着你，想要弹劾你吗？没有把柄还要给你找出把柄的，你倒好，忙着授人以柄！"

陈云峰道："够了！我最讨厌别人拿着所谓的把柄就来威胁我，逮着所谓的软肋就来拿捏我。邢风你听着，只有见不得人的才叫奸情，我和阿契没有奸情可问。我要的就是明媒正娶——名正、言顺，光明正大。"邢风看着他，默然不语。陈云峰又道："我们要堂堂正正做夫妻，我不怕谁知道！谁也别想再拿这件事当成我的软肋跟把柄。我不吃这一套。"

邢风有些惊讶，沉吟半晌，转而对他笑了笑："你说得我差点儿就信了。"

陈云峰恼怒了："你！"邢风冷笑着："上次老师让我提醒你，就算你的官告不要了，好歹替崇贤留条路。"陈云峰苦笑着摇了摇头。

邢风道："现在朝堂上下对礼教的宽容尺度是什么样的，我想你一个礼部出身的人比我清楚。当然，凡事都有例外，当朝的驸马，宰相的女儿，都是例外。也许打不死你就赢了！你可以去赌一把，但是这个赌注可不仅仅是你自己，还有他们母子俩。"

陈云峰嘴角抽动了一下，神色平静。

邢风道："崇贤的心性你是知道的。你养大的孩子，你要把他亲手推上来，再亲手推着他摔下去吗？"

陈云峰猛抓起邢风的衣领："滚！你给我滚，滚出去！"

邢风抓开陈云峰的手，拍了拍他肩膀："我只是好心提醒你，希望你不会说着最狠的话，有朝一日却要做着最怂的事。"说罢，走了出去。

陈云峰平静地坐回椅子上，面无表情。

清晨，沈阿契身穿嫁衣，头戴珠钗，坐在房中镜台前反复补着妆。

日已高，她站在房门口，望着房门外，神色有些疑虑。

日正午，她站在农舍屋檐下，盯着院子发呆，失魂落魄。

日已暮，她站在篱笆外，望着空旷的田野和村道，两眼无神。

素琴端着一托盘的饭菜近前："姐姐，吃饭吧？"阿契回头，猛然将托盘打翻在地。素琴一声不吭，转身走了。

夜里，大水镇的田野一片孤寂。

沈阿契站在篱笆外，无神地望着空旷的夜色。

天亮了，她坐回房内镜台前，一点一点地摘下头上的珠钗翠玉，一点一点地洗掉脸上的铅华水粉。

她穿着陈云峰送来的嫁衣，头发散乱，脸色苍白，躺在床上梦魇不断。

她梦见自己发白如雪，在海边走着，看到须发皆白的陈云卿从一艘船上走下来。她跟上前问："老公公，这位老公公，请问你，你是陈云卿吗？"陈云卿自顾自地走路，答了一声："啊，是，我是陈云卿。"

沈阿契说："夫君，你终于回来了，我能求你件事吗？"陈云卿停下脚步看着她。她问："你能给我写一封休书吗？"那陈云卿说："我是陈云卿，可我不是你的夫君啊。"沈阿契仍喃喃问着："那，你能给我写一封休书吗？"

陈云卿摇着头："我？我不能的。老婆婆，你还是再等等你的

夫君吧。"说着，他颤颤巍巍地，又走向大海。

沈阿契喊着："你去哪儿？你回来，你回来！"她跟着跑了过去，忽然一个海浪迎面而来，将她拍醒。

她从床上猛然惊醒，满头大汗，脸色煞白。她拼命地呼吸，然后倒下，又闭上眼睛。

她又梦见自己身在东京陈府喜房，穿着嫁衣，盖着红盖头坐在床上。有个人走到床前，红盖头下的沈阿契只看见他的靴子。那个人将红盖头揭开，沈阿契抬起头来看他，竟是身穿喜服的陈云峰。

沈阿契问："你是谁？我上次在王大人家里见到的不是你呀。"陈云峰说："你在王大人家见到的是我弟弟，可娶你的人是我。"沈阿契捂住耳朵："不，不是！不是你！"

她惊呼着从床上醒来。素琴忙跑进来："姐姐，你怎么样了姐姐？"沈阿契拼命地呼吸着，又闭上眼睛。素琴转身跑了出去。

寓所小院里，陈云峰喝着闷酒。邢风走过来，说道："我告诉你，这件事情过去了啊。"陈云峰不理睬他。邢风把陈云峰揪起来："怎么那么没用呢！不就缺个女人吗？"

类似的话，卢彦也说过。那天，当他在家中听素琴说到沈阿契的状况时，他发火了，也叫着："怎么那么没用呢！不就缺个男人吗？"他发火，像是冲素琴发的，真到了大水镇农舍，看到昏睡在床上的沈阿契，他又发不起火来了。

郎中进房看过沈阿契，说："要么让她哭出来，要么让她发脾气。"素琴道："她除了那天打翻过一次饭菜，倒也没有发脾气。至于哭，一滴眼泪也没流过。"郎中捻了捻胡须："老夫尽力而为吧。"

卢彦听了，亦深感无奈，对着不知是睡是醒的沈阿契道："我

打春（完整版）·下册

原想着为你好，谁知又害了你。"

如此数日，素琴只顾煲药送食，盼着沈阿契快点好起来。

这日，他正蹲在院子里煲药，就见陈云卿拎着一串虾蛄进来。陈云卿手里抓着的是一捆长草，每根长草都系着一只硕大的虾蛄。虾蛄正鲜活，一弹一弹的。

陈云卿说："素琴，今天咱们烤虾蛄。"素琴摆手道："哎呀，没心情没心情。我家姐姐病着呢。"陈云卿关切地问："病了？为什么病了？"素琴烦恼得很："哎呀，说不得说不得。"

说话间，沈阿契忽然站在屋檐下，脸色白白的，语气冰冰的："你们烤虾蛄，给我留几个生的，我要吃生的。"素琴一惊："姐姐，您怎么起来了？"陈云卿忙问："阿契，你没什么大碍吧？"

沈阿契道："没事，谢谢关心。"又转身进厅里去。

陈云卿看着她背影，向素琴道："弄点儿酒来，给她泡几只生虾蛄吃。"

此时，陈云峰走进院子，问素琴："听说阿契病了？现在怎么样了？"素琴背过身去，不搭理他。

陈云峰尴尬地笑着，看了看陈云卿："哦，您也在这儿？"陈云卿指着素琴，也尴尬笑着："我是来找素琴的，我跟他是老乡！"陈云峰点着头："哦哦。"便急着进屋去。

素琴对着陈云峰的背影做了个吐口水的动作。

陈云峰进了阿契房内，见阿契在收拾房间，便问："你好点儿了吗？"阿契淡淡道："没什么事儿，都好了。"陈云峰没吭声。阿契又道："真没什么事儿，你不用担心我。你快该干吗干吗去吧。"陈云峰说："那就好。"

阿契继续若无其事地收拾房间。陈云峰转身就走，走到房门

口，忽转身回来，将房门关住。他紧紧抱住沈阿契，低声而颤抖地："你可以，你可以至少冲我发火，或者哭一下。啊？你别这样，让我看着害怕。"阿契怔了半晌，又冷冷冰冰的："我也想啊。可是，你让我发什么样的火，或者从何哭起呢？"

陈云峰笑了笑，眼圈红了。阿契深情地望着他："你不要难过了好吗？只要你不难过，我也不会难过的。"她伸出两个手指撑开他的眉心，又抹了抹他的眉毛，想要抹平他紧锁的眉头，重塑他的表情。

农舍院子里，素琴和陈云卿坐在小炭炉前烤着虾蛄。两人都说不出一句话来。整个篱笆圈圈里，静悄悄的，只有炭火"哔哔啵啵"的声音。

素琴一脸愤愤不平，突然起身要进屋里去。陈云卿把他拉住，向他摇了摇头。素琴又忿忿不平地坐下。

东京三司衙署，邢风回来见王建成了："老师，我回来了。"王建成道："邢风啊，你回来了。呵呵，路上辛苦了，好好歇歇。"邢风道："多谢老师关心。"

王建成笑着："歇一歇呢，你再去一趟。"邢风有点懵："啊？再去一趟哪儿？"王建成道："广南东路。"邢风说："又是广南东路，我这刚回来。"王建成笑了笑："我也是刚知道，早知道就不让你回来了。"邢风说："我不想去广南东路。"王建成问："为什么啊？嫌远？"

邢风道："见不得陈云峰那个鸟人。"王建成问："为什么啊？"邢风道："还能为什么？"

王建成说："可你还是得去啊。上回，榷货务的庞文才看中的是市舶使之位，想让卢彦走，让他的人来，没成。现在，他也不要什么市舶使之位了，他直接上书请旨，要把市舶司整个划归榷货务来管。"邢风道："啊？这么个搞法？"王建成说："他讲了一大堆理由，圣上没有准奏。但是，圣上命三司查清榷货务所说是否属实。"

邢风道："榷货务怎么老抽风啊？"王建成捻了捻胡须："榷货务的压力也大，朝廷把重担给了它了，它又开源无门，节流有限，所以就开始想办法了呗。"邢风点头："哦，原来如此。嗨，谁让市舶司富裕呢？"

王建成叹道："金山珠海，天子南库啊！"

邢风说："这要是市舶司直接划给榷货务，那榷货务也就万事无忧了。啥都不干也成啊。"王建成呵呵一笑。

广州城的街市上人来人往，车马喧嚣，南腔北调，仕女如云。

沈阿契站在一顶大油纸伞下，看着摊主点茶。那摊子的招牌上写着"蜜望果茶"四个大字。

素琴在旁，说道："姐姐，在您……"他停顿了一下，转了个口："在您生病的那段时间，多出来好多卖蜜望果的，还多出来好多卖肥鱼瓶的。真是讨厌。"阿契抿嘴一笑。素琴说："姐姐，如今这东西没先前好卖了，便宜了许多呢。如果继续卖蜜望果的话，恐怕挣不到什么钱了。"

阿契道："当然不会继续卖蜜望果了。做买卖讲的就是一个时机。没有对不对，只有是不是那个时候。"素琴点着头："哦哦。"阿契向摊子招牌努了努嘴："喝吗？"

素琴摇头："不喝，我又不晕船。"阿契又拔腿向前走了。

一轮朝阳升起。

赖师兄和陈云卿在海滩上漫步。赖师兄道："照你这么说，沈

阿契，你还是有机会的？"陈云卿道："听我那个小老乡说，上回没成。"赖师兄道："只是我不太明白，你真想要呀？"

陈云卿说："师兄，阿契是个贤良女子。"赖师兄道："真想要你就麻利儿的吧，毕竟她年龄这么大了，再慢吞吞的，你是想娶回去当姥姥还是当婆婆呀？"陈云卿忍不住笑了起来："师兄，你真是的，人家比我还小三岁呢。"

赖师兄说道："那也不能说明她小啊，只能说明你老！还不快点，快。"

陈云卿又被逗笑了。

依赖师兄所言，陈云卿来大水镇农舍来得更勤了。

第一次，素琴在院子里起灶做饭，陈云卿提着几只大螃蟹就来了。沈阿契从屋里走了出来："陈执事又给我们送好吃的。"陈云卿满脸通红，慌张地把素琴一指："我来找素琴的，他是我老乡。"

第二次，他提着一篓牡蛎来了，又是满脸通红地说："我来找素琴的。"

第三次，他提着一串大贝壳来了，还是满脸通红地说："我来找素琴的。"

第四次，他拿着一只大海螺来了，却仍然是满脸通红地说："我来找素琴的。"

赖师兄替他着急了。师兄弟俩坐在沙滩上。赖师兄道："师弟啊，你这样是不行的。海里的东西都被你烤完了，你还在找素琴啊？"

陈云卿道："师兄，我不会啊。"赖师兄问："你不会什么？"陈云卿说："我不会跟女人说话呀。哦，我的意思是，说这一类的话。"

赖师兄道："好吧，这事儿不怪你，毕竟长年在海船上。海船上也没有女人可以和你……说话。"陈云卿问："师兄，这可怎么办呀？要不，找个媒婆帮我说吧？媒婆肯定能说得清楚，她们肯定能把话说好的。"赖师兄突然笑了起来，点着头："可以，可以，我看行。"

陈云卿又犯难："哎，师兄，您知道上哪儿可以找到媒婆吗？"赖师兄哈哈大笑："放心放心，媒婆我来帮你找。"陈云卿喜道："哎呀，多谢师兄！"赖师兄摆着手："不谢，不谢。"又忍不住哈哈大笑起来。

很快，赖师兄就寻了个媒婆到增城说亲。

增城山脚下，水网润泽，蕃稻成片，绿浪起伏。风吹过，禾花清香，雀鸟啁啾。沈志文在此筑舍居住，带着农夫们守护占城稻，希冀其能服大宋水土。

此处郊野，少有客至，媒婆的到来让沈志文颇感意外。

农舍厅中，媒婆一边喝着茶，一边说明来意。

沈志文听完缘故，笑了笑："婆婆的来意我已知晓，只是我做不得主的。"媒婆问："哦，可是要问问沈娘子的意思？"沈志文摇了摇头："我五妹妹早已嫁到陈家，是他们家的人。虽然守寡多年，但能不能再嫁，还得问问陈家的家长。"

媒婆道："哦哦，是这个理儿。沈官人，那陈家的家长，老身该找哪一个说去？"沈志文说："倒也不远，现就在广州城，转运司副使陈大人就是。"媒婆道："哦，是这样啊。老身晓得了，这就找他说去。"

沈志文送走媒婆，脸上微妙一笑。

转运司书房内，陈云峰正点灯夜读，杭哥进了门来。

陈云峰道："这么晚了，什么事情？"杭哥道："二爷，前天家里来了个媒婆，来说亲。"陈云峰道："拒绝，请她们不要再来。"杭哥道："二爷，不是给您说亲的，是，是给……"陈云峰头也没抬："孩子们还小。"

杭哥说道："是，是给十九少夫人说的亲。"陈云峰抬起头来："什么意思？"杭哥道："这媒婆不知哪里打听得咱们家的事，问十九少夫人守寡多年，准否再嫁？"

陈云峰把手里的书往桌子上一摔："直接赶这媒婆走就是！这种事情你也跑来告诉我？"杭哥唯唯诺诺："是是，小的明白，小的回去了。"说罢转身出门。陈云峰恼怒地把书覆下去又翻过来，对门外喊："回来！"

杭哥又进门来。陈云峰问："来提亲的是什么人？"杭哥深吸一口气，从怀里掏出一封帖子："告二爷，都在上面。这是媒婆送过来的五男二女花笺帖。"

陈云峰猛地把帖子抽到自己手上，皱着眉头展开来看。帖子上赫然写着"陈云卿"的字样。陈云峰大怒，把帖子摔到地上："这是谁跑来捉弄我？竟然写着十九的名字！"

杭哥屏住呼吸，偷偷抬眼看陈云峰。陈云峰正喘着粗气。杭哥弯腰从地上捡起帖子，迟疑而又缓慢地："二爷，其实不是您想的那样。请二爷息怒。"

陈云峰气息稍平，一言不发。

杭哥有些迟疑："刚开始我也以为是恶作剧，也不敢来回您的，结果……"陈云峰终于抬起头来看着杭哥。杭哥继续说："起初，小人也气，谁这么大狗胆？拿咱们十九爷开玩笑。小人便去打听底细，谁知竟真有这个人！现在市舶司漈州港从事，是一个执事。"

陈云峰平静下来："呵呵。"杭哥道："小人不敢造次，便去了趟漈州看看到底是什么人，谁知……"陈云峰问："谁知什么？"

杭哥道："二爷，您可记得前些年，十九少夫人曾经带着崇贤小爷，从东京二舅爷家去了趟泉州吗？还是小人护送过去的。"陈云峰"咯噔"坐直身子。杭哥道："就是那个人。"

白额骋望，佳期夕张

君子守库，山海开宝

白田镇，素馨花朵朵盛开。

沈阿契携素琴在花田里闲步，看着众花农忙碌碌采摘素馨花。素琴问："姐姐今天为什么来这里？莫非你也想卖素馨花？也想制卖素馨花茶？"阿契道："卖素馨花的可不比卖蜜望果的多得多？"素琴点着头："那可不？卖素馨花茶的也比卖蜜望果茶的多得多。"阿契点着头："正是。"

素琴问："那姐姐今天为什么来这里？"阿契微微一笑："我打素馨花的主意。"素琴问："素馨花有什么主意可打？"

阿契道："素馨花可以制龙涎香。龙涎香虽然叫作香，但它自己并没有气味，只是可以聚烟而已。它的香气都是借别人的。素馨花也可以是它所借的一种香。"素琴道："我只知素馨花可以熏茶，可以戴，还不知它可以制龙涎香。"①阿契说："咱们这边用素馨花制龙涎香的很少很少，几乎没有，但是蕃人却有这种做法，可见这是可行的。又正因为咱们这边制得少，制出来才能物以稀为贵。"

素琴道："素馨花本来就是蕃国传过来的，也就是广州种得多，其他地方也不见得有，所以，自然还稀奇些的。"阿契得意一笑："是的。素琴你记着，但凡要打些主意，都得打那些别人还不曾打过的主意，才能有盼头。"素琴想了想，一脸质疑："有道理是有道理，但是龙涎香多贵啊，干这个不得好多本钱？咱们先前卖蜜望果虽然挣了些，可又够买多少龙涎香的？"

阿契道："咱们不买龙涎香。咱们只买素馨花，也花钱雇请制香师，替卖龙涎香的商人制香，仅此而已。"素琴道："原来如此。"

两人谈着生意经，论着谋生道，又回到大水镇，走在村道上有说有笑。

素琴道："姐姐，您怎么懂这么多啊？"阿契说："先时宋语学堂上，一个蕃人学生教我的。"素琴问："啊？那他收你学费了没有？"阿契笑着摇了摇头："没有呢。"素琴拍着手："那好啊！"

他又一抬头，忙安静下去。

只见陈云峰沉着脸，从农舍门口篱笆处走向沈阿契："回来啦？"阿契点着头："嗯嗯。"两人一声不吭走进屋去，素琴自然

---

① 素馨制龙涎：据《萍洲可谈》卷二，"制龙涎者无素馨花，多以茉莉代之……素馨唯蕃巷种者尤香，恐亦别有法耳。龙涎得以蕃巷花为正"。

又在院子里打发时间。

进到房中，陈云峰便不冷不热道："祝贺你啊，你倒是挺麻利儿的呀。"阿契问："怎么了？什么事情？"陈云峰从袖中掏出一封五男二女花笺帖，抛到她怀里。

她打开来看，脸色骤变："我什么都不知道啊。"陈云峰笑道："整天在外头烤鱼烤虾的，你却什么都不知道？呵呵，没想到，我才是那个大傻瓜。"阿契将五男二女花笺帖扔回他身上："他来找的是素琴，每次都在外面烤东西，连中厅都没进来过，我能赶他走吗？"

陈云峰把五男二女花笺帖又丢给阿契："我又没说啥，这不挺好的吗？谁让你赶他走了？你瞧瞧人家这名字，起得多好。这就是缘分哪！"阿契把五男二女花笺帖再扔向陈云峰的脸："他叫什么名字，我能管得着吗？就像现在满城里都是三娘五娘六娘的，你管得着吗？"

陈云峰从脸上揭下五男二女花笺帖，做势又要扔向她。

她一手指着陈云峰，急红了眼："你再扔，你再扔一次试试，再扔我就嫁给他！"陈云峰嘴角抽动了一下，把五男二女花笺帖果断地扔向沈阿契："我就扔！"

帖子打向阿契发髻上的珠钗，飞走了。珠钗摇晃了一下，仿佛被急风吹起。阿契转身伏到床上哭起来。陈云峰沉着脸，把她翻过身来："你上次不是说你哭不出来吗？现在又是哭什么？"

阿契抽泣着："你为什么这样欺负人！"陈云峰拉起她，紧紧抱在怀里："我就欺负你，我就喜欢欺负你，你现在知道我是什么样的人了吧？"阿契踢着脚骂了他一通，心绪渐渐平复，又黯然伤神道："峰哥，你放开我好不好？我不想害了你，我不想害了

打春（完整版）·下册

你啊。"

此事之后，沈阿契心中打定了一个主意。

她望着单调的蓝色海水和蓝色天空，脸上挂着泪痕。

陈云卿迟疑着，说："你最近……最近生病了，可能心情也不太好。"阿契摇摇头，没有说话。陈云卿一脸憨相："也许我不该那么快跟你提这些事情，可是我好怕再多犹豫一下，你又被别人抢走了。"阿契破涕为笑。

陈云卿道："我是说真的！就好比以前我和五娘定了亲，也是拖了又拖，没有过门，结果我就被叫走了，什么话都来不及说。我想以后也见不到她了。"陈云卿低下头，怅然若失，又转向阿契："我知道他是真心待你的，即使这样，你愿意接受我吗？"

阿契背过身去，点了点头，又转回身来："不过，婚期倒是不急的，我要跟我母亲、哥哥们商议。"陈云卿欣喜若狂："是，是，是这个理儿。"

他在海边奔跑起来。阿契看着他，他像一个奇怪的小孩。阿契望向远方，心中暗道："峰哥，从此我们两下息心，这样可好？"

回到农舍小院，沈阿契淡淡地对素琴说："素琴，你去告诉杭哥，姐姐要嫁人了。"素琴惊讶："姐姐要嫁人了？谁啊？"阿契说："你老乡。"素琴一听，脸上露出笑意："那就好，那我就放心了。"

阿契又漠然地走进屋去。

素琴转身出了篱笆门，自言自语道："嘿嘿，姐姐要嫁人了，看你还好意思隔三差五往这儿跑？"

沈阿契又来到白田镇的素馨花田里，这次陪她来的是陈云卿。

众花农在花田里劳作。陈云卿转身望了望花农，似乎要避开

他们：“阿契，这个品种的素馨花不适合制香。”阿契问：“为什么？它的香气是最浓的。”陈云卿说：“可它容易腐烂，香气容易散。还是要用回那个淡香的品种。”阿契道：“那个太淡了，比起上次蕃人给我的小样淡了好多好多。”

陈云卿说：“可是，这是要卖给宋人的。你没发现吗？蕃人喜欢浓香，宋人喜欢淡香。浓淡相宜，各取所好便是了，不是一定要浓，或者淡。”阿契点了点头：“有理。淡色，淡香，在大宋确实更风行一些。”说着，脸上微微露出笑意。陈云卿呆看了半晌：“阿契，你终于笑了。前阵子我还担心你的心情不能变好。”

阿契回避地转过头去，走向花田远处。

制香坊终于开张了。

素琴站在梯子上，扶正制香坊牌匾旁的大红绸缎花。沈阿契扶着梯子，抬头向上望着：“小心，那花儿往左边一点，对，对，就这样。”

众制香师在坊内布置各类物品。阿契走了进来。众制香师向她行礼：“沈娘子。”阿契笑道：“明天制香坊开张，辛苦大家了！”

转运司书房内，陈云峰正伏案，邢风忽在门口探了探脑袋。

陈云峰抬起头来：“谁？”邢风突然跳进门：“陈副使，我又来啦！”陈云峰道：“哎哟，邢大人，您怎么就没个大人的样儿？”邢风哈哈一笑。陈云峰问：“您怎么又来啦？这么远你还来，我们并不欢迎你。这回又是我们这里谁被弹劾到御史台呀？”

邢风道：“这回人家不弹劾谁，人家想把整口锅端走，慢慢煮，慢慢吃。”陈云峰问：“整口锅端走？”

此时，杭哥站到门口望着陈云峰。陈云峰给了个眼色示意他进来。杭哥进门，附在陈云峰耳朵边细语。陈云峰安然坐着，一脸平静："往后，他们的事情不必再告诉我。"杭哥连声道："是，是。"便出去了。

陈云峰又微笑望向邢风："想端哪口锅呀？"邢风道："市舶司。"陈云峰笑了笑："理由呢？"邢风笑而不答。

然而，事端既生，市舶司又不得不忙碌起来。

衙署内，众公人在大厅里摆着桌案。桌案渐渐填满整个大厅。案上渐渐摆满籍账，越码越高。

邢风、陈云峰并肩走来，身后跟着若干公人。卢彦躬身迎向前："市舶司恭请内台、外台两位大人检阅历年籍账。"

陈云峰向邢风比了个"请"的动作。

夜间，市舶司衙署里灯火通明。

邢风衣冠不整地躲在一摞籍账背后。陈云峰挑了挑灯芯，举着灯台走向他："天快亮了，我让他们先回去睡。"邢风头也不抬："嗯。"

陈云峰笑了笑："看来，你这次又是白跑一趟了。"邢风没有抬头："嗯。"陈云峰举着灯台又走开了。邢风把籍账往桌子上一放，向后倒到地上，伸了个懒腰："又是白跑一趟啦。"

从岭南折回东京，他便进了王建成家门："老师，我回来啦。"王建成道："哟，回来了就好，路上辛苦了。"邢风说："是挺辛苦的。"

他脱着一路飞鼓的披风："您是不知道，我在岭南那阵子天天下雨，可烦死了。"王建成道："哦，那可要防涝。"邢风摇着头："涝不了，是非常小的那种雨，在咱们这儿都不曾见过的。雨一停，什么都是湿的，根本找不到干的东西。"王建成点着头：

"哦哦。"

常满进屋摆饭。

王建成走到桌前坐下，自己拿起筷子，向邢风道："来，吃点东西。"邢风也坐到桌前："而且还冷。"王建成说："岭南湿热，哪里会冷？京城才冷。"邢风道："不，冷！又湿又冷，又冷又湿，黏糊糊那种冷。"说着打了个哆嗦。王建成道："哟，那挺吓人的。"

邢风一边吃东西一边点着头："嗯嗯。"王建成说："这样吧，你休息休息，尽快呢，再去一趟。"邢风一听，眼睛瞪住了，嘴巴也停住了。王建成解释道："去岭南。"邢风鼓着一嘴吃食，摇着头："嗯嗯。"王建成笑着："必须去。"邢风放下碗，将吃食咽了下去："为什么？"

王建成道："韶州铜监闹呢，因为市舶司开始进口蕃国黄铜①，直接打到韶州铜监的铜价了。権货务认为，市舶司还得归入権货务来管，才不会出现这种情况。"邢风道："啊？那这次……"王建成说："这次还不清楚谁是谁非，你去看看吧。"

没得商量，邢风又从东京折回岭南。

他背着包裹，在转运司书房门口探头探脑："嘿，嘿嘿。"

陈云峰抬起头来，看了他一眼，以手加额，仰头叹气："我是不是出现幻觉？"邢风走进屋里，拉着陈云峰的手往自己身上摸："不是幻觉，你摸摸，是个真人。"陈云峰把手缩回："行行

---

① 黄铜：即鍮石。据程民生《宋代物价研究》，第223页，大中祥符二年"诏杭、广、明州市舶司，自今蕃商贾鍮石至者，官为收市，斤给钱五百。以初立科禁也，三司定直，斤止钱二百，上特增之"。《续资治通鉴长编》卷七二、《宋会要辑稿·职官》均有相关记载。

行了。"

邢风逗着他："我第一次来的时候，你可是到门口迎接我的呀。你一开始可不是这么对我的。"陈云峰忍不住笑了起来："你是还没走呢，还是去了又来？"邢风道："后者，后者。"

陈云峰道："既然被你盯上了，我奏请圣上封你做个'广南东路内台使'如何？可以省很多路上的盘缠。"邢风笑道："好啊。快奏，快封。"

至市舶司衙署，邢风和卢彦挨在一处说话。陈云峰坐得远远的，把玩着手中的瓷杯，又瞥了那二人一眼，笑了笑。

卢彦问邢风："为什么？为什么不能进口蕃国黄铜？大宋缺铜，那就进口铜，就这么简单。这铜荒都多少年了，他们不知道啊？以前是没有通上这一脉商路，现在通了，有蕃铜来，不让来？"

邢风道："现在是说，市舶司独立行事的话，只看得见自己，看不见整体，没有统筹谋划。你当然有你的理由，但这也只是市舶的理由。对市舶有好处的，对别人也许就是有害的。"

卢彦问："对谁有害啊？"邢风问："你说呢？"卢彦沉默不语。

陈云峰远远地向卢彦道："韶州铜监。"卢彦看了陈云峰一眼，又向邢风道："韶州铜监？呵呵？我会害它？你问问陈副使，当年我们在韶州铜监都是怎么过来的？一颗心都在那里了，我去害它？"

回到卢府，卢彦仍是意难平，与陈云峰在花园里说话。陈云峰道："当年咱们在韶州的时候，铜监和钱监形同一体，密不可分。后来放活了，铜监和钱监也就分灶了。"

第二十二章

君子守库，山海开宝

卢彦道："放活了是好事，而且是必然的事。最初，二者都弱小，一供一需，没有二话。但他们不会永远弱小，尤其是岑水场，潜藏的宝藏是巨大的。它不可能永远跟谁捆绑在一起。"

陈云峰点点头："这就像孩子。他小的时候吧，你管着他吃饱穿暖就行，逐渐大了呢，要操的心就多了。如今进口蕃铜的事情，应该是钱监拍手叫好，而铜监却站出来闹了。"

离开卢府，陈云峰又跟邢风说起铜监和钱监的事情。二人在转运司行署门内的竹棚子下，看着几只长尾巴雀儿站在细竹竿上吃青藤上的果儿。它们吃一口，吐一口，吞一半，丢一半，做派有些放肆。那掉下来的果渣弄脏了邢风的头发。邢风从泥巴里捡起一块干果壳甩了上去，把雀儿都赶跑了。

陈云峰道："钱监希望铜的价格更低，可以铸造更多铜钱；而铜监希望铜的价格更高，自己挣个盆满钵满。"

邢风说："但是，进口蕃铜冲击了岑水场的铜价。尤其是，蕃铜从广州港入宋，进珠江，上北江，直接打到岑水场家门口！哪怕是沉甸甸的黄铜，水路船运也很便利。韶州钱监已经开始购用蕃铜铸钱了，铜监能不着急？"

陈云峰顿了顿脚步："着急？着急倒也……我说不准。"

他沉吟片刻，对邢风说："这蕃铜也是刚来，它没来的时候，韶州钱监也会从别处购铜，比如江南西的铜。岑水场也在给别处供铜啊，本路惠州钱监就是它在供铜，其他路的更多。除了铸铜钱，还要做器皿的。"邢风点了点头："哦。"

陈云峰道："要说着急的话呢，钱监也很着急。岑水场因为给各路不同的行业供铜，供不应求，铜价自然就高了，能给到钱监的铜也少了。再加上大宋上下闹'钱荒'，铜钱禁令一波接一波，钱监能不急吗？"邢风径直向前走去："看来这买卖就是一个两厢情愿，或者说互相制衡的过程。"

东京三司衙署内，一公人来报与王建成："王大人，榷货务庞文才庞大人求见。"王建成道："快请。"公人将庞文才引进来。

见礼毕，庞文才道："王大人，市舶司进口蕃铜的事情祸害不浅。卢彦私罪可免，公罪难逃哪！"[1]王建成道："快请坐，怎么说？"庞文才道："王大人，我们都知道卢彦是您一路把他从一个进纳官培养出来的，但是，该说的话下官还是要向您面陈，都是为了社稷，没有私心。"

王建成笑道："但讲无妨。"庞文才道："我刚才也说了，他没有私罪，但是有公罪！大宋一直在闹铜荒、钱荒。为什么会钱荒？因为铜不够用。也就是说，铜荒是钱荒的根本。所以，假如二者相权，我们更应该先保住根本。"王建成点着头："嗯嗯。"

庞文才又说："开采铜矿是非常艰难的事情，坑户们都是冒着生命危险在干活的。假如铜监没有厚利，那么谁愿意去做坑户？哪怕用严法相逼，采矿之效却远比不上厚利相诱。王大人哪，咱们的目的不是让坑户们看起来很听话，而是让他们如狼似虎地开采出更多、更好的铜矿。"

王建成点了点头："嗯嗯。"庞文才又道："如今蕃铜一来，宋铜价低。如此，只会让坑矿产铜更少，久之不能维持，伤了根本哪。"

第二十二章 君子守库，山海开宝

---

① 私罪与公罪：据戴建国《宋代法制研究丛稿》，第379页，公罪，"谓缘公事致罪而无私曲者"，有"私曲"的，则以私罪论处。《宋刑统校正》卷二《名例律·以官当徒除名免官免所居官》有相关记载。

王建成问：“那依你之见呢？”

庞文才道：“王大人，卢彦卢大人是个德才兼备之人，他有很多办法可以盘活市舶司。但是，即便没有私心，也极容易好心办坏事。这不是他的问题，而是因为市舶司独立于榷货务之外。他只看得到一面，看不到全部。因此，市舶司应该归榷货务来管理，这样才能统筹兼顾、全盘考虑。”

再说邢风在广南东路盘桓了几日，脑子里有些迷雾。他向陈云峰道：“现在看来，大家都在讲大道理。讲大道理没什么意思，因为讲不出什么真正的对错。”

陈云峰道：“那就让榷货务、市舶司把细账都拿出来吧。”邢风点了点头：“特别是蕃铜的榷易追踪细项。”陈云峰道：“好。”

邢风想了想，又说：“还有岑水场铜监和韶州钱监的账目。”陈云峰道：“行啊，当时这两处的账册范式都是我和卢彦框定下来的。我还没走呢，料想范式总不能就面目全非了吧？”说着笑了笑。邢风朝他打趣地喝了个倒彩。

满天星光，坑户水银提着灯笼在岑水场山地里四处寻觅。一个黑衣人从身后拍了他一下。水银一转头：“哎哟，你在这儿啊。”黑衣人道：“庞大人有差事给你。”水银说：“刚收到风，转运司要看岑水场的账目，莫不是你要我去销毁、造假？我可不干那杀头的勾当。”

黑衣人笑道：“嘿，说什么呢？谁那么蠢不打自招？更何况岑水场的账目就算不漂亮，也拿不出罪来。”水银道：“不是就好。”黑衣人又说：“那些东西那么多，我估摸着，看三年也看不完。让他们慢慢看去，定是头昏眼花一团麻。我猜，他们也看不出什么来，都是装样子。"

水银问："那庞大人的意思是？"黑衣人道："你领着众坑户，只管叫苦喊冤，先闹起来。""闹起来？这，这不太好吧？"水银有些迟疑。黑衣人道："你放心，闹起来还有庞大人呢。庞大人那么大，你还怕他罩不住你们几个小小坑户？"

第二日，岑水场的坑户真个闹了起来。

水银领着众坑户在铜监门外，人群里一片喧闹。水银道："兄弟们，我们不要蓄铜！就是因为蓄铜压价，才害得我们的血汗钱越来越少！"众坑户吵吵嚷嚷。水银又喊着："如果还有蓄铜，我们就不干了！"坑户们群情激昂，跟着喊起来。水银叫着："我们要讨回公道！"众坑户也叫着："讨回公道，讨回公道！"

罐子走出铜监，见此情形，不知所措，心知今日又干不了活了，便一扭头跑回家中去。

他叫道："爹，外头兄弟们又开始跟官府闹了。"罐子爹说："哎呀，这可如何使得？"罐子焦急得跺起脚："这样下去，兄弟们迟早要吃亏。"他转身想了想，说道："不行，我得把事情告诉卢大哥，请他拿个主意才行！"他忙寻来笔墨，抓握起笔写了两句大白话，便投去递铺给卢彦。

再说转运司侧厅中，籍账堆积如山。公人们在其间走动，足可没人。

邢风张大嘴："这么多啊？"陈云峰道："你以为岑水场的产量小啊？我找几个人来分类。"说罢转头找人。邢风笑了笑："你说的是铜的产量还是籍账的产量啊？嗯？带旺了韶州竹纸业。"

陈云峰回过头来："你很喜欢逗我？我不分类了啊。"说罢

又转头去找人。邢风笑着，走进"账籍山"中，随手拿出一本翻了翻。陈云峰走来，拿过他手中的本本："我来教你，要这么看！不能蛮看。"

邢风又笑了笑，摇着头。

广州卢府，家仆送了一封信进卢彦书房："大人，这是韶州递过来的。"卢彦展开来看，竟是罐子。罐子告诉他："卢大哥，我们这儿现在很乱。兄弟们劝都劝不住。我觉得挺害怕的，您能来劝劝他们吗？"

卢彦眉头紧锁，赶紧到转运司来。

转运司行署侧厅里的所有籍账已经分门别类好，从堆砌的小山变成一根根胖柱子。卢彦进来，一根根柱子绕着找，终于在某根柱子后看到站着的陈云峰。两个人都因为卢彦这种悄无声息的到来，冷不丁地小吓一跳。

卢彦叫："陈副使。"陈云峰道："哦，卢大人你来了。"卢彦道："陈副使，我要离开广州一趟。按道理，现在转运司在查我们的籍账，我不应当离开的，可是……"陈云峰问："你要去哪里？"卢彦说："岑水场。"陈云峰问："你去岑水场干吗？"卢彦说："岑水场的坑户们跟铜监闹起来了，我很担心那帮兄弟。您以前也跟他们接触过，他们其实很单纯，很善良，正因为这样，也很容易被别有用心的人利用。"

陈云峰听了，转头望向另一个方向的账籍柱子。卢彦跟着他同向望去——那账籍柱子后面坐着的是邢风。邢风正抬头看卢彦。

陈云峰问："邢大人，市舶司的籍账您还有什么要问他的吗？"邢风道："倒没有，我能看得明白。只是，岑水场又不归市舶司管，你去干啥呢？"他瞅着卢彦。

卢彦着急了："邢大人，卢彦就是从韶州来的市舶司，那帮坑户我是了解的。现在事情可大可小，请您让我去，我要劝住他们不要闹。"邢风想了想："你真去？先前派过几个人去安抚的，一到就被那帮坑户围在中间，险些出不来，差点出了事儿。"卢彦道："所以才担心！那都是朝廷命官哪。要是去迟了，事情变了味儿，那帮兄弟被人说成是谋反就糟了。"

他说着，恳切地望向陈云峰。

陈云峰如被点醒，忙对卢彦说："我跟你一起去。"邢风问陈云峰："啊？你也要去啊？"陈云峰道："岑水场虽不归市舶司管，但却在我广南东路，我去是顺理成章的。"说着向卢彦道："多谢你提醒了我。这段时间我陪邢大人在这里查籍账，险些疏忽了！"

卢彦点着头。陈云峰又对他说："事不宜迟，咱们走吧。"

邢风叫住陈云峰："你不陪我看这些玩意儿啊？"他向籍账柱子努了努嘴。陈云峰道："不了，您看得明白。"说罢，与卢彦转身离去。

岑水场，众坑户聚集在铜监前，用榔头敲打着锄头，"铛铛铛"停不下来。那声音震得人耳膜发刺，脑壳欲裂。众官差簇拥着前来安抚的官员来安，出现在了人群中。

来安一脸疲惫，气喘腿软。水银指着来安，向众坑户叫着："兄弟们，管事儿的来了，咱们找他说理儿去！"来安叫着："大胆坑户！我劝你们赶紧散了，不要再敲敲敲，吵死了。赶紧回到坑矿上去干活，朝廷给的产铜量出不来，有你们苦头吃！"水银又把来安一指，向众坑户道："就是他，我们问他，又想马儿跑，又想马儿不吃草是怎么回事？"

众坑户向来安围了过去。来安后退几步："你们不许过来！你们不许乱来啊！"又向身后众官差吼着："拦住他们！"众官差走向坑户们，意欲驱赶。来安又向众官差道："不，抓起来！"坑户们听了，一哄而散。

才消停两日，众坑户又聚集到坑矿上，用榔头敲打着锄头。"铛铛铛"的声音惊得鸟兽皆匿。一只一跳一跳的兔子耳朵抖成水波纹，浸到深草里去了。山间百草几欲震枯，只恨没有腿脚可以跑。

前来安抚的官员来抚由众官差簇拥着，徐徐走来。众坑户停下敲打，一个个将目光投向他。

他不紧不慢地从耳朵里掏出白色小棉花球来，调了调气息，忽发起雷霆之怒，责问道："怎么又不下矿？"水银向众坑户叫着："兄弟们，下矿是好下的吗？"众坑户齐声喊："不好下！"水银指着来抚，向众坑户道："他要是来硬的，咱们就请他一起下矿！"众坑户笑了起来："好！"

坑户们向来抚围了过去，官差们渐渐被挤出人群外围。来抚被困在中间，慌乱起来。他满眼都是野人般又黑又壮的坑户。水银一声起哄打破了沉默："走咯！兄弟们！"于是，那个由人组成的大圆圈逐渐向黑洞般的矿坑移动。圆圈中间的小点点就是来抚。

来抚伸直脖子喊："快来人！捕快，捕快！"众官差拼命往人群里挤，将来抚拉扯了出来。来抚在拉扯之间，帽子掉了，衣领被扯开了，锁骨上被抓出了几道血痕。

这样的事情自非常事。

东京三司衙署，庞文才急匆匆进门："王大人哪，不好了，现在事态越来越紧急。"王建成问："庞大人，这是怎么了？"庞文才道："岑水场的坑户不满进口蕃铜压价，已经闹起来了，已经跟衙门闹起来了！坑户们苦啊，他们也是被逼得无路可走了！"

王建成眉头一紧："闹起来？这怎么又闹起来了？"庞文才说："都是因为市舶司独立行政，一意孤行。我们榷货务又管不了他，我们一点办法都没有啊。"王建成眉头紧锁，沉默不语。庞文才叫道："进口蕃铜害人不浅，祸乱不小啊。王大人，三司还能坐视不管吗？"

千里之外的大庾岭，远山微微露着浅蓝的晨曦。

陈云峰与卢彦下了马，走进驿馆大门。他们后面，有一公人飞也似的跟着跑了进去。

因天未大亮，驿馆厅子里的灯盏都还点着。那公人站到厅门口道："急报！"陈云峰问："怎么了？"公人道："知州大人请陈副使千万别去岑水场！知州大人说，陈副使千金贵重之人，恐被坑户所伤。知州大人请陈副使放心，现已派人全数捉拿岑水场闹事坑户！"

卢彦忙迎向公人："万万不可！你速去告诉知州大人，陈副使不去，请他放心。卢彦这就赶往岑水场安抚坑户。要是劝不退、拉不住，请知州大人连着卢彦当贼头，一起抓！"

公人看了看陈云峰："这？"陈云峰对公人说："按卢大人说的办，你快去。"公人领命而去。

大庾岭山道上，卢彦领着众公差策马奔驰。陈云峰带着另外数名公差追赶上来。卢彦马不停蹄："陈副使，您怎么也来了？"陈云峰道："及陷于罪，是罔民也。不敢不来啊！"

数匹快马疾驰而去。

岑水场坑矿上，众坑户聚集着，扶着锄头白日闲坐。

罐子向众坑户道："各位兄弟，大家快散了吧，快走吧。再不走，官府要来抓人啦。"水银却向众坑户说："不能散。兄弟们，我们要把坑矿钱讨回来。"罐子又叫："快走吧，快走吧。"水银恼了，将罐子往深坑边推："这小子必是官府派来的人，要是再出声，咱们先收拾了他！"

此时卢彦策马而至，身后是陈云峰和众公差。卢彦挥出马鞭一指："住手！"水银停下手，罐子一把将他推开，跑向卢彦："卢大哥！"

水银指着卢彦，向众坑户道："兄弟们，你们看，他们来啦。咱们想走也走不了了，索性把他拉下马！"众坑户起身，涌向卢彦。卢彦骑在马上，被众人围成一个圆心。陈云峰及众公差被排斥在圆圈外。

罐子挡到卢彦马前，一脸的又喜又急，向众坑户叫着："是卢大哥啊！你们看！"众坑户安静下去，抬头望着马上的卢彦，纷纷叫起来："卢大哥，是卢大哥，是卢大人！"他们叫着叫着，脸上转为喜色，有的笑，有的拍手，拥到马前，七手八脚把卢彦拉下马，抬起来，向林子里走去。

陈云峰向众公差叫道："快！把卢大人救回来，把卢大人抢回来！"众公差忙追赶过去。

水银站在原地，望着远去的人群，一脸愕然，又望向陈云峰。陈云峰正好也在看他。水银打了个冷战，一转身，头也不回地跑了。

陈云峰在坑矿上等到天黑也没有卢彦消息，索性在山道旁升起一堆篝火，继续等。众公差押着七八名被反手捆住的坑户上前，又一推，坑户们便跪到陈云峰脚下。

为首的公差道："陈副使，属下无能，只抓到这些闹事的坑户。卢大人竟让他们抢走了！属下这就抓紧搜捕。"众坑户纷纷抬头向陈云峰："陈副使，我们没有闹事，没有闹事啊。"

坑户徐凤来叫道："陈副使，您不记得我们了吗？我们没有闹事啊！"陈云峰认了认徐凤来，道："记得记得。"又向为首的公差道："给他们松绑吧。"那公差略作迟疑："这？"陈云峰说："没事的，松绑吧。"

众公差方给坑户们松绑。

再说卢彦，这晚却是被坑户们抬去了山神庙。

那山神庙大殿中间点着一小簇篝火。篝火上烤着兔子和茄子。众坑户坐地，把卢彦围在中间。

坑户张弘道："卢大哥，您回来了，我们真是太高兴了！我们都很想您。"坑户张广道："我们一坐下就会说起您。大伙儿都说，啥时候您回来了，咱们就有好日子过了。"卢彦道："我也想你们哪，可是我现在去了市舶司，岑水场不归我管。"坑户包璞问："卢大哥，您能不能不去市舶司啊？"众坑户都说："就是，就是。"

卢彦哈哈大笑："可是去哪儿不是我决定的呀。"

包璞又问："那卢大哥，我们能跟您去市舶司吗？打鱼我们也是会的呀。我们能吃苦。"罐子向他道："市舶司又不是打鱼的。"卢彦笑向包璞："为什么想去市舶司？"包璞说："我们都不想挖矿了，现在不比从前您在的时候了。"张广也道："现在坑矿钱越来越少。"张弘不平道："连头盔和护心镜都不给我们戴。"

卢彦皱起眉头："头盔和护心镜怎么能不戴呢？"

张弘说："就是！当初您把咱们自家挖出来的铜，锻造成了漂亮的头盔和护心镜，像战场上的将军穿的铠甲那样，给我们穿。"包璞也道："您还说，下矿坑跟上战场没什么两样，都是勇士，都要穿上盔甲。"张广又说："谁知后面来了一个管事的，说我们穿的盔甲跟有品勋的将军一样，违制了，就全部收回去，不让穿。"

卢彦道："哪里违制了？当年那些盔甲是陈副使亲自督造的。陈副使可是礼部出身，有没有违制他不知道？"众坑户纷纷道："是啊，就是啊。"卢彦又问："坑矿钱也越来越少？"

坑户们都点着头："对，对对。"

卢彦沉吟半晌，说道："但不管怎样，聚起来闹是万不可取的！你们也不想想，是官兵人多还是你们人多？现在不过是官府还不以为然罢了。"罐子忙附和道："对啊，对啊。"

张弘道："卢大哥，我们并不想跟官兵比人多，我们只想要回坑矿钱！"众坑户纷纷点头。包璞说："等我们要回坑矿钱，我们也不想做坑户了。连头盔和护心镜都没有，我们的命不是命啊？我们家里可也是有老有小的。"众坑户都深以为然。

不觉夜半，广州转运司行署内灯火通明。

众公人在侧厅籍账堆中伏案。邢风发髻上插着一支笔，站起身来揉了揉眼睛："成了！"

一公人呈上案卷："邢大人，按您说的，这是蕃铜的去向追踪，宋铜各路坑矿铜价和蕃铜铜价的比对。因为蕃铜是去年底才从市舶司引入的，因此只比对了两年。另外我们还多做了五年的宋铜各路坑矿铜价比对。您看看。"

邢风接过卷宗浏览："大致是这样。"

公人道："邢大人，从整体比对上看，蕃铜也并没有低价呀。"邢风说："就算加上蕃铜，也是供不应求。商人都是逐利的，他为什么要低价呢？"那公人点了点头。

邢风转头望了如山的籍账一眼："看了那几家子的籍账，倒看不出什么贪赃枉法的事情，只是对坑户也太苛刻了些。"公人道："那坑户的坑矿钱越来越低，也不是蕃铜定的呀，那是铜监管事人定的。"

天亮了，大庾岭驿馆的门值公吏看到卢彦回来了。他们喜得迎上前去："卢大人！您没事吧？那些坑户把您抓去哪儿了？"卢彦道："没事，那些坑户已经劝散。"说着走进门去。

一公吏小跑在他前面，报给陈云峰："陈副使，卢大人回来了！"

陈云峰见了卢彦，忙上前关切地拉住："你们去了哪里？没事吧？"卢彦笑道："陈副使，呵呵，我没事。"又向公吏道："哦，你先去忙吧。"公吏告退。陈云峰又问："怎么样？"

卢彦摇了摇头："坑户太苦了，所以一点就着，一煽风点火就闹。"陈云峰道："是什么人在煽风点火？绝不能姑息纵容！"卢彦道："顺藤摸瓜，会找到他的。"

三更一过，韶州监狱的狱卒就把坑户水银从木栅栏内拉出来，带进审讯室。审讯室内，一老一少二公人坐在桌子后。桌上摆着笔墨纸砚。

二狱卒推着水银跪下。

水银叫道："大人饶命，大人饶命！"老公人道："我问你，你为何唆使坑户们闹事？"水银结结巴巴："蕃铜，是因为蕃铜，害得岑水场铜监没钱挣。铜监没钱挣，便又害得我们坑户的坑矿钱一直拖延不给。我们，我们要讨回公道，不要蕃铜！"他说着，突

然有了底气。

老公人笑了笑："你既然说是蕃铜所害，那你可知蕃铜卖给韶州钱监的价格几何？你们岑水场卖给韶州钱监的价格又几何？你可知岑水场在蕃铜进来之前卖给各路的价格几何？有了蕃铜之后，岑水场在各路的价格又几何？"

水银没了底气："这，这……"

老公人道："你既说铜监没钱挣，想必你知道铜监收支四柱的数目了？"水银连连摇头："小人，小人不知。"那后生公人看了水银一眼，提笔疾书。老公人开始严厉起来："你定是知道了，隐瞒不说！若不从实招来，我就要用刑了！"

水银吓得直哆嗦："小人确实不知！小人不敢隐瞒！小人一个粗人，只是小小坑户，能知道的就是自己所在那个矿坑的产铜量，别的如何能知？就是担上梯子，爬到顶也看不见铜监的账簿啊！"

老公人更加严厉："你既然爬上梯子也看不见铜监的账，却又知道铜监没钱挣，还知道是蕃铜害的？如此妖言惑众是何居心？从实招来！否则，严刑伺候！"

水银连连磕头："大人饶命，大人饶命！小人也不知道那些事情的，这全是别人告诉我的呀。"老公人问："是何人告诉你的？"水银迟疑着："这，这，是……"后生公人目不转睛地看着他。他仍道："小人不敢说！"

老公人叫："来人哪！用刑！"水银忙道："我说，我说！"

天亮后，水银的供述被呈送到韶州知州面前。呈送的公人道："告大人，那带头闹事的坑户已经招了。"知州"嗯"了一声，伸手去取笔录，看了看，颇感意外，冷笑道："哦？呵呵，这可就不是咱们说了算的了。"

又至半夜，黑衣人潜入韶州监狱。

水银关在木栅栏内，有所察觉，忙站了起来，扑向黑衣人："您终于来了，您可终于来了。"黑衣人做了个手势，暗示他安静。水银小声问："是庞大人让您来救我的吗？"黑衣人点着头，问他："你说了没有？"水银连连摇头："没说！我没说！我什么都没说。"黑衣人道："那就好。"说着，把水银的脖子卡到两道木栅栏中间，抽出腰间佩刀，一刀捅向他的心脏。

水银身亡。

第二天，狱中事故报至韶州衙署，知州大惊："什么？那坑户死了？"来报的公人道："好在口供已经做完。"知州忙命："快追查！"公人领命而去。

陈云峰领着一公人走进韶州铜监大门，铜监主事忙迎了出来。

铜监主事道："不知陈副使降临，有失远迎！"陈云峰说："客气了，您这儿向来红红火火的，怎么今儿我看矿上不开工了呢？"铜监主事一脸煞白："陈副使恕罪，最近，最近……"

陈云峰道："一寸光阴一寸金哪，这一天天地荒废，是要放着满地的金子不掘呀？"铜监主事道："我这就让坑户们赶紧下矿坑去！"陈云峰皱起眉头："怎么下矿坑呀？他们连头盔和护心镜都没有。"

铜监主事一惊："啊？您怎么知道他们先前有头盔和护心镜的？"说完自悔失言，忙闭了嘴。陈云峰笑了笑："那套铁衣是我监造的，因此知道。"铜监主事又一惊："您？您做的？"

陈云峰笑道："听说你觉得那套铁衣和头盔违制，所以都收回了，不让他们穿。"铜监主事也尴尬笑着："下官浅薄、无知，当时觉得和将军穿的铁衣太像，所以……"陈云峰道："哎，不必如

此。重视礼制是对的，违制肯定不行。不过你放心，那套东西和将军盔甲不一样，没有违制，放心用！"

铜监主事赔笑道："是是是！是下官没有了解清楚……"陈云峰道："你可以查典章的。当年我在礼部的时候，我们怕大家搞不清楚，专门编纂过礼制典章，发给各州府的。"铜监主事连连点头："对对对！"

陈云峰问："那批铁衣盔甲你们收走以后去哪儿了？"铜监主事忙道："在，都在的！"便领着他到仓库来。

仓库里堆积着如山的铁衣盔甲。

铜监主事道："陈副使您看，铁衣盔甲都收在这里，一点儿没动。"

陈云峰伸手抹了抹铜片上的灰尘，又拿起一件铁衣看了看，只见护心镜上有几处凹陷。他说："你看，这些地方已经打凹了，可见矿坑下面有多险？连护心镜都能打凹，如果当时打在人的胸口上，会怎样？怎么能不穿就下去呢？"铜监主事一脸痛心疾首："是是是，陈副使说得对，是下官无知，下官有罪！"说着慌忙跪下。

陈云峰半眼不看他，只道："起来吧。"又拿起另一件铁衣看："哎哟，好多铁衣都已经坑坑洼洼的了，需得重造一批新的。"

铜监主事起身道："好！马上造。"

陈云峰又说："走吧，我们去坑矿上看看。"铜监主事一听，心神不安："陈副使，您先在此歇息，容下官禀告这几年来铜监诸事。坑矿上我让小的们准备准备，好迎您过去。"

陈云峰沉下脸："不必了，就我和你去，现在就去！"说罢往外走。铜监主事紧紧跟着："容我找人带路。"陈云峰道："不必带路，我认得路。"

至坑矿上，只见空荡荡的矿场，一个人也没有。铜监主事慌忙跪下："下官失职，下官失职！下官这就把这帮刁民全部抓过来收拾！"

陈云峰把他拉起来，缓缓一笑："收拾什么呀？这又不是朝廷公派的徭役。你不给工钱，人家不做工，那不是正常的吗？"铜监主事道："告陈副使，坑户们每每嫌钱少，但每年坑矿钱的限定，都是由榷货务定的呀。榷货务所定的一切开支，也都是报三司准了的呀。我一个小小的铜监主事……"陈云峰道："你不要绕那么远。我只问你，现在是迟发，还是少发？"

铜监主事道："只要是按榷货务定的、三司准了的数额发，就不叫少发。"

陈云峰问："有没有迟发？"铜监主事道："惯例上，多少有些延迟，并没有个明准的时间。"陈云峰恼了："怎么没有明准的时间？什么时候的惯例？我在这儿的时候就没有这样的惯例！"

铜监主事慌得又跪下了："下官知罪，下官知罪！告陈副使，自近年来，比往常发得是迟了。"陈云峰问："为什么迟了？"铜监主事想了想，道："因为，因为蕃铜！这蕃铜一来，铜监盈收实在不济，所以委屈了他们。"

陈云峰笑了笑："你对坑户们当然可以这么说。反正你这么说，他们也分不出个子丑寅卯来。只是，你打算对我也这么说？"

铜监主事跪在地上，愣了一下。陈云峰问："你是不是糊涂了？铜监的籍账现在可是被御史台搬走了呀。啊？"铜监主事连连磕头："下官知错了！马上发，今天就发！"

当下，铜监主事被陈云峰的忽笑忽敛折腾得一颗心都提到嗓子眼了。陈云峰一走，他即命人发放坑矿钱。

铜监门口，坑户们排起了长队。

罐子和徐凤来从铜监内走出，手里掂着两囊钱。罐子道："我就说了吧？只要卢大哥来了，这钱就有希望要回来了。"他们边走边聊，渐行渐远。

陈云峰和卢彦躲在一旁的树下看着。陈云峰纳闷道："我就奇怪了，为什么他们总是记得你，却不记得我？明明是我帮他们把钱要回来的。"卢彦笑着摇了摇头："哪里哪里？谁敢不记得您？"陈云峰继续打趣他："还有，那天他们把你抬去山神庙吃了顿好的。我想了想，嘿，当时我不也在场吗？愣是没一个看得见我啊？"卢彦继续笑着摇头："岂敢岂敢？哪个敢看不见您？"

二人说着，相视大笑。

转运司行署门口，邢风与二随从背上行囊，骑在马上准备回京。陈云峰率众送行。

邢风调侃道："哟，陈副使，您亲自来送我呀？"陈云峰道："那可不是？就像您第一次来，我在门口迎接您。"邢风哈哈大笑："前两次您可没送啊，您这是怕我去了又来，特地把这礼数补上还是怎么的？"陈云峰道："难不成您打算还来？"邢风道："哟，我可是替您把市舶司都留下来了，没被抢走。您就这么跟我说话呀？"

陈云峰笑了起来，向他鞠了个躬："邢大人辛苦了！邢大人慢走！"

回到东京，邢风至三司衙署细将蕃铜之事报与王建成。

王建成捻着胡须："按眼下的形势来看，蕃铜进口还是好事。

大宋一直缺铜，我们一直在施行铜禁之策，禁止外流。现在就算加上进口蕃铜，也不过是稍作缓和而已。"

邢风道："何况岑水场的铜也有枯竭的一天。"王建成点点头："因此只能精采，不能滥采。这铜可不是铜监的铜，而是大宋的铜啊。"说罢，向侍立一旁的公人道："来，你记着。关于坑矿钱的事情，一直是榷货务在定，现在三司要给他立个上下限，一年一调。不能任由主事人把坑矿钱省了又省，省出来还当作自己的功劳！"公人领命。

王建成又道："其实，不管进口何种蕃货，能不能要，都不是一眼万年的。哪天情形变了再跟着变就是。"邢风连连点头。

再说榷货务主事庞文才，因蕃铜之事却把自己折进了大理寺狱。

王建成来看他，他穿着囚服在木栅栏内叫着："王大人，快救我出去！"王建成道："文才啊，你怎么这么傻？煽动坑户闹事触动的是朝廷的底线。你不知道呀？贩盐的、坑矿的，都是朝廷的底线。一旦煽动起来，事情就可大可小。你这是在玩火呀。"

庞文才道："我，我也是在维护朝廷的利益呀。"王建成道："此话怎讲？"庞文才说："岑水场是朝廷的，岑水场的利收就是朝廷的利收，我难道做错了吗？"

王建成道："你怎么会有这样的想法？天下之大，哪样不是朝廷的？岑水场能挣到更多的钱，当然是朝廷的好处。可是市舶司进口蕃铜抽税，难道不是朝廷的好处？解决铜荒、钱荒，都是朝廷的好处；坑户们乐业安居，民无异心，更加是朝廷的好处。"庞文才神色无措。王建成道："文才啊，你在维护朝廷的利益？你知道朝廷的利益有多大吗？所有的利益、最大的利益、最后的利益，都是

平衡的利益。"

庞文才瘫软在地。

增城稻野，水田边上有一座大水车。水车转动着，流水潺潺。

沈志文领着阿契和陈云卿从大水车前走过。志文道："老五，你们看，这大水车能让底下的占城稻吃饱喝足。"陈云卿望着风中细柔翻涌的绿色稻田，又看向近处的稻根静流，笑道："既能兴农，又增好景色。"阿契却说："看得到这好景色，却到底美中不足。"志文问："哎，你何出此言？"阿契笑了笑："我觉得它可以更好。四哥，美景是稻子能看到还是人能看到？"志文说："当然是人。"

阿契道："不如在这大水车上，开一间'久住沈员外家'①岂不是更好？"陈云卿道："在大水车上开客栈，这可能行？"阿契说："有什么不行？先时我在东京，还见过桥洞底下开客栈的呢。夜里水声细细，一大清早则舟棹吆喝之声不绝于耳，可是住的人却多，连门口卖吃的卖得都很好呢。"

陈云卿问："这是为何？桥洞底下岂不是又黑又潮湿？"阿契道："不甚敞亮，也没多黑。近着水，却也没湿到屋子里。大抵，住客栈的并不是常住久住，只是图个新鲜有趣罢了。"

志文点了点头："你这么一说，我却想起来了。是汴河的桥洞底下有这么一间客栈。房价是极贵的。外来的客商慕汴河之名，很喜欢住在那里。打开窗就望见汴河舟楫，其实倒也有趣。"阿契点

① 久住某某家：宋代民宿的称呼。据程民生《宋代物价研究》，第48页，《清明上河图》中有一块"久住王员外家"的招牌，指的是一个姓王的财主开的民宿。

着头。陈云卿道："原来是这样。"

此时，一家仆从田埂上小跑过来："四爷，四爷。"家仆近前来了，方小声道："四爷，陈副使来找您了。"志文看了阿契一眼，陈云卿也看了阿契一眼。阿契道："四哥，您有公事忙，我们先走了。"志文点点头。阿契便与陈云卿走了。

一时陈云峰来了，沈志文向他行礼："志文参见陈副使。"陈云峰笑道："志文兄，我刚刚收到一个喜讯，特地过来告诉你。"志文忙问什么喜讯。陈云峰道："潮州来报，占城稻在潮州已经繁衍出黄占和赤占两种[①]，长势喜人。"

志文笑了："哦，那太好了。这回，象兄们更加盘桓不肯去了。"陈云峰哈哈大笑。

二人在田间走着，那大水车下白水青苗，又有鱼跃蛙鸣。陈云峰道："这大水车是新置的？真是赏心悦目。"又望着大水车上的水流，问："这外头引的是哪一道水？"志文道："是白溪河。"陈云峰弯下腰去，伸手掬了掬水。

志文沉吟片刻，叫了声："陈副使。"陈云峰转过头来："嗯？"志文一脸正色："我也有桩喜事要告诉您。"陈云峰笑了笑："什么喜事？"志文道："舍妹的婚期议下了，就在……"

陈云峰笑容一收，打断了志文的话头："好！"他转向水车，向下伸手掬水，又张开手掌向上接水，紧紧握拳，水便从指缝间流出，一滴也没留在掌心。

制香坊院子里，几个裹着头巾的制香师弯着腰在淘洗花瓣。一

---

① 据黄纯艳《宋代海外贸易》，第270页，占城稻最初由海商贩运至福建、潮州等地，潮州尤其繁育出白占、黄占、赤占等许多品种。

个高大的制香师端着一大盘新鲜素馨花走进门去。制香坊内，众制香师忙碌着。几个看起来年龄尚小的制香师在一只琉璃罐前，打开闸子承接花露。

风日通透的房间内，沈阿契端坐案前。案上摆着一只莲花形状的琉璃小香炉，香炉上飘出凝聚不散的烟来。

阿契拿起剪刀，将那缕不散的烟剪了一下，那烟便分成两缕，仍是不散。陈云卿放轻脚步走到她背后，看着那缕烟，道："烟聚不散，这龙涎真是好龙涎！"阿契转过身来："你什么时候来的？"

陈云卿道："刚来。不过，明日又要回溽州，现在过来看看你。我今晚去赖师兄那里。"阿契点了点头，又专注地盯着龙涎香的烟，沉默不语。陈云卿脸上有些尴尬，自己笑了笑。

忙完屋里的，阿契又到院子里来。院子里晒着一盘盘新鲜的素馨花。日色将暮，花儿该收回廊檐下了，防着夜里打到露水。制香师们已经回家，阿契仍双手不停地打理着素馨花，专注地四处嗅了嗅，似乎无视身旁的陈云卿。

陈云卿犹豫了一下，忽问："阿契，你真的愿意嫁给我吗？"阿契这才把注意力转移到他这里："啊？为什么这么问？我们的婚期不是刚刚定下来了吗？"陈云卿又道："对不起，我刚才不应该这样问。"

阿契神色淡然："我不懂什么情什么爱，我只知道做人要惜福，因为没有什么东西理所当然是我的。"陈云卿微微一笑："我听不懂你在说什么，只是听了觉得很心疼。"

阿契也微微一笑，逗着他："心疼我吗？还是心疼你？"陈云卿忍不住笑了："说什么呢？肯定是心疼你了。"

阿契又一脸正色："陈执事，我们既已定下婚期，我便一颗心都在你这里了。你以后可不许再这样问我。"陈云卿忙答应道：
"好。"阿契又说："哪怕睡着了说梦话也不可以。"陈云卿连连
点头："好。"阿契端起一盘素馨花，又走了。陈云卿看着她的背
影，若有所思。

澥州岛的远空下，海浪拍打着岸边长堤。

两只鸟儿在岛上的灌木丛里掠过。

陈云卿的船靠岸了。绿鳍在岸上跑着，向他挥手："陈执事，
陈执事！"他跑过架在船与岸之间的木板，上了船来。陈云卿问：
"怎么了？慌慌张张的。"绿鳍一脸的笑："好事，好事！昨天您
不在，刚好泉州驿马就来信了！"陈云卿问："哦？泉州驿马来了
什么信？"绿鳍道："泉州那边说，您托人寻了多年的那位夫人，
沈五娘，已经找到啦！"

陈云卿瞬间脸色一变，一句话也说不出。

大海的尽头是柔和的落日，汹涌的波涛上有被揉得稀碎的阳光。

陈云卿独自在海滩边漫步，满脑子里都是绿鳍的声音："您
托人寻了多年的那位夫人，沈五娘，已经找到啦！这位未过门的夫
人十分坚贞，这么多年都守在娘家，从未提起嫁人，至今还等着
您呢！"

远处，夕阳被大海一点一点地吞噬。

制香坊里，沈阿契仍独对着一炉龙涎香剪烟。[①]陈云卿走进来
时，她一如既往地没有抬头。陈云卿平静地说："阿契，五娘找到
了。"阿契突然抬头，拿着剪刀的手悬停在半空中："啊？"

---

① 据《岭外代答》卷七，"龙涎于香本无损益，但能聚烟耳。和香而用
真龙涎，焚之一铢，翠烟浮空，结而不散，座客可用一剪分烟缕"。

陈云卿道："沈五娘找到了。我原来找的沈五娘，你知道的。"阿契放下剪刀，垂手而坐。陈云卿道："她一直没有再嫁人。"阿契点了点头。陈云卿说："我最近想跟市舶司告假回一趟泉州。"阿契点着头："好。"陈云卿说："我想回泉州去见见五娘。"

阿契低着头："好，我知道了。"陈云卿突然抓起她的手，情绪有些激动："阿契，五娘一直未嫁。她等了我这么多年，我亦不能负她！"

他又放开阿契的手。阿契忙把手抽了回来，半晌才抬起头来看他："我知道，应该的，这是应该的。"说着，脸上抽动着笑了笑。陈云卿伏身到她跟前的矮案上，眼圈红了："阿契，对不起。我知道你的心已经伤痕累累。我原想把它修补好，让它余生不再经受风浪。谁知道，我又亲手捅上一刀啊！"阿契眼圈红了，扶起陈云卿："您别说了，有什么对不起的？您是应该回去的呀。"

二人相对，忽然泪流满面。

至登船之日，沈阿契到广州港送他。

阿契道："陈执事，此次回乡，请您尽快与五娘完婚。今日一别，今后也不便再见了，望自珍重。"陈云卿点着头："阿契，你也要保重身体！"

阿契强笑着："谢谢你那年送给我水仙花，可是它已经被我种在漳州了，本来那是你给五娘带回来的外蕃花。"说着，拿出一只精致的锦盒："这是素馨龙涎，素馨亦是外蕃花，就当是水仙的回礼吧。"陈云卿将锦盒接过，抱在怀里："好，谢谢你。"阿契眼圈又红了，忙转过头去。

陈云卿劝道："阿契，不要难过。你看我，突然就找到五娘了。说不定，你夫君也突然就有消息了呢？也许坏事，突然又变成了好事，啊？"阿契侧着脸抹了抹泪水，点点头。陈云卿又劝道："如果真是这样，那就圆满了，啊？"阿契平缓了一下哽咽的情绪："托您的福，多谢您的吉言。"陈云卿道："我走了。"阿契道："你走吧，一路顺风！"陈云卿转身离去，又回了两回头，加快脚步走了。

沈阿契又垂下两行泪来。

回到制香坊，她把自己关在房间里发呆。案上的一炉龙涎香还在焚着。她盯着龙涎香聚而不散的烟，耳畔还萦绕着陈云卿反反复复的声音："如果真是这样，那就圆满了。"她自言自语着："圆满？圆满？"

她伸出手来，一把握住龙涎香的烟柱。烟柱子从她的指缝里浓浓地流出来，一下子散成细尘，在虚空中化为乌有。她张开手掌，手中空空如也。

龙涎烟聚不散，却终究只是烟。

转运司书房里，杭哥急匆匆进门来："二爷，有一件事！"陈云峰问："什么事？"杭哥神神秘秘的："就是您叫我不要告诉您的那件事。"陈云峰脸色一沉，低下头去："那就不要说了。"

杭哥有点失望："哦。"转身便要走。陈云峰又抬起头来："回来。"杭哥转回身来。陈云峰问："到底什么事？"杭哥道："原本，他们的婚期已经定下了，结果泉州驿马突然来信，说沈五娘找到了！"

陈云峰惊讶地问："啊？然后呢？"杭哥道："然后，那位陈执事走了，回泉州完婚去了！"陈云峰懊恼地把手里的册子往案上一摔："以后她的事情不要告诉我。"杭哥道："是，是。"又跳出门去了。

君子守库，山海开宝

第二十三章

于飞无翼，连理有枝

增城稻野，沈家兄妹在大水车前闲步。

阿契手一指："四哥你看，水车后面的山溪那里，还应该要有一座木廊桥。这样我们的'久住沈员外家'就不会孤零零的了。"

志文看着她，笑了笑："你还挺不错啊，还惦记着'久住沈员外家'。我还以为你会跟上次一样想不开。"阿契板起脸来，瞪着志文。

志文做了个假哭的鬼脸。阿契一脸嗔恼，赶打着他："你能好到哪里去？你才想不开！"志文被赶到田渠边，"扑通"摔进渠里。阿契才住了手，忙把他拉起身来。

志文一身泥水坐在田埂边，突然感慨道："确实没有什么好想不开的，要是想不开，早都活不到现在了。"阿契也坐到田埂边：

"其实我心里觉得……我觉得挺好的。五娘找到了，从此世上少了一个苦命人，多了一桩圆满事。"

这时，素琴从水瀑边跑来，后面跟着屋匠李师傅。素琴挥着手："四爷，姐姐，李师傅来了！"阿契推了推志文："四哥快去换身衣服，不要着凉了。"

沈志文便去换了干净衣裳方出来见客。

李师傅沿着增城溪道上下走动，观察地形，对沈家兄妹说："此处建造甚为便利。"他往溪流一指："你们看，到时候建造用的木材拿绳子系住，顺着溪水流下来，运都不用运。省事，省钱。"阿契点了点头。

沈志文却道："其实我在想一个问题，这个'久住沈员外家'建好了谁来住呢？它跟东京的汴河桥洞又还不太一样。人家那是东京啊，那是大名鼎鼎的汴河桥，本来人就少不了。"说着，看了看阿契："可是你看这里，这里也不比梅关那般人来人往，离广州城又远，并不见什么商旅往来，只有些农事在此。建好了谁来住呢？"

李师傅捻须沉吟，又抬起头来，只见几株古荔在山间，几乎每株都是独木成林。鸟儿在林间啼飞。树杈间安着鸟窝。李师傅笑了起来："何不把廊桥做成有巢氏家？定然有些富贵闲人慕奇而来。"

阿契点头道："此处离广州城虽远不远。平日里，贵人宝眷们犹且携仆带婢，宝马香车地远赴郊野踏青会饮，深入山里寻仙访踪的。咱们这儿嘛，远倒不算远，就怕不够稀罕。"志文说："倒也罢了，若没人来，我自己清清静静地玩儿。"

阿契抿嘴一笑："我还有一个歪心思，说出来倒也无妨。城中

贵人多为从商而富，商人之家又喜欢水，以水为财。咱们这大水车可不正是货如轮转、财源滚滚吗？"志文一拍手："这个好！这就是一个好意头，虽无凭无据，但能讨得人心里喜欢。只要讨得人心里喜欢，他便愿意来。"

李师傅捻须一笑："老朽区区木匠，不通什么文墨，但听了也觉得颇有意思。我看，到时候就把'货如轮转、财源滚滚'八个大字，左右两边，一边四个篆刻在水车旁。文虽不文，但能说到来者心里去便是。"

沈志文哈哈一笑："李师傅啊，您谦虚，您这是极通文墨了！"说罢往山下走，又对李师傅道："走吧，咱们先回农舍议议。这'有巢氏家'就交给您了。"

三人下山。阿契走在他们后头，眼角的余光忽扫到树林里有人影掠过。她停住脚步，却见荔枝林里并没有人，只有略暗的光线和倾斜的光柱。她向前道："你们先走，我等会儿就来。"志文回头"哦"了一声，阿契便往树林里走去。

阿契喊："谁在这里？快出来吧。"静悄悄的树林里，宗亮正蜷缩在一棵大荔枝树后面。阿契见是个半大的瘦孩子，声音柔和起来："我看见你了，你出来吧。"宗亮转过头来望着她。

阿契招招手："过来，过来。"宗亮不动。阿契走了过去："你躲在这里干什么？你是谁家的孩子？"宗亮两手一伸："我没偷摘你的荔枝。"阿契脸上露出笑意："听你的口音，你是潮州过来的？"

宗亮点了点头，又忙摇了摇头。阿契问："又点头又摇头的是怎么回事？你多大？"宗亮答："十二岁。"阿契说："你看起来不像十二岁的孩子。"宗亮又说："十一岁。"阿契笑了笑，没有说话。

这时，宗明在树林里四处寻找："宗亮，宗亮！"宗亮起身喊："哥！我在这里。"宗明跑了过来："你怎么在这里？我寻了你半天。"他看了看阿契，仿佛生母容貌，便问宗亮："她是谁？"宗亮摇头。宗明又看了阿契一眼，拉起宗亮走了。

阿契目送他们，却没留意到荔枝树的高枝裹上了一个黄泥坨坨。

回到山下农舍，阿契道："我刚才在树林里看到两个小孩。"沈志文道："是跑进来摘荔枝的？我明天让人围个篱笆。"阿契怪道："总共就那六七棵树，卖也不成个卖的，围它干什么？"志文说："你不知道，现在荔枝贵得很，何止围篱笆？砌起实墙的都有呢。"

阿契忽又笑起来："四哥，我刚才看见的那两个小孩很有意思。"志文问："怎么有意思？"阿契调侃着："他俩跟你长得很像！真的。"志文笑道："老五，你能说点人话吗？"阿契掩嘴而笑。

志文又问："多大的孩子？男孩女孩？"阿契说："男孩，一个十三四岁，一个十五六岁。"志文说："这么大了还孩子？又不是小得不懂事嘴馋的。下次见到了当贼拿。"阿契道："哎，人家可没摘荔枝，那全是你自己猜的。我只是看到那个小的坐在树下，后来，他哥哥来找他而已。"志文点着头。

然而不久之后，荔枝林的边界还是围上了竹篱笆。

阿契推开竹篱笆门走了进去，见宗亮仍是缩在那棵荔枝树下。她清了清喉咙："篱笆都围上了，你还来啊？"宗亮扭头看了她一眼，起身跨出篱笆，跑了。

这天，荔枝树枝上的黄泥坨坨增加到了五六处。

天空淅淅沥沥下起雨。

制香坊里，沈阿契快步走到屋檐下问制香师："外面的素馨花可都收进来了？"制香师道："刚才乌云盖过来的时候我们已经都收好了。"阿契点点头。

屋檐下的雨滴慢慢串成线，击打着台阶上承接雨水的石臼。灰色瓦当在雨中颜色渐渐变新，院子里几处花木也换上了新绿。嫩青的茶花苞在叶下躲雨，叶子却一弹一弹地敲打着她的脑袋。

雨中，荔枝林水汽氤氲。

宗亮浑身湿透爬在树上，双腿勾住树枝，悬空伸出双手去护了护树枝远端的黄泥坨坨。湿漉漉的刘海贴在他的额头上。

一个农人穿着蓑衣，戴着雨笠，手持锄头走来："嘿！那个小贼！"宗亮转头一看，慌忙从树上蹿下来，如猿猴一般朝篱笆外蹿去。农人往手上吐了口唾沫，拖着锄头追："别跑！小贼别跑。"但宗亮已攀过竹篱，远远跑了，只留下枝头滴着雨水的黄泥坨坨。

那农人到山下农舍来见沈志文："沈官人，我方才在田里忙完，上山巡了一巡，见一个小贼爬在树上偷荔枝。我把他赶跑了。"志文问："什么小贼？"农人道："十三四岁的一个小厮。"志文道："看来，他是常客啊。下次别惊动他，把他逮住。"农人道："好！"

雨渐渐收，制香坊屋檐下的滴答声也稀疏下来。阿契望了望窗外，雨停利索了。她打开柜子，拿出两只红色锦盒，出了门去。

雨后的荔枝林，黄泥坨坨刚伸出根来，宗亮就被人团团围住了。

一个荷锄农人叫着："小贼在树上，小贼抓住啦！"众农人树上树下围堵着宗亮。宗亮爬上爬下无处可逃，终于被按在地上。农人们用稻草绳将他反手绑着，推在地上跪着。

山道上，沈志文在前面走，沈阿契在后面追："四哥，你慢点儿。"志文说："那小贼拿住了，嘿。"阿契问："四哥，你打算把他怎么样？报官吗？"志文道："报官就懒得报官了，让他父母来领人是肯定要的。"阿契说："四哥，不如把他交给我。"志文说："我还不知道你？你肯定把他放了，说不定再送两斤荔枝拿回家吃。"

兄妹二人到了荔枝林，众农人便围上来："沈员外，沈员外。"荷锄农人道："沈员外，就是这个小贼。"志文问阿契："是他吗？"阿契点了点头。

志文又问宗亮："小子，报上家门，我让你父母来领你回去。"宗亮低头不语。便有农人道："这小子从头到尾没吭一声，莫不是个哑巴？或是个聋子？"志文看向阿契，阿契摇了摇头。志文道："要是不吭声，就让他在这儿待着，等吭声了再说。"

众人都说好。阿契却道："四哥，这样不好。"又对农人们说："你们都散了吧，各忙各的去。"农人们看了看沈志文，见他没反对，才陆续散了。

志文抬头张望，有些疑惑——枝头上包着五六个黄泥坨坨，不知何物。他手指："怪了，那是什么？蜂窝？鸟窝？"阿契抬头看了，摇头道："不像，我也不知道。"

宗亮欲言又止。志文问他："那些玩意儿是不是你搞的？"宗亮不言语。志文道："回头我让人把那东西清掉。"

再说那散去的农人回到田里，各自劳作。农人大秸忽道："哎，刚才那个小贼，我怎么觉得像后山沈老爹的小儿子？"另一

农人二秸问:"哪个沈老爹?"大秸道:"就是种荔枝那个。"二秸说:"不是吧?他家是种荔枝的,他怎么还跑出来偷荔枝?"

大秸觉得有理:"看着像,不过也说不准。小孩在长,都是一会儿一个样。我也好久没见过他了。"二秸想了想:"我去问问。"

这二秸因想着那孩子还在荔枝林里反手绑着,也顾不得手上农活,就往后山来了。

这是一座人迹罕至的山园,林深藤密,似乎在以一种刻意的荒芜把常态的日子拒于千里之外。

沈志荣正在山园中打理果树,听了二秸的话,急道:"什么?他去偷荔枝?"二秸说:"我也不确定是不是他,要不你去看看?"沈志荣把手上的箩筐一扔:"宗明,我去去就来,你在家看园子。"宗明从农舍后门探出头来,应了一声。

荔枝林里,长着胡须的黄泥坨坨同样让素琴不解。

志文问:"素琴,你知道那是蜂窝还是虫窝吗?你认得那是啥?"素琴道:"四爷都不认得,我哪里认得?"志文道:"那快把它清掉吧,省得什么虫啊、蚁啊,把树蛀坏了。"

宗亮刚要开口,阿契已抢先说道:"素琴,你要不找个面具戴上?万一捅了马蜂窝,或是惹了别的什么有毒的虫子怎么办?脖子、手、脚脖子,全部包起来。"宗亮忍不住要笑,志文却道:"有道理。"

素琴应了一声便走了,包得严严实实又回来。他站在树下,说道:"四爷、姐姐,你们走远一点。"又指着宗亮:"还有他,把他弄远一点。"

素琴准备上树了。志文伸手去拉宗亮起身,宗亮把身一扭:

"不要！不要弄坏它们！"志文一把将他拉起来："为什么不要弄坏它们？你认得那是什么？"宗亮道："那是黄泥坨坨而已，没有虫也没有蚁。"志文问："你怎么知道？"宗亮道："那是我弄上去的。我栽培了它们这么久，好不容易才长出细根来，别弄坏了。"志文笑了笑："你想做什么？"

宗亮道："我想跟您买那六根树枝，但我还没攒够钱。而且，我不知道其余树枝会不会长出树根来。"他眼睛往上抬："要是不长根，我就不买了，那是没用的。"志文道："原来如此。生了根的买回去种，变成六棵新树？"宗亮点着头。

这时，二秸引着沈志荣来了。

二秸手一指："沈老爹，就在那里。"沈志荣一看，正是宗亮在树下，被反绑着双手。他冲了过去，一巴掌打向宗亮："好啊，真的是你，好学不学，学人家偷荔枝！"

阿契忙拦住他。宗亮争辩道："我没偷荔枝，一颗也没偷！"沈志荣说："你还嘴硬！没偷怎么被人绑在这里丢人现眼？"宗亮叫着："我没偷，我没偷！"志文拦住沈志荣，阿契忙给宗亮解绑。

至山下农舍，阿契笑着两头劝说："都是误会。"

沈志荣对着志文和阿契，不敢多看一眼。他心中有三分恐惧防备，七分自惭形秽，全藏着，怕被人知。临了，他把这些莫名其妙的感觉都变成暴躁，将气撒到宗亮身上。他吼着孩子："往后，不许再去裹黄泥坨坨。快走！"

志文见此情形，有些不安，叫道："哎，等等。"沈志荣略转了转身："员外有什么吩咐？"志文问："这孩子多大？"沈志荣答："十二岁。"便逃也似的走了。志文瞥见他脸上畏怯的眼神，

于飞无翼，连理有枝

深陷的皱纹和风吹日晒的褐色皮肤，心里忽然堵得慌。

宗亮跟在沈志荣身后，走过山道，路过竹篱，恋恋不舍地望了一眼荔枝园。

前方是一个叫千顷沙的村子。路边都是榨糖寮。榨糖寮周围有许多蕃商在看货、谈生意。这里人气蒸腾，烟火温软，比起那见不到半个外人的荒凉山园可好多了。宗亮嘬了嘬嘴，遐思万里。

然而此事之后，他当真没再翻过篱笆了。

他只是远远看着，那黄泥坨坨时而清晰，时而模糊，似乎长根了，又似乎没有。他揉了揉眼睛，忽然后背让人拍了一下。

他回头看，是沈阿契。阿契问："怎么？你攒够买六根树枝的钱了吗？"宗亮摇了摇头。

阿契从斜挎着的包裹中取出两只红色锦盒："这是两盒龙涎香，你拿去跟沈员外换……"话未说完，宗亮便亮起眼睛："换黄泥坨坨？"阿契笑着摇了摇头。宗亮摸着脑袋："我说错了，是换树枝。"阿契又笑着摇了摇头："是换这荔枝园。"说着便把锦盒往他手里塞。

他不敢接："荔枝园？龙涎香？什么是龙涎香？"

阿契道："就是一种香。"宗亮问："它能换荔枝园吗？"阿契道："能。"宗亮说："可是我不能白要您的东西。"阿契说："等你的荔枝丰收了，卖得了钱再还我。"宗亮问："我该还您多少？"阿契道："还五百缗。"

宗亮琢磨了一下："五百缗？万一我的荔枝没丰收呢？"

阿契道："如果你还惦记着黄泥坨坨，就没有那么多万一。"宗亮接过两盒龙涎香："好！我去找沈员外。"他抱着龙涎香跑出几步路，又回头问："我什么时候还您钱？"阿契道："等你有的

打春（完整版）·下册

714
·

时候。"

宗亮又跑了，径直跑向山下农舍。

沈志文微微笑道："你又来了？"宗亮说："我又来了。沈员外，我来是想买您的荔枝林。"志文道："我的荔枝树可不便宜啊。"宗亮拿出两盒龙涎香："足价买。"志文笑道："哟，这盒子好眼熟啊。行啊，卖给你就卖给你。"宗亮喜不自胜："真的？谢谢沈员外！"

山林间，有山民兄弟二人守着一个捕翠鸟的机关。一根细竹子斜斜插在泥土里。竹子上系着细绳，细绳一拉，竹子就倒到地上了。

"抓住啦！抓住啦！终于逮到一只了，翠鸟啊翠鸟。"哥哥喊着，哈哈大笑。他伸手抓住翠鸟细弱的身躯，对弟弟说："来，你把雄鸟关好。"弟弟接过雄鸟，说道："哥哥，这翠鸟就算再怎么抓，也不够交翠羽①的呀。少不得还要交翠羽钱来顶替了。"哥哥转喜为愁，叹道："唉，那也没有办法，只能继续抓了。"说着，蹲下身子摆弄笼子，把雌鸟放回机关下面继续诱捕雄鸟。

同样的问题困扰着的不仅是这哥儿俩。

尽管广州港上蕃货轮转，卢彦也在向陈云峰喊"难"。

在去往检货站的途中，他说道："陈副使，今年本路的山货上贡钱估计比去年还难了。"陈云峰道："去年你也说过，山货上贡钱都压在翠羽这一项上。翠羽一年年见少，且卖不出价。"卢彦说："这几年都是如此。原想着一年比一年渐渐地少，没想到突然间少得特别厉害，就像是从某个时候起，突然没了一样。"

---

① 翠羽：据程民生《宋代物价研究》，第250页，宋有"广翠"，即产自两广的翠羽。

陈云峰道："本来是物以稀为贵，怎么少了反而卖不出价？"卢彦道："这都不好说。只是一种戴的玩意儿，可以取代它的东西太多了。"

检货站里，二公吏在检查货物。一眉路骨淳蕃商向二公吏打开箱子，箱子里是五颜六色的金刚鹦鹉羽毛。卢彦陪同陈云峰走过，向箱子内望了一眼。蕃商见状，吆喝起来："看一看，看一看，这是最好的羽毛！"

陈云峰问卢彦："能取代翠羽的，就像这个？"卢彦点点头："对。"陈云峰转头看了看蕃商，向卢彦道："也许，我们应该和他们聊聊。"

翌日，市舶司在望海楼设宴。

风和日丽，望海楼高高地耸立在海天之间，美轮美奂。

陈云峰、卢彦立于主位上，迎请诸蕃商入席。众译者散座席间。

卢彦问诸蕃商："诸位多年来都到宋国购买翠羽，为何现在不喜欢宋国的翠羽了？"众译者向蕃商们叙话。

一眉路骨淳蕃商骄傲地说："眉路骨淳的鹦鹉羽毛更大，更鲜艳漂亮。"另一眉路骨淳蕃商补充道："更多，更便宜。"

思莲蕃商则说："不不不，事实上，宋国已经没有翠羽卖给我们了。"他身旁的同乡说："对，只有一点点可以买。我们走那么远的海路，只能买一点点，没有用的。"

眉路骨淳蕃商站起身来，向陈云峰、卢彦呈上两只木雕小盒："这是眉路骨淳的鹦鹉羽毛，送给宋国的大人们作为礼物。"卢彦起身致谢："多谢您！"又示意身旁公吏："收起来。给诸位蕃国客人送上广南糖霜，用西村瓷瓶装的那种。"公吏领命退下，又引出众婢，在诸蕃商案前摆上瓷瓶糖霜。

蕃商们拿起瓶子，啧啧称赞。

陈云峰道："你们路途遥远，风里浪里受累了。今天在此设宴为大家接风洗尘。"思莲蕃商道："多谢宋国的大人。海路很危险。听我爷爷说，从前他们到宋国经商是从陆地上走过来的，后来……"他身旁的同乡接着说："后来那些地方，他们很久没有去过，再去的时候就只剩下沙漠了。"

"对，一个美丽的国家，树没有了，水没有了，鸟儿没有了，只有黄沙。"思莲蕃商说。陈云峰问："什么国家？"思莲蕃商摊摊手："我不记得了。"陈云峰笑了笑。便有蕃商道，是楼兰。在座蕃人有说不对的，有说正是的，说法不一。陈云峰不禁喟然："真遗憾。"

一群鸟雀在枝头跳跃蹿动，嘲哳作响，却没有吵醒树下打盹儿的山民。离他不远的地方有一只笼子。笼子里的雌鸟蜷缩着不动。

卢彦与陈云峰放轻脚步走上前。陈云峰推了推山民："老乡，你的翠鸟在笼子里了，你还在睡？"山民猛然惊醒："哪哪？"陈云峰指了指笼子里的雌鸟。山民道："哦，这只啊？这只不是。这只是我放进去的。"陈云峰问："这不是翠鸟吗？"

山民起身解释："这只是雌鸟，我们要捕的是雄鸟。雄鸟的羽毛才好看、有用。所以我们就用这只雌鸟在这里，等雄鸟上钩。"陈云峰问："然后呢？"山民道："然后啊，雄鸟抓起来，变成翠羽。雌鸟继续放在笼中做饵，引诱其他雄鸟。"[1]

---

[1] 据【美】韩森《公元1000年全球化的开端》，第231页，专业的猎人会利用雌性翠鸟来吸引雄性翠鸟。

陈云峰看了卢彦一眼："这法子太坏了，太坏了！"卢彦问山民："有雄鸟上钩吗？"山民道："有的话我都不会睡着了。前两天逮住一只，白高兴了两天。"卢彦向山民笑道："看来这个方法太笨，雄鸟不会上钩了。"

山民道："嗨，不是雄鸟不上钩，是没有雄鸟了。"说着摇摇头："没有法子咯，捕不着翠鸟，还要交翠羽钱哪。"

离了山民，卢彦和陈云峰向山池边走去。卢彦道："看样子，翠羽是不能维持原来的山货进贡钱了。看来是捕光了。"

陈云峰道："罪过。数罟不入洿池，鱼鳖不可胜食也；斧斤以时入山林，材木不可胜用也。"卢彦摊了摊手："长此以往，再好的山水也要变成楼兰咯。"陈云峰问："那依你看，如何是好？"卢彦沉吟不语。陈云峰问："不让蕃商把眉路骨淳鹦鹉羽带进来？"

卢彦道："即便如此，我们仍然没有翠羽，也没有山货进贡钱，还白白少了一项眉路骨淳的蕃货进项。"陈云峰问："上表再捐免山货进贡钱？"卢彦道："看起来也不太好。陈副使连年来上表的都是减除这个，减除那个，像，岭南奇花纲。"

陈云峰道："圣上仁德，又提倡节俭，再减翠羽，料不是难事。"

卢彦道："下官更倾向于，另寻一业，取代翠羽，而不是减除。"陈云峰醒了醒神："如果能这样当然最好。你有什么主意？"卢彦道："暂无十分主意。只是近来翠羽于舶货中突减，我才翻出来历年翠羽的舶货籍账。原来，翠羽一直是个舶货大项。"

陈云峰问："什么时候的事情？"卢彦道："在咱们来广南之前了。它既是大项，便有许多盘根错节的人事在里头。因此我想，上表减除，倘若一时驳回了就被动了，而翠羽又不得不减。若是上表替换，胜算大一些。"陈云峰点点头："想必你知道一些什么盘根错节的人事在里头？倒说来听听。"

卢彦道："此前，因它是大项，朝廷便对翠羽行会有赏，也有税赋减免。但如今，山民捕不到如数的翠鸟，却要向行会纳翠羽钱。"陈云峰道："这便不好。"卢彦说："可是，山货进贡钱又是从翠羽行会中出的，官府便又无话可说。"陈云峰叹道："长此以往，翠鸟没了，只剩下翠羽钱，做成个虚假繁华。"卢彦道："正是。"

这时，山池水面上掠过一只翠鸟，立在水中央一支突起的水草尖上。陈云峰手一指："看！翠鸟。"

翠鸟便"忒"地飞走了。

二人又到罗浮山墟市来。山民们在墟市上买卖草药山货，讨价还价。

卢彦道："陈副使，这罗浮山墟市最是有名。若说以一行替代一行，那么广南山货诸行里，有一半以上都在这里了。"陈云峰道："所以，我们今天要在这里找一样替代的山货吗？"卢彦无奈地笑了笑："能找到倒是好！"

便见一山民在卖蚂蚁，肩上扛着一面招牌，上书"橘树良药"①。陈云峰问山民："你卖的是什么？"山民打开竹筒塞子给

---

① 岭南多柑橘，曾为贡品。据阮元《广东通志·前事略》，天圣六年四月，罢广州贡柑。又据方宝璋《宋代经济管理思想及其当代价值研究》，第318页，"广南可耕之地少，民多种柑橘以图利。常患小虫损食其实，惟树多蚁，则虫不能生，故园户之家，买蚁于人。遂有收蚁而贩者"。庄季裕《鸡肋篇》卷下有相关记载。

陈云峰看。陈云峰一看，竹筒中都是蚂蚁，便问："怎么是蚂蚁？你卖的不是药吗？"

山民道："这就是药，给橘子树治病的良药。"陈云峰点点头："哦。"卢彦笑道："天地万物，花鸟虫鱼，都是一物降一物。"山民点着头："对，对，蚂蚁如果死光了，橘子树就会生病，接下来橘子树也会没有了。"陈云峰向卢彦道："所以，翠鸟也赶尽杀绝不得。"卢彦点着头。

俩人离开蚂蚁摊，陈云峰问："怎么样？走了这半日，物色到好的没有？莫非，咱们要卖蚂蚁了？"卢彦摇头苦笑："还要继续物色。"

翠羽行会中，各种各样奇异的鸟羽饰满帘栊，透露着诡异而缤纷的气息。此间住着一个翠老大，长得窄额尖嘴鹰钩鼻，正是翠羽行会的会长。

这日，翠羽商贩应隼来行会里找他，愁眉苦脸叫着："老大，老大！"翠老大斥道："叫什么？哭丧呢？"

应隼道："真是一个好消息也没有啊。您得想想办法！"翠老大道："什么事情值得你慌张？"应隼说："咱们这些年本来就生意不好做。翠鸟捕不到，翠羽出蕃难。谁知这转运副使欺负咱们盘儿小，要捐免掉咱们行会揽住多年的山货进贡钱。"

翠老大猛然站了起来："啊？"应隼道："以后也不用操心有没有翠鸟可捕了，干脆连翠羽生意都不用做的。"翠老大恼道："岂有此理！"应隼说："不但翠羽生意不用做了，连翠羽钱也没法跟山民们收了。"翠老大说："这一进项没了，可是肉疼！"

应隼顿足道："这可怎么办哪？您可得想想办法！"翠老大手一摆："莫慌，你可打听清楚了，是谁要拿这样的主意？"应隼

打春（完整版）· 下册

说："打听清楚了，正是本路转运司的副使，名唤作陈云峰的。眼下他打着这样的主意，只是还没上表。"翠老大说："莫慌，打听清楚了就好。"又拉过应隼耳语："先用钱，不好使再用女人，女人也不好使就动刀子。"

"这……"应隼有些迟疑。翠老大说："再不济，咱们还有周贵妃在宫里，怕什么？"应隼点着头："好，马上去办。"

陈云峰并不知有人要摆布他，只忙于在行署内议事。

他问众公吏："另寻一物替代翠羽做广南东路的山货进贡钱，诸位有什么妙想？"众人沉默。陈云峰道："可以畅所欲言，不必非要十分周全才能说。可以先说说，大家听听、议议。"

公吏谭谨道："蜜望果。"众人面面相觑。陈云峰问："大家觉得怎么样？只管畅言。"公吏魏谱道："蜜望果有些小打小闹了。"公吏肖谊说："素馨花。"谭谨道："素馨花本来就是外蕃花，如今再出蕃有点勉强。"

陈云峰说："继续啊。"肖谊又说："糖霜。"卢彦叫了声："好！"众人望向肖谊，笑了笑。公吏谢谦却道："染料。"卢彦也叫了声："好！"陈云峰问谢谦："什么染料？"

谢谦说："其实什么染料都可以。陈副使您想，翠羽的效用也就是一抹翠蓝色，用来做装饰而已。如今我们岭南多奇花异草，广南东路若种植染料，何止翠蓝色？要什么颜色没有？"魏谱也道："可以和棉布、丝绸等一体考量，染料倒是可以做大的！"陈云峰笑道："好！都很好！"

至夜间，陈云峰又与卢彦在私宅谈论此事。

陈云峰问："糖霜的主意，你觉得怎么样？"卢彦笑了笑："糖霜当然是非常好的。广南东的榨糖寮几乎是遍地开花，出蕃销

路也很好。但是……"陈云峰问："但是什么？"

卢彦道："但是糖霜本来就一直很好，如今硬要把它拉过来，放在'山货进贡钱'这个筐里的话，当然好。朝廷会看到，陈副使您把翠羽一换，就换上来一样极体面的行当，账目也会很好看……"陈云峰打断卢彦的话："你直接说吧。"卢彦道："但是从总的来看，没有新增。下官刚才说了，糖霜本来就很好，就是您把它从那个筐挪到这个筐而已。"

陈云峰微微笑了笑。卢彦又来了一句："从左袖放到右袖而已。"陈云峰道："那怎么行？"

这时，杭哥站在门口，手里拿着一只锦盒："二爷。"陈云峰问："怎么了？"杭哥道："翠羽行会的人刚才送了这只锦盒过来。"陈云峰道："送回去。"杭哥说："人已经走了。"

陈云峰打开盒子，里面是一茬一茬的金铤。他看了卢彦一眼，微微笑道："我还以为是递刀子呢，呵呵。还好是这个，转交御史台吧。"杭哥点头道："是。"

日出罗浮山。

谢谦引着陈云峰和卢彦到山间看染料的种植。他一一指引："这是红花，这是茜蓝，这是紫草。"[①]看过了地里的染料，他又引着陈云峰和卢彦走向一处草亭子。

那草亭子镶在山野间，里头摆着大方桌。山农将三种植物靠在一张白纸上晕染，白纸上出来一抹红色、一抹蓝色、一抹紫色。陈云峰笑道："这种红色，倒像是红绝子的颜色，红得可爱。"就

---

① 据【日】斯波义信《宋代商业史研究》，第199页，宋代与衣料生产相关的染料植物有红花、茜蓝、紫草。

见杭哥匆匆跑来，手里拿着一只锦盒。陈云峰向谢谦、山农道："你们先忙去吧。"二人退下。杭哥方道："二爷，刚才有个人，自称是翠羽行会的，送了这只盒子来。小的要退回去，那人便不见了。"

陈云峰看了卢彦一眼，笑了笑："又是金子？"说着将盖子掀开。一掀时，里面赫然露出一把匕首。陈云峰脸上的笑瞬间消失了。杭哥大吃一惊。卢彦道："陈副使，我看，我该约翠羽行会的人出来聊一聊了。"陈云峰点了点头。卢彦又道："请陈副使加强护卫！"杭哥一脸如临大敌："是！"

卢彦回到市舶司衙署，即遣人去请翠羽行会的会长翠老大。翠老大应邀而来。卢彦以客礼相待，道："翠老大，去年的翠羽出蕃减了一大半，今年越发没有了。咱们得想个法子。"

翠老大笑道："卢大人不用担心，即便没有翠羽，我横竖把山货进贡钱给你弄出来就是了。"卢彦问："怎么弄法？"翠老大说："让捕不到翠鸟的山农上交翠羽钱就是了。这是惯例。"卢彦说："如今转运司要改这个惯例了。"翠老大把脸一横："由不得他！"

卢彦好声劝道："转运司要改，我看你也跟着改了吧。别做这个了，做点儿别的不照样挣钱？"翠老大鼻孔朝天："我刚才说了，由不得他！老子祖祖辈辈做这个，老子不会改。"卢彦道："怎么由不得他？"

翠老大说："老子给他送钱，送钱不依就送美女，送美女不依，就送刀子！"卢彦问："你当真送刀子了？他可是朝廷命官，圣上的钦差哪。"翠老大说："当真送了，怕甚？我们周贵妃可是圣上身边的人。"

第二十三章 于飞无翼，连理有枝

723

此言一出，帘幕后众公差忽然掀帘而出，将翠老大团团围住。为首的公差拿出一只盒子，向翠老大打开："这可是你送给陈副使的刀子？"翠老大这才慌了，不敢接话，半晌只说："这……你们干什么？"又向卢彦叫道："卢大人，快让他们放了老子！"

卢彦摇头道："这些公差不是市舶司的人。他们不听我的。"为首的公差便令众公差："带走问话！"

就这样，翠老大去市舶司一去无回。应隼四处打听，才知道他已入了牢，于是上下打点，寻隙进来看视。应隼向翠老大叫着："老大，您受苦了！"翠老大道："废物！你有没有按照我说的做？"应隼道："做了，都做了。"翠老大问："你是怎么做的？"应隼道："金子我送了，接着刀子我也送了。"

翠老大问："女人呢？有没有送女人？"应隼摇头："没有，女人没送。女人怎么送？没法送啊。"翠老大说："只要是绝色的，就没有送不进门的女人！皇宫禁苑老子都能把女人送进去。区区一个转运副使，跟老子充什么朝廷命官？"应隼连连点头："是，是，我这就去办。"

转运司行署内，谭谨笑向陈云峰："纳入本路的山货进贡钱之后，这一行既有封赏，又有税赋减免，如今好几行都跟染料争着要呢。"陈云峰道："哦，比如？"谭谨说："蜜望果首先不服，频婆果①可以进贡，蜜望果也可以。而且如今蜜望果是出蕃的新宠，只是还没做大。"

肖谊道："素馨花也不服，此花又能制茶，又能制香，它不好

---

① 频婆果：据阮元《广东通志·前事略》，频婆果是当时韶州的贡品。大中祥符二年，罢韶州献频婆果。

谁好？并非只有本土花能进贡，蕃花进贡，更能彰显广州作为市舶港口的得天独厚。"陈云峰道："不服是好事啊。你追我赶，你争我抢，才会一起壮大。"

他望向肖谊："糖霜行有没有说什么呢？"肖谊摇了摇头："没有。我跟他们提了，他们有点儿爱答不理。"陈云峰笑了笑："爱答不理？"肖谊道："糖霜行估计已经旺到不想来争这个贡品的名分了。"

众人听了，一阵"嘘嘘"声。陈云峰笑道："改天去榨糖寮看看。最好是大家都能跟糖霜行一样骄傲起来。啊？"众人笑了起来，又安静下去。陈云峰问："还有没有？"

魏谱道："还有荔枝。"陈云峰道："一骑红尘妃子笑，无人知是荔枝来。荔枝当然好，只是太费马了。"众人又笑了起来。谭谨向魏谱道："因为荔枝，委屈死了梅妃，又骄纵坏了杨妃，也费红颜哪。"

魏谱若有所思，默然不语。

再说增城山畔，宗亮培护着他的荔枝园。他拆除竹篱笆，围起了砖泥墙。

一天，沈志文和阿契从园子外路过，见原来荔枝林的地方变出了一堵墙和一扇紧闭的门。志文笑道："你看看，你这帮的是什么人？你还笑话我围竹篱笆，他连墙都砌起来了。"阿契抿嘴一笑。志文摇了摇头，向前走去："走吧，我们去看看'有巢氏家'，怕是快造好了。"

至大水车处，有巢氏家已经建造出了雏形，宗亮恰在旁看着。

志文向他走去："小子，你怎么老盯着我家的东西看？还不去看你的黄泥坨坨？"宗亮道："沈员外，原来这是你家的屋子？好

有趣！"志文道："有趣是有趣，也不知道谁会来这里住。"宗亮问："是客栈吗？"志文点了点头。

宗亮眼睛一亮："我知道。此处东南边有个村子叫千顷沙，那里有的是甘蔗和榨糖寮，员外可知？"志文道："不知，这与我什么相干？"宗亮道："榨糖寮的糖是卖往外蕃的，那里天天有蕃商来往，所以这些蕃商……"

志文没等宗亮说完就开始点头："哦——"宗亮闭上嘴巴没再往下说。阿契默契地看着志文，笑了笑，又问宗亮："你说的许多榨糖寮在哪儿？带我们去瞧瞧？"志文道："也好，度一度远近。"宗亮点着头："好，我这就带姑姑和沈员外去！"

三人便至千顷沙来，见这村里的榨糖寮果然不少，人来人往如小镇般，十分热闹。怎知这日好巧不巧，陈云峰骑着高头大马，携众官吏也来踏访千顷沙榨糖寮。

志文向阿契努了努嘴："咦，他们也来了。"阿契一看，躲闪道："你们看吧，我先走了。"便拔腿要走。志文说："等等我嘛，着什么急？"宗亮问："沈员外，这些是什么人呢？"志文道："这些是大官儿。你先在这里看看热闹，我和你姑姑先走了。"宗亮点着头。志文又追上阿契："老五，等等我。"

阿契转过身来，眼睛如同被吸住一般，望着不远处的陈云峰，只见陈云峰下了马，向榨糖寮走去。

此时，千顷沙的山道旁，应隼正歪坐在大树下，百无聊赖地看着捕翠笼子："以雌诱雄啊，以雌诱雄，我就不信，有鸟会不上钩？我就不信，有男人会不爱女人？"

和应隼一样无精打采的还有笼中的雌翠鸟。

一个探子跑了过来，叫着应隼："员外，陈云峰去榨糖寮了，他去了。"应隼弹起身来："好，把我们的人叫过来。"

探子应道："好嘞！"便唤来两位村姑打扮的美人，姐姐唤作娇娇，妹妹唤作娆娆。应隼见了姐妹俩，指着榨糖寮门口的人群道："看！你们要拿下的就是站在中间那个男人，头上戴朵花儿的那个。"他所指的正是陈云峰。

娇娇、娆娆点点头。应隼道："你们要让那个男人看上你们，并且带走你们。"娇娇道："员外放心，这很容易。"应隼手一挥："快去！"

再说陈云峰看完一家榨糖寮，接着又看另一家，不觉走过数家，就见村道尽头，小河边又有一家榨糖寮。屋子又矮又旧，摆出门外的器物却极新，无甚人丁往来劳作，主人却比别家都热情。

那娇娇站在门前削甘蔗皮。陈云峰等人一路过，娇娇就亮起嗓子吆喝："诸位官人，我家的甘蔗是千顷沙村最甜的，不来尝一尝吗？"陈云峰驻足，向众人笑了笑："她这刀法挺好的。"娇娇笑得花枝乱颤。

陈云峰说完就走。前面又有一个娆娆坐在凳子上，拿刀将已经去皮的甘蔗身切成荸荠大小的圆片。陈云峰目光转了过来，娇娇暗叫："停，停。"陈云峰果然停下脚步。娇娇暗笑："这就对了。"

娆娆微抬头对陈云峰笑了笑。陈云峰问："切成小片儿之后，如何制成糖霜？"娆娆细声细气地说："您随我过来看看便知。"说罢起身，提起一篮子切成片的蔗肉，倒到石臼里舂。她咬着嘴唇，使劲地舂着蔗肉，涨红了脸，满头大汗。

陈云峰道："全是力气活，属实辛苦。家里的男人呢？"娆娆道："爹爹和哥哥到蔗田里去了。我这些都是轻巧活儿呢。"说着

向大蒸笼走去。娇娇又暗叫："跟过去，跟过去。"

就见陈云峰真个跟到大蒸笼前，娇娇又暗笑："好！"

娆娆掀开蒸笼盖，一股白雾冒了出来。娇娇想："是时候夸两句了。"就听陈云峰道："哟，这风里雾里都是香甜的。"娇娇暗暗抿嘴笑。娆娆又将蒸透的甘蔗倒到榨汁槽里，榨出糖水。糖水涓涓地流入瓮中。

这时，娇娇小步款款地走向陈云峰："这位官人，这甘蔗水比蜜还甜，您不尝尝吗？"陈云峰点头笑道："好，尝尝。"娆娆却把瓮一挪，将袖子掩住瓮口，瞥了他一眼，低下头去："糖霜未成，不给尝。官人若想尝，待糖霜①造成，小女子亲送去府上，给您尝。"

陈云峰看了看众人，尴尬地笑起来。谭谨道："好啊，陈副使，这位小娘子怕是千顷沙村里的糖霜西施了。她家的糖霜值得一尝啊。"众人又笑了起来，陈云峰也随大家笑起来。

此时，人群里忽挤出个宗亮，对陈云峰说："大官人，这位大官人，甘蔗虽甜，荔枝也甜。我请您到我家园子里尝尝荔枝。"说着拉起陈云峰便往外走。娇娇叫道："嘿，哪里来的小子？怎么拉人？"眼见人要被拉走，她也忙挽住陈云峰的胳膊，往回拉。

陈云峰看着娇娇的举动，有所警觉。

宗亮对娇娇说："嘿，我天天来榨糖寮，不曾见过你，也没听说过糖霜西施。我还想问你是从哪儿来的呢？"说罢，毫不客气地把陈云峰拽出人群外，头也不回地走了。

娇娇、娆娆见陈云峰真走了，泄气地回到大树后见应隼。

---

① 王灼《糖霜谱》有宋人制作糖霜的方法记载。

应隼道："什么？一个活脱脱的大男人从你们手里溜了？"娇娇说："那个陈副使，确实被一个小子拽走了。"应隼道："你们俩抢不过一个小男孩？"娇娇道："原本已经拽回来了，后来又抢不过。"应隼骂道："没用的东西。"娇娇推了推娆娆："实在不行，晚上她再去陈家送糖霜。"

再说宗亮一路将陈云峰带到荔枝林，便向他行礼道："这位大官人，听说您要选贡品。您看，荔枝就是岭南最好的贡品。"

陈云峰道："荔枝虽然好，只是当今明君圣主，不能再效仿前朝做那些累死战马送荔枝的事情了。贡品，倒也罢了。"宗亮说："官人有所不知，有一种佛桑花，用盐卤成红浆，可以用来泡荔枝。泡好的荔枝再晒干，比鲜果更酸甜可口，放三年也不会坏，根本不用累死战马。"

"哦？"陈云峰觉得有些新奇，随行众官吏也议论纷纷。

宗亮又道："那甘蔗也不好放，在岭南这样的天气里，也是要发霉的。只因甘蔗榨成了糖水，熬成了糖霜，便好放耐放，漂洋过海都使得。荔枝也不过是这个理儿。用佛桑花红盐卤过，它就是甘蔗的糖霜，可以进贡，也可以出蕃。"陈云峰忙道："带我们去看看佛桑花，还有红盐，跟卤过的荔枝。"宗亮悄然低下头："告大官人，我家没有。"

谭谨向宗亮道："你家没有你说什么呢？"陈云峰止住谭谨，向宗亮笑了笑："那就等你家有了，再来带我去看看。"说罢，领着众人上马欲走，宗亮却拉住他的马绳，往身后的果园一指："我家会有的。"

陈云峰点点头："好，好。"便从他手中轻轻拉起马绳，领着众人走了。

路上，陈云峰向谭谨道："跟荔枝行打听打听这个小孩所说的佛桑花，还有红盐荔枝。"谭谨领命："是。"

后山农舍，沈志荣正在家中，不期荔枝行的会长登门来了。

会长道："沈老爹，你在就好。"沈志荣问："会长，您大驾光临，可是有什么事情？"会长呵呵笑道："倒也没什么事情，你家二小子今天跑去见了咱们广南东路的转运副使陈大人。"沈志荣大惊："啊？这小子又闯祸！我这就把他喊过来，看打。"说着，转身要去找宗亮。会长拉住他："等等，别急。我话还没说完呢。"

沈志荣道："您请说。"会长道："我听说，陈副使原本是要择糖霜做贡品的，宗亮愣是把他从榨糖寮拉走，跟他说，让荔枝来做这个贡品。""啊？"沈志荣又一惊。会长笑道："哎呀，我这个荔枝行的会长是不敢去揽这个大宗。你家宗亮倒是跑去要了。"沈志荣道："会长，我这就教训他去！"

会长拉住他："别忙，陈大人并无责怪之意，童言无忌嘛。小孩子心气大，未来可期啊。"沈志荣说："你看我揍不揍他就完了。"会长笑道："我再问你，问完，你再揍去。"沈志荣道："您请说。"会长问："用佛桑花卤成浆，做成红盐，再用来泡鲜荔枝，晒干成红盐荔枝，你可会？"

沈志荣想都没想就答他："我不会。"

会长说："可是宗亮跟陈副使说了此法，现在陈副使问我要红盐荔枝呢。你家若有此秘方，这回可私藏不了啊。"沈志荣一脸怒气："我这就问他去，定是在外头胡听来的。我家实在没做过什么红盐荔枝，若有，我家也可以生财，不至于家徒四壁呀。"会长说："那倒是。你问问他，不要责怪他，或许真的可行，那就大家一起生财嘛。"沈志荣连连点头："哎哎。"

天黑后，宗亮回家了。沈志荣黑着脸，饭也不叫他吃，便责问起来。宗亮却认事不认错。沈志荣恼了，剥了他上身衣裳，抓起藤条就喊："跪下。"

宗亮一跪下，沈志荣便开始抽打他。宗亮咬着牙，双手忍不住撑到地上。宗明跑进来拉住沈志荣："阿巴，你别打宗亮了，别打了。"沈志荣向宗明道："你问他，都干了什么事？"宗明对宗亮说："快跟阿巴认错，以后再也不干那抛头露脸的事情了。"宗亮咬着牙不吭声。

沈志荣继续打："你还犟，你还犟！这么些年，我带着你们两个东躲西藏、担惊受怕，为什么？你们心里没点儿数吗？只是隐姓埋名，低头做人都唯恐不够，你倒好，还跑去出风头！还跑去沾惹那些当官儿的！"

宗亮叫道："我受够了，我不要再隐姓埋名！我不要再低头做人，我要做我能做的，我要昂首挺胸！"

沈志荣发狠了抽："你不要命，你受够了，可以！但是不要拖累你哥哥！又不是死你一个，你怎么这么自私？早知你不爱惜自己的命，这么个找死法，我这些年辛辛苦苦又是为了什么？为了把你养大然后看你去死吗？"说着咽喉一哽，眼圈一红，声音哑了，眼睛也红了。

宗亮经不住疼痛，整个人瘫趴在地，叫喊起来："啊，啊，啊！"宗明叫道："宗亮，你不要犟了，快认错，快认错啊！"沈志荣道："你不悔悟，不如我今天就打死你，好留住你哥哥，宽慰你父母在天之灵。"

宗明忙趴到宗亮身上。沈志荣的藤条打到宗明，才住了手。宗

亮翻身倒到宗明怀里："哥哥，我错了。"又无神地望向沈志荣："阿巴，我错了。我再也不出去沾惹外头的人。"

沈志荣把藤条一丢，坐在一边泪流满面。

月夜，蔗田里一片凤尾森森。夜风掠过，蔗叶摇摆，其体夭屈。一群壮丁在蔗田里奔跑呐喊。他们肩上扛着长长的甘蔗。蔗尾系着红灯笼。这是本村独有的灯会，以灯喻"丁"，既盼着家中添人丁，又望着日子节节高。

人语寥落处，几根没派上用场的蔗灯倚成垛儿，清清静静。灯笼里的光红沉沉的，亮而不明，照在夜里昏暗朦胧，暧昧恍惚。娇娇将娆娆从灯垛后面的蔗田里推了出去："躲这儿来了！你快给我走！"

娆娆怀里抱着一小罐糖霜，回头看了姐姐一眼，踏上夜路。

至陈云峰私宅门外，门子问她："你找谁呀？"娆娆道："烦老叔通报一声，日间千顷沙糖霜女，求见陈大人。我给陈大人送糖霜。"门子道："你等等。"

门子报进来，杭哥便到陈云峰书房传话："二爷，白天在千顷沙碰到的那个糖霜西施，真来了。她说给您送糖霜。"陈云峰微微一笑："让她走吧。"杭哥应声而去。

门外，那门子对娆娆说："快走吧，陈大人不见你。"说着将门关上。娆娆又敲着门："老叔，让我进去吧老叔。"娆娆在门口来回走着，不肯离去。久之，她坐到大门口的台阶上，缩起身子搓着手。

陈云峰提着灯笼，将门打开，向娆娆道："三更半夜的，你怎么还在这里？快回去吧。"娆娆摇着头："我不回去。"陈云峰见她一张素脸不施脂粉，一身布衣严严实实，发髻斜堕虽有风情，却愁眉苦脸全无媚笑，哪里像个来行美人计的？便问："为什么？有什么为难的吗？"娆娆眼中噙泪："陈大人，求您让我进去吧。如果我来了进不了门，回去要吃姐姐一顿好打！"陈云峰看了看她的眼睛，她的眼中有人，却又无人，清澈如静秋流水。陈云峰顿生似曾相识之感，说道："进来吧。"

陈云峰将她唤至书房问话，杭哥侍立一旁。陈云峰问："谁让你来的？"娆娆答："我姐姐。"陈云峰问："你们是干什么的？"娆娆答："做糖霜的。"陈云峰道："还说瞎话呢？"娆娆方道："捕翠鸟的。"陈云峰问："谁让你们姐儿俩这么干的？"娆娆说："翠羽行会的。"陈云峰问："为什么？"

娆娆道："他们跟我姐姐说，如果这么干，就可以免除我们家的翠羽税。"陈云峰往椅背上一靠，笑了笑："以后不会有翠羽税了，呵呵。"娆娆欣喜地问："是我们家吗？"陈云峰看着她："是所有人。"娆娆不敢相信："真的？"陈云峰肯定地说："真的。"娆娆笑了起来，还要再问，陈云峰却只向杭哥道："带她去客房休息。"

农舍门前，一只鸡在啼叫。屋瓦之上，晨曦深蓝。

宗明匆匆跑到沈志文家，猛敲着门："沈员外，沈员外！"阿契将门打开："宗明。"宗明十分焦急："实在抱歉，姑姑，这么早打扰您！您家里有药吗？"阿契忙问："怎么了？"宗明道："昨晚上我阿巴把宗亮打了一顿。因为夜深了，一时大意，没去找郎中，就睡下了。刚刚看他越发沉重了，只好就近先找点药顶一顶！"

阿契急道："别糊涂了，快去找郎中！我先去你家看看。"宗明点着头："哎哎！"阿契丢给他一根马鞭："骑上马去。"宗明

接过，忙到院中棚子底下牵出马来，骑上就走了。阿契也忙转身进屋取药。

天亮了，陈云峰唤杭哥问："昨天那个……"杭哥没等他问完就接话："糖霜西施，哦，已经安顿在客房。"陈云峰敲了一下他脑袋："想什么呢？我是说昨天那个小孩，红盐荔枝那个。"杭哥笑道："哦，是他。只是荔枝行会的会长也问不出红盐荔枝的什么子丑寅卯来。"陈云峰说："那可奇怪了。你让会长带带路，咱们去那小孩家看看。"杭哥领命。

沈志荣家中，宗亮昏睡在床上。阿契进来见了，怒问沈志荣："你到底是他什么人？"沈志荣道："我是他爹。"阿契目光犀利地看着他："竟然把孩子打成这样？你不是他亲爹！"

沈志荣一脸慌神，心想："糟了，被人识破了！"便恶狠狠地瞪着阿契："我就是他亲爹！你再胡说，今天休想出这个门。"阿契更怒了："你敢跟我耍横！"

此时，荔枝行的会长却领着陈云峰、杭哥走进来。见此一幕，杭哥忙上前抓住沈志荣："住手！"

陈云峰问阿契："你怎么在这里？"阿契道："你来得正好。这个孩子，因为昨天见了你一面，昨晚就被打成这样！"陈云峰道："真是岂有此理！是谁动的手？又是翠羽行会的人？"

沈志荣毫不掩饰："我打的，是我打的。"陈云峰问："你为什么打他？"沈志荣道："这是我儿子。老子教训儿子，天经地义。"阿契道："好你一个天经地义，就冲你这句天经地义，我一定会把这小孩带走的。"

陈云峰问阿契："你认识这孩子？"阿契道："本来不认识的，现在非认识不可了。"陈云峰又问沈志荣："既然是你孩子，为什么他见了我你就要打他？"沈志荣道："没有为什么，我就打他。"阿契气得发抖，指着沈志荣："你！"陈云峰拦着阿契："别急。"

再说宗明骑马至镇上药店，寻得郎中，急求道："先生，先生，请您骑上我的马，快来救救我弟弟。"郎中道："哦哦，去哪儿？"宗明说："后山那边。"郎中道："那么远。"宗明说："先生，求您了，救救我弟弟。"郎中点着头："好好。"

一时郎中到了后山农舍，瞧了宗亮的伤，走出厅子来。陈云峰问："先生，那孩子怎么样了？"郎中道："哦，不打紧，已经上了药，让他好好休息。"

陈云峰望向房门内，见阿契紧张地守在宗亮床边，沈志荣却恶狠狠地站在一旁看着她。陈云峰心里有些担忧，便让杭哥悄悄去喊阿契走。

杭哥进去又出来，悄向陈云峰道："夫人不肯走，愣要守着那孩子。"陈云峰嘱咐道："她不走，你也不能走，不能让她一个人在这里。你看那个男人，自己的孩子都下这么重手。阿契在这里我不放心。"杭哥领命："是，二爷。请二爷放心，我来保护夫人。"

陈云峰叹道："崇贤一直不在阿契身边，所以她最见不得这些。"杭哥点头道："明白。"陈云峰说："那我先走了。"杭哥道："二爷路上小心。"陈云峰便上马离去了。

房间里，宗亮醒了过来，一睁眼看到阿契，相貌仿似自己的母亲沈来弟，便拉着阿契的手说："阿姨，我已经死了对不对？"阿契掉下眼泪来："你叫我什么？"宗亮道："阿姨，我好想你。我终于见到你了。"

阿契俯身在宗亮耳边说："别怕，我在。那个人，不是你亲阿巴，对不对？"宗亮又闭上眼睛不说话了。沈志荣站在房门口，对阿契怒目相视。然而，他抬头却看到杭哥正在看着自己，只好走了出去。

后园里，宗明正在锄地。沈志荣喊道："宗明，过来。"宗明停下锄头："阿巴。"沈志荣道："都怪我，把他打得急了。如今越想要没声没息，越是动静大。那个女的，一见宗亮醒了，就一个劲地问他，那个人不是你亲阿巴，对不对？"

宗明低下头："阿巴，都怪我去她家拿药。"沈志荣摇着头："真是怕什么就来什么，都怪我！"他一声唱叹，说道："宗明，你走吧。"宗明抬起头来："啊？"沈志荣说："你走吧。我们没法跟这些外人缠斗了，特别那个女的，早晚被她问出点什么来。她是来救宗亮的，我总不能真对她动手。"

宗明问："我走了，那您呢？"沈志荣道："我没关系，主要是你们哥儿俩。宗亮现在伤成这样，也是走不了了，听天由命吧。你还是走吧，能走多远走多远。"宗明有些迟疑："这……"沈志荣道："走吧走吧，想活命就不要婆婆妈妈！"说着，向他丢去一个包裹："走！"

两日后，陈云峰又到沈志荣家来。

他一下马，杭哥便迎向前："二爷。"陈云峰问："那小子醒了吗？"杭哥道："醒了。夫人问他，他只一口咬定那打他的就是他亲爹，不是人贩子。"陈云峰说："那可还能怎么样呢？总不能抢走他儿子。只能训诫了，再打时，照着板数打回他爹。"杭哥道："这主意好！"

陈云峰走进屋里，见阿契伏在床前，形容消瘦。陈云峰道：

"人也醒了，你可别总在人家家里待着了。"阿契道："我不放心。"陈云峰说："瞧你，这也不是事儿啊。实在这个样子，还不如就跟他爹商量，买了这小子当个小厮。"

阿契不回答，只问："你怎么又来啦？"陈云峰道："我来问问他，红盐荔枝怎么个做法？"阿契说："他这么虚弱，你别折腾他。"陈云峰道："好，不折腾。听他说起佛桑花卤的红浆，想来看看他伤势如何，等他好了告诉我们。"阿契道："让他休息吧，你想知道什么？我告诉你。"

陈云峰有些惊异："你知道啊？"阿契问："你是说，红盐荔枝，用佛桑花卤的，对不对？"陈云峰说："大约是这样，你知道啊？"阿契点点头："大约知道的。小时候听我六姨婆说过。六姨婆家里是种荔枝的。"

这时沈志荣走到屋门口，怔怔地呆住了。他听到阿契的话，心里纳闷："怎么她也有个六姨婆？"

便听阿契向陈云峰道："我六姨婆说，用佛桑花和盐卤成红浆，然后把新鲜荔枝浸在里头，再晒干，做出来的红盐荔枝能三年仍然酸甜如鲜，不变质。"陈云峰点着头："对对，那天，这个小孩也是这么说的。"

沈志荣一脸困惑，心想："怎么她的六姨婆说的，和我的六姨婆说的一样？红盐荔枝，很少人知道的，只有六姨婆……啊，六姨婆，您在天之灵一定要保佑宗明、宗亮两个孩子好好的！"

沈志荣思绪未定，杭哥又将他喊到后园去，告诫着："好好照顾那孩子。如果再打他，你照数去衙门里挨板子！"沈志荣连声道："是是是，我再也不打了。"杭哥道："我们还会再回来看他的。"沈志荣点着头："是是，那真是我的孩子。您放心，再不打

他了。"

阿契仍有些不放心，陈云峰生拉着她走了。

山道上，陈云峰牵着马与她并肩而行，笑道："很奇怪，你好像什么都知道。这个红盐荔枝，我问了荔枝行的会长，他都不知道。"阿契说："巧合罢了。六姨婆自己做了给亲戚们吃而已。穷乡僻壤，没有什么商不商、行不行的，所以行会不知道也是正常的。"

陈云峰问："佛桑花是什么样子的？"阿契四下张望，似乎想从山地里随机寻出一株来："嗯，小时候在山上看到过。"陈云峰道："这样啊，那你去摘一些来，做点红盐荔枝来尝尝，我看做不做得贡品？"阿契微恼："你真是张嘴就来。我去哪里给你找佛桑花？"陈云峰道："至少你看到过，知道长什么样子。"阿契说："就算有，我也不曾做过红盐荔枝，不知道实际上是怎么做的。"

陈云峰笑道："好吧，就知道你靠不住。我还是等那小孩伤好了，找他靠谱些。"阿契嗔道："你才靠不住。我最多能给你把佛桑花画出来，你自己去找。"陈云峰彬彬有礼地鞠了个躬："那多谢你了！"

二人走至沈志文农舍附近，分道而行。沈志文却站在门口远远地看着他们。一时阿契进门，沈志文指了指陈云峰的背影，道："你不见了好几日，又跟他在一起啊？"阿契恼了："没有，不是！"

打春（完整版）·下册

第二十四章

棠棣之华，鄂不韡韡

陈府厨房，娆娆在做鸡蛋羹。

陈云峰走进书房，娆娆便端着一只瓷盅进来："陈大人，民女给您做了糖霜鸡蛋羹，您尝尝。"陈云峰道："好，放着吧，谢谢你。"娆娆放下鸡蛋羹，站在门口发呆。陈云峰看了她一眼，她方退了两步："民女告退。"陈云峰说："好。"

杭哥走了进来。陈云峰道："你来得正好，把那糖水吃了。"杭哥打开瓷盅，吸溜吸溜地吃起来："挺好吃的呀。"陈云峰道："这位糖霜西施在家里好些天了，住下去不是个事儿，还是让她回去吧。"

杭哥点着头，出到厅中，叫着："小娘子，你该回去了。总在我家住着，大家彼此都尴尬。"娆娆低头问："这是陈大人的意思

吗？"杭哥说："是的，是的。"娇娇垂泪问："他不留我吗？"杭哥道："不留，不留。"娇娇道："回去又吃姐姐一顿打。"杭哥道："若你姐姐打你，或是卖翠羽的为难你们姐妹，都许告官。眼下正要收拾他们胁迫良民的。你回去后若有难处，只管来找我。"娇娇又道："然而我不想走。"

此时，沈阿契走进厅中来，手里拿着一卷画："杭哥。"杭哥忙向前："夫人，您来了。"沈阿契向杭哥递过画卷："这是他要的佛桑花，你给他吧。"杭哥接过画："是，夫人。"阿契转身就走，杭哥道："夫人，您这就走了吗？"

陈云峰从里间出来，也道："阿契，这就走了呀？"阿契停住脚步，回了回头。陈云峰忙吩咐杭哥："碾茶、焚香。"杭哥道："是。"

一时沈阿契与陈云峰进了书房里，娇娇却悄无声息地走到廊外，透过窗户瞧他们。只见二人坐着，陈云峰低头拨弄香炉，沈阿契却别着脸抿着杯中茶。两人竟无言语。

杭哥从娇娇身后走过："嘿。"娇娇小吃一惊，转过身来。杭哥朝她摆了摆手，她忙离开书房窗户边。杭哥把她拉到大厅中："干啥呢你？有没有规矩？"娇娇问："那位夫人是？"杭哥道："是我们陈家的夫人。"娇娇又问："那她为何没住在家中？"杭哥说："少打听。"娇娇还问："她是陈大人的夫人吗？"杭哥道："不是。"

娇娇如释重负地舒了一口气。杭哥道："就算不是，你也少打我们家大人的歪主意了。你虽年轻，有几分姿色，只是我家大人眼里除了那位，没别人。"杭哥往身后指了指。娇娇垂下头去。杭哥说："年纪轻轻的，我劝你走正道。"娇娇点着头："可是，他是那样好。我能留下来做个厨娘吗？"杭哥道："可是，我们有厨娘。"

娆娆终是离了陈府，回到家中。她坐在窗边哭泣。娇娇问："什么？你在他家住了这么久，都没得手吗？那他留你干什么？"娆娆道："可是，他基本不在家中。住在他家，也见不到他的。"娇娇犯难了："这……"娆娆又说："况且，他身边是有一个女人的，我掺和不进去。"娇娇更觉难了："啊？"

她只好来向应隼复命。

应隼一如往常，在山道大树下捕翠打发时间，如同一个整日垂钓愿者上钩的无为者。笼中雌翠鸟无精打采耷拉着脑袋。应隼则瘫着四肢闲闲散散，嘴里咬着根狗尾巴草。

娇娇道："员外，妹妹笨拙，去了陈家几日，又回来了。"应隼道："你亲自出马嘛。"娇娇摇头："恐怕都是难。"应隼骂道："没用的东西。"娇娇说："她去了几日，倒不是一无所获。"应隼问："怎么了？"娇娇神神秘秘地说："她打听得陈云峰有个相好的，还是一位，别人的夫人。"应隼一听来了精神，坐直身子："哦？有奸情！"娇娇道："他那个相好的，叫沈阿契。"应隼喜道："好，太好了！陈云峰，他想让翠羽行倒掉，我让他先倒在前面！"

东京城，宋宫夜宴。周贵妃穿了一件翠羽大氅，笨重而浮夸地从人群中突露出来。随即，攀附者云集，将此装诩为"百鸟朝凤"。周贵妃听了，面露喜色，并无觉得不妥。

第二日，围墙内的一言一语、一颦一笑便传到了围墙外。

王宅花园里，王建成向邢风道："听说了吗？昨晚宫里夜宴，周贵妃是穿了一件翠羽大氅参加的，其他妃嫔都争相效仿戴翠羽

了。"邢风道："听说了。"王建成问："这事，跟广南东路有没有关系？"邢风道："有关系。"

王建成看着园中菜畦："这么多年来，周贵妃穿了什么，戴了什么，必然是最好看的。她穿了什么，梳了个什么发髻，然后众嫔妃效仿，然后百官家眷效仿，然后平民富户效仿，顷刻风行起来。这个铁律，屡试不爽。"

邢风道："这回她又穿翠羽，我看，阿峰要头大了。"王建成说："是啊。"邢风道："翠羽行这几年不景气，原本想着阿峰要把它振兴起来，谁知他直接上表，说这一行救不活了，请求圣上蠲免此项，替换他项。但这个他项是什么，却迟迟未表。"王建成道："哎呀，恐怕他要吃亏。"

再说增城荔枝园，宗亮屈腿坐在园子门口。荔枝树上的黄泥坨坨长出来的根越来越多。

陈云峰停下马："小兄弟，你的伤可大好了？"宗亮点点头。陈云峰问："伤既好了，可以做一些你所说的红盐荔枝给我们瞧瞧吗？"宗亮摇摇头："我阿巴不许我跟你来往。"陈云峰问："为什么？"宗亮道："他不许我跟官府的人来往。"陈云峰道："哎，是你跟我说红盐荔枝可以进贡、可以出蕃的，现在又不理睬我，这是你不对了哦。"宗亮起身走进园子里，把门关上。

陈云峰看了看身旁的杭哥，无奈地笑了笑。

二人牵着马在山道上慢行。杭哥道："二爷，那小孩不搭理人，这可怎么办啊？"陈云峰道："只能让阿契出马了。"

他一路折回，便到制香坊来寻沈阿契。

二人对坐在香案前，阿契自顾自地剪着烟。陈云峰道："那小孩不理我。听说他听你的话？"阿契问："你想让他教我们做红盐荔枝？"陈云峰说："能这样当然最好。如今我们要蠲免掉翠羽进贡，想用新项替换旧项。现在这个新项，看来红盐荔枝是最适宜的。"

阿契道："你都没尝过就知道最适宜？"陈云峰道："你尝过，你说好不好吃？"阿契摇摇头："我从小不爱吃甜的。我么弟爱吃。"她说着，陷入沉思："我觉得很奇怪。他爹，为什么不让那小孩跟你来往？莫非有什么隐情？我很想问出来。"陈云峰说："我也想知道，但是那汉子性情乖戾，下手又狠，你可别一个人去他家问这些，怕他伤了你。"阿契点点头，又问："你跟他们认不认识？"陈云峰道："我跟他们怎么认识呢？"

他想了想，解释道："哦，他不是说不让跟我来往，是说不让跟官府的人来往。"

阿契道："那我去找找宗亮吧。"陈云峰说："你若去找那孩子，可别一个人去，至少带上素琴。"阿契点头。陈云峰笑了笑："或者再带上我。"阿契嗔道："带你干什么？你又不能打，还得再带个人保护你。"

事后，阿契便依陈云峰所言，将宗亮喊到有巢氏家来。

那有巢氏家已经建好，风景如画。大水车旁立着"货如轮转""财源滚滚"两处大字。此处颇有蕃客往来走动，又有几个蕃人在大水车旁戏水、玩笑。

阿契向宗亮道："你伤好了，姑姑很高兴，带你来看看有巢氏家。"宗亮说："这有巢氏家，真漂亮，真有趣！"阿契说："如今建好了，很多客人住进来，多是去榨糖寮购糖的蕃商。多谢你告诉我们，我们才能找到这些客人。"

宗亮说："姑姑和沈员外关照我们，我们应当知无不言言无

不尽。沈员外的有巢氏家能够生意兴隆，我也很高兴。"阿契问："你的黄泥坨坨长出新荔枝树没有？"宗亮道："我已经砍下两枝插到土里，新种下了，长得蛮好。走，我带姑姑去看看。"阿契便跟他同去。

远处，一片荔枝林沐浴在阳光下，随着平缓的山势起伏着。

阿契闲步林中，说道："以后宗亮的荔枝一定会卖得很好。"宗亮点着头。阿契又道："以后宗亮的荔枝做成红盐荔枝，就更好。对上，能做贡品；对外，能出蕃走四海。"

宗亮睁大了眼睛，又有些失落："还是算了，我阿巴不让我跟官府的人打交道。"

阿契笑了："嗨，卖个荔枝，要什么跟官府的人打交道呢？只跟买荔枝、吃荔枝的人打交道不就行了？"宗亮眼睛又睁大了："我一直想把红盐荔枝卖起来的。姑姑，我该怎么办？"阿契道："要做大，就必须成行成市。你要下来沈员外的荔枝园，里面也就七八棵树，既成不了行，也成不了市。哪怕加上你阿巴后山那些，也是如此。"宗亮眼神又黯然："七八棵树，做不了贡品，也出不了蕃。"阿契笑了笑："但是，你可以跟荔枝行拧成一股绳。"宗亮道："他们什么都不缺，不会理我们这些小荔枝农的。"

阿契道："原本他们不会理你，但现在你有红盐荔枝，他们必须要理你，拜你为师。"宗亮道："我若把红盐荔枝传给他们，岂不是亏了？"

阿契笑了笑："所谓合伙，一定都是你吃一点亏，他占一点便宜，然后一起得到好处。倘若你吃不得亏，他占不到便宜，大家便还是回到原点，谁也不必理谁。"宗亮点了点头。

阿契又道："单说这红盐荔枝，我家亲戚也做过，可见没有什

打春
（完整版）·下册

么独一家的。说不定南村有的北村也有，做法略有不同而已。你不拿出来，让别人先拿出来了，叫响了，就成了他是独一家，就成了你学他。你说吃亏的是谁？"

宗亮点了点头："有道理！"

当下沈阿契说动了宗亮，便告知荔枝行会长。会长喜不自胜："那小孩答应教大伙儿做红盐荔枝啦？"阿契微笑着点了点头："明天他会去行里找您。"会长鞠了个大躬："哎哟，谢谢沈娘子！您可真是帮我们解决了一个大难题。"

翌日，宗亮到荔枝行来。众人忙将小师父迎入。依他所言，众人忙碌起来，有的备着缸子罐子碟子等器物，有的寻摘佛桑花，采购鲜荔枝。

数日过去，宗亮在荔枝行里，一会儿被这个拉过去，一会儿被那个拉回来，问问东，问问西。他只得像个陀螺般转着。

棚子下，工匠们清洗着佛桑花，开始卤制红浆。门口处，二工匠抬进来一筛子新鲜荔枝，倒入卤好的红浆中。厅子里，一群仆从忙着摆弄罐子和碟子。

会长看到事儿已经在做了，心中有些数了，才到转运司来报喜："陈副使，大喜！"

陈云峰笑问："什么大喜？"会长道："陈夫人说动了那孩了，开始教我们做红盐荔枝了。"陈云峰道："那太好了！"会长说："是啊，现在，我要把全增城，不，全广州①最好的荔枝浸到

---

① 广州：据中国社会科学院主办、谭其骧主编《中国历史地图集》北宋广南东路广州的行政区划，大致包括今广州市、深圳市、佛山市、东莞市、珠海市、中山市、江门市，以及龙门、新丰、佛冈、怀集等地，还有香港特别行政区、澳门特别行政区。

佛桑花浆里。"陈云峰道："不，是全广南东路最好的荔枝。"会长连连点头："对，对，做好了，一定第一个送过来给您尝尝。"

王宅花园里，瓜藤蔓了一地。邢风急匆匆的脚步，险些踩中了一个大瓜。常满叫起来："脚，脚！"邢风便跳起脚来。王建成笑了。常满道："邢大人，我是怕您摔着。"邢风道："常满，你这瓜藤太密了，连条路都没有。"王建成又笑了起来。

邢风原地站住，道："老师，宫里的谏官透露给御史台的消息。昨天下午，周贵妃戴着翠羽去面圣。圣上把头一扭，不看她，然后自己走了。"王建成嘿嘿一笑。邢风又道："到了昨天晚上，众妃嫔都传开了，纷纷摘掉自己戴的翠羽。"王建成笑道："我昨儿就听说了。圣上不糊涂啊。"邢风道："真是替陈云峰捏了一把汗。"

同样的消息，吹得比季风还快。

山道中，应隼歪在树下，看着笼子里孤零零的雌翠鸟发呆。探子跑了过来，在应隼耳边嘀咕。应隼突然坐直身子，瞪直眼睛，脸色煞白："周娘娘，失宠了？"他缓缓地，又歪回树底下。

世间事，如同山中花。一朵花儿败，又有一朵花儿开。

荔枝行会里，荔枝商们齐聚一堂，品尝不同味道的红盐荔枝。[①]

陈云峰向沈阿契递过来一只白色小瓷碟，里面放着一颗红盐荔枝。阿契手里拿着另外两只碟子，空不出手来接。陈云峰道："今

---

① 红盐荔枝：据蔡襄《荔枝谱》记载，宋人用"红盐法"加工荔枝，可经久保存。

日特地叫你来尝尝，是不是你小时候吃的那种红盐荔枝？"边说边替她剥开荔枝壳，将果肉依旧放回小瓷碟里，递给她。

娆娆站在一旁，看着陈云峰给沈阿契剥荔枝，神色失落。

阿契放下手中碟子，腾出手来掇起果肉吃了，摇摇头："不太像。"陈云峰拉起她到另外一排桌子前："来，挨个儿试。"陈云峰每到一只坛子前，就给沈阿契剥一颗荔枝。阿契一边吃一边摇头。娆娆看在眼里，失魂落魄，向门口走去。

陈云峰道："你别老是摇头啊。怎么？全部不是你小时候的味道吗？"阿契道："我六姨婆做的红盐荔枝确实不是这种味道。"陈云峰脸上不悦。阿契又向他笑道："但是，干吗非要跟我六姨婆做的一个味道呢？你看，大家觉得好吃不就行啦？"

沈志荣忽走了过来，带着阿契走到最末尾的坛子前："陈夫人，您尝尝这一坛。"说着取出一颗荔枝剥给她。她接过吃了，回味了一下，望向陈云峰："又甘又酸，就是这个味儿。"陈云峰笑了："真的？这一坛怎么藏在最后面啊？哈哈。"

沈志荣也高兴地笑起来："是吧？这一坛是最好吃的。这一坛是我做的，我特地把它藏在最后面。"他一脸朴实憨笑，忽瞥了陈云峰一眼，发现陈云峰在看他。他忙敛住笑，默默走开了。

阿契看着沈志荣失落的背影，向陈云峰道："这个人很奇怪啊。"

宴过半，夜色临，厅堂内渐渐点起灯和蜡烛，人语不息。

阿契独自走到厅外长廊，看了看夜色。沈志荣跟了出来："陈夫人。"阿契转身应了声："啊？"沈志荣道："陈夫人，我是来向您道歉的。我上次不该对您那么凶恶。"

阿契道："不许打孩子。"沈志荣说："我知道了，我不会

再打他了。"阿契道："那就好。"又转回身去，没理会沈志荣。沈志荣低低说了声："陈夫人，我先走了。"阿契又回身应了声："好。"沈志荣便走了。

大厅内依旧灯火辉煌。众荔枝商开始觥筹交错，开怀畅饮。沈阿契独自坐在墙边的凳子上，拿起一颗带枝柄的新鲜荔枝，先剥了外皮，露出白衣，又将白衣从中间撕破一道口子，然后把上面的白衣往上掀，下端的白衣往下褪，却又留着果子的尖底粘住白衣不落。

她提着枝柄，瞅着仿若一盏小灯笼的荔枝傻笑。

行会门口，四轿夫落轿等候陈云峰。

荔枝行会长送着陈云峰出门。会长道："折腾了半日，天就黑了。陈副使路上小心。"陈云峰道："好好，多谢。"此时，沈阿契手里提着"荔枝灯笼"正站在门口。陈云峰道："阿契，天黑了早点儿回去。素琴呢？"阿契提着"灯笼"笑吟吟走来："天黑了，这个灯笼给你路上照着。陈副使路上小心。"

陈云峰接过"荔枝灯笼"，脸上顿时收不住笑："那你呢？天黑了你不怕遇到坏人？"阿契道："我就是坏人。"

会长在旁，捻了捻胡须，呵呵笑道："哎呀，天黑了，我们也好怕黑啊，可是我们没有灯笼。"说罢就往行会内走去。陈云峰望了会长的背影一眼，嗔道："这个老货！"

再说娆娆从荔枝行回家，却坐在窗边哭个不住。

娇娇恼了："你哭什么呀？"娆娆道："那么好的一个人，为奴为婢我都愿意，可是却不能够。"娇娇叫道："完了完了，是让你去迷惑他，结果你反而被他迷惑了？"娆娆只顾哭。娇娇骂道："也是个没用的东西，去了这么多次，连个男人都拿不下，枉费你生了一副好皮囊。"

娆娆说："我也不想啊。他一直跟那个沈阿契在一起，不肯看别人一眼。"娇娇问："就是他弟弟的老婆？"娆娆点着头："她是一个寡妇，做过很多种生意。这次转运司鼎力扶持荔枝行，要将红盐荔枝列为贡品，外头说，正因为红盐荔枝是沈阿契做出来的。"娇娇道："原来如此。"娆娆问："姐姐记得在榨糖寮叫走陈大人的那个小孩吗？那个小孩就是沈阿契的人。"

娇娇想了想，道："原来是这样，我得把这些事情告诉员外才行。"娆娆道："姐姐你想干什么？不要害陈大人了！"娇娇道："员外说，只要咱们替他办成这件事，以后咱们家就不用交翠羽税了。"娆娆道："陈大人说了，以后再也没有翠羽税，不仅咱家没有，家家户户都没有。姐姐不要给员外哄了。"

娇娇叫道："你信呢？翠羽税从你我还没生下来的时候就有了。翠羽是宫里娘娘的贡品，说没有就没有吗？"娆娆说："我相信陈大人！"娇娇躺到床上，把灯吹灭："呵呵，你快睡吧。"

皇宫内苑，高墙绿瓦纵横成式。

一名太监站在宫门处宣旨："宣圣上谕旨，蠲免翠羽上贡钱，各州县不得以捕翠为名滥征税赋。凡皇室男女，禁饰翠羽。"

宣谕下来，宫苑内众宫女妃嫔忙成一团，纷纷搜检起各类衣物。一个嬷嬷向众宫娥道："快好好检查检查，凡是头上戴的，身上带的，披风等物，有翠羽的，一律拆下来！"

这道谕旨同样惊扰了朱雀门之晨。

邢风向王建成道："老师，禁翠令下来了！是中书省正式走出来的文书，皇室成员全部禁止戴翠羽。"王建成道："是啊，我也看到文书了。圣上倡导节俭，这次也要借翠羽刹刹奢靡攀竞的风气

了。"邢凤道:"又让陈云峰那小子过了一关!"

这道谕旨更惊动了山中捕翠人。

那应隼歪在山道大树下消磨时光的日子很快结束了。笼子里的雌鸟开始上下扑腾,烦躁不安。

探子跑上山来,手里握着文书:"员外,禁翠令下来了!您看看,这是知州衙门发的。"应隼展开文书一看:"什么?禁翠令?"他把文书一扔,将眼前的捕翠机关一踢,笼子被踢翻。笼中的雌翠鸟"忒"地一下飞走了。应隼恨得牙咬:"陈云峰,你断了我们整行的财路,我要报仇!"

黄土飞扬的交叉路口,翠老大戴着枷锁,由二差役押送着,将要发配边地。应隼担着酒食上前,向二差役道:"两位差爷,今天我大哥刺配边地,容我跟他说两句话,给他吃点酒食。"二差役道:"你们快点儿,我们还要赶路。"应隼道:"好,好。"

应隼领着翠老大到一旁坐下,给他奉上酒食:"老大,如今你刺配边地,小的给您送行来了。"说罢呜呜咽咽。翠老大道:"莫哭,你与我报仇便是。"应隼问:"如何能报仇?"翠老大道:"你们说的,他的相好是他的弟媳,这便犯了当今朝堂第一条大罪。你再从这个女人入手,找找陈云峰假公济私的事情,便齐活儿了。告到御前,我要他去边地陪我!"应隼道:"好,小的明白!只眼下这个荔枝行突然间风生水起,便有这个女人从中假公济私的缘故。小的再让人多找几条罪,重重地压在一起再行弹劾。"

翠老大点着头:"对,女人的问题,钱的问题,多找几条,重重地粘在一起再行弹劾。"

回到家中,应隼在堂上摆出几盒金锭,准备悬赏找线索。

他问娇娇:"你说那个做荔枝的小孩是沈阿契的人,到底是她的什么人呢？"娇娇道："还不清楚。现在看起来，似乎是什么关系都没有。"应隼道："不可能！什么关系都没有，为什么要帮他呢？为什么要出这么大力地帮他呢？"娇娇答不上来。应隼便指了指金铤："你把他们的关系弄明白了，一盒金铤归你。"娇娇大喜："谢谢员外，我一定好好打听清楚。"

应隼又向素日在跟前使唤的两个鹰犬指了指金铤："你们也一样，去找沈阿契的错，只要和她有关联的就行。但凡这些错被陈云峰假公济私包庇住的，你们就来我这里领走一盒金铤。"

二鹰犬大喜。其中一个唤作阿翎的连声道谢，另一个唤作阿翼的胸有成竹："这个容易。那沈阿契是个做买卖的，寻出几处错来不是难事。"

娇娇回到家来，将事情一说，对妹妹道："呵呵，一开口就是一盒金铤，这些翠商真有钱，以前真不知道黑了咱们山农多少血汗钱。"娆娆望着窗外出神："我就知道陈大人说到做到，这回，翠羽税真的没有了。"娇娇叫着："我跟你说话你听见了没？"

娆娆回了回神："啊？"娇娇道："趁着他们现在没有防备你，你还能接近他们，去把沈阿契的事情打听出来。一盒金铤啊！咱们要把咱们家的血汗钱给拿回来。"娆娆道："姐姐，你太过分了！我不会再去的了。"说罢冷着脸离开家门。娇娇叫道："你！你不去，我自己想办法！"

荔枝行里开始办起诸蕃赏味会。会长领着诸蕃商在厅堂里品尝红盐荔枝。众蕃商都道好吃。会长道："好吃可以多带一点儿。"一蕃商道："我要把它带回陁盘地。"又一蕃商道："我要带去遏根陀。"还有蕃商说："我要带回细兰。"会长只是笑着招呼：

"多带一点儿，三年不坏，三年不坏。"

随着红盐荔枝的需求变大，荔枝鲜果开始短货，涨价。

一个宋商本来不贩荔枝的，听说了行情，便也想分一杯羹。他四处打听，都已经没有荔枝卖了。他寻至东庄荔枝园，问园主："嘿，老哥，你家的荔枝现在怎么卖？"园主道："你出多少？现在想买荔枝都没有了，只有我这儿有。"商人道："我出三百缗。"旁边便有人挤过来抬价，向园主叫着："你家还有荔枝吗？我出四百缗、四百缗。"另一个人也挤了过来："我出五百缗！"

商人道："我的天哪！这是荔枝，不是金子。你们是抢钱还是怎么的？"园主笑道："多奇怪啊？行情好的时候，我们自己是一颗荔枝也吃不起。"众哄价者围住园主，吵吵嚷嚷。商人从人群中退出来，自言自语道："嘿，别处看看去，我不信荔枝能这么贵。"

他又寻至南庄荔枝园，问园主："嘿，老哥，你家的荔枝现在怎么卖？"园主冷笑着："现在怎么卖？你现在还想买荔枝？"商人道："哎，你怎么说话？怎么现在就不能买荔枝了？"园主道："你做生意也不打听行情的吗？现在荔枝园都是从开花的时候就卖光了。如今枝头都挂果了，你还想买荔枝呢？"

商人道："我原来不买卖荔枝的，听到行情好，才来问问。怎么开花的时候就卖光了？果子都没看到，怎么买？怎么卖？"园主道："开花的时候，荔枝商就整园子买下了。看那开花的情形出价，两家情愿，就买断了一年的果。至于挂果的时候，果子多，果子少，谁占了便宜，谁吃了亏，就听天由命了。"商人道："原来如此，看来我确实来迟一步。我再别处寻寻。我不信都是买花不买果的。"园主笑道："那你就四处问问呗，呵呵。"

打春（完整版）·下册

商人又寻至北庄荔枝园、西庄荔枝园，都说荔枝开花的时候就卖光了，现在都是卖期果，不卖实果。

再说宗亮在大水车旁的几棵荔枝树也结果了。围墙门紧闭着。宗亮指着枝头对沈志荣说："阿巴，您看那颗荔枝，我摘下来给您吃。"沈志荣摇头道："我不吃，现在荔枝太贵，还是你吃吧。"宗亮说："不，阿巴不吃，我也不吃。"沈志荣问："你身上的伤全好了没有？"宗亮道："好了。"沈志荣道："阿巴不该打你。"

此时，阿翎便在围墙外喊："哎，是沈家荔枝园吗？"宗亮在围墙内答："是。"阿翎问："还有荔枝卖吗？"宗亮答："有。"阿翎问："价钱几何？"宗亮道："你把钱扔进来，我看数给荔枝。"

阿翎心中暗骂："妈的，多嚣张的小子！"便隔墙扔了一串铜钱进去。

铜钱落地，宗亮捡起来，在手里掂了掂，向墙外道："钱收到了，我现摘荔枝抛过去，你接好了！"阿翎站在围墙外，冷不防被一串从天而降的荔枝砸到脑袋。那荔枝从阿翎的脑门上落下，又砸到地上的石头，碰了个硬，撞出汁液来。阿翎从地上捡起汁液流溢、沾满灰土的荔枝，一脸抽搐："好啊，一串钱就买了这么一串烂掉的果子。我现就拿着这货，去增城县衙门告你们！"

大水车下，娇娇与佃农大秸、二秸聊起了天。

娇娇笑道："原来你们主家沈员外是这陈夫人的亲哥哥。"大秸道："是的，沈员外整日和我们在这里种田，其实他是带出身、不任职的。"娇娇道："哦，有些来头。那沈家荔枝园，可也是你们陈夫人娘家的？"大秸又道："那沈家荔枝园是后山沈老爹

家的。沈员外还没来增城时，沈老爹就带着两个儿子一直在后山住着。他们是不是亲戚就不知道了。"

一旁的二秸凑过来说："应该是有些亲戚了。那荔枝园就是沈员外送给沈老爹的。他们都是潮州①的。我们沈员外名讳叫沈志文，那沈老爹叫沈志荣。"

大秸问二秸："你怎么知道沈老爹名字的？我都不知道，只喊他作沈老爹。"二秸说："嗨，那次我替沈员外去县里过园子契，是过给宗亮那小子的。因那小子未成人，就让老爹在一旁写了名字，这才看见的。"大秸道："哦，你一说，我倒想起来，宗亮那小子管陈夫人叫姑姑。我原以为是讨好着叫，不曾想是真的姑姑？"

娇娇满脸笑容："应该是真的了！"

她喜滋滋，将听到的和猜到的拿到应隼面前讨赏。此日，阿翎、阿翼二人也正在场。应隼道："原来那沈家荔枝园、有巢氏家都是沈阿契娘家的，好。"阿翎道："那沈家荔枝园坐地起价，高价卖了烂荔枝与我。我已经在县里告了官，叫他家大小先吃个官司。"

应隼道："好，叫他家大小先吃个官司，那沈阿契少不得就要去找路转运司向县里说话了。只要陈云峰一开口，我就不信拿不着他的短儿。"

一旁的阿翼乃是书生，忽摇头晃脑起来："还有呢，那有巢氏

---

① 潮州：据中国社会科学院主办、谭其骧主编《中国历史地图集》北宋广南东路潮州的行政区划，大致包括今潮州市、汕头市、揭阳市，以及大埔、丰顺等地。

家是接待蕃商的客栈，却只管蕃商吃住，不管宣教宋政。这一条，也是拿个正着的。"应隼一头雾水："什么政？客栈要什么政？我怎么没听说过？"

阿翼一脸得意："是这样的员外。有一年，广州市舶司出了个文告，令广州城内大小客栈，凡接待蕃商的，都要向蕃商宣教宋政。这条文告没几个客栈能做得到、做得全的，所以一拿一个准！"应隼嘿嘿笑起来："这个好！算上这条，告去市舶司。"阿翼道："还有呢。"

应隼提起精神，看着阿翼："还有？"阿翼道："那沈阿契自己现开着制香坊。各路商人来买卖时，没有按宋制统一的度量衡算斤打两，而是按各路旧规计算。这一条，也是现拿得住的，一翻籍账，就是现成的罪名。"应隼有些迟疑："这个官府受理吗？毕竟各路都没有按宋制，实际买卖仍是按旧制。这个，做过买卖的都知道。"

阿翼道："要的就是官府不受理。官府不受理，可是宋制度量衡的海行文书是朝廷发的，是中书省盖了官印的，为什么广南东路违者不受理？那还不就是路转运司徇了私，才不受理？"应隼哈哈大笑："妙，妙啊！"说着拍了拍阿翼的肩膀："读书人就是不一样。你是专业的！"

应隼向他递出两盒金铤："论功行赏，决不食言。你很好，给他做成两桩不痛不痒的案子。"阿翼道："谢员外爷恩赏。要的就是这种不痛不痒的案子，让陈云峰以为，小事情，一句话解决的事，然后，入我套中来。"

应隼笑道："好，好，我欣赏你。"又向阿翎递出一盒金铤："你也不错，这盒是你的。"阿翎也忙道："谢谢员外打赏。"

娇娇眼巴巴地向应隼笑着。应隼向她道："你嘛，一桩案子也没拿出来。你妹子也不中用。算了，沈阿契这个老相好，最初也是你探出来的，就算你一份儿苦劳。"便给了她一盒银铤。娇娇原以为没有了，谁知竟还不少，喜得连声道谢。

她抱着银子回家，在桌子上打开盒盖，将银铤看了又看。

娆娆问："姐姐，你哪儿来的银子？"娇娇道："员外赏赐的。"娆娆问："你干了什么事情？他为什么要赏赐你？"娇娇道："没干什么，就是把那位陈大人和沈阿契那点儿事给员外抖漏过去而已。这回啊，他真要摊上事儿了。员外说了，现在就等着朝廷派人下来问话。"

娆娆脸色大变，抓住娇娇："姐姐，你出去乱说什么啊？"

娇娇扯开娆娆的手："我没乱说，那不都是你告诉我的吗？"娆娆满脸涨红，又揪住娇娇："我……姐姐你疯了吗？你怎么能真去害陈大人呢？"娇娇推开她："要你操心？咱们看热闹就是了。"娆娆气得发抖："你！你害了陈大人，我以后再也没有你这个姐姐。从今天起，我们恩断义绝！"

娇娇哈哈大笑："恩断义绝你就给我滚出去，再也不要回来！"

娆娆夺门而出，边走边哭，在村道上跑着。

好一阵子过去了，事情的进展令应隼称心满意。他哈哈大笑："沈家的案子，官府果然都没受理！"他向阿翼道："太好了，给御史台写条陈吧。好个官风不正的转运副使，自己立身不正，还号称御史外台？"

阿翼笑道："是。"应隼道："一旦朝廷有人下来体察民意，别忘了到村里找几个捕翠老农，表达一下民心民意啊！"说着，诡谑一笑。阿翼点头道："小人明白，小人一定早做准备！"

阿翼便依应隼之意，在山村水神庙召集了一干捕翠户，备了一套说辞。

他道："乡亲们，咱们世世代代在山里捕翠，如今路转运司突然不让捕了，咱们何以为生啊？"众捕翠户议论纷纷。一个裹着头巾的捕翠户便说："嗨，捕不捕都是这个德性的啦，好像捕了就有以为生一样。"阿翼有点着急，站到高处，做足手势："乡亲们，乡亲们，我们本来就很难，现在连翠鸟都不让捕了，以后不是更艰难吗？"

众人又议论纷纷。阿翼高声道："路转运司的官老爷不想给咱们活路了。朝廷会派钦差下来体察民意，到时候大家一定要把自己的心声说出来！"

有捕翠户问："说啥嘛？"

阿翼道："路转运司的陈副使有个老相好，她娘家是卖荔枝的，所以就把咱们翠羽行作为贡品的旧项，给替换成了荔枝。这才搞到咱们翠羽行整行没得做！"

众捕翠户兴致勃勃，满脸笑容："老相好？老相好？有个老相好？"

阿翼站在高处，慷慨激昂地向众人道："总之，如果朝廷派了钦差下来，大家要把这些事情说出来，把那个姓陈的转运副使弄走，给我们捕翠户一个交代！"

此时，娆娆从人群中挤了出来，指着阿翼道："你疯了吗？这样违背良心的话亏你说得出来？"说着，转向众人："各位乡亲，我也是本村的捕翠户，世代捕翠。我们捕翠户怎么样大家心里都清楚。这些年根本捕不到翠鸟了，却年年收翠羽税，一年比一年多，

原因就是翠羽被列为贡品。路转运司的陈副使把这个贡品旧项给除掉了，翠羽税也不用交了，这难道不是好事吗？"

阿翼道："翠羽税不用交了怎么是好事？"娆娆冷笑道："对你们这些在中间承包收税的当然不是好事，就像刚才你自己说的，你们没得做了，但是对我们捕翠户，绝对是好事！"

众捕翠户喝起彩来。

娆娆又向众人道："各位乡亲，陈副使是个有本事的好官！他给皇帝写了一封信，皇帝就同意蠲免翠羽税，换一个人能做到吗？如果我们在钦差面前说他的坏话，他走了，来一个不好的、无能的，我们不是要接着受苦吗？"

阿翼向娆娆叫着："你这个吃里扒外的死丫头，我就问你，陈副使有个老相好叫沈阿契，是不是事实？是不是你说的？算不算官风不正？"娆娆哽咽住了："你！"阿翼又对众人说："你们看，现在荔枝行多旺啊，难道我们翠羽行就不能跟荔枝行一样旺吗？都是因为这个陈副使，我们才会没得做。"

又一个捕翠户冷冷淡淡地向阿翼道："嗨，翠羽是今天才没得做吗？好心你啦，早就没得做啦。管他相好不相好，我看，我们趁早和老相好去卖荔枝算啦。"

众人对着阿翼起哄。

一个年纪稍大的捕翠户走上前，啐了阿翼一口："滚吧你，年年来收税，不肯通融的那个就是你，以为我们不认识你！"众人轰走阿翼。

娆娆从地上拾起一块干结的牛粪，砸向阿翼："读书人读坏了书，就是最坏最坏、坏到透透的！赏你牛粪吃啊！"阿翼躲开，跑了。

市舶司衙署里，卢彦低头看着手中案卷，懊恼道："哎呀，怎么又让人给盯上了？"便向一旁的公人道："去趟转运司吧，备马。"公人领命。

卢彦来到转运司行署，把一捆卷宗摆上台面，向陈云峰道："陈副使，我说句没见过世面的话，当初您要是和阿契光明正大把事情办了，是生是死就一回。如今这样，回回落人话柄，次次遭人拿捏。"

陈云峰道："当初的事情就不要说了，就说如今怎么办？"卢彦道："如今本路还没定夺，东京已经知道了。"陈云峰笑着摇了摇头："我也看见了，御史台又问下了'官风不正'。"他沉吟半晌，又道："不过，这也在意料之中。人家既然敢递刀子，问个'官风不正'下来，也算下手轻的了。"

卢彦道："不容易啊。"

陈云峰又将卷宗捡起来看了看，恼道："真是岂有此理，连个姓沈的荔枝农一点破事儿也要算到我头上！"卢彦道："陈副使息怒。我也看到了，一个不相干的荔枝农，非说是阿契娘家人，可笑！扶持荔枝行，就非得说成是有裙带关系？真是小人之心度君子之腹。"陈云峰道："你看荔枝行现在这么红火，反衬此前翠羽行又是什么德性，总有一些人缓不过来的。"卢彦道："是啊，但现在沈家的案卷是市舶司也有，广州衙门里也有，增城县衙里也有。"他说着，摊了摊手。

陈云峰道："各衙门里定夺就是了。"

至日暮时分，陈云峰回到私宅，却见糖霜西施娆娆又来了。

娆娆"扑通"跪到他跟前，眼泪簌簌掉下来。杭哥站在一旁，欲言又止。陈云峰问娆娆："你这是怎么了？"娆娆道："陈大

人，全是我害了您。"陈云峰问："怎么说？"娆娆道："有关陈夫人的话头，皆由我而起。陈大人救了我们所有捕翠户，我却成了害您的人。"

杭哥怒向娆娆："你！"陈云峰伸手止住他。娆娆跪在地上："陈大人，如果您因此背上罪名，我一定要去登闻鼓院告御状。我要坦承，所有关于您的诬告和流言皆因我而起。我要揭发翠羽行会的种种勾当，以及他们要我做的种种事情！"杭哥又紧张地望向娆娆："你要进京告御状？"

陈云峰向娆娆道："你不用去了。翠羽行已经没有了，翠羽税也没有了。翠老大流放了，禁翠令都出来了。如今倒没有什么必要跟翠羽行的旧人缠斗，反倒是要想想怎么安抚好捕翠户，引他们另寻一门好生计。"

他说着，若有所思地望着窗外，全然看不见眼前焦急的娆娆。娆娆望着他神游万里的表情，心想："没想到陈大人的心思全没在自己身上，想着的还是我们捕翠户。"

娆娆说："陈大人，他们给您安上不好的罪名，而我就是那个祸端。我一定要出声还您一个清白的。"陈云峰回过神来，看了看娆娆："你起来吧。登闻鼓院的鼓不是随便敲的。圣主日理万机，没什么大事，不要随便告御状。"娆娆问："那怎么办？由着他们说您官风不正吗？"

陈云峰道："该怎么办就怎么办。他们连我都敢递刀子，你一个弱女子走去京城，你觉得会发生什么？"杭哥对娆娆说："是啊，大人说得有道理。你别胡来了。"娆娆仍道："可是您……"

陈云峰站起身走了："我说了，该怎么办就怎么办。"

有巢氏家的巢屋前，沈志文眉头紧锁，向阿契道："老五，这有巢氏家摊上事儿了，没有向蕃商宣教宋政，如今已被告去了市舶司。"阿契听了，只问："这要紧吗？"

志文道："要紧，没有冤枉，拿了实锤。这有巢氏家是我的，我恐怕会……"阿契紧张起来："你会怎样？"志文说："我会被朝廷收回官告。"阿契摇了摇头："事实上，恐怕很多客栈都没做到吧？"志文道："可拿住了却无可辩驳。我才去看了，市舶司确实有这条明文规定，但我们确实不知道。宣告此文的时候，我们还没开客栈，没留意。等我们开客栈了，这条已经是旧条，连行会的人也不在意，所以也没人特别拿出来提醒我们。唉，也是疏忽了。"

他捶了捶巢屋栏杆。

阿契低下头："很可惜。"志文摇了摇头："没办法，也许是被谁盯上了。"他说着，恳切地转向阿契："老五，你听我说！"阿契认真地望着他。

志文道："你听我说，有巢氏家算你的好不好？"

阿契有些吃惊："啊？"志文道："如果是我的，我的官告要被收回。可是，我的官告不能被收回！"他一副有口难言的样子："但如果是你的，你没有出身，只会被罚铜。"阿契张大嘴巴说不出话来。志文恳求道："老五，你帮哥这一回好不好？我的官告不能被收回，留着有用！"阿契淡定下来，转而冷笑："有没有官告，你也是个在这里种田的。"

志文一愣："种田不重要吗？"

阿契笑了笑："好，算我的就算我的吧。我知道官告对你来说很重要。"她说着，脸色微愠，转身要走。志文忙拉住她："老五你听我说，我的官告要留着，留着有用！"阿契甩开他："四哥

你不用说了，官告留着当然有用。"便走了。志文看着她离去的背影，对着栏杆捶了一拳。

有巢氏家山雨欲来，制香坊同样乌云盖顶。

转运司行署内，谭谨望了望陈云峰，面有难色。

陈云峰问："怎么样？制香坊封了吗？"谭谨道："知州不愿意动手。"陈云峰冷着脸问："为什么？"谭谨低下声："下官已经敦促他了，他说……"

谭谨没有往下说。

陈云峰问："他说什么？"谭谨道："他说，本州裁定是不封，若外台认为当封，请外台亲自去封，下官及本州一应衙役都可同往，听凭差遣。"陈云峰恼道："这！非要我自己去？沈阿契的事情就非要冲着我来？他什么意思？"谭谨忙道："陈副使息怒。他没有这个意思。"陈云峰说："那他什么意思？"

谭谨说："他不为冲着您来。崇贤小爷在秘阁值守，是皇储伴读，这知州焉能不知啊？虽平时不打交道，但为了宋制度量衡这样不痛不痒的事情，拿陈夫人第一个匹法子，知州哪里肯吃这个亏？"陈云峰听了，搓了搓手。谭谨道："有如度量衡这类事情，各路都一样的，知州就是不受理，他也落不着错啊。所以他非要您亲自去。"

陈云峰忽笑了起来："原是我要自保，没想到带累他了。也罢，那咱们走吧。"说着起身往外走。谭谨尴尬地跟着："好，走，下官这就吩咐下去。"

陈云峰领着众公吏走进制香坊。制香师们一脸愕然。

沈阿契听到动静，从内迎出，欲笑还敛："你怎么来了？"陈云峰笑了笑："没什么事儿，这制香坊开不了了。"阿契似笑

打春（完整版）· 下册

非笑："为什么啊？"陈云峰一脸平和："因为你们没用宋制度量衡。"

阿契还没反应过来，众公吏已在制香坊内查抄籍账物品。阿契慌了神，众制香师乱作一团。一个制香师向查抄公吏叫道："你别弄坏我的东西，那是制了一半的龙涎！"又一个制香师叫着："别动！那不是我们制香坊的货，是蕃商寄在这里的。"

阿契问陈云峰："度量衡？怎么又关度量衡什么事啊？"陈云峰道："各路商户都要按宋制的度量衡论斤算两，你们不知道吗？各路度量衡不统一，何以成规矩？"阿契恼了："统一度量衡？陈大人，您忒不接地气。从大宋立国以来，度量衡就没统一过！"[1]陈云峰道："怎么没有？朝廷早就发过海行文书。你们不执行，反倒有理了？"阿契冲陈云峰嚷着："什么海行文书？我没见过。那是你们不做买卖的人自说自话。你随便问问哪一行做买卖的，随便问问哪个跨路行商的，度量衡有没有统一过？从来没有！"

陈云峰不接话，只转身看了身后的公吏一眼。

那公吏心知肚明，却少不得上来和沈阿契拌两句嘴："海行文书就是给你们遵照执行的，你没见过你还有理？"阿契道："海行文书你们藏在衙门里，束之高阁，我们上哪里见去？"

公吏道："全部贴在城门十日告示过。"

---

[1] 据方宝璋《宋代经济管理思想及其当代价值研究》，第196-198页，宋朝建立后，针对唐末五代割据时期度量衡混乱之弊，宋太宗命监内藏库仪使刘承珪"详定秤法，著为通规"，"自端拱元年起首，至淳化三年功毕，遂诏别铸法物，付太府寺颁行"。然而考诸史料，宋代民间商业贸易中，度量衡的使用始终没有真正统一过。主要原因恐怕与地域和部门之间使用的度量衡标准本身就存在着差异有关。

阿契又说："但你可知行商坐贾，到得一地，入得一行，都得随行就市、入乡随俗？用哪种度量衡是公约，不是哪一家商户自己能说了算的。你们凭什么关我一家的门？"

陈云峰转身出门去，留下几个公吏围住沈阿契一顿吵。阿契忽然用手握住胸口，后退了几步。二制香师忙上前扶住她。公吏们抄没了一应籍账、货品，搬的搬、抬的抬，走了。他们的背影逐渐模糊。

恢复平静的制香坊内一片荒芜，如同昨夜还开满莲花的香水池塘，今日却露出干涸龟裂的池泥。头顶是一片烈日，足下是被汗水灌溉的野草。

众制香师收拾着被抄检过的制香坊。沈阿契坐在香案前发呆。二制香师走到她跟前，落泪叫着："沈娘子！"阿契回过神来，起身强笑了笑："二位师傅是手艺精湛的人，不愁没有制香坊请你们。这段时间，多谢大家对沈阿契的扶持。"

一制香师道："沈娘子，咱们制香坊做得好好的，大家开开心心的，说散就散，能不难过吗？"另一制香师说："沈娘子，这太气人了，就没有办法挽回吗？"阿契又强笑了笑："没有办法的事，对不住大家了！"

众制香师都站到她周围，神色黯然："沈娘子，沈娘子！"

她向众人鞠躬再三："对不住大家了！对不住！"

后山农舍，一个差役寻进门来："是沈宗亮家吗？谁是沈宗亮？"

沈志荣从后园进屋来瞧，问道："官爷，您找他什么事？他是个小孩。"差役问："你是他什么人？"沈志荣道："我是他爹。"

差役出示身牌："我是县衙捕快。沈宗亮是荔枝园园主，现有人告他虚抬荔枝价，扰乱行市。县衙只得找他问话。"沈志荣道："他是个小孩，问不出什么话来。"差役道："可他是园主啊，他现人在哪里？"

沈志荣心想："糟了，可不能让宗亮和官府的人打交道。若被官府问出他的身世来，不是小事！"便道："他人不在广州，官爷只管拿我去问话便可。"

过了旬日，这县衙捕快又寻到沈志文农舍来："可是沈志文沈员外家？"沈志文出来应答："差爷有什么吩咐？在下沈志文。"差役问："沈志荣可在你家？"

志文一听这名字，有点儿恍惚："沈志荣是谁？哪个沈志荣？"差役道："就是后山上住着守园子的沈老爹。"志文更恍惚了："沈老爹？他叫沈志荣？"

差役道："正是，他可在你家？你可知他在哪儿？"志文道："我不知道啊，他为什么会在我家？"差役笑了笑，亮出身牌："沈员外，在下增城县衙捕快，请您不要装糊涂。沈志荣先前吃县衙拿去问话了，说回来带沈宗亮去见官，一回来人就不见了。如今只有您知道他的下落了。"

沈志文也笑了笑："差爷，我没有装糊涂。我是真不明白这个沈老爹和我有什么关系。为什么我会知道他的下落？我除了知道后山住着这个人之外，基本也不认识他。"

差役说道："您真不知道？告官的人明说了，那沈志荣是你沈家兄弟，他家荔枝园就是你给他的。"

沈志文道："就凭名字相像就是我家兄弟？那园子是他儿子拿了两盒龙涎香来换的。说是园子，也就六七棵树，我不大管的，便

换给那小孩了。告官的人说这沈志荣是我兄弟，可有凭据？"差役道："罢了，你既不认，我别处搜寻。叨扰了！"沈志文鞠躬道："有劳差爷明察了！"

差役走后，沈志文坐立不安，从前厅走到后堂，又从后堂走到前厅，口中絮絮叨叨："沈志荣？他叫沈志荣？他为什么叫沈志荣呢？"志文脑海中满是沈志荣的模样——他站在农舍内，转过身来，一脸风霜，神色卑下："员外有什么吩咐？"

志文不安地往门外走去，翻身上马，喃喃自语："沈志荣沈志荣，我让你叫沈志荣。"他策马至后山农舍，只见屋门已上锁。他推着门锁叫："沈志荣！"又绕到屋后园子："沈志荣，你出来！"然而屋前屋后空无一人。

寻人无果，沈志文只好回来。一到家门口，就见阿契耷拉着脑袋站在路口。

沈志文一下马，阿契就扑了过去，哭起来："四哥！"

志文忙问："怎么了？"阿契哭道："制香坊被关了，又是陈云峰干的，又是他。"志文安抚地拍着她："又是他又是他，谁让你每次都好了伤疤忘了疼呢？"阿契哭着："我没有。"志文道："在漳州时我就跟你说过，你父亲不是龙王，你也不是龙女，能怎么样呢？"

阿契道："我招谁惹谁了？我为什么要认识他？"志文道："别想了，有我一口吃的，就有你一口。吃饱了你就玩，啊。"阿契依旧哭着："四哥啊。"沈志文摇了摇头："进屋吧。"

再说陈宅花园里，杭哥心情是很好的。他哼着小曲儿，手中把玩着一朵花儿，脚步轻快地走过花园。

他在长廊上遇见娆娆。娆娆问："杭哥，陈大人最近怎么样了？那帮混蛋有没有害到他？如果需要人证，我可以去作证的。"杭哥笑了笑："这种事情有什么好作证的？那能好看呢？开玩笑。"娆娆问："那陈大人怎么办呢？"

杭哥手一挥："嗨，小场面，别担心。我说，你就别惦记他了，那不是你惦记的。"娆娆脸一红："我没有，我知道我不配的。"杭哥傻傻地看着她羞涩的表情，忽道："你看我怎么样？你要是改为惦记我，也许能让你在这里做个厨娘，呵呵。"

娆娆一愣："啊？"杭哥问："你不是想在这里做个厨娘？"娆娆有点反应不过来："啊，是，为奴为婢我都愿意。"杭哥道："那你嫁给我啊。你不是被你姐姐赶出来了吗？就别一个人到处乱跑了。"娆娆满脸通红，转身就走。杭哥把她拉住："你别走啊，你还没说行不行你就走啊？"娆娆挣脱杭哥："你讨厌！胡说什么啊？放开。"说着转身离去。

杭哥望着她的背影："喂，你到底愿不愿意啊？"

陈云峰敲了敲窗户，从窗内探出头来。杭哥一转身，回过神来："二爷。"陈云峰道："喂，你这样也行？要让人家想一下的嘛。"杭哥脸一红："二爷。"陈云峰摇了摇头："我都被你吓到了。"

增城农舍内，阿契百无聊赖地坐在案前焚香剪烟玩儿。

沈志文坐到她对面："老五，我想跟你说件事。"阿契抬头看了看他："好事还是坏事？我现在心情不好。"说罢埋头拨弄香灰。志文笑了笑："我找到沈志荣了。"

阿契抬起头来："幺弟？"

志文点了点头："我也不知道是不是他，但现在又找不到他了。"阿契毫无心绪地压着香灰："你在说什么啊？"志文说：

"我真找到幺弟了，就是宗亮他爹。"阿契有些吃惊："是他？是吗？"志文也充满疑惑："你觉得呢？是他吗？"阿契摇着头："我不知道啊。像吗？年龄就不像啊。"她喃喃道："沈老爹。"

志文说："可他就叫沈志荣，而且是同一个地方出来的。我原想找他本人问清楚，谁知这父子仨都不见了，连同先前的宗明，也不知道哪儿去了。"

阿契摇了摇头，又点了点头："只能找到他再问问。"志文看着那香炉，拉了拉她："别玩这些了，出来吃饭。"阿契方怏怏起身。

山中光阴凝滞，荔枝园寂静如常。

一日午后，沈阿契尝试着打开荔枝园那紧闭的木门。原来，门上有根小闩子。她进来了，叫着："宗亮。"却见园中空无一人，只有几棵安安静静的大树。高高的枝头上还包着两坨伸出根来的黄泥坨坨。地上新植的几株荔枝树已经有一人来高。

她伸手摸了摸小树。

宗亮忽从树后冒了出来："姑姑。"阿契吓了一小跳："宗亮，我就知道你没走。你藏在哪儿？"宗亮道："姑姑，我要和阿巴离开广州了。您能帮我照顾这些小树吗？"阿契问："你们为什么要离开广州？"宗亮道："卖荔枝的时候卖了高价，还摔坏荔枝。有人去告官了，我要去见官。阿巴不让我见官。"

这时，沈志荣背着包袱走到园门外，叫了一声："宗亮！"

他绷着脸走来。阿契忙把宗亮藏到身后，向沈志荣道："你又想干什么？"沈志荣不理会她，只向宗亮道："宗亮，走！"阿契问："你们要走去哪里？不过是价格卖高了，荔枝摔坏了，不是什么大事。要去官府应答，去便是了，何必要跑？"沈志荣说："不干你事。"阿契却仍把宗亮捂在身后:"不!"

沈志荣夺宗亮不得,恼向沈阿契:"你到底想怎么样?"阿契道:"我问你些话,你如实告诉我,我能帮你揽了这个案子。"沈志荣问:"你怎么揽?"阿契道:"这荔枝园是宗亮拿两盒龙涎香换来的,那龙涎香本就是我的,所以,我就是荔枝园的园主。荔枝园吃官司了,自然是我去官府应答。"

沈志荣听了,情绪稍微平复一些。

阿契问:"怎么样?你不必担心宗亮要去见官。"沈志荣说:"好,你要问什么话?我如实告诉你便是。"阿契问:"你有几兄弟姐妹?"沈志荣答:"五个。"阿契将信将疑:"五个?叫什么名字?"沈志荣答:"老大叫沈志强。"阿契吃了一惊。沈志荣接着说:"老二叫沈志武,还有一个哥哥沈志文,一个姐姐沈阿契。我是老幺,沈志荣。五个。"

阿契大惊失色:"不对,是六个,是六个!"沈志荣也很意外,猛抬头望着她。

阿契终于确定眼前人是谁了,喜得忙不迭要回去告诉沈志文。怎知沈志文拎着一篮子果品香烛,刚出门去。她从农舍内外,到有巢氏家,遍寻不着沈志文。

此时的沈志文已至白田镇素馨花田里,正要拜祭沈来弟。远远地,他望见宗明跪在墓碑前哭泣。

志文停下脚步,藏到花丛后偷看,便听宗明道:"阿巴、阿姨,孩儿和弟弟、小舅舅又要远走他乡了。不知道下次什么时候才能来看你们。这样东躲西藏的日子过去了许多年。弟弟天资聪慧,但从小担惊受怕,如今乖戾古怪。小舅舅脾气也越来越不好。真希望孩儿能揽下所有罪过,换来他们过上正常人的生活。"

沈志文暗叫："真的是他们！"

宗明又磕了几个头："孩儿就此拜别。"便起身要走，刚起身，就被沈志文按住。宗明反过身来，和他扭在一起。

宗明道："你想干什么？"志文道："你放手！"宗明问："你到底听见了多少？"志文说："都听见了！"宗明问："听见什么了？"志文道："听见了，你是钱匪陆定远之子。你和你弟弟，现在还在官府通缉之列，对不对？"

听了此言，宗明将他死死掐住。

沈志文叫着："放手！你难道还想杀人灭口？"说着扯开宗明，将他推倒在地。宗明坐在地上："你想怎么样？我不杀你。我走我的，你走你的。"沈志文拉住他："不，我能让你们过回正常人的生活！"

宗明被他一拉，仰倒在地上，莫名其妙地笑起来。沈志文恳切道："真的，真的！"宗明笑了笑，起身就走。沈志文紧紧追着："别走！"宗明转身道："你别跟过来，别跟过来！"

他说着，迅速跑了。

沈志文蹲下身去，看着地上倾倒的篮子和掉落的香烛果品，叹了口气。

遮遮掩掩的往事终于露出原来的面目，志文心中悲喜参半。他坐在自家农舍厅子里，看着阿契将沈志荣领进门来。

沈志荣跟在阿契身后，跟到厅门口就停住脚步，显得非常拘谨沉闷。他一脸不自在，双手无处安放。

志文向他招了招手，似乎在逗一个小孩："来，来。"沈志荣迈进门槛，又停住脚步。志文继续招手："过来，过来。"沈志荣靠住门柱就不肯动了："员外有什么吩咐？"志文冲他一笑："我是老四啊，你记得我吗？"沈志荣低着头："嗯。"

阿契过来挽住他，把他按到椅子上坐下。他的手脚拘谨地拢作一处，自顾自地叹气。

阿契向他道："我和二哥去六姨婆家找你，找了几个地方都找不到。你们到底搬去哪儿？"沈志荣道："搬去了飞凤岭。"阿契问："后来呢？"沈志荣道："后来三姐带着宗明和宗亮来找我，我就带着他们四处躲。"他说着，沉默了一下："抓住了，是要杀头的。那时宗亮才这点儿大，纵然他父母有天大的罪过，也不合杀他。"

他比划了一下宗亮的个头："我们都撒谎了，故意说错宗亮的年龄，怕外人怀疑我们的身份。"

阿契道："没事，不要紧。"志文吸了一口闷气，又故作轻松，推了推沈志荣的肩膀："你吓到我了，俩儿子这么大？啊？你娶媳妇了没有？"沈志荣一本正经地回答："没有。"志文又呵呵地笑："我没认出你来，真没认出来。"沈志荣拘谨地望着志文。

志文敛住笑，对他说："以后你不用东躲西藏了。"沈志荣说："我本来就不用东躲西藏，通缉的不是我。"志文道："对，我是说，以后两个孩子不用东躲西藏了。我这就上表，请朝廷收回我的官告，给两个外甥赎罪。"阿契猛地转头看着他。

沈志荣似懂非懂地点着头："哦哦，官告是什么？"志文笑了笑："不用管了，你让宗明别再跑了，回来是最安全的。"沈志荣点了点头："嗯嗯。"

第二十五章

秋水时至，尾闾晦明

　　书房里，沈志文席地坐在矮案前草拟上表书。阿契走了进来，屈膝坐在他身旁，忽又伏到他膝盖上抽泣。

　　沈志文将她推开，见膝盖上已湿了一片，问："怎么了？"阿契道："四哥，想来你我虽然也有很多不易，但最不易的是他。他年龄最小，却怎么就成了'沈老爹'了？本来，陆铜钱干过什么事真的跟他一点关系都没有，可他这么多年来却要过着逃犯的生活。"沈志文拍了拍她："都过去了。"

　　阿契又道："四哥，对不起。"

　　沈志文问："又怎么了？"阿契道："我不该把你想得那么不堪。原来你留着官告，是为了三姐两个孩子，我却还误会你只是个名利之徒。"志文苦笑了一下："算了，其实我也好不到哪儿去。再说，名利之徒只要能做事，就不怕被误会。"阿契在侧抱住他的胳膊，娇里娇气道："四哥，我们家幸好有你。你太重要了。"

志文笑了笑："走开，不要妨碍我写东西。"阿契起身要走，志文又叫住她："哎。"她回过头来。志文问："最近这些破事儿，罚铜罚了多少？我照数给你。"

阿契眼泪一收，转而露出调侃的神情："千万别这么说，照数您有可能给不了。"志文笑了笑："有这么多吗？"阿契无奈一笑："还好这里田广米多，我可以来蹭碗饭吃吗？"志文看了看她："有这么浮夸吗？"阿契朝他眨了眨眼睛。

午后，田埂上拉出一道人影，那是站在太阳下的沈阿契。日正高，她的身影被压得又矮又胖。风是热的，水是热的，她却素面朝着风吹来的方向。她的指尖触了触小石洼里发温的水，忙缩回来。大水蜻蜓成群盘旋，在地上投影下六只脚和四个翅膀。各种清晰的影子，让她想起小时候的事情。她、老四、幺弟年龄小，常在大太阳底下傻晒着，奔跑追逐就为了踩到彼此的身影——谁踩到了就算赢，被踩到了就算输。

农舍内，沈志文将上表书写好，便呈给了路转运司。

陈云峰在行署里，看着手中的上表书，问一旁的公人："沈志文上表请求朝廷收回官告？"公人道："正是。"陈云峰沉默不语。公人问："大人，这份上表书向上呈送吗？"陈云峰挥了挥手："呈送吧。"

上表书呈送之后，吏部公人便来收官告了。

沈志文跪在地上，双手举着一只盘子，盘子里放着一份官告。吏部公人问："沈志文，你可想清楚了？你愿意交回官告替你外

甥赎罪？"①沈志文道："告大人，沈志文想清楚了。请您收回吧。"吏部公人便伸手取了官告："好吧，念在你两个外甥当初皆是幼童，应与陆铜钱所犯之事干系不大，朝廷会赦免他们的。"沈志文叩头道："圣上恩典，仁慈开赦，沈家肝脑涂地没齿难忘。"

汴河船到了，升起沸腾的人声，随着摇摆的货担。

三司衙署内，王建成端坐书案前，沉静地看着卷册，忽抬起头来："陈云峰的弹劾撤了没有？"邢风道："撤了。"王建成放下卷册："沈阿契这丫头现在做的什么营生啊？"邢风道："龙涎，一盒能买一座宅子。"王建成道："她哪儿来的本钱做龙涎生意啊？"邢风道："听说一开始只是加工龙涎，用素馨花制香。"

王建成点了点头："哦，没想到啊，罚铜罚了这么多。"邢风也道："确实没想到。"王建成有些疑虑："这罚铜是罚在纸上的，还是实罚了这么多？"邢风道："广州报上来的，是实罚，乃是三桩案子加在一起的总数。一个是宋制度量衡的问题，一个是蕃商宋政宣教的事情，还有一个是卖荔枝的什么纠纷？我记不清了。"

王建成摇了摇头："那这……阿契跟陈云峰以后不得闹别扭了？"邢风笑了："是啊，以后再也不用担心他俩犯错误了。"王建成嗔道："行了行了，这说的什么呀？"

南海潮退了，露出锈迹斑斑的颅血石和金屑银碎的野沙滩。

沈阿契和素琴弯着腰在沙滩礁石边捡着海货。素琴捡起一只海

---

① 据戴建国《宋代法制研究丛稿》，第176页，《宋会要辑稿·刑法》三之八四，所云"官荫"，谓品官依据自己的官职为亲属赎罪的权利。

螺往竹篓里丢去，阿契捡起一只螳螂虾也往竹篓里丢去。素琴道："姐姐，咱们又穷得叮当响了。"阿契道："谁说不是呢？"

素琴道："钱财就像这潮水，涨了又退。"阿契"扑哧"一笑："你这话跟谁学的？"素琴道："自己悟出来的。姐姐，您这次好像不难过？"阿契自嘲道："可不是吗？多难过几次就不难过了，前几次还是挺难过的。"素琴说："前几次的损失加起来都没有这次的一个零头。"

阿契直起腰板，把竹篓往湿漉漉、软绵绵的沙滩上一沉，调侃道："可不是吗？每次到了没饭吃的时候，只好吃这些东西。"素琴哈哈笑了起来："谁说的？"阿契道："以前我外公说的。"素琴道："这些东西人家卖得可贵了。"阿契说："白捡的就是你的。"

说着，两人踩着细沙离去。平细的沙面上留下两溜脚印，一篓海货被提着，左右晃动。

转运司行署内，众官吏围坐在议事厅中。

广州知州道："广州人户多，可没有多出来的田地分给捕翠户了。下官以为，捕翠户近山，只能往靠山吃山的路子上走。"

陈云峰问："具体如何安置？"知州道："久困之人，不能往太弱的行当里放，也不能往太旺的行当里挤。太旺的行当，这些新户跟老户抢不了生意，到时候还得打起来，仍是不能乐业。所以，就近山间种植染料最合适，也不用另外找地方安置。"众官吏议论纷纷，点着头。知州又道："不管红花、茜蓝还是紫草，种苗由官府供给；使用的农具、种植的山地，也由官府供给；第一茬从种到收的人户口粮钱，仍由官府供给。"

陈云峰问知州："供得了吗？"知州一脸平静："从沈氏的罚

铜里出。"卢彦冷笑了一下。陈云峰有些惊讶："够吗？"知州底气十足："管够！"卢彦又冷笑了一下。陈云峰看了卢彦一眼。

知州正色向陈云峰道："我们可以这样，起初，单纯做染料出蕃；等这些捕翠户做得渐有起色了，再考虑跟丝、绢、棉、麻合起来做成品，以染色织物出蕃。此是第二步了。"

陈云峰点点头："以后要做出红绝子①那样的名声。"知州点头称是，又向卢彦道："卢大人，初期染料出蕃要请市舶司这边帮忙指教了。"卢彦道："义不容辞。"

黄昏降临，陈云峰牵着马在大水镇的村道上走着。

农舍内，赶海归来的沈阿契和素琴在院子里摆弄着烧烤海鲜的炉子。

没多久，焦香夹着鲜香的气息飘了出来。

阿契坐在小炭炉前，埋头啃着螳螂虾，就见一双靴子越走越近。她抬头一看，来的是陈云峰。她没好脸色地往身后喊："素琴，你怎么没关门？"素琴从灶边放下炭火，走过来看到陈云峰，愣了一下，只道："哦，这就关。"便把门关上了。

阿契道："现在不用关了，你却又关。"素琴刚坐下，拿起一只大贝壳要撬开吃，被她一说，只好问她："那我把门打开？"阿契道："算了，就关着吧。"陈云峰笑了笑，也坐到小炭炉前。阿契把脸扭过一边去。陈云峰道："杭哥娶媳妇了。"阿契问："你是来请我喝喜酒的？"

陈云峰笑道："他媳妇的姐姐，帮你找到了失散多年的亲弟

---

① 红绝子：据《岭外代答》卷六《安南绢》，"蛮人得中国红绝子，皆折取色丝，而自以织衫"。

弟。"阿契没好气："我都知道了。您府上来了位糖霜西施嘛，不然这些事也不能矛头对着我。"陈云峰问："你都知道了？"阿契将一只大海螺往火苗上重重一扣："是！你替我谢谢她。我可是找了这么多年也找不着幺弟。"

陈云峰笑着起身向她作揖："请陈夫人恕罪！"阿契转过一边。陈云峰赶到她面前，又作了一个揖："请陈老夫人消消气。"阿契道："谁是老夫人？你才老！"陈云峰坐下，用树枝拨弄着炉中炭火："再过几年崇贤要娶媳妇啦，你很快就是老夫人了。"

这时，阿契和他同时向炉上伸手，拿到了最后一只螳螂虾，一人捉住虾头，一人捉住虾尾。两人对视了一眼，都把手缩回来。

陈云峰似乎是为了缓和气氛，故意笑了笑："没想到你这么有钱。"阿契将脸一板："你问问素琴，我们俩没饭吃的时候是什么样子的？折腾了这些年，合着给杭哥做了老婆本。"陈云峰道："也不枉费他跟了你十九房一回嘛。"

素琴嘟起嘴："姐姐对杭哥可真好。素琴跟姐姐挨过饿的，以后可也有老婆本？"陈云峰向素琴道："有有有，必须比糖霜西施长得漂亮。"阿契恼了："糖霜西施很漂亮吗？"陈云峰见她恼，反倒嘿嘿笑了。

朝廷开赦的消息传来了。

沈志荣和两个外甥在农舍内哭作一团泥。再也不用东躲西藏了，再也不用遮遮掩掩了，沈志荣脑海中出现的第一个念头就是"光明正大地回乡里去"。

他带着宗明、宗亮到大水车下辞行。

他抹着泪汁儿："我这些天都有些恍惚，觉得不太真实。"沈志文搂住他："真实，真实。"沈志荣道："我就不敢相信。我

要去六姨婆坟前，跟她说，我家里终于有人来接我了！以前她总说，你家里娃多，早就不记得有你这么个老幺了。"阿契眼圈红了。沈志荣道："她总说你家里早就不要你了。"沈志文拍了拍他的肩膀："别说了，都过去了。"沈志荣道："后来好不容易见到三姐，三姐又……"他哽咽住了。沈志文道："好了好了，孩子们都在。"

沈志荣呜呜咽咽哭着。阿契转侧身去垂泪，口不能言。

沈志文道："你要不别回去了，这样我们三个人可以在一起。"沈志荣拘谨起来，摇着头："不不不，我这嘴脸，我跟着您，您不体面。"沈志文嗔道："瞎说什么呢？"

阿契又忙问："回到潮州，你们的荔枝园是在哪里？"沈志荣道："就在飞凤岭有一处汤泉，汤泉边就是，很好找。"阿契怅然若失地点点头。志文却一心留他，他仍是打定主意要回去。沈志文只好说："随你吧。"

沈志荣、宗明、宗亮终于登上渡船。沈志文和阿契在渡口边看着渡船渐渐远去。

江水流逝，青山不转。天雨有时，草木生发。夜露晨雾，遍润根芽。春晖德泽，移光换影。

陈云峰携众走进山村染料种植园里。捕翠户们正在松土、除草、搭棚架。红花、茜蓝、紫草一畦畦的，缤纷灿烂。他们见陈云峰便服来了，都停住手中的活儿，纷纷望过来。有两三个淘气的，跳起来叫着他名字。

水神庙内，众捕翠户把染好的布料在场院里高高挂起。陈云峰独自穿梭在布料间。五颜六色的布料翻飞着，他的身影时隐时现。

"陈副使！"一个捕翠户叫了一声。陈云峰掀开布料，如同掀开帘子："嗯？"捕翠户一脸坚定："我们一定会做出红绝子的名声！我们要出蕃。"陈云峰笑了笑，那块红色布料便随风扬起，将他的脸遮住了。

水神庙外的山园里，娇娇正弯着腰收拾藤蔓。

娆娆和杭哥走了过来。娆娆脸色沉沉的："姐姐。"娇娇抬起头来，也冷冷的："你来了。"娆娆道："姐姐，我和杭哥来看你。"娇娇道："来了就好。"杭哥远远站着，拘谨地叫了声："姐。"喊完又将脸别到一边去。娇娇绷不住，"扑哧"一声笑了起来。

一个公人从娇娇跟前跑过，跳进水神庙的门第到了场院里。

他将飘扬的红布料掀起来，找到了布料后的陈云峰，说道："陈副使，咱们得回转运司了。吏部的人来了，请您亲去接官告。"一阵风吹过，红色布料将陈云峰的脸遮住了，又扬起来。陈云峰道："好，走吧。"

至转运司行署，吏部公人已等候多时。他笑向陈云峰："陈大人，接官告啦！"陈云峰跪接："陈云峰在。"吏部公人道："陈大人，广南东路转运使一职空缺已久。圣上念你自任广南东路转运司副使以来，兢兢业业，抚恤百姓，蠲免岭南奇花纲、翠羽税等苛杂，又兴修广州港西海壖工事，保全宋蕃商民免于风灾海难，又开矿铸钱、劝农兴商，功绩卓然，现再派广南东路转运使之差遣予你，望你慎始慎终，为国效力。"

陈云峰道："陈云峰定不负圣上恩典，念生民于始终，尽己所能，为国效力！"说罢接过官告。吏部公人忙将他扶起身来："陈大人，恭喜恭喜！"陈云峰道："多谢多谢！您一路劳顿着实辛苦，里边请。"便携着吏部公人的手往后厅走去。

潯州衙署里，绿鳍高高兴兴地跑进门来："陈执事，夫人的船来了。"陈云卿站起身来："他们到哪儿了？"绿鳍手一挥："靠港了，走！"陈云卿满脸笑容，与他出门去。

至潯州港口，只见沈五娘抱着婴儿走出船板，陈云卿忙上前接过孩子，又一手扶着五娘上岸来。绿鳍笑逐颜开在一旁看着。陈云卿道："娘子一路辛苦了，可晕船不？"五娘神色倦怠："别提了，吐了两日，他又一路啼哭。"说着看了看婴儿。陈云卿道："娘子着实辛苦，到了就好好歇着。"

陈云卿携妻子在堤岸上走着。绿鳍跑去跑来，又是咋咋呼呼的："陈执事，陈执事。"陈云卿问："何事？"绿鳍道："卢大人也来了！"陈云卿问："哦，到哪儿了？"绿鳍将手一指："已经来了。"只见卢彦携众公吏走来，陈云卿忙迎上前去："卢大人，今天刚好家眷来，有失远迎。"

卢彦发鬓上露出花白色，笑着："哟，家眷来了，我今天来得不巧。"陈云卿道："是属下失礼。"卢彦瞅着陈云卿手上的婴儿："这孩子长得真好。多大了？"陈云卿道："五个月了。"卢彦说："时间过得真快啊，感觉不久前你还跟我告假，说要回乡完婚呢。这不，孩子都这么大了。"

陈云卿嘿嘿笑着。卢彦道："家眷接过来了就好。一家子团圆，你也可以安心在潯州做事啊。"陈云卿道："多谢卢大人体恤。"又将孩子交与五娘，自己陪同卢彦进了衙署。

衙署里，卢彦道："近来购染料的蕃船，都是走的新开的线。其中有些蕃商颇为迟疑，不知道红花紫草一船出去有无销路。潯州对待这些蕃商要多用点心，特别在引水的时候，以客礼之，多加招待，招徕其再来。"

陈云卿点着头："明白。哦，卢大人，不如云卿陪您到引水处看看？"卢彦神色有些倦怠："也好，出去走走。"说着站起身来，神情又有些恍惚："哦，还有一事，你去找数十个译者。那些种染料的山农原是捕翠户，自己没跟蕃商打过交道，也不会蕃语，正需要译者。"陈云卿道："好，卢大人放心，译者我去找。先找三十？五十？六十个？"

卢彦说："备着六十个，要召之即来。要求不高，只需要会倭语、高丽语和三佛齐语就可以了。"陈云卿道："行，回头就去办。"卢彦道："那走吧，咱们去看引水。"

二人出了溽州衙署，登上巡海官船。

船离了岸，将溽州山崖抛向后去。陈云卿与卢彦站在船头。浪花飞溅，天色有些阴沉，卢彦鬓边花白的头发被海风吹直了。

他脸色有些憔悴："快到了吗？"陈云卿向前指着："还有一段呢。"卢彦扶着船栏杆："罢了，进船舱里坐坐吧。"陈云卿道："好。"卢彦一转身，突然以手捂住胸口，一口气喘不上来。陈云卿慌了神，扶住他："卢大人，您怎么了？"卢彦口不能言，倚住陈云卿，突然瘫软下地去，不省人事。

陈云卿慌了："快来人，来人！"公吏跑了过来："陈执事。啊！卢大人怎么了？"陈云卿问："船上备有什么药？"一水手道："只有一点晕船药。"另一水手说："还有止泻药。"陈云卿叫着："还有什么？"公吏解释道："什么都没有了，这不是远航船，只是平时巡逻用的。"

陈云卿急了："快，全速回溽州港！"众水手齐喊："是！"陈云卿扶住卢彦，将他身子半倾斜在甲板上："大人，卢大人，您一定要挺住啊！"

船头刺向翻腾的浪花，三只信鸽①相继飞向潮州港。

船终于靠岸了，陈云卿抱起卢彦跑上岸。众公吏领着郎中围了过来，密密麻麻的人群像一堵墙，将卢彦圈在了墙内。

广州卢府，卢彦躺在床上，面色如纸，双目紧闭。

沈阿契坐在床前，眼睛红肿。素琴领着陈云峰进门："姐姐，陈大人来了。"陈云峰俯下身叫："阿契。"阿契头也没抬："你说什么也没用，我一定会留在这里照顾他的。"陈云峰道："哦，当然，我并不拦着你。只是你几天没合眼了，怕你累坏了。"

沈阿契又开始哭："从前，我身边一个人都没有的时候，他总是跟我说，'如果你家里有人来了，我就走'。如果我身边一个人也没有，他就一定不会丢下我不管。"陈云峰道："行了，你这几天说这句话，差不多说了十几遍了。"阿契声音虚弱："我并不是说给你听，请陈大人快走。"

陈云峰把她拉起来："你不能总是这样干熬，快去隔壁睡一觉。这里由家仆们轮流守着。"阿契又虚弱地坐下，转头望向床上的卢彦。

---

① 据中国海事局组织编撰的《中国海事史》，第76页，隋唐时，广州等地已开始用鸽子通信。据唐李肇的《唐国史补》载："南海舶，外国船也。每岁至安南、广州……舶发之后，海路必养白鸽为信。舶没，则鸽虽数千里亦能归也。"唐末段成式的《酉阳杂俎》中也有类似的记载："大理丞郑复礼言，波斯舶上多养鸽，鸽能飞行数千里，辄放一只至家，以为平安信。"宋代，航海者继续利用信鸽作为船舶的通信工具，"携至外数千里，纵之，辄能还家。及贾人舶舡浮海，亦以鸽通信"。海舶"不忧巨浪而忧浅水"，盖因有信鸽作为海上航行互通信息的保证。《宋朝事实类苑》卷六十一《鸽寄书》记载了相关内容。

打春（完整版）·下册

素琴伏到她膝盖前：“姐姐，您就听陈大人一回吧。您这样没日没夜地照顾卢大人已经很疲惫了，却还要反反复复地去想过去的事情，这样伤心过度，很容易扛不住的。”

阿契微微摇头：“我没有想，是过去的事情自己找上我的。我没有想，没有。”素琴道：“您要是真为卢大人好，就该保重自己的身体。自己不倒下，才有力气照顾好卢大人。”阿契自说自话，眼神恍惚：“我原以为他是个无所不能的人。不管谁倒下了，他都是站出来替别人拿主意的。我没想到他也会倒下。我曾经再怎么无依无傍，却到底还有一个他，如父如兄。可有一天连他也没了，我在这世上才真正成了孤儿……”

她哽咽不能言语。

陈云峰突然将她拽离病床：“走！不要胡说八道了，不要再看着他了。走！”她已无甚力气，软绵绵地由陈云峰拽出门去。

陈云峰搀扶着她走进隔壁房中，劝道：“他过几天就好了，不要哭。”又按着她坐到床上：“快好好睡一觉，不要再胡思乱想了。”她躺到床上，抓着陈云峰的手，昏昏然闭上眼睛。陈云峰望着她，摇了摇头，走出门去。

阿契浅浅地眯着了一会儿，又心慌慌地醒来。她摇摇晃晃走进书房，铺开纸写了封信，向门外叫着：“素琴。”素琴进门来：“姐姐。”阿契将信递给他：“快去，投给递铺！这是写给京城方所医馆的蕃医罗里罗的。希望他能来广州，试一试，也许能治好卢大人的病！”

素琴领命而去。

卢府小厅中，又有公人向陈云峰报：“告陈大人，信已传回来了。卢夫人和卢震二公子现在正赶来广州。很遗憾，卢霆大公子因

被派去西北，来不了了。"陈云峰叹道："唉，就这样吧。"公人又道："市舶司诸务暂由众执事协理。"陈云峰点点头："把那个陈云卿从溽州叫过来，暂时协理一段时间。卢大人很信任他。"公人领命："是。"

海上风日美好，一艘蕃船在山崖边的洋面原地打转，迟迟不去。

水下湛蓝晶莹，透着水面上的阳光。光束和船桨搅拌在一起，互相吸引又互相想要摆脱对方。一群鱼聚集到船下，开始啮咬船底。船桨搅着光束，驱赶鱼群。鱼群渐渐散去。

天空中，白鸟如雪，纷纷扰扰绕着蕃船盘旋。它们忽然俯冲而来，进入水下。它们在水下如同鱼群，游向船身，开始啮咬船板。

蕃船开始摇晃。蕃人们在船上奔走，用三佛齐语叫着："船漏了，船漏了！"蕃商向水手道："去看看怎么回事？"

水手领命，潜至水下，见一群鱼和鸟在盘旋，啮咬船只。

他浮出水面，向船上喊："不好了！鱼和水鸟都变成老鼠，开始啮咬我们的船！"蕃商听了，即挥手招来一名鬼奴，说道："快！把船补好！"

这黑身①的鬼奴手持鱼形刀，纵身跳入水中。在水下，鬼奴用刀如用针，开始缝补漏船的破洞。

一条扁脸大鱼被鬼奴一手握住，"滋啦"撕下鱼皮。一点血红色瞬间晕染了整片水域。血红色如烟云散开之后，出现了鬼奴睁着

---

① 据【美】韩森《公元1000年全球化的开端》，第246页，宋朝观察者眼中的国际商人社区"诸蕃有黑白二种"。

眼的脸。①鬼奴将鱼皮粘贴到他用刀缝补的船身上。鱼皮上带着一只鱼眼睛，睁大了，瞪圆了。

鬼奴浮出水面，举起鱼形刀，胜利地呼喊着。

蕃商又向鬼奴指着船头："快！画龙点睛！让小鱼不敢来吃大鱼。"鬼奴便举着鱼形刀游向船头，在船头刻画出两只大眼睛，一个大嘴巴，把蕃船化成一条大鱼模样。

此时，众鬼奴均下水去，在水中跳起了巫舞。

巫歌袅袅，传至溵州港岸。公吏八爪巡海归来，向陈云卿报："陈执事，溵州崖下有艘蕃船，找了几个鬼奴在水上跳大神，已经几天了，就是不走。"

公吏鱿老大道："那也许是人家的土风巫舞，倒也不必大惊小怪。他们跳完就会走的。"陈云卿问："可有询问清楚是怎么回事？"八爪道："已经近船去询问了，回答得很是作怪。"陈云卿问："怎么个作怪法？"

八爪道："那船上蕃人说，水里的鱼和天上的鸟都变成了老鼠，咬破船底。他们刚用刀补好了船底，不敢进深海，怕船底再漏。"鱿老大笑起来："这又是什么巫幻之说！"

陈云卿道："有如此类，你们不必听得那么真，只需要知道，他们船漏了，不敢进深海，就可以了。不要管他巫幻不巫幻，不同地方的人对天地万物有不同看法。我们要做的是帮他们把船修好，让他们返程。他们返程了，溵州就完成了引水任务。而确保他们返

---

① 据【美】韩森《公元1000年全球化的开端》，第247页，"鬼奴善游，入水不瞑"。"持刀絮自外补之"，以修补船上的漏洞。《萍洲可谈》有相关记载。

程途中船是安全的，则是咱们最基本的道义。"

二公吏躬身拱手："陈执事教导得是，属下这就去办！"

这时，又一公人远远走来："陈执事，转运司的谭谨谭大人来了，现在衙署里等候。"陈云卿略显讶异："哦？为什么事？"公人近前小声道："说是请您去市舶司协理公务。"陈云卿听了，面露愁色，一言不发，转身就走。

他快步走进溆州衙署，向谭谨见礼，又焦急地问："大人，卢大人病情如何？"谭谨见问，有些意外，摇头道："不太好。听说，卢夫人和卢公子已经连夜从东京赶过来了。"陈云卿听了，面有悲戚之色。

谭谨说："陈执事，所以此来，是请您去市舶司协理公务的。"陈云卿道："云卿位卑言轻，恐怕难担此任。"谭谨语气坚决："这是应急之举，不可推辞！"又瞅了陈云卿一眼，说道："这是转运使陈大人的意思，望你顾全大局。"陈云卿方道："好，我去把溆州的事情安顿吩咐，这就同您一起去。"

市舶司议事厅中，张、王、李三位执事正在窃窃私语。陈云卿独坐发呆。陈云峰走了进来，众人将目光投向他。

张执事道："陈大人，近来有不少蕃船在引水口溆州崖一带滞留不去。已经过了引水口，再带回来也不是，请他们走他们又不走。因为是来宋购买染料的船只，不敢强驱，还请陈大人示下。"

陈云峰问："是哪一处的蕃船？"王执事说："讲的是三佛齐语，却不是三佛齐国的蕃民。船上多有鬼奴。"陈云峰问："他们为什么不走？"王执事道："说是船漏了。"陈云峰道："船漏了是很紧急的事情，怎么能在引水口一直滞留？那船不会沉吗？"王执事笑了起来："船上的蕃商说，船漏了，但是鬼奴拿刀把船缝补好了，可是天上的鸟和水里的鱼都变成了老鼠，啮咬船底，因此既不会沉，又不敢走。"陈云峰问众人："你们怎么看？"

李执事说："真是神话连篇，怎么能信呢？"王执事也道："正是。刀怎么能缝补船？刀岂是针？船岂是布衣？"张执事说："天上的鸟和水里的鱼又怎么变成老鼠？"李执事调侃道："这些蕃客是想再回来设一场引水宴不成？"张、王、李三执事相视哈哈大笑。

陈云峰问向三人："那你们说该怎么办？"三人止住了笑声。

张执事恭恭敬敬向陈云峰道："请陈大人示下。"陈云峰心里一声冷笑，脸上却未表露，只望向发呆的陈云卿："陈执事，你怎么看？"

陈云卿回了回神："大人容禀，飞鸟入水游，游鱼上天飞，乃是世上真有的事。"张、王、李三人听了，议论起来。

张执事笑了笑："陈执事见过？"陈云卿平静地点着头："见过。"又向陈云峰道："缝船如缝衣，也是蕃国真有的事。"①张、王、李三人又议论起来。

陈云峰笑了笑。

王执事便问陈云卿："那鸟和鱼怎么变成老鼠呢？"陈云卿望向陈云峰："下官以为，话不能这么听。或者说，是译者之误。蕃

---

① 据广州海事博物馆常设展"七海扬帆——唐宋时期的广州与海上丝绸之路"介绍，缝合木船是波斯湾地区的一种古老、原始船只种类，船板和骨材构件的连接是在木板和木条上钻孔，再用绳索捆扎。据称，这种缝合木船的韧性较好，即使在海岸暗礁搁浅，船体也不一定会损毁。这种船在古代不仅盛行于波斯湾和阿拉伯海域，还传播到南印度洋的马达加斯加、斯里兰卡，直到东南亚各地。

人想表达的意思是，船底下有像老鼠一样的东西，在啮咬缝补过的漏洞。"

陈云峰点了点头。

陈云卿又道："至于那啮咬船洞的是鱼是虾是鳖，当作另看。诸位大人须知诸蕃风物各异。我们看本地风物，都是最常见不过的，但是蕃人不这么看，他看见的可能是奇怪到无法表达的事物，最多也是近似地描述一下。所以并非神幻之语，也非有意欺瞒。"

张、王、李三人开始专注地看着陈云卿，等待他往下说。

陈云卿道："既然诸蕃风物各异，那么极有可能，鬼奴补船之物在蕃国海域不会引起鱼类啮咬，而在湳州崖的海底，却是某些鱼类的可口食物。"

王执事开始赞同云卿的观点："不同的海，不同的鱼。"李执事又说："那他们原来土风补船的办法就很危险，所以不敢走，只好缝缝补补且想法子？"

陈云卿点着头："眼下要做的，还是把蕃船引回引水口内，帮他们把船彻底修好。"说罢望向陈云峰："诸蕃国各有各的造船术、修船法，但大都仰慕大宋的造船术，认为宋船坚固无比。[①]如今我们帮他们把船修好，一则扬我大宋国风，二来这也是一船船的蕃民性命所系，当是市舶司最基本的道义所在。"

陈云峰点了点头："陈执事是湳州负责引水的，此事听他的，由他主持。"张、王、李三位执事齐称道："是。"

---

① 据【美】韩森《公元1000年全球化的开端》，第240页，公元8世纪和公元9世纪，波斯湾—中国的海上航线以及通往东非的支线已经形成了。公元1000年以后，中国设计的船只是该航线上的主角。

广州卢府，卢震骑着高头大马在门前停下。他身后是两顶轿子。前面的轿子下来了杜彩织。沈阿契虚弱地倚靠在门口，三两步奔向杜彩织轿子前，带着哭腔叫了声："婶娘！"杜彩织抱住阿契："这到底是怎么了？为什么会这样？"

卢震回头看了她们一眼，二话不说直奔入门内去。

后面的轿子下来两个小孩。一个由家仆抱在怀里，一个由家仆牵住手。杜彩织向阿契道："卢霆来不了，我把他的两个孩子带来了，见见祖父吧。"

她一脸沉重。

进了宅中，杜彩织见卢彦病情诸务都是阿契在应答，顿生不悦，便跟她说了声"拖累了"，遣她回家去。阿契哭向她膝前："夫人，我原是您买来服侍他的，如今已经这样了，您还是让我留在这里照顾他吧。"杜彩织冷冷道："可以啊，随你，反正自打他贬来岭南，不一直是你在服侍他的吗？"阿契红肿的双眼呆呆地望着她。

此时，恰陈云峰与杭哥走进厅中。杭哥闻言，径直走到杜彩织跟前道："卢夫人何出此言？我们陈家的少夫人，怎么倒成了一直在服侍卢大人的了？"杜彩织看了陈云峰一眼，不与杭哥争辩，只起身向陈云峰行礼："陈大人万福！"

陈云峰笑了笑，拉起沈阿契，向杜彩织道："既然卢夫人已经来了，阿契也该回去了。卢大人就交给您了。希望卢大人早日康复！"杜彩织道："多谢陈大人照拂。"陈云峰拉起阿契便往外走，杭哥跟了出去。

至走廊外，陈云峰对阿契斥责道："你说话经一下脑子好不好？什么你是谁买来服侍谁的，这不是给人话柄，自轻自贱吗？"

第二十五章 秋水时至，尾闾晦明

他的虎口紧紧扣住阿契的手腕。阿契挣了挣自己的手，泪眼婆娑：“峰哥，就算我自轻自贱，也报答不了他的恩情。”陈云峰恼得说不出话来："你！"

沈阿契道："从前他是那样对我，对我们家的。哪怕他再光明磊落，再用心良苦，却还是要忍受各种误解，甚至敌意。在谷桑林时，我母亲甚至一端起饭碗就开始数落他。只有天知道，他确实是为了我父亲好。尽管这样，他何曾在乎过？"她说着，怔怔望着栏杆外："再后来，我每每不愿意接受他的恩惠，总想着和他划清界限，总想着和他撇清瓜葛，可是，我哪里能还得清？"

她又呜呜咽咽起来。陈云峰将她揽入怀中："好了好了，不要再想这些了。他会好起来的。"

至夜间，陈云峰在书房里闷坐。杭哥奉上一盏茶，陈云峰突然将几子一捶，将茶盏震翻，脸上涌动着一簇无名火。

杭哥忙向前来收拾茶水："二爷，您这是？"陈云峰忍不住了："你说，她到底怎么回事？她心里到底在想啥？"杭哥迟疑着："您说的是……谁？"

陈云峰道："那卢夫人还没掉眼泪呢，她倒先哭成个泪人儿。为什么？杭哥，你说为什么？"杭哥想了想："为什么？这……二爷，我想，卢夫人毕竟是有年纪的人，经的事情多，知道卢大人不妨事的，所以没哭。"陈云峰一脸的意难平："就这样？"杭哥又想了想，叹道："少夫人对卢大人的这种感情确实是没法说。这种感情不是男女之情能比得上的。"陈云峰看向杭哥："你说什么？"杭哥晃了晃脑袋："当然，我也是个旁观者，但我毕竟旁观了很多年。我觉得像卢大人对少夫人的这种感情，它也不是男女之情能比得上的。"

陈云峰愤愤不平之色稍微消解了一些："你是说，这不是男女之情？"

杭哥道："自然不是啊。"他顿了顿："也有可能一开始的时候是吧？但说到底却不是。"陈云峰笑了笑："一个男人对一个女人这么好，你觉得不是男女之情？"杭哥也笑了笑："不是。"说着，转头看着陈云峰："要不然，素琴为什么生死追随少夫人？一起挨饿，一起漂泊，甚至生关死劫，打不走骂不走。素琴是沈官人在漳州的书童，比起我杭哥更是个不相干的人，他早就可以离开少夫人的。"

杭哥颇为感慨地望着窗外："反倒，男女之情是撑不下来这份坚持的。"

陈云峰怅然若失："看来你很懂啊。"杭哥道："二爷，您没发现吗？其实卢大人不只对少夫人好，他对很多人都很好。我想，若他真有个三长两短，哭得比少夫人伤心的人也还会有。"陈云峰道："你这么说，我倒想起来在岑水场的时候，一干本来要闹事的坑户，因他临阵反转，把他当神仙一样抬走了。在场愣是没人看得见我。"他自嘲地笑了："你说得对，说得对。"

溽州海上，众蕃船漂浮不去。巡海公差站在高高的礁石上挥动旗帜，做出引水动作。众蕃船开始往内港驶进。

水下，围着船底的鱼儿们作鸟兽散。

水上，水鸟们像蝙蝠群一样，朝日边散去。

巨浪拍打着险峻的溽州崖峭壁。公差向陈云卿报："告陈执事，溽州崖底下的蕃船已尽数引回内港。"陈云卿道："好，让他们补给休整。"又赶往西海壖来。

风日下的西海壖，光色明媚。

陈云峰与陈云卿登上海岛礁石高处，海风吹起二人衣带。陈云峰问："你也看上了这西海壖？"陈云卿点点头："对，此处刚好用来修船。"陈云峰道："现在这里是一个避风港，你怎么用来修船呢？"陈云卿道："不使用避风港这里，我想用的是那里！"说着往前一指。

前方，在海岛凹入的地方有处葫芦形水洼。陈云卿道："陈大人，您知道东京金明池有干船坞，是用来修河船的吗？"陈云峰想了想："好像有。说实话，以前在京时，只做礼部的事情，没怎么关注这些。"他笑向陈云卿："惭愧，还要向陈执事讨教。"

陈云卿低下头："岂敢！"

二人从礁石上下来，上了小船。船夫撑着船，驶进葫芦洼。陈云峰道："现在这些蕃商都在广州港等着，如果市舶司还要现造一个干船坞，会不会太久？"陈云卿说："不会太久，而且这个做法是最稳妥的。修船这件事，一失万无。宋国既然揽下来要帮蕃商修船，就要做到最好，不能有万一。"

陈云峰点了点头："的确如此。"

陈云卿向前指着葫芦洼大圆圈的入口处："要修的船先从这个地方进来，然后入口处关闸。"说着又往葫芦洼大圆圈和小圆圈的连接处一指："水从这里放出去，放干。大圆圈底部要事先架起高木桩，这样水位一降，船就架起来了，船底直接露出来，一目了然。等修好了，再把水放进来，船就可以直接进避风港，然后出海了。"

陈云峰道："确实很便利。"陈云卿说："这个干船坞也不用怎么大费周章去造。可以说，葫芦洼就是老天赏赐的干船坞，把葫芦的两个闸口拦起来就可以了。再加上葫芦嘴那里，有水道进岛，可以用来调水。"

陈云峰笑道："佩服，佩服。便是老天赏赐的干船坞，也得有你这样的眼睛看到才行。"陈云卿笑了笑："陈大人谬赞，云卿只是学了京城金明池的做法，只是船坞形状不太一样而已。京城能人多，我们抄抄搬搬，也能管用。"

西海壖里停着许多蕃船。一群海民划着巨型木头连捆而成的木排，顺着海水流进避风港，向葫芦洼漂去。众蕃商站在船甲板上，饶有兴趣地看着漂流的木排[①]。两个思莲蕃商争论着，这种"木头片"是不是船。争论不下，他们就用宋语向站在浮木上的海民喊话："嗨！你这是什么船？"宋民道："这不是船，我们在运木头而已！木头太大，不好搬，不好抬，我们就将它们连在一起顺水漂过来。"蕃商啧啧赞叹："噢！这个办法很不错。"

葫芦洼的闸口开始泄洪放水。水花团团，如同天上的浓云滚滚。葫芦洼的水排干了，洼底露了出来。那里有蠕动的海底贝类，着急忙慌奔跑的小红蟹，跳着跳着就钻进岸边湿泥巴里的跳跳鱼。

众海民动手解开大木排上的粗绳索。远远的，一根根巨型木头在洼底立了起来。众海民又站到闸堤上。一海民挥动手上旗子："开闸！"远远的，一根根巨型木头渐渐被水漫过，乃至消失在水下。

西海壖又有工事成为广州港岸蕃人们的奇谈了。

人来人往中，蕃商金垛儿用三佛齐语跟他的同伴交谈："不知道我们的船什么时候能修好？已经等了很久了。"蕃商蚌珠道：

---

① 据【日】斯波义信《宋代商业史研究》，第220页，宋人有将木材编成木筏顺流而下的运输方式。

"船坞是为了修我们的船才开始建造的，所以会等比较久。"蕃商藤壶说："广州原来是有修船坞的，但我们的船主要是船底疤痕细小又多，为了处理这个问题，才专门建造新船坞的。"

蚌珠做了个高举的手势："听说新船坞可以把船举到天上，抬头看船底。这样好修，能不遗漏地修好船底。"金垛儿听了，高兴起来，不片刻却又转忧心："但这次大家都买了染料回岛上，我们的船却比其他商人慢了这么多。等我们回到岛上，别人的染料都卖完了，我们恐怕卖不到好价钱。"蚌珠、藤壶望向金垛儿，心中也觉愁闷。蚌珠忽抬起头来："不要忧愁，今晚我们去蕃坊喝酒，吃美食！"

蕃坊夜市上，诸蕃美食应有尽有。摊档琳琅，令人目不暇接。一个蕃人推着小车在叫卖绳子编织的工艺品。几个蕃人走着走着就跳起舞来。

众蕃客在酒肆中饮酒。他们来自不同的地方，却用宋语摆起龙门阵。蕃商乌柏子说："我们用草藤编织而成的席子做风帆。"藤壶道："我们用布。"蚌珠说："我们用大鱼的皮。"乌柏子说："我们的帆可以驱使东西南北风，就像奔驰的骏马。"蚌珠又说："我们的帆永不降落。"藤壶又道："我们抛锚用木钩，比鲨鱼的牙齿还要尖利，可以抓住冰冷的海浪和温暖的海浪。"

金垛儿冷冷地坐在一旁喝闷酒："我们用天上的巨石为碇，哪怕是海底杀人无数的暗礁，在它面前，就像一颗鸡蛋。"乌柏子有些不服气："我们有《舟子秘图》，知道哪里有港，哪里是岸。我们了解海底的高山，如同望见天上的星宿。再浊的海浪也挡不住我们洞穿水下的眼睛。我们的船从不遭遇暗礁。"

藤壶问："《舟子秘图》？"蚌珠说："我不信，你拿出来给我看看？"乌柏子道："《舟子秘图》是我们的秘密宝藏，从不给外人看。这是老祖宗定下的规矩。"金垛儿哈哈大笑，向乌柏子道："可见你是在说酒话，满嘴胡吹，哪里有什么《舟子秘图》？"

乌柏子底气十足："就是有！《舟子秘图》可以指引宝船的航向，让宝船不远万里来到宋国，平平安安回到家乡。狂风暴雨、浊浪滔天都不能让它迷失方向。"

远方的海上，狂风暴雨、浊浪滔天，白日犹如暗夜。

一艘蕃船在昏暗的浊浪中摇摆前行。众水手在船上奔走呼叫。蕃人明珠与大鹏在左右晃动的甲板上互相搀扶，像油锅里的蛋炒饭一样被左右颠簸。明珠用细兰语叫着："我们的船迷失了方向！"大鹏道："难道我们就要在这里掉进世界的尽头？"明珠仍叫着："不！我不要掉进世界的尽头。"大鹏说："勇敢一点吧！如果大海要我们去往世界的尽头，我们就一起去那里探险。也许那儿有更美丽的花朵，更清澈的湖。"明珠大哭起来："不！"

桅杆尖上的伺风鸟被风吹得疯狂地旋转着。桅杆尖端突然折断，伺风鸟被风吹走，飘摇而去。舵手长河之堤看到，电闪雷鸣中一只伺风鸟在船头飞着。

长河之堤用细兰语向水手们呼喊："看！伺风鸟在给我们引路！我们的船跟着它走！"他不断摔倒，却又不断爬起来奔告："水手们！不要放弃，船跟着伺风鸟航行。我们可以活下来，一定可以！"水手们纷纷从船板上爬起来，走向自己的位置。

伺风鸟在布满雷电的天幕下被强风裹挟，颠倒起舞，划出一条颤抖的航线。蕃船不由自主地随它去了。

昏暗终于过去，取而代之的是日光万丈。海面在汹涌不息中

恢复平静。一艘伤痕累累的蕃船驶进西海壖。明珠站在船头，一脸欣喜："我们到了！到宋国了！"大鹏看着伤痕累累的船体，忧心道："船必须马上修。快靠岸向宋国求助。"

及至上岸，修船匠为难地对大鹏说："您想修船，可现在我们干船坞修船的排着大长队，都是等了很久的主。恐怕您也会等上很久！"大鹏恳切道："我们遭遇了大风暴，现在船体受损严重。"修船匠说："可是都得按顺序来，不然那些久等的蕃人不乐意。"大鹏又道："我们很紧急，船再不修就要沉进水底了。"

修船匠仍是拒绝了他："不要再说了。"大鹏拉起修船匠的手，道："请求您过来看一看。"修船匠有些为难："好吧，我去看看。"便与他走到岸边，一看时，那蕃船果然破损严重。修船匠摇了摇头："好吧，没有办法，只能先修你们的。把船驶进那边。"他往葫芦洼的方向指了指。

大鹏欣喜万分："好，谢谢！谢谢！"那破损的巨型蕃船便驶进了葫芦洼。

水下，褴褛的船底引来游鱼们的围观。游鱼又游走了，在巨型木柱边逗留。水平面缓缓下沉，大木桩露了出来。闸口的水湍急外泄，许多小鱼儿一跃一跳地过了闸口。一艘狰狞的破船悬在巨木上，潦草地挂着海里飘带般的海菜。

蕃坊酒肆之夜，一如既往地人语喧嚣。

藤壶与蚌珠走进酒肆。藤壶指着坐在众蕃商中间的舵手长河之堤，向蚌珠道："就是他们。我们排队那么久都没修得上船。他们一来，干船坞就先修他们的了。"蚌珠愤愤不平地走向长河之堤。长河之堤正绘声绘色地向众人讲述自己死里逃生的经历："就在我们快要死了的时候，海神救了我们！船桅杆上的伺风鸟活了。它一直飞在船头指引航向。我带着水手们让船朝伺风鸟的方向驶去，然后就看见了大宋海岸！"

蚌珠道："我不信桅杆上的伺风鸟会变成活的。那是一只木头鸟。"长河之堤说："是海神把它变成活的。"蚌珠说："告诉我们海神跟你说了什么？"长河之堤道："我没见过海神。"

众人围着长河之堤哈哈大笑起来。

长河之堤满脸通红："我没有说谎。我可以把伺风鸟指引的航线画出来给你们看。"蚌珠充满挑衅："你画呀。"

随即，店主把笔纸备到案上。长河之堤笨拙地抓起毛笔在纸上画起来。画来画去总觉得不顺手，他急得抓耳挠腮。众人围着他看。一旁的蕃商乌柏子更是神情严肃地盯着他的笔划。那笔划歪歪扭扭，看不出什么。蚌珠指着长河之堤说："大家看，他什么也画不出来。"众人又笑了起来。

长河之堤生气地把毛笔一掷，从地上捡起一颗灰红色的小石子，就着地砖画起来。乌柏子挤进人群，伸长脖子看，只见地砖上出现了一幅航海图的轮廓。

乌柏子突然抓起长河之堤："你偷看过我的《舟子秘图》！还把它画出来给大家看！"说着，一拳打了过去。长河之堤躲过一拳："我没听说过什么《舟子秘图》！这是伺风鸟给我指引的航线。"当下俩人言语冲突，扭打成一团。众蕃人忙把他们分开。乌柏子问长河之堤："谁是你的船主？我要去宋国市舶司告他！"

此时，大鹏从门外闯入，一脸盛怒："是谁打了我的舵手？"乌柏子仍是怒不可遏，抓住大鹏："走！我们去宋国市舶司。"

宋国市舶司的评事厅内，众蕃人等了许久，终于来了个陈云卿。

第二十五章

秋水时至，尾闾晦明

797

陈云卿问："诸位到市舶司找市舶使评理，所为何事？"乌柏子指着大鹏道："他们船上的人偷看了我家的《舟子秘图》！"大鹏问乌柏子："我们来自不同的地方，跟你从不认识，怎么会去偷看你的《舟子秘图》呢？"陈云卿又问："什么是《舟子秘图》？"

乌柏子道："《舟子秘图》是祖先留给我的航海图。茫茫大海，暗礁在哪里？海岛在哪里？港口在哪里？我全知道。我可以在海上避免碰触暗礁的危险，还不必为找不到宋国港口而烦恼。"陈云卿说："原来是这样。"乌柏子又道："我家世代航海，《舟子秘图》是我最珍贵的东西。祖先说了，此图不能给外人看，那是秘密。"他说着，又指向大鹏："但是他们的人偷看了《舟子秘图》，并在酒肆里将图的轮廓画给大家看。蕃坊酒肆的客商们都可以作证。"长河之堤对陈云卿说："大人，我并没有偷看什么《舟子秘图》。我画的是我走的航线，也是海上风暴时伺风鸟给我引导的航线。我可以对海神发誓！"

争讼双方相持不下，陈云卿便提出要到酒肆现场看看画出来的航海图。

蕃坊酒肆里，地砖上用石头划出来的航海图轮廓尚未被抹去。陈云卿看了看，心中了然，问长河之堤："这就是你走过的航线？"长河之堤点着头："是。"陈云卿又望向乌柏子："这就是你的《舟子秘图》？"乌柏子道："是。当然，他刚画出轮廓，就被我制止了。"

陈云卿向乌柏子笑道："不能认为他偷看了你的《舟子秘图》。这条航线几乎诸国水手都知道的。"长河之堤、大鹏闻言欣喜，向陈云卿行礼致谢："多谢陈大人还给了我们一个公道。"乌柏子却叫嚷起来："我不服，我不服！你是市舶使吗？"陈云卿道："我不是市舶使。"乌柏子问："你不是市舶使，凭什么给我们评事？"他恶狠狠地瞪着陈云卿，几欲拳脚相加，二公差忙把他拦住。

乌柏子道："我要见市舶使。我知道广州的市舶使叫卢彦，我要见他。"公差道："你若不服，可以再向蕃长申诉，但市舶使卢大人你是暂时见不到的了。"乌柏子道："为什么？我跟他是好朋友，我要见到他！"

陈云卿说："他生病了。"乌柏子忙问："他生病了？严不严重？"陈云卿叹了口气。乌柏子似乎读懂了他的表情，情绪有些激动，转而用宋语恳切地说："我跟他是生死之交，过命兄弟，我要见到他！"公差在旁暗道："嘿嘿，这蕃人宋语学得不错，连'过命兄弟'都冒出来了。"陈云卿却语气低沉地回答了乌柏子两个字："严重。"

卢府中，卢彦躺在床上，人事不知。卢震垂着头站在床前。众蕃商进了房中，见此情状哑然无声。乌柏子忍不住，趋近床前叫着："市舶使，市舶使！"却得不到应答。

离开卢府后，蕃商们聚集到蕃坊广场商议。

乌柏子说："市舶使现在病得很重，我们要去为他祈祷！"蕃商金垛儿也赞同："对，市舶使是我们的英雄。他曾经在西海嵥救了我们的命，让大船不受风灾。因为他，我们有了避风港。"乌柏子又道："他是我们的英雄。我永远记得他在不同王国的宝船上跃马高喊的样子。他不能倒下！当我们再次扬帆来到广州港时，我仍要见到他站在岸上。"

蕃商们纷纷道："我们去祈祷吧，我们去为他祈祷。"蕃长

说："我们一起去向广利王祈祷吧。广利王是广州的海神，卢大人是广州的市舶使。海神广利王会听到我们的声音的。"

诸蕃商都赞同蕃长的说法，便择日去了广利王庙祈祷，然而卢彦的病情并没有因此好转。当蕃人们又一次来到卢府时，看到的是郎中在向卢震摇头，让他准备后事。

众人又惊又悲。沈阿契径直奔向后堂。乌柏子捶胸顿足，对众蕃人说："我不信，我们再去祈祷！"蕃长垂泪道："是因为心不够诚吗？我们去向广利王说，我们要市舶使留下来，不要他走。"乌柏子道："我要献给广利王我最宝贵的东西。"蕃商们纷纷道："我也是，我也是。"蕃长手一挥："走，我们去把自己最有价值的东西拿出来作为贡品。"便领着蕃人们离了卢府。

回到蕃坊，乌柏子寻来一名译者。

那译者问："员外，您找我翻译什么？"乌柏子凝重地说："一张图，《舟子秘图》。"他带着译者进了客栈房间，小心翼翼地取出一只盒子，把盒盖打开，露出里头的褐色布和彩色绳。他将褐色布一展，如同展开一面旗帜。译者抬头仰望。乌柏子道："我要你译的是这张《舟子秘图》，要快，而且不能译错任何一处地方，因为我要把它献给宋国海神。要译成宋语，他才能看得更清楚。"那译者第一次听说这样的事情，很是新鲜。

至秘图译成，乌柏子便携图重至广利王庙祈福。

这天，蕃长和庙祝都隆重其事。庙祝一大早便在庙门外广场上置好供桌，帮蕃商们以百花设供。彩幡沿道而列，风吹云动，幡亦随之飘动。众蕃商盛装站满整个广场。蕃长在最前面主持仪式，蕃商们逐一举着贡盘入庙进献贡品。乌柏子站在队伍里等待。他前面的人都依次向前走了，他才举着贡盘走进庙内。他对广利王神像说：“无所不能的广利王，若能使广州市舶使卢彦复生，我愿献出《舟子秘图》作为您的贡品，让更多水手看到《舟子秘图》，知海道之晦明，使更多人免于海难！”说着将贡盘举上供桌。

庙门外，蓝蓝的晴天开始风卷云涌。一道闪电划过，雷鸣轰轰。天空下起雨，雨水打在身上，蕃商们逐渐离去。

乌桕子踽踽独步在麻石路上，脸上流满雨水。

卢府中，沈阿契蹲在水井旁一边洗衣一边哭泣。杭哥走来问道：“夫人，卢大人的情况怎么样了？”阿契摇着头。杭哥道：“事已至此，夫人还是节哀。”他又看了看洗衣盆，说道：“夫人，怎么能让您来清洗污物？这些给下人们做就好了。”说罢欲夺洗衣盆，阿契却将洗衣盆护住：“杭哥，你就让我洗吧。今生今世，我也没有什么机会可以报答他了。这是最后一段路，我除了帮他洗洗衣服，还能做什么呢？”杭哥无奈地放开手。

这时素琴小跑进来，叫着：“姐姐，东京的蕃医来了。他叫罗里罗！”阿契一听来了精神，把洗衣盆也弃之不顾了，只问：“他在哪儿？”素琴转身向外：“走！”阿契便随着他小跑出去。

素琴驾着马车将阿契送至市舶司。那罗里罗骑着马，正在市舶司门口张望着。阿契从马车上跳下来，叫道：“罗里罗！”罗里罗一转头，笑道：“陈夫人，好久不见！”阿契说：“罗大夫，您终于来了。”罗里罗下马问：“陈夫人，是这里吗？这里是广州市舶司。市舶使是不是住在里面？”阿契摇着头：“不在这里，他已经病倒了，在他的家里。”说着拉起罗里罗：“走，上马车，我带您去。”二人上了马车，素琴便驾着马车走了。

沈阿契带着罗里罗走进卢府大厅。杜彩织正坐在厅内。阿契恳切地说：“夫人，让蕃医试一下吧！他是京城方所医馆的大夫。

秋水时至，尾闾晦明

您可能听说过他，罗里罗，罗大夫。"杜彩织黯然道："那就试一下吧。"

这时，卢震慌慌张张地从后堂跑进大厅："娘，娘！"杜彩织猛地站起来："怎么了？"卢震喘着气："爹醒了！他起来了！"

众人闻言忙赶往后堂，却见卢彦在走廊上，扶着栏杆闲站着。他愕然看着众人："你们怎么都来了？"阿契眼圈红了。杜彩织扶住卢彦："快进屋去，这里风大，快进屋让蕃医给你看看。"

卢彦回到卧室，坐在床上。罗里罗看视完病情，对杜彩织说："夫人，市舶使的病可以治好。我现在就给他研磨药散，你要让他好好服用。"杜彩织欣喜道："好好好，谢谢罗大夫！谢谢您。"

卢彦病情好转的消息传到蕃坊，诸蕃商欢呼雀跃。至卢彦康复，回到市舶司理事之日，诸蕃商簇拥而来，跟着他一起进了市舶司大门。

打春（完整版）·下册

广交四海，利通天下

广利王庙外，大石鼎仰面朝天。海风吹过庙侧的树林子，叶子们翻飞着鲜绿色和粉青色的两面，闪闪烁烁。乌桕子前来向海神还愿，却偶遇陈云卿。

陈云卿道："是你？你如愿以偿了。市舶使已经身体康复，回到市舶司。你不服的裁夺，也可以去告诉他了。"乌桕子道："虽然我不服，但是已经没有必要重提那件事了。"陈云卿问："哦？别人知道了《舟子秘图》的航线，你不愤怒了？"

乌桕子说："我曾向广利王许愿，如果市舶使可以康复，我

就将《舟子秘图》公之于世[①]，让更多人知道海道之明晦，免于海难。现在我要兑现我的诺言去了。"陈云卿笑了，向乌柏子投来赞许的目光："干得好！我佩服你有这样的心胸。"乌柏子却面露低沉之色："可是我违背了祖宗的训诫。"

陈云卿说："你的祖先不会责怪你的。你是想帮助更多的航海人，你将会拯救很多很多的水手和他们的家人。所有的海神也都会赞同你的做法。"

乌柏子听了，喃喃道："对，所有的海神都会赞同我，不同王国的海神都会赞同我！"他的眼神坚定起来。

离开广利王庙之后，乌柏子便来到市舶司衙署，向卢彦呈上一幅卷轴——那是宋国译者译成汉语，又按宋国习惯装裱好的《舟子秘图》。他说道："市舶使，这是我家祖传的《舟子秘图》，可以知海道之明晦。希望市舶司将它公布给所有王国的水手们，让所有人在海上航行时更多地避免迷失方向的灾难。"

在场听到此言的蕃商都欢呼起来，围向乌柏子。

市舶司收下《舟子秘图》，呈送至转运司。

转运司内，二公人手执卷轴两端，徐徐展开。卷轴上的航海线路渐渐展现。卢彦向陈云峰道："陈大人请看，这是蕃商所献《舟子秘图》。"陈云峰近前观看，又问陈云卿："陈执事，你以为如何？"

---

① 据中国海事局组织编撰的《中国海员史》，第52页，早期的海图也许是具有一定文化水准的"舟师"随手画下的简略航路以及陆标轮廓，以作为航行时的大致参照和提示，即所谓"舟子秘术"，一般秘而不宣，因此难以流传。而宋代的海图，已经是广为传布，令越来越多的航海者受益。

陈云卿道："赤诚之心实在可嘉！况此人是在卢大人生病的时候，向广利王许愿要献图的。"陈云峰道："我也听说了，所谓'秘图'，就是不让人知道的。据说是蕃商家中世代相传的秘密。"陈云卿指着卷轴上的位置："这里是大宋，这里是三佛齐、细兰、思莲、遏根陀。这一整片，是眉路骨淳。看东边，是倭国、高丽。事实上，这张图早已不是'秘图'，而是众人皆知。"

"哦？"陈云峰看了看陈云卿。陈云卿道："否则，每年来来往往这么多船，他们怎么走的？"陈云峰点了点头。陈云卿又道："四海之大，尽头是尾闾。[①]但是尾闾在哪里？众说纷纭。我倒有一个想法。"

陈云峰问："什么想法？"

陈云卿道："事实上，此图大有未详、未尽之处。市舶司可以召集宋蕃长年往来海上的水手舵公们，以及蕃商、僧侣、地理师们，一同绘出《海外诸域图》，或者，《海外诸蕃地理图》，以利宋蕃诸民。"

陈云峰看向卢彦。卢彦点着头："我觉得很好！市舶司来召集人，陈执事来主持绘修。"陈云峰叫道："好！"陈云卿行礼道："定不辱命！"

不久之后，市舶司便召集来了宋蕃众舟师。

一译者领着蕃人舟师们进了市舶司侧厅。侧厅中已摆设着桌

---

① 尾闾：据【美】韩森《公元1000年全球化的开端》，第262-263页，赵汝适解释，"愈东（爪哇以东）则尾闾之所泄，非复人世"。尾闾是中国人认为的海水所归之处。"尾闾所泄，沦入九幽。"尾闾的位置在极东之处，超出了中国读者所知的任何远方。中国人对尾闾的担忧，与罗马人关于热带雨林的看法类似。

案，铺设好纸笔。

译者将蕃人们领到陈云卿跟前，一一介绍："陈执事，这位舟师来自眉路骨淳，他叫……"译者一时语塞，那名叫"骆驼鹤"的蕃人便用眉路骨淳语自我介绍道："骆驼鹤。"译者想了想，才用宋语说："他叫骆驼鹤。"

译者又介绍下一位："陈执事，这位舟师的名字，意思是……他叫忠诚。"他接着介绍第三位："这位叫勇猛，呃，勇猛者。"陈云卿道："欢迎各位舟师！感谢你们来与我们一同绘制《海外诸域图》。"

市舶司走廊上，陈云峰前来看视。卢彦迎向前道："陈大人，《海外诸域图》和《海外诸蕃地理图》已经在起草了。"陈云峰道："好。"卢彦指引着："请随我来。"便与陈云峰走进侧厅，只见众人在桌案间往来探讨，忙碌绘制地理图。陈云卿伏案在人群中，露出头顶的发髻。

至二图绘成，呈送转运司，四公人展开两大幅卷轴。

陈云卿领着陈云峰观看："陈大人，您看，这是《海外诸域图》，这是《海外诸蕃地理图》。"陈云峰驻足图前："好！太好了！"图上湛蓝的大海，犹如宋国永恒的天空。

天空永恒，映照着宋国宫殿碧绿色的檐顶。

一太监站在宫门外，向大殿内报："广南东路献，《海外诸域图》《海外诸蕃地理图》！"[1]

每一天，扶胥镇的街市都好热闹，然而这天它格外热闹。逛街

---

[1] 据阮元《广东通志·前事略》，太平兴国三年，知广州李符献《海外诸域图》；咸平六年，知广州凌策上《海外诸蕃地理图》。

市的人们面孔、语言、服饰迥异，但脸上都有赶集般充实、过节般喜庆的神色。在一条又长又直的石板街上，两侧店铺都扎着彩旗。彩旗一飘起来，买卖就招徕来了。镇上百姓将本地的方物特产都摆将出来，有吃的，有用的，有好闻香甜的，有斑斓炫目的。扶胥人不时用蕃语叫卖，蕃人又不时用广州话讨价还价。各种语言煮就一锅大杂烩。路边各色小玩意吸引住了路人的眼睛，招惹得马车寸步难行。

广利王庙前，大海没有保留地给了人们的视线足够的空间。一艘艘巨舶宝船摩天攀云。一帆即如大鹏之翼，蓄势待发。一时市舶司、地方官府、诸蕃商旅，还有大宋的普通工商渔副众百姓，各归己位。

"广交四海，利益天下，是神名讳广利……"市舶使卢彦登台主持，宣大宋皇帝圣命，又宣市舶诸政。已而僧道毕至，分列成伍，鱼贯而入。

撞钟三击，擂鼓三通。热血与壮志，祥和共平宁回响在余音之中。宋蕃官民焚香礼拜，祭祀南海神广利王，祝祈于风神丰隆。

"一帆风顺！一帆风顺！一帆风顺！"人群欢呼起来。红日喷薄于云端，放出万丈光芒。大海无尽数的水滴都在反映太阳的光辉，如同跳动的金子，闪闪烁烁，流动不腐。

紧接着，宋国大宴诸蕃。[1]每一道菜都由百花簇拥而上，难怪人们常说，广州是百花生长之地。宴会上，龙腾狮舞，极尽力

---

[1] 据黄纯艳《宋代海外贸易》，第115页，每年蕃商离港，宋政府官员都要举行宴会犒劳遣送。犒设之时朝廷曾派特使前往广州慰劳。如，大中祥符二年，"广州蕃商凑集，遣内侍赵敦信驰驿抚间犒设之"。

道，冬日挥汗，民意澎湃。至千帆竞发，盛会结束，蕃商们仍意犹未尽。

卢彦站在祈风台上，满嘴吃着海风。风略停时，他便咳嗽。沈阿契伸长了脖子盯着人群里的他——目光稍一离开，再回来时就会找不到他。直到人群渐散，她的眼睛才轻松起来。她往宽阔的海边扫一眼，就知道他在哪里。

他已换了一身深蓝色便服，把靴子、袜子都脱了，赤脚爬上兀立在海边的大礁石。金黄金黄的阳光照下来，石头就镀上了一层土壤的颜色。广州的气候，即使是冬天也依旧百花不萎。石头缝里野蛮生长的草蔓枝丫，乃至枝丫上摇曳着的小白花、小紫花，都被阳光涂上了鹅黄色的细粉。翻滚跳跃的浪花，本应像雪花一样洁白，此时却携着一抹不属于它的金色，一闪一闪，又凝滞住了，停在半空不再跳跃，不再翻滚。

沈阿契手里拿着披风，在海滩上跑向卢彦："卢大哥，这里风大！"卢彦从礁石上下来，取过披风披上身："没事，出来走走。"阿契关切道："您才刚好一些！方所医馆的蕃医，他的药吃了觉得怎么样呢？"卢彦突然扶着沙滩边一块大礁石，剧烈地咳嗽起来。阿契拍了拍他的后背。

卢彦道："好些了，但现在回到市舶司，总感觉力不从心了。老了。"阿契道："市舶司虽忙，您也要顾着自己的身体。"她扶着卢彦在一块小礁石上坐下。卢彦道："老了，很久没有做过梦，那天晚上竟然梦见你阿叔。"阿契问："您梦见他什么了？"

他没有回答，只突然看了阿契一眼，似乎在犹豫什么，说道："你是不是觉得你阿叔挺偏心的？你心里还怨不怨他当初把你送去我家的事情？"阿契手里摇摆着一根紫花青藤，蹲下身轻松地看着

打春（完整版）·下册

海浪，问道："然后呢？"

卢彦脸上抽动了一下："你阿叔这个人，是挺偏心的。我十二岁的时候认识了他，跟他上了海船。他上哪儿都带着我。其他兄弟都觉得他偏心。他说，我是偏心，卢彦个子这么小，我能不带着他吗？你们一个个人高马大的，我不担心。"他望着大海："在东京谷桑林时，他坦白说他对子女是偏心的。他最偏心你大哥，因为你大哥太老实。他说另外那五个都不老实，去哪里都不会被欺负，他不担心。"

他又咳嗽了两声。阿契道："您别说了。"卢彦却道："把你接去我家，起初是你婶娘的主意。因为有了你三姐的事情在先，我不同意。那时，我也还没见过你。"

阿契一听，手中摇摆的青藤停止了晃动。她连呼吸都不敢太粗大。卢彦说："去谷桑林接你进东京城那次，我本来是打算要回绝沈大哥的。你来开门时，我一看，是韶州那个女孩儿，一口一个'卢大哥'，叫得可亲。我觉得很喜欢。我看到你一个姑娘家，就睡在人来人往的厅子里，你母亲又拿着谷桑花出来招待客人，可见家里确实不易。我就更想把你带走了。我想，我把你带走，你能过得好一些。我那时想，我不带你走，不知道你以后在谷桑林跟了什么样的人家？我又想，哪怕你在我家住个几年，能看到你，我就很高兴了。住个几年，你大了留不住，若要嫁人了，我也要看到是好的，才让你嫁。"

卢彦剧烈地咳嗽。阿契一手拎起他那对摆在沙滩上的靴子，一手搀扶起他，说道："好了好了，不要再说了，一说话就咳嗽！这里风又大，还是回去吧。"

二人至广利王庙西厢。厢廊小径狭窄而陡峭。明亮发白的墙和

墙外五彩斑斓的老林子光怪陆离地摇晃着。四季无憾地交织着，直至远秋坠落了，深冬也不曾倒塌，或许明春依旧旋转着，盛夏却静卧花荫，纳取清凉。一只似蝶的蛾，赤褐赤褐的，在浓烈的色泽上略动了动翅膀，提醒阿契，卷帘处有一张蜘蛛网。

卢府家仆走出厢廊来，从阿契手里扶走了卢彦。阿契又至海滩上，怔怔地望着大海。蕃人安奇向她跑来："夫人，夫人！您还记得我吗？"阿契一看，叫道："安奇？"安奇道："是我。我是您的学生，跟您学过宋语。您还帮过我们要回被两换骗走的金银呢。"阿契笑了笑："怎么不记得？"安奇道："这次来宋国还能再遇见您，真是太好了！邀请您到蕃坊来，我要请您吃我的家乡菜。"阿契笑了笑："好啊，谢谢你！"

蕃坊食肆中，桌子上摆满了异域美食。

沈阿契带着素琴，与众蕃商围坐桌旁。苏合向阿契道："夫人，上次来宋国，想让您给我们介绍供货方，您也即将拥有自己的牙行，可是店子突然关闭了，非常遗憾！"阿契无奈一笑。苏合又说："不知这次您还能否为我们介绍供货方？我们信任你们。"

素琴将手一摆："不行。上次开牙行不成之后，我们就失去了牙牌。要是还给你们介绍供货方，违反宋国法令的就是我们。"苏合道："真可惜，有值得信赖的人，却不让你们做牙会。"说着从怀中掏出一只瓷酒杯，问阿契："夫人，您还记得这只仿潮州瓷酒杯吗？这次来宋，我想买真正的潮州瓷杯，不是仿的。"

阿契接过酒杯，放在手中摩挲，忽笑道："可以，你们会满载而归的。"素琴疑惑地看着她。她又道："不过，我们不是给你们介绍供货方的牙会。我们自己就是供货方。"

素琴愈加不解。阿契对他说："我想回百窑村了。在那里，我们可以继续烧瓷。"素琴问："姐姐您要离开广州？"阿契点了点头，又笑向诸蕃商道："我带你们去看看潮州的百窑村。那里的青山上盘踞着一条条龙。龙肚子里燃烧着熊熊火焰。每当火焰熄灭时，龙就会张开它的嘴，吐出一件件滚烫的瓷器。"

蕃商们将信将疑地看着她。安奇则兴奋不已地叫道："我也要去！"

宴毕，安奇将阿契送至蕃坊广场，说道："您真的要带他们去潮州？真是让人兴奋，我也要去！"阿契问："您也买瓷吗？"安奇道："我不买瓷，我只想买荔枝，买完荔枝我就跟着信风一起走。"阿契说："那还去潮州？恐怕会耽误回舶的日期。"安奇道："我一直想在宋国的乡村住一阵子，特别是那些很遥远、很神秘的乡村，一定会跟东京、广州不一样。"

阿契说："潮州也是一座城，不是很神秘的乡村。"安奇辩解着："您说了它叫百窑村，那一定是一座村庄。那是大海最东面的地方，我想去。我怕那里没有蕃坊，语言又不通，所以我要和你们一起去。"阿契道："那里有蕃客，也有蕃坊可以住，不然我不可能会那么多蕃话。"

安奇噘起嘴："您不欢迎我？"阿契笑道："潮州欢迎您！"

大水镇农舍内，阿契在房里收拾衣物。陈云峰问："你真的要离开广州啊？"阿契点着头："嗯嗯，可不敢在您的眼皮子底下讨生活了。哪天您得空想起我来，又要拿我匝法子。"陈云峰笑了笑："我……"

阿契从床的小山屏边上捡出来一朵绢制簪花，看了看，丢向

陈云峰："这簪花是你的，你自己戴去吧。"又收拾着衣柜，托出一条折叠好的红裙，塞到陈云峰怀里："这条裙子还是给你的什么糖霜西施、盐花西施穿去吧。"陈云峰拉着她："要走便走，可别这么气呼呼地走，让人心里不好受。"阿契停下忙碌的双手，神色缓和下来。陈云峰又道："你要回去就回去吧，我得便时就去看你。"阿契嗔道："可千万别来，我怕你！"二人你一言我一语，又说不出什么好话来，只能将窗棂边的风和篱笆上的藤都默默地打进包袱里。

既启程，九亭十驿。

一路上，素琴和安奇很是投机，二人欢声笑语不断。素琴的蕃话又长进了些，却专门喜欢收集异域的奇谈怪论，一副不务正业的样子。

阿契坐在马车里，或者抬眼看着车顶篷，或者转头望着车帘外的天空，心中盘盘算算——自己的积蓄怎么用好？似乎怎么用都不好。不，不是不好，是不够。她想想，出生之日，原生家庭也还富庶；出嫁之时，也算攀龙附凤了。她既不曾为恶，也没有挥霍，为何现在无所依靠？尚未成年，她便在瓷窑里起早贪黑地劳作，为什么老天不奖赏勤劳者？

已而进了潮州地界，乡音入耳，她揭开马车门帘，却不辨路径。她似乎曾走过这条道儿，又似乎不曾。也许以前官道没有这么好，所以认不得。那时驿亭极少，路面坎坷。现在路渐渐好走了，道旁冒着长老了无人挖掘的竹笋。因为无人挖掘，它们一定会长成一竿竿修竹。

且行吧，如果生活还要继续。

蕃商们一点儿也不担心"迷路"这样的事情。也许对于他们来说，茫茫大海只有一只罗盘的日子都习以为常了。

素琴略转了转头："姐姐，我有没有走错路啊？潮州许久没来了。"阿契"扑哧"一笑："我也不知道有没有走错，走走看呗。"素琴一脸不可思议："您不知道？走走看？"阿契说："要不然呢？我真不认得路。"素琴把马勒停："行吧，我还是问问别人。"

他高声向道旁递铺中的男子问道："嘿！这位大哥，请问此路可是去潮州百窑村的？"递铺中人道："正是去百窑村。"素琴问："还有多远能到？"递铺中人道："不远不远，还有两铺路就到了。"素琴称谢，又笑向身后的沈阿契："姐姐，还有两铺路就到了。"阿契道："那快了。"

安奇问："老师，两铺路是什么意思？它是一种道路？还是说，再走两条路就到了？"阿契笑着摇了摇头："不是，它是一种距离。你看外面，每隔一段距离就会有一间递铺。两铺路就是，再隔两间递铺那么远的距离。"安奇伸出半个身子到车帘子外，望着渐渐被马车甩在后面的递铺："原来是这样。"

顺着弯弯曲曲的山道向前，是成片的荔枝林。山林后面有白色雾霭，袅袅腾腾，仙气飘飘。拉车的马匹放慢了脚步。素琴叫了起来："你们看，这就是荔枝林。"

几辆马车都停了下来，车辙子像拖笔凝滞住了。蕃商们纷纷挤到车帘子外头观看荔枝园，指点议论。

安奇兴致勃勃地对阿契说："老师，我很想表达。比如，作一首荔枝的诗，用宋语。"阿契抿嘴一笑。素琴起哄道："好啊好啊！我是粗人，您快作首诗来听听。"安奇想了想，念道："很多树，树冠圆圆的，树叶绿绿的……"他说不上来了，向阿契道：

"老师，您来！"

阿契笑着摇了摇头："我不会作诗。"素琴哈哈笑起来。安奇道："反正，荔枝树不就是长这个样子的吗？"阿契对安奇说："如果你喜欢甜食的话，荔枝倒是一种不错的水果。不过，离果子成熟还早着呢。"

马车继续向前，山岚雾气之下是一湾汤泉。泉水冒着热气。

马蹄儿顿了顿，安奇从马车上跳下来，指着山池叫着："哇呜！哇呜！这里有汤泉。"他向诸蕃商道："汤泉，可以治疗很多种疾病，比如睡得不好，吃得不好，排泄得不好，以及喘气不好。如果没有疾病，汤泉也能强身健体。我们走了很远的路才来到这个地方，一定要去泡一下。"

素琴转身看安奇，安奇已拉上其他蕃人，手舞足蹈往汤泉池去了。

他们回头喊着："老师，天黑之前我们一定回来。您等我们。"素琴却对阿契说："姐姐，您的学生事儿真多。"阿契笑问素琴："你呢？你去吗？比如睡得不好，吃得不好，排泄得不好，以及喘气不好……"素琴道："我不去。"

阿契下车，见道旁立着的石头上写着"飞凤岭"，不禁大喜："飞凤岭？这里是飞凤岭！"她说："如果不是安奇这家伙非要在这里停一下，我差点儿错过了飞凤岭。"素琴问："飞凤岭怎么了？"阿契道："飞凤岭是么弟住的地方。走，我们找他们去。"

素琴点着头，从马车上解下两匹马，与阿契上马离去。而在马车停驻处，一面往里凹的峭壁裸露着细滑如粉的白泥。

阿契和素琴在荔枝林中寻觅，并没有人家。绕了好一阵子，

打春（完整版）·下册

才见一农庄，阿契坚信这就是沈志荣和两个外甥的住处。然而，农庄篱笆门紧闭着。篱笆院内有瓜藤，修建得整齐好看，垂下来几颗水灵灵的肉瓜。当时天色不早，却不见主人归来，二人只好上马离去。

他们刚走，沈志荣、宗明、宗亮三人便回来了。宗亮道："阿巴，看来咱们先前没卖荔枝期果①是对的。"宗明道："是啊，先时天气暴冷，大家都说荔枝收成要不好了，所以期果的价格也压低了。"沈志荣道："谁能知道老天呢？现在看样子要丰收的。卖期果那些人都该拍大腿了。"宗明道："那时还笑咱们呢，现在又羡慕卖实果的了。"

三人边说边走进屋去。

东山在马蹄声中渐渐浮现，青山中出现长龙般鳞次栉比的瓷窑。蕃商们在马车上待不住了，跳到地上，为青山中的"长龙"欢呼。素琴默默地站在蕃商身后，回过头来看沈阿契，低声道："姐姐，百窑村到是到了，但咱们又不能做牙保。山上龙窑虽多，也没有一条龙是咱们的。咱们把蕃商带过来，又拿什么卖给他们？"沈阿契默然不语。

至东山，诸蕃商在一条条龙窑间穿梭。远远近近的瓷工们不时停下手中的活儿，看着来客。阿契向蕃商们道："这里就是百窑村，这些就是龙窑。龙肚子里都是瓷器。"蕃商们饶有兴致地听着。

众人又至潮州蕃坊。彼时已经入夜，蕃坊中林立的店铺灯火玄

---

① 据蔡襄《荔枝谱》记载，宋代商人买卖鲜果荔枝采用了类似期货的方式，"初著花时，商人计林断之，以立券，若后丰寡，商人知之"。

幻，有红色灯纸透着红光的，有蓝色琉璃灯壁透着蓝光的，还有斑斓灯罩透着杂色光的。灯口有朝上的，有朝下的，个个不一样。每束光都投影着一处异域风情，在夜的底色中，醒目却朦胧，让人不知身在娑婆何方。不同服饰的蕃人在街上来来往往。档口货卖着飘香的蕃国美食。素琴与诸蕃商一样，东看看，西瞧瞧，对潮州蕃坊充满新鲜感。沈阿契道："这里就是潮州蕃坊。和广州蕃坊一样，潮州蕃坊诸事也是由蕃长做主的。时候不早了，你们可以挑一家自己喜欢的客栈住下来。"诸蕃商纷纷称谢。

翌日，沈阿契在时隔多年之后又一次扣响了李忠家门。李忠正在家中吃早饭，他仍是端着一碗白粥单手开门。见到沈阿契站在门口微微笑着，他一时没反应过来。阿契喊："师父。"这时李小花走了过来，叫道："阿契！"

李忠这才笑了，忙将阿契拉进门："真的是，十几年都没见过你了。来，快进来！"李小花往屋里喊着："大发，别睡了！快起来。你猜谁来了？"李大发打着哈欠伸着懒腰起床，走到房门口，愣住了。

沈阿契坐在厅中，李忠、李大发、李小花围着她看。李大发向她道："你哥哥把你接走后，你就没来过了。"阿契道："应该来的。"李忠对李大发说："路远，没办法。"李小花又对阿契说："你看，你去东京的时候还是个十几岁的孩子，现在你的孩子都十几岁了。"李忠道："是啊，时间真快。我们都老了。"阿契忙说："不不，师父您一点儿也没变老。"

茶过三巡，李忠又领着阿契在龙窑的高墙外散步。丛丛翠竹掩映着高高低低的台阶。阿契问："师父，您还在林阿娘的瓷窑里做吗？"李忠道："在的，小花和大发也还在那里帮工。"阿契问：

"林阿娘的瓷窑现在怎么样？"李忠说："很好的。"

阿契说："师父，这次和我一起来潮州的还有一帮子想要购买潮州瓷的蕃商，要的数目不少呢。我想把这条销路带到林阿娘的瓷窑。"李忠脸上一笑："哦？那太好了。林阿娘一定很高兴。"阿契道："但是我想入股。"李忠问："想入股？"阿契道："就是用销路换股份。"

李忠问："你想要几股？"阿契道："两股。"李忠点点头："合理。"说着抬头看看天："我想想，林阿娘出去了。她初三回来。这样吧，初三我就带你去见她，把这件事情跟她说一说。"阿契喜道："太好了，谢谢师父。"李忠笑了："谢谢谢，爷儿俩说什么谢谢谢的？"

阿契便安下心来，又带上素琴准备到蕃坊去。

二人在街市上走着，素琴笑道："姐姐，回到您的地盘儿了，办事果然很顺利。"阿契也笑着："还好，现在就等着初三去见林阿娘了。"

街边，一个老汉推着一独轮车柑橘在叫卖。那柑橘水灵灵的，引得素琴嘴馋，上前买了一袋子。

他走回阿契身边，举着手中的橘子狡黠一笑："姐姐，我刚才去买橘子，那摊主管我叫'头家'。"阿契道："摊主招揽生意，都是这么一通叫的。"素琴故作诙谐："哎呀，满大街的头家。"

阿契道："其实在水东，烧瓷的并没有什么真正的大头家，小头家倒是家家户户都做得。跟东京那样的大地方比，这里太有钱的人不多，太穷的人也很少。所谓头家，往往也是两脚泥巴干活儿的人。"

第二十六章

广交四海，利通天下

素琴剥着橘子吃："那不是挺好的吗？最讨厌饿的饿死，撑的撑死。"阿契又说："一条龙窑中，有时合了好多股①，烧出瓷来，装船运去广州请领公凭，利收按股分。"素琴道："入股这种事情，大家都习以为常了吧？"

阿契点着头："从前我在水东瓷窑做工，水东瓷窑就是分股的。窑主林阿娘占着大股。龙窑用的是她家的地，也是她家建造的。其他都是小股，李家就是其中之一。李师父出的不是地和窑房，而是手艺。他并非领林阿娘的工钱，而是与她分股分成。别的小股，也有两家合起来出海船跑广州的。"

素琴吃着橘子："为什么是两家？"阿契道："因为海船本钱也大，一家负担不起，于是两家合股做起来海船水运，又一起入

---

① 据庄义青《宋代潮州陶瓷生产及外销综述》，在潮州出土的陶瓷器皿和装烧炉具上面，可以看到一些有意刻划的符号和文字。例如在许多匣钵的外壁上刻着"蔡、李、五、六、十、廿、陈、朱、丫、川"等。一些研究者推断说，这些字和号反映的是当年潮州陶瓷业的生产关系概况，瓷窑的所有制是一种合作股份制。这种推断有一定道理，可能基本符合历史实际。宋代潮州瓷窑都是民窑，属民间自主经营。但限于地方经济条件和陶瓷生产的历史状况，尚不能出现像浙江龙泉章氏兄弟那样拥有大规模窑场。潮州的陶瓷业是在外贸需求的刺激下，在较短的时期内蓬勃发展起来的。靠的是本地丰富的瓷土原料、燃料，方便的河道运输和港口转运，产品成本相对较低，有利可图。有迹象表明，潮州城周围数以百计的窑灶，大部分属于个体窑户所有。他们既是劳动者，又是生产资料所有者，有的全家人都参加此项生产劳动。这种以个体窑户为主的生产关系上马较易，费用较省，成本较低。这种个体小窑户必须走合股经营、联合烧制的道路。因为改进了的龙窑容量很大，一般长度都在二三十米以上，有的长近百米，有必要合股烧制、经营，以达到充分利用炉容，节省燃料，降低成本的目的。

股到瓷窑中。"素琴点点头："哦，是这样。我听四爷说，姐姐家中原来就有三条海船在三佛齐做香药生意的。三条海船，可不少了。"阿契道："是啊，可是海船越大，沉入海底的也就越多。"

再说蕃坊中，安奇与诸蕃商前去拜访蕃长。蕃长热情地将他们引入厅中。厅中每张桌子上都摆着枝叶两两相连的橘子。

安奇行礼道："蕃长您好！我们刚来潮州蕃坊，请您多多关照。"蕃长说："客气客气，欢迎你们。"又对蕃奴说："把大橘拿出来，每人两对大橘。"蕃奴领命，离开片刻，便捧出一大盘橘子，皆是枝叶两两相连。蕃奴向诸蕃客每人送上一对橘子。诸蕃客均把橘子放在桌子上，没有动。安奇却好奇地拿起橘子把玩："潮州的橘子好大，味道应该不错！"说着剥开橘子皮吃了起来。

众人都看着安奇。苏合也向他使了使眼色。安奇不解，仍说道："你们快尝尝，挺好吃的。"蕃长哈哈大笑："这橘子叫'大吉'，是吉祥物，不是用来吃的。"安奇停住了嘴巴，看着蕃长："不是用来吃的？那是？"蕃长道："用来交换的。"安奇又不解："用来交换？"

蕃长道："对，我给你两个，你给我两个，互相交换，就好像你们来宋国贸易一样，也是要交换的，不是吗？每次换两个，这是好事成双。"安奇有些无措："交换？哦。可是我没有橘子可以交换，而且我已经吃了。这是您家乡的习俗吗？对不起，我不了解您家乡的习俗。"蕃长笑道："这不是我家乡的习俗，这是潮州的习俗。不要紧，吃了就吃了吧。下回记住了，天底下没有白吃的橘子。"

"哦，天底下没有白吃的橘子！"安奇咀嚼着这句话。众蕃客都笑了起来。

安奇回到蕃坊客栈，刚到走廊，便见素琴与阿契进门来。安奇迎了过去，见素琴怀里抱着的恰是一包橘子，喜道："噢，兄弟！太好了，你有橘子，快给我两个。"便毫不客气地在那包橘子里翻了翻："有没有那种，两根树枝带着叶子连在一起的橘子？要两个。"

素琴只得把整包橘子放到地上："好好好，我帮你找。"旋即找出一对连枝带叶的橘子，给了安奇。

阿契问："安奇，你这是怎么了？"安奇说："老师，您不知道，我刚才去见了蕃长，结果糗大了。原来，潮州的橘子是两个两个用来换的，我却把它吃了。不说了，我要去跟蕃长换橘子了。"说罢头也不回地走了。阿契看着素琴，摇了摇头："安奇不买瓷，他是买荔枝的。我本来想带他去买红盐荔枝，他又走了。"

百窑村之晨窑烟袅袅。

林阿娘梳着高高的发髻，端坐小厅上首。沈阿契、李忠站立一旁。林阿娘瞥了阿契一眼，向李忠道："哦，这个丫头我记得。你的高徒嘛。"李忠嘿嘿笑了。林阿娘问阿契："在外头不容易吧？你应该还年轻啊，怎么头发弄成这个样子？比我还老相。"

阿契微微笑道："多年不见阿娘，阿娘还是那么年轻，一点都没有变。如今梳高髻在东京也是最风行的，也只有阿娘这样的气质，才衬得起这高髻。"林阿娘看向李忠："她嘴巴倒是变甜了，不像以前，整天跟不带嘴出门似的。"阿契抿嘴一笑。林阿娘又问她："怎么？你想用销路换股份？"阿契点点头："正是。"李忠在旁说："她只要两股，不多不多。"

林阿娘嗤之以鼻："我并不是舍不得这两股，只是销路换股份有点好笑。我家瓷窑是没销路的吗？"又向阿契道："要销路，我们找个牙会就可以了，干吗还掺和进来两股？不瞒你说，我们水东瓷窑就是白天黑夜地开火，烧出来的瓷也全部卖了个精光。"

李忠听了无言以对，沈阿契亦不再言语。

离开林家瓷窑，沈阿契在山道石阶上走着，有些懊恼。素琴跟了上来："姐姐，这林阿娘真是的，说什么要销路找个牙会就可以了。她找牙会，牙行一样要赚这么多。咱们不过是想个办法变通一下。"阿契嗔道："住嘴。"素琴道："好，这个不提。可没想到林阿娘和李忠师父的态度反差如此之大。姐姐，要是苏合他们着急问起来，咱们怎么说？"阿契没有回答，只是把目光投向一座看似荒废的龙窑。龙窑后面走出来一个守窑人。

守窑人问："找谁？"阿契问："这是谁家的龙窑？"守窑人道："这是辰东窑，是蔡栎子家的；那边那条是辰西窑，是吴没数家的。"他说着，往西边一指："这两条龙窑有阵子没开火了。"阿契对素琴说："看见了吗？水东的瓷窑并不是都不缺销路。"守窑人道："实不相瞒，这两条窑还是很新的。那两位头家，扑腾扑腾，愣是没做起来。现在就我一个在这里看守。"

阿契向守窑人点头致意，又领着素琴向前走去："素琴，看来我找错人了。所谓合作，必须是我需要她，她需要我，这样才能达成。如今这位林阿娘，我需要她，但是她不需要我。这样的话，再怎么笑脸相迎，人情轻重，都是没有用的。"素琴道："我们应该去找那些想做做不起来，或者还没做起来的窑主。"

此时，李大发从山上下来，向阿契和素琴道："你们俩怎么在这儿？走，晚上去家里吃饭。"三人便边走边聊，往山下走去。

至半山腰，李大发道："说实话，让我阿巴去跟林阿娘说，一定是没用的。我阿巴估错自己了。"阿契问："这话怎么说？"李

大发道："我阿巴把自己当成老功臣，但林阿娘肯定是不会给他面子的。开玩笑，林家瓷窑什么时候让他说过话呢？就算林阿娘稀罕这笔生意，我阿巴带过来的蕃客，她都要嫌一嫌的。"

阿契点点头："原来是这样。"李大发踢了踢地上的小石子："这些我和我姐都看得非常清楚。我们家的人在那里，不过是当个奴仆使唤，还真把自己当股东了？"说罢，呵呵笑了笑："我和我姐说了，什么时候攒够本钱就自己开火，不跟她干了。"阿契眼睛一亮："真的？"

李大发哈哈一笑："什么真的假的？不想当头家的潮州人，都是假的潮州人。"沈阿契"扑哧"一笑，问："差多少？"李大发一愣："什么？什么差多少？"阿契道："本钱啊。"李大发笑了笑："你要借钱给我吗？"阿契也笑了笑："得看我借不借得起了。我也是穷途末路跑回来的，哈哈。"

李大发摇了摇头："不知道。只是和我姐这么一说，并没有非常认真地去计算过。本钱嘛，一百缗也是本钱，一万缗也是本钱。你说是不是？看怎么做了。就说龙窑吧，自己买块地，建起来龙窑再开火，这是一种本钱；将上面那种不开火的旧窑租下来，只给租金，马上开火，另是一种本钱；连租金都不给，拉着窑主入股，也是一种本钱啊。"

沈阿契盯着李大发："那为什么不认真去计算呢？"她说完，快步往山下去了。

李大发站在原地愣了愣，回过神来，追了下去："阿契！"阿契停下脚步："啊？"李大发道："本钱不用你操心，我来解决。你把你带来的那批蕃商给我就可以了，行吗？咱们拉起伙来！"沈阿契一愣："啊？"李大发认真地说："你不知道，不是我不认真计算，而是第一批客从哪里来？去挖大头家们的墙角，基本不可能。挖到了，也吃不了兜着走。所以，虽有这个心，也无这个力。"

沈阿契"扑哧"一笑："行啊，怎么不行？"

夜里，李忠一家开始商议开瓷窑的事。

李忠坐着沉默半晌，问儿子和女儿："你们真的想做？自己做头家，可不是那么简单的事情。"李小花道："阿巴，这有什么呀？别人做得，我们做不得？"张桃桃对女儿说："可不能得罪了林阿娘。"李小花道："阿姨，都要出来单干了，不得罪她是不可能的。"

李大发也道："没错，想做事就不要怕事。以后咱们也不可能是原来的心性了，该打就打，该杀就杀，不然，这条路怎么走得出来？"又向父亲道："阿巴，不要再犹豫了！"

闻知李家要单干，林阿娘的脸乌云密布。

李忠笑道："头家奶奶，您大，我小，所以有生意先报给您，不敢跟您抢。既然您也表态了，这个生意不接，那我就接下了。"林阿娘说："那是，随意吧。我这边销路大，也接不来。你们爷儿仨要走就走吧。"李忠连连弯腰点头："哎哎，谢谢头家奶奶赏了这么多年的饭。"说罢，回头向儿子女儿道："来，你们俩快给头家奶奶磕个头。"

李大发和李小花便上前来，向林阿娘跪下，刚要磕下头去，林阿娘就站起身来，走了。李大发和李小花对视一眼，也只好站起身来。

夜间，镇上小酒馆内坐满食客。

李大发与蔡大发小酌其间。蔡大发将李大发肩膀一拍："少

这点儿本钱不算什么，跟陈渡头借就是了。"李大发问："陈渡头？"蔡大发道："对，他那里不差钱。他是个进纳官，承接的是常平司的常平钱放贷。你想，朝廷的钱，哪儿还能缺呢？"李大发说："哦，厉害啊，朝廷的钱，利息是多少？"蔡大发道："九分。"李大发咋舌道："这可不低啊。"蔡大发道："怕啥？只要不是利滚利，一次过也高不到哪里去。你不是蕃客已经有了吗？等蕃客的金银铤一到手，马上还了就是。"李大发点了点头："嗨呀，我不是怕。我只是听说，朝廷的常平钱放贷利息都是很低的，只是不容易要到而已。"

蔡大发笑道："你小子第一天出来混哪？人家有本事拿到常平司的常平钱，不得让他赚点儿？你也知道朝廷的低利息是不容易要到的，如果他让你要到了，你再给他送金送银地感谢他，那还不是一个样儿？还不如这样明码标价的呢。"李大发嘿嘿笑道："那也是，那倒也是。"蔡大发举起酒杯道："别说了，我哪儿还能坑你？你自己做头家开火了，用的瓷土可得关照一下我啊。"李大发也举起酒杯："那肯定，我的瓷窑用的瓷土，肯定还从你那里进。"

两个大发一饮而尽，相视一笑："好，大发大发！"

那壁厢李大发将本钱和瓷土都张罗起来了，这壁厢沈阿契则依约把蕃商苏合、大鹏、明珠领进李家。

李忠忙着招待。阿契道："师父，您先和他们聊着，我和大发哥去看看两条龙窑。"李忠拉住她："你先别走，我不会说蕃语。"阿契笑了笑："他们都会说宋语，我教的。"李忠愕然："啊？哦哦。"便放阿契出门。

外头，辰东窑和辰西窑盘踞山间。灰瓦白墙在翠绿色的竹丛间蜿蜒。李大发跑前跑后，招呼着众瓷工。瓷工们有的收拾着龙窑里的器具，有的在搬运瓷土。阿契道："大发哥，这么快就把辰东窑和辰西窑盘下来了！"李大发道："嘿，蔡栛子和吴没数两个好说话。他们把瓷窑白放着也是白放着。"

阿契纳罕道："本钱这么快就筹足了？"李大发说："嗨，你放心，这不是什么事儿。"一瓷工走来，向李大发道："头家，蔡大发来了，找你。他在棚子里等着。"李大发应了一声，便往棚子里去。

瓷窑棚内，蔡大发掏出一张借贷纸契拍到桌子上："这是跟陈渡头借贷的纸契。来，你看看。"李大发拿起纸契看了看，问："陈渡头肯贷给我？"蔡大发胸脯一拍："我去说了，没有什么不愿意的。"李大发一脸欣喜。

蔡大发往纸契上一指："你在这里写上名字，然后按个手印就行了。"说着掏出朱砂泥，又向后取来笔墨。李大发拿起笔来写了名字，又沾了沾朱砂泥按了手印。蔡大发道："妥当了。"李大发连声道谢，直呼"好兄弟"。

李家大厅内，李忠站在三个蕃商中间，口中念念有词，伸出手指掐算着，又拿出纸笔画了画，问苏合："是这个数吧？"苏合道："是。"李忠又问大鹏："你要的是这个图样的？"大鹏道："对。"明珠问李忠："我们什么时候可以签契约？"李忠呵呵笑道："别急，等我找个黄道吉日再下定。走，我带你们去晒瓷场看看样品。"

李小花拉了拉李忠："阿巴，既然谈妥了为什么不今天签货契？"李忠道："你懂什么？这是大事，又是第一次开火，当然要找个黄道吉日。"李小花说："阿巴，找什么黄道吉日？今天财神

上门，难道还不是黄道吉日？"李忠挥开女儿："嗨呀，你懂什么？"便笑呵呵地带着蕃商们去了晒瓷场看样品，商议细节。

晒瓷场的木架子上有瓷波斯猫、瓷哈巴狗，都是外蕃之物，蕃商们看得啧啧称赞。李忠又取来瓷花瓶，送给了蕃商们每人一对。

至送走蕃商，李小花道："好在头家奶奶不要这生意，咱家自己也开火了。"李忠道："在外头先不要声张，免得招人妒忌节外生枝。这火还没开呢。"李小花一脸不屑："只要想开，怎么都能开得成。"

再说那日沈阿契寻沈志荣不着，这天她又乘便来到飞凤岭，只见农舍柴扉依旧紧闭着。她有点失望，牵着马转身要走，恰沈志荣与宗亮荷锄回来了。宗亮远远地叫着："姑姑！"

沈阿契喜道："宗亮，原来你们真的住在这里。"沈志荣也憨憨地笑着："你来了。"阿契道："来了总是看到门关着，家里没人？"沈志荣道："嗨，大白天的在家里坐着干啥？肯定在山园里干活了。"

进了家中坐定片刻，姐弟俩又到汤泉池边散步。那汤泉池白烟袅袅，氤氲氲氲。沈志荣问："这里好找不？"阿契说："这个汤泉池水雾好大，不好找的时候看着白雾都找到了。"沈志荣嘿嘿笑道："这个汤泉池我小时候最喜欢，后来那俩小子也喜欢。"

二人走到山壁前，恰一个陡峭的弧形壁往里凹去，一段断树横梗在脚下。沈志荣道："小心脚下。"阿契驻足，见断树翘起的根指着峭壁三四尺深的陷入处。那里，草与石茕茕孑立。她俯下身去看，草石之侧有裸露的白泥细滑如粉。她伸手沾了沾，看了看，神色一变，心中叫道："天哪，是上好的瓷土矿！难怪卢大哥曾说，汤泉旁边常会有好的瓷土矿，看来所言不虚。"沈志荣问："你在看什么？"阿契笑了笑："泥土。"说罢，将手上的矿泥搓了搓，随风扬去。

她抬头望了望，周边寥落地长着几棵并不茂盛的荔枝树。阿契问："这一片园子也是你的？"沈志荣摇着头："不，这边不是，这边是燕十六家的。"阿契问："燕十六家什么情况？"沈志荣不明所以："没什么情况。"阿契解释道："我想买这块地，有没有可能？他家是做什么营生的？"沈志荣道："哦，原来是这样啊。他家没什么特别的，也是荔枝户。不过，山池那一片都是没种果树的，你也看见了。你想买那块地？"阿契点点头。

沈志荣摇摇头："这个地方荒僻，纵然买块地在这里，你一个姿娘人不好打理的。我都嫌恶，且是为了荔枝才守在这里。燕十六家的荔枝长得又稀稀疏疏的，没啥意思。"阿契说："这些都不要紧，我是真想买的。我自会遣人来打理。"沈志荣道："你真想买，我便帮你问问燕十六。"

俩人略走走，便回农舍来。沈志荣站在门口望了望天，说道："老五，趁着天还亮，你回去吧。怕这路上不太平，我送你过飞凤岭。"阿契说："不用送了吧？我来的时候也是这么一个人。"沈志荣问："走官道？"阿契道："不，就走山池边那条山道。"沈志荣摇摇头："还是要走官道妥些，我送你。"阿契说："你送我过飞凤岭，一回来天也黑了。若真不太平，你虽是男的，一个人也不好。"

见沈志荣担心，阿契便不再停留，出门就上了马去："你真不用送，天还大亮的。我骑马很快就过去了。"沈志荣望着她："下次不要一个人来。燕十六那里我去问问。"阿契点头道："好，我走了。"便调转马头，策马上了山道。

山道旁的草丛中，伏着个草寇名唤咬粿。咬粿正盯着山道上打横拉着的铁线——那是绊马蹄用的。

阿契的马跑到铁线前方，忽然放缓速度。阿契左右张望着，那马不慌不忙地跨过铁线，慢吞吞地向前走了。阿契的余光中，道旁草丛里隐约有人在动。她心头一紧，一手拉住马的缰绳，一手按了按腰间的佩刀。

此时，山间峭壁拐弯处出现了一群山民，男女老幼皆有，有的挑着担子，有的挎着篮子。担子和篮子里都是山货。阿契的马快走两步，到山民们跟前停下。她翻身下马，热络地上前打招呼："阿叔阿婶，你们去哪儿？"

老山民挑着担子，答道："我们去东山。"阿契说："顺路。来，把担子放我马背上吧，沉。"老山民说："不要紧，我们都习惯了。"阿契不由分说，将老山民肩上的担子拉了过去，搁到马背上。老山民忙道："哎哟，谢谢，可耽误你赶路了。"阿契笑道："不耽误。"

山民中有个小孩指着马说："我要坐大马。"阿契道："好，来。"便将小孩抱起，放到马上。小孩高兴得咯咯笑。老山民要拉小孩下马："嗨哟，可不能这样。"阿契道："没事儿，这是广南西路的矮马，不会摔的。缰绳我拉着。"她手里拉着缰绳，给老山民看了看。

咬粿伏在草丛里，望着道上的一切，动了动身子，又伏下了，眼看着沈阿契一干人渐行渐远。

回到东山，沈阿契和李家一处吃过晚饭，便和李小花蹲在天井边洗碗，就像多年以前那样。

李小花问："你今天找到你幺弟家了？"阿契道："是啊，

上次去了没人在。"李小花说："真好，祝贺你啊，和你幺弟团圆了。你在东京时写过信回来，让我们帮留意有没有幺弟的消息。我们也都四处问了，没找着。"阿契说："他那会儿想是真不在潮州的。"

李小花忽提起精神："哎，你二哥现在怎么样了？"阿契感到有点突然："我二哥？"李小花笑了："对啊，你二哥。你二哥长得可俊了。他娶了没？"阿契明白过来："哦，怎么？你馋我二哥？"李小花爽利地回答她："那可不？"

阿契微微一笑："娶了。"李小花遗憾地"嗨！"了一声，低头刷盘子。阿契忽抬起头来，笑道："不过，我还有个四哥。"李小花头也不抬，向她摆了摆手，继续刷盘子。阿契笑了笑："你摆什么手啊？他俩的样子长得差不多。"

李小花抬头望向天井："我又不是喜欢他的样子。"阿契问："那你喜欢他什么呀？"李小花道："我喜欢他两眼都是杀气的倔样子。"阿契逗着她："但是我四哥单着。"李小花笑着耸了耸肩："但是我没单着。"阿契轻打了她一下："你没单着你问我二哥干啥？"

李小花将洗碗水撩向她："问一下都不行？"阿契也把洗碗水打向李小花："不让打听。"

客栈里，沈阿契喊着素琴："走吧素琴，今天去谈个买卖。"素琴问："什么大买卖？"阿契说："去了就知道了。"她沉吟半晌，又道："那路上有点不太平，我上次大意了。你去叫上安奇，跟他说我们一起去飞凤岭吃荔枝。"素琴应声而去。

已而三人来到飞凤岭沈志荣家。农舍院子里鸡犬相闻。瓜藤布道，果藤铺顶。豆篱如墙，紫蝶花开，如珍如翠，如镂如刻。长老

了的香草青茎高擎，稚嫩的浆果灌木身姿矮胖。远远近近，高高低低，深深浅浅都是绿。原来草木最会重廊叠檐，遮遮掩掩，连风吹来时，都变得低回婉转。入屋的石阶上长着青苔。燕十六已在屋子里等候。

他问沈阿契："你能出多少钱？"阿契拿出便钱务的便换券："两千六百贯，买山池周边一百六十七亩地。"燕十六摇了摇头："两千六百贯太少。"阿契又掏出一张便换券："两千六百九十贯，我只有这么多。"燕十六又摇摇头："两千六百九十贯只能买个一百五十亩。"

阿契道："你的地在山池边，本来就不好种荔枝。水边长荔枝不如石头缝里的甜。这块地对你来说用处又不大。再加上一百六十七亩地，你给我一百五十亩，自己留着边边角角在这里，又僻远，吊儿郎当的，不好管。即使种了荔枝，地小果少，荔枝商也不来买你的期果。"

素琴帮腔道："就是，现在大家干什么都是一阵风儿。前阵子荔枝出海多，就个个跑去种荔枝，水边也种，现在种得到处都是荔枝。一年热了，大丰收，卖不上价，带累了第二年的期果；一年冷了，歉收，卖不出量，又带累了第二年的期果。红盐荔枝虽然比鲜果耐放，但毕竟岭南湿热，也是个麻烦……"

沈志荣皱起眉头，向素琴道："行了别说了，你们讲价归讲价，不带这样咒我们荔枝户的。"素琴冲着沈志荣哈哈一笑。

燕十六又对阿契说："我也不想跟一个姿娘人讲价，也不想要这荒山。你添一些就给你了。"阿契从头上拔下一支银簪，上面镶着一块和田玉，又摘下两只耳环，上面各镶有一粒珍珠。她将首饰放到桌面上："所有，全部，只有这些了。"燕十六看了看沈志荣，目露无奈："哎呀，都这样了，我还能说什么呢？行吧，成交。把牙保肥弟也喊过来写个契书，我们去县衙投税请契吧。"

沈志荣看了阿契一眼，笑道："那太好了！"

买卖双方便至海阳县衙来，公人拿起契书看了看，问道："这是谁写的？"牙保肥弟向前道："我写的。"公人问："沈阿契是谁？"阿契向前道："是民妇。"公人看了她一眼，问肥弟："你怎么可以把她写在契首这里呢？"说着，指着契书给肥弟看："重写吧，这里应该写的是她的夫主。"

沈志荣向公人打了打拱："官爷行个方便，夫主出蕃未归，找不到他来签契首。"公人道："那不行，什么方便不方便？一定要夫主来签的。"沈志荣猴着身子向公人塞着碎银子："官爷，您就行个方便，着实找不来夫主。"

公人推开他："没有这个先例，既有夫主，一个姿娘人怎能自作主张买卖田地？①我便让你请契投税了，过了今天这一关，回头换成别人，一样不认账的。"素琴向公人道："我姐姐在别处置办产业，一样使得，为何到了你这儿就使不得了呢？"公人绷起脸来："别处胡来，我也跟着胡来？"

燕十六拍着大腿："罢了罢了，今天就算是白忙活、瞎折腾。"便要走了，沈志荣拉住他："别呀别呀，咱们再好好说说。"沈阿契沉默不语。素琴不服气地扭了扭脸。

---

① 据崔碧茹《宋代女性的经济活动：以地产买卖与契约为中心》，不同阶层的女性，包括使女，改嫁的继室等，都可能作为契约的主体或保证人参加契约活动。究其原因，宋代法律特点之一就是在11世纪左右，同籍公产制度内法律允许的私财增加了。如：一家之中的个人可以各拥私财，互不相干。

公人没好脸色地看了看沈阿契，说道："只除非是寡妇，上无公婆，儿女未成年，否则不许一个姿娘人来做契首！"阿契闻言，看了看公人，主意打定，忽挂出一张笑脸来："三样全让您说中了。"转而又敛住笑，做悲戚状，叹息道："我是个寡妇，寡妇失业的，想寻个根基。"

沈志荣惊问："什么？寡妇？老五，我不是听老四说，姐夫出蕃去了，还没回来吗？"阿契伸手拍了拍他，又低下头哭了起来："别说了，别说了。"沈志荣见她神情真切，又问："这是真的？"阿契点了点头，又哭起来。

公人向她道："行了行了，别在我这里哭，别人还当是什么事儿呢！"

阿契忙把眼泪一收，抬起头来，木然地看着公人。公人躲开她的目光，向肥弟道："牙保过来，我这里只找你。总之，是寡妇你就写明是寡妇，无夫主。你重写过，再递过来。"肥弟接回契书，点着头："哎，哎。"

已而县衙投税请契之事毕，买卖双方又到乡司推割。①乡司和县衙中间隔着一段路，沈阿契独自骑着马，将同行者甩在身后。她有些出神，抬头望了望远方。

乡司大门敞开，沈阿契、燕十六、肥弟相继走出。肥弟道："县衙已许了我们投税请契，乡司也将二位的买卖推割完了，我先

---

① 据樊颖《宋代县级赋税征收机构探析》，百姓买卖田产程序，第一步，典卖双方就田产价格进行协定，完成交付之后订立契书；第二步，民户向州县"投税请契"，从而取得官方的认证；第三步，由乡司办理推割手续，将典卖方的田产及所带赋税转移到买方名下。以上三步完成后，典卖契书才产生效力。

打春（完整版）· 下册

告辞了。"阿契送道："慢走。"

肥弟走了，燕十六忽道："沈娘子，地已经过完契了，咱们这买卖算是做完了。我突然有点儿内疚。"

阿契笑了笑："何出此言？"燕十六摇了摇头："哎呀，那片地方，管管你就知道了。特别是，你还是个寡妇人家。"阿契道："您倒不必内疚，都是自愿买卖。"燕十六说："其实我改种甘蔗有一阵子了，去年刚整了二百亩甘蔗田。你看，那山坳又不适合种甘蔗。我就一直想卖了那块地，做大榨糖寮。"说着，含着笑意看了她一眼："现在，这本钱就从沈娘子这里出了。"

阿契道："燕大哥好生意经，到底见多识广知变通。榨糖寮肯定好的。"燕十六被夸，高兴起来："不变通怎么发达得了呢？哈哈。"

于是，两人也互道了别，沈阿契自与沈志荣、素琴回飞凤岭来。

汤泉边，暮色已生。宗明、宗亮与安奇半打湿着头发，向他们挥手。素琴向宗明喊着："哎，你们到汤泉耍，又不叫我？"宗明笑道："你们谈大买卖去，耍什么耍？"宗亮跑向沈阿契马前："姑姑，今天买卖可办妥了？"阿契笑了笑："办妥了。"

夜色临，农舍中亮着灯。

沈志荣对阿契说："这夜路不太平，你们三个人，太危险了。明早再走。"安奇向阿契道："我们回去吧，我保护你。我想回蕃坊睡大觉。"阿契细问沈志荣："怎么个不太平法？"沈志荣道："本村知根知底的，就是那十来个无赖子弟。为首的叫作'大头''咬粿'，家里没有产业，也没有父母妻小，无聊之日游手好闲的，天一黑，专门在山池拐角那个地方，见有生人往来就打劫财

物。你们和蕃客都是生人，还是避开他们为好。"

阿契问："专在山池拐角那个地方？"沈志荣点着头："是啊。"阿契说："那块地现在是我的了。他们专在那里打劫，我看这事儿怕不来。"说着问安奇："现在回去，天黑，在我新买的地那里有强盗，你怕不怕？"

安奇瞪大了眼睛："山里面的强盗？"阿契点点头。安奇兴奋得满脸是笑："我们海上也有强盗、海盗！"阿契"扑哧"一笑："说海盗说得这么开心？你们一船的财货，不怕被劫吗？"安奇伸出拳头，往桌子上轻轻一捶："跟讲理的人讲理，跟不讲理的人讲拳头。"

宗明、宗亮、素琴都笑了起来，阿契也掩着嘴笑——那拳头捶得也太轻了些。安奇捶完拳头，又一脚踩到墙角的石臼上，那石臼顿时裂作七八块。宗明、宗亮、素琴都不笑了。

宗明问安奇："我们一起泡过澡，您能教我这一招吗？"安奇伸出食指，做了个拒绝的动作。阿契向沈志荣笑了笑："看见了吧？我们还是回去吧。"沈志荣不放心："实在要回去，我们爷儿仨送你们三个过了山坳那一段再回来。"宗明、宗亮也点着头。阿契抿嘴一笑："实在要送，就离我们远一点儿，不要让山匪看出来我们是一起的。"沈志荣点点头。

沈阿契、素琴、安奇三人便出门牵上了马，沈志荣、宗明、宗亮送到门口。沈志荣道："一会儿我们在后面走过来，你们可以上马先走。"阿契说："好，不用太担心，还有安奇和素琴呢。"

宗明拉着安奇的马："安奇，红盐荔枝我们给您准备去，三天后您便可过来买。"安奇道："好的，谢谢您。"宗明道："三天后见！"安奇也道："三天后见！"

沸珠跃月，锻玉生烟

汤泉池的热水在夜里白腾腾地冒着烟，如同沸腾的珠子，映着夜色，氛围诡谲。

众泼皮伏在刺丛里。一泼皮转头对着身后的灌木丛道："喂喂，你们别睡着了，来活儿了。"

道上，沈阿契、素琴、安奇三人正骑马而来。那泼皮道："有个蕃客，带着一个小厮，一个姿娘人。蕃客必然有钱，出来咯，快出来咯。"众泼皮便一哄从草刺丛中跳了出来。

沈阿契、素琴、安奇吃了一吓。素琴望向阿契："姐姐！"阿契向素琴摆了摆手，策马行向众泼皮："哪个是大头？哪个是咬粿？我有话要说。"众泼皮议论起来："哟，这个姿娘知道我们的名号？"

大头便从中走了出来："我是大头。"咬粿也站了出来："我是咬粿。"阿契问："大头、咬粿说话可能算数？"大头道："当然，你是谁？怎么知道我们的？我们跟蕃客没有打过交道。"阿契问："如果是燕十六来，你们也打劫吗？"咬粿笑起来："燕十六怎么了？他是我们村的，这地是他的，被我们收拾怕了，哈哈哈！他恨不得把地卖了，没人敢要啊。"

阿契冷笑道："收拾？你们都是怎么收拾人家的？"咬粿哈哈大笑："也没怎么着，我们经常在他的地面上喝茶，就够他喝一壶的。"大头问阿契："你是燕十六什么人？"阿契在马上展示了买地文契："燕十六把这块地卖给我了。现在你们在我的地面上讨生活，还是对我客气些。"

众泼皮近前看了看，议论纷纷："还真是！""这姿娘叫沈阿契。""她是谁？"

阿契把文契收了，向后递给安奇暂为保管。大头对阿契说："我们既然不怕燕十六，难道还会怕你？"阿契笑道："倒不是谁怕谁，只是大家客气些，以后你们就有营生了。"大头问："什么营生？"

阿契道："你们一共九个人，一百六十七亩荔枝园，归你们。喜欢卖鲜果，还是做果脯，怎么个营生法，随你们。凡地上所产，能卖多少钱，是你们的本事，都归你们。只要这地一天不易主，你们就有营生。"

咬粿道："你说的是啥？"阿契补充道："如果你们觉得种点别的比荔枝好赚，那就种点儿别的，想在林间养鸡也可以。除了池塘不能挖，其余的我不干涉，由着你们。要是你们懒，也可以种谷桑。谷桑跟野草一样，好活，不用打理，也不会像荔枝一样有人偷摘，不用看管得那么累。谷桑的籽可以卖给药铺做药，皮可以做成麻布，也是营生。当然了，只是提议。眼下，我看荔枝就挺好，现成的。"

大头呵呵笑道："你在说啥呀？能说点儿我们相信的不？你跟燕十六买地，就是为了给我们找营生？那你这个地主图什么？"阿契笑了笑："我说的是地面上长的草草木木、花花果果归你们。地是我的，地下部分也是我的。"咬粿笑了起来："地下的归你？这里倒有几个坟头。"

阿契笑而不语。大头忽一脸正色望向她："莫非，地下有金矿银矿？"阿契摇了摇头："虽然没有，但地给你们种东西是有条件的。"大头道："你说吧。"阿契说："金矿银矿是没有，但它有瓷土矿。我是烧瓷的。瓷土矿的开挖，运送到窑场，由你们来做，我不给工钱。"

众泼皮渐渐面露喜色。大头叫道："好！是好买卖，这个力气活我们来干。你如果说话算数，我们明天就备三牲，去拜你做头家阿娘。"

此时，一轮明月升上林间，光影皎洁。地上的落叶映照着横斜的疏影。一只山鸟在林间嘲哳飞过，声声鸣叫回响在山谷间。

沈志荣、宗明、宗亮躲在山道拐角处的树丛后，望着汤泉的方向。宗亮怪道："看，他们没有为难姑姑。他们在聊什么？"

汤泉池边，阿契向大头道："三牲就不必了。但凡矿土开挖，有到处毁得跟坟坑坟堆一样的，种不得一草一木，我可不想看到这样的情形。"大头道："您放心！我管着他们八个。"咬粿也道："您放心！我们在这里，四乡六里没人敢乱来。"

阿契笑了笑："好买卖长久不长久，就看你们了。开挖要得

837

法，填埋复垦要得当，养护有道，地上才能长好果。不要乱开乱挖，哪一天这块地矿挖绝了，或是毁了，我就贱价卖掉，大家也就散了。"大头忙向她道："我们听您的。"阿契说："过两天，我叫几个坑户师傅来，跟你们讲门道，教你们识矿，教你们挖法。"

众泼皮应诺，举欣欣然有喜色焉。

咬粿又问："阿娘，瓷土运送到何处窑场？"阿契道："具体的地方我再告诉你们。潮州窑场，不外乎水东、城西，还有海阳县莲花镇，远近大抵如此。"大头道："您放心，不拘远近，我们都好好送，不迟一刻到，不少一抔土。便是路上不太平，也是小贼见老贼，怕他作甚？"

他说着，回头看着众人哈哈大笑起来。

阿契又向众泼皮道："你们既有正经营生，以后不可手痒重操旧业，省得连累我。"大头忙说："听您的！我管着他们，您放心。"阿契看了看马蹄底下："那么手里的家伙都放在这里。"

于是，大头带头将手里的大刀丢到沈阿契的马蹄前，拍拍双手："放下屠刀，以示诚意！"众人次第向前，纷纷放下铁械。那铁械杂七杂八的，什么门类都有。

见此情形，宗亮纳罕道："看，他们在干什么呢？"宗明道："怎么把刀刀棒棒都扔了？"

众泼皮把铁械一扔，安奇便下了马，好奇地端详着宋国的特色冷兵器，问沈阿契："这是强盗的兵器？"阿契点了点头。安奇道："那这些兵器就是有罪的。"说罢伸出一脚，往重重叠叠的铁器上踩了下去。那铁械脆脆的，嘎嘣嘎嘣就碎了。

众泼皮大惊，看着安奇面露畏色。素琴在旁偷偷笑了笑。阿契道："从此刻开始，你们可以打点你们的果园林子了。"众泼皮复喜。

事毕，阿契、安奇、素琴三人策马离去。众泼皮纷纷笑着，挥手喊道："头家阿娘走好！"阿契也回头向他们挥手："回去吧！"又望向远处山道转角处，继续挥着手："回去吧！"沈志荣、宗明、宗亮这才从树后出来，向她挥手道别。

东山山腰上盘着辰东窑和辰西窑。素琴陪着沈阿契站在两窑之间，发着愣。瓷窑旁是陈旧的看窑寮子。阿契道："素琴，去把客栈退了吧。"素琴问："啊？为什么啊？"阿契道："因为没钱了啊。"素琴问："那我们住哪儿？"阿契道："住这儿。"素琴张大了嘴巴："啊？"

两个看窑的寮子里，住下了沈阿契和素琴。辰西寮里，素琴归置着杂物，打扫灰尘。阳光下，蜘蛛在结网。素琴坐在一个旧床铺上，赶了赶蚊子，伸手拍了一只。他跑向辰东寮："姐姐，姐姐！"

辰东寮已收拾得窗明几净。沈阿契正在窗前摆弄瓶中花枝，素琴就跑进来道："姐姐，夏天没到，山上的蚊子就多得没法忍，想是成精了。"沈阿契说："抓一把艾草去烧就可以了。"素琴闷闷地出去，拿着一捆点着了的干艾草，在两个看窑寮子之间跑着，被艾烟熏得直咳嗽。他歪在山石上自言自语："哎呀，蚊子没熏跑，我倒快被熏死了。"沈阿契从旁走过，瞅了他一眼，说道："习惯就好。"

太阳初升，辰东寮和辰西寮沐浴在晨曦里。

沈阿契在床铺上未睡醒。素琴却猫在床前，推了推她："姐姐，醒醒，中午了。"阿契睁开眼睛，见一缕阳光从窗户射进来。她坐起身了。

素琴道："姐姐，我想问您一个问题，是不是人睡着了就不会饿？"阿契"扑哧"一笑："我身上一个铜子儿也没有了。那天你

也看到了，连同发簪跟耳环都给人家了，你看。"她指了指自己的耳朵："连典当都没东西典当了。"

素琴笑了笑："姐姐，您是怎么知道那地方下面有瓷土矿的？"阿契道："卢彦教我的。"素琴嘟囔着："又是他。姐姐，从您把钱花出去，到瓷土矿帮咱们把钱挣回来，还有一段时日呢。咱们吃啥呀？"阿契摊了摊手："我也不知道。"素琴二话不说便走了。阿契问："你去哪里？"他也没回头。

阿契便不理会，自打水梳洗晨妆。她坐在板凳条上，对着一盆清水，照着影子，用五指梳弄起发髻来。

李大发和李小花走了进来。素琴低着头跟在他们后面。李小花把素琴往前一拉："阿契，你自己不吃饭，不能饿着素琴啊。这素琴还在发育，给你饿得，以后长不成个男人了。"素琴忙挣开李小花往后躲。阿契向素琴嗔道："一顿早饭没吃就成这个样子，呸。"李大发和李小花笑了起来。李小花道："快下山去，回家把肚子填饱了再说。"

阿契遂收拾好，随他们到山下李宅来。众人围坐一桌吃饭，李小花向阿契道："你的心真大，全部钱都买了地。你不能买一百六十七亩就少买一点嘛。"李大发说："这有啥？她没借没贷的。"阿契语气坚决："我是不会去贷的，所以我只买了一百六十七亩。"

李大发向她道："那倒没必要这么决绝，谁家做生意不借贷的？"阿契未答，李小花却向她撇了撇嘴："真有出息，一百六十七亩还少？还只买一百六十七亩？"阿契说："那地方，荒郊野岭老贼窝，一百六十七亩不多吧？"李小花调侃道："不多不多。这样吧，你如果想把饭钱省下来做大事，也可以来我家吃饭，但是饭要你做，碗要你洗。"

素琴忙凑过来："好！我做我做，我洗我洗。"李小花"扑哧"一笑："好，你说的。"

飞凤岭沈志荣家，安奇应约而来。一进农舍，宗明、宗亮就迎了上来。安奇左右搂住兄弟二人，说道："嘿，兄弟，我来了。"宗明道："安奇，你终于来了，快来尝尝我们的红盐荔枝。"

沈志荣在厨房里摆弄着六只白色碟子，碟子里放着颜色略有差异的红盐荔枝。准备妥当，他便将一桌子菜和六碟红盐荔枝都摆到厅中，拉着安奇坐到桌前："看，我的荔枝，最好！全大海最好！"安奇一坐下，宗亮便挨碟给他让荔枝。

他吃着，向宗亮道："我第一次吃荔枝，是在倭国。一个有才华的女孩子，给我讲了白居易的故事。她说白居易最喜欢吃荔枝。"宗亮纠正道："最喜欢吃荔枝的是杨贵妃，不是白居易。白居易写过关于杨贵妃的诗。不过，他的诗里倒没有提到杨贵妃喜欢吃荔枝。"安奇点着头："哦——杨贵妃，我知道。"

宗亮道："可杨贵妃喜欢吃荔枝，又是不对的。因为她吃荔枝，害苦了很多人。"安奇转头向宗明赞叹："你的小兄弟真是一个博学的少年，他不仅是种荔枝的农民，或者卖荔枝的商人，他还懂诗歌，又懂历史。"宗明笑道："一会儿，让博学的少年和您一起再去泡泡汤泉。"

宗亮又道："总有一天，我要找一个威望千古、流芳百世的人来给荔枝敲锣打鼓。简单明了，没有故事地喊上一句，就足够了。"

沈志荣问安奇："蕃客，您觉得咱们家这红盐荔枝怎么样？可要吗？"安奇道："要，我全都要。"沈志荣大喜。

这壁厢沈志荣为红盐荔枝找好了买家，那壁厢沈阿契的瓷土矿却无人问津。

她和李大发站在辰西窑外的大日头底下晒着，仿佛晒瓷场里的两件瓷器。李大发说："阿契，你虽在飞凤岭买到了好矿，但辰东辰西这两条窑的矿土不能用你的。"阿契问："为什么？"李大发说："你知道的，林阿娘的瓷窑，瓷土采买一直都是我在做。咱家现在自己开火烧瓷，瓷土我也已经采买好了。我一直都是跟我的同名蔡大发家买的，快二十年的老拍档，突然断掉他家，去买你的不好。虽然你是我妹子，但生意上言利言义，老拍档还是要互相帮衬的。"阿契道："我明白，大发哥，没有关系的。"

李大发说："销路你还要再找找。水东跟城西两处我都熟，也可以帮你问问。"阿契点点头。李大发又道："不过，飞凤岭那九个'好汉'，我得去帮你看看。你一个姿娘人，怕他们欺负你，我得去看看他们妥不妥，如果妥，他们也不懂坑矿，我得教教他们，省得糟蹋了好矿。"

阿契道："这样最好了，我正要去找坑矿师父教他们呢，谢谢你。"李大发道："什么谢不谢的？你是我们家的财神奶奶，现在李家自己也开火烧瓷啦。"阿契笑着摇了摇头。

数日后，沈志荣的红盐荔枝割与蕃商。农舍外停着六辆牛车。陆家兄弟前后跑动，带着众车夫将一坛坛红盐荔枝装上车。

六辆牛车整装待发。安奇骑到马上，向三位荔枝农挥手："我出发了，我的兄弟！"沈志荣送着："慢走啊，蕃客。"宗亮向安奇道："我的兄弟，明年荔枝花开，您再来啊！"宗明也道："安奇，明年再来，我还让我的小兄弟和你一起泡汤泉，给你讲杨贵妃、白居易、历史和诗！"

安奇哈哈大笑："一定，我的兄弟！"

夜间，沈志荣在桌子上清点着银铤、铜钱和便钱务的便换券，向房内喊道："宗亮。"宗亮走了出来："阿巴。"沈志荣从桌子上分出五百贯来，说："这是卖红盐荔枝的钱，这里有五百贯。那天你姑姑买了汤泉边那块地，把簪子和耳环都摘下来了，那地又不是说变现就变现的，恐怕她如今缺钱使。"

宗亮问："阿巴，是将这五百贯给她吗？只是这样给她怕是不会要。"沈志荣道："不要也得给呀。在广州的时候，她为了你不去见官，把那惹了事的荔枝园揽到自己名下，为这事可被县衙罚铜罚了不少，不然她不能缺钱使。"宗亮点点头："好，我给姑姑送去。"

再说沈阿契拿着飞凤岭的瓷土样矿，与素琴两人在水东、城西各瓷窑访了个遍，并没有一个瓷窑主点头要矿的。

二人策马慢行回到东山来。山间修竹摇摆。素琴道："姐姐，水东和城西的瓷窑主都是老资历，人、财、物都不缺，销路也几乎是固定的，不大待见咱们这些单单薄薄的新人。"阿契说："别泄气，改天我们带上样矿再去海阳①找找销路。那边的瓷窑比水东和城西都要新一点，也许可以找到互相需要的头家。"素琴道："倒

---

① 据庄义青《宋代潮州陶瓷生产及外销综述》，笔架山古窑群，是宋代潮州古瓷窑的核心部分，其外围部分的勘查概况如下：一是从1954年12月至1972年10月，在潮州城南郊调查了洪厝埠、竹园村窑址。在西郊调查了凤山窑址。在北郊调查了田东园、窑上埔、瓷片山、北埂头、竹竿山、象鼻山等地窑址。二是从1961年至1972年，广东省文管会、汕头市文化局与澄海县文化局干部先后两次对澄海莲下程洋冈营盘山、窑东、窑西、管陇等处的古窑群进行发掘勘探。1982年至1984年又对上述各处遗址进行复查。这一带宋时属海阳县，是当时潮州出海港口区，其窑群是潮州宋窑的组成部分，其遗址灶型与出土器物均与潮州窑一致或近似。

不是泄气，只是囊中羞涩，怕委屈了姐姐。"他翻身下马，望了望两座看窑的寮子："且不知道要在这看窑的寮子再住上多久。"

头顶上，成群的蚊子在盘旋。他伸手挥打了两下蚊子。

宗亮在寮子里听到人声，高兴地跑出来："姑姑，我就知道是你们回来了。"阿契下了马："宗亮，你来了。"宗亮兴致勃勃道："姑姑，我最近可是做了宗大买卖，外销了好多红盐荔枝呢！"阿契道："真的呀。"宗亮说："是您带过来的安奇买走的，现钱买现货。"

阿契笑了："哎哟，不错，才见了一次，蕃客就被你们带走了。"便和他走进辰东寮内。

宗亮把银铤和便换券放到桌子上："姑姑，这是五百贯，我阿巴叫我送过来的。他说您刚买了地，怕缺钱使。"阿契道："那怎么行呢？这算啥嘛？"宗亮眼珠子转了转："姑姑，您不要，阿巴准会怪我的，说不定还揍我。"阿契严肃起来："他敢！"宗亮笑了笑："我说笑的姑姑，您别恼。"

阿契嗔恼道："你呀，他可没再打你了吧？"宗亮连连摇头："没有没有。"阿契沉吟半晌，说道："这样吧，五百贯我收下，就算是把增城的荔枝园依旧卖给你了，怎么样？"宗亮喜出望外："真的呀？好是好，就是不知道阿巴会不会怪我？"阿契笑了："他怪你，你就拿我吓唬他。"宗亮嘿嘿笑了。

飞凤岭，浪子回头金不换。大头、咬粿领着众喽啰真个在山林里做起营生。他们不再昼伏夜出，即使太阳正高，他们也出来活动了。眼下，就有两个小子在修造篱笆。草地上有鸡在啄食，草窝窝里的鸡蛋还是温温滑滑的，光泽莹透。李大发对着眼前情形，总算心里一宽。

此后，连续有一段时间，李大发总来飞凤岭教喽啰们坑矿之事。李大发要走了，众喽啰送至山道边，喊着："李大舅慢走。"

咬粿又问："李大舅，我们跟您学坑矿这么久了，什么时候能来活儿呢？"大头道："是啊，这么好的瓷土，怎么还没有买家呢？"李大发笑了笑："着啥急？"咬粿嘿嘿笑道："这不是盼着头家阿娘早点儿发财嘛。"李大发道："来活了肯定会告诉你们的，回去吧。"

是啊，这么好的瓷土，怎么还没有买家呢？同样的问题也让沈阿契和素琴感到烦恼。

辰东寮前，阿契翻身上马，说道："在海阳也许能找到些许机会。走吧，去会会海阳烧瓷的头家们。"素琴也翻身上马："好。"阿契问："样矿带了吧？"素琴拍拍胸前的包裹："带了。"

海阳莲花镇，起伏的山脉形似莲花绽开。

山脚下是百姓炊烟。

沈阿契和素琴站在崔家云龙窑的院子里。院子里的树生发着嫩芽。窑主崔响从内走了出来，向阿契作揖行礼："沈娘子，里边请！"阿契亦行了万福礼："崔大哥万福！"

至厅中，宾主就座，素琴站在阿契身后。阿契转身向他接过样矿，摆到桌子上："崔大哥请看，这是我们飞凤岭的瓷土。"崔响沾起瓷土，看了又看，点着头："嗯，这很难得。你开个价吧。"阿契说："崔大哥，这瓷土不要价。"

崔响问："那你要什么？"阿契道："我要以矿入股。"崔响手里把玩着瓷土，看了看她："你一个姿娘人，这么喜欢折腾啊？还是拿了现钱好，入股又不一定赚的。"

阿契笑了笑："潮州烧瓷的无人不晓得崔大哥您，如果连您的瓷窑都赚不了，那这瓷土恐怕也就找不到用武之地了。再则，沈阿契也愿意风险同担，同甘共苦。"崔响哈哈大笑："好。那行，你五股，我五股。你来一起经营，我很高兴。从烧瓷过程到销路，你都可以全盯。"

阿契闻言，转身高兴地看了素琴一眼，素琴也喜得笑容满脸。

崔响搓着手里的样矿："这矿比我们现在用的好很多，不能比。我听说过你。你很有眼光，毕竟有几个人看见汤泉就敢倾囊买地的？"阿契笑着摇了摇头："您过奖了。"崔响道："我听说，你在广州做过蕃商牙婆，销路显然没有问题。你从小在水东林阿娘那里做，瓷窑的事你都轻车熟路了。其实嘛，你来入股是最好的。只是……"

他又有些迟疑，阿契见状有些紧张。

"只是我找合伙人，一直是想找个男的。唉，但一直没有合适的。"他摇了摇头，又语气坚定，"现在只有女的，女的也没所谓了。你有诚意，我也有诚意，可以合股！"阿契听了，松了口气。

事已议定，崔响便带着阿契和素琴在瓷窑里四处看视。三人走上半山腰的青草石阶。一座龙窑掩映在绿丛里，众工匠进出往来。崔响道："我这里比较单纯，只有一条窑。虽然只有一条窑，但是也有三百单三尺长。工匠不多，但都是老伙计。我自己是拉胚的工匠出身。我最感兴趣的不是挣多少钱，而是拉胚。这个嘛，懂的人就懂，不懂的人就不懂，说多了人家也觉得你不正常。"说着哈哈笑起来。

阿契愣了一下，也笑了起来。

崔响道："我的想法是，做不做大无所谓，但是一定要做精。

从一条窑变成十条，从十条窑变成一百条，这样就一定好吗？江南路、两浙路的瓷，一个一个地出手。一只巴掌大的净水瓶，就可以价值连城，皇帝视如天物。我们凭什么一船一船地卖？"

阿契刚要说话，崔响又叹了口气："我也不想说得罪同行的话了。我们跟人家比，还远着呢，但是就有多少人已经牛得不行，觉得当上大头家了，沾沾自喜。快又如何？速成者必速朽。"

阿契笑了笑："崔大哥，不管江南、两浙，还是潮州，都有一船一船卖的。一条龙窑三百余尺长，想不多烧也很难。您在建造这条龙窑的时候，已经设定了它的产量。再者，跟别人不一样也许才能求得生存。我们跟那些名窑比，跟朝廷御用之物比，又如何独辟蹊径？我们之所以一船一船地卖，是因为这些瓷器要去到很远很远的地方，要去很多很多的地方。这些瓷器，甚至是用了多少蕃商、水手的性命才换得一趟远行。到了那遥远的国度，它们同样也是一个一个地出手，又未尝不被视如天物？"

崔响道："你说得对，我没意见。但我是很有原则的人，一个胚过不了我这一关，就别想开火；一个瓷过不了我这一关，就别想装船。任凭你说毁约也好，钱在等你也罢，都不行。"

阿契抿嘴一笑，心想，这老崔还真是跟同行们说的一样，只对拉胚感兴趣，对钱不感兴趣。

三人走到池塘边，池中长着荷花。崔响朝池里投着草叶子："实不相瞒，我在行里人缘也不好，你看着办吧。反正合股一天，你供矿一天，分利一天。哪天觉得不好相处，大家还可以散伙的。"

阿契笑了笑："哪里哪里？您多虑了。您不过是不喜欢那些吃吃喝喝的场合，只专注做瓷。行里的人都很喜欢您，说您是海阳

第二十七章

沸珠跃月，银玉生烟

847

数一数二的大师。"崔响绷着的脸偷偷笑了一下："那就这么说定了。我喜欢骂人。以后，我负责骂人，你负责夸人。"

阿契狡黠一笑，逗着崔响："我看还是算了。"

崔响有些着急："怎么？五五分你还不满意？"阿契"扑哧"一笑："哪能您五股我五股？您六股我四股妥些。不然，就算我没有二心，工匠们的心也要散，不知道听谁的。"崔响方笑了起来："好好，你不要钱，随便你。"说着，转身望向鱼塘，拍了拍素琴，兴奋地往池中一指："看，草鱼上来吃荷花了！"

素琴张望着："哪儿哪儿？"崔响像个孩子般："那儿，那儿！"

阿契看着崔响拉扯素琴的背影，心想："这个崔响真有意思，真不像个生意人。五五分？别人没有这么分的。但凡同大同小，哪怕是夫妻、兄弟，早晚也是不欢而散。"她笑了笑，也凑过池塘边来看。

池塘中，几条鱼往上跳着，张圆了嘴往荷花上拱。那鱼往上一跳，就吞下一个荷花瓣。有的荷花已经被吃得只剩下莲蓬了。

潮州蕃坊中，蕃长大摆筵席，宴请宋蕃商界诸人。蕃长道："今日蕃坊在此设宴，多谢宋蕃各位头家赏脸亲临。来，举杯！"众人举杯。

陈渡头也在宴上，见大鹏、苏合、明珠三人正高谈阔论，便问身边的水猴仔："那三个蕃商好像没见过？"水猴仔道："那三个蕃商是新来的，听说还是沈楚略家的老五带过来的。"陈渡头问："沈楚略家不是都在外面吗？有人回来了？"水猴仔道："对，就是那个沈阿契。"

林阿娘手里拈着酒杯，忽转过头来看着水猴仔，专听他说话。

水猴仔道："听说，那三个蕃商还挺财大气粗的，给了沈阿契的瓷窑一大笔货单。"陈渡头问："你听谁说的？"水猴仔道："蔡大发。蔡大发还跟沈阿契的合伙人签了一个单子。"陈渡头问："是常平司那些单子？"水猴仔点着头："对。"

陈渡头笑了笑："跟蔡大发说，既然财大气粗，就不用手软。"水猴仔点着头："是是，都是按您定的规矩来。"

林阿娘听了，饶有兴趣地望向大鹏、苏合、明珠三人。她冷笑两声，朝三位蕃客走去。

而李家瓷窑，李忠却一直伏在桌子上扎扎实实地画着瓷样图纸。纸上的瓷杯样式已经画了一排又一排。

李小花道："阿巴，别顾着画图样了，跟蕃商把契约签了，把定金拿了是正经。"李忠只顾画，头也不抬："急什么？又跑不掉。"李小花道："那要是万一跑了呢？"

李忠抬起头来："别胡思乱想了，阿契带过来的人，你还信不过？"李小花道："不是信不过，只是生意场上什么事情没有？您不会是还在等什么黄道吉日吧？"李忠不耐烦了："哎呀，你想点儿好的行不？咱们把图样画好，把瓷做好，东西有口碑，经得起推敲，以后李家瓷窑才能在这水东站得住脚啊。不然，水东瓷窑这么多，咱们以后凭什么呢？"

李小花一跺脚，走出门去。李忠摇了摇头，继续埋头画。

再说那日在蕃长宴上，林阿娘结识了苏合、大鹏、明珠三人后，便盛情邀到林家瓷窑来做客。

林阿娘亲自引路，三位蕃客跟随在后。只见巨大的龙窑顺着山势而上。通红的炉火如同龙的双眼。搬运木柴的工匠们往来忙碌着，汗流浃背。宽敞的晒瓷场种了一圈素馨花，气息芬芳，赏心悦

目。三位蕃客一路看，一路惊叹不已。

明珠道："这里比老师带我们去看的李家瓷窑大多了，漂亮多了！"苏合望着一排排晒瓷架子，叫道："看，他们的瓷品真多啊，什么都有。"只见架子上的瓶碗盘罐形制多姿，晶莹剔透，大鹏也忍不住赞叹："真是太美了！"

林阿娘笑道："三位蕃客，我们这里有全潮州最好的瓷器。那些新建的小作坊，根本不能同我们比。要是买了我们的瓷品，保证让你们成为遏根陀最骄傲的陶瓷商。"她专对着苏合，笑道："就像您，想卖多少钱，完全可以在遏根陀的陶瓷市场上说了算！"苏合望着远方，似有遐想，颇为沉醉。

林阿娘又领着他们走进画棚。画棚内坐满了手执竹笔在瓷胚上刻画花样的工匠。她说道："诸位蕃客请看，光是划花样的工匠，我们就有这么多人。我们的瓷窑是真正的大瓷窑，你们可以放心买我们的瓷。"苏合、明珠心中深以为然。

及至会客厅，厅中已摆好八套精美瓷器。众乐师端坐在瓷器后面，手中持着细细的敲击棍。林阿娘请蕃客们就座，众乐师便开始演奏瓷乐。三位蕃客闻乐，颇觉神奇，忍不住离开座位走到乐师身旁细细观看。那敲击棍灵巧地在各种瓷器间跳动，三名蕃人根本看不清道道。

回到蕃坊，三人商议起来。

苏合道："我认为，我们最应该买的是林家瓷窑的瓷品。"明珠说："可是，老师希望我们购买李家的。老师那边怎么交代呢？"苏合道："我们没有跟李家瓷窑签下任何契约，并不一定要向他家买瓷。我们远洋航行至此，本来就是为了做生意，做最好的生意，何必顾虑那么多？"明珠点点头："对，我们没有签下任何契约，但林家瓷窑的瓷品贵了些。"苏合道："虽然贵了些，可是我们将会得到更多的利润。"

苏合转向大鹏："你觉得怎么样？大鹏。"

大鹏说："林家瓷窑的瓷品太贵了，我没有带上像你们一样多的金子，恐怕只能买李家的了。反正只要是宋瓷，出去了都不愁没有利润。"苏合道："哦，也好，有点儿遗憾。"大鹏微微笑了笑。

苏合与明珠议定，便到林家瓷窑来订契。

林家二仆在案前摆好笔墨和纸契。林阿娘盛装等候，便见二家仆领着苏合、明珠走进厅子里："二位蕃客请！"林阿娘亦起身相迎，行万福礼："请两位蕃客看看我们的瓷品买卖契约。"二蕃客亦还礼，坐到案前。

译者也来了，向他们解释着契约上简约而晦涩的字眼——那跟沈阿契所教过的宋语似乎不是同一种宋语。

末了，林阿娘与二蕃商签下契约，各执一契。二蕃商便将定金交给了林家瓷窑。林阿娘笑道："多谢两位蕃客对我们的青睐，等瓷器烧制好便交付两位装船，绝不耽误信风归期！"

李忠在家里，犹自拿着拟好的契约默读着，反复地看。

李小花带着大鹏进来，她的脸上是阴沉的。李忠未留意到女儿的神情，只笑道："蕃客来了！"大鹏见礼道："李师傅您好！"李忠将他请入座去："来，这边坐。"

李忠又向门外张望，问女儿："说是去请三位蕃客，怎么只来了一位？"李小花摇摇头，低声道："阿巴，咱们先与这位蕃客签了契约，回头再和您说。"李忠道："好好。"便与大鹏订契去了。

辰东窑外，沈阿契闻讯大惊："什么？另外两个蕃客的单子都被林阿娘截胡了？"李小花懊恼着："真是说什么来什么。"李大发道："这可怎么办呢？那两个蕃客要的量，才是大头啊！"

李小花埋怨地望向李忠："阿巴，你还不急不急的。"李忠拍了拍大腿："唉，都怪我！做买卖，咱们还是没有别人江湖深啊。"李小花又埋怨沈阿契："你那两个蕃客怎么那么靠不住啊？说变就变。"

沈阿契一脸热辣辣的，没能吭声。

李忠向李小花道："你别说阿契了，她也合着股在这里，难道她希望这样吗？"李小花狠狠啐了一口："林阿娘最没品，一开始把销路给她，她又不要。她不要了咱们才捡的。如今咱们把摊子铺开了，她就来抢。真是她吃剩下吐掉的，也不肯赏一点给咱们这些多年的奴才。"说罢，气呼呼地坐到石头上扇着风。

李大发发起愁来："这可怎么办哪？瓷土我都采买回来了，用都用上了，退又不能退。还想着三个蕃客把定金一交，我就去还了蔡大发的瓷土钱呢。"李忠道："你让蔡大发给你缓一缓嘛。"李大发说："没法子缓了！他也要周转的。原先三个蕃客定的量那么大，他已经够意思了，瓷土一早就运过来，让咱们拿到定金再还他。如今跟他说要再缓，他也难的。"

沈阿契道："我来想想办法，找那些蕃客谈谈。"

李小花道："阿契，你别找了。那两个跑掉的，原先也没跟咱们白纸黑字，如今找也没有用。"沈阿契说："我不找那两个跑掉的，我找剩下这个不跑的，看他能不能把三个人的量全部要下来。"

主意打定，沈阿契便到蕃坊客栈来找大鹏。

大鹏将她迎进茶阁子里："老师，阁子里请。"沈阿契进阁子里坐下，大鹏便为她奉茶："老师，我替苏合、明珠向您道歉。"阿契双手接过茶："倒也不必，原本就没有签下契约的，有更好的，当然选择更好的。我只是非常敬佩你，为义舍利，没有和你的同伴一起走，反而坚持回来李家瓷窑订契。"说着向大鹏奉茶："这杯茶应该是我敬你！"

大鹏双手接过茶："老师，您这么说我也很惭愧。事实上，我带来的金子远远比他们两个要少，如果去买林家那么贵的瓷器，恐怕也买不了多少，所以我没什么兴趣。"

阿契道："不，大鹏的人品我们是很了解的，我们是老朋友。您来宋国已经好几趟了，风里浪里您都经历过。"大鹏道："的确，风里浪里都经历过了，还因为风浪里的逃生，惹过《舟子秘图》的官司，好在宋国的市舶司很公正，帮我摆脱了麻烦。"阿契道："让您安安心心地做买卖是宋国人的心愿。"

大鹏称谢。阿契又问："大鹏，苏合和明珠原先定下来的瓷品量，你能一起要下来吗？"大鹏道："啊，老师，他们俩要的可不少！如果我把三个人的量都要下来，我带来宋国的这点金子恐怕只够给三成定金，交货后的全款根本补不上啊。"

阿契心想："三成定金？那也不少了，足够大发哥还清瓷土钱了。"便道："如果你能把三个人的量全部要下来，你只给定金就可以了，剩下的余款，等你把瓷器在勿斯里换成金子，明年随信风来宋时再还，如何？"

大鹏惊讶道："啊？只给三成定金就能把瓷器用船载走？等瓷器卖出去再来还齐全款？"阿契道："对，我们之间是有信用的，我们来一次信用贸易。"大鹏大喜："如果可以这样，那就太好了！"

回到李宅，阿契与大鹏商议之事让李家炸开锅。李大发忐忑道："信用贸易？"阿契点着头："对。从前听我阿巴说，在三佛齐，当地蕃人并没有那么多现成的金子。很多宋商都是①直接把货物给他们的。在信风起来之前，蕃人再把卖货所得的金子补齐给宋商。"

李忠问："不怕他们跑了吗？"阿契说："想做长期买卖的都不会跑，那是一顿饱和顿顿饱的区别。"李大发问她："你阿巴也做过信用贸易？"阿契点点头："对，他说，他打过交道的蕃人都对宋商很崇敬②，基本都能守信。也有试过，信风来了，个别蕃人还没到的，宋船就不等了，照着风期回来。但到了第二年，上一年没来的蕃人照例还是会把金子还回来的。"

李小花道："这次你带来的三个蕃商有两个已经背信弃义，还要相信他们吗？"阿契说："正因如此，剩下那个便是经受过考验的，值得我们信赖。"

对此，李家众人犹豫不定。但在此后的一段时间里，李大发却要面对蔡大发的不断催账了。

---

① 据中国海事局组织编撰的《中国海员史》，第72页，宋商在麻逸国建立了信用贸易方式。船舶入港后，"蛮贾丛至"，搬取货物，"乃以其货转入他岛屿贸易，率至八九月始归，以其所得准偿舶商，亦有过期不归者"。赵汝适《诸蕃志·志国》有相关记载。

② 据中国海事局组织编撰的《中国海员史》，第72页，宋代海商所到之处，往往受到隆重的礼遇。如宋代商船到达渤泥国后，"其王与眷属率大人（王之左右号曰大人）到船，问劳船人，用锦藉跳板迎肃，款以酒醴，用金银器皿、筵席、凉伞等分献有差"。等到贸易完毕，返航之日，"其王亦酾酒椎牛祖席，酢以脑子、番布等称其所施"。赵汝适《诸蕃志·志国》有相关记载。

小酒馆内，蔡大发重复着："我知道你不会赖我，但我也难啊！你原说拿了定金就还我的，瓷土我也先给你拉过来了，现在这……"

李大发尴尬笑道："都不容易。"又举杯道："你放心，我但凡东拼西凑地有了，也先把你的还上。"蔡大发说："你这一波把我的还上，后面有了新单子，我还低价给你供瓷土，还让你先用。"李大发无奈地点着头："好好好。"

回到家中，李大发的想法就变了，他站到了沈阿契一边。

张桃桃十分愤怒："这怎么能行呢？什么信用贸易？东西拿走了，船都出海去了，你知道蕃客还会回来？"李忠却道："哎呀，这也不是什么新鲜事。我问过了出蕃那些人，他们说这种做法是有的，没什么问题。"

张桃桃说："这又不是村头铺子赊斤糖，他不还，你就上他家要去。这是出蕃啊，他不回来，你上哪儿找他去？沈阿契自己的男人一出去就没回来了，呵呵，你们不知道吗？"李忠止住她："嗨呀，你说这些。那阿契的父亲，每年出去，每年回来，从来没有什么事儿啊。"

张桃桃急了："我就不知道你们父子俩为什么那么着沈阿契的道儿？她带来三个蕃商，跑了俩，你们还信她？"

李忠摇着头，喃喃自语："第一次真的没经验，应该先把契约签下来，再做后面的事情。"张桃桃说："要是真让这个蕃客把瓷都一船拉走，只拿三成定金，咱们家这一单就算是白干了。"

李大发苦笑道："阿姨，实话说，我现在就想着，这一单白干也没关系了。第一单嘛，白干就白干，不要倒欠就可以了。我现在就想着能把蔡大发的瓷土钱给还了，这就好了。"张桃桃数落道："那还

折腾个屁？不安安生生在林阿娘那里待着，还能挣几个工钱。"

李大发转而又道："可蕃商要是如约回来，咱们家不就翻过来了？"李忠也对张桃桃说："不要总想着他会跑嘛。"李大发道："就算第一单白干，还有第二单、第三单呢？"张桃桃又急了："好啊，看来你们早都想好了。都是这个沈阿契！小时候白养了她几年，十几年没回来瞧过咱们，一回来就是个祸害！"

此时，恰沈阿契来到李宅门外，侧耳听了，把即将进门的脚缩了回来，转身走了。

夜里，李大发蹲在家中天井的台阶上发呆。李忠走了过来，坐到台阶上："怎么样？打算怎么答复沈阿契那边？"李大发说："还能怎么样？总不能让蔡大发跟着倒吧？总不能两条龙窑一盘下来就熄火吧？"

于是，父子俩决意按与蕃商大鹏信用贸易的做法行事，李大发这才将蔡大发的货款还了。

又是一个夜里，三百尺长的龙窑悄悄变成一条巨龙，顺着山势滑下，然后腾空，演绎着稀世罕见的祥瑞。一切从所未见、从所未闻的神秘在夜空中照亮、啸吟。仿佛那轮九分圆的明月，就是东西窑两龙所戏抢的明珠。月晕成了焰火，银色的焰火，秘色的焰火，冷而远的焰火，忽然随着飞龙俯冲而下，成了温柔点燃大地的人间烟火，成了如潮水般漫入俗世的万家灯火。

龙窑的口被封住了，却留着两颗窑眼。这眼睛里火光晃动。有一次，沈阿契看他，他是橘红的，再看时，却已变成烈烈的正红，再后来，那红色深浅不分，变得温润，好像初生的日色。

光着上身的匠人们，不像从火边来，却像从水里来，从头湿到脚，都是汗。李大发傍着龙身跑着，指挥着添柴、通火。当堆积如山的烧火木柴被夷平，龙窑准准地掐时熄火了。数日来不眠不休的匠人们睡了个饱觉。

两天后，龙窑渐渐冷却。两条长龙齐齐开口。

山下锣鼓喧天，动静很大。李忠有些无由的紧张，忙问三更半夜的，怎么了？李小花跑了过来，说是村里谁谁谁家嫁女儿，正接新娘，没啥事。

张桃桃提着两只春橇，装着香烛供品，张罗着在窑开之时祭拜神明。李忠点香跪拜完，舒了一口气，抬头看着天。

李大发从龙口里跑出来，兴奋地笑着："里面还暖着呢。"他戴着手套的双手捧着一只影青色的小瓷瓶，递给大鹏。大鹏惊叹道："这是锻造出来的玉石吗？这跟林家瓷窑的比，不相上下啊。这回我赚到了！"李大发转头看着工匠们，装着瓷器的匣子还在一个个地往外搬。

回到蕃坊，大鹏掏出影青色的小瓷瓶给苏合、明珠看。苏合叹道："这跟林家瓷窑的比，简直是同一双手捏出来的，却让你低价买到了！"他不知道，林家瓷窑有很多烧瓷师傅都是几十年间李忠带出来的徒弟。这时明珠也叹道："老师推荐的肯定错不了，我们不就是因为信赖老师才跟她来潮州的吗？"

大鹏微微一笑："你们买到的肯定也非常不错。应该说，会更好！我是因为带的金子不多，才选择买便宜的。"

苏合向大鹏道："你是有智慧的，我的兄弟。那么，现在你的瓷品都到货了，是否将先于我们离开宋国？"大鹏说："是的，我也要向你们道别了。"苏合看了看明珠："我们的瓷品还要再等一些日子才能烧制出来。"

大鹏说："别着急，我的兄弟，等待总是值得的。"苏合和明

珠都拥抱了他："谢谢你，兄弟，祝你一路顺风！"

翌日，大鹏登上了潮州港的船。众工匠往船上搬着一箱箱的瓷器。①李忠、李大发、沈阿契站在岸上送他。李忠向他喊着："一帆风顺啊！"大鹏挥着手："谢谢你们！老师，请相信我，明年的信风一定如约而至。"沈阿契微笑着："好，我们等你！"

大船徐徐离港。

"李大发！哪个是李大发？"水猴仔领着一帮喽啰闯进了李家瓷窑的晒瓷场。李大发忙从里屋跑了出来："谁啊？"水猴仔掏出一张借贷契约展到他面前："你看看，这可是你签的字？"

李大发点着头："是我的，怎么了？这是向陈渡头借的钱，盘下了两条龙窑。不是还没到还钱的时候吗？"水猴仔收回契约："既是向陈渡头借钱盘龙窑，现在货都一船载走了，怎么还不还钱？还没到时候？呵呵，还得迟了，我怕你还不起利钱！"李大发惊道："你怎么知道我家的货一船载走了？"

水猴仔得意道："呵呵，什么事情瞒得过陈渡头？船是昨天走的，以为我们不知道？"李大发有些脊背发凉："你们盯着我们？"水猴仔道："当然，不盯着，人跑了怎么办？少废话，货都出了，钱也收了，那么一大船，怎么也够你还陈渡头的钱了吧？"

李大发忙解释："货虽出了，船虽走了，但钱却只收了定金，也就够几抔瓷土的钱。"水猴仔哈哈大笑："你哄谁呢？船都走

---

① 据庄义青《宋代潮州陶瓷生产及外销综述》，经文物普查，澄海县凤岭古港和程美古港遗址发现有大船桅、大缆绳，并散布有众多的宋代瓷片。作为当时主要的出口货物，瓷要在本地区的商贸港装船发运，但不能直接运往外国。例如，这批瓷器如要输往南海诸国，则到广州市舶司办理手续。否则即属偷运，律有明条，后果将是十分严重的。

打春（完整版）·下册

了，只收定金？那剩下的钱是要扔海里吗？"李大发道："我们和蕃人约定，明年信风来时他再来，再把余款结清给我们。"

水猴仔越发大笑："你当我是三岁小孩呢？信风是能打还是能杀？信风是有拳头还是有刀枪棍棒？信风来他就得来？"李大发说："这是信用贸易。"水猴仔道："我看你也不像个傻子，怎么净说傻话？少在我跟前糊弄！不管你编出什么来，钱还是要还的。不还，就跟这些晒瓷架子一样！"说着，向众喽啰使了个眼色。众喽啰开始打砸院子里的晒瓷架子，连同架子上的瓷品。

瓷品碎了一地。

李大发上前阻止："你们干什么？干什么！"众喽啰又把他按在地上，一顿好打。

沈阿契在辰东寮里听到动静，忙跑出来，却见水猴仔与众喽啰正走出晒瓷场。她停住脚步，脸色沉了下来。水猴仔转头望去，只见幽森昏暗的竹丛前有一袭浅色人形云纱，定睛一看，却是一个妆容端庄的女子，满脸阴沉而愠怒，目光冰冷且露着诡谲的凶光。

他忍不住打了个寒颤："那个姿娘是谁？好眼熟啊。"一喽啰道："那不是陆铜钱的那个，那个沈来弟吗？"水猴仔头皮一麻："别瞎说！"说罢，头也不敢回，挥着众喽啰："快走快走。"

阿契跑进晒瓷场，看到一地狼藉和受伤倒地的李大发。她忙把李大发扶起来："大发哥，你怎么样了？"李大发擦了擦脸上的血："没事。"

晚饭过后，李大发鼻青脸肿，一脸沮丧地坐在门首。李忠道："你怎么能跟陈渡头借呢？跟谁借也不能跟陈渡头借呀。他的名声你还不知道吗？"李大发说："只有他那里能借得到。"

张桃桃心疼地替李大发擦着伤口，转身向李忠："你别怪大

发了！这些事情都是谁惹出来的？”说罢，向一旁的沈阿契努了努嘴。

沈阿契正拿着借贷契约，入神地看着。

张桃桃恨得牙咬：“一家子在林阿娘家做得好好的，非得出来自己开火，现在钱没挣到，连林阿娘这个老头家也得罪了，还惹了一帮土匪一样的债主！呸！”张桃桃向沈阿契啐了一口，将她一推：“走开啊！”沈阿契愣了一下，脸上火辣辣的。张桃桃从她眼前走过，往里屋去。李大发向里屋喊：“阿姨，钱是我借的，又不是阿契，你带上阿契干什么？”

张桃桃回到房里，仍朝外头恼火地叫着：“谁惹出来的事情，自己心中有数！恩将仇报的白眼狼！”

李忠拍了拍沈阿契：“别往心里去，别跟你师娘一般计较。”沈阿契的心神却不在张桃桃那里，她扬了扬手里的契约，说道：“师父，这契约有问题！”李大发忙凑过来：“有什么问题？”

沈阿契两眼发光：“这是常平契！陈渡头怎么能拿常平仓的钱出来贷给你呢？”李大发一愣：“啥是常平契？”沈阿契道：“常平契就是朝廷的常平司借贷常平钱的契约，每一张都是专门印出来的。”她又扬了扬手中的常平契。

李忠问：“常平钱？”

沈阿契解释道：“朝廷的常平司放出常平钱来，贷给青黄不接的农人，作为买苗雇牛的费用，帮助他们渡过一时之难。这本来只是恤民之举，因此朝廷收的利钱非常低。可是朝廷无法直接做这件事，只能由民间富户买扑承包来做。没想到，常平钱居然落入陈渡头这样的人手里。”

李大发抚着脸上的伤口：“我们家虽不务农，但常平钱我也曾听说过的。要借到，不容易，因为利钱低，大家都抢着要。"

沈阿契急了："大发哥，知道你还借？这常平钱基本上就算是救济善款了，你借去做买卖了，那些真正需要的人呢？"

李大发摇了摇头："你想太多了，哪里到得了穷人手里？我不借，别人也会借。你觉得穷人抢得过富人？"

沈阿契更急了："大发哥，你怎么能这么想呢？哦，有些坏事你不做，别人也会做，所以你就抢着做？"李大发纠正道："是有些便宜我不占，别人也会占。"

沈阿契正色道："你占到什么便宜了？你看这契约上写的利钱，不仅没有低，还比普通借贷高出许多。这是陈渡头这个承揽人两头吃，一头吃你，一头吃朝廷，然后把真正有需要的人晾在地里受苦！"

李忠也喃喃道："是啊，这样的便宜不能占。这是救济善款，怪不得咱们一开火就跑了两个蕃商，造孽啊！"

李大发不耐烦道："阿巴，你又来了，神神叨叨的。"又问沈阿契："那现在怎么办嘛？不能惹的人也惹上了，钱又还不上。"沈阿契目光冰冷："还能怎么办？既然知道了，我就不替陈渡头藏着了。"说罢，仍是扬了扬手中的常平契："这个，我替你收着了。"李大发问："你收着干吗？"

沈阿契冷冷道："呈送御史外台！"李忠父子大惊。

常平契之事，陈渡头也有些放心不下。此时他正在宅中吩咐水猴仔："那些放出去的常平契，能收回来的就收回来吧。"水猴仔道："大人您担心啥？咱们又不是头一回放常平钱。"陈渡头有些烦躁："叫你收，你就收吧。"水猴仔道："大人放心，抓紧收着呢。昨儿有一个不肯还的，兄弟们还把他收拾了一顿呢，都在抓紧收着呢。"陈渡头道："抓紧了就好。"

沸珠跃月，银玉生烟

炉火青，龙点睛

　　卧房里，张桃桃对着李忠哭闹起来："什么？居然要大发去挨官府的板子？沈阿契这个贱人，怎么想一出是一出啊？咱们家怎么就来了这么个灾星啊？"李忠道："哎呀，你别闹，不去就不去了。"

　　天明了，日出东山，数声鸡啼。

　　李大发鼻青脸肿地歪在厅子里的竹躺椅上打哈欠。李忠看了儿子一眼，摇了摇头，走到辰东寮来。他对阿契说："我昨晚想了一个晚上，觉得这事儿还是不妥。"阿契问："怎么不妥？"

　　李忠道："你要去官府告陈渡头，那陈渡头哪有那么容易告的？告不倒呢，转回头他能一把火烧了咱们家。"阿契冷笑一声："您放心，告得倒。"李忠又道："告得倒呢，你大发哥哥不也有罪？那常平钱，就不是咱们开瓷窑能用的，现在用了，问起罪来，他挨板子都是轻的呢！"

　　阿契道："若舍不得大发哥挨官府的板子，恐怕就得挨陈渡头那帮鹰犬的棍子了。挨官府的板子还是有数的，挨陈渡头的棍子可就没数了。您忘了我们家的前车之鉴了吗？"李忠摇了摇头："说的也是啊。"阿契道："您和大发哥再好好想想吧。如果大发哥想通了，愿意和我去就最好！"

李忠回到家来，把门一关，不料却不好开了。那水猴仔与众喽啰终日守在门外闹："李大发，还钱！李大发！"李宅大门紧闭，众喽啰便砸墙砸门，向墙内扔砖头。李忠站在天井里望着墙外，险些被砖头砸到，忙退回屋檐底下。天井里不断地有砖头从天而降。门栓被晃得摇摇欲坠。

张桃桃走进厅子里道："哎哟，家里没米了，我得出去买点儿米。"李忠道："你不能出去，危险。"张桃桃说："那能怎么样？难道不吃饭啊？"说着往后头一指，小声道："我走小门，没事儿。再说了，我一个老太婆，他们能拿我怎么样嘛？还能动手不成？"李忠道："别去，你别去。"她却径直往后头走了。

张桃桃打开小门，偷偷向外张望，迈出了左脚。一喽啰忽然冒出来，将她勒住："老太婆！叫你儿子快点还钱，不然勒死你！"张桃桃吓得声也不敢出，直慌张点着头。那喽啰放开她，她双腿发软，颤抖着往小门内躲。

小门严严实实地关上了。

水猴仔一伙人，闹完了李大发家，又闹蔡大发家。这蔡大发被水猴仔踩在脚下，众喽啰又将他妻儿围在墙角。

水猴仔向蔡大发道："你最好让李大发快点儿还钱，否则你就别想过太平日子。"蔡大发道："钱是李大发借去的，你找他去啊，你找我干吗？"水猴仔说："钱是经过你借给李大发的，他不还，就算你头上了！"蔡大发道："我又不是保人……"水猴仔扇

了他一巴掌："借陈渡头的钱，没有你还嘴的份儿！利索点儿把事办了，否则有你受的！"

池水浑浊后，没有一条鱼能快乐地畅游。

青天白日里，李小花在村道上走着，便被人勒住，吓得她叫也叫不出声来。水猴仔从旁走出，问她："你可是李大发的姐姐？李大发可是借了陈渡头的钱！"李小花不待他多说，只连连点头道："我知道我知道！我这就回去收拾他，让他快点还钱！"水猴仔冷笑两声："呵呵，算你识相。"众喽啰便放开李小花，扬长而去。

李小花顿地坐到地上："天了嘞，啥时候是个头儿啊？"

所有人都被收拾怕了，李大发无计可施，想来想去，到官府领板子也许是最好的选择。

他走进辰东寮："阿契，我想清楚了，我和你去见官。"门外突然又进来一个人，正是蔡大发。蔡大发道："我也去！"沈阿契问："你们想清楚了？"李大发、蔡大发齐声道："想清楚了！"

沈阿契站起身："好！陈渡头一日不除，乡里一日不宁。多谢两位大哥深明大义，为民除害，请受沈阿契一拜。"沈阿契欲拜，李大发、蔡大发忙扶起她来。蔡大发道："我们如何受得起？"沈阿契问："我们何时动身？"李大发道："现在。"沈阿契便利索地推开门。天上正悬着一弯月儿。她喊道："素琴，收拾行李，备马！"

于是，四人连夜骑着快马奔广州去。

悄无人迹的山道上，空中星光点点，弯月已向西边渐渐坠下。

广州转运司行署大门口，一对石狮子望着街对面的沈阿契。沈阿契也望着石狮子，她脚下踟蹰，心中犹豫。沈志文来了，在背后问："你干什么？"阿契转过身来："四哥。"沈志文道："素琴都告诉我了。"阿契说："四哥，你都知道了。我想……"

"你不要找他。"沈志文打断了她的话。

阿契说："难道他心里就一点儿也没有我吗？"沈志文道："有你，也还没有到什么都不管不顾的份上。看起来，他更想和你撇清各种关系。"阿契听了，心中一紧，咬了咬嘴唇。

沈志文却又说："可他再怎么和你撇清关系，明面上，他始终还是你的二伯子。如果你去告状，他也只能回避。"阿契问："只能回避？"沈志文点点头："对，要移司另审①，他不能插手，甚至不能打听。一旦移司另审，陈渡头一定会到处使钱，你能保证不节外生枝？"阿契咬着牙："一想到陈渡头这么多年都逍遥法外，我就……难道他就没有报应了吗？"

沈志文微微一笑："你和我，不就是他的报应吗？走吧，回去吧。"

阿契回头留恋地望了一眼转运司大门，随沈志文走了。陈云峰与众官吏说说笑笑从门内走出，并没留意到不远处的背影。

回到增城农舍，阿契问道："四哥，你让我不要去找陈云峰，那这件事情应该怎么办？"沈志文道："按最普通的办，写个诉状递上去。"阿契问："你来写？"沈志文摇着头："我当然不写，我是他堂弟的媳妇的哥哥，虽说沾不上什么，但到底还是交给讼师写更好。"

阿契点点头："那要告陈渡头，谁来当冤主好？"沈志文道："蔡大发。"阿契说："但是，蔡大发原本只打算来做个人证，他

① 据戴建国《宋代法制研究丛稿》，第170页，宋承唐制，法官有回避制度。宋初制定的《宋刑统》卷二九《断狱律》云："诸鞠狱官与被鞠人有五服内亲，及大功以上婚姻之家，并受业师，经为本部都督、刺史、县令及有仇嫌者，皆须听换。"

第二十八章 炉火青，龙点睛

并没有受到太大的伤害，他来当冤主分量够吗？"

沈志文冷笑了一下："蔡大发算什么？我们沈家又算什么？受到多大的伤害都没有用。现在关键是，常平司受到了伤害，那些不具姓名的、等待常平钱放贷的农人受到伤害。这就等于，朝廷受到了伤害。这样一来，区区一个陈渡头，也就不算什么了。"

阿契听了，如梦初醒。

沈志文道："蔡大发的作用就是，通过公开的方式、常规的流程，把这件事情摆给外台。这样就可以了。"阿契提起了精神："好，我这就去找讼师。"沈志文微微一笑："讼师你不用找，我这儿有。我带你去见他，那是个有意思的人。"

他到马厩里牵出两匹马，把马鞭和缰绳递给阿契。阿契问："四哥，我们要去见的这个讼师有什么特别之处？"志文道："他同时打着十几个告陈渡头的官司。"阿契颇为惊讶，志文又道："没有赢过。"阿契不解："没有赢过，那还找他？"志文诡谲一笑："虽然没有赢过，但收拾陈渡头的，必是此人！"

他翻身上马，将鞭一挥："驾！"阿契忙策马跟上。

兄妹二人至城北书铺，只见门口冷冷清清，似可罗雀。

阿契看了志文一眼。志文道："就是这里，没错。"二人走进书铺内，里头光线昏暗，空无一人，堆满故纸杂物。窗外投进来的光柱里飞舞着灰尘。过道又脏又小，弯弯曲曲，令人迷乱。沈志文指着路："这边这边。"阿契忙跟紧了他。

书铺角落里，有三个讼师躲在故纸堆后面，一个白脸，一个方脸，另一个摇头晃脑，正是曾经帮沈志文和张氏写过"合离帖"的陈华年。这陈华年有些阴阳怪气："学而优则仕，仕不了就做讼师，嘿嘿嘿。"

沈阿契向故纸堆里望去："找讼师。"故纸堆里伸出三个脑袋来："告谁？"沈阿契拿出陈渡头的画像，高举着扬了扬。三个讼师同时站了起来："我接！"

白脸讼师走过来，向画像伸手："只要是跟陈渡头倒霉有关的，我帮你打。小姓白。"陈华年抢到白讼师前面："我来！只要能让陈渡头早一天消失，我免费帮你打。小姓陈，不好意思，也姓陈。"方脸讼师拦住陈华年："我也是免费。小姓方。"讼师们争着："先来后到好吗？""都免费，都免费。"

沈阿契笑了："你们为什么恨陈渡头？他到处生是非，惹了不少官司，不是给你们添生意了吗？"三位讼师把手一摆，似有玄秘："不可说！"

陈华年向阿契道："没有人赢得过他，但我们从没放弃过。夫人，案子给我，哪怕再输一次！"沈志文低沉地："不能输！"陈华年铁着脸，夺过阿契手上的画像道："好！不能输。"白讼师向陈华年道："好！不跟你抢，但你这次不能输。"方讼师也道："好！我也不跟你抢，但如果你输了，以后永不踏足城北，如何？"陈华年嘴角上的肌肉一抽："如果输了，我不当讼师，不授讼学，不姓陈！"

简陋微寒的城北书铺，墙角落里有一只蜘蛛，将一叠厚厚的案卷织进网里。纸面上有霉点，一只书虫名唤"脉望"的在爬行。

云底有日光，衙门檐角上挂着的讼铃[①]响个不停。

一只麻雀落到讼铃的铁链子上，荡起秋千。

第二十八章　炉火青，龙点睛

① 讼铃：见北宋强至《送宣州太守沈司封》诗："讼铃闲郡阁，吟笔动江楼。"

陈云峰坐在转运司行署堂上，李大发、蔡大发跪在堂下。陈云峰问："是谁告常平钱被挪用生利了？"蔡大发答："我！"陈云峰问："你叫什么名字？"蔡大发答："蔡大发。"陈云峰看向李大发："你呢？"李大发答："李大发。"陈云峰"扑哧"一笑："都叫大发？"

李大发道："告大人，我们村有八个大发。"陈云峰问："你也是原告？"李大发道："我是人证。不，我是来领罪的。"陈云峰问："来领罪？"李大发道："对，常平钱本是救济钱，低息被买扑承包的陈渡头领走，又高利贷给做生意的人。我就是向陈渡头高息借走常平钱的人。我来领罪！"

站立在旁的陈华年向陈云峰递上常平契："大人，这就是李大发向陈渡头借贷的常平契。"陈云峰看了看："利钱这么高啊？还是利滚利。陈渡头这是两头吃啊。"他越看越怒："这是当常平司的人都睡着了吗？来人，带陈渡头问话！"李大发与蔡大发见状，默契地对望了一眼，认为事情已办成了一半。

增城农舍，沈阿契听到的消息也是好的。她问陈华年："真的顺利吗？太好了！"陈华年道："案情并不复杂。如果单看这一家的话，基本上连审都不用审了。但现在事头挑起来了，转运司已经联合常平司要彻查常平钱和常平契了，看看总体是怎么样的。"

沈阿契又有点忧心："李大发呢？"陈华年道："李大发怕是也要受罚，但他是自己来认罪，主动指认陈渡头的，可以从轻发落。我会尽力保护李大发。"阿契点点头，望向沈志文，有点儿兴奋："四哥，陈渡头这回完蛋了！"

沈志文显得比较平静："别忘了，他是进纳官，他也有官告。

官告可以抵罪。①" 阿契一听，脸又沉了下去。

陈华年对她说："夫人，不用不高兴。依我看，这是个好案子。这一仗打赢了，就是一个好胜仗。如果能让陈渡头被朝廷褫夺官告，那离他完蛋也就不远了。" 阿契又有了笑意："是吗？"

陈华年道："是。褫夺官告，就好比给陈渡头这只大猛兽拔了牙。一旦开始落势，他再像以前那样上蹿下跳，就会知道什么是人情冷暖了。" 沈志文也冷笑道："干爹不认儿，干儿不认爹的日子就要来了。" 陈华年又笑道："先打他个半蔫儿，我那里还压着他十几桩往年旧事呢，呵呵。"

沈志文向陈华年道："先别笑，官告还没夺呢，不能大意，想办法催着外台速战速决吧。"

转运司侧厅中摆满籍账。众公吏坐在籍账后。

一公人向陈云峰递上案卷："大人，这是常平契的全部账目，都是低息从常平司支取，高息放给老百姓。至于款项用途，从常平契上不能十分确认是否为农人购苗租牛之用。"②

陈云峰略看了看，笑问公人："不能吗？"

公人迟疑着。陈云峰将案卷递给坐在一旁的常平司官员："方大人，你怎么看？" 常平司官员看了看案卷，说道："从纸面上看，他是可以随便写什么用途的，那么这里他写的大都是购苗啊、租牛啊。但从数额上看，作为常平钱的目标放贷对象，是那些青黄

---

① 据戴建国《宋代法制研究丛稿》，第288页，告身是官员的护身符，官员一旦犯法，可以官抵罪，谓之"官当"。用官抵罪后，则须将所抵之官的告身收缴销毁。《宋刑统》卷二有相关记载。

② 据戴建国《宋代法制研究丛稿》，第265页，常平仓，景德三年正式设置，时由转运司兼管。

不接的贫苦农户，他们怎么可能在一笔里头，要这么多的钱呢？他们怎么可能不嫌弃这么高的利息呢？"陈云峰笑向众公吏："你们怎么看啊？"

众公吏低下头，没有人答话。

陈云峰突然震怒，向众公吏拍起桌子："你们是不是都不知道租一头牛要多少钱？买一亩地的青苗要多少钱？"众公吏纷纷起身离席，跪向陈云峰："陈大人息怒，陈大人息怒！"

陈云峰扬起一张常平契："这样的数额，这样的高息，贷给贫苦农户，可能吗？真是贷给贫苦农户，那就更可怕！那些买扑承包商从穷人身上榨不出钱来，恐怕就只剩下拉人索命了。"说着，将常平契往桌子上一摔，那常平契轻飘飘地飞了起来，徐徐落下。陈云峰道："这样的事情，这样鬼画符一样的东西，居然还举着常平司的旗号，还打着朝廷的名号！"

众公吏跪在地上，纷纷磕头："陈大人息怒，陈大人息怒！"陈云峰即命："查实每一张常平契，如有作伪将常平钱贷给商人、富户，冒充贫困农户的，一一追还常平司。"众公吏忙齐齐道："是！"

常平司官员也绷起了脸："着即拿下陈渡头！"一公差领命而去。

海隅小镇，酒肆之夜，众富户与陈渡头觥筹交错，笑语欢声。

酒肆楼下，一便服公差站在街边等待，就见他的同袍领着众公差来了。便服者上前，向为首的公差道："头儿，就是这里，陈渡头正在楼上。"为首的公差向众人一挥手："走！"众人便进了酒肆，上楼将陈渡头及众富户围住。为首的公差问："哪一个是陈渡头？"

陈渡头放下手中酒杯，目光冷辣："我是。你是谁？"那公差不理睬他，只下令道："把他带走！"陈渡头将酒桌一拍，把酒杯一摔："小子！你从哪儿来的？不看看这里是谁的地盘！"那公差亮出腰牌："常平司的。"陈渡头呵呵一笑："常平司呀，老朋友了，我跟你们头儿熟……"

公差喝断他："住嘴！你知道我们头儿是谁？带走！"众公差便将陈渡头扭住，五花大绑起来。

陈渡头大叫："岭南的地面儿，你们敢绑我？打听打听，我跟转运使陈云峰陈大人可是同宗……"为首的公差道："把他的嘴堵上！"一公差便将陈渡头的嘴堵上了。为首的公差铁着脸转身便走。

酒桌旁众富户皆面面相觑，不敢出声。

及至大牢里，陈渡头已被按到地上了，嘴巴一空，又叫起来："你们敢抓我？你们打听打听，我跟转运使陈云峰陈大人可是连过宗。"一狱卒喝道："住嘴！"陈渡头不肯安静："在东京连过宗，我跟转运使陈云峰是同宗！"

狱卒问一旁的老公差："一会儿问话呢，还堵住他的嘴吗？头儿？"老公差冷笑道："不用堵了，都到这儿了，让他叫去！"

转运司大堂上，二公差押着李大发来见陈云峰。

陈云峰叫："李大发。"李大发跪在地上答："草民在。"陈云峰道："那常平钱原不是给你借去开瓷窑的，你可知道？"李大发叩头道："草民知罪！官府的事情本不甚懂，原是稀里糊涂的，只当作是寻常高利贷，就借了来使。草民愿意领罚！"陈云峰道："念在你主动告发常平契的隐情，将功折过，免你板子。你当把那借了的常平钱速速归还常平司，不得有误！"

李大发大喜，抬起头来："谢大人仁慈！谢大人宽恕！草民归还，一定归还！"

回到客栈，李大发一脸憔悴，却又露出疲惫的笑容。沈阿契迎上前来："大发哥。"李大发神色放松下来："总算是躲过了一劫。陈大人让我把借了常平司的钱如数归还即可，别的都饶恕了。"沈阿契道："那就好！我们也放心了。"

李大发说："我打算把辰东辰西两条龙窑盘出去了，把钱还给常平司。"他摇了摇头："唉，做了一场梦。原本跟陈渡头借钱就是为了把两条龙窑盘下来，如今又把龙窑盘出去，用来还陈渡头造的孽。看来，我没有的，仍然是会没有的。"他说着，两眼发空。

沈阿契道："大发哥，不要泄气。这只是一个坎儿，迈过去了就好。"

李大发叹了口气："只是白折腾了这么一场，把林阿娘也得罪了，一家子也回不去林家瓷窑做工，今后不知道怎么打发？"阿契道："大发哥，两条龙窑不要卖。李家瓷窑已经开火了，李家的瓷就要继续烧下去，火不要熄。"李大发说："我也不想，但是不卖了两条龙窑，实在没有别的地方腾挪出钱来还常平司了。"

阿契道："先别卖，我来想办法筹钱。"李大发看着她："你，你可别太为难。我也没有怪你的意思，要自立门户本也是我的主意。"阿契点着头："我知道。"

李大发又勉强地笑了笑："其实，龙窑卖了也没关系，百窑村有的是瓷窑，林阿娘那里不做了，有的是地方做。我也好，我阿巴也好，我姐也好，都熟这一行，还能找不到饭碗？"说着望向阿契："你别往心里去！"

阿契没有多说，主意打定便到增城来找沈志文。

兄妹二人到了有巢氏家的水车走廊上，阿契委屈巴巴地看着沈志文："四哥，当初这有巢氏家犯了事儿，您为了留住官告，就让我兜事儿了。"

沈志文笑了笑："怎么？追旧账？"阿契摇了摇头："倒不是追旧账，只不过从那时起，这有巢氏家就是我的了。"沈志文又笑了笑："对啊，没毛病。要不你把这几个鸟巢铲回潮州去？省得我还要替你看着。"阿契微微笑道："铲它干什么？你看它多好，货如轮转，财源滚滚。"她指着水车两边的大字念着。

沈志文问："那你想干吗？"阿契一笑："不如您把它从我这里买回去啊？"沈志文问："怎么？最近缺钱用了？"阿契点了点头。

大水车白水潺潺，飞珠逐玉。兄妹二人边说边走，进了农舍。

沈志文道："原来如此。你想把卖有巢氏家的钱拿去替李大发还给常平司，这样两条龙窑就能继续开火。"阿契道："正是。"沈志文转身从抽屉里取出一张便换券给她："拿走吧。不说李家养了我们沈家的孩子那么些年，都是白养，就说这次，李大发帮我们抢了陈渡头两拳，也是大功一件了。"

阿契接了便换券，嬉皮笑脸地猴向沈志文："谢谢四哥，四哥一定发大财！"沈志文笑着推开她："发大财发大财，收好了快走吧。"阿契嘿嘿一笑，转身离去。

回到客栈，沈阿契进了李大发房里，将房门关好，掏出便换券来："大发哥，这个你快拿去，偿还了常平司的常平钱，把官司勾了了吧。"李大发不安地问："阿契，你哪儿来的钱？可别跟我一样，筹了不该筹的钱。"阿契道："你放心。我原来在增城还有一处客栈，如今把它卖了。"李大发道："啊，是这样。"阿契道：

第二十八章

炉火青，龙点睛

873

"你放心拿去常平司吧。"

李大发想了想："既然是这样，我就当是你买走了辰东辰西两条龙窑。"阿契把他一推："自家人，休说这些。"李大发拉住她："不，亲兄弟明算账，该说清楚的。阿契，你听我说，多谢你仗义相助，但既然拿了你这钱，这两条瓷窑就算是你的了。往后开火，你占大股。"

阿契道："既然你要说清楚，那就说清楚吧。我愿将两条龙窑过到师父名下，以报答师父的养育之恩。"李大发愕然："这……"阿契道："大发哥，那些都是其次。我们一口锅里吃饭长大，都是没有什么私心的人。我最怕你打退堂鼓，动不动就说要熄火。做头家都是九死一生，如今小小的劫难只是考验。考验刚完，才是开始，不要放弃！"

李大发眼圈红了："好，我知道，我不放弃。"

那李大发便到常平司还钱。回到客栈时，蔡大发在门口接他。

蔡大发问："怎么样？钱还常平司了吗？是否顺利？"李大发道："顺利，常平司的大人们没有为难我，我这一单算是勾了了。"蔡大发道："那就好，顺就好，咱们也可以回潮州了。"李大发道："我也想早点儿回去了。"

沈阿契从内走出："先别着急回去。"李大发问："你还有事儿？"阿契微微一笑："我带你去四处玩儿。"李大发苦笑道："我哪里还有心思玩儿？"阿契没有多说，只拉起李大发就往外走。蔡大发被落下了："喂，你们去哪儿？"

大水镇牙行街繁华依旧，沈阿契和李大发是众多路人中的两个。

李大发边走边说："虽说百窑村旺，可是咱们这样新开火的小作坊也很难啊。做完上一单，下一单就要跟林阿娘那样的老头家、大头家去抢了。别说抢不过了，就是伸出手去抢，都觉得难。"

沈阿契问："怎么个难法？"李大发说："你不知道，林阿娘在瓷行里跟人说，是李家从林家抢走的蕃客，然后出来另立门户单干。唉，你说，她老树根深，有资历，有威信，人家是信她的话，还是信我的话？"

沈阿契微微一笑："大发哥，你不要有这样的心理负担。生意人就是一张生意嘴，听的人也不过是当闲话听。谁还去较真了呢？再说，她自己可没那么多信条。小时候在她瓷窑里做工，她经常说的一句口头禅就是，'抢得走就是本事'。"

阿契模仿着林阿娘的语气，李大发"扑哧"笑了："你快别学了。"阿契又一本正经道："大发哥，咱们不跟林阿娘抢，也不在百窑村里头抢。你看看这里，这只是大水镇一条小小的牙行街。"

李大发看到，牙行街上牙行林立，各种旗号交错招展于车马道上。男女牙会们盛装丽服，眼里不放过每一个平平无奇的路人。他们的神色夹杂着热情、浮躁、得意、欲望和生机。他们用南腔北调糅合出一种多元的神采奕奕，站在店铺前和奇装异服的蕃商们交谈着。

阿契道："咱们应该走出百窑村，走出潮州。"李大发看了看她。她又说："先辈们如果不走出潮州，就不会有百窑村。咱们也不可能坐在村里等生意上门，更不要心里眼里只惦记着林阿娘那几个老相识。你看，满大街都是生意，满大街都是，你看！"

李大发怔怔地，目光在无意之间与一个陌生牙会相接，那牙会的眼神里就如同伸出钩子来，要把李大发搭走。李大发心里"咯噔"地顿了一顿，仿佛意识到什么。也许，目光所至的风景，并

炉火青，龙点睛

非他一直以来所以为的那样。他又望了阿契一眼，回应似的点了点头。

山道上，蔡大发和素琴各挑着一小担荔枝，慢悠悠地走着。

蔡大发道："素琴，你真有办法。听说现在荔枝都卖期果不卖实果，你还能弄到两担子新鲜荔枝！"素琴有些骄傲："嗨，这没什么，我都嫌他卖得贵了。"

二人将荔枝挑回客栈，进了小厅，放到地上，满头大汗地喘着气儿。素琴喊："姐姐！东西到了。"沈阿契出来，走向蔡大发："辛苦您了，大发哥。"蔡大发道："嗨，说这客气话。我没别的本事，就是长年运瓷土，力气还是有的，有啥子事情只管招呼就对了。"沈阿契笑了笑："大发哥好爽快！"

李大发也走了出来："好多荔枝！"沈阿契向李大发道："我今天带你去见见牙行的邱启风邱会长。"李大发有些紧张："啊？什么邱会长？那我要准备一下。"阿契道："不用准备，随随便便去就可以，走吧。"

阿契便引着李大发、蔡大发、素琴来到邱府。蔡大发、素琴两个在门外等候着，阿契与李大发先进厅中去。

邱启风见了沈阿契，满脸欣喜："阿契！"沈阿契也叫道："邱大哥！"邱启风道："你这，你倒还记得个我？好久都见不着你了！"阿契说："我回潮州去了，回去烧瓷。"

邱启风点着头："原来回潮州去了。"又看向李大发："哦，这位是？"阿契介绍道："这位便是我李家的哥哥，我们一起开火烧瓷的。"邱启风热情起来，一把抱住李大发："哦，我知道，我知道！我们见过！"

李大发有些猝不及防，愣住了，阿契忙把他一推，笑向邱启风："我们潮州飞凤岭的荔枝熟了，他就非说要给您送两担子来。"说着，向门外叫："素琴。"素琴与蔡大发便将两担荔枝挑至厅外放下。邱启风道："大老远的客气。"

阿契说："一点土产。我想着您日常招待蕃商，倒也少不了摆个岭南果品，蕃商们又都爱吃这个，所以就送来了，好歹放着吧。"邱启风笑起来："好好，收下收下，谢谢你。你不着急回潮州吧？"阿契道："不着急，我还要去增城看我四哥呢。"邱启风道："那太好了，过两日，牙行里有个蕃商会，一半以上的蕃商都是跑瓷器的，你一定要来啊。"

阿契看了看李大发，点点头。邱启风又拍着李大发的肩膀："还有你也一定要来啊兄弟，你都好久没来了！"李大发又一愣，笑了："哎哎，好，我们一定来。"阿契偷偷望向李大发，抿嘴一笑。

走出牙行街，街上车马喧嚣。

李大发在街边出了出神。他想起邱启风一把抱住他的情形，仿佛又听到邱启风的声音："哦，我知道，我知道！我们见过！""还有你也一定要来啊兄弟，你都好久没来了！"

对于邱启风信手拈来的修改记忆的能力，李大发忍不住笑了笑，又陷入沉思。

至蕃商会当日，李大发跟在沈阿契身后，穿梭于诸蕃商之间。他看到邱启风在不远处与一蕃商相谈甚欢，又听到蕃商们让人摸不着头脑的蕃话，一脸茫然。沈阿契拍了拍他，往墙边一指："那些就是译者，以后你可以找他们，不过要给钱。"李大发"哦哦"地点着头，看向靠墙的桌子前坐着的几个书生模样的人。

从蕃商会回到客栈，李大发满脸笑吟吟的，蔡大发忙迎上来：

877

"怎么样？你今天可见世面了？"李大发笑着："还行，还行。"蔡大发问："可还开得火？"李大发道："那肯定开得。"蔡大发哈哈笑："那你以后，还从我那儿订瓷土？"李大发将蔡大发一把搂住："那肯定了。"

李大发一行终于回了潮州。一进家门，李忠、张桃桃便关切地围了上来。张桃桃道："可没什么事儿吧？我看看。"李大发笑道："没事，很好，我慢慢跟你们说。"李忠道："那就好，上回鼻青脸肿地去，现在红光满面地回，好，好！"

增城农舍，陈华年来寻沈志文。他兴致勃勃走进书房："志文兄，你估得很准。陈渡头判下来了，和你说的一样。"沈志文看向陈华年："哦？"陈华年道："褫夺官告，一叠都收走了，一张不剩。"沈志文点点头："那就好，他既犯了事，以后再不能拿钱买进纳官了吧？"

陈华年道："那这别想。还有，今后凡官府买扑，他一概不能参与。"沈志文思忖道："这猛兽虽说被抢了两拳，牙齿掉了，可终究怕他反扑。你要小心一点儿。"陈华年点点头："现在想想，我那里虽然摁着他的十几桩旧案，可惜都打不到七寸，击不到命脉，掀出来空打草惊蛇。"

沈志文也低头扼腕。

陈华年道："这段时间我先躲一下，城北书铺就不去了，你若有什么消息，单独找我。"沈志文道："好，难为你了。华年兄大仁大义，受志文一拜！"

再说转运司行署内，陈云峰问身旁公人："常平司的案子结了，告发陈渡头的那两个大发可还在广州？"公人道："已勾了案子，回潮州去了。大人找他们有事？"陈云峰道："无事。只是他们回去了，陈渡头也回去了，你觉得这两个大发再和陈渡头狭路相逢的话，能平安吗？"

公人一愣，顿足叹道："不好说。陈渡头催债，可是罔顾人命的。这次他受重创，怎能不报复？"陈云峰站起身来："走吧，去趟潮州。"公人领命："是，大人。"陈云峰嘱咐："记住，我们去潮州，是去看田地林矿普查的。"公人点着头："明白，大人。"

陈云峰便动身前往潮州，途中在茶寮子内歇脚，向公人感慨道："陈渡头所犯之事论罪当斩，但他有出身，厚厚一叠官告，只能抵罪了事。我也不能违律杀他，却倒是留了个祸患。"公人道："大人勿忧，他再犯事，可就没有官告抵罪了。"

陈云峰道："他再犯事，也不知又有什么无辜百姓遭殃，宁愿他无事。"公人说："只是辛苦大人舟马劳顿了。"陈云峰道："路转运司嘛，本来就是要在各州府之间四处走的。久坐于一州一府，有所失察，才会出现常平钱所托非人这样的事。这本就是我的失职。"公人道："外台胸襟，让属下们佩服！"

云龙窑，名如其实。

晨雾在山间缭绕，一条龙窑盘踞山腰，似在腾云驾雾。

崔响站在龙窑前，向众瓷工叫："开窑！"众瓷工齐声应着："好！"于是，瓷架子上出现了一个烧瓷匣子、两个烧瓷匣子，越来越多的烧瓷匣子。沈阿契戴着厚手套，从匣子里取出一只瓷瓶，捧在手中看了又看，暗叹："天哪，崔响出手真是不同凡响，难怪瓷行里都夸他手艺好。虽然李师傅是我师父，但平心而论，跟崔响比起来却逊色太多。"

崔响走了过来，夺过沈阿契手中的瓷瓶，看了看，摇着头：

"太差！"冷不丁的，他把瓶子摔了，一声脆响从地上炸开。沈阿契吃了一吓："崔大哥，你干吗摔了它？好好的呢！"崔响绷起脸："好好的？简直不能看，太丑！"沈阿契不知所措："啊？"崔响拿起棍子，走向瓷架子，一棍子下去，瓷瓶碎了一地。

沈阿契忙跳着脚躲开。崔响向众瓷工叫道："重烧！"

山岚雾气，远远缭绕着崔家的云龙窑。瓷器被打碎的声音，似远而近。在远远近近的碎瓷声中，云龙窑在晨曦下渐渐亮起来。

飞凤岭的咬粿带领几个小子，推着一车车瓷土矿进了云龙窑的门。

咬粿问阿契："阿娘，瓷土矿放哪儿好？"阿契随手向后一指："随便放后边吧。"咬粿道："好！"便命几个小子从车上卸下瓷土矿，又向阿契道："阿娘，您让我们一车车地往这里拉瓷土，我们心里就高兴，看来是卖的瓷多，生意好啊！"阿契尴尬地笑了笑，又叹了口气。咬粿问："阿娘，生意好您叹什么气啊？"

这时，内院传来瓷器被砸碎的声音。咬粿一脸诧异，跑进去看，只见崔响毫不手软地砸着瓷器，众瓷工却习以为常，各忙各的。咬粿更惊诧了，跑了出来："阿娘，那白玉一样的瓷器，好端端的为什么全砸了呀？"阿契道："因为没烧好。"咬粿说："我看着挺好的呀，怎么没烧好？"

阿契摇着头："你看着挺好没用，要崔头家看着挺好才行。"咬粿顿足："啊？这！"阿契道："瓷土送来了就好，早点儿回去吧，那些事情你不管，啊。"咬粿大抚掌："阿娘，这！"

终是安静胜过了一切，沈阿契躲开了。

她和素琴骑着马在海阳乡道上"嗒嗒"慢行。阿契道："唉，跟这老崔合股还真是烦人，也不知道要把瓷器烧成什么样子的，才合他的心意。"她下了马，摇着头："这都烧了五窑了，出不来一批货。"

素琴也下马来："是啊，姐姐那些瓷土又不是卖给他的，总这么一车车运过来，烧好，敲碎，再敲碎，再敲碎。别说咬粿他们了，我都心疼。这要什么时候才能出货啊？"阿契道："别说你心疼了，我都心疼。原来想着李家瓷窑是新手，起色慢，指望着老崔是老行家，这里能够快点儿回本，缓一缓，谁知道天天敲敲敲、砸砸砸的。"

她说着，握了握胸口："不行，我不能天天待在他跟前了，真受不了。"素琴向道旁的茶寮子努了努嘴："休息一下，姐姐。"阿契便把马系好，走到茶寮子前坐下。

素琴到茶寮子内端出茶来："看样子，还要在东山的看窑寮子再住上一段时间，暂时搬不出来了。"阿契喝了口茶，将胸口顺了顺："还想着搬出来？别想了。"稍憩片刻，她便将茶杯往桌面上一顿："走吧，不管了，咱们赶海去。新运过来的瓷土，够他砸一阵子的了！"素琴乐了起来："走，赶海咯！"

二人便策马往飞鸟屿来。

马蹄过处，沙滩上溅起水花。蹲在竹排上的林阿公站起身来，朝远处望去："老五来了。"阿契迎上前，叫着："外公，外公！"

林阿公走下竹排来，笑呵呵的，靠近了瞅着素琴："我眼花了。这个后生仔可是崇贤？"阿契和素琴都笑了。阿契道："外公，这个不是崇贤。他是素琴，原来跟着四哥做书籍生意的。这几年四哥不放心我，就让素琴跟着我，也是东奔西跑的。"

林阿公有点失望："哦哦。"素琴忙向他行礼："林阿公高

寿！请受素琴一拜。"林阿公又高兴起来："好好好，快快请起。你们想吃什么？我竹篓子里有好大鱼，还有虾、大海螺。"

进了潮州，陈云峰带着杭哥竟寻至沈家旧宅来。

这处旧宅大门被砸烂，斜靠着围墙。围墙半颓，墙面坑坑洼洼，有钝器留下的旧伤痕。蟛蜞大小的蜘蛛在墙角织网。树枝从院内伸出墙外，枝头立着喜鹊，"恰恰恰"地高唱。

陈云峰问杭哥："是这里吗？"杭哥迟疑着："这，这没住人啊。"

邻人站在隔巷门口，揣着双手，好奇地看着来人："你们外地的？"陈云峰点着头："是啊，请问这是沈家吗？"邻人道："这条巷子都姓沈。"陈云峰想了想，问："沈志文，或者沈志武的老家，是这里吗？"邻人点着头："哦，是是是，那是沈楚略的儿子。"陈云峰道："对，正是。"邻人道："那没错，就是这屋了。"

陈云峰二话不说走进门去，杭哥忙跟了进去。

屋内是尘封的狼藉：倒地的屏风压着碎瓷片。箱子倒扣着，柜子横躺着。发霉的竹篮子挂在四脚朝天的桌子上。小孩的摇鼓和女人的头巾浸泡在污渍中。墙边有散落的算盘珠子。在一处隐蔽的角落里，书案上还搁着一本被虫蚁啮咬过的《孟子》。

陈云峰边走边看，有些出神。又见神案上，祖先牌位倾覆，香炉碎在地上，他不觉伸出手来，将祖先牌位扶起。杭哥道："二爷，这老宅荒废许久，咱们还是走吧。"陈云峰点点头："嗯。"

二人走出门来。邻人依旧揣着手站在自家门口，瞅着他们笑："里头啥也没有。"陈云峰问邻人："老人家，沈志文家里怎么这般模样？好像被人故意打砸过。"邻人问："你不知道他们家的事儿呀？"陈云峰问："他们家什么事儿？"

邻人道："好多年前，沈志文这些还是小孩的时候，沈楚略欠了陈渡头的钱，家里就被砸了呀。然后全家就都跑了，不敢回来。"

陈云峰皱起眉头："跑了？陈渡头？"邻人点头道："对啊，都跑了呀，跑得慢就没命啦。他家的大女儿沈来弟长得很漂亮，陈渡头他们要拉人，闹了好大动静。后来沈来弟被一个海匪救了，她就嫁给了那个海匪。"

杭哥向邻人道："是被海匪抢走的吧？"邻人手一挥："差不多吧。反正被陈渡头拉走还不如嫁给海匪呢。"陈云峰点着头："哦哦，其他人呢？"邻人道："其他人嘛，沈志文没有跑远，就在海阳县被一个张员外收养。他回来过，样子挺落魄的，听说被张员外招赘做了女婿。"

陈云峰仍问："其他人没回来吗？"邻人道："沈志武也回来过啊，但都是好多年前了。沈志武好像挣了些钱。我叫他把这宅子收拾收拾。这小子说，陈渡头一天不伏法，这宅子一天不修。他还说什么，要留给官府的人看，这是陈渡头祸害乡里的作案现场。"

陈云峰笑了笑："沈志武不修，他们家其他人也不修吗？"邻人道："都不修。他们说，陈渡头作威作福一天，宅子就原样留着，勿忘家仇。"

杭哥向邻人拍着手："有志气！"邻人却摇着头："可是那陈渡头的官儿好像越做越大了。"杭哥道："已经没官儿了呀。你们不知道呀？"邻人伸手摸了摸头："是吗？"杭哥道："新近的事儿。"

陈云峰又把话头拉回来，问邻人："老人家，他们家有无其他

亲戚可打听？我找他们家的人。"邻人想了想："哦，有。"遂将住在飞鸟屿的林阿公告诉了陈云峰。

陈云峰便与杭哥策马寻至飞鸟屿来。

飞鸟屿的木寮子镶嵌在海天里。沈阿契、素琴和林阿公正在海边升起火堆烤海鲜。素琴的手被烤螺烫了一下，又惊又喜地指着陈云峰和杭哥给沈阿契看："姐姐，你瞧，是他们。"

陈云峰牵着马走向沈阿契。沈阿契把手里的虾往嘴里一塞，吮了吮手指："你们怎么找到这儿了？"陈云峰笑了："闻着香味找来的。"

沈阿契把脸上的笑意严严实实地藏着，转身向林阿公道："外公，他们是我婆家的亲戚。"林阿公高兴地说："哦哦，好好，亲戚来了，亲戚要多走动。"说着，从竹篓里捧出跳动的虾给陈云峰："来，拿着吃，这个很新鲜。"

陈云峰以为自己听错了："拿着吃？"林阿公把虾塞到他手里："别客气。"陈云峰捧着跳动的虾不知所措，手就被扎了一下："嘶。"杭哥忙接过他手里的虾。素琴拿来一只竹篓，向杭哥道："丢里边，丢里边。"杭哥忙把虾往竹篓里送，这才脱了手。

沈阿契关切地拉过陈云峰的手看，见他手上被扎出一个小血珠，便正色道："糟了，我们飞鸟屿上的虾有剧毒！"陈云峰一脸信以为真的表情。沈阿契"扑哧"笑了："解药只有我才有。"

陈云峰这才释然："你很会瞎掰。"沈阿契转头对林阿公说："外公，他们吃不惯生的。"又从烧烤堆里掏来掏去，找了一只熟的大虾给陈云峰。陈云峰对她说："看来你回到潮州，心情很好嘛。"

素琴古古怪怪地说："才不是呢，姐姐最近很是烦恼，只是见到亲戚来了，心情就突然变好了。"杭哥忍不住笑。沈阿契从烧烤堆里捡起一根沾着火星的树枝，做势要追打素琴："你很会说话！"

众人围坐在海滩篝火边，消遣了半晌时光。素琴举起一只大蟹钳，问沈阿契："姐姐，刚才杭哥问我，我住在哪里。估计啊，他有的时候想去看看我。这能让他知道吗？"沈阿契夺过素琴的大蟹钳，做势要敲他脑袋："不能！"

云龙窑画棚里，瓷工们习惯性地听着碎瓷声，平平静静地刻划着瓷胚上的花纹。突然，那介于天籁和天雷之间的声音消失了。他们不约而同地停下手中的竹笔，面面相觑。

"怎么没声音了？""是啊，怎么没声音了？""难道？"

他们不约而同地放下手中的瓷胚，起身奔了出去。

崔响站在窑口，手里抱着匣子，双眼盯着匣子里的瓷瓶子，炯炯发光。

一瓷工问："头家，您怎么不砸碎它？"崔响瞪了他一眼："你瞎了吗？你看不出区别吗？这么好的瓶子！能砸吗？"那瓷工被骂得满脸欣喜："成了？烧成了？"瓷工们欢呼起来。崔响仰天大笑："成了，成了！"

"快，去东山告诉沈娘子！"瓷工们商议着。

东山上，辰东窑和辰西窑如同二龙相望。陈云峰和杭哥拾级而至。素琴拉着杭哥到辰西寮跟前："喏，我住这里。"又往辰东寮一指："那边就是姐姐住的。"

陈云峰拉住沈阿契，往辰东寮里张望："你就住这里？"阿契点点头。陈云峰道："这里看起来像看窑的寮子。"阿契说："这里就是看窑的寮子。"陈云峰皱起眉头，责问道："你来看窑？"

阿契道："你急什么？只是暂时住一住。"陈云峰眉头皱得更紧了："安不安全啊？暂时、暂时，总是这么不稳妥？"阿契看了他脸色，也不高兴了，扭头道："问问问，问了又有什么用呢？都叫你不要来了，瞎操心。"

陈云峰恼了，说不出话来："你！"杭哥和素琴见势不妙，正想着怎么把氛围圆回去，就见一个瓷工气喘吁吁地跑上台阶来，向阿契喊着："阿娘，大喜，大喜！"

阿契问："怎么了？"那瓷工欢喜得声音在颤抖："咱们的云龙窑，终于不砸了。成了，烧成了！"阿契一听，高兴得瞬间说不出话来，满眼笑意地看着陈云峰，气也全没了。陈云峰跟着应景地笑了笑。阿契方道："峰哥，我们云龙窑烧成了，终于成了！"陈云峰虽不知详情，却也只好跟着她笑，说道："好，祝贺你，祝贺你。"

素琴自言自语道："不砸了？我倒很好奇不砸的瓷瓶长什么样子。"

关于"不砸的瓷瓶"，它的真容很快就出现在世人眼中。

潮州瓷器行会的展厅中，各式瓷品以形称奇，因态近仙，争素斗朴。宋蕃诸商观展赏瓷，互通有无。瓷商豆青向瓷商卵青道："听说老崔的云龙窑又出了新品，叫出了天价。"卵青道："我也听说了，那他今天会来的吧？我都有点儿想他了。"瓷商虾青便凑了过来："老崔不会来的，聚会他总是不来的，不过他的合伙人会来，是个老寡妇。"

展厅的中央展架旁边，众瓷商围成一团，爆出阵阵惊叹声。豆青望向人群："那边怎么了？"

人群分开两边，现出厅子上首。厅子上首是穿着一身影青色衣裙的沈阿契。她站在一只展示着的影青色瓷瓶旁边，发髻温婉，恍若不染尘埃的神仙妃子。阿契向众人行礼："今天没有带更多的瓷品过来，大家可以到云龙窑来看货。"

豆青惊呆了，问虾青："这就是那个老寡妇？"虾青道："对，就是她。"卵青嘿嘿笑道："不老啊。老崔行啊！"

数日后，瓷商豆青、卵青、虾青三人便结伴去云龙窑。刚到门外，便见几拨瓷商走出门来，里头既有宋人，也有蕃人。一瓷工陪同沈阿契将客人送出，一一挥手道别。

沈阿契又迎向豆青、卵青、虾青三人。虾青道："我们想来看看云龙窑新出窑的那炉瓷品。"瓷工道："新出窑的已经在前日尽数被买走，看不到了。"虾青问："三百尺的龙窑，那么多的瓷品，全部买走了？"瓷工道："一条海船装得下，不多不多。"

虾青的脸色不太好看。沈阿契忙笑道："新的虽然载走了，但是还有好多以往的瓷品，三位员外可以进来看看。"瓷工悄向阿契道："但是那些老崔不让卖。"豆青笑向阿契："那没关系，我们也意不在买货，主要是来向云龙窑观摩学艺的。"阿契忙行礼道："岂敢？请进来喝杯茶吧。"卵青念叨着："老崔在不在啊？我都有点儿想他了。"

众人走进门来，场院棚子里还堆着瓷土矿。卵青走了过去，蹲下细看了看，伸手搓了搓，转身问："沈娘子，老崔这瓷土矿哪儿来的呀？哎哟！本来他手艺就跟别人不一样，还让他挖到好矿，这让别人怎么办嘛？"

阿契笑了："员外真是抬举了！他除了性情跟别人不一样，还能有什么跟别人不一样？"三瓷商忍不住笑了起来。

豆青道："这个嘛，我说句公道话啊。大家都说生意人就是一

张生意嘴，但老崔这种从不张嘴的，我信他。他一不张嘴与我们吃喝，二不张嘴四处说话。他也不是个生意人，但瓷行里一直有他的影子，你说怪不怪？"阿契笑了笑："这话要是让他听见得高兴好几天。三位员外进屋坐坐吧，这里站了半天呢。里头茶碾好了。"

众人便至厅中坐下，家仆上茶。

卵青问阿契："云龙窑的瓷卖得这么快，我想先预定下一批新品，不知可否？"阿契没有回答。卵青又道："只要能给出一个出炉的时间，大致时间也可。"阿契一脸为难，摇了摇头："三位想必认识老崔也很久了。一炉新品出来，被他砸碎的瓷器堆成山。高兴就做，不高兴就不做，好不容易做出来，又砸。"说罢，苦笑着抿了抿茶，摇了摇头："想要给出时间，哪怕是大致时间，恐怕也不行。"卵青点着头："理解，理解。"

虾青有些不高兴了，说道："这竟不像在做生意了。"阿契道："就做生意而言，确实是硬伤了。"

这时，家仆从里间出来，向阿契道："阿娘，我里里外外找了，老崔不在。"虾青脸色一变，站起身来说道："既然老崔不在，只一个姿娘人在，我们也不便久坐，寡妇门前是非多嘛。"此言一出，豆青忙起身向阿契道："我这位兄弟爱开玩笑，沈娘子别介意。"阿契笑了笑。

虾青向豆青道："那我就先告辞了，我们是来看瓷的，不像有的人，是来看人的。"豆青一愣："啊？"虾青只说："开个玩笑嘛。"卵青哈哈大笑起来，推着豆青、虾青往外走："走吧走吧，改日再来叨扰。"阿契起身相送。

客人出门，阿契转回身来，却见崔响正坐在椅子上，抱着膝吃果子。阿契吃了一惊，又嗔恼道："你在啊？"崔响狡黠一笑：

"刚好他们一走，我就回来了。"

飞凤岭汤泉池边，虾青与卵青鬼鬼祟祟地张望着。

虾青道："就是这里。老崔用的瓷土矿就是这飞凤岭的矿。这片地原本是燕十六的荔枝林，被沈阿契买下来了。"卵青道："你说，你有办法帮我把这矿买下来？"虾青点点头。卵青道："现在这矿搭配上老崔那神神乎乎的名声，堪比金矿，沈阿契必然不肯卖。"虾青说："沈阿契必然不肯，但是燕十六肯呀。只要官府认定，沈阿契跟燕十六的交易是无效的，甚至是有违宋法的，那不就妥了？"卵青问："你有办法？"虾青嘿嘿笑道："有的是。"

卵青道："如果能把云龙窑和飞凤岭拆伙，咱们就能放出话去，说云龙窑的瓷土已经变了，老崔的瓷，已经变了！"说罢哈哈大笑。

二人在山林中四处走。大头、咬粿领着小子们巡了过来。大头叫道："喂，你们是哪儿来的？干什么的？怎么闯进我家园子里来？"卵青道："我们路过。"咬粿道："你们路过？这里哪儿有路？快走！"

小子们龇牙咧嘴地围了过来，卵青、虾青二人吓得连连后退，忙转身走了。咬粿道："大头，看来我们得做个竹篱笆，把阿娘这地方围起来。"大头道："好，现在就做，省得有些人模人样的东西惦记阿娘的瓷土矿。"

再说潮州衙署里，知州向陈云峰道："告转运使，陈渡头案后，下官不敢疏忽，遣胥吏暗中留意，现蔡大发、李大发安居无事。"陈云峰道："那就好，继续留意陈渡头本人。"知州称是。

陈云峰道："还有，朝廷命各路普查田地林矿的交易买卖、投税纳契等事，本州各县做得如何？"知州道："告转运使，本州各

县已经投入实地核查。"陈云峰说："要防止契、实不符，真正的大地主走漏税役，却让小户挑重担。"

知州说："请转运使放心，此次实地核查，胥吏们都是跨县下村的，当天出发前才抓阄决定谁去哪条村。他们都是拿着现契的四至图纸①，到实地勘查比对的。核查不仅要地主本人画押确认，且要相邻的四家地主也画押确认。"陈云峰点了点头："理应如此。"

知州又道："转运使若能拨冗，下官也邀请您同去现场督察。"陈云峰答应了。知州便喊公人呈上册子来，又问陈云峰："这是总册，有地里的水田，海里的蚝田，低处的蔗园，高处的柑园，还有矿山、茶山……您想先看看哪里？"

陈云峰笑了笑："这样吧，我也和胥吏们一样，明天一早来衙门里抓阄，抓到哪儿，就去哪儿。"知州笑了起来："好，好！照转运使的意思办。"

日正午，大头便到辰东窑来找沈阿契："阿娘，阿娘！"沈阿契问："大头，你怎么来了？"大头道："阿娘，今日保长、里长都去了飞凤岭，说各家地主这几日都务必在家。衙门里在普查土地买卖的投税纳契，随时要传唤地主问话。"

沈阿契点着头："哦哦。"大头道："阿娘，那您且去飞凤岭住两日吧？去幺舅爷那里住两日。官府要是来问话，我好去喊您。"沈阿契道："好吧。"

夜里，小镇酒馆又充当了谋事的去处。

---

① 据戴建国《宋代法制研究丛稿》，第153页，在宋代，四至界止是土地买卖契约中一项必须填写的重要内容。

卵青走进酒阁子，将门关好。虾青已在阁子内等他。卵青问："你跟燕十六可都说好了？"虾青道："说好了，等把飞凤岭的矿拿回来燕十六名下，咱们出双倍的钱买，他没有不愿意的。"卵青把桌子一拍："好！"

飞凤岭，云龙窑

天亮了，衙署檐角浸润在晨曦薄雾中。

鸡一啼，众胥吏便在衙署大厅里摆桌子，做抓阄用的小纸团，喧喧闹闹。

走廊里，知州向陈云峰行礼："陈大人，您这么早，里边请。"便引陈云峰走进大厅。

知州向众胥吏道："大家静一静。这位是咱们广南东路的转运使陈大人。"众胥吏安静下来。知州又道："转运使也是朝廷的外台。一会儿呢，外台跟大家一起抓阄，抓到哪儿就去哪儿。别的不用我说了，平时怎么干的，今天还怎么干，听见没有？"众胥吏齐声道："听见了！"便排好了队，开始抓阄。

一胥吏抓起一个小纸团，展开来看，又展示给众人："海阳县凤尾港镇前浦村'玄'字地段。"知州道："好，你走吧。"胥吏领差离去。

又一胥吏上前抓起一个小纸团，看了看，向众人展示："我的是东山镇的，桥头村'黄'字地段。"知州也道："好，你先走吧。"胥吏亦领差而去。

再有一胥吏上前抓阄，展示给众人："樟树镇渡下村'天'字地段。"亦领差离去。下一个胥吏依次上前来时，陈云峰拦住了他："且慢。"胥吏一愣，陈云峰笑道："我来替你抓，今天我就跟你一组了。"那胥吏在陈云峰面前显得有些紧张和呆，只点着头道："哦。"

陈云峰抓起一个纸团，展开念道："莲花镇飞凤岭村'天'字地段。"那胥吏凑过来瞧，叫道："哦，这个好远哦，咱们得早点儿走才行了。"陈云峰笑道："好啊，我不认识路，你来带路了。"

知州忙笑道："我来带路，我来带路。"

于是，陈云峰与知州穿着便服，随众胥吏到莲花镇飞凤岭村"天"字地段来，此处正是飞凤岭汤泉池林地。

官府的人一到，卵青便拉扯着燕十六上前来，向胥吏问："这位官爷，可是来查访土地投税请契的？"胥吏道："正是，你是这家地主？"卵青将燕十六一推："我不是，他是。"

燕十六道："哦哦，我以前是，现在不是。"胥吏道："以前的不要来搅和，我们找现在的地主。"卵青向胥吏道："官爷，官爷，我们是来告发的。"胥吏问："你要告发什么？"卵青道："这家土地买卖有违宋法，应是无效请契，这块地应归属它原来的主人燕十六。"说着，又将燕十六推至人前。

陈云峰问卵青："具体怎么回事？"卵青摇头晃脑道："此地买卖违反宋法者，有二。其一，此地上原种荔枝，买主沈氏，按照

买果园的契约样式买下这块地。但实际上，沈氏知道地下有上好的瓷土矿，一买过手就开始开采售卖瓷土矿。因此，到县衙的请契是无效请契。"

陈云峰与知州对视一眼，又问卵青："其二呢？"

卵青道："其二，买主沈氏是有夫主的，却自称寡妇，自己做了契首签下买卖，此一条也有违宋法，当为无效请契。"

飞凤岭果林里，大头伏在树丛后偷听探视，见此情形心中大怒："呸，前几日探头探脑的就是你，原来是来找阿娘麻烦的！"

卵青将话说完，胥吏即质疑道："这不是瞎扯吗？哦，夫主活生生的，她跑出来自称寡妇？她男人不揍她的吗？还有，里长、保长、族人，都无人知情？都被瞒过了？"卵青道："她男人出蕃了，多年未归，无人知其生死，故由着她说了。"

知州望向陈云峰，陈云峰正出神。知州叫："大人，陈大人！"陈云峰回过神来。知州道："大人，您看？"陈云峰笑向胥吏："今天我们都是跟着你来看看而已，你定夺就好了。"胥吏不好意思地笑了笑，转向属下一挥手："把沈氏喊过来对质。"

飞凤岭果林里，沈阿契闻讯眉头紧锁："说我冒充寡妇当契首？"大头道："对。"沈阿契问："说地是按果园的契式买的，实际上是矿山，契式不对？"大头道："是。"沈阿契摇了摇头："飞凤岭的瓷矿被老崔带出名了，终是招人恨了。连燕十六也想起来，自己的地价卖低了。"

大头问："阿娘，现在怎么办？"沈阿契笑了笑："还能怎么办？"这时咬糅跑了过来："阿娘，外头来了好多官差，要查咱们的地契，喊您过去答话。"沈阿契一声叹息："走吧，过去看看吧。"

咬粿为难道："阿娘，我就不陪您出去了，外头好多官差，我看着就……"沈阿契笑了笑："好吧，你们先在这儿待着，我去看看。"

汤泉池边，陈云峰看到远远走来的"沈氏"竟是沈阿契，不禁脸色一变。

沈阿契看了卵青一眼，卵青目光躲闪。沈阿契又与陈云峰对视，目光倔强，心中暗叫道："又是你！我走到哪儿你跟到哪儿，处处找我麻烦。"陈云峰不再看她，若无其事地望向别处。

沈阿契无视旁人，径直走到陈云峰跟前行跪拜礼："沈氏拜见外台！"

知州见状，心中纳罕："她就是沈氏？今日我与外台穿便服，她怎么知道这位就是外台？方才来告状的人，也只是拉着胥吏喊官爷。"知州望了望陈云峰，只听陈云峰道："沈氏起来答话。"

沈阿契起身，冷冷地看着陈云峰。陈云峰把胥吏一指，向阿契道："哦，不是我问话，是他问话。"阿契又冷冷地看向胥吏。

胥吏说："地契拿来看看。"阿契便将地契递给胥吏。胥吏看了，说道："确实是买卖果园的契式，那么你这地实际上是矿地？"阿契道："有的上面种果，有的地下采矿。"胥吏问："哪个是你投税的主项？"阿契道："采矿。"胥吏点了点头："投税别耍花样就行，契式没什么要紧。这样吧，沈氏和燕十六同头去县衙里，双方换个契式便罢了。"

大头、咬粿伏在树丛后偷听探视，听了胥吏的判定，高兴地对视一眼。咬粿有些激动："没事，没事。"大头又示意他安静："嘘，听他们说啥。"

就见卵青拉着燕十六，向胥吏道："官爷，官爷，还有这沈氏

不应做契首，她冒充寡妇。"阿契看了卵青一眼，冷笑一声，不做辩解。

胥吏问阿契："你怎么说？"

阿契道："官爷，我家夫君出蕃十数载，音讯全无。家中无有公婆，子未成年，生计无着，诸事也无人做主，民妇不得已，这才抛头露脸当此契首。否则，生计何在？若老天能让夫君生归，沈氏愿领冒当契首之过。此地便有金矿银矿！全部归与原主。"

胥吏道："好了好了，你的意思我明白了。你这种情况呢，也可以参照寡妇失业来处理吧。"说着望向知州，知州却望向别处。

那卵青不服："官爷，她这怎么能算寡妇呢？她……"胥吏道："我没说她算寡妇，我是说她家买卖田地，可以参照寡妇失业的做法，由主母当契首①。我说明白了吗？"

沈阿契忙向胥吏行礼："多谢官爷体恤民生！"卵青仍叫："我们不服，有这样参照的吗？"胥吏道："有啊，丈夫流放边地，妇人生活无着，自谋生计的，也可以做得契首，还可以改嫁。这些都有判例的呀。"

树丛后的咬粿又高兴起来："好咯好咯，没事咯。"大头微微皱起眉头，推了他一下："你看！"就见卵青撒着泼，骂着娘，还推着燕十六帮忙出声。燕十六也开了口："是，我们不服。原先那买卖不作数，不作数。"胥吏道："怎么不作数？"卵青道："刚

---

① 据崔碧茹《宋代女性的经济活动：以地产买卖与契约为中心》，买卖契约时法律允许妇女为契首。宋初，如买卖处理家庭财产，夫主在，契首是作为家主尊长的男性。夫主不在，寡妇特别是作为尊长的寡母，亦顺理成章成为"契首"。另据《名公书判清明集》卷九，"交易田宅，自有正条，母在，则合令其母为契首"。

才那两条她都承认了，怎么还作数？这臭娘儿们……"一时，众胥吏与卯青、燕十六推推搡搡，吵吵闹闹。

知州看着陈云峰："大人，您看这事儿？"陈云峰不开口。沈阿契望着他，他却躲开她的目光。沈阿契失落地低下头，心想："由着别人欺负我，你连一句公道话也不愿意说。罢了！你也不必为难，我会成全你的好官声。"

此时，卯青与众胥吏推搡之间，突然摔倒在地。他便叫了起来："好啊，你们一帮胥吏殴打一个无辜百姓！那个臭娘儿们……"他指着沈阿契，越骂越难听，满嘴污言秽语不堪入耳。

陈云峰听不下去了，心中叫道："真他娘的窝囊，老子不干啦！"他终于开了口："这件事……"岂料沈阿契也同时说了这三个字。陈云峰向她道："你说。"沈阿契一脸平静："这件事就到此为止吧，这桩买卖不作数就不作数吧。地，仍旧归属燕十六。我不要了！"

她一转身，眼圈马上红了。

卯青还在背后指着她："她怎么跑了？你们怎么把那臭娘儿们放跑了？"

夜里，虾青、卯青、燕十六三人在小酒馆里欢欢喜喜地举杯庆贺。虾青道："恭喜二位，一起发财！"卯青对燕十六说："地拿回来了，咱们择个吉日就去县衙门请契。啊，燕员外，您真是我的贵人！"燕十六爽利道："好，来，干了！"三人又举杯。

天亮后，崔响呆站在云龙窑前，伸手摸着窑门，老泪纵横。

他哭道："云龙窑啊云龙窑，都怪我老崔素日里爱得罪人，这才飞来横祸，绝了你的后路啊。"他一拳打到窑门上，手上渗出血来，又仰天大笑："云龙窑和飞凤岭要拆伙了，以后再也烧不出那

样的好瓷啦！哈哈哈。"

沈阿契跑过来拉住他："崔大哥，不要这样！"崔响捶胸顿足："你说朝廷怎么来了这么个混账转运使，搞什么核查？一来就把飞凤岭给核没了，一来就把云龙窑的肚子给掏空了呀！"

沈阿契叫道："不，是我不好！"她紧紧抓着崔响："老崔，别哭，飞凤岭还在，我来想办法！相信我。"

崔响问："还有办法吗？"沈阿契道："我说了，飞凤岭还在！那是山，天地生成，谁也偷不走，谁也抢不去，对不对？就像你，老崔，你也是天地生成。谁又能偷走你的手艺，是不是？"崔响又哭了起来："对，是。"

潮州衙署内，一公人在知州耳边细语。

知州大惊："啊？这个沈氏原来是转运使本家？她那个生死不明的夫君，原来是转运使的弟弟啊？"公人点着头。知州道："难怪，那日明明是两个刁民欺负一个妇人家，转运使愣是一声不吭啊。"公人嘿嘿笑道："那转运使也做得太过了些，这要是我，我他娘的……"

知州说："你知道个啥？如今朝中士大夫最看重的就是官声名节，怕人家说他家食朝廷俸禄，又与民争利啊！"

公人又嘿嘿笑道："是是是。"知州敲了敲他手臂，微微一笑："你小子一张嘴就他娘的、他娘的，你和转运使位置不一样啊。"公人道："那是，再说了，转运使家还缺飞凤岭那荒山野岭一块地啊？"知州给了他一个眼色："行了，别胡说八道了啊。"公人忙称是。

是夜，公人怀里揣着一只锦盒来见知州："大人，云龙窑取过来了，您看。"知州打开盒子一看，里头是个影青色瓷瓶。他喜道："好，就是它了。"便遣退公人，自己拿着云龙窑瓷品往后衙西厢来找陈云峰。

知州将瓷瓶取出，摆在书案中央："陈大人，您看，这就是云龙窑的瓷。"陈云峰看了一圈，眼睛就挪不开了，只见那瓷瓶温润剔透，如美人肌，流水为形，若美人态。他不禁微微笑了笑："这几天，云龙窑的名头我也听到了。"

知州道："正是啊，云龙窑的出品之所以高，原因有二。一是它的老师傅崔响，在潮州可以说是一等一的大师了。一是那飞凤岭的瓷土，在潮州也可以说是一等一的瓷土了。云龙窑有了飞凤岭的瓷土，才成就了这般极品。"

陈云峰点点头，目不转睛地看着瓷瓶出神。知州道："陈大人，就是您不高兴，下官作为潮州知州，也要为云龙窑说句话。"陈云峰问："说什么话？"知州道："云龙窑和飞凤岭不能拆伙！拆他们的伙，就是砸潮州瓷的招牌！我坚决不同意！"

他越说越激动。陈云峰道："别急，不拆就不拆嘛。"知州脸上一笑："哎，哎，好！那飞凤岭那块地还是应该归……"话犹未了，陈云峰却打断他道："你去跟那个什么十六说说，叫他继续给云龙窑供瓷土。"知州脸上一懵："啊？"陈云峰道："你去跟他说，潮州瓷的招牌坚决不能砸。"知州笑了笑："好，好。"

知州抱着锦盒退出西厢门来，斜望向身后，摇了摇头。

飞凤岭汤泉池边，大头、咬粿率众跪在地上。

咬粿哭向沈阿契："阿娘！怎么会这样？以后怎么办哪？"大头道："阿娘！如今这块地又被官府判归燕十六，兄弟们不能再追随阿娘了。请受兄弟们几个响头吧！"说罢眼圈红了。沈阿契向众人道："不要着急，先别慌。"

大头说：“我们本是落草的贼，世人恨我，我恨世人，暗无天日，看不到头。幸得阿娘慈悲心肠，渡得我们在此做营生，这才苦海到岸。我们都心存感激，可惜没有什么能报答您的了。”说罢，眼圈又红了，只捣地磕头。沈阿契扶住他：“好的，我知道了，可以了，够了。”

咬粿道：“我们以后怎么办哪？四乡六里，没有不知道我们的。哪里能容得下身，做得了营生？难不成做回老本行？”大头喝断他：“住嘴，不要说丧气话，寒了阿娘的心。”

沈阿契道：“你们先不要急！原地留着，别走。不要慌，跟往常一样，该干什么就干什么。我再去跟燕十六谈谈。”众人抬起头来看着她，脸色转向平静，微微有了笑容。

再说燕十六夺回了地，又走进飞凤岭荔枝园来巡访。只见屋舍井然，家禽走地，果树葳蕤。一大捆做好的竹编装在一辆独轮车上。燕十六纳罕：“这里怎么变成这样了？这是我那块地吗？”

忽然，大头从树丛后走了出来，与燕十六打了个照面。燕十六吓得腿一软，后退了几步：“你，你们怎么天没黑就出来了？我告诉你，别太过分啊！”大头笑着迎向前去，搂住他的肩膀：“啊，燕员外，莫怕莫怕。我们兄弟几个现在都做好人了，不去骚扰你。”

燕十六挣脱了大头：“是是是，你们都是好人。我劝你马上从我的地面上离开，否则我马上报官拉你们了。”大头笑了笑：“行，我们会走的，要走也不用走得那么急。那些年，弟兄们白吃了你多少只鸡，多少顿饭，今天难得您回来一趟，让弟兄们请回你一顿，好不好？”燕十六道：“你们的饭我可吃不起。”

大头不由分说，搂住他就往林子里走：“走嘛，别客气！”

至林中，只见往日的草寇泼皮，有的在给果树堆肥，有的在劈柴，有的在赶大鹅，燕十六愣了一下。一群鸽子在他的头顶低低地盘旋着，又停到一座草屋顶上。大头将他往草屋里拉。

草屋内摆着一张大桌子，桌子上摆满了鱼肉瓜菜。小子们站立在桌子旁。大头拉着燕十六坐到上首，自己站着举杯："来，兄弟们，咱们还燕员外一杯。"燕十六把酒杯往桌子上一顿："少吓唬我。你们走也得走，不走也得走！就说吧，你们什么时候走？"

大头道："别急，我们会走的。下午，下午走行不行？他们两个出去卖竹编，我们等他回来再一起走。"燕十六道："说话可要算数。"大头坐回座位上，独自将酒喝了，怅然若失："算数。这一桌子菜，确实是还你的。"燕十六冷嘲热讽："多谢好汉！我可消受不起，告辞！"便起身要走。一小子气不过，要追，大头忙将他拉住。

燕十六终是走了。街市上，他骑马慢行，见两个小子推着独轮车在卖竹编，正是往日大头手下两个半大的小泼皮。他下马向前问："你们的竹编怎么卖？"

两个小子见了燕十六，一个叫："原来是燕员外。"一个答："三文钱一只。"燕十六说："我全要了，放我马背上吧。"两个小子连连道谢，又把竹编挂到马鞍两侧，取了钱，相携手离去。

燕十六看着他们的背影，忽然鼻子一酸。他牵着马绳走回家中，卸下竹编，越想越坐不住，便骑上马跑回飞凤岭来。

此时的飞凤岭已是夕阳西下，百鸟归巢，云天绚烂。

果园里一切井然，却人影全无。

燕十六推开草屋的门，屋内已经空无一人。他翻身上马，跑出果园，跑上山道，向前飞驰。前方正是大头、咬粿一干人等。他

第二十九章 飞凤岭，云龙窰

901

们挑着担子，推着独轮车，在夕阳暮霭中缓缓前行。燕十六策马上前："你们去哪儿？"

大头答："此处不留爷，自有留爷处。"燕十六道："你们可别再落草了啊！"大头笑了："不用你操心。"燕十六驻马于原地，静静地看着他们远去。

海阳县衙里，燕十六依约前来，要过契将地卖与卯青。

公人拿着契约给卯青签字。卯青高高兴兴地写了名字，又按过手印："谢谢官爷！"公人又拿着契约给燕十六签字。燕十六接过契约看了半晌，忽抬起头来："我不卖了！飞凤岭的地我不卖了！"说着把契纸拍到桌子上，转身就走。

卯青和牙会追了出去。

县衙门外，卯青扯住燕十六："哎，你别走！你要毁约吗？"燕十六道："我没签我毁什么约？"卯青道："你要反悔？"燕十六说："对！我反悔！"卯青大恼："你！"燕十六推开他，走了。

燕十六来到沈志荣家，叫道："阿荣，帮我个忙！"沈志荣从房里出来。燕十六恳切地说："大家都是一条村的，帮我把你家老五叫过来，好吗？"沈志荣问："叫老五？"燕十六说："是，这次的事情全是我不对，她必然已经不肯理我了，只有你能帮我去说说了。"沈志荣只好依他。

再说那沈阿契已搬离东山的看窑寮子，自在海阳置了一处宅子。沈志荣便来海阳找她，将燕十六的意思说了。沈阿契颇感意外："燕十六要将地重新卖给我？"沈志荣点着头："对！"阿契道："为什么这么突然？"沈志荣说："什么缘故我也不知道，只是他上门来找我了。老五，要不你跟我家去，听听他怎么说？"阿契点了点头。

至飞凤岭农舍中，燕十六已坐在矮桌边等候。沈志荣拉着阿契坐下："老五，来，坐这儿。"

燕十六将地契拍到桌子上，脸别过一边："沈娘子，这地我只卖给你，你肯不肯要？"阿契尴尬地笑了笑，转而一脸自然："哎哟，那太好了！多谢燕大哥，您要是肯将地依旧卖给我，我愿意出双倍价格买下。"燕十六笑了笑："不不不，就按咱们原先说好的价格就可以了！"

阿契道："哎呀，那怎么行？"

燕十六又从袖中摸出耳环和发簪，拍到桌子上："还有这个，这是姿娘人的东西，我不要，你还是留着吧。"阿契点着头："哎哎，好好，这些玩意儿就给我吧。可是那价格不好再照着原价呢，大家都知道，这块地是宝地，埋着上好的瓷土矿。"燕十六摆了摆手："举子不悔，你不要再说了。"阿契道："这不好吧？"

燕十六语气决绝："我想明白了，这块地在燕家三十余年，就是一块荒地，无人识宝，连果树也长不好。大头、咬粿那伙人在这荒地上游荡了多少个年头了，只做得泼皮小贼。但是这块地到了沈娘子手上，竟挖出上好的瓷土矿来，竟折腾出云龙窑的名头来，连泼皮草寇也做了良民百姓。所谓浪子回头金不换，什么价格不价格，你不要跟我谈。"

他说着，一脸淡然："以后你便在这块地里挖出金矿银矿，我只是不眨一下眼睛。"阿契"扑哧"一笑："好，我明白。多谢燕大哥大义！"

沈志荣笑着："这便好咯！"燕十六又道："沈娘子，您把大头他们都叫回来吧？"阿契道："行，这个没问题。"

潮州瓷行里，沈阿契身穿影青色软绸薄纱衣裙，站在影青色的瓷瓶旁边，光彩照人。她向众人躬身行礼："我替云龙窑感谢大家的抬爱！"宋蕃诸瓷商往来其侧，观瓷赞叹。瓷商天青①张望着："老崔呢？老崔怎么老不露脸？我们都想见见瓷器大师。"众瓷商道："是啊，是啊。"

豆青忙站到沈阿契跟前，向众人说："哎哎，我来说两句。老崔没来，沈娘子来了也是一样的。鄙人以为啊，云龙窑不是老崔一个人的招牌，更应该看作是潮州瓷的招牌。老崔能烧出好瓷，我们每个瓷器人都要为他高兴，都应该盼着云龙窑好！对不对？"

天青道："对对对。"众人也道："对！"

豆青又向众人笑道："我们潮州瓷应该百花齐放，包容、欢迎不同的瓷品风格和经营方式。那么理所当然，我们喜欢爱热闹的人，也要尊重不爱热闹的人。老崔他不爱搭理人，你们谁不知道的？他不接受定制，也没有出货时间，你们谁不知道的？哈哈，尽管这样，我们潮州瓷行，应该喜欢老崔，保护老崔！对不对？"

天青道："对！"众瓷商纷纷应和。

豆青挥起手来叫道："我们要让他傲，傲起来！傲成神仙，傲出脾气，越傲越得劲儿！"天青拍手道："好！"

一番慷慨陈词之后，豆青和天青又离开人群，自去回廊处饮茶。豆青感慨地说："老崔沉寂了那么多年，也才等来一个沈阿契。因他性情古怪，不入商道，空有好手艺，这么多年也没声没响啊。"天青道："一切都是最好的安排。这个沈阿契，倘若她做了转运使夫人，转运使焉肯让她为了一个玩泥巴的老头，这样四处敲

---

① 天青、豆青、卵青、虾青皆是瓷色。

打春（完整版）·下册

锣打鼓？"豆青笑了起来。

展厅里，苏合和明珠看到了沈阿契。

苏合道："明珠，你看，老师在那里，她今天好漂亮！"明珠惊叹："哦，真的！"苏合道："走，我们去向她问好！"明珠道："可是，上次我们背弃了她的瓷窑，她应该会生气吧？"苏合说："可能会吧。不过，买卖不成仁义在，我仍要向她问好。"说着便走向沈阿契。

人群里，水猴仔看到了沈阿契和明珠、苏合相谈甚欢，便问身边的喽啰硬虎："硬虎，你看，那两个蕃客，不是沈阿契带来跟李家瓷窑谈买卖的吗？"硬虎点头道："是，是这俩。"水猴仔道："呵，这次就是李家瓷窑到转运司挑事，搞到陈渡头连官都没得做。哥儿几个，找时间收拾一下李家瓷窑的主顾！"

众喽啰顿时手痒心痒，开始盯起苏合和明珠来。

林家瓷窑里，让明珠和苏合等了许久的那批货终于出炉了。众瓷工一匣匣地从窑口里往外搬货。林阿娘过来看视了一下，吩咐家仆："去蕃坊告诉两位蕃客①，明天过来收货，结清余款。"

家仆领命到蕃坊来，向苏合、明珠道："二位蕃客的瓷品已经出窑，阿娘让我来请两位明日前去收货，结清余款。"苏合与明珠大喜。明珠道："再不出窑我们的船就赶不上今年的信风了。"苏合向林家家仆道："请转告窑主，明天我们就去结款。"

第二天，苏合、明珠一起到潮州便钱铺②便换金银。这便钱铺

---

① "蕃客"一词，在今天的潮汕话中是指华人华侨，但在唐宋书籍中，"蕃客"指的是蕃人，称其为客。

② 便钱务是机构名，便钱铺是指营业门店。

开在闹市里，连着三间门面，颇为齐楚阔绰。明珠驾着马车停在门口等候，苏合自进了铺内去。

街转角处，水猴仔和硬虎引着众喽啰在偷窥。只见苏合两度驮着大布袋从店铺里走出来，最后上了马车，马车就"嗒嗒嗒"地走了。水猴仔向众喽啰一挥手："走！"

明珠驾着马车走到黄金桥头，马儿突然失了前蹄。马车侧翻，明珠摔倒在地。苏合从马车中爬出来，手里拖着两只大布袋。布袋中露出一块块黄澄澄的金铤。

水猴仔在桥墩下一挥手，众喽啰便一拥而上，将苏合、明珠一顿揍，又抢走了两只沉甸甸的大布袋。二喽啰把布袋往独轮车上一搁，推着车子拔腿就跑。

苏合爬起来追赶劫匪，越跑越远，和独轮车上的黄金一起消失了。众喽啰一哄而散。明珠爬起来，用宋语喊着："抢劫了，抢劫了！"二官差赶了过来。明珠道："我的黄金被抢了，劫匪往前面跑了。"二官差忙向前追赶。

乡道上，二喽啰推着独轮车飞跑。一喽啰失足一滑，摔到水道护栏下去。车轮也滑了一下，车子歪躺到地上了。车上布袋里的金铤掉了三块出来。苏合追赶上来，忙把金铤捡起，兜到衣摆里。另一喽啰望了失足的同伴一眼，迅疾地把车子扶起摆正，推着又跑了，不见踪影。

此时，二官差赶来，见苏合捂着兜兜，东张西望，便一把将他按住："站住！还想跑！"又喝道："你兜里兜的是什么？"苏合受惊，将手一松，衣兜里的三块金铤掉了出来。官差捡起金铤，说道："人赃俱获，还想跑？"苏合叫着："我不是劫匪，我不是！"

官差却已将他制住，押往蕃坊。

蕃长见了宋国官差，正不知何事，便听那官差道："蕃长大人，我们在黄金桥附近抓获了一名抢劫金铤的蕃人。依照宋法，蕃人犯法，由蕃长处置。现在请您示下，可否暂押本州大牢？"蕃长大惊："天哪！抢劫金铤。这个人一定很危险，不可再让他住在蕃坊了。我同意把他关到本州大牢。"

官差即掏出收押纸："好的，大人，请您在这里用印，我们好收押。"蕃长便用了印，苏合终被带走了。

约定收货当天，林家瓷窑把一箱箱瓷器都已装上马车，但蕃客没有来。第二天，众工匠继续打点检查，林阿娘在旁看视。

到了很晚的时候，明珠六神无主地来了："林阿娘！"林阿娘道："你来了就好。说好了昨天来取货，结清余款，怎么今天才来？"明珠道："林阿娘，我们出了点意外，结不了余款了。我们的金子被劫匪劫走了！"林阿娘将信将疑："金子被劫匪劫走了？呵呵。"

明珠恳求道："林阿娘，您要帮帮我们，我们的金子全被劫匪劫走了！我们想追回金子。"林阿娘说："你去报官哪，我又不是官差。"明珠道："起初，我请宋国的官差帮忙，可是他们把苏合当成劫匪，关进了监牢。我们不仅追不回金子，苏合还被关进了监牢！"

林阿娘笑了起来："哦，这么复杂啊？反正说来说去，就是我的货已经备好装车了，但你们却没有金子可以结清余款，是这样吗？"明珠说："是这样。"他不愿意这样回答，却又只能这样回答。林阿娘冷笑道："那就等你们凑齐了余款，再过来取货吧。"明珠道："可是……"

　　林阿娘打断了他的话："你们最好看看契约上的期限。如果过了期限还没过来结清余款，我可以按照契约上的约定，把货另卖他人，而且，不退还三成定金。"明珠道："这！你说过我们是朋友，不，是兄弟……"林阿娘不想听他说话，脸一扭，转身走了。

　　明珠别无他法，只好到李家瓷窑来找沈阿契。

　　阿契听了事情的经过，皱起眉头。李小花远远看着，向李大发道："呸，有钱就给别人挣，有麻烦就来找阿契。"李大发"哼"了一声："阿契肯定还得帮他，你信不信？"

　　果然，沈阿契安慰明珠道："虽然有误会，但是可以说得清。你别急，我相信没有什么事情是说不清楚的。"明珠眼圈红了："谢谢您，老师，赞颂您的智慧和善良！"沈阿契道："我先去看看苏合怎么说。"

　　她便寻了法子，到本州大牢来看视苏合。胥吏引着她走进牢中："你们说快点儿啊。"便离开了。

　　苏合在栏杆内站了起来，奔向沈阿契："老师！"沈阿契叫："苏合！"苏合道："老师，我一直在祈祷。只要消息传到您耳中，您一定不会不管我的。老师，我没有劫金铤，那金铤本来就是我的！"阿契道："我相信你。你快告诉我发生了什么？"

　　大牢值守间内，胥吏斜躺在藤椅子上，自言自语地抱怨着："呵呵，有蕃人就给我守，蕃人不好守哦。"阿契走了进来："大哥，可有纸笔？"胥吏直起身来："没有，前衙的公人们才有。"

　　阿契微微一笑："我现在把劫匪的画像画出来，官府就可以尽快追回金铤，这样你也不用守蕃人了，不好吗？"胥吏站起身来："你等着，我去前衙找他们要。"

　　纸笔要来了，沈阿契坐在栏杆前画像，苏合与胥吏一内一外

打春（完整版）· 下册

从旁观看。苏合指着画像道："没有这么年轻。"沈阿契便添了几笔。苏合止住她："不不，不要再老了，就是先前那个样子。"沈阿契停下手，又改了几笔，望向苏合："还有哪些地方不像？"苏合道："眼角是往上勾的，颧骨更高一些，眉间距宽一些，喉结是不显的……"沈阿契又提笔点点染染。

此时，水猴仔的面貌跃然纸上。阿契盯着画像，满眼恨意。她忘不了，此人是她永远的童年阴影。

苏合叫着："对，是他！"胥吏看着画像，也道："呵呵，一模一样。"阿契诧异地看了看胥吏："您怎么知道？您在现场看到的？"胥吏叹了口气："我没在现场，不过我相信事情是这个人干的。"阿契问："为什么？"胥吏道："不要问了，你要救蕃人，就快救去吧。"

县衙公堂里，知县坐其上，衙役列两旁。明珠、苏合与便钱铺伙计立于堂下。

便钱铺伙计指着苏合道："告知县大人，确实是这名蕃人当日到便钱铺来换取金铤的，数量与他所说一致。他们确实是金铤的主人。"苏合道："是的大人，我不是劫匪，我是金铤的主人，当时我在追劫匪。"

知县道："知道了，着即释放苏合。"苏合欣喜若狂。知县看向桌子上的劫匪画像，却面露难色。

林家瓷窑里，装满瓷器的木箱子整整齐齐地码在棚子底下。家仆来报："阿娘，苏合已经放出来了，原来是个误会。"林阿娘笑了："肯定是误会，苏合怎么可能去劫金铤呢？"家仆问："那货还给他们留着吗？"林阿娘问："金铤追回来了吗？真正的劫匪抓到了吗？"家仆一脸难色："听说是陈渡头那伙人干的。"林阿娘

道："陈渡头那伙人？这俩蕃人运气够差的。陈渡头到手的东西，还能追得回来吗？"

家仆摇着头："追不回来了。"林阿娘一笑："呵呵，那咱们就白收三成定金了。那批货出给别人吧，别在那儿堆着了，占地方。"家仆领命。

林阿娘所料也许是对的。此时沈阿契家中，众人都在等着黄金桥劫案的消息，但等到的却是失望。

素琴从县衙回来，对阿契说："姐姐，我去县衙问过了，胥吏们始终找不到水猴仔、硬虎这些人，连陈渡头也不见踪影。县衙里无从问案。"

大头道："会不会是胥吏得了他们的好处，或是怕他们报复，就拖延着糊弄咱们？"阿契沉默不语。大头又道："阿娘，您不知道，之前有个胥吏传唤过陈渡头家的人，之后胥吏的弟弟就不明不白地被打了，也查不出来是谁打的。"阿契道："你不说我也知道，陈渡头就是这个德性。"苏合问："啊？那怎么办？"阿契说："我想请一个人出手帮忙。"便修书一封给沈志文，要寻陈华年回来潮州，想向他讨个主意。

沈志文把陈华年请到大水车农舍来，让着茶："华年兄，舍妹寄了家书来。陈渡头在潮州又涉嫌劫掠蕃商金铤，数额巨大。如今那蕃商不是陈渡头的对手，不知可否请兄台出手相助？"说着，将家书递给他。他接过家书看了看，笑道："只要是陈渡头的案子，来者不拒，且不收钱。"沈志文也笑了起来。

数日后，陈华年的快马过了潮州界。

海阳沈宅大门口，陈华年翻身下了马。沈阿契迎上前来牵住马绳："陈讼师，您能来真是太好了！"

大厅中，陈华年坚定地告诉众人："要速战速决，千万不要拖到休讼期。休讼期有四个月^①之久，很可能一拖就给拖死了。"大头道："可是，兄弟们左邻右里地打听，也确实不见这些人露脸。"苏合又犯难："老师，那怎么办？"沈阿契无言以对。

大头、咬粿对视了一眼，默契地点着头。阿契问："你们又在传什么暗号？在商量什么？"大头说："阿娘，我们有个主意，怕您不同意。"阿契问："什么主意？"大头道："如今只是传唤对质，没有定罪，胥吏是不能硬闯陈家的。这几个人就是躲在家里不出来，推说不在，我们也没办法。还不如，我带两个身手轻的，潜伏在他家，只怕水猴仔在家里总要露个头。只要露头，必把他们捉出来。"

阿契站了起来，急噴住大头："你！潜伏在他家？"大头道："阿娘，我们绝不节外生枝，也不拿他的不义之财，也不露脸动手，只埋伏那几个人。"阿契摇着头："我相信你们，只是这样很危险。如果他们先发现家里有人，他们人又多，先抓了你们告你们是贼，岂是玩的？不行，这绝对不行！"

陈华年微微一笑："我觉得这个主意可以。"阿契转头望向他。

陈华年说："陈渡头的手段就是，他比黑还黑，却总像是对的。官府依照条条框框去追究他，就总是被他溜了。"他看着阿

---

① 据陈景良《讼学、讼师与士大夫——宋代司法传统的转型及其意义》，宋曾设务限法。"务"指农务，"限"指受理民诉的时限。官府指定一段时间为"务开日"，即受理民事诉讼的期限，过期不再受理。此法最初是为了保障农业生产的顺利进行，但宋人笔记中亦有富户借务限法之名作恶的案例记载。

契："如果只用阳光道上的办法，是收拾不了陈渡头的。别人借贷带纸带笔带算盘，他家都是带刀带棒带打手。从前借贷有许多家，后来因为抢他的生意，被收拾得越来越少，剩下他一家独大了。"

阿契沉默不语。大头道："阿娘，我们只能这么干了！躲在家里的，兄弟们非把他拖出来见官不可。"阿契看了看他："千万小心。"大头低头作揖："阿娘等我消息。"便拉起咬粿离去。

夜里，月光洒在沈家花园中。

陈华年低头闲步，对着地上的花枝月影发呆。

时光倒回二十年，薄暮中的稻田一片青黄。庄稼已经收割完，稻草垛躺了一地。陈华年跪在地上，手里捧着一囊钱，向陈渡头道："七叔，去年我家遭了台风，把这三亩地抵给您，如今连本带利凑足了，您让我把地赎回来吧，七叔！"陈渡头道："华年啊，你是我本家的大侄子，地在我这儿，跟在你那儿，有什么不一样嘛？肥水又没流过外人田。别赎了，回去吧。"他说着，扬长而去。

陈华年仍跪在地上喊着："七叔，七叔！"

他心里气不过，便到县衙里告陈渡头。知县道："侄儿状告叔父，有乖伦常，依照宋法，要先挨二十板子，你可愿意？你可还告？"陈华年道："我愿意，我还告！"知县摇了摇头，向众衙役道："打吧。"

众衙役按住陈华年打起板子。陈华年咬着牙，终是将诉状呈了上去。

知县便命胥吏①传唤陈渡头。然而，一天天过去了，胥吏们一

---

① 胥吏：据陈景良《讼学、讼师与士大夫——宋代司法传统的转型及其意义》，宋制，县一级审判衙门的吏人皆以差役人担当，统称为胥吏。胥吏来源于百姓之役，因此不必给予俸禄。

次次地传唤，均是找不到陈渡头，也无人应诉。无论哪个胥吏去传唤，结果都是一样的。

正无计可施之时，陈渡头应诉来了。知县的判令是公正的，他道："陈渡头，令你着即把你侄儿份下的三亩田，按数许他赎回。"陈华年大喜。

数日后，他手里握着一囊钱，站在陈渡头家门前："七叔，我来赎回我家的三亩地。"陈渡头蹲着门槛子剔牙："今天找不到地契，你改天再来吧。"此后，每次陈华年来赎地，陈渡头都有不同的理由拒绝他，要么质押书找不着了，要么书证的牙会不得空。总之，陈华年总是怎么来的，还怎么回。

陈渡头看着侄儿离去的背影，冷笑道："你都到县衙里告我了，我还能让你把地赎回去？呵呵，我有一百种办法陪你玩，耗着你。"

陈华年无法，又到县衙门口击鼓。胥吏出来道："别敲了，休讼期到了，四个月后再来吧！"四个月后，陈华年一路击鼓，从县衙门击到州衙门。

知州的判令也是公正的，他道："陈渡头，你侄儿陈华年的三亩田，速速让他赎回！"陈华年又看到了希望，而陈渡头却暗笑：官府怎么判，根本没影响。

当陈华年手里握着一囊钱，又一次站在陈渡头家门前请求赎地时，陈渡头蹲着门槛子，手里拿着算盘，说道："我说大侄子，你这点儿钱不够。"

他打着算盘："你看，你这么打官司，闹来闹去的，都过去多长时间了？利滚利的，现在是这个数了。"他把算盘给陈华年看，陈华年吃了一惊。陈渡头冷笑道："你凑够了这个数，再来赎地

吧。哦，你这么个打官司法，讼师费也不少吧？嘿嘿。"

陈华年紧紧握拳，手心的汗沁湿了攥在手里的钱囊子。他一脸冰冷地说："我不赎了，七叔。"他转身离去。陈渡头冲着他的背影大笑："小崽子，你跟我提法？法？哈哈哈。"陈华年喃喃自语："法、法、法。"

一晃二十年过去了，无田无地的陈华年只能以法为生。

是夜花园里，沈阿契提着灯笼走来："陈讼师。"陈华年猛然回过神来。沈阿契笑问："陈讼师在寒舍可还住得惯？有什么不周到的地方只管吩咐小厮们。"陈华年道："沈娘子客气了，一切很好。"

沈阿契提着灯笼要离去，忽然停下脚步，转过头来："陈讼师。"陈华年抬起头来："嗯？"沈阿契问："您为什么对陈渡头的官司来者不拒，且不收钱？你，跟他有仇？"陈华年笑了笑："你觉得他会缺仇家吗？"沈阿契问："你真的跟他有仇啊？"

陈华年又笑了："一定要有仇吗？你觉得作为一个讼师，能斗得过陈渡头，以后还能没名气吗？"沈阿契低头抿嘴一笑。

一连多日，大头领着小子们里外埋伏，打探陈渡头的消息，回来却向沈阿契道："阿娘，陈渡头和他的帮闲们真的不在潮州了。"苏合惊讶道："真的不在了？"大头说："对，他居然……"沈阿契问："居然什么？"

大头道："他居然跟一个蕃人乘着大宝船走了，说要去广州请引，然后进京给皇帝进贡。"陈华年问："给皇帝进贡？"大头道："对，已经走了五六日了。那个蕃人，居然是什么眉路骨淳王使。"陈华年冷笑一声。

沈阿契又问："确实？"大头道："怎么不确实？从潮州港

走的大宝船，大家都看见了。"沈阿契疑惑着："怎么会从潮州港走？如果是蕃国王使来做贡赐贸易，都是直接到广州港的。"

陈华年摇了摇头："现在蕃国'王使'是一年比一年多了。"沈阿契知他有所暗讽，也笑了笑。突然，她似乎想起什么来，转头叫道："素琴，纸笔。"又问大头："你看见那个蕃人，那个眉路骨淳王使了吗？"大头点着头。阿契走到桌子前，接过素琴递来的笔，向大头道："说说他长什么样子，有什么特征？"大头回想了一下，便说了起来。他一边说，阿契一边画。片刻稿成，阿契将画像举了起来："是不是这个人？"

大头摸着脑袋，惊叹道："对，对！"阿契陷入沉思："是他？"

众人散后，阿契拿着蕃王使的画像到陈华年房里来，私向他道："这个人是陈渡头的老拍档了。他根本不是什么王使，原本只是一个遭遇海难的蕃商，被陈渡头救了，也被陈渡头挟持了，只好配合他假冒王使，假做贡赐贸易。""哦？"陈华年一听来了精神。阿契又对他细说起童年时在海滩上看到陈渡头挟持落难蕃商的事情。

陈华年把桌子一拍："好案子！假冒蕃国进贡，博取回赐大利是欺君之罪。"

阿契却一脸忧心，思忖道："这是收拾陈渡头的快招，但贡赐贸易的大船要北上东京，需先经过广州市舶司这一关。如今卢大哥是市舶司主事，如果陈渡头的船在广州能被拦截下来，那么卢大哥立了功，陈渡头遭了殃，这是最好的结局。可是，如果陈渡头没被拦截下来，广州给凭放行，那么陈渡头固然有欺君之罪，但卢大哥也势必受到牵连，最坏的情况是被认定为串通同罪，最轻，也是玩

忽职守。"

她打了个冷噤,又想道:"陈渡头既然敢再一次开着大船堂堂皇皇地到市舶司拿关凭,说明他心里有数,或是做手脚,或是钻空子,不得而知。天哪!卢大哥又不是三头六臂,万一进贡船真被放行了呢?"她想着,双眉紧锁。

陈华年叫着:"沈娘子!"阿契这才回过神来:"啊?"

陈华年与沈阿契不同,他是兴奋的:"这真是个好案子。别说王使是假冒的,有欺君之罪,就算是真的,呵呵。"他摇着头:"贡赐贸易①这种事,朝廷没说好,也没说不好,但一直是不大热衷的。毕竟是亏本生意,更何况还是假冒的?直接进京找登闻鼓院,我看能赢。"

沈阿契一听到登闻鼓院,心里就直打鼓,"咚咚咚"地停不下来。

离开陈华年房间,她忙修书一封,喊来飞凤岭众人,问:"你们谁骑马快?"三个小子同时举起手:"我!"沈阿契将信交给其中一人,道:"三个人一起去,务必把这封信交到市舶使卢彦手中!请他亲发手令,着广州巡海水军沿海追捕假冒进贡的大船。"三人领命而去。

广州市舶司衙署内,卢彦的咳嗽断断续续,似愈未愈。他向陈云峰道:"上次一病之后,虽是捡回一条老命,状态竟是不如从前了,真是老了。"陈云峰道:"卢大人老骥伏枥,在市舶司又是众

---

① 据黄纯艳《宋代海外贸易》,第44页,贡赐贸易从经济角度上,宋政府得少失多,回赐的价值都超过进贡物价值。众多商人冒充贡使,骗取回赐。宋政府严格限制贡赐贸易,禁止商人伪称使节进贡。

望所归，岂可言老？"卢彦摇了摇头："哎呀，七十岁才能致仕，七十岁啊。人生七十古来稀。"

陈云峰嘿嘿笑了笑："都是这个样子，没有办法的。"卢彦道："转运使多留心，有年轻的，能担当市舶之任的，可向朝廷举荐啊！"[①]陈云峰问："卢大人在市舶多年，可有称意的人？"卢彦刚张了张嘴，便有一公人跑了进来，呈上一封书信："卢大人，您的信！潮州来了三匹快马，说是十万火急。"

卢彦接过信一拆，向陈云峰道："是阿契。"

陈云峰困惑地瞥了瞥信纸。卢彦将信扫了一眼，果然是十万火急！他随手把信一揉，转身从桌案上取下令牌递给公人："快！着巡海水军拦住眉路骨淳王使的进贡船。"公人即刻领命而去。

近岸的海面上，云帆点点。一艘进贡大船在众船中格外显眼。

陈渡头与眉路骨淳王使走上甲板，往远处望了望："不好！巡海水军来了，快走！"官船上，卢彦向巡海水军下令："进贡大船就在前面，快追！"

几艘官船离进贡大船越来越近。陈渡头道："快，把小车船放下去，赶紧跑！"几个喽啰便把小车船从进贡大船上放下水去，又扶着陈渡头从大船上爬下小车船中。眉路骨淳王使跑向甲板边缘："陈员外，你带上我呀！"陈渡头道："回去，你给我回去！官兵问起来，你就说你是真的眉路骨淳工使。"小车船渐渐从水面上荡开。王使叫着："陈员外！陈员外！"

车船里，陈渡头躲在舱内向外望："巡海水军追上来了，快！

---

① 《宋会要》职官四四之四，大中祥符九年规定，"广州勾当市舶司使臣，自今后望委三司使、副使、判官或本路转运使奏廉干者充选"。

把我们的车船混到小沙船中去。"四个喽啰坐在车船的四个角落里，拼命地踩着踏板。车船下的轮板像风车一样飞转着。

海面上，一艘小车船藏在搏浪争流的众多小沙船里头。五六艘官船驶进小沙船群里，如同乱入小鱼群的异类大鱼，准确地锚定小车船，将小车船围起来，如同一朵开放的花。

进贡大船上，众水手慌张乱窜。水猴仔四处张望："陈渡头自己跑了？"他望向远处："啊，是巡海水军！"他向水手下令："快，往岸边靠啊！"水手道："靠不了啊！"水猴仔骂道："混蛋，现在海面上只有光天化日，无处躲藏啊，只能往岸边靠了。"水手道："我说了，靠不了！这一段没有深水港了。咱们的船是尖底的，一靠就翻啦！"

这时，数艘官船已围住进贡大船。众巡海军士爬上大船，翻过船栏杆，围住众水手。水猴仔一脸绝望，束手就擒。

就这样，海阳县的黄金桥劫案又有了下文。

县衙内，水猴仔一干喽啰被推到堂下问罪。苏合、明珠当堂指认，所失金铤如数追回。

消息传到林家瓷窑，林阿娘坐不住了："金铤追回来了？"家仆道："是啊，千真万确。"林阿娘一脸为难："可是那批货咱们已经卖给别人了！"

思前想后，她携着家仆，带着礼品来到蕃坊回访苏合、明珠。她笑道："两位蕃客受惊了！两位要的瓷品，我们还可以重新烧一批。"苏合惊讶地问："重新烧一批，我们原来的货呢？"林阿娘没有回答。明珠对苏合说："我们黄金被劫，上次结不了余款，她已经把那批瓷品卖给别人了吧？"苏合大惊："啊？"

林阿娘尴尬地笑着，点了点头。苏合忿忿道："呵，还是算了吧，烧一批要等那么久，还要重新烧一批，我们把信风都误了。"林阿娘连忙说："这次不用等。"苏合道："不必了，谢谢，我想我还是找其他卖家吧。"林阿娘无话可说。

客人走后，苏合与明珠商议着，瓷品还是从李家瓷窑购买为妥。于是，他们带着礼物来到李家。苏合对李忠说："李员外，我们金链被劫，惹上麻烦的时候，多谢李家瓷窑出手相助！这是给您带来的礼物。"李忠连忙推辞："我们没做什么，都是阿契帮了你们。"

苏合道："李员外，您的瓷窑出品很好，烧制又快，我们想在您这里定制上回谈好的那批瓷品，不知您意下如何？"李大发问："上回谈好的那批瓷品，不是已经由林家瓷窑烧制了吗？"明珠如实相告："因为我们黄金被劫，上次结不了余款，林家瓷窑已把瓷品另卖他人了。"

李大发颇为感叹，李忠却笑向苏合道："好，但是我们要跟阿契商量一下，瓷窑她也有份，呵呵。"苏合连连点头："那太好了，我们快去告诉老师。"

闻知两位蕃客的货单绕了一圈又回到李家，沈阿契沉默了。她看了看李家父子，对苏合笑道："重新烧制一批，无论怎么快，都赶不及今年的信风了。"

"啊？那怎么办？"苏合问。明珠也道："我们不想等到明年再走。"阿契道："我有个建议，百窑村有一百多条龙窑，现在最快也是最可行的办法就是向多个龙窑收现瓷。"苏合说："那我们就不能定制了。"明珠道："那我们购买的瓷器，就会有不同瓷窑的样子。"

阿契笑道："对，定制的是我们认知内的美，非定制却往往能

突破我们的认知。收现瓷，也许你们会有琳琅满目的意外之喜。"二蕃商听她这么一说，心中复喜。李忠父子相视，似乎明白，又似乎不明白。

苏合、明珠便按沈阿契所说，在百窑村多个瓷窑里收现瓷。很快，他们就收足了一船的量。那瓷器虽然外形各不相同，品质却都八九不离十，苏合、明珠倒也感到满意。

瓷品既已装船，看看已是季风之末，二蕃商不敢耽误，便从潮州港①登船走了。李忠、沈阿契前来送别。李忠依旧高声喊着："一帆风顺！"苏合、明珠站在大蕃船上挥着手。船渐渐离岸。

林家瓷窑中，林阿娘迟迟才听到消息，知道两个蕃商又跑回李家瓷窑去了。她盛怒道："哼，苏合跟明珠是好不容易才抢过来的客，没想到又被李忠抢了回去。这次的单子，到底还是回到他家去了。"家仆道："阿娘，两个蕃商虽然去找了李忠，但是李忠没有接他们的单子。"林阿娘不敢相信："真的？"家仆说："千真万确。"

林阿娘冷笑道："呵，算他识相。"转而又怒："那是谁家接了这两个蕃商的单子？跟我抢！"家仆一脸茫然："阿娘，很多家，很多家啊。"林阿娘不解："很多家？"家仆道："差不多有三十几家了。这两个蕃商，每家收了一点现货，凑了一船，这才走的。"林阿娘愕然："啊？"

---

① 据黄纯艳《宋代海外贸易》，第26页，潮州港是粤东的重要港口。宋代韩江流域是瓷器生产中心。韩江东岸的笔架山当时号为"百窑村"。韩江瓷器主要供给出口。潮州港及附属于它的凤岭港使粤东一带的物产，特别是韩江流域的陶瓷可以直接出海，成为广州港的良好补充。黄挺、杜经国在《潮汕古代贸易港口研究》有相关论述。

东山小径上，晚风拂过长亭。李忠思量前事，说道："阿契，你做得对。先前，苏合跟明珠把单子转回来的时候，我心里也是犯嘀咕的。你说一单瓷器，就这样在咱家和林阿娘之间转去转来的，这个怨气怕是越结越深。"

沈阿契道："正是，我们找销路，至少应该在百窑村之外。"李忠点着头："似现在这样，林阿娘就是有气，也不知道该把巴掌打到谁脸上。"

说话间，素琴跑上山来："姐姐，姐姐！"沈阿契问："怎么了？"素琴道："陈讼师要走了，他要去登闻鼓院。他说，除了假冒进贡，他手上还有告陈渡头的十三个官司要进京去打。"沈阿契脸色骤变："走，素琴，我们跟他进京。"

河清海晏，长风开路

东京大理寺，二军差押着陈渡头从高墙长巷间走过。

卢彦走进大堂内，向大理寺官员行礼："下官卢彦，押解人犯陈渡头进京领罪。"大理寺官员向身后二公差示意，二公差竟上前来，一左一右挽住卢彦胳膊。卢彦的双臂便动弹不得了。他一脸愕然："大人，您这是？"大理寺官员道："卢大人，勿怪了。在案子没有问清楚之前，您是不能离开大理寺了。"卢彦不知所措："这，我……"便被二公差带走了。

登闻鼓院门前，陈华年挥开双臂，用力地擂着登闻鼓。鼓吏问："何人击鼓？"陈华年答："潮州讼师陈华年。"鼓吏问："所诉何人、何事？"陈华年道："诉陈渡头，诉十三案。"鼓吏道："你不知道击一次鼓只能诉一事吗？"陈华年说："知道。"

于是，他来了登闻鼓院十三次，击了十三回鼓，震动京城。陈渡头在大理寺中，似一只无牙的猛兽，又被抽了筋，扒了皮。

然而，人世间这个"集市"很奇怪，有时人们为了买一个新鲜的频婆果，就不得不连带买下一筐烂柑。

在广南东路转运司行署，陈云峰惊问身边公人："什么？卢大人还没回来？"公人道："是，市舶司那边说，那日卢大人亲率巡海水军去追赶载着假蕃使的进贡大船，本以为把人犯捉拿进京问罪了就回来，结果卢大人就没回来了。"

陈云峰脸色沉了下去。公人又道："市舶司那边探问，不知卢大人在京里情况如何？市舶司日常事务虽照常做，但究竟没有主事人，人心有些不定。"陈云峰道："传我的话，让漈州执事陈云卿暂时代管市舶司。"公人领命而去。

陈云卿在家中，正与沈五娘抱着小儿子玩，就见转运司公人来了。公人叫："陈执事。"陈云卿起身迎接："朱大哥，您来了。"公人抹了抹汗。陈云卿问："何事这么着急？"

公人道："传转运使陈大人的话，让您暂时代管市舶司。您还是抓紧把漈州的事情交代下去，随我到市舶司去吧。"陈云卿脸色一变："卢大人还没回来吗？他什么时候能回来？"公人摇头叹息："怕是一时也回不来了。"说完，"呸"了一下，打着自己的嘴："多嘴！"

陈云卿眉头紧锁："好，我知道了。"

再说陈云峰在转运司亦不敢耽误，他快步如风回到家中，吩咐杭哥："快收拾行李，回东京了。"杭哥欣喜道："回东京了？"陈云峰只道："我要回东京述职。"

东京大理寺中，陈渡头身着囚服跪于堂下。

讯问官在堂上问道："陈渡头，你的进贡船分明是假的，怎么在市舶司却领到了关凭？你与市舶使卢彦同为进纳官，你们之间可有勾连？如实招来！"

陈渡头道："告大人，领个关凭，实在不必动用市舶使。我的大宝船上，货是真蕃货，人是真蕃人，就连进表书都做得比真蕃使的地道，领个关凭不在话下。再说，市舶司发出的关凭不可尽数，四海之大，诸蕃之多，小小吏人，何能尽识？哈哈哈。"

讯问官又问："你与卢彦可有勾连？你既以蕃货往来于市舶司，可曾向卢彦行贿？"陈渡头道："笑话，我也是进纳官，他也是进纳官。他不过是运气好，授了个差遣。我如何要去攀他？哈哈哈。"

讯问官见他一路答，一路笑，恼道："大胆陈渡头，你因犯事在前，已经官告缴尽，不再是进纳官了，不得狂妄！"陈渡头又是狂笑："哈哈哈，是你先说我是进纳官的，是你先说的！"讯问官拍了拍惊堂木："住嘴！我再问你，你的假进贡船到了京中，又是何人帮你引荐入朝进贡的？"

陈渡头道："是屠六郎。"讯问官大惊："屠家！"

屠家被陈渡头供出来了。陈云海在毫无心理准备的时候，见了屠家最后一面。那天他哼着小曲儿，低着头走向屠家大门。像往常那样，他来寻屠六郎，打算一起出去玩儿，却不料官差们押着屠家男女，扛枷戴锁地走出门来了。

陈云海张大了嘴，瞪大了眼睛："这，这是怎么了？屠家出事儿了？"押送的官差道："屠家与商人勾结，找了个蕃商冒充蕃国王使进贡，骗取朝廷回赐。欺君大罪！"陈云海吓得说不出话来。

官差摇着头："真是想钱想疯了，连皇帝的钱都骗？"

这时，屠六郎被押出来了。他披头散发的，一转身，怒瞪着陈云海："陈云海，你这个挨千刀的！那个陈渡头，就是你介绍给我认识的。是你害了我！我死了也要找你！"说着朝陈云海吐了一口唾沫，又被官差推走了。

陈云海怔住了："陈渡头？找了个蕃商冒充蕃国王使？欺君之罪？我害的，他要来找我……"

吃了这一吓之后，陈云海人就魔怔了。回到家中，他只躲在房里，瑟瑟发抖躺在床上，裹着被子，不肯起来。秋红坐在床边，一脸焦急，无计可施。陈云海喃喃道："不好了，屠家被抄了，屠六郎要杀头了。他，他说是我害的，他要来找我。"

秋红拉着陈云海："你别这样，你给我起来。"陈云海揪着被子角："我不，我不。"便有丫鬟进屋来道："爷，二爷回家了。"陈云海猛地坐起来："阿峰？"丫鬟点着头："嗯。"陈云海转惊为喜："太好了！阿峰回来了。"他终于下床了，披上衣服往外走。

陈云峰风尘仆仆地穿过走廊而来。陈云海迎面而至："阿峰！你回来了，阿峰。"陈云峰脚步不停，面无表情："大哥。"陈云海道："阿峰，你听说了吗？屠家被抄了。屠六郎怕是要杀头。"

陈云峰道："知道了。"陈云海又道："因为陈渡头带来的蕃国工使，居然是假的！屠六郎引荐他朝贡，犯了欺君大罪啊！"陈云峰冷冷的："这个我知道。"陈云海抓住他的手臂，有些发抖："居然是假的！当初陈渡头来找的是我，我差点儿就替他引荐了！"

陈云峰甩开他："是，当初你特别想帮他引荐，还想让咱们家跟他联宗！"陈云海一阵颤抖，又抓住陈云峰："啊，对啊，我现

在最担心的就是这个。自从你做了转运使，只怕陈渡头狐假虎威，总在外头瞎嚷嚷，说咱们家跟他连过宗！"

陈云峰望向陈云海："我就是没做转运使，你以为他不嚷嚷？"陈云海慌了："那可怎么办？"

陈云峰语气强硬："怕什么？不是没连宗吗？"

陈云海又定了定神："对，对，他要是敢乱嚷嚷，就掌他的嘴！哎呀呀，好在当时被十九家的死活拦着。"他舒了口气，望了望天："好在当时有她了解陈渡头的底细。"陈云峰冷笑道："还提呢，她救了你的命，救了我们全家，还不是被你百般刁难？"陈云海忙赔笑道："以前是我糊涂了！她现在在哪儿？要不把她接回来？那样崇贤也会高兴的。"

这时杭哥走来，向陈云峰道："二爷，邢风邢大人来了。"陈云峰向陈云海道："行了，你不要怕了。我先走了。"陈云海连连点头。

陈云峰快步来到书房与邢风相见，备言卢彦之事。

邢风道："哎呀，你就放心吧。案子已经结了，卢彦没啥事。"陈云峰舒了一口气："确实，让假进贡船拿到关凭是市舶司的失误，此番回去，定当整肃一番。请邢大人放心！"邢风道："啊呀，那是你们的事情。"陈云峰问："那卢彦现在人在哪里？"邢风道："在大理寺。"陈云峰问："什么时候能出来？"邢风道："很快。"

陈云峰点着头："那就好。你不知道，他上次生了一场大病，已经在准备后事了，儿子、夫人，都去了广州了。"

邢风睁了睁眼睛："病得这么严重？"陈云峰两手一摊："我还能添油加醋？他好不容易死里逃生缓了过来的，身体很不好，经不得折腾，还请您想办法照应。"邢风道："好，我知道了。"陈云峰说："还有！"邢风道："你说。"

陈云峰道："平素卢大人在市舶司所做功绩，皆有呈表，不再赘述。我只单说上次他生了那场大病，众蕃商哭成一片，你是没看到啊！一大群人跑到南海神广利王庙拜广利王，给他祈福延寿。"

邢风饶有兴致："哦？"

陈云峰紧紧拉着邢风："还有一个蕃商，宁愿违背祖宗规定，在广利王庙许愿说，只要卢彦活过来，他就把祖上秘不外传的航海图《舟子秘图》献给广利王做贡品！"邢风点点头："有点意思。"

陈云峰说："您知道，海商对海神，那是从来不敢说假话的。可见卢彦的功绩为人。"他说着，向邢风深深鞠躬："如果大理寺要用刑，请千万爱惜他，千万千万！"

邢风把他一扶："多虑了，案子都结了，用什么刑？"说罢，转而一笑："你太紧张了，跟你说件好事儿吧。老师七十大寿将至，这也是他致仕的日子，吏部正在议，奏请朝廷封赐检校太傅。"[①]

王建成府上，常满与众亲友忙碌往来，摆放寿礼，张贴大红的"寿"字和寿桃图案剪纸。王建成道："别折腾这么些，简单

---

① 检校太傅：据夏丽梅《试论宋代检校官制度》，检校官为假借官资的荣誉虚衔，官员用事、致仕、去世的节点都可能加封检校官。北宋前期，官员群体对检校名号"特崇重之"。检校太傅为检校官十九阶之第三阶。凡初除枢密使、使相及曾任宰相、枢密使官除节度使，加检校太傅。

一点。"

常满道："大人，一辈子能有几个七十大寿呢？再说，您都致仕了，怕啥呢？"王建成把常满头一敲："你说话是越来越随心所欲了。"常满道："咱们就要乐呵乐呵，没什么好顾忌的。"邢风道："老师，常满说得对。您都七十了，学生从来没有正儿八经给您拜过寿，也没有正儿八经给您办过寿宴。这原本都是人之常情啊。"王建成笑了笑："有心了！"

邢风又说："再加上朝廷正要给您封赐检校太傅，这是喜上加喜的事情。"王建成伸手止住他："哎，这个不要乱说，还没有的事。"

王宅围墙外，夕阳斜照着古巷。青苔变成金褐色。

日影照过来，又移走了。

赵鉴清对着老墙，咬牙啮齿："王建成，我要让你这个检校太傅封不成！老夫熬了那么多年的三司副使，不想到头来三司使却是你！卢彦是我那么多年来养的一条狗，却人走茶凉，转头跟了你！一个小小进纳官，你竟敢违制举荐实授差遣！市舶使，卢彦你配吗？"

大理寺内，讯问官叫着："来人，提审卢彦。"二公差领命而去。

小吏问："假冒贡赐贸易的案子不是已经结了吗？怎么还提审卢彦？"

讯问官道："此次假冒贡赐贸易案的主谋陈渡头原是一名进纳官。令人发指的是，陈渡头这次涉案的，不仅仅是贡赐贸易这档子事儿，同时还有十三个案子被告到登闻鼓院，全是欺男霸女目无王法之事，朝廷震怒！这帮进纳官，仗着有几个钱就拿钱买官，胡作非为。现在圣上降旨，凡进纳官涉案，一律严查。"

小吏点点头："哦，这卢彦官声虽好，但他原来也是进纳官出身。"讯问官道："正是，是原三司使王建成举荐出任差遣，做了市舶使的。"

小吏叹道："是啊，王建成也致仕啦。"此时，二公差押着卢彦进来："大人，卢彦带到。"

大街外，老树秃了枝头。风吹过，黄叶落了一地。

沈阿契紧了紧披风站在老巷中，抬头望着檐角，眼睛里充满血丝。远远望去，她的身躯在高墙下显得特别瘦小。卢震走到她身边，她转头看了看他。沈志武和沈志文也来了，他们站成一排。

远远的，是四个人在高墙下的背影。

天色渐渐暗下去，四个人影在墙下交错着，脚步不息。

沈志武忽对弟弟说："走吧，卢大人不会出来了。"沈志文低下头，跟他离开了。沈阿契眼圈红了。她含背弯腰，对着卢震抽泣起来："卢震，对不起，对不起。"卢震扶起她："沈姐姐。"

此夜正是王建成七十寿宴。

寿宴上，众宾客向他敬酒贺寿。他一杯接一杯地喝。邢风向前跪拜，献上寿礼："学生祝老师福如东海！寿比南山！"王建成微醺，呵呵笑着："好，快起来。"

宴未半，他微带醉意回了书房，掏出钥匙，把上了锁的柜子打开，取出一叠卷宗。卷宗里夹订着信纸，信纸上有吡喏耶语。

王建成把卷宗摆在案上，伸手摸了摸信纸，喃喃自语："云卿啊，要是今天你在就好了。你还在生老师的气？"常满进门来道："大人，您怎么一个人在书房呢？大家突然就找不见您了，走走走，咱出去。"说着，搀起王建成出了房门。

那书案上铺开的卷宗在夜风吹拂下一页页翻过，如诉耳语。

寿宴大厅中，乐姬开始奏乐。邢风替王建成倒着茶。王建成眼里晃动着琳琅果品，却有些昏昏欲睡。

此刻的大理寺讯问室内，卢彦穿着囚服被架到刑架上，身上鞭痕累累，口鼻气息奄奄，神志不清。两个讯问官、一个小吏、一个笔录公人并两个狱卒正对着他。

小吏向讯问官道："已经问了那么多遍了，看来卢彦确实没有向王建成行贿。"笔录公人道："是啊，已经这么晚了，再折腾我怕卢彦经不起。"讯问官说："要的就是他经不起，才会说实话。你放心吧，死不了的。他原来是殿直，武官出身，身体好得很。"小吏看了看公人："这……"

讯问官又向狱卒道："把卢彦弄醒。"狱卒领命，朝卢彦脸上泼了一瓢冷水。卢彦疲惫地清醒过来。讯问官道："卢彦，我再问你一遍。你本是进纳官，一个小小殿直而已，不应实授差遣的。实授差遣乃是违制，为何三司使王建成却举荐你做了市舶使？你给他送了多少钱财？"

卢彦一声冷笑："我对王建成，一个铜板也没送过；对赵鉴清，倒是送了不少。"小吏忙向公人道："记下来，记下来！"公人连连点头："好！"

这时的王建成并不知道大理寺正在探讨他的祸福名节。寿宴上，宾客们正欢愉，乐姬们正奏乐。

沈阿契裹着披风，满脸憔悴，快步进了王宅大门，小跑到厅中。众宾客把目光都投向她。

王建成心中"咯噔"了一下："阿契，你来了。"沈阿契失魂落魄，带着哭腔叫道："王大人，卢大人到现在还没出来，他会不会出事了啊？"众乐姬停止奏乐，众宾客议论起来。

邢风向常满耳边道："这里人多，你先带沈阿契下去，有话换个地方说。"常满点头道："好。"邢风向众人道："不说我倒忘了，卢大人今天迟到了。待会儿他要是来了，先罚他三杯。"众人笑了起来。他又向众乐姬道："来，接着奏乐。"乐声再起时，邢风自若地招呼着众人："大家接着吃好喝好。"

常满拉着沈阿契走向一边："沈娘子，大人请您借一步说话。"沈阿契半点主意也没有了，由着常满把她拉到书房等候。常满道："沈娘子勿怪，大厅里都是宾客，人多口杂，您在这里稍等片刻，大人就来。"

沈阿契无助地抽泣着，点了点头。常满出去，把门掩上。

然而，门掩住，窗却开着。夜风来时，书案上的卷宗飒飒作响，似乎有人在唤她。她瞥了瞥那卷宗，突然眼前一亮，眼泪顿时收住了。她近前细看，不禁大惊失色。

那夹订在卷宗里的信纸上满是吒嗻耶语。卷册旁还有几枚闲散的信封，上书"阿契""云卿"等宋文。沈阿契忙将卷宗抱在怀里，一页页地翻看，一脸的不可置信——那纸上竟写着"林四娘案卷宗初拟"。

沈阿契心中惊道："我与夫君的书信往来怎么在王大人这里？这些都是当年不能相见时说过的体己话，怎么和四姨那个案子的卷宗放在一起？"她突然脸色煞白："难道？难道我与夫君说过的，关于四姨的事情，都变成了指认四姨罪证的呈堂证供？"她顿地一下，整个身子沉到椅子上："是夫君把我写的这些书信给了王大人？"

走廊外，王建成心中也焦急起来："贡赐贸易的案子不是结了

吗？怎么还留着卢彦不放？"邢风皱起眉头："是结了呀。"王建成道："走吧，去问问阿契到底怎么回事。"

二人推门进了书房，却见沈阿契呆坐在案前，手里握着卷宗，与他们对视。王建成一惊，叫道："阿契，你别看那些，放下。"沈阿契默不作声，眼里滚下两滴泪来。

大理寺门口，两盏高悬的灯笼在幽暗中发出暖光。

卢震不安地在门口来回踱步，突然向前小跑起来——他看到陈崇贤提着灯笼，裹着披风走来了。

他跑过去，一把抱住崇贤："崇贤！你怎么出来了？"崇贤笑道："卢震哥哥，你怎么在这里？我原来要在秘阁值守的，出不来。只因说了我娘从广南东路来看我，我几年没见过我娘了，他们突然大发慈悲，放我出宫来尽尽孝。"卢震急得有些气喘，把大理寺门一指："太好了，崇贤，你带我进这个门。我爹在里面快被他们打死了！"崇贤一惊："什么？"

卢震忙拉起他，往大理寺大门而去。

王建成书房内，沈阿契拿着卷宗问："王大人，当年我写给夫君的书信怎么会在您书房里？怎么还用千字文编了号①？怎么这序号还编在《林四娘案卷宗初拟》里？怎么上面还有您的批注？"

她一脸恼怒。王建成躲开她的目光："阿契……"阿契含泪问："我想知道，这些书信是我夫君给您的，还是您怎么得来的？能告诉我吗？"王建成颤声道："你猜得没错，是我让云卿和你写的这些信。"

---

① 据方宝璋《宋代经济管理思想及其当代价值研究》，第131页，宋人以千字文为号登录编排文书、簿历等档案，保存于架阁。

打春（完整版）·下册

阿契道："原来，我以为的卿卿我我，那些说过的体己话，都只是你们的呈堂证供而已？是我，是我害死了待我恩重如山的四姨！"她握住胸口，喘着气，缓不过来。

王建成伸手向前："阿契，你别怪云卿，是我让他这么做的。"阿契顿觉乏心乏力，说不出话来。邢风拦到王建成前面："不，阿契，你别怪老师，当年是我让云卿这么做的。"

沈阿契突然眼前一黑，身子瘫软下地去。王建成和邢风围上前来："阿契！阿契！"

夜终于过去了。

朝阳从老树上升起。卢震背着卢彦走出大理寺大门。陈崇贤紧跟着出来，将披风脱下，盖到卢彦身上。他扶着卢彦的后背，与卢震一同走了。

走廊上，王建成不安地问邢风："打听清楚卢彦的事情了吗？贡赐贸易案又牵扯回他了？"邢风摇着头，几乎说不出话来："不是贡赐贸易，是审他进纳官的身份，怎么违制实授的差遣？"王建成脸色一变："怎么审这个？这不是荒唐吗？"

邢风摇着头："本来是不会审这种问题的，但此次陈渡头被老百姓在登闻鼓院擂了十三次鼓，再加上贡赐贸易案，一共十四案，这才触动龙颜大怒。朝中士大夫也开始痛斥进纳官乱象。"王建成捶胸顿足："啊呀！"邢风道："再加上市舶司给假冒的进贡大船发了关凭，卢彦失察也是事实，所以才有此祸。"

他说着，压低声音凑近王建成："还有，这次也是有人清清楚楚地去挑他进纳官的事情。"王建成问："谁？"邢风道："这个，大理寺怎么会告诉我？"王建成平静地向前走去，突然大发雷霆："这个狗娘养的！"

他走进大厅。寿宴时摆下的桌椅还未全撤，常满正带着众家仆在收拾。王建成上前将桌椅一个接一个地掀翻。众家仆惊叫着，纷纷往后躲。邢风随后赶来拉住他。常满不知所措地看着他们。

王建成叫着："狗娘养的！进纳官怎么了？让他们不必审卢彦了，直接来审我！"他将大厅中贴着的大红"寿"字和"寿桃"剪纸全撕了下来："进纳官怎么就不能实授差遣？卢彦实授差遣之后干了什么，一个个都瞎了吗？就是他们这些科班出身的，领了差遣之后，有几个能干出点儿事情来的？说什么爱才如命，惜才如命，不就是想要我这条老命！"

他怒气冲冲往门外走去。邢风紧跟着出门："老师！"

至吏部衙署，王建成跪下双膝，高高举起一封请表书："老王请辞封赐检校太傅！"吏部官员慌得将他扶住："王大人，您这是怎么了？"王建成道："老王违制用人，举荐进纳官卢彦实授差遣，现来领罪。请求朝廷赦免卢彦！"

吏部官员道："哎呀，王大人，这是哪儿跟哪儿啊？"王建成道："请转告大理寺，老王已经认罪了，检校太傅封不成了。卢彦，不必再审了，请放了他吧！"那吏部官员慌得掩住了自己的嘴："啊呀，这！"

王建成来了这么一出，那吏部官员少不得要到大理寺走一趟。

他说道："王建成已经自己承认违制用人，卢彦就不必再审了吧？放了吧？"大理寺官员说："卢彦已经不在大理寺了。昨晚上，陈崇贤带着个人来，把卢彦背走了。"

吏部官员问："哦，已经放了？"大理寺官员点着头："是，卢彦也已经招了。"吏部官员叹息道："看来他也熬不住，把王建成供出来了。"大理寺官员摇着头："不，他没供王建成，他供了另外一个人。"吏部官员吃惊地问："另外一个人？"大理寺官员点着头，默然不语。

再说卢彦归家后，躺在床上昏迷不醒。卢震伏在床边抽泣："爹，爹！"陈崇贤领着洪太医进来："卢震哥哥，我把洪太医请过来了。您先让他看看。"卢震起身来："好，好，洪太医，有劳您了！"

卢震与陈崇贤在走廊上候着。陈崇贤问："卢震哥哥，您说昨天和我母亲去接的卢大人，一直等不到他出来。那后来我母亲去哪儿了？她也没在家中，也没在二舅父那里啊。"卢震道："昨晚上等到后来觉得不太对劲，她就说去找王大人想想办法。"陈崇贤问："王建成？"卢震点点头。

陈崇贤便离了卢府，往王家去。

王家客房里，沈阿契躺在床上慢慢醒来。她起身爬下床，就见邢风推门进来。邢风道："你醒了？醒了就好。"阿契一看到邢风，胸口噎着的一口气又涌了上来。邢风说："你想知道的，我全部都可以告诉你。"阿契扶着床沿，又无神地倚到小山屏上。

邢风道："当年，不择手段的人是我。为了扳倒赵鉴清那个大奸臣，是我设计让云卿去接近你，让他始终不与你见面。这样，你们只能通过书信往来。是我让他诱你说出林四娘的事情，让你白纸黑字地写在信上，变成呈堂证供。"

阿契堵上耳朵，转过头去不看邢风，也不回答。邢风道："我们也没有办法，找不到其他口子可以撕开赵府那块铁板。因为你救过老师的命，老师可以接近得了你，所以就介绍你跟云卿认识。你是唯一一个我们能接近得了，又能套出赵府事情的人。只有你了！"阿契依旧堵着耳朵不回答。

王家大门口，陈崇贤正问常满："老叔，我母亲在这儿吗？"常满点着头，又有些迟疑："她在，但是她……"陈崇贤推开他，往里小跑进去。

客房里，邢风把沈阿契的头转过来，拉下她捂着耳朵的双手："我想说，你不要恨云卿，云卿爱你是真的！他不愿意这么干，是我逼他的。你也不要恨老师，老师一直感念你救过他的命，他疼你也是真的。他想看到你和云卿好，也是真的！"

邢风说着，从身上解下佩刀，塞到阿契手上："给你！你捅我两刀。全是我设的计策，全是我！"阿契将手腕一托，抬起佩刀顶到他胸口："你以为我不会捅吗？"邢风看着她的眼睛，身体没有动一下。

此时，陈崇贤忽然推门进来："母亲，邢大人，你们在干什么啊？"沈阿契把刀一扔，满脸欣喜："崇贤！"

崇贤告诉她，卢彦已经从大理寺狱出来了。阿契一听，也顾不得别的前尘往事了，只忙赶到卢家来。

卢彦躺在床上昏睡未醒。沈阿契放轻脚步走进房来。她双手颤抖着伸向他脸上和脖子上的鞭痕血迹，未及碰触便缩了回来。她又把手伸向他手腕上的绳索勒痕，未及碰触，也缩了回来。她捂住嘴巴，将哭声咽了回去："对不起，不是你的红颜，却成了你的祸水！都怪我，不该去挑贡赐贸易的事。早知如此，我就是让陈渡头活成个大王八，也不报仇了。"

卢震走进房来，叫道："沈姐姐。"沈阿契转身看着卢震。卢震低下头道："您不必过于担心，洪太医来看过了，没有大碍。"阿契依旧淌下泪来："就是遭了大罪了。身上你可都要替他细看一看。"卢震点着头："都上过药了。"

宅子门口，王建成提着半篮子炊饼要进家门，赵鉴清忽从巷子转角处冒出来："王建成！"王建成看了他一眼，脸上波澜不惊："哎。"赵鉴清兴奋起来："王建成，你的检校太傅封不成了吧？"

王建成瞥了他一眼，提着炊饼进门去，又把门关上。赵鉴清仍对着关上了的大门叫着："王建成！嘿！王建成！"

凌乱的白发拂过他一脸心满意足的笑容。他哼着小曲儿，从一条老巷晃悠过了另一条老巷。

沈阿契裹了裹披风，头上的帽檐低低地压着刘海。她走到赵鉴清跟前，挡住他的去路。赵鉴清一怀："你是谁？"阿契把披风上的帽子往后一拨："你不认识我了？"赵鉴清笑了："是你，我的儿，嘿嘿嘿。"阿契问："是你去大理寺告的卢彦？"

赵鉴清道："怎么了？不行？我的一条狗，他有不是，我还说不得？"阿契从披风里拔出佩刀指向他。赵鉴清问："你想干吗？想让我死？"阿契横刀向前，冷冷道："你早该死了。死了，去陪陪四姨。你不死，难道还留着你，这里捅一刀，那里放把火？"

她把刀顶到赵鉴清胸口，突然暴怒起来："早让你死，卢彦也不至于这样！"赵鉴清原地站着，笑了起来："你是在数落我的罪行吗？哎呀，罄竹难书咯，你说吧，你说呀。"阿契紧紧闭着嘴巴，把牙一咬，将刀向前推去。赵鉴清胸前沁出血来，却只微微一笑："临了，还拉上你给我陪葬，哈哈哈。你这个孝女！"

陈云峰到王建成家寻沈阿契不着，走过隔壁老巷子，见此情景，慌忙跑了过来。他拉住阿契握刀的拳头："阿契！松手！"刀子"哐当"掉到石板路上。陈云峰紧紧抓住她的手："阿契，你的

河清海晏，长风开路

手干干净净的，不要做这样的事情！"沈阿契木然地说了句："我想让他死。"陈云峰看了赵鉴清一眼，对阿契说："你等着，他会死的。"

听闻此言，赵鉴清突然怔了一下。他耳朵里不断重复着陈云峰的声音："你等着，他会死的。你等着，他会死的。"

他疯魔一般，往老巷深处走去。

昏暗的茅屋中，四壁徒然，一缕阳光照射在屋中间的横梁上。赵鉴清将一条长绳索挂到横梁上，又摆出一只长板凳，站了上去。

炊饼大娘闯进门来，把他拦住："挑粪的，你干什么寻短见？你干什么想不开？"赵鉴清推开她："你不要救我，你让我死。我不想挑粪了，我不想。"炊饼大娘问："你是不是饿了？饿了我可以再赊给你两个炊饼。你别想不开啊。"赵鉴清坐在地上哭了起来："我不要，我不要。"

翌日，赵鉴清从茅屋中走出来，失魂落魄地往外走。炊饼大娘瞧见了，忙向二邻人招手："哎，挑粪的最近想不开，要寻短见。我们不能让他死，盯紧点儿。"二邻人点着头。

池塘里的水冷如冰，赵鉴清双腿麻木地蹚下水去。炊饼大娘跑了过来，把他往回拉："挑粪的，你怎么又想不开？没东西吃了你就说呀。"赵鉴清哭着："你别救我呀，我不想活了，我不想活！"

又是普普通通的某一天，赵鉴清在巷子口歇脚。他把肩上的粪担子搁下地来，身子往墙上一靠，喘着气。他盯着长满青苔的石壁，突然向后退了几步，往前猛跑，要一头撞到墙上去。炊饼大娘又一把拉住他："挑粪的，挑粪的！别死。"

赵鉴清额上流着血："别叫我挑粪的，我有名字，我姓赵。"

炊饼大娘道："姓赵？那可是皇帝的姓，可不敢乱叫啊。"赵鉴清用手捂着流血的额头，叹了口气。

炊饼大娘劝道："你别死，安安分分地挑大粪，好歹把欠我的炊饼钱还了再说。"赵鉴清叫着："我还不了，还不了！"

黄昏时分，二官差走到茅屋外。一官差问路边炊饼摊的大娘："大娘，这屋里住的是赵鉴清吗？"炊饼大娘说："我不知道，里头住着一个挑大粪的。"二官差径入茅屋里去，只见赵鉴清躺在稻草堆上。一官差上前察看，说道："是赵鉴清。"他检查了一下鼻息，又道："已经没气了。"

卢宅正厅中，一名吏部官员站在上首，叫着："卢彦听令。"卢彦由沈阿契搀扶着，缓缓跪下："卢彦在。"卢震手里端着一盘厚厚的官告，站立一旁。

那官员向卢彦道："你以进纳官的身份违制任实职，居市舶要职而失察于假进贡船，现追缴你历任官告。"卢彦道："是。"便转头看了看卢震。卢震将手中的盘子递给吏部官员。

吏部官员接过官告，略数了数："好，齐数了。"又转向卢彦："卢大官人，人生名利皆是一场空，望您保重身体要紧。告辞了。"卢彦送了两步："大人慢走。"

沈阿契又扶着他退出正厅，走到花园里散步。

卢彦看了看天："刚才那个人说，人生名利都是一场空，你怎么看？"阿契道："他说得没错，但又说得不对。"卢彦问："为什么？"

阿契道："如果那些官告是您追逐名利而得，那当然是一场空了。可您心里清楚，您并不是为了名利。您是为了什么，懂的人自然懂。想一想这些年，假如您没有走这一趟，曾经那些人，他们可

能是另一种命运；曾经那些事，也可能是另外一个结局。"

卢彦转头看着阿契。

阿契又道："广利王的贡品，西海墒的船，还有一念天堂一念地狱的坑户们，更不用说，谷桑林的树皮真的成了香药交引。您给了罐子犀带，他却给了您救人一命的欢喜心。还有更多更多，可能我不知道的事情。"她说着，含泪一笑："虽然人有生死，名利有得失，但怎么会是一场空呢？那些曾经得到过的欢喜心，并不一场空。哪怕官告由吏部送过来了，又收回去了，这一趟也没白走啊。"

卢彦心中喜悦："知我者阿契。"

他坐到池塘边的英石上："我是蜀中人，当年蜀中因为'铜钱荒'造了反，仗就打起来了。那年我十二岁，为了躲避战乱，乘船沿着河水一路东流，然后遇到了你的父亲——我的结义大哥。我说我要跟着他。他问我蜀中有没有海。我说蜀中没有海。他说：'我是跑海的，你如果跟着我，就得去跑海了。'"

阿契饶有兴致地听着，笑了笑，心想："十二岁，我当年逃难也是十二岁。我幸得师父收留在瓷窑，他则遇见了我父亲，一起去跑海。"卢彦问："你在想什么？"阿契回过神来："哦，我在想，您的身体能尽快恢复，就是这个秋天最好的消息。"

王宅花园里，王建成与常满弯腰打点着菜畦。常满道："大人，别人为官一世，到了致仕的时候都有封赐的。可您，偏说您违制用了卢彦，就不给封赐了，这真让人生气。"

王建成道："生气就生气吧，但我觉得值！"他倔强地扭了扭头。常满问："大人为什么说是值得？"王建成道："当年因为'铜钱荒'，蜀中造反了。我带兵去平了，打了胜仗，立了功勋，攒下来人生的第一笔政治资本。别人以为，我是个武人，理应希望有仗可打，理应希望有用武之地，可只有我自己知道，我对打仗的无限恐惧。我害怕死人。"

他摇了摇头，沉吟半晌方道："当我见到卢彦，知道他是蜀中人，听着他讲应对'铜钱荒'的种种施策，我就知道，我的因果来了！"

他把手一拍："我一定要成全卢彦，我一定要成就卢彦！你们嫌他不是科举出身？好，请问，一个十二岁就因为战乱四处逃难的小孩，他怎么去好好读书？怎么去参加科举考试？"

关于王建成的发问，自古就是谪仙之地的岭南似乎给了他一个批注。卢彦的继任者同样不是科举出身。这个继任者自己也没想到，有一天他修船会修成了市舶使。

广州市舶司衙署内，陈云卿穿着市舶使的官服走进了大堂。众公吏分列两侧。陈云卿走到堂下时，举头一看，堂上正坐着衣冠整齐的卢彦。陈云卿眨了眨眼睛，堂上的座位却又空空如也。

他突然对着空座位跪下，拜了三拜："恩师在上，请受云卿再拜！"众公吏见状纷纷垂下头，心绪低落。张执事向前扶起陈云卿，问："陈大人，卢大人真的不回来了吗？"陈云卿走到市舶使的座位前，转身向众人道："卢大人不回来了，但是卢大人一直都在，以后还会在！"他说着，往座位上坐了下去。

传说中，东京城的五柳树下是一个凶煞之地。尽管如此，看热闹的人总是不会缺席，他们又一次将它围得水泄不通。

沈阿契、沈志文从人群中走出。沈志文道："陈渡头总算伏法了。"沈阿契说："等这一天的代价太大了。"陈华年迎面走来，阿契上前见礼："陈讼师，您还在京中？"陈华年往人群中望了

望："我来替陈渡头收葬。"阿契觉得奇怪，张嘴要问，陈华年却并不理会，只是一脸冷淡地往人群中走去。

阿契不解地看了看沈志文。沈志文道："陈华年是陈渡头的侄子。"阿契颇为意外："啊？"沈志文笑了笑："没想到吧？亲侄子。"

东京街头，陈华年被状告陈渡头的苦主们围了起来。他们把他抬起来，又放下，欢声阵阵。一名潮州胥吏拉着陈华年的手，连声说："谢谢你！陈讼师，陈渡头他也有今天。"老胥吏抹着眼泪："我兄弟的冤终于伸了。"他对众人说："诸位，我乃潮州一胥吏。陈渡头放高利贷为害乡里，频被人告，既然告了，衙门肯定要传唤的。我只不过是一个小小胥吏，就因为去传唤过陈渡头，之后我的兄弟就不明不白被人打残，至今无法行走。陈渡头他，他也有今天！"

老榆树下，陈华年站在石墩上，一群书生围绕着他。

陈华年说："从走进这个城门的那一刻起，我就知道，官司一定会赢！自太祖以来，大兴市舶，鼓励蕃人来我朝贸易，但行骗回赐的做法恰与此政背道而驰。它扰乱了宋蕃常序。常序一乱，必然有损市舶。它既是对宋国国君的不敬，同样也冒犯了蕃国国主。因此，这欺君之罪，还不是一般的欺君之罪。"

一书生问："陈讼师，假冒进贡骗取回赐一直以来都不是什么新鲜事儿了。只怪大海太大，诸蕃太远，宋人不能尽识，来一个蕃使，也未必认得真假。您又为何这么有把握？"

陈华年道："这也许是一个事实。正因如此，朝廷才会把假冒贡赐贸易的个案当成沉疴来治，对它下猛药。大理寺正只要不是瞎的，就不可能看不到这个案子。因为这样的案子很有用！从线上，可以将陈渡头横行乡里的大罪小过连藤带蔓地牵起来，由着他讨巧钻空子的日子结束了！从面上，可以成片地收拾贡赐贸易的种种乱象。这对朝廷来说不是好事吗？所以你们看，为什么没把握？何来的没把握？"

人群为陈华年欢呼，陈华年却做着手势，示意众人不要打断他的话："一旦将陈渡头的种种过往都放到日头底下，官府就必须给出一条准绳——所谓高利贷，怎样算高？怎样不算高？不能没有边界，不能由着放贷者说了算。否则，所谓灾伤之年借贷利民的公器，很容易就变成豪民渔利的私器，于国于民都将是另一种灾，另一种伤。"

他握起拳头："这条准绳，就是法！"

后来，陈华年在京城讲授讼学，从老榆树下讲到了堂屋里。由檐及第的一排门整整齐齐地摆着迎接日影的角度。排门之下是干干净净的两三级石台阶。偶有一只伸完懒腰的猫蜷在阶角，听陈华年说话："法！应该越来越无处不在。诸位也许有所不知，在益州路，凡中等之家，家中都会备一本宋律法典。而江南路，现在老百姓也是如此。法！必将取代前朝所谓'父母官式'的人为判断，成为王子与庶民等无差别的共同准绳。"①

---

① 据陈景良《讼学、讼师与士大夫——宋代司法传统的转型及其意义》，近代思想家严复说："古人好读前四史，亦以其文字耳！若研究人心政俗之变，则赵宋一代最宜究心。"唐宋之际，社会结构发生了深刻的变革，经济上形成以私有制为基础的多方财产关系，且这种多元的经济利益关系是冲突的，它客观上需要法律加以调整。如宋代，土地私有制下的财产关系流转加快，田宅可典、可卖、可租，一块土地上形成所有权、典权、租权交织重叠的多方面的法律关系。宋代的诉讼观念及司法认知模式在一定程度上冲击着汉唐以来以人伦道德为宗旨的"父母官型"诉讼传统。

满堂屋的人都在安静地听着，忽有一年轻书生跑了进来，向陈华年叫着："老师，果如您所料，朝廷颁布法令了！"众人都望了过去。陈华年问："什么法令？"

书生掏出一张抄的纸来，念道："负人钱没入男女者还其家，敢匿者有罪。借谷还者，不许准折。取利不过四分，必使贫富相资，还者无词。所欠私债还利过本者并予除放。"[①]众书生欢呼起来。

门外台阶下，又见一书生跪在地上："陈讼师，我要拜您为师。"看着来者肩上的灰土和额上的雾水，陈华年仿佛见到自己昨日的面孔，嘴角不觉抽动着笑了一笑。

十九房小院里种着桂花树，米粒大小的桂花落了一地。

陈崇贤一把勾住陈云峰的臂弯："二爹，每每有人问起我母亲的事情，问她为什么不在家。我就说，她效仿上古后妃之德，去海边为父亲祈风等船。"陈云峰笑了笑。陈崇贤一脸狡黠之色，说道："二爹，您看，您也笑了。反正我说的，我自己都不信。"

---

① 据刘秋根论文《中国古代高利贷资本社会价值初探——以宋代为例》，1.宋代官方是明令反对以人身还高利贷的，例如太宗命令"负人钱没入男女者还其家，敢匿者有罪"。真宗亲自过问世家高官放贷强逼借贷人"质女"的案子，使债主"遣还"。2.四分利息的民间借贷是大多数，并且在不发生天灾人祸的情况下可以负担得起，其社会面影响是"贫富相资""还者亦可无词"。3.在对借物还钱的限制上，如春秋谷贷，官府保护借谷人，规定"不许准折"，一旦准折则容易发生中间商赚差价的情况。4.关于强行赦免，对取利超过一倍，且无力偿还者，许多时候都强制予以赦免。"纳息过本，并予除放""所欠私债还利过本者并予除放"。

陈云峰问："那怎么办？"陈崇贤道："让她留下，别走了。"陈云峰说："那当然好啊。"

十九房内，橘红色的日光照射在梳妆台上。香炉烟雾缭绕，攀住木台上的花枝，如同云朵开合。沈阿契坐在妆台前，对着铜镜把玩妆盒里的钗环。

陈云峰突然出现在铜镜里，沈阿契忙坐直身子，又低下头。陈云峰道："绫儿嫁人了，崇贤多数时候也不在家。你们不在的时候，十九房都是照着原来的样子收拾打扫。内外花木、熏香、大小物品，我都吩咐他们一切照旧。"

他走到阿契背后，看着铜镜。铜镜中，百花凋尽，美人不败。他说："阿契，不如就这样回来，不要走了好不好？"沈阿契发髻上的簪子垂下了摇摆不定的玉珠子。

他站在她的背后。他们在铜镜中对视，他们只能通过一面铜镜来对视。她半晌才说："照着原来的样子真的好吗？至少我觉得，现在比原来好，我希望以后会更好。"陈云峰道："不管怎么说，让你离家去海边等船是陈家对你的亏欠，希望你回来。"沈阿契道："可是十九房再也没有了守着幼子问归期的少妇。"

陈云峰向前握住她的双肩，诙谐一笑："你知道的，以后这里没人敢欺负你。"沈阿契也笑了笑："那又如何？余生并不为证明别人敢不敢欺负我。即便个个待我如客，却终究不是家。"陈云峰问："怎样才是家？"

沈阿契望着窗外。窗外围墙上，灰色的瓦当映衬着一枝桂花。她说："你看那围墙。女人们只看得见围墙内，男人们只看得见围墙外，但是他们都只能守着围墙过。我宁愿去海边等船。"

她站起身来："我想明白了，去海边等船就是最好的安排。"陈云峰的双手从她肩上滑落，由着她走出房门去。然而很快地，他又向那个绰约纤细的背影伸出了手，再慢慢缩回、垂下。他看着房里的一切，喟然道："这里终究是十九房。"

那天早晨，天色是灰的。天空似乎憋着雨，又似乎还未憋足，因此水滴儿总也下不来。陈云峰牵着马走到陈府大门外，见沈阿契背着包袱，骑着马也在门口。

沈阿契转头冲着他笑："你去哪儿？"陈云峰道："回去干活儿。你呢？你去哪儿？"沈阿契说："不想让你知道太多，省得又让你盯上了。我们可都是良民百姓。"她策马向前，陈云峰紧随其后。

天空下起细雨来，路人们跑动着，四下躲雨。

陈云峰与沈阿契从马上下来，争相跑上汴河的渡船，躲进船篷下。杭哥在岸上匆匆系着马绳，又跑向渡船："二爷，等等我！"素琴也跑向渡船："姐姐，还有我！"

轻舟万里，斗转星移。潮州百窑村，辰东窑、辰西窑盘在东山的半山腰上，于绿竹丛中若隐若现。

沈阿契回到李家瓷窑，李忠、李大发顿时放下手中的活计。李忠叫："阿契！"李大发道："回来了，可回来了！"李忠问："怎么去了这么久？事情顺利吗？"阿契笑了笑："顺利。"李忠说："那就好，回来了就好。"

云龙窑依旧不得安静。阿契进门时，崔响正在砸着刚出窑的瓷器。阿契被一声声破碎声惊得一顿一顿的，不由得捂住了胸口。素琴跑了过来，拿着两团棉花塞住她的耳朵，拉着她往外走。素琴道："姐姐，回避一下，太吵了。"阿契摘下棉花，顺了顺胸口：

"让他砸，不砸他就不是崔响了。"

同村的吴没数家门口，来了个纠缠不去的身影，正是李忠。先时，李家已经盘下过吴没数的一条龙窑，如今李忠又想盘他的另一条龙窑。吴没数不肯。

李忠道："我说吴没数，你这瓷窑卖给我是最好的，你别总是不肯。"吴没数道："我说了不卖，不卖就是不卖。"李忠说："我告诉你，你的命格五行冲火，不适合烧窑。你这窑还是卖了好，卖了才会顺。"阿契看不下去了，拉走李忠："师父，人家不卖就不卖，您为什么也用这种伎俩？"李忠道："我怎么了？我说错了吗？"阿契道："您怎么能那么说呢……"

为着吴没数适不适合烧窑的问题，李忠和阿契争论了很久，心情也坏了很久。阿契的日子依旧充满烦恼，也许充满烦恼才是人生的常态。

潮州瓷行的展厅里，从来少不了瓷，也少不了人。

每次沈阿契一身素雅，不事雕琢地站在云龙窑的瓷品旁，人们都会看过来，并且等着她尽快变老。豆青却对她百看不厌，不时走来说两句讨她欢心的话："沈娘子，从水东到海阳，个个都说您画画最好。我提议，我们的外销瓷请沈娘子画几个图样，大家照着画。这样，天下四海都能看到您的画儿。"

沈阿契问："要给天下四海看的，那该画什么样的图样才好？"豆青说："麻姑献寿、天官赐福都可以呀。"沈阿契拿起一只素色瓷瓶道："您看，白纸铺开，尚未落笔，是不是更美？"豆青笑了起来："哦哦，是，是啊。"

江南书院，杏坛高挂着"草木居"之匾。

卢彦白发苍苍，坐在讲坛上对着台下众学子。他的书案上摆

第三十章 河清海晏，长风开路

· 947 ·

着一个本子，封皮上书"草木居初拟市舶条法"。他把手按到封皮上，仿佛要盖住那些字样，又仿佛要将那些字样紧紧捧入掌中。

他从江湖之远到了庙堂之高，而今又回到江湖之远，并终将落下句点。

沈阿契曾对他说："卢大哥，都是我不好。本来您可以做更多更多的事儿，却因为我去挑陈渡头的进贡案，让朝中士大夫又拿进纳官说事儿，把您带累了！"卢彦却道："进纳官本来就不是什么好事儿。虽然我自己做过进纳官，但我也深知进纳官之弊。毕竟，你能保证进纳官都是我这个样子，而不是陈渡头那个样子？"沈阿契说："总是替您不值。"卢彦道："朝廷是对的，进纳官任实职是件比较危险的事。如果能警示来者，我觉得我走得也值。"

在他看来，来时值得，去时值得，便是值得。

他把手从《草木居初拟市舶条法》上缓缓移开，所有的文字就都跑了，跑去办它们自己的事儿，跑去完成它们自己的使命。

岭南蕉舍，夜雨不止。

只见绿肥，不见红瘦。

房间里开着窗，斜风摇摆着"吱吱呀呀"的窗叶。一盏油灯摆在窗前，琉璃罩已被蒙蒙雾湿。沈阿契躺在竹长椅上，手里握着一卷书，昏昏欲睡。握书的手渐渐垂下，书卷落地。风吹过，欲掩卷，又不能。书页迅速翻动着，停了下来。如纸上字，她的耳畔竟有人在唱："玉面映红妆，金钩弊采桑。眉黛条间发，罗襦叶里藏。颊夺春桃李，身如白雪霜。"[1]

---

[1] 唱词出自《秋胡变文》敦煌写本。

打春（完整版）·下册

在梦中，她哪里都去过，谁都能见到。

比如，在那平原连着高山、一望无际的海底，她孤孤单单地走着，水流涌动如风，带起她的衣袂飘飘。水下那条弯弯曲曲的路铺满瓷器碎片，仿佛镶嵌着的鹅卵石。沈阿契沿路走去，前方现出一座殿堂，门前锦绣成堆。她抓着门环叩门许久，却无人应答。鞋尖所触，是一只微有裂痕的瓷碗。她低头拾起，倒扣过来一看，碗底竟墨书着一个"沈"字。沈阿契一惊，突然迈不动腿，双腿亦渐渐变成了鱼尾巴。她双手一颤，瓷碗掉了。

醒来之时，天空一片深蓝。

平原上，百姓炊烟，万家灯火。

又是一个好日子，扶胥港的祈风大会上人头涌涌。沈阿契携一少年一少女来到广利王庙广场上。少年道："阿娘，我还是第一次来祈风大会，好热闹啊。"少女道："阿娘，您看，好多蕃人。"沈阿契问："云龙窑的鱼尾对瓶带来了吗？"少年答："带来了。"

陈崇贤蓄了胡须，一脸老相，不声不响地走到沈阿契身后。他递上一只锦囊："娘，这次来广州，二舅父让我把今年的春土带给您。"沈阿契吃了一惊："崇贤，你怎么蓄了这个胡须？"陈崇贤故作老成地拈了拈下巴："怎么样？娘，好不好看？"沈阿契尴尬地笑了笑："挺……还好。"陈崇贤面带笑意，又得意地拈了拈下巴。

一个吏人托着一只盘子走来，盘中放着一本书，书封上书"草木居初拟市舶条法"等字。陈崇贤随手将书拿了，夹在臂弯里。沈阿契问："那是什么？"陈崇贤道："朝廷想给市舶统一立法，我们正在广集智囊。"沈阿契问："这本书是你们集的一个智囊

第三十章 河清海晏，长风开路

949

吗？"陈崇贤道："这是一个学生带过来的，我们还没看。"说着又匆匆走开了。

不远处，宋蕃官民围在祈风台下。陈云卿身着市舶使官服登上祈风台："宣，大宋皇帝市舶令！"[①]宋蕃官民便安静下去，向上仰望着，神情专注。

河清海晏，长风开路。

祈风台渐成背景，远去了，模糊了。沈阿契转过身来，一道金色的阳光照到她脸上。

蕃船沉，六畜眩，鸟仔豆，生枯蝇；

蕃船到，六畜生，鸟仔豆，缠上棚。

① 据广州海事博物馆常设展"七海扬帆——唐宋时期的广州与海上丝绸之路"介绍，宋代市舶司主要职能，一是经济职能，包括阅货、抽解、禁榷、和买、向中央纲运交纳钱物、治理港口和修筑城池；二是行政职能，包括监察和举荐地方官员、发放进出口贸易公凭、执行国家禁令（铜钱出境、私人和越界贸易、执行回舶期限）、接待管理外商并处理纠纷、参与组织祈风典礼、维护地方治安剿灭匪贼。

打春（完整版）·下册

我是一个海边人，童年的每一个夏天几乎都伴随着大大小小的台风而过。外祖母也常讲述老一辈关于"海风潮"的集体记忆。但是在帆船时代，风是海外贸易运输链上的强大动力，因此，在宋朝有祈风大会。风既是危也是机。故事起于一场台风，其承其转其合便如书的封面所写的那样——河清海晏，长风开路。这八个字便代表了故事要表达的文化自信。我们有世界上第一部"海关法"《元丰市舶条例》，有世界上最早的纸币交子，有繁荣的文化产业和文化输出，大量的书籍出口默默影响了周边国家的文化形态直至今天。我们的外销瓷树立起过"世界品牌"，在海外出现了"高仿真品"，宋铜钱也曾通行于外蕃，扮演起"国际货币"的角色。

凡此种种，我所想到的是那些令我们自豪的"第一"背后，藏着先辈们怎样的探索？他们也被嘲笑过，就像小说中相信树皮能造纸币，却被嘲笑的看林人那样。当然这是千年之前的故事，千年之后的人们已不觉得用纸造钱是奇怪的事。今天我们也运用了电子支付，货币成了电子符号。这令人感慨，我们未尝不在见证历史。

在我小时候，父母是金融系统的双职工，小孩们脖子上挂着钥匙，常在父母单位的院子里跑。我们听到大人在探讨假币识别技术，在墙角偷偷看着"国家金库"四个字背后的大铁门，便有腰间别着枪的叔叔出来赶我们。人们叫他经济警察。关于钱，孩童时的

我也被上过一课。有一次在家哭闹，发脾气便要撕一张钱，被父亲喝住。他说故意破坏人民币是犯法的，小孩也一样！我想起那个腰间别着枪的叔叔，原来货币也是公器。

我的家乡是一个外贸印记很深的地方。有阵子，当地普通家庭妇女日常做"手工"的很多，做的都是一些外销工艺品。读书了，知道从唐宋起，以潮州百窑村为代表的外销瓷便早早扬帆起航了。起航之后有起航之后的故事。我曾在《海事瞭望》做过记者，时间不长，但印象深刻。有个同事跟我说，他们是一群在海上放牧的男人，几个月间海来海往，不着陆地，而他本人十余年里都是如此。头发花白的老队长精通多国语言，向我介绍各种海上高科技设备的亮点，并告诉我他来自潮汕。我们彼此是过客，但他们也在无形中推动了我对这个题材的关注。

有一次在广州图书馆，我找到一位黄纯艳先生的博士论文，是专讲宋代海外贸易史的。我看着看着，竟觉得里面都是戏。是的，大概把一些学术资料"想多了"之后，便不会枯燥。我反观自己此前所写的长篇小说，都是从剧情到剧情，久了便是窠臼，是套路。而它的光泽在哪里？生气在哪里？也许可以结合起来写一写，试一试。论文中提到澄海隆都古佛寺地下出土一大批宋钱，专家推断是宋走私铜钱贩意图就近出海未遂，后藏钱于地窖。隆都是我年少时很熟悉的地方，惊讶之余，也有了陆铜钱这个人物形象。

我开始搜索此领域的各种资料，越看，戏就越多。岭南优秀传统文化和史学资源，同样是先人们留下的"金山珠海"。对于种种已发掘和未发掘的宝藏，那些等待后人去开启的征程，我心向往之，但我不专业，于是选择了允许虚构的写小说的形式。

现在呈现在读者面前的《打春（完整版）》，它的成书过程是曲折的。2020年，一本18.2万字的《打春》由广东旅游出版社出版。该书以女主角沈阿契的第一人称进行叙事。书出来之后，师友们给了我一些正向反馈，也指出不足，主要是故事框架出来了，但展开不充分。于是，我以第一人称版本的故事框架为基础，改写出30集电视剧本，将情节铺开，然后又以剧本为基础把小说重新写了一遍，成为现在这个近62万字的第三人称完整版。

最后，衷心致谢在成书过程中指导、鼓励过我的谋面和素未谋面的不同界别的老师们！

是为后记。

张淳

2024年1月于广东广州

953